dtv

Als die ›Ruslan‹, ein heruntergekommenes, für sechzig Mann gebautes Frachtschiff aus Odessa, nach langer, stürmischer Fahrt 1919 in Jaffa, dem ältesten Hafen der Welt, einläuft, kauern siebenhundert kranke und hungrige Menschen an Bord und träumen von Erez-Israel. Unter ihnen ist der Architekt Ezra Marinsky, er küßt den Boden Jaffas und macht sich daran, dort, wo »nur Sonne und Sand sind und auf dem Sand ein armseliges Städtchen«, eine Metropole zu erbauen: Tel Aviv. Fünfzig Jahre und fast tausend Seiten später besteigt Marinskys Tochter ein Flugzeug, um das Land, das gerade den Sechs-Tage-Krieg siegreich überstanden hat, zu verlassen. Das Glück, das die Eltern fühlten, als sie den Boden Palästinas betraten, empfindet sie erst, als das Flugzeug abhebt – »so fiel von ihr der Zauberbann Israels ab, der merkwürdige, kraftvolle Klebstoff trocknete und zersprang. Sie war frei! Leb wohl, heiliges Land!« Dazwischen ein halbes Jahrhundert des Ringens um Verwurzelung, eine neue Identität, Aneignung der neuen Heimat.

Dan Tsalka (1936–2005), in Warschau geboren, floh mit den Eltern bei Kriegsausbruch nach Kasachstan, kehrte 1946 nach Polen zurück, emigrierte 1957 nach Israel. Tsalka studierte Geschichte, Philosophie und Literatur in Tel Aviv und Grenoble. Sein literarisches Werk umfaßt Prosa, Lyrik, Theaterstücke sowie Essays und wurde vielfach ausgezeichnet. Gleichwohl blieb Tsalka zeitlebens ein europäischer Schriftsteller und damit ein Außenseiter in Israel. Heute erlebt jedoch gerade dieser Roman eine Renaissance: Obwohl bereits 1991 erschienen, entstehe hier ein Bild des aktuellen Israel, dessen Tiefenschärfe den meisten zeitgenössischen Beschreibungen überlegen sei (Jochanan Shelliem in der ›Financial Times Deutschland‹).

Dan Tsalka

Tausend Herzen

Roman

Aus dem Hebräischen von Barbara Linner

Deutscher Taschenbuch Verlag

Die Originalausgabe erschien 1991 unter dem Titel »Elef levavot«
im Verlag Am Oved, Tel Aviv.

Ungekürzte Ausgabe
November 2006
Deutscher Taschenbuch Verlag GmbH & Co. KG,
München
www.dtv.de
© 1991 by Dan Tsalka
Deutschsprachige Ausgabe:
© 2002 by Deutsche Verlags-Anstalt, Stuttgart München
Umschlagkonzept: Balk & Brumshagen
Umschlaggestaltung: Claudia Danners unter Verwendung
eines Fotos der Ruslan (The Central Zionist Archives, Jerusalem)
Satz: Boer Verlagsservice, München
Druck und Bindung: Druckerei C. H. Beck, Nördlingen
Gedruckt auf säurefreiem, chlorfrei gebleichtem Papier
Printed in Germany
ISBN-13: 978-3-423-13518-4
ISBN-10: 3-423-13518-2

Wer sich auf diese Reise begibt, muß tausend
Herzen besitzen, um jeden Augenblick
ein Herz opfern zu können.

FARID UD-DIN ATTAR
Die Vogelgespräche

Die italienische Renaissance schuf vier unübersetzbare Termini zur Bezeichnung eines Entwurfs: *pensiero, schizzo, studio, disegno.* Diese Begriffsvielfalt bezeugt die exakte Differenzierung zwischen den Nuancen des plastischen Werkes, die charakteristisch für das ästhetische Denken dieser Epoche ist, denn obwohl sich alle vier Begriffe um das drehen, was wir heute ›Entwurf‹ nennen, bezeichnen sie durchaus nicht dieselbe Sache. Mit ihnen werden vier verschiedene Aspekte einer Vorstudie unterschieden, jeder einzelne mit seinem spezifischen Charakter. Sie können – was sie in der Tat auch wurden – als vier Stadien auf dem Weg der Gestaltung begriffen werden.

Pensiero bezeichnet das, was wir heute normalerweise ›Skizze‹ nennen, eine Art Rohentwurf, wie ein erstes Hinwerfen der Werkidee auf ein Blatt Papier. In diesem Stadium werden die Grundzüge der Komposition festgelegt, die prinzipielle Aufteilung der Flächen und die Plazierung der Figuren im Gestaltungsraum. Diese Skizze beschreibt zwar noch nicht die Details des Werkes, ihre Struktur aber bildet im Grunde den Kern des gesamten Werkes. Die Frage, der sich der Künstler in diesem Stadium gegenübergestellt sieht, ist folgende: Wie wird der Aufbau des Werkes in Hinblick auf seine Gesamtheit beschaffen sein?

Schizzo [...] befaßt sich nicht mit dem ganzen Werk, sondern mit gewissen Teilbereichen und Einzelaspekten davon. Wie muß eine bestimmte Figur konzipiert sein, um ihrem speziellen Charakter Ausdruck zu verleihen? Wie muß eine bestimmte Handbewegung modelliert sein, um ein Gebet zu indizieren? [...] Die Hauptaufgabe des *schizzo* ist nicht das Sicherstellen der ›Richtigkeit‹ [...] der Darstellung, sondern die Realisierung des Ausdrucks.

Zur Natur geht der Künstler mit der dritten Art von Entwurf über, dem *studio.* Hier wird die Verbindung zwischen dem inneren Blick, wie er in den vorangegangenen Stadien festgehalten wurde, und der äußeren Natur geknüpft, die dem Erfassen durch die Sinne und einem objektiven Maßstab unterliegt. Jetzt, nachdem der Künstler das Gesamtwerk in seinen Grundzügen konzipiert hat und sich selbst über Bedeutung und Art des Ausdrucks der Teilbereiche und Figuren klar geworden ist, geht er daran, seine ideale Vision angesichts der Natur gegenzuprüfen. Diese Prüfung zieht Veränderungen und Korrekturen nach sich und verleiht der Vision auch Fülle und Lebenskraft. Was zuvor eine blasse Vorstellung war, allein in der Phantasie verankert, gewinnt jetzt die konkrete Fülle und den Gestaltungsreichtum, die wir nur aus der Betrachtung der Natur gewinnen können.

Der vierte Typ der Entwurfsausarbeitung wird *disegno* genannt. Während die drei vorherbezeichneten Stadien die Vorbereitungen für ein Gemälde oder eine Skulptur darstellen, ist dies nun die Kreation an sich: Das *disegno* wird nicht mehr als ein Mittel für das zukünftige Werk verstanden, sondern trägt spezifischen Wert in sich. Es ermöglicht, die erste Manifestation des Entwurfs als ›fertiges‹ Kunstwerk zu sehen.

Die Grenzen zwischen den vier Arten von Entwurfsskizzierung sind nicht immer eindeutig, und häufig (vor allem in der Zeit nach der Renaissance) verschmelzen sie auch miteinander. Manchmal gewährt die Betrachtung der Natur nicht nur anatomische ›Richtigkeit‹, sondern auch eine psychologische Wahrheit, das heißt: Das dritte Stadium verändert und kristallisiert Grundzüge heraus, die ihrem Wesen nach dem zweiten Stadium des Entwurfs angehören. Obgleich die Grenzen zuweilen also zwar fließend sind, sind die Charakteristika der vier skizzierten Entwurfstypen fest umrissen und klar.

MOSHE BARASCH
Einführung in die Kunst der Renaissance

Pensiero

DAS LINKE AUGE. Der Vorhang zittert. Ein donnerndes Geräusch, kurz, aber laut. Die Bühne verdunkelt sich. Und wieder ein Donnern ... weißes Licht ...
Die beiden Frauen begutachteten seinen kahlgeschorenen Kopf, die große Narbe auf seiner linken Wange und die kleineren Narben auf Stirn und Schädel.
– Was sehen meine Augen? Tatsächlich einen preußischen Offizier?
– Ein preußischer Offizier? Hier?
– Mensur? Vielleicht war er der Meister des Duells in seiner Burschenschaft.
– Burschenschaft? Du meinst wohl »Korps«, Liuba. Er sieht eher adelig aus.
– Ein deutscher Adeliger auf der *Ruslan*?
– Vielleicht ist er vor einem Erzfeind aus seinem »Korps« auf der Flucht, der ihm die Ohren ausreißen und die Nasenspitze stutzen wollte?
– Ach, Mura, Murotschka ... Sieh doch hin: ein Kinderbuch, von Ludmila Charskaja. Glaubst du, ein solcher Mann würde ein Kinderbuch auf russisch lesen? Du bist nicht weniger verrückt als diese deutschen Junglöwen. Ein preußischer Adeliger auf der *Ruslan*!
– Du hast recht, Liuba ...
Sie sagte etwas mit gedämpfter Stimme, und beide brachen sie in Gelächter aus.
Wüste. Dunstiger Hintergrund. Relikte einer Schlacht: Speere, Helme, Schilde, Schwerter.
– Meine Damen, sagte er und öffnete sein linkes Auge.

DEINES PFERDES ZÜGEL. Die israelische *Mayflower*. Bereits im Jahre 1962 sprach man von einer Jubeljahrfeier der Überfahrt der *Ruslan*. Politiker, Industrielle, Geschäftsleute, Dichter, Maler, Architekten – all jene, die auf den Planken des nahezu legendären Schiffes gereist waren, würden sich mit der luxuriösen *Schalom* einschiffen und auf den Weg nach Jaffa machen, wenngleich nicht von Odessa, so zumindest vom Haifaer Hafen aus. *Mayflower*! Und wäre nicht der Tod von Frau Tschemerinsky gewesen, das Feuer – wer weiß? Es gab nur einen Mann unter den Passagieren der *Ruslan*, der in das Bild vom Pilgerschiff paßte: Herr Ussischkin, König der Zionistenkönige, Schahinschah, Padischah Ussischkin, der in seiner Kabine für sich blieb und nur einmal am Tag zu einem Spaziergang herauskam, ein Gefangener der feucht schäumenden Bastille, mit seiner Stockspitze herrschaftlich aufs Deck klopfend, hochaufgerichtet, nicht willens, nach links noch nach rechts zu blicken, seine Augen über den düsteren Himmel streifen ließ, die aufgewühlte Wasserwüste, in Betrachtung der ungehemmten Elemente der Natur. Der Spaßvogel aus der Chassidengruppe, der die Passagiere der *Ruslan* immer nachzumachen pflegte und in verblüffender Geschwindigkeit jiddische Kehrreime über sie verfaßte, imitierte Herrn Ussischkin geradezu wunderbar. Nach dieser Überfahrt war Marinsky nie wieder einem so fähigen Komödianten begegnet, ein volkstümlicher Improvisator mit einer bestrickenden Stimme. In dem mageren Körper des Spaßvogels wirkte Herr Ussischkin weit angenehmer als in seinem eigenen. Der Scherzbold übertrug eine versteckte Zuneigung auf sein Imitationsobjekt, etwas kindlich Verträumtes. Sein Herr Ussischkin, genau wie der leibhaftige Ussischkin, bohrte stets die Spitze seines Stockes in den Boden, in die Holzplanken, in Gegenstände, Taue und Abfall, als spießte und schlitzte er den Leib eines bösartigen Leviathans auf, während sein Kopf mit grüblerischen Gedanken spielte und sein abwesender Blick über das Tohuwabohu glitt, das die *Ruslan* war, doch nicht nur stolze Überheblichkeit drückte sein Gesicht aus – in des Komödianten Imitation ähnelte Ussischkin den Brautleuten, die immer nach oben blicken, den blauen Himmel in ihren Augen, Glokkengeläut in ihren Ohren, den Bräuten und Bräutigamen auf den glanzvollen Fotografien des gefeierten Odessaer Fotografen Jefrem Serafimovitsch Zlatkin, ein Künstler mit lächelnder Zärtlichkeit und einer mozartesken Liebe für das Wunder des Paares.

Tatsächlich war die *Ruslan* nichts anderes als ein armseliges Frachtschiff, das erbärmlichste von allen, mit vier Kabinen im Heck – die Kabine des rotäugigen Kapitäns, die seiner beiden Offiziere – der Navigator, der bisweilen nüchtern war, und der Hauptmaschinist, der stets betrunken war –, die Kabine des großen Herrn Ussischkin und die des reichen Kaufmanns Jekutiel Schubov und seiner dicken Gattin. Außer diesen Kabinen gab es kein einziges Bett auf der *Ruslan*. Alles schlief im riesigen Schiffsbauch, der nur aus Kohle, Ruß, alten Dreckhaufen, verrotteten Tauen und verrosteten Ketten bestand. In bitterer Kälte und Winterstürmen taumelte das armselige, geradezu unglaublich schmutzige Schiff wie schlafwandelnd, vollgepackt mit kranken und hungrigen Menschen. Es hatte nicht viel gefehlt, und diese elende *Mayflower* hätte Odessa überhaupt nie verlassen. Die Stadt ging von einer Hand zur anderen, von den Händen der Weißen in die der Roten, von denen der Roten wieder in die der Weißen, von Komitees zu Hauptquartieren. Die Menschen, die sich während des großen Krieges nicht aus Mütterchen Rußlands Schoß hatten befreien können, warteten in bröckelnden Hotels, in den Straßen nahe dem Hafen, in den stinkenden Gassen darauf, daß sie nach Erez-Israel zurückkehren könnten: Chassidim aus Jerusalem, darunter der begnadete Komödiant, ein Seidenhändler, zwei Schreiner, ein Werkstattbesitzer aus Haifa sowie zwei Kantoren, ein Elektroingenieur und sogar ein Fernmeldeingenieur. Eineinhalb Jahre lang war Raja zwischen den verschiedenen Komitees mit Boris Schatz' Brief an Marinsky umhergelaufen, in dem vier Worte gefälscht waren, die andeuten sollten, daß Marinsky in Jerusalem lebte und architektonisches Zeichnen an der Bezalel-Kunstakademie lehrte. Er und Raja sowie vier weitere zionistische Familien hatten Jerusalemer Adressen, Straßen- und Personennamen auswendig gelernt, um die Prüfung vor den vielen Komitees zu bestehen.

Die Weißen zeigten sich bereit, den armen Exilanten Ausreisegenehmigungen nach Erez-Israel zu erteilen; die Roten waren nicht geneigt, auch nur irgendeinen Menschen aus der sowjetischen Insel, dieser Insel der Gleichheit und Gerechtigkeit, ziehen zu lassen. Im April tauchten rote Flaggen an der Masten der französischen Schiffe im Hafen auf, und als die *Ruslan* schließlich ausgelaufen war und sich etwa zwei Kilometer von der Küste entfernt hatte, war von weitem der knatternde Widerhall der *Maxims* zu hören und das Knallen kleiner Granatwerfer – die Roten rückten wieder auf den Stadtrand vor.

Ein gewisser Avraham Krila brachte eine große Anzahl Sperrholzplatten mit aufs Schiff, um damit (wie er in seiner Unschuld dachte) Hütten im Heiligen Land zu bauen. Es vergingen keine zwei Tage nach Auslaufen, und schon waren sämtliche Platten des Herrn Krila über der Kohle, dem Ruß, dem Rost und den Abfallhaufen ausgebreitet. Vergebens waren all seine Proteste und Drohungen, umsonst die Tränen und anklagenden Blicke, mit denen er die Passagiere bedachte. Die Platten des Herrn Krila lagen auf dem Boden der *Ruslan*. Jemand errichtete sogar einen kleinen Kiosk damit, kochte Suppe in einem großen Topf und verkaufte sie spottbillig an die Passagiere; auch ein

Komitee fand sich zusammen, das Geld für diejenigen sammelte, die die wenigen Groschen für die Suppe nicht aufbringen konnten.

Es war nicht die See der Liebesgöttin, sondern die des Wasserdämons, ein räudiger, schmutziger Wasserteufel mit grün schleimigem Algenhaar, durchwoben von Farnen, Muscheln und alptraumartigen Schlingpflanzen, ein Meer von Ungeheuern des Grauens, Ausgeburten der Finsternis. Wer hätte dort der Göttin der Liebe huldigen können? Der Kapitän, verdreckt wie sein Schiff, mit seinen stets roten Augen und seinem Bart wie eine Sturmwelle im Widerstreit der Winde? Seine beiden betrunkenen Offiziere? Der ständig hustende und sich schneuzende Kaufmann Schubov? Seine Gattin, deren Fettpolster einen wahrhaft verblüffenden Anblick abgaben in jenem Jahre 1919? Der große Herr Ussischkin, der aussah wie einer, der die Vergnügungen der Göttin als töricht und nichtswürdig betrachtete?

Über einen Monat ... Quarantäne in Istanbul ... Quarantäne in Piräus ... die Duschen in diesen Quartieren – kochendes oder eiskaltes Wasser, in Istanbuls leckenden Wellblechbaracken. Doch dort gelang es Marinsky immerhin, drei großzügig bemessene Rakiflaschen und eine riesige Dauerwurst zu kaufen – ein ganzer Schatz im Austausch für seine Uhr.

Jenseits des Zauns schritten Istanbuls Lastenträger, märchenhafte Akrobaten mit byzantinischen Jochen, auf ihrem Rücken Güterpyramiden balancierend, gewaltige Schränke, die wie für Häuser von Riesen bestimmt schienen. Marinskys Hände waren zu klamm vor Kälte, als daß er die Palette der Kopfbedeckungen dieser Menschenmenge hätte zeichnen können, wie aus einer phantastischen Seite des Brockhaus. Alle Arten von Turban oder Fes, mit Federn, bunten Stoffstücken, Schals, Schleppen, Fransen. Der Mensch ist ein höchst ansehnlicher Berg und der Kopf sein Gipfel – die Kuppel aller Pracht und Herrlichkeit. Diese Masse gehörte nicht ins Jahr 1919, verloren in tausendundeiner Nacht von Chaos und inmitten des Chaos – das Auge der Leere. Verwahrloste Soldaten gingen an ihm vorbei, zitternd vor Kälte in ihren abgewetzten, geflickten Überröcken, hungrig und verängstigt.

An Deck des Schiffes sagte er zu Levinson: Ich hörte einmal, kein Meer sei blauer als das Mittelmeer, und wickelte sich in eine zerrissene Decke.

Als sie aus Istanbul ausliefen, imitierte der Spaßvogel Marinsky zum erstenmal die Gestalt eines preußischen Offiziers, der einen Finger über die Narbe gleiten läßt, mit einer imaginären Peitsche an einen nicht vorhandenen Stiefel knallt, ein Monokel im rechten Auge,

den Mund herrisch verkniffen. Woher wußte der Komödiant, wie ein preußischer Offizier aussah? Und wie er das Bild des Herrn Ussischkin weicher zeichnete, so strebte er auch nicht danach, die Gestalt des preußischen Offiziers perfekt auszuformen, sondern ließ Anspielungen auf Marinskys Judentum bestehen, wie ein Gesicht, das unter einer zu klein geratenen Maske hervorlugt. Welch ein wunderbarer Künstler er war! Imitierte die Schiffspassagiere mit wenigen Bewegungen, erzählte Geschichten davon, wie wichtig die Geschichte sei, welch magische Kräfte sie besitze, ein Schlüssel zur Veränderung des Lebens: ein Diener des Baal Schem Tov – mein halbes Vermögen für den Mann, der mir die Geschichte erzählen kann ...
Reichlich ein Monat ...
Sogar ein Wunder sei geschehen während der Überfahrt der armseligen *Ruslan*, sagte man. Zwischen dem Schwarzen Meer und dem Marmarameer verlief eine dünne, blasse, wie mit einem Lineal gezogene Linie, schwarze Wasser im Osten davon, kleine, silbergraue Wellen im Westen, und zwischen dem Marmarameer und dem Mittelmeer spannte sich eine scharfe Linie: das Marmarameer, zur Gänze winzige silbrige Wellen, und von der anderen Seite her das Mittelmeer glänzend in seiner Bläue, vielleicht eine Spur graublau, jedoch unbestritten blau.

Ruslan, Ruslan ...
Sieh, du hast deinen Messinghelm abgenommen,
deines Pferdes Zügel sind dir unter der Hand zerronnen,
langsam, schleppend wirst du des Weges ziehen ...

Der Offizier der Weißen, der sie vor dem Auslaufen auf der Schiffsrampe kontrollierte, blickte verächtlich auf sie herab, als untersuche er einen erbärmlichen Ameisenhaufen, überlegen und mit feinem Spott. Marinsky schloß die Augen, als der Blick des Offiziers auf ihn fiel. Wie stets ließ ihn die Angst vor den offiziellen Herrschern frösteln. Der junge Offizier sah stolz aus in seiner sauber gebügelten Uniform, krachend auf Hochglanz poliert, wie Esterházy, peinlich korrekt gekleidet, ein hübscher Schnurrbart, Jago Esterházy, sein Schnurrbart war schöner als der von Dreyfus. Dieser seltsame Ort, dieser Ort ... Wo war das gewesen? Und was genau war es? Ein Palast? Eine Burg? Ein Kloster? Ein kurzer Hang mit bergigem Pfad und überall Wasser, strömendes Wasser, etwas Grünes ... Die Höhle in Aluschta? Die vier Engländer entluden das Segelboot ...

Steigt aus – eine fremde kleine Station,
blickt sich um nach allen Seiten durch eine Lorgnette ...

Der Eingang ins Labyrinth, Öffnung zu einem ägyptischen Pylon, ein sperrangelweit gähnendes Mausoleum des Todes. Marinsky verwandelte das Labyrinth in einen Irrgarten aus Mosaik, Marmorboden wie fließendes Wasser, in die Linienpuzzles von Büchern und auf den letzten Seiten von Zeitungen mit einem gespitzten Bleistift daneben, der von Öffnung zu Öffnung führt, vom oberen zum unteren Eingang, und vom unteren zum oberen, gemäß Monsieur Tremeaux' Algorithmus, wie man sich durch ein Labyrinth findet, doch antike Mosaiken und fließender Marmorboden schmückten auch das Reich des Todes. Obwohl sich das Labyrinth und die Öffnung des abweisenden Pylonen immer wieder für ein Weile zurückzogen, sich in der Ferne zu verflüchtigen schienen, konnte Marinsky sie nicht gänzlich vertreiben. Das Herz, nach den zwei Anfällen, neigte zum Obskurantismus. Das Trapez des Pylonen war ein Zeichen des Todes, ein Todeszeichen im anatomischen Theater. Ho, Feld, Feld, wer besäte dich mit den Knochen der Toten?

ZUM ERSTENMAL MACHTE SICH EIN GROSSER ARCHITEKT NACH TEL AVIV AUF. Ezra Marinsky auf der *Ruslan*. Ruslan, der schöne Held, jagt, jagt im Galopp, dahin und dahin, und da, hoch wächst ein Hügel aus der Wasserfläche. Ein Hügel? Nein, kein Hügel. Der Kopf eines schlafenden Riesen. Des Kopfes Augen sind geschlossen, des Kopfes Augen öffnen sich. Auf in den Kampf, *Ruslan*, Volldampf voraus – *Ruslan*! Tschra! Tschra! Tschra! Seepferdchen purzeln unter dem Schiff durch, hinauf und hinunter, auf und ab in den Schlingen der See, Wasser strömt über ihre Nasen, über ihre Pferdehäupter. Nimm dies als Geschenk, Jaffa, die Perle der Meere, o Königin von Ober- und Unterägypten, die Seepferdchen schießen empor und tauchen hinab unter den Kiel der *Ruslan*, diese Stadt als winziger Ring an einem deiner delikaten Finger, Schönste der Töchter des Erdenballs, deines Blickes Glanz und Körpers Glorie sind tausendfach mächtiger als die Trunkenheit der Tausenden, die den Triumphzug bejubeln ... Ein derart in sich selbst verliebter Mensch hätte seinen Körper lieben müssen, seinen Geruch, sogar seinen Schmutz und seine Bartstoppeln, seine überlang gewachsenen Fingernägel, doch sieh da – jeden Tag ein Bad, stundenlang in einer heißen Wanne mit goldenen Golfströmen teurer Essenzen, um den Körper vergessen

zu machen, schmelzen zu lassen. Napoleon saß gewiß Stunden in seiner kleinen goldenen Badewanne, Regent über das Wellengekräusel! Beängstigend, furchterregend! Nur mit Levinson, zusammen mit Levinson, Levinson, der alles selbstverständlich nahm, nur mit ihm zusammen fürchtete er sich nicht. Fremde, die in Jaffa ankamen – ein viertel Gramm Chinin jeden Tag während der Sommermonate, ein viertel Gramm Chinin! Wie in Äquatorialafrika! Ein viertel Gramm ... keine Architekten, keine Baumaterialien ... und was, wenn er Herrn Goldberg von der Petrograder Gesellschaft *Der Baumeister* nicht fände? Und wenn er Goldberg fände, ihm jedoch nicht zusagte? Wohin sollte er sich wenden? Und wenn ihn gleich nach seiner Ankunft das Fieber verzehrte? Die Summe aller Juden in Palästina entsprach der Einwohnerzahl von Simferopol. Und Herr Goldberg – ein echter Doktor von der Universität, Zeitungen, Kunst und wer weiß was. Würde er wieder seine Ignoranz entblößen, wie bei Professor Stepanov? Professor Stepanov hatte seine Unwissenheit sehr schnell aufgespürt. Unwissenheit bei Architekten ist keine Schande, hatte er gesagt. Und es liegt – der Raki ging zur Neige – eine Erleichterung in der Offenbarung der eigenen Unwissenheit. Fragen zu stellen, die er anderen Leuten in Odessa niemals hatte stellen können. Professor Stepanov, ein großer Gelehrter, ein berühmter Dichter.
– Wie, Professor Stepanov, wie erdachten sie die Zukunft, diese alten Griechen. Es will mir nicht gelingen, das zu verstehen.
– Die Zukunft ist vorherbestimmt. Was gibt es da zu verstehen? Alles ist vorherbestimmt. Man muß nur offenbaren, was festgelegt ist. Mittels Prophezeiung, Orakel.
– Aber was bedeutet vorherbestimmt? Ich verstehe das nicht.
– Von vornherein bestimmt, seit immer und ewig auf immer und in alle Ewigkeit.
– Ich verstehe nicht.
– Wo sind Sie geboren, Marinsky?
– Nahe Simferopol.
– Wer war Ihr Vater?
– Ein Schneider.
– Hatten Sie jemals Mumps, Masern?
– Mumps, Masern und auch Keuchhusten und Pocken, jedoch nur leicht.
– Mit wieviel Jahren kamen Sie in die Schule?
– Mit fünf.
– Wann haben Sie sich zum ersten Mal verliebt?
– Mit elf.

– Kann man an all dem etwas ändern?
– Woran?
– An Ihrer Geburt, den Krankheiten, Ihrer ersten Liebe?
– Nein.
– Und genausowenig kann man die Zukunft ändern. Die Zukunft ist wie die Vergangenheit.
– Wie die Vergangenheit? Aber das ist beängstigend, sehr sogar, Mjastislav Ivanovitsch ...

Tschra! Tschra! Tschra! Ein viertel Gramm Chinin jeden Tag während der Sommermonate in Palästina. *Ruslan* jagt im Galopp auf den ungeheuren Kopf zu, die ignoranten Architekten, *Bomarzo* – der gewaltige Kopf, der fürchterliche Rachen, der mörderische Elefant, das zerfallende Haus, die Liebe zu edlen Monstrositäten. Jedes Ungeheuer ist eine wundersame Kreatur, solange es sich außerhalb des Herzen befindet. Nur mit Raja, mit Levinson, mit Mischa Kastelanietz zusammensein. Für sie ist das Leben selbstverständlich. Levinson, hell und kühl – Bitki kann man nicht mit ihm spielen, keine Holzstückchen für Liliputaner werfen, dazu ist er zu gebildet. Die Admiralsstunde hat geschlagen. Ein paar Schluck gegen die Angst. Etwas Unstimmiges, disharmonisch Unschönes liegt in einer nahezu leeren Flasche. Der Flüssigkeitsrest verletzt die Perfektion der Flasche. Nicht allein sein, nicht einsam sein, aber auch nicht mit allzu vielen Menschen in einem riesigen Büro, niemals in die markierten Durchgangsbereiche geraten, von keiner Seite. Ah, Monsieur Tremeaux, du und dein so kluger und simpler Algorithmus. Ich werde es nicht tun, ich werde in kein Büro gehen, ich werde mit Raja, mit meinen Freunden zusammenbleiben, mit Levinson, mit Kastelanietz.

Flaggen am Mast, zerfranst wie Lumpen, schmutziges Weiß auf dem Vorderdeck, geflochtene Seile: *Ruslan*, der unschuldige Held, wandert über die ausgedehnten Weiten, voll des lechzenden Sehnens nach seiner Ludmila, Jaffa, die Perle der Meere, eine äthiopische Andromeda in Ketten, Gestirn der Andromeda, deren stattliche Glieder zwischen den Felsen hervorragen, aus den ehernen Fesseln quellen, Wellen zerbersten lassen, schaumentblößt ihre Rundungen, die untertauchen in Verzicht und Schlummer.

Die schmutzig weißen Boote, die Seilflechten. Dreißig Jahre alt, und immer noch vermag der Name des Schiffes dein Herz zu bewegen. Ach, Ezra! Die Maschine und das schnelle Vibrieren im Eisen, werden sie schwächer? Die Planken sind naß, und da sind die Möwen. Keine Albatrosse, keine Delphine – Möwen. Der Raki geht zur Neige ... du solltest die Flasche nicht leertrinken ... schau an, die Frau mit dem dunklen Parfüm. Murotschka? Ein Duft wie nach Karameläpfeln ... und hier ist Niuta, die Tochter des Verrückten. Bezaubernde Pigmentflecken auf ihren Knien, ihre Brust – ein tanzender Schwan. Ruslan jagt im Galopp auf Ludmila zu: Ho, mein Freund, hat sie mein Hoffen enttäuscht? Wird die unglückliche Ludmila die Zauberbande zu lösen vermögen?

DAS PUPPENHAUS. Die parfümierte Frau drehte ihm ihr Gesicht zu, auf ihrem Kopf ein weißer Hut. Murotschka? Ein weißer Hut, wahrlich und wahrhaftig weiß! Nach wochenlanger Überfahrt! Ein weißer Hut und ein schwarzes Ridikül, groß und glänzend, in dem man mit Leichtigkeit eine Rakiflasche unterbringen könnte. Ein weißer Hut, ein Ridikül: Murotschka hatte beides vor den Verheerungen des Brusttyphus, des Darmtyphus, des Flecktyphus und der spanischen Grippe gerettet, vor den Atamanen und ihren mörderischen Haidamaken, betrunken, roh und von Syphilis zerfressen. Die Wirklichkeit wird zum moralischen Schauspiel, dessen längste Zeilen der Tod rezitiert, sagte Stepanov. Doch Murotschka trug ihren weißen Hut! Marinsky liebte Frauen und ihre machtvolle Überlegenheit.
Der Wein sprudelt, laßt uns ihn trinken!
– Geh hinunter, Niuta, neben meiner Matratze ist ein Rohr, und zwischen dem Rohr und der Wand steckt etwas in Zeitung eingewickelt. Bring es mir, aber so, daß es Raja nicht sieht.
– Ich bin doch nicht von gestern, Onkel Ezra, sagte das Mädchen.
Hätte er doch nur noch ein paar Hemden gehabt ... nur zwei Hemden und eine Hose, nur ein Paar Schuhe, Raja hat wenigstens ein paar Kleider und Schals, Handschuhe, solche Dinge, ein Medaillon, zwei kleine Ringe. Ob die Kiste mit dem Zeichenmaterial, den Tischen, Papieren, der Büroausstattung, ankommen würde? Und in der Kiste war eine Schatulle mit Münzen, Banknoten. Obgleich mit all diesen Münzen schwerlich auch nur eine Hose und ein Hemd zu kaufen sein würden, ganz zu schweigen von guten Schuhen. Doch ob die Kiste über Rotterdam bis hierher gelangen würde?
Rückblickend schien alles beängstigend, das Jüngste Gericht, der Prediger mit dem erhitzten Gesicht, Tierklauen, Raubvogelkrallen. Niuta brachte die Flasche in ihrem Puppenhaus. Es gibt kein besseres Heilmittel gegen die Angst! Ein Puppenhaus! Das Stampfen der Maschinen verlangsamte sich, die Rohre im Schiffsbauch gurgelten hustenerstickt, wie im Bemühen, die Kehle freizuräuspern. Ein Schauder durchfuhr das rostige Eisen. Oh, das armseligste aller

Schiffe, das auf dem breiten Rücken des Mittelmeeres getragen wurde.
Ruslan, Ruslan ...

> Sieh, du hast deinen Messinghelm abgenommen,
> deines Pferdes Zügel sind dir unter der Hand zerronnen,
> langsam, schleppend wirst du des Weges ziehen ...
> deine Seele verlischt, sieh, schon entfliehend ...

Und was? Und was kommt nach dem Sieg? Nachdem *Ruslan* den Kopf des Riesen überwältigt haben wird? Den alten schnarchenden Hügel? Der besiegt sein Maul gähnend aufriß und seines Herzens Bitterkeit über sein Schicksal ausspie: alles Opfer, wir alle sind Opfer. Oh, Kopf! Oh, *Ruslan*! Die verzauberten Seelen der Ungeheuer heulen des Nachts.
– Werden wir denn mitten im Meer stehenbleiben? fragte Murotschka mit ihrem weißen Hut.
– In fünf Minuten werden sie die Maschinen repariert haben, sagte er, so wie es die Wahrsager und Astrologen taten. Welch ein Vergnügen! Und nicht einmal fünf Minuten hatten sich gerundet, als die Maschine wieder im gleichen Rhythmus wie zuvor zu stampfen begann. Die Frau blickte ihn dankbar an. An einem ihrer Finger glänzte blau ein Diamant.
– Er gefällt Ihnen?
– Hübsch, sehr hübsch.
Er vergrößerte ihn hundertfach und schleuderte ihn in den Himmel – ein Riesendrache.
– Ich hätte ein Dach für einen Bahnhof aus ihm machen können, sagte er. Eine riesige Kuppel. Marinsky betrachtete ihre nicht allzu großen Brüste, die schöne Kette an ihrem Handgelenk, eine sehr dicke Kette, wie eine grausame Fessel an ihrer hübschen schmalen Hand. Raffiniert. Symbolisch – wie sie sich kleidete, welchen Schmuck sie trug. Das Schiff schlingerte heftig. Marinsky streckte seine Hand aus, um der hölzernen Lehne der Dame im weißen Hut Halt zu geben. Er berührte ihre Hüfte dabei und fühlte sich weniger einsam. Röte ließ das Gesicht der Frau erblühen. Sie erhob sich. Wie stark ihr Biomagnetismus war ...
– Sie ist wegen dir errötet, Onkel Ezra, sagte Niuta Meislisch, Pinje Meislischs kleine Tochter, über dessen Haupt das Todesurteil eines zaristischen Gerichtshofes hing.
– Frauen wie sie, sagte Marinsky, wobei er das Puppenhaus ansah, haben eine sehr durchscheinende Haut. Das ist alles.

– Sie ist wegen dir errötet.
– Hör mir zu, Niuta. Sieh mich genau an. Mit meinem rasierten Schädel und diesen Narben schaue ich doch wie ein sibirischer Sträfling aus.
– Damit ähnelst du einem Preußen, und die Narben sehen wie die von den Studenten in Deutschland aus. Weißt du, was ich meine?
– Wie gebildet du bist, Niuta. Hör zu. Komm näher her zu mir, ich möchte dich um etwas bitten. Würdest du tun, worum Onkel Ezra dich bittet, eingedenk unserer langjährigen Freundschaft, und weil ich niemandem davon erzählt habe, was deine Freundin eines Nachts vom Fenster meines Hotelzimmers aus gemacht hat?
– Du bist wirklich ein Ferkel, Onkel Ezra, daß du dich an solche Sachen erinnerst.
– Ich ein Ferkel? Also?
– Was ist es?
– Du kannst mich mit einer einzigen Bewegung glücklich machen. Wirst du mir meine Bitte erfüllen? Und deinem Vater nichts davon erzählen?
– Das hängt von der Bitte ab ...
– Das hängt von der Bitte ab! So würde mir jeder x-beliebige Fremde antworten, wenn ich auf der Straße an ihn heranträte, meinen Hut abnähme und sagte: Mein Herr, wären Sie bereit, mir eine Bitte zu erfüllen? Das hängt von der Bitte ab, wäre die Antwort des Mannes. Wenn du meine Freundin wärst, würdest du ohne zu zögern antworten: Ja, Onkel Ezra, ich tue, was immer du möchtest.
– Wenn es dir so wichtig ist, Onkel Ezra.
– Wirf dieses Puppenhaus ins Meer, und sag deinem Vater, du seist ausgerutscht und es sei hineingefallen.
– Aber warum, Onkel Ezra? Magst du mein kleines Puppenhaus nicht?
– Ich hasse Puppenhäuser, ich hasse diese kleinen Sachen, Häuschen, Utensilien, winzige Möbel, Küchengerät. Es ist ekelhaft, das Ekelhafteste auf der Welt.
– Aber ich bin auch klein.
– Du bist nicht klein, du hast die Größe, die du haben willst, aber wenn du die Welt in Miniaturform liebst, wirst du auf immer verloren sein; siehst du einen Riesen, wirst du ihn sofort in einen Zwerg verwandeln wollen, einen Berg in ein Hügelchen, eine Pyramide in einen Briefbeschwerer. Wirf das Puppenhaus ins Meer. Ich bitte dich darum!
– Bist du verrückt, Onkel Ezra?

– Niuta Meislisch, hüte gefälligst deine Zunge, und sprich mit Anstand. Es gibt nichts Wichtigeres als Anstand im Dschungel. Wirfst du dieses Puppenhaus nun ins Meer oder nicht?
– Und was gibst du mir dafür?
– Was ich dir dafür gebe? Schuldest nicht eher du mir dafür Dank, daß ich über deine Seele wache, daß sie nicht auch wie ein Puppenhaus wird – klein, verschlossen und staubbedeckt?
– Was gibst du mir?
– Hör dir deinen Ton an. Welch eine Stimme voll füchsischer Schläue ... Frauen! Wo ist das Erhabene in euch, das Spirituelle?
– Kein Kreuzer, kein Schweizer, Onkel Ezra!
– Kreuzer! Ein elfjähriges Mädchen gibt wurmstichige deutsche Sprichworte von sich!
– Bemale mir die linke Hand mit Henna, wie du es in Odessa gemacht hast, als wir gespielt haben, wir wären im Harem von Bachtschissarai.
– Du erinnerst dich daran, wie böse dein Vater wurde ...
– Aber jetzt ist er unten und sieht nichts, er ist seekrank, wie Tante Raja.
– Was meinst du damit, sieht nichts?
– Er – sieht – es – nicht ...
– Und hast du noch Henna?
– Ich habe es in zwei Farben.
– Du bist eine solch raffinierte Schlawinerin, Niuta.
– Wenn du nicht sofort einverstanden bist, dann verlange ich, daß du mir auch die andere Hand anmalst, die Finger und alles.
– Moment, Moment ...
– Eigentlich möchte ich, daß du mir auch einen Fuß bemalst. Die linke Hand und den rechten Fuß. Das möchte ich.
– Du sagtest, die linke Hand ...
– Du bist wirklich ein Feigling, Onkel Ezra. Gut, dann eben nur eine Hand.
– Und was für ein Bild möchtest du haben?
– Ein Schachbrett auf dem Handteller und ein Myrte auf den Fingern.
– Und du wirfst das Puppenhaus weg?
– Ich halte meine Versprechen, Onkel Ezra.
– Eine Hand?
– Eine Hand.
– Wirf dieses Ding weg und hol das Henna.

Das Mädchen warf ungerührt das Puppenhaus mit seinen vielen

Zimmern voller winziger Möbel über Bord. Einen Augenblick segelte es auf einem Wellenkamm, wie eine farbenfrohe Arche Noah, und versank dann abrupt. Niuta ließ ihren Ranzen bei ihm zurück.
– Ich bin gleich wieder da, sagte sie. Mach den Ranzen nicht auf.
Sofort zog Marinsky wahllos ein Büchlein aus dem Ranzen und blätterte es schnell durch: »Das Mädchen, ihre nächtlichen Flechten zerzaust wie die Zweige einer Trauerweide, blickte sie erschreckt an. Scheich Schuga el-Mulk zog sein Schwert gegen Kandahars fahle Lichter. Mein König ... Randschit Singh ... meine Herren Generäle, flüsterte das Mächen. Aber es war bereits zu spät ...
... meine Brüste sind wie zwei blutbefleckte Lilien. Glücklich der Mann, der sein Haupt auf meine Brüste legen wird. Wie der volle Mond, so leuchtet mein Gesicht, wie funkelnd schwarze Diamanten schleudern meine Augen Blitze ...«

Fünf schmale Bändchen lauerten in Niutas Ranzen. Im Djelo-Verlag, zwanzig Kopeken, fleckig von Ruß, Salz und Teefermenten: *Die Geliebten Katharinas II.*, *Die Geheimnisse der Festung Schlüsselburg*, *Die Mysterien der Inquisition*, *Kleopatra*, *Messalina*. Noch nie hatte er ein Gesicht wie das Niutas gesehen, Gamayun, die russische Sphinx, ein Vogel mit Frauengesicht, ein etwas rundliches Gesicht, extrem große Augen; auch ihr Körper war wie der eines Gamayun – leicht und hohlknochig. Auf dem Umschlag vorne eine Reklame: Pillen gegen Trunksucht, international preisgekrönt, Tausende Dankesbriefe. Ein Professor schreibt uns: Nach einem einzigen Tag verspürte ich bereits vollkommenen Ekel gegenüber jedem alkoholischen Getränk! Auch seine Adresse war angegeben: Professor Sergej Rulanov, Jekaterinoslav, Polizejskajastraße 38. Rulanov, Ruslanov! Nichts ist, wie es scheint. Bürgt der Name einer Straße für die Aufrichtigkeit der Anzeige? Der Preis einer Schachtel: zweieinhalb Rubel, eine halbe Schachtel: eineinhalb Rubel. Für eine solche Pillenschachtel – zehn Bändchen über Kleopatra, Messalina, Inquisition, Katharina. Pillen gegen Trunksucht! Und die Straße in Jekaterinoslav. Er war einmal durch Jekaterinoslav gekommen auf dem Weg zu seinem Großvater. Tot für immer, auf ewig fern, entschwunden. Könnte er doch einmal nur in einem Bad untertauchen, für zehn Minuten, eine Viertelstunde! Für immer! Er räumte die Bändchen in Niutas Ranzen zurück. Ein Blatt aus einer Enzyklopädie: die Tiere Afrikas. Im Zentrum der Seite: der Löwe und die Löwin, umgeben von den übrigen, einzelnen Tieren, der Elefant mit seinem Rüssel, die Giraffe mit ihrem Hals: Wie ein Kranz umringten sie das königliche Paar.

EINE KLEINE GOLDENE BADEWANNE. Napoleon in der goldenen Badewanne, eingehüllt in parfümierte Düfte. Die verwobenen Wellen des Meeres hoben und senkten, hoben und senkten sich, die gewaltige See regte sich nicht, nur ihre winzigen Turbulenzen kleideten sich in Wellenkrause, in Spitzenschaum. Sauerstoffblasen trugen Signale in die Tiefenströmung, zu den blinden, felsigen Ungeheuern der Finsternis, umtanzten leicht die mächtigen Wassersäulen, stumme Atlasse, verstrickt im Schlamm der Ewigkeit. Sonne und Wind zogen die blendend weißen Bläschen über die weite Wasserebene, die delphinartigen Wellenbögen. Wer hätte die Wellen, die Vielzahl ihrer Gesichter und ihre Winkelzüge, die Wechselfälle von Winden und Strömungen errechnen können? Doch Napoleon, in der kleinen goldenen, von Düften umwogten Badewanne sitzend, war selbst Ursprung der Wellen und sandte eine Welle hinter seinen Rücken, zwischen seine kleinen Schulterblätter, zur Mulde seines noch jugendlichen Bauches, unter seine Achselhöhlen, zu seinen auf der Wasseroberfläche treibenden Schamteilen, über seinen Adamsapfel, zu den Verstecken seines Nackens, zum Rand seiner Nasenflügel, lauter kleine, gehorsame Wellen, bescheiden und unterwürfig.

DIE HIMMLISCHE AUSGEGLICHENHEIT. Und was hatte das Schicksal ihr bestimmt? Er betrachtete ihre kräftigen Beine, wie die einer kleinen Löwin, wie bei einem dieser jungen Tiere, die eines Tages noch sehr groß und stark werden würden. Doch zeichnete sich etwa am Bein selbst, an der kleinen Verdickung am Gelenkansatz eine gewisse Grobheit, Klobigkeit ab? Schau genau hin, Marinsky, das Schicksal des Landes liegt nicht weniger in den Beinen der Frauen als im Rohrstock der Lehrer. Nein. Die Muskeln waren langgestreckt. Die kleine Verdickung war nur dazu angetan, die Niutas Körper innewohnende Lebenskraft zu betonen. Die Knie? Es war noch schwierig, irgend etwas über die Knie auszusagen, Kinderknie. Ihre Haare waren dicht, fielen in überaus geschmeidigen braunen Wellen, weich trotz des Schmutzes der Reise. Sie würde einmal herrliches Haar haben. Weiße, jedoch keine spröde Haut, verschönt durch die Sonnenbräune, die ihre Stirn und hübschen Schultern zur Geltung brachte. Über den Körper selbst, die Brust, sogar den Hals, war schwer etwas zu sagen. Noch war sie ein sehr mageres Kind. Ihre Finger waren wohlgeformt, makellos weiße Halbmonde, hübsch, ihre Ellbogen spitz, doch war anzunehmen, daß sie nicht für immer und ewig so spitz bleiben würden. Sie hatte sehr lebendige Augen, funkelnd und klug; in ruhigen Momenten lag die Ausgeglichenheit eines Frühsommerhimmels darin, die einer anderen Welt entstammte, dieselbe Ausgewogenheit, um die er immer bestrebt gewesen, die ihn zu einem so guten Architekten hatte werden und das *Mithridates* bauen lassen. Ein Versprechen von unschuldiger Hingabe, Leichtfüßigkeit und Charme.

DIE ZWEI MÖWEN. Mischa Kastelanietz stand neben ihm. Er war sehr krank, desolat. Die Augen fielen ihm ständig zu, und er mußte seine Brauen hochziehen und immer wieder seine Kiefer aufreißen, um wachzubleiben.
– Wenn die Reise nicht bald zu Ende ist, werde ich auf diesem Schiff sterben, sagte er.
– Setz dich, setz dich neben mich, entgegnete Marinsky. Ich denke die ganze Zeit über Schornsteine nach. Schornsteine sind eine interessante Sache. Schau zum Beispiel den Schornstein unseres Schiffes, der *Ruslan*, an.
– Ich bin nicht imstande, mir jetzt etwas über Schornsteine anzuhören, sagte Kastelanietz.
– Du machst einen Fehler. Ich werde dir etwas Unterhaltsames über Schornsteine erzählen.
– Ich will nichts von Schornsteinen hören. Versuche nicht, mich zu erheitern oder mich zu trösten.
– Ich denke schon seit einer guten Woche über sie nach.
– Ich würde am liebsten verschwinden, Ezra, stieß Kastelanietz mit brüchiger Stimme hervor.
– Verschwinden? Was soll das heißen?
– Einfach verschwinden. Unsichtbar werden. Ich wollte schon immer gern verschwinden. Als ich in der Schule war, wollten alle mehr sein, in Erscheinung treten, und ich wollte immer nur verschwinden.
– Hör zu, Mischa, sagte Marinsky. Du bist bedrückt von dieser Reise und dem Wetter, von dem Platzmangel, dem Schmutz und der Essensknappheit. Das ist ganz und gar verständlich, doch sprich mir nicht von Verschwinden. Wenn es etwas gibt, das ich hasse, dann sind es Geister.
– Wer redet denn von Geistern?! brauste Kastelanietz auf.
– Hast du einmal über die Schönheit der Schornsteine und ihr Mysterium nachgedacht?
– Ich will kein einziges Wort mehr von Schornsteinen hören! schrie Kastelanietz.
Marinsky beäugte ihn vorsichtig.

– Sei nicht bös. Keine Schornsteine – gut, also keine Schornsteine. Ich werde nicht von Schornsteinen reden. Obwohl ich immer noch meine, du versäumst etwas.
– Und ich sage dir, ich werde hier sterben.
– Trink ein bißchen mit mir.
– Ich liebe es nicht zu trinken. Ich möchte sterben! Sterben will ich. Ich möchte, daß mein Leichnam in dieses widerliche Meer geworfen wird und mich die Fische und Möwen fressen.
– Möwen?
– Egal was.
– Sieh dir diese zwei Möwen an, sagte Marinsky zu ihm, kämpfen darum, welche auf dem Schornsteinrand stehen darf.
– Kämpfen? Das glaube ich kaum.
– Worum wettest du mit mir, daß die Weiße siegen wird?
– Hör auf, diese barbarischen Sachen zu trinken, Ezra.
– Ich setze meinen Füllfederhalter und du deine Stange Zigaretten. Was hältst du davon, Mischa?

Kastelanietz betrachtete die beiden Möwen. Marinskys Weiße war zweifellos unterlegen. Aber seine exklusiven Zigaretten dafür riskieren? Marinsky zog den Füllfederhalter heraus, ein großes, schönes Exemplar, die Hand selbst schien bei dem Gedanken daran, ihn zwischen den Fingern zu halten, zu wachsen. Die weiße Möwe würde verlieren. Immer wieder glitt sie ab, gab auf und ließ sich fallen, klammerte sich an die Reling, wechselte zum Heck, zum Bug, umflatterte zaghaft den Schornstein.

Kastelanietz erblaßte, wie die Jungen, die bei simplen Kartenspielen auf den Molen im Odessaer Hafen, in der langen Karantinstraße, Wetten abschlossen. Seine Blässe breitete sich entlang der Nase zu Augen und Stirn aus, sogar seine Lippen wurden etwas bleich. Er strich sich mit den Fingern durch sein lockiges Haar. Im gleichen Augenblick näherte sich ihnen Herr Ussischkin, sein Stock wirkte wie der Stab eines Propheten, Eroberers, Generals. Eine Glocke des Schweigens begleitete ihn, wie er langsam zwischen den Menschen einherschritt, die zu dieser Tagesstunde so schmutzig und geschwärzt wie Schornsteinfeger aussahen.
– Es gilt!
– Die ganze Stange – nicht nur eine Schachtel.
– Es gilt, wiederholte Kastelanietz und wurde noch blasser.
– Niuta, komm her als Schiedsrichter!
Das Mädchen klatschte fest auf ihre vereint gedrückten Hände, und sie hoben ihre Köpfe zu den Möwen empor.

Die weiße Möwe gab ihre Versuche nicht auf.
– Vorwärts, Weiße, vorwärts! Auf in den Kampf! Voran, mein Held! Vorwärts, *Ruslan*!

Die schwarze Möwe breitete ihre Flügel aus und stellte sich der Weißen entschlossen überall in den Weg.
– Vorwärts, *Ruslan*! Zeig es den Mächten der Finsternis! Erhebe dich, und mach dich ans Werk! Tu deine Pflicht! Los, los, bekämpfe sie! Schieß los! Breite die Flügel aus!
– Deine Möwe ist ein Feigling, sagte Kastelanietz.
– Pack sie dir! Hol sie herunter! Mach dich über sie her wie ein wahrer Held! Rupf ihr die Federn aus! Schlag die Nacht! Erhebe dich und siege!

Doch die weiße Möwe spreizte plötzlich die Flügel und flog diagonal zur anderen Seite des Schiffes, stieß auf eine riesig aufgeworfene Woge hinab und kam nicht mehr zurück. Oh, Welle, wasser- und windgeboren, oh, Vögel des Sturms, Engel des Meereswinters. Die Möwe kehrte nicht wieder.

Marinsky küßte den Füllfederhalter und übergab ihn Kastelanietz. Danach beobachtete er einige Möwen zwischen den Tauknäueln. Sie quiekten und grunzten wie Schweine.
– Der Wettverlust war überflüssig, sagte Niuta, der junge Tanzschwan.
– Meine Möwe war verwirrt, entgegnete Marinsky.

Das Mädchen besah seine Hände, in denen sich ihr Ranzen befand. Hätte er doch auch Bücher zu lesen: *Der Lachende*, *Kim*, *Der Raritätenladen*, *Der Goldesel*, *Die Pickwickier*. Nur Ludmila Charskaja hatte er in seiner Tasche, aristokratische Töchter im Internat. Die restlichen Bücher befanden sich in der Kiste via Rotterdam. Ob sie ankommen würde?
– Ich habe den Ranzen hiergelassen, um dich zu testen, Onkel Ezra. Aber ich sehe, daß man sich nicht auf dich verlassen kann. Zur Strafe wirst du mir jetzt beide Füße anmalen. Und wenn du es wissen willst, ich habe auch Graf Amory und Breschko-Berschkovsky gelesen.
– Imperatrix Messalina, sagte Marinsky.
– Mein Sklave!
– Oh, meine schöne und graziöse kleine Freundin!
– Ich wünsche nicht, jemals wieder von dir zu hören, Ezra Marinsky. Du hast mich zur unglücklichsten aller Frauen gemacht.

Eine leichte bewegung der hand. Zu guter Letzt gelang es ihnen, auch den arrivierten Fernmeldeingenieur Nikolai Abramovitsch Choter zu überzeugen, einen nutzbringenden und kurzweiligen Vortrag zum Zeitvertreib zu halten. Doch Choter war nicht einfach nur Fernmeldeingenieur, so rühmenswert diese Profession an sich auch sein mochte, sondern er war auch ein belesener Mann, dessen Gedankengänge in hebräischen Zeitschriften veröffentlicht worden waren und der mit Odessas Schriftstellergrößen korrespondierte, die immer leicht erzitterten, wenn sie seine Synopse erhielten, geschrieben auf offiziellem, kaiserlichem Papier, in den schweren prunkvollen Umschlägen. Nikolai Abramovitsch Choter hatte ein hebräisches Buch mit dem Titel *Ritter der Tugend* veröffentlicht, in dem er vielerlei gelehrte Betrachtungen anstellte über Hektor, Julius Cäsar, Alexander den Großen, Jehoschua, Sohn des Nun, König David, Judas Makkabäus, König Arthur, Samson, Karl den Großen und Godfroy de Bouillon. Dieses Buch war auf herrlichem Papier gedruckt. Nikolai Abramovitsch Choter war ein hochgewachsener, leicht gebeugter Mann. Seine lange Adlernase, sein eindrucksvoll über die gesamte Stirnbreite zurückweichender Haaransatz, das straff zurückgekämmte Haar – all dieses verlieh seinem Gesicht ein sehr poetisches Aussehen, was ziemlich verblüffend für einen Fernmeldespezialisten war. Und er war gepflegt, wohl der sauberste Mensch auf der ganzen *Ruslan*, wobei niemand wußte, wie es ihm gelang, eine derartige Reinlichkeit zu bewahren.

Was Nikolai Abramovitsch anbelangte, so bestand für ihn keinerlei Diskrepanz zwischen seinem Expertentum auf den chaotischen Pfaden der Telefonkabel und seinen literarischen Betrachtungen. Die Wunder des Telefons dienten ihm des öfteren als Thema für seine Episteln, die in den Zeitungen veröffentlicht wurden.

Für einige Augenblicke saß er völlig in sich gekehrt da, starrte mit blankem Blick auf das Publikum, seine kultivierte Nase ruckte mit fast kreisförmiger Bewegung in die Luft, witternd, zweifelnd, einschätzend. Dann zog er aus seiner Rocktasche ein weißes Taschentuch, und in der absoluten Stille, die sogar die Säuglinge und kleinen Kinder befiel, räusperte er sich und hob an:

– In Zeiten der Einsamkeit und des verzweifelten Kummers bleibt dem Menschen zuweilen zu seiner Rettung nur ein Gefährte noch, eine einzige gute Seele übrig, die immer zu seiner Verfügung steht, willig seinen Befehl ausführt und seine Verbindung zur Welt draußen ist; nur ein ergebener Diener, der immer auf Posten steht und in Erinnerung bringt, daß das Leben und der Tod weiterfließen. Das Telefon

... ein dünner Draht in der Wand, ein schmales Höhrrohr, ein kleiner Kasten – und dennoch ist es eine Röhre des Lebens, der Faden, der den Menschen mit dem Rest der Welt vereint. Die ganze Breite und Tiefe des Lebens wird, mittels dieses schmalen Hörers allein, von Mund zu Ohr übertragen.

In der Dämmerung, bei Einbruch der Nacht, in der Stunde, in der Halbdunkel herrscht im Raum und das Reich der Schatten sich Winkel für Winkel erobert, fällt einen aus irgendeinem verborgenen Eck vom Grunde des Herzens eine tief vergrabene heimliche Traurigkeit an, deren verfinsternde Schatten sich schwer über die Seele breiten. Und es erscheint dir, als wäre die ganze Welt gestorben, tot alles Leben, zunichte jede Seele außerhalb der Wände des Raumes, und da plötzlich, dringg, dringgg, eine menschliche Stimme spricht zu dir, und du spürst, daß die Lebensader noch nicht durchtrennt ist, daß außerhalb dieser vier Wände das Leben tost und lärmt. Viel leichter wird dir nun gleich ums Herz, der qualvolle Bann der Einsamkeit ist gebrochen.

Und in den Schreckensgesichten der Nacht, zur Stunde, da das gemarterte Gehirn grausame Folterqualen erleidet durch die Flut der absonderlichsten Erscheinungen, die sich vor deinen Augen kristallisieren, da du dich in einem grauenhaft ausweglosen Teufelskreis befindest, entsetzliche Dinge dich einkreisen siehst und dich von einer Seite auf die andere wirfst, die Augen öffnest und wieder schließt, ohne ein helles Fleckchen zu finden, woran du dich halten könntest, da beginnt das Telefon in der Finsternis des Raumes zu klingeln, und deine Augen hellen sich auf, eine Last hebt sich dir vom Herzen, die Schatten entweichen, und es ist, als sei der Raum mit einem Mal von menschlicher Gestalt und menschlichem Leben erfüllt ...

Die betrunken lärmende Stimme des Kapitäns war aus seiner Kabine zu hören, heiser gröhlend, irgendein undeutliches Lied. Das Trishagion? Marinsky lauschte dem Gejaule.

– ... menschlichem Leben erfüllt, und du bist von dem Wunsch beseelt, loszulaufen und diesen treuen Freund zu küssen, der dich aus grausamer Folterhand und Seelenfesseln ans Licht der Welt holt ...

Der Kapitän hörte nicht auf zu singen.

– ... ein Freund, der gebrochene Herzen heilen kann und niedergedrückte Geister belebt ... und jedesmal und jederzeit, wenn sich der Wunsch in deinem Herzen regt, mit jemandem zu reden, eine menschliche Stimme zu hören, genügt es für dich, diese Röhre des Lebens zu berühren und leicht die Hand zu bewegen, und schon verbindet sie dich, jene Röhre, überschäumend und brausend vor Leben, mit jedermann, alle Tore tun sich vor dir auf, und du trittst ein in das Heim deines Freundes, ohne vor der Tür stehen zu müssen, belebst die Luft seines Zimmers, und eine Bewegung deiner Hand ...

Es bestand kein Zweifel, daß es der weiche, so geschmeidige Kalkstein war, der Odessas Baumeistern die Neigung zur Leichtfertigkeit, zu einer gewissen Billigkeit gab, wie eine Frau, die sich der Fesseln von Erinnerungen und Tabus entbunden hat. Und zusammen mit den Wellblech- oder farbigen Holzschindeldächern ... wie Kardinal Richelieu, der erste Stadtgouverneur, der den Anblick einer alternden Kurtisane bot, mit Standplatz auf der höchsten Promenade, nicht ein männlicher Zug in seinem Gesicht ...

– ... und eine Bewegung deiner Hand ist es, die eine Fülle neuer Taten und neuer Begebenheiten nach sich zieht, dem Leben Geschmack und Farbe hinzufügt oder abzieht, immer jedoch seinen Eindruck hinterläßt ... In einem Haus, in dem das Klingeln widerhallt, läßt die Bewegung deiner Hand eine Frau sich aus den Armen ihres Mannes lösen, ein Mädchen aus der Umarmung eines Jünglings, einen Erfinder von seiner neuesten Erfindung, und sie kommen angerannt, wenn das Klingeln erschallt, und beim Laufen stößt womöglich einer an einen Stuhl und wirft ihn um, vielleicht fällt auch ein Kind hin oder ein Säugling läßt die Brust seiner Mutter fahren ...

Und hinter Richelieus Rücken und rings um Odessa – Ödland, schweigende Wüste, sengend in der Glut des Sommers, eisig im Winter, kein Baum, kein Strauch.

– ... und reißt die Augen auf. Ein Kranker mag sich auf die andere Seite drehen und seufzen – und es war deine Hand, die all dies geschehen ließ ...

Marinsky seufzte. Hebräisch war eine herrliche Sprache! Er lauschte. Aus der Kabine des Kapitäns ertönte lautes Schnarchen. Nach Osten müssen wir uns wenden, dort winken die großen Siege!

PITHOM UND RAMSES, DER MAULWURFSHÜGEL. Dunst, schwarze Wolken, Istanbul erschien wie eine verfluchte Stadt. Die schweren Nebel hingen wie giftige Gaswolken über ihr, Schlangen des Jüngsten Gerichts. Marinsky ließ sein Fernglas sinken.

– Onkel Ezra, sagte Niuta, hier gibt es einen Jungen, der ist heute früh auf mich gesprungen, hat mir die Backe naßgemacht und gesagt: Küssen und Lecken macht keine Flecken.

– Solche Satyrn finden sich auf jedem Schiff, anwortete Marinsky. Kein Dorf ohne Hunde.

– Du hast zu mir gesagt, ich soll nicht in Sprichwörtern reden, Onkel Ezra. Ein kleiner Junge und dermaßen frech! Er hätte mich geschlagen, aber der Junge mit den weißen Mäusen hat mich beschützt. Er hielt eine Maus vor das Gesicht des bösartigen Jungen. Schau mal: Da sind Herr Ussischkin und die slawischen Pilgerheiligen.

Herr Ussischkin war stets bis zum Halse zugeknöpft, doch nun, im Angesicht von Istanbul, klaffte sein Mantel etwas auf, eine purpurne Schärpe lugte darunter hervor, alle Ecken des schwarz seidenen Mantelfutters waren mit königlichem Purpur eingesäumt, und der Stock in seiner Hand glich immer mehr einem Königszepter. Die Passagiere fürchteten seinen scharf prüfenden Blick, der sogar ihre im tiefsten Herzen verwahrten Lügen aufdecken konnte. Einer seiner Assistenten – Hirsch, Hirschkorn, Hirschensohn – war einmal nach Odessa gekommen und hatte gesagt: Herr Marinsky, wenn meine Augen auf dem Namen eines Juden ruhen, der das Wohlwollen und den Dank der Mitmenschen gewonnen hat, schwillt mein Herz über vor Stolz. Und sie an einem Ort zu versammeln, in Erez-Israel ... Athen, Rom, Florenz – wir werden sie alle überflügeln. Sie, Herr Marinsky, bauen hier mit Lehm und Ziegeln Pithom und Ramses für den bösen Pharao Nikolaus, obwohl man Sie dort benötigt. Doch der Tag wird kommen, an dem auch Ihre Seele der Sklaverei überdrüssig sein wird und Sie es müde sein werden, als abgetretene Türschwelle zu dienen, auch Sie werden den Wunsch verspüren, aus der äyptischen Finsternis auszuziehen. Und wohin werden Sie Ihre Füße dann tragen? Ins westliche Europa, diesen Maulwurfshügel, jenen degenerierten römischen Sündenpfuhl? Lassen Sie ab von Pithom und Ramses, vergessen Sie die Fleischtöpfe, und kommen Sie nach Erez-Israel, um dort ihre Bauwerke, ihres Geistes Schöpfungen zu errichten, Gebäude von der Pracht und Herrlichkeit, wie Ihre Seele sie sich ersehnt, in denen der stinkende Kaftan der Diaspora keine Wiege mehr haben wird. Unser Erez-Israel liegt noch im Schlummer gefangen, doch es wird erwachen, erwachen zur neuen Morgendämmerung. Schlaf liegt auch über dem Land des Pharaos, aus dem es mit einem Verzweiflungsschrei erwachen wird. Zieht von dannen, Erez-Israels Marmor harret euer!

DAS MALACHITKÄSTCHEN. Zwei Tage bevor die Kiste verschlossen und nach Rotterdam versandt wurde, kam Saizev, der Besitzer einer Ziegelfabrik, zu ihm: Ezra Semionitsch, ich habe eine große Bitte an Sie und möchte Sie im voraus bitten – betrachten Sie mich keinesfalls als leichtfertig, bevor Sie meine Worte nicht zu Ende angehört haben. Es ist Ihnen bekannt, daß meine arme Schwester Varja Hand an sich gelegt hat. Ich werde Ihnen den Grund für die Tat offenbaren: Frolovs Tod im Heiligen Land. Niemand hat gewußt, daß sie ihn so sehr liebte. Ich selbst habe ihn nicht öfter als fünf-, sechsmal in unserem Haus gesehen. Doch Varja war immer eine empfindsame Seele. Von seinem Tod erfuhr sie beim Empfang anläßlich des Namenstages des Zaren. Es war bitter kalt, dunkel, gefrorener Nebel, Eis in den Kanälen. Sie hinterließ einen Brief ... Man versagte es ihr, einen Rosenstrauch auf sein Grab zu pflanzen, und sie wußte, es würde das christliche Empfinden ihrer Familie verletzen, wenn sie darum bäte, daß ihr Körper verbrannt und die Asche in seinem Grab beigesetzt würde, und daher erbat sie nur dieses, daß man ein Malachitkästchen mit ihrer Haarlocke darin auf sein Grab stellte. Verstehen Sie, Ezra Semionitsch, ich weiß, daß es wohl kindisch und verrückt ist, doch wenn Sie ins Heilige Land reisen, werden Sie sicherlich auch nach Jaffa kommen, dem Hafen Jerusalems. Bitte, suchen Sie dort den russisch-orthodoxen Friedhof auf und vergraben Sie dieses Kästchen an der Grabstätte, oder stellen Sie es einfach dort ab, wenn Sie irgendeine Nische finden sollten. Doch schmieren Sie ein wenig Erde auf das Kästchen, es ist schön und kostbar, damit es nicht etwa von einem Grabräuber geraubt werde. Eine empfindsame Seele ... Was sagen Sie dazu, Ezra Semionitsch, wären Sie bereit, das Malachitkästchen mitzunehmen?

EINE FLAMMENÄUGIGE JUNGFRAU. Kurz vor Istanbul stürzten zwei alte Bauern in zerschlissenen Schaffellen, die Füße in Lumpen gewickelt, an Deck. Alles fühlte sich an den riesigen Popen erinnert.

Ein riesengroßer, ungemein fetter Pope war im letzten Moment neben dem Schornstein der *Ruslan* aufgetaucht. Ein aus Flachsstreifen und braunem Leder zusammengenähter Sack hing von seiner Schulter herab, und in seiner Rechten hielt er einen Korb, abgedeckt mit einer bestickten Tischdecke. Er hatte eine niedrige Stirn, wäßrig verschwimmende, furchtsame Augen, sein nilpferdartiger Leib strahlte etwas unangenehm Weibisches aus, eine eigenartig verzärtelte Sinnlichkeit. Man braucht ihm nur ins Gesicht zu schauen, und es ist, als blättere man in einem Sündenkatalog, dachte Marinsky, als er ihn mit einem verhaltenen Seitenblick musterte. Dieser Mann hat gewiß eine herrliche Stimme. Seine Robe war verdreckt, und die Kratzer im Gesicht und an den Händen zeugten davon, daß er einen weiten Weg hinter sich hatte. Er stand neben dem Schornstein der *Ruslan*, blickte mit einem Tränenflor über den schwimmenden Augen himmelwärts, vielleicht beobachtete er die Möwen. Eine ungeheure Einsamkeit ging von seinem leicht gesenkten Kopf aus, von seinen gewaltigen Schulterbergen, die sich unter der schweren Last des Sackes beugten. Ganz langsam stieg er herunter, tastend wie ein Mensch in einem dunklen Raum, behutsam, mit gleitender Bewegung, drückte sich eng an das eiserne Treppengeländer mit einer Hand vor sich ausgestreckt und angespanntem Gesicht. Die Chassiden betrachteten ihn mit Mißtrauen und heimlicher Verachtung: der gewaltige nilpferdartige Leib des Götzendieners, sein geschwärztes silbernes Priesterkreuz, die delikaten weißen Hände mit dem breiten Ring am Finger. Altes Testament, Neues Testament – ah, ah, pfui, welch erbärmliche, müßige Phantastereien von Götzenanbetern!

Zu der Ecke, in der Marinsky es sich eingerichtet hatte und Frau Tschemerinsky Hebräisch lernte, trat kurze Zeit später der junge, so akkurat auf Hochglanz getrimmte Offizier, sein kindliches Gesicht gerötet vor einsamer Autorität, sein Schwert wie im Wind schaukelnd. Neben dem Offizier stand ein Mann um die vierzig oder fünfzig, dessen raubvogelartiges Gesicht von Pockennarben überzogen war. Seine Skeletthaftigkeit und sein schmaler, verbissener Mund verliehen ihm das Aussehen des Ersten Tänzers im *Todesreigen*. Er war grau gekleidet, die Ecke eines weißen Taschentuchs spitzte aus seiner Rocktasche.

Der Adjutant des jungen Offiziers sah aus wie ein blasender Zephir, einem Gemälde entsprungen: lange goldene Locken und rosige Pustebacken. Er hatte Angst vor dem Ersten Tänzer und streifte ihn von Zeit zu Zeit mit schnellem Blick.

Der Erste Tänzer machte eine scherzhafte Verbeugung vor dem Popen und sagte: Wen sehen meine Augen? Bist du das etwa, mein verehrter Ferapont? Es ist nicht ganz leicht, dich zu erkennen, Ferapont. Du weißt gut in der Menge zu verschwinden. Doch sieh da, hier haben wir uns gefunden wie ein Liebespaar.

Es waren keine Tropfen, sondern wahre Bäche von Schweiß, die über des Popen Gesicht strömten. Für einen Moment schloß Marinsky seine Augen. Vielleicht würde es enden, ganz von selbst vorübergehen. Und er hörte das Lachen des jungen Offiziers.

– Und wohin, fragte der Offizier, den Ton des Ersten Tänzers imitierend, wohin geht deine Pilgerschaft, zu welch heiligen Schreinen ...

Beinahe hätte er ergänzt, Ferapont, doch im letzten Moment schluckte er es hinunter.

– Nach Afon führt mein Weg, zum Berg der Jungfrau, Seine Ehren,

Herr Offizier, sagte der Pope mit einem herrlichen Baßorgan, tief und voll, jede glasklar geschliffene Silbe von einzigartigem Wert.
– Nach Afon. Die Insel, auf der es keine Frauen gibt, nichts Weibliches, nicht einmal Hennen. Nicht wahr?
– Er hat recht, Seine erhabene Ehren, Herr Offizier, erwiderte der Pope. Auf dieser Insel strandete das Schiff der Mutter Gottes, der Heiligen Jungfrau, Gott erbarme sich.
– Welch eine Opferbereitschaft! Welch abergroße Heiligkeit! zischte der Erste Tänzer. Und welchem Zweck dient deine Pilgerschaft, Ferapont, der Erlösung deiner Seele?

Der Pope antwortete nicht darauf, der Schweiß strömte über sein Gesicht wie Wasser über eine groteske Marmorstatue.

– Möchtest du mich nicht mit einer Antwort beehren – der Erlösung deiner Seele?
– Jawohl, Seine Ehren.
– Wenn dem so ist, dann lade nun den Sack von deiner Schulter ab und laß unwürdige Augen sich sattsehen an den Schmuckstücken unseres Prinzen vergangener Tage. Zaudere nicht, Ferapont. Es gibt eine Zeit, zu säumen, und eine Zeit, wie aus der Pistole geschossen zu handeln.
– Seine erhabene Ehren, Herr Offizier, sagte der Pope mit seiner wunderbaren Stimme, ohne den Ersten Tänzer anzublicken, Sie sind sehr jung und edelmütig und dringen noch nicht bis in die Tiefen komplizierter Dinge vor ...
– Hol die Ikone heraus, du diebischer Schurke, oder ich spalte dir auf der Stelle, hier und jetzt den Schädel, sagte der Erste Tänzer und zog aus seiner Rocktasche eine Pistole mit überlangem, blaustählern glänzendem Lauf.
– Seine erhabene Ehren, Herr Offizier! schrie der Pope auf.
– Halt deinen Mund, Schurke! sagte der Erste Tänzer und näherte die Pistolenmündung der Stirn des Priesters.

Der Pope machte eine Bewegung, als wollte er den Sack abnehmen, preßte ihn dann jedoch nur in fester Umklammerung an seine breite Brust. Das Eisen der Kabine, die grauen Rohre, die gigantischen Schrauben neigten sich dräuend über sie, ein Gefängnis, das alles, die ganze Welt verschlucken würde, alle auf immer und ewig einsperren würde, den Popen, den Offizier, den goldgelockten jungen Mann, den bleichen, skelettierten Ersten Tänzer des *Todesreigen* und Frau Tschemerinsky, die das Geschehen hinter einer Kiste mitverfolgte.

Der junge Offizier entriß dem Soldaten sein aufgepflanztes Bajonett, und mit einer einzigen schnellen Bewegung, deren Erfolg auch für ihn überraschend kam, schlitzte er mit dem Lauf den Sack auf wie den Bauch eines Tieres. Ein Holzkästchen fiel heraus und schlug mit dumpfem Klang auf dem Boden auf, ein aus Birkenholz gefertigtes Kästchen, das ebenso neu war wie die graue Eisenverriegelung. Der Pope stürzte auf der Stelle zu Boden, als sei etwas in seinem schweren Leib gerissen. Der Offizier blickte den Ersten Tänzer an, öffnete den kleinen Riegel und entnahm dem Kästchen ein in Seide gewickeltes Täfelchen, entfernte die Stoffhülle und zeigte dem Ersten Tänzer die Ikone. Auch Marinsky sah einen Lidschlag lang, aus einem nahezu unmöglichen Blickwinkel, eine überwältigende Jungfrau mit dunkel flammenden Augen. Der Erste Tänzer nickte mit dem Kopf. Der Offizier warf den Stoff beiseite und schloß die Ikone wieder in das Kästchen ein.

Der Pope hob das Stück Seide auf, küßte es einige Male und murmelte ohne Unterlaß: Gott erbarme dich, Gott erbarme dich ...
– Steh auf! sagte der Offizier zu dem Popen.
– Hohe Herren, meine gnädigsten Herren, dies ist eine Ikone, die nicht ihresgleichen hat. Man sagt, sie sei ein Werk von Daniels Hand, dem Meister der Ikonenmaler, und sie ist die einzige auf Erden. Rarer ist sie als ein Fluß von Gold, ein Fels von Diamanten, ein Meer von Perlen, meine allergnädigsten Herren!
– Ein Schurke bist du, Ferapont, und welch einer! zischte der Erste Tänzer.
– Eine wundertätige Jungfrau, gnädigste Herren! sagte der Pope.
– Flehe sie auf Knien an, damit sie ein Wunder für dich vollbringt, Ferapont, sagte der Erste Tänzer, und seine dünnen Lippen schlängelten sich langsam wie Würmer.
– Steh auf! Auf! rief der Offizier.
Der Pope begann zu würgen und zu schlucken, doch er vermochte nicht an sich zu halten und brach in lautes Geheul aus. Mit seinem Bajonett lüpfte der Offizier das bestickte Tuch über dem Korb. Erst jetzt gewahrte Marinsky, daß seine Uniform zur einen Hälfte der Marine und zur anderen der Kavallerie zugehörig war. Ein großer Hase reckte leicht den Kopf und betrachtete den Offizier, wobei er mit dem Maul und der Nase wackelte, als stünde er im Begriff, etwas zu ihm zu sagen, und kniff dann seine Augen zusammen.

Der goldgelockte Soldat sperrte verblüfft seinen Mund auf, und der Offizier wirkte für einen Moment wie ein kleiner Junge, der von seinem Lehrer bestraft wurde. Das Gesicht des Popen, das Marinsky zuvor wie ein Sündenkatalog erschienen war, ging in die Breite und fiel teigartig hinunter. Ein Blutstrahl schoß ihm aus der Nase. Der

Soldat hob den Sack hoch. Der Pope warf einen Blick auf Marinsky. Sein zitternder Mund glich dem Schnabel eines sonderbaren Vogels.
– Behüten Sie meinen Hasen, gnädiger Herr. Behüten Sie ihn, mein Bester. Dies ist die einzige Bitte, die ich an Sie habe.

Marinsky sah angstvoll flehend zum Ersten Tänzer hin. Er wußte, dieser Blick würde ihn Jahre noch im Traum verfolgen. Er wird den Hasen nehmen und sich einen Braten daraus zubereiten, dachte er. Doch der Erste Tänzer würdigte ihn keines Blickes. Der Lockenschopf hatte sich von seiner Verblüffung noch nicht erholt. Seiner Angst und Frau Tschemerinskys lautem Gejammer zum Trotz ging Marinsky ihnen hinterher.

Voran schritt der Erste Tänzer, nach ihm der Pope, der Offizier und der Soldat. An Deck erwarteten sie drei weitere Soldaten. Und unten am Pier stand noch ein Trupp! Der Pope blieb auf dem Deck stehen, seine mächtigen Nüstern blähten sich, er stieß einen Seufzer aus, dann ein gewaltiges Brüllen und darauf eine Art Pfeifen wie ein Walweibchen, tat unvermittelt vier schnelle Schritte und sprang. Sein Körper verfing sich in den Tauen, blieb kopfüber zwischen zwei Pfählen hängen, die durch Eisenringe miteinander verbunden waren.

Ein Tumult brach auf Deck aus. Die Leute wollten das Spektakel sehen. Der Erste Tänzer war befriedigt. Der Offizier signalisierte den Soldaten unten, ins Wasser zu steigen und den Körper des Popen herauszuholen. Der Erste Tänzer sah ihnen zu, bis sie ihn auf einen breiten Wagen gelegt hatten. Dann setzte er sich an einen der Tische, die zuvor der Registrierung der Passagiere gedient hatten, zog ein schwarzes Notizbuch heraus und begann, langsam etwas niederzuschreiben.
– Eine aufregende Stadt habt ihr hier, sagte er laut, als er die Menschen sah, die sich ringsherum drängten.
– Wenigstens gefriert die Tinte nicht im Füllfederhalter, gab der Offizier zurück, der darauf brannte, als einer der Erwachsenen angesehen zu werden. Nur wenige Worte gelangten an Marinskys Ohr.
– Dafür jedoch stinken die Pferdekadaver, erwiderte der Erste Tänzer und schrieb weiter.
– Muß uns der Herr schon verlassen, oder sollten wir vielleicht auf die Himmelfahrt von Feraponts Seele trinken?
– Ich werde noch diese Nacht bleiben ... irgendein erlesenes Eau de Cologne?
– Nichts leichter als das, antwortete der Offizier, nachdem sein Adjutant ihm mit wippenden Locken zugenickt hatte.
– Und was ist mit ... wenn man hinuntergeht ...

– Sowohl als auch, erwiderte der Offizier. Gebohnerter Parkettboden ... jeden Abend ... massenweise Mädchen ...
– Das ist gut. Bald werden die Roten kommen ... nur eine hochstehende Kultur ... schreiben Oden an die Typhuslaus ...
Der junge Offizier lachte.
– Die Mütze gehört dir! sagte der Erste Tänzer und reichte dem Offizier eine mit rosa Seide gefütterte Biberfellmütze.
– Herrlich! sagte der Offizier. Wie schön! Wo haben Sie nur eine so wunderbare Mütze aufgetrieben?
Abend, Dunkelheit, Regen.
Der Schatten eines sich nähernden Wagens, groß, ein riesiger Schatten. Schwarz schäumendes Wasser ...
1919 – das Jahr der riesigen Schatten ...

DIE LETZTEN DER HASEN. Plötzlich stürzten zwei Bauern in zerschlissenen Schaffellen, die Füße in Lumpen gewickelt, an Deck. Sie schliefen beide in der alten Vorratskammer unter der Kapitänskajüte, ein kleiner Verschlag, der in ein Lager für Werkzeug und Schrott umgewandelt worden war. Der eine war alt, sein weißes Haar war nach traditioneller Art schnurgerade der Stirnmitte entlang gestutzt, sein Bart, der bereits einen Stich ins Gelbliche hatte, verdeckte die feinen, sanftmütigen Lippen nicht; der jüngere, mit dem ungewöhnlichen Namen Arphej, war wohl um die fünfzig herum. Sein Bart war wild und schwarz, und er trug eine Uniformkappe, die er sicher von jemandem – einem Eisenbahner, Wächter oder Postboten – als Geschenk erhalten hatte. Von den Pilgerheerscharen, die vor dem großen Krieg stets aufgebrochen waren, um Ostern im Heiligen Lande zu feiern, waren jene beiden womöglich die letzten. Sie hatten ein ganzes Jahr lang im Hafen gewartet. Nach Odessa waren sie als »Hasen« gelangt, blinde Passagiere unter den Bänken in Zügen. Der Ältere, Kiril Mitrofanitsch, war fünf Monate als Hase gereist, und Arphej dreieinhalb.
Istanbul sehen, Zarigrad! Ihre Freude war überwältigend. Sie beteten, ein ums andere Mal, gelobt sei der Herr! Gelobt sei der Herr!
Beide fühlten sich von Marinsky angezogen, vielleicht wegen seiner Körpergröße. Sie verstanden nicht genau, was sich in Rußland abspielte, doch sie hatten von irgendeinem Unglück gehört, das dem Zar zugestoßen war, und davon, daß der Antichrist im Kreml regierte, wobei man ihnen jedoch gesagt hatte, die Tage des Antichrists seien gezählt und er würde bald in das Erdloch, aus dem er hervorgekro-

chen war, zurückgeworfen. Sie versuchten, mit aller Behutsamkeit, von Marinsky zu erfahren, was Zarigrads Schicksal sei, wenn der Antichrist besiegt wäre, ob vielleicht nicht doch schon die Christen dort herrschten, vernahmen jedoch bekümmert, daß die Stadt immer noch unter der Herrschaft der Ketzer stehe. Doch der Alte, Kiril Mitrofanitsch, der Marinsky gestanden hatte, daß für ihn, nach seiner langen Zeit als Hase und seinen Nächtigungen im Speicher einer Klosterruine nahe Odessa, die Kammer ein durchaus bequemer und guter Platz war, faßte sich rasch: Die Erlösung wird nicht auf sich warten lassen. Auch wenn es schwer ist, wie er Marinsky zuflüsterte, sehr schwer, das Geschehen auf der Welt in den letzten Jahren zu verstehen. Die Nacht ist schwärzer als schwarz, große Stürme allerorten, wütende Regengüsse, der Schlamm ganz besonders morastig. Ach, mein Herr, wie soll man verstehen, was rings um einen geschieht. Die Seele erbebt wie ein einsames Blatt an einem windgebeutelten Zweig, als flöge sie jeden Augenblick davon, die Arme, vor lauter Verwirrung und Furcht. Aber – er lächelte und berührte seine Lippen mit der verständnisinnigen Geste von welterfahrenen Menschen unter sich – es kann gut sein, daß Zarigrad, ist der Antichrist einmal aus dem Kreml vertrieben und sind die wie Unkraut wuchernden Bösewichter vertilgt, befreit, wieder zum geheiligten Hagia Sophia wird, und es werden keine Schritte mehr von ungläubigen Wächtern am Grab des Propheten Elias erklingen. Der zweite Pilger blickte mit glitzernden Augen auf Marinskys Flasche.
– Ein Schluck gefällig, Gevatter? fragte Marinsky.
– Ah, was sagst du da, mein Bester? murmelte Arphej.
– Ein kleiner Schluck?
– O nein, mein Bester, nein, antwortete Arphej. Ach, ein Schluck, ein kleines Schlückchen ... seit neunzehn Monaten, mein Freund, habe ich keinen Tropfen angerührt, neunzehn Monate ist es her, denn das Trinken ist eine furchtbare Sünde für einen Pilger, und ich werde es nicht tun, bevor ich nicht vom Jordan zurückgekehrt bin und mit eigenen Augen die heilige Flamme geschaut habe.
– Du hast nichts getrunken bis jetzt?
– Nicht einen Tropfen, mein Bester, auch nicht einen einzigen Tropfen seit dem Tag, an dem ich mein Dorf verlassen habe, erwiderte Arphej, keinen einzigen.
– Große Tränen rollten über seine Wangen.
– Wieso weinst du da, schämen solltest du dich, sagte Kiril Mitrofanitsch.
– Ich habe Geld bei mir, mein Freund, fuhr Arphej fort und streifte

die Flasche mit verstohlenem Blick, für ein Totenhemd und das heilige Wasser des Jordan und Ikonen für meine Dorfgenossen, und mehr als ein Mal, mein Bester ...
– Schäm dich, Arphej.
– Nichtswürdiger als ein elender Wurm bin ich, Kiril Mitrofanitsch ...
– Und wie kannst du sagen, daß du trinken wirst, nachdem du in den heiligen Fluß eingetaucht sein und das heilige Licht in deinem Lämpchen entzündet haben wirst, die Flamme, die läutert und nicht verbrennt?
Arphej schwieg.
– Hast du nicht geschworen, fuhr Kiril Mitrofanitsch fort, einen heiligen Schwur geleistet, daß du die heilige Flamme hüten und bis in dein Dorf bringen wirst? Willst du sie betrunken wie ein Kesselflicker heimbringen, auf allen vieren im Schlamm? Wozu wurden uns die körperlichen Bedürfnisse gegeben? Sie wurden uns gegeben, damit wir sie überwinden, Arphej.
– Ah, körperliche Bedürfnisse! Körperliche Bedürfnisse! Ach, Kiril Mitrofanitsch! Welche Körperbedüfnisse? Bin ich etwa nicht bereit, tagelang, eine Woche, ganze zwei Wochen zu fasten, und bloß ein einziger Schluck ... ist das denn ein körperliches Bedürfnis ...
Kiril Mitrofanitsch lächelte sanftmütig:
– Du sprichst törichte Worte, mein Lieber ...
Arphej senkte den Kopf.
– Ich habe es geschworen, und ich werde es halten, so wahr mir Gott helfe, sagte er schließlich.

DIE TRÄNEN DER JUNGFRAU. Im Hafen von Istanbul warteten sie auf Marinsky, wie die Kinder. Levinson begleitete sie, und Niuta. Ein Straßenhändler schrie etwas neben einem verbogenen Kinderwagen, auf dem sich allerlei Dinge türmten, die ihre Aufmerksamkeit auf sich zogen. In andächtiger Bewunderung standen sie vor dem byzantinischen Reichtum. Schachteln, Schals, bestickte Stoffbahnen, golden glänzende Kruzifixe, pornographische Postkarten, die aus Lederschachteln herauslugten (die beiden bekreuzigten sich wieder und wieder), aufgereihte Ketten mit Konterfeiplättchen des heiligen Demetrius, des Erzengels Michael und vom heiligen Georg, dem Helden. Kiril Mitrofanitsch berührte sacht eines dieser Medaillons, fasziniert von den vielen Blau- und Grüntönen. Arphej spielte mit den roten Ketten. Der Händler drehte ihnen den Kopf zu.

– Tschotki? sagte er und deutete auf die Bernsteinketten. Ladan? zeigte er auf die Myrrheklumpen, die wie bröckeliger Fels aussahen, und ganz plötzlich, wie ein Zauberkünstler im Zirkus, zog er unter dem Haufen bestickter Stoffstreifen und Postkartenschachteln ein blaues Fläschchen hervor.
– Die Tränen der Jungfrau, sagte er.
Anfänglich verstand Kiril Mitrofanitsch das gebrochene Russisch des Händlers nicht. Marinsky ergriff den Alten am Arm, doch der Händler wiederholte seine Worte immer wieder, zeigte auf seine Augen, beschrieb mit den Händen einen Frauenkörper, wischte sich die Augen mit dem Ärmel.
– Die Tränen der Jungfrau? flüsterte Kiril Mitrofanitsch schließlich. Seine Augen waren weit aufgerissen, Staunen und Furcht sprachen aus seinem Gesicht. Die Tränen der Jungfrau?
– Die Tränen der Jungfrau, sagte der Händler. Nicht teuer, für euch, liebe Russen.
– Marinsky zog ihn am Ärmel. Kiril Mitrofanitsch blickte ihn verstört an.
– Gehen wir, sagte Marinsky. Der Händler bedachte sie mit einem leisen Lächeln.
– Gehen wir? sprach Kiril Mitrofanitsch ihm nach.
Marinsky nickte. Der Alte schritt einen Augenblick neben ihm, wandte jedoch nach wenigen Schritten den Kopf, rannte zu dem Wagen zurück und küßte das Fläschchen, das der Händler noch immer in der Hand hielt, und holte dann mit kleinen Schritten Marinsky, Arphej und Levinson wieder ein.
– Alles in bester Ordnung, Kiril Mitrofanitsch? fragte Marinsky.
Kiril Mitrofanitsch hob seinen Blick zu ihm auf.
– Wer weiß, antwortete er, wer weiß und wer kann es schon mit Sicherheit sagen? Wenn der Mann bloß ein Schwindler ist, dann habe ich eben Glas geküßt. Auch das Glas kommt schließlich von Gott. Die Erde wird mich deswegen nicht verschlingen.
– Du hast recht, Kiril Mitrofanitsch, erwiderte Marinsky.
Der Alte brach in lautes, kindliches Gelächter aus.
– Dieser Mann ist ein Schwindler, das habe ich gewußt, sagte er und bedachte Marinsky mit einem langen Blick.
Unterdessen hatte Levinson die ganze Zeit über geschwiegen, doch jetzt brach es aus ihm heraus:
– Wie konntest du, Mitrofanitsch, nur eine Flasche küssen, die ein türkischer Betrüger mit einem Tröpfchen Brackwasser gefüllt hat, um gutgläubige Menschen in die Irre zu führen!

– Sei nicht böse, junger Herr, erzürne dich nicht über einen unwissenden Toren wie mich, und verzeih mir, sagte der Alte und wich ein bißchen zurück. Trotz seiner Zuneigung zu Marinsky fürchtete er sich ein bißchen vor den Juden.
– Denke daran, auch in Palästina wird es solche Betrüger geben, und vielleicht gewitztere.
– Es wird Betrüger geben, und es wird Heilige geben, mein Freund, erwiderte Kiril Mitrofanitsch.
– Es wird dort mehr Betrüger geben, als du dir vorstellen kannst, Väterchen.
– Wenigstens das Land ist heilig, die Erde, Herr.
– Ah, welch ein unwissender Narr du bist, Mitrofanitsch.
– Da ist nichts zu machen, mein Herr, erwiderte der Alte. Denke um Gottes willen nicht, mein Freund, daß ich, nur weil ich ein einfältiger Tor bin, deinen Worten nicht folgen könnte. Ich verstehe, ich verstehe sehr wohl, trotz meiner Dummheit. Aber es gibt Gutes, und es gibt Schlechtes. Das Gute ist, sich ins Heilige Land aufzumachen und die Stelle zu küssen, an der unser Heiland gekreuzigt wurde, mit dem Totenhemd im heiligen Wasser des Jordans zu baden und mit dem heiligen Licht in deiner Laterne in das Dorf zurückzukehren, in dem du geboren wurdest. Viele Jahre habe ich von der Pilgerreise geträumt, und viel Zeit ist verstrichen, bis ich die erforderlichen Münzen zusammengespart hatte. Das ist das Gute. Und das Schlechte, mein Herr, schlecht ist es zu leben, ohne je daran zu denken, auf Pilgerschaft zu gehen, ohne Jerusalem zu sehen, Bethlehem, Nazareth. Aber du, Herr, bist vielleicht nicht der Ansicht, daß es Gutes und Schlechtes gibt. Du bist ein junger Mann, möge dir ein langes Leben beschieden sein, ein junger Mensch, ein neuer Mensch. Du glaubst, daß es in allem Guten auch Schlechtes gibt und in allem Schlechtem Gutes, und obwohl du ins Heilige Land reist, bist du nicht froh, du betest nicht, du singst nicht, wie der Herr Marinsky. Aber trotz allem, du reist ins Heilige Land, und wer weiß, vielleicht ist es das, was dir zu tun bestimmt ist.
– Dies sind dumme und unsinnige Worte, sagte Jakov Levinson unwillig. Ich wollte dich nur warnen, daß du in einer Straße der Heiligen Stadt vielleicht mehr Betrüger finden wirst, die mit religiösen Artikeln handeln, als in ganz Istanbul.
– Der Diamant ist nicht beschädigt, wenn seine Fassung abgenutzt ist, mein Freund, sagte Kiril Mitrofanitsch.
Ein mitleidiger Blick trat in Levinsons Augen.
– Ich wünsche um deinetwillen, Mitrofanitsch, daß Palästinas Küsten

sich für dich nicht als die Schwelle zu großen Enttäuschungen herausstellen.
— Was redet der Herr da, sagte der alte Pilger erschaudernd. Die Küsten des Heiligen Landes Israel sind wie die Gestade der Ewigkeit.
Seine Augen waren von feinen Tränen umflort.

ZU DEN LAURAS IN DER WÜSTE, DEN LÖWEN, LEHRLINGEN DER HEILIGEN. Nach der Begegnung mit dem Straßenhändler suchte Kiril Mitrofanitsch Marinskys Nähe, wollte allein mit ihm sein. Seine Pilgerreise hatte noch einen heimlichen, untergründigen Aspekt, von dem er niemandem etwas erzählt hatte. Wenn ich in der judäischen Wüste sein werde, sagte er, werde ich alle Klöster der großen Heiligen besuchen, Gerasim, Euthymius, Saba. Wer weiß, vielleicht werde ich einem Löwen begegnen, wie der heilige Gerasim? sagte er verschämt. Seine bescheidene Zurückhaltung ließ eine solche Möglichkeit zwar bezweifeln, schloß sie jedoch nicht vollkommen aus. Wo würden Löwen umherwandern, wenn nicht in der großmächtigen Wüste Jehuda? Wenn nicht bei St. Gerasims Lauras, in den Klöstern St. Euthymius'? Und es gab auch die Laura bei Faran. Aber wo war dieses Faran? Kiril Mitrofanitsch hoffte, in Jerusalem jemanden zu treffen, der ihm dies enthüllen würde. Vor hundert Jahren, noch vor Zar Nikolaus I. Thronbesteigung, brachte irgend ein Bauer aus dem Heiligen Land ein altes Holzbrett mit. In jenen Tagen begaben sich noch nicht viele auf Pilgerfahrt, es gab noch keine regulären Schiffslinien. Er brachte also das alte Stück Holz mit ins Dorf. Es war ein Simandron, das man einst zu schlagen pflegte, um die Mönche von St. Gerasim zum Gebet zu rufen. Jeder im Dorf, der den Klang dieses Schwingholzes vernahm, ward augenblicklich von jeder Krankheit geheilt; sogar die Kühe warfen stärkere und größere Kälber. Doch die Kunde von der Existenz des wundertätigen Simandrons in dem armseligen Dorf verbreitete sich vielerorts, und Leute kamen und trugen es fort, für den Zaren, wie sie sagten. Man erzählt, ein solch wundersames Simandron befinde sich auch auf dem Berg Afon, und vielleicht würde ihm auch das Glück zuteil und er fände, wenn er zu den Lauras der Heiligen käme, ein Simandron?
Kiril Mitrofanitsch fürchtete sich nicht davor, allein in der Wüste umherzuziehen.
Er flickte den zerrissenen Ärmel seines Schafpelzes, langsam und bedächtig. Welche Schlichtheit und Kraft, welch selbstverständliche

Anständigkeit und Herzensgüte. Etwas Verklärtes war an dem Pilger. Er erstrahlte förmlich in sanftem Licht. Keinem Maler, der solch eine bäuerliche Gestalt mit liebevollem Empfinden skizzierte, war es je gelungen, derartige Schönheit einzufangen, voll lauterer Unschuld. Sogar seine Kleidung war schön an ihm. Das Geschwür – Rußland – verschwand, einen Augenblick lang. Das Restaurant *Persepolis*, seine mit Kriegern mit den allerprächtigsten Bärten und glockenförmigen Hüten bemalten Wände, die Drehorgel, die etwas aus *Zar Saltan* spielte, Mädchen, als seien sie Turgenjev entsprungen.
– Sacher-Masoch ist der heiligste Patron der Russen, sagte der Ingenieur Grabois aus Bordeaux, mit dem er über ein Jahr zusammengearbeitet hatte. Stimmt doch, oder? Die Russen peitschen einander bis aufs Blut mit Reisigruten in ihren Badehäusern, die sie in ihrer Einfalt türkische Bäder nennen. Aber es sind keine türkischen Bäder, und die weißglühenden Steine, über die sie kaltes Wasser schütten, sind heidnische Steine, sie peitschen einander heftig, mit Hochgenuß, und wenn sie nach Hause zurückkommen, zerschlagen und sauber, und ihre glänzenden Stiefel neben den Betten ausziehen, flehen ihre Frauen sie an, sie zu verprügeln, um ihre Liebe unter Beweis zu stellen. Stimmt es etwa nicht?
– Monsieur Grabois, ich bin Architekt. Sollte es geschehen, daß man mich eines dieser Tage mit dem Bau eines russischen oder türkischen oder jeglichen anderen Badehauses beauftragt, dann werde ich vielleicht anfangen, mir über das Thema Gedanken zu machen.
– Und Ihre Worte, erwiderte Monsieur Grabois, bestärken mich nur in meiner Meinung, daß man, wenn man mit dem kleinen Fingernagel ein bißchen an der Haut eines Russen aus dem einfachen Volke kratzt, einen Tataren entdecken, unter der Haut eines kultivierten Russen jedoch einen Byzantiner finden wird, ein gesammelter Geist an Ausweichmanövern, Widersprüchen und Halbwahrheiten.
Kiril Mitrofanitsch hob seinen Kopf zum Himmel empor. Eine enorme Wolke war schwärzer als die anderen. Kopf und Flügel. Wie ein riesiger Vogel der Zeit, mit mächtigen weißen Schwingen, ringsherum Wolken, unzählige Lichter, Sternbilder, Licht im gesamten Universum. Ein riesiger Vogel der Zeit wie ein Komet ... Kiril Mitrofanitsch ließ den Blick sinken und sah Marinksky an. Marinsky lächelte ihm zu. Ein kleiner Anfall von Uranophobia, Ezra? Vielleicht lebte ja er dort unten in dem Sarg? Der Deckel an seinem Platz befestigt mit den Nägeln der Ewigkeit. Doch, er ist noch am Leben, noch hat er ein Quentchen Luft, aber bald wird er dort unter dem bestirnten Deckel ersticken, da, nun tritt er um sich, fuchtelt mit den Hän-

den, gefangen in Leichentüchern, sein letzter Odem entweicht seinen blauen Lippen mit schrillem Pfeifen ... Vogel der Zeit ...

DER KLEE. Eines der Geschenke des Kapitäns Monselisé aus Triest hatte Marinsky im Verlauf geraumer Zeit erreicht: ein zarter Anhänger in Form eines Kleeblatts mit gepreßten Blumen aus Erez-Israel und einer griechischen Inschrift, die das bezeugte. Nur ein Mensch mit einem Herzen voller Liebe konnte solche Blütenblätter wählen, in Rot, Grün, Blau und Violett. Der Blütenanhänger aus dem Heiligen Land war wie ein liebevoller Gedanke, ein Streicheln, ein Gebet. Der Kapitän hatte ihn der Ehefrau des Seidenhändlers Gerschkovitsch gegeben, in deren Haus er zu Gast gewesen war, und sie gab ihn ihrer Tochter. Diese Tochter, die einen der Odessaer Hafenbeamten heiratete und dann in den Fernen Osten reiste, gab den Anhänger an Marinskys Schwester weiter, die in ihren Jugendtagen ein lustiges, energiegeladenes Mädchen war, ohne jedes Anzeichen der Gemütskrankheit, die später bei ihr auftrat. Sie war es, die ihrem Onkel damals dabei geholfen hatte, Marinsky aus der Jeschiva herauszuholen, und sie hatte ihm den Anhänger zum Abschied geschenkt. Marinsky trug den Anhänger immer um seinen Hals. Während seiner Studienzeit in München wechselte er die Kette aus: Silber paßte besser als Gold zu der feinen Glastönung.

Marinsky nahm den Anhänger von seinem Hals und zeigte ihn Kiril Mitrofanitsch. Der Alte berührte das Glas Blatt für Blatt mit den Fingerspitzen. Schön und heilig sind die Blumen, sagte er. Man sieht sofort, daß es Blumen aus dem Heiligen Land sind. Und auch Marinsky dachte so, obgleich die Blüten eher den Pimpernellen, Anemonen und Ringelblumen glichen, die er aus der Kindheit in Erinnerung hatte.

DIE SPITZE DES BERGES. Übers bleiern geteerte Wasser holpernd, schnitt die *Ruslan* sich ihre Bahn durch dichte Wogen von Seetang, Fischen, irr vor Kälte und Getümmel, durch gefrorene Dunstschlieren, tiefhängende grimmige Wolken, leichentuchartige Nebel, zur Insel Athos – Afon. Wenn die neue Sintflut daherbraust, wird sie mit ihren Fluten die ganze Welt zudecken, die gesamte sündige Menschheit ertränken samt den Heiden in Zarigrad und Rom und den abscheulichen Tieranbetern in Indien, alles wird sie bedecken – und nur eine Handvoll wahrer Gläubiger auf dem Berg Athos wird übrigbleiben und von seiner Spitze aus im Sturm gen Himmel auffahren. Die beiden Bauern betrachteten mit ehrfürchtigem Verlangen den Gipfel des Berges, das Herz floß ihnen über vor Bewunderung seiner vollkommenen Form, die zweite Jakobsleiter. Sie hatten gehört, daß es auf der Insel Herbergen gab, die Pilger aufnahmen. Vielleicht würden sie auf dem Rückweg daran vorbeikommen, doch das tatsächliche Aussehen der Insel und die Höhe des sagenhaften Berges – dies war ihnen ein Mysterium, wie das Nachtschwarz auf Ikonen. Von allen Passagieren auf dem Schiff hatte wohl nur Marinsky einen ungefähren Begriff davon, wie der Berg Athos aussah, und er war der einzige, der wußte, wie das Russikon aussah, das Grün seiner Kuppel kannte, die honigfarbenen Ziegel, die Vasen auf dem Dach mit den goldenen Kreuzen darüber. Er hätte das Russikon eventuell zeichnen können, Prophiti Iliu. Doch er liebte es, wenn die Bauern über ihre phantastischen Vorstellungen von dem, was sich auf der Insel befand, redeten, während er sich gleichzeitig vor Abscheu schüttelte, als er sich des Bücherschranks in seinem Cheder entsann. Er lauschte mit einem Lächeln. Wie fesselnd und liebenswürdig fremde Götter doch waren! Die Fische des Meeres und die Vögel des Himmels mögen Zeugnis ablegen, sagte die Möwe zu Marinsky.

MARINSKY FÜRCHTET SICH. Als der heftige Regen ein wenig nachgelassen hatte, kam Raja an Deck. Sie lächelte beim Anblick seiner flinken Bewegung, mit der er die blaue Rakiflasche verschwinden ließ. Marinsky küßte sie aufs Ohr, zündete eine Zigarette an, hielt das Streichholz geraume Zeit zwischen seinen großen Handflächen. Ihre sommersprossige Haut war so straff gespannt, daß ihre Augen leicht geschlitzt wirkten, ihre rötlichen Locken waren heiter und praktisch in dem toten, grauen, hoffnungslosen Licht.
– Geht es dir besser, fragte Marinsky und umarmte ihre Schultern. Wenn sie ihre Kleider ablegen würde – seine Frau hatte die schönsten Schultern, die er je gesehen hatte. Wie immer nahm Raja Bezug auf den Ton seiner Stimme und nicht auf den Inhalt seiner Worte.
– Warum hast du solche Angst, Ezra? sagte sie. Was seid ihr Männer doch für Angsthasen!
– Ich? Angst? Ich kenne nicht einmal die Bedeutung dieses Wortes.
– Erzähle das deiner Freundin Niuta, sagte sie. Auch sie erscheint mir manchmal klüger als du.
– Ich habe Anspruch auf die Eigenschaft von Mut erhoben, nicht von Weisheit, erwiderte Marinsky mit großmütigem Lächeln.

– Hab doch keine solche Angst! sagte Raja.
– Und wenn die Kiste nicht ankommt?
– Du brauchst gar keine Kiste, sagte sie. Du bist ein Architekt, wie er im Buche steht, wie Levinson immer sagt. Ein gespitzter Bleistift und ein Blatt weißes Papier, und schon sitzt du im Sattel.

Marinsky umfing ihre Hand und legte sie auf sein Herz, unter die Kleidung. Herrliche Schultern, schöne Beine. Welcher Klang wird die Steine der Hausmauern in Tel Aviv zusammenfügen? Welche Melodie wird den nachgiebigen Zement gießen?
– Hab keine Angst, sagte sie.

Mit dem heulen des windes. Niutas Vater, Pinje Meislisch, war ein Student einer großen Jeschiva, der stark vom rechten Weg abgewichen war: Revolutionär im Jahre 1905, Anarchist, von der zaristischen Polizei ins Gefägnis geworfen, gefoltert von den Roten. Zwei Nagans hatte er in seinem Koffer.

In ein Land, sagte er, in ein unkultiviertes Land kommen wir, nicht bepflanzt, nicht besät, in seinen Gewässern nur Gewürm und Morast, Blutegel und Fieber. Alle beten wir darum, den Tag des ersten Pflügens nach dem Frühjahrsregen zu erreichen. Die vielen Weisheiten, die unser Volk besaß, gingen im Lauf der Zeit und der Herrschaft ignoranter Völker über uns verloren. Doch wehe euch, wenn ihr je vergessen solltet, daß ihr überall ein gemetzeltes Volk wart, die Knochen eurer Kadaver auf den Feldern der Welt verstreut, der Erdball kreuz und quer mit dem Leid und den Tränen unseres Volkes durchwirkt ist. Die Worte von Verleumdung und Haß erblühten in der Luft, wuchsen und gediehen, sie wurden zu Schwertern, Stahl und Eisen, Sprengstoff und Kriegsgerät! Jeder Lump und Trunkenbold, jeder Roßtäuscher und Bluthund erhob sich gegen uns, um uns den Hals aufzuschlitzen! Seid ihr es denn nicht leid, Schafe zu sein! Wenn man euch unter Raubtiere geworfen hat, reißt auch ihr! Der Herr im Himmel wird euch neue Zähne sprießen lassen, Zähne aus Stahl und Eisen! So gehen wir nach Erez-Israel, und allen Gojim, die wir hinter uns lassen, werden wir nur dieses sagen: Gemetzelt habt ihr uns, ihr Söhne des Bösen, unsere Hände in eherne Fesseln geschlagen, Stahlkugeln an unsere Knöchel gekettet, o ihr, die ihr allzeit bereit seid, mit eurem schäumenden Gift zuzubeißen – hier verlassen wir euch nun, haben uns aufgemacht in unser historisches Land, zu den Höhlen unserer Vorgeschichte, und wir nehmen unseren Gott mit uns, den ihr von euch gewiesen habt, so wie ihr unseren unsichtbaren Tempel abgelehnt habt. Wo ist euer Tempel? habt ihr gefragt. So bleibt nun allein zurück mit dem Heulen des Windes und Ägyptens Krokodilen, mit Horus und Re, mit Baal Peor und Dagon, mit Kemosch und Astarte, Zeus und Bacchus, Wotan und Perun! Der Gott Israels hat uns gesandt, um seine Lehre zu verbreiten, doch ihr, Söhne der Finsternis, habt uns zu fliegenden Händlern gemacht, die beschämt an den Wegesrand ausweichen. Bleibt also ohne Recht, eure Priester zerschmettert auf schwarzen Pfählen, die Symbole eures Glaubens in den Staub getreten, bleibt zurück mit dem Ungewissen, mit dem Horizont, der sich zurückweichend verkrümmt, mit den Zeichen, die sich periodisch verändern und ablösen, und gebe Gott, daß der kalte Wind euch erfrieren läßt, daß ein Strom leuchtender Sterne jede Feuchtigkeit austrocknet, die noch in euren Knochen verblieben ist! Gebe Gott, daß aus den Tiefen des Meeres ein vielköpfiges Ungeheuer aufsteigen und eure toten Herzen verschlingen wird! Und wir werden unsere Köpfe heben und die Sterne, glitzernd wie Perlen, betrachten. Und im ewigen Frühlingswind werden wir schweben, nicht in den Gebetsschal von Heiligkeit und Licht gewandet, sondern in die Rüstung von Rittern, und glühenden Herzens werden wir sagen: Wir sind zurückgekehrt! Hier sind wir!

WAS ZWISCHEN DEN WELLEN ZU SEHEN WAR. Nachdem sie von Piräus ausgelaufen waren, geschah etwas, das noch seltsamer war als das Phänomen der Linien, die die Meere voneinander trennten.

Sogar Herr Ussischkin blieb eine ganze Weile offenen Mundes stehen, reckte sich, so hoch er konnte, um an einem Stück straff gespannten Segeltuchs hochzuklettern, wobei sein Stock zwischen zwei zerbrochene Planken fiel. Er machte sich jedoch nicht einmal die Mühe, ihn aufzuheben, auch nicht, seinen Mantel zuzuknöpfen, sondern erhob nur seine Hand hinaus aufs Meer. Alle standen da und beobachteten ein Schiff, das mit hochfahrender Geschwindigkeit an ihnen vorbeizog, die Wellen durchpreschte, und schon vorüber war, sie hinter sich gelassen hatte wie ein Rennpferd einen schwer pflügenden Ochsen. In der grauen Luft sahen sie ein flaches Schiff, an dessen dünnem Mast eine Fahne tändelte: ein blauer Davidstern auf weißem Grund! War es die Möglichkeit? Narrten sie ihre Augen? Phantasierte das Herz? Kein Mensch zeigte sich an Deck des Schiffes, das im Meer der Wellen dem Blick entschwand. Vielleicht war es ein Geisterschiff gewesen? Ein Schiff von einem anderen Ort? Ein Schiff des Sambation? Die Barke des Messias? Alle bedauerten es ungemein, daß das

Schiff so niedrig gewesen war, daß man nur schwer hatte erspähen können, was auf dem Deck vor sich ging. Nur sein oberer Teil war zu sehen gewesen, eine Silhouette, vielleicht von Kanonen, und der Mast mit der Flagge an der Spitze. Wenige Augenblicke später hatte sich das Schiff von ihnen entfernt und war auf Nimmerwiedersehen von der Wasserwand verschluckt. Der Navigator blickte sie staunend an: ein italienisches Schiff.
– Das ist keine italienische Fahne, sagte jemand.
– Eine Marineflagge.
– Marineflagge?
– Eine Flagge der Marine. Eine ihrer Kommandoflaggen, sagte der Navigator verlegen beim Anblick der Menschen, die ihn umringten, mit vor Erstaunen aufgerissenen Augen und geröteten Wangen. Ein sechseckiger Stern auf weißem Grund. Es gibt solche Fahnen mit mehreren Sternen, mit zwei, drei, ich erinnere mich momentan nicht genau. Ich würde es euch in einem Buch zeigen, wenn es hier Bücher gäbe.
– Eine italienische Flagge?
– Ich schwöre es euch, sagte der Navigator. Eine Flagge der Marine. Fragt den Kapitän. Jeder Schiffsjunge kennt solche Fahnen.

Der Kapitän bestätigte dies und betrachtete düster die hohen Wellen. Das Wasser schreit und klagt, murmelte er.

DES HERRN WUNDER AUF DEM MEER. Bei den griechischen Inseln beschloß das Meer, an der elendiglichen *Ruslan* Rache zu nehmen. Es türmte seine Wogen auf, ließ die peitschenden Winde los. In dem grausam kalten Sturm stieg Rajas Fieber. Marinsky saß an ihrer Seite, hielt ihre Hand und flößte ihr dünnen Tee ein. Dr. Weissfisch gab sich größte Mühe. Seine Medikamente waren spärlich. Die Chassiden beteten mit lauter Stimme in dem eisernen Käfig des Schiffes: des Herrn Wunder auf dem Meer ... seine Schreckensblitze ... Wasserströme ... Fundamente der Welt ... die Lüge der Matrosen und der Wahn des Kapitäns ... wenn, um Himmels willen, Er nicht ein Wunder geschehen ließe ... Ihre Heiligen verstanden die Sprache der Vögel und der Palmen.

Doch die armselige *Mayflower* enttäuschte nicht im Sturm der Gewalten.

Der Held stirbt nicht, bevor das Filmschauspiel vollendet ist. Sogar der Kapitän wirkte menschlicher während dieses Sturms. Angst sprach aus seinen schlafgeränderten Augen, die mit einem Mal groß und schön erschienen, sanft und scheu wie die eines Knaben. Er vergaß sogar, die Reisenden mit seiner heiseren Stimme anzubrüllen, daß sie die Passage blockierten, die für die Durchlüftung des Schiffes nötig war.

Ach, Herr Ussischkin hatte nicht die *Futura* gebucht, das Schiff, das zwischen Neapel und Alexandria verkehrte, die neue, luxuriöse *Futura* mit Proviant für fünfhundert Passagiere, die Eleganz und die Herren vom edlen Geiste der aufgeklärten Länder, Dichter und Philosophen, Erfinder und Entdecker, Forscher, Künstler jeder Profession, die sich sechs Wochen lang ein nimmer endendes Vergnügen gönnen würden. Eine Musikkapelle spielte während der Mahlzeiten, Telegramme aus aller Welt erwarteten die *Futura*. Die Konversation bei Tisch war ruhmreich, ein Geladener nannte sie die neuen platonischen Dialoge. Über sämtliche erhabenen Fragen debattierten dort die erlesenen Geistesgrößen der Menschheit. Jeder einzelne brachte seine erleuchtenden Ideen ein. Ein Schiff der Weisen fuhr entlang der Meeresküsten.

Herr Ussischkin – ein Mann aus Stahl? Ein Träumer mit Herz? – hatte Angst vor dem Meer, der Erfindung der Gojim, ein Reich von Bestien, ein Sodom voll schwimmender Klöster.

Herr Ussischkin war sehr krank.

»FJODOR PETROVITSCH VERNEIGT SICH«. Der Obermaschinist lächelte die ganze Zeit selig, er war vollkommen betrunken, der peitschende Wind, die Wellen, die ihm ins Gesicht sprühten, und der Aufruhr der See rings um ihn erheiterten ihn ungemein. Der Navigator am Steuerrad sah inmitten der Laternen, die man ihm aus dem ganzen Schiff herbeigebracht hatte, wie eine Altarstatue aus, vollkommen strahlend im vielfachen Lichterschein. Der Tisch neben ihm war mit einer Fahne bedeckt, weiß-blau-rot mit einer schönen Krone und einem stilisierten Posthorn, in makellosem Goldglanz.

Marinsky, den die Angst – wie das strenge Winterwetter – nicht mehr losgelassen hatte, seitdem die Roten die Macht ergriffen hatten, empfand keinerlei Furcht während des Sturms. Er hegte keinen Zweifel, daß er in Erez-Israel Gebäude errichten würde, Krankenhäuser und komplette Straßenzeilen. Und auch Herr Ussischkin, der knurrende Löwe, der seinen Kopf jetzt häufiger aus seiner Kabine steckte, wie ein einfacher Sterblicher, ihn allerdings sofort wieder zurückzog, war gewiß voll des sicheren Vertrauens, daß ein Schiff, das ihn trug, die Pflicht hatte, nicht in den Meeresfluten unterzugehen. Die Chassiden begannen nun zu beten, wie er es seiner Lebtag noch nicht vernommen hatte. Sie schrieben auch mit roter Tinte seltsame Inschriften auf den Mast des Schiffes und den Schornstein.

Jahre später wurde erzählt, die *Ruslan* sei auf der Rückfahrt untergegangen. Sie sei von Jaffa nach Alexandria in See gestochen und von dort aus, auf ihrem Weg nach Odessa, versunken. Doch stimmte das? Oder war dies vielleicht ein Märchen, nur dazu ersonnen, die Passage zu glorifizieren?

Die *Ruslan* mußte ankommen, damit in ihrem Gefolge andere Schiffe kamen.

Ich bin ein Ignorant, sagte sich Marinsky, sogar Niuta Meislisch hat ihre deutschen Sprichwörter, aber ich wußte immer den Schein zu wahren, wie es sich für einen Architekten gehört. Ist nicht sogar Kuratov in die Falle gegangen, wie auch der Lehrer im Konservatorium, der Kollege von Rada Levinson, und ebenso die Maler, die jahrelang in Italien und Frankreich gelebt haben. Und das alles dank der Gedichte, deren Gegenstände aus Buchstaben nachgebildet sind. Schnell zeichnen, die Gedichte kennen, die in Gestalt eines Denkmals, einer Laute geschrieben wurden, oder gleich Blumensträußen, drei Kreuzen, einem großen und zwei kleineren, die ein Schwert, einen Walfisch, Schwingen, Sumpf, Altäre, eine Axt mit zwei Klingen, eine Uhr, eine Mandoline formen. Die doppelschneidige Axt, im oberen Teil:

Wem anders könnt' die Axt des Krieges ich geben
als dem großen König, der inmitten von Getümmel und Beben
auszog wie ein brausender Sturm, gewaltig und groß,
um zu besiegeln der feindlichen Heerscharen Los ...

– Ein schönes Technopägnion, sagte Mjastislav Ivanovitsch.
– Technopä...?
– Technopägnion.

Das war das Wort gewesen. Vielleicht hatte sich der Professor geirrt? Doch das war kaum möglich. Professor Stepanov war ein berühmter Mann und ein von der Jugend verehrter Dichter. Sein Buch, in zwei Bänden, das alle seine Bekannten hatten, trug einen lateinischen Titel, Cor... ? Ähnlich wie Koriander. Und wo war er jetzt? Und Kuratov? In Dresden? Dresden – das Florenz des Nordens? Dreimal hatte er Kuratov in seinem Haus bei Simferopol besucht, ein Haus, das sein Großvater gebaut hatte: *Mon Bijou*. In einem Garten voller Bäume, die aus der ganzen Welt dorthin gebracht worden waren, wurde der Tisch hergerichtet, und als die Sterne aufgingen, sagte Kuratov: Wer mich liebt, folgt mir nach. Und alle folgten in einer Reihe, wie Indianer auf dem Kriegspfad, zum gedeckten Tisch.

TAUSEND HERZEN ZU OPFERN. Mjastislav Ivanovitsch, unterbrach Vitali Kuratov seine Worte, welcher junge Mensch mit einem Herzen voller Träume hält sich nicht für einen Prinzen? Ich breche ins Heilige Land auf, ich werde Reiseaufzeichnungen verfassen. Ich bin fünfundzwanzig, und auch wenn ich mich hie und da irren mag, ich sage, was ich gesehen habe und wirklich denke – und man wird mir verzeihen. Es kommt vor, daß jemand in irgendein Land, eine andere Stadt reist, das Meer überquert, der etwas mitzuteilen hat, der ein Geheimnis mit sich herumträgt, das er den Menschen zu erzählen hat, um sie zu fesseln, zu verzaubern, sie zu überzeugen, um ihnen den Funken zu übermitteln, den Gedanken, die Form, den Winkel, die Allegorie, das Symbol. Im Vergleich mit ihm ist der einfache Reisende mit seinen Abenteuern nichts als ein armseliger Odysseus.
– Würdest du es vorziehen, Paulus zu sein?
Kuratov errötete und begann zu stottern: Ist das die Alternative?
– Was sonst? Das ist die einzige Alternative, schon immer habe ich Menschen ins Herz geschlossen, die ihre Aufmerksamkeit dem Orient zuwandten. Es gefällt mir, daß du Arabisch und Persisch kannst. Du bist ein guter Reiter, ein hübscher Junge, voll Sehnsucht nach den äußersten Enden der Welt, wünschst dir, mit der Erwählten deines Herzen auf dem Goldenen Vlies zu liegen. Doch wozu möchtest du fünfhundert Sprachen beherrschen, Mithridates, wenn nicht, um zu wissen, wie man in ihnen »Vater unser im Himmel« sagt. Wenn du alt an Jahren werden willst, dann mußt du das sein, was du einen armseligen Odysseus nennst, du darfst kein Morgen nötig haben, oder du willst etwas vermitteln, entfachen, beschwören, ein Signalfeuer setzen. Fällst du zwischen diese beiden, machst du dich unglücklich und deine Seele stirbt, deine Unschuld wird vergehen, und, wer weiß, am Ende könnte es sein, daß du mit eigenen Händen deinen Lebensdocht kappst. Tu es wenigstens, solange du jung bist. Ein Deutscher, von Saar, dessen Stücke sogar hier in Odessa aufgeführt wurden – *Heinrich IV.*, *Tassilo* –, hat sich im Alter von dreiundsiebzig umgebracht. Das finde ich äußerst unschön und undankbar. Farid ud-din Attar schrieb in seinem Werk *Die Vogelgespräche*: »Wer sich auf diese Reise begibt, muß tausend Herzen besitzen, um auf jedem Stück des

Weges ein Herz opfern zu können.« Du mußt wählen. Ich schlage dir vor, Paulus zu wählen. Denn nehmen wir an, nehmen wir einen Augenblick lang an, es gäbe auf der Welt eine solche Sprache, eine Enoch-Sprache, die Sprache der Engelzungen, die du dir so sehnlichst wünschst. Und da bist du nun, mit all deinen Freunden, die sich um dich versammelt haben, die Entzifferer der Hieroglyphen, der Codes, der Kryptogramme, Keilschriften und Linearschriften – könntet ihr die enochische Sprache entschlüsseln? Du bist nicht verrückt, Vitali, du verstehst doch, daß dies nicht im Rahmen des Möglichen ist, auch wenn eine solche Sprache existierte und ihr sie sogar läset, so ist doch klar, daß ihr ihre Worte, ihre Buchstaben nicht verstündet, auch ihre Musik wäre barbarisch und euren Ohren nicht zugänglich, wenn es denn überhaupt eine gäbe. Alle Schatzkammern deiner Seele und deines Verstandes sowie all jene deiner Freunde könnten die geballten Lichtstrahlen eines so antiken Buches nicht aufnehmen. Besser die schmalste »Summa« als der Traum einer solchen Sprache.

Und wo ist der Professor jetzt? Wo ist Kuratov?

Seine Schwester im Norden mit ihrem Mann und den zwei Kindern, sein Großvater schweigt mit tränenden Augen, sein Bruder ist neben seinem Geschütz gefallen, seine Eltern sind krank, in Lumpen gekleidet ... Rußland entfernte sich von ihm, doch der Schmerz in seinem Auge blieb, zerriß ihm die Brust. Vitalis kleiner Bruder hatte sich erschossen, seine Familie ... Ein stürmischer Wind war aufgesprungen und heulte überall.

Doch Tel Aviv erhob sich aus dem Sand, gegründet ohne Engel mit rosa Hinterbacken und Kugelbauch, Putten, die Ganimeden der Zukunft – die einen blauen Schleier hielten. Nur eine Fotografie der sechzig Familien. Eine Stadt aus dem Sand und der See in dieses Jahrhundert geworfen, vielleicht würde sie eine gute Stadt für Prinzen sein. Obgleich den Legenden nach die ersten Menschen aus der Erde geboren wurden, niemand hatte sie aus Sand gezeugt.

Die sieben Naturprodukte. Grischa Levita, der sich selbst Gerschon nannte, war zwanzig Jahre alt und der jüngste von drei Brüdern. Der Älteste war ein Neurologe in Dresden, der eine Schönheit geheiratet hatte: Rachel Salomon, deren Porträts von der Akademie anerkannte Maler gemalt hatten; der mittlere Bruder – Kommandant der Roten Armee, Jermolajevs Stellvertreter. Levitas kleine Augen blickten mit Stolz in die Welt. Sein Haar war extrem kurz geschoren, ein Zionist ist ein durch und durch energievoller Mensch, geladen mit Aktivität und ausdauernd wie ein Bolschewik. Er hatte eine dünne, etwas schrille Stimme. Er stellte sich allen als sachverständiger Agronom vor, sicher seiner Kenntnisse, seiner Entschlossenheit, seiner Zukunft. Manchmal versuchte er, mit Marinsky ins Gespräch zu kommen, doch seine feuchten Hände und hohe Stimme stießen den Architekten ab. Er dozierte viel über die Landwirtschaft in Erez-Israel, zahlreiche hebräische und arabische Namen standen dichtgedrängt in seinem Heft verzeichnet. Er liebte es, diese Worte auszusprechen: Erez-Israels sieben Naturprodukte. Er sprach viel vom Weizen, und der Wein, die Feige und die Olive ließen ihn in nachgerade poetische Schwärmerei verfallen. Die Verbreitung alter Weizensorten in Erez-Israel, haarklein aufgeschlüsselt nach Arten – von Me'arit über Dubit, Nursit, Gulgulit und so fort – und Regionen – von Jaffa bis Be'er-Scheva -, war fest in seinem Gedächtnis verankert. Der Anbau von Wein, Feige und Olive wird uns weitläufig das Gebirge und das Zentrum des Landes erschließen und uns die Möglichkeit geben, Hunderttausende Familien anzusiedeln. Die Kultivierung der Dattelpalme wird das verödete Jordanland wiederbeleben und Zehntausenden fleißigen Arbeitern ihren Lebensunterhalt bescheren.

Hin und wieder stieg er in den Bauch des Schiffes hinunter, um seine Setzlinge zu betrachten.

– Du bringst Wälder ins Heilige Land?

– Urwälder, erwiderte Levita. Hier sind genügend Setzlinge für einen echten Wald.

– Mit Geistern, Feen, Rotkäppchen, Nymphen und Dryaden, sagte Marinsky.

– Darüber weiß ich nichts, entgegnete Levita.

Er wurde ganz aufgeregt, als er Ussischkin erblickte, und hätte fast seine Hand geküßt, als jener ihm mit künstlicher Sympathie auf die Schulter klopfte. Er eröffnete umgehend eine lautstarke Debatte mit den fünf Chassiden über verschiedene Termini für Anpflanzungen: was nannte man Weinberg, was Garten, was Hain, und wie ein großartiger Fechter wandte er sich mit einem vernichtenden Ausfall an alle: Jerusalemer! Hat man eine Zeder gepflanzt, als ihr geboren wurdet, hat man einen Zierbaum gepflanzt, als eure Schwestern geboren wurden?

Erregt blickte er Ussischkin nach, der in einer der Öffnungen verschwand, und sagte: Man hätte ihm ein Myrtenzepter reichen sollen. Eine Myrte mußt du dem König bringen! Und weil ihm seine Vorräte an Bibel- und Talmudzitaten ausgingen, wandte er sich an Marinsky:

Wir beide reisen nach Erez-Israel. Sie an einen Ort, wo es keine Baumeister und keine Bauarbeiter gibt, und ich an einen Ort, an dem es keine Bäume gibt und keine Menschen, die verstehen, was Bäume sind.
– Es gibt keine Bäume?
– Keine Bäume. Der Araber und seine Ziege haben die Bäume getilgt, sie haben den Baum nicht mehr hochkommen lassen. Der Araber schlägt die Äste ab, fällt die Stämme, und die Ziegen zerknabbern die zarten saftigen Blätter, zernagen die Zweige, die jungen Triebe ...
– Wenn du das so sagst, überfällt auch mich der Appetit, wie die Zicge diese ganzen Zweige anzuknabbern ...
– Das ist nicht zum Scherzen, Herr Marinsky. Das Land wurde von einem Riesen in einen Zwerg verwandelt, wie eine mächtige Eiche in einen jämmerlichen Strauch, auf allen vieren kriechend wie ein geprügelter Hund. Alles liegt bloß, alles von der Sonne versengt. Die Jahrhunderte haben die geraubte Heimat in tödlichen Schlaf versetzt und sie zu einer öden Wüste gemacht. Nun kommen wir, um sie dem Tod zu entreißen, sie wieder zu beleben und fruchtbar zu machen.
– Und was der Araber mit seiner Ziege zerstört hat, wird Grischa Levita richten mit Hilfe ...
– Der Axt, der Säge und der Baumschere ... Sie werden schon sehen! Wir werden den Sand mit den Wurzeln der Tamarisken zusammenhalten, werden Bäume auch mit Saatgut, nicht nur mit Setzlingen anpflanzen, die gemeine Birne mit erlesenen Sorten veredeln. Wir werden unser Land vor dem Tode retten, vor der totalen Vernichtung.

Marinsky warf ihm einen schnellen Blick zu: ein Prinz Eugen der Eichen, ein Suvorov der Sträucher.

DER SCHRECKEN DES OSTENS, DER SCHRECKEN DES WESTENS, DER SCHRECKEN DER ZUKUNFT. Der Harfenkasten zerbrach während des Sturms. Rada Levinson schluchzte und zog an seiner Hand, bis Marinsky ins Lager hinunterstieg: Die Stricke hatten sich gelöst, die Harfe lag zwischen den zersplitterten Brettern, ganz golden, sehr assyrisch, ein assyrisches Fest. Geflügelte Stiere mit Menschengesichtern, gekräuselten Bärten, kleinen Kronen, mächtig gespannte Bögen. Babel und Erech und Akkad und Kalane im Lande Babylonien. In dem zerbrochenen Kasten ließ die Harfe ihre Davidsklage ertönen. Der antike Orient: Prachtbauten, Denkmäler, die zum Himmel emporsteigen zwischen Hütten aus Lehm und Stroh,

Menschen, die unter der grausamen Sonne kriechen. Die Harfe entfachte einen Skandal in dem großen grauen Lager, in ihrer ganzen güldenen Pracht. Wie der barocke Goldleuchter, den Kapitän Monselisé aus Triest der Synagoge in Simferopol beschert hatte, eine goldene Menora, die langsam und allmählich in die dunklen Ecken abgedrängt wurde, von ausgedienten Gebetbüchern, einem alten Gebetsschal verdeckt, bis sie für immer verschwand.

Und nun schlug die Admiralsstunde. Er nahm einen Schluck aus der großen Flasche, ihm schwindelte im Kopf ...

> Steigt aus – eine fremde kleine Station,
> blickt sich um nach allen Seiten durch eine Lorgnette ...

Der Raki strömte, Blasen waren in der Lorgnette.

Ein Winterschläfer ... ein zwergenhaftes Nagetier? Die kalten Wintermonate im Tiefschlaf, der ganze Körper zur Kugel zusammengerollt in einem warmen Nest, wie in einer kleinen Badewanne, unter der Erde, in einem hohlen Baumstamm, in einer Felsspalte, und wacht auf, wenn die Nächte wärmer, die Tage länger werden, bei Frühlingsanbruch, obgleich man ihn auch im Sommer nur selten wahrnimmt. Sogar mit dem Nestbau ist er nur nach Sonnenuntergang beschäftigt, wobei ihm seine scharfen Zähne und seinen krallenbewehrten Vorderläufe behilflich sind.

Er hatte einen kurzen Traum:

Jaffas Mauern. Kanonen stehen auf den Mauern, würden sie auf die *Ruslan* feuern? Wie töricht, an so etwas auch nur zu denken, doch Marinsky mußte seine Angst bewältigen, von Jaffas Mauer herab wären vielleicht Geschütze auf sie gerichtet, langsam und bösartig, in sicherem Bogen geschwenkt, ihre Beute im Meer belauernd ...

DIE FESTLANDMÄUSE. Direkt bei Ausbruch des Sturmes fiel auch der Käfig mit den weißen Mäusen von Kolja (Kalman) Schischkov um, der Riegel verschob sich, und die überraschten, an Seekrankheit leidenden Mäuse rannten mit einem Mal zwischen den Passagieren umher. Zwar waren nicht mehr alle so flink und energiegeladen wie zu Beginn der Reise, doch gelang es einigen, das Deck zu erreichen und in den Maschinenraum zu schlüpfen. Nach dem ersten Aufruhr und dem Gekreisch der Frauen wurde ihr Auftauchen gerne hingenommen, und als sie in den Höhlungen der *Ruslan* verschwanden, rief dies Enttäuschung hervor. Sie hatten etwas Festländisches an sich, die

weißen Mäuse, etwas beruhigend Städtisches, brachten Erinnerungen an Spielzeugläden mit, an die Sauberkeit von Krankenhäusern, deren Blitzen eine Wohltat war wie Zucker und Mehl. Kolja weinte ohne Unterlaß. Ein Meerschweinchen war ihm gestorben, noch bevor sie in Odessa an Bord gegangen waren, das zweite eine Woche später, sein Hund war in der Karantinstraße von den Rädern eines Wagens erfaßt worden, die Schildkröte war aus der Nähschachtel verschwunden, und jetzt hatten sich die Mäuse über das ganze Schiff zerstreut, und keine einzige kehrte zu ihm zurück, obwohl er sie gefüttert und getränkt und ihnen von den Unterschieden zwischen den afrikanischen und den asiatischen Leoparden erzählt hatte, zwischen den indischen und afrikanischen Elefanten und den einhöckrigen und zweihöckrigen Kamelen in der Wüste Gobi.
– Es sind zu kleine Tiere, sagte er zu Niuta, in Erez-Israel werde ich mir große Tiere anschaffen, die ein Herz und ein Dankbarkeitsempfinden haben.
– Möchtest du Tierarzt werden?
– Tierarzt oder Zoologe, sagte Kolja. Dieser Junge, mit dem ich aneinandergeraten bin, will Schriftsteller werden. Weißt du Wörter auf hebräisch?
– Nein, sagte Niuta, wozu denn? Ich habe genügend Bücher in russisch.

Der tanz der zerstörung. Ein junger Mann näherte sich ihm mit kleinen Schritten.
– Ich habe in Petersburg von Ihnen gehört, Herr Marinsky. Ich weiß, wer Sie sind. Sie haben sich auf die Reise begeben, um uns prachtvolle Paläste im Sand zu errichten.
Der junge Mann trug grobgewebte Seemannskleidung, seine Augen – waren sie nicht ein wenig geschminkt, und an seinen Fingern prangten doch billige Ringe? –, seine Augen waren hinterlistig und neugierig. Ja ... doch ... er war es. (Baruch Agadati, der Tänzer. Oh, Agadati, Verzauberer meiner Gegenwart, wo immer ich hingehe).
– Setzen Sie sich neben mich, sagte Marinsky. Er mochte den jungen Mann, der wie eine wandelnde Illustration aus einem optimistischen Kinderbuch aussah.
Doch der junge Mann setzte sich nicht, sondern verlagerte leicht sein linkes Bein.
– Werden Sie uns glücklich machen mit Ihren Bauwerken? fragte er, mit frechem, doch zugleich traurigem Blick.

– Ist es denn wichtig, das Glück?
– Wenn Sie nicht glücklich sind, sind Sie ein Heuchler, oder man macht Sie am Ende dazu, Herr Marinsky, erwiderte der junge Mann und bog seine Hände über dem Kopf zusammen.
– Ich habe gehört, daß man dort überhaupt kein Geld hat, kein Baumaterial, sagte Marinsky, dafür eine Menge Flüchtlinge, so daß ich Sie zumindest nicht dabei stören werde, nach Art der Zigeuner glücklich zu sein.
– Und was ist mit der Schönheit?
– Mit der Schönheit ... und wie können wir wissen, wer dort wohnen wird? Ob man jemanden hören wird, der vor Rosch Haschana in der Nachbarwohnung das Schofarblasen übt? Ob im Garten neben dir Kühe und Ziegen weiden? Wenn du dir im Herzen auf deiner Schlafstatt sagst: Ich will Schönheit – dann wirst du Schönheit haben (wobei Marinsky »im Herzen« und »auf deiner Schlafstatt« auf hebräisch sagte).
– Ich sehe, daß Sie beunruhigt sind, Herr Marinsky, bemerkte der junge Mann und machte ein paar Trippelschritte, als trüge er weiße Tänzerhosen. Er vollführte einen Pas de deux und eine schnelle Pirouette. Aber lassen Sie nur, bauen Sie, bauen Sie ruhig viel, Herr Marinsky, und wir werden uns der Zerstörung widmen.
– Zerstörung ist Luxus, sagte Marinsky.
– Ich werde für Sie den Tanz des Erbauens und der Zerstörung tanzen, Herr Marinsky.
– Es wird mir eine Ehre sein.
– Ich liebe die Passagiere dieses Schiffes nicht, ich mag ihre Gesichter nicht, ihre Körper.
– Nun denn, mein Bruder, sagte Marinsky, sie könnten als Ihr armseliges Volk ein in Stein gemeißeltes gotisches Relief bevölkern, unter dem Spitzbogen, dem fliegenden Strebepfeiler.
Der junge Mann dachte einen Augenblick nach.
– Mit Hilfe des Pathos von Schlaflosigkeit und seekranker Einsamkeit könnte ich vielleicht etwas aus Ihrem gotischen Bild machen, sagte er dann.
– Nicht auf diesem glatten, nassen Deck, hoffe ich.
– Aber zuvor werde ich einen neuen hebräischen Buchstaben zeichnen, der keinem Buchstaben, den es je gab, gleichsehen wird. Das Ende des Schnörkels, das Ende des Zierwerks, der Zweideutigkeit, der Drehung, ohne den Groß- und Kleindruck der Gebetbücher, ein viereckiger, einfacher, klarer Buchstabe, euklidisch, rechter Winkel, Kreis, gewölbt wie ein Regenbogen in einer Wolke, und der Rest

der Buchstaben wird in der Erde vergraben, ins Meer geworfen, das Totengebet darüber gesprochen. Es braucht neue Buchstaben, gerade Buchstaben, klar und hart, ohne talmudistische Verwicklungen, ohne verschimmelte Arabesken, ohne Flügelschwünge sterbender Vögel, ohne die Pracht von Leichenzügen, ohne Sternchen und Kringel – starke Lettern wie die Buchstaben auf erfolgreichen Fabriken und großen Geschäften, stolzer als die Statuen von Feldherren, furchterregender als Gargouilles, wie die Riesenbuchstaben, mit denen die futuristischen Lieder der großen Städte geschrieben sind, mit Ausrufezeichen von Schornsteinen, die Zeilen die fünf Drähte der Telegrafen, die Strommasten die Punktierung. Es braucht einen ganz und gar sonnenklaren Buchstaben – ohne Statute, Erlasse, Begrenzungen! Laßt uns die alten Buchstaben zerstören, von der Welt eliminieren, laßt sie uns zu Brei zermahlen!

TAU MÖGE FALLEN, REGEN MÖGE FLIESSEN. Und dann kam ein Zirkus aus Alexandria nach Jaffa – Herr Volizky, der Lehrer, wurde ganz bleich und grün –, der eine Menge Löwen, Tiger, Panther und andere Raubtiere besaß, die in Eisenkäfigen befördert wurden. Auch der Ring war mit einem starken Eisengitter eingezäunt. Und dann, dann trat der Dompteur auf, eine lange Peitsche in der Hand, auf seiner Brust eine Sphinx tätowiert, ließ die Tiere in den Ring und sie ihre Kunststücke präsentieren, wie üblich bei Dompteuren, während jene brüllten und ihre Pfoten über sein Haupt erhoben, mit ausgefahrenen Krallen, und am Ende des Auftritts sagte der Raubtierbändiger: Hört mir gut zu, Bürger Jaffas! Der Zirkus von Alexandria, der größte auf der Welt, verleiht einen Preis von fünf Lirot an den, der freiwillig den Ring betritt. Und wenn er kein Anzeichen von Angst und Zittern erkennen läßt, dann verbürge ich, Buran Kara'in, mich bei ihm dafür, daß ihn keinerlei Gefahr für sein Leben erwartet, ich selbst, höchstpersönlich, werde für das Wohlergehen des Wagemutigen die Verantwortung übernehmen! Sein Aufruf wurde vom Arabischen ins Hebräische und Türkische übersetzt, und bleiernes Schweigen senkte sich über das ganze große Zelt. Etwa zwanzig Raubtiere lagerten in der Arena. In den vordersten Reihen saßen türkische Armeeoffiziere und Angehörige der Sultansgarde. Flüstern klang dort auf. Tuschelnd und kichernd ermutigten sie sich gegenseitig, in den Ring zu treten, doch keiner fand den Mut dazu. Plötzlich stand ein gutaussehender Herr auf, hochgewachsen und mit breiten Schultern, die goldene Haartolle leicht von Silber durchzogen. Ich! donnerte seine Stimme, tief wie der Opernbaß Schaljapins. Der Dompteur ließ ihn in die Löwengrube hinein. Es war Michael Halperin. Ich! sagte er und schritt mit Feingefühl zu voller Größe aufgerichtet bis in die Mitte des Rings, wo er stehenblieb und die *Hatikva* zu singen begann. Das jüdische Publikum erhob sich und stimmte mit ein, und sogar die Araber klatschten Beifall ...

UNTER DEM SPITZBOGEN, DEM FLIEGENDEN STREBEPFEILER. Gesicht, Körper, Kleider. Die Chassiden mit ihren fragilen Silberbärten, den müden Augen greiser Hühner, drei Frauen: Liuba, die hübsche Studentin, die sich so durchsichtig gekünstelt unkonventionell in den Hüften wiegte, daß es nahezu anziehend war, Murotschka, die Frau mit dem weißen Hut und dem Fuchspelz, ihrem Geruch nach Vanille und Veilchen, die gewiß die besten Kaffeehäuser, Nähsalons und Friseurstuben in ihrer Stadt gekannt hatte, das ernsthafte junge Mädchen mit dem dicken Zopf, ein ländliches Zuhause, Tiere, Orte langsam fließender Zeit. Der Blondschopf Kolja mit den feingezeichneten Lippen. Kastelanietz, ein arabischer Prinz. Das war alles. Baruch, der Tänzer, hatte recht. Wie häßlich die Passagiere der *Ruslan* waren. Etwas Spitzkantiges, Ziegenartiges, Unstimmiges war jedem ihrer Gesichtszüge und Körperglieder aufgeprägt. Nicht nur waren diese Leute weit entfernt von jeglichem Schönheitsideal, sondern sie hatten auch etwas an sich, das diesem zuwiderlief und fremd war. Ihre Körper drückten weder Ruhe noch Freude aus, die Kraft, die hie und da sichtbar wurde, war stets von einer Deformierung begleitet, einem krummen Rücken, einem Hängebauch, überproportionierten Gliedmaßen, einer diffusen Zögerlichkeit. Ihren schäbigen Kleidern war die mangelnde Achtsamkeit des Parias, des Aussätzigen anzusehen. Geschöpfe, die zu dicht an der Erde hafteten. Und allesamt, einer wie der andere, von kleinem Wuchs, als versuchten sie, dem Erdboden noch näher zu kommen, um sich vor den Falkenaugen ihrer Herren zu verbergen, um nicht gesehen zu werden, zu existieren, ohne sichtbar zu sein, Jungtiere der Welt, Alte als Kleinkinder getarnt, Welpen, die sich auf den Rücken legten, um den großen gefährlichen Hund versöhnlich zu stimmen, Kinder ohne Verantwortung, die vor sich hin lebten, ihre jahrtausendealten Spiele spielten, seltsame Kinder, die Dinge von eigenem Wert hatten, die sich niemand wünschen würde, es sei denn in schwachen Stunden, die eine eigene Sprache hatten, eigene Geheimnisse, Kleinkinder des Lebens in der Wüste der Zeit inmitten von Erwachsenen, die ganz eigene

Kriege führten, Kraft schöpften aus Pomp und Ehre, aus dem Marmor ihrer Paläste, dem Stein ihrer Burgen, dem Stahl ihrer Waffen und Rüstungen. Diese langen Nasen, die vor trüber Sinnlichkeit tropfenden Lippen. Welche Häßlichkeit! Er bemerkte dies Kastelanietz und Levinson gegenüber. Nein, erwiderte Kastelanietz, ungeachtet seiner Müdigkeit. Menschen sind keine Panther. Nur äußerst selten haben ihre Körper irgendeine Art von Grazie oder Schönheit an sich, bisweilen eine Spur von Süße, mehr jedoch nicht. Schönheit? Oh, Ezra Platonovitsch, wenn du dich öfter der Liebe befleißigt hättest, würde dich die abstrakte Schönheit weniger kümmern.

Kastelanietz dachte an die Natur, an Feste in den Wäldern des Karmel, den Feldern des Jezre'el-Tals und an den Schwefelquellen des Toten Meeres, Feiern wie ein gigantischer Karneval mit Drachen, fliegenden Ballons, Zirkuswagen, Wahrsagern, Astrologen, durchtanzte Tage und Nächte, alle leicht bekleidet, fast nackt, ohne Städte und Fabriken.

Mischa hat recht. Sieh sie dir noch einmal an. Ich sage nicht, daß sie so gesund wie Mitglieder eines Sportklubs ausschauen, doch krank sind sie nicht, sagte Levinson. Kein Alkoholismus, keine Syphilis. Ein klein wenig Schwindsucht vielleicht. Aber keine Krüppel.

Als hielte er einen Bleistift in seiner Hand, verbesserte Marinsky mit seinem Blick eine Nase, Lippen, Stirn, Augenbrauen, Schultern, Bauch, Beine, die Form der Finger und die Haltung. Hier und dort zögerte er, wegen der Auswirkung seiner Korrekturen auf die Augen. Nahezu alle Passagiere der *Ruslan* hatten schöne Augen – empfindsam und mitfühlend, die Flamme eines Öllämpchens, klein, jedoch beständig, wärmend. Die Stimmen klangen etwas heiser, schrill. Sie drängten sich ständig zusammen, ihre Hände griffen wild durcheinander wie in einer Pantomime Irrsinniger. Zitrusfrucht und schwedische Leibesertüchtigung? Je mehr Verbesserungen Marinsky an ihren körperlichen Merkmalen vornahm, desto häufiger stellten sich die Pentimenti ein. Ihm war bang zumut. Am nächsten Tag sah er sie, ihre fast zwillingsgleichen Brüder, ihre Kinder, in bleichem Marmorlicht tanzen, in transparent weißen Eierschalfarben.

Sollten sie vielleicht die Schmetterlingslarven der künftigen Tage sein?

WASSER DES VERGESSENS. Nach dem Sturm kam der Nebel. Es war kein Sommernebel, lang, über Hunderte Meilen und ganze Tage, ein Winternebel war es, stark und dicht, kurz, an den Regen, an die

Nacht geknüpft. Marinsky stand auf der Brücke neben dem ersten Offizier, der auf einem kleinen Segeltuchstuhl saß, ein nutzloses Fernglas auf den Knien. Hin und wieder erklangen die Nebelhörner, geisterhafte Sirenen, Gestöhn von Ungeheuern. Doch woher die Laute, aus welcher Entfernung und Richtung sie kamen, war schwer zu erahnen. Auch die *Ruslan* ließ ihr Nebelhorn ertönen, schwach und dünn, wie die Pfeife einer Spielzeuglokomotive zwischen Riesenzügen.

Schlafwandlerisch trudelte die *Ruslan* langsam dahin. Wie ein Blinder ohne Stock, ein Mensch mit verbundenen Augen, den man eine ganze Weile um sich selbst gewirbelt hat. Eine andere Angst herrschte jetzt, still, zum Zerreißen gespannt, mit angehaltenem Atem.

Der Kapitän näherte sich seinem Ersten Offizier.
– Anker auswerfen?
– Wer weiß, wie tief es hier ist? Und auch, wenn es nicht so tief ist ... wer weiß, ob es uns gelingt, den Anker wieder heraufzuholen, sagte der Offizier.

Der Kapitän ließ sich das einen Augenblick durch den Kopf gehen und nickte dann mit dem Kopf.
– Das ist der Styx, der Fluß des Vergessens! Man überquert das Mittelmeer, sagte der Mann im zionistischen Klub, wie den Styx, auf dessen anderem Ufer alles vergessen ist. Man kommt an, reingewaschen von jedem Makel und Sündenfleck, und betritt das Gelobte Land. Man trinkt vom Meer, und man trinkt vom Nebel des Styx, Marinsky.

Die Anwesenheit der beiden Offiziere flößte ihm kein Gefühl der Sicherheit ein. Vielleicht würden sie mit einem Schiff zusammenstoßen, das wie sie in dem zähen Nebel verloren war, oder mit einem aus dem Meer ragenden Felsen, einem Riff, einer mysteriösen Insel, einer Unterwasserhöhle? Die *Ruslan* würde in einem riesigen Rachen verschluckt werden. Wer weiß?

Vielleicht hatte der merkwürdige Zionist mit seinen Worten über den Styx recht gehabt? Über den Fluß des Vergessens? Über die Notwendigkeit des Vergessens, um von neuem geboren zu werden? Er betastete die nassen eisernen Griffe, die kalten Geländerläufe. Der Styx – der Fluß der Unterwelt.

Ludmila-Jaffa schläft im Bann eines magischen Zauberspruchs. Und wer würde die Schöne aus ihrem Schlummer wecken? Wer würde die Schlafgespinste von ihren Augen streifen? Nimm dich in acht, *Ruslan*! Zwei Konkurrenten hast du, schlau, stark und hartnäckig, unermüdlich auf der Lauer. Stimmen vom Hafen. Ein kleiner Chor inmitten des enormen Kopfes. Glockengeläut? Der Junge Glinka ahmt das Läuten von Kirchenglocken nach, indem er auf Kupferschalen schlägt. Doch nur Ruslan kann Ludmila aus ihrem Schlaf erwecken. Tschra! Tschra! Tschra! Sie warteten bis zum Abend. Die Wolken zerstreuten sich, ein rosa Bienenschwarm kreuzte den Himmel, gefolgt von einem Geschwader roter Vögel. Und wieder bedeckte sich der Himmel.

UND DIESES SIND DER RUSLAN REISEN. Der Himmel klarte ein wenig auf, als die *Ruslan* den Buchten näherkam, die das Heilige Land berührten. Wie war es möglich, daß sein Regenbogen nicht erschien? Wie – Baruch Agadati – konnte es sein, daß die Sonnenrösser nicht ins Geschirr gespannt wurden? In ihrem Gepäck, um ihren Hals trugen viele die winzigen Zeichen ihres Stammes. Ein Wanderbündel, ein jüdischer Koffer, ein Gebetbuch, Leuchter, eine abgenutzte Bibel, ein Mischnaband, ein Weinbecher für den Segen. Eine Goldmünze mit dem Konterfei einer Kaiserin oder eines Königs, eine Besamimbüchse in Turmform, ein Gewirr an hebräischer Mikrographie, ein aus den Worten des Hohelieds geformtes Porträt Salomons, alte Amulette, auf deren Pergamenthäuten aus Buchstaben furchterregende, grausige Kreaturen, seltsamer noch als die Tiere der *Fabeln des Altertums* und *Fabeln der Füchse*, gezeichnet waren: Löwen mit mehrfachen Flügeln wie Ezechiels Cherubinen, von Spinnenbeinen gekrönte Häupter; der Zodiakusmensch mit seinen Zwillingsarmen, der Skorpion seine Männlichkeit, der Steinbock die Knie.

Frau Tschemerinsky hatte ein Schälchen mit dem Buch Jona in penibler Mikrographik, der große Walfisch, gezeichnet aus Buchstaben, und die Buchstabenlippen seines Mauls sprachen: »Ich bin ein Hebräer und fürchte den Herrn, den Gott des Himmels, der das Meer und das Trockene gemacht hat; und du warfest mich in die Tiefe, mitten ins Meer, daß die Fluten mich umgaben; alle deine Wogen und Wellen gingen über mich, daß ich dachte, ich wäre von deinen Augen verstoßen, ich würde deinen heiligen Tempel nicht mehr sehen.«

Rabbi Schmuel Chai Feibusch, der Autor der *Weisheit Samuels*, hatte einen großen Teller. Die Tochter des Pharaos rettet den Säugling Moses. Hier war die Schrift nicht akribisch, kein Thorakalligraph hatte sich hier mit der Feder amüsiert; mit hektisch keuchenden Buchstaben waren die hohen Schilfrohre gezeichnet, der Fächer über des Pharaos anmutiger Tochter, das Haar und Gewand ihrer Mägde, der Papyrusstaudenkasten, der einem Thoraschrein ähnelte.

Zwei Leute aus Odessa waren im Besitz des Buches Zephania, auf eine kleine, dunkelblaue Muschel geschrieben, und des Buches Haggai auf einer rötlich angehauchten Muschel. Und in dem Amulettsäckchen, das um den Hals von Herrn Seidmann, dem Seidenhändler, hing, befanden sich Gebete, die auf Weizenkörner geschrieben waren.

O Volk der Mikrographie, deine ganze Welt ist in Kleinstbuchstaben aufgezeichnet, ein Fisch, ein Fächer, eine Königstochter. Um wieder in die Geschichte zurückzukehren, werden dir auch tausend Herzen nicht genügen. Immer konnten sie das Buch mit sich nehmen, die kleinen Gegenstände, die Kerzenhalter, einen Chanukkaleuchter, eine bestickte Tischdecke, eine Besamimturmbüchse – Insignien ihrer geheimen Stadt, denn sie hatten keine Reliquien und Hausgötter, die man mit opferbluttriefenden Händen entweihen hätte können, sie hatten ja auch kein Haus, und ihre Schwerter waren nur aus diesen winzigen Buchstaben gezeichnet.

Nun keimten die Buchstaben in der wogenden See, in der gewaltigen Makrographie, wie schneeweiße Blüten, lilienrein, biegsam und aufrecht erstanden sie, soweit das Auge reichte, vom Schiff bis zum verschleierten Horizont, zu den erahnten Umrissen des Festlands, auf den schwarzen, wie Lokomotivenkolben auf- und abstampfenden Wassern, schwarze Flechten, fröhlich auf ihr Ziel zuströmend. Ein zahmer, säumiger Schaum hüpft auf den Wellenkämmen. Die Lettern der Makrographie wurden mit glanzvoller Mächtigkeit auf den gewaltigen Wasserflächen eintätowiert, in die Wellenwände, in die schäumende Brandung, die in tosendem Vorwurf brodelt und sprüht.

O ihr Weiten des Meeres, die ihr euch ohne Ziel und Zweck weit und immer weiter bis in die Unendlichkeit dehnt, Buchten majestätischer Herrlichkeit! Schau, blinzelnd bricht da die Morgendämmerung an, und der Feuerwagen offenbart sich köstlicher Blöße, geschmückt mit Fackeln und flammenden Fahnen. Die Passagiere hatten gewußt, daß es so sein würde, und wenn auch nur für einen Augenblick, und lächelten in heimlichem Verständnis.

Der Feuerwagen, geschmückt mit Perlentropfen, Goldfäden und Purpurschleppen, eine lodernde Flamme, rief hinab zu den Fluten des Meeres, zu den Urabgründen der Wasser, zu Algenwäldern, Korallentürmen, Kristallpalästen, Schwammbüscheln. Das Meer war voller Buchstaben ... Und als sich der Wagen mit Wolken überzog, lächelten sie verzeihend, als betrachteten sie den vorübergehenden Rückzug eines treuen Bundesgenossen. Das Gold verblich, die Flamme verglomm, der Schleier der Nacht und lastende Dunkelheit deckten den Feuerwagen, seine Rosse und Fohlen zu. Die See zerfiel in tausendfache Wellen – das gepflügte Feld des riesigen Leviathans. Voller Buchstaben war das Meer, doch wurden ihre Abbilder nicht matt, verblaßten nicht ihre Tätowierungen auf dem Wasser? Vergeblich flackerten Raschis Lettern wie Silberhäkchen auf dem Rücken der Wellen, Rambam, Ra'ava und Rivag, Menschen, die wußten, was die Stimme besagte, was Moses und die Propheten meinten, die sich erhoben wie eine Woge aus der Brandung, und was meintest du, Gotenju, lieber Gott, wohin hast du dein Volk Israel geführt? Der Raschbam, der Ramban, Isaak Arama, Abrabanel, Juda Halevi – fortgeschwemmt von der mächtigen Brandung, die zur fernen Küste eilte, wo sie mit ungeheurem Getöse an den Felsen zerbarst, und wieder zitterte die See, ärmer, Bruchstücke von Worten und zerstreute Buchstabensplitter wurden hochgeworfen und strudelten wieder hinab in ihre Wellen.

O du, Telefonexperte Nikolai Abramovitsch Choter, und du, Grischa Levita, der du in der Sprache der Ismaeliten die sieben Weizensorten zu benennen weißt, spaltet die Wellen der Makrographie, reißt ein die Zeilen, zerlegt die Buchstaben! Jagt davon die tätowierte Schrift von den Ungeheuern des Meeres! Und du, mein junger Mann, Baruch, Baruch Agadati? Gebt euch selbst jeden Namen, den ihr wünscht, denn wenn ein Schwarzerd-Melanchthon es tat, so ist es einem, der nach tausend Jahren in seine Heimat zurückkehrt, tausendmal erlaubt. Unter veränderter Herrschaft – der Herrschaft der Pharaonen über Eljakim, aus dem Joachim wurde, und Matanja, der Nebukadnezers Herrschaft annahm, als er Zidkijahu genannt wurde.

Mit Blumen und Trommeln und Tänzen und mit Wunden, tief wie die der Schi'iten in den heiligen Städten Persiens, werden wir die Herrschaft des Landes Israel akzeptieren.

Steht auf, steht auf, Herr Ussischkin, unser Generalgouverneur, du, junger Grischa Levita, und auch du, Telefonexperte! Das Recht ist auf eurer Seite – hier spaltet nun die *Ruslan* das Meer der Makrographie, da kappt sie den kleinen Dorn, köpft den Buchstaben Jod, schlitzt den Deckel des Körpers auf und schlägt seine Ferse ab, zerbricht einen Stock und spaltet den Schädel, kneift den Hals ab, bricht ein Bein und scheucht Apostrophe auf und davon wie die Sturmvögel des aristotelischen Rambam und des platonischen Ra'ava in einer Buchstabensuppe. Ein Wolf träumt vom Lamm, der Leopard vom Böcklein. Zerreiße das Meer der Makrographie, *Ruslan!*

Dezember.

– Da ist Beirut, sagte Dr. Weissfisch mit heiserer Möwenstimme.

Marinsky klopfte ihm auf die Schulter.

– Freuen auch Sie sich, Dr. Weissfisch. Man wird eines Nachts noch zu Ihnen sagen: Seien Sie gegrüßt, unser Herr Dr., Schalom, eine gewisse Dame hat uns zu Ihnen geschickt ...

DIE PERLE DER MEERE. Ein Nimbus kalter Schwaden, der sich bricht, an einem Fels zerbirst. Land! Land!
Plötzlich tauchte Jaffa in den rauen Regenschleiern auf. Wellen, Wind, Felsen. Der Gesang der *Hatikva* wirbelte zum wolkenverhangenen Himmel empor: Alle standen sie und weinten, die Chassiden beteten laut; Marinsky weinte an Rajas Seite, so wie später, als er seine linke Fußsohle auf die Erde des Landes setzte, und noch einmal, als er in Quarantäne kam. Dann dachte er über die Felsen nach.
– Sind das Andromedas Felsen? sagte er. Sind das wirklich die Felsen der Andromeda?
Raja legte einen Finger auf seine Lippen. Es bringt Unglück, Enttäuschung zu äußern, sagte sie.
Ruslan war hinter ihm, Andromeda verschwand in den grau schäumenden Wellen, Ludmila im Himmel.
Grischa Levita war glücklich, sein Gesicht leuchtete, Freudentränen glänzten in seinen Augen:
– Wenn ich nicht alle meine Finger bräuchte, würde ich mir einen abhacken zum Gedenken an den Tag, an dem ich die Erde Erez-Israels betreten habe, wie die Soldaten Bar-Kochbas, sagte er in seiner dünnen Stimme, und ich hätte gerne einen anderen Namen: Gedaljahu Ben Achikam, Jochanan Ben Kereach ...
Auch Marinsky beugte sein Knie. Er küßte ein Fleckchen Erde zwischen zwei gesprungenen Marmorplatten, denen ein leichter Geruch nach Fisch, Kaffee und Petroleum entströmte.

WOLKEN. Am nächsten Morgen kamen die Jungen aus dem Gymnasium in die Quarantäne und brachten ihnen Apfelsinen, ganze Kisten voll. Der Anblick der märchenhaften Frucht, die friedlich in den Kisten ruhte, raubte ihm den Atem. Die Gymnasiasten sprachen mit sephardischem Akzent. Marinsky hatte von diesem Wunder zwar gehört, es jedoch nicht geglaubt.
Er schickte eine Notiz an den Dragoman von Kuratov, Isaak Angel Bar Algarisi, und am Mittag traf ein triefäugiger Mann ein, bekleidet mit einem dicken, stellenweise geflickten Fischgrätjackett und einem persischen Käppchen, und holte sie aus der Quarantäne. Raja machte

sich auf, um nach ihrer Kiste zu suchen, mit einem arabischen Lastenträger namens Ruchi, der ein wenig Französisch verstand. Er wirkte klug, ein Bursche, der sich in den Gepflogenheiten der Stadt und ihren Wegen auskannte. Sein Körper strahlte etwas Aufrechtes, Zuverlässiges aus, doch seine Augen waren feucht und drängend, als er Raja ansah, mit leicht glühendem, vielleicht sogar schmutzigem Blick.
– Das ist sicher der Orient, sagte Raja.

Marinsky brach auf, um Jaffa zu sehen, seine Vororte. Das Gymnasium breitete seine weißen Flügel aus wie ein östlicher Engel, der auf einer Straßenkreuzung lagert. Auf dem Platz davor spielten Jungen mit einem Ball, schrien und verfluchten einander mit melodiöser sephardischer Aussprache. Die Apfelsinen durchströmten sein Blut, versahen alle seine Glieder mit ihrem märchenhaften Gold, dem Sonnenelixier.

Marinsky lauschte den Stimmen der Jungen. Nach Jahren im Cheder und in der Jeschiva hörte sich diese Sprache für ihn ganz merkwürdig an, und Marinsky fragte sich, wie beim ersten Blick auf eine ungewöhnliche Frau, was er ihr gegenüber empfand. Sie hatte etwas Eigensinniges und Hartes, Entschiedenes an sich, eine Spur Überlegenheit und Verblendung. Kälte und Unnachgiebigkeit schwangen in der sephardischen Intonation. Marinsky saß da und lauschte, und die Welt, die bei ihnen »olám« hieß, war ein anderer Ort als die »óilem«, aus der er kam. Keine Gnade gab es in dieser Welt, außer vielleicht die zweifelhafte Gnade der Guillotine. Und auch »olam« begriff er nur, weil ihm jemand auf der *Ruslan* gesagt hatte, daß man so »oilem« ausspräche. Auf einem Pfad fand er ein abgerissenes Stück Zeitung – und alles war verständlich.

– Ich muß jemanden bitten, mir aus der Zeitung oder einem Buch in der neuen Aussprache vorzulesen, sagte er zu Raja. Das ist die einzige Sprache auf der Welt, von der ich nahezu alle Wörter weiß und dennoch nichts verstehe, wahrhaftig gar nichts.
– Hab doch nicht vor allem Angst, sagte Raja.

Marinsky legte seinen Kopf in ihren Schoß. Natürlich hatte er schon öfter Diskussionen über die richtige Aussprache gehört und war ein glühender Anhänger des sephardischen Akzents: Den aschkenasischen Akzent gegen den sephardischen einzutauschen war so ähnlich wie die Kleidung der Diaspora abzulegen, die Lumpen der Sklaven, die Leichenhemden der Klaustrophobie. Der sephardische Akzent wird in Erez-Israel gesprochen, so hatte man gesagt, und jeder Laut und jede Betonung ist vom Geruch einer wohltätigen Sonne und von einem harten Schatten begleitet, von Minze und Kar-

damom, vom Stein der Wüste, stolz in seiner ganzen Trockenheit. Und wie wundervoll die sephardische Aussprache ist, wie schön die kristallklaren Betonungen meist auf der letzten Silbe. Dieser Akzent reicht auch den Sprachen der Welt die Hand: Die biblischen Namen – David, Abraham, Sara, Baruch – erstrahlen wieder in ihrer einstigen Reinheit. Das aschkenasische Hebräisch war die Sprache des Rohrstocks und Tabaks des Lehrers, Jiddisch die Sprache von Marktplatz und Küche. Die sephardische Aussprache war wunderbar wie das grüne Tuch seiner Mutter, die er niemals gesehen hatte.
– Hab keine Angst, sagte Raja.
Kastelanietz hatte sich eine Droschke gemietet, zu einem Immigrantenheim mit ein paar Dutzend Zimmern (Hunderte, hatten sie in Odessa gesagt), da er Junggeselle war. Jakov Levinson hatte man zwei kleine Zimmer in Neve Schalom versprochen. All das unter der Voraussetzung, daß auf den Mann in Odessa tatsächlich Verlaß war. Levinson hatte leicht verstört gewirkt, Kastelanietz jedoch hatte sofort nach Verlassen des Schiffes begonnen, in sich hinein zu lächeln, mit seinem hübschen Hut zu spielen. Die drei hatten vereinbart, sich eine Woche später in der Musikschule *Schulamit* zu treffen, in der Rada Levinson unterrichten sollte. Der Direktor, Mosche Hupenko, war bereit, sie als Lehrerin anzunehmen, wenngleich es nur der Harfe wegen war, die sie mitbrachte. Nur Marinsky wußte nicht, wo er wohnen würde. Er hatte sich nie im voraus um einen Wohnort für sich gekümmert, obwohl dies in seinen Augen durchaus eine entscheidende Bedeutung im Leben eines Menschen hatte, wie auch die schlitzäugigen Chinesen glaubten. Doch jetzt hing alles von der Kiste aus Rotterdam ab. Ob die Kiste angekommen war? Der älteste Hafen der Welt ... Ob am ältesten Hafen der Welt eine Kiste verlorenginge, die Tausende Kilometer auf diversen Schiffen und in zahlreichen Lagerräumen herumgekugelt war, oder wäre dies vielleicht der Ort, wo sich eine solche Kiste tatsächlich wiederfände, die sich ihren Weg gemäß irgendeiner uralten, stillschweigenden Gewohnheit durch Zufall, Müdigkeit und Habgier gebahnt hatte? Jedenfalls mußte er Herrn Goldberg finden, den Repräsentanten der Petrograder Gesellschaft *Der Baumeister*.

HERR GOLDBERG, DER REPRÄSENTANT DER PETROGRADER GESELLSCHAFT DER BAUMEISTER. Was kein ganz leichtes Unterfangen war, in einer Gegend, die zur Gänze aus Sand und brachen Grundstücken bestand, merkwürdigen Einzäunungen und Zitrushainen, Regen und Winter. Die wenigen Häuser wirkten wie Kulisse. Doch Marinsky war noch nicht weit gegangen, als er vor sich eine rötliche Grube entdeckte, gefüllt mit feinem Sand, und am Rande steckte eine Stange mit einem Balken, auf dem geschrieben stand: Der Baumeister. Ein Mensch mittleren Alters, stark behaart, dessen Gesicht sich noch von der Sommersonne schälte, saß neben der Grube, aß ein dickes belegtes Brot und trällerte *Dubinuschka* vor sich hin. Ja, Herr Goldberg sei angekommen und habe sich im Hotel *Lorenz* einquartiert.

Die Karte, die Trumpfkarte! Marinsky machte sich schleunigst auf den Weg in das Hotel.

Ein erst kürzlich geweißeltes Foyer, eine alte Standuhr. Beim Betreten von Goldbergs Zimmer überfiel ihn wieder die Angst, als er die Größe des Mannes sah. Aut Caesar aut nihil! Alles oder nichts! Kleine Menschen entwickelten ihm gegenüber sofort immer eine Feindseligkeit oder Zuneigung, woran später nur schwer etwas zu ändern war. Marinsky krümmte den Rücken und setzte sich hastig.

Herr Goldberg saß hinter einem Tisch. Viele Aktenmappen, Papierbögen, ein großes Tintenfaß, die Tinte im Rachen des Löwen.

Alles oder nichts!

– Herr Marinsky? Im Büro hat man mir gesagt, daß Sie in Bälde eintreffen würden. Setzen Sie sich, nehmen Sie doch bitte Platz.

Alles oder nichts!

– Wann sind Sie angekommen?

– Gestern, mein Herr, bin ich vom Rücken der *Ruslan* abgestiegen. (Vom Rücken der *Ruslan*? Alles oder nichts!)

– Gestern? Und da haben Sie schon den Weg zu mir gefunden? Marinsky senkte den Blick.

– Das ist gut, sehr gut. Ich bin höchst zufrieden, sagte der kleine Mann und steckte sich eine Zigarette in den Mund. Marinsky beeilte sich, ihm Feuer zu geben.

– Das ist sogar sehr, sehr gut, sagte Herr Goldberg. Sein Gesicht war extrem weiß, sein Haar lag straff nach hinten an. Er war nervös, gespannt, flink. Nur sein Körper verhielt sich bewegungslos, wie gelähmt, ohne Ausdruck, eine Schneiderpuppe, der ein lebender Kopf angeflickt worden war. Er sprach ein hochgestochenes Russisch, wie ein Lehrer, betonte jede Silbe, lauschte mit Genuß der eigenen Stimme. Seine Vorderzähne waren etwas groß geraten, leichte Zuckungen huschten ab und zu über seine nikotingelben Lippen, hin und wieder sagte er einen Satz auf hebräisch, wobei er rot anlief.

– Haben Sie vor, bald ein Büro zu eröffnen?

– Innerhalb kürzester Zeit. Mit Hilfe meiner Freunde, sagte Marinsky, den Herren Kastelanietz und Levinson.
– Das ist gut, sehr gut. Es ist nicht leicht hier. Doch wir geben nicht auf, wir werden hier bauen, und wir werden in Haifa bauen. Ich muß Ihnen sagen, Herr Marinsky, daß Ihre Ankunft für mich von großer Wichtigkeit ist, Ihr Kommen beruhigt mich, es beruhigt mich in der Tat, Herr Marinsky, daß Sie hier an meiner Seite sind.
– Vielen Dank, mein Herr.
– In sechs Wochen wird hier ein großes Ereignis stattfinden: Die Mitglieder des Komitees der Maler, Lehrer und Persönlichkeiten des öffentlichen Lebens werden zur feierlichen Grundsteinlegung für unser Hotel kommen. Ich werde dort eine Rede im Namen der Gesellschaft *Der Baumeister* halten, die zwar in Petrograd gegründet wurde, deren sämtliche Mittel wir jedoch langsam, aber sicher hierher transferieren werden! Auf daß alle Neider und Schandmäuler mit den Zähnen knirschen! Bitte kommen Sie. Es wird mir ein Vergnügen sein, Ihr Gesicht unter den Gästen dieser Zeremonie zu sehen, und danach werde ich Ihnen meine Herzensanliegen verraten. Und gemeinsam werden wir uns daran begeben, Material zum Bau von Häusern zu kaufen.
– In sechs Wochen?
– Sechs Wochen und keinen Tag länger, Herr Marinsky ...
(Alles oder nichts!)
– Ich bin glücklich darüber, daß Sie vom Schiff aus geradewegs zu mir gekommen sind, und ich werde dafür sorgen, daß Ihre Zuverlässigkeit und Engagiertheit nicht in Vergessenheit geraten werden.
Und er fügte auf französisch hinzu: Vous êtes un brave homme, Monsieur Marinsky.
– Toujours prêt à vous servir, Excellence! antwortete Marinsky und senkte wieder seinen Blick. Excellence? Ob das nicht übertrieben war? Der kleine Mann erhob sich von seinem Platz und drückte ihm warm die Hand.
(Caesar?)
– Haben Sie, Herr Marinsky, Furcht vor Öffentlichkeit?
Marinsky schüttelte langsam sein preußisches Haupt von einer Seite zur anderen.
– Sie werden unsere Sache in vielen Klubs kundtun! sagte Herr Goldberg.
Draußen, im Foyer, machte Marinsky ein paar kleine Tanzschritte. Excellence! Prêt à vous servir! Ich bin stolz auf dich! Caesar! Excellence war nicht zuviel!

Am Abend bemerkte er, wie Raja ein Lächeln verbarg, und als er sich ihr näherte, konnte sie sich nicht zurückhalten und rannte auf ihn zu.
– Kiste, Wohnung, alles!
Der älteste Hafen der Welt! Marinsky hob Raja hoch in die Luft. Raja hatte ein großes Zimmer gemietet und noch ein kleines dazu. Ein Apothekenbesitzer zog in größere Räumlichkeiten um, östlich der Herzlstraße.
– Ich habe für zwei Monate bezahlt, aus der Schatulle in der Kiste.
– Ist die Kiste unversehrt?
– Vollkommen unversehrt. Ajdasch ist der geborene Schreiner.
Sie lehnte sich an die Kiste.
– Bevor ich in dieses Haus gegangen bin, habe ich mir die Schuhe putzen lassen, sie sahen schrecklich aus, und der Schuhputzer hat mit einer Hand meinen Fuß gestreichelt und mit der anderen hat er ...
– Hat er? ...
– Er hat ...
– Hat er sich selbst gestreichelt.
– Woher weißt du das?
– Du hast schöne Beine, Raja.
– Ja ...
– Das ist der Orient, sagte Marinsky.
– Ja, das ist der Orient, sagte Raja. Aber wurde nicht gesagt, sie seien anmutig?
– Wer?
– Die Araber.
– Die Araber – anmutig?
– Ja, es wurde gesagt, sie seien anmutig.
– Warum? Sind wir anmutig?
– Wir sind wir, aber ich dachte, sie sind wie bei ...
– Bei?
– Wie bei ... Hauff.
– Ja, bei Hauff sind sie sehr anmutig.
– Es war äußerst unangenehm, sagte Raja.
– Das ist der Orient, sagte Marinsky.
Er berichtete von Herrn Goldberg: Toujours prêt à vous servir, Excellence.
– Sechs Wochen? Konntest du ihn nicht um einen Vorschuß bitten?
– Wie denn? Sollte ich mich wie irgendein Straßenmädchen anbieten?
– Du hast recht ... Du wolltest zwei Monate die Bauten von Jaffa, Jerusalem und Akko studieren. Das ist die Gelegenheit dazu.

– Als Tourist ohne einen Groschen?
– Der Dragoman hat uns als erste nach Herrn Ussischkin und vor Schubov aus der Quarantäne befreit. Er ist ein bekannter Fremdenführer. Mit einem solchen Namen ist er sicher der beste im ganzen Land. Er soll dir die Stadt zeigen. Wir werden ihn dafür bezahlen.
– Wie?
– Innerhalb einer Woche werden wir ein Büro haben, so wie die großen Architekten auf den Illustrationen von *Vie Romancée*.
Marinsky seufzte.
– Sei nicht betrübt. Es gibt hier Virginia-Zigaretten, die »Chatul schachor« genannt werden. Errätst du, was das ist?
– Schachor ist schwarz wie das Schwarze Meer. Aber was ist »Chatul«?
– Du hast vergessen, was Katze ist? Du! Koschka.
– Tschornaja koschka. Schwarze Katze. Chatul – ein schönes Wort.
– Willst du eine Zigarette?
– Eine *Schwarze Katze*?
– Eine *Schwarze Katze*.
Marinsky zündete sich die Zigarette an. Schön, sagte er. Komm, wir öffnen die Kiste und holen ein paar Bücher heraus.
– Ja, lies du deine Kinderbücher und trink den hiesigen Wodka, oder was immer man hier trinkt.
– Ich werde nie mehr trinken, sagte Marinsky, nie mehr im Leben, Rajitschka!
Sie blickte ihn mit Neugier und einer Spur Mitleid an, wie ein junges Mädchen. Und sie war ein junges Mädchen mit ihren einundzwanzig.
– Alles! Herr Goldberg hat mich mit einem Blick des Wohlgefallens angeschaut! Caesar! Es hat etwas gedauert, doch er hat mich mit Sympathie betrachtet! Sogar liebevoll! Toujours prêt à vous servir, Excellence!
Französisch! Gemalte Poesie! Kein Mensch kann sagen, Ezra Marinsky wüßte nicht Bescheid in der Welt der Gepflogenheiten, ein Fuchs unter Füchsen, ein Löwe unter Löwen, eine Eule unter Eulen! Herbei, Petrograder *Baumeister*-Gesellschaft! Wir werden euch Propyläen bauen, den Palast von Tauris, Schloß Michailovsky, alles, was euer Herz begehrt!
– Steck Skizzenbücher, Bleistifte ein, und mach dich mit dem Dragoman, Isaak Bar Angel Algarisi, auf den Weg.
– Jaffa sieht aus der Ferne so schön aus, und so bedrückend von hier.
– Das ist der Orient, sagte Raja.
Marinsky küßte ihre schönen Knie.

HOTEL MITHRIDATES. Die Kiste war nach monatelanger Planung von Ajdasch zusammengebaut worden, einem jungen Tataren mit geschickten Händen, der auch ihre Modelle herstellte. Als sie geöffnet wurde, waren ihr nicht nur zwei Zeichentische, Stellagen und Schubfächer zu entnehmen, sondern sie war auch vollgepackt mit kleinen Modellen der St. Petersburger Schlösser, auf deren Bau sich Ajdasch, inspiriert von zwei Stukkateuren aus Feodosija, spezialisiert hatte, die solche Modelle für Sommerfrischler anfertigten und sie etwas kindlich naiv mit Pastellfarben des Chine de commande bemalten. Marinksy entrollte ein riesiges Gemälde, Öl auf Seide, des Hotels *Mithridates*, das er in Simferopol gebaut hatte, und den kleinen weißen Jagdpavillon auf dem Weg nach Jalta. Sehr weiß, strahlend, neoklassizistisch, doch in einer Art Neoklassik, die etwas aufregend Überraschendes an sich hatte. Ah, meine Herrschaften, trotz eures Numerus clausus habe ich alles spielend bewältigt, wie im Traum, prêt à vous servir, Excellence.

Die beiden Tafeln von Koslovsky. Dieser Junge, Ajdasch! Schade, daß der kleine Tatar jetzt nicht bei ihm war! Sechs Wochen! Der Gedanke an Geldmangel machte Marinsky ungemein hungrig. Er biß in den halben Brotring, den Raja ihm auf dem Zeichentisch zurückgelassen hatte.

Er mußte jemanden finden, der ihm etwas liehe, für den triefäugigen Dragoman, für einen Englischlehrer, fürs Essen. Kastelanietz hatte kein Geld. Levinson? Aber ob er ihn darum bitten sollte? Ein Pfund? Und die Englischstunden? Das hatte man ihm bereits in Odessa gesagt. Er las selbst *Ben Hur*, sehr langsam, doch er wußte nicht, wie man die Wörter aussprach. Wenn Ajdasch hier wäre, wenn Kuratov da wäre, dessen Bücher in seiner Bibliothek in Wolfsleder und die Häute anderer armer Tiere, die er gemordet hatte, gebunden waren. Ajdasch! Die kleinen Modelle waren wunderbar. Er fuhr mit dem Finger über die *Manege*, die Peter-Paul-Festung, das Kaffeehaus im Sommergarten, die Kirche Pantalejmonov ... Die Modelle machten sich gut im Morgenlicht. Nur Koslovsky sah seltsamer denn je aus. Ajdasch liebte Koslovsky und hatte zwei pantographische Vergrößerungen gemacht: russische Badehäuser. Russische? Entstellte Michelangelo-Leiber waren unter seiner Hand entstanden, nackt, mit gewaltigen, zum Platzen abstrahierten Muskeln. Sie lagen auf dem Bauch, die Köpfe auf breiten Stufen, andere auf dem Rücken, in Gruppen, mit unklaren Betätigungen, Laokoon-Gestalten ohne Schlangen, ein Bordell, ein Gericht. Einmal hatte er zu Ajdasch gesagt, er solle den Koslovsky löschen und die Skizze seines Lehrers Losenko

vergrößern, einem empfindsamen und ausdrucksstarken Maler. Doch Ajdasch liebte Koslovsky und sogar den Titel seiner Skizzen: Russische Badehäuser. Vielleicht schämte er sich des Anblicks der Badehäuser in Simferopol? Eines der Schubfächer enthielt ein Buch, das er liebte: Viollet-Le-Duc, *Entretiens sur Architecture*. Er hatte das Buch Ajdasch gegeben und ihm eine lange Widmung hineingeschrieben, und nun hatte Ajdasch ihm das Buch wiedergegeben mit einer eigenen Widmung unter seiner, und eine Skizzenmappe von Erez-Israel: Alexander Danilovitsch Kivschenko.
– Setz dich bloß nicht mit den Büchern hin, Ezra, sagte Raja. Gevatter, hast du gesungen? Sehr gelungen! Jetzt also auf zum Tanz gesprungen!

Die Bauarbeiter waren kräftig. Die Schirme ihrer Mützen wiesen stolz und fröhlich nach oben, eine junge Stadt bauten sie, frei von Schimmel, ohne üble Gerüche, ohne Gräber, eine Stadt – kein Nekropolis mit Labyrinthen des Todes, geheimen Gängen, Todesfallen, Melancholie der Zeit –, eine Stadt, die rein aus Sonne bestand, deren Fenster die simple Antwort auf ihren frischen Ruf waren. Die Vergangenheit war für immer verschwunden, ausgelöscht und nichtig das Leiden, das Scheitern. Oder sollte das böse Schicksal noch einen Pfeil in seinem Köcher haben? Marinsky liebte die hebräischen Bauarbeiter. Tränen standen in seinen Augen. Wollte Gott, die Mitglieder des zionistischen Klubs in Simferopol hätten dieses Bild sehen können! Aber in Simferopol gab es schon längst keinen zionistischen Klub mehr. Die Zeichnung einer Dattelpalme im zionistischen Klub in Simferopol. Es war die Palme des eroberten Judäas, keine der Palmen am Schwarzen Meer.

DER DRAGOMAN ISAAK BAR ANGEL ALGARISI. Der Dragoman, dessen persisches Käppchen in der Sonne glänzte, wartete geduldig auf ihn. Ein armes Vögelchen Gottes, wie Kuratov zu sagen pflegte, ähnlich einer der Elendsgestalten, die seine Lieblingsschriftsteller in ihren Büchern mit ein oder zwei mitleidsvollen Strichen aufs Papier warfen. Und was hätte Ludmila Charskaja wohl zu Isaak Bar Angel Algarisi gesagt? Zu den Menschen, die durch Jaffas Straßen wanderten, lauter Krüppel? Isaak Bar Angel war spindeldürr und lang, sein Gesicht gelblich, nur seine schwarzen, unterlaufenen Augen blickten scharfsinnig und klug in die Welt.

In der Synagoge Ezra Kohen Zedek in Teheran sind die Thorabücher in Mauernischen, ich schwöre es Ihnen, Herr Marinsky. Er

sprach Sätze in schnellem, merkwürdigem Hebräisch. Sein Französisch war kindlich. Marinsky konnte nicht mit Sicherheit feststellen, woher er kam. Aus Griechenland? Marokko? Persien? Sein Vater war in Jaffa geboren und Dolmetscher gewesen. Aber vielleicht war Isaak Bar Angel gar kein Jude? Syrer? Doch er kannte den Talmud, er kannte die jüdischen Immigranten, die landwirtschaftlichen Kolonien, die Synagogen.
– Einen schönen guten Morgen, sagte er, auf aramäisch, meine Gattin Nona sendet Ihnen eine Apfelsine mit Mandeln und Rosinen darin.
– Haben Sie vielen Dank, sagte Marinsky. Ein armes Vögelchen Gottes.
– Eine große Katastrophe hat vor einigen Monaten dieses Haus zerbrochen, sagte Isaak Bar Angel und deutete auf eine malerische Ruine.
– Zerbrochen?
– Zerbrochen, sagte Isaak Bar Angel.

Er mußte sich beeilen. Wie lange würden die Flitterwochen dauern? Drei Wochen? Einen Monat? Wie lange würde er von allem begeistert sein und alles und jedes in ihm ein Echo auslösen? Drei Wochen, zwei Wochen, zehn Tage? Kirchen, Moscheen, Gräber, Märkte, Hotels. Wie lange würde es ihn blenden, wie lange alles in ihm zum Klingen bringen? Nicht mehr als drei Wochen. Er erinnerte sich daran, wie es mit ihm und St. Petersburg war. Drei Wochen allerhöchstens. Vielleicht hatte seine Liebe einen Defekt – nach einer Weile überfielen ihn die Müdigkeit und die Gewohnheit, die Zeit, die aus der Nacht kroch; der Geschmack des Kusses wurde immer bitterer. Doch so lange das Feuer noch brannte, so lange es noch frisch und lebendig war, voller Morgen, konnte er sich immer an alles erinnern, knospend mit ewiger Jugend, der Lachende bricht zu einem Abendspaziergang auf. Tel Aviv selbst – einfach, mit schlichtem Fundament, diese Fotografie von Abraham Suskin, mit Anzügen, Hüten, langen Kleidern, breiten Schals, Kinder in knielangen Wollstrümpfen, alle um Weiss geschart. Der allegorische Glanz sogar hier, amputiert, scheu, eine Viertelallegorie: Um das Verlosungsgeheimnis zu wahren, sammelte Weiss sechzig weiße und sechzig schwarze Muscheln und notierte auf die schwarzen die Nummern der Parzellen und auf die weißen die Namen ...
– Wünschen Sie, den Rauch der *Schwarzen Katze* aufsteigen zu lassen? fragte er.

Isaak Bar Angel nickte und nahm eine Zigarette von ihm entgegen. Sie schritten unermüdlich aus.

Es war schon fast halb acht Uhr. Zoja Markus mußte kommen.

Zwar hatte sie einen russischen Akzent, doch konnte sie sehr gut Englisch. Nach der Unterrichtsstunde fuhr sie mit dem Fahrrad zu ihrer Arbeit! Sie hatte sich einverstanden erklärt, mit ihm *Ben Hur* zu lesen (zusammen mit *Punch*, dessen Witze sie zum Lachen brachten).
– Paaam tri.
Zojas Haar hatte einen angenehmen Duft. Ab und zu versenkte Marinsky seinen Blick in ihren Ausschnitt, in ihre Augen, doch er fand keinerlei Erwiderung dort. Nur einmal fragte sie ihn: Stimmt etwas mit meinem Gesicht nicht?
– Paaa, ein ganz kurzes, fast nicht vorhandenes l, mmmmm m, triii.
Die Engländer in Aluschta waren sehr schmutzig gewesen, heruntergekommen und von Langeweile zerfressen. Sie stürzten sich mit einer Gier auf ihn, als könnte er sie irgendwie unterhalten, baten ihn um Informationen, Zeitungen, mit brennenden Augen, wobei ihre Anwesenheit in Aluschta merkwürdig war. Von der Meglendschikbucht nach Eupatorija. Bald würde er Walter Scott auf englisch lesen können, *Kim*, Dickens.
– Palmtree.
– Langsam, langsam, Ezra, sagte Fräulein Markus. So wie ich es vorher ausgesprochen habe. Paaamtrii.
Draußen – Bauarbeiter. Wie schön sie waren, mit ihren Muskeln, fast wie bei Koslovsky, in der blassen Wintersonne, braun und gesund. Mjastislav Ivanovitsch hatte gesagt: In der Seele eines jeden Menschen hausen der Berg Nebo und das Gelobte Land unter einem Dach.
Hotel Muhamad, Hotel der Prinzen, Hotel Jerusalem, King George Avenue, vormals Boulevard Dschamal Pascha, Ruinen: Was Napoleon zerstörte, baute Abu Nabut auf, was Abu Nabut erbaute, wurde vom Erdbeben zertrümmert, löschte ein anderer Pascha aus. Gewürzsäcke.
– Und was sind diese dünnen Teller, Ton, Herr Isaak Angel?
– Das ist doch Tabak, Herr Marinsky.
– Tabak? Tabak, das gleiche Wort in allen Sprachen, Herr Marinsky. Er rief den Jungen, der gebückt herumhüpfte und Zigarettenstummel in eine Konservendose einsammelte: Schu hatha, ja walad? Tabak, antwortete der Junge. Tabak, sagte Isaak Bar Angel zu Marinsky.
– Und das? Welche Art Stein ist dies?
– Das sind keine Steine, Herr Marinsky. Jetzt werde ich Sie aufklären: Salz ist das, altes Salz für Backöfen. Nutzloses Salz für Menschen, alte Salzziegel von Öfen, ausgelaugtes Salz, geschmacklos.
In San Josef kam ein Mönch zu Besuch, vielleicht ein Kardinal inkognito. Er sprach mit Marinsky über die Schönheit.

– Die Schönheit hat viele Seiten: die geistige Schönheit, die moralische, verstandesgemäße, supersubstantielle, himmlische. Die Katholiken sind Experten in Einteilungen, in Blumenparzellen im wohlgeordneten, verschlossenen Garten.
– Verstandesgemäße? fragte Marinsky.
– Schönheit von Engeln, antwortete der Mönch, der vielleicht ein Kardinal war, wer weiß. Er hatte die Augen eines Kardinals, sagte es und zog sich in seine Zelle zurück.
– Supersubstantielle Schönheit? fragte Marinsky den dicken Mönch, der mit Isaak Bar Angel flüsterte.
– Nicht jeder kann den Bogen von Vater Domenico spannen, erwiderte der dicke Mönch.
– Was soll ich Ihnen sagen, Herr Marinsky, es gab seit jeher Ruinen in Jaffa. Bereits am Tage seiner Entstehung, und um hier das erste Haus zu errichten, war es schon notwendig, Trümmer zu beseitigen. Dies ist natürlich ein Scherz, Herr Marinsky. Aber allerorten liegen hier jahrtausendealte Ruinen verstreut.
Ruinen von Häusern, von Mauern, Brunnen, Bastionen, Ruinenschutt. Und inmitten jener Ruinen waren saubere, hübsche Parzellen freigeräumt, wo die Gentlemen vom *Cercle sportif* saßen, in aller Eleganz, und mit Behagen ihre Limonade tranken.
– Woher kommt das Holz zum Bauen?
– Ach, Herr Marinsky, wer weiß, wie viele der Zedern des Libanon die dort für den Tempel verladen wurden, ihre Reise hier beendet haben, anstatt nach Jerusalem geschickt zu werden? Und da sind die Schwestern des Heiligen Josef.
– Uan paaam tri rous in royal asserschen.
– Paaammmm trii. Das ist besser.
– Ben Hur. Ein wahrer Held Israels, sagte die Lehrerin Zoja.
– Ruinen über Ruinen. Die Höcker der Kamele beladen mit Schutt. Wer weiß, vielleicht war es das Kamel mit seinem gewölbten Rücken, das die Menschen Ihren Beruf lehrte, das Bauhandwerk, Herr Marinsky, die ersten Gesetze. Und hier ist Herr Adeis, der Bucklige. Gesegnet, der die Gestalt seiner Geschöpfe variiert. Bei den Deutschen war das sehr üblich. Haben Sie Ihren Bauch in ihrer Walhalla gemästet, Herr Adeis?
– Ein Experte in Segenssprüchen, sagte Isaak Bar Angel mit gedämpfter Stimme zu Marinsky.
Der Bucklige nahm seinen Hut ab, senkte den Sonnenschirm, den er über den Kopf einer alten Touristin gehalten hatte, und streichelte sich lächelnd den Bauch.

– Und wie ist das Befinden des Herrn Algarisi und das seiner werten Gemahlin, Nona? Diese Madame hier sucht Amulette. Die besten, unabhängig vom Preis, mit den nützlichsten Engeln, Gravuren in der besten Reihenfolge.
– Bei Salomon, hinter dem Stand des Inschriftentätowierers in der Bustrusstraße.
– Das werde ich Ihnen nicht vergessen, Herr Algarisi.
– Lügner, sagte Isaak Angel. Herr Marinsky, die Menschen sind eine Rasse von Lügnern.
– Aber das Land ist neu, sagte Marinsky.
– Gib mir Jabne und seine Weisen, erwiderte Isaak Bar Angel.

In *Miss Arnot's Tabita Mission School* erschreckten ihn die nonnenhaften Kleider der Schülerinnen – tintenschwarz, wie die Kleider der Mädchen der Schule neben seinem Büro in Odessa, Tinte mit Sturmgeruch. Nicht einer von den Zöglingen der *Miss Arnot's Tabita Mission School* hätte Antonius Jaffa, die Perle der Meere, zum Geschenk gemacht, als Ring für ihren zarten Finger. Doch eines der Mädchen ... Ihre Jungfräulichkeit war schillernd, ihre Haut schimmernd und weich, und als sie Marinsky in die Augen blickte, setzte für eine Sekunde sein Herzschlag aus. Ich würde dich entführen, auf einem Roß auf und davon galoppieren, dich aus der *Miss Arnot's Tabita Mission School* rauben, meine Gazelle.
– Und was, Herr Architekt, ist Ihre Meinung über unsere jungen Maria Magdalenas?
– Wohlerzogene Fräulein, erwiderte Marinsky. Das Mädchen, das einzige, das keinen weißen Kragen trug, blickte ihn mit leichtem Lächeln an. Ich würde mit dir durch die Wüste in die untergehende Sonne reiten, und bei einer Oasenrast, neben der Quelle ... Hindin oder Gazelle ...

Und in einer anderen Schule, einer merkwürdigen, zum Grausen schmutzigen Institution, knurrten die Tauben und die Stummen wie ein Rudel Seehunde. Die Schwestern des heiligen Josef der Offenbarung, das griechische Kloster des heiligen Georg. Breite Bögen. Kein Entkommen aus der Not.
– Ach, Herr Marinsky. Bei der Fronleichnamsprozession, hören Sie, begann sich ein Mädchen zu winden, Schaum trat aus ihrem Mund, wie aus einem Wäschebottich, mitten auf der Straße, zwischen den Fahnen und ihren geheiligten Bildern, und sie schäumte und schäumte.
– Die armenischen Flüchtlinge und die Kinder der Flüchtlinge, alle krank, fürchten sich, den Blick zu heben, manchmal stehen sie stramm wie kleine Soldaten.

– Dschami'a al-Mahmadija, Dschami'a al-Bahar. Dies sind Ramadan-Laternen, Herr Marinsky.
– Und hier nun, hinter dem Hof, ist das Haus des Mannes, dessen Adresse Ihnen der Herr Baron gegeben hat: Gesegnet, der die Gestalt seiner Geschöpfe variiert. Sie wissen es nicht? Der Herr Baron hat es Ihnen nicht erzählt? Nein, nein, nein! Sie sollen es selbst sehen. Und hier ist Petrus. Das Tuch vom Himmel. Von jedem Tier des Landes, das Gott rein gemacht hat, wirst du nicht unrein werden! Aus einem christlichen Land kommen Sie und erinnern sich nicht? Und hier ist doch aus unserem Volke das Christentum hervorgegangen und hat sich daran gemacht, viele Völker auf der ganzen Welt zu erobern ... Simon, der Gerber ...
– Der Beruf paßt zu Jaffa, es ist nicht gerade eine Stadt der Rosen.
– Sie haben recht, Herr Marinsky. Der Leuchtturm, so sagt man, wurde an der Stelle von Simons Haus erbaut, um den Völkern des Westens zu signalisieren.
– Ist das nicht ein neuer Leuchtturm?
– Neu, gewiß ist er neu.
– Und das ist eine Zigeunerin?
– In der Tat, eine Zigeunerin, Herr Marinsky. (Isaak Bar Angel übersetzte. Aus dem Türkischen? Doch, das war Türkisch.)
– Was war dein letzter Traum?
– Eine Schüssel voll Wasser.
– Voll?
– Voll.
– Ruhiges Wasser?
– Ja, stehend.
– Sie sagt, das sei ein sehr gutes Zeichen, und es erwarten Sie glückliche Tage, Herr Marinsky. Und was geschah weiter?
– Ich blickte in die Schüssel, um mein Gesicht zu sehen.
– Und sahen Sie Ihr Gesicht?
– Ich sah es.
– Die Bedeutung dessen ist, daß große Veränderungen in Ihrem Leben eintreten werden, Herr Marinsky. War Ihr Spiegelbild im Wasser scharf?
– Glasklar.
– Das zeigt, Herr Marinsky, daß Sie großen Eindruck auf jemanden gemacht haben und daß Ihnen daraus nicht wenig Profit erwachsen wird.
– Goldberg?
– War etwas in dem Wasser in der Schüssel?

– Eine Biene.
– Eine Biene? Sie schwamm im Wasser?
– Nein. Ich glaube, sie war tot.
– Das ist kein so gutes Zeichen. Eine tote Biene bedeutet, daß ein Wunsch nicht in Erfüllung gehen wird. Und was geschah danach?
– Danach, glaube ich, aß ich einen Kuchen.
– Kuchen? Sind Sie sicher, Herr Marinsky?
– Kuchen.
– Das ist ein sehr gutes Zeichen, ein sehr, sehr gutes sogar. Es besagt, daß Sie ein langes und erfolgreiches Leben haben werden. Und dann?
– Dann brach der Traum ab, und ich träumte, ich sei im Dunkeln und fürchtete mich.
– Das ist kein so gutes Zeichen. Und dann?
– Dann weinte ich heftig und erwachte mit tränennassen Augen.
– Das ist ein wunderbarer Traum, ganz wunderbar. Er bedeutet, daß Sie glücklich sein und keinerlei Grund zum Weinen haben werden.

Die Zigeunerin zwinkerte ihm zu und berührte mit ihrem Finger die Mitte seines Handtellers.
– Macht man mit solchen Frauen Liebe?
– Amour! Aber Herr Marinsky! Im Mund des Dragoman nahm sich das französische Wort wie das Raunzen einer wütenden Katze aus. Und er blickte ihn so voll der Enttäuschung in seinen guten Augen an, daß Marinsky Gewissensbisse verspürte. Architekt und Zionist? Auf einem Schiff mit Herrn Ussischkin?
– Möchte der Herr den Geschmack einer Jungfrau kosten? sagte er spöttisch.
– Nur aus curiosité, sagte Marinsky und zündete sich eine *Schwarze Katze* an.
– Eine Taube rettet sich allein mit ihren Flügeln, sagte Isaak Bar Angel vorwurfsvoll.
– Nur aus curiosité.
– Wenn das so ist, dann sollte nicht eine Zigeunerin Ihr Herz anziehen, sondern Madame Dandis el-Chuli. Man sagt, ihre Gesundheit ist nicht mehr das, was sie war, wenn der Herr mir folgen kann.
– Und wer ist Madame Dandis el-Chuli?
– Madame el-Chuli ist eine Dame aus Ägypten. Sie ist mit einem Schiff aus Port Said hier eingetroffen und kehrt in ein bis zwei Wochen zur Erholung wieder zurück.
– Schön?
– Madame el-Chuli ist eine Konkubine. Thoragelehrte haben keine Ruhe, murmelte Isaak Bar Angel.

Ein Mann mit Fes nagte im Gehen an etwas. Ein griechischer Priester blickte aus brennenden Augen und sang mit tiefer, lauter Stimme vor sich hin.

– Eine Fremdsprache für den Gesang, römisch für die Schlacht, assyrisch für die Klage, hebräisch zum Reden, Herr Marinsky. Und hier, das Attribut des Heiligen zwischen den Lilien. Der spitze Turban eines armenischen Priesters. Er spielt Domino mit dem französischen Geistlichen.

– Und wohin führt dieser Treppenaufgang?

– Er führt nirgendwohin. Rasten wir hier, Herr Marinsky. Dies ist nur eine Ruine.

– Gehen wir denn nicht hinein?

– Aus Furcht vor Einsturzgefahr und bösen Geistern, sagte Isaak Bar Angel zu Marinskys Erstaunen. Und hier ist der Adamsfelsen, Hadschar Adam, in Sommernächten kommen abertausende Fische zu diesem Felsen und berühren ihn, als sei er ein heiliger Ort, und entfernen sich sofort wieder. Und das ist ein Grieche, ein Spiegelverkäufer. Die Türken haben seine ganze Familie umgebracht. Eine grauenhafte Geschichte, Herr Marinsky. Die Griechen haben die schönsten Spiegel hier im Land. Ah, Herr Marinsky, wie geschwind Sie zeichnen. Setzen Sie sich hierher, in den Schatten des Grabes, das Grab selbst ist verboten, aber sein Schatten ist erlaubt. Und da, auch das ist ein Mann, den Herr Wagner in Jaffa in seinem Haus im Walhallaviertel empfangen würde. Unter uns, er ist schlicht verrückt, aber ein mysteriöser Mann. Herr Januarius! Herr Januarius!

Ein alter Mann – die Glatze zu beiden Seiten seines Hauptes von langem weißen Haar geziert, riesige buschige Augenbrauen, ein schmerzliches Lächeln, starke Behaarung in den Ohren und Nasenlöchern.

– Zeigen Sie dem Herrn Marinsky Ihr letztes Kartenbild, Herr Januarius.

Der Alte reichte ihm mit herrschaftlicher Geste eine mit einer roten Kordel verschnürte Rolle.

– Herr Marinsky ist Architekt.

– Hermes am Eingang. Verstehst du meine Worte, Bruder?

– Bedaure, sagte Marinsky.

– Hermes am Eingang. Der Eintritt ist jedem verboten, der nicht in das Geheimnis eingeweiht ist.

– Bedaure ...

Der Alte gab ihm seine Visitenkarte: M. Januarius, Magicus.

– Sind das die Vögel der Teiche Afrikas?

– Teiche Afrikas, Monsieur? Teiche Afrikas! Das sind die Schwärme der Seelen, die aufsteigen zu den Gefilden des Mondes, und diese hier stürzen auf die Erde zu wie vom Sturmwind getroffen, doch hier steigen sie empor mit mächtigem Flügelschlag, geradewegs zur Sonne, au soleil, zu Sol selbst, und sie strahlen selbst wie die Sonne und auch dieses Blitzen – Seelen sind es. Verstehen Sie, Monsieur?

Marinsky gab ihm die Karte zurück.

– Rauchen der Herr?

– Rauchen? Nein. Nein, sagte Januarius. Der Mensch muß den Rauch fürchten.

– Den Rauch? fragte Marinsky.

– Ja, den Rauch, mein Herr, Rauch, sagte Januarius.

– Herr Januarius glaubt an die Seelenwanderung, sagte Isaak Bar Angel.

Trotz des Intellektualismus beim Gepräch, den er sich im Kreis der russischen Symbolisten und Theosophen angeeignet hatte, hörte sich Marinsky sagen: Wirklich, der Herr glaubt an die Seelenwanderung?

Magikus Januarius blickte ihn unter seinen dicken, buschigen Augenbrauen an und streckte eine lange Hand in Richtung der übelriechenden plätschernden Wasserrinne neben den geborstenen Pflastersteinen aus, in der ein buckliger Junge ein Holzstück schwimmen ließ, dem ein verblichener Fetzen als Segel diente.

– Wenn es keine Seelenwanderung gibt, mein Herr, sagte er, weshalb sollte dieser Junge da einen Buckel haben?

Marinsky schwieg und sah ihn überrascht an.

– Ach Monsieur, Monsieur, sagte Herr Januarius zu ihm.

JEHUDAS STILLE. Isaak Bar Angel oblag es, eine Gruppe englischer Touristen nach Jerusalem und in die Wüste Jehuda zu führen. Marinsky schloß sich ihnen an. Mit lähmender Ehrfurcht betrachtete er die kahle Nacktheit von Erez-Israel, seine notleidenden, sonnenversengten Städte, den Rauch des Abfalls, der überall eindrang, die in der schweren Hitze röstenden Ruinen, die unfruchtbaren Berge, das riesige, felsige Skelett der Erde, nur ausgebleichte Steine und stachelige Dornen. Schweigend betrachtete er die verfluchte Stummheit der Brunnen des Landes. Er selbst war wie taub, in seinen Ohren stand die absolute Stille der gequälten, amputierten Landschaft.

Einen sieg werden wir erringen, brüder ... Sie trafen Kastelanietz, der gerade aus dem Immigrantenheim trat.
- Das ist der Fremdenführer, Isaak Bar Angel Algarisi, Mischa Kastelanietz, mein Freund.
- Alle Achtung, sagte Kastelanietz zur leichten Verwunderung des Dragoman, der gewiß noch viel erstaunter gewesen wäre, wenn er gewußt hätte, daß Kastelanietz ihn damit zu seinem klingenden Namen beglückwünschte.
- Kennen Sie vielleicht, Herr ...
- Algarisi.
- Herr Algarisi, den Wächter des Immigrantenheims?
- Abdalla Salim? Jeder in Jaffa kennt ihn. Er ist schließlich unser berühmter Soldat.
- Berühmter Soldat? fragte Kastelanietz.
- Er hat doch auf Seiten der Russen gegen die Engländer und Franzosen und Türken gekämpft.
- Gegen die Engländer und die Türken? Wann? fragte Marinsky.
- Im Krimkrieg.
- Im Krimkrieg? Das kann nicht sein! Wie alt ist er jetzt?
- Das weiß kein Mensch. Er reduziert immer die Zahl seiner Lebensjahre.
- Im Krimkrieg! wiederholte Marinsky verblüfft. Stellt euch das vor, der Krimkrieg, Sevastopol!
- Deshalb hat man ihn als Wächter hier angestellt. Er kann gut Russisch, Herr Marinsky.

Vom Toreingang her näherte sich ein kleiner alter Mann, mit zerfurchtem, runzligem Gesicht, zahnlos, einen Handbesen schwenkend.
- Der werte Herr Algarisi! Seien Sie gegrüßt, Ihre Feunde seien gegrüßt! Soll ich das Schwert holen gehen, die Medaille?
- Das ist Herr Marinsky, ein Architekt. Ein Freund des Herrn Baron Kuratov.

Der Alte stand stramm, wechselte seinen Besen in die linke Hand und salutierte auf russisch: der Baron Kuratov.
- Sie haben im Krimkrieg gekämpft, Herr Salim?
- Soll ich das Schwert und die Medaille holen? fragte der Alte.
- Nein, gib nur Herrn Marinsky Antwort.

Der Alte salutierte wieder: Die zweite Bastion! Admiral Nachimov! Georgskreuz! Ein graviertes Schwert von General Liprandi ...

Ein stattlicher englischer Soldat ging an ihnen vorüber, gefolgt von zwei Trägern. Der Alte salutierte vor ihnen und sang: Abide with me!
- Herr Marinsky kommt aus Simferopol, Salim.

– Simferopol, der Herr? Wir waren in Simferopol stationiert. Wieviel Militär dort war, mehr als in jeder anderen Stadt, wieviel Militär, wie viele Verwundete! Wir hörten den Lärm der Kanonen von Sevastopol, ich schwöre es. Von Sevastopol, nicht von Bachtschissarai, wie sie sagten. Am Morgen marschierten wir los. Nebel dick wie die Nacht, ich konnte meine ausgestreckte Hand vor dem Tschatyr-Dag nicht sehen ... Am 18. Oktober Tschorgun, am 19. kam General Somonov, mein Herr, und die Granaten, die Granaten: piu, piu, piu ... Ah, mein Herr, das war ein Krieg. Und der Herr gab uns den Sieg ... Bjes boga, ni do paroga ... ohne den Herrn bleibt die Schwelle fern ...
– Es machte denen nichts aus, daß Sie Muslim sind, wegen der Türken?
– Sie haben gelacht, ein bißchen gelacht und immer falsch gesagt: Salom naleika. Aber nachdem ich bei der zweiten Bastion dabeigewesen war und nachdem ich mit dem Flügeladjutant Duschkin marschiert bin ... da haben sie aufgehört zu lachen. Flügeladjutant Duschkin brachte mich zu General Liprandi. Und General Liprandi wohnte auf einem Schiff, *Gromonosjez*. Später gab er mir ein Schwert mit eigenen Händen und ein Georgskreuz.
– Wie gut Sie sich an alles erinnern, Herr Salim, sagte Marinsky.
– Wie könnte ich das vergessen, mein Herr? An alles erinnere ich mich. Und wie teuer alles war. Ein Pfund Zucker kostete siebzig Kopeken, die Reise von Simferopol nach Sevastopol – wie weit ist das schon? Siebzig Werst, alles in allem, nicht mehr – einen Rubel und zwanzig Kopeken. Ein Pfund Heu fürs Pferd – ein Rubel zwanzig! Wir aßen die Pferde, das lohnte sich mehr. Und am schlimmsten war es, wenn es regnete. Wir standen in Gräben, das Wasser bis zum Gürtel, stundenlang. Nicht schön. Aber wir marschierten, marschierten und sangen ...

Der Alte straffte sich, trat ein wenig auf der Stelle, schwer stampfend, den Besen auf seiner Schulter.
– Marschierten und sangen:

> So groß auch immer das Hindernis sein mag –
> einen Sieg werden wir erringen, Brüder, auf dem Weg zum Ruhmestag –
> Marsch!

Und Admiral Nachimov, Pavel Stejpanitsch, mein Herr, alle liebten ihn, schauten zu ihm auf wie zu einem Heiligenbild. Und die großen Fürsten – wirklich Engel! Wir marschierten, marschierten und sangen:

> Umsonst ist nicht des Lebens Kron',
> ihrer würdig der Mann, der zum Tod bereit;
> des heil'gen russisch Kämpfers Lohn,
> der seine Feinde vernichtet in Rechtschaffenheit!

Marinsky trommelte den Marsch auf einen Briefkasten und gab Trompetenstöße von sich, indem er seine Hände zu einer Muschel formte. Er begleitete Salim mit eindeutigem Vergnügen, was Kastelanietz und Isaak Bar Angel sehr merkwürdig fanden, und als Salims Marschtritt leichter wurde, trommelte auch er ruhiger, und seine Trompetenstöße wurden traurig und leiser.

Salim blickte Isaak Bar Angel fragend an.

Der Dragoman lächelte ihm zu, steckte die Hand in eine seiner tiefen Taschen und zog ein großes Paket Halva hervor. Der Alte riß es an sich und entfernte fieberhaft das Einwickelpapier, hielt jedoch mit einem Mal mitten in der Bewegung inne, ein dünner Speichelfaden zog sich aus seinem Mundwinkel. Danach salutierte er wieder und verschwand mit kleinen Schritten durch das Tor.

– Dieser Mann ist die Geschichte in Person, sagte Isaak Bar Angel.
– Krimkrieg? Hat er wirklich im Krimkrieg gekämpft? fragte Kastelanietz.
– Er hat ein Schwert und eine Medaille. Und sein Name ist auf dem Schwert eingraviert.
– Vielleicht ist dort der Name eines anderen eingraviert? fragte Kastelanietz.
– Vielleicht, sagte Isaak Bar Angel, es gibt in Jaffa nichts, was wirklich sicher wäre. Man weiß oft nicht einmal, wann etwas erbaut wurde und von wem. Und bedeutende Herren werden zornig auf mich, denken, ich sei ein Ignorant. Ein englischer Lord sagte sogar einmal zu meiner Gattin: So ist eben die Levante! Aber man weiß es nicht! Was möchten diese Herren denn, daß ich lüge? Der Name meiner Gattin ist Sara, doch die Türken haben ihn als Nona eingetragen und ihr Geburtsjahr verändert.
– Verzeihen Sie, der Herr ist von unserem Volk? fragte Kastelanietz.

Isaak Bar Angels Augen wurden ganz schmal, überzogen von einem Schleier der Kränkung. Und vielleicht sogar aus dem Hause David, sagte er.
– Sie müssen verzeihen, sagte Kastelanietz, aber seit ich meinen Fuß aus dem Immigrantenheim gesetzt habe, erscheint mir alles hier sonderbar seltsam. Kalkstein, grober Sand, Mauerreste, bröckelnde Erdwälle. Im selben Jahr hat man ein neugotisches Haus und daneben

einen Palast wie bei den Römern gebaut. Wirklich im selben Jahr. Und die Menschen, sie scheinen alle zu schlafen, haben gläserne Augen, lungern vom Morgengrauen an im Kaffeehaus herum.
– Das ist der Orient, sagte Marinsky.
– Nur ein einziges Mal bemerkte ich Scharfsinn und Humor auf den Lippen eines Mannes und in seinen Augen – und ich fragte, wer er sei. Issa Daud, Issa der Judenhasser, Herausgeber der *Palestine*. Der einzige Mann, der scharfe und leuchtende Augen hat, haßt mich. Das ist ein übles Geschäft.
– Hassen, hassen, das sind zu starke Worte, nicht wahr, Herr Isaak? sagte Marinsky.
– Nein, nein. Der Mann ist wahrhaft eine Schlange, eine gewundene Schlange. Ein orthodoxer Grieche. Diese Sorte ist noch schlimmer als die Muselmanen. Hinterlistig und schlau. Und es hat keinen Sinn, ihm Geschenke zu machen. Staub ist das Brot der Schlange.

Kastelanietz nieste.
– Wohl genossen, wohl genesen, sagte Isaak Bar Angel.
– Danke, danke, murmelte Kastelanietz.
– Meine Nichte, sie heißt Stuar. Der Herr ist Junggeselle, habe ich verstanden, und Stuar ist sehr schön, und die Familie Zaguri ist keine der ärmsten.
– Ich danke Ihnen, Herr Angel. Ich bin nicht von der Sorte, die heiraten.

Der Dragoman sah ihn mitleidig an.
– Meine Hoffnung ist, daß der Herr vollständige Genesung erfährt, sagte er.

EIN FEIERLICHES UND VORNEHMES ARABISCH. Von weitem sah Marinsky zwei Araber, die über einen kleinen Tisch gebeugt saßen, ein hoher Korb zu Seiten des einen, neben seinem Gefährten eine Wasserpfeife, deren hübscher Rauhglasbauch von dem beweglichen weißrosa Schlauch umschlungen war. Die Ecke eines Backgammonkastens schimmerte in einer kuriosen Schattierung von Mika. Sie wirkten wie die winzigen Figuren auf alten Stichen, die im Vordergrund einer Ruinenstadt, eines Hügels, eines malerischen Tales sitzen, vor Kirchen- und Festungsruinen, wie sie einst die reisenden Maler gezeichnet hatten. Und auch er war gereist und im malerischen Orient angekommen! Doch je näher er den beiden kam, desto größer wurde seine Verunsicherung. Ihre abgewetzten Röcke waren schlampig, mit groben, ins Auge springenden Stichen zusammengeflickt, die

Revers von unterschiedlicher Größe, die Schultern stachen grotesk überhöht heraus. Die Röcke waren übersät von den Flecken vieler Monate. Auch die Fischgrätjacketts waren nicht sauber. Die beiden Ringe, die der Mann mit dem Korb trug, wirkten abstoßend, ihre Kafijas sahen aus wie in der Sonne verwelkt. Der Glimmer des Backgammonkastens war stark aufgeplatzt, ganze Ameisenstraßen spazierten über den Korb, ebenso über die Wasserpfeife, und in dem kleinen Café, in dem die zwei saßen, stand ein Geruch von verfaultem Fisch, da die zerbröckelnden Steinfliesen nicht ordentlich gescheuert worden waren. Die Gesichter der Spieler sahen nicht viel anders aus als die der Passagiere auf der *Ruslan*. Der Mann mit dem Korb war anscheinend der jüngere; er hatte zwei Goldzähne in seinem Mund und ein müdes, eingefallenes Gesicht. Marinsky schätzte sein Alter auf etwa fünfzig, obgleich ihm eine innere Stimme sagte, daß der Mann ebensogut bloß vierzig sein könne. Sein Gefährte, ein ehemals wohl sinnlicher Mann, mit einer dicken hängenden Unterlippe und trüben Augen, saugte geräuschvoll an der Wasserpfeife, wobei sich sein Gesicht bei jedem Zug mit einem Netz feiner Fältchen überzog. Der jüngere Mann wandte sich an den Kellner und sprach lange zu ihm, in feierlichem Ton, seine Stimme voll vornehmer Sicherheit. Ein feierliches und vornehmes Arabisch.

Marinsky ließ sich auf einem Hocker nieder. Der Kellner brachte ihm eine Wasserpfeife, schöner als die der beiden Spieler, mit roten und grünen Blumen bemalt, die ein klein wenig an die Tulpen der Iznik-Keramiken erinnerten, allerdings wie von der zitternden, unerfahrenen Hand eines Töpfers aus irgendeinem gottverlassenen Dorf gemalt. Der Kellner brachte ihm ein Mundstück und ein Gläschen Kaffee. Der Araber mit dem Korb warf ihm einen blanken, ausdruckslosen Blick zu. Anfangs hatte Marinsky seine Mühe mit der Pfeife, doch bald meisterte er die Schwierigkeiten und blies schön den angenehm duftenden Rauch aus, was jedoch nicht ausreichte, um den Fischgestank zu überdecken. Der Kellner beobachtete ihn. Feine Müdigkeit lag in seinem Gesicht.

Zwei Jungen quälten einen kleinen Esel, mit einer Peitsche und Stöcken.

Lichtflammen überquerten die Straße. Lichtflammen? Lichtgitter?

DER SÜSSE MAIS. Was sind das für Kinder? fragte Marinsky, als der Dragoman und Kastelanietz eintrafen.
– Die Jungen bei dem Esel?

Marinsky nickte.
– Sie sind Dienstboten bei den Amerikanern, die noch in Jaffa zurückgeblieben sind. Die meisten sind jetzt in Jerusalem.
– Ihre Köpfe wimmeln vor Läusen. Man kann es sogar von weitem sehen.
– Ja, der Schmutz ist groß, der Läuse sind viele, sagte Isaak Bar Angel. Diejenigen, die aus Kulturländern hierherkommen, verbringen täglich Stunden um Stunden, wie die Affen, um sich zu entlausen.
– Sind diese Amerikaner so wie jener Herr Issa? fragte Marinsky, dem die Politik des Heiligen Landes wie ein Stachel im Fleisch zu stecken begann.
– Die Amerikaner?! O nein! Aber mein Herr! Nicht die Amerikaner. Sie sind gute und heilige Menschen. Auch wenn ihre Gepflogenheiten zuweilen fremdartig sind, so sind sie doch heilig in aller Aufrichtigkeit. Sie kamen vor sehr langer Zeit, vor fünfzig Jahren vielleicht, mit einem Schiff mit Namen *Nelly Chapin*, einhundertvierzig Fuß lang war es, Herr Marinsky, und dreißig Fuß breit. Captain Warren Vass. Zwei Decks, drei Masten, die *Nelly Chapin*. Und eine jener Töchter Amerikas, Avigail Alley, säte Getreide aus und auch Kartoffeln, die ersten im Heiligen Lande, den ersten süßen Mais und ebenso den ersten Kirschbaum, und glauben Sie ja keinem, mein Herr, der Ihnen etwas anderes erzählen möchte. Viele starben an Krankheit und Hunger, viele kehrten zurück, und ihr Führer, so wird gesagt, ergab sich dem Trunk, obwohl ihnen das strengstens untersagt ist. Diese Avigail war eine Kämpferin, sie wusch, klebte Wandpapier in Häusern an die Wände, trocknete kleine Blumen aus dem Heiligen Land. Der Herr kennt sie? Gewiß haben der Herr von dem großen Rola Floyd gehört, dem gefeiertsten unter den Dragomans im Heiligen Land. Er war der Fremdenführer von Ulysses S. Grant, Kaiser Wilhelm, General Gordon, der der Chinese genannt wurde. Ein schöner Mann war er, und sein Bart war noch schöner als der unseres Theodor Herzl.
– Und wo sind sie, die Amerikaner?
– In Jerusalem. Hier sind wenige geblieben. Einer – ein stattlicher Mann war er früher, doch jetzt ist er tief gefallen. Und der bittere Tropfen, viel scharfer Likör.
– Ich würde ihn gerne sehen, sagte Kastelanietz. Ich habe meinen Lebtag noch nie einen Amerikaner gesehen.
Bar Angel hielt die Droschke neben einem großen Haus an, das von außen verlassen wirkte. Zwei arabische Jungen schliefen in einem

breiten Korridor auf Matratzen, Decken und Laken im Schmutz, zwischen ein paar laut gackernden Hühnern. Eine Stimme drang aus einem Zimmer am Ende des Ganges. Die Tür stand offen. Ein Mensch mit langem Haar und schütterem Bart, einem tiefen Schnitt über seiner Stirn, als sei er auf einen scharfen Gegenstand gefallen, saß auf dem Boden. Er sah sie mit blicklosen Augen an. Flaschen, Eierschalen und verschimmelte Brotringe lagen um ihn herum verstreut, als sei er der Elendste unter den Bettlern. Er erhob seine Stimme, brüchig, dunkel, aber durchaus geschult: Ich war verloren, doch Jesus fand mich ...

Isaak Bar Angel trat zu ihm und wechselte mit leiser Stimme einige Worte mit ihm.

Der Mann stand langsam auf und ging zum Fenster, um den Holzladen zu öffnen.

Bar Angel stellte sie dem Amerikaner vor, der ein wenig Deutsch sprach. Marinsky war heruntergekommene Säufer gewöhnt.

– Verehrte Gäste ... sagte der Amerikaner. Bart, Bart ist mein Name. Verzeihen Sie bitte den jämerlichen Empfang. Ich weiß, meine Herren Architekten, daß sich die Hühner im Topf zu befinden haben, was sage ich – auf Silberplatten, zu Ehren meiner werten Gäste. Glauben Sie mir, solange meine teure Frau noch am Leben weilte, wußten wir Gäste zu empfangen, trotz unseres bescheidenen Lebens. Wir waren an diversen Orten, ich und meine teure Gattin. Aber bitte, setzen Sie sich, setzen Sie sich doch. Geben Sie mir die Ehre und setzen Sie sich. Danach kamen wir hierher ... kamen hierher ... Hier gab es keine Märtyrerflammen, um darin den Mut unserer Herzen zu erproben, nur Mücken und Gestank, Armut, Hartherzigkeit und Bruderhaß, grundloser Haß ...

Sein Gesicht rötete sich, sein Haar schien sich zu sträuben wie das Fell eines wütenden Hundes.

Plötzlich packte er Isaak Bar Angel an der Gurgel und sprach laut und zornig auf ihn ein.

Marinsky machte einen Satz, doch Isaak Bar Angel hielt ihn mit ausgestreckter Hand auf.

Mit der gleichen Plötzlichkeit ließ der Amerikaner Bar Angel los und zog aus der Tasche seines Hausrocks eine Flasche Arrak.

– Wir müssen gehen, sagte Bar Angel.

Der Amerikaner drehte seinen Kopf zur Wand. Er schrie etwas, vielleicht spuckte er, und dann erklang wieder sein Lied, von den Tagen der Finsternis und dem Fluß, dessen Wasser sich zu seinen Füßen wälzen würden.

Kastelanietz war bleich und erschrocken, wie es einem praktischen Menschen ansteht, doch Marinsky berührte Isaak Bar Angels Handrücken und sagte: Nie, niemals wird uns so etwas passieren, nie und nimmer!

DER LEUCHTER DES LICHTS. Verzeihen Sie mir nochmals wegen meiner Frage vorher, Herr Angel, sagte Kastelanietz. Ich würde gerne etwas über Ihre Familie erfahren, über Ihren Vater.

Isaak Bar Angel wandte sich ihm rasch zu.

– Mein Vater, selig sei sein Andenken, sagte er mit seiner heiteren brüchigen Stimme, war der Sproß aus einem äußerst privilegierten Hause, eine Familie, die viele Rabbiner in Konstantinopel stellte. Er selbst verarmte und ernährte sich von einem winzigen Geschäft, einem Handel mit Süßigkeiten und Gebäck. Er schrieb auch Amulette, verfaßte Inschriften für Grabsteine, Briefe und Dokumente und versuchte sich sogar in Abschriften hebräischer Handschriften. Manchmal suchte er seinen großen Lehrer auf, Rabbi Avraham Hakohen Bassan, und erging sich in Talmuddiskussionen mit ihm. Ein umgänglicher Mann war mein Vater, von bescheidener Demut, der bemüht war, sich der Genüsse dieser Welt zu enthalten, und Leiden willig ertrug. Er lehrte mich die Thora, wenige Jahre nur, zu meinem Bedauern. Ich erinnere mich an ihn, wie er betete, eingehüllt in den Gebetsmantel und angetan mit Gebetsriemen. Es ist nicht gut, bar dieser Weisheit zu sein, pflegte er zu sagen, denn wer wird ohne sie den Menschen von seiner Unwissenheit und dem großen Zorn in seinem Herzen erlösen? Nie habe ich ihn aufgebracht oder jemanden schelten gesehen, Herr Marinsky, Herr Kastelanietz. Bis ihn eines Tages sein Lehrer rief, Rabbi Avraham Ben Jakov, der damals auf dem Rabbinatsstuhl saß. Der Mann war ein Gerechter und ein Heiliger und hätte es, so wurde gesagt, verdient, daß der Prophet Elias persönlich an Pessach bei ihm erschienen wäre, und er sagte zu meinem Vater, sie müßten zu fernen Orten aufbrechen, nach Persien und weiter noch. An den Ort, den ich liebe, tragen mich meine Füße. Mein Vater wußte nicht, was er tun sollte. War das weise oder töricht? Quelle oder Grab, Brunnen oder Loch? Jahrelang hatte mein Vater Wasser über seines Lehrers Hände gegossen, und er kannte seine sämtlichen Gedankengänge und Schriftinterpretationen genau, bis ins kleinste Detail. Gemäß dem Wissen – Liebe. Und sein ganzes Mehl hatte er schließlich zwischen den Mühlsteinen seines großen Rabbiners gemahlen. Er brach also auf. Zog aus und kehrte nicht zurück, möge seine Seele ins ewige Leben eingegangen sein. Ich

war mit meiner Mutter in Persien, ohne einen Verwandten oder Gönner. Wir hatten ein oder zwei Bündel, ein paar Bücher: *Ursprung der Weisheit*, *Licht der Erleuchtung*, und mein Onkel nahm uns zu sich nach Jaffa. Doch auch er verarmte unter der Last der Steuern und Abgaben, und ich wurde sofort nach meiner Ankunft hier zu meinem Unglück bettlägrig.
— Das war nicht leicht, murmelte Kastelanietz.
— Nichtig und trügerisch ist das Glück, sagten unsere Väter, erwiderte ihm Isaak Bar Angel mit einem Lächeln.
— Diese furchtbare Stadt bedrückt mich zutiefst, sagte Kastelanietz.
— Es würde sich für den Herrn lohnen, in die Synagoge zu kommen und sich anzuhören, wie sie den heiligen Bund zwischen dem Herrn und der Gemeinde Israels besingen, und sofort würde sein Gesicht fröhlicher werden.
— Eine furchtbare Stadt. Das Alte ist nur Ruine und Legende, sagte Kastelanietz.
— In der Seele des Menschen, Mischa, hausen der Berg Nebo und das Gelobte Land unter einem Dach.

DIE STUNDE DER MUSEN. Dann gefällt dir also gar nichts hier, Mischa.
— Nur die Siegel der Kreuzritter. Comes Hugo Civitas Iope. Ritter Hugo aus Jaffa. Das ist schön.
— Und das ist alles?
— Was sonst?
— Die koptische Kirche?
— Es ist langweilig, langweilig, Ezra. Dies ist keine wirkliche Stadt, sondern eine Hügelsiedlung. Sie kann keine Klarheit gewinnen. Zu sehr mit Ruinen angefüllt. Nein, es ist hoffnungslos.
— Na gut, sagte Marinsky. Also, treffen wir uns morgen in der *Schulamit*-Schule?
— Weißt du, ein Araber hat Levinson zugeschrien: Bolschewik! Interessant, woher er das wohl hat?
— Bolschewik?
— So nennen sie die Neuen, alle, sagte Isaak Bar Angel.
— Diesmal haben sie sich nicht sehr geirrt, was, Marinsky?
— Wir werden sehen ... Hast du Herrn Goldberg aufgesucht, wie ich dich gebeten hatte?
— Herrn Goldberg?
— Hast du meinen Brief nicht erhalten?

– Um ehrlich zu sein, ich bin nicht selbst gegangen ...
– Du bist nicht selbst gegangen ... was hat das zu bedeuten?
– Sei mir nicht böse, Ezra, aber ich war wirklich beschäftigt. Ich war sehr beschäftigt mit ...
– Was bedeutet das: nicht selbst?
– Ich habe Levinson geschickt.
– Levinson? Zu Herrn Goldberg? Du verstehst nur von Frauenherzen etwas, Mischa.
– Frauenherzen?
– Und was ist dort passiert?
– Um dir die Wahrheit zu sagen, es war nicht gerade das gelungenste Treffen.
– Hat Levinson auf den Tisch geschlagen?
– Nein, nein.
– Die Hand gegen ihn erhoben?
– Nein, nein, nichts dergleichen.
– Was ist dann passiert?
– Er hat ihn beleidigt ... zu Herrn Goldberg gesagt, er sei ein scheinheiliger Bourgeois.
– Ein scheinheiliger Bourgeois ... Weiß er denn nicht, daß Herr Goldberg der Repräsentant einer Gesellschaft ist, die Wohnstätten für Pioniere baut, für die Chaluzim?
Kastelanietz lächelte verlegen: Bourgeois ist keine wissenschaftliche Definition, Genosse Marinsky.
– Das ist nicht zum Scherzen. Wenn wir von Goldberg keine Arbeit erhalten, weißt du, was uns hier erwartet? Dieser Mann ist der einzige, der Beziehungen hat. Er kann billiges Baumaterial beschaffen.
– Es tut mir leid, Ezra, ich weiß nicht, welcher Teufel mir eingeflüstert hat, Levinson zu schicken.
– Und was genau hat er zu ihm gesagt?
– Einfach irgend etwas Kindisches.
– Aber was?
– Ich werde dich am Stadtplatz aufknüpfen, du heuchlerischer Bourgeois.
– Ich werde ...
– Vielleicht sollten wir zusammen zum Essen gehen, Ezra. Und Sie, Herr Angel? Es gibt hier sehr preiswerten Fisch, Sardinen.
– Und woher das Geld nehmen? fragte ihn Marinsky flüsternd.
Kastelanietz streichelte seinen Schnurrbart: Der Brunnen der Wünsche gibt zuweilen die Münze zurück.
– Und Gott sei's gedankt, wenn er das tut, sagte Marinsky.

Er aß drei Fischportionen, zur Belustigung des Besitzers des kleinen Lokals.

Er kehrte nach Hause zurück und igelte sich ein: Das Wasser lief über die Wände, über die kleingeziegelten Mauern, die Marmorsteine glänzten wie in den Bergen gewaschener Glimmer, wie Perlmutt ...

DAS MALACHITKÄSTCHEN WIRD VERSTECKT. Marinsky hatte Frolovs Grab gefunden. Vierunddreißig Jahre war er bei seinem Tod. Marinksy hatte nicht gewußt, daß der Forscher noch so jung gewesen war. Er legte das Malachitkästchen in ein kleines Loch, das er an der Seite des Grabsteins fand, und bedeckte es mit einer Handvoll Erde und Blätter. Danach stand er schweigend vor dem grauen Grabstein. Eine Zeremonie fehlte, irgendwelche Worte, Musik, ein ritueller Akt. Doch was hätte er tun können? Sollte er das Malachitkästchen vielleicht an einen anderen Platz legen? Er holte es wieder hevor. Das Kästchen sah aus, als habe es bereits seit langem unter dem Grabstein gelegen, ein nasses Blatt klebte daran, ein paar Erdklumpen. Friede sei mit dir, Varja Saizev, und ein Lebewohl dem neunzehnten Jahrhundert, sprach Marinsky und legte das Malachitkästchen an seinen Platz zurück.

LES TROIS COUPS. Die Droschke stand reglos, ihre Lampen waren schmutzig, die Blenden hingen windschief herunter. Das Pferd war müde, schwerfällig: ein arabisches Pferd? Die Droschke selbst war seitlich zu ausladend. Das Pferd ging unter der Last seines Geschirrs in die Knie: ein wirres Geflecht sehr starker, grober Zügel und Gurte. Sogar sein Kopf war nahezu gänzlich mit allen möglichen Stricken und Riemen umwickelt. Ach, die Droschken in St. Petersburg! Wie leicht, wie luftig sie waren! Das Zaumzeug war wie der Schmuck einer Tänzerin, nur ein paar feine Lederschnüre, mit einer goldenen Gurtschnalle befestigt, ein silberner Ring, eine hauchdünne Silberkette über dem Kopf des Pferdes, der Zaum war mit Leder überzogen, um sein Maul nicht zu verletzen, ein leicht rückwärts geneigter Holzbügel auf dem Rücken des Pferdes, wie ein Jagdbogen, ein übergroßer Korbhenkel. Das Pferd hatte überhaupt keine Scheuklappen, und seine großen Augen, unverhüllt und edel, schimmerten sanft.
– Wie heißt du?
– Munazer, Monsieur.

Marinsky drückte ihm den Zettel in die Hand, auf dem die Adresse stand.

– Kannst du dorthin finden?
– Sicher, Monsieur, antwortete der Kutscher.
Einmal war er zu einem großen Maskenball eingeladen worden. Thema war das Theater. Les trois coups. Er kannte den Ausdruck: das dreimalige Klopfen vor der Vorstellung. Tam, tam, tam. Und die Frauen? Welch märchenhafte Masken sie trugen. Wer sind sie alle? fragte er. Isolde, Ophelia, Desdemona ... wenn ich mich nicht irre? Isolde? Meine Dame? Wohlan, wohlan, junger Prinz, habt Ihr den Liebestrank in Eurem Repertoire? erwiderte die Frau wie im Roman.

In einer schmalen Straße wurden Orangen von einem Karren abgeladen. Ein zerlumpter Junge, auf dessen Brust ein großes Holzkreuz baumelte, klatschte in die Hände, erfreut über die Straße voll rötlichem Gold.

Der Wagenlenker spuckte in seine Richtung aus, doch der Junge fuhr fort zu lachen, zu singen und seinen Kopf zu schwenken.

DAS UNGEHEUER. Das gewaltige Haus glich einer seitlich gekippten Pyramide. Überall, wohin er seinen Blick sandte, niedergebogene krumme Mauern, Steine zu seltsamen Formen behauen, Steinböden, die von höheren Veranden herabglitten, Lagen von Erde und Ton, deren Zugehörigkeit zu unterschiedlichen Zeitstufen sogar einem Laien auffiel, Flußkiesel, Muscheln, überlagert von unzähligen Mörtelschichten. Hier und da hob sich von der blätternden Wand das Bruchstück eines häßlichen Mosaiks ab, Überreste von Holzschränken, die in Nischen in sich zusammengesunken waren – vielleicht waren es auch Fenster oder Erker gewesen –, Teile von Friesen mit Bruchstücken von Palmen tauchten an unerwarteten Stellen auf, der zerbrochene Arm einer Lampe wand sich mit überraschender Eleganz. Nachdem er einen kleinen, knarrenden Steg passiert hatte, offenbarten sich seinem Blick Mauerabschnitte, ein Brunnen oder ein verschmutzter Schacht, eine Art in Fels – oder was vor Tausenden Jahren Fels gewesen sein mochte – gehauener Sockel. Hätte ein Ruinenmaler dies vor hundertfünfzig Jahren gemalt, wie schön und geheimnisvoll hätte das Ganze aussehen können. Doch der Anblick vor seinen Augen war niederdrückend, wie ein grauer Klang, der anhaltend monoton im Raum des Hauses stand, ein Ton von Erschöpfung und Tod. Er näherte sich einem anderen kleinen Brückensteg, berührte schon das verrottete Holzgeländer, um ihn zu betreten, als er plötzlich einen Schrei hörte: Nein, nein! Eine alte Araberin rannte auf ihn zu, zog ihn an der Hand und deutete entsetzt auf den schwarzen Brunnen drunten und auf das baufällige Geländer. Nein, nicht gehen! Chatar! Chatar! Gefahr! Das war das erste arabische Wort, das er lernte. Und die Alte führte ihn zu George Darwischs Laden. Er ging hinter ihr her, studierte neugierig ihren Kopfputz. Nicht an Rußland denken, nicht an die rote Marusia, nicht an Mischa Japontschik. Alles dort war zusammengebrochen, alles drehte sich wie im Traum, alles brannte, Orte hörten zu existieren auf. Alles wird in Flammen aufgehen, jeder Mensch wird gerichtet werden – »Fjodor Petrovitsch verneigt sich«. Er schritt der Alten hinterher.

In der dunklen, tiefen Nische stand der Geruch nach altem Weihrauch und Katzenurin. Etwas Kupfergeschirr hing an den nackten, von Rauch und Ruß geschwärzten Mauern. George Darwisch hatte das Gesicht von einem jener Gottbesessenen auf russischen Gemälden, angespannt in absonderlichem Wahn, zugleich jedoch weich und sanft – das Gesicht eines willigen Opfers. Seine Augen leuchteten auf, als er den Namen Kuratov hörte. Stolz erhob er seinen Blick – der Baron hatte ihn dem Fremden mit dem großen Kopf und den furchterregenden Narben empfohlen.

– Ah, mein Herr, Sie erweisen mir eine große Ehre mit Ihrem Besuch, sagte er. Und blickte Marinsky mit unterdrückter Bewunderung und Erregung an. Interessieren sich der Herr auch für Lichter wie der Herr Baron?

– Lichter?

– Antike Öllichter. Ich habe ein Lämpchen, in das, Seite an Seite, sowohl ein Kreuz als auch eine Menora eingeprägt sind. Oder vielleicht wäre für Sie, mein Herr, eine Menora von Interesse, die sowohl eine aramäische Inschrift als auch das »Chi Rho« aufweist, aus der Sammlung des Suleiman Bei, die während des Krieges entdeckt wurde.

– Was ist das »Chi Rho«? fragte Marinsky.

Der junge Mann sah ihn erstaunt an. Das ist doch das Monogramm unseres Herrn Jesus. Und auch in heidnischer Zeit existierte es nach den Worten der Gelehrten. Aber das weiß doch jeder ... Dies sagte er mit viel Liebenswürdigkeit, um Marinskys Unwissenheit zu bagatellisieren.

– Ich weiß nicht sehr viel von solchen Dingen.

– Der Herr Baron war ein Experte. Diese Sammlung, die Sammlung von Suleiman Bei, könnten Sie komplett zum Preis von dreißig englischen Lirot erhalten.

– Dreißig Lirot!

– Doch Sie müßten sie auf der Stelle erwerben, denn es ist möglich,

daß in ein paar Tagen jemand anderer kommt. Und in ein, zwei Jahren wird sie vielleicht schon Hunderte oder auch Tausende Lirot wert sein, ich weiß es nicht.
– Kann so etwas vorkommen?
– Mein Herr, sagte der junge Mann, sein Märtyrergesicht war extrem weiß, vor einem Jahr habe ich hier eine Keramiktafel verkauft: Die drei Lebenden, die Könige mit den Kronen, und drei Skelette, die Toten, Sie kennen die Legende: Was ihr hier seit, waren wir, und was wir hier sind, werdet ihr sein. Jetzt ist sie das Zwanzigfache wert. Ich habe das mit eigenen Augen in einer amerikanischen Zeitung aus der Stadt Boston gelesen.
– Ich weiß so gut wie gar nichts über all das.
– Und ich habe eine besondere hebräische Handschrift in meinem Besitz: die Prophezeiungen des Knaben Nachman, Rambams Enkel. Ein äußerst mysteriöses Buch.
– Ich habe nicht einmal das Geld, um auch nur eine Lampe zu kaufen, Herr Darwisch. Ich wollte mich mit Ihnen treffen, ein wenig plaudern und von Ihnen die Handschrift des Barons in Empfang nehmen, sollte sie noch bei Ihnen sein, um sie ihm nach Dresden zu schicken. Der Baron hat Sie mir als einen Menschen empfohlen, der viel über Jaffa weiß. Ich hätte gerne, daß Sie mir von den Handwerkern erzählen. Ich werde in absehbarer Zeit Häuser bauen und habe gute Handwerker dringend nötig.

Der junge George machte ein höchst erfreutes Gesicht, als sei er von seinem Gast, der nichts von ihm kaufen wollte, mit noch größerer Ehre bedacht worden.
– Es ist ein wenig düster hier. Ich werde sofort eine Lampe anzünden und nach Kaffee schicken. Ich bin dem Herrn sehr dankbar, daß er sich bemüht hat, meinen bescheidenen Laden aufzusuchen.

Er rief einen Jungen, der an der Ladenöffnung vorbeiging, ein Tablett mit goldgelben Küchlein vor sich hertragend. Im Licht der Lampe schien es Marinsky plötzlich, daß seine Augen, noch geblendet vom Tageslicht draußen, ihn narrten. Wieder verirrte sich sein Blick von dem wahnsinnigen Heiligengesicht zu den Händen. Eine Halluzination? Darwisch hatte sechs Finger an seiner rechten und sechs Finger an seiner linken Hand. Der sechste Finger war klein, ein winziger Stummel. Darwisch erwiderte verschämt seinen Blick. Kuratov, der alte Römer, ist ein Liebhaber von Ungeheuern. Vitellius? Gesegnet, der die Gestalt des Menschen variiert.
– Wollen wir rauchen? fragte Marinksy und bot das Päckchen mit den *Schwarzen Katzen* an.

Die Hand mit den sechs Fingern nahm sich behutsam eine Zigarette.
- Sie verkaufen also Antiquitäten, sagte Marinsky verlegen.
- Ja, mein Herr. Ich war stolz, daß der Herr Baron immer nur zu mir kam, wenn er in Jaffa war, ausgerechnet in meinen Laden. Er kaufte immer bei mir, und er verließ sich auf meine Meinung und nicht auf die höchst angesehener Leute. Alle behandelten mich wie einen Ausgestoßenen, aber nicht der Herr Baron. Er lud mich sogar ein, mit ihm in der Droschke zu fahren, mich, mein Herr, in einer Droschke vor aller Augen, vor den Augen der ganzen Stadt, mein Herr! Ich und der Herr Baron! Wir fuhren an allen vorbei, wir kamen an der Seraja vorüber, und genau davor legte der Baron seinen Arm um meine Schulter und sagte zu mir: George, du sprichst Französisch wie meine Erzieherin.
- Hatten Sie es schwer wegen der Finger an Ihrer Hand? sagte Marinsky leise.
- Ich habe gelitten, mein Herr, und ich leide immer noch. Die Leute hassen und verachten mich, oder sie ignorieren mich, aber ein Mensch, der sechs Finger hat, braucht nicht weniger Liebe als ein Mensch mit fünfen. Ich selbst, mein Herr, achte die Menschen sehr. Ich brachte mir selbst Französisch bei und habe Pater Tolentino viel geholfen, der mich lehrte, etwas von Krügen, Lampen und Münzen zu verstehen. Ich habe stets alle meine Schulden beglichen, und ich bin fleißig im Gebet. Schauen Sie, Sie sprechen mit mir, Sie interessieren sich für mich, und Sie wollten sich nicht davonstehlen, in dem Moment, als Sie mich sahen. Doch die Menschen hier sind nicht so, ganz und gar nicht so.
- Es ist mir eine Freude, mit Ihnen zu sprechen.
- Ich bemühe mich immer sehr. Immer sehr sauber, mehr als andere Menschen. Ich wasche mich viel. Und achten Sie nicht darauf, daß dieser Laden ein wenig vernachlässigt ist. Das hat seine Gründe. Am Sonntag wasche ich mich immer mit Nabulsi-Seife und das Gesicht mit einer speziellen spanischen Seife und mit einer weiteren aus Olivenöl, die mir meine Tante vom Dorf schickt. Ich ziehe immer frische Hemden an, und ich lerne weiter. Vielleicht werde ich einmal nach Paris reisen. Und jetzt, da die Engländer gekommen sind, von denen viele etwas von Antiquitäten verstehen und hier verkehren – sogar echte Lords –, ist der Gewinner der, der sich wirklich mit Antiquitäten auskennt. Sie sehen hier meinen Nachbarn, Herrn Walid. Er verkaufte einen Krug aus der »Zeit Alexanders«. Ein schöner und unversehrter Krug, ohne Makel. Eines Tages sehe ich den Mann, der den

Krug von ihm gekauft hat, und mit ihm zusammen – wen, wenn nicht Herrn Lemercier, ein naher Verwandter des französischen Konsuls, den ich von den byzantinischen Münzkatalogen her kenne. Natürlich hatte er sofort bemerkt, daß es ein billiger türkischer Krug war. Herr Walid war nicht in seinem Laden, Gott sei's gedankt. Ich lud den Käufer und Herrn Lemercier ein und erfand sofort eine Geschichte von einem Händler aus Beirut, der in Jaffa drei solcher Krüge mit äußerst respektablen Expertisen verkauft habe. Herr Walid trage nur insofern Schuld, daß er der Arglist des Betrügers zum Opfer gefallen sei. Sie ließen sich von meinen Worten überzeugen und verlangten von Herrn Walid nur den Preis des Kruges zurück. Jetzt wird es hier mehr Menschen geben, die etwas von Antiquitäten verstehen. Herr Walid beehrte mich mit einem glanzvollen Mahl. Er war es, der den Herrn Baron zu mir brachte. Ist Ihnen bekannt, daß der Herr Baron ein kleines Haus in den Bergen kaufen wollte, oberhalb von Ramle? Er suchte nach Teppichen und Schwertern. Herr Walid wollte ihm die Bilder verkaufen, die er hatte, aber ich sagte zum Herrn Baron: Wer möchte sich denn Porträts von säuerlichen Frauen an die Wände seines Hauses hängen, doch höchstens nur Verwandte, die dazu verpflichtet sind. Und er sagte zu mir: George, mein Junge, gewiß hast du wie ich unter herrschsüchtigen Frauen gelitten, die die Kindheit ihrer Söhne und Enkel vergiften. Unter herrschsüchtigen Frauen, Herr Baron, antwortete ich ihm, hatte ich niemals zu leiden. Ich kannte weder meinen Vater noch meine Mutter, auch nicht meine Großeltern, nur eine gutherzige Tante und einen Familienangehörigen, einen Verrückten.
– Und am Ende ist nichts daraus geworden, aus dem Plan, ein Haus zu kaufen?
– Nein, nichts. Wegen des verfluchten Krieges. Und warum mußte der Herr Baron auch fort? Es wäre besser für ihn gewesen, er wäre hiergeblieben. Hier hätte ihn niemand behelligt! Wenn man weiß, in wessen Hand man einschlägt. Doch der Herr Baron mußte in den Krieg ziehen, ein heldenhafter Kämpfer sein wie andere. Ich schäme mich, hat er zu mir gesagt, das ist mir nicht so angenehm, George.
– Befindet sich die Handschrift bei Ihnen?
– Bei mir zu Hause. Und ich hüte sie wie meinen Augapfel, mein Herr.
– Wir sollen sie dem Herrn Baron schicken, nach Dresden.
– Und wie ist sein Befinden?
– Momentan weiß ich es nicht. Doch mir scheint, er ist vollkommen mittellos.

– Der Herr Baron? Mittellos?
– In der Tat, man hat sein Haus geplündert, und sein ganzer Gutsbesitz ging in Flammen auf.
– Welche Schuld trägt der Herr Baron in den Augen der Verrückten?
– Er hat keine Schuld. Das ist eine Revolution, ein Erdbeben.
– Erdbeben?
– Eine riesengroße Revolution.

Die Augen des Mannes mit den sechs Fingern flammten mit einem Mal auf.

– Sie haben das Haus verbrannt?
– Ja, das Haus, alles.
– Den Park, das Haus in dem Teich?
– Woher wissen Sie das?
– Ich habe es auf Bildern gesehen, die der Herr Baron mitbrachte. Die künstliche Ruine?
– Alles.
– Aber wie ist das möglich? Sie waren doch gute Menschen.
– In solchen Zeiten werden keine feinen Unterschiede gemacht, es gibt viel Haß, Demütigung, Verwirrung.
– Ich weiß, mein Herr. Ich habe schließlich sechs Finger. Also ist ihm nichts geblieben, nichts, sagte George Darwisch, und es war, als tanzten in seinen Augen die Flammen des Kuratovschen Gutes. Allein, ohne alles, Monsieur le Conte! Kaum zu glauben! Der Herr Baron war doch wie ein Prinz.
– Auch ich habe Kuratov geliebt, sagte Marinsky. Sagen Sie mir, wie kann ich das Manuskript erhalten?
– Würden Sie mich mit Ihrem Besuch in meinem bescheidenen Heim beehren, mein Herr? Es wäre mir eine Ehre und ein Vergnügen.
– Selbstverständlich, Herr George, selbstverständlich. Ich danke Ihnen vielmals. Wenn es Ihnen genehm ist.
– Genehm? Mein Herr, Sie wissen gar nicht, wie glücklich und stolz Ihr Besuch mich macht.
– Erklären Sie mir genau, wie ich zu Ihrem Haus gelange?
– Nichts einfacher als das.

Dresden. Gebe Gott, Kuratov wäre in Jaffa, ein Honigkuchen voller Fliegen. Die bourgeoise Schönheit Dresdens wird ihm das Herz brechen.

ICH HABE DEIN GEBET GEHÖRT. Rauchschwaden von Gebratenem überall, dichter vernebelnder Qualm, der Opferrauch stieg in

den Himmel der Stadt, der Perle der Meere. Ein Hof und noch ein Hof, Matratzen, Betten und ein kleiner, übelriechender Hühnerstall, ein Hasenverschlag und sonderbare Wäschestücke. Marinksy schritt über eine Art Dach und stieg etwa einen halben Meter hinunter. Es war ein schöner Wintertag, und nicht kalt. Auf einer Veranda wartete Darwisch neben einer Holztüre. Sein blütenweißes Hemd leuchtete im Halbschatten. Der große Raum, in den er ihn führte, war nicht weniger düster als sein Ladenverschlag, jedoch voller Strahlen, die von draußen, vom versinkenden Tag hereindrangen. Ein Tisch, auf dem eine sehr alte Tischdecke aus indischem Brokat lag, goldfarben mit kleinen Bilderquadraten. Einige Seidentücher mit Filigranstickerei lagen auf der Brokattischdecke. Von diesem Tisch abgesehen war der Raum nahezu leer. Ein kleines Schreibpult stand am Fenster. In seinem schneeweißen Hemd wirkte Darwisch sehr feierlich. Er führte Marinsky zu einem Kabäuschen, das sich in die Wand schmiegte, ein kleines Wandkabinett.
– Ich bin stolz, Sie in meinem Haus empfangen zu dürfen.
In dem Wandspeicher stand auf einem Gestell ein großes Kupfertablett mit vielen Schälchen, von denen eines gebratene Fleischstückchen in einer milchigen Flüssigkeit enthielt.
– Darf ich Ihnen Traubenarrak anbieten?
Marinsky betrachtete die hübsche Holzvergitterung, die Maschrabija aus den Architekturbüchern, hinter der er nun saß.
– Nein, ich trinke nicht. Und Sie?
– Auch ich trinke nie ... Wenn ich tränke, wer weiß ...
– Nicht einmal ein einziges Gläschen?
– Oh, Herr Marinsky, sagte George Darwisch mit Wärme und sprach zum ersten Mal den Namen seines Gastes wie einen Dreiklang aus. Glauben Sie, ich würde mir so einfach das Vergnügen und die große Ehre entgehen lassen, ein Glas auf Ihr Wohl zu erheben? Daß ich mich des Trinkens enthalten würde, wenn meine Enthaltung nicht eine wahrhaftig zwingende Notwendigkeit wäre? Wenn ich an den roten Wein, an den goldenen Kognak denke ... fröhlich sein, vergessen ... Aber es ist mir wirklich untersagt.
Durch das gegenüberliegende Fenstergitter waren farbenfrohe Umrisse zu sehen: Eine Frau in langen Kleidern, Wasserplätschern? – *Die Fontäne von Bachtschissarai* ... der Tränenbrunnen ... Darwischs Blick aus seinem leidenden, pockennarbigen Gesicht folgte ihm in einem fort. Doch jetzt konnte er seine sechs Finger ignorieren und in sein Gesicht blicken. Darwisch hielt Gabel und Löffel so, daß der zusätzliche Finger dem Auge nahezu verborgen blieb. Er bedauerte

seine dunklen Worte und unterhielt Marinksy mit leichter Plauderei, während die Rauchwolken emporstiegen. Marinsky hörte ein nagendes Geräusch. Mäuse? Wasser, das unter Jaffas Hügel in die Tausenden unterirdischen Hohlräume im Kreide- und Kalkstein sickerte? Auf dem Fensterbrett (wie aufmerksam von Darwisch) lag Vitalis Manuskript: *Jaffa-Jerusalem-Jericho, eine Reise im Heiligen Land.* In Dresden, dem Florenz des Nordens, mangelte ihm an allem. Vielleicht brächte ihm die Veröffentlichung des Buches irgendeine magere Summe ein – an heiligen Ländern besteht immer Interesse, um so mehr nach einem Krieg –, und vielleicht heiratete Vitali – wie in Romanen immer – noch eine reiche Erbin? Wie konnte man denn glauben, daß er ohne alles dastand? Wie an das Ende der Romanovs, der Habsburger und Hohenzollern glauben? Hoch und höher stieg der Rauch, schwarze Wolken. Ströme schwarzer Ameisen rannten in alle Richtungen, zerstreuten sich unter machtvoll gewaltigen Schlägen, unter der Sohle eines Riesen. Mauern stürzten ein, neue Völker erstanden, den Armen, Elenden und Bedrückten war eine Fahne vergönnt, deren Farben den Fahnenbildern in den Kinderbüchern, in den Enzyklopädien, auf schönem glattem Papier gedruckt, hinzugefügt wurden, die Hymne stieg auf, alles umarmend, vibrierte in der Luft, über den schwarzen Ameisen, unbegreifliche goldene Schmetterlinge funkelten. In diesen meinen Tagen endeten die Könige. Er betrachtete die Funken, die sich mit dem Rauch des Gebratenen vermischten.
– Alles ging in Flammen auf? fragte Darwisch, sein leidendes Gesicht war weich geworden. Wurde seine Familie gerettet?
– Nein, seine Schwestern kamen um, und sein Bruder wurde getötet.
– Und alles ging in Flammen auf?
– Alles.
Darwisch brach in anhaltendes Gelächter aus. Tränen flossen aus seinen Augen.
– Verzeihen Sie mir, Herr Marinsky, sagte er. Verzeihen Sie mir ... Es ist so schwer zu glauben: der Herr Baron. Seine erhabene Familie. Ich selbst bin Kummer gewöhnt. Mich wollte niemand für eine Arbeit einstellen. Und wer mich nahm, versuchte, mich sehr schnell wieder loszuwerden. Er barg sein Gesicht in den Händen. Ganz schnell. Schwerstarbeit hätte ich nach Herzenslust verrichten können, Steinmetzarbeiten, Früchte pflücken in Nachal Rubin. Aber ich war immer schwach, von elendem Stamm bin ich. Meine Schwächlichkeit hat dazu geführt, daß ich im Laden, Restaurant, Café und in der Apotheke arbeitete, Botengänge machte. Im Alter von vierzehn widerfuhr mir ein großes Glück – man stellte mich zur Arbeit in einer Bäckerei

an. Ich hatte immer Brot, es war warm in den Winternächten, jeden Tag drei große Pitabrote mit Sesam, sogar ein oder zwei Kuchen, denn wir machten Tauschgeschäfte mit der Konditorei: verbranntes Brot gegen mißlungenen Kuchen. Doch den Bäckermeister verhafteten die Türken, kein Mensch wußte warum, und es war niemand mehr da, um mich zu schützen. Sechs Finger, sechs Finger kneten den Teig, sechs Finger berühren unser Brot! Die Pitas unserer Kinder! Sechs Finger! Und Sie müssen wissen, daß ich sogar mit einem kleinen Pferdewagen durch die ganze Gegend kutschierte und das Brot an Restaurants und Cafés auslieferte, an Konsulen, an die deutschen Herren vom hiesigen Walhallaviertel. Als sie mich aus der Bäckerei warfen, weinte ich in einem fort, denn ich war ja noch ein Junge. Und dann nahm mich das Kloster auf. Pater Tolentino lehrte mich die Bibel und Gebete und etwas über Antiquitäten, doch es gab dort einen Mönch, der mir nicht erlaubte, im Kloster zu schlafen, und mich abends immer hinausstieß, mich schlug und sagte, wenn ich mich beklagte, würde er mich ganz aus dem Kloster verjagen. Und einmal, als er mich schlug und schrie: Ungeheuer ... Teufel ... da sagte ich mir: Warte, warte nur, du Schlange im Kuttengewand, der Tag wird kommen, an dem ich dich wie Juda, der Makkabäer, verbrennen werde, samt deinem verfluchten Kloster, außer Pater Tolentino, und deine unreine Leiche werde ich außerhalb des Gartens hinwerfen, damit sie nicht in geweihter Erde begraben wird. Die Räume auf der linken Seite des Klostergebäudes hatten Gitter an den Fensterluken, kein Glas. Also klemmte ich einen Holzkeil unter seiner Tür fest, damit er nicht hinaus könnte, und warf durch das Gitter brennende Laken und Decken ins Innere. Er erwachte. Es war finstere Nacht, und ihm ging die Luft aus, da er nicht hinaus konnte. Ich befand mich in der Zelle neben ihm, in der Zelle eines anderen Mönches, der in seine Heimatstadt zurückgekehrt war, Saragossa, und ich lachte. Seine Schreie und der Rauch weckten einen der Brüder. Und er rettete meinen Feind.
– Aber Sie hätten ihm die Tür doch sicher aufgemacht?
– Ihm die Tür aufgemacht? Aber mein Herr! Ihm die Tür geöffnet! Gewiß nicht! Niemals hätte ich ihm die Tür geöffnet! Ich wollte, daß er dort ersticke und bei lebendigem Leibe verbrenne, doch Gott wollte es anders.
– Und was geschah?
– Was konnte schon geschehen? Man jagte mich fort aus dem Kloster, und ich lag draußen, drückte mir die Nase an der Mauer platt, am uringetränkten Stein. Ich wollte sterben wie der König aus der

Bibel, Sie erinnern sich, Hezekia, ich wollte unbedingt sterben, aber leben wollte ich auch, und ich betete mit aller Kraft, doch niemand blieb neben mir stehen, und keine Stimme sagte zu mir: Ich habe dein Gebet gehört, ich habe deine Tränen gesehen, siehe, ich will dich gesund machen. Doch meine linke Hand oder meine rechte, ich erinnere mich nicht mehr, welche, war zur Straße hin ausgestreckt, und ein Mann kam vorbei, ein Schwede, und fragte beim Dragoman an, ob ich wohl einverstanden wäre, daß er mich fotografierte. Zuerst wollte ich nicht, doch der Dragoman, Herr Algarisi, überredete mich, und der Schwede gab mir eine goldene Münze. Eine Goldmünze! Ich mußte nur mit ausgebreiteten Händen an einer weißen Mauer stehen. Und er sagte mir, ich solle nach hinten, ins Auge der Kamera blicken.
– Aber jetzt haben Sie das alles hinter sich!

Darwisch lächelte verlegen und sagte: Ich habe meinen eigenen Laden, und die Kinder werfen mir keine Steine mehr nach. Wenn ich sie Kaffee holen schicke, decken sie die Kuchen mit einer Serviette ab, weil sie wissen, daß ich keine Fliegen mag. Und wenn eins von ihnen frech wird, kann ich jederzeit einem Polizisten ein paar Groschen geben, damit er sie einschüchtert oder mit dem Knüppel schlägt. Es gibt sogar einen Polizisten von euch, einer aus Kiev, Akkordeonspieler, der hat Fäuste wie ein Fels und erteilt den schlimmen Jungen immer eine Lektion.

– Dann gehen Ihre Geschäfte also gut, Herr George?
– Ich könnte schon wahrhaft reich sein, wenn nicht Schukri Bei während des Kriegs all die großen Herrschaften in Verbannung geschickt hätte, für die ich Objekte eingekauft habe. Er hat alle Großen ausgewiesen, fünfzig Familien mitsamt ihren Kindern, Hausbediensteten und Erziehern, zuerst nach Jerusalem, dann nach Damaskus und überall hin: Konya, Afyon Kara Hisar, Eskisehir, Angora, Brusa. Der deutsche Konsul hat sie angeschwärzt und behauptet, sie seien für Frankreich und Rußland.
– Und waren sie es?
– Wer weiß? In Jaffa kann man nie wissen.

Draußen kräuselte sich noch immer der Rauch, und es regnete.

– Wer weiß. Vielleicht wird auch Jaffa eines Tages in Flammen aufgehen und alles zerstört, Haus für Haus, sagte Darwisch.

DIE ERDE ÖFFNET SICH. Namen von Menschen, Künstlern und Handwerkern, Adressen, Namen von Kindern, sogar Namen von Hunden und Eseln wurden aufgeschrieben. Türstöcke, Fenster, geteilt wie eine Vitrage – wurden rasch notiert. Er kopierte Geschriebenes mit peinlicher Sorgfalt, auch arabische Schriftzüge, die er nicht verstand, fehlerlos. Er gab Isaak Bar Angel eine Zeichnung von Iskander Awads Haus, der sein Heim mit den Sprüchen seiner Loggia verziert hatte: Frieden über Israel, Frieden über Abraham. George Darwisch gab er eine Skizze von zwei Eseln und einem Schaf neben dem staatlichen Krankenhaus, zwischen tropfnassen Zypressen und vom Alter gezeichneten Pinien.

Als er sich dem Ufer näherte, senkte er den Kopf und sah eine Art Einschnitt im Boden, der zum Meer führte, vollkommen überwuchert von wilden Gräsern und hohen, stark duftenden Pflanzen. Er schlängelte sich durch die kleine Erdspalte. Je näher er dem Meer kam, desto stacheliger wurden die Gräser und stärker der Geruch. Der Wind fuhr ihm ins Gesicht, und seine Ohren fingen das überraschend starke Rauschen des Meeres auf. Die Wellen rollten langsam, mit sonderbarer Heftigkeit an den Strand, der Wind pulsierte in langen, rhythmischen Stößen. Das Meer war flach, der Horizont sehr fern. Weise und großmütig schien ihm das Meer, nach dem zerlumpten, pockigen Jaffa mit den sechs Fingern. Der englische Offizier mit den beiden Trägern, die sich mit Kisten, lang wie Särge, auf dem Rücken hinter ihm herschleppten; der Buchhalter im Warenlager, der vor seinen Füßen ausspuckte und etwas in seiner gutturalen Sprache krächzte ... War es Brauch bei den Ortsansässigen, den Vorübergehenden so dicht vor die Füße zu spucken? Oder klangen die Töne, die er von sich gab, nach Haß? Hinauf, auf und hinauf, mit deinen geflügelten Sandalen. Nach Hause! Mit *Kim, Der Raritätenladen, Die Pickwickier* und *Der Lachende*. Eine weiße langstielige Blume gedieh am Ende der kleinen Spalte. Eine Lilie, zwischen Charul und Sirpad. Dornen und Nesseln? Marinsky war sich nicht sicher. Die Blüte hatte die Worte aus ihm extrahiert.

DER MYSTISCHE AKKORD. Kastelanietz kehrte von seiner Reise durchs Land frohgemut zurück. Er war beeindruckt von der Leere, von den wenigen Städten, nicht größer als überdimensionierte Dörfer. Er wollte mit Marinsky natürlich das Große bauen. Blumen, Pflanzen, Blätter. Doch die Leere sprach sein Herz an – Leere, Liebesabenteuer unter einem Baum, unter dem Himmelszelt. Eine königliche Reise: Da zieht die Karawane, schlängelt sich wie ein Band zwischen Feldern, Bergpässen, weißen Dünen dahin. Er bedurfte für sich keiner Kunst wie Marinsky, keiner autoritativen Macht von Marmor,

Stein, Kupfer, Beton und Glas für die Pracht des Raumes und des Maßstabs. Ihm genügte etwas Vorübergehendes, in der Natur Verborgenes, ein magisches Zusammentreffen, Ekstase. Kastelanietz genügten Klänge, Anblicke, Gerüche. Kunst? Architektur? Das war alles zu klein, zu eng, zu gebunden. Und über der Ekstase – das Zeichen. Kapriziös vielleicht, eigenartig. C, f, dis, ces, e, a, d – der mystische Akkord Skrjabins. Was ist an diesem Akkord mystisch? fragte Marinsky. Er ist leer und so interessant wie Rimski-Korsakov. Ohne ein gebrochenes Herz ist die russische Seele leer. Was ist mystisch, die sechs Flügel der Serafim?

Kastelanietz betrachtete ihn nachdenklich. Er hatte Marinsky noch nie verstanden.

WER HAT JE SO ETWAS VERNOMMEN, JE SO ETWAS GESEHEN. Mitglieder des Delegiertenkomitees! Lehrer! Meine Herrschaften, Ärzte, Persönlichkeiten des öffentlichen Lebens!
Die Mitglieder des Delegierten-Komitees, die Lehrer, die Ärzte und die Persönlichkeiten des öffentlichen Lebens waren gekommen, um den Grundstein für das Hotel zu legen. Und wie schön alle sprachen. Goldberg sagte: Sechshunderttausend waren es beim Auszug aus Ägypten, beim Aufbruch in die Freiheit, ins Land Kanaan. An diesem heutigen Tage sind wir nur sechzigtausend in unsrem ganzen Lande. Doch unsere Hoffnung ist nicht verloren und wird nie verloren sein! Aus ganz Europa kommen Signale einer Katastrophe. Doch wir bauen Häuser mit elektrischer Beleuchtung! Und in einigen Monaten wird ein großes Fest hier stattfinden, ein Fest in allen Siedlungen unseres Landes! Und Altersheime werden wir bauen zum Nutzen jener, die jetzt noch Säuglinge sind, und auch Häuser für die Bedürftigen und Notleidenden!
– Es lebe die Gesellschaft *Der Baumeister*!
– Es lebe Herr Goldberg, ihr Repräsentant!
Am Abend stattete Herr Goldberg Marinskys Büro einen Besuch ab und zeigte sich beeindruckt von den Zeichentischen, Koslovskys *Michelangelo*-Blättern, von Rada Levinsons Weinkelchen. Rada unterhielt sich mit ihm über Musik, und Kastelanietz, aufgeklärt und kapriziös, sagte: Sie haben recht! Recht haben Sie. Man muß in Tel Aviv, in Haifa bauen. Das alte Jaffa, so wie es ist, gleicht einem von den Toten auferstandenen Lazarus, alles Fäulnis, Seetang und Totenstille. Er kann seinen Kopf nicht zur Sonne emporheben, das Licht drückt ihn nieder wie mit Bleigewichten, er dürstet danach, zurückzukeh-

ren in die Finsternis des feuchten Grabes. Fünfhundert Jahre, fünfhundert Jahre lang, Herr Goldberg, hat Jaffa in seinem Ruinengrab geschlafen, und die Stadt ist nicht die einzige, das gleiche gilt für Alexandria, das Tor der Antike. Und als der wurmzerfressene Lazarus ins Leben zurückkehrte, wer herrschte hier, wer regierte hier denn, wenn nicht der junge Vetter des Chaos, Sie gestatten mir zu betonen, ein Cousin, nicht das Chaos selbst, das eine gewaltige, großherrliche Kraft ist. Nicht wahr, Jakov?

Was den äußerlichen Anblick angeht, so hast du recht, sagte Levinson zu ihm, vollkommen recht sogar, auch der größte Architekt ist nicht verpflichtet, das Innere dem Äußeren anzupassen. Außen ist außen, und innen ist innen. Schauen Sie, Herr Goldberg, zum Beispiel die mächtigen Moscheen des großen türkischen Architekten Sinan: Von innen sehen sie doch wie Basiliken aus der Zeit Justinians aus, während sie von außen, mit ihren Kuppeln und Kacheln wie ein märchenhafter Traum aus tausendundeiner Nacht erscheinen – der Traum des Orients. Wir können bauen, wie immer es Ihnen beliebt, mit jener orientalischen Note, auf Geheiß der Petrograder Gesellschaft, und innen mit komplett modernem Komfort. Sie werden Ihr in uns gesetztes Vertrauen nicht zu bereuen haben. Wir werden mit der Zeit gehen. Die Flüsse kehren nicht zu ihren Quellen zurück. Ich habe viele Jahre studiert, und Herr Marinsky, der die visionäre Vorstellungskraft jener großen Architekten hat, von denen wir als Kinder gelesen haben, hat ebenfalls lange Jahre studiert. Wir haben unseren Beruf gelernt. Sie werden die Macht unseres Könnens in der Praxis erleben.

Und zum Abschluß dieses Abends gab Herr Goldberg ihnen 210 englische Lirot. Zweihundertundzehn – der Preis von drei Klavierflügeln, sagte Rada Levinson.

Draußen sagte Kastelanietz: Ich habe eine Frage an dich, Ezra, aber beantworte sie mir offen und ehrlich. Du bist nämlich immer so empfindlich in solchen Dingen.

– Welchen Dingen?

– Du hast zuviel göttlichen Geist in dir, Ezra.

– Mein Freund, der Professor und Poet Mjastislav Stepanov, pflegte zu sagen, du seist die perfekte Umkehrung des Ideals: Der göttliche Geist in dir hält ewigen Winterschlaf, Mischa.

– Dann sag mir also, was macht dein Englisch?

– Ich komme gut voran.

– Kümmert sich Fräulein Zoja gut um dich?

– Ja, sie ist eine gute Lehrerin.

– Das freut mich zu hören.
– Was willst du, Mischa?
– Hör mir zu ... ob du ... du wärest nicht gekränkt, wenn ich einmal am Abend mit Fräulein Zoja ausginge?
– Ich?
– Du, Ezra, du.
– Warum?
– Sie ist attraktiv, und sie trägt schwarze Unterröcke, ein gutes Zeichen in unseren Breiten.
– Ich meinte – weshalb fragst du mich?
– Du bist ihr Schüler. Manchmal haben Schüler einen Besitzanspruch auf ihre Lehrerinnen. Ich selbst habe nächtelang nicht geschlafen, als eine meiner Lehrerinnen nach den Sommerferien sichtlich schwanger zurückkehrte.
– Aber weshalb? Hat sie etwas gesagt?
– Sie sagte, du wirkst nachdenklich, wenn du sie betrachtest.
– Blödsinn.
– Also kann ich mit ihr ausgehen?
– Geh nur.
– Keine Kränkung? Nicht einmal die allerkleinste?
– Keine.
– Bist du sicher?
– Bist du betrunken oder verrückt? Ich sagte doch: in Ordnung!

Die weiteren Finanzmittel waren nicht in Händen des Repräsentanten der Gesellschaft. Herr Goldberg schickte Telegramme. Marinsky machte einen Besuch in Jerusalem und wurde dort Gouverneur Storrs vorgestellt. Er zeichnete ihm ein Technopägnion, danach zwei und dann noch eines, skizzierte ihm geschwind eine axiometrische Ansicht der Mahmadija-Moschee in Jaffa, einen Schnitt, eine Perspektive – alles mit seiner Linken, und schrieb schnell in Spiegelschrift. Erst wollte Sir Storrs ihn abspeisen. Danach ließ er ihn nicht mehr fort und stellte ihn seiner Gattin, seiner Mutter und seinem Freund vor, einem bleichgesichtigen General. Sogar Geschichten erzählte er ihm.

Bei seiner Rückkehr fand Marinsky einen Brief von Herrn Goldberg vor, der sämtliche Beziehungen abbrach. Bereit und gewappnet, vor Gericht zu ziehen. Levinson hatte Goldberg am Hemdkragen gepackt, ihn durch die Luft geschwungen und geschrien: Bourgeois! Verrotteter Bourgeois!

Als ob es meine Schuld wäre, daß die Gelder aus Petrograd nicht eingetroffen sind. Er zerbrach einen Stuhl in meinem Zimmer, im

Hotel *Lorenz*, und zerriß Papiere auf meinem Schreibtisch. Wir haben Arbeiter verdingt, Baumaterial bestellt, und jetzt hast du kein Geld, du bourgeoiser Blutsauger! So hat er mich angeschrien. Wahrhaftig verflucht hat er mich! Doch ich erlaube nicht, daß man mich zum Staub der Erde degradiert! Sie sind mir teuer, Herr Marinksy, ich bin mir dessen gewiß, daß Sie ein feiner Mensch mit Sinn für Höflichkeit sind. Doch niemals, nie und nimmer ...

O mein Gott, sagte sich Marinsky, wie kann man ohne gebrochenes Herz auf der Welt leben.

Marinsky sprach mit beiden: Das Vergnügen der Rache währt nur wenige Augenblicke, der Kummer der Rache – das ganze Leben. Es ist unmöglich, eine Stadt mit einem Bolschewiken und einem Libertin zu bauen – der Schrecken der Väter, der Fluch der Besitzer.

Eine Woche später erzählte ihm Kastelanietz, daß einer seiner Bekannten, den er auf einem Ball getroffen hatte, der Sohn von Morris Kuenka aus Kairo sei, der in Tel Aviv ins Baugeschäft investieren wolle. Zwei Wochen später rechtfertigte sich Levinson vor ihm. Marinsky lachte. Er zeichnete Levinson sogar ein Technopägnion in Form einer Ananasfaust, deren russische Buchstaben lauteten:

> Ananasse verschlang er zu Tonnen,
> Cognac trank er bis zum Rausch!
> Du scheinheiliger Blutsauger, du Bourgeois,
> dein letzter Tag ist nun gekommen!

Ein cyrus unserer zeit. Marinsky, Levinson, Kastelanietz – Architekten.

Vierhundert Millionen Seelen feiern heute, in allen Teilen Großbritanniens und seinen zahlreichen Niederlassungen, den Tag König Georges V., Regent aller britischen Völkerscharen. Lang lebe der Cyrus unserer Zeit, dem es gegeben und vergönnt sein möge, mit eigenen Augen zu erschauen, wie die Sonne unseres Landes sich aufmacht, um wieder seine Fortschrittlichkeit und universale Menschlichkeit zu erleuchten!

Raja stand in einem glanzvollen Kleid neben ihm, fünfundzwanzig Groschen, ohne Accessoires und Änderungen. Sie vergoß ein paar Tränen vor Aufregung, wie bei jeder Feier.

– Und was wird nun unser Schicksal sein, Herr Sokolov? Die Araber metzeln uns nieder: Palästina ist unser Land, die Juden sind unsere Hunde!

– Die Volksversammlung hat beschlossen: Die jüdischen Pioniere, die auf dem Weg nach Israel sind, müssen umgehend hierherbefördert werden!
– Und man muß das allerbeste Material herbringen, nach sorgfältigster Auswahl, denn unsere Mittel sind spärlich, fügte Herrn Sokolovs Assistent hinzu, der perfekt Lombrosos Typus vom »geborenen Verbrecher« entsprach: ein stark entwickelter Kiefer, tiefe Augenhöhlen, ein kleiner, asymmetrischer Schädel, schütterer Bart, üppiges Haar, seine Ohren ... seine Nase ... ein vollendeter Lombroso.
– Sie verzeihen, mein Herr, aber wir wissen nicht, was gutes Material ist. Nur Gott allein weiß, ob die Zukunft wirklich so ist wie die Vergangenheit. Die mißtrauischsten Amerikaner würden keinem Schweizer den Eintritt in ihr Land verwehren, doch eine Frau aus der Gegend von Tenna im Kanton Graubünden könnte eine amerikanische Großstadt in ein Zentrum der Hämophilie verwandeln.
– Das ist Marinsky, der Architekt, Herr Sokolov.
– Interessant, interessant, sagte Sokolov.
Charlie Chaplin, vierzig Minuten Gelächter bis zu Tränen, nach der Versammlung.

Die pferde der griechen. Auch nach der Eroberung des palm tree blieb Marinsky das Englische fremd. Bis Gouverneur Storrs' Empfang kam. Marinsky war verwundert über Storrs, und ihm sagte weder die Atmosphäre des großen Raumes noch die Farbenzusammenstellung dieser Engländer zu, die er erschütternd geschmacklos fand. Doch in diesem Salon traf er einen Offizier, aus dessen Munde er drei Worte hörte, die alles veränderten: »Staff and nonsense!«

Marinsky errötete, als er diesen Ausdruck hörte. Staff and nonsense! Denn es war beinah wie bei einer Frau, deren Aussehen sich durch eine bestimmte Beleuchtung, irgendeine Tag- oder Nachtstunde, plötzlich verändert und die anstatt ihres gewöhnlichen gleichgültigen Ausdrucks mit einem Mal von zärtlicher Faszination umhüllt ist. So erging es Marinsky mit dem Englischen in dem Augenblick, in dem er das mysteriöse Gespann »staff and nonsense« vernahm. Im gleichen Moment erlag er dem Zauber des Englischen und lernte es. Er las seine Lieblingsbücher im Original: *Der Raritätenladen*, *Die Pickwickier* und *Kim*.

Der Offizier, der jene Worte ausgeprochen hatte, ein bleichgesichtiger Kraftmensch, gefiel Marinsky. Er spielte Domino und Dame mit ihm. Es war schwer, Marinsky beim Domino zu schlagen.

– Man baut, Herr Marinsky? fragte ihn der Engländer mit leiser, etwas schüchterner Stimme.
– Selbstverständlich. Man muß alles von neuem beginnen, mein Herr. Sogar in die Unterwelt hinabsteigen, um unsere Herzensgeliebte zurückzugewinnen.
– I see, sagte der Offizier.
– Die Geliebte unseres Herzens, unsere Heimat, die drei Mal verlorene Eurydike.
– Das sehe ich sehr wohl, sagte der Offizier mit dem blassen Gesicht, doch manchmal, wenn ich an der Klagemauer vorbeigehe, denke ich bei mir: Schau dieses Volk an – ein Opfer des Buches.
– Das ist wahr, sagte Marinsky. Niemals haben wir Pferde geliebt, wie die Griechen, wegen ihrer Schönheit, Freiheit und Wildheit, wegen ihres Stolzes und ihrer herrlichen Bewegung.
– Ja, so etwas Ähnliches dachte ich, sagte der Offizier, der in Marinskys Worten Spott zu hören vermeinte. All das ist staff and nonsense. Nun denn, sprechen wir über die Gebäude, die Sie errichten. Überall höre ich Ihr Lob.
– Was die Leute nicht alles sagen?! Vielleicht wegen meines klangvollen Namens: Marinsky. Es gibt ein berühmtes Theater dieses Namens. In meiner Schule erzählte man immer, ich sei als neugeborener Säugling am Schauspielereingang neben den Abfalleimern, den leeren Flaschen und Bonbonniereverpackungen ausgesetzt worden. Gut, daß man das sagt. Ein Architekt ist nicht weniger von seinem Ruf abhängig als ein Frauenarzt. Doch unseren Namen erhielten wir per Zufall, zur Zeit Alexanders I., als jedermann verpflichtet war, einen Familiennamen anzunehmen. Einer meiner Vorväter arbeitete damals auf dem Gut Marinskys, dem Adjutanten des Generals Kutuzov. Er war Spezialist für den Bau von Backöfen und Kaminen.
Der blasse Offizier fand Marinsky sympathisch, seinen großen Kopf, sein merkwürdiges Französisch. Als er Marinskys überraschten Blick auf einen der bunten Paravents geheftet sah, flüsterte er ihm zu: Man nennt sie Koromandelwandschirme. Die Araber, murmelte er, sagen, ihr seid Leute der Materie, während sie Menschen des Geistes seien; schlimmer noch, sie sagen, ihr kauft das Land, anstatt darum zu kämpfen und es mit dem Preis eures Blutes zu gewinnen.
Und dann sagte er noch: Sie bauen wenig in Jerusalem. Weshalb?
– Ihre Freunde, mein Herr, spielen deutsche Musik und rezitieren lateinische Gedichte, doch sie wollen hier etwas in der Art von Bombay. Sie wenden sich gegen die natürliche Neigung der Stadt Richtung Italien und Spanien. Doch sie ist kein Bombay, so daß das Bauen hier

einer Rede gleicht: Stein und Pomp, orientalische Gestik wie auf den Radierungen der Holländer, die ihr Lebtag nie hier gewesen sind.
– Eine rhetorische Stadt?
– Genau das, mein Herr, sagte Marinsky, beglückt, Worte zu hören, die denen Stepanovs glichen, doch eine kleine Stadt auf einem Hügel ist mehr wert als die Metropolis Ninive.

HOI, GOLA, GOLA. Zahlreich waren die Eltern, die Geschwister und die Liebenden, die die jüdischen Bewohner des Landes zu verleiten suchten, wieder in die Diaspora zurückzukehren, an einen kultivierten, lebensstrotzenden Ort, wie die verführerischen Stimmen zu sagen pflegten. Manche widerstanden der Versuchung, manche erlagen ihr. Schwerlich hätte man im voraus erwarten mögen, daß eines Tages eine solche Versuchung auch Ezra Marinskys Weg kreuzen würde. Sein Leben hatte stets eine Themamelodie gehabt – kontinuierliche, äußerst angespannte Arbeit, viele Stunden täglich, ohne Unterbrechung, ohne Urlaub oder Erholung, abgesehen von kleinen Freuden wie zum Beispiel einem Spaziergang oder einer Unterhaltung, die dazu angetan waren, den Fluß des großen Stroms zu stärken, die melancholische, von Sehnsucht und Verlangen erfüllte Hartnäckigkeit der Grundmelodie. In Augenblicken des Scheiterns und der Verzweiflung dachte er zwar zuweilen daran, sich aufzumachen und auf Reisen zu gehen – nach Deutschland, nach Frankreich, wo er Freunde aus seiner Studienzeit hatte, die inzwischen äußerst erfolgreich waren. Doch seine Melodie hatte die Momente des Zweifels überwunden, bis zu jenem Ereignis, das Marinsky wahrlich bis in die Grundfesten erschütterte.
Ein- oder zweimal im Monat stattete Marinsky Bialik einen Besuch ab, zumeist spätabends oder nachts. Bialik hatte ihn gern, wie schon in Odessaer Zeiten, pflegte ihm ihre Unterhaltungen ins Gedächtnis zu rufen, und einmal fragte er auch nach den jüdischen Komponisten, Rimski-Korsakovs Schülern, was mit ihnen geschehen sei? (Du erinnerst dich, daß ich gesagt habe, aus ihnen würde nichts werden? Selbstverständlich erinnere ich mich, Chaim Nachman.) Bialik hatte Gewissensbisse, daß er nicht Marinsky, sondern Joseph Minor darum gebeten hatte, ihm sein Haus zu bauen. Er hatte dies auf den Rat seiner Bekannten hin getan, die ihm einflüsterten, Marinsky sei zu originell und könnte ein sonderbares Haus bauen. Besser etwas Minores, dafür aber Angenehmes. Auch Meir Diezengoff unterstützte diese Ansicht. Minor hatte ihm ein Haus gebaut, genau wie er es wollte:

Orient von außen, westlicher Komfort im Inneren. Die Tatsache, daß Bialik diesen Ratschlägen gefolgt war, trotz seiner Zuneigung zu Marinsky, ließ eine kaum merkliche Veränderung zutage treten, die ganz langsam und allmählich bei ihm einsetzte. Dieselbe Leere von Erez-Israel, die Marinksy stimulierte und die ihm Energie einflößte, infiltrierte Bialiks Körper und Seele und erweckte Furcht in ihm. Vielleicht glaubte er nicht, daß sich an den nackten Gebeinen tatsächlich Fleisch und Haut bilden würden, vielleicht begann er auch, Einsamkeit zu empfinden. Der merkwürdig humanisierenden Art, in der er bisweilen mit Marinsky sprach, konnte man entnehmen, daß er sich wünschte, die neuen Zionsheimkehrer bezögen die Anthropomorphose, der er entgegensah, aus sich selbst, eine Gestalt, gemacht aus Worten, Pergamenten und Marmor, die plötzlich zum Leben erwachen würde, eine hebräische Galatea, und sie würde ihm ihre Liebe schenken. Der größte Dichter der Sprache der Wunder zu sein und Einsamkeit zu empfinden – darin sah Bialik eine kränkende Ungerechtigkeit.

Eines Tages rechtfertigte sich Bialik dafür, daß er den Bau seines Hauses nicht bei Marinsky in Auftrag gegeben hatte.
– Minor hat gute Arbeit geleistet, erwiderte Marinsky, doch wenn du von mir verlangt hättest, dir einen inneren Treppenkörper zu bauen, so hätte jeder, der dein Haus betreten hätte, einen Augenblick lang den Atem angehalten. Wenige Leute wissen eine Treppe zu bauen, und an der Treppe erkennst du den Besitzer des Geheimnisses, das in den Künsten liegt, Chaim Nachman.
– Aber verzeihst du mir?
– Natürlich.
– Dann wirst du es mir also nicht abschlagen, Umschläge für meine Bücher zu entwerfen?
– Bialik schlägt man nichts ab, gab Marinsky zurück. Doch er gewahrte, daß dieser Satz, den bereits viele vor ihm gesagt hatten, den Dichter nur traurig stimmte.

War es wirklich so, daß das Volk keine hebräische Galatea aus seiner Mitte hervorbringen konnte? Und war es ihrer würdig? In den Werken der Dichter, die er liebte, gab es einen beständigen Traum von den Frauen, sie verliehen ihnen Gestalt, Form und Haarfarbe, sie prophezeiten ihr Kommen – doch nicht als eine Garantie für das Geschehen des Wunders. Er selbst hatte überhaupt keinen faßbaren Traum, es fiel ihm schwer, über Frauen zu schreiben, Verlegenheit, Scham, etwas hielt ihn davon ab. Ein merkwürdiges Versagen umschwebte all das, etwas Verdüsterndes, Zwiespältiges.

Vor Mitternacht, als sein Nachbar in der Dunkelheit den Garten goß, nahm Marinsky den Umschlag mit der Zeichnung und ging zu Bialik. Er war überrascht zu sehen, daß das Haus trotz der späten Stunde hell erleuchtet war. Die Dänen hatten die Schiloa-Ausgrabungen beendet, die sie vor drei Jahren, im Frühling 1929, begonnen hatten, und einer der Archäologen, Herr Olbers-Wilhelm, der in einem Priesterseminar studierte, Hebräisch konnte und Bialiks Gedichte las, war zu Besuch gekommen, in Begleitung einiger Grabungsmitglieder, zweier Amerikaner und eines schwedischen Fotografen für eine Illustrierte. Der Archäologe zeigte Bialik Aufnahmen von den bauchigen Vorratskrügen, Details von dem Mosaik, das freigelegt worden war, Skizzen von Amphoren, eine Aufnahme von einer Münze aus den Tagen des großen jüdischen Aufstands. Im Zentrum des Mosaiks: zwei Hirschkühe, dazwischen ein Granatapfelbaum, dahinter das Bild eines Fisches.
– Wie der Hirsch lechzt nach frischem Wasser, so schreit meine Seele, Gott, zu dir, sagte Herr Olbers-Wilhelm. Scheint Ihnen, daß das Bild tatsächlich darauf hinweist, Herr Bialik?
Marinsky hatte nur die Frage am Ende gehört, denn sein Blick war auf eine junge Frau gerichtet, schlank und aufrecht, ein wenig knabenhaft. Sie rauchte auf jungenhafte Art, als wären das Halten einer Zigarette und das Ausblasen des Rauches ein komplizierter theatralischer Akt. Sie trug keinerlei Schmuck, nur einen voluminösen goldenen Ehering, und da sie jemand als Frau Wilhelm titulierte, war Marinsky sicher, daß sie die Frau des greisen Archäologen war. Sie sah sehr stark, energisch und entschlossen aus, ihr Pony war in schnurgerader Linie abgeschnitten, ihre Fingernägel waren nicht lackiert. Doch ihre feuchten Augenwinkel und ihre leicht aufgeworfene Oberlippe entsprachen mitnichten dem Bild des »garçon«, sondern hatten eine geheimnisvolle Wildheit an sich, eine animalische Metamorphose. Sie lächelte leicht und heiter, als sie Marinskys gebannten Blick sah. Mit der Unterhaltung war sie bei den Gästen. Marinsky verspürte extremen Neid auf Herrn Olbers-Wilhelm, den alten Archäologen. Erst als die Worte der Dänen und Amerikaner ausgesprochen christlich wurden, glomm eine gewisse Distanzierung in ihren Augen auf, leichte Langeweile, so zum Beispiel, als Herr Olbers-Wilhelm über das stachelige Kreuzdorngewächs sprach, aus dem Jesus' Krone geflochten war, und erzählte, wie auch er einmal in der Wüste von Ein-Gedi versucht hatte, einen solchen Kranz zu flechten. Alle waren höchst erstaunt über die Geschichte: Dieser Mann mit dem Gesicht eines wohlsituierten protestantischen Geistlichen, selbstbewußt und zufrie-

den, flocht eine Dornenkrone inmitten der Wüste? Nur Bialik lächelte ihm verständnisvoll zu und sagte fast flüsternd: Ja, es ist eine uralte Bühne, ein zerstörtes Theater, hie und da liegt irgendein Requisit herum, dessen genaue Verwendung ungewiß ist, dem man jedoch klar und deutlich ansieht, daß es die Schauspieler in grauer Vorzeit benutzt haben.

Obgleich Bialik ihn den Gästen vorgestellt hatte, konnte Marinsky keinen Ton herausbringen, vermochte die junge Frau auch nicht offen anzusehen, sondern nur einen hastigen Blick auf ihre Lippen zu werfen.

Wieder kam jemand von draußen herein, und die junge Frau schien jedesmal von neuem verblüfft beim Anblick von Bialiks Bekannten, die ihn zu so später Stunde aufsuchten.

– Meine Seele lechzt nach dir. Die wunderschönen Vögel Erez-Israels ... sagte jemand, und anschließend sprachen sie über die Schmetterlingsjagd, an der speziell der betagte Herr Olbers-Wilhelm und der schwedische Fotograf interessiert waren. Allmählich richteten sie das Wort auch an Marinsky, der wie der einzige Mensch in der ganzen Gesellschaft wirkte, der wissen mochte, wo man eine Laterne, einen Schirm und Zyanidgifte finden könnte, um auf nächtliche Falterjagd auszuziehen. Und obwohl Marinsky vor allem zurückschreckte, was mit Schmetterlingsjagd zusammenhing, streifte ihn der Gedanke, wie wunderbar es wäre, sich in den Hügeln des Karmel in einer lauen Nacht voll sanft rhythmischem Wind neben der jungen Frau zu befinden, deren bloßen Arm zu berühren es ihn gelüstete. Ihr Name war Galia. Aus Bruchstücken von Fragen und Antworten erfuhr Marinsky, daß ihre Eltern sich in Tel Aviv niedergelassen hatten, sie selbst in Galizien geboren war und den Sohn des betagten Archäologen geheiratet hatte, als die Delegation zur Ausgrabung Schiloas kam. Meine Seele lechzt nach dir. Es gab keinen Zweifel. Vor ihm saß die Frau, von der er immer geträumt hatte. Er hörte sich sprechen, doch in Wirklichkeit kehrte er in seine russische Jugendzeit zurück (die phantastische, nicht die reale) und empfand Dankbarkeit für das Gefühl der unglücklichen Traurigkeit, ein junger Mann neben einem blühenden Jasminstrauch, der gekommen ist, um die Geliebte seines Herzens aus ihrem im bleichen Mondlicht schimmernden Elternhaus zu rauben, sie zu den Ufern der Freude und Kraft zu entführen. Nur eine gab's, vor ihr allein erschloß in heil'ger, lautrer Liebe des Sängers Brust sich keusch und rein, dort, dort vor schattig grünem Schleier ... dort fand ich einst ein himmlisch Feuer, von echter Liebesglut entfacht. Aber die Traurigkeit hielt nicht lange an. Der wilde Drang, ihre bloßen Arme zu berühren, ließ seine Hände zittern. Doch inmitten seiner Sinnesvernebelung konnte er, wie durch einem Wolkenspalt, die Gründe für seine starke Gefühlsbewegung sehen, eine Erleuchtung, die einem Menschen nicht häufig im Leben widerfährt und Marinsky bisher noch nie gegeben war. Galias Augen hatten dieses himmlische Gleichgewicht, ein glitzerndes Grau im eher schwachen Lampenlicht des Gästezimmers, und in der Ausgeglichenheit ihrer Augen lag das heimliche Versprechen der pastoralen Welt, nach der er sich sehnte, eine unversehrte Welt von Frühlingswind und Sommernacht, das Versprechen eines Bundes der Kinder des Lichts, der Schäfer und Schäferinnen. Ihre feuchten Augenwinkel und ihre gewölbten Lippen jedoch erinnerten, wie mit einer geheimnisvollen Umdrehung, an schnell ziehende Wolken und Laute der Nacht von rätselhafter Leidenschaft. Ihr glattes, schwarzes Haar, modisch geschnitten, frappierte Marinsky, der darin eine entschlossene, eindeutige Akzeptanz der Spielregeln zu sehen vermeinte. Meine Seele lechzt ...

Bialik betrachtete Marinskys Umschlagsentwurf, und sein Gesicht leuchtete liebevoll auf. Er mochte talentierte Menschen, die das Maß, den Rhythmus, die Einheit des Geistes der Vergangenheit kannten, die man nicht verletzen durfte; er liebte diejenigen, die die Zeilen der Geistesheroen verstanden, die diese abstrakte Einheit in einem losen Gleichgewicht hielten, das jeden Augenblick zusammenzubrechen drohte. Im Grunde bedauerte er es gar nicht so sehr, daß er Marinsky sein Haus nicht hatte bauen lassen – Marinsky haftete zuviel Schatten an. Doch die Zeichnung war hübsch, anregend, drei klare Farben, ein Bild, dessen paradoxes Motiv durch einen großzügigen, männlichen Humor gemildert wurde. Bialik klopfte auf den breiten Rücken des Architekten.

Obgleich Marinsky wußte, daß Herr Olbers-Wilhelm Galias Schwiegervater und nicht ihr Ehemann war, steigerte sich seine Feindseligkeit ihm gegenüber in zunehmendem Maße, und als Herr Wilhelm äußerte, wie glücklich er wäre, eines Tages vergleichende Biographien von Moses Mendelssohn und Theodor Herzl zu lesen, wobei seine Sympathie, wie er zugebe, von vornherein Mendelssohn gelte, wenn es gestattet sei, so etwas zu sagen, ohne die Anwesenden zu verletzen, explodierte Marinsky und sagte in seinem Studentendeutsch:
– Wenn Sie die Gestalt verletzen, die uns als Prophet gilt, Herr Wilhelm, machen Sie unsere Existenz hier billig und einfach. Doch wenn wirklich solche vergleichenden Lebensläufe geschrieben würden, was würde sich herausstellen? Daß von all den zahlreichen Enkeln Moses Mendelssohns nicht einer Jude geblieben ist! Seine Hoffnung, das Judentum mit der aufgeklärten Welt zu verschmelzen, hat sich nicht

verwirklicht. Das Krokodil verschluckte die kleinen jüdischen Steuervögel. Und hier ist von Mendelssohn die Rede, einem Menschen, dessen Deutsch dem seiner sämtlichen Zeitgenossen weit überlegen war, und dessen Geheimnis nur er und Herder kannten. Auch Herzls Enkel hörten auf, Juden zu sein. Deshalb sind wir hier ...
– Mendelssohn und Herder? murmelte Herr Wilhelm verwundert.
– Mendelssohn und Herder – und Mendelssohn noch mehr als Herder, sagte Marinsky, der diesen Satz von Klatzkin gehört hatte, dem Übersetzer Spinozas (er selbst hätte es vorgezogen, in einem Zwangslager Steine zu brechen, als Philosophen zu lesen). Doch Sie haben keinen wahren intellektuellen Takt ... und vielleicht haben Sie recht, vielleicht dürften wir nicht aus den Bibliotheken ans Sonnenlicht des Lebens treten.
– Du bringst unsere Gäste in Verlegenheit, Ezra, sagte Bialik und klopfte leicht auf die extrem mageren Schultern des alten Archäologen. Herr Marinsky stammt aus der Saat der Chazaren, und daher liebt er schneidende Antworten und ist schnell mit der Hand am gezückten Schwert.
– Würden Sie uns helfen, eine Ausrüstung für eine Schmetterlingsjagd zu besorgen? fragte Galia.
– Selbstverständlich, selbstverständlich, sagte Marinsky. Morgen werden Sie alles Nötige zur Verfügung haben.
Gegen zwei Uhr verließen alle das Haus. Eine Zypresse raschelte im Wind. Marinsky winkelte seinen Arm an und spürte die Hand der jungen Frau. Eine Welle der Freude durchlief seinen Körper. Er bemerkte nicht, wie sich alle von ihnen trennten und er mit ihr nach Hause ging, nicht sehr weit, etwa hundert, vielleicht auch zweihundert Meter entfernt.
– Ich bedaure, was ich zu Herrn Wilhelm gesagt habe, sagte er, als er sich auf dem Sofa niederließ, ohne ihre Hand loszulassen.
– Es sollte Ihnen tatsächlich leid tun, Herr Marinsky, sagte die junge Frau.
– Ich kann die Form Ihrer Stirn nicht erraten, sagte er. Galia neigte ihm ihren Kopf zu. Die Spannung in der zum Schneiden dicken Luft des Zimmers war so intensiv, daß Marinsky zu ersticken vermeinte, sein Herz pochte heftig, die Spannung wurde schmerzhaft übermächtig, gewalttätig und blutig.
Marinsky hob ihr Haar hoch und küßte ihre Stirn und ihre Lippen. Er sah ihre starken Beine.
Die gegenseitige Verführung, der Rausch, das Vergessen, das die Schwärze der Nacht auswarf, hätten jeden Menschen überwältigt.

Um so größer war Marinskys Erregung, der jahrelang nur für seine Arbeit gelebt und alles übrige aus Pflichtgefühl oder auf Verlangen seiner Freunde und Bekannten getan hatte.

Sie erwachten am Mittag, und Marinsky betrachtete mißtrauisch prüfend seinen Körper, ob er sich noch irgendeine Form bewahrt hatte. Doch seine Brust war gerade und flach, ohne die rundlichen Wölbungen wie bei Kastelanietz, dem Don Juan, seine Muskeln waren lang und relativ ansehnlich, und nur der Bauch hatte seine Façon verloren, die Rippen waren nicht erkennbar, und seine Haut war sehr weiß. Schon seit Jahren war er nicht mehr im Meer geschwommen. Nur sein Gesicht und seine Hände waren sonnengebräunt. Er rechtfertigte sich vor Galia, die seine Worte mit erstauntem Lachen aufnahm. Er amüsierte sie. Ihr lautes Lachen, das etwas Freies und Wildes an sich hatte, überraschte Marinsky. Selbstverständlich liebte er ihr Lachen, das auf Glück und Unkompliziertheit hinwies, doch das Lachen selbst überraschte ihn. Die temperierten Augen, die feuchten Winkel, die gewölbten Lippen der Nacht – das waren Dinge, von denen Marinsky etwas wußte, doch von ihrem lautstark rollendem Gelächter, von einer kleinen Dissonanz und einer Spur Heiserkeit begleitet, wußte er gar nichts. Das Lachen beunruhigte ihn ein wenig, doch echte Sorge befiel ihn, als Galia von der Ausrüstung für die Schmetterlingsjagd zu sprechen begann. Zwar kannte und achtete Marinsky die Beschäftigungen der Frauen, doch die Schmetterlingsjagd war das allerletzte, was ihn in dem breiten Ehebett interessierte. Eigentlich wußte er gar nichts über Galia, über Frau Wilhelm. War sie mit dem Sohn des alten Archäologen verheiratet, oder war sie von ihm geschieden, verwitwet? Vielleicht wartete irgendwo in einer dänischen Stadt ihr Kind mit Ungeduld auf sie? Er sagte ihr, daß sich wenige Straßen weiter sein Büro befinde, wo sie Kastelanietz vorfinden würde, der sie zu den Läden führen würde, in denen man das Rüstzeug zur Schmetterlingsjagd verkaufte. Danach schrieb er schnell einen Brief an Kastelanietz.

– Kommst du nicht mit mir? fragte sie.

– Ich werde dieses Zimmer nicht verlassen, sagte Marinsky. Vielleicht habe ich Talent dazu, Liebhaber zu sein.

– Es würde mich nicht wundern.

– Was soll ich mit dir machen? Mit uns?

– Du redest wie ein Jüngling, Ezra, antwortete sie.

Nachdem sie gegangen war, schlüpfte Marinsky aus dem Haus, um sich eine Zahnbürste zu kaufen und beim nächsten Barbier rasieren zu lassen. Ihre Rückkehr zur Tagesordnung, zur nächtlichen Schmet-

terlingsjagd, war ein unheilverkündendes Zeichen. Schmetterlingsjagd! Marinsky drückte auf die Armlehne des gepolsterten Stuhles, quetschte sie so zusammen, daß er nahezu das Leder unter seinen eingekrallten Fingern zerriß. Glaskästen mit Schmetterlingen, in Odessa, in Petrograd, in München – die gespreizten Flügel waren nicht weniger widerwärtig als die abgeschlagenen Hirschköpfe, die an die Wand genagelt waren. An den Köpfen der toten Tiere, ihren ausgestopften Körpern und ihren kahl werdenden Fellen erinnerte zumindest nichts mehr an das Leben, das in der Farbe der toten Falter schimmerte. Wer war niederträchtiger als ein Schmetterlingsjäger? Ein Hirsch, ein Wildschwein, sogar ein Tiger oder Gepard konnten für einen Augenblick ihrer räuberischen Natur müde werden. Doch ein Schmetterling? Hätte ein Schmetterling sagen können, ich war es müde, ein Schmetterling zu sein? Mörderbande!
– Herr Marinsky, Sie zerreißen den Bezug. Bitte, passen Sie auf! sagte der Barbier mit anklagender Stimme.

Marinsky nickte mit dem Kopf. Bialik liebte es, sich mit Archäologen zu treffen, mit Ausgräbern generell, was seinen Grund in seiner Bewunderung für Edward Robinson hatte, den er sich in der Gestalt eines Reisenden, reich an Erfahrung, Wissen und Geld, vorstellte, hoch zu Roß oder auf einem Kamel. In Bialiks Phantasie ähnelte Robinson ein wenig Napoleon. So wie er ihm ins Heilige Land nachgekommen war, so bestimmte er, wie jener, mit Sicherheit: Dies ist ein Gotteshaus ... das ist Schiloa ... identifizierte an einer Ruine, einem Hügel oder an der Krümmung eines Trockenflusses die antiken Siedlungen. Doch war das wirklich so schwierig? War Robinson tatsächlich ein so gewaltiger Clairvoyant? War Erez-Israel nicht ein kleines Land, vollständig verzeichnet wie ein Sandkasten mit Militärbetten? Archäologen! Lebensverächter, Schmetterlingsschlächter! Was war so besonders an der Identifizierung Schiloas? Der Ort war im Mittelalter bekannt, im Buch der Richter steht geschrieben, daß die Stadt nördlich von dem und östlich von etwas anderem liegt, Eusebius oder ein anderer Römer oder irgendein Christ hatten bereits die Entfernung von Nablus festgehalten, die antike Stadt war sogar in aller Deutlichkeit auf der Karte von Ma'daba verzeichnet, die jedem Kind bekannt war. Und da kommt Robinson, hoch zu Roß oder auf dem Kamel dahergeritten, wie in Bialiks phantastischer Vorstellung, erreicht den Ort, hält das Pferd an und fragt einen arabischen Jungen: Was ist dieser Ort dort? Silun, antwortet der Kleine. Das ist Schiloa! stellt Robinson fest, der Sekretär notiert in seinem Tagebuch: An diesem und jenem Tag, zu dieser und jener Stunde, am Ende eines Rittes von einer Stunde und einer halben identifizierte Herr Robinson das antike Schiloa.

Alle Achtung, Robinson! Welche Genialität! Viertausend Jahre blicken auf dich von der Höhe dieses wäschegesprenkelten Daches des Dorfes Silun herab! Welcher Magicus hat dir diese derart überwältigende Entdeckung geflüstert, Robinson, du Schmetterlingsmörder? Galias Abwesenheit war unerträglich, Marinsky stellte Berechnungen an und kam zu dem Ergebnis, daß auch mit Kastelanietz' Hilfe geraume Zeit vergehen würde, bis die Ausrüstungsgegenstände besorgt wären. Das langsame Bautempo in Tel Aviv erweckte Ängste in ihm, er fürchtete immer, daß eines Tages das Bauen gänzlich eingestellt, daß etwas passieren würde – eine Naturkatastrophe, ein Krieg. Jemand würde aus Europa kommen, jemand würde aus Afrika kommen! Wenn es wenigstens möglich wäre, auch nur mit ephemerem Bauen wie für die kleinen Diktatoren einen Anfang zu machen, oder mit Zwangsbauten wie zur Zeit Napoleons! Der betagte Herr Olbers-Wilhelm war Galias Schwiegervater. Er hatte ihn mit einem bohrend mißtrauischen, prüfenden Blick betrachtet. Die Liebhaber der Knochen und Scherben und die Schmetterlingsmörder würden ihm Galia wegnehmen. Er beeilte sich, kaufte zwei Schachteln Zigaretten und kehrte zum Haus zurück.

Marinsky schöpfte Ermutigung aus der Tatsache, daß Kastelanietz und nicht er selbst Raja beruhigen würde, denn er wollte seine Frau nicht anlügen, um das, was er für Galia empfand, nicht zu profanieren. Marinsky war erstaunt bei dem Gedanken, er war ihm neu. Ich werde mir meinen Schatz nicht von euch entreißen lassen! Er betrachtete Herrn Olbers-Wilhelms Visitenkarte, die ihm im Dunkeln in die Hand gedrückt worden war, als sie Bialiks Haus verlassen hatten. Wilhelm schrieb sich mit »V«. Auch das stieß Marinsky irgendwie ab. Etwas Nordisches und Gefährliches hatte diese Schreibung an sich. Er kehrte ins Bett zurück und schlief ein.

Explosionsartiger Lärm weckte ihn. Kastelanietz war durch das Fenster eingestiegen und hatte dabei einen Blumentopf hinuntergeworfen. Er ließ sich auf der Bettkante nieder.

Marinsky schaute auf seine Uhr. Es war vier.

– Deine Freundin ist in ihrer ganzen Schönheit nach Jaffa gefahren. Sie wird abends hier eintreffen. Vielleicht um sieben. Ich habe das Treffen mit der Stadtverwaltung verschoben und Raja erzählt, du hättest für einige Tage nach Jerusalem reisen müssen, um mit den Beamten zu reden, und wir müssen tatsächlich dorthin. Und jetzt erzähle mir von deinen Plänen.

– Ich habe keinerlei Pläne, außer mit Galia zusammenzusein.
– Mit Frau Olbers-Vilhelm.
– Ja, mit Frau Vilhelm.
– Ich habe dein Schreiben zweimal gelesen. Meinst du nicht, daß die Worte, die du für eine Frau verwendet hast, die du gestern, ja eigentlich heute, gegen Mitternacht, kennengelernt hast, einem Gymnasiasten angemessen sind?
– Ich bin nie aufs Gymnasium gegangen, sagte Marinsky.
– Wenn du je auf dem Altar der kleinen Sünden ein Opfer gebracht hättest, würdest du dich jetzt nicht in einem solch schrecklichen Zustand befinden, sagte Kastelanietz.
– Ich liebe sie, sagte Marinsky.
– Und was hast du vor?
– Was möglich ist. Sie zur Frau nehmen, nicht zulassen, daß sie mir jemand stiehlt. Mit ihr leben.
– Und sie?
– Ich weiß nicht, sagte Marinsky.
– Hör mir zu, Ezra, sagte Kastelanietz. Diesem Tonfall, der so ganz und gar nicht charakteristisch für ihn war, entnahm Marinsky, wie sehr sein Freund sich um ihn sorgte. Zwing mich nicht, die Rolle des Lebemanns zu spielen, der dem Umschuldslamm Vorhaltungen macht, daß sich ein Mal in seinem Leben ein großes Gefühl in ihm entzündet hat. Ich glaube einfach, daß du dir gerade ein Folterinstrument zurechtlegst ... Gestattest du mir, dir zu sagen, wie ich es sehe, was von nun an weiter geschehen wird?

Marinsky zögerte. Er zündete sich eine Zigarette an, und schließlich nickte er.

– Also, hör zu. Diese Frau hat sich von ihrem Ehemann getrennt, ist jedoch noch nicht von ihm geschieden. Es geschah wegen irgendeiner dummen Sache, über die sie nicht spricht. Sie sagt, es sei vollkommen unwichtig, zufällig und erbärmlich gewesen, doch ihrem Mann habe es sehr wehgetan. Und daraufhin begleitete sie ihren Schwiegervater, den alten Olbers-Vilhelm, als er zu den Ausgrabungen hierher aufbrach, auf seiner Reise ins Heilige Land, um sich, wie alle, in seinem heiligen Wasser von ihren Sünden zu reinigen. Und dann, am Ende der Ausgrabungssaison, trifft sie im Hause des Nationaldichters einen Satyr, der sie gewaltsam verschleppt, und nicht bloß einen wilden, sondern auch noch einen sentimentalen Satyr, wie ein Hirtenknabe mit einer kleinen Flöte im Mund. Wäre sie ein paar Jahre älter gewesen, hätte sie sich den Nachstellungen des Satyrs vielleicht entziehen können, aber sie ist zu jung, ohne Erfahrung. Der Jordan, in dessen Wasser sie eingetaucht ist, hat ihr Nachthemd nur noch mehr beschmutzt. Jetzt weiß sie nicht, was sie tun soll. Der Satyr wartet in seiner bourgeoisen Höhle auf sie, inmitten einer kleinen Stadt, in der alle auch ihn und seine haarigen Bocksfüße kennen, Herr Vilhelm ist streng und mißtrauisch, der leidende Ehemann harrt ihrer neben dem brennenden Kamin, vergießt Tränen bitterer Scham, ihre Schwester wartet auf sie in der Stadt der Lichter. Sie kann so viele Beziehungen nicht mit einem Schlag lösen. Am vernünftigsten von allem wäre es, von hier zu verschwinden. Und sie wird tatsächlich die Flucht ergreifen. Du hast mir geschrieben, daß du dieses Zimmer nicht eher verlassen wirst, bis sie zugestimmt hat, mit dir zusammenzuleben. Ich schlage dir vor, daß du sofort von hier weggehst, denn du beschwörst für dich und für sie ein Unglück herauf.

– Hat sie dir gegenüber etwas gegen mich gesagt? fragte Marinsky mit einem Zittern.

– Hast du gehört, was ich zu dir sagte?

– Du hast gesagt, daß sie mich verlassen wird.

– Sie lebt nicht gerne in Palästina. Sie hat uns nach sechs Jahren verlassen, sich so weit entfernt, wie es ihr möglich war, bis nach Dänemark.

– Erez-Israel ist ein faszinierender Ort für jeden Menschen mit Seele, murmelte Marinsky.

– Verlaß wenigstens diese Wohnung, fahre in eine andere Stadt, in ein Hotel.

– Ich überschreite die Schwelle dieser Wohnung nicht, ehe ich von ihr das ausdrückliche Versprechen gehört habe, daß sie bei mir bleibt.

– Ezra, du warst immer stark wie ein Fels, jetzt verwandelst du dich in eine Steinlawine.

Ein Funke glomm in Marinskys Augen auf. Kastelanietz wußte, daß in diesem Augenblick die Idee zu einem kleinen Kalligramm bei ihm aufgetaucht war.

– Ich werde mich nicht von hier wegrühren! sagte er.

– Sie sagte, sie lebe nicht gerne hier. Sie sagte, sie liebe die Dänen, sie seien ernsthaft und süß wie die Kinder im Cheder in ihrem Städtchen, aber anmutiger und von der Würde geprägt, mit der ein kaltes Klima adelt.

– Die Würde kalten Wetters? Das ist närrischer Unfug! sagte Marinsky eifersüchtig.

– Und schon tadelst du die Geliebte deines Herzens ... Soll ich euch ein Zimmer in Jerusalem bestellen? Wir haben dort ohnehin in vier Tagen eine Sitzung.

– Ich kann nicht arbeiten.
– Darf ich euch ein Zimmer bestellen?

In einem unendlichen Universum, erleuchtet von Sternen ohne Zahl, hätte der Nachthimmel in ungebrochenem Glanz blendend erstrahlen müssen, doch statt dessen war der Himmel nur schwach von verschleierten Sternen erhellt, deren Lichter wie Öllämpchen flackerten.

– Ich erwarte eine große Finsternis.
– Wovon sprichst du?
– Man nennt dies das Olbers-Paradox.
– Was nennt man das Olbers-Paradox? fragte Kastelanietz.
– Bestell uns ein schönes Zimmer in Jerusalem, und sprich mit mir nicht über Galia.
– Dann werde ich das so tun, erwidert Kastelanietz und verschwand, wie er gekommen war, durchs Fenster.

Als er Galias Schritte an der Tür hörte, das klirrende Geräusch des Schlüssels, stürzte Marinsky in den Gang, packte sie an den Armen und drückte sie mit aller Kraft an sich, als sei sie von einer gefährlichen Expedition zurückgekehrt.

– Beinahe Abend! sagte er.
– Ich sehe, du warst beim Barbier. Ich habe ein wenig Essen mitgebracht. Wir werden sehen, ob ich mich in der Küche meiner Eltern noch zurechtfinde.
– Das ist die Wohnung deiner Eltern?

Das Gefühl der überraschenden Nähe, das zwischen ihnen entstanden war, kehrte sofort zurück.

– Fahren wir nach Jerusalem? fragte sie. Dein Freund sagte, er würde dich dazu überreden, hier wegzuziehen. Und alle haben nach dir gefragt. Du hast sie neugierig gemacht. Sie waren auch verwundert, daß ein Architekt Mendelssohn und Herder kennt.
– Es gibt solche Architekten und solche – sie wollen dich mir wegnehmen.
– Du redest wie ein Jüngling, sagte Galia.

In der Nacht gingen sie in der dunklen Stadt spazieren. Unter einem Baum, im Hinterhof einer Schule ... Marinsky konnte nicht warten, bis sie in die Wohnung ihrer Eltern zurückkehrten.

Im Zug war Marinsky angeregt und energiegeladen wie bei jeder Reise nach Jerusalem. Diese Schienen waren ihm der liebste Weg in Erez-Israel. Obwohl ihm vorkam, er sähe ein Paar miteinander flüstern und auf sie deuten, als er Galia umarmte, vergaß er dies schnell. Ausgehoben und geebnet von Ingenieuren, die es nach dem Pittoresken des neunzehnten Jahrhunderts gedürstet hatte, vergalt das Bahngleis ihren Schöpfern die Anstrengungen. Wie der Schienenlauf eines Geisterzuges entblößte die Jerusalemer Strecke bei jedem Anstieg, Abhang und jeder Biegung das Geheimnis der im Schlummer der Zeit befangenen Erde. Die tiefen Wadis, Schluchten, Höhlen und Felsklüfte, Quellwasser wie winzige Tränen am Fels oder mineralische Ausblühungen in albinitischen Höllenfarben erstanden vor seinen Augen und glitten vorüber zum Rattern der Waggonräder. Hier und da offenbarten sich, stolz in ihrer zerbrechlichen Pracht wie Blumen in der Wüste, schön bearbeitete Terrassen, hübsche Erdparzellen. Im Geviert eines Feldes, das die Zeit in ein Kunstwerk verwandelt hatte, stand ein einzelner Baum an einer Stelle, die der größte Landschaftsarchitekt nicht besser hätte wählen können.

Er spürte Gänsehaut an ihrem Arm.

– Mir wird immer kalt, wenn ich diese Landschaft sehe, sagte sie. Sie macht mir große Angst.

– Man kennt mich im Hotel, bald wirst du ein Bad nehmen können. Wir steigen zum Essen aus.

– Zeig mir die Bauten. Wer hat die schönsten gebaut?

– Die Mamelucken, sagte Marinsky. Er betrachtete mit Bedauern die zerrissene Landschaft. Ein Raubvogel schwebte in einem dunkelwandigen Wadi. Nahebei befand sich ein schmaler, noch dunklerer Einschluß, fast schwarz in der grellen Morgensonne. Die sonnenversengte Unbeugsamkeit der Landschaft machte ihn rein und klar.

– Hast du noch andere so gute Freunde wie Kastelanietz?

– Er ist der einzige, erwiderte Marinsky. Immer hatte ich größeres Talent zur Freundschaft als zur Liebe, und nun habe ich nur einen Freund. Auf meinem Grabstein wird man einmal eingravieren können: Hier liegt ein Mensch begraben, der seine Freunde nicht zu bewahren wußte.

– Warum?

– Schmählicher Egoismus? Dummer Idealismus? Ich weiß es nicht, erwiderte Marinsky.

Am nächsten Tag, nach einem Kamelritt, brachte Marinsky Galia in einen Sportklub, in dem junge Araber Gewichtheben trainierten. Zum ersten Mal in seinem Leben verspürte Marinsky den Wunsch, seine große Körperkraft zu demonstrieren. Er rieb seine Hände mit Talk ein und stemmte die erste Hantel hoch, die er auf dem Eisengestell liegen sah. Die Jungen betrachteten ihn spöttisch. Der ganze Raum war voller Bilder muskelstrotzender Männer und bunter Öllithographien. Die Unruhen im Land hatten sich noch nicht gelegt, und Marinskys Erscheinen in dem Klub rief eine gewisse Neugier bei ihnen hervor. Er stemmte eine schwerere Hantel und wandte sich dann dem Ständer zu, auf dem ein Hundertkilogewicht lag.

– Hundert! warnte einer von den Jungen Marinsky. Vielleicht befürchtete er, der ältere Mann, der in Begleitung der jungen Frau gekommen war, würde plötzlich mit einem Schlaganfall zusammenbrechen. Doch Marinsky stemmte auch dieses Gewicht. Seine Sicht verdunkelte sich zwar ein wenig, ihm schwindelte im Kopf, und für einen Moment stand er aufrecht da, um zur Ruhe zu kommen, bis das Blut in sein Gesicht zurückkehrte, und pfiff irgendeine Melodie. Doch nun hatte er die Jungen auf seiner Seite. Einer brachte ihm Wasser. Sein Blick suchte Galia. Sie studierte mit verhaltenem Entsetzen die Fotos, die Öllithographien, die Inschriften, die hohen, rosa gestrichenen Fenster. Marinsky sah den Klub, wie er sich in ihren Augen ausnehmen mußte. Die Einrichtung konnte kaum etwas anderes als gutmütigen Spott hervorrufen, keinen Abscheu. Doch er fürchtete sich davor, sie zu fragen.

Am Nachmittag zeichnete er Aktskizzen von ihr auf dem Briefpapier des Hotels, mit Staunen und Liebe. Sein Bleistift sang das Loblied ihres Körpers, und dennoch sah Marinsky im Geschlecht eine gewisse Niederung und empfand diesbezüglich eine dumpfe, kindische Scham. Er zog viele Linien, die er danach wieder ausradierte, und nur wenige ließ er stehen.

Am vierten Tag sagte Galia: Ich muß nach Kopenhagen zurück, Ezra.

– Ja, ich weiß.

– Danach muß ich zu meiner Schwester nach Paris. Sie heiratet. Ende des Monats läuft ein Schiff aus. Noch eine Woche und ein Tag. Wenn ich nicht aufbreche, werde ich nicht zur Hochzeit in Paris ankommen.

– Und wann kehrst du hierher zurück?

Eine leichte Röte erblühte auf Galias Wangen.

– Ich habe vor, mit meiner Schwester zu arbeiten, Ezra. Ich habe Israel vor Jahren verlassen und bin nur mit der Delegation hergekommen.

– Und was wird mit mir?

– Ich konnte nicht wissen, daß ich dich hier treffen würde.

– Aber du hast mich getroffen. Was soll jetzt werden?

Galia küßte seine Hand.

– Was wolltest du denn gerne, das werden soll?

– Ich möchte mit dir zusammensein.

– Dann komm mit mir nach Paris.
– Und was soll ich dort tun?
– Was machst du hier? Du baust Häuser hier – du wirst Häuser dort bauen. Du glaubst doch nicht, daß du in einer Stadt wie Paris ohne Arbeit bleiben würdest?
– Mag sein, daß ich dort Arbeit finden könnte.
– Was ist dann also so schwierig für dich? Du hast sicher Bekannte dort. Oder glaubst du vielleicht, das Lob, das du dort für deine Arbeit erhalten wirst, wäre weniger angenehm als jenes, das dir hier vergönnt ist?
– Nein, ich denke nicht, daß Ruhm etwas ist, das einem nur in Erez-Israel beschieden wird.
– Also, was dann? Möchtest du am Ölberg begraben werden?
– Nein, ich habe Angst, hier begraben zu werden. Das ist kein guter Ort für mich, um beerdigt zu werden. Und er schenkte sich fast ein ganzes Glas mit Whisky voll.
Sie betrachtete ihn erstaunt.
– Weshalb war Kastelanietz so verwundert, als ich sagte, daß du mich gebeten hast, aus Jaffa zwei Flaschen Wein und eine Flasche Whisky mitzubringen? Erzähl ...
– Als wir in Jaffa ankamen, habe ich einen Schwur geleistet, keinen Alkohol zu trinken.
– Nie?
– Nie.
– Und du hast nichts mehr getrunken?
– Nein.
– Die ganzen Jahre?
– Ein Schwur ist ein Schwur.
– Dreizehn Jahre lang?
– Ja.
– Wirklich?
Marinsky nickte.
– Also bin ich es, die dich zur Sünde getrieben hat?
– Du bist meine süße Lilith.
– Und warum hast du einen solchen Schwur geleistet?
– Auf dem Schiff, das uns hierherbrachte, war ein russischer Pilger aus Sibirien, der an dem Tag zu trinken aufhörte, als er seine Pilgerreise ins Heilige Land begann.
– Und das ist alles wahr? sagte Galia erstaunt.
– Das ist die Wahrheit. Bleib mit mir hier.
– Ich kann hier nicht leben, Ezra. Es ist alles zu leer, zu wild.

– Ich dachte immer, daß die kultiviertesten Menschen wilde Orte gerade lieben.
– Ich habe einen solchen Grad von Sublimierung noch nicht erreicht. Ich liebe es, in großen Städten zu wohnen, in Restaurants zu gehen, zu guten Friseuren, in schöne Geschäfte. In einer großen Stadt fürchte ich mich nicht vor dem Altwerden.
– Bleib ein halbes Jahr bei mir.
– Ich kann nicht, Ezra. Ich werde gereizt hier, unglücklich, du würdest mich hassen.
– Du hast gesagt, dir gefalle Tel Aviv nach den fünf Jahren, die du nicht mehr dagewesen bist, es sei hübsch und gedeihe.
– Ja, das habe ich gesagt, aber nicht in dem Sinn, den du meinst.
– Liebst du nicht das Meer?
– Ich liebe das Meer.

Ein Architekt, mit dem er in München studiert hatte, wohnte in Asnières, nahe Paris, ein Franzose, der Deutsche liebte. Marinsky entsann sich seines Namens nicht mehr, doch er wußte, es würde ihm nicht schwerfallen, ihn zu finden. Die talentierten Menschen, wenn sie nicht zufällig durch Krieg oder Krankheit umgekommen waren, tauchten irgendwie immer wieder aus der Masse auf, manchmal in überraschender Form, in schwindelerregender Gestalt. Doch das Land verlassen? Die Zitrushaine, rotgold gepunktet wie die Bäume auf den antiken Miniaturen? Die zarte Schonungen? Die Wüstenfelsen, umrauscht vom kleinen, eigensinnigen Wind? Tel Aviv verlassen, die Stadt der bescheidenen Freiheit? Und was würde aus dem Theater, das er zu bauen vorgehabt hatte? Der Boulevard, den ihm Diezengoff versprochen hatte? Das Museum? Die Halle für die Philharmoniekonzerte? Die Sternwarte? Die Villa für Jost? Ein Kino, in dem er endlich verschiedene Niveaus unter einem einzigen Gewölbe ohne Geschosse anlegen könnte? Kastelanietz? Raja? Wie würde sie seine Flucht aufnehmen? Das wäre, als ohrfeigte man sie mitten auf dem Stadtplatz!

– Bleib bei mir! sagte er. Ich kenne dich erst seit einer Woche, aber ich bin sicher, niemand wird dich je so lieben wie ich.
– Wenn du mich so sehr liebst, dann komm mit mir ...

Spät in der Nacht erwachte sie. Marinsky saß am offenen Fenster, die Whiskyflasche neben sich, eine brennende Kerze, seine Notizbücher auf dem Tisch verstreut.
– Komm ins Bett zurück.
– Ich will nicht schlafen.
– Dann werde ich auch nicht schlafen.

Es ist schwer, Abschied zu nehmen. Der Versuch, zum Augenblick des Abschieds gewaltige Räume und Zeiten zusammenzudrängen mittels Worten oder eines Aufschubs, ist von vornherein zum Scheitern verurteilt. Es gibt nichts zu sagen. Einmal, in München, ging ihm das Empfinden seiner Lippen verloren, die wie vor eisiger Kälte erstarrten. Vielleicht gab es Menschen, die Abschied zu nehmen wußten. Kastelanietz. Doch einem gewöhnlichen Sterblichen war es nicht gegeben. Und wenn Galia so mühelos von der Trennung sprach, meinte sie vielleicht keinen endgültigen Abschied.
– Das ist das letzte Mal, Ezra, sagte die Frau in München.
– Was?
– Du hast mich gehört, das letzte Mal.
– Aber warum?
– Du liebst mich nicht.
– Sehe ich dich heute abend im Restaurant?
– Nein, es ist zu Ende!
Und es war das Ende, sie kam nicht in das Restaurant. Monatelang sah er sie nicht, nicht einmal per Zufall. Eine sanfte, gutherzige Frau. Er hatte Stunden dasitzen, ihren Körper betrachten, ihre Haut zwischen Schulterknochen und Brust streicheln können. Eine ganz einfache Frau, so nett – und wie hatte sie sich von ihm getrennt!
Galia rief ihn ins Bett, doch er blieb am Fenster sitzen. Die Rückkehr in seine Studentage war vollkommen. Geruch von Wahnsinn hing in der Luft. Bevor der Morgen graute, war Galia bereits der Tränen müde. Sie sagte: Du quälst mich, Ezra ...
Marinsky nahm das Messer, das auf dem Tisch lag, und schnitt sich damit wieder und wieder ins Fleisch seines Armes. Galia sprang aus dem Bett.
– Ich werde nicht nach Dänemark fahren, sagte sie und wand ihm das Messer aus der Hand.
Sie rannte ins Badezimmer, um Watte zu holen, und als sie zurückkam, das Licht einschaltete und seinen blutüberströmten Arm sah, fiel sie in Ohnmacht. Als sie die Augen wieder aufschlug, war der Arm mit einem Handtuch verbunden.
– Was soll ich jetzt machen? flüsterte sie.
– Bleib noch bis einen oder zwei Tage vor der Hochzeit deiner Schwester mit mir zusammen. Ich kenne einen Schotten, der dich mit einem Militärflugzeug hinfliegen kann. Bleibe noch drei Wochen bei mir.
Am Morgen schob Marinsky den Pony aus ihrer Stirn und sagte: Ich arbeite die ganze Zeit. Ich weiß nicht, wie ich dich verwöhnen soll. Ich kenne einen Handwerker, der schöne Pelze aus Schaffellen

näht, Abu Sahel, er hat außergewöhnliche Schafe, aber ich bin nicht sicher, ob du in Paris mit einem Schafspelz herumlaufen kannst. Ich habe einen Bekannten in Jaffa, ein Antiquitätenhändler, der schöne Ketten verkauft, Amulette. Er ist jetzt sehr krank. Liebst du solche Dinge, Schmuck? Ich habe dich nie Schmuck tragen sehen außer diesem dicken Ring, sagte Marinsky eifersüchtig.

Galia schlang ihre Arme um seinen Hals und preßte sich an ihn, den Blick auf seinen handtuchumwickelten Arm gerichtet. Sie streifte den Ehering ab.

Je näher die Abschiedsstunde rückte, desto stärker wurde Marinskys Eifersucht. Immer wieder kam er auf jenen Satz zurück: Die Bienenkönigin kann sich viele Male auf Hochzeitsflug begeben ... Welches Geschäft hat deine Schwester? Glas und Porzellan? Die Fechter von Meißen, die Trompete von Chantilly, der Anker von Chelsea?

Eine Nacht, bevor sie fuhr, hatte er einen zerstückelten Traum. Es kam eine Grenze darin vor, eine Linie, eine große Grube, blaue Hügel. In schwärzlich trübem Wasser schwamm ein Boot – so wie das Boot, das von Athos gekommen war, um den Pilgern falsche Reliquien zu verkaufen. Ein Mädchen stand am Ufer des Wassers, in einem Kleid ähnlich dem, das Galia bei Bialik getragen hatte. Er streckte seine Hand aus, und das Stück der Hand, das über die Grenzlinie drang, überzog sich mit violetten Beulen, das Fleisch war wie versengt. Aussatz! Eine schreckliche Hand quetschte sein Herz zusammen – Aussatz! Er wich zurück und lehnte sich an Felsen, die die Hitze der Sonne gespeichert hatten und wie die Steine in Badehäusern glühten ... Marinsky weinte im Traum ... Er weinte, als sie ins Flugzeug stieg. O Zion – wählst dir deine Geliebten aus zweitausend Kilogramm Rosen, einem halben Kilogramm Äther ... Hat nicht Napoleon gesagt: Meine Liebe, du bist die Prüfung der Seele, und wäre es mir geschehen und ich hätte mich in Wahrheit verliebt, hätte ich meine Liebe Schraube um Schraube bis zur allerletzten und winzigsten zerlegt. Der Grenadier Goben legte Hand an sich selbst, der erste Konsul befiehlt: Ein Soldat muß Qualen und Traurigkeit der Leidenschaft zu überwinden wissen ...

Als ein Monat vergangen war, verwunderte sich Kastelanietz, daß Marinsky Galia nicht einmal in der entferntesten Andeutung erwähnte. Er änderte nur seine Gepflogenheiten und hörte auf, Briefe mit kleinen Bildern und Bücher, auf deren Einbandseite energisch marschierende Menschen gezeichnet waren, zu verschicken. Er begann, seine Korrespondenz mittels Telegrammen abzuhandeln, und sagte zu Kastelanietz, man müsse mit der Zeit gehen, und Telegrafieren sei sehr billig, fünf Mil pro Wort im Inland, und sogar nach Europa zum Nachttarif nicht mehr als dreißig, vierzig Mil. Eines Tages, als sie an der Moghrabi-Oper vorübergingen, kam der Ingenieur Chaim Razumov auf sie zu und bat Marinsky, einen Kiosk für die Messe des Orients zu entwerfen.

– Wenden Sie sich im Büro an mich, main Frrraind, erwiderte ihm Marinsky mit dem übertriebenen russischen Akzent, in dem Razumov zu sprechen pflegte.

Das geflickte Statut. Die Preisverleihung fand jedes Jahr zu Beginn des Sommers statt. Zu dem Ereignis im humanistischen Gymnasium trafen der Bürgermeister, hohe Beamte und Militärchargen ein, alte Männer mit unstädtischen Gesichtern, die sich seltsam in diesem Publikum ausnahmen. Die Stipendien des Fonds wurden in der Stadt »die jüdischen Preise« genannt, doch im Statut des Stiftungsfonds war ausdrücklich festgelegt (um solche Bezeichnungen Lügen zu strafen), daß die Stipendien an alle Minderheiten verliehen würden. Benannt waren sie nach Janek Sanguszko, der Ende des Weltkriegs gefallen war. Eine Marmortafel mit eingravierter Inschrift und seinem Profil war am Eingang angebracht, neben einer Büste von Mateusz Sanguszko, dem Freund der Schriftsteller und Philosophen. Prinz Valenti war der letzte seiner Familie, der diesen Titel trug, der letzte Prinz des ukrainischen Zweiges wurde von Bauern während der Revolution gefoltert wie einer der Heiligen aus der *Legenda aurea*.

Valenti wohnte der Preisverleihung vom ersten Mal im Jahr der polnischen Unabhängigkeitserklärung an bei. Es war ein besonderer Preis: Jedes Jahr gewannen ihn fünf Kinder, die Minderheiten in dieser Region angehörten – jüdische Kinder, seltener einmal russische, ukrainische oder ungarische. Mit Abschluß ihrer Pflichtschulzeit erhielten die Gewinner ein großzügiges Stipendium, das erst nach zehn Jahren auslief, doch irgendeiner der Juristen, die für Valenti Sanguszko das Statut verfaßt hatten, hatte einen Paragraphen hineingesetzt, sei es aus Gewohnheit, Vorsicht oder einer gewissen Boshaftigkeit heraus, gemäß dem die Gewinner dem Fonds die Gelder, die sie erhalten hatten, zurückerstatten sollten, falls es ihnen möglich war. Und in der Tat (und daher rührte der Bekanntheitsgrad de Sanguszko-Preises) flossen zwischen den Jahren dreißig und fünfunddreißig hunderttausende Zlotys an den Fonds zurück, von jungen Männern, die mit rasender Geschwindigkeit die Erfolgsleiter emporgestiegen waren: Herr Urban, Besitzer einer Schokoladen- und Süßwarenfabrik, einer der größten Europas, Osjasch Gertler, ein Mann der Schiffahrt in Danzig, und Levin-Asorin, Besitzer einer Spinnereifabrik in Lodz. Eine Investition in Juden zahlt sich immer aus, wurde mit leichtem Lächeln gesagt, und in den konservativen Zeitungen wurde der Sanguszkofonds als Beispiel dafür zitiert, daß es sich immer lohne, talentierte Menschen bevorzugt zu fördern, nicht nach dem Buchstaben des Gleichheitsgesetzes. Sogar ein bekannter Musiker befand sich unter den Stipendiaten: Mateusz (Motke) Zeitlin. Valenti selbst erfreute sich der Sympathie der Juden. Manchmal schickten ihm die Bewohner der umliegenden Kleinstädte in der Nähe seines Landgutes Geschenke; als seine Verletzung bekannt wurde (er erlitt leichte Verwundungen während der Jagd), wurden ihm ein Ring und eine Goldmünze übersandt, die am Ärmel eines chassidischen Wunderrabbis gerieben worden waren; im Sejm suchten die jüdischen Abgeordneten seine Nähe. Doch Sanguszko ließ niemals den Wunsch erkennen, mit Juden Beziehungen aufzunehmen. Traf er sie zufällig, war er verlegen und wich systematisch jeder Verabredung aus. Als es jedoch einmal geschah, daß die konservative Partei Verbündete für einen Gesetzesvorschlag zur Einschränkung der Rechte der Juden suchte und von Sanguszko Unterstützung erbat, sagte er zu ihnen: Niemals wird ein Sanguszko seine Hand zu einer solchen Schandtat hergeben! Worauf ihn die jüdischen Abgeordneten wieder zu umwerben begannen und der Prinz sich ihnen nach bester Manier entzog.

Im Jahre 1935 erhielten drei Jungen aus Sandomierz und zwei aus Opatov die Stipendien – ein Russe und ein Ungar, der ebenfalls jüdischer Abstammung war. Die Lichter, das Publikum, die festlichen Gewänder und die Uniformen der hohen Offiziere versetzten Alek Tscherniak, der erst zwei Monate davor seine bescheidene Bar-Mizwa-Zeremonie fast im Verborgenen absolviert hatte (sein Vater wollte nicht gänzlich auf die Zeremonie verzichten, ihr jedoch auch keine besondere Bedeutung zugestehen), in Angst und Schrecken.

Er trug Kleider, die ihm etwas zu klein waren, und betrachtete mit vor Staunen gerundeten Augen den alten Prinzen. Das Schwert seines Heldensohnes wurde im Gymnasium in einem Schrank aufbewahrt, unter der großen grauen Marmorplatte, in die ein Zitat von Vergil eingraviert war, das Alek aus dem Gedächtnis noch hundert oder hundertzwanzig Zeilen fortsetzen konnte.

Die Preisverleihung war der einzige mit dem Fonds zusammenhängende Akt, den der Prinz selbst wahrnahm: Er überreichte den Jungen jeweils ein Buch in einem wunderschönen Einband – eine Interlinearübersetzung von Vergil. Diese Interlinearübersetzung, stand im Vorwort geschrieben, war eine Kombination der Methoden von Asam, Milton und Locke, verfaßt von Levy-Heart und Osborne, und in Philadelphia als Jubiläumsausgabe herausgekommen, bevor der Blick des Prinzen darauf gefallen war. Er hatte befohlen, die Bücher pompös und glanzvoll einzubinden, und pflegte sie mit der sicheren Überzeugung an die Stipendiaten zu verteilen, daß er sie so bei einer Sache unterstütze, die in seinen Augen immer kompliziert und eintönig gewesen war – der Übersetzung der Aeneis im Lateinunterricht. Es kam dem Prinzen niemals in den Sinn, daß diese Jungen, die keine englische Erzieherin wie er gehabt hatten, Latein tausendmal besser beherrschten als Englisch und daß es möglicherweise nützlicher für sie gewesen wäre, hätte er ihnen irgendein englisches Buch mit einer Interlinearübersetzung ins Lateinische geschenkt. Doch wie bei den übrigen Dingen, die mit dem Fonds zusammenhingen, so fruchtete auch daraus ein Gutes: Einige der Jungen lernten Englisch nach der Methode von Asam, Milton und Locke, die von den gelehrten Philadelphiern Levy-Heart und Osborne bearbeitet worden war.

Alek Tscherniak befand sich dank seines sagenhaften Gedächtnisses und vielleicht auch dank seiner hübschen Stimme, die eine ungewöhnliche Fülle für sein Alter aufwies, unter den fünfen. Auch an diesem Abend hatte er eine lange Idylle vorzutragen.

Neben dem Prinzen saß ein Mädchen in Aleks Alter, etwa dreizehn oder vierzehn, eine der Töchter aus der Familie des Prinzen, der es übertragen worden war, die Urkunden zu übergeben, das Fräulein Dunin. Alek betrachtete auch sie mit Furcht und Staunen. Nur auf den Bildern des traurigen, verschlafenen städtischen Museums hatte er je ein solch schönes Geschöpf gesehen. Fräulein Dunin trug ein weißes, mit rosafarbenen und grünen Spitzenborten verziertes Kleid, ihr blondes Haar war zu Zöpfen geflochten, eine hohe Batistkrause schmückte ihren Hals, und ihre kleinen roten Lippen lächelten dem Prinzen zu, der etwas in ihr Ohr flüsterte. Hin und wieder wischte sich Fräulein Dunin heimlich die Hände ab, zerknüllte ein Taschentuch in ihrer Hand. Alek blickte die anderen Gewinner an. Nur er war so eingeschüchtert; dem Rest der Kinder war höchstens ein gewisses Unbehagen anzusehen, und der russische Junge, der eineinhalb Jahre älter war als die anderen, betrachtete sogar mit kühnem Blick den Prinzen, das Fräulein Dunin, den Bürgermeister mit dem feisten Gesicht. Die Reden waren lang, und danach folgten die rezitatorischen und musikalischen Vorträge. Der russische Junge, der eigentlich kein Russe war – sein Name war Albin Piramovitsch, sein polnischer Vater saß in einem sowjetischen Gefängnis, und seine russische Mutter hatte den Sohn bei der Schwester ihres Mannes zurückgelassen –, spielte auf der Flöte vor. Alek deklamierte die Idylle in betontem Rhythmus und mit onomatopoetischer Nasalierung, wie man es ihn gelehrt hatte.

Als er an seinen Platz zurückkehrte, klopfte ihm der »russische« Junge auf die Schulter, offenbar zufrieden mit seinem Gedächtnis.
– Du hast eine gute Stimme, aber du sprichst auf eine etwas merkwürdige Art, sagte er.
– So deklamiert man, erwiderte ihm Alek Tscherniak. Das ist Deklamieren, nicht Reden.

Sie näherten sich dem Prinzen, dem Bürgermeister und Fräulein Dunin. Alek wurde schrecklich heiß, als er vor das Mädchen treten mußte. Die drei Jungen absolvierten eine schnelle Verbeugung und erhielten die Urkunden. Albin Piramovitsch, der vor Alek stand, näherte sich dem Tisch mit festem Schritt, nahm die Urkunde entgegen und küßte den Handrücken des Mädchens mit großartiger Geste, was eine Woge unterdrückten Gelächters auslöste und Stirn und Ohren des Mädchens rötete. Dann trat Alek auf sie zu. Ihre Augen waren von einem klaren Blau, genaugenommen strahlend himmelblaue Augen, und ihre hübschen Lippen ließen etwas verlauten, das nicht an sein Ohr gelangte.

Danach umarmte ihn seine Mutter mit tränennassem Gesicht, und sogar sein Vater sagte etwas äußerst Bewegtes.

Die palladische Villa des Dominik Merlini. Am Abend waren die Gewinner in eine kleine Villa eingeladen, die in den siebziger Jahren des achtzehnten Jahrhunderts von Dominik Merlini, dem Architekten des letzten polnischen Königs, Stanislaus II. August, wieder neu aufgebaut worden war. Es war ein Bau mit einer palladischen Eingangshalle, die sich jedoch nicht auf dem hohen, stolzen und etwas kühlen Sockel erhob, das Palladio, Hätschelkind dünkelhafter Humanisten, zuweilen errichtete, sondern die direkt auf dem Boden, im Gras ruhte, die Säulen naß von Tau und ihre Relieffriese gut sichtbar, wenn man nur leicht den Kopf anhob.

In der großen Halle hatten sich noch Spuren der künstlerischen Gestaltung des Architekten des Königs erhalten: der vielfarbige Marmorboden, die von einem gewaltigen Fresko überzogene Decke, dekorative Details in Form von Eichenblättern, Lorbeerzweigen über den Türen, Fackeln tragende Putti. Durch die Fenster war ein schöner Park zu sehen, ein kleiner Teich, auf dem eine venezianische Gondel schwamm, langgestreckte Gebäude, in bedrohlicher Schräglage, verschluckt in der Vegetation, große Statuen, deren Rückenansicht sie noch geheimnisumwitterter wirken ließ.

Die anderen Jungen, die die Zeremonie überhaupt nicht beängstigt hatte, wurden von wahrhaft ehrfürchtiger Scheu überwältigt, als sie die Villa ohne ihre Eltern betraten, und ihre Furcht verstärkte sich noch mehr beim Anblick der eleganten Damen, der drei Bediensteten in den seltsamen Livreen, der Weinkelche und der überladenen Schüsseln, während Alek Tscherniak keinerlei Befangenheit zeigte. Der Prunk der Villa, die Bilder und die Skulpturen brachten ihn, den Sohn des armen Notarsgehilfen, Fräulein Dunin und den Damen näher, die bei ihr saßen. Die Skulpturen und die Bilder gehörten ihm, Sanguszkos Villa gehörte ganz und gar ihm, dank der Liebe. In einem Alkoven hob er die Abdeckung eines Spinetts, grün und gold, in die Höhe. Die Tastatur war längst dunkel vergilbt, seit ein oder zwei Generationen hatte niemand mehr darauf gespielt. Dieses sonderbare Gefühl von Besitzrecht an den Kunstwerken erhöhte sich, je erlesener und schöner die Objekte waren, und reduzierte sich angesichts von Goldrahmen mit üppigen Schnitzereien, die nicht zum darin befindlichen Bild paßten (in dem Haus waren zahlreiche Veränderungen vorgenommen worden, seitdem es sich in der Hand des Architekten des Königs befunden hatte).

Zum Erstaunen der Jungen begann Alek eine Unterhaltung mit den Damen. Zwar sah er Fräulein Dunin dabei nicht direkt in die Augen, doch lauschte auch sie seinen Worten. Sie selbst, wie die Mehrheit der Damen, wußte nicht, daß die Villa vom Architekten des Königs erbaut worden war, jenem Dominik Merlini, der den Lazienkipalast bei Warschau errichtet hatte. Obgleich Aleks Worte für den Geschmack der Damen etwas zu hitzig klangen und in seiner Artikulation der Fachbegriffe hie und da Fehler auftraten (Kattessen- statt Kassettendecke), beeindruckte der Vergleich zwischen den Dekorationselementen, die die Fenster der Halle schmückten, und ähnlichen Verzierungen im Krulikarniapalast in Warschau (den er nur einmal mit seiner Mutter besucht hatte) die Damen. Er begleitete sogar Albin Piramovitsch auf dem Klavier.

– Vielleicht könntest auch du etwas spielen? wandte sich eine der Damen an Fräulein Dubin. Der junge Herr Tscherniak wird dich begleiten.

Fräulein Dubin lehnte es ab, allein der Vorschlag jedoch brachte Alek ihr näher. Noch während Fräulein Dubin mit niedergeschlage-

nen Augen ihre Ablehnung hauchte, begannen die drei Diener an die Geladenen Waldbeerenkuchen und ein Getränk auszuteilen, das eigens für diesen Anlaß zubereitet worden war: etwas Perlwein mit schwarzem Johannisbeerpunsch. Das Getränk war zwar sehr mild, doch Alek, der niemals Alkohol gekostet hatte, durchflutete eine warme Woge der Fröhlichkeit. Er hielt seinen leeren Kelch dem Bediensteten hin, trank wieder und sagte mit belegter Stimme, während er seinen Speichel schluckte:
– Ihr Kleid ist sehr schön.
– Danke, erwiderte Fräulein Dubin, wie man es ihr beigebracht hatte. Doch sofort fügte sie hinzu: Findest du wirklich, es ist schön? Ich mag dieses Kleid nicht. Dieser Kragen sticht so komisch ab.
Alek studierte den Kragen.
– Er ähnelt Eichenblättern, wie diesen hier über der Tür.
– Woher weißt du etwas über Architektur? fragte Fräulein Dubin mit anmutigem Lächeln.
– Ich weiß gar nichts über Architektur.
– Du hast vorher über Merlini gesprochen.
– Ich habe mich an seinen Namen erinnert, als ich auf einem Ausflug in Warschau war, wegen Merlin, dem Zauberer.
– Ist der russische Junge dein Freund? fragte Fräulein Dubin.
– Er ist kein Russe. Ich habe mit ihm nur ein paar Worte gesprochen, nach der Zeremonie und bevor ich ihn am Klavier begleitete.
– Ist er Jude?
– Nein.
– Und möchtest du polnische Freunde haben?
– Sicher möchte ich das.
– Normalerweise pflegen die Juden sich nur ... nur mit Juden wie sie selber zu befreunden, ist es nicht so? Fräulein Dubin errötete noch heftiger als bei Albin Piramovitschs Kuß auf ihren Handrücken. Möchtest du in den Park hinausgehen?
Jemand rief sie vom anderen Ende der Halle. Sie blickte Alek an und sagte: Ich komme zurück.
Ein Pianist, dessen Namen er nie gehört hatte, spielte etwas von Chopin. Es war ein Gnom mit kurzen Fingern, dessen Nacken von einem Schal in den unnatürlichen Farben von Taubenhälsen umhüllt war: ein Mineralgrün und ein Goldorange wie aus den Tiefen feuchter Erde heraufbefördert. Auch der Pianist insgesamt glich einer kleinen Taube.
Der alte Prinz saß unter einem großen Bild, das üppig mit rosiger Frauenhaut und schimmernden Fellen ausgestattet war, Engeln, die in

Lobesposaunen stießen, Felsen, Bächen, Hasen. Er unterhielt sich mit einem Mann, der einen immensen weißen Schnurrbart hatte, ein wahrer sarmatischer Prachtschnurrbart. Prinz Sanguszko, ein Nachfahre von Gedimin, dem großen Prinzen von Litauen. War es etwa Gedimins Gesicht, das aus einer Korona goldener Palmen herausspähte, die ihre Wedel auf den Mann herabsenkten, der einen kleinen Esel mit einer Frau in luftigen Kleidern und einem nackten Kind auf dem Rücken führte? Nein, nein, das war Gott selbst, darüber stand in leicht krummen hebräischen Buchstaben Jahve geschrieben, Jahve in einer silbernen Wolke, die Wolke in einem riesigen goldenen Feld, hatte ein offenes Auge für die Flucht nach Ägypten!

Neben dem Kamin saß Viktor Hanusz, der gerade von seiner Asienexpedition zurückgekehrt war. Gewiß hatte die Sekretärin in der Schule recht gehabt, als sie sagte, das Fest werde eigentlich zu Ehren des großen Reisenden veranstaltet und die Jungen nur nebenbei dazugesellt. Umringt von jungen Frauen und zwei begeisterten Offizieren, saß Viktor Hanusz vor dem schönen Kamin, dessen trauernde schwarze Marmorpracht mit Goldadern übersät war, die ihn wie niederfahrende Blitze spalteten. In der linken Hand hielt er einen Kelch, seine Rechte hing in einem Gurt, gefangen in einem stark verschmutzten Gips, der in krassem Gegensatz zu allem übrigen in der glanzvollen Halle stand. Auch seine gesunde Hand, die den Stiel des Kelches umfaßte, wies lange, ungepflegte Fingernägel auf, schwarz vom Sand der Wüste Gobi und Turkestans. Sein Gesicht war groß und lang, sein Mund bitter. Er erzählte mit lauter Stimme von der Göttin Kali, jagte den Damen Schauder über ihre Rücken, entlockte ihren Lippen erstickte Seufzer und kleine Schreie des Erstaunens. Ein Diener schenkte ihm immer wieder Wein nach. Viktor Hanusz war rot vom Wein, vom Feuer, von den bewundernden und neugierigen Blicken, von der Nähe der Frauen in den prunkvollen Abendkleidern, und seine Stimme wurde tiefer und tönender. Er streckte seine langen Beine von sich, näher an den Kamin, mit einer nahezu selbstvergessenen Bewegung, zitierte poetische Zeilen und imitierte exotische Gesänge.

Prinzessin Natalia trat an den Kamin und ergriff Viktors Hand. Wie wundervoll sie aussah, die Prinzessin, ganz jung noch, die seltsamen Ringe an ihren Fingern, ihre kleinen Fußsohlen. Wie anders sie doch war als seine Mutter und ihre Freundinnen, die immer wirkten, als hätten sie sich stundenlang mit ihrer Kleidung abgegeben. Es schien, als sei die Prinzessin immerfort mit ihren kleinen, bezaubernden Schuhen geschmückt, als ringele sich ihr Haar stets in langen

Löckchen, als sei immer ein dunkelblaues Seidenband hineingebunden, das jedoch trotz seines Schimmers vom lebendigen Glanz ihres Haares noch übertroffen wurde. Die langen Locken fügten sich zu ihrer aufrechten Kopfhaltung, der Weißheit ihres Gesichts und dem schlanken Wuchs ihres Halses und stürzten wie ein Wasserfall auf ihre Schultern herab. Ihre Stirn war bar jeder Falte, sie blickte heiter und klug aus ihren großen Augen, während sie ihren Gesprächspartner ansah, und nur wenn sie ins Feuer blickte oder eine Gruppe Menschen betrachtete, verschleierte sich ihr Blick, wurde traurig. Ihre Lippen glichen Fräulein Dunins, sogar ein Zahn stand etwas hervor, genau wie bei ihr. Ungleich den übrigen Damen trug die Prinzessin ein Kleid ohne Dekolleté, das in weichem Bogen unter ihrem Hals endete, mit langen Ärmeln, und dennoch wirkte ihr Körper anziehender, obwohl Alek den Grund dafür nicht begriff. Aber am Wunderbarsten von allem war der Eindruck ihrer Jugend. Schöne Frauen, und sogar schöne Mädchen, wie das Mädchen, mit dem er einmal die Polonaise getanzt hatte, wirkten immer erwachsener. Die Schönheit verlieh ihnen Reife und Harmonie. Doch die Prinzessin sah blutjung aus. Vergeblich suchte Alek nach Zeichen ihres Alters. Sie verströmte die Aufrichtigkeit und Geradlinigkeit der Jugend, was sogar an der Art erkennbar war, in der sie die Jungen bei sich zurückhielt, obwohl sie schrecklich gerne mit dem großen Reisenden plaudern wollte. Ehrlich und unbefangen war auch die Art, wie sie über ihre Köpfe, seinen und Albins, strich und mit ihren langen Fingernägeln über ihre Wangen huschte. Wie herrlich es war, auf dem Sofa zu sitzen, auf dem Hanusz saß, vor dem schwarzen Marmor mit dem Bleigold, dem kupfernen Gitter mit den Arabesken und einem arabischen Schriftzug im Zentrum, glitzernd und funkelnd ... Die Prinzessin saß auf dem Teppich, auf rosa- und violettfarbenen Seidenkissen, und blickte wie er auf die Flammen, das weißglühende Kupfergitter, die hochstiebenden Feuersalamander, und er zog an ihrem leicht eingeringelten Haar, glättete es, zupfte ruckartig daran, was der Prinzessin wehtat, und sie hob ihre Hände und berührte seine Knie, ihre Arme so schneeweiß wie die Arme der Göttin Pomona über der Tür, die in den Park hinaus führte, ihre königlichen Achselhöhlen ...
– Der junge Herr Alek ist von Merlini begeistert, sagte die Prinzessin zu Hanusz.
– Merlini? Ja ... ich weiß nicht ... Hanusz verzog leicht die Lippen und blickte Alek an, auf dessen Gesicht noch rote Flecken brannten von dem Abenteuer mit der Prinzessin. Ich weiß nicht ... Aber ich erinnere mich an die Sobieskibrücke. Von weitem sah sie schön aus.

– Was ist das für eine Brücke? fragte die Prinzessin.
– Die kleine Brücke eines Palastes, der auf der Insel in Lazienki steht.

Alek empfand eine dumpfe Eifersucht auf die große Nähe zwischen den beiden und eine verschwommene Kränkung darüber, daß der Reisende nur ein winziges Detail an dem Werk des königlichen Architekten lobte.

– Dann mögen Sie also Merlini? fragte er.

Die blinden Fische am Grunde des Ozeans, die geheimnisvollen Korallen, die Bäume der furchterregenden Urwälder, die Unzahl der Sterne am Himmel – sie würden mich nicht in Furcht versetzen, würde ich mit dir, Prinzessin, am Kamin sitzen, könnte ich nur dein Haar streicheln.

– Herr Viktor kennt diese Villa gut, Albin, sagte die Prinzessin, du kannst ihn nach der Inschrift fragen.

– Dort steht geschrieben: Nicht Macht noch Kraft außer in Allah. Derjenige, der dieses Gitter geschmiedet hat, tat dies nach einer Buchseite, die Bogoslav Sanguszko bei seiner Rückkehr von einer Mission in Istanbul mitbrachte.

In den Büchern über die Adeligen wurde immer erzählt, wie die blaublütigen Herrschaften französische Worte, ganze Sätze sogar, in ihre Unterhaltung einstreuten. Bei der Prinzessin gab es viele englische Wörter. Sie sprach schnell mit dem Reisenden. Alek blieb beim Kamin.

– Ich dachte mir, daß ich, die Schloßherrin, den Reisenden empfange ... daß alles anders sein würde.

– Aber wie sollte es sein ... murmelte Viktor Hanusz.

– Sind Sie nicht froh, daß Sie hier sind?

– Selbstverständlich bin ich ... sagte der Reisende und fügte einige englische Worte hinzu.

– Ich dachte, fuhr die Prinzessin fort, daß ich, die Schloßherrin, das ganze in ein großes Fest verwandeln könnte. Der Reisende ist nach vielen Jahren von seinen Reisen zurückgekehrt, die Schloßherrin erwartet ihn, ringsherum stehen ihre Zofen, bereit, ihn zu waschen und mit Duftölen zu salben, ihm saubere Kleider anzuziehen, ihm schöne Weisen vorzuspielen und ihn mit den Leckerbissen zu speisen, die ihm in der Fremde so fehlten. Die Schloßherrin hört aus seinem Mund Geschichten über exotische Schönheiten und weise Alte, über uralte Städte, die im Dickicht des Dschungels begraben liegen, über Affen und Schlangen, die in antiken Prunkhallen herumspazieren, und über einen Panther, der zwischen den Füßen einer Statue schlummert, die ...

Und hier sagte die Prinzessin eine lange Reihe von Sätzen in schnellem Englisch.

Der große Reisende sah leicht gelangweilt drein, seine Augen wanderten über die Halle, und er schenkte Alek und Albin sogar ein rasches Lächeln.

– Lesen Sie nicht Spengler, sagte er zu ihr. Ich habe ihn in München getroffen. Er hat das Gesicht eines Philisters, grob und gewöhnlich. Sie sind dort zu verrottet, um einzureißen und zu zerstören. Sie, Prinzessin, fürchten sich, weil Sie unter Alten leben ...

Und er fügte auf englisch Worte über Worte hinzu, die mit einem Mal Tränen in den Augen der Prinzessin aufsteigen ließen.

– Alle erscheinen mir von einer Droge abhängig, sagte sie, jeder lebt für sich selbst. Manchmal strengt jemand seine Augen an, um zu zeigen, daß er seinem Gesprächspartner zuhört, daß er ihn wahrnimmt, doch das ist allein für einen winzigen Augenblick, nur weil jener Mensch seinen Gesprächspartner zu seinem momentanen Nutzen oder Vergnügen benötigt. Alle sind berauscht. Ich kann es an ihren Augen sehen. Es liegt ein Irrsinn in dieser Sucht. Wo sind sie hin, all jene abgedroschenen, so langweiligen und vernünftigen Worte, die du von den Vätern, den Priestern, den Lehrern zu hören erwartest ... Spengler hat recht.

– Aber sind dies nicht Reden aus einem Roman des vergangenen Jahrhunderts, mein Fräulein Prinzessin.

– Dann sollten Sie sich einmal mit Valenti unterhalten. Hören Sie zu, was man in den Korridoren des Sejm spricht, wer die Leute sind, was sie sagen und wie sie es sagen.

– Ein Schweinestall, zu dem ich zurückkehre, der verlorene Sohn ... sagte Hanusz, um mich im Mist und schmutzigen Stroh zu wälzen.

Die Prinzessin rückte das Band auf ihrem Kopf zurecht.

– Ruf die Knaben, sagte sie zu Alek. Ich möchte euch alle Herrn Hanusz vorstellen.

Sie neigte sich zu dem Reisenden. Ein Lächeln verständnisinniger Erinnerung erschien langsam auf seinem Gesicht. Und er zog einen Ledertornister unter dem Sessel hervor.

Alek wandte sich zum Gehen, um die Jungen zu rufen, und während er die Halle durchquerte, suchte er nach Fräulein Dunin. Er fand sie dastehen wie ein beleidigter Engel und den Worten einer Frau lauschen, deren Kopf hervorstach wie ein Totenschädel, sogar die Nase schien an der Spitze bereits abgenagt, die Wangenknochen standen seitlich heraus.

Herr Viktor drückte einem nach dem anderen die Hände, als hätte

es ihn in die Versammlung eines Stammes von Wilden verschlagen. Der weiche Ledertornister, der eine helle Sandfarbe aufwies, ähnelte einer Arzttasche, doch an Stelle von Metallschließen wurde er mit breiten Stoffgurten zusammengehalten. Eine Art Etikett, mit Buchstaben, die ihm fremd waren, in blutroter Farbe aufgestickt, war auf dem oberen Teil angenäht. Das Leder selbst war alt, aber frisch gehalten, weder rissig noch trocken. Herr Hanusz löste die Stoffgurte und zog aus dem Tornister in bunte Tücher gewickelte Päckchen hervor. Aus einem davon kam ein dickes Schwert, kurz und breit, zum Vorschein, die Waffe fremder Krieger. Der Reisende gab jedem von ihnen ein kleines Bündel.
– Bitte, öffnet die Geschenke doch, sagte die Prinzessin.

Die Jungen fanden in ihren Päckchen kleine Statuetten, Albin beförderte ein Holztäfelchen mit einer Inschrift zutage. Sie dankten Herrn Hanusz, der bereits seinen Blick von ihnen gelöst hatte und damit beschäftigt war, eine Kette aus roten Steinen um den Hals der Prinzessin zu legen.

Zahlreiche Gäste, deren Aufmerksamkeit von der Bewegung am Kamin angezogen worden war, begannen sich um sie zu scharen.
– Natürlich war es ein gespaltenes Jahrhundert. Stanislaus August – war er nicht der geistige Sohn von Madame Geoffrin? Und Voltaire – war er nicht in seinen Augen ein Priester der Vernunft? sagte Hanusz. Aber ich nehme an, daß diese Bilder mit den religiösen Themen, von denen die Villa voll ist, mit dem Geld Christina von Schwedens, einer heimlichen Kalvinistin, erworben wurden, einer Fremden unter ihnen, die klagte und weinte, wenn die Welt sich freute, und es versteht sich von selbst, daß ihre Religion stärker war als die Mondänität ihres Mannes.
– Stärker? sagte die Prinzessin.
– Denk einen Augenblick nach, Natalie, was ist stärker: »Man muß sich seinem Nächsten nicht geben, sondern nur an ihn verleihen«, oder »ich gebe dir, Gott, alles, ohne etwas für mich zu behalten?«
– Kennen Sie die Villa gut, Herr Viktor? fragte die Freundin der Prinzessin, Frau Stasia.
– Ich habe sechs Jahre in dieser Ruine gewohnt, sagte er.
– Ist es nicht merkwürdig, daß die Jungfrau auf jenem Bild dort derart blond ist?
– Die Flucht nach Ägypten – das ist ein späteres Bild, nicht aus Christinas Zeit. Mir scheint, irgendein Franzose hat es gemalt, der vor etwa fünfzig Jahren in Deutschland gearbeitet hat.
– Und was ist damit? fragte Frau Stasia.

– Ist Ihnen nicht bekannt, daß König David blondes Haar hatte, und Batseba und Uria Hetiter waren, wie ihr Name bezeugt, und daher ist es klar, daß die Väter der Jungfrau Angehörige der indogermanischen Rasse waren, alle sehr blond, nicht wie Sie, Frau Stasia.
– Ich weigere mich zu glauben, daß solche Gedanken durch den Kopf eines Künstlers gehen können, sagte Frau Stasia.
– Und weshalb kam es ihm dann in den Sinn, das Haar der Jungfrau in einer solche Farbe zu malen, als sei sie, wenn Sie mir den Ausdruck verzeihen, eine venezianische Prostituierte?
– Ich glaube Ihnen nicht, Herr Viktor.

Der große Reisende bückte sich und küßte Frau Stasias Hand, als wäre sie ein einfältiges junges Ding.

Alek betrachtete den Tornister, der dalag wie zuvor, in seinem sandigen Leder schimmernd. Die Fackeln erleuchteten die Statuen am Eingang. Dies ist gewiß das erste und letzte Mal in meinem Leben, daß ich in einem veritablen Palast zu Gast bin.

Er strich durch die Säle und suchte das Fräulein. Die Diener gaben sich den Gästen gegenüber von einer solchen speichelleckerischen Unterwürfigkeit, daß Alek Brechreiz verspürte. Seine Bauchmuskeln zogen sich zusammen angesichts ihrer unverhüllten Servilität, ihrer Bewegungen und ihres Lächelns. Aber die Jungen behandelten sie mit geringschätziger Mißachtung. Die Bediensteten gingen an ihnen vorüber, ohne ihnen Aufmerksamkeit zu zollen, schritten kerzengerade direkt auf sie zu, damit die Jungen ihnen ausweichen mußten, und flüsterten lautstark miteinander auf dem Korridor, als einer der Jungen, dessen Magen offenbar der Aufregung der Zeremonie und dem Essen nicht standgehalten hatte, die Treppen hinauf- und hinabrannte. Einer der Diener stieß Alek sogar ein wenig mit dem Ellbogen und verrückte ungeduldig den Stuhl für Jona Schlanger, den Mathematiker, ein kranker, grüngesichtiger Junge. Alek sah, wie Albin einem der Diener hinterherstiefelte und mit raschem Griff zwei Weinkelche vom Tablett entfernte. Alek trank den Wein. Er wußte, Albin würde sein Freund werden.

Die restlichen Räume der Villa waren heruntergekommen und in ruinösem Zustand.

Als er zurückkehrte, begegnete ihm Fräulein Dunin, ergriff seine Hand und zog ihn schleunigst durch das große französische Fenster nach draußen, ohne nach links oder rechts zu blicken.

Jenseits der Schwelle zeigte sich der Park anders, als er vom Fensteralkoven aus gewirkt hatte. Der erleuchtete Platz war in Wirklichkeit sehr klein. Hinter dem niedrigen Zaun zeichnete sich schwärzlich ein

Gebüsch ab, über dem sich eine noch finsterere gerade Baumlinie erhob. Schwache Lichter glitten zuweilen durch das Gebüsch, und entfernte Stimmen waren zu hören. Sie wandten sich einer Stelle zu, von der das Geräusch plätschernden Wassers ausging. Um ein rundes Becken reihten sich Statuen, eine Unmenge Glühwürmchen schwirrte zwischen ihnen und den niedrigen Sträuchern. Sie standen neben einem Triton mit abgeschlagener Nase. Fräulein Dunin beugte sich über den abgeplatteten Kopf des Tritonen, lehnte sich an seinen schlangenfischartigen Teil.
– Ich habe Ungeheuer schon immer geliebt. Ungeheuer und Früchtekörbe aus Marmor in den Händen der Statuen oder auf ihren Köpfen. Aber diese Tritonen habe ich am allerliebsten.

Aleks Herz klopfte heftig ihrem verschatteten Gesicht gegenüber; ihr Körper glänzte zwischen den Schattenkonturen in milchigem Weiß. Und du? Liebst du Ungeheuer?

Im Licht des Mondes dehnte sich das Gesicht des Tritonen, gab ein Grinsen auf seinen Lippen frei.

Fräulein Dunins Hand streichelte den Kopf des Tritonen.

Von weitem schimmerte weiß gemeißelt ein Pavillon: der Tempel ohne Glauben des königlichen Architekten.

Fräulein Dunin berührte seine Brust.
– Warum schlägt dein Herz so stark? fragte sie, als wäre er ein kleiner Junge.

War dies irgendein Spiel, das sie unter den Mädchen lernten? Oder empfand sie vielleicht die Macht der Gnade, die sich über diesen Abend breitete? Alek blickte auf ihre schönen kleinen Lippen, regte sich nicht, aus Angst, im Bruchteil einer Sekunde den Zauber durch eine schroffe Bewegung zu brechen. Und auch Fräulein Dunin, zu gebannt, um sich zu bewegen, verharrte wie angekettet und angenagelt in ihrer Stellung.

Um Mitternacht standen sie zu fünft am Tor.
– Also, Kinder, sagte Albin Piramovitsch, wenn ich euch so neben mir stehen sehe, verloren im Dunkel der Nacht – wißt ihr, was ich vor meinem geistigen Auge sehe? Ich sehe Daniel, Hananiah, Michael und Azariah, frei von jedem Gebrechen, hübsch anzusehen, gebildet mit jeder Weisheit, loyal in der Meinung, verständig in der Wissenschaft, tief im persischen Exil weilend, doch nahe dem Hof, bewandert in der Sprache des Landes und seinen augenscheinlichen Gebräuchen. Und nun, Daniel, Hananiah, Michael und Azariah, was kann euch euer Gefährte sagen, Nachkomme einer degenerierten Familie, die diesem Land Theologen und Übersetzer heiliger Schriften geschenkt hat und

später Archivare und Erzieher, die Familie Piramovitsch, die wie eine spezielle Sekte solcher war, die zweimal geboren wurden? Also spitzt eure jungen Ohren, Daniel, Hananiah, Michael und Azariah – wenn ihr uns lieben möchtet, tut es auf eure eigene Verantwortung. Ihr werdet uns lieben, während wir auf Augustovka schießen! Wir werden nur durch ein Wunder Worte der Liebe für euch finden, aber ach, sie werden euch nur in Verlegenheit bringen. In der Bibliothek meines Vaters gibt es ein ganzes Regal über Tovianski und seinen Kreis. Ihr, die ihr nicht wie ich in eine riesige Bibliothek hineingeboren wurdet und möglicherweise alle diese Bücher nie auf einmal versammelt sehen werdet, sondern nur verstreut, wenn überhaupt, ihr könnt es mir nun glauben oder nicht, jener Mann, der eure Volksgenossen liebte, Adam Mickiewicz, kam an dem Tag in die Synagoge von Paris, den er für den angemessensten hielt, am höchsten Fasttag, dem 9. Av; er kehrte zusammen mit Mitgliedern seines Kreises in der Synagoge ein, um an der Trauer Israels teilzunehmen. Und es stellte sich heraus, daß Mikkiewicz vor seinem Besuch gar eine Art napoleonischen Einsatzbefehl abgefaßt hatte – wie man einzutreten habe, wie den Kopf zu bedekken, wohin sich die Frauen wenden sollten und wie die Teilnahme an der Trauer Israels, das die Tempelzerstörung beweinte, auszudrücken sei. Am Schluß der Lamentationen allerdings begann der begeisterte Mickiewicz eine Ansprache, in der er sagte, noch sei Israels Hoffnung nicht verloren und der Tag der Erlösung nahe. Der Rabbiner verließ wütend die Synagoge, und was jene französischen Juden über unseren großen romantischen Dichter dachten, überlasse ich eurer Phantasie. Ich für meinen Teil denke, je mehr er sich in seine schöne Rede vertiefte, desto mehr steigerte sich die Verbitterung seiner jüdischen Zuhörer, die ihn mit wachsendem Entsetzen betrachteten, als sei er einer der Dämonen aus seinen Balladen. Und denkt daran: Das war Adam Mickiewicz! Behaltet dies im Gedächtnis, was ich euch erzählt habe, Daniel, Hananiah, Michael und Azariah, und erwartet nichts von uns! Aber verzweifelt nicht! Die Sonne scheint für euch geradeso, wie sie für andere scheint! Im Gegenteil, sollen sie euch doch jene einschränkende Bestimmung im Testament des ersten Menschen zeigen, die euch von der Verteilung der Welt ausnimmt.

DER ADLER MIT DER KIPA. Mit Pilsudskis Krankheit und seinem Tod änderten sich die Zeiten. Bei der Zeremonie der Preisverleihung blieb seine traditionelle Depesche aus. In einer der Warschauer Zeitungen wurde die Gestalt des alten Prinzen gezeichnet, wie er den fünf Jungen eine große Medaille übergab – auf deren Rund geschrieben stand: »Die jüdisch-polnische Republik«, und im Zentrum prangte ein polnischer Adler mit extrem scharfem Schnabel, der eine Kipa auf dem Kopf trug, während hinter dem Rücken des Prinzen seitlich die Schädel der drei Juristen herausragten, die er beschäftigte, und deren Gesichtszüge ebenso zugespitzt waren wie der Schnabel des Adlers. Die Juden – die Herren Kviatkovski, Simon Lunz und Adam Struck – lächelten verschlagen (diese drei Juristen hatten sich einen Ruhm errungen, der zuvor den Rechtsanwälten frankistischer Abstammung vorbehalten gewesen war). Die jüdischen Studenten an den Universitäten wurden gezwungen, in der letzten Bank zu sitzen und manchmal auch zu stehen. In den medizinischen Fakultäten wurden sie aus den Anatomieräumen vertrieben: Solange die Juden keine Leichen lieferten, hätten sie nicht das Recht, am Sezierunterricht teilzunehmen.

Nicht nur einmal hatte Alek den Tagtraum, die großen Fechtmeister würden ihn ihre geheimen Finten lehren und er fordere den Zeichner der Karikatur zum Duell und versenke seinen Degen bis zum Heft in dessen schwarzes Herz. Doch noch viel bösartiger als das waren die Artikel, von denen er zwei aus der Zeitung ausschnitt. Einer war im leicht abgegriffenen Stil junger Geistlicher geschrieben, und sein Verfasser lamentierte über die Vergabe von Stipendiengeldern an eine Ansammlung scheinangepaßter Juden, während sich polnische Wunderkinder mit den Schweinen im Stall wälzten. Der zweite Artikel, in der Zeitung der rechten Sanazia, der mit »Justus« gezeichnet war, verspottete die erbärmlichen Errungenschaften der fünf Jungen. Der Lärm und das Aufhebens, das man um sie mache, sei nichts anderes als peinliche Provinzialität. Diese Kinder, Vierzehn- und Fünfzehnjährige, würden als eine Art junge Genies vorgeführt, doch es genüge, sie, beispielsweise, mit einem der großen Mathematiker und Physiker des letzten Jahrhunderts zu vergleichen, Sir William Rowan Hamilton, der im Alter von fünf Jahren fünf Sprachen beherrschte: Italienisch, Französisch, Griechisch, Lateinisch und Hebräisch, und schon werde ihre absolute Bedeutungslosigkeit augenfällig. Im Alter von zwölf, fuhr Justus fort, fügte Hamilton seinem Wissensschatz noch sieben Sprachen hinzu, darunter Sanskrit, Persisch und Malaiisch. Ein Zwölfjähriger und zwölf Sprachen! Nichtsdestotrotz, fuhr der Artikelschreiber fort, sei einer Begabung in der Kindheit bei weitem nicht jene Bedeutung beizumessen, wie sie ihr die finsteren Provinzler und Aristokraten zusprachen, die es liebten, sich mit Zwergen, Negern und Affen, geschmückt mit Goldketten und Perlen, zu umgeben. Jakob Steiner, der gefeierte deutsche Mathematiker, war bis zum Alter von achtzehn ein Viehhirte und konnte weder lesen noch schreiben.

Dieser Justus brach Alek das Herz. Die Feindseligkeit eines Mannes, dessen Stil wie modriger Weihrauch in der Kirche schwallte, war für ihn vorauszusehen, doch den Haß eines gebildeten Menschen wie Justus hatte er nicht erwartet. Vergeblich versuchte er, sich selbst in Justus' Haut vorzustellen, sich in seinen Kopf hineinzuversetzen. Die einzigen Artikel, die Anerkennung und Sympathie für die fünf Jungen durchscheinen ließen, wurden in den Nachrichtenbulletins der Kommunisten veröffentlicht, die am Markt verteilt wurden. Zwar stand in zweien der Blätter geschrieben, daß durch billige Geschenke an Kinder die schändlichen Taten und Verbrechen der Aristokratie nicht abzugelten waren, doch stand daneben auch, daß es in derart schweren Zeiten jeden anständigen Menschens würdig sei, sich den Juden zur Seite zu stellen. Dieser Reaktionen wegen schloß sich Alek dem historischen Klub an, wie Albin es wollte, und lernte Russisch, was er ansonsten nie getan hätte – sein Herz schlug für die Mittelmeerländer. Doch es gefiel ihm, Russisch zu lernen, und nur ganz selten, wenn er in der städtischen Bibliothek saß, betrachtete er traurig die Lehrbücher der Sprachen, die Sir Hamilton bereits in der Wiege konnte, und besonders traurig stimmten ihn die vergoldet und violett gebundenen Wörterbücher des Persischen und des Sanskrit. Justus, der ihn mit seinen bösartigen Auslassungen auf beide Wangen geohrfeigt hatte, versetzte seine Gefühle weiterhin in Aufruhr. Vielleicht hatten die Zionisten und sein Vater recht? Keine Genies? Vielleicht. Der vierzehnjährige Jona Schlanger, der seit seinem siebten Lebensjahr von Arthritis gequält wurde, hatte das Stipendium des Fonds als Folge eines Artikels gewonnen, der in einer Krakauer Zeitung, neben der Schachkolumne, veröffentlicht worden war. In dem Artikel verlieh der kleine Junge seinen Ansichten über einen Aufsatz Hermann Weyls Ausdruck (Jona Schlanger wußte natürlich nicht, wer er war, und seine Veröffentlichungen hatte er im Hause eines Ingenieurs gesehen, dessen Sohn er in Hebräisch unterrichtete), zum Thema »Topologie und abstrakte Algebra als zwei Wege zu mathematischer Erkenntnis«. Diesen Artikel, leicht redigiert von dem Ingenieur, schickte der Redakteur der Schachkolumne – ein Verrückter mit Namen Dorfmann, der mit »Walewski« unterzeichnete (aus Verehrung für Madame Walewska, Napoleons Geliebte) – an die mathematische Fakultät. Ein junger Dozent, der Weyl nicht verstand und auch den Gedanken des Jungen nicht bis ins Letzte folgen konnte, sich jedoch an das romantische Schicksal von Galois erinnerte, reichte den Artikel an den Fakultätsleiter weiter. Dieser sagte, es gelte, sofort die Adresse dieses mathematikkundigen Jungen herauszufinden, und als der Junge ausfindig gemacht war, bat der Fakultätsleiter die Zeitungsredaktion, dem Jungen Blaschkes Buch über die Differentialgeometrie zur Begutachtung zu schicken. Einen Monat später lag ein Artikel auf seinem Tisch, in dem der Junge feinsinnig eine gewisse Unzufriedenheit über den etwas schwerverdaulichen Stil Blaschkes gegenüber Hermann Weyls melodiöser Feder ausdrückte. Alek verstand natürlich überhaupt nichts von Mathematik, aber vielleicht war dieser Junge ein Genie. Er erinnerte sich an seine leicht entzündeten Augen, an sein leidendes Gesicht, an seinen Körper, der wie mit Korsetts und Gurten zusammengepreßt schien. Der Junge hatte ihm während des Empfangs scheu zugelächelt, eine Spur schielend, mit tropfender Nase. In der Villa saß er nicht in ihrer Gesellschaft am Kamin, nahm nicht an der Mahlzeit am Tisch teil, trank nichts von dem wunderbaren Getränk und drängte sich auch nicht in die Nähe der Prinzessin, sondern stand im Korridor vor einem großen, altersgeschwärzten Bild des venezianischen Karneval. Gestalten mit langen schwarzen Umhängen, Hüten mit vielen Ecken und Enden und Masken, milchigweiß oder schwärzer noch als die Roben und Kopfbedeckungen, waren auf einem großen Platz verstreut, in dessen Mitte eine Bühne prangte, mit ähnlichen Figuren wie denen im Publikum, weniger klar jedoch auf dem Hintergrund der höchst vielschichtigen Linien von Häusern, Balkonen, Kanälen und Schornsteinen. Hier und dort schien eine Gestalt etwas erhellt, doch es war schwer zu erraten, was die Quelle des Lichtes sein mochte: ob es des Malers Absicht oder eine Schädigung durch die Zeit war, die große Teile des Bildes verunstaltet hatte. Jona Schlanger wußte nicht viel über Ölgemälde. Er nahm einen Leuchter mit einer hohen Kerze vom Tisch und näherte ihn dem Bild, suchte die Figuren zu beleuchten, die vom Schwarz verschluckt waren, und wunderte sich, als er sah, daß sie dunkel blieben wie zuvor. Rings um das Bild waren Spuren von Moder und blätternder Putz zu sehen, was Alek auch in den anderen Räumen beobachtet hatte. Die Villa, die der Architekt des Königs erbaut hatte, war eine Ruine, nur ihr zentraler Flügel, und im Grunde allein die große Gästehalle, hielt noch stand. Und die Prinzessin? Hatte Tischko nicht gesagt, daß sie die fünfte Tochter einer Taschennäherin aus Lublin war? Alek näherte sich Jona Schlanger. Der Junge hörte auf, das Bild zu beleuchten. Er deutete mit seinen mit rotem Kerzentalg verschmierten Fingern darauf und sagte:

– Siehst du das, Alek? Noch nie habe ich so etwas gesehen! Das ist gewaltig, wirklich immens! Wie viele Menschen, würdest du sagen, sind auf diesem Bild?
– Dreißig ... vierzig?
– Es ist gewaltig, gigantisch!
– Gefällt dir das Bild denn dermaßen gut? Alek wunderte sich.
Der Junge fuhr fort, die schwarze Leinwand zu mustern.
– Schau, schau dir diese Gestalten im Dunkeln an ... und diese dort sind ein bißchen im Licht und jene wirklich ... und die Bögen ... die Dunkelheit ... die schwachen Lichter ... das ist wie Mathematik ... sagte er.

MARINSKY KASTELANIETZ – ARCHITEKTEN. Zwanzig Jahre später?
– Noch keine zwanzig, doch wir nähern uns mit Riesenschritten.
– Und nun hat die Frau die Oberhand. Ist dies das Ende der Don Juans? Der große Liebhaber zittert vor einer Frau?
– Zittern? Ich zittere nicht. Du kannst solche Dinge nicht verstehen, Ezra.
– Ich verstehe es wirklich nicht.
– Ach, Ezra, sagte Kastelanietz milde.
– Ich sehe, daß du das Büroschild geändert hast?
– Vergangen und vorbei, sagte Kastelanietz. Er war seit jeher ein verräterischer Kamerad. Ein Freund von der Verrätersorte.
– Von der verräterischen Entartung wie bei Linnaeus, murmelte Marinsky.
– Wie bei Linnaeus.
– Judas Isch-Kariot Levinson, ein Mann der Städte.
– Isch-Kariot Levinson! Erinnerst du dich an den Namen des Schiffes, mit dem wir herkamen?
– Natürlich erinnere ich mich. Erinnerst du dich nicht an den Namen?
– Nein.
– Wirklich?
– Nein. Ich erinnere mich nicht.
Marinsky dachte schnell an Kuratov, der in Dresden Selbstmord begangen hatte, an Mjastislav Stepanov, der in Rom katholisch geworden war.
– Also wie nannte sich das Schiff?
– *Ruslan.*

– *Ruslan?* Bist du sicher?
Marinsky sah ihn verblüfft an.
– Du entsinnst dich nicht einmal dann, wenn ich dir den Namen des Schiffes sage?
– Was ist daran so merkwürdig?
– Nein, nein, nichts.
– Ich erinnere mich an das Schiff, das an uns vorbeifuhr, mit der Flagge.
– Eine weiße Flagge mit blauem Stern ...
– Trotzdem ärgert er mich furchtbar, Levinson.
– Vielleicht ist es meine Schuld, sagte Marinsky.
– Nein. Es ist nicht deine Schuld. Ich war ihm immer zu leichtsinnig.
– Und ich zu kindisch. Immer siebzehn.
– Der Mammon hat die Seele des Bolschewiken in Brand gesteckt.
– Aber wir haben eine angenehme Stadt gebaut. Auch wenn der Hund noch immer den Mond anbellt.
– Aber nicht so, wie wir wollten.
– Sie hat Sonne. Die Landschaft ist nicht böse.
– Aber nicht so, wie wir wollten.
– Jeder der kommt, ist beeindruckt, sagte Marinsky.
– Aber so hast du auf dem Architektenkongreß nicht gesprochen.
– Alle Propheten beginnen mit Vorwürfen und schließen mit Tröstungen.

Das Gesicht seines Freundes war sehr rund, und der Steg seiner runden Brille saß achtungsgebietend auf seiner geraden Nase. Eine Amphibrachys-Brille.

DER TRAUM VON MADDIS GEBURT. Erinnerst du dich an das Bild von Rembrandt über Manoach – die Botschaft von Samsons Geburt? Ich habe von diesem Bild mindestens dreimal und vielleicht öfter geträumt. Raja ist neun Jahre jünger als ich. Samson ... ich hätte ihn zeichnen lehren können. Ich habe Manoach genau wie auf dem Bild gesehen. Unter seinem rechten Auge leuchtete ein brennender roter Fleck. Ich blickte ihn an und spürte ein Brennen unter meinem rechten Auge, wie eine heftige Brandwunde. Ich erinnere mich ansonsten nie an Träume, und falls doch einmal, sind sie im allgemeinen wirklich ziemlich töricht. Ich sehe einen meiner Füße, ich weiß nicht, ob den rechten oder den linken, der mit Babyhäubchen und rosa Band in einem Kinderwagen schläft, und ich sage laut: Mein Fuß

schläft. Und er sagt im Schlaf: Auch ich werde nach Israel einwandern.
– Wer?
– Das Fuß-Baby. Und plötzlich, zwischen solchen dummen Träumen, der Traum über Manoach. Glaubst du, daß ein Traum prophetisch sein kann?
– Die Geschichte ist voll von solchen Träumen ...
– Glaubst du es oder nicht, Mischa? Ich würde dich ja nicht fragen, aber wirklich, alle meine Träume sind so töricht wie der von dem schlafenden Fuß. Ich träumte, ich sei am Grunde des Baikalsees festgebunden, das Wasser war durchscheinend wie Eis, kleine Fische knabberten zuerst an allen möglichen Stellen meines Körpers an meinen Haaren, danach kamen große Fische mit scharfen Sägezähnen, kälter als Eis. Der Traum von Manoach war ein außergewöhnlicher Traum.
– Ich glaube an den Traum von Manoach.
– Sag mir, Mischa, ich wollte dich schon oft einmal danach fragen: Wie war Fräulein Zoja?
– Wer ist das?
– Zoja Markus, meine Englischlehrerin.
– Deine Englischlehrerin? Du hattest einen Lehrer, keine Lehrerin, der Junge, der aus Amerika kam, der Redakteur der *Isch Jeduda Haza'ir*.
– Das war danach, aber zu Anfang Fräulein Zoja. Erinnerst du dich nicht, sehr schlank ...
– Ich glaube, du irrst dich. Ich jedenfalls habe nie eine Frau gekannt, die so hieß.
Marinsky lächelte ungläubig.
– Zoja?
– Sie war sehr schlank ... trug schwarze ... du sagtest ....
– Ich habe nie eine Frau mit diesem Namen gekannt, Ezra.
– Judas Isch-Kariot Levinson. Bei der nächsten Ausschreibung, wenn er und Gani Pläne einreichen sollten, möchte ich, daß wir uns beteiligen. Der Adler fliegt manchmal tiefer als ein Huhn, doch nie steigt das Huhn in den blauen Himmel auf.
– Schade um die Zeit. Trink nichts mehr, Ezra.
– Ich will bei einer Ausschreibung mitmachen.
– Das ist nicht das erstemal, daß du von Ausschreibungen sprichst, Ezra.
– Du hast recht. In Wahrheit würde ich gerne nur von Ausschreibungen leben.

– Das ist übertrieben.
– Ich will eine Ausschreibung, Mischa. Und wir werden sehen, wer gewinnt.
– Ich werde mit Sara über die Ausschreibung reden.
– Weshalb mußt du mit Sara reden? Was hat sie mit dir gemacht, daß du über alles mit ihr reden mußt?
– Von solchen Dingen verstehst du nichts.

Kastelanietz' Tod. Fliegen, ewiges Lob der unschuldigen unserer Väter. Hat die Admiralsstunde geschlagen? fragte Levinson mit einem Lächeln.
– Das ging zu Herzen, was du an seinem Grab gesagt hast, Levinson. Ich wußte nicht, daß du ihn gern hattest.
– Ach, murmelte Levinson. Er kratzte seine Pfeife aus, beschmutzte den Tisch ringsherum.
– Du hast gesagt, er sei ein glücklicher Mensch gewesen.
– Er war glücklich.
– Ja, ich glaube, du hast recht.
– Er war der Jüngste von uns, sagte Levinson.
 Marinsky zuckte zurück: von uns.
– Du bist mir immer noch böse?
– Ich habe gewartet, daß du kämst ...
– Warum ich?
– Weil du uns verlassen hast, weil ich älter bin als du ... weil ...
 Levinson rauchte schweigend, schließlich sagte er: Und jetzt?
– Was jetzt?
– Wenn du mir nicht böse bist, vielleicht arbeiten wir wieder zusammmen?
– Nein, ich arbeite mit Hochfeld.
– Ich hoffe, du hast nicht vor, seine letzte Bitte wegen des Grabsteins zu respektieren? Er hat das vor Jahren geschrieben. Lethe, die Wasser der Vergessenheit.
– Der Fluß Lethe mit zwei allegorischen Figuren nach Art des Jugendstils. Warum sollten wir das eigentlich nicht für ihn tun?
– Für ihn? Die Leute würden anfangen, zu seinem Grab zu pilgern wie zu einem Kuriosum, und der Grabstein würde überall berühmt werden.
– Du hast recht. Doch was wird Sara sagen?
– Sie wird das tun, was du ihr sagst.
– Verzichten wir darauf. Ich werde einen schlichten Stein auswählen.

– Fühlst du dich gut, Ezra? Du hast blaß ausgesehen beim Begräbnis.
– Es war zu heiß. Ich mochte die Fliegen nicht am Grab. Weshalb gibt es so viele Fliegen? Woher tauchen sie mit solcher Geschwindigkeit auf? Nie zuvor habe ich solche Fliegen gesehen. So viele Fliegen.
– Möchtest du, daß ich das kläre?
– Ja. Mischa war doch in der Kühlung, oder? Wieso waren plötzlich derartig viele Fliegen da?
– Soll ich das klären? fragte er, wie er seinerzeit Marinsky immer gefragt hatte, der Architekt aus den Büchern.
– Ja, tu das.
– Ich werde das überprüfen, sagte Levinson.
– Die Fliegen belästigten Napoleon sehr vor seinem Tod, sagte Marinsky. Und wie geht es Niuta?
– Es geht ihr gut, soviel ich weiß.
Ein Lächeln erschien auf Marinskys Gesicht.
– Seht ihr euch nicht häufig?
– Nein.
– Und wie ist sie?
– Was?
– Wie sie ist, Niuta.
Levinson blickte ihn verwundert, mit einer Spur Ungeduld an.
– Sie ist kein Kind mehr.
– Ja, ja, aber ... sie war immer so klug ...
– Auch jetzt fehlt es ihr nicht daran. Sie ist erfolgreich im Beruf. Es gibt viele Verrückte.
– Ja ... und sie wohnt hier?
– Ja.
– Zur Einweihung des Instituts hat sie mir einen Strauß Blumen in Meterhöhe geschickt, ganz lange Stiele, ein enormer Strauß.
– Sie hat dich immer geliebt. Onkel Ezra, der ganz schnell mit der linken Hand zeichnen und in Spiegelschrift schreiben konnte. Sehen wir uns wieder, Ezra?
– Ja, ich möchte, daß wir Zeit miteinander verbringen.
– Alles vergessen?
Marinsky wurde blaß. Alles vergessen? Seine Lippen wiederholten stumm Levinsons Worte.
– Was ist nun? fragte Levinson.
– Alles vergessen?
– Was hast du, Ezra?
– Alles vergessen? Du hast mich verraten, und du hast Mischa verraten. Du hast uns kaltblütig verlassen.

- Dann bin ich eben etwas kälter als ihr. Das besagt gar nichts. Das ist kein großes Unglück.
- Ich habe nächtelang nicht geschlafen, viele Monate. Ich dachte immer daran, daß du uns im Stich gelassen hast.
- Seitdem ist viel Zeit vergangen, sagte Levinson.
- Du hast uns verraten, sagte Marinsky. Verstehst du nicht? Uns verraten!
- Viel Zeit ist vergangen ... und auch jetzt vergeht die Zeit sehr schnell. Wir haben nicht mehr viel ...
- Aber ich, ich lebe, als wäre ich unsterblich. Vielleicht ist das mein Vorzug.
- Du hast mir nie verziehen! sagte Levinson erstaunt.
- Die Welt ist groß, Jakov, und du sitzt wie eine Glucke in deinem kleinen Hühnerstall.
- Du hast mir nicht verziehen ...
- Komm zu Maddis Geburtstag, sagte er nach einem Zögern. Ich werde dir eine Einladung schicken.

Levinson lächelte ungläubig. Soll ich mich wegen des Phänomens der Fliegen erkundigen? fragte er.
- Was?
- Mich wegen der Fliegen erkundigen?
- Nein. Eigentlich ist es nicht nötig, sagte Marinsky.

AUF DEM BERG NEBO? IM GELOBTEN LAND? Die *Ruslan* tauchte nicht per Zauber auf. Nur ein großes Schiff, ähnlich jenem, mit dem er einmal nach Piräus gefahren war. Ein Raubvogel, der Knochen bricht, sein Opfer verhext, ein schöner Vogel, mit glänzenden Federn. Plötzlich, mit einem Lidschlag, sah er die großen, weißen Boote, den Matrosen, der auf den Schornstein kletterte. Er selbst stand auf der kleinen Plattform, starker Wind. Er kniete sich auf die Platte, das Gesicht zum Schornstein, hielt sich am Tau fest, doch der Wind beutelte ihn, und so wie der Reiter, der auf der Petersburger Anitschkovbrücke auf Knien am Zügel des Pferdes zieht, das ihm seinen Kopf zuwendet und ihn mit dem verächtlichen Staunen eines schönbeinigen Geschöpfes anblickt, so fuhr er fort, am Tau zu ziehen, und unten lag das Meer, undeutlich, wie ein zerdrückter Spiegel, ein Spiegel, in dem sich sonderbare, veränderliche Linien abzeichneten, unentwirrbar, wie Frostbilder, jener Rauhreif auf dem Bart seines Großvaters, wenn er zu ihm reiste, von Simferopol in den Vorort von Petersburg, jener Bart voller Eis und Reif, und er umarmte ihn und drückte ihn an seinen Bart. Ganz allein aus Simferopol hierher! Allein mit dem Zug, mit dem Zug! Du bist ein Held, ein großer Held, Ezra! Durch ganz Rußland!

Alle Menschen, die er kannte, bevor er Kuratov traf, waren sehr klein, belanglos, armselig, unehrlich, ohne Flügel. Aber sein Großvater? Und der Partner von Gonsiorovsky, dem Architekten Odessas, uralt, weißes Haar, schmierig, lang und schmutzig, die Kleider zerknittert und fleckig, ein schlaffer Mund und halb geschlossene Augen, die fahle Haut, grünlich, im Farbton des Erdreichs, Alexander Boligin, gänzlich ungesundes Fett. Kam, um seine Arbeit zu sehen, und sagte zu ihm äußerst merkwürdige Dinge über Architektur und die Farbe der Zeit.

Marinsky lauschte, *Snegurotschka, Mozart und Salieri, Die Legende von der unsichtbaren Stadt Kitze* – bunt schillernde Seifenblasen? Nein, nein, Marinsky. Du liebst Rimski-Korsakov, nicht wahr? *Ruslan?* Tränen standen in seinen Augen, als er an das Schiff im stürmischen Meer dachte. Dort ging das Schiff der Weisen vor Anker, das zu sehen meine Seele so ersehnt. Und eines Tages kämen viele der Passagiere der *Futura* mit ihren Wagen nahe der Stelle, an der ich lagerte. Und sie würden die große Walze studieren, die sich mit Dampfkraft ihren Weg durch alle Hindernisse bahnte, und für einen Augenblick würden sie auch unseren Leuten bei der Arbeit zuschauen. Auf den Hütchen der Zarten flatterten Sonnensegel aus heller Seide, was ein wunderschöner Anblick war. Viele Male und immer wieder las ich ehrfürchtig die Tischgespräche der *Futura*, die neuen platonischen Dialoge. Den stärksten Eindruck machten auf mich die Ratschläge aus dem Munde der Weisen zu Verbesserungen der Arbeitswelt, die bereits geprüft worden waren und andernorts ausprobiert wurden. Doch von den Künstlern der *Futura* lernte ich die erhabene Lehre, daß unser Land in seiner natürlichen Schönheit begriffen und entwickelt werden muß. Schön muß es werden, schön überall, schön vor allem ...

Ihr habt meine Hände in Fesseln geschlagen, sagte Marinsky zu den Bewohnern von Kitze, der versunkenen Stadt.

DIE RÜCKKEHR DER RUSLAN. Es war noch früh, und Marinsky machte sich einen Kaffee warm, warf einen Blick in die Morgenzeitung und lauschte den Vögeln: Schnattern, Zwitschern, Pfeifen; ein Vogel imitierte das Gepfeife des anderen. Er versuchte, sie zu identifizieren, doch in den Bäumen waren nur winzige Bewegungen zu

erkennen. Er schaltete das Radio ein, und im gleichen Augenblick betrat Misia Tschemerinsky den Raum.
– Guten Morgen, Ezra! sagte sie.
Mit dem Lauf der Zeit nahm Misia mehr und mehr das Aussehen einer Zigeunerin an: riesige Goldringe in ihren Ohrläppchen, zahlreiche Armreifen an ihren Handgelenken, die wie bei den Baalstänzen in Israels Stiftszelt klingelten, rote, violette und braune Gewänder, im Grunde gar keine Kleider, sondern Stofflappen, zusammengesetzte, ineinandergenähte Sarafane, billiger Schmuck und Tand. Jede Frau, die seine Phantasie auch nur einmal entzündet hatte, bewahrte in seinen Augen auf ewig einen gewissen Zauber – deine romantische Seite, Ezra. Er betrachetete sie neugierig. Gleich würde sie irgend etwas erzählen, und ihre Augen würden sich mit Tränen füllen – in ihrer Jugend Schweigen, im reifen Alter Tränen. Misia verbarg ihre Tränen nicht. Sie war sehr bewegt, doch ihre Ehrlichkeit gestattete es ihr nicht, sich die Augen zu trocknen oder ihre hübsche Nase zu schneuzen. Sie liebte es, Menschen ihre Gefühle sehen zu lassen. Ein Wort, ein Satz, eine Überschrift in der Zeitung, ein Unglück im Bergwerk, eine Bombe in China, ein Selbstmord im Orangenhain, ein Mord in der Wüste, und jetzt der Krieg – wenn sich ihre Augen mit Tränen füllten, versuchte sie, ihre gewöhnliche Sprechweise beizubehalten, auch wenn ihre Stimme zuweilen brach.
– Ezra, sagte sie, es tut mir leid, deine teure Zeit zu stehlen, doch ich muß mich mit dir über etwas ungeheuer Wichtiges unterhalten, das mich schon seit Jahren beschäftigt, und Raja sagte, ich würde bei dir ein offenes Ohr finden.
– Schütte dein kleines Herz aus, sagte Marinsky, zog ihr einen Stuhl heran und studierte ihren farbigen Büstenhalter, der aus dem Ausschnitt eines Chiffon-Sarafans herauslugte, wie ein Fetzen aussah, jedoch bestimmt nicht wenig gekostet hatte.
– Hör mir zu. Es ist eine ernste Sache. Ich habe bereits vor langer Zeit begonnen, ein Archiv anzulegen, an dem auch du deinen Anteil hast ...
– Du möchtest, daß ich dir ein Archiv baue? murmelte Marinsky. Der Wendeltreppenkörper, die Minarettspiralen stiegen in seiner Erinnerung auf, und Wärme durchrieselte seinen Körper.
– Du denkst immer nur an dich. Ich habe angefangen, Material zur *Ruslan* zu sammeln.
– Von Puschkin oder Glinka?
– Das Schiff, das Schiff, Ezra, mit dem wir nach Erez-Israel kamen.
– Warum? Was ist damit geschehen?

– Das Schiff dient sicher Fischen und Polypen als Herberge am Grunde des Meeres. Ich spreche von der Überfahrt, von den Menschen, die sich einschifften.
– Was ist so besonders an der *Ruslan*?
– Die *Ruslan* ist unsere *Mayflower*.
– *Mayflower*? Herr Ranke hätte dich aus seiner Klasse geworfen, allein wegen eines solchen Vergleichs.
– Ich weiß nicht, wer dieser Ranke ist, sagte Misia Tschemerinsky. Aber alle sagten, es sei wichtig. Ich habe einmal Menachem Ussischkin um seine Meinung gefragt. Und er sagte, es sei wichtig.
– Ussischkin?
– Jetzt klingst du anders, sagte Misia befriedigt.
– Ich habe gerade erst ein einziges Wort geäußert: Ussischkin.

Als er dies mit einem leicht ungeduldigem Ton in der Stimme sagte, erstarrte Misia und schwieg. Die Partie um ihre Augen herum spannte sich ein wenig.

Als junges Mädchen pflegte Misia häufig zu schweigen. Vielleicht wollte sie der Einsamkeit und Isolation eine charmante, geheimnisvolle Wendung geben, vielleicht hatte sie auch den Wert des Schweigens geprüft, den Geschmack des Todes darin, seine scharfe, wie in Feuer und Wasser gehärtete Stahlklinge, eine machtvolle Waffe für ein kleines, mageres Mädchen. Vielleicht hatte sie den winzigen Steinschlägen gelauscht, die das Schweigen im Herzen der Männer hervorrief, die von ihrer anorexischen Gestalt, der Blaßhäutigkeit und vegetativen Passivität angezogen waren. Ihre Lippen waren damals etwas bleich gewesen, die Haut, eine zarte Fruchtschale, weckte in einem die Lust, wehzutun, zu bestrafen ... für das Schweigen?

Misia schwieg, ihre grauen Augen musterten das große Arbeitszimmer. Jetzt war ihr Schweigen nur ein Schweigen, nicht einmal ein Ärgernis, sondern nur ein kleines Beharren, eines der Hindernisse in der Welt ernster Gewichtigkeit, für deren Überwindung der Mensch Geduld benötigte. Ein Archiv ... noch nie hatte er an ein Archiv gedacht. Wieder sah er die Treppe, das gedrehte Minarett, das aus dem verbrannten Braun der Wüste und der alten Fotografie emporwuchs. Er legte die Schnecke auf die Erde, brach sie auseinander. Ein guter Spezialist für Belüftung, Kühlung und Heizung. Der antike jüdische Friedhof in Jaffa, bei den Russisch-Orthodoxen ... Grabsteine mit Gelehrtennamen, griechischen, aramäischen Inschriften, Schalom, Menora, Palmzweig. Wie schön es wäre, wenn Misia schon gegangen wäre und er zu einem Spaziergang aufbrechen und über Archive nachdenken könnte. Wie bei dem Spiel – wer kann dem

anderen länger in die Augen blicken – gestand sich Misia offenbar ihr Scheitern ein, und Marinsky hörte sie sprechen.
– Jeder Mensch, der auf dem Schiff war, soll von seinem Leben erzählen, jedes Kind davon, was aus ihm wurde, alles, was mit der Überfahrt zusammenhängt. Es sind sogar Fotografien erhalten geblieben. Und einige haben Tagebuch geführt! Ich habe mit Professor Bogan, dem Historiker gesprochen. Er sagt, daß 1919, das Ankunftsjahr der *Ruslan*, eine Epoche in der Geschichte des Zionismus, in der Geschichte Erez-Israels einläutet, die Epoche der dritten Alija eröffnet. Die Epoche! Mit bestimmtem Artikel! Ich habe schon fast einen Schrank voll ...
– Und was ist mit der Harfe? Hast du die goldene Harfe erhalten?
– Goldene Harfe? Was ist das für eine Harfe? fragte Misia und zog aus ihrer Tasche ein Notizbuch, auf dessen Lederrücken in kyrillischen Buchstaben stand: *Ruslan*. Du bist bereit zu helfen?
– Ich, Misia? Ich habe noch nichts gemacht. Wir haben gerade erst angefangen, und schon willst du zusammenfassen. Das ist ungebührlich.
– Deine Lebensgeschichte, deine Erinnerungen an die *Ruslan*, Dokumente oder Bilder, die mit der Überfahrt zusammenhängen.
– Fotografien gibt es keine.
– Und wie steht es mit Erinnerungen?
– Ich kann nicht davon erzählen. Erinnerst du dich an den fetten Popen? Sein verspritztes Gehirn, das Blut, die Gedärme, der Offizier, der Kapitän, der Jude mit seinen Holzplatten, und die Suppe ... ich kann nicht davon erzählen ...
Misias Augen füllten sich mit Tränen.
– Ich erinnere mich an den Popen, sagte sie, doch wir müssen uns Mühe geben um der Geschichte willen.
– Menschen, die der Wahrheit auf den Grund gehen, Misia, verachten die Geschichte wie den Klatsch alter Weiber. Ihre Augen sind immer auf das Zeitlose gerichtet.
– Du mußt erzählen, Ezra.
– Ich kann es nicht. Du hältst diese Wunde für die *Mayflower*. Vielleicht war die *Ruslan* ja wirklich eine *Mayflower*. Doch ich kann nicht darüber sprechen.
Wieder sammelten sich Tränen in Misias Augen.
– Kann ich dir eine Frage stellen?
– Ach, Misia ...
– Nur eine Frage, eine einzige, ich verspreche es.
– Eine ...

– Haben wir wirklich damals auf dem Meer ein Schiff mit einem blauen Davidstern gesehen?
Marinsky nickte ihr zu.
– Wenn du es sagst, dann bin ich dessen sicher.
Der Pope, der Riese. Wäre er jung und gutaussehend gewesen ... du bist vor ihm zurückgeschreckt, Ezra, wegen deines Durstes nach Schönheit – die schönen Pfähle, der häßliche Pope, rings um ihn Blutschlieren im Wasser und die Säume seiner Kutte zerfetzt wie Spielzeugboote, die die Wellen fortgerissen haben. Beim Baron – Park, Sonne, ein schneeweißer Pavillon, weißgekleidete Frauen mit Sonnenschirmen, Rosensträucher, Wein, eine ganz lichte Steinmauer. Er betrachtete mit einem Lächeln ein Pärchen Kolibris, die Nektar aus einer roten Blüte sammelten, mit ihren amüsanten Schnäbeln und ihren Federn, schöner als das Kunstwerk eines großen Goldschmieds.
– Herr Marinsky, sagte der Gärtner zu ihm, schön ist der Kolibri, da ist nichts zu sagen, schön, schön, aber er ist ein Raubvogel, lassen Sie sich nicht täuschen, Herr Marinsky, durch seine Farben und Kleinheit, ein Räuber ist er, schnell wie ein Falke, hartnäckig wie ein Adler. Kommen Sie, ich werde Ihnen die Natur dieser Vögel zeigen. Setzen Sie sich hierher und betrachten Sie die Traubendolden. Sie müssen nicht den Atem anhalten, die Sinne eines Raubvogels sind allein auf seine Beute und seine Feinde ausgerichtet. Schauen Sie, und tun Sie sich inzwischen an den Trauben gütlich, Sie sind sehr süß, verfolgen Sie diese Wespen, keine Angst, sie werden Sie nicht stechen. Es gibt hier in der Umgebung Einladenderes. Da, jetzt sehen Sie gut hin, hier ist die Wespe, schauen Sie, sie ist neben dieser großen, leicht aufgeplatzten Weintraube, sie beginnt zu fressen, sich ein wenig ins Innere zu graben, jetzt ist ihr Körper zur Hälfte in der Traube, und da ist Ihr süßer Freund, der Kolibri. Sehen Sie?
Der Vogel umfaßte die Wespe mit seinem Schnabel, der beileibe nicht mehr amüsant wirkte, und spaltete ihren Körper mittendurch.
– Überlegst du es dir doch noch, Ezra? Möchtest du mir nicht trotzdem etwas erzählen?
– Nein, nein, Misia.
– Der Tag wird kommen, an dem hier ein Museum für die *Ruslan* errichtet werden wird. Und vielleicht schaffen wir sogar das Schiff herbei, auch wenn wir es vom Grunde des Meeres heraufholen müßten.
– Ja, ja, Misia.
– Du hörst mir nicht zu.
– Und wozu? Warum eigentlich? sagte Marinsky, bemüht, den Druck zu lösen, der mit einem Mal auf seiner Brust lastete, diese plötzliche

Depression. Warum redest du in einem fort vom Grunde des Meeres?
– Weil sich die *Ruslan* dort befindet.
– Seit wann?
– Seit damals. Hast du es nicht gehört?
Marinsky blickte sie fragend an.
– Von Jaffa lief sie nach Alexandria aus und von Alexandria ein paar Dutzend Meilen und plopp! – versank sie in den Tiefen.
– Plopp in die Tiefen?
– Warum lachst du?
– Das Schiff hat Hand an sich gelegt, um nicht entweiht zu werden nach jener wundersamen Überfahrt?
– Vielleicht! Es wäre interessant, was dieser Ranke dazu gesagt hätte!
– Bist du sicher?
– So habe ich es gehört. Angeblich stand es in einer französischen Zeitung in Ägypten.
– Oder man hat vielleicht ihren Namen geändert, und mit einem neuen, proletarischeren Namen hustet sie sich bis heute im Dienst der Sowjets die Lungen aus dem Leib? Und der Kapitän ist immer noch voll des berauschenden Mostes, und das Schiff zerteilt mit lahmenden Sprüngen Meere, Seen, Flüsse? Marinsky hörte plötzlich eine Stimme, wie in seinen Träumen, eine doppelte Stimme, die in ihm die warme Fülle Mjastislav Stepanovs und die entschlossene Diktion Napoleons widerhallen ließ.
– Sie liegt am Grunde des Meeres versunken, ich weiß es, sagte Misia.
– Sagen dir das die Furchen deines weichen Herzens?
– Und wenn sie nicht zu tief unten liegt, werden wir sie heraufholen und nach Tel Aviv bringen und für sie einen Hafen auf dem Trockenen bauen, damit sie als Denkmal für Generationen besteht ...
– Distel und Dorn werden an ihrem Eisen emporklettern an Stelle von Korallen und Seegras.
– Du hast dich verändert, Ezra.
– Ja, Misia, ja, sagte Marinsky.

Ein blick auf samarkand durch tränen. Seine Nasenflügel brannten, standen in Flammen. Seit er den Bug überquert hatte auf der Flucht vor den Nazis in die Sowjetunion, war Alek kein einziges Mal krank gewesen, trotz Kälte, Hunger und der zermürbenden Arbeit. Und ausgerechnet jetzt, nachdem die Nazis die Sowjetunion, ihren vorübergehenden Verbündeten, angegriffen hatten und den Flüchtlingen erlaubt worden war, nach Süden zu ziehen, zu den Städten der Sonne und der Gewürze, zwang ihn ein hohes Fieber in die Knie, das ihn nicht losließ.

Die Steppe war gänzlich grau, fahl, grenzenlos im Licht des Vollmonds, kalt und frostig, und Alek wunderte sich, daß sein Körper in einer solchen Eiseskälte glühte, seine Nasenflügel brannten, seine Lippen wie trockener Lehm aufplatzten. Später, vielleicht irgendwann nach Mitternacht, kroch aus allen Richtungen immer dichter wabender Nebel heran, bis die Stute, die etwa zehn Schritte entfernt angebunden war, nicht mehr zu sehen war und sogar der nahe Wagen zu einem verschwommenen Flecken wurde. Alek strengte lange Zeit seine Augen an, bis er die Bretterwände des Wagens, die Reisigkörbe erkannte, die an den Seiten hingen, und seine hohen Räder. Er hob den Kopf – die Akazie beschirmte sie, ihre dornige Krone gegen alle Feinde aufgestellt, wie eine Sturmwelle spitzer Pfeile. Die Hitze war ungeheuer, das Mädchen neben ihm stöhnte, ihre Zähne schlugen im Schlaf aufeinander, ihre Lippen zitterten. Ihr Großvater war tot – ein Lächeln trat auf seine Lippen. Woher wußte er, daß der Alte tot war? Er stützte sich auf seine Ellbogen und rief zum Fuhrmann hin: Arbakesch! Arbakesch! Doch als er zurückfiel, in Bewußtlosigkeit abtauchte, spürte er sofort, daß er am Arm und an den Haaren gezerrt wurde. Nur nicht aufwachen, bloß nicht aufwachen! Sein ganzer Körper fühlte sich an, wie in einer dunklen, heißen Matratze versunken.

Das Mädchen zerrte an seinem Arm: Steh auf! Steh auf! Großvater ist tot! Mein Großvater ist tot!

Sein Lächeln wurde breiter vor Stolz. Er hatte gewußt, daß der Alte tot war, ohne auch nur hinzusehen.

– Alek, er ist tot, er ist tot! Es ist Typhus!
– In Samarkand gibt es keinen Typhus ... sie haben es gesagt ...

Das Mädchen berührte seine Stirn. Mit den bloßen Fingerspitzen, die aus den zerrissenen Handschuhen herausragten, säuberte sie seine verklebten Wimpern, und sofort füllten sich seine Augen mit schwachen, milden, salzlosen Tränen.

– Hadschi Bilal! Hadschi Bilal! schrie das Mädchen.

Der Tadschike stieg vom Wagen herunter, in so viele Decken gewickelt, daß er wie ein wandelnder Erdhügel aussah. Die Panik des Mädchens machte ihm Angst. Er stellte sich hin und betrachtete den Alten. Auf einmal entfuhr ihm ein kurzer Ausruf, er kniete nieder, schlug die Mantelschöße des Alten zurück und legte sein Ohr an dessen Brust.

– Tot! sagte er. Es ist Typhus! Jamon! Jamon! Und du hast auch Typhus. Du auch – morgen oder übermorgen wirst du sterben.

– Alles ist in Allahs Händen, sagte Alek und brach in Gelächter aus.
– Du bist sehr krank. Du wirst hierbleiben, sagte der Tadschike.
– Hadschi Bilal, sagte das Mädchen. Wie kannst du uns zurücklassen? So etwas wirst du doch nicht tun! Samarkand ist nicht weit. Man muß Alek ins Krankenhaus bringen, ihm Medizin geben ...
– Krankenhaus? Es gibt kein Krankenhaus. Kein Krankenhaus und keine Medizin. Ob er hier sterben wird oder dort – wo ist der Unterschied?
– Aber wir haben ausgemacht ... sagte das Mädchen und begann zu schluchzen.
– Willst du, daß wir alle hier sterben? sagte Hadschi Bilal.
– Ich werde mit Großvater hierbleiben, sagte Alek, und ihr fahrt weiter, und möge Allah euch den geraden Weg weisen!
Hadschi Bilal sah ihn erstaunt an.
– Du bist verrückt, sagte er.
– Ich werde nicht ohne Alek fahren, sagte das Mädchen. Und ich muß meinen Großvater begraben!
– Und was noch, was denn noch, du dummes, schlechtes Mädchen? Glaubst du, daß ich hier sterben will? Hör zu, was ich dir sage: Ich werde meine Stute anschirren, und dann breche ich nach Samarkand auf. Wenn sie ihn und den Toten holen wollen, sollen sie ein Fahrzeug schicken, bitte sehr, aber ich nehme nur dich mit. Und auch dafür solltest du mir danken. Vielleicht bist du auch krank, und man sieht es bloß noch nicht, sagte er und warf den Deckenhaufen von sich ab.
Alek verletzte sich die Lippen am Flaschenrand.
– Er will nur mich mitnehmen ... verstehst du? Er fürchtet sich vor Ansteckung. Wir hätten nicht wegfahren dürfen ... wir hätten bei den anderen bleiben sollen ... es wäre am besten gewesen, wir wären bei all den anderen geblieben. Der arme, arme Großvater! Hörst du mich, Alek?
– Ja, mein Fräulein, flüsterte Alek. Seine Lippen schmerzten heftig. Er starrte Hadschi Bilal an, und sein flehender Blick, in den Pupillen des Tadschiken verhaftet, gefror in der Luft zwischen ihnen. Hadschi Bilal reagierte darauf, als richtete ein tödlich verwundetes Tier seine Augen auf den Jäger, nachdem es getroffen worden war, um Erbarmen und Hilfe flehend. Hadschi Bilal gab nicht vor, Aleks Bitte nicht zu verstehen, und in seiner Haltung lag keinerlei Grausamkeit, nicht einmal Härte; sein gleichgültiger Blick besagte, daß es ganz natürlich war, daß der Kranke ihn solchermaßen ansah, mit beschwörenden, tränenfeuchten Augen, verängstigt und verwirrt, und ebenso natürlich, daß er, ein großer dicker Mann mit schwarzem Bart, sich vor

einer mörderischen Krankheit retten wollte. Alek spürte einen Stich in seinem Herzen, den er noch nie zuvor empfunden hatte, die Berührung eines Gedankens. Hadschi Bilals Lippen bewegten sich, entblößten und verbargen abwechselnd seine weißen, ebenmäßigen Zähne. Alek versuchte, seine Worte zu entschlüsseln. Es gibt keinen Bund zwischen Hyäne und Mensch. Alek zog aus der Tasche seines langen Mantels vier Stückchen zerknittertes Pergamentpapier, in dem sich Aspirinpulver befand. Ganz langsam kehrte sein Seh- und Hörvermögen zurück.

– Dein Großvater hat ihm für drei Monate Logis bezahlt. Fahr mit ihm. Jemand wird hier vorbeikommen. Fahr! Er war glücklich und stolz, daß es ihm gelungen war, das zu sagen. Das Mädchen bat Hadschi Bilal um Essen, und der Tadschike gab ihr einen halben Laib Brot.

– Laß ihm auch die Peitsche da. Vielleicht kommen wilde Tiere.

– Welche wilden Tiere? Und was soll er mit der Peitsche machen? Er kann kaum die Hand heben, sagte Hadschi Bilal, warf Alek jedoch die Peitsche zu.

Das Mädchen häufte nassen Sand und Steinbröckchen auf die Mantelschöße ihres Großvaters und auf die Plane, die seinen Kopf bedeckte. Wieder brach sie in lautes Weinen aus und zerrte an einem der Stricke, mit dem eine Stoffbahn an die Akazie gebunden war.

– Ich werde schnell zurückkommen, sagte sie.

Alek richtete sich ein wenig auf, lehnte seinen Rücken an den Baumstamm und nahm jede Einzelheit auf, jede Bewegung Hadschi Bilals, die tänzelnden Schritte der Stute. Das Mädchen wischte sich die Tränen ab und hob winkend die Hand. Eine blasse Sonne stieg am Himmel empor, überzogen mit wolligem Gewölk. Der Dunst löste sich rasch auf. Jetzt tat das Aspirin seine Wirkung. Sein Kopf war klarer, und mit der Klarheit packte ihn eine entsetzliche Furcht. Er sah sich selbst unter dem einzigen Baum in der ganzen Steppe liegen, neben der Leiche des Alten, seine Atemzüge wurden schwerer und sein Hals krampfte sich zusammen – und dann wallte wieder der Nebel in seinem Kopf auf, das Fieber kehrte zurück und seine Angst verschwand.

Der Wind änderte seine Richtung, feiner Sand begann sich neben ihm anzuhäufen und deckte die Reste des erloschenen Lagerfeuers zu. Das Wunderkind von Sandomierz, der einzige in der Geschichte des Gymnasiums, der einen Aufsatzwettbewerb in Lateinisch und Griechisch gleichzeitig gewann und als Preis den Roscher erhielt, den Roscher, den riesigen, prachtvollen Roscher! Es war das erste Mal, daß das Gymnasium einen so wertvollen Preis ausgesetzt hatte! Und der große Roscher stand im Bücherschrank wie eine Schönheit unter Aschenputteln: Romane, Gedichtbände, Lehrbücher, die lächerlich wirkten, seicht, voll imaginärer Probleme neben dem mythologischen Wörterbuch, ganz Götter, Feen und Helden. Dieses Wunderkind liegt nun neben einer Leiche und ist dabei, binnen eines Tages oder einer Nacht zu sterben.

Der Wind wurde stärker, die zerschlissene Decke flatterte über dem Toten und enthüllte seine weißen Bartstoppeln und sein weiches, weißes Haar.

Ich werde sterben, genau wie es der Tadschike gesagt hat. Zwei Tage ohne Essen, das Fieber steigt. Obwohl Samarkand nicht weit ist, wird Hadschi Bilal nicht vor morgen abend dort ankommen, und wenn der Wind noch stärker wird oder ein Sturm losbricht, wird er nicht einmal vor Morgengrauen dort ankommen, er wird zum Übernachten anhalten, um die Kräfte seiner Stute zu schonen. Wieder umklammerte ihn die Angst und beutelte ihn am ganzen Leib, bis er sich aufrichtete und seine Muskeln streckte. Ein Stöhnen brach aus seinem Hals, die Kälte lähmte seinen Körper. Er versuchte aufzustehen, doch Eiszapfen schlitzten ihn von innen her auf. Wie im Traum konnte er keine Bewegung machen. Er befahl sich, nicht die Augen zu schließen, da er sie sonst nie wieder öffnen würde, doch seine Lider wurden schwer, und die kalte Luft blies darüber, als wollte sie sie einfrieren. Er hörte das Rasseln seiner eigenen Atemzüge, schnell und rhythmisch. War das der Atem eines Sterbenden? Ja, wie bei einem Sterbenden, Alek. Nur ein Wunder kann dich retten. Doch dieser Baum, der einzige in der ganzen einsamen Weite, war sehr stark und voller Saft, als wüchse ganz allein er auf einer Wasserader und nur er hätte eine geheime Quelle, eine Schatzgrube an gutem Boden und Wasser, und obschon er ziemlich betagt aussah, sein Stamm voller Knoten und Spalten, floß viel Kraft in seinen Ästen. Die Hauptsache war, sich nicht vor der Einsamkeit zu fürchten. Er konnte unmöglich jemals einsamer sein, auch nicht in dieser Steppenwüste, als er es nach der Vorstellung von *Wie es euch gefällt* gewesen war. Die kalte Nacht, vereiste Straßenlaternen, eingefrorene Wasserhähne. Sofort als der Vorhang fiel – das Relikt eines Balletts: Nymphen, Satyren, eine Quelle und malerische Tempelruinen – war er losgerannt, um für Fräulein Barbara Kolenda einen Blumenstrauß zu kaufen – eine nicht sonderlich große Rosalind mit Babyspeck, großen Augen und einem hinreißenden Bühnenlächeln. Er starb fast vor Entsetzen bei dem Gedanken an die Begegnung mit Fräulein Kolenda und daran, wie sein Name in den Ohren von Schauspielern aus der Hauptstadt klingen mochte, denn er haßte beide Teile seines Namens, auch seinen Familiennamen, der kaum für ein Kalb oder einen Hund taugte. Hätte er doch bloß Tschernin geheißen! Ein Junge in der Klasse unter ihm, der auf beiden Augen schielte, hieß Tschernin, ein Name, der anfing wie der seine, jedoch unterwegs die Veredelung durch Hofintrigen und Schlachtfeldparolen durchlaufen hatte. Oh, Fräulein Kolenda! Überirdisches Wesen, Schicksal meines Lebens! Welch Genialität lag in ihrem Spiel, welche Geheimnisse in ihrer entzückenden Stimme! Er haßte auch das dröhnende Alexander – die Wahl seiner Mutter zur Komplettierung von Tscherniak. In seiner vollen Länge kam Alexander wie eine Trompete daher, und die Abkürzungen erinnerten an einen hochstaplerischen Sommerfrischler: Alek, Alex, Olek, während andere Kurzformen (wie Xan oder Sandro) außerhalb des Vorstellungshorizonts eines slawischen Landes im zwanzigsten Jahrhundert oder zumindest der Provinzstadt Sandomierz lagen.

Er rannte mit dem riesigen Blumenstrauß zum Theater zurück, in Sorge, die Schauspieler wären schon verschwunden, doch in der Garderobe lag der junge Mann auf dem Sofa, der den Jacques gespielt hatte, eine Flasche Wein und Gläser neben sich, sein Gesicht noch mit Schminke verschmiert, auch eine ältere Schauspielerin stand dort, und Fräulein Kolenda, der er einen langen Brief an ihre Ensembleadresse geschickt hatte. Sie war bereits mit einer Seidenbluse und einem weiten Faltenrock bekleidet, und barfuß. Fräulein Kolenda nahm den Strauß entgegen, sagte, wie hübsch die Blumen seien, und forderte ihn auf, sich neben sie zu setzen. Jacques schenkte ein Glas Tokajer ein und bedachte ihn mit einem leicht erstaunten Seitenblick schläfriger Verachtung, wie auf der Bühne. Der große Kelch, randvoll mit dem schweren Wein, verwirrte ihn vollends, und er stürzte sich ins Reden. Ein Fehler, den er bei der Aussprache eines Namens machte, ließ das zauberhafte Lächeln auf ihrem Gesicht erscheinen, und um ihn nicht in Verlegenheit zu bringen, erhob sie sich, trat näher zu ihm und fragte ihn, ob er in irgendeiner Theatergruppe in Sandomierz spiele. Ihre Füße waren wohlgeformt, klein. Die kennen wir, das sind polnische Füße, pflegten die Wiener Schuhmacher zu sagen. Punsch mit Weihwasser gemischt, polnische Frauen. Fräulein Kolenda brachte eine lange Zigarette aus ihrer Handtasche zum Vorschein und nahm ein Feuerzeug aus Aleks Hand entgegen. Jacques schenkte Wein nach, und für einen Augenblick herrschte Stille, bis er sagte, er wisse, daß die Schauspieler vor der Vorstellung normalerweise nichts zu sich nähmen und gerne danach äßen, weshalb er einen

Tisch im Restaurant *Schwanenkrone* reserviert habe, wo bereits sein Freund Albin warte, und er bitte darum, Fräulein Kolenda zum Essen einladen zu dürfen, samt Begleitung natürlich, und danach würden sie sie zu ihrem Hotel zurückbegleiten, das nicht weiter als zwei Minuten zu Fuß von der *Schwanenkrone* entfernt sei. Die Einladung klang in seinen Ohren kümmerlich, provinziell, unzulänglich. Rosalind, die seinem blumigen, wirren Gerede davor mit angeregtem Gesicht gelauscht hatte, auf dem ab und zu ihr reizendes Lächeln aufleuchtete, blickte nun den Schauspieler an, der den Jacques gespielt hatte, und danach ihn, als gewahrte sie erst jetzt seine enthusiastische Jugend. Jacques sagte, sie sei zu müde, erhob sich sogar von seinem Platz, mit schwerfälligem Spott, eine winzige Spur Beunruhigung in der Stimme. Fräulein Kolendas Hals und Ohren überzogen sich mit erstaunlicher Röte. Sie verschränkte ihren Arm mit dem des Schauspielers, und Alek, konfrontiert mit dem Geheimnis des Paares, wich zurück. Nun begann sie mit ihren Blicken zu lügen, verleugnete die Zuneigung, die sie ihm zuvor entgegengebracht hatte, legte Betonung darauf, daß vor ihr ein fieberhaft verwirrter, stammelnder Junge stand, der einer Schauspielerin einen Blumenstrauß überreicht hatte. Was findet ihr denn eigentlich an der Bohème? fragte er sich. Was habe ich denn von einer solchen Rosalind? Außerdem ist sie ein bißchen untersetzt, und auch von ihren Haaren kann man nicht unbedingt behaupten, sie seien die flammend roten Feuerzungen, als die sie vom Zuschauerraum aus erschienen waren. Obwohl er eine gewisse Erleichterung darüber empfand, daß ihm die Bürde eines Abends abgenommen worden war, der ihm tausend Ausrutscher bescheren und den Ärger Fräulein Kolendas auslösen hätte können, die er verehrte, seit er sie den *Gobelinmarkt* von Christina Rossetti im Radio hatte lesen hören, bemächtigte sich seiner die Einsamkeit in den vertrauten Straßen. Lange Zeit stand er vor der *Schwanenkrone*. Je höher das Herz schlägt, desto tiefer der Fall!

Albin war vor lauter Warten bereits betrunken.

– Allein? Allein? Oho, mein junger Freund! Ich gewahre den Irrsinn der Einsamkeit und das Funkeln der Rache in deinen Augen. Den Körper, aus dem die Seele entwichen, kann man ohne Furcht zerstampfen, und wir werden die Seele des Reiches herausholen, wir werden die Seele der Welt töten. So sprach Iridion. Hast du dem Fräulein Kolenda erzählt, daß du diesen grandiosen Helden kühnen Mutes auf den Brettern unseres dürftigen Theaters verkörpert hast? Ich sehe, du hast es nicht getan. Und Rosalind blieb in den Armen Orlandos.

– Jacques.
– Jacques? Eine sublime Änderung des zwanzigsten Jahrhunderts. Es gibt nichts Banaleres als einen jungen Mann, der seine Herzensliebste begehrt. Hat er zu dir gesagt: Dein größter Nachteil ist, daß du liebst? Was hat sie eigentlich für Maße?
– Immer noch die gleichen wie mein Herz, erwiderte Alek. Er suchte nach dem Feuerzeug. Vielleicht würde sie das Feuerzeug im Theater hinterlassen, oder im Hotel, womöglich zusammen mit einem Brief. Ich fühle mich schrecklich, sagte er zu Albin.
– Bitte deine Mutter, dir ein Wiegenlied zu singen, wie sie es vor deinem Auftritt auf den Brettern der Bühne getan hat, erwiderte Albin.

Am nächsten Tag fand sich keine Spur von dem Feuerzeug, weder im Theater noch im Hotel. Wenn Fräulein Kolenda das Feuerzeug im Hotel oder am Schauspielereingang des Theaters hinterlegt hätte, wäre das irgendein ganz normaler Akt gewesen. Vielleicht würde sie das Feuerzeug ins Restaurant schicken? *Schwan* – es war doch leicht, sich diesen Namen zu merken. Sie würde das Feuerzeug dorthin schicken, und dies würde ein heimliches Zeichen dafür sein, daß sie an ihn dachte und es ihr leid tat um den Abend. Doch im Restaurant blickten sie ihn nur überrascht an.

Wer Shakespeare in seiner Jugend liebt, wird schnell klug. Einmal, auf einer Berghütte, bei einem Schulausflug, beobachtete er neugierig eine Frau, die in der Ecke saß und aus einer Thermoskanne Kaffee trank. Ihr Gesicht rief Anteilnahme und Zärtlichkeit in ihm hervor, ihm fielen ihre wohlgeformten Ohren auf, ihre anmutigen Bewegungen und ihre hübsche große Strickweste. Und plötzlich bot ihm die Frau eine Tasse Kaffee aus ihrer Thermoskanne an. Seine Klassenkameraden fingen die Geste auf, und allseitiges Grinsen machte sich breit. Die Frau war älter, als sie anfänglich wirkte. Er dankte ihr und senkte seinen Blick, nicht ohne ihre Enttäuschung und plötzliche Bitterkeit zu registrieren, die sie mit Anmut kaschierte. Auch er kannte Verrat, so wie Rosalind, und auch du, armer Tadschike. Flieh, flieh nur, mit der Höhle auf deinem Rücken! Du lebst hier, doch du bist nur ein unglückseliger Gefangener, du verstehst das Asien nicht, in dem du geboren wurdest und in dem du sterben wirst. Ach, Asien. Er hatte einst gedacht, es sei nicht wie das gefesselte Europa. Dieses Europa ohne jeden Streifen Himmels, das ein Planetarium dem echten Himmel vorzug, sich die Sterne, die es benannt hatte, selbst ans Kuppeldach warf, in erstickender Finsternis, das Gebäude hübsch abgedichtet, damit sich um Gottes willen nicht etwa der wirkliche Himmel einschliche ... und das grenzenlose Asien! Alek zitterte am ganzen Leib. Unendlichkeit der Epochen, Unendlichkeit der Götter, mehr Zeitalter und Gottheiten, als ihr Sterne habt! Ein Leben auf der Schwelle des Tempels, im Schatten der Götter, zwischen Land und Meer, auf der schmalen Zunge zwischen den beiden. Die alten chinesischen Weisen mit den übergroßen Kürbisköpfen. Das ist Asien! Bei euch Europäern ist immer etwas zerrissen, und immer muß irgend jemand die Fetzen zusammenflicken! Nichts zu sagen, hübsch eingerichtet habt ihr eure Welt, die Guten darben und quälen sich mit allen Leiden ab, denn in ihrer Jugend haben sie euch zu glauben. Doch eines Tages werden sie zu euch sagen: Und jetzt spielt alleine, und wir segeln weit fort von hier, wir werden nicht inmitten eurer törichten Mannschaftsspiele steckenbleiben! Also Beeilung, meine Herrschaften, so wie es eurer windigen, felsigen Seele beliebt! Und du, armer Tadschike, du zerquetschte Eintagsfliege zwischen den Seiten eines riesigen Buches, flieh nur, Sancho der Tadschike. Armer Sancho! Lauf! Das Buch wird sich öffnen, deine Flügel werden im Wind zerfallen, zu geringerem als Staub! Du warst immer ein Sklave, das einzige, was du zu tun weißt, ist überleben. Das rote Mal, das die Römer auf die Stirn ihrer Sklaven einbrannten. Und du wirst überleben! Ich sehe das rote Mal auf deiner Stirn! Das Zeichen des Überlebens, das Zeichen der Sklaverei! Mit diesem Zeichen wirst du gewinnen! Ich bin froh, daß du dich davongemacht hast! Du hast mich beim Feiern gestört, hast mir meine Festtage verdorben auf dem Weg nach Samarkand, das Geheimnis des Abenteuers ruiniert mit deiner Sklavenvisage und deiner elendiglichen alten Mähre. Jetzt, wo du mich hier, unter dem Baum, zurückgelassen hast, kann ich den Hörner- und Trompetenklang aus den Wolken hören und die Kostproben von Fräulein Rossettis *Gobelinmarkt* schmecken, wie meine schöne Rosalind sie im Radio vortrug.

Ja, du hast mich verraten, Rosalind. Du mochtest mich, ich sah es, ich spürte es bis unter die Haut, daß du mich mochtest, da konntest du dir selbst tausendmal erzählen, daß du mich nur ein Stunde lang sahst, daß ich noch ein Knabe war, doch ich gefiel dir, ich hypnotisierte dich mit meiner Leidenschaft, im Geiste konntest du meine Hände auf deinem Rücken spüren, meine geistigen Lippen, die die deinen küßten, deinen Hals, deine Brüste – doch du tatest, als sei nichts geschehen! Du hast mich und dich selbst belogen! Und wenn du damals lügen konntest, dann wirst du wieder lügen und vorgeben, jemanden zu lieben, der dir gleichgültig ist, dich sogar abstößt. Und du, die du eine Schauspielerin bist, wovon wirst du trinken, an welchem Quell wirst du dich laben, um dich zu erfrischen? Es wäre besser gewesen, du hättest mit Feuer und nicht mit Eis gespielt, himmlische Rosalind, meine liebliche Prinzessin. Dein Zauber war nur Charme, Wonne, geschickte, dem Auge gefällige Bewegungen, doch du gingst nicht völlig auf in Rosalind. Ich, dein Verehrer, habe nichts dagegen einzuwenden, doch man sagt, die Welt sei ein harter Platz, und nun ist Krieg, du spielst nicht auf der Bühne, die Jahre gehen vorbei, und wenn der Krieg eines Tages zu Ende sein wird, was wird aus deinem Lächeln geworden sein, aus der Musik in dir? Ich hätte dich mitgenommen, um Drachen steigen zu lassen, im Fluß zu schwimmen, ich hätte dich mit Worten unterhalten, wir hätten zusammen Schallplatten gehört und Pingpong gespielt, wie Stroh und Feuer wären wir im E-ly-si-um gewesen! Du fürchtetest, ich sei nur ein Knabe, doch zweifellos hatte ich mehr Geduld als jene Leute dort, diese Sauertöpfe! Und anstatt die Liebe das erstemal mit dir zu üben, mußte ich ... ich beklage mich nicht! Ein glückliches Leben mögest du haben, Honig und bestickte Bettlaken. Also sprach dein Verehrer, Alek Tscherniak. Hier in der Steppe, nahbei dem märchenhaften Samarkand, des Winters im Jahre des Herrn 1941.

Der Wind nahm zu, und mit ihm vertiefte sich die Finsternis. Sein Körper verglühte. Er schlief ein und erwachte abwechselnd. Die Steppe verschwand wieder in der Nebelhülle, und je näher die Dämmerung rückte, desto schwerer und nasser wurde der Nebel und verband sich am Horizont mit den niedrigen Wolken, bewegte sich mit großer Geschwindigkeit, nur dicht am Boden war es heller und ruhiger. Als die Sonne aufging und sich die Wolken zerstreuten, wurde der Nebel dünner, und auch der bläuliche Dunst löste sich auf. Die triefend nasse Steppe erglänzte im Tau und sah für eine Weile wild bewegt und gefährlich aus. Er streckte seine Hand aus und faßte nach der Peitsche. Der Griff hatte steinharte Lederschlaufen für drei Finger, und der Griffrücken war mit einem dunklen, kahlgescheuerten Fell umwickelt.

Alek schob seine Finger in die Schlaufen, die Peitsche schien voll schlauer, animalischer Kraft zu stecken, nicht angenehm. Das Tier, das einen seiner Knochen dazu hergegeben hatte – so sehr er sich auch anstrengte, er konnte nicht erraten, welchen – und seine starrigen Haare, hatte die Peitsche mit bitterbösem Haß imprägniert. Er fegte mit ihrem Schwanz über den Boden und steckte seinen Finger in eine Vertiefung unten am Baumstamm. Es war eine ziemlich großes Loch in einem Astknoten, der sich in akrobatischen Verschlingungen abwärts wand. Plötzlich ritzte etwas mit blitzartiger Geschwindigkeit seinen Finger, etwas Dünnes. Eine Feldmaus? Ein Wiesel? Er lutschte an seinem Finger und spuckte mühsam aus, sein Gaumen war wie ausgedörrt. Der Hüter des Baumes? Der Baum ist sehr heilig, hatte der Tadschike beim Anblick der verblichenen Stoffetzen gesagt, die von seinen Ästen herabbaumelten. Der Baum am Ende der Welt. Er stopfte den Griff der Peitsche hinein, und wieder versuchte jenes flinke Wesen böse am anderen Ende zu zerren. Der Hüter des Baumes, sagte er sich und kniff seine Augen zusammen, in die Richtung, in die die gesträubten Dornen der Akazie wiesen, nach Samarkand, als erwartete er, seine Türme und grünliche Kuppeln vor sich zu sehen, das Siegesdenkmal, das Timur aus dreihunderttausend Schädeln errichtet hatte – oder war das Monument weiter weg von Samarkand? In der Sowjetunion sprachen nur Kinder über solche Dinge, wie die kältesten und heißesten Plätze in ihren Ländern, Oimjakon in Jakutien, Termes in Usbekistan. Die Kommunisten kümmerten die ferne Vergangenheit, Samarkands legendäre Pracht und das Schädelmonument nicht. Vielleicht haßten sie Erbschaften, denn jegliches Erbe birgt irgendein Privileg.

EIN FARBENPRÄCHTIGER VOGEL. Wäre ich jetzt mit einer Karawane gereist, hätte ich in mein Tagebuch schreiben oder in mein Gedächtnis eingravieren können, um es bei meiner Rückkehr nach Hause wie Viktor Hanusz zu erzählen: Das Feld war so leer und so ungeheuer gewaltig, daß es einem schwerfiel zu glauben, Samarkand existiere überhaupt irgendwo. Ja, es war schon ein merkwürdiger Augenblick, einer der seltsamsten auf meinen ganzen Reisen, meine Damen und Herren. Der Wind pfiff und jaulte, am Morgen des dreiundzwanzigsten Tages stieg der Nebel auf, und wir sahen vor uns, in weiter Entfernung, niedrige Hügel, bedeckt von dünner Vegetation, doch so weit wir unseren Blick auch schweifen ließen, gewahrten wir nichts außer einem ausladenden Baum, und auf einem seiner Zweige hockte ein farbenprächtiger Vogel. Keiner meiner Leute, auch nicht mein Assistent, der ein ziemlich guter Ornithologe ist, hatte je einen solchen Vogel gesehen, der ohne Zweifel der Familie der Papageien angehörte. Ich befahl, ihn einzufangen, mit der Absicht, ihn zu beschreiben, vielleicht auch der Ehre teilhaftig zu werden, daß er nach mir benannt würde, wie ich mir insgeheim sagte, denn es gibt wenig tiefgehendere Freuden als die Entdeckerfreude in Bereichen, in denen der Mensch ein vollkommener Ignorant ist. Am Horizont sahen wir einen schwachen Glanz, dessen Herkunft schwer zu durchschauen war: Vielleicht war es ein Streifen hellerer Himmel, vielleicht ein Fluß oder Teich, vielleicht aber auch Samarkand selbst. Doch je näher wir dem Glanz kamen, desto größer wurde unser Staunen ...

Und vielleicht würde sich unter den Zuhörern auch Fräulein Kolenda befinden, deren Name die drei Könige mit sich bringt, ihre Hüte und Sandalen, die Pferde und Kamele, dem märchenhaften Stern nach, ihre Geschenke im Stroh glitzernd wie Goldstaub im Flußsand ...

– ... und stellen Sie sich vor, meine Damen und Herren, der Kutscher kannte den Weg nicht hinreichend gut, und anstatt die Hütte der Derwische am Abend zu erreichen, trafen wir gegen Mitternacht dort ein. Dennoch verschaffte die nächtliche Kühle unseren ausgelaugten Pferden etwas Erleichterung von ihrer Fron. Alles flüsterte untereinander, daß die Hügel ringsherum von Wegelagerern nur so wimmelten, und wir konnten in der Tat verdächtige Schattengestalten ausmachen. Doch das Blitzen meiner Remington im hellen Mondesstrahl jagte sie in die Flucht. Die Derwische empfingen uns überrascht, erzählten, daß die Räuber sogar sie behelligten und ihnen die dürftige Nahrung raubten, mit der sie von den Oberen versorgt wurden. Sie sahen wahrlich wie Gerippe aus, auf Grund ihrer grausamen Sucht nach einer Art Opium mit Namen Bhang. Die Derwische bewirteten uns mit Zwieback und Trockenobst, und als ich ihnen etwas Geld anbot, lehnten sie dies lachend ab und sagten, seit Jahren hätten sie schon keine abgenutzte Münze mehr in Händen gehabt.

Stellen Sie sich vor, Effendi, sagte mein Karawan-Baschi, wie arm und unglücklich diese Menschen sind. Wahrhaftig, der Prophet hatte recht, als er sagte: Diese Welt ist ein Gefängnis für die Gläubigen und ein Paradies für die Gottlosen. Der Karawan-Baschi trat mit mir aus der Hütte und deutete auf einen Berg, zu dessen Füßen die Stadt lagerte, die ich so sehnlichst zu sehen verlangt hatte. Ich blickte angespannt dorthin, und endlich, als wir etwas höher hinauf gestiegen waren, sah ich plötzlich mit überwältigender Klarheit die Stadt Timurs vor mir, im Schoße eines wunderschönen Tales. Zu Pferd betrachtete ich durch das Fernrohr die Kuppeln und Minarette der legendären Stadt, die im Mondlicht glänzten, zartblau und blaßgrün schimmerten wie eine Schlangenhaut, und schon ritten wir in die Stadt ein, und das silbrige Mondlicht offenbarte die Schriftgürtel um die Minarette, als hätten Feuerfunken nicht von dieser Welt sie entzündet, die wie wundersame Juwelen vom Himmel auf die sagenhafte Stadt herniederfielen.

Könnte er nur in einer Stadt sein! Eine halbe Stunde in einer Stadt! Nur an den Schaufenstern vorbeigehen, den Zeitungskiosken, den

Eiswägelchen mit ihren Silberdeckeln und den Abbildungen der Eiswaffeln, den Kinos und Restaurants; Menschen sehen, in Autos und Straßenbahnen, dann würde sein Fieber verschwinden. Fußball im Park, eine Sportzeitung mit der Schilderung des letzten Spiels, schöne Zigarettenschachteln, Lotterieverkäufer. Er tastete nach der ins Mantelfutter eingenähten Tasche und fand ein Stück Hochglanzpapier. Es war irgendein Wertpapier, ein Konzessionsschein über eine kleine Geldsumme, der nach einer Weile hoch im Kurs steigen sollte – wie feierlich und prächtig die verschnörkelten Buchstaben waren, die gepunkteten Figurinen in den Ecken. War es die Möglichkeit, daß ein solches Prachtpapier wertlos sein konnte? Und wieder überfiel ihn die Todesangst. Er vermeinte, flüsternde Stimmen von der Leiche des Alten aufsteigen zu hören. Wieder schlugen die Eiskrallen in seine Glieder, und sein Hals schnürte sich zusammen. Wispernde Krächzer entrangen sich seiner Brust, ohne über seine aufgesprungenen, geschwollenen Lippen zu dringen. Grauen stieg aus den fahlen Erdschollen und der leeren Weite empor. Tränen, seltsam und groß, rollten ihm über die Wangen. Süße durchrann seinen Körper. Der Brand legte sich und hinterließ nur ein wenig Glut hinter seinen Augenlidern. Ruhe und angenehme Mattigkeit hüllten ihn ein. Ich werde nie wieder Angst haben, sagte er sich.

Jetzt konnte er spüren, wie der Baum aussah, an dessen Stamm er lehnte: ein riesiger Kopf, dessen trockene Äste sich wie eine Nase Samarkand zuwandten, während das feine Blätterwerk von hinten wie ein Schädel wirkte. Und der gesamte Kopf schien in gespannter Bereitschaft, mit den Blättchen am Ansatz des Schädels wie der Flaum eines Säuglings oder Greises, fragil und zart. Auch das Feld war nicht so leer, wie es ihm zuvor erschienen war – einige Schritte vom Baum entfernt, nahe der Stelle, an der das Pferd angebunden gewesen war, flackerte eine Pflanze mit glatten, breiten Blättern in intensivem, hellem Grün; um die Pflanze herum hatte man zu ihrem Schutz große Steine gelegt, auch die Dornen und Disteln waren ganz und gar nicht abgestorben, wie es ihm gestern erschienen war, und ein Gefühl verwunderter Brüderlichkeit für die Pflanzen erfüllte sein Herz. Einige von ihnen sandten ihre Blüten kranzförmig vom Zentrum aus, die langen Arme zart nach oben gereckt wie der Blütenstand von Tulpen. Die gleiche Pflanze wuchs auch an anderen Stellen, allerdings niedriger, als wären ihre Seitentriebe, einmal vom Wind gebeugt, in ihrer Krümmung verharrt, jeder Zweig in eine andere Richtung verzerrt, und es gab sogar noch niedrigere Disteln, Bodenkriecher, manche völlig weiß, wie frostgeschädigt, doch auch sie vermochte der Wind nicht zu entwurzeln und davonzutragen. Und all diese Pflanzen, wie auch der Baum, verharrten gespannt unter dem düsteren Himmel, warteten auf den Wind, um sich ihm zu überlassen, mit ihm zu strömen und sich gegen seine allzu mörderischen Böen zur Wehr zu setzen. Abgesehen von diesen Pflanzen gab es noch andere Anzeichen von Leben: ein Zweig, der Nagespuren erkennen ließ, winzige Kothäufchen, wie die antiken eisernen Kanonenkugeln in Museen arrangiert, eine kleine, entsetzlich magere Eidechse, die zwischen zwei Steinen auftauchte und sofort wieder verschwand, der verschwommene geflügelte Schatten, der rechts an ihm vorüberstrich, obwohl er keinen Vogel sah und kein Flügelschlagen hörte.

Das Gefühl, ein Opfer zu sein, die Empfindung von ungerechtfertigtem Pech verließ Alek vollkommen, und nun empfand er eine nicht unangenehme Trauer, verschmolzen mit rückhaltloser Absolution für die Welt als Ganzes. Er streckte seine Hand vor sich aus, ähnlich einer Zustimmung, wie ein Segen. Alles entschuldigt und verziehen! Über die glänzenden Lederstiefel der Generäle staunen, welche die Mähnen der Pferde am Brandenburger Tor streicheln!

EIN GOLDENES PFERD ÖFFNET SEINEN MUND. Mit einem Mal vernahm er deutlich menschliche Stimmen. Die Worte hörten sich an, als würden sie direkt in seine Ohrmuschel gesprochen; der Klang schien zwar wie vom Hauch eines Echos umhüllt, das ihn zu Blasen rundete, doch die Worte waren klar, und hätte er die Sprache verstanden, hätte er jeden einzelnen Laut unterscheiden können. Er hörte das Trappeln von Hufen auf dem Sand und auf den Erdschollen, das plötzliche Wiehern eines Pferdes, gefolgt von einer noch lauteren Stimme. Seine Augen erforschten eine ziemlich niedrige Staubwolke, die sich wie eine Schlange vielfach wand und krümmte, und durch den Regen hindurch sah er zwei Reiter auf kleinen Pferden. Man konnte ihre Gesichter erkennen, ihre Mützen, an deren Seiten große Ohrenklappen baumelten. Ihren Gesichtszügen und schütteren Bärtchen nach vermutete er, daß es sich um Kasachen handelte, sofern die beiden nicht eine Erscheinung waren. Er war durch Alma-Ata gekommen, und er wußte, wie sie aussahen. Die Reiter stiegen gemächlich von ihren Pferden ab. Einer war jung, und seine Stute ging nur schwer, ihre verletzten Läufe waren mit staubigen Stoffetzen verbunden. Der zweite, der älter war, nahm die beiden über seiner Brust verkreuzten Jagdgewehre ab, deren Gurte dünn gefranst waren. Alek wartete darauf, daß sie näher kämen, doch der junge Kasache nahm seiner Stute den Sattel und die rote Packtasche ab und breitete sie in einiger Entfernung vom Baum aus. Das Pferd des jungen Kasachen war tatsächlich erschöpft, seine breiten Beinmuskeln zitterten, weiße Schaumflocken tropften aus seinem Maul. Sie kamen ihm nicht näher. Der Ältere blickte ihn eine Spur vorwurfsvoll an, während der Junge zu den Pferden trat, sorgfältig ihr Fell mit einem zerschlissenen Handtuch abrieb und sie aus einem Lederschlauch tränkte. Danach betrachtete er kummervoll den rechten Teil seines Sattels, wo ein großes Stück fehlte, als sei es herausgesägt oder herausgerissen worden. Der Kasache streichelte sanft seine Stute und wusch den Teil ihres Körpers ab, der zuvor vom Sattel bedeckt gewesen und nun eine einzige, häßlich gefärbte offene Wunde war. Aus der Satteltasche holte er einen Ledertiegel, öffnete ihn, bestrich die Wunde mit einer pechschwarzen Salbe und verband sie mit einer breiten Stoffbahn. Alek war froh, daß sich Menschen in seiner Nähe befanden. Er erfreute sich am Anblick ihrer Bewegungen und versuchte nicht, sie zu Hilfe zu rufen. Konnte es so nahe bei Samarkand ein Aul, ein kasachisches Zeltlager, geben? Doch vielleicht befand er sich überhaupt nicht in der Nähe der Stadt? Sollte der Lastwagen, der sie vom Zug zum Steinbruch gebracht hatte, in eine ganz andere Richtung gefahren sein, als man ihnen gesagt hatte?

Der alte Kasache half dem Jungen, die Verbände anzulegen. Beide trugen sie weite Lederhosen, hohe Lederstiefel und Schaffellmäntel, von ihrem Hals hingen große Fäustlinge herab. Obwohl ihre Kleider nicht übermäßig abgerissen wirkten, war ihnen anzusehen, daß sie einen langen Weg hinter sich hatten: Das Schaffell war völlig eingestaubt, starr. Ab und zu warf ihm der alte Mann einen zornigen Blick zu, aufgebracht darüber, daß er gezwungen war, etwas Beachtung zu schenken, das sich so dicht neben ihm abspielte und ihn störte. Welch liebenswerte Augen er hatte, durchdringend wie die eines Vogels. Die Pferde sahen wie Zwillinge aus: beider Köpfe waren sehr lang, ebenso ihre Hälse, ihre Mähnen kurz und strähnig. Die verletzte Stute des jungen Kasachen hatte eine gestutzte Mähne, vielleicht waren auch bunte Fäden eingeflochten. Es war für Alek schwer zu erkennen. Beide Pferde hatten die gleiche Ohrenform, mit leicht platten Muscheln. Auch durch die Schmutzschicht, die an den Pferden klebte, konnte man ihre zart goldene Farbe ausmachen.

Wie schön alles war, seit sich der Zug Samarkand näherte, wie hübsch die reinen Landschaften, wie diese beiden Pferde – die weiten Räume, die weichen, verwaschenen Farben. Zum ersten Mal, seitdem er Rußland erreicht hatte, konnte er aufatmen und sich an etwas

Freiem, Offenem und Schönem erfreuen. Auf der Brust der verletzten Stute hing eine hübsche kleine Scheibe, die wie ihr Fell in blassem Gold erglänzte. Merkwürdig war, daß die komplette eine Seite des Sattels samt Knauf fehlte und die Steigbügel verwickelt und anders festgebunden waren. Vielleicht hatte sich der Reiter hinter der Stute versteckt, während man auf ihn geschossen hatte. Die verletzte Stute hatte schöne Augen, sanft und klug. Trotz ihrer Wunden bewegte sie sich mit harmonischer Leichtigkeit, ließ nicht zu, daß ihre Muskeln sich verkrümmten, um ihr Leiden zu erleichtern, und sie wirkte fast, als sei sie bemüht, ihren Schmerz vor den Augen des Kasachen zu verbergen. Es machte Alek Freude, ihre Stirn zu betrachten, die Anmut und Empfindsamkeit ausstrahlte. Sie ähnelte ein bißchen Fräulein Kolenda.

Alek sah, wie der junge Kasache den Kopf seiner Stute zu sich drehte und seine Stirn an ihre Nase legte.

– Dann ist es also endgültig? fragte der Kasache seine verletzte Stute.

Die Stute öffnete ihren Mund und sagte in fließendem Polnisch: Diesmal, junger Herr, will ich dir verzeihen und werde dich heil aus dieser gottverlassenen Wüstenei hinausbringen, doch der Tag wird kommen, an dem ich dich neben deines Onkels Leiche werde zurücklassen müssen, so wie jener junge Mann dort neben der Leiche des Alten im Stich gelassen wurde.

– Und wann wird dies geschehen? fragte der Kasache.

– Wenn jene Nacht anbricht, wirst du es wissen, erwiderte ihm die Stute in ihrem schönen Polnisch.

– Wann?

– Wann immer es der, der die Wolken einsammelt, so wünscht, flüsterte die verletzte Stute.

War es nicht wunderbar, die Unterhaltung des Kasachen und seiner Stute mit anzuhören? Alek fühlte sich wie ein Reisender, der an der Spitze einer Karawane nach Samarkand ritt, in einer Nacht, die bald schon den schwarzen Abgrund monströsen Pechs in einen sternenfunkelnden Baldachin verwandeln würde, die Wunder tausendundeiner Nacht.

Er beobachtete den jungen Kasachen, und Freude wallte in ihm auf beim Anblick seiner starken Vitalität, seiner Energie und seiner sicheren, kräftigen Bewegungen. Ein klagender Schmerzenslaut entfuhr seiner Kehle. Der junge Kasache wandte sich ihm zu, lief zu ihm hin, und auch der Ältere, der ihn zuvor feindselig angeblickt hatte, fuhr beim Klang der Stimme auf, und seine Augen drückten fragende Betroffenheit aus.

– Bitte! Verlaßt mich nicht! flüsterte Alek.

Der junge Kasache klappte den Schirm seiner Mütze hoch. Seine vorstehenden Backenknochen verliehen seinem Gesicht ein gutmütiges Aussehen. Auf seiner Unterlippe sproß ein braunes Muttermal, seine Augen waren scharf. Einen Augenblick betrachtete er die Leiche des alten Mannes und deckte sein Gesicht dann sofort mit der Plane zu.

– Wer hat dich hierhergebracht?

– Er ist nach Samarkand gefahren. Ich habe Typhus und der alte Mann ist tot. Er sagte, er würde Hilfe schicken.

Der junge Kasache übersetzte das Russische seinem Gefährten. Der Alte nickte mit dem Kopf.

– War er ein Usbeke?

– Ein Tadschike.

– Ein Tadschike! Schurke! Arsiz! Arsiz!

– Ein Diener Ahrimans ... murmelte Alek.

– Atin kim? fragte der Ältere.

– Wie du heißt, sagte der Junge.

– Alek Tscherniak. Seine Zunge lag schwer im Mund, trocken und rauh.

– Kaskirbei Abilchan, das bin ich, und das ist Abdulin Mukan, mein Onkel, sagte der Junge.

Alek lauschte nur seiner gemessenen Stimme und sah seine kleinen, scharfen Augen, und sofort durchdrang ihn das Gefühl, daß dies der erste freie Mann war, den er traf, seit er den Bug überquert hatte. Die Ganoven und Verbrecher, auf die er unterwegs gestoßen war, hatten sich kaum von der Masse der Flüchtlinge unterschieden, wie sie aus ihren Höhlen auftauchten und wieder hineinkrochen, zu armselig, als daß jemand in ihnen einen Gegner sehen würde, nur versehentlich in Gefangenschaft geraten, wie überflüssige Fische ins Netz. Eine dumpfe Sehnsucht nach Freiheit ergriff ihn. Ein stinkender Hauch entwehte dem Mangel an Freiheit, hinterließ eine seltsame Leere in der Welt. Die wunderbare weite Szenerie auf dem Weg nach Samarkand glänzte noch unter seinen Lidern. Wieder sah er die Hügel und Berge, die farbenfrohen Felder und Weiden, und als er auf dem Holzdach des Fuhrwerkes saß, breiteten sich die sanften Landschaften langsam vor seinen Augen aus, frisch und schmerzlich schön. Mein Freund Albin, du, der behauptete, die Freiheit sei in den Tiefen der alten slawischen Seele verwurzelt, trotz der Fesseln, die sie augenscheinlich bedrücken, du würdest staunen, wenn ich dir sagte, daß der einzige freie Mensch, den ich jenseits des Bugs traf, ein junger Kasa-

che war, Abilchan Kaskirbei. Kleine Tränen benetzten seine trockenen Augäpfel.
– Ah, Karak-schirak! Mein Lieber, du bist sehr krank, sagte der Junge.
 Der Alte beugte sich über Alek und schob mit dem Daumen seine Augenlider in die Höhe. Der Junge trieb die Pflöcke tiefer hinein. Straffte die Seile, um der Überdachung besseren Halt zu geben, sammelte trockenes Gestrüpp, schabte angekohlte Zweige ab, die vom vorigen Lagerfeuer übriggeblieben waren, schichtete einen Haufen auf und setzte ihn in Brand. Danach betrachtete er zweifelnd das magere Feuer, und er holte aus seiner Tasche einen zweiteiligen Primuskocher und pumpte schnell etwas Petroleum hinein.
– Laßt mich nicht hier ..., murmelte Alek zu dem älteren Kasachen hin, steckte eine zitternde Hand in seine Tasche und zog einen Tabakbeutel, in Wachstuch gehüllt, heraus, den er in die Hand des Alten legte. Der Kasache löste langsam die Verschnürung und schnüffelte.
– Machorka? Willst du tauschen? Für zwei Tassen Machorka gebe ich dir diese Flasche. Einem verlassenen Menschen an einem solchen Ort wird ein Schluck nicht schaden.
 Der junge Mann übersetzte diese Worte und nickte.
– Wodka?
– Woher sollen wir Wodka nehmen? sagte der Kasache. Nein, das ist Barka, mein Lieber. Aber man kann es trinken.
 Der ältere Kasache füllte seine Metalltasse, auf der etwas in arabisch oder persisch eingraviert war, zweimal mit Machorka, und jedesmal strich er mit dem Messerrücken über den Inhalt der Tasse.
– Barka? murmelte Tscherniak, Samogon?
– Samogon ist Samogon, und Barka ist Barka, erklärte der Kasache ernsthaft.
– Nehmt mich mit, sagte Alek mit dünner, erstickter Stimme. Wenn seine Mutter dem Kasachen ins Gesicht geblickt hätte, hätte sie gewußt, was sich hinter seinem verschlossenen Ausdruck verbarg – kein Unterschied in Rasse oder Nationalität hätte sie davon abgehalten, das Wesen des Mannes anhand seiner Gesichtszüge zu erfassen. Doch er wußte nicht in den Gesichtern von Menschen zu lesen, dafür war er von vornherein allzu sehr auf eine bestimmte Sorte Gesichter fixiert. Weil er in seiner Phantasie genau wußte, wie eine Frau auszusehen hatte, welche Züge ein Mann aufweisen, wie ein Kind oder ein alter Mensch beschaffen sein mußte, waren diese Wunschvorstellungen zu übermächtig, als daß er die Gesichter so zu sehen vermocht hätte, wie sie waren. Er blickte wieder in das Gesicht des Kasachen: rund, eine kurze gerade Nase, glattes Haar, leicht angegraut; die Lid-

falte, eine mongolische Lidfalte, die Falte der Herren der Steppen und Schlachten. Das Gesicht wahrte großen Abstand, und obwohl der Mann ihn ermutigen wollte, blieb die Distanz bestehen. Der Alte kehrte einen der großen Fäustlinge um, die an seinem Hals hingen, und eine dicke Wurzel fiel in seinen Handteller. Er machte mit seinen Kiefern eine Kaubewegung. Der Junge verrührte in einer Tasse ein Pulver mit etwas Zucker und Wasser. Am Geschmack erkannte Alek, daß es sich um Chinin handelte.
– Ich habe keine Malaria, sagte er.
– Ich habe nur Chinin, sagte der junge Kasache.
Er zog aus seiner Tasche ein weißes Stoffstück, gleich jenem, mit dem er seine Stute verbunden hatte, und schüttete nahezu eine halbe Flasche Essig darauf. Danach entblößte er Aleks Brust, breitete den essiggetränkten Stoff darauf aus und deckte die Kleidung und Decken darüber. Das Wasser auf dem Primuskocher blubberte. Der junge Mann holte aus seinem Tornister einen kleinen Teeziegel, bröckelte einige Klümpchen davon ab und verstreute sie in alle vier Himmelsrichtungen. Dann goß er Tee auf, fügte viel Zucker hinzu, schenkte ihn in die Tassen ein, brach ein Brot und öffnete eine Holzschachtel, in der sich weißer Käse befand.
– Irimtschik, sagte er.
Alek schüttelte den Kopf. Er konnte nichts essen, doch hätte er sich gerne in seiner Sprache bei ihm bedankt. Aber er wußte die Worte nicht.
– Kata rachmat, flüsterte er seinen Dank auf usbekisch.
Die beiden lächelten zum erstenmal.
Schweigend aßen sie das Brot mit dem weißen Käse. Nach Beendigung der Mahlzeit zog der Ältere eine kleine lange Pfeife heraus, deren Mundstück mit einem Silberdraht am Pfeifenkörper befestigt war, und der junge Mann tat es ihm gleich. Sie füllten die Pfeifen mit Machorka. Der junge Kasache flößte Alek sehr behutsam Tee ein.
– Trink, trink, sagte er, wir haben nicht viel Zeit.
– Nehmt ihr mich nicht mit?
Der junge Kasache deutete in die Richtung, aus der sie gekommen waren, und vollführte rasch die Geste des Halsabschneidens.
– Es ist furchterregend hier mit dem toten alten Mann, sagte Alek.
– Wenn sie uns erwischen, ist das das Ende von uns und jedem, der mit uns ist, sagte der junge Kasache. Karak-schirak, mein Lieber, verstehst du?
– Verlaßt mich nicht, klagte Alek, obwohl er sich kaum eine Stunde zuvor im Herzen geschworen hatte, diese Worte auf keinen Fall jemals wieder zu sagen.

Doch der junge Kasache schüttelte nur den Kopf und packte mit durchdachten, flüssigen Bewegungen seine Sachen ein, klappte den Primuskocher zusammen, wickelte den Irimtschik ein und verstaute den Tee und den Zucker. Er legte die Satteltaschen über die Rücken der Pferde, und bevor er den Sattel auf seiner Stute befestigte, hielt er kurz inne, streichelte ihren Kopf und ließ sie an seinen Fingern lekken. Danach begann er, über den Boden zu kehren, um die Zeichen ihres Aufenthalts zu verwischen, musterte die Spuren des Tadschiken und seines Wagens, streute verkohltes Reisig aus, als hätte es der Wind in alle Richtungen geblasen, und wandte sich an seinen Onkel, der sich die ganze Zeit über nicht von der Stelle gerührt hatte. Jener erwiderte ihm etwas in scharfem, entschiedenen Ton und stieg auf sein Pferd. Der junge Kasache kam zurück, um Alek zuzudecken.
– Du brauchst dich nicht zu sorgen, sagte er. Er ist ein schändlicher Mann, der Tadschike, ein Bösewicht. Aber wir nicht. Ich werde dir jemanden schicken, einen Alip, ein Riese in unserer Sprache, und er wird dich von hier wegbringen. Verstehst du? Hast du ein paar Rubel bei dir, Karak-schirak?
Alek grub mühsam einen zerknitterten Geldschein aus seiner Tasche.
– Bewahre dieses Geld gut auf.
– Wann wird der Riese kommen?
– Er wird kommen. Am Morgen vor Sonnenaufgang.
– Nehmt mich mit ... ich möchte lieber mit euch sterben.
– Es gibt kein Pferd. Aber der Alip wird kommen.

Die vision vom riesenpferd und dem doppelgänger mit den augen wie fernes wasser. Danach fiel das Fieber wieder über ihn her und überflutete seine Lider. Angstvoll sah er, daß sich etwas neben der Leiche des alten Mannes bewegte. Seine Hand schloß sich fest um die Käseschachtel: Irimtschik ... sie waren dagewesen! Er schluckte etwas von dem Chinin und zog die Decke über den Kopf, dachte an die Reiter, ihre goldenen Pferde, an das Loch, das im Baumstamm gähnte, wo der Hüter lauerte, und mit einem Mal sah er, nur wenige Schritte entfernt, direkt vor sich ein Pferd, das doppelt so groß war wie die kleinen Pferde der Kasachen. Das riesige Pferd tauchte aus der vollkommenen Dunkelheit, seine Mähne war schwarz und blausilbern, seine Nüstern dampften, sein Halfter war mit kostbaren Steinen und edlen Zügeln geschmückt, die Satteltaschen mit blauen Lilien bemalt, ein wohlgeformter Sattel ruhte auf seinem breiten Rücken, und Silberbänder zogen sich wie Schmuckornamente über sein Gesicht. Sein Wimpern waren sehr lang. Jeder Edelstein und jede Schnalle waren ganz deutlich auf dem großen, schweigenden Kopf des Pferdes zu sehen, doch trotz seiner vollkommenen Lautlosigkeit war das Pferd nicht tot, seine Augen lebten, und ein leichtes Zittern lief über sein Fell und seine runden Nüstern. Obgleich er spürte, daß ihn nun der Wahnsinn gepackt hatte, freute sich Alek über das Auftauchen des Pferdes. Die Kasachen! Als er diese beiden traf, war er auf eine Goldader gestoßen. Das Pferd hatte auftauchen müssen, um die Begegnung zu bestätigen. Bei jedem Aufwachen schluckte er Chinin und spürte, daß sein Fieber sank, doch seine Ohren surrten, und sein Kopf dröhnte. Die Geräusche waren so laut, daß er um sich blickte, um die Quelle des Lärms ausfindig zu machen. Immer wieder kehrte das Surren zurück, bemächtigte sich seiner mit stechenden Kopfschmerzen und Brechreiz, und auch die Schmerzen in seiner Brust breiteten sich wieder aus, heftiger als zuvor. Er nahm noch viele Portionen Chinin. Eine Weile später öffnete er seine Augen und sah das Feld vor sich ganz gerillt mit rötlich goldenen Furchen. Zutiefst verstört beobachtete er, wie das riesige Feld zunehmend schrumpfte, bis es zu einem schmalen Pfad geworden war, umgeben von Mauern aus Dunkelheit. Vergeblich riß er an seinen Wimpern, vergeblich machte er die Augen zu und auf: Das Feld war schmal, und ebenso schrumpfte der Pfad, und er spürte seine Zehen nicht mehr, die zuvor vor Kälte gezwickt hatten. Als es dunkelte, wußte Alek, daß er erblindete. Noch bevor der Nebel einfiel, sah er ringsherum bereits nichts mehr, die Dunkelheit war absolut, anders als gewöhnlich. Er spürte, wie der dichte Nebel sein Gesicht berührte, und wußte, daß seine Augenblicke gezählt waren.

Plötzlich sah er sich selbst, einen Doppelgänger seiner selbst, drei Schritte von ihm entfernt stehen, nur daß jener wie verkleidet wirkte, wenngleich seine Gewänder durchaus keiner Kostümierung glichen. In der Linken hielt der Doppelgänger einen dünnen, langen Stab, sein Blick war auf nichts Bestimmtes gerichtet, nur leicht zur Seite gewandt, ein wenig über dem Erdboden. Seine dünnen Hände waren in zeremonieller Müdigkeitspose verschränkt. Ein hoher, kunstvoller Turban, wie eine geschweifte Krone oder der Bug eines antiken Schiffes, thronte auf seinem Kopf, besetzt mit Federn, Blumen ... der Hahnenkamm eines Helden. Seine Kleidung war historisch, sein Brustpanzer in Körperform flach gehämmert, Samt, voluminöse Seide, ein vielfach gefälteter Umhang in der Farbpalette eines schlummernden Meeres, blau-rosa, blaßgold, die Schuhe glichen himmelblauen Sokken. Der hochgewachsene Doppelgänger stand reglos da, grenzenlos in sich gekehrt, seine Augen glitzerten wie fernes Wasser, sein Gesicht war totenbleich, die Konturen verschwammen in der Luft, verbanden sich mit ihr, tangierend wie Wolken am Berghang, und die Fingergelenke seiner Hände krümmten sich, als umklammerten sie den Hals eines unsichtbaren Saiteninstruments mit Bogen. Er war unantastbar, niemand konnte ihm etwas anhaben, wie er so dastand, losgelöst von allem, in seiner ewig währenden Einsamkeit.

Ein unmerklicher Wind spielte mit einem Fähnchen an der Spitze des Stabes. Alex strengte seine Augen an, um die Farben darauf zu erkennen, und im gleichen Moment verblaßte die Gestalt, die Farben von Samt und Seide verblichen im Nebel, und dann war sie verschwunden.

Als es heller zu werden begann, wobei er noch immer nicht mehr als den schmalen Pfad, eingehauen in die weite Steppe vor ihm sah, hörte er plötzlich einen Pfiff und stieß trotz seiner schrecklichen Schwäche einen lauten Schrei aus. Vor ihm, einige Schritte weit vom Baum, stand ein alter Packard, ein Wrack ohne Dach und Türen, dessen Motorhaube mit Eisendrähten zusammengehalten wurde. Mit verblaßten Buchstaben stand auf seiner rechten Seite aufgemalt: »Kooperative Rote Fahne». Diesem Fahrzeugwrack entstieg ein kleiner Mann, nahezu ein Zwerg, und marschierte mit forschen Schritten auf ihn zu, wobei sich seine Schultern abwechselnd hoben und senkten, als sei ein schneller Motor in ihm am Werk. Der Riese ... der Alip ... Er dehnte seine Lippen zu einem spargelbreiten Lächeln und machte große Augen. Um den Hals hatte er einen blauen Pullover geschlungen.

– Noch am Leben, Golubtschik?
– Alip! sagte Alek.
– Das ist der Name, bei dem man mich in diesen Breiten ruft, sagte der Mann. Wenn ich dir dabei helfe, schaffst du es zur Limousine? Und er richtete Alek auf, der sehr dünn und lang war. Der Alip hatte Schwierigkeiten, ihn zu stützen.
– Warte, ich hole einen Stock aus dem Wagen, sagte er. Und sofort kam er mit einem Stock in der Hand zurück, den jemand zu einem Vogel mit langem Schnabel zurechtgeschnitzt hatte. Der Alip löste die Stricke vom Baum, zog die Pflöcke heraus, kniff ein Auge zu und studierte Alek, der ihm in seinem langen, schmutzigen Mantel gegenüberstand, seine aufgeplatzten, mit Sackleinen umwickelten Schuhe, das aus seiner Tasche ragende Henkelohr einer Emailletasse.
– Stütz dich auf den Stock und lege den linken Arm um meine Schulter. Keine Angst, wir schaffen es zur Limousine.

– Bringst du mich ins Krankenhaus?
– Ins Krankenhaus – nein. Es ist mir momentan nicht lieb, Samarkand zu betreten, aber ich werde dich bis zur Straße bringen, und dort fahren viele Lastwagen vorbei. Für drei Rubel, allerhöchstens fünf, bringen sie dich ins Krankenhaus in der Stadt. Jeder wird dich für fünf Rubel mitnehmen.
– Die Kasachen ... es waren zwei. Einer jung. Was macht er?
– Zureiter. Verstehst du?
– Werde ich sie wiedersehen?
– Wie soll das denn möglich sein? Stütz dich, stütz dich auf mich. Daß wir hier bloß nicht einsinken. Wenn wir feststecken, würde nicht einmal ein Traktor ausreichen, um uns herauszuziehen. Wir müßten einen Panzer mit einem Stahlkabel besorgen.

Als er in den Wagen stieg, breitete Alip mit einem Blick auf Aleks Mantel ein Bündel Zeitungen über den Sitz, Hunderte Seiten der Samarkander Zeitung *Lenins Weg*. Alek setzte sich auf den Vordersitz, der Leichnam des alten Mannes schien mit dem Wind zu strömen wie eine schwarze Pflanze. Sofort befiel ihn ein Zittern, sein Fieber schnellte in die Höhe, und er sah sein Gesicht im Fensterglas riesengroß und verzerrt wie in den Spiegeln auf den Jahrmärkten. Sein Chauffeur trennte sich von ihm neben einem Telegraphenmast mit einem Schulterklopfen. Hinter einer zerbrochenen Bank rankte sich ein dorniger Strauch. Zwei Fahrer mit aufgedunsenen Gesichtern schnappten nach dem Geldschein in seiner Hand und warfen Alek in den Laderaum ihres Lasters, der Zementsäcke geladen hatte. Der Wagen hielt an einer Straßenkreuzung neben einer Hütte, deren Eingang der intensive Geruch nach Kohlsuppe entströmte. Alek weigerte sich, aus dem Lastwagen zu steigen, umklammerte fest die Ladeplanken. Die Emailletasse war aus seiner Tasche verschwunden. Alip! Aber die Geldscheine hatte er nicht genommen. Wie hübsch seine kleinen Schritte gewesen waren.

Am Nachmittag stieg er neben einem weit geöffneten Tor aus. Ein Mann in Arbeitskleidung und einer zerrissenen Fufajka, aus der Watteflocken herausquollen, und einem Schwedenschlüssel am Gürtel rannte hastig hinein und kehrte in Begleitung einer hochgewachsenen Krankenschwester zurück, die eine Decke über ihre Schultern gebreitet hatte.
– Kein Platz! sagte sie. Der Arbeiter sagte etwas zu ihr.
– Nein, nein! schrie die Schwester und rannte wieder hinein.
Der Arbeiter stand ihm gegenüber, blickte ihn hilflos und zögernd an. Er hatte sehr kleine Augen und eine Knollennase. Alek zog den

Machorkabeutel aus seiner Tasche. Der Arbeiter öffnete das Säckchen, schnüffelte an dem Tabak und befühlte ihn. Danach trat er mitten auf die Straße, hielt einen Karren an, legte Alek hinein und setzte sich neben ihn. Durch die Bresche in einer hohen, dicken Mauer zeigte sich ein langgestrecktes Gebäude, vielleicht eine Baracke, durch deren Fenster Hunderte Kranke zu erkennen waren, die sich in den Sälen drängten. Zwei Leute in langen Überröcken schleiften ein Paket, in eine zerrissene Decke gewickelt, hinter sich her, das wie eine Leiche aussah. Sie traten vorsichtig auf, die Diener des finsteren Ahrimans, aus Furcht, auf dem morastigen Pfad zwischen den kahlen, gekrümmten Bäumen auszugleiten, die danach aussahen, als hätte jemand ihre Zweige abgehackt, um sie an die Öfen der Baracke zu verfüttern. Als Alek eingelassen wurde, ballte sich sein Herz zur Faust und schlug ihm bis zum Hals, und etwas explodierte in seinem Kopf. Er hörte Stimmen, Leute zogen ihn an Händen und Füßen, spritzten Wasser über sein Gesicht, gaben ihm Spritzen, schleiften ihn irgendwo hin, stachen wieder in seine Arme. Als er die Augen aufschlug, fand er sich in einem langen schmalen Korridor wieder. Der Geruch nach Jod und beißenden Salben stieg ihm brechreizerregend in die Nase. Unweit von ihm verbreitete ein Ofen seine Wärme.

In dem schmalen Korridor zog es heftig. Der Kamin des Ofens, der mit allem beheizt wurde, was zur Hand war, qualmte, und obwohl er mit Dutzenden Lumpen zugestopft und mit Pech beschmiert war, spuckte er einen schwarzen Ruß aus, der Hals und Augen reizte, sie mit schwarzen Ringen untermalte, die Lider zum Zufallen brachte und die Lippen bläulich verfärbte wie die einer Wasserleiche. Das würgende Gehuste dauerte die ganze Nacht an und weckte jeden, dem es gelungen war, für einen Augenblick einzuschlafen.

Ein zerbrochenes Fenster über der Eingangstür, dessen Scheibe von Bandagen zusammengehalten wurde, schwang bei jedem starken Windstoß sperrangelweit auf.

Rede über den Dieb und den ehrlichen Menschen. Die Bahnhöfe, die in den Filmen immer so schön waren – die Lokomotive, die Dampfwolken, der Rauch, das erwartungsfrohe Publikum, die noch unbekannte Heldin –, waren die schmutzigsten, nacktesten und deprimierendsten Orte von allen. Alek lag zwischen Hunderten Menschen, die dort Tag und Nacht lagerten, forschte Leute nach Bekannten aus, bis er das Glück hatte, auf Simcha Feldmann zu stoßen, den Besitzer eines koscheren Restaurants aus Sandomierz. Feldmann hatte im Zug Albin Piramovitsch getroffen, der derzeit Oberleutnant im polnischen Armeestab in Jangijul nahe Taschkent war. Piramovitsch sah nicht schlecht aus, erzählte Feldmann, obwohl ihm das Haar auf dem geschorenen Schädel noch nicht nachgewachsen und er sehr abgemagert war. Doch er hatte eine Karte für die Sonderklasse, und seine Taschen waren vollgestopft mit Zigaretten und Bonbons.

Feldmann teilte zwei Tage lang seinen Zwieback mit ihm, danach entschwand er mit einem der Züge, versprach, wiederzukommen und ihm zu helfen. Für Alek kamen schwere Zeiten, denn er besaß nicht die Kraft, den Bahnhof zu verlassen, und als ihm das Essen ausging, wanderte er hierhin und dorthin durch die grauen Schuppen, doch ohne Ergebnis. Nach drei Tagen, in denen er kaum etwas gegegessen hatte außer einer Handvoll Pistazien und zwei blaßgrün überzogenen Zwiebäcken, die jemand unter dem Tisch versteckt hatte, begann der Hunger an ihm zu nagen. Wenn er genügend Energie gehabt hätte, wäre er zum Markt aufgebrochen und hätte alles verkauft, was er noch besaß, ohne einen Gedanken an seine Kleidung zu verschwenden, die er benötigte, um vor die Offiziere der Armee zu treten. Doch er fürchtete sich davor, den Bahnhof zu verlassen. Vergebens suchte er nach Feldmann.

Am Abend, als er schwerfällig einem fahrenden Küchenkiosk hinterhertrottete, in der Hoffnung, auf die barmherzige Köchin zu stoßen, die ihm manchmal eine halbe gekochte Kartoffel oder einen Löffel Suppe abgab, kam er an einem Offizier vorüber, der mit einem Bahnarbeiter und einem mageren, grell geschminkten Mädchen beieinandersaß, das sich wie eine ältere Frau angezogen hatte. Sie verschlangen riesige Fleischbrocken, die auf einer Zeitung ausgebreitet lagen, fettes triefendes Fleisch, vielleicht Schaffleisch. Alek hielt im Gehen inne und heftete seinen Blick auf das Fleisch. In dem Moment warf der Offizier einen Klumpen Fett weg. Eine Hitzewelle schoß durch Aleks Körper, sein Herzschlag beschleunigte sich in furchterregendem Maße, er bückte sich, schnappte sich das Stück Fett und rannte zum Wasserhahn, an dem er am Morgen immer sein Gesicht wusch, spülte den wabbelnden, staubigen Brocken ab und schlang ihn hastig hinunter – das Fett, das Salz und der Pfeffer erschlugen ihn, erschütterten ihn und ließen Brechreiz in seiner Kehle aufsteigen.

In dieser Nacht, unter dem Tisch, konnte er nicht schlafen, immer wieder flimmerte jenes flüchtige Bild des Fettbrockens, der auf der

Erde auftraf, vor seinen Augen. Hatte der Offizier den Klumpen absichtlich weggeworfen? Zufällig? In der Sklaverei leiden die Sitten des Helden.

Feldmann, der so plötzlich wieder auftauchte, wie er zuvor verschwunden war, mußte erschüttert zur Kenntnis nehmen, daß Alek nicht imstande war, für sich selbst zu sorgen, und auf dem Boden im Bahnhofssaal unter den Tischen und Bänken schlief, da dort weniger Gedränge herrschte und niemand auf die Schlafenden trat. Er verriet ihm seinen heimlichen Schlafplatz: ein abgeschiedener Raum in der Station, der eigens für Schwangere oder Frauen bestimmt war, die gerade entbunden hatten. Dieser Raum war des Nachts leer, und nur diejenigen schliefen darin, die das Geheimnis kannten und sich durch das Fenster hineinstahlen. Jeden Morgen schrubbten die Stationsarbeiter gründlich den Boden, und dementsprechend zog ein solch luxuriöses Zimmer die Reichsten unter den Flüchtlingen an, die für den Vorzug, darin zu übernachten, mit Essen oder anderen Gütern bezahlten, und ebenso zog es die Diebe an, in der Mehrheit Russen und Ukrainer (Usbeken seien keine Diebe, sagte Feldmann), die den reichen Schläfern unter ihren Köpfen die Bündel und Schuhe davontrugen.

Alek kannte ihn gut, denn er hatte lange Zeit seinen Sohn unterrichtet, um sich Bücher und Schallplatten kaufen zu können. Dieser Junge, Jusek, war besonders langsam und zerstreut gewesen. Zehn Jahre alt war er damals gewesen. Und Alek hatte sich gewundert, daß Herr Feldmann, Besitzer des größten Restaurants in der Stadt, seinem Sohn bei den einfachsten Dingen nicht zu helfen wußte. Erst Jahre später kam ihm zu Ohren, daß der erfolgreiche Geschäftsmann der Sohn des Rabbis von Pschischa war, ein berühmter chassidischer Rabbiner, dessen Hof Scharen von Chassiden aufsuchten. Herr Feldmann hatte seinen Vater mit siebzehn verlassen. Der Chassidenrabbi von Paschischa stand, im Gegensatz zu anderen chassidischen Rabbinern, allem Wissen feindselig gegenüber und erlaubte seinen beiden Söhnen nicht einmal, eine Zeitung zu lesen, ganz zu schweigen von Lehrbüchern oder schlicht unreiner Literatur.

Feldmann führte ihn zum Tschaichana der Diebe und setzte ihn in eine Nische am Fenster.

– Hör mir gut zu, sagte er. Es ist extrem wichtig, daß du begreifst, daß du dich im Krieg befindest. Sie schreiben in den Zeitungen und sagen im Radio, daß die Etappe gleichermaßen wie die Front ist. Glaub ihnen das. Du befindest dich mitten im Krieg, an der Front. Und ein Soldat im Krieg benimmt sich anders als zur Friedenszeit.

Und wenn du dich nicht so verhältst, wirst du sterben oder zu einem erbärmlichen Sklaven werden. Und was heißt das, wirst du fragen, sich wie an der Front verhalten? Ich will es dir sagen. Du mußt davon Abstand nehmen, der gute, zartbesaitete Junge zu sein. Die Guten sind für die Schlachtbank bestimmt oder zur grausamen Vernichtung. Denk einmal nach: Was siehst du, wenn du dich in Samarkand gut umschaust, die Flüchtlinge betrachtest, die diese Gegenden füllen, und die Einwohner selbst? Ich will dir sagen, was du siehst: Du siehst Menschen, die stehlen, und Menschen, die nicht stehlen. Untersuchen wir zuerst die Diebe – was gewinnen sie, was verlieren sie, und was haben sie zu verlieren? Zunächst einmal, der Mensch liebt es nicht von Natur aus zu stehlen. Er ist dazu erzogen, nicht zu stehlen, und in der Tiefe seines Herzens weiß er, daß es nicht gut ist zu stehlen. Das Gefühl, daß alle um ihn herum Diebe sind, ist auch störend, und besonders schwierig ist es für dich, wenn du dich im Kreise deiner Familie befindest, unter deinen Kindern und deinen engsten Freunden. Und immer besteht die Gefahr: Du könntest erwischt werden, man könnte dich ins Gefängnis werfen, vielleicht zu den Arbeitskolonnen verschicken, vielleicht in den Norden verbannen, zur Zwangsarbeit. Man kann nie wissen. Alles hängt vom Willen der Herrschenden ab. Das Urteil hängt von ihrer Willkür ab, und die Strafe ist nicht im voraus absehbar, nie kann man abschätzen, ob es sie wert ist. Es gibt keine festgelegte Strafe. Das ist die Soll-Seite. Nun zur Seite des Habens. Du stiehlst, und sofort bist du weniger hungrig oder überhaupt nicht mehr, du hast etwas anzuziehen und vielleicht sogar einen Platz, wo du dein Haupt betten kannst. Du befindest dich im Kreise vieler Menschen, die ebenfalls stehlen. Ich habe eine Weile in einer Zuckerfabrik gearbeitet. Alle, hörst du, alle dort stahlen Melasseeimer. Du empfindest eine gewisse Solidarität, du schaust nicht auf die anderen herab, du hast nicht dieses Gefühl, daß nur du und ein paar Versager wie du sich anständig und mit ängstlicher Vorsicht benehmen. Wenn du unter den Anständigen bleibst, wirst du dich keinesfalls weniger schämen, als du dich schämen wirst, wenn du stiehlst. Wenn du dich den paar Dieben anschließt, wird dich das nicht vor dem Gefängnis, dem Arbeitslager oder der Verbannung schützen. Doch wichtiger als das, von der Stunde an, in der du zu stehlen anfängst, wirst du dich nicht mehr wie ein Gefangener fühlen, sondern du wirst ein Jäger sein, wenn auch nur ein klitzekleiner Jäger. Du wirst ein besseres Gefühl haben, deine Überlebenschancen verbessern sich. Und du brauchst überhaupt nicht zu befürchten, daß das Stehlen auch weitergeht, nachdem der Friede eingetreten sein wird, daß du nach Hause zurückkehrst und weiterhin ein Dieb bleibst. Auch ein Soldat hat nicht die Befürchtung, daß er nach Ende der Schlachten damit weitermacht und Menschen in den Straßen seiner Stadt tötet.

Trotz seiner Schmerzen und seines Schlafmangels lächelt Alek ihn an.
– Ich kann kein Dieb sein ... aber ich danke Ihnen, danke, Herr Feldmann.
– Wofür bedankst du dich bei mir? Du bist immer noch ein kleiner Junge. Du behandelst das, was ich dir sage, nicht mit dem nötigen Ernst. Aber ich bin noch nicht am Ende angelangt. Nur wenn du Straftaten begangen hast, erst dann wirst du am eigenen Leibe spüren, daß andere Menschen alles tun, um zu überleben, oder sogar, damit sie es ein bißchen angenehmer haben, daß sie dir alles Böse antun, was immer sie nur können. Wenn du stiehlst, wirst du dir der Möglichkeit, daß man dich bestiehlt, bewußter, du wirst vorsichtiger sein, du wirst wacher sein. Jeder, der in der Nacht weint, mit dem weinen Sterne und Planeten. Mag sein. Vielleicht sind es aber auch die Sterne und Planten, die weinen, und nur sie. Und du mußt wissen, wenn du stiehlst, wird dich, auch wenn es ihnen gelingt, dich zu bestehlen, der Diebstahl weder erniedrigen noch bedrücken. Ein nasser Mensch fürchtet sich nicht allzu sehr vor Regen.
– Ich weiß, daß es Menschen gibt, die nichts zurückhält, Herr Feldmann.
– Es genügt nicht, das zu wissen, sagte der Sohn des Chassidenrabbis von Pschischa, du mußt es am eigenen Fleisch, in Blut und Knochen spüren. Dies ist ein seltsames Land, Sünde ruft nach Sünde, wie Abgrund nach Abgrund, Träne nach Träne. Große Nacht herrscht hier, Nacht, wüst und leer. Doch eines Tages werden wir ausziehen, wie wir aus dem Lande Ägypten ausgezogen sind.

EIN STERNENSOHN FÄLLT AUS DEM DAVID-ALROY-GARTEN. Er machte Alek mit einem Mann bekannt, der ein Wohnungs- und Bettenvermittler in Samarkand war, ein Jude aus den Bergen namens Saul Arsim, dem ein Schimpfname für die Angehörigen seiner Sippe anhaftete: Dag Tschuput. Dieser Bergjude war etwa fünfzig Jahre alt, erstaunlich stark, kleingewachsen und vierschrötig. Neben ihm erschien Alek wie ein junger dürrer Baum, dessen sämtliches Blätterwerk versengt war. Er hörte sich Feldmanns Erklärungen an, nahm, ohne ein Wort zu sagen, Alek an der Hand und beförderte ihn auf den mit Kisten und Strohballen voll beladenen Karren hinauf. Feldmann blieb am Bahnhof zurück, wartete auf einen bestimmten Zug, von dem er mit gewisser Heimlichtuerei sprach.

Arsim wedelte mit seiner gelben Peitsche, und die Kinder, die sich um ihn geschart hatten, brüllten: Dag Tschuput! Verfluchter Dag Tschuput! Hallo! Hallo! Krepieren sollst du bei Gott!

Je näher sie der Altstadt kamen, desto tiefer wurde die Stille, die Alek einhüllte, als befände er sich unter Wasser, am Grunde des Meeres. Die Empfindung war so intensiv, daß er dachte, diese Stille hätte mit etwas Körperlichem zu tun, etwas versiegle seine Ohren. Auch als sie an den schönen Bäumen vorüberkamen – die Pappeln, Nußbäume, Maulbeerbäume und Pflaumenbäume – oder als sich ihrem Blick die Ruinen der Prachtbauten offenbarten, deren Anblick ihn trotz Krankheit und hohem Fieber in Erregung versetzte, empfand er die Stille. Alles schien wie von einer eintönigen, grauen Lackschicht überzogen. Er saß mit krummem Rücken da und starrte auf seine Beine, die auf den Säcken federten: Er würde wohl in allernächster Zeit sterben, nicht an der Krankheit, sondern wegen eines zufälligen Zusammentreffens, eines Mißverständnisses, irgend etwas Schnelles, Zerstörerisches. Die Todesangst, die ihn jahrelang um den Schlaf gebracht hatte, war nun verschwunden, und die Gewißheit, daß der Tod nahe war, rief keine Erregung in ihm hervor. Das war nicht das aufwühlende, verfluchte Ereignis, auf das er wartete, nur Gleichgültigkeit und Stille herrschten. Die Lautsprecher neben dem Registan ließen die Ouvertüre von *Ruslan und Ludmila* erschallen, wie unter Wasser.

– Dag Tschuput?

– Dag Tschuput, das bin ich, hallo-hallo, das bist du, Pole, sagte Arsim.

– Hallo? Wie am Telefon?

– Wer weiß das schon bei denen, Wilde! sagte Arsim.

Alek betrachtete ihn lange. Ein Sproß der zehn verlorenen Stämme, der zum Witz in Kindermund geworden war. Arsim hielt den Wagen an, und aus seinen aufgeweckten Augen sprach eine Schläue, die Alek traurig machte.

– Das ist deine Kibitka, nicht groß, doch es ist viel Platz hier.

Eine Usbekin trat aus der Tür des Hauses, über dem ein Zitronenbaum wuchs. Der Bergjude redete schnell in seiner kehligen Sprache mit ihr. Vor dem Hintergrund der gekalkten Mauer erschien Arsim doppelt so kräftig. Die Usbekin gab ihm offenbar Geld, denn seine Hand verschwand unter seinem groben Hemd. Ein Sohn der verlorenen Stämme, sonderbar und beklagenswert, wie die Zwerge in den Bergwerken.

– Rauchst du ein bißchen Machorka mit mir? fragte Alek.

Der Bergjude schenkte ihm einen finsteren Blick voller Hochmut.

– Spar dir deinen Tabak. Du wirst ihn noch brauchen, Israel! bemerkte er knapp und wandte sich seinem Wagen zu.

– Dag Tschuput! Dag Tschuput, fürchtet, fürchtet seine Wut! schrien ihm Kinder nach.

Ein junger Usbeke mit spärlichem Bart saß neben einem kleinen Haufen Trauben und Sauerapfel, die in den Augen der Flüchtlinge aus der Ukraine und Belorussia als seltener Leckerbissen galten. Zwei riesige Flaschen waren gefüllt mit eingelegten Früchten und Gemüsen. Der Bergjude näherte sich dem Verkäufer, der auf einer Matte, mit einem schwarzen Kelim darüber, saß, und auf einmal bückte er sich und befühlte grob die grünen Trauben, eine nach der anderen.

– Nicht anfassen!

Arsim fuhr fort, die Trauben zu betasten.

– Nicht anfassen, habe ich gesagt! rief der junge Verkäufer wieder.

Die Kinder standen stumm um sie herum.

Der Bergjude nahm eine Traube und zerquetschte sie in seiner mächtigen Faust, so daß ihr Saft in alle Richtungen spritzte. Dann warf er den breiigen Rest zu Boden und wandte sich ab, um zu seinem Wagen zu gehen.

– Dag Tschuput! Dag Tschuput! Verflucht sollst du sein! schrien ihm die Kinder nach.

Arsims starke Rückenmuskeln vibrierten unter seinem Hemd. Er stieg auf den Sitz seines Wagens. Alek blickte ihm staunend nach. Der Bergjude schwang die gelbe Peitsche, und der Wagen verschwand um die Straßenecke.

DER SCHLAMMENSCH. Die Kibitka konnte nicht mehr als vier Leute zusammengedrängt beherbergen, doch sie war vollgestopft mit Betten. Matratzen lagen überall ausgebreitet, und zwischen zwei niedrigen Maulbeerbäumen spannte sich sogar eine Zeltbahn, und darunter stand ein großer Hüttenverschlag, in dem sich ein alter haariger Mann eingeigelt hatte, der unablässig vor sich hin fluchte und murmelte. Aleks Matratze lag an einem erhöhten Platz, gegenüber dem Eingang. Er streifte seine Galoschen und die Walenki ab. Den Mann aus der Hütte zog ein geheimer Magnetismus zu dem neuen Mieter hin, doch er trat nicht unter der Zeltbahn auf den Steinpfad, sondern kroch über den morastigen Boden des Hofes; vielleicht bereitete ihm das Kriechen sogar Vergnügen, denn er blickte mit einer Spur Befriedigung auf den Dreck an seinen Händen, als wollte er damit sagen: Ihr habt mich zu einem Leben grauenhafter Erbärmlichkeit verurteilt, aber seht nur, ich genieße es! Hier sind meine Hände, mein Gesicht und meine Knie über und über mit Schlamm verschmiert, und mir ist wohl dabei!

Der Schlammensch stand neben Alek, stampfte mit seinen riesigen Stiefeln und verspritzte Schlamm ringsherum.

Deine Matratze ist zerrissen, sagte er. Willst du eine andere? Ich kann dir eine besorgen, die ganz ist. Eine herrliche Matratze, wie du noch nie eine gesehen hast! Aber ich brauche Geld für etwas ganz Wichtiges! Etwas Wichtiges, höchst Wichtiges! Fünfundzwanzig Rubel! Nur fünfundzwanzig Rubel! Ich werde dir eine wunderbare Matratze besorgen. Die beste Matratze, die es in Samarkand gibt!
– Ich habe kein Geld, sagte Alek.
– Kein Geld? sagte der Schlammensch und verzog sein Gesicht. Wie gibt's das, kein Geld? Du bist ein junger Mann, kein gebrochener Mensch wie ich. Fünfundzwanzig Rubel ist nicht viel Geld für eine neue Matratze, sauber und dick. Und ich werde dir ein Kissen dazugeben, gratis, ein Kissen voller Federn, Federn und kein Stroh! Ich schwör's dir, Flaum und Federn! Du kannst dich auf mich verlassen.
– Ich verlaß mich ja auf dich, aber ..., murmelte Alek erschöpft.
– Ich brauche fünfundzwanzig Rubel, eigentlich nur zwanzig, denn fünf habe ich. So viel habe ich im Laufe von zwei Monaten zusammengekriegt. Ich flehe dich an. Ich muß ein Telegramm an meinen Bruder schicken, nach Amerika! Er weiß nicht, daß ich hier bin. Ein Telegramm nach Amerika ... dringend, ganz wichtig ... und wenn die Pakete einzutreffen beginnen, glaubst du, ich würde dich vergessen? Denk an die Marmelade, die du löffelweise schlecken wirst, an die Schokolade, und wie viel Kondensmilch du aus der Tube lutschen wirst – Milch, besser als Kuhmilch, süß, duftend wie Schönheitscreme, ein Geruch wie Kosmetik, herrlich.
– Ich würde dir ja helfen, aber ich habe nicht einmal zehn Kopeken für die Straßenbahn. Meine letzten drei Rubel habe ich dem Mann bezahlt, der mich hierher gebracht hat.
– Vielleicht hast du etwas zu verkaufen?
– Nein.
– Es gibt keinen Menschen auf der Erde, der nichts zu verkaufen hat. Es ist wichtig – Amerika ... Du verstehst das, nicht wahr? Ich muß ein Telegramm nach Amerika schicken.

Der Schlammensch streckte seine Hand aus, um Aleks Arm zu berühren, der ihn, überrascht wie er war, von sich wegstieß. Es war kein starker Stoß, doch der Schlammensch brach zusammen und fiel nach hinten, und sein Kopf schlug mit einem dumpfen Laut auf den festgestampften Erdboden. Er lag auf dem Rücken, bewegungslos. Alek beugte sich über ihn und sah, daß sein Gesicht vollkommen ausdrucksleer war. Panik ergriff ihn. Er schüttelte den ohnmächtigen Körper, rannte, um Wasser zu holen, und kehrte im Laufschritt zu dem Mann zurück.

Der Schlammensch schlug seine Augen auf. Oi, ich Armer, ächzte er, nachdem seine Pupillen sich wieder an das Licht angeglichen hatten, ich Armer! Schlimmer als die Toten, die in ihren Leichenhemden verfaulen! Kein Mensch wird mir helfen.
– Ich wollte dich nicht stoßen. Wirklich. Verzeih mir.

Er streckte dem Schlammensch seine Hand hin, doch dieser, anstatt sie zu ergreifen und aufzustehen, barg sein Gesicht in den Händen.
– Ich weiß ... du hast mich gestoßen, weil ich Abscheu errege.
– Steh auf! Nimm meine Hand!
– Nein, ich will nicht aufstehen. Ich werde nicht aufstehen!
– Ich gebe dir ein Viertel Glas Machorka.
– Ich will von dir keinen Machorka. Ich brauche fünfundzwanzig Rubel, um ein Telegramm an meinen Bruder zu schicken. Doch trotz seines Gewimmers richtete er sich ein wenig auf und saß nun auf dem Erdboden. Denk nicht, ich sei ein Bettler. Du bist noch ein Junge, du verstehst nicht alles im Leben. Komm, ich zeige dir, wer ich bin, ich werde dir Dokumente zeigen, Briefe, Zeitungsausschnitte, in denen mein Name erwähnt ist.

Der Schlammensch zog von irgendwoher eine verschnürte Stoffbrieftasche hervor und breitete auf der Matratze verknitterte Umschläge aus, Dokumente und Kolumnen vom Organ der Textilarbeiterschaft. Alek nickte mit viel Eifer, aus dem Wunsch heraus, ihn zu versöhnen.
– Und es gibt andere Sachen, sagte der Mann, aber ich trage sie nicht mit mir herum, auf meinem Körper. Verstehst du, was ich meine?
– Nein.
– Hier versteht keiner, wie unser Leben dort war. Verstehst du jetzt?
Alek nickte ihm zu.
– Und ich habe keinen Groschen. Keine Arbeit. Und man sagt, sie werden aufhören, Telegramme zu befördern ... in einem oder zwei Monaten! Wenn mein Bruder nur wüßte, daß ich hier bin ... Stell dir die Freude vor! Er würde die ganze Welt auf den Kopf stellen, um mir ein Paket zu schicken! Was würde er nicht alles hierherschicken! Jede Konservendose, die dir nur einfällt, herrliche Seidenstrümpfe,

sogar Wäschesets, für die man, wie du weißt, ein Vermögen kriegen kann! Und vielleicht sogar ein paar Meter Webstoff, damit ich mir einen Anzug nähen könnte, bevor ich hier aufbreche, ich will schließlich nicht in diesen Lumpen in meine Stadt zurückkehren ... Wie könnte ich als der letzte Bettler zurückkehren?!

Er machte mit der Hand eine Geste, als wischte er sich eine Träne ab, und begann, nach draußen zu kriechen, zu seinem Verschlag, hielt jedoch plötzlich inne.

– Und beim polnischen Komitee, in der Delegatura, in unserer Zweigstelle der Delegatura, warst du da? fragte er keuchend.

– Das polnische Komitee?

– Warst du nicht! Warst du nicht! Du warst nicht auf der Delegatura! Lieber Gott im Himmel, danke, danke! Er war nicht beim Komitee! O mein Gott! Ich werde dich dort hinbringen, zum Komitee ... Sie geben Mehl und Zucker aus. Zwei Kilo Mehl! Sie haben es aus Amerika bekommen! Hundert Gramm Zucker, Tee, Seife, allein für die Hälfte von all dem kann man fünfundzwanzig Rubel kriegen, dreißig, was sage ich – vierzig! Und das jüdische Komitee! Jetzt findet dort keine Ausgabe statt, denn es herrscht Mangel an allem, aber am Monatsanfang ... wer weiß, was man dort alles kriegen kann! Komm, komm, wir gehen, mein Junge!

– Jetzt?

– Augenblicklich auf der Stelle! Du weißt nicht, was das polnische Komitee ist ... was das jüdische Komitee ist ... Oh, mein Freund, mein Freund! Wir sind gerettet, gerettet! Das Herz hüpft mir im Leib vor Freude!

Bis zu jenem Augenblick hatte sich Alek noch von keinem Körper abgestoßen gefühlt. Zweimal hatte er Betrunkene auf der Straße in Sandomierz am Zahltag auf die Beine gestellt, einmal hatte er einen verletzten Hund einen Kilometer weit geschleppt, hatte mit seinen Händen einen verwundeten Wiedehopf geborgen, der sich an eine Mauer drückte, zitternd und humpelnd, mit einem lahmen, von Läusen zerfressenen Flügel – doch der Schlammensch mit seinen Kloakenhänden und seinem fauligen Atemdunst rief derart heftigen Abscheu in ihm hervor, daß er regelrecht zitterte und von bebendem Mitleid geschüttelt wurde.

– Ist es weit?

– Nicht weit. Aber ich habe fünf Rubel, und wenn wir einen Wagen sehen, nehmen wir ihn und lassen uns zum Komitee kutschieren. Ja, wir nehmen einen Lastkarren. Wenn sie bloß das Büro nicht schließen, daß nur Herr Major Rumeiko nicht vor der Zeit weggeht.

Obwohl nein, der nicht. Dazu ist er zu stolz ... Er wird seine Arbeit nicht im Stich lassen. Aber er ist keiner von denen, die unsere Volksgenossen lieben. Das nicht. Jedoch anständig, das wirst du noch erleben. Ein Mann aus meiner Stadt ist er. Kämpfte gegen Budioni, den Kosaken, und immer auf den Tribünen bei den Paraden, doch das weiß kein Mensch außer mir, und ich würde von der Vergangenheit des Majors für kein Geld in der Welt erzählen. Doch er liebt die Angehörigen unseres Volkes nicht, Rumeiko. Alle zwei Wochen war er in Streitigkeiten verwickelt. Ich erinnere mich an ihn. Rümpfte die Nase, als ich zu ihm kam und sagte, daß wir aus der gleichen Stadt seien. Er nimmt es sehr genau mit den Manieren, und du weißt, daß unsere Volksgenossen nicht immer ... sich nicht gerade durch Höflichkeit auszeichnen, und auch die Russen haben keine Manieren. Aber, frage ich dich, was sind seine Manieren letztendlich? Heuchlermanieren, katholische Pfaffenmanieren ...

Er rannte zu seiner Hütte, zog ein grünes Jackett an, trampelte mit seinen schmutzigen Stiefeln in einem geköpften Faß herum, wusch sie, bis der Dreck von ihnen abgespült war. Danach tauchte er seinen Kopf in einen Krug mit Regenwasser, kämmte seine Haare mit einem Eisenkamm und glättete sie lange mit seinen Fingern und dem Zipfel eines Lakens.

Er trat aus der Kibitka und eilte durch die gewundenen Gassen, während er halb zu sich selbst, halb zu Alek sprach. Doch trotz des ganzen Aufruhrs in seiner Seele wandte er sich dem Platz an der Moschee Bibi Chanum zu, wohin am Vormittag Verkäufer zu kommen pflegten, die sich ihrer Waren heimlich und schnell entledigen mußten. Es waren dies keine echten Diebe oder Leute aus der Unterwelt, sondern Menschen, die dank ihrer Stelle oder Aufgabe Gelegenheit hatten, ihre Hand auf irgendeinen Schatz zu legen, den man verkaufen konnte, ohne Spuren zu hinterlassen. Und in der Tat, zwischen kahlen Bäumen, in einer Art zerfallenem Schuppen, etwa zwanzig Meter entfernt von der Bibi Chanum, hatte sich eine Menschenmenge um jemanden geschart, der etwas Rotes austeilte, das in der Sonne glühte. Riesige Raben beobachteten die Szene mit Neugier. Kinder rannten aus dem Schuppen in die benachbarten Straßen, um ihren Eltern von dem neuen Gelegenheitsfund zu berichten. Der Schlammensch beschleunigte seine Schritte, und Alek, ganz rot schon, lief ihm hinterher. In dem Schuppen rollte der Verkäufer einen roten Stoff ab und zertrennte ihn mit einem scharfen Messer.

Die Leute rissen ihm die Stoffstücke aus den Händen und stopften grünliche Dreirubelscheine in seine Hände.

– Wieviel kostet es? fragte der Schlammensch, obwohl er es genau gehört hatte.
– Einen Rubel.
– Baumwolle?
– Baumwolle, was sonst? sagte der Verkäufer und legte den Stoff ein wenig aus. Stalins schnurrbärtiges Konterfei prangte auf der Rolle über ihre ganze Länge.
– Stalin? murmelte der Schlammensch.
– Nimmst du's oder nicht? Wenn nicht, beweg dich! bestimmte der Verkäufer.

Der Schlammensch bezahlte das Geld, das er in seiner Hand hielt, und sogleich maß der Verkäufer mit einem Stab fünf Meter Stalin aus und schnitt sie mit dem scharfen Messer ab. Der Schlammmensch verbarg den Stoff unter seinem Hemd.
– Fünf Meter! sagte er. Fünf Meter! Davon kann man zwei Hemden, Unterhosen und Socken nähen! Das Glück ist uns wohlgesonnen! Das Glück kommt zu uns! Auch der Major! Er wird sich nicht weigern. Das ist ein guter Stoff. Einmal haben sie Fahnenstoffe verkauft, aber die waren teurer. Fünf Rubel für fünf Meter! Das ist ein großer Tag! Ein Freudentag! Man sollte dem zu Ehren eine rauchen ... ein großer Tag! Komm, wir setzen uns hier ein paar Minuten!

Er nahm Aleks Säckchen und rollte sich eine Zigarette mit einem Stück *Izvjestia*. Auch Alek drehte sich eine Zigarette. Der Schlammmensch rauchte, kniff genießerisch die Augen zusammen und befühlte hin und wieder den Stoff an seiner Brust.
– Ein herrlicher Machorka, vorzüglich! Ein wahres Seelenlabsal! Wiederauferstehung von den Toten!

Zwei Männer gingen an ihnen vorbei, im Gleichschritt nebeneinander. Der Schlammensch kroch in sich hinein und versteckte sein Gesicht hinter Aleks Schulter.
– Polizisten, Polizisten, die Hundesöhne! flüsterte er. Aber mich werden sie nicht kriegen! Mich nicht! Nicht Baruch Schumacher!

Die beiden Polizisten blickten in seine Richtung und entfernten sich. Der Schlammensch wurde von Schluckauf und einem herzzerreißenden Husten befallen, über sein Gesicht rannen Bäche von Schweiß.
– Hundesöhne! flüsterte er und warf die Zigarette mit Abscheu zu Boden.

Als sie das Haus an der Kreuzung Karl-Marx-/Lermontovstraße erreichten, erwartete Alek, dort eine riesige Schlange zu sehen, wie vor dem Eingang jeder Einrichtung, die etwas verteilte, und erst recht vor dem Büro des polnischen Komitees, das auch für die Ausweise und Pässe zuständig war, die vielen abgenommen worden oder ihnen in den Gefängnissen und Lagern abhanden gekommen waren. Doch der schmale Hof des Hauses war menschenleer. Eine rot-weiße Flagge hing über dem Eingang. In einem langen Korridor saßen Leute auf Bänken, und auch Alek setzte sich, neben eine Frau mit gebeugtem Rücken, die etwas auf ein Blatt Papier notierte. Sie füllte die Seite mit ihrer winzigen Handschrift, schluchzte, schneuzte sich die Nase in ein Taschentuch.

– Setz dich, und warte hier. Ich werde eine Nummer für dich holen, sagte Schumacher, der Schlammensch.

Das Haar der Frau war schön gekämmt und sorgfältig hochgesteckt, ihre Lippen waren sogar etwas angemalt, als hätte sie sie mit einem blassen Lippenstiftrest eingerieben. Sie trug eine weiße Bluse mit einem feinen, an den Enden nahezu durchsichtigen Kragen, ein dezent geflicktes Musselinband, über der Bluse einen alten Regenmantel, der früher einmal elegant schwarz gewesen sein mußte, und Männerschuhe, deren Leder rissig und brüchig war, mit Schnürsenkeln, deren zahlreiche Knotenstellen sorgsam unter die Falten des Leders geschoben waren. Es konnte nicht leicht sein, in Samarkand zu leben, wenn sogar eine derart ordentliche Frau wie sie kein vernünftiges Paar Schnürsenkel für ihre Schuhe aufzutreiben vermochte. Alek sah, daß sie die winzigen Zeilen unter einen heraldischen polnischen Adler kritzelte und von Zeit zu Zeit innehielt, um seine Federn mit feiner Schraffur zu ergänzen. Sie verströmte einen starken, sauberen Seifengeruch, und um ihren Hals hing ein silbernes Kreuz. Alek schloß die Augen angesichts seines überwältigenden Verlangens, seinen Kopf auf ihre Knie zu legen. Diese Welt voller Männer ermüdete ihn. Der Gymnasiastentraum von einer Welt, die allein aus abenteuerwilden Männern bestand, erschien ihm nebulös und unverständlich. Die Frau erhob sich und legte das Papier und den Stift auf die Bank. Die stilisierten Federn des polnischen Adlers wirkten instabil in der Zeichnung, und Alek, der den Adler lange Jahre hindurch während der Schulstunden gekritzelt hatte, feuchtete den Bleistiftstummel an, zeichnete rasch die Federn wie einen gewellten Schuppenpanzer und korrigierte den Kopf, denn es hatte keinen in der Klasse gegeben, der beim Zeichnen des königlichen Adlerkopfes schneller gewesen wäre.

DIE ADLER VON JANGIJUL. Das polnische Armeelager war geräumig angelegt. Am Tor eine rot-weiße Flagge. Ein riesiger Adler. Im Inneren des weitläufigen Parks mit Dutzenden Bäumen in voller Blütenpracht standen weiße Häuser mit umlaufenden Balkonen. Alek lächelte bei der Erinnerung an seine Ängste. Die Menschen, die zum Haupttor des Lagers strömten, wirkten wie eine Prozession von Bettlern und Krüppeln aus dem Mittelalter, viele in Lumpen gekleidet, auf Krücken gestützt, die aus Astholz angefertigt waren, unrasiert und bärtig und gezeichnet von Schlafmangel, Krankheiten und Erfrierungen. Im Vergleich zu diesen Menschen erschien er wie ein Galan aus der Operette.

Alek betrat ein Zimmer, in dem zahlreiche Tische standen. An einem der vorderen Tische saßen vier Offiziere, die russische Zigaretten mit langen Mundstücken rauchten und grünen Tee tranken. Sie blickten ihm mit gewisser Erwartung und Sympathie entgegen, und er trat begierig auf sie zu, aufrecht und sauber in den Kleidern, die er eigens dafür aufbewahrt hatte. Er präsentierte dem Ältesten unter ihnen seinen zerknitterten Ausweis, und schlagartig veränderte sich das Gesicht des Mannes. Er sah ihn mit spöttischer Verachtung an und reichte das Dokument an seinen Nebenmann weiter, wobei er auf die Stelle deutete, an der, wie Alek wußte, geschrieben stand: Angehöriger der mosaischen Religion. Als er die unverhüllte, betonte Gebärde sah, erschrak er. Die Gerüchte entsprachen also der Wahrheit. Er blickte in die Gesichter der Leute, die hinter dem Tisch saßen, zwei sahen ihn feindselig an: der Ältere und sein Nachbar, ein Mann mit dünnen Lippen, dessen Gesicht schmeichlerische Dienstbarkeit erkennen ließ. Der dritte Mann schielte, für einen Moment verlegen, über die Metallbrille auf seiner Nase, doch er nickte mit dem Kopf, als die beiden anderen ihn etwas fragten. Der vierte Mann, mit einem schmalen Vogelgesicht, schwarze Löckchen auf der Stirn, errötete, als er Aleks Blick begegnete. Ein kleines Silberkreuz hing auf seiner Brust.

Der ältere Mann gab Alek seinen Ausweis zurück und sagte zu ihm, er solle am Nachmittag an den gleichen Tisch zurückkehren. Aleks Hoffnung – Albin in Soldatenuniform zu überraschen – war dahin. Er stand noch einen Moment vor dem Tisch. Wenn es einen Augenblick gab, um zu sprechen, zu bitten, zu überzeugen, eine Rede zu halten, dann war das jetzt, wo er noch betäubt und erregt, aber auch selbstbeherrscht und voll Energie war, doch er sah die spöttischen Augen des älteren Mannes und den kriecherischen Blick seines Nachbarn, und er wandte sich zum Gehen. Wieder schien es ihm, als verenge sich sein Blickfeld und der Korridor vor ihm verdunkle sich, und immer wieder schaute er zu den Fenstern und Wänden hin, um sich zu vergewissern, daß sein Sehvermögen nicht geschädigt war.

Draußen stand ein Apfelbaum in weißer Blütenpracht. Alek setzte sich unter ihn, wischte sich die Stirn und suchte in seiner Tasche nach einer Zigarette. Jemand setzte sich neben ihn, legte seine Bündel neben sich ab. Sein Gesicht war wie verbrannt, von absonderlicher Rübenfarbe.
– Zigarette? fragte er.
Alek gab ihm eine Zigarette. Der Unbekannte lehnte sich weit zurück an den Baumstamm und rauchte mit geschlossenen Augen.
– Willst du ein hartes Ei? fragte er.
– Nein, erwiderte Alek, ich bin nicht hungrig.
– Will man dich nicht?
– Nein.
– Mich auch nicht. Die Vögel fürchten sich vor der Vogelscheuche.
Seine Stimme trieb Alek die Tränen in die Augen.
– Sie wollen nicht, weder etwas nehmen noch etwas geben. Eine verfluchte Welt, was?
Der Mann mit dem verbrühten Gesicht war wirklich in Lumpen gekleidet. Der Anzug, den er trug, unzählige Male zerrissen und wieder geflickt, verlieh ihm das Aussehen eines Bettlers. An seiner linken Hand leuchtete ein großes Brandmal.
Der junge Mann aus dem Büro, mit den Locken und dem Silberkreuz auf der Brust, dessen schmales Gesicht Alek so verlegen angeblickt hatte, beugte sich über ihn.
– Begleiten Sie mich bitte, sagte er.
Alek stand auf. Der junge Mann ging voraus, etwas gebeugt, und setzte sich auf eine kleine Holzterrasse.
– Herr Alek, sagte er. Ich habe gesehen, daß in Ihrem Ausweis mosaische Religion geschrieben steht, doch es ist klar, daß dies nur dasteht, weil der polnische Staat die menschliche Seele nicht kennt. Gehe ich recht in der Annahme, daß der Herr Agnostiker ist?
– Ja.
– Und Sie haben keine echte Beziehung zur jüdischen Religion?
– Ich bin nicht religiös.
– Das weiß ich wohl, und daher bin ich gekommen, um Ihnen einen Rat zu erteilen. Doch beachten Sie, Herr Alek, wenn Sie ihn nicht annehmen, lassen Sie Ihren Zorn nicht an mir aus. Meinen Rat gebe ich Ihnen in gutem Glauben. Bitte, nehmen Sie ihn in gutem Glauben an, so wie er gemeint ist.
– So werde ich ihn auffassen. Sprechen Sie, mein Herr.
– Kennen Sie die einfachen katholischen Gebete, ein bißchen etwas vom Katechismus?

– Ja ... ich vermute schon.
– Wäre es für Sie vorstellbar, zum Christentum überzutreten, um in die Armee aufgenommen zu werden?
– Es stimmt also?
– Einige haben das gemacht. Nun, was sagen Sie dazu. Sind Sie bereit, dies in Erwägung zu ziehen?
– Ich weiß nicht.
– Wenn Sie nicht religiös sind, was macht es Ihnen aus, in welcher Religion Sie es nicht sind? sagte der junge Mann. Mein Name ist Jeremia Keller.

Das war ein wunderbarer Name, Prophet und Ritterprinz.
– Ist es eine Bagatelle, einfach eine Vorführung, oder wirklich etwas Ernsthaftes?
– Die Prüfung ist echt, aber bescheiden. Soll ich Ihnen den Namen des Priesters sagen?
– Ich weiß nicht, ob ich das machen kann ...
– Aber es ist doch nicht wichtig ..., sagte der junge Mann, wieder errötend, die ganze Welt wird jetzt auf den Kopf gestellt, welche Bedeutung hat da eine kleine Zeremonie. Rein formale Zugehörigkeit, genauso wie der Wechsel ...
– Ich weiß nicht ...
– Der Name des Priesters ist Haiduga, Bronislav Haiduga, er befindet sich in Baracke sechsundsechzig.
– Sagen Sie mir ..., begann Alek, doch der junge Mann schreckte hastig zurück und verschloß sich. Vielleicht fürchtete er, Alek wolle ihn fragen, ob er jüdischer Abstammung sei.
– Ich danke Ihnen, ich weiß Ihren Rat zu schätzen. Ich habe hier einen Bekannten im Lager. Danke, vielen Dank, Herr Keller, haben Sie von Herzen Dank.
– Es sind schwere Zeiten, sagte der junge Mann mit seiner betonten Höflichkeit und seiner peniblen theatralischen Akzentuierung. Schrecklich schwere Zeiten. Ich wünschte, das alles wäre schon vorbei und ich würde wieder allein in meinem Zimmer in Krakau zwischen meinen Büchern sitzen.
– Ich danke Ihnen nochmals, sagte Alek.

Die starke Lebendigkeit, die den jungen Mann zuvor beflügelt hatte, war nun erloschen. Er wirkte schwach und leidend.
– Der Priester Haiduga, sagte er, ist ein Mensch von angenehmer Umgangsart.
– Ich werde mich daran erinnern.

Pfeile wiesen auf die verschiedenen Gebäude hin. Es war eine Kom-

mandantur, kein Ausbildungslager. Er fand den Pfeil, der den Weg zur technischen Verbindungseinheit wies. Die langgestreckte Baracke war vollgestopft mit Plänen, und zwei zerlegte Funkgeräte lagen auf den Stahltischen. Ein paar Soldaten spielten am Fenster Karten. Er sah seinen Freund über ein kleines Funkgerät vertieft, eine Reihe von Schraubenziehern in der Tasche seiner Arbeitsmontur. Die Leichtigkeit, mit der er Albin Piramovitsch gefunden hatte, versetzte ihn in Erregung.
– Piramovitsch! schrie er.
Albin hob den Kopf. Er hatte eine Tiubetjejka auf dem Kopf und trug eine kurze, ärmellose usbekische Weste.
– Alek, Alek! Du bist hier? O Gott! schrie Piramovitsch auf. Er klopfte ihm auf die Schulter, fuhr über sein Haar, klopfte ihm wieder auf die Schulter und den Rücken. Alek, Alek! Wer hätte das geglaubt!
– Piramovitsch und Tisbe! sagte Alek und sah sich seinen Freund an, das dicht über der Schädelhaut geschorene Haar, seine genähte Lippe und die große Narbe, die über seinen Hals verlief.
– Ich habe gehört, daß du hier bist. Von Feldmann, dem Restaurantbesitzer.
– Ich dachte, er sei am Typhus gestorben. Er sah sehr schlecht aus, als wir uns begegneten.
– Er sagte, du habest schrecklich ausgesehen im Zug, aber Bonbons und Zigaretten gehabt.
– Hier im Lager sind Tausende im Winter gestorben. Typhus. Nahrungsmangel. Weiß der Teufel, was. Wir werden von hier nie an die Front kommen. Willst du Kaffee? Ein Bonbon? Wir sind gleich an der Reihe im Speisesaal.
Er streckte Alek eine Schachtel *Kasbek* hin, und Alek nahm die Packung und spielte ein wenig damit herum, aus dem momentanen Wunsch heraus, ihre Größe zu fühlen, ihre Kühle. Piramovitsch musterte staunend Aleks Fingernägel, sein rasiertes Gesicht, sein schönes Hemd, das blaue Halstuch.
– Du hast deinen Bart abrasiert, sagte er.
– Ein Mann mit Herz bist du, vervollständigte Alek.
Piramovitsch klatschte in die Hände. Ich bin glücklich, daß du hier angelangt bist, mein Lieber. Gut, daß du jetzt gekommen bist, denn nächste Woche marschiere ich nach Tschok Pak, das Panzerlager der achten Division. Es ist Zeit, daß ich hier rauskomme.
– Verlaß mich bloß nicht! sagte Alek. Nimm mich mit.
– Hast du die Mobilisierungsstelle aufgesucht?

– Sie haben mich nicht genommen.
– Warum nicht?
– Nimm mich mit nach Tschok Pak!
– Das ist ein entsetzlicher Ort. Auf eintausendzweihundert Meter Höhe. Dreimal die Woche ein mörderischer Wind – der Buran. Man hat eine Menge Leute dort im Dunkeln begraben, in der nackten Erde. Es gibt nicht einmal Holz für Särge.
– Nimm mich mit, zur Feldeinheit. Sie nehmen hier keine Juden. Alle sagen das.
– Unsinn, sagte Piramovitsch. Eine Minderheit, kleine, engstirnige Leute, Pöbel, hoi poloi, Bewohner von Schweineställen, die kaum lesen und schreiben können. Das sind Sorgen, die deiner nicht angemessen sind, Polymethis Odysseus.
– Du mußt mir helfen ... hör mir zu, Albin ...
– Verlier nicht deinen Sinn für Humor, sagte Piramovitsch.
– Beuge dich nicht dem Geist der Erde.
Alek lächelte, doch in seinen Augen sammelten sich erneut die Tränen.
– Wir werden ausziehen, sagte Piramovitsch, die Helden der Schlacht, um Adolf Hitler zu zerfleischen, und danach werden wir zurückkehren, um das Herz seiner Exzellenz herauszureißen, die Quelle alles Guten. Fürchte keinen Menschen, den Körper, aus dem die Seele entwichen, kann man ohne Furcht zerstampfen, und wir werden die Seele des Reiches herausholen, wir werden die Seele der Welt töten.
So sprach Iridion.
– Ich sehe, du hast deine Meinung über die Russen geändert, Albin.
– Und du?
– Sie kämpfen wunderbar, mit Todesverachtung.
– Lügen! Alles Lügen!
– Nimm mich mit nach Tschok Pak.
– Das ist meine Ecke. Komm hierher, sagte Piramovitsch.
Die Ecke rührte Alek. Ein Radio mit offenen Leuchten und Drähten spielte leise, gespitzte Bleistifte ragten aus einem hohen Glas, eine fast volle Zigarettenpackung und zwei Schachteln Streichhölzer lagen in einer hübschen Schüssel, ein Federhalter und daneben eine neue Schachtel Federn, ein frisches Löschpapier, nußholzfarben, in einer persischen Schale. Die Wand war zur Gänze mit Skizzen von Funkgeräten bedeckt, doch direkt über dem Tisch waren Fotos und architektonische Pläne angebracht von neoklassischen Palästen mit prachtvollen Säulen, phantasiereich verschlungenen Kapitellen, Statuen auf den Dächern, dekorativen Fenstern, Reliefs. Einen davon identifi-

zierte er. Es war der Palast auf der Insel in Lazienki, er erinnerte sich noch gut an den hinreißenden Rundgang im Hof dort, von seinem einzigen Besuch in Warschau her. Die ganze Wand über dem Tisch war mit Fotos der Bauten von Dominik Merlini, dem königlichen Architekten von Stanislaus August, bedeckt! Die Tatsache, daß er diese Blätter in seinem Zimmer aufgehängt hatte, rief in Alek Erstaunen hervor. Und was ihn wirklich verblüffte, war der Verzicht auf seinen Glauben, daß die Erlösung nur bei den Slawen lag. Für Piramovitsch, in dessen Augen der Gesang der kleinsten russischen Kirche wie eine erhabene und wundersame orphische Hymne war, die sich wie ein Schwan aus dem Unrat der westlichen Musik emporschwang, stellte das Anbringen dieser Aufnahmen aus einem alten Buch ein Zeichen für die Rückkehr zum Westen dar, dem Reich des Nichtigen und Abgedroschenen.

– Nimm mich mit nach Tschok Pak! Es ist keine Zeit für Scherze und Spiele! Du mußt mir helfen!

– Du übertreibst! Ein Sklave bist du des Geistes der Erde.

– Prüfe mich in Gebeten und Katechismus.

– Nicht gut, gar nicht gut, Alek.

– Prüfe mich in den Gebeten. Willst du das Pater Noster, Ave Maria, Credo und Confiteor auf lateinisch und polnisch hören?

– Nein, ich habe überhaupt keine Lust dazu. Aber wenn dich ein nicht zügelbares Verlangen dazu drängt, mir all diese schönen Dinge kundzutun – dann werde ich dir zuhören.

Alek sagte schnell die Gebete.

– Jetzt stell mir Fragen aus dem Katechismus.

– Du machst einen Fehler.

– Und du behandelst mich überheblich, sagte Alek, der ein wenig blaß wurde. Frag!

– Die Mysterien, stehen sie im Widerspruch zur Wahrheit? fragte Piramovitsch unwillig.

– Nein, sie widersprechen der Wahrheit nicht. Sie sind jenseits davon.

– Bene.

– Mach weiter.

– Warum hat Gott uns erschaffen?

– Damit wir ihn kennen, ihn lieben, ihm dienen und so des ewigen Glücks teilhaftig werden.

– Ich vermute, das ist alles. Was noch?

– Du mußt dich erinnern.

– Was sind die vollkommensten Geschöpfe Gottes?

– Die vollkommensten Geschöpfe Gottes sind die Engel und die Menschen.
– Bene, bene respondere, dignum est intrare in nostro catholico corpore!
– Noch mehr.
– Ich erinnere mich nicht.
– Frag mich nach dem Schutzengel und dem Reich des Todes. Was hat Pfarrer Janitschak am Ende immer gefragt?
– Was sind unsere Pflichten gegenüber unserem Schutzengel?
– Unsere Pflichten gegenüber unserem Schutzengel sind Ehrerweisung seiner Anwesenheit, Dank für seine Ergebenheit und Vertrauen auf seinen Schutz.
– Was bedeuten die Worte »und ist hinabgestiegen in das Reich des Todes«?
– Diese Worte bedeuten, daß nach dem Tod Jesu seine Seele die Seelen der Gerechten besuchen ging und ihnen verkündete, daß sich die Erlösung vollzogen hatte.
– Der Gerechten?
– Ja, der Gerechten.
– Bist du jetzt zufrieden?
– Ja, ich bin zufrieden, sagte Alek. Zufrieden ist nicht das richtige Wort, um mein Gefühl gegenüber meinem Schutzengel zu beschreiben.
– Wenn man dich hört, Alek, könnte man meinen, du seist der Held einer echten Tragödie.
– Du bist deiner so sicher.
– Ich war im Lande des Todes, aber jetzt bin ich in Jangijul, an den Ufern des Flusses Kurkuldiuk, mit den goldenen Wellen. – Ich will keine Elegien hören.
– Sie werden mich nicht nehmen. Und sie werden mich noch den Wölfen vorwerfen. Ich habe gehört, daß in der Armee Gerüchte kursieren, daß die Russen nur reinrassigen Polen erlauben, die Grenzen der Sowjetunion zu verlassen. Sie nehmen jüdische Ärzte. Ja, es gibt nicht genug Ärzte, das ist alles.
– Ich habe nichts von diesen abscheulichen Dingen gehört.
– Hast du schon einmal gehört, welchen Grund der erste April hat?
– Was meinst du?
– Die Juden, die nicht an die Auferstehung glaubten, lehrten alle zu lügen, und du weißt, daß er am dritten März gekreuzigt wurde und am ersten April wiederauferstand.
– Wie kannst du dich nur an so unsinniges Zeug erinnern? Das ist ein Gedächtnis voller Groll. Du hast dich verändert, Alek, ach, mein

Armer, all die Jahre, in denen wir uns nicht gesehen haben, warst du allein mit der Hölle in deinem Herzen.
– Albin! Du bist dir deiner allzu sicher!
– Ich erinnere mich, wie du den Iridion gespielt hast. In den Augen eines Menschen wie ich, der seit seinem siebten Lebensjahr in einer Provinzstadt aufwuchs, warst du der größte Schauspieler, den auf den Brettern der Bühne zu sehen ich je Gelegenheit hatte.
– Albin!
– Ich habe dir interessantere Dinge zu erzählen, vor allem von den sagenhaften Eigenschaften eines armenischen Pferdes mit dem klingenden Namen Dschalali. Wir haben in den Ländern des ewigen Schnees ein Lehrbuch des Armenischen gefunden, das für besonders dumme und langsame Menschen verfaßt wurde, und das Buch paßte zu dem Klima dort und zu dem Unterricht in der Kunst des langsamen Sterbens ... Ich habe Armenisch gelernt.
– Albin, hast du verstanden, was ich dir erzählt habe?
– Ich teile dir mit, daß ich Armenisch gelernt habe, und das ist alles, was du darauf zu sagen hast? Höchst merkwürdig, Alek! Du richtest einen verwunderten Blick auf mich und zermarterst dir dein Gehirn, um den Mysterien des militärischen Verstandes auf die Spur zu kommen, der ohnehin nicht existiert. Während dieses Pferd, Dschalali, sogar die Pferde des Achilles mit seinen ritterlichen Manieren noch ein oder zwei Dinge hätte lehren können. Wer hätte gedacht, daß die Armenischkundigen nicht einmal in Taschkent verloren gehen – es gibt hier nicht wenige Bücher in dieser herrlichen Sprache!
– Albin!
– Ich sehe, du willst mit aller Macht erwachsen werden und deine Jugendträume für immer verbannen. Du willst nichts von Dschalali hören, statt dessen möchtest du über einen heimlichen Wurm sprechen, der im Herzen der Guten unter uns nagt, ganz zu schweigen vom niederen Offiziersstand in unserer nationalen Befreiungsarmee.
– Vielleicht hast du recht. Ich weiß nicht, weshalb ich plötzlich so erschrocken bin, murmelte Alek. Erzähl mir von Dschalali.
– Komm mit mir in die Kantine. Du darfst nur nichts Großartiges erwarten. Es gibt fast kein Essen. Ich wohne in einem Haus zusammen mit zwei Einsatzoffizieren. Nicht weit von hier. Sie werden uns helfen. Und morgen kommen wir hierher zurück, und dann hören wir mal.
– Wer sind sie?
– Echte Militärs und keine vorgeblichen Schlauköpfe wie ich. Einer war ein berühmter Soldat und wurde im Purpurzimmer geboren. Keine Sorge.

199

Alek richtete seinen Blick auf die schönen Bäume im Park.
- Ich fühle mich wie irgendein Sebastian, nackt und voller Pfeile. Und hier ist es so schön, diese weißen und rosa Blüten. Was sind das für Bäume?
- Äpfel, Pflaumen, glaube ich.
- Und dieser chinesische Fluß?
- Ja, er ist schön. Der Kurkuldiuk. Al ballo se vi piace, summte Piramovitsch.
- Ich lade euch ein, mein Herr, konterte Alek. Erzähl mir von den Orten, die du gesehen hast. Vom Land des Todes.
- Nur in der *Schwanenkrone* in Sandomierz oder gegenüber dem Dom von Orvieto, mit weißem Wein und trockenem Schafskäse, sagte Piramovitsch. Und er verfiel in einen schnellen Redefluß, sprach den ganzen Weg über, wie vor Jahren. In einer der Zeitungen fand er geschrieben, daß Hitler befohlen hatte, die Statue der Siegesgöttin Nike aus dem Louvre in sein Büro bringen zu lassen. Seine Tat machte Eindruck auf Piramovitsch, so wie seine Phantasie sich daran entzündete, die riesige antike Nike vom Kapitol herunterzuholen. Das Ende der Siege der Götzenanbeter, sagten sie, als sie die Statue den Abhang des steilen Berges hinunterrollten, der die Welt beherrschte. Nike in Hitlers Büro, sagte er, in ihrer ganzen Schönheit, er ist provinziell, die Deutschen sind ein provinzielles Volk. Sie werden nie ein Imperium gewinnen, sondern sie werden nur geschlagen werden, wie sie noch nie zuvor geschlagen wurden, bis der Zorn sich gelegt haben wird und der Müllerssohn wieder gen Italien wird ziehen können, die Geige in seinem Tornister, auf der Suche nach seiner Liebsten.
- Und an Frau Jadschja, von unserer Bahnstation, erinnerst du dich an sie?
- Wie könnte man sie je vergessen, sagte Alek.
- Wie lange ergehen sich die unschuldigen Knaben in Dankesbezeigung für die Wollust ihrer ersten Liebe, die ihnen so angenehm zufiel?

Piramovitsch wohnte im Haus eines alten, mageren Usbeken, der fast das Gesicht eines Chinesen hatte. Drei Betten standen in einem großen Raum, in der Mitte ein Kohleofen und ein Tisch, über dem eine dickgefranste rote Tischdecke lag, bestickt mit einem Löwen, der einen Hirsch mit gebogenem Geweih angriff. Der große Raum war sehr sauber, gepflegt, von der leicht sterilen Trostlosigkeit der Zimmer eines neuen Internats. Piramovitsch deckte den Tisch, schnitt Brot auf und legte die Scheiben in ein längliches Strohkörbchen, holte eine große Wodkaflasche und kleine, perlmuttfarbene Gläser, Kartoffelsalat und Zwiebeln. Der Alte brachte ein Sträußchen Feldblumen. Piramovitsch öffnete mit einem scharfen Messer eine Büchse Sardinen. An der Wand sah Alek eine zusammengerollte Karte, und er löste die Schleifen. Es war eine große Landkarte von Polen, mit rot und schwarz gestrichelten Pfeilen. In ihrem unteren Teil, über dem Maßstab, war die Rückenansicht eines Engels gezeichnet – nur seine langen Haarflechten und die Flügelwölbungen –, der zu einem Galgen am Horizont hinblickte. Alek erschauerte. Er fragte, wer den Engel gezeichnet habe, und Piramovitsch erwiderte, einer seiner Zimmergenossen, Kommandant eines Regiments, das unter der Bezeichnung »Gural« bekannt war.

Aus der Landkarte flatterte ein Brief: Mein liebster Sohn ...

– Ein Schreiben des Papstes an Bolo, den Schönen, sagte Piramovitsch.

Ein Papierstapel türmte sich neben Piramovitschs Bett, der weiterhin Schuberts unvollendete Werke vervollständigte, ein Unterfangen, das er begonnen hatte, seitdem er einen mitreißenden Essay über Abbé Stadler gelesen hatte, der sich sehr um die Vollendung der Werke Mozarts bemüht hatte.

LEICHEN AUF SCHÖNEN STÄNDERN. Einige Zeit später betraten zwei Offiziere das Zimmer. Ihre extrem abgemagerten Gesichter bezeugten, daß auch sie, so wie Albin, erst unlängst aus einem der Lager entlassen worden waren, auf Stalins Befehl, der der Aufstellung der polnischen Armee zugestimmt hatte. Sie wirkten wie Häftlinge, die ihre Kleidung für eine Theateraufführung vertauscht hatten. Die Uniformen hingen lose an ihrem Körper.

Der Größere der beiden mit den weißen Augenbrauen, der schöne Bolo, hatte das Gesicht eines Boxers, eine gebrochene Nase, breite Schultern, seine Uniform war ihm zu kurz und zu weit. Das war einer der Helden von Jangijul, ein ehemaliger Stabsoffizier von General Kutscheba, dem während des Rückzugs und der Flucht, als alle Verteidigungs- und Nachschublinien zusammenbrachen, eine Panzerkolonne in die Hände fiel und der die Deutschen hinter ihre Linien zurücktrieb. Doch dieser heldenhafte Einsatz war nichts weiter als ein zufälliger Ausbruch von Kühnheit, eine Art persönlicher Blitzkrieg in Miniaturform – seine Einheit war klein, und er mußte sofort den Rückzug antreten, nachdem die Deutschen ein Überholmanöver begannen, um ihn in einem Wald einzuschließen. Der zweite Offizier, »Gural«, der einem schmalschultrigen Clown ähnelte, war seinerzeit einer der höheren Offiziere des General Domb-Bjernacki gewesen.

Die Karte, die Alek ausgebreitet hatte, ärgerte die zwei. Es trat zwar keiner hin, um sie zusammenzurollen, doch beide betrachteten Alek mit Unwillen. Der schöne Bolo versuchte, sich schnell zu betrinken, hin und wieder verfing sich sein Blick an der Landkarte. Plötzlich stand er auf, ganz rot, und trat auf sie zu.

– Immer, wenn ich diese Karte anschaue, Gural, denke ich nur an eines: Innerhalb von zwei Tagen habt ihr die Republik verloren, sagte er in aggressivem Ton.

– Iß ein wenig Salat, sagte Piramovitsch.

– In zwei Tagen! wiederholte der schöne Bolo.

– Wir? Wir haben die Republik verloren? erwiderte ihm Gural.

– In zwei Tagen!

– Die Macht lag in euren Händen, und du weißt das. Die Deutschen waren einfach besser als wir, in jeder Hinsicht.

– Nein! Nein! Nein! Das war Zufall! Sie haben den Sieg nicht verdient. Ihr seid die Schuldigen ...

– Sie waren besser ... eine immense Kraft.

– Nein! Ich sage dir, nein.

– Sie hatten alles, Bolo, alles.

– Sie hatten alles, weil sie wußten, daß ihr Feiglinge seid. Ihr habt das zweite Armeekorps allein und ungeschützt gelassen. Euer General war schwachsinnig, und wenn er nicht einer von Pilsudskis Speichelleckern gewesen wäre, hätte er nicht einmal den Rang eines Oberleutnants erreicht.

– Du weißt ganz genau, daß wir sie nicht aufhalten konnten.

– Weil euer General blöd war und ihr Feiglinge wart.

Gural erzitterte, sagte jedoch mit gewisser Gelassenheit:

– Niemand war imstande, sie aufzuhalten.

– Du findest bei allem eine Rechtfertigung für dich selber, wie die verfluchten Politiker.

– Als die 19. Division noch kampffähig war – sind wir da nicht zum Gegenangriff übergegangen? Haben wir nicht den linken Flügel der Deutschen zum Einsturz gebracht? Hatten die Deutschen nicht schwere Verluste, genau wie die unseren? Und vielleicht sogar mehr. Nein, du hast unrecht.

– Ihr habt alles zerstört!

– Ich werde nicht mehr mit dir trinken, sagte Gural. Ich trinke nur mit Freunden.

– Sie waren kühn und haben sich nicht verrechnet. Ihr habt es ja nicht einmal geschafft, die Brigade Vilno in Bewegung zu setzen. Domb-Bjernacki wußte nicht, wie man eine Brigade einsetzt.

– Meine Herren, sagte Piramovitsch, ist es nicht langsam an der Zeit, damit aufzuhören, über verschüttete Milch zu weinen?
– Kommt, wir trinken aus und machen alle einen Spaziergang. Ich wollte euch bitten, meinem Freund bei der Rekrutierungskommission zu helfen. Welchen Sinn hat es, jetzt zu streiten?
– Er war kein Bonaparte, Domb-Bjernacki. Das gebe auch ich zu, sagte Gural.
– Albin, Albin! sagte der schöne Bolo. Hörst du das? Mein Freund gibt zu, daß Domb-Bjernacki kein Bonaparte war ... Ich erinnere mich an diesen Schurken ... Er machte immer Visite bei meiner Einheit, legte seine Hand unter den Panzerturm eines alten Tanks, um zu prüfen, ob es nicht irgendwo schmutzig war. Daß der Tank ein Schrotthaufen war, sah er nicht. Kein Bonaparte! Er war kein Bonaparte!

Er schlug mit der Faust gegen die Karte, was ein Loch hinterließ, riß sie herunter und warf sie in eine Ecke des Zimmers. Ich möchte nicht, daß meine Augen in meinem Zimmer auch nur für einen Augenblick auf diesen Dreck fallen müssen.

Jetzt war auch Gural wirklich wütend: Nur uns habt ihr es zu verdanken, daß ihr die ersten zwei Tage standgehalten habt. Wären wir nicht gewesen, hättet ihr sofort die Flucht ergriffen. Kutscheba war vielleicht nicht blöd, aber naiv ... Wie viele Divisionen hatten die Deutschen! Sieben! Zwei Panzer, zwei motorisierte? War es nötig, sie anzugreifen? Jeder weiß, daß das nicht war ... Hat das Armeekorps von Lodz vielleicht um Hilfe gebeten?
– Rydz-Smigly gab Lodz den Befehl, Warta-Widava zu verlassen.
– Ihr hättet so tun müssen, als hättet ihr den Befehl nicht erhalten.
– Ihr hättet euch zurückziehen müssen, rückwärts bewegen, ohne auf irgend etwas zu achten. Rückwärts und wieder rückwärts. Und nicht nach dem Fall Warschaus darauf zubewegen, sagte der schöne Bolo. Ich hab's ihnen gezeigt. Sie flüchteten, und wie sie die Flucht ergriffen, du lieber Jesus! Wie sie rannten! Ich weinte hinter meiner Staubbrille, als ich sie fliehen sah. Hunderte Tote, in verbrannten Fahrzeugen, Lastwagen, an den Straßenrändern, in Granatenkratern ... Das einzige, wovor ich mich fürchtete, war, daß die Leichen verschwinden würden, sich in Luft auflösen. Ich wollte, daß die toten Deutschen gesehen würden; ich dachte daran, sie an die Bäume zu hängen oder sie auf Ständern aufzureihen, wie Gewehre. Ich liebte meine Toten. Ich hätte sie gerne sauber angezogen, ihre Stahlhelme poliert. Zwanzig Jahre meines Lebens hätte ich dafür gegeben, wäre dort nur einer gewesen, der ihre Flucht fotografierte. Ich war noch zu

jung, aber ich wußte, was zu tun war, ich wußte, wer als erster fliehen würde, wo die Grenze zwischen stabil und labil verlief, zwischen der Rippe und dem weichen Bauch. Ich hätte sie durchtrennt wie ein guter Schlachter. Und es ging, es ging und ging. Und der verrückte Wurf gelang mir. Welcher Rausch! Welches Glück! Welche Ekstase! Ich verstand die Geschichtsbücher! Ich wußte, wenn sie vor mir fliehen, werden sie wieder fliehen. Und danach ... zerbröckelte alles ... ganz plötzlich ... fiel alles auseinander. Sie hätten mir eine Division gegeben, wenn alles anders gewesen wäre, sie hätten mir ein Armeekorps gegeben. Und jetzt sitze ich hier ... Ich habe gehört, daß sich die Deutschen im Schloß vergnügen und besonders die nymphenburgische Musik lieben. Ich habe meine ganze Hoffnung in die Armee gesetzt. Statt all dem hätte ich nach Pilsudskis Begräbnis wenigstens Göring liquidieren sollen. Ich war neben ihm, und wir gingen sogar gemeinsam in den Park. Ich war in Uniform, ich hatte einen Revolver, und ich hatte keine Illusionen über die Deutschen. Und da ... alles fiel auseinander ... ganz plötzlich ...
– Sie waren die Starken, die Besten auf der Welt!
– Ich war neu dort, wie ein Kind, das zwei Monate nach Anfang des Schuljahres in die Klasse kommt. Und mein Befehlshaber verhielt sich nach der altbekannten Regel: Wenn ich nicht verstehe, was um mich herum geschieht, tue ich so, als geschehe es auf meinem Willen hin. Doch das ist eine Regel, die wunderbar bei einer Orgie oder in Siegeszeiten greift, allerdings viel weniger gut in Zeiten der Niederlage oder auf der Flucht. Man braucht viel Phantasie – ein nicht gerade häufiges Gut im Generalstab. Und ich war neu dort. Wer mich nicht haßte, beneidete mich. Ein Name wie der meine nützt nirgendwo auf der Welt mehr etwas. Ich war neu. Was hatte ich zu bieten außer Mut und Wahnsinn? Ich hatte keine Freunde, nur einen oder zwei, und auch diese mußten in der Division vorwärtskommen und konnten nicht alle ihre Karten aufdecken. Ich konnte mich keiner Gruppe anschließen, ich hatte keine Unterstützer, und ich verstand nicht genau, wer die Drahtzieher waren und wer die Marionetten. Ich war zum Scheitern verurteilt. Und trotz allem gelang es mir, eine nicht unerhebliche Macht zu sammeln, gute Leute. Wenigstens führte ich meine Füße ein wenig auf dem Schachbrett spazieren. Ein Schachspieler vom Dorf, gegenüber einem Meister aus der Hauptstadt, wenn du recht hast, daß sie so überlegen waren. Aber du, erfahrene Stabsratte, wo du schon wußtest, wer wer ist, hast es nicht geschafft, auch nur einen Finger zu rühren gegenüber diesem Dummkopf und gegenüber den Deutschen.

Er trank wieder und summte ein Lied, das in bescheidenen Zauber und volkstümliche Weisheit gehüllt war: »Im finst'ren Walde sang ein Vogel«. Und fuhr übergangslos mit seinem Vortrag fort: Wenn du die Armee nicht verlassen hättest, um dich mit der Einfuhr von Autoersatzteilen zusammen mit Levi und Kohen zu beschäftigen, wärst du ein besserer Soldat gewesen. Die fünf Jahre, die du aus dem Militär draußen warst, haben aus dir einen Plünderer und Feigling gemacht, passend zu den Leuten, in deren Gesellschaft du warst!
– Nicht jedermann wird mit einem goldenen Löffel im Mund geboren.
– Du hast das Militär verlassen, um Handel zu treiben!
– Ja und? Glaubst du, ich habe die Geduld, mich mein ganzes Leben lang mit Pfadfinderlisten zu beschäftigen?
– Die preußischen Offiziere dachten nicht, daß es sich um Pfadfinderlisten handelte.
– Ich hatte nicht die Gelegenheit, gegen preußische Offiziere zu kämpfen, sondern nur gegen Mechaniker in hübschen Panzerbüchsen auf Kettenraupen. Und glaub mir, es war sehr angenehm, nach der Arbeit in ein Konzert, ein Theaterstück oder ein gutes Restaurant zu gehen, anstatt sich mit deinen Freunden, den hingebungsvollen Offizieren abzugeben und mit ihren demütigen Ehefrauen und ordinären Geliebten. Immerhin habe ich dein Leben gerettet, als du irgendeinen armen gemeinen Soldaten bis zur Bewußtlosigkeit zusammengeschlagen hast, als wäre er dein Leibeigener, der nicht schnell genug die Mütze abnahm und sich nicht tief genug vor seinem Herrn, Eurer erhabenen Majestät, in der Kutsche verbeugte.
– Und es ist schade, schade, daß du dich eingemischt hast. Sie wollten mich lynchen. Das hätte ein überaus herrlicher Anblick sein können. Etwas aus den Tiefen der Geschichte, wild und blutrünstig. Die Menge als Strafgericht, wie ein Rudel ausgehungerter Hunde. Und danach kann man einen königlichen Brief an das Volk verfassen: für alle zusammen und jeden einzelnen, an diese Zeit und an die kommenden Zeiten ... und mit Worten der Zurechtweisung, Verzeihung und Drohung schließen.
– Du weißt nicht, wie recht du hast, wenn du den Schachkünstler mit einem Meister vom Dorf vergleichst. Wir waren stark ... die Franzosen waren stark ... und es gab noch andere hier und dort, doch wir alle wurden mit einem Fingerschnipsen geschlagen, und wenn dir das nicht gefällt, kannst du dich an die Richterkommission wenden. Vielleicht werden sie irgendwelche sträflichen Übertretungen bei deinen Feinden finden. Vielleicht haben sich deine Feinde nicht an die gebührenden Manieren und im Gewerbe üblichen Benimmregeln

gehalten. Und warum warst du denn neu in deiner Division? Ich habe dir gesagt, du sollst nicht dorthin gehen, nicht weggehen. Aber du hast an deinen Stern geglaubt, an deine Überzeugungskraft. Es war dir langweilig bei uns, du wolltest neue Blicke sehen, die verehrungsvoll an dir hängen.
– Das ist eine bösartige Bemerkung, passend für einen Stabshengst.
– Nein, du weißt, daß das die Wahrheit ist. Und du bist tatsächlich der Glückspilz geworden, den man im Namen der Armee in den Zweikampf schickte. Doch wir leben nicht in Zeiten des Mittelalters. Ich war ohnmächtig wie wir alle.
– Verzeiht mir, daß ich darauf bestehe, sagte Piramovitsch. Kannst du ein gutes Wort für meinen Freund Tscherniak bei der Rekrutierungskommission einlegen?
– Wegen guter Worte haben wir den Krieg verloren, sagte der schöne Bolo.
– Mein Freund Alek möchte an die Front, er will kämpfen. Bist du bereit zu helfen, Bolo? Ich möchte ihm einfach das Gerenne von einem Beamten zum nächsten ersparen, und vielleicht würde ihn gar noch einer ins Badehaus mitnehmen, um genau nachzuprüfen, ob bei ihm alles für eine katholische Armee stimmt, ob ihm nicht was Kleines fehlt. Dich verehren sie hier. Ein Wort aus deinem Munde, und sie würden sogar den Teufel persönlich in die Armee aufnehmen.
– Und warum eilt es ihm jetzt so? Warum hat er nicht im September gekämpft?
– Weil er sich da noch nicht von seinen Logarithmentafeln in der Schule getrennt hatte.
– Ich habe schon einmal gesagt, daß ich mich nicht in solche Angelegenheiten einmische.
– Hier gibt es keine Angelegenheiten, Bolo.
– Laß mich in Ruhe, Piramovitsch.
– Und was ist mit dir, Gural?
– Morgen bin ich in Taschkent.
– Du willst mir also nicht helfen? sagte Piramovitsch verblüfft, und Röte stieg ihm in die Wangen.
Die beiden gaben ihm keine Antwort.
Zornesblässe breitete sich nun auf Albins Gesicht aus.
Aber der schöne Bolo war noch nicht fertig. Sein Gesicht war puterrot. Er streckte seine Rechte aus, senkte seinen Kopf ein wenig und warf Albin einen Blick voll gestellter Verschämtheit zu, dann stimmte er ein Volkslied aus der Gegend von Sandomierz an und übertrieb seine dumpfe, matte Traurigkeit: »Oh, mui Jaschjeniu ... oh,

mein kleiner Jaschek, o meine Liebe, o weh, ein Unglück geschah, einst hatte ich zwei Kränze, sie stahlen sie, raubten mir das Wasser ...«

Es hatte etwas überraschend Spottendes und Beleidigendes, dieses kleine Lied, das allem Anschein nach den Gefühlen seines Herzens Albin gegenüber Ausdruck verlieh. Die Betonung der Mundart des Kreises Sandomierz, die volkstümliche Traurigkeit der kleinen Melodie, die noch bescheidenere Hoffnung darin, wie eine geläufige Höflichkeitsgeste – das alles zusammen verwandelte die traurige Unschuld des Liedes in lastende Dumpfheit. Trotz des Schauders jedoch, den die Vorstellung des schönen Bolo in Alek auslöste, war er von seiner Musikalität überrascht. Mit dem dahingeträllerten kleinen Lied versetzte er Albin eine Ohrfeige mitten ins Gesicht, verhöhnte seine Gefühle, seinen dummen Glauben an die Menschheit. Etwas an der Ausführung des Liedes verriet, daß der schöne Bolo ihm einmal mit großer Aufmerksamkeit zugehört haben mußte, mit Neugier und Ablehnung zugleich, vielleicht in seiner Kindheit, als er im Gras lag, versteckt in den Ästen eines Baumes oder zwischen den Beinen eines dörflichen Tisches, den Stimmen der Bauern lauschend.

Albins Gesicht verfinsterte sich. Er legte seinen Arm um Aleks Schulter und drängte ihn nach draußen.
– Es tut mir leid, sagte er.
– Ich wußte, daß es so sein würde.
– Du wirst in diese Armee aufgenommen, und wenn mich das mein Leben kosten sollte. Morgen früh wirst du zur Untersuchung gehen, und danach präsentierst du dich sofort der Kommission. Ich werde einen langen Brief verfassen.

Alek erzählte ihm von seinen Leiden.
– Ja und? sagte Piramovitsch. Das ist eine Bagatelle. Die meisten Soldaten in diesem Krieg werden ohnehin getötet. Ein halb blinder Soldat ist besser als ein toter Soldat. Das Motto unserer Zeitung hier haben wir von Zolkievskis Grabstein abgeschrieben: »Aus unserem Staub wird der Rächer erstehen!« Und je mehr Staub aus uns wird, desto mehr Rächer werden erstehen.

Die Wasser des Kurkuldiuk. Am Morgen begleitete ihn Piramovitsch zur Ärztestation und wartete dann, bis er das Zimmer der Kommission betreten hatte. Nach den Untersuchungen fragte ein junger, lächelnder Offizier Alek nach seiner Religion. Der Offizier erklärte, immer noch lächelnd, er müsse das wissen, da es bei ihnen keine Geistlichen anderer Religionen außer der katholischen gäbe und

im Falle des Todes sonst peinliche Verwicklungen entstehen könnten.
– Ihr braucht euch nicht um Speise und Gebete für mich kümmern. Und wenn ich sterbe, so laßt mich auf dem Feld zurück, den Vögeln des Himmels zur Beute.
– Den Vögeln des Himmels zur Beute, echote der junge Offizier. Was reden Sie da?
– Wie die Zoroastrier. So wie sie glaube auch ich, daß sich die Mächte des guten und des bösen Gottes gleich sind, oder die Mächte des bösen ein wenig stärker sind.
– Sehr komisch, sagte der junge Offizier.
– Ich habe gehört, daß es in Tschok Pak eine Panzerschule gibt. Schicken Sie mich dorthin.
– Das ist eine geheime Information, sagte der Offizier. Wer hat Ihnen von Tschok Pak erzählt? Warten Sie hier einen Augenblick auf mich.
   Alek sah aus dem Fenster, wie in der Schule. Die Welt – ein wunder Albatros – zog ihn hinaus zu den Obstbäumen, zum Kurkuldiuk der goldenen Wasser. Die Bäume hatten eine magnetische Wirkung auf ihn. O Prinzessin, deine Narzissenaugen, der Venusbogen deiner Lippen ...
   Der junge Offizier kehrte zurück, in Begleitung eines düsteren Herrn im Range eines Kapitäns und zweier Beamter.
– Ihrem Gesundheitszustand nach, mein Herr, würden Sie nicht einmal in ein Pfadfinderlager aufgenommen werden. Aber ich sehe, daß es hier in der Kommandantur jemanden gibt, der daran interessiert ist, Ihnen Hilfestellung zu leisten. Vielleicht einer Ihrer Verwandten?
– Nein.
– Vielleicht einer Ihrer Mitbrüder, wenn Sie meine Frage verstehen.
– Ich verstehe sehr gut. Nein. Er ist keiner von ihnen.
– Wäre es nicht besser für Sie, Sie würden sich zur Roten Armee melden? Denn wir haben keine Ärzte wie sie. Tausende unserer Leute sind an Typhus gestorben. Unser Pionierkorps war den ganzen Winter nur mit dem Ausheben von Gräbern geschäftigt.
   Alek setzte sich auf einen Stuhl und senkte den Blick.
– Stehen Sie, wenn Sie mit dem Vorgesetzten sprechen!
– Noch sind Sie nicht mein Vorgesetzter ...
– Stehen Sie auf, oder ich stelle Sie mit Gewalt auf die Beine ...
   Alek blieb sitzen.
– Aufstehen! schrie der Kapitän, seine Stimme zitterte, und seine Brust wogte heftig. Ich kenne euch – Verräter, Spekulanten, Gotteshasser!

– Seien Sie vorsichtig, Grenadier, sagte Alek zu ihm, Sie werden gleich einen Schlaganfall bekommen.

Der Kapitän schnellte vor und versuchte, Alek mit Ellbogen und Arm ins Gesicht zu treffen, doch der etwas feminine Sprung gelang ihm nicht ganz, und sein Ellbogen traf Aleks Schlüsselbein. Der Kapitän nahm Abstand und flüsterte einem der Beamten etwas ins Ohr.

– Sie haben das Lager bis zur Mittagsstunde zu verlassen, sagte der Beamte. Schließen Sie sich der Gruppe bei der Logistikabteilung an. Ich werde euch alle zu einem Sammelpunkt in Taschkent bringen, dort werden Sie einer neuerlichen, eingehenden Untersuchung unterzogen.

– Habe ich hiermit eine Ablehnung erhalten?

– Keine endgültige Ablehnung. Nur ein Zeugnis, daß Ihre Gesundheit Sie für den Militärdienst untauglich macht. Und im zweiten Lager – wir werden sehen.

– Welches Lager?

– Sie werden sehen, sagte der Beamte.

Draußen wartete Piramovitsch auf ihn.

– Diese altgedienten Militärs mit ihrer kleinlichen Rachsucht ... Geh in meine Baracke zurück, und ich werde herumschnüffeln, wohin sie euch schicken wollen.

Nach etwa einer halben Stunde kam er wieder.

– Zieh meinen Mantel an und die Mütze, und komm mit, schnell! sagte er.

Alek folgte ihm durch den großen Park, hinter die Baracken, bis sie zu einer Lücke im Zaun gelangten. Piramovitsch kroch durch die Öffnung und setzte sich auf einen Baumstumpf über einem gelblichen Kanal. Es war seltsam für Alek, seinen Freund in einem Armeelager mit einer schwarzen, von weißen Fäden durchwirkten Kappe und einer bestickten Jacke zu sehen. Nur eine lange Huka fehlte ihm noch zum Aussehen eines Orientreisenden.

In Sandomierz hatte Albin manchmal zu Hause die Kleidung der Gebirgsbewohner getragen, von denen er immer mit Verehrung sprach. Jahr für Jahr pflegte er sich in die Tatra aufzumachen, obwohl er in Wahrheit eine Abneigung gegen Berge hatte. Er reiste allein dorthin, um »Abenteuer« zu suchen, denn er behauptete, daß jedem auf sich selbst gestellten Menschen unterwegs Abenteuer zustießen, und war nicht wenig erschrocken, wenn er gezwungen war, in Schäferhütten zu schlafen, in der Gesellschaft reichlich verdächtiger Gäste, oder mit einem Führer kletterte, einem betrunkenen Gebirgler, dessen schweigsame Verschlossenheit weit entfernt von der volkstümlichen

Liebenswürdigkeit voller Einfalt war, die er erwartet hatte. Doch aus seinen Erzählungen war ersichtlich, daß die Gegend, in die er seine Ausflüge unternahm, nicht wild und von urzeitlichen Nebeln eingehüllt war, sondern es handelte sich um Morskje Oko oder Tscharni Stav, Orte, an denen man Leute aus der vornehmen Krakauer Gesellschaft treffen konnte, Damen mit ihren Schoßhündchen, elegant gekleidete Herren und betrunkene, narzißtische Warschauer Künstler auf der Jagd nach verehrungsvollen Blicken, mit handgestrickten Jacken aus dickster Wolle, die sie von weitem wie monströse Schafe aussehen ließen.

– Ich kenne eine Familie, die bei Buchara wohnt, in einer Art Siedlung, Kooperative, Sowchos, ich weiß es nicht genau. Ich kenne sie nicht wirklich, aber mit dem Jungen habe ich mich ein bißchen angefreundet. Umar Tengizov. So eine Art Clan. Sie werden sich nicht weigern, dich aufzunehmen, und ich schicke ihnen ein Geschenk, und es gibt wenige Gesandte, die je ein solches Geschenk mitbrachten, um die Herzen von Königen zu gewinnen.

Und er zeigte Alek eine dünn mit rötlichem Leder bespannte Schachtel mit der Aufschrift: *Allegro, Modell L.*

– Das ist ein Gerät zum Rasiermesserschärfen. Man kann sich zwei Monate lang mit einer Klinge rasieren. Ich habe hartgesottene Männer beim Anblick dieses phantastischen Instruments Tränen vergießen gesehen ... Das ist nicht einfach ein Geschenk, das ist dein Passierschein, und vielleicht besser als die Geleitbriefe von Königen. Für mich hat es gepaßt, damit herumzuwandern, mit meinem Sträflingskopf, für dich nicht. Du siehst ziemlich elegant aus.

– Und ihr seht alle sonderbar aus mit dem Haar so knapp über der Haut geschoren, wie Mönche.

– Prima Tonsura. Wir waren ja alle dort, ohne Ausnahme. Alle sind gleich, auch die Großen. Die Russen haben kein Gefängnis oder einen Verbannungsort, kein besonderes Jedikül für die höheren Ränge wie die »Hohe Pforte« der Osmanen, und wir alle sind zu wundersamen Gläubigen geworden. Doch der Himmel hat keinen Tau, sondern Hagelbrocken über die unglücklichen Betenden ausgegossen. Und ich muß dir etwas erzählen, was gewiß das Herz des Lateiners in dir erfreuen wird. Wir haben einen alten Alvar in einem Ledereinband gefunden, der einem der polnischen Aufständischen von dreiundsechzig gehört hat, ein Familien-Alvar, und ein voluminöses Silva Rerum mit Unfug von vor zweihundert Jahren. Garantiert war das eine der langweiligsten und dümmsten Familien überhaupt. Und noch dazu aus unserer Gegend.

Alek hörte sich rot und verlegen die Worte des alten Polen aus dem Munde seines Freundes an und legte dann seine Hand auf Piramovitschs Arm.
– Wie werde ich dort hinkommen?
– Der Name des Ortes ist Erne-Scharif. Der Sowchos selbst heißt Sverdlov. Nicht mehr als dreißig Kilometer südlich von Buchara. Aber du mußt vorsichtig sein. Umars Bruder ist in der Verbannung, und ein zweiter Bruder wurde getötet. Uralte Geschichten. Vielleicht solltest du José Maria aufsuchen, und er wird dich zu Umar bringen.
– Ein Spanier?
– Es gibt hier viele. Eines Tages werden sie in ihr Land zurückkehren, um Franco aufzuhängen und Dolores Ibárruri bei ihrer Schleppe zu packen. Ich werde dir aus Tschok Pak in den Sowchos schreiben. Wenn du innerhalb von zwei bis drei Monaten nichts von mir hörst, vergiß die Armee. Dieser Umar ist ein Mann nach meinem Geschmack. Du wirst schon sehen. Sehr stark, geschickt, Ringkampfausbilder bei der Armee. So habe ich ihn kennengelernt. Er und seine Schwester sind wirklich Perlen in einem Schweinestall, sie ist eine Schauspielerin, die aus dem Rampenlicht ins Dorf zurückgekehrt ist. Vielleicht hast du ihren Namen gehört, Polymethis Odysseus? Sie heißt Schirin Tengizov.
– Nein, habe ich nicht. Und wohin beabsichtigen deine Kameraden mich heute zu schicken?
– Darüber reden wir im *Schwan*.
– Oder in Orvieto.
– Ganz genau. Du findest José Maria im Stoffladen von Ali Buchanov, im Bazar von Buchara.
– Ich werde ihn finden. Ist es möglich, sich über die Grenze zu stehlen?
– Die Afghanen bringen die Grenzgänger um, bevor sie sie ausrauben, und von den Persern erzählt man sich so allerlei Geschichten. Aber wenn du auf irgendeine wunderbare Weise Meschhed erreichen solltest, wäre es gut. Meine Taufpatin, Fräulein Muller, leitet dort das Rote Kreuz. Doch zuvor mußt du die Linien unserer treuen Bündnispartner überqueren.

Sie schritten verlegen die kleinen, klug angelegten Kanäle entlang. Die Usbeken waren grandiose Gärtner, doch schlich sich eine gewisse Ungeduld in Aleks Liebe zu kleinen Bewässerungskanälen. In ganz Usbekistan fand nichts wirklich den Weg zu seinem Herzen, nicht einmal die prachtvollen Bauten, die Weltwunder, die Schmuckstücke der Timuriden. In seiner Provinzstadt: Ein alter Brunnen im Hof, Früchte und Trauben auf Gipstabletts, Erinnerung an Rom, die runden Fenster des Palastes, die Marmor- und Bronzestatuen, die hier und dort an Plätzen aufgestellt waren, im Regen oder Schnee. In seiner Bewunderung für die Kanäle lag etwas Unwirkliches, und vielleicht waren auch der Panslawismus und die Russophilie des historischen Klubs nicht echt gewesen, sondern nur ein leicht malerischer, künstlicher Anstrich. Sein Herz und Albins hing insgeheim an Italien, am Meer der Sonne.

– In Samarkand, sagte er, habe ich ein Mädchen kennengelernt. Was soll ich jetzt machen? Ich fürchte mich davor, ihr zu schreiben.

– Schreibe ihr Postkarten. Sie hegen hier kein Mißtrauen gegen Postkarten und achten nicht besonders darauf.

– Ich werde eine falsche Adresse angeben.

– Das ist eine gute Idee, sagte Albin und fügte einen Satz von Isadora Duncan an, den er irgendwo gelesen hatte und zu zitieren liebte: Du hast entdeckt, daß Liebe nicht nur Zeitvertreib, sondern auch Tragödie sein kann, und hast dich ihr mit all deiner heidnischen Unschuld verschrieben?

– Ich habe sie verlassen, murmelte Alek.

– Frauen verläßt man immer. Denke nur, wie arm die Weltliteratur ohne das wäre. Und jetzt lauf, sagte Piramovitsch und strich ihm übers Haar, und möge der Engel Raphael dich behüten, der Beschützer alles Unsteten und Flüchtigen.

Alek rannte duch die Blütenpracht und sah sich hin und wieder um. Sein Freund blieb sitzen und rauchte langsam eine Zigarette.

Teiche überlassen ihre Wellen dem Kräuseln des Windes, gegen Abend breitet kein Vogel die Schwingen aus. Eine kleine Insel mit einem Baumdickicht spiegelt sich in stillen Wassern, die wie die glänzenden Augen der Erde den Himmel, die Wolken, das Gold des Sonnenuntergangs beobachten, als habe sich die Erde mit zartem Schmerz selbst begriffen, und nur die Wasseroberfläche, blaß wie die Augen von Statuen, berühre die Welt. Der goldgelbe Kurkuldiuk, der chinesische Schlammfluß, trägt fetten Schlamm von Feld zu Feld, Schlamm, der die wunderbaren Bäume blühen läßt. Keine Botschaft des Gedankens aus den Tiefen der Erde und kein Zeichen eines Auges von Azurblau in den Höhen war hier jemandem versprochen worden. Der chinesische Kurkuldiuk, eine gelbe Lavawoge, strömt zwischen seinen niedrigen Ufern, wie der Schmuck einer alten Frau, dicht an der elefantenähnlich hornigen Haut. Aleks Atem setzte aus. Das märchenhafte Asien stürzte in sich zusammen im Herzen seines Bewunderers. Die weiße Blütenpracht war wie ein Begräbniskranz, die Kalkstreifen an den Bäumen waren die Trauerflore. Er passierte

einen größeren Kanal, doch die Gestalt Albins, der mit seiner usbekischen Kappe rauchend dasaß, die blühenden, flüsternden Bäume und der gelbe, sich schlängelnde Bach brachten seine Augen zum Überfließen. Er blieb stehen. Die Tränen strömten ihm herunter, unaufhörlich, zogen mit winzigem Wispern ihre Bahnen über sein Gesicht, das es nach wenig Salz gelüstete. Einen Augenblick später begann er zu schluchzen, mit einer Kraft und Hingabe, wie er sie seit seiner Kindheit nicht mehr gekannt hatte. Albin fing zu rennen an, sprang über die Kanäle und kam neben ihm zum Stehen, mit heftig zitternden Händen. Er sog hastig den Rauch seiner Zigarette ein.
– Was ist los? Was ist los mit dir? fragte er.
Doch Alek konnte nur schluchzen.
– Du mußt dich beruhigen und dich auf den Weg machen! sagte Albin. Ich verstehe Bolo nicht. Er hat mir nie etwas abgeschlagen. Vielleicht die Landkarte, der Anblick der Karte ...
– Ich kann nicht alles wieder von vorne anfangen ..., murmelte Alek und verjagte die Mücken von seinem Gesicht. Bis ich endlich hier angelangt war ... ich kann nicht wieder ...
– Geh jetzt! Jetzt!
– Sollen sie mich mitnehmen, sollen sie mit mir machen, was sie wollen.
– Erinnere dich daran, wer wir waren, Wunderkinder. Bereits im Alter von fünfzehn hat man neiderfüllt von dir gesagt, daß du ein pathologisches Erinnerungsvermögen hast. Geh jetzt, oder du wirst niemals mit Fräulein Kolenda zu Abend essen.
– Alles ist voller Ungeheuer ...
– Hübscher Analogieschluß, wie der selige Pythagoras. Lauf, sagte Albin. Lauf!
Und er kehrte mit schnellen Schritten ins Lager zurück.

DER GROSSE ROSTAM, DER ZEHN AMMEN BRAUCHT. Alek war erstaunt über die Frage. Er hätte tage- und nächtelang so reiten können. Ruschtis gleichmäßiger Galopp wiegte ihn in Sicherheit, und der Wüstenwind heilte seine Schmerzen. Als die Dämmerung graute, erreichten sie den Hain Abu Talb, tranken Kaffee und aßen Brote.
– Wartet der Perser auf uns?
– Wenn nicht, werden wir ein oder zwei Tage auf ihn warten. Wir haben ausreichend Essen, und neben der Quelle haben wir Konservendosen in der Erde vergraben. Es gibt dort ein ziemlich großes Becken, man kann sogar schwimmen, oder zumindest mit Händen und Füßen paddeln, als schwimme man.

Das Wäldchen war niedrig, die Quelle klein und salzig. Die Pferde waren im dichten Gehölz überhaupt nicht zu sehen. Umar deckte sich mit einer Decke zu und rauchte. Alek stand auf einer kleinen Erhebung, der monotone Wind blies in rhythmischen Böen. Das Sausen in seinen Ohren und ringsherum hatte etwas Konkretes, wie ein überdeutliches Geflüster, eine eindringliche Melodie, deren einzelne Töne im strudelnden Lärm um die Ohrmuschel herum untergingen. In ihrer Monotonie und Trockenheit lag eine eigenartige Verlockung. Es erfüllte ihn mit Sehnsucht, dem Wind zu willfahren, sich dem Streicheln hinzugeben, mit dem er über sein Gesicht, seine Haare, seinen Nacken und seine Hände strich. Der Wind kam immer mit abstrakten Forderungen zu ihm, die sich in Wirklichkeit nicht erfüllen ließen.
– Ist es schwer, über die Grenze zu kommen?
– Da steckt viel Geld drin, also tun es die Leute, erwiderte Umar.
– Ich habe gehört, daß man den Amu Darja überquert.
– Das ist ein Weg. Um die persische Grenze zu überschreiten, wie sie unser Karawan-Baschi passiert, braucht man ein bißchen Glück. Es gelingt großen Gruppen hinüberzukommen, aber manchmal werden zwei, drei Leute gefaßt. Man weiß nie genau, was auf der anderen Seite passiert. Und jetzt ist es gefährlicher denn je. Es gibt überall eine Menge Militär. Im Grunde weiß ich nicht, wie er das überhaupt macht. Doch der alte Karawan-Baschi kennt ein oder zwei Geheimnisse.
– Wie gefährlich, würdest du sagen, ist die Sache?
Umar erwiderte mit einem Lächeln: Ich würde sagen, daß praktisch keinerlei Aussicht auf Erfolg besteht, und nur die Kombination aus einer extrem dunklen Nacht, einem Wetter, das die Soldaten nicht dazu lockt, draußen zu schlafen, und dem Abend vor einem Festtag, ich weiß nicht ... nur solche Dinge können helfen. Im Prinzip bin ich mit Dascha einer Meinung, daß die Grenze nicht überquerbar ist, jetzt, wo es dort auf beiden Seiten von Soldaten nur so wimmelt.
– Und trotzdem glaubst du, daß er kommen wird?
– Ja, ich bin mir sicher.
– Und weshalb? Wenn es derart schwierig ist?
– Weil der Meschhedi diesen Weg Jahre über Jahre gemacht hat, weil er das Gebiet kennt, die Menschen, die hier leben. Schau, wir reiten nach Uba Kuduk. Du kannst das Klappern der Hufe auf einem ausgehauenen Weg hören. Und wie viele Leute wissen, daß es hier einen behauenen, zum Teil geebneten Weg gibt, seit Jahrhunderten? Der Meschhedi weiß Hunderte solcher Wege.

– Wenn man gefaßt wird, was passiert?
– Im allgemeinen erschießen sie dich in dem Moment, in dem sie dich sehen.

Am zweiten Abend sah Alek, daß die Felsen, zwischen denen sie schliefen, in einem Rund angeordnet waren, sogar im gleichem Abstand zueinander. Als sie bei den Felsen angekommen waren, war Ruschti plötzlich stehengeblieben, auf einem gerundeten Felsen abgeglitten und beinahe gestrauchelt. Trotz seiner stämmigen Gelassenheit schien es, als sei in Ruschti das Gedächtnis seiner Rasse verhaftet, das sich nur in seinem nervösen, plötzlichen Scheuen offenbarte, einem starrsinnigen Stehenbleiben, begleitet von einem schnellen Erzittern der Muskeln. Doch diese Augenblicke verflogen im Nu, und Ruschti trabte wieder voran, als wäre nichts geschehen, und nur Alek blickte zurück, in dem Versuch, die geisterhaften Spuren der unsichtbaren Anwesenheit zu erkennen, die Ruschti gespürt hatte, aber die Stellen, an denen Ruschti stehenblieb, unterschieden sich keinen Deut von allen anderen auf ihrem Weg. An dem Kreis der Felsen jedoch war etwas Außergewöhnliches. Die Felsen erschienen wie Richter einer ewigen Gerichtsrunde. Einige der Felsen ähnelten monströsen, gewalttätigen Tieren, ein Leopard mit weit aufgerissenem, riesigem Rachen, ein Zwittergeschöpf, halb Kröte, halb Haifisch, eine Kreatur ohne Gesicht mit einer gigantischen, mörderischen Klaue zum Töten erhoben, ein Wesen mit spiralförmigem Schwanz. Der Anblick ließ ein vages Zittern im Herzen des Betrachters aufkeimen. Zwei weitere Felsen erinnerten an nichts Bestimmtes, doch Alek hatte das Gefühl, wenn er sie noch einmal näher ansähe, würden sie ihm sofort ein riesiges Potential eröffnen. Für einen Augenblick dachte er sogar, jene Felsen seien von Menschenhand behauen worden, doch ein flüchtiger Blick genügte, um sich zu überzeugen, daß dies nicht möglich war. Es war der Wind, der sie zu Schreckensgestalten geformt hatte. Alek beugte sich hinunter, legte sein Ohr an die Flanke des Pferdes und hörte Ruschtis Herz heftig pochen. Eine edle Seele strebt nach Ehre? Mir genügt es, diese Länder hinter mir zu lassen, diese Länder des verrinnenden Todes, der Schwäche, des lähmenden Schlafs, und sofort wird ein neues Leben beginnen, mein Schicksal wird in würdigem Licht erstrahlen. Wenn ich ein Rennpferd wäre, würde ich auf mich selbst setzen? Er berührte den Kolben des Jagdgewehrs.

Am nächsten Abend brachen sie wieder auf, und von Aleks Seite aus hätte die Reise ewig andauern können. Auch Umars Stimmung war besser als zuvor: Er sang mit lauter Stimme und versuchte, auf seinem Pferd komplizierte Manöver zu veranstalten, im Dunkeln,

ohne allzu großen Erfolg. Das Galoppieren in der Nachtluft war berauschend. Dichte Finsternis umhüllte sie, als sie auf einem Felsvorsprung einer großen Höhle gegenüberstanden. Umar rief und pfiff, doch der Ort wirkte verlassen. Sie stiegen zu der Höhle hinunter. Auch sie war leer, etwas flach, trotz ihrer Ausdehnung.
- Meschhedi! Wenn du mit mir Verstecken spielst – dann wirst du dafür bezahlen! schrie Umar. Doch die Höhle war tatsächlich leer. Er richtete den Lichtstrahl der Lampe auf die niedrigen Bäume. In einem kleinen Hain glänzten eine weiße Kuppel und ein kleines, hufeisenförmiges Wasserbecken.
- Komm, wir schlagen das Zelt auf, der Meschhedi ist noch nicht angekommen.

Während der Mahlzeit öffnete Umar eine Flasche Wein und sagte: José Maria hat hier zwei Flaschen versteckt. Man muß ausprobieren, wie es jetzt um ihre Qualität bestellt ist.

Als er José Marias Namen aussprach, erschien auf seinem Gesicht ein Ausdruck von Hilflosigkeit, Zerbrechlichkeit. So war es auch bei Piramovitsch gewesen, der auf einem kleinen Landgut aufgewachsen war, wo ihm alle jeden Wunsch erfüllt hatten. Doch wie zuvor im Gefängnis rührte Umars Verletzlichkeit auch nun an Aleks Herz. Solch eine unvermittelte, starke Verletzlichkeit war in seinen Augen ein Zeichen von Helden. Die Flammen des bescheidenen Lagerfeuers erhellten den Eingang der Höhle.
- Ich denke sehr oft an Ali Baba und seine Räuber. Ich wünschte mir, auch ich hätte eine Höhle, die von außen wie ein Felsen aussieht, und innen ist sie mein Reich, mein geheimer Ort, über den ich herrsche. Es hat hier viele Burgen und Festungen gegeben. Vielleicht wäre es möglich, einen solchen Ort in eine Höhle der Geheimnisse zu verwandeln.
- Koldasch hat im Krankenhaus immer von einer Ruinenstadt erzählt, Gulgula, mit Tausenden Höhlen und riesigen Statuen.
- Ich habe von einer solchen Ruinenstadt gehört, doch mir scheint, daß sie in Afghanistan, jenseits der Grenze liegt. Alle, denen ich von der Burg der Geheimnisse erzählte, haben mich ausgelacht, aber meiner Mutter gefiel es. Sie liebte diesen Traum und glaubte nicht, daß er unmöglich sei.

Er sprach vorsichtig und mit verhaltener Stimme über geheime Reiche, über Verkleidungen, vom Traum des Doppellebens, und Alek genoß es, ihm an einen Felsen gelehnt zu lauschen.
- Werden wir in Schichten Wache halten?
- Wofür? An diesem Ort hört man es sowieso nicht, wenn sich uns jemand nähert, erst im letzten Moment. Gehen wir schlafen.

– Lege dein Gewehr neben dich, sagte Umar.

Als er seine Augen aufschlug, sah er Umar im Licht des Morgengrauens nach unten blicken. Zwei Menschen stiegen ganz langsam den Pfad hinab zum Steinbruch, etwa zweihundert Meter von ihnen entfernt.

– Meschhedi! Ho, Rostam, der Held! schrie Umar. Ich wußte, du würdest kommen, ich wußte es. Mein Rostam!

Er begann zu rennen, und Alek rannte ihm hinterher, im Vertrauen auf seinen Freund, daß er die abschüssigen Ränder der Abhänge kannte. Keuchend standen die beiden vor dem alten Grenzgänger und seinem riesigen Begleiter.

– Das ist mein Freund Alek Tscherniak, und das ist Gafar-Ali Meschhedi, der gepriesene Karawan-Baschi! Größer noch als Rostam!

– Tschudak ti, Umar, durak, ah, kakoi durak! sagte Gafar-Ali.

– Ho, großer Rostam, du, der du zehn Ammen brauchtest in deinen Wiegentagen!

Der Meschhedi streifte seinen Mantel ab, der naß von Tau war, und warf ihn in die Arme seines Begleiters. Er war ein fetter Mann mit wildem Haarwuchs, und zahlreiche Goldzähne blitzten in seinem Mund, wie bei den hochgestellten Kreisen von Taschkent und Samarkand, und viele Ringe zierten seine Finger. Er gab seinem Begleiter einen befehlenden Wink mit der Hand, und jener breitete eine weiße, mit Goldfäden bestickte Tischdecke aus und stellte Teller und Tassen darauf.

– Gafar-Ali lädt uns zum Mahl, sagte Umar, nachdem er kurz und schnell etwas auf tadschikisch gesprochen hatte. Wir haben einen Korb mit Eßwaren, geh hinauf und hole ihn, dann können auch wir dem großen Karawan-Baschi aufwarten.

Als Alek zur Höhle hinaufstieg, sah er den Meschhedi und Umar sich hinter einen Felsen zurückziehen.

Der Begleitdiener schenkte grünen Tee aus, und Gafar-Ali begann ein Gespräch mit Alek. Anscheinend hatte er aus Umars Mund Lob über ihn vernommen, denn er musterte seinen mageren Körper sowie seine langen, dünnen Finger mit skeptischem Blick. Er lauschte Aleks Worten mit verschlossenem Gesicht, und es war schwer zu erraten, was seine distanzierte Haltung hervorrief, die Tatsachen oder die Art, wie sie erzählt wurden.

– Jadullah-Chan, bring den Teppich, sagte der Karawan-Baschi.

Der riesenhafte Diener brachte ein kleines Paket. Der Teppich war nach Aleks Geschmack zu verfeinert.

– Das ist für deine Herzliebste! sagte Gafar-Ali.

– Erzähle ihm von dem Teppich, Gafar-Ali, sagte Umar.
– Dies ist ein Kerman-Teppich, ein sehr kleiner, sein Wert jedoch ist nicht zu verachten. Solche Farben muß man lange suchen.
– Erzähle ihm von den Farben.
– Hier, dieses Rot kommt von der Insel Tawila im Golf, das Grünblau von den roten Ameisen Afrikas, das Ocker von gerösteten Pistazien, das durch die große Wüste Lut, mein Heimatland, nach Kerman gebracht wird. Hast du je von der Oase Bam in dieser Wüste gehört? Die Feigen dort sind größer und süßer als Bagdads Feigen. Achtzig Knoten, nicht wie in alter Zeit, doch nicht wenig. Gib ihn der Geliebten deines Herzens, und laß sie wissen, daß dieser Teppich, klein wie er ist, es wert ist, eine ... Er suchte nach dem richtigen russischen Ausdruck.
– Eine würdige Mitgift für eine Prinzessin zu sein, übersetzte Umar.
– Gebe Gott, daß auch ich dir eines Tages ein Geschenk werde machen können, das der Großzügigkeit deines Herzens würdig ist, mein Herr, sagte Alek.
– Du mußt Umar danken, und solltest du je nach Meschhed gelangen, so komme mich dort besuchen. Seit ich in meiner Jugend in die Heilige Stadt gepilgert bin, wohne ich dort, samt meiner ganzen Familie und meinen Freunden. Irre ich mich, Umar, oder ißt du nichts?
– Natürlich nicht, wenn ich deine Absicht recht verstanden habe. Und er warf einen Blick auf Jadullah-Chan.
– Du hast mich richtig verstanden, mein Freund Tengiz. Wahrsager haben mir prophezeit, daß mich niemals einer aus dem persischen Volke besiegen wird.
– Aber habt ihr denn gute Wahrsager in Buchara?
– Die besten auf der ganzen Welt, Karawan-Baschi.
– Vielleicht. Jadullah-Chan versteht sein Handwerk.
– Wenn das genügen würde, o großer Karawan-Baschi!
Jadullah schüttelte und straffte sich, und auf einen Wink von Gafar-Ali hin breitete er zwei große Decken aus, wenige Schritte von der Tischdecke entfernt. Er zog sich aus und behielt nur eine lange Hose an, sein Körper war sehr muskulös und stark.
– Es wird eine große Ehre sein, meine Kraft im Ringkampf mit dem Meister aller Meister des Zurchane zu erproben! sagte Umar und legte seine Jacke ab.
Jadullah war ein massiver Klotz, und Umar sprang neben ihm herum und versuchte, irgendeine Unausgeglichenheit oder Schwachstelle an ihm zu finden, doch Jadullah war trotz seines Gewichts überraschend beweglich, auch sein mächtiger Körper schnellte Umar sprunghaft

aus unerwarteten Winkeln entgegen. Je länger der Ringkampf dauerte, desto mehr gewann er an Schnelligkeit, und Jadullahs Griffe hielten sich immer hartnäckiger, bis es schien, als würde sich Umar nie mehr aus der Umklammerung seiner riesigen Arme befreien.

I<small>M JAHRE VIERUNDVIERZIG KAM NACH TEL AVIV</small> ... Major Darley diente in Kairo. Seine Geliebte war eine berühmte ungarische Herzensbrecherin in Tel Aviv, die süße Eva, die vom egozentrischen Zauber des Majors sowie seinen Umgangsformen gefangengenommen wurde, welche im Kreise von Menschen mit einer gewissen Bildung und Position durchaus geläufig waren, jedoch einer Tel Aviverin, dieser plebejischen Schönheit, als Zeichen geheimnisvoller Originaliät erschienen. Möglicherweise bezauberte Eva auch der Name des Majors, so schmiegsam in ihren Ohren, wie ein Name, der aus den Tiefen vergangener Jahrhunderte emportauchte, ein Name, der einem berühmten Schwert, einer erlesenen Rüstung und einer Prunkkutsche angemessen war.

Als Eva ihn aufforderte, Major Darley zu treffen, fürchtete Marinsky, er würde sich langweilen, doch es war nicht leicht, einer Schönheit etwas abzuschlagen, und seine Sympathie für die Engländer, die in ihm bereits in seiner Jugend Fuß gefaßt hatte, war nicht gänzlich verflogen, hatte sich sogar während des Krieges wieder ein wenig vertieft. Eva sagte ihm auch, daß der Major Herrn Harland kannte, vom Architekturbüro Harland, King, Camerun & Legrand, die versuchten, Jerusalem in ein englisches Bombay zu verwandeln. Marinsky hatte einmal in Jerusalem für sie gearbeitet.

Als Marinsky des Majors Gesicht erblickte, dachte er, daß es eines Malers aus dem achtzehnten Jahrhundert bedürfe, um darin etwas Interessantes zu entdecken, doch nach ein paar Gläsern Whisky erwachte der Major zum Leben. Der Whisky, die Schattierung von Evas Haut und der intensiv blaue Abend wogen den Pinsel des Malers aus dem achtzehnten Jahrhundert nahezu auf: Der Major entfaltete tatsächlich großen Charme. Zu Marinskys Überraschung stellte sich heraus, daß Darley ebenfalls Architekt war. Er vernahm mit strahlendem Lächeln die anerkennenden Worte, die Marinsky für Edwin Lutyens und die englischen Architekten fand, die Häuser an kleinen Orten erbauten.

– Ich wünschte mir, ein Buch zu sehen, in dem die Formen dieser englischen Häuser katalogisiert sind, sagte Marinksy.

– Wenn schon von einem solchen Katalog die Rede ist, Herr Marinsky, sagte der Major, es wäre doch lohnend, einen Typenkatalog Ihrer Häuser und derer Ihrer Kollegen hier in Tel Aviv zu erstellen.

– Aber es gibt hier keine festen Formen, der internationale Stil, unser provinzielles Bauhaus, ist äußerst vielgestaltig, wie auch die bescheidene Kubismusvariante mit Säulen und Licht-und-Schatten-Spielen.

Der Major lachte höflich.

– Sie belieben gewiß zu scherzen, Herr Marinsky, sagte er. Ich selbst habe etwa vierzig wiederkehrende Formen und Sockel bei euren Häusern hier fotografiert und skizziert. Etwa ein Drittel davon sind Ihre Bauten, sowie Häuser, die Sie mit Herrn Hochfeld gebaut haben.

Ein erstickendes Gefühl, wie er es seit seiner Jugend nicht mehr verspürt hatte, schnürte Marinsky die Kehle zu.

– Vierzig Musterformen?

– Ich bin auf vierzig gekommen, aber vielleicht ist es möglich, diese vierzig auf dreißig oder zwanzig abzuspecken. Das ist schön, wohltuend und geht zu Herzen.

Hier mischte sich die schöne Eva in die Unterhaltung ein. Der Major, dem es gelingen sollte, sie in sein kleines Dorf in Surrey zu entführen, veröffentlichte fünf Jahre später in der Zeitschrift *Architects' Revue* einen Artikel über die »Orders« der Tel Aviver Architektur. Es war eine von starker Sympathie durchdrungene Schilderung. Die Prinzipien der Bauten und ihre Ausformungen wurden genau so beschrieben, wie es Marinsky getan hätte, hätte er über das englische Bauwesen geschrieben, in etwas literarischer, bildhafter und gefühlvoller Sprache. Dreiunddreißig Skizzen von Häusern mit Balkonen, Stiegenhäusern, Fenstern, so wie Fotos in sensiblem, besinnlichem Schwarzweiß illustrierten den Artikel. Marinsky war erschüttert. Er schätzte die Engländer, weil er dachte, sie hätten erfolgreich einen Weg gefunden, den Versuchungen der modernistischen Architektur wissentlich zu entkommen, während er und seine Kollegen seiner Anschauung nach Leute waren, die am Kerngeschehen des allermodernsten Bauens beteiligt waren, wobei ihnen jedoch, erzwungen durch geographische Gegebenheit, finanzielle Zwänge und einen gesellschaftlichen Traum, großartige Dimensionen und teure Materialien vorenthalten bleiben mußten. Er schätzte die Engländer, weil sie anders waren als er. Wenn die Muse der Architektur seine Bauwerke und die seiner Kollegen betrachtet hätte, dachte er, hätte sie ihren Mut, ihre Kühnheit gesehen. Die Lektüre des Artikels rief wieder Ängste in ihm hervor. Er und drei andere Architekten wurden mit herausragendem Lob bedacht für ihre liebenswürdige Provinzialität, dafür, daß es ihnen gelungen war, den von bösartigen deutschen Theoretikern aus den Fingern gesogenen Stil zu stärken und etwas Angenehmes, Hübsches, Lebensvolles daraus zu machen, mit Bescheidenheit und guten Manieren, und bei Marinksy, wie Darley schrieb, kämen dazu noch anrührende Reinheit und Frische.

Der Artikel des Offiziers und Architekten grämte Marinksy viele Jahre lang. Es gab keinen Ort, von dem aus man hätte überblicken können, was in der Architektur geschah, irgendeine markante Stelle, eine dieser Anhöhen, auf denen früher die militärischen Befehlshaber gestanden hatten, den Gang der Schlacht verfolgten und ihre Läufer losschickten, es gab keine Feldherrenhügel, es gab keine Muse der Architektur. Er hatte das nicht gewußt, doch es war die Wahrheit. Er betrachtete wieder die »Orders« seiner Architektur, und zum erstenmal fiel ihm auf, daß er Häuser mit zweifachen Aufgängen zu bauen pflegte und eine feste Formensprache verwendete, und da entsann er sich einer Bemerkung Hochfelds, ein schweigsamer und ironischer Mensch, der ihn auf den Abstand zwischen den Fenstern hingewiesen hatte: Mir scheint, hier haben Sie sich getäuscht, Marinsky, es bedarf noch eines halben Meters. Weshalb? hatte er überrascht gefragt. Nein, nein, hatte Hochfeld erwidert, wenn das in Ihren Augen in Ordnung ist, dann ist es für mich ebenfalls in Ordnung. Ich wollte Ihnen nur sagen, daß es eine Differenz gibt ...

Manchmal dachte Marinsky an Darley, der ihm zu Weihnachten Karten schickte.

DAS KAISERQUARTETT. Gafar-Ali verschwand durch das Tor eines riesigen Parks. Der Wagen fuhr weiter und setzte Alek vor dem Hotel *Europa* ab. Er verweilte am Eingang, sein Bündel in der Hand. Die Straße war sehr breit, unbeleuchtet, hier und dort waren erhellte Fenster zu sehen. Menschen mit flackernden Lampen in Händen eilten ihres Weges zu irgendeiner Feier, einem nächtlichen Markt oder Umzug, und allen war die Erwartung anzusehen. Hin und wieder passierte ein Auto oder ein Fiaker mit einem Gespann hochbeiniger Pferde im Geschirr die Straße, schwarz schimmernde Türen, eine gelbe Laterne auf der Seite, ein vernetztes Fenster, hohe Räder, und die Hufe der Pferde hallten klappernd wie Damenabsätze auf den Pflastersteinen. Die Kutscher preßten mit ungeduldiger Hand die veralteten Signalhupen, die zu ihrer Rechten befestigt waren. Ein Schwarm Tauben, die trotz der dichter werdenden Dunkelheit noch nicht schliefen, flatterte von Geländer zu Geländer, verbarg sich unter den Vorsprüngen der Häuser oder schwärmte in größeren Gruppen, wie die Menschen, zum erleuchteten Zentrum aus. Alek betätigte den Klingelzug.

Das Foyer war mit Blumentöpfen vollgestellt, die sich unter ihrer riesigen Pflanzenlast duckten, zwischen gepolsterten Sofas und vor Altersschwäche eingesackten Sesseln. Abgelaufene Kalender hingen am Empfang und eine große Reproduktion in einem blätternden Goldrahmen: eine nackte Frau, die auf etwas stand, was halb riesiges Lotusblatt, halb gewaltige Schnecke war, und darunter die Inschrift »La Sylphide«. Das rissige Ölbild eines englischen oder preußischen Generals, die Brust mit Orden dekoriert, hing über einer Kaminattrappe. In einem Körbchen neben dem Kamin befanden sich stark angestaubte Illustrierte. Ein schwarzer Flügel, ebenso verstaubt, stand in einer Nische am Ende des Foyers, und auf seinem glanzlosen Deckel ragten Art-Nouveau-Leuchter empor, und die Statuette eines Komponisten mit gestutzter Nase und extrem geringelter Stirnlocke...

Die Frau hinter der Empfangstheke war hübsch, überreif und müde. Sie blickte Alek neugierig an.

– Ich brauche Ihre Hilfe.

Die Frau korrigierte ihre Frisur.

– Geben Sie mir ein sehr großes Zimmer, mit dem größten Bad, das Sie haben, das schönste Zimmer. Ich brauche auch einen Morgenrock und einen Rasierer mit scharfer Klinge. Und lassen Sie meine Kleider zum Waschen und Bügeln bringen. Haben Sie hier ein Restaurant?

– Wir haben nicht genügend Angestellte, aber das Restaurant ist gut und in allen Führern und Büchern über Meschhed eingetragen.

Alek gab der Frau die Geldscheine, die er von Gafar-Ali erhalten hatte, doch sie schob seine Hand liebenswürdig beiseite.

– Bekomme ich wirklich ein Zimmer mit Bad?

– Ich werde mich sogar um den Schaum kümmern, wenn Sie wollen, sagte die Frau mit einem Lächeln.

– Wenn ich will?! Natürlich will ich, natürlich! erwiderte er und sah auf ihre mit dunkel glänzendem Rouge bemalten Lippen.

– Warten Sie eine Viertelstunde hier, und ich werde mich darum kümmern, daß inzwischen das Zimmer und alles, worum Sie gebeten haben, hergerichtet wird.

Alek legte das Bündel zu seinen Füßen ab und entnahm dem Zeitschriftenkorb eine Ausgabe der *Time* von vor einigen Jahren. Buster Keaton hatte geheiratet. Die Amerikaner schrieben mit Neugier und Spott über die Deutschen.

– Wie lange wird bei Ihnen Essen serviert? fragte er die Frau, als sie an ihren Platz zurückkehrte.

– Sie haben alle Zeit der Welt. Auch wenn Sie erst in eineinhalb Stunden dort hinuntergehen, werden Sie noch bedient.

Sie nahm das Bündel, und ihre Hand berührte die seine. Alek stieg hinter ihr ins erste Stockwerk hinauf. Über dem Bett in seinem Zimmer hing das Bild eines schnauzbärtigen Reiters, an der gegenüberliegenden Wand kreuzten sich lange Krummschwerter.

– Das ist das beste Zimmer im ganzen Hotel. Ihr Bad ist bereit. Ich habe Ihnen eine Speisekarte mitgebracht, falls Sie jetzt etwas auswählen möchten, würde ich Bescheid sagen, daß man es für Sie zubereiten soll.

– Lassen Sie mir die Speisekarte da, ich lese sie im Bad, sagte Alek.

Im Badezimmer hingen lange Handtücher, dreierlei Sorten Seife füllten eine Porzellanschale. Rosafarbener Schaum verströmte intensiven Duft. Alex rasierte sich, wusch sein Haar und schnitt sich die Nägel. Er saß lange Zeit in der Wanne. Unterwegs zum Speiseraum hörte er aus einer der Türen die Klänge eines Trios von Schubert dringen. Er fand die Tür und klopfte sacht an.

– Herein! sagte eine Stimme auf französisch.

Alek öffnete die Türe. Ein dicker Mann, dessen schwarzes, öliges Haar unter einem Netz glänzte, war damit beschäftigt, seine Fingernägel mit einer überdimensionalen Feile zu maniküren. Seine Füße, die in großen Pantoffeln steckten, waren in einen Kissenhaufen eingebettet.

– Gestatten Sie mir, ein paar Minuten Schubert zu lauschen? Ich hatte schon lange keine Gelegenheit mehr, Kammermusik zu hören.

– Ja, es ist amüsant, sich Schubert in Meschhed anzuhören. Meiner Treu, es ist amüsant! sagte der Mann.

– Dann gestatten Sie?

– Sicher, sicher, setzen Sie sich. Soll ich die Platte von Anfang an auflegen?

– Nein, es ist mir recht so. Lassen Sie sich nicht stören.

– Das stört mich ganz und gar nicht, ich habe ohnehin nur drei Plattenalben, die ich immer wieder und wieder auflege. Ja, Schubert in Meschhed – das hat etwas nicht so recht Plausibles, nicht wahr?

Das Zimmer war von einem Ende zum anderen mit diversen sonderbaren Dingen angefüllt, wie ein Basar in Miniaturausgabe: eingerollte Teppiche, Kunstobjekte, dekorative Wasserpfeifen, zahlreiche Miniaturen. Eine der größten Wasserpfeifen gab leichte Blubbergeräusche von sich.

– Sie betrachten diesen Kalian – ich rauche bisweilen. Sei ein Römer in Rom, und ich benehme mich, seit ich hier gestrandet bin, wie ein Perser.

– Und womit befassen sich der Herr?

Der Mann zog eine Visitenkarte aus einem eleganten Futteral. In das orientalische Girlandennetz, das auf die Karte geprägt war, flocht sich die Schrift: Wunder des Orients, Jean-Claude Margolin, Boulevard Louise, Brüssel.

Alek riß sich gewaltsam von der Musik los.

– Ich bin auf einer meiner Reisen hier steckengeblieben. Ich kann nicht nach Brüssel zurückkehren, und ich sitze hier bereits seit fünf Monaten.

Er blickte Alek an, der sich überlegte, was er Herrn Margolin sagen könnte, damit jener aufhörte, sich durch ihn beunruhigt zu fühlen. Etwas über Schubert? Irgendeinen Witz über Belgien?

– Ich wette, Herr Ruzitschka wäre hochbefriedigt über dieses Trio gewesen.

– Pardon?

– Herr Ruzitschka aus den Büchern über Schuberts Kindheit?

Der Händler der Wunder des Orients schien noch immer überrascht.

– Ich gehe in das Restaurant hinunter, sagte Alek.

Margolin betrachtete sein Hemd.

– Es scheint, als seien Sie von Rußland hierhergekommen, sagte er.

– Das stimmt.

– Stimmt? Das ist doch nicht möglich. Sie müssen mir davon erzählen. Ich gehe wenig ins Restaurant hinunter, aber Ihnen zu Ehren werde ich von meiner Gewohnheit abweichen. Ich werde Sie zum Abendessen einladen, und Sie erzählen mir von Rußland. Ich hoffe, es ist kein Geheimnis? Der Keller hier ist nicht übel, ganz und gar nicht schlecht. Ausgerechnet Weine sind ihnen geblieben. Nur Weine und Seifen. An Essen dagegen mangelt es.

Margolin kleidete sich langsam an, und Alek besah sich die *Pro-Arte*-Platten und streichelte ihre Hüllen.

Die Frau an der Rezeption lächelte und ordnete immer wieder ihre Frisur.

Die Fenster des Eßzimmers gingen auf einen erleuchteten Garten hinaus, in dem Zypressen und niedrigen Eichen ähnliche Bäume zu sehen waren. Margolin bestellte das Essen und den billigsten Wein auf der Karte und heftete seinen Blick voll Interesse auf Alek. Vor dem Nachtisch traf Babai ein, mit einem Briefumschlag von Gafar-Ali, und Margolin blickte mit furchtsamem Staunen auf den Riesen, dessen Präsenz den Saal des fast leeren Restaurants ausfüllte, in dem kleingewachsene, dickbäuchige Männer und weißhaarige Frauen saßen.

Babai musterte den Raum mit einem scharfen, kühlen Blick und ging, wie er gekommen war.

Gafar-Ali schrieb, daß er Meschhed verlasse und in einem Monat zurückkomme. Und er bestellte Alek, sich um sieben Uhr morgens am Hoteleingang einzufinden, um von ihm Abschied zu nehmen.

– Werden Sie eine Weile hierbleiben? fragte Margolin mit der Gier eines Kindes, dessen gerade erhaltenes neues Spielzeug Gefahr läuft, ihm weggenommen zu werden.

– Ich will an die Front.

– Aber es ist doch schon so gut wie kein Krieg mehr. Er wird in ein bis zwei Monaten zu Ende sein, länger nicht.

Das Gesicht des dicken Händlers war zu städtisch, schwach und verschreckt. Alek bedauerte, daß er mit ihm an einem Tisch speiste. Nach dem Essen kehrte Alek nicht in sein Zimmer zurück, sondern blieb im Garten. Von der breiten Schaukel aus, auf der er saß, war das Hotel *Europa* nun zu sehen, wie es wirklich war: Ein großer Steinbau, dem auf beiden Seiten zufällige Flügel angebaut worden waren. Der Garten war schön. Nicht so, wie er sich einen persischen Garten gedacht hätte, aber hübsch. Überall wild wuchernde Vegetation, als bearbeitete der Gärtner nur die wenigen Pfade. Kleine Springbrunnen plätscherten rings um einen blauen Pavillon, der von einem schwarzen, kegelförmigen Dach gekrönt war. Der Garten war heiter, im Mondlicht waren am Horizont hohe, helle Berge und darunter dunklere Hügel zu erkennen. Doch dieses Mal regte sich in Alek nicht der Wunsch, die Stadt zu verlassen, auch nicht, das armenische Restaurant oder die Büros des Roten Kreuzes aufzusuchen. Eine ermattete Gleichgültigkeit, deren Geschmack er bereits vergessen hatte, breitete sich in seinem Körper aus.

Am nächsten Abend sah er Margolin wieder, der im Restaurant an dem gleichen Tisch saß, doch er leistete ihm nicht Gesellschaft. Die Mattigkeit, die ihn beherrschte, wuchs zunehmend. Wer weiß, welch ein todbringendes Unglück mir und meinem Freund eine solche Schwäche beschert hätte, wenn ich in die Schlacht hätte ziehen, das Schicksal großer Dinge hätte entscheiden müssen! Er stand als letzter von seinem Tisch im Restaurant auf und begab sich schleppenden Schritts, schwindlig von zwei Flaschen Wein, zu seinem Zimmer.

Die Frau saß hinter der Empfangstheke, auf der die Gästekarten zwischen kleinen Wimpeln von Touristikunternehmen und bunten Broschüren lagen. Sie blickte ihn erwartungsvoll, mit leichtem Lächeln an.

– Würden Sie mir helfen, auf mein Zimmer zu kommen?
– Warten Sie, sagte die Frau und verschwand durch die Tür, um den Nachtportier zu rufen. Als sie zurückkehrte, legte sie sich seinen Arm um ihre Schulter. Auf ihren Lippen sah er eine neue Schicht Rouge, und der Duft nach frischem Parfüm stach ihm in die Nase. Derartig schnell!
– Wie heißen Sie?
– Armida.
– Sind Sie Italienerin?
– Meine Mutter war Italienerin.
– Ein schöner Name, er paßt zu Ihnen.
– Danke. Gefällt Ihnen mein Name wirklich?
– Wirklich, sagte Alek. Sie haben schöne Augen, herrliche Lippen. Sie sind eine Schönheit, Armida.
– Es freut mich, das von Ihnen zu hören. Als ich Sie sah, machte mein Herz einen kleinen Sprung. Das ist ein Zeichen bei mir.

Er küßte ihren Mund und schmeckte ihren Lippenstift, wie eine ferne, dunkle Frucht, und er küßte die kleinen Fältchen um ihre Augen. Ihr Rücken war schön, voll verführerischer Erhebungen und Mulden. Sie stöhnte laut. Einen Augenblick dachte er an Dascha und an Schirin, mit ihrem auf die Wange geklebten Schönheitspunkt, als sie die *Bergerie*-Lieder sang.
– Du kannst mit mir reden, sagte Armida. Ich habe nicht immer in einem Hotel gearbeitet. Ich war einmal Artistin.
– Hast du getanzt?
– Ich habe in sehr angesehenen Klubs getanzt und gesungen, sagte Armida leicht gekränkt.
– Alek umarmte sie: Du bist eine Schönheit, Armida.

Er schlief erst gegen Morgen ein. Seine winzigen Bewegungen, die sie anfangs für ein Zurückschrecken vor ihr hielt, waren nichts anderes als ein unwillkürliches Abrücken vor ihrem allzu brennenden Verlangen. Veranlagung? Erziehung? Einnerung an Dascha? Immer hatte er gedacht, wie abenteuerlich es sein müßte, eines Tages in ein Hotel zu kommen und mit einem hübschen Zimmermädchen zu schlafen – ein um so packenderes Abenteuer, weil es nicht anvisiert war. War es der derart schnelle Verrat? Ihr Haar kitzelte seine Wangen, und die Berührung vermittelte ein momentanes Gefühl des Erstickens. Er sah Daschas Lippen vor sich, ihre schmalen Schultern.

Als er die Augen aufschlug, stieß seine Hand an ein Tablett, auf dem sich ein großes Frühstück befand. Der Garten jenseits des Fensters war sonnenüberflutet. Große Vögel saßen in den Wipfeln der

Bäume. Ein leichter Wind strich durch die Unmengen von Wiesenblumen. Das Rascheln der Zypressen und Pappeln bewegte sich sehr hoch oben. Das armenische Restaurant? Das Rote Kreuz? Dieses Unvermögen, sich in der Welt zu bewegen. Zu jung, zu knabenhaft.

Er ging zu Margolins Zimmer, um Musik zu hören, doch die Art, wie es der Händler fertiggebracht hatte, seine beiden Zimmer in einen erstickenden Antiquitätenladen zu verwandeln, rief seine Abneigung hervor.

Nach Mitternacht ging Armida in die Küche hinunter und holte ein Kupfertablett. Sie entzündete zwei Kerzen und befestigte sie auf kleinen Tellern, deckte einen Tisch und schob ihn nahe ans Bett. Ein fast unsichtbarer Mond schien von irgendwoher über den Bäumen herab, und ein erfrischender, duftiger Bergwind bewegte ihre Wipfel und die Vorhänge im Zimmer. Im schwachen Strahl des Mondes und dem Licht der Kerzen war das Zimmer gänzlich in diffusem Glanz vergoldet. Das Gefühl der Fremdheit Armida gegenüber verflüchtigte sich. Alek genoß die Berührung ihrer Haut und die Wärme ihres Körpers. Nur der Anblick ihrer Hände, die etwas quadratisch waren, veranlaßte ihn, seinen Blick zur Seite zu wenden. Er trank den Wein, und dem Etikett entnahm er, daß Armida die Flaschen von einem der reichsten Gäste im Hotel genommen hatte. Angesichts ihres vertrauensvollen Verhaltens füllte sich sein Herz mit Staunen und Bewunderung für sie. Armida aß kleine Honigkuchen und leckte sich die Finger. Alek wandte die Augen ab.

Drei Tage verstrichen, bis er den Mut aufbrachte, das Frühstück mit den restlichen Hotelgästen einzunehmen. Der Tisch war bereits vom Besitzer des Hotels gedeckt worden, einem verschlafenen Mann in Pantoffeln, aus dessen Jackettaschen Papiere ragten. Die Gäste, von denen er ein paar an den Einzeltischen schon beim Abendessen gesehen hatte, saßen auf ihren Plätzen. Alek wurde ihnen einem nach dem anderen vorgestellt. Als erstes wurde er mit einer etwa sechzigjährigen Frau bekannt gemacht, die ein breites, schüchternes Gesicht mit unstet mattem Blick hatte und das Haar zu einem dicken Zopf geflochten: Frau Schröder, die Witwe eines »Vorstands«. Frau Schröder murmelte einige Begrüßungsworte und blickte auf Aleks Ohrläppchen, als studiere sie dort irgendeinen unsichtbaren Ring. Danach wurde Alek Herrn Rösli-Wurm aus Zürich vorgestellt, einem Herrn mit beängstigend langem Gesicht und riesigen Ohren, dessen schütteres Haar mit Creme beschmiert war, ein »Handelsberater«, der ein kleines, nervöses Hüsteln ausstieß und sich die Mundwinkel mit einem bestickten Taschentuch abtupfte. Er wurde auch den Schwestern La Verrier aus Grenoble vorgestellt, zwei hochgewachsene Frauen mit langen Nasen, beide mit extrem kurzem Haarschnitt und Blusen mit ausladenden Dreieckskragen; dann Herrn Griffin aus London, »Land-Service«, einem Individuum, das bereits zu dieser frühen Morgenstunde ziemlich angetrunken aussah. Er sprach dem Hotelbesitzer flüsternd die Worte »Land-Service« nach, mit der Gewandtheit eines Varieté-Künstlers. Die ehrenwerten Gäste saßen an dem Tisch, auf dem vergoldete Tee- und Kaffeekannen sowie längliche Silbervasen standen, doch alles übrige wirkte leicht brüchig und angeschlagen.

Der Tisch stand zwischen der dunklen Eingangshalle und einer großen Terrasse, die der ganze Stolz des Hotels war. Das Geräusch, wie Butter auf geröstete Brotscheiben gestrichen wurde, war zu vernehmen und danach das Knirschen des Zermahlens und das feine Klirren von Messern und Gabeln. Der Land-Service, der nichts aß, rührte langsam in seinem Kaffee, wackelte mit dem Kopf und verbeugte sich leicht zu Frau Schröder hin, die ihn liebenswürdig anlächelte.

Alek setzte sich neben Herrn Rösli-Wurm, der ihm mit gewitztem Lächeln die ersten Worte der polnischen Nationalhymne »Noch ist Polen nicht verloren« zum Besten gab, mit einer merkwürdigen, halb beabsichtigten Entstellung, wie der Griechischlehrer am Gymnasium, der bisweilen zur Bloßstellung der Ignoranz eines Schülers gesagt hatte: Wogegen man dieses griechische Wort auf Suaheli so und so ausspricht – ein Spruch, der ihn stets erheiterte, denn er pflegte dann in ein seltsames Gelächter auszubrechen, bis ihm Tränen in die Augen stiegen.

Der Kaffee war schwach, vielleicht war es auch nicht einmal Kaffee, sondern ein anderes Getränk mit einem Beigeschmack, als sei es zuvor in einem Behältnis gekocht worden, das diverse Gewürze beherbergt hatte. Niemand am Tisch sprach, nur der Land-Service gab zuweilen zarte erstickte Stöhnlaute von sich. Jeder Atemzug war von einem Seufzer begleitet. Seine Fingernägel waren lang und rabenschwarz.

Das Klirren des Bestecks und die Kaugeräusche zersägten bereits seit einigen Minuten die Luft, als aus dem Nachbarzimmer des Belgiers ein rothaariger, ganz und gar sommersprossiger Mann mit weißer Haut und irrem Blick an den Tisch trat: ein holländischer Priester, den der Hotelbesitzer als Dominee Klesma aus Horn vorstellte. Der Blick des holländischen Geistlichen prallte hastig vor den versammelten Gästen zurück, mit überrascht geweiteten Augen, als er ein neues Gesicht sah, und er fragte in jenem Anglo-Deutsch, in dem alle Speisenden ihre Halbsätze äußerten, ob der Kaffee gut sei; was mit verneinendem Gemurmel beantwortet wurde: Co-ffee, co-py, kam von Rösli-Wurm, und er füllte seine Tasse mit Tee, der inzwischen bereits schwärzer als der Kaffee war. Als Frau Schröder bemerkte, daß das Wetter schön sei, erwiderte ihr Dominee Klesma, es sei in der Tat schöner als in Europa, daran bestehe kein Zweifel.

Am Mittag saßen die Gäste an den gleichen Plätzen, in neugieriger Erwartung des Essens. Nun wirkten sie weniger isoliert, das Tagesgeschäft, die steigende Hitze und das Getümmel der Stadt betäubten auch sie. Der Land-Service erschien nicht, und aus irgendeinem Grunde entbrannte über seinem Stuhl ein kurzer Kampf zwischen Rösli-Wurm und dem holländischen Dominee. Rösli-Wurm, obwohl um vieles schwergewichtiger als sein säuerlich dreinblickender Konkurrent, gelang es, sich als erster zu setzen, was zu erbitterten, verachtungsvollen Zuckungen im Gesicht des Holländers führte.

Die Glocke zum Mittagessen ertönte noch einmal, als würden noch zahlreiche Ankömmlinge erwartet. Ein mit Früchten beladener Tisch stand nahe am Terrassengeländer, und der Tischdecke entströmte ein Geruch nach Wäschestärke und Sonne.

Plötzlich drangen aus dem Zimmer des Belgiers die Töne eines Streichquartetts. Es waren schöne Klänge. Die Violine stieg hoch und höher, und das Cello antwortete ihr mit leiser Stimme, gemäßigt und gutmütig, eine perfekte Harmonie herrschte zwischen den Instrumenten, für einen Moment deuteten sich die Takte eines dörflichen Tanzes an, die sich ebenfalls ganz langsam aufzulösen begannen, in der Harmonie vergingen und sich im Terrassenraum zertreuten, voller Grazie, frisch und leicht. Es schien, als kreiselten die Töne zwischen den Pfeilern der Terrassenbrüstung. Neben jeder ziselierten Holzsäule erhob sich eine holzfarbene Keramiksäule. Obgleich das Hotel selbst nicht gepflegt war, mit der Zeit die Geländer verfault waren und sich gelockert hatten, die Fassungen der Kronleuchter im Wind ächzten und die Sprossen der Fensterläden hier und dort herausgefallen waren, hatte man der Terrasse sorgsame Aufmerksamkeit angedeihen lassen, und sie wirkte frisch und neu. Da die Terrasse erhöht war und zur Straße hin gewandt, war der Kamm der braunen Berge gut zu sehen, deren Farbe sich graduell bis in zartes Violett verwandelte. Über den weißen Gipfeln erhob sich ein Berg in Gestalt einer mächtigen Pyramide, die viele der Gäste an die eigenen Fotos oder die ihrer Eltern aus den Flitterwochen erinnerte, in Giseh oder Sakkara beim Ritt auf dem Kamel. Andere dachten an die gewalttätigen Formen der Berge in ihren Heimatländern, die Riesen ähnelten, die sie in ihrer von Ängsten erfüllten Kindheit verfolgt hatten. Doch was besonders herrlich an der Szenerie war, die sich von der Terrasse aus bot, auf der angestammterweise die reiche westliche Gesellschaft von Meschhed zu sitzen pflegte, war der Anblick der breiten Straßen, in der nicht wenige Häuser vom Beginn des Jahrhunderts stammten, mit langen Veranden, tiefen, schön gestalteten Fenstern und antiken Türen.

Das Grammophon des Belgiers, dessen Klang hell und laut war, übertönte das lärmende Gezwitscher der Vögel und die Straßengeräusche. Die einfache, nette Melodie fing die Aufmerksamkeit der Speisenden mit ihrer ohrgefälligen Kreuzung aus zufriedener Heiterkeit, List, Humor und Gutmütigkeit. Die Musik schwankte im Spiel minutiöser Überraschungen, mit winzigen Sprüngen auf dem Cello; und in der dörflichen Volkstanzweise sprang der schmetternde Jubelklang eines Dudelsacks auf, ein wenig grob, voll schwerblütiger Betonungen, wie in der ungarischen Sprache.

Die populären Takte verklangen, als zögen sie noch den wehenden Schweif eines entschwindenden Tieres nach sich; die Musik wechselte vom Garten der redlichen Bauern in die Salons der Herrschaften und ihrer livrierten Diener, der Fürsten, deren Musiker kleine Fugen an einem Nachmittag zu komponieren wußten, und kurz vor Ende der Sequenz, als das Ohr die Wiederkehr der Modulation erwartete, kam statt dessen etwas Eigenartiges, Schuberteskes. Die gesamte Melodie war von schlichter Transparenz durchdrungen.

Auf der Straße, gegenüber der Terrasse, saßen auf einem originell aufgetürmten Abfallhaufen zwei schwarz gekleidete Frauen, in ein Gespräch vertieft. Der Wind wehte Hühnerfedern von dem kleinen Hügel herüber. Etwa zehn Schritte von den beiden entfernt, auf einem Platz, der sich an die versengten Straßenränder anschloß, spritzte ein Mann mit blauem Fes Wasser auf die dicke Staubdecke und erzeugte so eine neue Schicht trüben Schlamms, der die alten, grauen Dreckkrusten der vorhergehenden Tage überdeckte. Die Hotelgäste sahen ihm mit Zorn und dumpfer Erbitterung zu – die sonderbare Säuberungsaktion des blauen Festrägers verschmutzte den Ort nur noch mehr, und je länger der mit einem Schlauch bewaffnete Mann mit seinen energischen Bemühungen fortfuhr, desto finsterer wurden die Gesichter der Gäste. Kinder drängelten sich dicht an der Terrasse, lauschten dem Spiel des Grammophons, suchten nach einer Betätigung auf der Straße, in der sich Hotels und einige Konsulate befanden, warteten auf irgendeine großzügige Geste seitens der Fremden, hofften auf ein Wunder, wie eine Schar kleiner Vögel, die auf die Überreste der Mahlzeit der großen Vögel lauerte. Vielleicht warteten sie darauf, daß eine Kiste zu Bruch ginge, auf ein Loch in einem Sack oder Faß. Ein Backwarenverkäufer trottete langsam und schleppend einher, im Takt des Quartetts, einen Schwall Fliegen im Schlepptau. Ein Taubenschwarm landete für einen Moment auf dem Dach und schwang sich danach empor mit Kurs auf das Stadtzentrum, zu den Heiligtümern.

Alek und die übrigen Tischgäste wußten eigentlich, was im nächsten Moment folgen würde, aber dennoch traf sie »Deutschland über alles« überraschend. Auch wenn man wußte, daß Haydn das Stück nach der ursprünglichen Hymne auf Kaiser Franz geschrieben hatte und es mit diesen Worten in keinerlei Zusammenhang stand, war der Eindruck vehement und unerwartet. Mit einem Schlag herrschte absolutes Schweigen am Tisch; und das Schweigen wurde von Verwunderung abgelöst, während die Melodie, schlicht, elegant und ein wenig nachdenklich dahinplätscherte. Die Tatsache, daß der große Musiker sich nicht die mindeste Mühe gemacht hatte, das Thema zu variieren oder wenigstens ein klein bißchen zu retuschieren, sondern es an die zweite Geige und danach an das Cello weitergab, als habe er ein leichtbekömmliches Stück für einen Hausmusikabend komponiert, fesselte die Gesellschaft und wirkte über ihren Köpfen eine Art luftiges Netz der Verbrüderung im Lauschen. Als die Reihe an die Viola kam, in gleicher Tonhöhe wie die Geige, nur ein wenig traurig und voller, vergoß Frau Schröder eine Träne. Einige der Hotelgäste hatten Haydn in ihrer Kindheit gespielt, und die deutsche Hymne, die sich plötzlich in ihrer sanft melancholischen Lieblichkeit über sie ergoß, in ihrer so altvorderen Form, berührte alle wie eine Art mysteriöses Zeichen, als würde die Vielzahl der Bedeutungen der Welt damit zu etwas Konkretem.

Zwei Hotelkellner erstarrten auf ihren Plätzen, da ihnen der Gedanke kam, die wichtigen Gäste schwiegen zu Ehren der Hymne. Einer der beiden beeilte sich sogar, die Serviette, die nachlässig über seiner Schulter hing, in seine nicht zugeknöpfte Jacke zu stopfen. Langsam und allmählich steckte Frau Schröders Rührung die restlichen Tischgäste an; die herzergreifende Lieblichkeit der Themawiederholung mit den verschiedenen Instrumenten bewegte Rösli-Wurm, und der Satz, der einem Choral glich, sowie der Übergang zu einer pathosgesättigten Höhe brachen das Herz des holländischen Dominee. Die kleine Gesellschaft sprach fieberhaft in kurzen, begeisterten Sätzen. Es war sonderbar, sich so in der Sphäre der Musik zu befinden, ein allerwinzigstes Senfkörnchen, jedoch ein vollkommener Mikrokosmos mit Tenne, Stallungen, Bibliothek und Ballsaal.

Drei Esel, bis zur Erschöpfung beladen, schritten entlang dem schmalen, zerbröckelnden Bürgersteig gegenüber dem Hotel. Die beiden ersten waren unter den Gemüsebündeln und den vielen schweren Packen kaum zu sehen; der dritte Esel war hoch mit Möbeln bepackt. Er war winzig und dürr, seine Rippen – soweit man das von der Seite sehen konnte – stachen aus der Haut und hoben und senkten sich wie die Reifen eines mattgrauen Blasebalgs. Auf seinem Rücken war ein umgestürzter Tisch festgezurrt, an dessen vier Beine auch noch Stühle gebunden waren, ein großer Spiegel, Töpfe und ein Teppich. Der Kopf des Esels glänzte vor Schweiß und dicken Fliegen, die sogar aus der Entfernung deutlich sichtbar waren. Die kleine Karawane schritt gemächlich dahin, und nur die Peitsche des Mannes schwang immer wieder durch die Luft, landete auf dem Rücken des Eselchens und störte seinen ruhigen Trott. Es war gar nicht einfach, das Tier zu schlagen, so eingedeckt war es mit seinen Lasten. Der kleine Esel zog vorwärts, Glöckchen bimmelten an seinem Hals. Und da, im Bruchteil der Sekunde, bevor die Karawane aus den Augen der Gäste entschwand, die jetzt dem dritten Satz des Quartetts lauschten, brach der kleine Esel hinten ein und fiel zur Seite, wobei sein Sturz wie ein zufälliges Straucheln aussah, verschuldet durch etwas Glitschiges von dem Abfallhügelchen, doch nachdem er gestürzt war, regte er sich nicht mehr, und seine erstarrte Haltung vermittelte den Tischgästen das Grauen des Todes. Eine Stimme stieg auf und überflutete die Straße, überlagerte für einen Augenblick die Musik und die Schreie unten. Gegenüber der gewalttätigen und beherrschenden Stimme erklang die Melodie des großen Musikers nun unschuldig und zerbrechlich; die Schleifen der überaus klugen und schlichten Töne schälten sich jetzt mit einer Nuance besinnlichen Selbstmitleids, schmerzhafter Reinheit heraus. Riesige Blüten flammten an den Bäumen der Straße. Auch nicht das kleinste Zucken mehr war an dem Esel zu sehen, der mit einem kurzen Zittern, das seine Beine und seinen Kopf durchrieselte, in ein Dorngengestrüpp gestürzt war. Die Ladung war umgekippt und lag im Unrat verstreut. Mit einem Sprung stand der Eseltreiber neben dem kleinen Esel, dessen Blick ihm alles sagte. Er berührte schnell den Kopf des Esels und verfluchte ihn mit anhaltendem Geheul. Mühsam löste er die Verschnürungen des verwaschen rosafarbenen Packsattels auf dem Rücken des Eselchens. Danach begann er, seine Sachen aufzusammeln, immer noch heulend vor Wut. Die Menschen, die auf dem Bürgersteig saßen, und die Händler in den Läden und Verschlägen näherten sich zögernd. In seinem Tod sah das Eselchen noch kleiner aus als zu Lebzeiten, wie eine Art Hund oder seltsam langohriges Schaf.

Aus dem oberen Stockwerk eines der Gebäude, oder vielleicht von einem Dach, eingegrenzt von Ziegeln mit zahlreichen Luken dazwischen, spähten Frauen auf dieses Schauspiel herab, als verfolgten sie ein fesselndes Theaterstück. Sie kauten energisch an etwas und brachen bisweilen in Gelächter aus, zeigten sich gegenseitig etwas auf der Straße, doch von der Terrasse aus war es schwer ersichtlich, worauf sich ihre unbestimmten Zeichen bezogen, auf die Straße oder die Fiaker.

Der Mann mit dem blauen Fes, der sein schlampiges Reinigungswerk vollendet hatte, rollte den Schlauch ein und breitete einen Gebetsteppich auf dem Boden aus, kniete nieder und berührte ihn mit seiner Stirn. Die Tauben, die beim Ruf des Muezzins entsetzt geflohen waren, kehrten nun auf ihre Plätze zurück. Einige unter ihnen erstrahlten in einem blendenden Weiß, das unübertrefflich war. Die Tauben landeten immer wieder zu Füßen der Frauen, die auf dem Abfallhaufen saßen, und ihr märchenhaftes Weiß hob sich leuchtend gegen das Schwarz der Gewänder der Frauen ab. Ein hoher Lastwagen holperte die Straße hinunter. Eine Lücke zwischen zwei Häusern gab den Blick frei auf das kleine Türmchen einer Moschee in der Ferne; aus der benachbarten Gasse krochen ein Hund und zwei Katzen, so matt und erbärmlich, daß sie nicht die Kraft hatten zu kämpfen. Der Hund wirkte noch bedauernswerter, seine Beine waren krumm vor Rheumatismus. Je näher das Quartett seinem Ende näherrückte, desto seltsamer erschien alles an diesem glühenden, staubigen Ort, voll der unerklärlichen Dinge.

– Gibt es bei Eseln Herzinfarkte? fragte Frau Schröder mit einer hohen, netten Stimme, die Furcht und Verlegenheit kaschierte.

– Jeder, der ein Herz hat, hat einen Herzinfarkt, sagte Rösli-Wurm und zog eine Zeitung aus seiner Aktentasche. Obgleich ein durchaus scherzhafter Ton in seiner Stimme lag, wurden seine Worte mit Schweigen aufgenommen. Einer nach dem anderen erhoben sich die Gäste vom Tisch und zogen sich auf ihre Zimmer zurück. Alek ging zur Rezeption, um sich einen Stadtplan zu holen.

– Das ist keine passende Musik für Meschhed, sagte Frau Schröder.

– Geschehenes läßt sich nicht ungeschehen machen, murmelte Rösli-Wurm, den Kopf von der Zeitung hebend.

Der holländische Dominee blickte sie wütend an: Ein Streichquartett ist die ideale Komposition. Was hat es für eine Bedeutung, wo man es spielt?

– Der belgische Herr beehrt uns bei den Mahlzeiten nicht mit seiner Anwesenheit, sagte Rösli-Wurm.
– Und recht hat er, entgegnete der Priester. Wenn ich ein geräumigeres Zimmer hätte, würde auch ich nicht zum Essen herunterkommen. Es ist nämlich deprimierend.
– Deprimierend? Das kann ich nicht sehen, verwunderte sich Frau Schröder.
– Sie sehen nicht viele Dinge, gute Frau, akzentuierte der Priester spöttisch.

Alek betrachtete ihre Gesichter während des Sprechens und sah erschrocken, wie verbraucht sie waren, wie viel Selbstsüchtigkeit und Überheblichkeit, Verschlossenheit und Müdigkeit aus ihnen blickten.

Draußen, zwischen den mit glänzend roter Blütenpracht geschmückten Bäumen wuchsen Maulbeerfeigen – ihr grünes Blätterwerk, das allen Staub abstieß, war saftig und heiter. Der Schatten der dicht grünbelaubten Zweige tanzte auf den Steinen und dem Staub, ein graufarbener, fast ins Violett spielender Schatten. Achtunggebietende Männer, die Bärte mit Rot und Blau gefärbt, wandelten langsam unter den Bäumen einher. Wollte Gott, es wäre möglich, zu den Orten zurückzukehren, von denen aus man sich auf Reisen begeben hat, zu ruhigen, erfreulichen, angenehm friedlichen Orten mit Obstbäumen zu Seiten des Weges, in der Hecke versteckten Johannisbeeren, Orte, an denen sich die schwierigsten Dinge leichter gestalten lassen, und vielleicht – auch wenn es etwas Konservatives und Untertäniges haben mochte – Orte, an denen man auf Grund seiner Familie geliebt wird. Von dort, von solchen Orten aus, kann man sich nach Regionen sehnen, deren Kennzeichen Gefahr und Geheimnis sind, die Gefilde in den glühenden Farben deiner Kindheitsphantasien. Aber du, Alek, sagte er sich im Inneren, du glückloser Reisender, wohin sollst du zurückkehren; alles ist tot oder liegt im Sterben dort oder befindet sich in Drangsal, aus Schwäche und Zufälligkeiten, welchen Vorteil hast du davon, daß du vor Ungeheuern und Sirenen gerettet wurdest, wenn du nicht zu deinem Park, zu deiner Festung zurückkehren kannst, in dein Gemach, wo die strenge, gespaltene Minerva in einer Fliese des Keramikofens deiner harrt, der häßliche Sokrates in Bronze gegossen, die Statuette, Imitation einer Göttin aus Myrina, und zu deinen Büchern, deren Exlibris mit einem landenden Engel gekennzeichnet ist? Auch bei deinen Freunden, die du insgeheim beneidest, werden sich die Hirschgeweihe mit Staub überziehen und die leblosen Häupter mit dem Hohn der Toten auf die Toten blicken. Zwischen deinem Heim, deiner Festung und den Ländern deiner Reisen

wird es niemals das träumerische Staunen, funkelnd in einer Vielzahl von Facetten geben; an seiner Stelle wirst du dort etwas Plausibles, ein wenig Stumpfes finden, die Muse wird den Atlas verlassen, die Ähnlichkeit wird Trostlosigkeit in dir hervorrufen und die Andersartigkeit – heimliche Wut und Furcht, und deine Geschichten werden von kühler Überlegenheit getränkt sein.
– Es war wunderbar, den »Kaiser« zu hören, sagte er zu Margolin.
– Ja, es ist amüsant, Joseph Haydn in Meschhed zu hören, sagte Margolin. Ich habe nie verstanden, wie wichtig das ist. Wenn ich manchmal ins Konzert oder in die Oper gehen mußte, trödelte ich im Bad und beim Anziehen herum, doch jetzt weiß ich, wieviel ich bezahlen würde, nur um in einem Opernsaal zu sitzen, Frauen in schönen Kleidern zu sehen, die schönen Schmuck tragen und den Duft nach teurem Parfüm verströmen.
– Sie beschreiben das wie ein Luxusbordell, Herr Margolin.
– Alles ist Symbol. Auch die Frauen und ihr Schmuck, die Stühle, der Vorhang, die Kronleuchter, die Kulissen ...
– Und vielleicht gar die Musik selbst?
– Ja, warum nicht? sagte Margolin. Ich muß hier weg.
– Wohin?
– Nach Istanbul. Ich organisiere mich langsam. Wenn Sie helfen möchten – ich würde mich freuen. Und wenn man sich auf diesen Riesen, der nach Ihnen gesucht hat, verlassen kann, könnte auch er uns helfen, bis wir die Grenze erreichen. Und Sie kommen mit mir nach Istanbul, ich brauche Hilfe unterwegs sowie dort. Allerdings benötigen Sie einen echten Paß oder ein Transitdokument.
– Ich muß in Meschhed Leute treffen, sagte Alek. Vielleicht werde ich einen Paß kriegen.
– Wir haben Zeit, sagte Margolin. Er wirkte zufrieden darüber, daß Alek nicht auf der Stelle abgelehnt hatte.

In der Nacht, als er rauchend im Bett lag, kam Armida herein. Ihr Lippenstift war vom Duft der künstlichen Geheimnisse der Großstädte angehaucht, sein Geschmack zu dunkel und zu parfümiert, eine traurige Herbstlichkeit breitete sich in ihm aus, bitter und verloren. Sein Körper war voller Glut, doch die Nacht draußen vor den Fenstern, in dem schönen, duftenden Garten, war befleckt, ohne Ruhe, ohne Glanz.

DAS ROTE KREUZ. Am nächsten Tag fand er das Restaurant *Dschulfa*. Porträts von Churchill, Roosevelt und Stalin schmückten

die Wände. Der Besitzer des Restaurants zögerte, als Alek ihn nach Albin fragte.
– Ja, ja, erinnerte er sich plötzlich. Ein junger Mann mit hoher Stirn, sehr weiß. Sicher erinnere ich mich. Er sagte, er würde wiederkommen und einen Brief hierlassen, doch er ist nicht aufgetaucht.
– Sind Sie sicher?
– Ich erinnere mich an ihn. Gewiß kämpft er jetzt. Er wußte viel über uns Armenier. Sogar ganze Sätze in unserer Sprache kannte er und die Märchen und Gedichte über das Pferd Dschalali.
Alek lächelt. Ist das Rote Kreuz weit von hier?
– Nehmen Sie einen Fiaker. Das ist nicht teuer. Dann werden Sie in zehn Minuten dort sein.

In dem niedrigen Gebäude, dessen kurzflügliges rotes Kreuz sich über seinen Pforten verbarg, wandte sich Alek an einen Mann von indischem Aussehen.
– Das Fräulein Muller?
– Das zweite Zimmer von rechts, erwiderte der Mann.
Fräulein Muller, eine Frau um die fünfzig, blickte leicht befremdet auf Aleks offenes Hemd, seine grobgewebten Hosen und einfachen Sandalen. Doch als sie hörte, daß er Piramovitschs Freund war, lächelte sie ihn mit einer gewissen Strenge an und führte ihn in ein Zimmer, in dem zwei Frauen damit beschäftigt waren, Bettücher zu bügeln. Sie ließ sich auf einem schmalen Bett nieder und setzte ihn auf einen Stuhl ihr gegenüber.
– Sie haben es also getan?
– Ja, Fräulein Muller.
– War es schwierig?
– Es war nicht gefährlich.
– Albin sagte, Sie würden dort herauskommen. Ich glaubte es nicht. Er war sicher.
– Ist Albin etwas zugestoßen?
– Der letzte Brief von ihm traf vor zweieinhalb Monaten ein. Er schrieb, wenn Sie auftauchten, sollte ich Ihnen sagen, er trinke gräßlichen Wein an der Küste des Meeres, an der Arion sang, und beabsichtige, mit Ihnen Wein und Schafskäse vor der Kathedrale zu sich zu nehmen.
– Und danach hat er nicht mehr geschrieben?
– Nein.
– Sind Sie eine Verwandte von ihm, Fräulein Muller?
– Ich stamme aus dem Nachbardorf, und ich habe bei ihnen in Warschau gewohnt.

– Ich möchte hier weg und nach Europa, und ich brauche einen Paß. Könnten Sir mir helfen?
– Das wird schwierig sein. Wo logieren Sie?
– Im Hotel *Europa*.
– Teuer.
– Ich habe noch Geld für vier Tage.
– Das ist sehr leichtsinnig von Ihnen, äußerst leichtsinnig Ihrerseits, sagte Fräulein Muller streng.
– Hat Albin kein Geld für mich zurückgelassen?
– Und woher sollte er Geld haben? Ich selbst habe ihm seine Hosen genäht, damit er nicht aussieht wie eine Vogelscheuche.
– Ich dachte, Albin würde einen Weg finden.
– Es besteht kein Zweifel, daß Sie beide jeweils an die Kraft des anderen glauben.
– Ich würde so gerne mit ihm zusammen in der Armee sein!
– Albin hat mir von Bolo Sanguszkos Weigerung, Ihnen zu helfen, berichtet. Ich habe eine ganze Nacht nicht geschlafen, nachdem er mir das erzählt hatte.
– Sanguszko? Der schöne Bolo?
– Das ist ein sehr schlechtes Zeichen, wenn sich Bolo so verhalten hat. Das läßt Böses für Polen befürchten, viel Böses.
– Warum? Weil er ein Heldenoffizier ist?
– Ein Held? Und was kümmert mich sein Heldentum? sagte Fräulein Muller mit Verachtung. Jeder junge Mann mit etwas physischem Mut kann ein Held sein, aber er ist schließlich ein Sanguszko! Daß sich einer der Sanguszkos so benimmt – das ist absolut erschreckend. Er war eine Art Studentenprinz. Aber danach hat er schwer für Polen gearbeitet, und sogar sein Eintritt in die Armee war ein Akt der Opferbereitschaft, wenngleich er sicherlich seinen Brüdern und Vettern zeigen wollte, daß auch er einer der Schwertträger sein kann.
– Aber weshalb sagten Sie, das sei ein unheilvolles Zeichen?
– Ein Sanguszko! Ein Edelmann, dem es gelang, sich aus einer Familie von Prinzen zu retten, neugierig, ein Nazihasser, ein Mensch, der auf Reisen ging, um etwas über die Kooperativen in Skandinavien zu lernen, daß er je so etwas tun würde!
– Ich verstehe Ihre Erschütterung nicht, Fräulein Muller, wirklich.
– Weil Sie und Albin nicht in einer realen Welt leben.

Sie sah ihn lange an, schüttelte den Kopf, und ihre Lippen bildeten eine dünne, bittere Linie.

– Wie gelange ich nach Istanbul?
– Ich habe einen afghanischen Paß von einem unserer Leute, der vor

einem Monat verstarb, doch er muß erneuert werden. Ich werde einen Brief für Sie schreiben, und Sie gehen zum afghanischen Konsulat.
– Sie kennen den Konsul?
– Alle Fremden in Meschhed kennen einander, doch mit dem Konsul bin ich befreundet. Und wie ist das Verhältnis der Afghanen zu den Türken?
– Das ist mir nicht bekannt.
– Ja, es ist nicht leicht, sich jetzt in der Welt zurechtzufinden, sagte Fräulein Muller mit einem Seufzer. Sie rief aus dem Fenster: Herr Augustin, Herr Augustin! Und sie erklärte Alek, Herr Augustin sei ein katholischer Inder, der zusätzlich dazu, daß er der Mann für die Instandhaltung war, die Aufgabe hatte, ständig Radio zu hören.

Der Inder betrat das Zimmer, mit einem weißen Anzug bekleidet. Sein Lächeln war fein, schütteres Haar bedeckte seinen braunen Schädel. Er zupfte an der Krempe des Strohhutes, den er in der Hand hielt.
– Gehen Sie auf irgendeine Hochzeit, Herr Augustin?
– Nein, nicht daß ich wüßte, Fräulein Muller.
– Dann ist das also einer Ihrer Tage, ein Tag des stolzen Herzens und des Herrentums, Herr Augustin? Ich hätte den Wunsch zu erfahren, wie die Beziehungen zwischen den Türken und Afghanen sind.

Herr Augustin warf einen raschen Blick auf Alek.
– Sind Sie befreundet? Würden die Türken einen afghanischen Paß anerkennen?
– Zweifelsohne.
– Wenn es so ist, dann können Sie Ihren Weg zu den rauschenden Festlichkeiten fortsetzen, Herr Augustin.
– Ich gehe ins amerikanische Krankenhaus, um durch Betrug oder Diebstahl ein paar Medikamente herauszuholen.
– Der Herr möge Sie segnen, Herr Augustin, sagte Fräulein Muller.

Und als er gegangen war, sagte sie: Ich werde Ihnen einen Brief an den Konsul, Sardar Gulam Muhammad, mitgeben. Sie müssen das Foto im Paß austauschen. Er war in etwa in Ihrem Alter, und die Beschreibung ist nicht sehr unterschiedlich. Allerdings war er kleiner als Sie.
– Wird der Konsul nicht erzürnt sein?
– Er verdächtigt mich keinerlei verbrecherischer Absichten.
– Ich hoffe, Sie sind mir nicht böse, Fräulein Muller, daß Sie meinetwegen zu lügen gezwungen sind?

Fräulein Muller blickte ihn spöttisch an: Lassen Sie diese Sorge ruhig fahren. Ich habe denjenigen gefragt, den es ihn solchen Angelegenheiten zu fragen gilt.

– Gott?
– Gott? Welch eine Idee! Natürlich nicht. Meinen Beichtvater.
– Was genau haben Sie gemeint, Fräulein Muller, als Sie von Bolos Weigerung sprachen?
– Die Angelegenheit besagt, daß die Juden nur wenige Freunde in Polen haben werden. Und jetzt lassen Sie sich fotografieren und gehen Sie zum afghanischen Konsul, und ich hoffe, er wird sich nicht weigern, unsere Leute auch diesmal mit hübschen Pässen auszurüsten, und lassen Sie uns beten, daß sich Herr Augustin nicht geirrt hat, er ist schließlich ein Experte für internationale Beziehungen. Ihr seid gute Jungen, Sie und Ihr Freund Albin, doch ihr seid zu voreilig, rennt wie vom Teufel besessen.
– Werde ich mich mit diesem Paß ungehindert bewegen können?
– Theophil, der junge Mann, der gestorben ist, ist auf keinerlei Schwierigkeiten gestoßen. Soll ich Herrn Augustin sagen, daß er Ihnen in unserem Lager für einige Tage ein Bett herrichtet?
– Nein, ich werde im Hotel wohnen. Ich kann mit einem Mann reisen, der im Hotel wohnt. Und morgen werde ich herkommen und Ihnen einen riesigen Blumenstrauß bringen.
– Wir werden ihn unter den Kranken verteilen. Man sieht, daß Sie und Albin gute Freunde sind, sie übertreiben es beide mit allem, Sie wollen die Welt bestechen.
– Würdig in der Kunst der Poesie, und schnell mit der Antwort.
– Sollte dies ein Zitat sein, ich erkenne so etwas nicht. Gehen Sie zum Konsul.
– Man hat mir gesagt, wenn man in die Hände der persischen Polizei fällt, foltern sie die Grenzschmuggler, um das Geständnis aus ihnen herauszuholen, daß sie sowjetische Spione seien, während die Afghanen ihre Gefangenen im Schlaf erwürgen.
– Nicht im Konsulatsgebäude, sagte Fräulein Muller. So viel mir bekannt ist.

Ihr Brief öffnete Alek die Tür zum Privatzimmer des Konsuls. Ein Tablett mit Rosinen und Datteln, Pistazien, Mandeln und anderen gerösteten Kernen wurde auf den Tisch neben ihn gestellt.
– Der Herr Konsul wird gleich zu Ihnen kommen, sagte der Diener.

DER ZWEITE VERRAT. Marinsky zog keine Abendgarderobe an, weder für offizielle Empfänge noch zu den allerfeierlichsten Ereignissen. Er besaß keinen Anzug, geschweige denn einen Frack, keine Krawatten und keine Fliegen, und er trug weder Ring noch Uhr. Er hatte ein Jackett, schwarz, und ein paar Hemden mit engem, besticktem Kragen sowie zwei Paar Schuhe, die ihm lange Jahre bei außergewöhnlichen Anlässen dienten. Normalerweise trug er Sandalen, auch im Winter, und Gummistiefel, wenn es regnete. Noch aus seinen Jugendtagen hatte er für gefühlvolle, blumige Reden nur Verachtung übrig. Beim Bauen liebte er einfache, glatte Häuserfronten. Die Fassade mußte nicht das Innere demonstrieren, sondern es höchstenfalls andeuten. Sie hatte angenehm zu sein, ohne besonderen Ausdruck, nur von bescheidenem Charme und Harmonie. Er fand Metaphern abstoßend: ein Geländer, das allzusehr dem Bogen einer Geige, dem Steg eines Cellos, dem Schwung eines Flügels, den Saiten einer Harfe glich, die kleinen Milchglasscheiben eines Treppenhauses, die zu stark an einen Fächer oder eine Kartothek erinnerten. Fünf Zentimeter in der Fensterbreite – der Unterschied zwischen Mißtrauen und Geheimnis. Auf Grund dieser Disposition waren seine Jahre mit Hochfeld die besten. Hochfeld überzeugte ihn davon, daß man bei dem, was sich der internationale Stil und das Bauhaus nannte, durchaus Stil erreichen konnte, zu einem niedrigen Preis, mit nicht übermäßiger Anstrengung und mit Materialien, die leicht zu bekommen waren. Das Kombinieren aller an einem Gebäude vorhandenen Elemente fiel Marinsky anfangs schwer, doch nachdem er seine Scheu und Zurückhaltung überwunden hatte, war seine Kreativität immens. Er, der Balkone immer gefürchtet hatte, schwelgte in der Erfindung von tiefen, überdachten Balkonen, reich an Schatten und Annehmlichkeiten. Es bereitete ihm Vergnügen, schmale Betonsprossen für die Treppenhäuser zu bauen, danach kleine Fenster in vielerlei Formen und sogar die Art von Betongittern, die bei den Nachahmern Le Corbusiers beliebt war, denen er eine arabeske Ornamentik verlieh, und als der Architektenzirkel die Stadtverwaltung dahingehend beeinflußte, daß sie den offenen Raum nicht vom zulässigen Volumen des Bauvorhabens abzog, begann er, Häuser auf Säulen zu bauen – eine Analogie, die ihn begeisterte: grünes Meer, und darüber die weißen Häuserschiffe. Zu Anfang fürchtete er zwar eine Entweihung der Säulen durch ihre Übertragung in Beton und ihre geringe Höhe, auch irritierte ihn die Vermischung von Häusern ohne und Häusern mit Säulen in der gleichen Straße, doch er begann sich sehr rasch für die Freiflächengestaltung zu interessieren und vergaß sein Unbehagen.

In Hochfelds Augen war seine Begeisterung lächerlich und rührend zugleich. Hochfeld traf jeden Morgen Punkt neun Uhr im Büro ein, stopfte seine Pfeife und machte genau einen Zug auf dem Schachbrett, das auf seinem Tisch stand. Er war extrem schlank, halb

Mönch, halb Soldat. Hochfeld haßte Frauen – Kreaturen ohne Flügel – und sprach bei jeder Gelegenheit schlecht von ihnen. Die Männer hielt er für törichte Affen, die untereinander um ihren Platz in der Herde balgten; die Haustiere – für einen Beweis des moralischen Tiefstands des Menschen. Das Einzige, was er an Tel Aviv überhaupt liebte, waren ein Abendspaziergang am Meeresstrand und ein morgendliches Bad am Schabbat, das sich stundenlang hinzog. Sein Hobby war die Anfertigung von Scherenschnitten, Porträts von seinen Freunden. Die hebräischen Zeitungen und Bücher hielt er für Zeitverschwendung. Er liebte es, eine Art Solovorstellung zum besten zu geben, die Imitation einer literarischen Gerichtsverhandlung über den »Dibbuk«, der er beigewohnt hatte. Trotz seines grauenhaften Hebräischs hatte Hochfeld eine bewundernswerte Imitationsgabe. Das literarische Gericht, das die Buchwelt Erez-Israels repräsentierte, war in seinen Augen ein lachhaftes, schmutziges Kellerloch. Die Bösartigkeit seiner kleiner Vorstellung, die er stets bereitwilligst aufführte, zu jeder Tageszeit und vor jedem Publikum, war faszinierend. Es schien, als habe jener literarische Prozeß auf Hochfeld nachhaltigen Eindruck gemacht, und Marinsky mußte ihm gezwungenermaßen eingestehen, daß auch er viel unter ähnlichen Veranstaltungen über Bialiks *In der Stadt des Schlachtens* oder *Der Talmudstudent* zu leiden hatte, Prozesse, in denen das Gedicht die Position eines Zeugen vor den Richtern innehatte. Doch Marinsky war sich, ungeachtet seiner persönlichen Aversion gegen derartige Dinge, sicher, daß literarische Gerichte abgehalten werden sollten; der Honigguß von Ideenpillen verlieh der Idee aus seiner Sicht keinen speziellen Vorzug (und nicht immer, wie er hinzuzufügen pflegte, ist der Guß tatsächlich echter Honig). Die uns feindlich gesinnte Meinung, sagte er immer, kann sich so nicht unter den Fittichen der »Kunst« verstecken wie ein Verbrecher in der Gesellschaft seiner Kumpane, ein Mörder in einer Zufluchtsstatt. Hochfelds Verachtung war genereller. Er besaß einen kleinen Bücherschrank, der an die sechzig deutsche Bücher enthielt, unter denen sich kein einziger großer Name befand, sondern Essayisten, Aphoristiker und Miniaturisten, die in Marinskys Augen leicht absonderlich waren. Doch zum erstenmal in seinem Leben begegnete er einem Menschen, dessen Haß auf die Wirklichkeit ihm zusagte. Es war angenehm, mit ihm zu arbeiten, obgleich sich Hochfeld immer wieder verwundert zeigte über die Schwierigkeiten, die Marinsky angesichts alles Neuen, jedes ersten Schrittes hatte, und über sein ihm nicht weniger merkwürdig erscheinendes Planungs- und Ideenfieber.

Hochfelds Rückkehr nach Deutschland im Jahre 1950 entsetzte Marinsky, vor allem nach Levinsons Verrat, Kastelanietz' Tod. Als es ihm bekannt wurde, betrieb Marinsky sein Büro ausschließlich nur noch für Wettbewerbe und nahm keine Aufträge mehr an, außer von Freunden, die er seit langem kannte. Hochfelds Weggang traf Marinsky schwer, obwohl jener, der im alltäglichen Leben ansonsten ein ziemlich egoistischer und rüder Mensch war, versuchte, seinem Partner überflüssiges Leid zu ersparen, notfalls auf Kosten der Wahrheit. Zuerst erzählte er Marinsky, ein Freund habe ihn eingeladen, beim Aufbau Rotterdams mitzuarbeiten. Er sagte, habe die Absicht, zirka zwei Monate in Le Havre zu bleiben, wo Auguste Perret (er kannte Marinskys Sympathien für jenen ganz genau) mit dem Bau eines kompletten Wohnviertels aus Fertigteilen begonnen habe. Und wenn er sich schon einmal in Frankreich aufhielte, sagte er, vielleicht wäre er am Bau des Krankenhauses in Saint-Lô interessiert.

Er ließ diverse Gegenstände im Büro zurück, zwei Pfeifen, zahlreiche Scheren und schwarze Papierrollen, aus denen er mit schneller, durchtriebender Geübtheit seine geliebten Scherenschnitte anzufertigen pflegte. Zunächst erhielt Marinsky Postkarten von ihm aus Rotterdam und aus der Normandie. Danach hörte er nichts mehr, und erst Anfang des Sommers brachte Rosner, der Journalist, eine deutsche Zeitung mit: Hochfeld stand mit seinem Freund Hannes Roth neben einem Stadtplan von Dresden.

Hannes? Marinsky hätte es verstanden, wenn Hannes zu seinen kommunistischen Freunden zurückgekehrt wäre, nach denen er sich in Brasiliens Dschungeln sicher gesehnt hatte, zu diesen aufgeklärten Menschen, deren scharfe Augen jeden Schleier der Illusion durchdrangen, doch da stand er nun mit Hochfeld neben einem Plan von Dresden, und seinem Gesicht war die Erregung anzusehen. Hochfeld trug einen eleganten Anzug, ein Hemd mit Stehkragen und eine breite Krawatte. Marinsky kannte keine physische Furcht. An dem Tag, als die Italiener Tel Aviv bombardierten, hatte er mit Hochfeld auf einer der wenigen Baustellen gearbeitet. Jemand schrie nach ihnen, doch im Garten des benachbarten Hauses gab es keinen wirklichen Schutzraum, sondern nur ein länglich eingetieftes Loch, eine Art Schützengraben. Sie sprangen hinein. Hochfeld preßte sich an die feuchte Erdwand, und seine Augen waren lebendig, traurig und glänzend vor Furcht, wie die Augen eines romantischen Liebhabers im Film. Marinsky entzückte dieser Blick: Hochfeld lebte plötzlich – und eine Spur dieser Lebendigkeit war auch auf seinem Foto mit Hannes erkennbar.

– Aber alle haben gewußt, daß er auswandert, Ezra, murmelte Rosner.
– Alle wußten es? Du hast es gewußt?
– Natürlich wußte ich es, und wir alle waren sicher, daß du es weißt.
– »Wir sind in einem Käfig gefangen, und über den Käfig wachen zwei Löwen, deren Namen Ezra und Nehemia sind ...«, hatte Hochfeld einmal zu ihm gesagt, und ein andermal: »Ach, Zionismus, Zionismus, er ist wie die Frau aus der Farce, die ihrem Ehemann die Augen verbindet, damit sie ihn betrügen kann ...«
– Es tut mir leid, Ezra, ich wußte nicht, daß dir das einen Schock versetzen würde, sagte Rosner.
– Ich hätte es wissen müssen, sagte Marinsky, daß jeder, der Pfeife raucht, ein Täuscher ist.

Als Rosner gegangen war, trat er an Hochfelds Tisch, betrachtete seine Sachen und warf alles in Abfalltüten – die Pfeifen, die Stifte, die chinesischen Schachteln, in denen Hochfeld die Tintenfäßchen aufbewahrte, das Vergrößerungsglas mit dem Art-Nouveau-Griff, das Päckchen antiker Pergamente, die Zinnsoldaten aus dem neunzehnten Jahrhundert (etwa ein Viertel des Heeres von Gustav Adolf in der Schlacht bei Lützen), die Scheren und die Scherenschnitte. Dann entfernte er die Kupfertafel mit Hochfelds Namen. Saint-Lô ... Auguste Perret in Le Havre ... Rotterdam ...

Einmal hatte Hochfeld ihm eine antizionistische Rede gehalten: Ihr (er sagte: ihr!) macht einen Fehler, wie ein Mensch, der am gleichen Tag eine Versicherungspolice und ein Lotterielos erwirbt. Er widerspricht sich selbst hier wie dort. Im ersten Fall ist er bereit, Geld auszugeben, um ein Risiko auszuschließen, und im zweiten Fall gibt er Geld aus, um ein Risiko einzugehen, und es ist ganz klar, daß er sich in beiden Fällen vom wirtschaftlichen Aspekt aus betrachtet irrt, beide Einrichtungen, an die er etwas zahlt, sind nur an ihren Profiten interessiert und haben keinerlei Interesse, irgendeinem Menschen zu nützen. Genauso macht ihr es: In eurem Streben nach einem Schmelztiegel entwurzelt ihr die Eigenschaften der Exklusivität einer ganzen Gruppe samt und sonders, und in eurem Streben, die Liebe zur Heimat zu erwecken, betont ihr die Existenz des gemeinsamen Erbes; durch das Aushebeln der exklusiven Eigenschaften jedoch verringert ihr das Empfinden für die besonderen Vermächtnisse, und damit trefft ihr den Patriotismus, weil ihr das Individuum darauf hinlenkt, seine latenten Bindungen zu verlieren oder im Bestreben nach einem generellen gemeinsamen Nenner festzuhalten. Ihr agiert zu Gunsten derer, die weggehen, oder der Reli-

giösen. In hundert Jahren werdet ihr in Jerusalem nicht mehr nur ein Viertel der *Hundert Pforten* haben, sondern ein *Mea Schearim* der *Tausend Pforten*.
– Der Zionismus ist kein Spiel, sondern eine Epopöe, hatte ihm Marinsky mit verhohlenem Zorn erwidert. Napoleon hörte einmal zwei seiner Vorzugsoffiziere während einer Schlacht scherzen. Etwas mehr Ernst, sagte er zu ihnen, an einem Ort, wo Leute schlachten und geschlachtet werden. Man muß differenzieren, wenn man über derartige große Dinge spricht, man muß haargenau präzisieren!

Doch Hochfeld schrecken Marinskys Zorn und seine riesigen Hände nicht. Genauigkeit, sagte er, Präzision, was bedeutet schon Präzision?
– Wie in deiner Stadt, Nürnberg, dort beteten sie ohne Gebetsschal, aber mit Zylinder.

Hochfeld wunderte sich sehr darüber, daß Marinsky so viele Geschichtsbücher las, und seine Begeisterung, in jedem Dokument herumzustöbern, das mit der Errichtung der Bauten verknüpft war, an denen er Interesse fand, verbuchte Hochfeld anfänglich als Restspuren seiner »marxistischen« Neugier, wo Klasse, Zweck, grobe politische Rivalität oder noch gröbere Ideologie sowie die Geschichte des Materials und des Geldes die Gestalt des Gebäudes mehr bestimmten als das Verlangen des Architekten nach Schönheit, Stil und Harmonie. Nachher, als er gewahr wurde, daß nicht von simpler Lektüre, sondern von echter Forschung die Rede war, und er entdeckte, daß Marinsky auf seinen Reisen lange Stunden in Archiven zubrachte, in dem Bemühen, die Baugeschichte von vor sechshundert Jahren zu verstehen, erklärte er sich das mit dem Wunsch, die Architekten der Vergangenheit herabzusetzen, aus Neid.

Aus Neid! Hochfeld, die schwielige Seele! Und wie er es verabscheute, wenn junge Leute Bücher aus seiner Jugend entdeckten!
– Früher einmal, ich weiß nicht warum, dachte ich mit Liebe an die Angehörigen meines »Volkes«, und wenn nicht mit Liebe, dann zumindest mit einem Gefühl von Beteiligung, von Familiengeist, doch seit ich hier bin, ist mir dieses Gefühl vollständig abhanden gekommen. Denn ich sehe hier genau die gleichen Typen, die ich für die allergrößten Gojim gehalten habe, sagte Hochfeld eines Morgens zu ihm, als sie neben einem Schaufenster voller Frauenperücken standen. In der Ladentür stand eine große, verfettete Frau. Hochfeld war fasziniert vom Anblick des künstlichen Haares und auf sonderbare Weise erregt.
– Ich wußte nicht, daß du Haare so liebst, sagte Marinsky zu ihm.

Hochfeld blickte angewidert auf die Frau, die eine Zigarette aus dem Mund nahm, an deren Ende roter Lippenstift klebte.
– Das ist das einzige an den Menschen, das dem Reich der Phantasie angehört, das einzige, das uns mit Pflanzen und Bäumen, Regen, Schnee und dem Meeresgrund verbindet. Nur schade, daß es immer mit Frauen oder Männern zusammenhängt.
Marinsky sah ihn derart entgeistert an, daß Hochfeld das Gesicht verzog.
– Was bist du denn so verwundert? fragte er. Noch nie waren Marinsky seine schrille Stimme aufgefallen, seine kurzen Arme, die ihm das Aussehen eines dummen Huhns verliehen.

DAS HAUS. Zwei Monate später begann er mit dem Bau des letzten Hauses auf Bestellung, bei dem er alle Wörter seiner Tektonik kombinierte, seine Sprache der Formen, unter Zugabe einer halben »römischen« Drehung, die zum Garten des Hauses gewandt war. Es war ein großes Eckhaus. Er hatte den Vertrag mit Nachum Kopelevitsch unterschrieben, einem Bauunternehmer, mit dem er schon seit Anfang der dreißiger Jahre in regelmäßigen Abständen zu arbeiten pflegte. An dem Tag, als sie das Fundament betonierten, kam Kopelevitsch auf die Baustelle, setzte sich auf einen umgestürzten Blecheimer und studierte sein dickes, abgegriffenes Notizbuch. Er wandte sich nicht an Marinsky, und jener schickte einen der Arbeiter, dem Bauunternehmer einen Strohhut zu bringen. Das letzte Jahr hatte Kopelevitsch schwach gewirkt. Er saß mit dem Notizbuch in der Hand da, blätterte darin, als sei es ein Gebetbuch, und bewegte die Lippen. Erst nach einer Weile rief er Marinsky.
– Ich habe etwas zu sagen ..., setzte er an und hustete lange. In diesem Haus habe ich schon alle Wohnungen verkauft, noch bevor wir mit dem Aushub angefangen haben, wie die warmen Semmeln haben sie sich verkauft, und ich denke, nun, ich habe angefangen ..., an Sie zu denken.
– An mich? wunderte sich Marinsky.
– Sie sind ein Schuhmacher, der barfuß geht. Sie haben mehr Wohnungen in Tel Aviv gewechselt als ein flüchtiger Verbrecher, also dachte ich bei mir ...
– Worum geht es, Kopelevitsch?
– Also ich denke, daß ich Ihnen das obere Stockwerk anbieten möchte, daß es Ihnen gehören soll. Sie brauchen ein richtiges Zuhause.
– Der Preis dieser Etage übersteigt bei weitem meinen Lohn.

– Ich möchte, daß es Ihnen gehört, sagte Kopelevitsch.
– Und wir nachher pauschal abrechnen? murmelte Marinsky.
Der Funke eines leichten Zögerns flackerte in Kopelevitschs Augen auf.
– Nein, sagte er. Sie haben viele Häuser für mich gebaut. Ich will, daß das Stockwerk Ihnen gehört.
Marinsky wandte seinen Kopf ab, holte aus seiner Hemdtasche eine extrem dunkle Sonnenbrille und setzte sie auf. Das ist eine sehr große Überraschung für mich. Noch nie hat mir jemand irgend etwas gegeben. Ich danke Ihnen.
– Ich bin zweiundsiebzig. Ich will in Ruhestand gehen. Ist das nicht genug?
– Was sind mir Wind und Regen und die goldenen Blätter – wenn ich der Frühling bin?
– Ist das eine Art Gedicht? fragte Kopelevitsch.
– Ja.
– Ja ... dann also, Hand drauf?
Nachdem Kopelevitsch die Baustelle verlassen hatte, ging auch Marinsky und lief stundenlang im Kreis herum durch die Straßen. Die Wolke riß auf, das Licht strahlte in seinem Gesicht. Als er nach Hause zurückkam, streifte er seine Schuhe ab und roch rasch an seinen Socken, wie er es stets im Sommer tat. Sein Körper war immer frei von Geruch, und Marinsky war sehr stolz auf diese Eigenschaft. Doch die Socken hatten diesmal einen Geruch von Mandeln an sich, wie Bitterschokolade. Er untersuchte die Schuhe und die Socken, suchte Mandelbrösel, aber vergebens. Er zog sich an und nahm Maddi mit in die Eisdiele, wo er ihr das größte Eis kaufte, mit frischen Früchten, Sirup und einer kandierten Kirsche, und er erzählte ihr von ihrer Wohnung in dem neuen Haus und hielt in seinem Gedächtnis ihre Wünsche zu der Form ihres Zimmers und der Fenster fest, der Schränke samt einem Ballettspiegel und einer Stange. Der Mandel-Schokoladen-Geruch blieb.
Vielleicht bin ich in einen Heiligen verwandelt worden, ohne es bemerkt zu haben, sagte er sich im stillen.
Maddi verlangte noch eine Portion Eis.
– Erzähl mir von den Engländern! sagte sie. Von allen Geschichten aus seiner Vergangenheit liebte sie diese am meisten.
– Und sieh da, ich traute meinen Augen nicht! An diesem öden Ort ankerte ein Segelschiff – wunderschön, die Segel honigfarben, das Holz dunkelbraun wie Zimt, und die Rettungsreifen weiß-blau mit dem Namen *Arion*. Und diese vier jungen Leute kamen auf mich

zu. Am Anfang dachte ich, daß sie Spione seien, denn was würden Fremde an so einem abgelegenen Ort tun? Doch an ihren Gesichtern sah ich, daß sie keine sein konnten. Der Älteste von ihnen war vielleicht dreiundzwanzig. Er hatte strohblondes Haar und einen kleinen Schnurrbart. Er trug eine schwarze Matrosenmütze, und seine rechte Hand war verbunden. Der zweite Engländer war bärtig, barfuß, und mit einem weißen Hemd bekleidet, mit Spitzenbesatz am Kragen und an den Ärmeln, wie die Piraten. Der dritte Engländer hatte ein Gesicht wie auf historischen Bildern, geckenhaft, schwach, aber sehr stolz. Er war der einzige, der an seinem Gürtel ein großes Messer hängen hatte. Der vierte war ein Rothaariger, ein schöner Mann und sehr stark, nur Muskeln. Alles, was sie anhatten, trotz der Abgelegenheit des Ortes, hatte Charme und Stil, ebenso wie ihre Gesichter; es waren die Gesichter von freien Menschen, Menschen, die nichts fürchten, ausgeglichen, klug und äußerst angenehm.
– Aber du konntest kein Englisch und hast mit ihnen Jiddisch geredet?
– Sie verstanden kein Russisch, also sprach ich mit ihnen Jiddisch. Zwei von ihnen konnten ein bißchen Deutsch. Sie machten ein Lagerfeuer und kochten Teewasser. Sie bemühten sich, mich einfache Dinge zu fragen, und auch ich habe begriffen, daß ich in jiddisch ohne hebräische Wörter antworten mußte, und in dem Moment, als sie mir die Karte zeigten, erklärte ich ihnen genau, wo sie sich befanden, und ihren Irrtum. Ich war nicht so dumm, wie sie anfangs gedacht hatten, und darüber haben sie sich sehr gefreut.
– Und am besten haben dir ihre Schuhe gefallen?
– Ja, die Schuhe gefielen mir am meisten. Außer dem einen Mann mit dem Hemd, dem Piraten, der barfuß war, trugen sie Schuhe wie die heutigen Hushpuppies. Am Anfang habe ich gedacht, daß solche Leute, die mit einem Segelboot kämen, Schuhe aus schwarzem, glänzendem Leder tragen müßten, und nicht so alte, fleckige, die wie Hausschuhe aussahen. Aber es verging keine Viertelstunde, und diese Schuhe gefielen mir besser als alles andere.
– Und nachdem du ihnen den Weg erklärt hast, haben sie gesagt: »good boy«!
– Sie sagten »good boy«, und ich verstand diese Worte, »good« sowieso und »boy«, weil ich damals Abenteuerromane las, und es ist unmöglich, Abenteuergeschichten zu lesen, ohne die Bedeutung des Wortes »boy« zu kennen.
– Und sie haben dich gefragt, ob du den Zar liebst?
– Das haben sie mich gefragt, und ich dachte an den Zaren wie an

den Pharao, so wie es geschrieben steht, Pharao, du großer Drache, der du in deinem Strom liegst, zwischen den Zwiebelkuppeln Moskaus und den Granitkais von Petersburg. Doch ich antwortete ihnen: Ich liebe den Zaren, ich hob lib dem Zar, und darüber haben sie sich sehr gefreut.

– Was sind Zwiebelkuppeln und Granitkais?
– Kirchenkuppeln in Form von schönen Zwiebeln und die Uferanlagen des Flusses Newa, die aus starkem Granitstein erbaut sind.
– Und sie haben dir ein Glas Tee gegeben und ein Brötchen mit dünnem, rotem Fleisch, bei dem du Angst hattest, es zu essen?
– Ich fürchtete mich vor der Farbe, und daß es nicht koscher wäre.
– Aber du hast es gegessen?
– Ich hab's gegessen. Aber danach war ich einige Tage krank: Ich mußte mich übergeben und hatte hohes Fieber.
– Weil du Angst hattest, daß Gott dich bestraft?
– Ganz genau.
– Aber Gott kann niemanden bestrafen, denn es gibt ihn nicht, oder?
– Genau.
– Und was war, nachdem du den Tee getrunken und das Brötchen mit dem roten Fleisch gegessen hast?
– Sie lachten, und was für ein nettes Lachen sie hatten! Das Lachen freier Menschen. Sie gingen schwimmen.
– Nur der Rothaarige blieb da?
– Nur der Rothaarige blieb bei mir. Er zeigte auf meine Schläfenlocken und auf die Schaufäden meines Gebetsschals, aber ich konnte ihm das nicht erklären. Und dann ging er aufs Schiff und brachte mir einen sehr großen Federhalter und ein Fläschchen Tinte.
– Und danach sind alle auf das Schiff gegangen und haben dir zugewinkt?
– Und auch ich stand da und habe gewinkt, bis das Segelschiff am Horizont verschwunden war.
– Und du hast noch viele Jahre danach an sie gedacht?
– Ich habe oft an sie gedacht.
– Und dann hast du ihren großen Kommandanten kennengelernt?
– Kommandanten?
– In Jerusalem.
– Den Gouverneur Storrs, ja. Ich kam manchmal mit einem Engländer zu ihm, mit dem ich in Jerusalem zusammenarbeitete.
– Aber er hat dir nicht so gefallen wie die jungen Leute, die mit dem Schiff gekommen waren?
– Nein, nein. Er gefiel mir nicht so gut wie sie.

– Und du hast ihm nicht von den vier jungen Engländern erzählt?
– Ich habe nur deiner Mutter und dir von ihnen erzählt, Maddilein.
– Und was ist honigfarben?
– Die Farbe von Honig, wie die Bernsteinkette, die du hast.
– Und sie haben gesagt »good boy«?
– Ja.
– Und sie haben recht gehabt: Du bist ein guter Junge, Papa, sagte Maddi.

KRÄUSELUNGEN IM WASSERSPIEGEL. Marinsky betrachtete die rot lodernden Poincianen. Er hatte allerlei Ideen gehabt bezüglich des Kikar Masaryk, doch der Platz hatte einen bestimmten Charakter, einen kleinteiligen Charakter, der wie durch eine Art Vorspiegelung erreicht worden war. Drei junge Mädchen standen unter einem der Bäume, der einen kurzen Stamm hatte, jedoch prachtvoll ausladend war. Eine hatte stark gelocktes Haar, dunkelgold glänzend, breite Schultern und ein scheues Lächeln, links von ihr stand ein hochgewachsenes, schlankes Mädchen, das Maddi ein bißchen glich, doch hatte sie eine weißere Gesichtshaut, unklare, zerlaufene Konturen, und von der dritten sah er nur den Rücken. Sie trug ein blaues Männerhemd, das wie ein fremdartiges Segel gegen den roten Blütenhintergrund erschien. Venedig, Amsterdam, Bangkok – Städte, die dem Meer Land geraubt hatten, um darauf die Fundamente ihrer Gebäude zu verankern, hatten eine nicht unerhebliche Freiheit an sich. Stiehl vom Meer und gewinne Freiheit. Der Stehlende stiehlt Befreiung? Was für ein Blödsinn, Ezra, sagte sich Marinsky, dein Gehirn weicht immer mehr auf, vernebelt sich zunehmend. Früher, wenn du dich getäuscht oder etwas Unsinniges gesagt hast, lag ein gewisser Charme in deinen Irrtümern. Immer die Angst, Tel Aviv würde eines Tages aufgegeben, verlassen werden, weil es nicht die Kraft der Selbstregenerierung aufbrächte – bis er die Preise hörte, die für die Grundstücke genannt wurden, auf denen der Platz geplant war.

MADDI MARINSKY SCHMINKT SICH. Der Abend senkte sich herab. Es wurde Zeit, sich zu schminken. Trotz allem, ein wenig mußte sie sich schminken. Viele Leute denken, daß eine Frau, die nicht gut zurechtgemacht ist, an Geschmacksmangel leidet oder das mit Absicht macht (Männer sind bereit, alles zu glauben), doch nichts ist schwieriger, als sich zu schminken. Außer vielleicht, die Schwelle des Schlafzimmers zu überwinden, den Jabbok, Grenzfluß der Jungfrauen. Allerdings konnte man auch nie im voraus erraten, was die Leute über die Schminke sagen würden. Mehr als einmal, als ihre Mascara auf den Lidern und um die Augen herum verschmiert war und sie aussah wie ein Clown, der sich in seine weiten Hosen gemacht hat vor lauter Anstrengung, sein Publikum zu erheitern, hatte Tomer gesagt, sie sehe so herzerweichend aus, daß er gar nicht anders könne, als sie in die Arme zu nehmen. Doch es war ihr nie gelungen, einen Lippenstift zu finden, der mit dem übereinstimmte, was sie sich unter ihrer Lippenfarbe vorgestellt hätte, wenn schon nicht die natürliche, gar nicht zu reden von anderen Präparaten, die mit Vorsicht zu genießen waren, und im Grunde waren wahrscheinlich die einzigen Frauen, die sich angemessen zu schminken verstanden, entweder berechnende Pfennigfuchserinnen oder solche Frauen, die im Laufe der Jahre bittere Erfahrung gesammelt hatten, die Unglücklichen. Ihre Mutter ging einmal im Monat zur Kosmetikerin, die ihr die Wimpern färbte, weil sie ihre Augen nicht schminkte, doch die Kosmetikerin selbst, die im selben Lebensmittelladen wie sie einkaufte und in der Konditorei *Piccolo* – sie liebte Kuchen –, wie die angemalt war! Aber abgesehen davon war es zu ihrem Glück in Tel Aviv nicht üblich, sich stark zu schminken. Jetzt jedoch, für das Abendessen, mußte sie es tun. Das Schminken war wie das Kleid wechseln, und natürlich die Unterwäsche, die spezielle Seidenunterwäsche, die Herr Zigfeld für seine Schönheiten zu kaufen pflegte.

Maddi tuschte sich die Wimpern und legte blauen Lidschatten auf. Sich oft die Wimpern zu schminken war langweilig, da war es besser, einmal im Monat zur Kosmetikerin zu gehen, wie ihre Mutter. Man mußte lange Zeit mit geschlossenen Augen dasitzen, denn das Färbemittel enthielt Giftstoffe. Ironie des Schicksals: Eine Frau geht zum Wimpernfärben, damit ihre Augen verzaubern und die Herzen erobern, und da wird sie blind! Leb wohl, Licht der Welt! Das Färben hielt für etwa zwei Wochen vor, doch ihre Mutter ging nur einmal im Monat zu Emily, so daß ihre Wimpern nach zwei Wochen immer heller wurden. Das halbe Leben mit perfekten Wimpern und das andere halbe – mit ausgebleichten.

Niemand kam mit einem Blumenstrauß zu ihr, trotz der ganzen Märchen über junge Geschiedene. Witwe – das war um vieles besser, eine junge Witwe. Wenn sie wenigstens ein oder zwei Jahre verheiratet gewesen wäre, sähe alles anders aus. Eine junge Geschiedene ... Vielleicht war es die schnelle Scheidung, die die potentiellen Freier verschreckte. Wer weiß, welche Ängste sie plagten? Die Blüten der

Johannisbrotbäume? Der böse Blick? Schandmal? Der schöne Junge am Meeresstrand in Achziv ... Langes Haar und tief gebräunt, seine merkwürdige Kleidung, ähnlich dem Bühnenkostüm eines Seeungeheuers, aus grobem Stoff, die komischen Gummischuhe an seinen Füßen mit besonderen Noppen an den Sohlen, wie Würmer, um über glitschige Stellen zu gehen, die Kette um seinem starken Hals. Ob er der Koch von irgendeinem Schiff war? Einer Jacht? Ein Strandjunge? Er konnte mit geschlossener Faust auf der Wasseroberfläche spritzen, und einmal morgens, als sie ihren Badeanzug von der Leine nahm, flog aus seinem Schwimmanzug ein weißer Schmetterling.

Gymnasiasten konnten nicht wirklich als Bewerber gerechnet werden, und alles in allem hatte sie sehr wenig Verehrer. Kisilov zum Beispiel, der Hadas den Hof machte, ihr Blumen brachte, mit ihr in der Küche tuschelte und ihr sogar in Maddis Gegenwart Komplimente über ihre schönen Beine machte, während er aus den Augenwinkeln nach ihr schielte. Allein gegenüber seinen mit allen Wassern gewaschenen Manieren konnte man es den Vätern des Zionismus gut nachfühlen, daß sie in Europa erstickten und Strohhut und Hacke gewählt hatten. Borochov, wie recht du hattest! Und dabei war er erst sechsundzwanzig! Man spricht immer von der »List der Frauen« – der Frau würde ich gerne beggnen, deren Listigkeit die des Herrn Kisilov, des Pelzhändlers, übertrifft! Hadas war hypnotisiert wie die Maus von der Schlange. Einmal fing er sogar an, Tante Ditka nachzustellen, die für alle Kinder in der Familie die Purimkostüme nähte und stundenlang ihre Gesichter bemalte. Wie dick sie jetzt geworden war, und wohin war ihr berühmter Blick verschwunden, der die Macht hatte, die guten Sitten einer ganzen Stadt zu verderben, wenn Tante Ditka es nur darauf angelegt hätte. Doch außer dem Tanzen liebte sie nur die Familie, die immer mehr auseinanderfiel, und sie zog sehr gerne schöne Kleider an. Tante Ditka sagte ihr einmal, lieber würde sie bei einer Premiere in einem herrlichen neuen Kleid auftreten und die neidvoll auf sie gerichteten Blicke sehen, als in Clark Gables Armen zu schwitzen. Und die junge Blüte der Medizin, Dr. Simon Simon, der sie mit der Geschwindigkeit einer Schildkröte umwarb, im dunklen Kino zwei ihrer Finger hielt, nach der Hälfte des Filmes noch einen Finger nahm und vor dem Schluß einen weiteren. Und erst nach etlichen Filmen beschleunigte er das Tempo der Eroberung ihrer Finger ein wenig und ergriff ihre ganze Hand, und dann ertastete er ihr Gesicht wie ein Schlafkranker, seine Finger krochen langsam darüber, wie Fledermausflügel. Und dieser angejahrte Herr, der Deutsche, ein Jecke mit Schulterpolstern im Jackett, Herr Schlaier senior, der ihr Gedichte schrieb, jedes Gedicht von einem Kehrreim gekrönt, wie: »Ich tanz' mit dem Tod, und der Tod tanzt mit mir«, und ihr Briefe schickte, die vor Redseligkeit und Binsenwahrheiten nur so überquollen wie verkochende Milch, die geschwätzige Weisheit einsamer Menschen. Einmal war sie bei ihm zu Hause gewesen, und als sie ins Gästezimmer kam, trat Herr Schlaier ans Aquarium, klopfte mit dem Finger an die Glaswand, um den einzigen Fisch zu begrüßen, der auf dem grünlichen Grund schlief, und der Fisch näherte sich tatsächlich ein wenig Herrn Schlaiers Finger, machte sich jedoch gleich wieder aus dem Staub. Was nichts anderes besagte, als daß auch die Beziehung eines Mannes zu seinem einzigen Goldfisch schwierig war. Und sein letzter Brief: Wenn es Ihnen ernst ist, so zögern Sie nicht länger, mich glücklich zu machen, doch wenn Sie zu scherzen beliebten, dann, meine Teuerste, ist die Zeit für einen Scherz längstens vorbei!

Was nichts anderes bewies, als daß Jung recht hatte und in unserem Inneren verzauberte Prinzen leben, weise Greise, der Weltenbaum und Sphinxen und daß uns wirklich schreckliche Dinge angetan werden: das Zerstückeln der Götter, wundersame Streifzüge durch die Nacht, die Vertreibung aus dem Paradies. Sie selbst hatte nur einen Jungen je zu gewinnen versucht, ein Junge, den sie auf einem Fest traf, dessen Augen wie Laternen aufleuchteten, als er sie bemerkte, und eine schwere Nachdenklichkeit senkte sich auf seine Lider, doch während sie tanzten, als sie anfing, ihm Dinge ins Ohr zu sagen, erlosch sein träumerisch staunender Blick. Er war der schönste Junge im Gymnasium – faul, lag gerne viel im Bett oder saß am Fenster. Nach jenem Abend hatte sie noch öfter versucht, ihm näherzukommen, doch er schwieg, lächelte manchmal in sich hinein, sein hübsches Lächeln, nur für sich. Er war geboren, um zu schlafen. Später ging er nach Jerusalem, um Geographie zu studieren. Wie merkwürdig – Geographie! Vielleicht, um in stillen Zimmern voller Landkartenrollen und grünlicher Globen zu schlafen? Was konnte es gewesen sein, das sie an jenem Abend gesagt hatte, was war es, das seinen Sternenblick erlöschen ließ? Alle paar Monate dachte sie daüber nach, doch es gelang ihr nicht, sich an ihre Worte zu erinnern. Einmal träumte sie von ihm, daß sie einer Gestalt nachrannte, die seiner ähnlich war, zahllose Türen in dunklen Korridoren öffnete, bis schließlich eine Tür von selbst vor ihr aufgähnte und sie hineinging. Doch anstatt des Jungen materialisierte sich etwas in der Luft, unter der extrem niedrigen Decke, eine schwer bestimmbare Kreatur, eine Riesenspinne oder ein Affe. Es glitt über den Boden, schwang einen Arm und warf mit aller Kraft ein Messer nach ihr, doch obwohl sie wie gelähmt war, gelang es ihr, im richtigen Moment ein wenig den Kopf zu drehen. Im Wachzustand schläfst du die ganze Zeit, und im Traum wirfst du Messer nach mir, mein romantischer Geliebter! War das ihre einzige Liebe? Und würde sie nie mehr wiederkehren, weil man nicht zweimal in den gleichen Fluß – den Fluß der Liebe – eintauchen kann?

Tante Ditka las Liebesromane und ging nirgendwohin ohne einen oder zwei Romane in ihrer Handtasche. Alle ihre Freundinnen lasen Liebesromane. Die Besitzerin der Konditorei *Vienna* in der Ibn-Gvirol-Straße, die Witwe des Rechtsanwalts, Hadas' Mutter. Maddi kannte Tel Aviv: Hunderte Frauen – von pubertär bis hochbetagt – lasen diese Romane. Gibt es kein Alter, in dem die Frauen damit aufhören? Offenbar nicht. Und gibt es etwas Lächerlicheres und Abstoßenderes als die Koketterie von Greisinnen, die ihre Zeit vor Spiegeln in Massagesalons verbringen, in Jungbrunnen und ähnlichem baden, angemalt wie Dirnen in einer Hafenstadt? Und wozu war diese Lektüre gut? Ein Zeichen von Hoffnung – aber gibt es etwas Seltsameres als Hoffnung?

Es gab natürlich noch Gegenden und Bereiche im Land, bis zu denen Seine Hoheit, der Liebesroman, noch nicht vorgedrungen war – der Kibbuz, das Beduinenzelt, aber wartet, wartet nur, meine Kibbuzfreundin Chava, und du, Nabila ja schatra – eines Tages wird Seine Hoheit zum Eroberungsfeldzug aufbrechen. Irgendeine Schwäche in den Ländern, die noch nicht in den Genuß seines Zepters gekommen sind, wird ihm die Tore öffnen und der König wird auf seinem Pferd eingeritten kommen, mit seinem ganzen Troß, die Frauen mit ihren langen, flatternden Schals, Seidenhandschuhe an ihren zarten Händen, eine gefärbte Straußenfeder an der Krempe ihrer kecken Hütchen, in ihren Handtaschen heimliche Andenken, die die Macht besitzen, ein Herz zu brechen und es hundert Seiten später wieder zu flicken. Und eins, zwei, drei ist Seine Hoheit, der Liebesroman, wieder da von seinem Eroberungsfeldzug, kehrt zurück in seine alte Stadt und wandert dort inkognito durch die Straßen wie Harun al-Raschid in Bagdad. Nie wäre er entdeckt worden, wären da nicht die überraschungsgeweiteten Augen einer der Frauen gewesen, die vorübergingen oder im Kaffeehaus saßen.

Hadas strengte sich immer sehr an, ließ sich ständig ihr Haar schneiden und färben, tat alles, um Kim Novak ähnlich zu sehen. So ist die Macht der Liebe – mit sechseinhalb hatte sie sich in einen Jungen aus der Klasse ihrer Schwester verliebt, der in ihr Haus kam, um sich auf die Prüfungen vorzubereiten. Sie machte ihm immer die Tür auf, obwohl es ihr ausdrücklich verboten war, und erhielt dafür jedesmal Tritte oder Püffe von ihrer Schwester. Hadas nahm sich furchtbar zusammen, um nicht einzuschlafen, damit sie in dem Moment, in dem er das Haus betreten würde, noch wach wäre, und rannte auch zur Tür, wenn sie mitten im Spiel mit ihrer besten Freundin war, bastelte dem Jungen Geschenke, deren Herstellung sie stundenlang beanspruchte, und sagte zu ihrer Schwester: Wenn er kommt, gib ihm Erdbeereis, das schmeckt am besten, und Erdbeeren sind sehr gesund. Hätte sie sich so verliebt, wenn es ein anderer Junge gewesen wäre? Vielleicht waren das die wahrhaft wichtigen Dinge, die einem im Gymnasium beigebracht werden müßten. Im Gymnasium? In der Grundschule der Liebe. Eine ganze Palette von Lehrern und Lehrerinnen könnte eingestellt werden: Ärzte, Prostituierte, Künstler, Kosmetikerinnen, Philosophen, Dichter – jeder würde Unterricht in Liebe erteilen, und alle Schüler erhielten als Zensuren Herzen statt Punkte, acht Herzen und ein halbes für deine gute Arbeit, Maddi: Liebe im Kindergartenalter, Liebe unter Erstkläßlern. Und am Schluß des ganzen Unterrichts stünden Prüfungen, und alle bekämen detaillierte, nach Fächern aufgeschlüsselte Zeugnisse. Einmal träumte sie von der Zeugnisverleihung: Maddi Marinsky – zehn Herzen in allen Fächern! Maddi Marinsky! Das hörte sich nicht schlecht an. Wenn sie schon nicht die Schönheitskönigin von Israel war, dann doch wenigstens die Wasserkönigin oder eine junge, langhaarige Schauspielerin, die vom Habima-Theater engagiert wurde, die Ophelia zu spielen. Maddi Marinsky! Und nach der Grundschule der Liebe, die Hochschule der Liebe, eine spezielle Akademie, weit weg in der Wüste oder den Wäldern des Karmel, oder im Wadi neben der Kreuzritterburg Montfort. Es wäre auch gut, Unterricht in praktischer Liebe zu erhalten. Zwei Zwillinge – eine macht sich auf, um die Kunst der Liebe zu studieren, die andere heiratet: Küche, Schwangerschaft, Windeln. Die erste lernt gut: Es ist leicht, Männer zufriedenzustellen, wenn man nicht schüchtern ist und sich nicht scheut, ein bißchen Grundwissen zu Hilfe zu nehmen, das sich mit den Jahren angehäuft hat. Und wieso sollte es das nicht, wenn sich auch im Kochen oder Fleckenentfernen aus Hemden Wissen sammeln läßt? Die gebildete Zwillingsschwester kehrt nach Hause zurück, strahlend leicht, voller Charme und Stärke; der Körper ist immer frei von Sünde und unschuldig jedes Verbrechens, zehn Herzen überall in ihrem Zeugnis. Die zweite: Das Baby schreit, der Ehemann ist entnervt, sie geht mit dem Kind spazieren, brabbelt mit kindischer Stimme, die durch die ganze Straße hallt, versucht, den vorübergehenden Männern einen liebevollen Blick zu entlocken, wenigstens auf das Baby, doch sie werfen den beiden nur kühl überraschte Blicke zu. Eines Tages kommt ihre Schwester sie besuchen. Sie gleichen sich wie ein Ei dem anderen, wie man in ihrer Kindheit immer sagte, der gleiche Kopf, die gleichen Augen, das gleiche Haar, die gleichen Hände, Füße und Brüste, beide haben dieselben unangenehm peinlichen Erinnerungen aus ihrer Pubertät: Erniedrigungen, erbärmliche Handlungen, geschmacklose Scherze. Aber die Zwillingsschwester, die Absolventin der Liebesakademie, hätte, auch wenn sie mit einem goldenen Kleid und einer Diamantenkrone auf der Mane-Straße aufgetaucht wäre, wohl kaum noch größeres Aufsehen erregen können! Zwei Zwillingsschwestern, eineiige Zwillinge, eine Hausfrau und eine Absolventin der Liebesakademie, die gleiche Frau ... doch welch ein Unterschied!

Draußen war ein Wetter, wie Maddi es liebte: die Straßen nach dem Regen trieften noch vor Nässe, die Gehsteige und Wege blitzten, die graue Luft glänzte, vibrierend vor Empfindsamkeit, eine Art verborgene, aber machtvolle Traurigkeit, und die Manestraße war ganz besonders erregend bei solchem Wetter, breit und großzügig, die Häuser zu beiden Seiten mit ihren kleinen, wild wuchernden Gärten, die man wie ein unbekanntes Naturschutzgebiet abwandern konnte, und dahinter dann, jenseits ihres Endes auf der Dubnovstraße, die offenen Felder, Hügel, deren runde Kuppen man von den Fenstern aus sehen konnte. Der Verputz ihres Hauses war weißer als der von den anderen Häusern. Bei solchem Wetter war es gut, auf den Wegen, zwischen den Häusern, im Park, mitten auf der Straße zu tanzen. Die Luft verleitete zu großen, hohen Sprüngen, zu gefährlichen Wirbeln.

Frau Jankovskis Kanarienvogel schmetterte seinen Abendgesang aus dem Käfig, der neben dem Fenster hing. Von unten sah er wie ein winziger, in einer Ecke des Käfigbodens zappelnder Fleck aus. Möglicherweise war seine Stimme nicht ganz so perfekt, wie Frau Jankovski sich gerne brüstete, vielleicht war er doch kein so fleißiger Schüler oder der Ruf seines Lehrer stark übertrieben gewesen, oder vielleicht war es auch schwierig in der Manestraße, das kleine Zimmer, in dem der Kanarienvogel seine entscheidenden Unterrichtsstunden erhielt, schalldicht abzudämmen. Doch sein sich immer höher schraubendes Trillern brachte ihr die gute Laune zurück, denn es rief sofort die Erinnerung an die Spaziergänge als Kind mit ihren Eltern in ihr wach, an die Stimmen der Hörspiele im Radio und die sonnenüberfluteten Waldlichtungen, wo ein leiser Wind raschelte und Vogelgezwitscher, langsam und schläfrig, zu hören war – ein Bild, das sie immer begleitete, unveränderlich.

AM EINGANG DES LABYRINTHS. Würde Maddi eine Wodkaflasche und ägyptische Zigaretten mitbringen? Es war nicht einfach, im Jahr 1962 in Tel Aviv ägyptische Zigaretten aufzutreiben. Schon der Klang hatte etwas Sonderbares. Was waren ägyptische Zigaretten jetzt? Abd el-Nasser? Er sah Maddi sein Zimmer betreten, behutsam die Tür schließen, ihr Gesicht geschwollen vom Weinen.
– Der beste Wodka, echte ägyptische Zigaretten, sagte sie mit ermunternder Stimme.
– Schenk mir ein Gläschen ein.
– Maddi goß ein kleines Glas zur Hälfte voll.
– Bis obenhin, sagte Marinski. Hast du heute Zeit, oder mußt du irgendwohin?
– Ich will bei dir bleiben ...
– Noch ein bißchen Wodka ...
– Erzähl mir Geschichten, Papa, sagte Maddi.
– Welche Geschichten?
– Geschichten, die du erzählst, wenn du abends trinkst.
Marinski lächelte: Der Mann, mit dem ich zusammenarbeitete, Harland, hat mir eine Geschichte erzählt ... über den Architekten Edwin Lutyens, der das Regierungsviertel in Neu-Delhi baute. Als er ein kleiner Junge war, kannte er einen blinden Mann, dessen ganzes Bestreben es war, eine perfekte Kathedrale zu bauen. Der Blinde erzählte dem Jungen, wie er sich die Kathedrale erdacht hatte, die Türme, die Fenster, den Spitzbogen, den fliegenden Strebepfeiler, und Lutyens zog ein Notizbuch heraus und zeichnete auf, was der Mann ihm sagte. Dann trat die Frau des Blinden ein, hörte seine Worte und bedeutete dem Jungen, mit einem Finger gegen ihre Stirn, daß ihr Mann nicht ganz bei klarem Verstand sei. Sie näherte sich dem Jungen – auf seinem Notizblatt war eine gewaltige, prachtvolle Kathedrale skizziert. Ich habe mir öfter gedacht, kann das wahr sein? Doch wer würde eine solche Geschichte erfinden?

Sein Gesicht hatte sich stark gerötet.
– Dir tut nichts weh, nicht wahr, Papa?
– Die Schmerzen sind vorbei! Wirklich! Das ist das Wichtigste. Drei Monate Torturen, Übelkeit, Stechen, Ohnmachtsanfälle! Aber jetzt – alles verschwunden. Mit einem Mal – Rettung, Entspannung, leerer Raum, nichts! Schlecht von Ärzten sprechen – nein! O nein!

– In der *Ma'ariv* steht, du seist krank. Willst du die Zeitung sehen?
– Vielleicht schulden sie mir Dank. Ich war stets gegen Mauern. Immer habe ich Mauern gehaßt ... Mauern des Bösen – von Kindheit an ... ich fürchtete sie, Mauern, fensterlose Wände, undurchlässig und blind. In Simferopol hatte ich besonders vor einer Mauer Angst, der schrecklichsten aller Mauern. Der Bürgersteig daneben war schmal, Pferde, Kutschen, Karren und dann auch noch Automobile und die Bahn, die die ebenfalls sehr enge Straße entlanglief. Die Mauer war wirklich grauenhaft. Welch ein Schmutz, Flecken, Fäulnis, Aussatz. Ganz nichtswürdige, demütige Steine, die jedoch gleichzeitig auch jedes Gefühl töteten, als nähmen sie frohlockend an den Festtänzen des Terrors und des Tötens teil. Uralte Steine, die Steine mächtiger antiker Reiche. Vielleicht aus der Zeit der Skythen, von Neapolis, erniedrigt und bösartig. Wie ich diese Mauer haßte! Ich habe Mauern überall gehaßt, wo ich auch war ...
Ho, Feld, Feld, wer besäte dich mit den Knochen der Toten?

DER ZWEISEITIGE AUFGANG. Als Maddi sich zum erstenmal vergegenwärtigte, daß ihr Vater ein wunderbarer Architekt war, war sie fünfzehn Jahre alt. Sie wartete auf den Bus. Ihr gegenüber stand ein Haus mit leicht erhöhtem Sockel, nach Art der Häuser, die man in den Dreißigern baute, dessen Eingang von beiden Seiten her einen Treppenaufgang besaß, eine kleine Abgrenzung. Dieser Eingang hatte etwas Erstaunliches, in der Gabelung – die Treppen, die sich von links und rechts emporschwangen – lag eine Besonderheit, die Neugier hervorrief, vielleicht sogar ein bißchen rätselhaft war. Maddi betrachtete andere Häuser, die ebenfalls erhöhte Sockel und Treppen aufwiesen, die zur Eingangstür hinaufführten. Und dann studierte sie wieder den zweiseitigen Aufgang. Das Haus, das sich im Grunde kaum von den benachbarten Bauten unterschied, bot einen hübscheren Anblick, glatt, leicht und konzentrierter. Vielleicht verbarg sich in dem zweiseitigen Aufgang auch etwas Amüsantes, ein heimliches Lächeln in den Konturen und den schlichten Dreiecken. Sie überquerte die Straße und erblickte den Namen ihres Vaters auf einer Fliese. Es wird von uns angenommen, daß wir ein oder zwei Streiche parat haben, sagte er zu ihr. Aber sie sah, daß er zum ersten Mal, nach all den vielen Jahren ihrer Unterweisung in Malerei und den Ausflügen ins Museum, wirklich zufrieden mit ihr war.

Kyrillische Buchstaben. Seit er erkrankt war, las er immer wieder im Memoirenband eines Dichters, Briusov, diese merkwürdigen russischen Namen. Ein Maler namens Wrubel hätte sein Porträt malen sollen. *Za moim oknom.* Vor meinem Fenster. Maddi konnte kyrillische Buchstaben lesen. Valery Briusov. Doch der Maler war bereits vollkommen wahnsinnig, in einer Klinik für Geisteskranke eingesperrt, er hörte Robespierres donnernde Stimme, die ihm Anklagen entgegenschleuderte, und er vernahm die Stimmen der Leute, die ihn zur Guillotine schleppten. Er war sicher, daß ihn ein Fluch getroffen hatte, und um seine Verfehlung zu sühnen, mußte er hunderte Male nackt um sein Zimmer herumlaufen. Er fragte den Dichter, ob er seine Bilder im Museum gesehen hätte, denn er hätte gehört, daß sich die Fäulnis darauf ausbreitete und auf den Leinwänden seltsame Figuren auftauchten, Gestalten, über die man besser nicht redete, schreckliche Flecken, zerfallende Farben. Vergeblich suchte Briusov ihn zu überzeugen, daß dies gegenstandslose Befürchtungen seien, Robespierre längst schon tot sei, daß seine Bilder hübsch und sauber an den Wänden der geachtetsten Museen hingen. Bisweilen sagte der kranke Maler aus nachgiebiger Höflichkeit: Mag sein, daß es Phantasievorstellungen sind. Zu guter Letzt vernichtete er langsam, Stück für Stück, das Porträt, das er mit so viel Mühe gemalt hatte, um seine Dämonen zu überwinden. Ihr Vater liebte das Buch mit Briusovs Erinnerungen. Briusov schrieb, wie man schreiben muß, wie Mjastislav Stepanov, wie Vitali. Zur Jubeljahrfeier der *Ruslan* wollten sie Uriel Halperin mit einem Essay beauftragen, den »kanaitischen« Dichter, Ratosch höchstpersönlich!

Obwohl die *Mayflower* vor dreihundert Jahren etwas Kleinliches in der Silhouette hatte, wie sie in den Kinderbüchern abgebildet wurde, kannst du sicher sein, Maddi, daß es bequemer war, mit ihr zu segeln als mit der *Ruslan*. Und alles in allem, Amerika zu erreichen, kostete sie nur die zweifache Zeit, auch wenn es für diese Pilger in jenem kalten Winter sicher kein Honiglecken war. Nahezu die Hälfte von ihnen starb, nachdem sie die Küste erreicht hatten. Kein Mensch ist auf der *Ruslan* gestorben. Die Pfadfinder vom Gymnasium brachten Orangenkisten an, alle weinten, einmal, zweimal und dreimal, sangen die *Tikva*. Halperin-Ratosch! Über die *Ruslan* schreiben! Ein Mensch, der sich selbst ständig Pseudonyme von Mördern und Zerstörungswerkzeugen zugelegt hat, eine kleine, verbogene und geäderte Seele. Sogar auf der *Ruslan*, als kleiner Junge schon, hat er Niuta an den Zöpfen gezogen, sie gegen die Wand gedrückt, nach ihren Beinen getreten. Einmal hat er sie mit einem Tintenfläschchen

übergossen und ihr blaues Kleid beschmutzt ... Arje Navon, ein anderer Passagier, Arje Navon, er könnte die Kapitelanfänge illustrieren. Du hast keine Aufnahme von *Zar Saltan* gekauft.
– Man liebt Rimski-Korsakov gerade nicht, Papa, man sagt, seine geistige Nichtigkeit sei bei jeder Note erkennbar.
– Das ist deutscher Geschmack. Der Kaiser hatte in seinem Wagen eine Hupe, die das Leitmotiv von Wotan ertönen ließ. Morgen, meine Kinder! Morgen, Majestät! Und er drückte auf die Hupe: Wotans Leitmotiv. Sag Rieti, er möchte kommen, wenn er etwas freie Zeit hat.
– Du mußt dich ausruhen.
– Es wird dir nicht gelingen, mir Angst einzujagen. So fürchte ich mich nicht ... Du weißt, daß ich nicht lüge, ich habe nie gelogen, außer was sein muß, um ... Aber eins ... diese Narbe – kein Duell, keine Mensur ... Kinder haben mir mit dem Deckel einer Sardinenbüchse fast den Kopf abgeschnitten, in Simferopol. Es war kein Duell ...

DIE SCHRIFT AUF DER FLASCHE: TRÄNEN ... Zuerst war Miri seine Freundin, dann die von Morris, Küsse, Umarmungen, Herzklopfen, Herzschmerz. Einmal verbrachten sie sogar eine Nacht zusammen, aber Miri hatte große Angst. So war es auch mit Morris. Einen Monat ging sie mit Chajun aus. Und dann wieder mit Morris. Bis der Sohn des Lebensmittelhändlers ins Viertel kam. Er war achtzehn, stand kurz vor dem Militär. Großer Kopf, große Hände, dicke Augenlider, trug gestreifte Hemden, weshalb er im Viertel »der Tourist« genannt wurde. Wegen einer Hautkrankheit war er bereits in jugendlichem Alter kahl geworden. Zu dieser Zeit war Miri die Freundin von Morris: Kino, Eisessen am Abend. Eines Abends kam Chezi mit Morris vom Fußballspiel zurück. Es war schon dunkel, Blätterhaufen lagen in den Ecken der Wege, Maulbeeren, die ein großer Baum abgeworfen hatte, färbten den Bürgersteig vor Morris' Haus schwarz. Miris kleiner Bruder kam ihnen durch ein Loch im Nachbarzaun entgegen.
– Was gibt's? fragte ihn Morris.
– Miri ist mit dem Touristen seit heute früh im Hotel, antwortete der Kleine.
– Willst du mir einen Bären aufbinden?
– Kein Scheiß, Morris, das ist die Wahrheit.
– In welchem Hotel?
– Hotel *Dan.*
– In Tel Aviv?

– Ich weiß nicht, wo es ist.
– Wer hat dir gesagt, daß du es mir erzählen sollst?
– Das ist ein Geheimnis, erwiderte der Kleine.
– Ein Geheimnis? Mach bloß die Fliege, sagte Morris. Etwas Komisches passierte mit seinem Gesicht: Rote Flecken tauchten auf, seine Augen tränten. Wir werden ihr eine Lektion erteilen! sagte er schließlich. Wir holen Chajun, er soll auch mitkommen. Der werden wir's zeigen. Seid ihr dabei oder nicht?
– Was willst du machen?
– Zuerst gehen wir zum Hotel.
– Jetzt?
– Jetzt?! Sicher jetzt! Was denn sonst!
– Ich war noch nie in einem Hotel. Vielleicht lassen sie uns in diesen Kleidern nicht rein, sagte Chezi.
– Aber was für Kleider haben wir sonst? Wir haben keine anderen Kleider.
– Komm, wir ziehen unsere Sachen von der Jugendbewegung an, schlug Chezi vor.
Die schrecklichen Flecken verschwanden nicht aus Morris' Gesicht, aber er lächelte zum ersten Mal wieder.
– Du bist ein Bastard, Chezi. Das seh' ich jetzt.
Sie stiegen an der Mendalistraße aus. Morris marschierte schnell in Richtung Meer, doch Chezi sah, daß seine Sicherheit ins Wanken geraten war. Er schaute immer wieder mit hastig zweifelndem Blick um sich.
Hotel ... Hotel ...
Nicht das Zusammentreffen mit Miri und dem »Touristen« brachte ihn zum Zittern, sondern das Betreten des Hotels.
– Wieviel Geld hast du? fragte ihn Chezi.
– Vier Lirot.
– Komm, wir kaufen Blumen.
Morris zögerte. Danach sagte er: Du bist ganz schön schlau, jetzt verstehe ich, warum alle sagen, daß du so klug bist.
Chezi kaufte drei kleine Sträuße Stiefmütterchen. Die Blumen gefielen ihm. Stiefmütterchen, wie das Gesicht eines bärtigen Mannes, der im Gras schläft. Chezi ergriff Morris am Arm, und ohne das Wachpersonal anzuschauen, das am Eingang zur Hotelhalle stand, trat er auf den Rezeptionsangestellten zu.
– Unser Gruppenleiter hält sich hier auf. Er hat Geburtstag, und wir haben ihm Blumen mitgebracht, im Namen von uns allen.
– Wie heißt euer Leiter? fragte der Angestellte.

– Herr Zvi Kohen.
– Kohen, Zvi. Zimmer 231. Er hob den Telefonhörer ab.
– Rufen Sie nicht an, wir wollen ihm eine Überraschung bereiten. Sagen Sie uns nur, ob er auf seinem Zimmer ist.
– Der Schlüssel ist nicht da, sagte der Angestellte.
Sie fuhren allein im Aufzug hinauf. Chezi klopfte an der Tür. Keine Antwort.
– Und was jetzt? fragte Morris.
– Wir warten, erwiderte Chezi.
Der Korridor war erfüllt von Lärm. Einige Zimmertüren standen offen, Musik drang lautstark aus einem Zimmer. Ein Zimmermädchen kam vorbei, schob einen Wagen mit Wäsche und Besen beladen vor sich her.
– Entschuldigen Sie, Fräulein, unser Leiter, Zvi Kohen, wohnt hier in diesem Zimmer. Könnten Sie uns aufmachen? Nur um die Blumen in eine Vase zu stellen und ihm einen Zettel zu schreiben. Er hat heute Geburtstag.
Die Frau lächelte den hübschen Chezi an, der im Herzen jeder Frau mütterliche Gefühle erwachen ließ.
– Aber nur einen Moment, denn das ist verboten, sagte sie.
– Vielen Dank. Das ist wirklich sehr nett von Ihnen. Da wird er sich freuen, unser Leiter.
Das Bett war ungemacht. Eines der Hemden des »Touristen« hing über einer Stuhllehne, ein Nachthemd auf dem Bett. Neben dem Spiegel lag ein offener Lippenstift. Noch nie hatte Miri Lippenstift benutzt. Auf einem braunen Polstersessel lag ihre Handtasche, die sie am zentralen Busbahnhof gekauft hatte: ein schwarzes Pferd mit einer goldenen Mähne und silbernen Zügeln um den Hals. Chezi stellte die Blumen in eine leere Vase. Das Zimmer war klein. Er hatte etwas anderes erwartet in einem so bekannten Hotel. Morris stand vor dem Bett, betrachtete es, ohne sich zu rühren. Auf einmal stürzte er sich darüber, pinkelte auf das Kissen und in gerader Linie die Bettmitte entlang. Danach griff er zum Lippenstift und schrieb quer über die Wand: Tod dem Touristen! Tod seiner Hündin!
– Pinkeln wäre nicht nötig gewesen, sagte Chezi.
Morris blickte ihn wütend an.
– Wieso hast du die Blumen in eine Vase gestellt?
– Es reicht jetzt! sagte Chezi.
– Der werden wir's zeigen, der Hündin!
Chezi schloß die Tür hinter ihnen. Morris redete und redete in einem fort, so sehr hatte ihn der Besuch in dem Zimmer aufgeregt. Er

hörte den ganzen Weg nicht zu reden auf, bis sie ins Viertel zurückkamen.

Zwei Tage später forderte Morris ihn auf, zu dem verlassenen Haus neben dem Lager der Brüder Danino zu kommen. Chezi wußte, daß Miri und Chajun dort sein würden. Er zögerte, doch schließlich ging er trotzdem. In dem verlassenen, zerstörten Haus klebte noch ein wenig blaue Farbe an den Wänden. Es gab ein verrostetes Waschbecken dort, eine zerbrochene Leiter, ein paar krumme, zusammengeschusterte Hocker. Miri saß am Fenster. Chajun und Morris standen neben der aufgebrochenen Tür.

– Wenn du Zeitung liest, was siehst du? sagte Chajun, ohne Miri anzuschauen. Sein Gesicht war sehr schmal, sein Kopf klein im Verhältnis zu seinem Körper, seine Zähne winzig.

– Diesen Mörder im Gefängnis werden sie sicher aufhängen, aber die Frau ist ihn besuchen gekommen. Die ganze Welt hält ihn für das größte Aas überhaupt, aber sie besucht ihn. Und bevor sie reinkam, hat sie dem Sicherheitsdienst unterschrieben, daß sie ihrem Mann nichts mitgebracht hat, kein Geschenk. Und sie hat ihm wirklich nichts mitgebracht, nicht einmal eine Tafel Schokolade oder irgendwas, was dieser Eichmann, verdammt sei sein Name, gern frißt. Bei uns im Warenlager war einer, der hat darüber gelacht: Schaut euch diese Arschlöcher, diese Deutschen an, wenigstens ein Stück Schokolade oder Marzipan, was der Hurensohn eben mag, hätte sie ihm mitbringen können. Schlimmstenfalls hätten sie es ihr weggenommen. Was hatte sie schon zu verlieren? Doch ich habe zu ihm gesagt: Sie wollte ihn sehen, und das war die Hauptsache. Warum sollte sie das aufs Spiel setzen wegen einem Stück Schokolade oder Marzipan? Das nenne ich eine Frau! Was ist eine Frau ohne Treue?

– Und was sagst du dazu? wandte sich Morris an Miri.

– Ich habe nichts zu sagen. Was ich zu sagen habe, sage ich auf der Polizei, erwiderte Miri. Und du, Chezi, mach, daß du hier wegkommst. Das ist kein Ort für dich.

– Aber ein Ort für dich ist es! Eine Nutte in einer Absteige! Und außerdem, niemand braucht deine Ratschläge, sagte Morris.

– Ich kann dich nicht mehr sehen! Ich ertrage deine Stimme nicht.

– Gleich wirst du zu weinen anfangen.

– Ich werde nicht für dich weinen, Morris, sagte Miri. Nie im Leben werde ich für dich weinen.

– Das werden wir noch sehen.

– Du hast mir erzählt, daß du bis ins Bar-Mizwa-Alter ins Bett gemacht hast. Du machst gern ins Bett, nicht wahr?

- Werd nicht frech! warnte Chajun.
- Ich polier dir die Fresse! sagte Morris.
- Du machst gern ins Bett. Du hast mein Nachthemd im Hotel vollgepinkelt.
- Du sollst nicht frech werden, ich sag's dir. Du wirst es noch bereuen!
- Du möchtest nicht, daß ich rede? In Ordnung! Dann sage ich eben nichts! sagte Miri.
- Du Nutte! kreischte Morris. Was hat er dir gegeben, daß du damit einverstanden warst, mit ihm ins Hotel zu gehen?

Miri antwortete nicht. Chezi erinnerte sich an einen Abend mit ihr im *Sderot*-Kino. Sie würde nicht reden.
- Ich hab dich was gefragt! schrie Morris. Er warf eine Blechbüchse nach ihr. Miri hob die Hand, und die Büchse, die ihre Fingerspitze traf, prallte nach oben ab, weit zur Decke hinauf, es tat einen dumpfen Schlag. Für einen Moment schien es, als hätte Miris Bewegung irgendeine Zauberkraft in sich gehabt – sie hatte nur die Hand erhoben, den Finger ausgestreckt, und die Büchse war davongeflogen, als hätte sie jemand weggeschossen.
- Ich hab dir eine Frage gestellt! sagte Morris, trat auf sie zu und schlug ihr ins Gesicht. Ich hab dich was gefragt! Ich hab dich was gefragt! wiederholte er und schlug sie wieder und wieder. Danach löste er seinen Gürtel, und Chajun machte es ebenso.

Furcht tauchte in Miris Augen auf. Ihre Lippen bebten, und sie legte eine Hand über ihren Mund. Vielleicht um das Zittern zu verbergen.
- So ist das also! Du willst nicht reden? sagte Morris, und peitschte immer wieder mit seinem Gürtel ausgiebig über ihren Rücken und ihre Brüste. Miri entfuhr ein Schmerzenslaut, wie das Gurren einer Taube. Sie hob ihre Hand, Blut strömte aus ihrer Nase. Chezi näherte sich ihnen. Miri saß auf dem kaputten Sofa. Ganz blutbesprenkelt, die Augen weit aufgerissen vor Angst und Haß. Als er schon ganz nah dort war, einen Schritt vom Sofa entfernt, geschah plötzlich etwas Komisches mit allem, was im Raum war; alles – das Sofa, die zerbrochene Lehne, Miri, Morris und Chajun – alles wirbelte ihm ganz wild vor Augen, alles schien eingeräuchert, bräunlich. Ein merkwürdiger Herzschlag erklang im Zimmer, rosa Nebel hüllte die Konturen der Dinge und Menschen ein. Chezi blickte durchs Fenster hinaus, um das Schwindelgefühl zu überwinden, doch auch draußen war alles anders, nicht wie an einem normalen Tag: Die Zweige der Zypressen, die immer am Abend in dem Zwischenraum der beiden Häuser auf-

tauchten, zerrupft und traurig, wirkten jetzt durch das zerbrochene Fenster scharf und bedrohlich, der erzürnte Wind rüttelte grimmig ihre hoch aufragenden Wipfel. Er hörte Vogelgezwitscher: Zri-witt, zri-witt, tschuk, ping, ping. Das Ganze klang sehr hoch, durchdringend, glasklar. Der beißende Rauch eines Lagerfeuers juckte ihn in der Nase. Säcke? Altes Heu? Der mit gebrauchten Reifen übersäte Hof und das Unkraut waren im Licht der großen Lampen hell erleuchtet. Die Kaktusstämme, dreimal so hoch wie ein Mensch, fast kahl, außer ein paar einzelnen verformten Blättchen, artischockenähnlich, neigten sich stark zur Erde hinunter, und daran saßen die riesigen Unterteile, welk und verschrumpelt. Kleine Palmen standen zwischen der Wippe und einem Haufen Bleiregenrinnen, die sie auf dem Markt zu verkaufen versucht hatten, aber Verkaufen mußte gelernt sein, wie Singen, und sie hatten die schweren Trümmer umsonst auf dem Rücken geschleppt. Die eisernen Gitternetze, die das Lager der Brüder Danino einzäunten, waren bis hoch hinauf dicht mit Farnen und Kletterranken überwuchert. Auch über den hohen Gewächsen flakkerten die Lampen mit dem Gefängnislicht, ein schwacher Abglanz der Hinterhofgärten von Nachtklubs wie *Hawaii-Park* oder *Chinga Bar*. Wenn du Tränen säst, wirst du Tränen ernten, und wenn du Freude säst, wirst du Tränen ernten. Und alles bewegte sich schwankend im Frühlingswind, dem Wind eines Maianfangs, und es war klar und verständlich, wie es ist, wenn einem plötzlich eine Vene zerspringt, das Herz wie ein reifer Granatapfel aufplatzt.

Miri schluchzte. Sie saß in sich gekrümmt und geduckt da, die Hände schützend über den Kopf gelegt. Plötzlich hob sie ihren Kopf, streifte einen Schuh ab und warf ihn mit aller Kraft nach Chezi. Der Schuh traf ihn an der Stirn – mit welcher Gewalt sie den Schuh geworfen hatte! Mit welchem Haß! Chezi sah die Bewegung des Körpers, die verschattete Achselhöhle, die Wölbung der Brust. Er spürte einen scharfen Schmerz neben seinem linken Auge, und peitschte sie zwei Mal. Die Gürtelschnalle traf sie an der Lippe. Ein ungeahntes Grauen durchfuhr ihn. Durch den bräunlichrosa Nebel, das Stöhnen und die Schreie von Morris und Chajun, griff das Entsetzen nach ihm, Leere spaltete seine Brust, eine schmale, längliche Leere, wie ein Pfeil. Miri fiel auf den Rücken und rutschte plötzlich ohnmächtig vom Sofa.

– Komm, wir hauen ab, sagte Chajun erschrocken und wandte sich sofort Richtung Ausgang, mit seinen schleichenden Schritten.

Morris spuckte Miri an.

– Kommst du? sagte er zu Chezi.

– Geht nur. Ich komme später zu dir, murmelte Chezi.
Morris wollte etwas sagen, doch Miris Bewußtlosigkeit und Chezis Blässe beunruhigten ihn. Er ging. Chezi füllte eine Flasche mit Wasser im Hof des Nachbarhauses und kehrte zu Miri zurück. Sie lag da wie zuvor, die Augen starrten an die Decke. Chezi säuberte ihr Gesicht vom Blut und befeuchtete ihre Arme und Knie.
– Bleib hier. Ich werde dir ein Kleid von meiner Schwester bringen, sagte er.
Am selben Tag wurde Miri seine Geliebte. Chezi erinnerte sich sehr genau an den Augenblick des Grauens, der Leere.
– Das war bestimmt Gott, sagte er sich, denn das waren eine andere Angst, ein anderer Schmerz und eine andere Leere als die, die er kannte.
Er sah die Blicke von Morris und Chajun, bevor sie hinausgingen und ihn mit Miri allein ließen. Sie schauten ihn an, als sei er ein Teil eines mysteriösen, ihnen unverständlichen Kreuzworträtsels, als würden sie Miri mit irgendeinem Tier zurücklassen, einer großen Katze, sicher, daß seine Gesellschaft passend war für das junge blutüberströmte, halb ohnmächtige Mädchen. Möglich, daß in diesem Blick auch eine leise Verachtung gegenüber diesem Wesen lag, das sich außerhalb der realen Männerwelt befand, vielleicht war es kein anderer Blick als jener, den sie dem schönen Muli zuwarfen, der von einem südamerikanischen Konsul ein Transistorradio geschenkt bekommen hatte, nicht ohne starken Parfümduft. Obgleich Chezi keine wirkliche Verachtung verdiente, sondern eher nur Verwunderung. Alles war eine Frage der Sprache. Er wußte nahezu nichts über die Welt, wußte nicht, wie der Kaktus heißt, der diesen langen, kahlen Stengel in seinem Todesjahr sprießen läßt, wie die kleinen Palmen heißen, das Klettergewächs oder die Wölbung am Ziegelende. Er konnte nur die Sprache von Frau Wechsler. Frau Wechsler hatte ihm eine Zunge gegeben, dank derer er der Fahrer von Oberstleutnant Roni geworden war. Dank ihrer würde er auch viele Jahre lang eingesperrt werden. Wer eine Träne sät, wird eine Träne ernten, und wer Jubelsang sät, wird auch eine Träne ernten, Frau Wechsler. Er wußte nicht einmal den Vornamen von Frau Wechsler! Wie konnte es sein, daß er nie neugierig geworden war und sie gefragt oder im Telefonbuch nachgeschaut hatte? Nachdem Morris und Chajun das Haus verlassen hatten, sah er, wie sie sich hinsetzten und eine Zigarette anzündeten, und als er mit der Wasserflasche zurückkam, saßen sie immer noch dort und rauchten still.
Miri blickte ihn die ganze Zeit mit furchtsamer Verwunderung an, und je länger er damit fortfuhr, ihr Gesicht, ihre Arme und ihre Beine

abzuwischen, desto größer wurde ihr Staunen. Obwohl der braunrosa Nebel verschwunden war, blieb Chezi gespannt und aufmerksam. Jetzt hatte er nur vor einem Angst – daß Miri zu reden anfangen, auf einmal etwas sagen würde, daß sie sich beklagen oder spotten würde, oder etwas in ihrer üblichen Art: Ich weiß ganz genau, was du von mir willst, Chezi! Doch Miri sagte nichts, und als er ihre Knie küßte und seinen Kopf auf die Falten ihres Rockes legte, streichelte sie sein Haar. Die Fleischeslust, wenn man es so zu nennen hat, Frau Wechsler, ließ in diesem Mädchen eine Zartheit aufkeimen, die man in ihr weder in der Unterhaltung noch beim Tanz entdeckt hätte. Einmal saß er mit Morris in Jaffa, mittags, sie aßen Sardinen und tranken Bier. Er saß da wie immer, ziemlich schweigsam, mit skeptischem, traurigem Mund, und möglicherweise stand ihm die Niedergeschlagenheit ins Gesicht geschrieben, wie immer wohl – als eine junge Frau zu ihm trat, mit leicht olivfarbener Haut, wie er es liebte, Lippen gut zum Küssen, wenn auch schon ein bißchen bitter in den Mundwinkeln, in einem netten Blumenkleid, und ein billiges, aber angenehmes Blütenparfüm umhüllte sie mit dem Duft von Sommer und Honig. Nur ihre Silberschuhe waren wirklich häßlich, mit zu hohen Absätzen, und die Goldkette, die sie trug, hatte die groben Glieder einer Klosettabzugkette. Aber welche Haut! Welche Augen! Und die Lippen! Und schmutzige Fingernägel ... Sie beugte sich zu ihm hinunter und sagte: Darf ich dir was Persönliches sagen?
– Ja, gut.
– Aber dein Freund wird es hören, sagte sie.
– Mach die Ohren zu, Morris, sagte Chezi.
Die junge Frau beugte sich noch tiefer zu ihm hinab, ihre Brüste berührten beinahe seine Nase, und sagte: Wenn du mein Bräutigam sein willst, bin ich bereit. Nimm meine Adresse mit.
Sie wartete verschämt darauf, daß er etwas sagte, und verließ das Lokal dann im Laufschritt.
Sie hatte es zart gesagt, süß.
– Du bist zum Leben auferstanden! bemerkte Morris, der sich immer über seine Trübsinnigkeit beschwerte.
– Ich lebe nur von Augenblick zu Augenblick, sagte Chezi.
Morris' Begeisterung erwachte, wenn er von von seinen Plänen, seinen künftigen Erfolgen und Abenteuern erzählte. Chajun war immer angeregt, wenn er sich an seine noch kurze Vergangenheit erinnerte, und er erzählte gerne Dinge, die sich erfunden anhörten.
Der Docht brannte zu stark, und nach vier Monaten war nichts mehr von der Flamme geblieben. Die Erinnerung an den Augenblick

der Angst jedoch blieb. Er hörte auf, sich mit Morris zu treffen, und wenn er ihn von weitem sah, machte er sich aus dem Staub. Er spielte Karten mit seiner Mutter. Vielleicht ist es wegen solcher Erinnerungen, daß die Leute auf der Straße manchmal anhalten, sich für einen Moment krümmen, als hätte sie eine unsichtbare Hand zum Stehen gebracht, die sie kurz und grausam zur Warnung schüttelte, und da stehen sie, stöhnend, und fahren sich mit der Hand übers Gesicht. Während eines Kartenspiels erzählte ihm seine Mutter einen Traum: Sie ging auf der Mikve-Israel-Straße, und vor ihr war ein großes Grundstück, ein Zaun, ein paar Bäume. Irgendein Passant trug auf dem Kopf zwei Kameltaschen, über und über rot und schwarz bestickt, aus dem dünnen Schornstein eines Nüsse- und Kerneverkäufers stieg Rauch auf. Sie stand vor einem Polizisten, der auf einem weißen Pferd saß. Sie empfand Angst und wandte sich an den Polizisten. Anfangs gelang es ihr nicht zu sprechen, etwas steckte in ihrem Hals. Das Pferd machte eine heftige Bewegung in ihre Richtung, und der Polizist versetzte ihm einen Stüber, eine Kopfnuß, als riefe er einen kleinen Jungen zur Ordnung. Ihre Angst wuchs. Schließlich gelang es ihr, die Worte auszusprechen: Ich sehe Maulai nicht, mein Herr. Der Polizist warf ihr einen verwirrten Blick zu: Was für ein Maulai? Ich sehe Maulai Ismail nicht, mein Herr! Ich habe nie von einem solchen Ort gehört, sagte der Polizist. Maulai Ismail, die Paläste, die Moschee, sagte sie ungläubig, haben Sie nie gehört? ... Und plötzlich wachte sie auf. Wie konnte sie sich derartig irren? Maulai Ismail war doch in Meknès, nicht in Tel Aviv! Chezi stand während des Begräbnisses seiner Mutter regungslos da. Die Gebete, das Singen, das Weinen – er warf keine Erdklumpen in das offene Grab, legte keine Blume auf den kleinen Hügel. Er sah seine Mutter daliegen, das häßliche Mädchen aus Meknès, der man das Essen durch eine schmale Luke reichte, damit sie keiner sehen konnte, so häßlich war sie. Da lag sie, die Luke genau über ihrem Gesicht, dem Gesicht einer Hexe. Eine Hand hielt eine Flasche, und auf der Flasche stand: Tränen ... Der Name war zerronnen ... Tränen ... Die Hand goß Wasser aus der Flasche, und sofort erstrahlte das Gesicht seiner Mutter in hehrer Schönheit, und ihre Lippen sagten: Natürlich war ich glücklich! Einen Tag in meinem Leben? Ich war viele Tage glücklich, Wochen, Monate sogar! Ja, ganze Monate. Wie kannst du deine Mutter so etwas fragen, Chezi? Simul, Simul!

Die tore von nikanor. Der Reiseleiter war spindeldürr, seine Zähne waren braun vom Nikotin, ein weißes Bärtchen, eine Metallbrille, bekleidet mit einer alten Tweedhose und einer Armeejacke. Marinsky erinnerte sich verschwommen an ihn: Jesaja ... saja ... ein Laden ... Saja?

Ein Ausflug von Schülern aus Aschkelon.

– In den Zeiten vor dem großen Herodes, der König, der den Tempel in Jerusalem neu und prächtig erbaute, saß im ägyptischen Alexandria ein Jude mit Namen Nadiv Nikanor, begann der Reiseleiter.

Jesaja Alma ... Ara ...

– Der Mann war sehr reich und wohnte in einem großen Palast, und wenn er und sein gesamter Haushalt, alle seine Gäste und Freunde zu Tisch saßen und mit Gold- und Silbergeschirr speisten, dann gedachte er stets, wie es der Brauch war, all seiner Freude über Jerusalem und den Tempel. Und eines Tages sagte er: Zum kommenden Wallfahrtsfest, das uns zum Guten gereichen möge, werde ich nach Jerusalem pilgern und ein Opfer zum Hause des Herrn bringen, zwei große Kupfertüren.

– Jesaja Arama, Besitzer eines Buchladens in der Altstadt?

– Gesagt, getan: Zehn Tage vor dem Fest machte er sich mit einem Schiff auf übers große Meer, mit zwei großen vergoldeten Kupfertüren. Plötzlich brach ein Sturm auf dem Meer aus. Die Matrosen sahen die Gefahr, nahmen eine Tür und warfen sie in die Fluten. Doch immer noch war der Zorn des Meeres nicht beruhigt, und wieder erhoben sich die Wogen, um das Schiff zu versenken. Da traten die Matrosen zu dem weinenden Nikanor und baten ihn, die zweite Tür hinauszuwerfen.

– Nicht Arama, aber Jesaja ... ein Bücherladen ...

– Und Nikanor sagte: Werft auch mich mit hinein! Doch kaum waren diese Worte aus seinem Mund, legte sich der Sturm. Nikanor aber beweinte und beklagte die Tür. Als das Schiff jedoch im Hafen von Akko einlief, sah man das Wunder: Die versunkene Tür ragte unter der Flanke des Schiffes hervor.

– Jesaja Arama, Asriel Arama ... der Experte für Ladino ...

– Kurz vor seinem Dahinscheiden bat Nikanor, man solle seine Knochen in einen Steinkasten betten, den man »Gluskama« nennt. Man meißelte seinen Namen auf einer der Seiten ein und stellte den Gluskama in eine Nische, eine der Grabnischen in der Höhle am Mount Scopus. Das ist die Höhle, in der der Prophet Jeremia die Locke aus der Mähne des flammenden Löwen verbarg. Und hier nun befinden wir uns in Nikanors antiker Höhle, die durch unsrer Helden Hände zusammen mit dem Mount Scopus befreit wurde, der wüst und verwaist lag, gefangen in der Schlechtigkeit der Söhne Ismaels und im

Verborgenen darüber weinte, daß er zu einem armseligen Glied der Ewigen Heiligen Stadt gemacht worden war! Und wir haben uns auch zu erinnern ...
– Jesaja, so viel ist gewiß, sagte Marinsky zu Maddi. Er hatte einen Laden für religiöse Literatur und verfaßte ein Wörterbuch für Ladinisch. Nur sein Familienname ...
– Und wir sollten auch der zwei Erleuchteten gedenken, deren Knochen ebenfalls in der Höhle begraben liegen: Jehuda Leib Pinsker und Menachem Ussischkin.
Ussischkin ... der Mann aus Stahl ... der Poet ...
– Mit seiner zionistischen Lehre erhellte Pinsker die Finsternis der Diaspora wie eine Fackel, und Ussischkin strahlte in heiligem Glanz mit seinem Erlösungswerk in Erez-Israel, indem er Berge und Täler zu neuem Leben erweckte, Schluchten und Gewässer von Dan bis Be'er-Scheva und sie zu Feldern und Gärten machte für die Befreiten Israels. Schließlich war er unser »Mann aus Stahl«, unser Präsident und Führer, der Israels Ruhm vergrößerte, zu unsterblichem Ruhm.
– Almada! Jesaja Almada! Almada!
– Die Namen der drei Größen ihrer Generation in dieser Höhle, Nikanor, Pinsker und Ussischkin, erstrahlen wie der Glanz des Firmaments, niemals wird ihr Andenken untergehen.
– Jesaja Almada!
– Nun, Sie haben sich also trotz allem an mich erinnert, Marinsky, sagte der Reiseleiter. Ich habe mich gefragt, ob es Ihnen gelingen wird.
– Ich habe Sie viele Jahre lang nicht mehr gesehen.
– Viele, das ist richtig, viele.
– Sie reden Poesie! Die Befreiten Israels ..., murmelte Marinsky.
– Spüre ich Spott in Ihren Worten, Herr Marinsky?
Jesaja Almada lächelte und maß Maddi, die den Jungen und Mädchen aus Aschkelon hinausfolgte, mit seinem scharfen Blick.

NAPOLEONS LETZTE REDE. Erinnerst du dich noch an Stenographie, Maddi?
– Aber sicher erinnere ich mich, Papa.
Marinsky hatte Maddi gezwungen, Stenographie zu lernen. Er hatte sich erinnert, daß das die Lieblingsbeschäftigung von Dickens war, und eine ganz besondere Neigung dazu hatte er gefaßt, als er erfuhr, daß Sir Ebenezer Howard, der britische Hohepriester der Mischehen zwischen Stadt und Dorf, bis ans Ende seiner Tage als Stenograph gearbeitet hatte. Marinsky war ein getreuer Anhänger der »garden-

city« und interessierte sich jahrelang für das Schicksal von Letchworth und Welwyn, den ersten beiden Gartenstädten jenes Stadtplaners in England.
– Dann werde ich dir also meinen letzten Willen diktieren. Schreibe ihn exakt nieder.
 Maddi lächelte. Den letzten? Doch seine Stimme klang merkwürdig, sein Gesicht war spitz, und seine Finger wirkten ungewöhnlich, auf eine Art verschränkt, die Maddi an ihm nicht kannte. Würde er zu spotten anfangen? Würde er sich ein Kissen über den Kopf legen oder sich bücken und dann seinen Kopf wieder aufrichten, sein Gesicht mit der Brille und der langen, roten Nase maskiert?
– Fertig?
– Fertig, mein Herr, sagte Maddi mit zögerndem Lächeln.
– Ihr täuscht euch nicht, ich fühle mich besser heute, trotzdem spüre ich, daß mein Ende naht, und wenn meine letzte Stunde gekommen sein wird, wird jeder einzelne von euch die Genugtuung haben, nach Europa zurückzukehren. Ihr werdet eure Eltern wiedersehen, eure Familien, eure liebsten Freunde. Ich werde meine Seelenstärke auf den elysischen Feldern finden. Ja, Kléber, Desaix, Bessières, Duroc, Ney, Murat, Lannes, Masséna! Alle werde kommen und mich mit lächelnden Gesichtern umarmen und wieder die Trunkenheit menschlichen Ruhmes empfinden! Doch bitte, sagt allen, sie sollen sich keine Sorgen machen: Ich bin ja ihr Freund, ich liebe und achte sie alle und besonders einfache, bescheidene Bürger. Sagt allen – ihr habt viel getan, doch damit ist es nicht genug! Sagt ihnen: Niemand wird uns mehr den Rang des großen Volkes streitig machen, wenn wir noch eine gewaltige Anstrengung machen könnten – wir müssen alle fruchtlosen Gebäude zerstören, die von irgendeinem Makel zeugen, einem tödlichen Flecken auf unserer Seele! Nach tiefgreifender Erwägung und nicht ohne Zögern wird hiermit dem Kommissariat für Städtebau befohlen, alle Gebäude im Staate Israel zu zerstören, ausgenommen vierundvierzig, die in der diesem Testament beigefügten Anlage spezifiziert sind. Trotz der großen Gunst, mit der wir unsere Architekten bedachten, trotz der vielfachen Unterstützung, die wir ihnen zukommen ließen von der Stunde an, in der wir den Thron der Macht erklommen, erbten wir nichts als bittere Enttäuschungen und Frustration von ihnen. Mehrfach habe ich den Architekten meine entschiedene Meinung über den mangelnden Charme ihrer Bauwerke kundgetan, über ihre Kleinlichkeit und ihr törichtes sich Davontragenlassen von der Zahl, unterstreiche das Wort »Zahl« (Vater ist verrückt geworden, dachte Maddi im stillen). Doch nun bin ich zu

dem endgültigen Schluß gelangt, daß das Kernprinzip des Bauens mit Zement und Stahl ebenso wie mit Stein letztlich dem Errichten von Todesmauern, Grabanlagen gleichkommt. Daher befehle ich, alle existierenden Gebäude zu zerstören und statt ihrer vollkommen neue Bauten zu errichten, federleicht, aus feinen, aber starken Materialien, wie zum Beispiel Papier und Holz. Ich befehle, Wohngebäude sowie öffentliche Gebäude gleichermaßen in rein provisorischer Weise zu erbauen, unter dem Himmelszelt, und sie nur mit den allernötigsten Geräten für Kühlung und Heizung, Beleuchtung und Kommunikation auszustatten. Ich werde nicht mehr zulassen, daß Menschen in diesen Todesschalen leben, und sollte mir die Stunde vor der Bereinigung meines Erbes schlagen, dann befehle ich dem König von Rom, der Liebe meines Herzens, dies zu tun. Mehrfach haben sich die Architekten und Städtebauer bei mir darüber beklagt, daß zu viel Zeit verstreiche zwischen dem Abschluß ihrer Planungen und dem Errichten der Gebäude, manchmal gehen viele Jahre ins Land zwischen Anfängen und Verwirklichung, bis sie schließlich ihre Ideen in den Kadavern der neuen Häuser nicht wiedererkennen. Das Bauen zieht sich lange Zeit hin, nicht jedoch die Zerstörung. Nur die langsame Arbeit der einschlägigen Büros und vielleicht das Flehen im Namen der Menschlichkeit und das Erbarmen könnten das zwingend notwendige Werk der Bereinigung aufhalten. Ich befehle aber, daß die Zerstörung schnellstmöglich geschieht! Die Menschen, ebenso wie die unschuldigen glücklichen Tiere, müssen in Räumen ohne Trennwand und Eingrenzung leben, und nur zum Schlafen oder Trinken bedürfen sie etwas festerstehender Plätze. Statt einer Höhle, statt einer Wasserstelle, statt eines Nestes für eine Saison werden wir, die wir wunderbare Mittel, neue Materialien und immense Möglichkeiten in Händen haben, uns provisorische Behausungen errichten, Theaterhallen und Kinosäle, Museen und hübsche Vergnügungshäuser, die aus Bahnen feinen und allem widerstehenden Materials gemacht sein werden. Die Architekten werden sich nie wieder schämen müssen, wenn sie sehen, daß das Auto – das den Erstickungstod allerorten in den Städten sät – von Jahr zu Jahr billiger wird, während das Haus immer teurer wird, außer Reichweite der Armen und Hilflosen gerät. Es ist mein Wunsch, der Menschheit wundervolle, weitläufige Nomadenlager zu bescheren. Wir mischen uns nicht in das tägliche Leben ein und werden die Freiheit nicht durch Zwänge formen, sondern wir werden, zum erstenmal in der Geschichte des Menschen, den Staat in den treusten Freund des Menschen verkehren, einen Freund, der weder überwacht noch blutrünstig ist, der nicht versucht, dem Men-

schen ein Vergnügen vorzuenthalten infolge irgendeiner geschlossenen Hand, aus mangelnder Großzügigkeit und Herrschgier, die sich als moralisches Gebot geriert. Behutsam und mit gutem Willen werden wir den Menschen an der Hand fassen und ihn in Richtung Glück führen, ohne Beschwernis, ohne Härte oder Schadenfreude. Wen es einmal nach dem Neuen durch Zerstörung des Alten gelüstete, der muß auf diesem Weg fortschreiten, wer einmal gesagt hat: Ich will eine Neuerung, muß immer wieder erneuern!
– Papa! sagte Maddi.
– Ich habe von dem Brand gehört. Das finde ich schön, doch ein Brand ist nicht der billigste und sparsamste Weg, wenn man zu zerstören beabsichtigt. Ich benötige eine Handvoll mutiger Leute. Der Hahn ist ein Bürger des Hühnerstalls, nur der Adler und die Sphinx sind unsrer würdig.

Marinsky schloß die Augen und schlief ein.

Erschrocken weckte Maddi ihn auf.

– Was ist los?

Maddi küßte seine Hand.

Marinsky ließ die Höhle in Aluschta zurückweichen. Ich liege ... liege ich faule Amöbe ... die Höhle in Aluschta, das Labyrinth, das Labyrinth ist ein wenig dunkel, Monsieur Tremeaux.

Er nahm Maddi den Stift aus der Hand. Nach dem Pylonen – merkwürdige Torsionen von Wänden, beängstigende Mäander, schließend und klaffend, Risse und Spalten zerbröckelten die dunklen Wände, versengt von Rost, tätowiert von Wasser, zerbissen und zerfräst von unklaren Spuren, Altersflecken wie Verlustmale auf ihnen eingebrannt. In kleinen, unbehauenen Felsenken sprudelten Kloaken mit Geruch nach Schwefel hervor, überall geschmolzener Fels, Magma, Basalt, Bergerosion, hier und dort taten sich geschwärzte Schlünde in der Kreide auf. Wie schade, daß dies nicht das Labyrinth Herrn Tremeaux' mit seinem schönen Algorithmus war, ein Kupferstich auf einer Buchseite, die sauberen Übergänge. Ohne Wind, ohne Luft ... Der Lachende spaziert durch die Nacht – die engelhafte Vernebelung der Finsternis. Kreidestein in den Tiefen der Meere und Seen. Kreidefels, den man abkratzen konnte, so weich war er ... mit seinem Messer kratzt er am Stein, Pangaea, Panthalassa ... schwarze Flüssigkeit und rote sammeln sich unter der Messerspitze. Stein, der Batist der Felsen, blinde Salamander, blinde Fische, Krebse ohne Augen, wo bist du, Herr Tremeaux mit deinem Algorithmus? Sieh, du hast deinen Messinghelm abgenommen, deines Pferdes Zügel sind dir unter der Hand zerronnen, langsam schleppend wirst du des Weges ziehen, deiner

Seele Funkeln verlischt, sieh, schon entfliehend ... Der Weg Aluschta-Jalta: Felsen, Abgründe, donnernde Bergbäche, die Wasserfälle, die kommunizierenden Röhren im Herzen der Welt werden sich nicht ins Gleichgewicht bringen lassen. Neben einer Mauer tropfnasser Farne lag eine junge Frau, fast noch ein Mädchen, ein grünes Tuch um den Kopf gebunden, mit leicht geöffneten Lippen, die Augen vor Schmerz zusammengekniffen, die Lider weiß wie Gips. Der Wind zupfte ein bißchen an ihrem Kopftuch, strich über ihre Schläfe, über ihre Wangen und ihren Hals, ihr großes Kleid bauschte sich geschwollen wie ein riesiger Kürbis, und mit einem Lidschlag verschwand die Mädchenfrau und an der Mauer lag ein kahler Säugling mit großem Körper, seine Knie und Ellbogen wulstig und grob. Von der Frau blieb keine Spur. Nur der grüne Schatten des Kopftuchs bewegte sich noch eine Weile im strömenden Wasser.
– Nein! Nein! schrie Marinsky.
– Was sagst du, Papa? fragte Maddi.

Schizzo

Der neue Amadis oder ein Lebewohl
dem neunzehnten Jahrhundert

»Alsdann, Fritz«, sagte sein Freund Johann Tietze zu ihm, »ich werde nicht länger als zwei Wochen warten. Ich breche nach Venedig auf, ob du dich mir nun anschließt oder ob du zurückschreckst wie eine Maus. Denke darüber nach, gehe in dich zwischen den Kühen auf deinem ländlichen Gut, doch in zwei Wochen will ich dich hier bei mir sehen, einen großen Koffer in der Rechten und einen Talerbeutel an deinem Gürtel, und dann machen wir uns zu den Orten auf, von denen wir immer geträumt haben. Und denke daran, mein Onkel hat mir einen prachtvollen Empfehlungsbrief geschrieben an die Gräfin Martinovitsch-Altieri. Vielleicht haben wir Glück und können in ihrem serbisch-venezianischem Palast absteigen.«

»Man sagt, Venedig sei nicht mehr das, was es einmal war«, erwiderte Fritz mit zurückhaltender Stimme.

»Nichts ist, wie es war. Mit ziemlicher Wahrscheinlichkeit würde Casanova sein Venedig nicht wiedererkennen, käme er aus dem Feuer der Hölle auf kurzen Besuch zurück, doch für dich genügt das, was da ist, noch immer. Denke daran, Montag in zwei Wochen, bei mir.« Sagte Johann Tietze und erhob sich von der Wiese, auf der sie beide lagen, bürstete seine Kleidung mit einer schnellen Handbewegung ab und rannte winkend zur Augustusbrücke.

Fritz blieb auf dem weichen, duftenden Gras liegen, lauschte dem Gesang der Vögel, dem Rauschen des Flusses, dem Lied, das von einem der Lastkähne im Wasser zu ihm herübergetragen wurde, dem Glockengebimmel der Hofkirche, dem Trappeln der Pferdehufe, den fernen, gedämpften Klängen eines Horns oder einer Trompete. Sein Herz zog sich zusammen vor Sehnsucht nach Venedig, nach Reisen, Übernachtungen in Gasthöfen und Herbergen auf dem Weg; Bruchstücke von Bildern, Tönen und Namen begannen Gestalt in ihm anzunehmen und zu pulsieren. Gleich würde er sich von einem Abenteuer erzählen, das ihm auf einer der Reisen widerfahren würde. Er verbarg seinem Freund Johann seine Träume nicht, doch das Allerwichtigste, das ihm in den letzten Monaten zugestoßen war, hatte er ihm verheimlicht.

Obwohl er einundzwanzig war, als das neunzehnte Jahrhundert sein Ende fand, hätte Fritz es vorgezogen, wäre er – wie sein Großvater – direkt mit seinem Anfang geboren worden. Er studierte oft die kleine Gondel, ein Geschenk seines Großvaters, an der jedes winzige Detail so hübsch und deutlich war: das Steuer, die Seepferdchen, die seidenbezogenen Sitze. Als sein Großvater ein Knabe war, war alles angenehmer gewesen, eine Welt voller Musik, und eine Musik, die er liebte. Er selbst spielte viel Klavier, doch auch wenn er regelmäßig Wagner spielte und Aufführungen seiner Dramen sah und zugleich auch dessen Kontrahenten Brahms spielte, hätte er die beiden keinesfalls zu den Kronprinzen seiner Insel in der Elbe erkoren, die Insel der Liebe und des Mysteriums, die Insel des Glücks und der Vergeistigung. Die Prinzen dieser Insel waren zweifelsohne Schubert und Beethoven. Mit der Taktik des kleinen Liedes übertraf Schubert mit Leichtigkeit die fünfstündige Oper – Franz Peter, der Führer der Guerilla der seelenvollen Jugend, besiegte den mächtigen Sultan Richard mitsamt seinem großen Heer, seinen Elefanten und Ungeheuern. Es genügte, daß er an der Seite seines Großvaters saß, und sofort senkte sich ein tiefes Behagen über ihn und die Sicherheit, daß sein Leben wie das seines Großvaters sein würde: eine behütete Kindheit auf dem Gut, Studien, Reisen, ein etwas lächerliches oder vergnügliches Gesellschaftsleben, träumerische Liebe zu einer Frau, Forschungen in Sanskrit, tiefschürfende Diskussionen mit seinen Kollegen, ein großes Arbeitszimmer, wie das eines Augustinus oder Faust, voller seltsamer Dinge. Wenn ich mit Johann aufbreche, werde ich Großvaters Mantel mitnehmen, sagte er sich. Es war ein Mantel, dessen sich auch der stolzeste Opernsänger nicht geschämt hätte, seine lyrischen oder heroischen Schultern damit zu umhüllen; und wer diesen Mantel trug, wurde zum Helden eines mächtigen Abenteuers, das seine süßen Ränke der Versteckspiele um ihn entspann. Und ich werde auch den Dolch mitnehmen, den König Anton Johanns Großvater schenkte.

»Meinem Tietze, zum Andenken an unsere Jugendzeiten«. Ein herrlicher Dolch, um damit die Seiten eines neuen französischen Romans aufzuschneiden oder den Umschlag des Briefes einer fernen Geliebten.

Wenn er sich nicht in Gesellschaft seines Großvaters befand, ließ seine Sicherheit in die Zukunft nach. Seine Zartheit und Schüchternheit, sein hübsches Gesicht, in dem er etwas Feminines und Schwaches zu sehen vermeinte, der Wunsch, sich zurückzuziehen und zu träumen, und die große Anstrengung, am Leben um ihn herum teilzunehmen – verurteilte ihn all dieses nicht zum Scheitern? Häufig beneidete er Johann, den Enkel Großvater Tietzes (»Meinem Tietze, zum Andenken an unsere Jugendzeiten«) –, der praktischer veranlagt war als er, offenherzig und mutig in seinem Umgang mit Menschen, vor allem mit Frauen. Manchmal deutete Johann seine Abenteuer an und enthüllte einige Einzelheiten, die Fritz die Röte ins Gesicht trieben. Und obgleich er mit Schwert und Degen Johann immer besiegte und ein besserer Reiter war als er, betrachtete er die dicken Locken, die die Brust seines Freundes bedeckten, seine Nackenmuskeln und die etwas ungeschlachten Hände mit einem gewissen Neid – Zeichen von Kraft und Männlichkeit. Fritz liebte es, in seinem Zimmer in ihrem ländlichen Haus zu sitzen, das sein Großvater bis zu seinem Todestag bewohnt hatte, und von der großen Welt zu träumen, die sich in seinen Phantasien wie ein großes Heer vor ihm entrollte, das unter Trompetengeschmetter aus den Staubwolken daherstürmte, mit seinen Helmen und Federn, den Lanzenspitzen und den herausfordernden Fahnen im Wind. Und er brach auf, der Welt entgegen, entschwebte über die Bergkämme, die Bäche und Wälder, griff nach Mephistos Mantelschößen: der Traum von der Freiheit. Seit seinen Kindertagen, als er die kleine Nachbarstochter liebte, waren alle seine Beziehungen mit Mädchen und jungen Frauen irgendwie deformiert und verletzend gewesen. Zwischen der Exaltation, der Schüchternheit und den Regeln anerkannten Benehmens würde er sich noch lange Zeit quälen müssen, sagte er sich im stillen. Und wenn er an die großen Reisen dachte, malte er sich wundervolle Begegnungen aus.

Die Sache hatte sich Ende März ereignet.

Am Ende der Straße, in der er wohnte, befand sich eine Musikalienhandlung, in der es die Werke aller großen Komponisten, auch von italienischen und französischen Verlagen gab. Fritz suchte sie immer nur einmal im Monat auf, da seine Mittel beschränkt waren. Eines Tages, zu sehr früher Stunde, der Laden hatte gerade erst aufgemacht, als er die neuen Notenhefte studierte, sah er ein junges Mädchen von etwa achtzehn Jahren, die in den für deutsche Volkslieder vorgesehenen Fächern etwas suchte und sogar den Verkäufer, in eigenartigem Französisch, fragte, wo sie denn Kinderlieder finden könne. Ihre Schönheit überwältigte Fritz. Die grauen Augen, die anmutige, zierliche Gestalt, die kleinen Füße und die schönen Hände, ihre wallende Lockenpracht, der Charme und die Energie, der sich auf ihren mit äußerster Sorgfalt umrissenen Lippen abzeichnete, eroberten sein

Herz. Der Verkäufer verstand ihre Frage nicht, und Fritz half ihr, die gesuchten Lieder zu finden. Ihr Französisch war noch um vieles schlechter als das seine. Zum erstenmal in seinem Leben stellte er sich mit kompletter Natürlichkeit vor, sagte klar und deutlich seinen Namen und hörte den ihren: Rachel Salomon. Er lud sie in ein Café ein und vernahm, wie sie von einer Kleinstadt bei Warschau namens Kolibjel zu ihrer Schwester gekommen war, die einen Mann aus Meißen geheiratet hatte. Es war nicht leicht gewesen, die Erlaubnis von ihrem Vater, ihrer Mutter und den Behörden zu erhalten, doch am Ende war sie tatsächlich bei ihrer Schwester angelangt, und dreimal in der Woche fuhr sie mit dem Zug nach Dresden, um bei den Schwestern Roch Deutsch zu lernen, jeweils sechs Stunden. Die deutschen Volks- und Kinderlieder kaufte sie, um ihre Fortschritte voranzutreiben. Französisch hatte sie sich selbst aus belgischen Zeitungen beigebracht, mit Hilfe eines Wörterbuchs, das ein Mann zurückgelassen hatte, der in ihr Städtchen, zu ihrem Vater, einem Sattler, gekommen war. Fritz betrachtete das junge Mädchen verzückt. In ihrer Gesellschaft fühlte er sich frei und nahezu leichtsinnig, wie zu jener Zeit, als er die Nachbarstochter liebte.

»Sind Sie Jüdin, Fräulein Rachel?«
»Ja. Und Sie ein Aristokrat, Herr Fritz?«
»Von Würz? Nein, ganz und gar nicht.«
»Erzählen Sie mir von dieser Sprache, die Sie lernen, Sanskrit.«
»Sie hat kein Wort für Schönheit ...«
»Kein Wort für Schönheit?«
»Nicht ein Wort, sondern viele Worte.«
»Und wofür hat sie noch kein Wort, Herr Fritz?«
»Für Liebe.«
»Kein Wort für Liebe?!«
»Doch es gibt viele Worte, mein Fräulein.«
»Mehr als in diesen Volksliedern?«
»Vielleicht könnte ich zu Ihnen kommen und Sie auf dem Klavier begleiten, wenn Sie die Lieder singen, die Sie heute gekauft haben?«
»Wir besitzen kein Klavier, Herr Fritz. Und ich bin sicher, daß Ihnen unser Haus nicht gefallen würde.«
»Seien Sie gewiß, Fräulein Rachel, daß ich mich in Ihrer Gegenwart an jedem Ort wohl fühle.«
Zum ersten Mal schwieg sie für eine ganze Weile.
»Nein, besser nicht«, sagte sie dann.
»Wenn es so ist, dann gestatten Sie mir, Sie nach Meißen zu begleiten. Ich liebe es außerordentlich, mit der Eisenbahn zu fahren. Das

ist ein Abenteuer für mich. Dieses Jahr habe ich es mit den Studien übertrieben. Nur bis zur Bahnstation, wenn Sie möchten, und nicht weiter.«

Fritz war zu allem bereit, um ihr schweigendes Zögern zu vermeiden. Danach erzählte sie ihm, daß sie jeden Tag dreißig Wörter auswendig lerne.

Als sie an der Station in Meißen ausstiegen, fragte er: »Wann werden wir uns wiedersehen?«, und war erstaunt, daß es ihm gelungen war, eine derartige Frage zu stellen.

»Am Freitag werde ich die Schwestern Roch aufsuchen«, sagte sie. »Wir könnten wieder einen Mokka trinken.«

»Drei Tage!« sagte er. »Bis dahin werden Sie weitere neunzig Wörter wissen.«

»Sie lachen mich aus, Herr Fritz, doch Sie müssen wissen, daß es für Jiddisch-Sprechende schwierig ist, Deutsch zu lernen. Wenn ich ›wo‹ sagen möchte, irre ich mich immer und sage stattdessen ›wie‹.«

»Ich bin sicher, Fräulein Rachel, daß der Tag kommen wird, an dem die deutsche Sprache stolz darauf sein wird, von Ihnen gesprochen zu werden!« sagte Fritz.

Seine Rückkehr in die Stadt verlief in einem Zustand von Erregung und Trauer. An die Traurigkeit war er gewöhnt, wogegen er die Erregung als sehr vergnüglich empfand. Ihn und Rachel verband nun irgendwie ein bernsteinfarbenes Lichtband, von der Art dunklen Honigs. Es war, als wären ihr Gesicht und ihr Körper neben ihm und er atmete wieder den Duft ihres Haares ein. Die Frau seiner Träume wäre vielleicht höhergewachsen gewesen, mit Wespentaille und glattem, sehr langem Haar, nicht gelockt wie das Rachels. Er wußte nicht, weshalb ihm das in den Sinn kam. Rachel hatte eine hübsche Figur, wohlgeformte Beine, einen äußerst anmutigen Gang, und der Wunsch, seine Finger in ihre Löckchen zu versenken, war nahezu unwiderstehlich. Weshalb dachte er also an die Prinzessin auf den Bildern in den Kinderbüchern? Eine Jüdin? In seiner Kindheit war er nicht einem einzigen Juden begegnet; bei ihm zu Hause wurde niemals von ihnen gesprochen, und auch im Gymnasium hatten er und seine beiden Freunde, Johann und Franz, der Maler, in ihren Gesprächen die Juden nicht erwähnt, nur auf der Universität tauchten bisweilen Äußerungen der Verachtung oder verschwommenen Sympathie für sie auf. Als Fritz von den Fürsten, Denkern und Künstlern hörte, die die Juden vor hundert Jahren unterstützt hatten, verspürte er Stolz darüber, ein Sohn des deutschen Volkes zu sein, das an dieser noblen Geste beteiligt war. Und als er hörte, daß die Juden, das

Nomadenvolk, die Deutschen zwar befruchteten, sie jedoch aus dem Zentrum des Geheimnisses, dem Feuer der Innerlichkeit des geläuterten Volkes zogen, hin zu den Rändern, identifizierte er sich auch mit diesen Worten. Die Franzosen pflegten zu sagen: Fin de siècle. Jahrhundertende – man mußte das geheiligte Zentrum hüten, den Quell der Welt, aus dem mit seinen schweren, schwarzen Wassern der unsichtbare Fluß der Nation, der Eridanos, austrat. Der mythische Strom Eridanos ... oh, Deutschland! Indien Europas, verzaubertes Land der märchenhaften Wolken, nicht von heute, sondern von gestern und morgen, und zwischen dem Gestern und Morgen – das geheimnisvolle Legato der Musik. Und bei seinen Sanskritstudien, brach da nicht das zwiefache Gefühl hervor? Er lernte Sanskrit, um die Ursprungssprache der Welt kennenzulernen, die Wunderkuben, auf denen so viele Sprachen aufgebaut waren, doch manches Mal sagte er sich im Inneren, daß sie die Sprache der Arier gewesen sei, die auf wunderbare Weise aus dem Sand und den Wellen aufgetaucht waren. Die Juden, das Nomadenvolk, das Volk, das von einem Gefäß ins andere gegossen, dessen Tropfen die chemische Zusammensetzung der Gastvölker veränderten ... Es lag ein Segen und ein Fluch darin, sagte sein Lehrer, Professor Mietzner, Spezialist für vergleichende Grammatik der indoeuropäischen Sprachen.

Voll Ungeduld erwartete er den Freitag, und nach dem Mokka und dem Kuchen ging er mit Rachel entlang der Elbe spazieren und blieb an einem Platz stehen, den ihm einmal sein Freund Franz gezeigt hatte, die Stelle, von der aus vor über hundert Jahren Bellotto Dresden gemalt hatte: die Augustusbrücke, darüber die Frauenkirche mit der hohen Kuppel und rechts davon die barocke Hofkirche mit der Spitze, die seiner Ansicht nach spanisch war. Er blickte in Rachels Gesicht – ihre Nase war wirklich wohlgeformt, herausgemeißelt, wie in den Büchern immer geschrieben stand. Lastkähne trudelten auf dem Fluß, große Schiffe mit kinderreichen Familien und Hunden, Wäsche flatterte zwischen den Schornsteinen und Rettungsbooten. Würde er nur auf einem davon mitreisen, auf einem davon mit Rachel Salomon und ihren Kindern leben. Fast hätte Fritz ihre Lippen geküßt, doch genau in diesem Augenblick sah er ihr Gesicht auf den Kopf gestellt; ihre umgekehrten Lippen, seltsam und leicht beängstigend, hatten etwas Groteskes.

Als sie vom Fluß zum Bahnhof schlenderten, genoß Fritz die Blicke, die die Männer auf Rachel warfen, er war stolz auf diese Blicke, und vielleicht war er auch ein wenig trunken, so sehr war sein Selbstwertgefühl gestiegen, doch auf Rachel machten jene Blicke überhaupt keinen Eindruck, die meiste Zeit war ihr Kopf ihm zugewandt oder nach vorne gerichtet, und sie schritt mit dieser anmutigen Leichtfüßigkeit dahin, die sein Herz so ganz und gar erobert hatte.

Er fragte sie, weshalb sie eigentlich Deutsch in Dresden lerne und nicht in Meißen, worauf sie erwiderte, der Mann ihrer Schwester sei ein Polsterer, der für die Schwestern Roch gearbeitet habe, und daher willigten diese ein, sie umsonst zu unterrichten; denn sie, obgleich sie Näharbeiten verrichte, habe nicht die Mittel, für ihre Studien zu bezahlen, und auch ihr Schwager könne die nötige Summe nicht für sie auslegen. Ob er Besitzer einer Polsterei sei? fragte Fritz. Nein, sagte Rachel. Sie seien also arm? Ich weiß nicht, erwiderte Rachel. Und an was für einem Ort sie wohnten? Sie hätten ein Zimmer und eine Kammer. Und sie wohne bei ihnen? Ja. Und hätten sie Kinder? Zwei. Wie sie denn dann schliefen? Es gebe genug Platz zum Schlafen, war Rachels verwunderte Antwort. Dann seien sie also arm, sagte er.

Voller Staunen und Bewegung entdeckte er, daß Rachel nahezu nichts von der Welt wußte. Erschreckt vernahm sie seine Erklärungen über die verschiedenen Epochen, in denen die Kirchen erbaut worden waren, sie wußte nichts über die Sachsenkönige, nicht einmal etwas von den polnischen Herrschern, wußte nicht, was die Bedeutung von Worten wie Troll oder Alchimie war, und als er ihr erzählte, daß Johanns Großvater von König Anton einen Dolch erhalten habe, sagte sie verblüfft: Nie hätte ich geglaubt, daß ein König Anton heißen könne. Ihre Bemerkung überraschte ihn. Der große Antonius, der Liebhaber Kleopatras? sagte er lächelnd. Doch Rachel hatte auch von diesem, vom Schicksal verfolgten Pärchen noch nie etwas vernommen, was seine Verwunderung noch steigerte, und die Verantwortung, die er ihr gegenüber empfand.

Es vergingen drei Wochen. Eines Abends, als sie Meißen erreicht hatten, bat er, wie schon zuvor, sie nach Hause begleiten zu dürfen. Sie schlug es ihm ab, doch zum erstenmal berührte sie seinen Ärmel, und ihre Finger glitten über seine Handfläche, was ihn zutiefst aufwühlte. Sie weigerte sich, ihn zu Theatervorstellungen zu begleiten. Einmal im Zug, als es besonders voll war, wurde er an sie gepreßt und konnte sich nicht mehr von ihrem Körper trennen. Am nächsten Tag küßten sie sich – an jenem Platz, von dem aus Bellotto die Stadt gemalt hatte –, und er kehrte stürmisch erregt nach Hause zurück, vollkommen berauscht. Er erzählte niemandem von Rachel, weder Johann noch seinem Vater, obwohl er ihn um Hilfe für Rachels Familie bitten wollte. Sein Vater, ein liebenswürdiger, aufrechter Mensch, war äußerst konservativ in seinen Ansichten. Und als Fritz ihn einmal fragte, weshalb er so konservativ sei, antwortete er ihm: Vielleicht ist das eine Sache des Berufs. Man kann von einem Notar nicht verlangen, daß er die Ansichten und Lebensweise von Sansculotten hat. Die meisten Anarchisten sind Drucker und Uhrmacher. Sie setzen Artikel und Broschüren gegen die fetten Goldgänse, und ihre Freunde, die Uhrmacher, installieren Bomben in Uhren. Wir, die Notare, ebenso wie die katholischen Priester – wir wachen über die Heiligkeit der Beichtstühle.

Zwei Tage später, nach dem Mokkaritual und Küssen am Flußufer, kamen sie zum Zug, und kurz vor der Abfahrt stieg Fritz aus, um eine Zeitung zu kaufen. Als er wieder einstieg, war das erste, das er sah, Rachels Haar, erleuchtet von einem Sonnenstrahl, der schräg durch ein oberes Fenster fiel. Sie stand etwa drei Schritt von ihm entfernt, und er hörte, wie eine Frau zu ihrer Gefährtin sagte: »Sieh mal, wie gekräuselt ihr Haar ist. Das ist eine Jüdin.« Und Fritz errötete und musterte kurz die Insassen des Waggons. Und in der Tat, keine einzige gab es unter all den Frauen, deren Haar sich in so vielen und kleinen Locken ringelte. Er verharrte, und dann, beschämt von seiner Reaktion, trat er zu ihr und begann, Französisch zu sprechen. Vielleicht würden die beiden Damen denken, daß sie eine Französin sei, falls Französinnen tatsächlich gekräuseltes Haar haben sollten.

Doch obwohl er Tag und Nacht mit Rachel beschäftigt war und sehr wenig schlief, blieb nicht nur aus, wovon er gehört hatte, daß die Liebe nämlich alle gewohnten Ordnungen zerstöre, sondern im Gegenteil – das allerschwerste an den Universitätsstudien, die Beendigung der schriftlichen Arbeiten, machte nun in schwindelerregendem Tempo Fortschritte, die losen Enden fügten sich zusammen, die Berührungspunkte klärten sich auf mysteriöse Weise. Eines Morgens brach er nach Meißen auf. Am Bahnhof sprang er in eine Kutsche und passierte die Polsterei: hohe Fenster, hier und dort fehlten die Scheiben, Sessel, in bunte Fetzen gewickelt, Sägespäne, drei bis vier Gestalten – ein Anblick von Armut und Bedrängnis. Das Innere der Dinge: Was es in dem Sofa, in dem Sessel gibt, die Federn, die Wattierung. Fritz verabscheute das Innere der Möbel, das Innere der Polsterei.

Der Tag nahte. Er mußte sich entscheiden. Zum ersten Mal in seinem Leben betrat er einen Weinkeller, nicht um sich mit seinen Kameraden die Zeit zu vertreiben, sondern um nachzudenken. Nachdem er den weißen Wein getrunken hatte, sprach er zu der leeren Flasche, zu der Eiche draußen: Ob ihr nun sagt, wir werden uns wiedertreffen, oder ob ihr sagt, wir werden uns nie mehr treffen – es ist eins wie das andere, beides traurig. Die Zeit ist unser Feind, obgleich sie sich als Freund verkleidet. Das Blattwerk der riesigen Eiche erzitterte. Was sagten die Blätter?

Er wartete auf Rachel am Tor des Hauses der Schwestern Roch. Der Schatten des Torgitters auf ihrer Bluse, wie ein Kettenhemd voller Musik.

Er streckte auch nicht seine Hand aus, um ihr die Büchertasche abzunehmen, denn er hatte Angst, sie zu berühren, nachdem er etwas getrunken hatte.

»Ich muß Dresden für einige Wochen verlassen. Ich würde mich gerne mit Ihnen fotografieren lassen, Fräulein Rachel.«

»Noch nie im Leben wurde ich fotografiert«, erwiderte sie mit einer gewissen Beunruhigung.

»Bei der Hofkirche gibt es einen Fotografen, der in seinem Laden gemalte Hintergrundmotive hat. Vielleicht lassen wir uns vor dem Hintergrund von Venedigs Kanälen fotografieren?«

»Werden wir heute keinen Mokka trinken?«

»Heute nicht. Lassen wir uns fotografieren?«

»Fühlen Sie sich nicht wohl, Herr Fritz?«

»Ich werde nur kurze Zeit abwesend sein. Sie werden nicht von hier weggehen? Nicht plötzlich verschwinden?«

»Nur wenn mich die Zigeuner entführen, Herr Fritz.«

»Und gibt es Zigeuner in Meißen?«

»Überall gibt es Zigeuner, und sie warten und lauern ...«

»Auf schwarzäugige Schönheiten?«

»Wollen Sie heute nicht meine Tasche nehmen, Herr Fritz?«

»Selbstverständlich nehme ich die Tasche ...«, erwiderte er.

»Wenn Sie zurückkehren, werde ich mich fließend auf deutsch mit Ihnen unterhalten. Bis dahin werde ich viertausendachthundert Wörter wissen.«

In den Augen des Dresdner Notarsohns war der Palast der Gräfin Martinovitsch-Altieri trotz seines historischen Alters nicht besser als die Wohnhäuser im Außenbezirk seiner Stadt – blätternder Putz, zweifelhafte Kanalisation, hier und da herunterhängende Tapeten, wie gefrorene Schlagsahne, ein schrecklicher Modergeruch, Katzengestank. Doch von den Fenstern aus, die aufs Wasser hinausgingen, konnte man Palladios Kirchen sehen; der Bootssteg lag direkt unter diesen Fenstern, und eine Art Café oder Weinstube; und aus den Fenstern des Schlafzimmers sah man einen großen Hof – eine Karawanserei aus tausendundeiner Nacht, Balkone, Vergitterungen, Brunnen, Schuppen, Nischen mit Skulpturen und Statuetten darin. Zwei schwarze Gondeln, viel schöner, als er sie sich vorgestellt hatte, näherten sich den Stufen der Mole.

»Komm, laß uns eine Flasche Wein kaufen und zu Ehren des großen Augenblicks trinken!« sagte er.

»Nein! Wir werden hier aus dem Fenster hinausklettern zum Café unten und dann trinken«, gab Johann zurück. »Diese Vergitterung sieht ziemlich stark aus.«

Die Menschen auf dem Steg sahen ihnen zu, ohne etwas zu sagen, während sie die Sprossen des Gitternetzes hinunterstiegen, Kletterpflanzen dabei abrissen. Der Wein war sehr herb, leicht bitter, felsig, ein fast mineralischer Geschmack. Die Wellen stiegen vor ihnen hoch wie kleine Zähne, und dazwischen glitten die schwarzen Gondeln vorüber, die Gestalt des Ruderers nach vorn geneigt, dem Abenteuer entgegen. Frau Julia, die Hausbesorgerin des Palastes, winkte ihnen mit der Hand zu. Sie hatte ihnen selbst die Schlüssel gegeben und die Bettwäsche auf ihre Zimmer gebracht, ebenso die großen Handtücher, die das Wappen der Martinovitsch oder vielleicht doch das der Altieri zierte: ein gezacktes Dach, ein Löwe mit einem roten Fähnchen in den Tatzen. Frau Julia war eine kleine Frau, die in bunte Lumpen gekleidet war und viel Schmuck trug. Ihr Gesicht, ihre Nase und ihr großer Mund wirkten wie das einer Buckligen, auch wenn ihr Rücken relativ gerade gewachsen war. Frau Julia sprach Deutsch. Viele Jahre lang hatte sie einen Gutshaushalt bei hohen Herren aus Bayern verwaltet, so erzählte sie ihnen mit der groben, dick aufgetragenen deutschen Aussprache eines Puppentheaters. Jetzt kam sie zu ihnen und sagte: »Ich sehe, daß sich die jungen Herren bereits an Venedig erfreuen.«

Mit ihrer Perücke in einem undefinierbaren Farbton, vielleicht gelblich-braun-rötlich, und ihren langen Kleidern, die aus allerlei Arten bereits verblichenen Chiffons zusammengenäht waren, wirkte sie skurril und verwahrlost wie der Altieri-Palast selbst. Fritz schrak vor ihrem Anblick zurück, doch sein Freund Johann bedachte sie mit einem prüfenden Blick.

»Trinken Sie ein Glas Wein mit uns, Frau Julia«, sagte Johann.

Die Frau setzte sich zu ihnen, als wäre ihr ganzer Körper eine Art wendige Diebeshand, die darauf aus war, zu stehlen und sich davonzumachen.

»Kann ich Ihnen mit etwas behilflich sein, junge Herren?« fragte sie.

Fritz wich mit seinem Blick auf die Wellen und Palladios Kirchen aus, doch Johann erwiderte mit einem schnellen Lächeln:

»Und was haben Sie in Ihrer Zauberkiste, Frau Julia?« Und er blickte auf die Tasche in ihrem Schoß.

Die Alte reckte den Zeigefinger empor, drohte ihm lachend und antwortete in dem gleichen scherzhaften Ton:

»Ich habe alles, was sich junge Herren in einer Stadt wie Venedig wünschen können.«

»Alles, Frau Julia?« sagte Johann fragend.

»Alles, junger Herr!« erwiderte die Alte.

»Und wo findet man Sie, wenn man Ihrer Dienste bedarf?«

»Die grüne Tür rechts beim Eingang, auf die kleine Engel gemalt sind. Tock-tock-tock – und ich werde euch meine Tür öffnen, junge Herren, und die Engel werden die Flügel ausbreiten. Und jetzt gehe ich, um Gianni zu sagen, daß Sie im Palast wohnen, damit er euch nicht für eine Flasche Wein das Fell über die Ohren zieht.«

»Danke, Frau Julia«, sagte Johann.

»Der Tag wird kommen, junger Herr, an Sie mir wirklich danken werden«, sagte die Alte, warf einen etwas fragenden Blick auf Fritz und verschwand im Inneren des leeren, kühlen und traurigen Cafés.

Ein Schiff kam von einer der Inseln und hielt etwa zehn Schritte von ihnen entfernt, hoch und verhältnismäßig wohlgeformt – *Lucretia Contarini* war sein Name, die Rettungsreifen blitzten smaragdgrün. Es war amüsant, die Menge zu beobachten, die von Bord ging. Viele schleppten Pakete und Bündel. Vielleicht waren sie von weiter her gekommen und nicht nur aus Murano oder Burano. Hier und dort waren deutsche Touristen zu sehen, englische Ladies mit etwas herben Gesichtern, Franzosen, von denen sein Vater ihm gesagt hatte, er solle ihnen folgen, denn früher oder später würden sie immer die besten Restaurants entdecken, und eine russische Aristokratenfamilie. Zwei junge Frauen schritten hinter den Russen her, beide mit Hüten, deren zartgraue Batistschleier über ihre Gesichter fielen. Eine der beiden war größer, von extrem schlankem Wuchs, ihr Gang hochaufgerichtet und graziös, jener Gang, an dem die Frauen Venedigs zu erkennen seien, wie sein Großvater zu ihm gesagt hatte. Die beiden Freunde blickten den Frauen nach und sahen zu ihrer Überraschung, daß die Hochgewachsene durch einen Eingang in dem Hof verschwand, der zwischen dem Palast und dem Nachbarhaus mit den vielen Fenstern lag.

»Komm, wollen wir nach San Marco gehen?« sagte Fritz.

»Nein, ich will hier sitzenbleiben, den Ort kennenlernen. Ich möchte sehen und gesehen werden. Wir sind doch keine gewöhnlichen Touristen, Sklaven des Baedekers.«

»Du bist ein Abenteurer, kein Tourist. Aber ich?«

»Laß uns hier sitzenbleiben, bis es dunkel wird, und dann brechen wir in die Stadt auf. Wenn wir sofort gegangen wären, hätten wir Frau Julia nicht getroffen und die Schönheit nicht gesehen, die in unserem Hof verschwunden ist.«

Nach der prickelnden Erregung, die sie am Bootssteg der Schiffe von den Inseln erfahren hatten, war ihr nächtlicher Spaziergang zur Piazza San Marco fast bedrückend. Fritz gefiel der Platz nicht, und auch die Kaffeehäuser mit ihren Musikanten sagten ihm nicht zu. Sie wanderten von einem Café zum nächsten, näher an der Basilika gelegen, die mit ihrem Goldmosaik und ihren weißen Kuppeln funkelte. Sie hörten viel Deutsch, doch es war etwas besonders Ödes an diesen Familien, die neben ihnen saßen; die Cafébesucher in Dresden hätten ihnen gegenüber wie Goldsucher am Klondike River gewirkt. Erst als sie sich in eine Gondel setzten, um in den Martinovitsch-Altieri-Palast zurückzukehren – einen Namen, den Fritz ohne Spott auszusprechen gelernt hatte –, begann der Zauber der Stadt zu wirken, und seine Brust weitete sich vor Sehnsucht und Schmerz, wie beim Anblick von Vignetten in einem Musenalmanach. Wäre er hier nur mit Rachel! Der Gondoliere war ein großer, fettleibiger Mann um die vierzig. Angesichts der hohen Wellen murmelte er paar Flüche, beruhigte sich jedoch gleich darauf und verfiel wieder in sein Schweigen und seine übliche Haltung.

Es verging ein Tag und noch einer. Auch wenn es hier und dort Touristen gab, die ein Gespräch mit ihnen begannen, wies Johann ihre Annäherungsversuche zurück und gesellte sich zu Fritz, der mit dem Baedeker in der Hand umherwanderte, die Kirchen und Paläste studierte. Die Spannung, die zwischen ihnen entstand, was die Notwendigkeit eines Abenteuers anging, begann Fritz zu belasten. Sie schoben das Abendessen, ihre Rückkehr und das Zubettgehen bis zu später Stunde hinaus. Am Sonntag, etwa eine Stunde nach Mitternacht, bald eine Woche nach ihrer Ankunft in Venedig, sahen sie sich einem erleuchteten Fenster gegenüber, in dem eine Frau stand, die ihnen anfangs nackt erschien, und erst als sie näher an das Fenster trat, wurde erkennbar, daß sie ein durchsichtiges Spitzennachthemd trug. Es war die Frau, die sie in den Hof hatten gehen sehen. Hochgewachsen, überschlank, ihr langes Haar wie eine Brandungswelle. Sie kämmte ihr Haar vor der Dunkelheit draußen, und lange Zeit stand sie am Fenster. Die beiden Freunde beobachteten sie mit angehaltenem Atem. Es war, als trällerte die Frau etwas vor sich hin, dann strich sie mit schneller Bewegung über ihren Hals und ihre Brüste und zog sich ins Innere des Raumes zurück. Das Licht erlosch.

»Hast du das gesehen? Das nennt man eine venezianische Schönheit«, sagte Johann, »und morgen werden die beiden Mauren auf dem Markusplatz mit ihren Hämmern zu Ehren meiner Eroberung klopfen.«

»Ergreife den Tag bei seinen langen Flechten«, sagte Fritz.

Am nächsten Tag ging er an Deck der *Lucretia Contarini*, auf eine Inselrundfahrt. Die Entfernung von der Stadt erweckte in ihm sogleich Sehnsucht nach ihr. Eine merkwürdige Stadt, beschloß er für sich. Er kehrte gegen Abend zurück, und anstatt in sein Zimmer hinaufzugehen, wandte er sich einem der Räume zu, in denen es Regale mit verschiedenen Büchern gab – Anleitungen, Broschüren über die Ortsgeschichte, Stadtpläne, die sich mit den Jahren angesammelt hatten. Als er an der grünen Tür vorüberging, die einen Spalt offenstand, hörte er die Stimme seines Freundes und Frau Julias Lachen. Er blieb stehen.

»Schöner und auch ...« Die Fortsetzung des Satzes verstand er nicht. »Und insgesamt ...«

»Das ist eine große Summe!« sagte sein Freund.

»Warten Sie, bis Sie sie gesehen haben, junger Herr. Und wenn sie Ihnen nicht gefällt, stelle ich Ihnen ein anderes Fräulein vor.«

»Jede Nacht eine andere, Frau Julia?«

»Wenn das Ihr Wunsch ist, junger Herr, und wenn Sie genügend Mark in Ihrer Tasche haben.«

»Sie werden mich arm machen, Frau Julia.«

»Die Männer bezahlen immer, Herr Johann, glauben Sie mir. Sie haben immer bezahlt und werden immer bezahlen.«

Die beiden lachten und sagten noch einige Worte, die zu verstehen Fritz Mühe hatte.

»Und unsere Nachbarin mit dem langen Haar?«

»Sie hat ein Auge auf Ihren Freund Fritz geworfen ... Freund Fritz ... Seine Unschuld und Jungfräulichkeit ziehen sie an und nicht Ihre große Erfahrung.«

»Frauen!« sagte Johann.

»Ja, Frauen!« sagte Frau Julia.

»Ach, Frauen!« lachte Johann.

Der Redeweise seines Freundes, seinem verlegenem Lachen, entnahm Fritz, daß jener ebenso jungfräulich war wie er selbst, und es vielleicht höchstens ein Mal gewagt hatte, ein Freudenhaus in ihrer Heimatstadt zu betreten. Liebe kaufen! Wie furchtbar! sagte er sich.

»Ich werde also in ein anderes Zimmer gehen, und Sie stellen meinen Freund dem Fräulein Angiolina vor?«

»Keine Sorge, junger Herr, machen Sie sich keine Sorgen«, sagte Frau Julia.

Angiolina! Das war ihr Name: Angiolina! Fritz' Gesicht glühte. Er gefiel einer venezianischen Schönheit! Eine venezianische Schönheit war in ihn verliebt, während sein Freund Johann, der vorgebliche Don Juan, für die Liebe bezahlen mußte! Komm ans Fenster, mein Schatz, für eine Goldmünze ...

Am nächsten Tag zog Johann in ein Zimmer am Ende des Ganges, nahe dem Flügel, in dem die Gräfin Martinovitsch-Altieri höchstpersönlich wohnte, die Frau, deren zurückgezogene Gestalt die beiden bisweilen am Morgen durch den Korridor hatten wandeln sehen, einen schweren Duftschwall nach warmem Getier und welken Blüten hinter sich herziehend. Und nun? Nichts geschah. Fritz kam spät in sein Zimmer zurück, wie immer, nachdem er allein zu Abend gegessen hatte. Gegenüber, im Zimmer der venezianischen Schönheit, glänzte etwas Weißliches. Ein Vorhang? Ihre Gestalt im Spitzennachthemd?

Gegen Morgen begann es zu regnen, mit zunehmender Stärke. Das Meer schwoll an, die Wellen verdunkelten sich, die Kirchen des Palladio hüllten sich in dichten Nebel. Die *Lucretia Contarini* entfernte sich vom Steg, bahnte sich einen Weg durch das stürmische Wasser. Nur eine Gondel, deren goldene Seepferde im weißen Schaum glänzten, strebte schnell der Küste zu. Als er aus dem Eßzimmer auf den dunklen Gang hinaustrat, kam ihm Fräulein Angiolina entgegen. Ein Tuch glitt ihr aus der Hand. Ein Tuch! Sein Herz klopfte vor Freude. Er hob es auf. Die venezianische Schönheit streckte ihre Hand aus, ihre Finger berührten die seinen, und just in dem Moment näherte sich ihnen Frau Julia: »Welche Fügung des Zufalls! Unsere lieben teuren Bewohner treffen sich an einem stürmischen Tag. Das ist das Fräulein Angiolina Cecchetti, Herr Fritz von Würz. Fritz von Würz – ein wunderbar klangvoller Name, und ich dachte immer, nur die italienischen Namen seien Opernhelden angemessen.« Das sagte sie auf deutsch und fügte in schnellem Italienisch etwas für das Fräulein hinzu.

Als er nun so ganz dicht vor der Schönheit stand, empfand Fritz eine gewisse Enttäuschung, deren Quelle er nicht zu benennen wußte. Fräulein Angiolina machte einen kleinen Knicks vor ihm, ihre rosa Zunge fuhr sekundenschnell über ihre Unterlippe, und sie streckte ihm ihre Hand hin. Er fühlte einen kleinen Zettel in seiner Handfläche. Ein Tuch! Ein Zettel!

»Sie können Deutsch mit Fräulein Angiolina sprechen.«

In seinem Zimmer las er ihren Zettel: »Mezzanotte. Stanza mia.« Mitternacht! Mein Zimmer! Fritz warf sich seinen langen Mantel über, den malerischen Räubermantel, und ging hinaus. Während eines Sturmes war die Stadt vollkommen verändert. Sein Herz toste wie die Wellen und der Wind. Lange wanderte er umher. Der Regen hörte zuweilen auf, nicht jedoch der Wind. Neben der Accademiabrücke lag ein großes Boot vor Anker, überschirmt von einem Baldachin aus blauem Tuch, zwei Gitarrenspieler mit riesigen Hüten geschmückt im Heck. Die Passagiere sprachen Französisch. Sie blickten Fritz an. »Aber kommen Sie doch bitte!« sagte einer von ihnen. Fritz sprang auf das Boot. Und sofort wurde das Tau von dem Holzpfosten gelöst, der mit goldblau gestreiften Spiralen bemalt war, wie Kinderbonbons oder die Banderillas von Stierkämpfern, und das Boot legte ab. Dies war eine Stadt, deren kristallene Schönheit, die er immer bewundert hatte, nicht verlorenging, sondern sich in ein überlegenes Gewand kleidete, die Stadt glänzte in Schattierungen von Edelsteinen. Zum ersten Mal seit seiner Ankunft betrachtete er jetzt neugierig den Schmuck in den Schaufenstern. Dies war eine Stadt der Wasserspiegelungen, lauter Bilder, zurückgeworfen wie von Spiegeln, die verteilt waren, damit man die Deckengemälde sehen konnte, ohne sich den Hals zu verrenken, und darin spiegelten sich weiße Wolken, blauer Himmel, Feengestalten und Engelsschwingen, Götterkutschen mit rosa Schleppen, das zarte, persönliche Innenleben von Muscheln. Die Gondel! Das Geschenk seines Großvaters: eine prächtige, feierliche Gondel mit einem stehenden Gondoliere und einem Paar, das auf einer in Stein gehauenen Bank saß, zwei Holzfiguren, gekleidet wie im achtzehnten Jahrhundert. Wie bei jedem Geschenk, das er von seinem Großvater erhalten hatte, betrachtete er die Gondel noch Jahre danach mit Wohlgefallen, als er schon erwachsen war, an der Universität studierte; Großvaters Geschenke verloren nie an Charme.

In seiner Kindheit hatte er oft von Venedig geträumt und ließ die prächtige Gondel in seiner Phantasie auf dem Parkett in Großvaters ländlichem Heim schwimmen, streichelte das gezackte Eisen, das dem Kopf einer antiken Lanze ähnelte, dem Schwanz eines Walfisches, funkelnden Musikinstrumenten, und das mit Meerjungfrauen umrankte Steuerrad, die kleinen, aus schwerem Kupfer gegossenen Seepferdchen. In deiner Kindheit, Fritz, warst du in dich selbst zurückgezogen, aber oh, die Phantasien! Du warst ein Held, hast Paläste erbaut und sie mit einem Handstreich zerstört, Ungeheuer getötet, eine langhaarige Prinzessin gerettet. Ihr Kuß war wie ein Liebestrank für dich. Du starbst vor Liebe, Fritz. Ah, wer hat euch auseinandergerissen? Und wo ist sie jetzt? Wie wirst du je die Insel der Liebe erreichen?

Nach dem Regen und Sturm kam die Sonne wieder hervor, ihre Strahlen streichelten die Stadt in allen Nuancen holder Weiblichkeit. Eine Stunde später nahm er die Stadt nur noch verschwommen und oberflächlich wahr, denn sein Herz weilte an einem anderen Ort, und in seinem Körper hatte sich ein verzehrender Brand entzündet. Er beteiligte sich zwar an dem Gesang der Franzosen, trank Rotwein mit ihnen, doch er dachte allein an Angiolina.

Er traf Johann nicht auf seinem Zimmer an. Wie jeden Abend ging er auch diesmal bis spät in die Nacht hinein zum Essen aus, und als er vor Mitternacht zurückkehrte, war Johann immer noch nicht zurück. Sicher war er bei dieser Frau bei der Ca' d'Oro, mit der er auch gestern die Nacht verbracht hatte. Es war kalt. »Mezzanotte stanza mia!« Fritz zog seinen Mantel an, band sich Johanns dicken Schal um den Hals, steckte den Dolch König Antons (»Anton? Das ist der Name eines Königs?«) in seinen Gürtel und schrieb eine Notiz für Johann: »Ich breche zur Insel der Liebe auf.« Danach kehrte er in sein Zimmer zurück und warf einen Blick auf seine Uhr. Mitternacht. Ihr Fenster war dunkel und verschlossen, und die Blumen darunter an der Vergitterung schimmerten weiß und bläulich im Licht der Blitze auf. Fritz wünschte sich, sein Freund käme zurück, damit sie ein paar Worte wechselten, bevor er zu Fräulein Angiolinas Zimmer aufbräche, doch Mitternacht war schon vorüber. Er zog den Mantel enger um sich und ging hinaus. Der starke Wind schleuderte ihm nadelige Regentropfen ins Gesicht, und er blieb einen Moment stehen und ergötzte sich an dem Sturm. Die Sträucher im Garten schwankten wie toll, ihre kleinen Blätter klapperten rasend. Fritz stand einen Augenblick vor der Tür und klopfte dann mit den Fingerknöcheln daran. Die Tür öffnete sich.

Heitere Feuerzungen leckten an den kleine Bronzepfeilern des Kaminrostes. Fräulein Angiolina ergriff seine Hand. Sie war in ihr wunderbares Nachthemd gekleidet, das den Kleidern zu Anfang des neunzehnten Jahrhunderts glich, mit einem Band unter dem hohen Busen geschnürt. Außer dem Feuer im Kamin gab es kein Licht im Zimmer. Fräulein Angiolina verströmte einen Duft nach Creme und Blütenparfüm, der ein wenig dem seiner Mutter ähnelte. Er folgte ihr, und sie zog ihm ganz langsam den Schal und den langen Mantel aus. Fritz küßte die Innenfläche ihrer Hand. Sie setzte ihn in einen der beiden niedrigen Sessel neben dem Kamin, stand vor ihm und streichelte sein Haar, und Fritz küßte ihren Bauch. Fräulein Angiolina kniete vor ihm nieder, streifte seine Schuhe und die dicken Socken ab, während sie zärtliche italienische Worte gurrte. Auf einem roten Teppich, der sich zwischen den beiden Sesseln spannte, standen Wein- und Cognacgläser. War es der Körper Angiolina Cecchettis, den er mit solch wollüstiger Erregung küßte? War es Angiolinas Körper, den seine Lippen und Hände mit solchem Verlangen berührten? Er stand auf, um zwei große Kohlestücke zurückzulegen, die aus dem Kamin gespritzt waren, und als er zu seinem Platz zurückkehrte, stolperte er über eine dicke Teppichfalte und fiel in Angiolinas Arme. Beide lachten sie lange Zeit. Um halb vier begann das Feuer zu erlöschen. Fritz wollte aufstehen, um nachzulegen, doch Angiolina hielt ihn zurück und deckte ihn mit einer dicken, weichen Decke zu. Ihr Gesicht schien leicht verändert. Wieder trank er von dem Cognac, und wieder brannte er mit Erregung, und Angiolina berührte ihn mit ihren delikaten, kühlen Lippen. Danach stand sie auf und trat ans Fenster. Fritz schloß die Augen. Vielleicht weckte ihn ein Rascheln oder das Knacken der Reisigzweige, die im erloschenen Kamin zusammenfielen, oder auch ein unvermittelter Wunsch zu rauchen. Er streckte seine Hand aus, um den Mantel, der über einem niedrigen Tisch lag, an sich zu ziehen, in dessen Tasche sich eine Schachtel Zigaretten befand, doch da öffnete sich mit einem Mal das Fenster und ein Kerl stürzte herein.

Angiolina hob den Kopf und riß die Augen auf vor Furcht und Überraschung.

»Il mio marito!« kreischte sie auf und fiel in Ohnmacht.

Der Mann, der durchs Fenster hereingeplatzt war, mit hohen Stiefeln, sah sehr stark aus; ein mächtiger Schnurrbart zog eine Linie von Wildheit in seinem Gesicht, seine Augen rollten in den Höhlen, seine Hände waren zu gewaltsamen Fäusten geballt. Unter seiner Jacke zog er ein kurzes Schwert in einer purpurroten Scheide heraus und stand über ihnen. Er wirkte zu alt, um Fräulein Angiolinas Ehemann zu sein.

»Nein, nein!« Angiolina warf sich ihm entgegen, bettelte um Erbarmen, küßte seine Hand, die das Schwert hielt, seine feuchten Stiefel, und der schnurrbärtige Riese zog das Schwert in der Tat nicht aus der Scheide.

»Gib ihm Geld! Vielleicht wird sich der grausame Trunkenbold dann davonmachen!« sagte Angiolina.

Fritz zog aus der Innentasche seines Mantels die Geldbörse und warf sie dem Mann zu.

Der Riese fing sie mit der linken Hand auf, legte sein Schwert auf dem Kaminsims ab und zählte das Geld.

»Di piu!« donnerte er mit heiserer Stimme. »Di piu!«
»Er will mehr!« sagte Angiolina.

Fritz entschuldigte sich dafür, daß er nicht mehr Geld habe, und begann, die Manteltaschen zu durchstöbern, bis seine Hand auf den Dolch des König Antons traf; der Riese rief wieder etwas mit donnernder Stimme und griff nach seinem Schwert, und wieder flehte Angiolina ihn an. Nun trat er auf ihn zu und stolperte über die Teppichfalte, wie zuvor Fritz, doch fiel er nicht in Angiolinas offene Arme, sondern in die entblößte Dolchspitze, ein alter Dolch, beschlagen und leicht angerostet, doch immerhin der Dolch eines Königs. Blut spritzte aus dem Mundwinkel des Riesen, er drehte seinen Kopf hin und her, stöhnte laut und schnaufte wie ein Walfisch, aus seiner Kehle drang plötzlich ein merkwürdiges hohes Krächzen, Blut befleckte seinen Schnurrbart. Er erstarrte.

Fritz ergriff das Schwert, doch als es ihm gelungen war, es aus der Schneide zu ziehen, blieb die Klinge im Inneren stecken – ein Holzschwert! Ein Theaterschwert!

Angiolinas Gesicht verzerrte sich. Sie horchte am Herz des Riesen und hielt einen kleinen Spiegel dicht an seine Lippen.

»Morto! Tot!« sagte sie verwundert. »Morto! Non e il mio marito! Er ist nicht mein Mann! Steh nicht herum! Schnell! Schnell! Sammle die Kleider ein!«

Sie sammelte die Laken, die Gläser, ihre Kleider in einem großen Korb ein, Fritz hüllte sich in den Mantel seines Großvaters ein und versenkte seine Schuhe in dessen großen Taschen. All das nahm nicht mehr als eine Minute in Anspruch. Er stand in betroffener Verwunderung vor der Leiche.

»Schnell! Schnell!« sagte Angionlina, stieg aus dem Fenster, am Gitter hinunter und entschlüpfte durch den Garten. Fritz rannte ihr nach. Sie durchquerten einen kleinen Hof und kamen an einem Kanal heraus. Dort kletterte sie schnell in eine Gondel, die auf sie wartete, und streckte Fritz ihre Hand entgegen.

»Fazan?« fragte der Gondoliere, ein blonder, muskulöser junger Mann.

»Fazan e morto«, sagte Angiolina.

»Morto?!« flüsterte der Gondoliere. »Morto?!«

Sie entfernten sich von der Küste und nahmen den gleichen Weg wie die *Lucretia Contarini*. Mit dem Morgengrauen ging eine starke Veränderung mit Angiolinas Gesicht vor sich – Schweiß und Wasser klebten in großen Puderflecken zusammen, ihre Lippen wurden blasser und dünner. Sie war um die vierzig, vielleicht sogar älter.

Möglicherweise gedachte sie noch der Anbetung, die er ihr in der Nacht entgegengebracht hatte, denn sie streichelte seine Hand, verhüllte ihr Gesicht mit einem Schleier und begann sich anzukleiden. Auch Fritz zog sich unter dem weiten Mantel seines Großvaters an, der mit Blut befleckt war, und schlüpfte in seine Schuhe. Es dauerte lange Zeit, bis sie die Insel erreichten und der Gondoliere an einem armseligen Häuschen Halt machte. Er betrachtete Fritz mit feindseligem Mißtrauen.

»Fritz von Würz. Slavko«, sagte Angiolina.

»Der Freund Fritz …«, sagte der Gondoliere.

Seit er sein Zimmer verlassen hatte, gegen Mitternacht, war Fritz so hellwach wie nie zuvor in seinem Leben. Immer »schlief er mit einem Ohr«, wie seine Mutter zu sagen pflegte, die Welt war ihm stets ein wenig fern und verschleiert, sogar beim Duell in der Universität. Jetzt überraschte ihn seine Wachheit. Er betrachtete die zusammengekauerte Gestalt des Gondolieres und Angiolina, die miteinander tuschelten, wie in der Ecke einer Opernbühne die Ränke einer Posse oder Tragödie zu schmieden schienen. In dem Augenblick, in dem ihm die Oper einfiel, begriff er das Ausmaß der Gefahr: Jetzt und sofort mußte er aus dem Fenster springen, aus diesem Hause fliehen und die tödliche Tat bei der Polizei bekanntgeben, um Johann reinzuwaschen, denn Johann mochte zwar ein besseres Alibi haben als er, doch hing das Alibi davon ab, mit wem er die Nacht verbracht hatte, und der Dolch, der im Körper des Toten steckte, trug den Namen von Johanns Familie. Jeder Augenblick, den er zusätzlich in diesem Haus verweilte, verlängerte das Gefahrenmoment, von dem Gondoliere ermordet zu werden, der ein kräftiger Mann zu sein schien. In seinem tiefsten Herzen wußte er wohl, daß nichts dergleichen geschehen würde. Angiolina würde nicht zulassen, daß man ihn tötete. Johann! Sein bester Freund! Er mußte fliehen, seinen Freund retten. Doch er tat nichts. Im Geiste sah er vor sich, wie der Polizeibeamte die Inschrift auf dem Dolch las: »Meinem Tietze, zum Andenken an unsere Jugendzeiten«. Er sah vor sich, wie Johann ins Gefängnis abgeführt wurde. Doch er blieb sitzen auf seinem Platz, zitternd vor Kälte.

»Zieh den Mantel aus und gib ihn Slavko«, sagte Angiolina. »Du warst mit mir die ganze Nacht hier. Er hat uns spät abends hergebracht, und er wird uns zurückbringen. Erzähle in einem fort die gleiche Geschichte, und ändere nichts daran. Wir sind gestern abend aufgebrochen, haben hier die Nacht verbracht. Verstehst du?«

Fritz nickte.

Der Gondoliere näherte sich, warf ihm einen durchdringenden, leicht aggressiven Blick zu und sagte etwas zu Angiolina.
»Du verstehst doch, Fritz, du hast uns in der Hand.«
»Ich verstehe«, antwortete er.
»Signore?« Der Gondoliere streckte seine Hand aus.
Fritz schlug ein.
»Il manteau!« sagte der Gondoliere ohne ein Lächeln.
Fritz zog den Mantel aus. Mit einer Hure schlafen, einen Menschen töten, einen Freund verraten – sollte das wirklich das Ende sein?
Er spürte, daß Angiolina ihm nichts Böses wollte. Er selbst empfand Abscheu vor ihr, einen schrecklichen Widerwillen. Doch sie erinnerte ihn an seine Erregung, seine Anbetung. Er war sich der Überlegenheit der Frauen gewärtig, doch gefiel ihm diese Überlegenheit? Sollte er sie lieben oder hassen?
Angiolina entfachte ein Feuer, brachte zwei Kessel Wasser zum Kochen und füllte ein großes Plätteisen mit glühender Kohle. Es war wichtig, daß keine Spur von den Ereignissen der Nacht zurückbliebe. Der Gondoliere half ihr. Als er an der Tür vorbeikam, nahm er die Gitarre vom Balken und zupfte ein paar einzelne Akkorde, bis Angiolinas erzürnte Stimme erklang. Daraufhin legte er die Gitarre weg und zwinkerte ihm zu.
»Amico Fritz!« sagte er. Ein seltsames Gefühl von Freude durchzuckte Fritz: Da hatte auch er nun seinen eigenen Gondoliere, wie Byron und Wagner.
Nachdem Angiolina ihre sämtliche Kleidung gewaschen und gebügelt hatte, wusch sie sich ausgiebig, und danach stieg er in die kleine Wanne und rasierte sich auch mit einem Messer, das sie ihm gab. Der Gondoliere half beim Bügeln, um das Trocknen der Kleider zu beschleunigen. Danach bereitete er sich aus zahlreichen Eiern ein Omelett zu.
Angiolina saß am Fenster, mit einem Glas Kakao in der Hand und einem kleinen Gerät, wie Fritz noch nie zuvor eins gesehen hatte.
»Zwei Tröpfchen Heroin?« fragte sie.
»Warum nicht?« erwiderte Fritz.
Als sie wieder in der Gondel saßen, einige Stunden später, empfand Fritz Schmerz und große Pein. Er teilte die Geldscheine, die sich in seiner Brieftasche befanden, zwischen ihnen auf, und sie dankten ihm. Die Gondel begann zu hüpfen. Ihnen entgegen kam eine Gondel, die von schwarzen und weißen Stoffbahnen geziert wurde, eine Trauergondel, deren Steuerrad und Seepferdchen in zurückhaltendem Gold schimmerten. Der schwarzgekleidete Gondoliere nickte ihnen

mit dem Kopf zu. Hin und wieder wischte sich Angiolina über ihre Augen.

Am Eingang zum Palast warteten zwei Polizisten und Frau Julia auf sie. Als Angiolina von dem Mord in ihrem Zimmer hörte, fiel sie in Ohnmacht. Der Gondoliere sprach schnell mit den Polizisten. Alle zusammen begleiteten sie Angiolina zu ihrem Zimmer, und bittere Schreie stiegen von dort auf.

»Ihr armer Freund ist auf die Polizei mitgenommen worden, Herr von Würz«, sagte Frau Julia. »Ich habe alles unternommen, um seinen Vater zu benachrichtigen.«

Fritz sah Angiolinas Blick.

»Weshalb haben sie meinen Freund verhaftet?«

»Das müssen Sie den Polizeikommandanten fragen.«

»Weshalb haben Sie meinen Freund verhaftet, mein Herr?« fragte Fritz einen Menschen, der eine kleine Pfeife rauchte. »Wann werde ich ihn sehen können?«

»Ich werde einen von meinen Leuten zu Ihnen schicken und es Ihnen mitteilen, Herr von Würz.«

»Ich danke Ihnen, mein Herr«, sagte er und hielt ihm die Hand hin. Der Polizist drückte sie.

»Ich weiß natürlich nicht, wo genau Johann gestern abend war, doch ich bin mir sicher, daß mein Freund die ganze Nacht bei einer Frau verbracht hat, die neben der Ca' d'Oro wohnt. Dies ist die zweite Nacht, die er dort verbringt. Vielleicht will er Ihnen ihren Namen nicht verraten, doch bin ich gewiß, daß er mit ihr zusammen war.«

Er hatte seinen Freund verraten! Und alles war Lüge. Johann war nicht der Frauenoberer, sondern er war nach Venedig gekommen, um sich Liebe zu kaufen, und er selbst hatte es ihm gleichgetan, wenn auch ohne sein Wissen. Der Dolch des Königs Anton. Er hatte sich in allem getäuscht. Johann war der Philister, während er, der Wolkengucker, mit einer Hure schlief und seinen besten Freund im Gefängnis der Italiener verrotten ließ, deren Paläste nach Armenhäusern stanken. Das Gedicht von ihrer Freundschaft, das er Johann in das Buch von Max Müller geschrieben hatte, stand ihm vor Augen: Bei dem Wort »ewig« war ihm ein Fehler unterlaufen, den er mit starkem Druck der Feder korrigiert hatte. Vielleicht hatte er Johann nie geliebt. Gut, daß Frau Julia Herrn Tietze, Johanns Vater, Bescheid gegeben hatte, dem Philister mit dem Eidechsenkopf.

Tränen stiegen ihm in die Augen, er schluchzte. Der Polizeikommandant sah es.

»Vielleicht werde ich Sie für eine Befragung benötigen. Also bitte, entfernen Sie sich nicht aus dem Hotel, und wenn, teilen Sie uns mit, wohin Sie sich wenden, Herr von Würz.«

Fritz nickte und schneuzte sich die Nase.

»Aber warum haben Sie Johann denn eigentlich verhaftet?« fragte er.

»Weil ich im Herzen des Toten ein Messer gefunden habe, auf dem sein Name eingraviert ist«, erwiderte der Polizist.

»Das ist der Dolch des Königs Anton«, sagte Fritz. »Diesen Dolch machte der König von Sachsen Johanns Großvater zum Geschenk. Wir haben damit immer Briefe und Bücher aufgeschnitten ... Ich kenne Johann von Kindheit an, seit ich mich überhaupt erinnern kann, und ich bin sicher, er könnte keinen Menschen töten.«

Der Kommandant blickte ihn fragend an, als interessierte ihn seine Seele und nicht seine Taten.

»Seien Sie beruhigt, Herr von Würz. Wir werden der Sache auf den Grund gehen. Wir kennen das Opfer. Sein Name ist Fazan. Er war ein Dieb und ein Zuhälter und saß jahrelang im Gefängnis. Machen Sie sich keine Sorgen, Signore Freund Fritz – das Leben ist Liebe«, sagte der Polizist mit spitzbübischem Lächeln.

Fazans roter Schnurrbart, die Lippen so rot, als hätte er Himbeeren verschlungen.

Frau Julia klopfte ihm auf den Rücken.

Es vergingen viele Tage, und Fritz wurde nicht gestattet, seinen Freund zu sehen. Zuweilen suchte er eine der Sehenswürdigkeiten auf, doch er besichtigte die Stadt nicht mehr. Stechende Schmerzen wüteten häufig im Bereich seines Unterlaibs, als schließlich Johanns Vater eintraf. Herr Tietze bestellte ihn in einen privaten Raum in einem Restaurant und hörte sich die lange Geschichte an, ohne einen Ton verlauten zu lassen. Fritz erzählte ihm auch von den Schmerzen und welche Schwierigkeit ihm die einfachsten Körperverrichtungen bereiteten.

»Man bezahlt für eine Nacht mit einer venezianischen Hure!« sagte Herr Tietze. »Aber das ist nicht tragisch. Für alles läßt sich ein Heilmittel finden. Du hast dich angemessen verhalten, Johanns Alibi ist hieb- und stichfest. Dein Alibi ist in den Augen der Polizei nicht weniger gut. Alles hätte viel schrecklicher sein können. Und nun werden wir Zimmer in einem guten Hotel nehmen und nicht in dieser Läuseherberge, in der ihr gehaust habt, und wir werden einen Arzt für dich finden, damit du wieder urinieren kannst. Ich habe dir einen Brief von deiner Mutter mitgebracht.«

Fritz nahm den Brief aus Herrn Tietzes kühler Hand entgegen und brach sofort in Tränen aus.

»Es gibt keinen Grund, Tränen zu vergießen!« sagte Herr Tietze. »Johann wird auf freien Fuß gesetzt werden, und wir werden nach Hause zurückkehren.«

Doch Fritz konnte seine Tränen nicht aufhalten. Er beweinte die Nacht mit Angiolina, den Dolchstoß, den Verrat, die zwei Tropfen Heroin, die erniedrigende Geschlechtskrankheit! Das ist der Name eines Königs – Anton? Hast du nie von Antonius gehört, der seiner Geliebten die Herrschaft über die Welt opferte?

Auf dem Weg ins *Danieli* spielte ein blinder Geiger »La ci darem la mano« aus *Don Giovanni*. Ein hochgewachsener Herr, mit überaus stolzem, jedoch nicht völlig unangenehmem Gesichtsausdruck bestieg ein Vaporetto. Er umarmte eine Frau, die ein schlaffes, wie von zu viel seltsamer Milch erfülltes Gesicht hatte, ihre weiße Haut, ihre ganze Gestalt leicht gedunsen und kraftlos. Der Mann sprach ermunternd auf sie ein, wobei er schiefe, lustige Zähne entbößte, die malerischsten Zähne, die Fritz jemals erblickt hatte. Vielleicht war es möglich, das, was ihm in Venedig widerfahren war, auch anders zu betrachten? Er ließ seinen Blick über die kleinen hölzernen Zierpfosten mit ihren Streifenspiralen gleiten, weiter zu dem Stand, an dem Korallen, Muscheln und getrocknete Fischskelette verkauft wurden. Schon so oft war er an diesem Stand stehengeblieben. Sein Großvater hatte ihm in einer ihrer Unterhaltungen gesagt, daß ein Mensch immer wissen sollte, was er wirklich liebte. Liebte er Venedig? Er spielte mit einer großen Muschel, deren purpurfarbener Leib fröhlich in der Sonne glitzerte. Trotz allem, trotz der herrlichen Gondel, die er in seiner Kindheit von seinem Großvater erhalten hatte, waren das einzige, das er an Venedig liebte, die Muscheln, die seltsamen Fischskelette, die kleinen Akazien gleichenden Korallenbäumchen, ihre erstarrten Fühlerärmchen. Etwas in Venedigs Lagune bildete wunderbare Formen aus. Die Radiallinien der Austern verliefen gerade, die Löcher in gleichmäßigem Anstand, makellos gerundet, die Nabelzentren, die Kalkhörner, aufgereiht wie Drachenschuppen, verblüffende Käfer, Seesterne verziert wie die Kekse kleiner Mädchen. Das intime Rosa, die grotesken Lippen, die überraschende Scheckigkeit und die Last der Stiele und Blätter wie aus dem Rokoko mischten sich mit den Muscheln, die mit alten, rätselhaften Schriftzeichen bedeckt waren. All dies war in seinen Augen unvergleichlich schöner als die erhabenen Basiliken, Kathedralen, Bilder, Statuen und Reliefs, schöner als die Paläste, die sich in den Kanälen spiegelten. Er bedurfte nichts von Menschenhand Geschaffenem. Was war Venedig schließlich und endlich? Eine aristokratische Stadt, die in die Hände des

Pöbels gefallen war. Hatte er sich Rachel gegenüber denn etwa nicht ritterlich verhalten? Und als er ihr in der Hitze seines Verlangens an jenem Platz, dort an der Elbe, fast die Kleider vom Leib gerissen hätte – hatte er sich da nicht gezügelt? Nein, man durfte nicht lügen – er hatte sich selbst keineswegs unter Kontrolle nach einer Weile des Küssens und Streichelns, und alles entglitt in atemberaubender Geschwindigkeit vor dem entscheidenen Augenblick.

Wenn nur sein Großvater noch lebte, wenn er sich doch nur neben ihn vor den Kamin hätte setzen können, seine Geschichten hören ... Aber eigentlich auch sein Großvater ... hatte nicht auch er sich in wehmütigen Worten über die Zeit vor seiner Geburt ergangen? Immer das Loblied der alten Gesellschaft gesungen, das Lob der behaglichen Freuden im Gegensatz zum groben Glück der modernen Zeit? Und hatte das Leben seines Großvaters unter dem Zeichen dieser behaglichen Freuden gestanden? Er wurde schwer verletzt, seine Tochter schied dahin, als sie vierzehn war, Großmutter war die meiste Zeit ihres Lebens eine Invalidin, im Alter von sechzig war er verarmt ... erniedrigt ... vielleicht hatte er Geliebte, wie er mit verschmitztem Lächeln gerne anzudeuten pflegte, und er hatte einen guten Freund, Martin Tietze, von dem er sagte, er sei schön wie Adonis, mutig wie Alexander und liebestoll wie ein Kater ...

Im *Danieli*, in orientalischem Prunk dicker weicher Teppiche, lud ihn Herr Tietze zu einem Getränk ein. Er fragte auch den Ober nach der Adresse eines Arztes und notierte sie mit klarer Schrift. Danach bat er ihn, Johanns Sachen aus dem Palast der Martinovitsch-Altieri zu holen.

»Davon stirbt man nicht, Freund Fritz«, sagte der Arzt mit breitem Lächeln, »das Leben ist Liebe.«

Fritz verließ ihn und ging zum Palast. An der grünen Tür wurde er einen Augenblick aufgehalten, als Fräulein Angiolina von dort heraustrat, mit tränennassem Gesicht. Sie legte ihre Hand auf die Brust:

»Herr Fritz, Sie werden mir das doch nicht abschlagen: Ich möchte ein paar Worte mit Ihnen wechseln. Es ist mir wichtig. Bitte, verweigern Sie mir das nicht. Nur ein paar wenige Worte. Ich flehe Sie an!« sagte sie und streckte ihre Hand nach ihm aus.

Fritz ergriff ihre Hand und folgte ihr in ihr Zimmer. Er warf einen flüchtigen Blick auf den Teppich. Wie in jener Nacht brannte ein Feuer im Kamin, und auf dem roten Teppich lagen zahlreiche Kissen mit rosafarben und grün glänzenden Seidenüberzügen.

»Ich brauche einen Schluck Cognac«, sagte Angiolina und schenkte zwei Gläser ein. »Ich wollte Sie um Verzeihung bitten. Und es tut mir alles so leid, was passiert ist. Wenn ich könnte, würde ich jeden Augenblick auslöschen, fast jeden. Es stimmt, dieser Mann beherrschte mich, und ich habe alles getan, was er wollte. Aber ich wollte nicht, daß Ihnen irgend etwas geschehe, daß Ihnen auch nur ein Haar gekrümmt werde, und ich wollte auch nicht, daß Ihrem Freund etwas geschehe. Ich habe alles getan, um Sie nicht zu verletzen. Bitte, glauben Sie mir, ich war glücklich mit Ihnen in jener Nacht, und ich habe es genossen, Sie in der Wanne in meinem Haus auf der Insel zu waschen. Ich möchte Sie bitten, mir zu verzeihen. Niemals habe ich mit ihm gemeinsame Sache gemacht bei solch einer betrügerischen Tat! Nein, ich muß bei der Wahrheit bleiben: nur ein Mal, nur ein einziges Mal, ich schwöre es Ihnen. Werden Sie mir je verzeihen können?«

Sie hob das Glas, um mit ihm anzustoßen, und Fritz trank den scharfen Cognac und blickte auf ihre langen Finger, in ihr Gesicht, das so perfekt geschminkt war, daß nicht einmal die Spuren der Schminke zu erkennen waren.

Als Antwort auf seinen Blick barg Angiolina ihr Gesicht in ihren langgliedrigen Händen. Ihre Schultern zuckten.

»Ich bitte Sie, verzeihen Sie, vergeben Sie mir, daß ich Ihnen wehgetan habe«, flüsterte sie unter Tränen. »Und nun muß ich Venedig für eine Weile verlassen, und ich habe nicht genügend Geld, auch wenn ich all meinen Schmuck verkaufe. Glauben Sie mir? Ich schwöre Ihnen, Frau Julia hatte alles mit Fazan abgemacht, noch bevor ich Sie gesehen hatte, ich schwöre Ihnen bei der Liebe der Heiligen Jungfrau, noch bevor ich Sie getroffen habe, als ich mit dem Schiff von der Insel kam und Sie dort mit Ihrem Freund saßen. Ich schwöre es Ihnen. Ich wußte nicht, wer der Mann sein würde.«

Wie sie so dasaß, mit tränennassen Wangen, tiefem Dekolleté und bloßen Beinen und ihn flehentlich anblickte, rührte sie an sein Herz. Er nahm noch einen Schluck Cognac, streichelte ihr weißes Knie und fuhr mit seinem Finger den Saum ihres hochgeschlagenen Rocks nach, ganz langsam, streichelte die Spitze ihrer Unterwäsche. Er hatte zwar den Verdacht, daß Angiolina versuchte, ihn wieder zu verführen, aber sie schrak bei seiner Berührung zusammen und öffnete die Lippen, um ihm etwas zu sagen, ihrem Schrecken Ausdruck zu verleihen. Doch sein Verlangen war überwältigend, ganz und gar Schmerz, Schmerz der Lust und Krankheit. Er küßte sie gierig – ihre Lippen, ihre Brüste – und flüsterte: »Man hat mir eine Salbe darauf gestrichen, Angiolina.«

»Wir entfernen sie, und am Abend können wir die Salbe wieder auftragen«, gab sie flüsternd zurück. Und Fritz verspürte einen verrückten Stachel von Stolz in seinem Herzen, als er ihre Worte hörte. Der Mensch ist die Sonne, und seine Sinne sind die Planeten.

Sie wusch ihn und trocknete ihn mit einem weichen Handtuch ab, und er gab ihr alles Geld, das ihm noch geblieben war, dann packte er seine Habseligkeiten und Johanns Koffer. Erst jetzt begriff er, weshalb ihn so viele, als sie seinen Namen hörten, »Freund Fritz« genannt hatten. Es war ein Opernname. Große Plakate hingen am La *Fenice*. Er las die Liste der Figuren, blieb neben einem bis obenhin mit kleinen Goldengeln gefüllten Fischerkorb und einem Stand mit Karnevalsmasken stehen, die früher seine Phantasie zu berauschenden Abenteuern getragen hatten. Er las das Verzeichnis der Figuren: Fritz Kobus, ein reicher Junggeselle; David, ein Rabbi; Federico, Fritzens Freund. L'amico Fritz. Mut, Mut, mein Freund – das hatte Angiolina mit einem Lächeln zu ihm gesagt. Worte aus der Oper. Und der Polizist: »Der Freund Fritz?« Das Leben ist Liebe ... der Gondoliere ... der Arzt ...

Ein Gondoliere setzte einen Fahrgast ab, und er winkte ihn mit einer Handbewegung herbei. Es war Slavko. Das Wasser war schwer und zähflüssig, ein Ungeheuer der Tiefsee, bewegte sich ganz sacht, wie im Schlaf. Das Gold des Sonnenuntergangs verlosch, und das Wasser kleidete sich in den Ton polierten Metalls. Je näher sie dem *Danieli* kamen und die Kühle der Nacht durch sein Hemd kroch, umso klarer wurde Fritz bewußt, daß die Verachtung, die er sich selbst gegenüber empfand, niemals eine Heilung erfahren würde. So also sind wir? fragte er einen venezianischen Spiegel in einem überladen verzierten Rahmen. Sein Spiegelbild blickte ihm tatsächlich entgegen, doch sein Gesicht sah krank und jammervoll aus. So sind wir? Das zwanzigste Jahrhundert schwoll brausend an und wurde zum alles überflutenden Meer, bis hin zum Horizont.

Das Füllhorn der Prinzen

Der *Sanguszkofonds*, der so mancher Geschicke verändert hatte, rief immer wieder Neugier hervor, vielleicht seiner überraschenden Großzügigkeit wegen. Die Sanguszkos, eine der aristokratischen Familien Polens, deren Name in lateinischen Deformationen in den ältesten Chroniken auftauchte und die bereits seit vierhundert Jahren in denselben Palästen wohnte, zeichneten sich ansonsten nicht durch solche Gesten aus; ungleich anderen aristokratischen Geschlechtern brachte die Familie Sanguszko aus ihrem Schoße nicht jene auf ihre Art besonderen Menschen hervor, die durch die Zeitgeschichte streifen wie Kometen und Staunen und Sinnen hinterlassen. Nur ein Sohn der Familie, Robert, war bekannt wegen seiner Pferde, die auf ganz Europas Rennbahnen galoppierten. Die Männer der Familie Sanguszko machten sich einen Namen als Soldaten und Geschäftsleute. Der Fonds ward aus einem Salongespräch geboren, ein kurzes snobistisches Vergnügen und ein noch kürzerer Händedruck.

An einem herbstlichen Morgen des Jahres 1901 traf Valenti Sanguszko – Val, wie er von den anglophilen Mitgliedern der Familie genannt wurde – zu Besuch in Frankfurt am Main ein, als Gast von Dr. Merk, der seinerzeit das Leben seines Vaters gerettet hatte. Es fiel ihm nicht leicht, auf eine Woche in Paris zu verzichten, doch diesmal hatte er sich dem Drängen seines Vaters nicht mehr entziehen können. Nach Paris erinnerte ihn das blasse Frankfurt daran, daß er bald auf sein Gut würde zurückkehren müssen, zu seiner Gattin, zu der seine Liebe bereits nachließ, zu den Verwaltern und Buchhaltern, zu den Priestern und Sonntagsgebeten in der Kirche. Die Familie Merk hatte seine Ankunft erwartet. Sanguszko wusch sich, vergrub sich im Bett und erwachte erst um drei Uhr nachmittags. Sein Diener, der bereits seit vielen Stunden wach und schon im Haus und in der Stadt herumgewandert war, wirkte durchaus zufrieden. Ein wunderbarer Koch, sagte er, und es gebe in diesem Haus eine äußerst anziehende Frau, die Gattin des Dr. Merk, seine zweite Frau.

Sanguszko ging hinunter, beladen mit den vielen Geschenken, die er mitgebracht hatte, und alle empfingen ihn mit liebevollem Lächeln und sogar einer gewissen Schüchternheit: Dr. Merk, ein Mann um die fünfzig mit rotem Gesicht, kurzem Haar und formlosem Leib, seine Frau, die beiden Töchter, siebzehn und fünfzehn, sowie der Sohn, ein mit Pubertätspickeln gesprenkelter Student, etwas mißtrauisch und ungeduldig. Sie hörten sich seine Erzählungen über Paris an und zeigte ihm eine Wand, an der Aquarelle und Skizzen des Sanguszko-Palastes hingen, neben Holzschnitten von Bauern in Festtagsgewändern und Berglern mit ihren geschwungenen Stecken. Der Prinz blickte hin und wieder vorsichtig die schöne Hausherrin an, besonders ihren zauberhaften Hals. In dieser Familie wurde viel über Musik, Bücher und Bilder gesprochen, und der Prinz fragte sich verwundert: Wenn solch abstrakte Dinge die Wangen der Hausherrin so heftig zu röten vermochten, ihre Brust erbeben ließen und feurige Funken in ihren schönen Augen entfachten, was würden dann wohl die weniger abstrakten und anregenderen Dinge bewirken?

Alle, außer dem Studenten, fragten ihn nach Theateraufführungen in Paris. Die Stücke, die der Prinz gesehen hatte, waren ungeeignet für eine Unterhaltung zur Teestunde in Frankfurt, doch er erinnerte sich an einige Äußerungen dort ihm gegenüber zum Lob dieser oder jener Vorstellung und zum Ruhm eines Schauspielers oder einer Schauspielerin, die alle in dieser Saison beeindruckt hatten. Der Student blickte ihn mit gewisser Feindseligkeit an. Vielleicht haßte er Adelige oder Polen, oder polnische Adelige, doch Sanguszko konnte sich in der Sache nicht schlüssig werden, da er absolut nichts über die Frankfurter Jugend wußte. Die übrigen Familienmitglieder ließen ihm gegenüber Zeichen großer Sympathie erkennen. Dr. Merk kündigte an, er habe zum Abendessen besonders interessante Leute eingeladen, damit sich der Prinz in ihrer Gesellschaft nicht langweile, und schlug ihm vor, mit seiner Gattin vor dem Essen einen Spaziergang durch die Stadt zu unternehmen. Obwohl sie sich dem mit allem Nachdruck widersetzte und sagte, sie müsse die Vorbereitungen für das Abendessen beaufsichtigen, beharrte der Doktor darauf. Und so brach Sanguszko mit Christine Merk gegen Abend zu einem Spaziergang auf.

Nach etwa einer Stunde setzten sie sich auf eine Bank, um die herum sich schon das Herbstlaub zu häufen begann.

»Wissen Sie, was dieses Haus ist?« fragte die schöne Frau Merk. »Hier hat seinerzeit eines der Glanzlichter unserer Stadt gewohnt, Arthur Schopenhauer.«

»Ein seltsamer Mensch«, murmelte der Prinz. Dies hatte seine Mutter immer gesagt, wenn der Mann erwähnt wurde, dessen Name mit solch entschiedenen Silben begann: Scho-pen, und sich danach dünn verflüchtigte wie der Rauch aus dem Schornstein: hauer.

»Sie haben recht«, sagte Frau Merk und schwieg einen Augenblick in Betrachtung der Fenster des Hauses. »Er schrieb sehr verletzende Worte über die Töchter unseres Geschlechts«, fügte sie dann hinzu.

Val Sanguszko hätte beinahe erwidert, daß Schopenhauer, wenn er sich in ihrer Gesellschaft befunden hätte, gewiß keinen Ton dahingehend geäußert hätte, doch er hielt an sich. Was hatte seine Mutter noch über diesen seltsamen Schopenhauer gesagt? Er versuchte, sich seine Mutter vorzustellen, wie sie mit seinem Deutschlehrer über Schopenhauer plauderte. Ein seltsamer Mensch, sagte sie, ein seltsamer Mensch. Ich war entzückt, als ich bei diesem Franzosen las, daß nie eine schöne Seele bei dem Gedanken an erhabene Liebe so von Freude erfüllt war, wie sich Schopenhauers Gesicht mit Licht füllte, wenn er vom Ende der Welt und der Vernichtung aller Dinge sprach. Hatte seine Mutter dies so gesagt? Hatte sie schöne Seele gesagt? Der Prinz sah das Gesicht seiner über alles geliebten Mutter vor sich, und für einen Augenblick kehrte der Geruch nach ihrem Parfüm und der Anblick der grünen Ringe an ihren Fingern zu ihm zurück.

»Woran denken Sie?« fragte Frau Merk.

Der Prinz wiederholte den Satz, an den er sich erinnerte, mit Vorsicht.

»Ja, ich habe es gelesen. Ich erinnere mich.«

»Es war irgendein unbekannter Franzose mit einem langen, gewundenen Namen«, sagte der Prinz.

Frau Merk lachte, mit heller, hübscher Stimme. »Challemel-Lacour. Unbekannt? Der Außenminister Frankreichs?« sagte sie anerkennend. Und als sie den Prinzen ansah, tauchte eine neue Nuance in ihrem Blick auf.

»Ich werde noch jemanden zu unserem Abendessen einladen, Professor Graf-Savigny. Ein teurer Mensch, der hellste Kopf in unserer Stadt. Sie werden gewiß Ihr Vergnügen daran haben, sich mit ihm zu unterhalten«, sagte sie.

Die Lockerung der Defensive der schönen Christine Merk verfehlte nicht ihren Eindruck auf den Prinzen. Er liebte es zu verführen, und daher bestätigte er mit einem Kopfnicken seine Erwartung, den klügsten Mann von Frankfurt zu treffen. Vielleicht würden ihn dieser seltsame Schopenhauer und der ehemalige französische Außenminister in den Genuß von Christine Merks Gunst bringen? Was wäre schlecht daran?

Und in der Tat, beim Abendessen wurde der Prinz neben Professor Graf-Savigny plaziert, ein Zwerg mit übermäßig großem Kopf und schmallippigem, breitem Mund.

»Christine hat mir von Ihrem Spott für Schopenhauer erzählt«, sagte er zum Prinzen, »und Sie haben natürlich recht. Dieser Mann, trotz seines Hasses auf die Philosophie und die Professoren, die seiner Ansicht nach der Abschaum der Menschheit und eine Bande von Blendern waren, beharrte ganz genau wie sie auf der einen oder anderen seiner Ideen, die sozusagen seine Weltanschauung vereinte. Das ist, so wie es aussieht, die Bedeutung der Philosophie. Aber lassen wir das doch, diese ganze gespielte Trauer. Mein werter Herr, Sie haben keine Ahnung, wie sehr ich mich freue, Sie hier unter uns zu sehen. Der Name Sanguszko ist mir teuer, und ich hoffe, er wird vielen als Beispiel dienen.«

Der Prinz zeigte sein männlich gewinnendes Lächeln.

»Sie kennen die Sanguszkos?« fragte Dr. Merk. »Das ist ja eine grandiose Überraschung!«

»Ich habe sie nicht persönlich kennengelernt, denn ich pflege nicht in die Türkei zu reisen«, – Dr. Merk hatte das Leben von Valentis Vater an einem See in Anatolien gerettet – sagte der Professor und blickte den Prinzen, der neben ihm wie ein Ritter wirkte, welcher gerade von seinem Schlachtroß gestiegen war, aus seinen großen Zwergenaugen an, »ich spreche von Mateusz Sanguszko, der einzige seines Standes, der das tat, worüber wir uns immer gewundert haben, daß es nicht von vielen Polen getan wurde: Ihr Großvater streckte seinen Kopf aus dem Fenster seines Palastes und sah plötzlich Juden, die seit Hunderten von Jahren in seiner Nähe und unter seiner Herrschaft lebten, interessierte sich für sie und schrieb in seinen Briefen an Ludwig Markus über sie. Dies sind wunderbare Briefe. Wollte Gott, eure großen und aufgeklärten Adeligen, wie Jan Potocki zum Beispiel, wären weniger an schlitzäugigen Stämmen Tausende Kilometer entfernt in den asiatischen Steppen interessiert gewesen, sondern hätten dagegen, wie Ihr Großvater es tat, gesehen, was sich direkt unter ihrer Nasenspitze abspielte, ein antikes Volk, das in einer uralten Kultur lebt, ein wahrer Salomonsschlüssel für viele verborgenen Dinge. Aber bitte, mein teurer Prinz, ich würde gerne aus Ihrem Munde erfahren, weshalb kein Mensch an dieser Bevölkerung interessiert ist. Ich verstehe nicht, wie es möglich ist, daß sich außer einigen Historikern und Archivaren niemand dieser Goldmine zuwendet oder im höchsten Fall die Neugier bei malerischen Rembrandt-Greisen und Schönheiten namens Esther stehenbleibt! Erklären Sie mir das doch bitte.«

Alle Blicke waren auf den Prinzen gerichtet. Nicht umsonst war dies ein Volk, von dem man sagte, daß es die größte und erhabenste Musik von allen geschaffen habe. Der Prinz bevorzugte zwar Cancan, Kabarettlieder und Offenbach, doch er mußte zugeben, daß etwas in seinen Augen lag, ein gewisses Licht und eine Wärme, die er noch bei keinem Volk gesehen hatte. Das ist die gute deutsche Seele, sagte er sich im stillen.

»Es ist möglich, Professor, daß Sie leicht übertreiben. Schließlich sind Bücher über die Juden geschrieben worden – Romane, Geschichten, Studien. Doch im Prinzip haben Sie natürlich recht.«

»Aber weshalb? Ich begreife das nicht. Man kann zwar das Verhalten des Pöbels verstehen, den es aus Ignoranz zu Haß treibt, und der Katechismus in ihren Händen schmeichelt den Juden ganz gewiß nicht, doch höhergestellte Kreise ... ich begreife das nicht ...«

Der Prinz blickte ihn verlegen an.

»Natürlich spreche ich nicht von Ihrer Familie. Sie sind schließlich der Enkel von Mateusz«, fuhr der Professor fort.

War er Jude? fragte sich der Prinz. Seine Augen waren zu selbstbewußt und scharf. Rings um den Tisch herrschte Schweigen. Christines Blick hing erwartungsvoll an ihm.

Dr. Merk sagte etwas, um das lastende Schweigen zu brechen. Der Prinz erschauerte bei dem Gedanken an das jüdische Städtchen, den Schlamm und den Dreck, diese entsetzlich schäbigen Menschen, der dünne, elende Rauch der Armut, der in den tiefhängenden, bedrükkenden Himmel emporstieg ...

»Sie haben recht«, sagte er. »Sie haben recht, teurer Professor. Wir alle sind an dieser Vernachlässigung schuldig.«

»Der Professor spricht nur aus Neugierde, nicht aus moralischer Betroffenheit, oder?« fragte der picklige Student.

»Zuerst das Verstehen, dann die Gefühle, junger Mann«, erwiderte Professor Graf-Savigny mit gewisser Strenge.

»Der Professor hat recht. Bei meiner Rückkehr werde ich in dieser Angelegenheit etwas unternehmen«, sagte Sanguszko und spürte Christine Merks leichten Händedruck.

Die Ballade von den fehlenden Sprossen

Außer Alek gelangte nur noch einer der Sanguszko-Knaben nach Erez-Israel, etwa zehn Jahre vor ihm, hielt sich zwei Monate in Tel Aviv auf, ging nach Brasilien und kam dort bei einem Unglück in Pôrto Alegre um, die Taschen voll Schnupftabak und Wundpflaster, die er auf seine Fingerspitzen zu kleben pflegte. Es war der Pianist und Komponist Motke Zeitlin (ein Schüler Karol Szymanovskis), der in den Ankündigungen als Mateusz Zeitlin erschien, ein junger Mann, der von dem ungarischen Dirigenten Arthur Nikisch und sogar von dem gnadenlosen Stravinsky Lob einheimste. Motke Zeitlin war auch der einzige, den der Prinz wirklich mochte und mit dem er durch Briefe und Besuche die Verbindung aufrecht erhielt. Er war der Sohn eines Musikanten, der am Stadtrand von Kazimierz lebte, seine Mutter war Krakauerin aus einer Apothekerfamilie. Tabak schnupfen lernte Motke Zeitlin von dem Geiger Melech-Josef, ein ungemein faszinierender Mensch, dem die Truppe ihre Engagements zu verdanken hatte. Motkes Vater, der Kontrabaß spielte, war schweigsam und scheu, und die beiden anderen, leichtsinnige, kichernde Zwillinge, benahmen sich wie einfältige Kinder. Die Konkurrenz unter den Klezmergruppen war hart. Alles, was Melech-Josef machte, gefiel dem Jungen Motke: Die Art, wie er immer die Schnupftabakbüchse aus einem speziellen Seidensäckchen zog, das von dunklem Blau war, die Art, wie er mit leichtem Druck die Büchse öffnete, auf der eine komplette Stadt eingraviert war, mit Türmen, Gärten, Brücken und Fluß, und die bedächtige präzise Bewegung, mit der er die Tabakkrümel an seine Nasenlöcher führte, ein wenig die Oberlippe kräuselte und seine linke Braue in die Höhe zog. Melech-Josef war der erste Mensch, den er traf, der Stil hatte. Als Motke zehn Jahre alt war, wurde sein Vater versehentlich von betrunkenen Grenzschmugglern getötet, und seine Mutter kehrte in ihr Elternhaus nach Krakau zurück. Obgleich Motke weiterhin in den Cheder ging, schickte man ihn, auf Empfehlung von Melech-Josef, zum Klavierunterricht – ein anständiges Instrument, der Traum aller Musikanten. Motke lernte bei Dionysi Kufel, ein Mann, dessen Fingergeschicklichkeit im Kreise der Musikliebhaber beispielhaft war.

Was dann geschah, überraschte auch Melech-Josef: Innerhalb weniger Jahre ließ Motke Zeitlin Talent und Bestreben nach Virtuosität erkennen, und als er mit fünfzehn das Stipendium des *Sanguszko-Fonds* erhielt, begann er bei einem bekannteren Lehrer Unterricht zu nehmen, einem Professor am Krakauer Konservatorium, Peter Ewald Jeronim, ein Deutscher aus Dresden und Schüler von Letischinsky, eigentlich einer seiner älteren Schüler, Mitglieder der Sonntagswerkstatt, den Berlin erschreckt hatte und der deshalb in seine Geburtsstadt zurückgekehrt und von dort nach Krakau gegangen war, wo er nun bereits seit etwa dreißig Jahren lebte. Zwischen dem Greis (der in seiner Jugend zwei Opern verfaßt hatte – *Ottokar* und *Sappho*, eine Symphonie Nummer eins, einige Quartette und drei Liederzyklen) und Motke Zeitlin blühte eine überraschende Freundschaft auf. Zeitlin zog in das Haus seines Lehrers und saß Tag und Nacht am Klavier, mit einer Hand beschäftigt, sich gekochte Hühner, Würste und Kartoffeln in den Mund zu stopfen, während er gleichzeitig mit der anderen übte.

Eines Tages prüfte Jeronim die Harmonie- und Kontrapunktübungen seines schweigsamen Schülers mit dem phantastischen Talent und beobachtete ihn unterdessen, wie er am Klavier saß, dessen Deckel mit Handtüchern beladen war, mit denen er sich seine nebenbei essende Hand abwischte, seine beinahe in seinem fetten Gesicht verschwindenden Augen, sein pelzähnliches Haar und seine kurzen, kräftigen Finger.

In jenem Winter versetzte Zeitlin das Publikum mit Chopin in Erstaunen. Jeronim weinte, so bewegt war er. Er sah seinen Schüler im Krakauer Gewandhaus spielen und versuchte, ihn mit dem Impresario Feld in Kontakt zu bringen, der jedoch, als er den kleingewachsenen, schmutzigen, verwahrlosten, introvertierten Jungen sah, welchen er unter seine Fittiche nehmen sollte, aus Jeronims Wohnung flüchtete.

Obwohl sie drei Jahre zusammen in einer Wohnung lebten, erinnerte sich Jeronim an keine echte Unterhaltung mit seinem Schüler. Als Motke in Warschau auftreten mußte, befahl er ihm, die Mazurken von Szymanovski zu spielen.

Szymanovski betrat nach dem Konzert das Garderobezimmer, und als Jeronim sah, daß ihm das Spiel gefallen hatte, nahm er seinen Mut zusammen und sagte dem berühmten Komponisten, daß sein Schüler bei ihm zu lernen begehrte, wobei er – in Zeitlins Namen – feinsinnige Komplimente hinzufügte, die dem Komponisten süß im Ohr klangen. Motke Zeitlin lauschte dem Gespräch mit großer Verwunderung; auch diesmal sagte er nichts, wie es seine Gewohnheit war, und auch diesmal hörte er auf die Stimme seines Lehrer.

Szymanovski, der Jeronim gut leiden konnte und in ihm einen literarischen Prototyp aus dem vergangenen Jahrhundert sah, – wie war der Name des guten Freundes von Cousin Pons? –, zudem ein wenig bewegt von den Komplimenten war, die ihm, sozusagen, der Junge zuteil hatte werden lassen, erklärte sich einverstanden, ihn in Komposition zu unterrichten. Motke Zeitlin verehrte Szymanovski und Anton von Webern, doch gab es keine zwei Musiker, die ihm fremder gewesen wären. Nach wenigen Unterrichtsstunden erlag er Szymanovskis Zauber. Noch nie hatte er einen derart feinen und ausgewogenen Menschen wie ihn getroffen, bei dem diese Eigenschaften etwas regelrecht Berauschendes hatten. Sogar der Klezmermusikant Melech-Josef büßte in seinen Augen einen Takt Überlegenheit und Stil ein. Szymanovski, der zugeben mußte, daß das Spiel des gnomhaften Jungen, der wie ein kleiner Bulle aussah, eine gewisse Faszination besaß, entdeckte im Gespräch mit ihm seine komplette Ignoranz in allem, was nicht mit einer kleinen Anzahl von Klavierwerken zusammenhing, und mit Hilfe von Jeronim und dem jungen Sekretär des Konservatoriums, Jan-Jan Czader stellte er für Motke einen speziellen Studienplan auf, in dem es nur ein Thema gab, das Anstrengung erforderte: eine Arbeit über das Kantorat, ein Gebiet, in dem er seine Kenntnisse des Jiddischen und Hebräischen nutzen konnte. Szymanovski schlug seinem Schüler auch vor, sich mit dem Kantor Schulem Sosnover zu treffen, dessen Bekanntschaft er bei seinen jüdischen Freunden gemacht hatte. Dieser Kantor konnte eineinhalb Stunden mit nuancenreicher Stimme pianissimo singen, und Szymanovski, der an Sänger mit Kopfstimmen gewöhnt war, bei denen es in mezza voce nur noch schwer feststellbar war, wem die Stimme gehörte – einem Mann, einer Frau oder einem Kind, Baß, Bariton, Sopran oder Alt –, war von der Stimme des Kantors überwältigt und besonders bewegt von dem halb rezitativen Lied, das jener ihm auf jiddisch vortrug: »Fragt di Welt an alte Kasche«.

Jeronim kehrte nach Krakau zurück. Als er an der Dresdner Universität studierte, hatte er immer von weitem, mit großer Sehnsucht, den illustren Kreis der reichen, schönen Studenten beobachtet. Allein ihre Kleidung, ihre Haltung und Gestik zeugte von der Leichtigkeit und dem Charme ihres Lebens. Er erinnerte sich daran, daß er ein Fräulein verehrt hatte, das von den Mitgliedern dieses Kreises umworben wurde, und er erinnerte sich auch an seine Tränen des Nachts. Obwohl er befürchtete, etwas derartiges könnte auch Zeitlin widerfahren, – und im Konservatorium studierten dazu jetzt junge Mädchen –, dachte er, daß es vielleicht dennoch lohne, sich etwas seiner Erscheinung und seiner Kleidung anzunehmen.

Doch als er einige Monate später in Zeitlins Wohnung eintraf, fand er seinen ehemaligen Schüler dabei, wie er, weitaus zu intim für seinen Geschmack, seine Hausherrin streichelte – eine Witwe mit dreisten Augen, um einiges älter als er. Sie überließ sich bereitwillig seinem Streicheln, hatte die Augen geschlossen wie eine Katze und gurrte von Zeit zu Zeit: Mein süßes Ferkel ... Jeronim fand solch krasse Zurschaustellungen von Zuneigung geschmacklos, doch im Grunde seines Herzens war er froh darüber, daß keine der harfenspielenden Feen Zeitlins Herz gebrochen hatte. Er befragte ihn lang und breit über seine Studien bei Szymanovski, seine Treffen mit dem Kantor und nach seinem ersten Auslandskonzert, das in Den Haag stattfinden sollte. Vielleicht hat das alles sein Gutes, sagte sich Jeronim im stillen und betrachtete die Hausherrin, die seinen Blick fest erwiderte, vielleicht hat das alles sein Gutes. Zeitlin befand sich in hervorragender Stimmung, ging mit federndem Schritt auf und ab, pfiff am Klavier vor sich hin, hatte neue Schnupftabaksorten gefunden und fast ganz aufgehört, des Nachts in Schenken herumzusitzen. Er rasierte sich auch, allerdings nur ein- oder zweimal wöchentlich. Dank der Bemühungen eines der bekannten Dirigenten in Warschau waren für Zeitlin zwei Auftritte in Frankreich arrangiert worden, und vielleicht rückte auch ein Auftritt im »Gewandhaus« in zunehmende Nähe.

Zu Anfang des Winters, auf seinem Weg zu Jeronim, kehrte Zeitlin im Hause des Prinzen bei Zavichost ein. Er hatte den Prinzen bereits seit eineinhalb Jahren nicht mehr getroffen und vernommen, daß jener eine junge Frau geheiratet hatte. Der Prinz empfing ihn freundlich, fragte nach seinem Befinden und stellte ihm seiner Gattin vor. Und Motke – der sich immer wieder fragte, weshalb sie ihn geheiratet hatte: des Geldes wegen? Aus Bewunderung für den Adel?, da sie wenigstens dreißig Jahre jünger war als er – erlag ihrem Zauber. Das Gefühl, das sie ihn ihm erwachen ließ, traf Zeitlin als ungeheuerliche Überraschung: Ah, das ist es also, sagte er sich, das also meinen sie immer.

Irgendwie gelang es Frau Natalia, ihn zum Sprechen zu bringen: Er erzählte ihr von seinen beiden Lehrern, von Herrn Kufel und Dr. Jeronim und von ihren unterschiedlichen Anschauungen bezüglich der Klaviertechnik. Und Motke begleitete sie auch beim Musizieren – Frau Natalie konnte ein wenig Flöte spielen. Diese Frau berührte etwas in Motke Zeitlins tiefstem Herzen: ihre Anmut, ihre guten Manieren, ihre entspannte Harmonie mit der Welt, ihre spontane düstere Erregung, wenn er ihr einen bestimmten Satz aus der dritten Sonate von Chopin vorspielte. Wenn mich eine solche Frau liebte, bräuchte ich nichts anderes mehr auf der Welt, sagte sich Motke, ich bräuchte kein Klavierspielen, keine Studien und nichts von all dem übrigen Unfug. Trotz der damit verbundenen übermenschlichen Anstrengung nahm er all seinen Mut zusammen und rang sich ein Kompliment für sie ab, sagte, er sei bereit, sein ganzes Leben ihr Wollknäuel während des Strickens zu halten – worauf ihm Frau Natalia erwiderte, sie könne nicht stricken und es sei besser, er finde interessantere Beschäftigungen als Wollknäuel zu halten.

Als er nach Warschau zurückgekehrt war, begann Motke Zeitlin, in den Spiegel zu schauen, und begutachtete kummervoll die fetten Würste, dicken Schnitzel und Schnupftabakpäckchen. Jetzt fühlte er aus irgendeinem Grunde Befangenheit, wenn er mit der Witwe im Stadtpark oder Lunapark flanierte, blickte mit kritischem Auge auf ihre Kleider. Langsam und allmählich hörten die Spaziergänge auf, und auch seine Vergnügungen mit der Witwe fanden ihr Ende. Diese Undankbarkeit vergalt sie ihm, indem sie Teller auf dem Boden und an den Wände zerschellen ließ, und mit Kartoffelschalen und welken Kohlblättern auf dem Klavierdeckel. Und unterdessen war Motke Zeitlin, in seinen Lieblingsschenken und Kaffeehäusern, in der städtischen Bibliothek und der des Konservatoriums, bei Jan-Jan und bei seiner Tante, der Besitzerin eines Möbelgeschäfts, in der Komposition eines doppelten Concertos für Cello und Tuba mit dem Titel *Der Wettstreit des Apollon und Marsyas* versunken. Anspielungen auf das achtzehnte Jahrhundert, prachtvolle Kühle, trockener Humor, beißende Klänge der Verachtung und Überheblichkeit seitens des Cellos, Demütigung, Abscheu und Haß seitens der Tuba – Jeronim war überrascht, all dies im Herzen seines Schülers zu finden und machte sich viel Mühe mit den Korrekturen der Orchestrierung. Er war sich nicht sicher, ob Motke, der Gnom, die Sage von Apollon und Marsyas tatsächlich richtig verstanden hatte, doch andererseits, auch seine berühmten Lehrer an der Universität Dresden hatten diese Sage immer unter gewundenem Gemurmel über den Anfang der Musikentwicklung in der griechischen Antike, die Wiege der Menschheitskultur und so weiter und so fort erklärt. Jeronim glaubte, daß sein Schüler mit Marsyas auf Kaliban abzielte, da er von der Figur stark beeindruckt gewesen war, als sie zusammen *Der Sturm* gesehen hatten. Das ist also Shakespeare, hatte Motke damals mit tiefer Verwunderung geäußert. Jeronim versuchte, Szymanovskis Reaktionen auf Motkes Werk zu erraten und Korrekturen dementsprechend vorauszunehmen, er war jedoch sicher, daß in dieser Musik eine merkwürdige Kompetenz schwang. Es war zwar schwierig zu erfassen, wer genau dieser Marsyas war, doch am Schluß des Concertos, als das Orchester entschied, Mitglied des Richterkreises zu sein, gegen den Satyr, der Knirschen, Gestöhne und herzzerreißendes, auch etwas lächerliches Gebrüll ertönen ließ, und das Orchester das Cello pries und es mit klaren, kühlen Sätzen umhüllte, sah Jeronim Zeitlins Gestalt plötzlich in einem neuem Licht, fremd und seltsam. Der kleine Bulle war voller Selbsterkenntnis und ungewöhnlichem Weltverständnis.

Normalerweise verteidigte Szymanovski Mateusz Zeitlin, wenn jemand über dessen kurze Finger bemerkte, sie seien vielleicht gut, um Beethoven zu spielen. Er besah sich das doppelte Concerto, das sogleich ein Bild aus seiner Kindheit in ihm wachrief, als er einen Jungen in Jelisawetgrad besuchte und ihn dabei vorfand, wie er einen Globus bemalte, den er selbst gebastelt hatte. Auf dem Globus war nur ein winziger Teil von Polen und ein sparsamer Streifen von Rußland und Deutschland, der gesamte Rest war jungfräulich weiß, eine leere Kugel. Und genauso war Zeitlins Werk: ein Flecken Land in eine weiße Wüste gesetzt. Doch es war etwas Herzergreifendes an der Klage, Unterwerfung und lichterfüllten Grausamkeit, mit der Marsyas hingerichtet wurde. Die Musik war von Klarheit und schmerzlichem Pathos durchdrungen, und die rhetorischen, leicht altertümlichen Ergänzungen, hinter denen er die Hand von Peter Ewald Jeronims ahnte – wie war der Name des deutschen Freundes von Cousin Pons? –, verliehen dem Werk unbeabsichtigte geheimnisvolle

Randbereiche. Jenseits der Türe hörte er Zeitlin niesen, und er ging leicht hinkend hinaus, um ihn zu rufen.

»Setzen Sie sich doch neben mich, Herr Zeitlin«, sagte der Komponist und blickte seine Haare an, die schweißfeucht vor Aufregung waren, und seine zitternden Hände. »Das doppelte Concerto ist herrlich!«

Zeitlins Mund entrang sich ein gurgelnder Seufzer, sein Kopf kippte nach hinten und er fiel mitsamt seinem Stuhl ohnmächtig zu Boden.

Szymanovski rief Jan-Jan herbei, und dieser holte schleunigst Riechsalz.

»Er wird sich erholen«, sagte Szymanovski, »so ist die Natur der ewigen Festung, die die Barbarensöhne zu erobern versuchen, was jenen Barbaren hundert Mal schwerer fällt, die früher eine geistige Stätte hatten. Der Junge hat etwas Schönes geschrieben. Organisiere für ihn ein Konzert und mach ein wenig Wirbel um ihn, falls möglich."

Jan-Jan warf einen Blick auf die Bögen. Szymanovskis Einfluß war minimal und hätte Zeitlin nur schaden können.

»Wer soll dirigieren?«

»Finde jemand Apollonischen, mit wehendem Haar, langen Händen, vielleicht blond. Was, Jan-Jan?«

Er blickte seinen Assistenten an. Als Jan-Jan Motke Zeitlin zum ersten Mal sah, sagte er: Aber Herr Szymanovski, er ist ein Tier! Danach schaute Szymanovski Zeitlin an, der sich langsam von seiner Ohnmacht erholte. Er sah wirklich wie ein kleiner Troll aus, stark und unglücklich.

»Ich habe Befürchtungen hinsichtlich dieses Konzerts«, sagte Jan-Jan.

»Laß uns ein paar Kritiker zum Essen einladen und sie umwerben. Dies sind die Zeiten von Presse und Rundfunk. Don Basilio ist gefährlicher als ein Beckmesser. Dieser Junge muß von etwas leben. Er wird nicht mehr lange Klavier spielen.«

»Wovon kann er leben?«

»Könnte er eine reiche Frau heiraten?«

»Das glaube ich kaum«, sagte Jan-Jan.

»Das ist eine gute Lösung, Jan-Jan. Gebe Gott, ich hätte irgendeine reiche Witwe geehelicht, wie es Debussy und Palestrina taten. Ich würde jetzt nicht hier sitzen und auf die Hinrichtung durch die Kochschen Tuberkeln oder die Mitglieder des Direktoriums warten.«

»Haben Sie viele Frauen gekannt?«

»Das habe ich, und ob, mein Junge«, erwiderte Szymanovski.

»Ist sein Werk wirklich so schön?« versuchte Jan-Jan das Thema zu wechseln.

»Schau dir seine Partitur an und sage mir, wie oft du in deinem kurzen Leben die Gelegenheit gehabt hast, etwas derart Schönes zu sehen. Es stimmt, daß er rennen kann, aber nicht weiß, wie man geht. Doch ich liebe das.«

Mehr als einen Monat plagte sich Zeitlin ab, um für Frau Natalia eine Abschrift des *Wettstreit des Apollon und Marsyas* zu erstellen. Er wollte zwei handschriftliche Exemplare mit den Gestalten des Gottes und seines unglücklichen Herausforderers darauf binden lassen, und der mit Initiative gesegnete Buchbinder fügte noch einen geflügelten Pegasus hinzu.

Wie vereinbart traf Motke Zeitlin an Weihnachten auf dem Landgut des Prinzen ein und wurde wie immer mit freundschaftlicher Sympathie aufgenommen. Es war ihr letztes Jahr dort – eine alte Villa war für sie renoviert worden, und dorthin wollte der Prinz im Frühling übersiedeln. Trotz der festlichen Atmosphäre, all der Dekorationen und vielen Gäste wirkte der Prinz in sich zurückgezogen, ungeduldig, ein wenig düster. Das große Glück, das er vor noch vor einem halben Jahr, gleich nach seiner Hochzeit, ausgestrahlt hatte, war ihm nicht mehr anzusehen. Zeitlin streunte umher, vorbei an vereisten Bächen, im Schnee begrabenen Strohhütten, in Eiswasser ertrunkenen Wiesen, vor Kälte zitternden Pferden, nassen Raben. Er hatte die Noten Frau Natalia überreicht, doch es war klar, daß sie sie nicht lesen konnte. Er versprach, bei der Preisverleihung des Fonds im kommenden Jahr zu spielen, und kehrte nach Warschau zurück.

Das doppelte Concerto wurde aufgeführt, und umsonst trösteten ihn seine Gefährten in der Kompositionsklasse, daß originelle Werke immer mit Spott und Hohn aufgenommen würden. Zeitlin hoffte sehnlichst auf lobende Kritiken, um sie der Fürstin schicken zu können. Da er weder Romane noch Zeitungen las und auch kein Radio hörte, war er nicht an Ruhm oder Publizität interessiert. Er wollte nichts als eine einzige Kritik, die er Frau Natalia senden könnte. Bei seiner Rückkehr vom Büro für Presseausschnitte traf er Schulem Sosnover, den Kantor.

»Weinst?« fragte ihn der Kantor auf jiddisch, und erst da merkte Zeitlin, daß seine Augen tatsächlich mit Tränen gefüllt waren.

Er ging mit dem Kantor zum Abendessen. Zeitlin liebte die sanften Augen Sosnovers, seinen weichen Bart, seine seidige Stimme. Er besaß nicht mehr als einen Hauch der üblichen Eigenliebe eines Sängers, und nur der weiße Schal, den er auch im Restaurant um seinen

Hals gebunden ließ, deutete auf seine Beziehung zu seinem Körper hin. Er erkundigte sich nach Szymanovski und auch nach dem doppelten Concerto, von dem er in der *Hajnt* gelesen hatte. Zeitlin zeigte ihm die Noten, die er dabei hatte, und erzählte ihm von dem Sänger, der den Gott Apollon herausgefordert hatte und im Wettstreit besiegt wurde, und wie der Gott befohlen hatte, ihm die Haut abzuziehen. Diese Geschichte rief in dem zartbesaiteten Kantor großen Abscheu hervor.

»Das nennt sich ein Gott?« sagte er. »Das sind Ungereimtheiten der Gojim. Wo hast du diese Geschichte gehört?«

»Ich habe sie in der illustrierten Enzyklopädie für die Jugend bei meiner Hausherrin gelesen.«

Lange Zeit betrachtete der Kantor den prächtigen Einband mit den darauf abgebildeten Gestalten Apollons und Marsyas' und dem Pegasus. »Ein geflügeltes Pferd«, murmelte er, »wenn Gott gewollt hätte, hätte er ein Pferd mit Flügeln erschaffen, doch er zog es vor, das Pferd so zu belassen, wie es ist, und die Flügel eben dem Vogel zu geben.«

Er begleitete Zeitlin zu seinem neuen Domizil – Motke wohnte nun in einem Haus, in dem die Schüler des Konservatoriums Zimmer mit Klavier mieteten. Und mit Stolz sah er den Titel von Zeitlins Arbeit: »Schulem Katz, genannt Schulem Sosnover, Kantor.« Zeitlin las ihm das Werk sogar vor, und der Kantor nickte bestätigend und korrigierte hier und da Ausdrücke, die ihm zu stark erschienen.

»Wir müssen vorsichtig sein, damit die Gojim uns nicht verspotten«, sagte er. »Und ein jüdischer Künstler muß hundertmal vorsichtiger sein.«

Zeitlin dachte an Natalia.

»Sie lieben uns Juden nicht?«

»Oi, nein.«

»Aber warum?«

Der Kantor lächelte: »Denn ich bin krank vor Liebe ... – wegen der Leiden, die die Völker der Welt über uns bringen, weil wir Gott lieben.«

»Aber ich bin Atheist«, sagte Zeitlin.

»Natürlich. Es versteht sich, daß du ein Epikureer bist«, sagte der große Kantor, versuchte ihn zu beruhigen.

Doch vielleicht hatte ja Herr Szymanovski der Prinzessin in in Zakopane sein Loblied gesungen. Sie pflegte sich dort zu erholen, ebenso wie Herr Szymanovski mit seinen Freunden. Eine Hütte, Nacht, draußen der Wind, drinnen ein Feuer – und Herr Szymanovski erzählt ihr von ihm: Das doppelte Concerto ist herrlich,

Frau Natalia. Jan-Jan hatte über Zakopane gesagt: ein Tempel des Geschlechts, des Snobismus und der Folklore. Zeitlins Herz zog sich zusammen, als ihn der Flügel der zügellosen Geheimnisse Zakopanes streifte. Fotos aus *Das junge Polen*: Apolinary Szeluto, Szymanovski, Prinz Lubomirksy, Grzegorz Fitelberg, Ludomir Rozicki; und das Trio: Szymanovski, Pavel Kochanski, Fitelberg – jung, stolz, voller Wissen, im Begriff, die Welt zu erobern. Szymanovski war, trotz seiner Schwindsucht und seinen von Kindheit an schwächlichen Beinen, der Sohn einer Familie, unter deren Ahnen sich der Chamberlain eines Königs, ein napoleonischer General befanden.

Zeitlin begann, den Großteil seines Geldes für teure Kleidung auszugeben, speziell für Hemden aus den großen Modehäusern, breite Seidenkrawatten und Schuhe, deren Preise er noch wenige Monate zuvor nicht einmal hätte vermuten können. Er stattete der neuen Residenz des Prinzen einen Besuch ab, doch der Prinz war nach Nordafrika gereist. Im darauffolgenden Jahr, als er bei der Zeremonie der Preisverleihung des Fonds erschien, traf er den berühmten Reisenden, der gerade aus Asien zurückgekehrt war, Herrn Viktor Hanusz. Seine Nähe zu Frau Natalia traf ihn wie ein Schock, und er schlüpfte aus der Halle.

Einen Monat später brach Zeitlin zu einer Konzertreise nach Südamerika auf, die der Impresario Feld für ihn organisiert hatte. Er kehrte von dort als leidenschaftlicher Kartenspieler zurück. Auf dem Schiff beschloß er, eine Oper ähnlich Szymanovskis *König Roger* zu verfassen, mit dem Namen *Der echte Diamant*. Stammelnd und ignorant, wie er war, begann er sogleich, das Libretto zu schreiben: Ein junger Bergarbeiter findet in Kenia einen riesigen Diamanten, schmuggelt ihn durch Urwälder, über Flüsse und Berge, erträgt Hunger, Kämpfe, Gefängnis, läßt sich von Dirnen, Raubgesellen und Aussätzigen helfen, versteckt den Diamanten auch in einer Wunde seines Körpers und wird am Ende betrogen, als er nach Amsterdam zu dem großen Diamantenhändler, Mijnheer Samael, gelangt und ein falscher Diamant in seiner Hand verbleibt. Ein derartiges Libretto überstieg Motke Zeitlins Kräfte, und auch sein Freund Jan-Jan konnte ihm nicht viel helfen. Trotzdem begann Zeitlin mit dem Komponieren, doch zu seinem größten Erstaunen, da er sich erinnerte, wie leicht ihm sein erstes Werk von der Hand gegangen war, das wie ein fertiges weißes Ei aus seinem Kopf schlüpfte, litt er dieses Mal schreckliche Qualen erbitterter Hilflosigkeit. Die Ideen wollten sich in seinem Gehirn einfach nicht verknüpfen. Todmüde erwachte er des Morgens und legte sich müde zum Schlafen nieder, wanderte wie ein Geist durch die Straßen. Jeronim riet ihm, sich an einen seiner Freunde, einen Psychologen zu wenden. Zu guter Letzt ging Motke zum Kantor.

Der Kantor wiegte lange sein Haupt. »Ai, ai«, sagte er, »Trinken in der Nacht, Schlafmangel, ai, ai. Wenn du kein Epikureer wärst, würde ich dir einen Rat geben.«

Zeitlin errötete. »Aber sogar ein Epikureer ... was macht es schon ... Ich an deiner Stelle würde zum Rabbi von Zavichost gehen. Er empfängt keine Fremden, aber ich kann dir ein Schreiben an ihn mitgeben. Hör mir gut zu, mein lieber junger Herr Zeitlin. Der Rabbi reist in Kürze nach Erez-Israel, er ist in Hochstimmung. Du magst noch so ein Epikureer sein, ein Mensch wie der Rabbi von Zavichost hat viel Erfahrung, und er ist, wie soll man sagen, ein Mann mit großer Inspiration, du hast das Gefühl, in seiner Gegenwart klüger und besser zu sein, und vielleicht wird dir aus diesem Gefühl irgendein Nutzen erwachsen. Und er ist ein Mensch, der Bücher gelesen hat – Spinoza, Mendelssohn, Zionisten. Er hatte nicht viel Zeit dazu, doch er las, er kann ...«

»Er wird mich nicht verstehen ...«

»Was gibt es da zu verstehen?« verwunderte sich der Kantor. »Gewiß wird er dich verstehen. Fahr nach Zavichost, und du wirst sehen.«

»Muß ich eine Kipa aufsetzen?«

»Du kannst deinen hübschen Hut behalten«, sagte der Kantor, »er ist ein einfacher Mensch. Du brauchst dir keine Sorgen machen. Biete ihm etwas von deinem Tabak an. Er nimmt manchmal gerne eine kleine Prise.«

Zerstörung empfing ihn. Heftige Winde hatten das kleine Dorf bei Zavichost zermalmt, Dächer waren fortgeflogen, Wagenteile lagen überall verstreut, die Telegrafenmasten waren eingeknickt, Baumwurzeln freigelegt, Hühnerfedern häuften sich in allen Ecken. Daher will ich euch heimsuchen um eurer Missetaten willen? Kein Mensch war an dem Ort, wo ihn der Karren absetzte, nur ein Junge mit einer fadenscheinigen Schirmmütze und langen Schläfenlocken, die hinter seinen Ohren herabbaumelten.

»Was ist hier passiert?«

»Alles ist weggeflogen. Die Fenster machten wie Schröpfköpfe: pak, pak«, erwiderte der Junge.

Motke Zeitlins Hände zitterten leicht. »Und was lernt ihr jetzt?«

Der Junge blickte ihn erschreckt an.

»*Genesis*?«

Der Junge schüttelte den Kopf.

»Von der Flut?«

»Nein.«

»Den Abschnitt *lech-lech*?«

»Nein«, erwiderte der Junge.

»*Vajischlach*?«

»*Vajischlach*«, bestätigte der Junge.

»Willst du Schokolade?«

»Ja.«

Sein Gefühl besserte sich, er war stolz, daß er sich mit dem Jungen unterhalten konnte. Ein bißchen Magie des Rabbis würde nichts schaden! Einem Künstler würde die Magie ihr weißes Gesicht doch nicht verweigern. Nicht die Wahrheit, nicht die eine Wahrheit, nur nicht die eine und einzige Wahrheit!

Der Rabbi wohnte in einem alten Holzhaus, von einer Art Veranda umgeben, deren Balken verfault waren. Zu einem Eingang, etwas erhöht, führten Stufen. Auch das Haus des Rabbis hatte der Sturm mitgenommen: Fensterläden hatten sich aus den Angeln gelöst, eine Seite des Daches war eingestürzt.

Der Rabbi, ein kleingewachsener Mann mit spärlichem Bart und sommersprossigen Händen, saß an einem kleinen Tisch, auf dem sich eine Teekanne, ein riesiges Buch mit speckigem Einband und ein Teller voller Würfelzucker befanden. Der Rabbi von Zavichost war, wie Motkes Lehrer im Cheder, ein Teetrinker. Ohne seinem Gast in die Augen zu blicken, bemühte sich der Rabbi, daß sich jener wohl fühlte. Er erzählte ihm von dem Schreiben des Kantors, lobte dessen Gesang, nahm sich mit viel Zartgefühl von dem Tabak und nieste auch mit Zartgefühl.

Und Zeitlin erzählte ihm höchst verlegen von sich selbst und seinem Werk.

Der Rabbi beruhigte ihn, schielte zu seinem Teeglas und sagte: »Ich weiß, was das heißt, Musik, ich habe einmal in einem Park in Krakau ein Orchester gehört. Alle waren sie weiß angezogen wie die Bäcker. Übrigens, es erscheint mir sehr merkwürdig, daß der Enkel Moses Mendelssohns keine jüdische Musik schrieb. Ich habe nämlich gelesen, daß er, nicht wie sein Vater, sich weigerte, sein Volk zu vergessen.«

»Wenn ich hier ein Klavier hätte ...«, sagte Zeitlin. »Wie viele Werke, die sich *Lieder ohne Worte* nennen, hat er im Stil eines Roschhaschana- und Jom-Kippur-Gebets vollendet, acht oder neun, wie mir scheint.«

»*Lieder ohne Worte*?« staunte der Rabbi.

»So wird es genannt.«

»Und das ist kein Zufall?«

»Ich glaube kaum, obwohl ich mich nicht so gut auskenne in seiner Musik.«

»Ich wußte, daß sich der Enkel von Moses Mendelssohn nicht von seinem Volk lossagen würde«, sagte der Rabbi, »erzähl, erzähl von dir selber.«

Er vernahm noch einmal seine Geschichte, griff sich noch eine kleine Handvoll von dem Tabak und schenkte sich ein Glas Tee ein.

»Die Quelle sprudelt nicht mehr?«

Zeitlin lächelte traurig.

»Aber wieso? Das kann nicht sein. Du hast eine bestimmte Melodie in deinem Herzen, nicht wahr?«

»Eine Melodie?«

»Die Melodie, die deine Seele immerfort singt, Tag und Nacht, im Schlaf und im Wachen, im Frühling und im Herbst. Du hast entweder eine solche Melodie, oder bei dir ist alles in Bruchstücken. Alles für sich, einmal eine solche Melodie und einmal eine andere, verschwindet und wird wieder zerbrochen, verschwindet, und eine andere kommt statt ihrer, wie dünner Rauch im Schornstein aufsteigt?«

»Ich bin mir nicht sicher.«

»Bei mir zum Beispiel«, sagte der Rabbi von Zavichost, ohne seinen Gast anzublicken, die Hände um das Teeglas gefaltet, »ist die Melodie wie ein kleiner Bach, traurig, fragend, klagend, wispernd vor Erwartung. Um zu beten, zu lernen, mit Menschen zu sprechen, Kinder zu unterrichten, knete ich sie wie einen Teig. Aber sie hat Bestand. Und wie ist es mit deiner – beständig oder zerstückelt?«

Der Rabbi trank seinen Tee mit zartem Schmatzen der Lippen.

»Das ist der Lohn der Sünde«, sagte er.

»Welche Sünde kann ich schon begangen haben«, murmelte Motke Zeitlin.

Zum erstenmal hob der Rabbi seinen Kopf und blickte ihm direkt in die Augen.

»Und wie soll ich das wissen? Der Herr hat einen Gott, und der Herr hat sich gegen ihn versündigt, der Herr muß es wissen ...«

»Ich sehe nicht, womit ich mich versündigt haben könnte ... gegen meinen Gott«, sagte Zeitlin.

»Ein großer Gerechter hat einmal gesagt, daß wir dem Gott der Wahrheit dienen müßten, und nicht dem Gott der Maske, wir müssen den Horizont erhöhen.« Die letzte Worte wiederholte er auf jiddisch und polnisch, wobei er seine Hände mit drängender Bewegung erhob, als stieße er die Luft empor. »Vielleicht dient der Herr dem Gott der Maske und erhöht den Horizont nicht.«

»Ich verstehe diese Worte nicht«, sagte Zeitlin.
»Wenn du keine beständige Melodie hast, bist du ein Sünder. Wie das stürmische Meer, so nagt und bohrt die Sünde, reibt und zerreibt. Bist du ein Sünder – mußt du den Horizont erhöhen, einen Schritt und noch einen hinaufsteigen, eine Stufe und noch eine, hinauf und hinauf.« Der Rabbi brach in einen schrecklichen Husten aus, und es war deutlich, daß er, wenn er nicht seinen Tee trank, viel hustete.
»Ich verstehe deine Worte nicht«, wiederholte Zeitlin fast flüsternd.
»Du bist zu stolz.«
»Stolz? Ich?«
Mit kleinen energischen Schritten ging der Rabbi zum Fenster, rückte den zerbrochenen Fensterladen zur Seite und sagte:
»Schau diese Scheune an, dort oben, die oberste Luke. Ein Trägerbalken löste sich und fiel auf die Seilwinde, der samt dem Seil herunterkam, die Hinterseite stürzte ein, und zwei Kinder, die dort auf dem Speicher spielten, blieben während des Sturmes droben. Dorthin gelangen konnte man nur auf einem Weg – über eine Leiter. Und eine sehr hohe Leiter brauchte es, und im ganzen Städtchen gibt es nur eine einzige solche. Ein paar Jungen rannten los und brachten sie herbei, doch diese Leiter ist alt und es fehlen ihr Sprossen, hier eine und da zwei oder gar drei. Die Kinder weinten, und du weißt: Es ist nicht leicht, eine solche Leiter zu erklimmen, doch es war keine Zeit, sie zu reparieren, und ein junger Mann nahm ein Seil, an ein Ende banden sie einen Korb, und der Junge kletterte hinauf, und wenn er an eine Stelle kam, wo Sprossen fehlten – wie er sich verrenkte, welch sonderbaren Bewegungen er machte, der panische Händegriff, eine höchst gefährliche Kletterei, die einen wirklich zittern ließ, doch wie ein Wurm, mit krummen Schultern, mit Beinen so wacklig wie die eines alten Hundes, stieg er immer weiter hinauf. Und was der Junge tun konnte, kannst du genauso tun. Ich sehe, daß auch in deiner Leiter Sprossen fehlen, der Weg ist länger, gewunden, die Gefahr des Strauchelns groß, aber du mußt deine Leiter bis zum Ende erklimmen. Und wer weiß, vielleicht fehlen unseren Zeitgenossen auch auf der allergrößten Leiter ein paar Sprossen?«
Nichts Praktisches riet der Rabbi von Zavichost Zeitlin, doch da sein Herz offenbar von seiner Reise nach Erez-Israel erfüllt war, riet er ihm, das Heilige Land zu besuchen – etwas, das Motke Zeitlin sonderbar und beängstigend vorkam, denn er hatte gehört, daß dort blutige Unruhen zugange waren, blutrünstige Araberbanden dort tobten, und er erinnerte sich auch daran, daß zwei aus Kazimierz, die nach Erez-Israel aufgebrochen waren, dort im Jahre 1929 verwundet

worden waren, ein Junge in der Jerusalemer Altstadt durch einen Messerstich und sein größerer Bruder durch Schüsse ins Bein, die aus einem vorbeifahrenden Auto abgefeuert wurden. Doch die Worte des Rabbi von Zavichost über die fehlenden Sprossen fanden ihren Weg zu seinem Herzen: Der Pulsschlag einer verfluchten Ballade voller Geheimnis berührte ihn. Schon oft hatte er im Wachen geträumt, er könne scharfe Messer genauso präzise werfen wie ein Zirkuskünstler, allerdings nicht zu Vorstellungszwecken, sondern geradewegs ins Herz seines Feindes, in aller Echtheit. Zuweilen träumte er, er sei ein Feuerball, der dahinrollte und alles verbrannte, was ihm zufällig begegnete, und mit den letzten Akkorden explodierte er in Tausende Splitter, wie vor seinen Augen die Fensterscheibe seiner Hausherrin, der Witwe, zersprungen war beim Liebesakt am ersten Morgen.

Als Kind wollte er für sein Leben gern Messerschleifer werden. Auch wenn es allerlei Handwerker oder Musikanten waren, denen er zusammen mit anderen Kindern durch die Straßen hinterherwanderte, – Kesselflicker, Leierkastendreher, Kurzwarenverkäufer –, hatte sein Herz der Messerschleifer erobert, der während seiner ganzen Kindheit durch die Straßen seiner Kleinstadt zog: ein Mann mit magerem Bärtchen, einem Hut, der wie angegossen auf seinem Kopf saß, und schwarz behaarten Händen. Sein Griff nach dem Messer, sein rhythmisches Fußtreten, die fröhlichen Funken, die im Wind stoben, golden und silbrig, die gemächliche, genießerische Bewegung, mit der er mit seinem Fingernagel die Schärfe der Schneide prüfte – Zeitlin konnte seinen Blick nicht von ihm wenden. Fehlende Sprossen? Der Geist einer verfluchten Ballade wehte ihn an. Erez-Israel? Eine Pilgerfahrt, eine Quelle, die nicht sprudelte?

Im Frühling hörte er, daß Karol Szymanovski in einer Schweizer Klinik an der Schwindsucht gestorben war. Seine Feinde scherzten, er habe es als seine Pflicht angesehen, auf Chopins Spuren zu wandeln, sei nicht an der Schwindsucht, sondern aus Snobismus gestorben, wie es sich für einen der großen Komponisten Polens gehöre.

Zur Zeit des feierlichen Begräbnisses befand sich Zeitlin in Prag, und bei seiner Rückkehr nach Warschau schickte er seiner Sekretärin, Leonia Gradstein, die zehn Briefe, die er von ihm erhalten hatte, und eine Handschrift des doppelten Concerto, in dem Szymanovski etwa ein Drittel gestrichen hatte.

Im Herbst mußte er wieder in Lateinamerika auftreten.

»In Erez-Israel vorbeifahren? Den Rabbi besuchen? Tel Aviv, die weiße Stadt, besuchen?« dachte er während einer Konzertreise in Italien.

321

Sie verlangten dort begeistert Zugaben, nach den Konzerten wurde er zu den köstlichsten Mahlzeiten eingeladen, doch während des Konzerts war das Publikum laut, redete, summte, ging hierhin und dorthin. Die vornehme Exaltiertheit, zu der Motke Zeitlin inzwischen ein wenig neigte, verdarb ihm sein italienisches Erlebnis. Das Publikum wirkte auf ihn wie ein Schwarm geschwätziger Vögel, und die faschistischen Paraden entsetzten ihn; die Blicke der Marschierenden waren hohl und ihre Erregung in seinen Augen wie ein Steinschlag. Er war nicht einmal mit Italien ausgesöhnt, nachdem er in einem seiner Schuhe, die er zum Putzen über Nacht hinausgestellt hatte, einen Zettel mit einer Einladung zu einem Schäferstündchen fand.

In Jerusalem spielte er im Hause von Dr. Ticho, in der Bezalel-Kunstschule, in der Ferrarihalle, im Terra-Santa-Kolleg, im Palast des Hohen Kommissars, und an keinem dieser Orte zahlte man ihm etwas.

In Tel Aviv traf er sich mit Musikern, trat bei einem Klavierabend auf, spielte mit einem Streichquartett zusammen in der Kammermusik in der Bernerstraße, begleitete Frau Rieti bei Liedern von Ravel und Poulenc. Bei Frau Rieti lernte er Fräulein Batia Romano kennen, eine orientalische Musikforscherin, die westlicher Musik mit Verachtung begegnete und sogar zu Zeitlin sagte: Was ist das überhaupt, westliche Musik? Was ist schon daran? Nur drei Modi – Nahwand, Ajam, Chajaz. Dieser Spruch gefiel Zeitlin, und er beschrieb Fräulein Romano in einem langen Brief an Jeronim. Es machte ihm Freude, sich mit ihr zu unterhalten. Große Frauen mit breiten Schultern, ein wenig scheu, hatten ihn immer angezogen. Aber Fräulein Romano war ganz und gar mit ihrer orientalischen Musik beschäftigt und steckte mit ihrer Begeisterung sogar Frau Rieti an, deren Lieblinge eigentlich die Franzosen waren. *Der echte Diamant* produzierte nicht einmal ein schwaches Glimmen.

Mit Fräulein Romano brach Zeitlin in die Wüste auf, im Auto, begleitet von einem Wächter mit kurzen Hosen, Jägerhut und Gewehr. Der Fürst der Balladen nahm Motkes Leben wieder in seine Hände; vergebens das Galoppieren durch Nacht und Wind, vergebens die Umarmung – der Fürst der Balladen nahm Motke Zeitlin wieder zu sich. Es war dumm von seiner Seite, ein anderes Schicksal zu erwarten, und schließlich und endlich war es kein allzu schlechtes Schicksal, hatte etwas Heiteres, Simples, und es bestand auch keine Notwendigkeit, in einer Ballade nach Bedeutung zu suchen: ihre Bedeutung steckte in der Anzahl ihrer Verse und ihrem mitreißenden Kehrreim.

Aber, o Berg und Tal, Tag und Nacht, Wolke und Höhle – wie groß war doch der Unterschied zwischen dem Vers einer Ballade und irgendeinem Mißverständnis in einem Hotel, zwischen Kehrreim und Krankheit.

Eines Tages wollte Fräulein Romano zu einem Dorf bei Ramalla aufbrechen, wo ein Türke aus Anatolien hauste, der Gebete wußte, die Fräulein Romano aufnehmen wollte. Es war nicht leicht, ein Treffen mit ihm zu vereinbaren, und erst nach vielfacher Überredung und beachtlicher Bestechung hatte sie die ganze komplizierte Ausrüstung zusammengesammelt. Motke Zeitlin begleitete sie. Fräulein Romano wußte natürlich, daß die Straßen nicht ruhig waren, sie wußte von den Unruhen, doch sie dachte nicht, daß sie auf irgenwelche Banden stoßen würden. Sie sah sehr königlich aus, ihre geweiteten Nüstern, ihr prächtiges Kleid, ihr Windhund mit dem Affenschwanz, der stolz um sich blickte. Auch Motke Zeitlin dachte an die arabischen Meuchelmörder so, als gehörten sie einer anderen Ballade an. Auf dem Weg in jenes Dorf, Jibne, das laut Fräulein Romano seit biblischen Zeiten bestand, wurde eine Salve auf ihr Auto abgefeuert. Fräulein Romano wurde am Kopf getroffen, und der Wagen rammte ein Loch in eine kleine Friedhofsmauer.

Zeitlin erwachte im Krankenhaus. Sein ganzer Körper war einbandagiert, eine Kopfwunde, sein rechter Fuß gebrochen, und jede Bewegung versursachte ihm grauenhafte Rückenschmerzen. Die Nachricht von Fräulein Romanos Tod entsetzte ihn. Er erinnerte sich verschwommen an Schüsse und einen scharfen Schmerz. Das Krankenhaus verließ er mit einem Gipsbein und in stocksteifer Haltung wegen der Rückenschmerzen, mit zahlreichen Beulen im Gesicht und am Körper und voll ohnmächtiger Wut, als wäre er bei einem Streit von einem stärkeren Gegner geschlagen worden. Zu überraschenden Zeiten am Tag und in der Nacht flatterte sein Herz plötzlich in schnellen Zuckungen, Schweiß strömte ihm über sein Gesicht und die Brust, würgende Gedanken an Rache und exakt geschleuderte Messer schüttelten seinen Körper. Seine Geduld drohte jeden Moment zu reißen. Bei Frau Rieti erwarteten ihn Telegramme von Impresario Feld. Er mußte nach Pôrto Alegre – einen Ort, von dem er noch nie gehört hatte, dessen Name ihn jedoch für eine Sekunde wie der Hauch einer Ballade anwehte.

Mit eigenen Augen wollte er den Attentäter sehen, sein Gesicht, seinen Namen erfahren, und er war enttäuscht darüber, daß die Menschen in seiner Umgebung von dem Attentat und Fräulein Romanos Tod bei weitem nicht so erschüttert waren wie er. Sogar Frau Rieti verstand seine Erbitterung nicht, und ihr Mann, ein Rechtsanwalt, der schnell die Gesetze vor Ort gelernt hatte und Ballettgraphiken sammelte, sagte zu ihm: Und was würde das schon ändern? Nehmen wir an, sein Name wäre Mahmud oder Suhil, daß er einen langen oder kurzen Namen hat, daß er einen Meter fünfundsiebzig groß ist, daß er eine tiefe Narbe auf der linken Wange hat ... Auch die polizeiliche Untersuchung erbitterte ihn. Den Fragen des Vernehmungsbeamten entnahm er, daß jener dem Wahrheitsgehalt seiner Worte mißtraute, und er sagte zu seinem Dolmetscher – Motke Zeitlin wußte nicht, daß man mit englischen Polizisten höflich umzugehen hatte –: »Sag ihm, er soll die Uniform ausziehen, und ich werde ihm, so wie ich bin, samt diesem verfluchten Gips, seine Visage zu Brei schlagen.« Worte, von deren englischer Übersetzung der Dolmetscher Abstand nahm.

Unterdessen hatte Mosche Halevi, Schauspieler an einem Theater, das den sonderbaren Namen *Das Zelt* trug, seinen Weg zu ihm gefunden und schlug ihm vor, die Musik zu einem Theaterstück für ihn zu schreiben, doch als sie beim Thema Bezahlung anlangten, begriff Zeitlin, daß es ihn an einen Ort verschlagen hatte, wo der Künstler sein Publikum bezahlen muß. Trotz der Worte des Rabbi von Zavichost fuhr er nicht mehr nach Jerusalem. Und es dürstet meine Seele nach dir, mein ganzer Mensch verlangt nach dir? Nach dem Attentat fiel es ihm schwer, nach Jerusalem zu gehen.

Eines Tages kam ihn Baruch Agadati besuchen, ein Mann des Films und Tanzes, und Maler. Er war der einzige Mensch, der von seinem doppelten Concerto gehört hatte.

»Schreib mir ein Ballett«, sagte er, »und ich führe es hier auf.«

Motke Zeitlin kratzte seine behaarte Brust. »Ich dachte an ein Ballett in vier Bildern: *Die fehlenden Sprossen*. Was du benötigen würdest, wären eine Leiter und ein Tänzer, eine Steinkulisse, Wolken und acht Musiker.«

»Eine Leiter?«

»So eine Art Jakobsleiter«, sagte Zeitlin.

»Das klingt gut: eine Leiter, ein Tänzer, Wolken, Stein. Man kann die Noten regelrecht sehen.«

»Ich fahre nach Brasilien, ich werde sie dir von dort schicken.«

Und nach Jerusalem, deiner Stadt, wirst du zurückkehren ... Es dürstet meine Seele nach dir, mein ganzer Mensch verlangt nach dir?

»Ich muß nach Pôrto Alegre ... ich habe keinen Groschen mehr«, sagte Zeitlin.

Er schaffte es nicht, das Ballett fertigzustellen. Zwar entfernte ihm der Schiffsarzt während der Überfahrt den Gips von seinem Bein, und es gelang ihm tatsächlich, eine geschliffene Musik zu komponieren, über der eine schwarze Sturmwolke dräute, doch es blieb noch viel daran zu tun, als er Pôrto Alegre erreichte.

Am Abend wanderte er durch die Straßen. Trotz der Lichter, der offenen Lokalitäten fühlte er sich verlassen, am Ende der Welt. Die Nächte waren hart, aggressiv, und er versank im Asphalt der Zeit und des Raumes, fern jeden Orts. Er imitierte das Zwitschern der Vögel von Pôrto Alegre: traurige Vögel. Eines Abends, als er durch die Straßen wanderte, sprangen ihm die Leuchtbuchstaben des Namens eines Kinos regelrecht in die Augen. Der schmutzige Bürgersteig vor dem Gebäude strahlte mit einem Mal. Er näherte sich den Glasschaukästen und lächelte beim Anblick der Bilder: *La Symphonie des Brigands*. Ein törichter Film, den er in Paris gesehen hatte, begleitet von einer herzgewinnenden Melodie, über weichherzige Räuber, die mit einem Karren in Form eines riesigen Weinfasses umherziehen, ein Junge mit Hund und Esel, malerische Polizisten ... oh, Musikanten, Räuber ... ein ganzes Orchester mit schwarzen Melonenhüten wie Melech-Josef, wenn er auf einer Hochzeit von feinen Herrschaften spielte. »Wir sind kein Mörder, wir sind Räuber.« Räuber ... eine reizende Ballade ... Zeitlin setzte sich in das Café gegenüber, schrieb an Jeronim und legte in den Umschlag die Noten der ersten Bilder des Balletts *Die fehlenden Sprossen*. Das Staunen des Tänzers angesichts der Sterne am Himmel, seine Sehnsucht nach ihnen, sein Glück bei der Entdeckung der Leiter. Danach betrat Zeitlin das Kino und blieb sogar zur zweiten Vorstellung, so vergnüglich fand er den Film. Und vielleicht beschwichtigte das Sitzen im Kinosaal seinen gequälten Sinn, der Trost des zwanzigsten Jahrhunderts, sehen und nicht gesehen werden in wohltätiger Dunkelheit zwischen anderen Menschen, eine Brüderlichkeit auf Abstand, erleuchtet im Licht der Zauberlaterne.

Am nächsten Tag berichteten die Zeitungen von dem Brand, der im *Paladino* ausgebrochen war, und von den zehn Zuschauern, die ihrer Rauchvergiftung erlegen waren, darunter Mateusz Zeitlin, ein polnischer Pianist, der in einem Konzert mit Werken von Bach, Chopin und Szymanovski hätte auftreten sollen.

Niemand trauerte um ihn, außer Jeronim. Oswald Spengler sagt irgendwo, daß die Göttin der Geschichte ihre eigene Logik verfolgt. Ich kann mir nicht vorstellen, so ungefähr sagte er, daß der junge Goethe aus der Kutsche hätte fallen und ein Bein verlieren können. Spengler hatte natürlich recht: Es ist eine Tatsache – Goethe erreichte ein hohes Alter heil an Leib und Gliedern. Doch vielleicht gibt es am verborgenen Firmament mehr als eine Göttin, und eine von ihnen blickte mit unbeteiligter Neugier in die Flammen, die in Pôrto Alegre im *Paladino* ausbrachen – so schrieb Jeronim in seinem Nachruf auf Mateusz Zeitlin, Worte, die sich in den Augen des Spartenredakteurs, des Korrektors und des kleinen Leserpublikums der Musikzeitschrift *Die Welt der Töne* ein wenig lächerlich ausnahmen.

»Allegro«-Abenteuer – das Rasiermesserschärfgerät

Es war nicht schwierig, das Geschäft zu finden, da der Name Buchanov auf dem oberen Teil des eisernen Fensterladens prangte. Viele Krüge hingen draußen und reihten sich auf Tischen, drinnen befand sich kein Mensch. Alek betrachtete die kleine Tür, die etwas offenstand, den dunklen Verschlag, den Wandschirm. Im gleichen Augenblick trat ein Mann hinter dem Wandschirm hervor, verlegen und nervös, der hastig Tabak kaute.

»Buchanov?«

»Ja«, erwiderte der Mann. »Und wer bist du?«

Hinter dem Wandschirm war ein schwaches Rascheln zu hören, wie von einem Vorhang, den der Wind bewegt.

»Ich war im polnischen Armeelager in Jangijul, und bevor ich dort wegging, bat mich ein junger Offizier, Piramovitsch war sein Name, dir dieses Gerät zu übergeben und dir zu danken, daß du ihm in der Zeit der Not Geld geliehen hast.«

»Piramovitsch sagst du?«

Alek reichte ihm die Schachtel.

Buchanovs Hand zitterte: »Piramovitsch ... ich erinnere mich kaum an ihn ... ein junger Mann? Das war eine kleine Summe, ein geringfügiger Betrag.«

Er berührte die Schachtel, und im gleichen Moment stürzten zwei Leute hinter dem Wandschirm hervor.

»Was ist das?« fragte der eine, ein junger Mann mit gelocktem Haar und dem Gesicht einer Schaufensterpuppe.

»Ein Gerät zum Schärfen von Rasiermessern«, erwiderte Alek und senkte seinen Blick.

»Ein Schlauer, was?« sagte der junge Mann.

Der zweite, mit breiten Schultern und verschwommenem Blick, als hätte er trotz der frühen Stunde schon einiges getrunken, holte vorsichtig das Gerät aus der Schachtel, betätigte den Hebel und bewegte das feine Scharnier.

»Es sieht einer Mausefalle ähnlich!« sagte er und steckte das Gerät in seine Manteltasche.

Der Junge gab Buchanov einen Wink mit dem Finger. Schweißtropfen flossen über das Gesicht des Händlers, und mit kleinen, zögernden Schritten folgte er dem jungen Mann.

»Und du kommst mit uns, um uns Erklärungen zu geben!« sagte der betrunkene Mann mit matter Stimme und schenkte Alek einen müden Blick.

»Bin ich verhaftet?«

»Nenn es Verhaftung, wenn du so magst. Ich habe gesagt: Erklärungen. Warum solltest du dir andere Ideen in den Kopf setzen?«

»Ich bin einfach erst gerade vor einer halben Stunde in Buchara eingetroffen und daher ...«

»Halt deinen Mund«, sagte der Junge.

Buchanov sah Alek mit einem undurchdringlichen, vielleicht beruhigenden Blick an.

»Vorwärts!« sagte der Junge mit grober, in den Ohren schrillender Stimme.

Das örtliche Geheimdienstbüro des N.K.W.D. befand sich nicht weit entfernt vom Basar. Im Korridor waren Bänke, schwarz gestrichene Türen, alles ähnelte ein wenig dem Büro des polnischen Komitees. Es gab sogar Stufen, die in den Keller führten. Der Anblick des Zimmers des Ermittlers überraschte nicht – man kann einen Menschen, der Filme gesehen hat, nicht so leicht überraschen. Der Mann, der einer Schaufensterpuppe glich, setzte sich hinter einen Tisch, stellte sich mit dem Namen Gorelov vor und reichte Alek eine Schachtel Zigaretten, wobei er ihn mit einem ausdauernden, ausdruckslosen und etwas törichten Blick maß. Er notierte Aleks Antworten mit großen Buchstaben auf breiten Papierblättern, breitete die Dokumente aus und schrieb daraus ab. Besonders intensiv widmete er sich der Bescheinigung, in der geschrieben stand, daß der Inhaber dieses Dokuments aus ärztlichen Gründen nicht zur Armee angenommen würde, und verlangte Erklärungen. Wieder hielt er Alek die Zigarettenschachtel hin, und als jener sich erhob, stieß er ihn mit einer raschen Bewegung zurück, und Alek kippte nach hinten mitsamt seinem Stuhl um. Gorelov stand über ihm, zerriß die Seiten, die er beschrieben hatte, in kleine Fetzen und zertrampelte sie wild unter seinen Schuhsohlen, als wollte er sie in unsichtbaren Schlamm hineintreten.

»Und jetzt steh auf, Schurke, und erzähl mir alles von Anfang an, und diesmal ohne Lügen!«

Alek erhob sich und stellte den Stuhl auf die Beine.

»Hinsetzen, Hundesohn, und fang an, alles vor vorn zu erzählen!« sagte Gorelov und legte ein neues Blatt Papier vor sich hin.

Alek wiederholte die Angaben.

»Und was hast du mit Tengizov zu schaffen?«

»Ich kenne keinen solchen Namen.«

»Umar Tengizov?«

»Nie gehört.«

»Wir wissen alles, und einer wie du wird uns nicht reinlegen. Und die Leute, mit denen du nach Samarkand gefahren bist, sind nicht zur Arbeit geschickt worden, wie du behauptest, sondern verhaftet worden, weil sie sich weigerten, die sowjetische Staatsbürgerschaft anzunehmen.«

»Nein, das stimmt nicht.«

»Sie wollten nicht auf die polnische Nationalität verzichten, die Staatsbürgerschaft eines kapitalistischen und nicht weniger faschistischen Landes als Deutschland selbst, und haben sich geweigert, die Staatsbürgerschaft der Sowjetunion anzunehmen, die ihnen großzügige Hilfe durch ihren verehrten Führer Josef Stalin anbot.«

»Nein, das stimmt nicht.«

»Und ich sage dir, du Schurke, ihr seid vor den großen Gefahren zu uns gekommen, seid vor Hitler geflohen, und wir haben euch mit offenen Armen empfangen und euch kein Haar gekrümmt. Im Gegenteil, wir kümmern uns um euch Hurensöhne, schlagen euch großmütig und freigebig vor: Nehmt doch unsere Staatsbürgerschaft, lebt mit uns im Guten wie im Schlechten, teilt unser gemeinsames Schicksal und baut mit uns die Zukunft auf. Aber ihr undankbaren Hurensöhne habt gesagt: Nein! Wir hätten euch zur Grenze, geradewegs in die Arme der Deutschen zurückbringen können, so wie es die Kapitalisten tun, wenn jemand Unerwünschter zu ihnen kommt – befördern sie über die Grenze, und das war's. Krepieren sollt ihr, miserables Pack, ganz wie es euch beliebt! Aber vielleicht lüge ich? Vielleicht ist das sowjetische Propaganda? Ich frage dich, du Schurke, ist das sowjetische Propaganda?«

»Nein, es ist die Wahrheit.«

»Es ist die Wahrheit. Da, du hast es selbst gesagt, es ist die Wahrheit«, sagte Gorelov mit einer gewissen Verwunderung. »Aber wir haben euch nicht ausgewiesen, wir haben euch nur ein wenig entfernt, damit ihr unsere Bürger nicht vergiftet.«

»Ihr habt uns weit weg geschickt. Viele kamen von dort nicht mehr zurück«, sagte Alek, verblüfft, daß ein solcher Satz aus seinem Munde kam, als hätten sich seine Stimmbänder von selbst in Bewegung gesetzt.

Ausgerechnet dies nahm Gorelov als ganz selbstverständlich hin: »Und sie sind bestraft worden! Sie wurden bestraft! Jeder, der den Polen etwas angetan hat, wurde mit harter Hand bestraft! Denn jetzt sind die beiden Völker Verbündete im Krieg gegen die Nazibestie. Du warst in Jangijul, du hast es mit eigenen Augen gesehen! Du hast die Waffen und die Fahrzeuge gesehen, die besten sowjetischen Ausbilder der Welt! Und was ist? Auch jetzt führt ihr Böses im Schilde, doch es wird euch nicht gelingen, uns zu überlisten.«

Trotz seiner hübschen Gesichtszüge und seines gelockten Haars schien Gorelov aus dem kühlen rosa Material von Puppen hergestellt zu sein – die schnurgerade Linie der Locken an den Schläfen und im Nacken, seine großen, quadratischen Fingernägel und seine gebügelte Kleidung bezeugten, daß er sich jeden Tag mit großer Sorgfalt ausstaffierte, bevor er sich auf den Weg zur Arbeit machte. Seine Stimme war abstoßend. Anfangs saß er hinter dem Tisch, die Hände ausgestreckt, zu seiner Rechten einen Revolver. Danach ging er hinter Aleks Rücken im Zimmer auf und ab, mit laut quietschenden Stiefeln, deren eisenbeschlagene Absätze auf dem Fußboden knallten.

»Wir können entschädigen, und wir können bestrafen. Aber du selber, hast du dich nicht geweigert, unsere Staatsbürgerschaft anzunehmen? Ich frage dich nur aus Neugier, denn wie ich dir gesagt habe, wir haben schon längst kein Interesse mehr an solchen Dingen.«

»Man ist nicht an mich herangetreten, wegen meines Alters.«

»Und was war dein echter Name?«

Alek blickte den Ermittler mit offenem Mund an.

»Wir halten ein Auge auf euch, ihr seid ungerufene Gäste. Warum bist du ausgerechnet zu Buchanovs Laden gekommen?«

»Um das Gerät abzugeben.«

»Und warum sind dem Gerät Papiere beigelegt?«

»Papiere?«

»Papierseiten, wie ein Fächer zusammengefaltet?«

»Das ist die Gebrauchsanweisung in allen möglichen Sprachen.«

»Was heißt in allen möglichen?«

Alek betrachtete die Seiten.

»Englisch, Französisch, Deutsch, Italienisch, Portugiesisch, Schwedisch, Tschechisch und Holländisch.«

»Woher weißt du das?«

»Weil es hier steht.«

»Und du kannst alle diese Sprachen?«

»Nicht die Sprachen, aber hier steht geschrieben: Svensk – das ist Schwedisch, und hier Deutsch ...«

»Und was ist diese grüne Seite?«

»Das ist eine Reklame in verschiedenen Sprachen, da steht, wie wunderbar das Gerät ist.«

»Wozu?«

»Damit es die Leute kaufen.«

»Du lügst, du Hund«, sagte der Ermittler, »wenn es stimmt, daß das Gerät wunderbar ist – was soll dann diese Seite?«

»Das ist eine Reklame.«

»Und du verlangst von mir zu glauben, daß das nur ein Gerät zum Schärfen von Rasiermessern ist?«

»Was könnte es sonst sein? Nehmen Sie ein Rasiermesser und sehen Sie selbst.«

»Werd nicht frech, sonst wirst du hier nicht lebend rauskommen! Bei welchen Organisationen warst du Mitglied in deiner Stadt?«

»Ich war bei keiner Organisation Mitglied.«

»Du lügst also weiter! Gleich wird der zweite Ermittler zum Verhören kommen, und wir werden ja sehen, was er zu deinen schamlosen Lügen sagt.«

»Ich war in keiner Organisation.«

»In keiner Organisation? Bei keiner Jugendbewegung? Nicht in der Grundschule? Nicht im Gymnasium? Wer soll dir das glauben? Nicht einmal in der kapitalistischen Organisation der Pfadfinder?«

»Nein.«

»Red! Hör nicht jeden Augenblick auf! Rede!«

»Ich war in keiner Organisation, weil meine Mutter wollte, daß ich Klavier spiele, und mit sechzehn fing ich an, in den historischen Klub zu gehen, und ich hatte keine Zeit für Jugendbewegungen. Ich hatte kaum Zeit, Fußball zu spielen ...«

»Wenn du dich weiter über mich lustig machst, Hundesohn, wirst du hier nicht lebend rauskommen, warum bist du ausgerechnet zum Laden von Buchanov gekommen?«

»Um das Gerät abzuliefern.«

»Und der Mann, der dir das Gerät gegeben hat, bei welcher Kompanie ist er? Welche ... Sparte?«

»Er ist bei der technischen Verbindungeinheit.«

»Und ich kann mir auch vorstellen, mit welcher Verbindung er sich beschäftigt! Ihr denkt ganz umsonst, daß ihr uns hinters Licht führen könntet. Verbündete! Um uns zu zeigen, daß ihr unsere Verbündeten seid, müßt ihr einer nach dem anderen auf den Schlachtfeldern krepieren, sonst werden wir euch zeigen, was mit unseren Verbündeten passiert! Wir haben die Finnen geschlagen, ihre uneinnehmbare Mannerheimlinie, und die Japaner, die sich die mongolische Republik einverleiben wollten, und wir haben Bessarabien und die Bukowina aus den Händen der rumänischen Bojaren befreit, und auch euch, ihr Hurensöhne, haben wir eins, zwei, drei besiegt. Und wir haben Litauen, Lettland und Estland Frieden und Sicherheit gebracht. Was steht auf diesen Zetteln? Was ist das für ein Gerät? Sag die ganze Wahrheit!«

»Was glauben Sie denn, daß es ist?« fragte Alek. »Sagen Sie es mir doch. Ich verstehe Ihre Frage nicht. Das ist ein Schärfgerät. Was kann es sonst sein?«

»Was hättest du sagen sollen, als du das Gerät Buchanov übergeben hast? Welche Parole? Was ausrichten?«

»Ich sagte schon ...«

»Was solltest du ausrichten? Welche Parole? Red! Du wirst hier bei mir verrotten. Faschist, Konterrevolutionär. Verrotten wirst du hier. Du wirst meinen Händen nicht lebendig entkommen.«

Wieder befahl er Alek, seine Lebensgeschichte zu erzählen. Nie zuvor war ihm sein Leben so erbärmlich erschienen wie diesmal, als er es von neuem erzählte.

»Und was sprach man im historischen Klub? Üble Reden gegen die Sowjetunion?«

Alek dachte einen Augenblick daran, ihm von Piramovitschs Panslawismus zu erzählen, doch er fürchtete, der Ermittler würde weiterhin meinen, er wollte ihn zum Narren halten.

Das Abstoßendste an Gorelov waren seine trüben, ausdruckleeren Augen.

Der zweite Geheimpolizist betrat das Zimmer, und Gorelov sprach in offener Unterwürfigkeit mit ihm. Danach kehrte er an seinen Tisch zurück, legte die Papiere vor Alek hin und sagte: »Unterschreib!«

Alek las Gorelovs krakelige Handschrift, die Schrift eines Menschen, der erst sehr spät schreiben gelernt oder nach einer langen Unterbrechung wieder mit dem Schreiben begonnen hatte, grobe, ungelenke Buchstaben, viel zu dick aufgetragen, mit Tintenspritzern befleckt, einige Worte waren wie auseinandergebrochen, andere wie ins Papier hineingerammt. Diese Schrift tat dem Auge weh, zeugte von Gewalt, Dummheit und vielleicht auch von einer zweifelhaften, kriminell angehauchten Neigung. Besonders abschreckend wirkten die großen Buchstaben und die Tatsache, daß ein Teil der Wörter völlig unvermittelt ganz winzig geschrieben war. Alek unterschrieb in kyrillischer Schrift.

»In polnischen Buchstaben, du Hundesohn!« sagte Gorelov.

»Schlaumeier! Nachher willst du deine Unterschrift abstreiten!«

Alek unterschrieb noch einmal. Der Ermittler führte ihn die Treppe zum Kellergeschoß hinunter.

Zwei Leute lagen dort auf dem Boden. Der Mann, der nicht weit von ihm entfernt lag, war offensichtlich geschlagen worden, er hatte geronnenes Blut im Gesicht und blaue Beulen auf den Wangen. Er hatte eine leichte Glatze und ähnelte dem Apostel Paulus auf den Bildern, voll düsterer Energie.

»Was das Verhör lang?« wandte er sich liebenswürdig an Alek.

»Zwei, drei Stunden, ich weiß nicht.«

»Nu, macht nichts, macht nichts. Gleich werden sie etwas zu essen bringen. Wenn du sehr hungrig bist, nimm, bedien dich gleich. Ich hab noch ein bißchen Kischmisch übrig.«

Alek dankte ihm und sagte, er sei noch nicht hungrig.

»Und warum haben sie dich hier reingesteckt? Laschin ist mein Name, Semjon Laschin. Bedien dich mit dem Kischmisch, mein Lieber.«

»Wegen eines Mißverständnis«, sagte Alek und erzählte seine Geschichte von Anfang an.

»Nimm ein bißchen Kischmisch.«

»Nein, danke«, sagte Alek.

Der Mann in der Ecke, der in eine Decke eingewickelt war, regte sich, und sogleich legte Laschin einen Finger auf seine Lippen.

»Nimm dich in acht!« flüsterte er.

Der junge Mann unter der Decke sah sehr krank aus, doch sein Gesicht war glatt, ohne eine Wunde oder einen Kratzer. Ahriman legt seine Netze aus.

»He, Laschin! Bring mir ein bißchen Wasser«, sagte jener und hob den Kopf. Laschin ging sofort zu ihm und als er auf seinen Platz zurückkehrte, sah er Alek wieder mit vielsagendem Blick an.

»Du, Neuer, komm her!« sagte der junge Mann. »Komm, komm! Ich freß dich nicht.«

Alek blickte ihn an. Seine Stimme war angenehm.

»Wie heißt du?«

Alek wiederholte noch einmal seine Geschichte.

»Möglicherweise ist das hier kein echtes Mißverständnis, so wie du glaubst«, sagte der junge Mann und blickte ihm direkt in die Augen.

332

»Auch ich bin vor fünf Tagen im Laden von Buchanov verhaftet worden. Umar Tengizov ist mein Name.«

»Umar Tengizov?« sagte Alek erstaunt.

Laschin lauschte der Unterhaltung höchst gespannt.

Tengizov setzte sich mit gekreuzten Beinen auf dem Bett auf, seine Hände hatte er in sein Hemd gesteckt, als trüge er eine Zwangsjacke. Er hatte ein großes, hübsches Gesicht mit offenen Zügen. Ein solches Gesicht hätte wohl überall sonst in Alek Vertrauen hervorgerufen, doch in einer Gefängniszelle hatte es etwas Verdächtiges; wie die Gesichter der Jäger auf den Miniaturen mit Falken auf ihren Handtellern, die kokette, stolze Schnurrbartlinie, dünne starke Brauen, ein selbstbeherrschtes Lächeln. Umar Tengizovs Augen blickten ihn fragend und erwartungsvoll an. Keinerlei Verschlagenheit lag in diesem Gesicht, nur Entschlossenheit. Alek, auch wenn er sich dafür schalt, verabscheute fast immer die Gesichter der Menschen, auf die er traf, und nur selten war er mit einem Gesicht zufrieden, wie das Fräulein Kolendas oder Albins; wenn er auf der Straße ein Gesicht sah, das ihn nicht abstieß, studierte er es gespannt und mit solch extremen Erwartungen, daß dieses oft peinliche Mißverständnisse heraufbeschwor. In Umars Gesicht fand er keinen Makel.

»So ist der Lauf der Dinge«, sagte Laschin, »du bist unschuldig und sitzt hier in dieser Zelle, und du sagst, daß man dich bloß eine halbe Stunde nach deiner Ankunft in unserem Buchara verhaftet hat. Schade, mein Lieber. Buchara ist Buchara, eine echte Stadt, nicht irgendein Samarkand!«

»Wie schön du sprichst, Laschin«, bemerkte Umar Tengizov, »und alles zu Ehren unseres neuen Zellengenossen?«

»Um die Wahrheit zu sagen, ich dachte, daß sich in Buchara mein Schicksal wenden würde. Ich hatte vor, Tadschikisch zu lernen, auf Pferden durch die Wüste zu reiten, Ruinen und alte Schätze zu suchen«, sagte Alek.

»Du bist noch ein Kind«, sagte Laschin, »wie denn – Schätze suchen? Auf Pferden reiten? Alle Pferde hier, mein Freund, verrichten wahre Zwangsarbeit, es ist ein Skandal, eine unerhörte Grausamkeit. Ich bin kasachischer Abstammung, und ich fühle mit dem Schmerz der Pferde. Nur in unserer Gegend hier schleppen Heerscharen von Pferden ihre lahmenden Läufe hinterdrein, kauen Gras mit wundem Gaumen. Und wer wüßte besser als du, daß, außer an Orten wie den unseren, kein Mensch mehr Pferde ausbeutet, vielleicht gerade noch, um irgendein schmales, schwer erreichbares Feld zu pflügen, oder um Fässer zu irgendeinem Fest zu befördern.«

»In den Dörfern bei meiner Heimatstadt benutzen alle Pferde«, erwiderte Alek.

»Du bist mir ein komischer junger Mann«, sagte Laschin.

»Und was genau ist dieses Gerät zum Rasiermesserschärfen?« fragte Umar Tengizov.

Diese Frage ärgerte Alek, und er sah Tengizov mißtrauisch an, trotz der Worte von Piramovitsch, trotz seines Gesichtes.

»Es ist schlicht ein Gerät zum Schärfen von Rasiermessern. Ist das so schwer zu verstehen? Es hat eine Drehachse, auf der einen Seite einen Schleifstein, und auf der anderen einen Lederriemen, und wenn das Gelenk sich dreht, wird das Messer geschliffen.«

»Und woher ist das Gerät?«

»Aus der Schweiz.«

»Ah, Schweiz! Noch nie habe ich von einem solchen Gerät gehört!« sagte Tengizov.

»Es ist kein geheimer Kodierungsapparat, das versichere ich dir!« sagte Alek aufgebracht.

Laschin sah plötzlich erschrocken aus und zog sich in sein Eck zurück. In die Zelle wurde ein weiterer Häftling gebracht, der seinen Kopf mit seinem Mantel umwickelt hatte und sich, ohne ein Wort zu sagen, auf den Boden legte.

Nach einer Weile trat Laschin zu Alek und fragte mit breitem Lächeln: »Warum hast du gesagt, daß es kein Kodierungsapparat ist? Weißt du, wie so ein Gerät aussieht?«

»Jeder weiß, wie es aussieht, wie ein Registrierkasse oder etwas derartiges.«

»Was ist eine Registrierkasse?«

»Ein Apparat, in dem der Verkäufer die Summe notiert, die er für die Ware erhält, und dann hört man es läuten: kling.«

»Ich verstehe. Ich bin bereit, mit dir zu wetten, Umar, daß du auch so was noch nie gehört hast.«

»Und was kümmert es dich, ob ich davon schon gehört habe oder nicht?«

Laschin preßte die Lippen zusammen. »Nimm dich in acht vor ihm!« flüsterte er.

Jahre der Musik, Schallplattenhören, heißer Most mit Zimt und *Don Giovanni*, schwarze Kerzen mit *Tristan und Isolde* – Tengizovs Stimme war die Stimme eines echten Menschen. Die Tür ging auf, und ein Wächter rief Laschin.

»Wohin?« fragte Laschin mit flehender Stimme.

»Halt's Maul! Beeil dich, oder ich trete dich, bis du krepierst!«

Laschin verließ die Zelle, wobei er sich die Augen wischte. Der neue Häftling war verängstigt und stotterte leicht. Ein Schwarzmarkthändler. Als Alek erwachte, war auch er aus der Zelle verschwunden, und er war allein mit Umar Tengizov.

Zu Anfang war Alek vorsichtig, doch er konnte nicht lange an sich halten und erzählte ihm von sich selbst, als würden sie einander seit Jahren kennen. Umar lauschte freundlich und neugierig, und Alek war sich sicher, daß er einen jener Menschen vor sich hatte, deren Mut einfach und anziehend war, ohne jede Überheblichkeit. Etwas Knabenhaftes lag noch in seinem Gesicht, sein Umgangsformen waren geschliffen, seine Offenheit und Herzlichkeit anrührend. Er sah blutjung aus, trotz eines Fünftagebartes, und Alek dachte, er sei vielleicht sechs oder sieben Jahre älter als er, doch in Wahrheit war Umar bereits zweiundvierzig. Alek vernahm aus seinem Mund kein einziges grobes Wort über die Menschen. Zuerst kam ihm dies verwunderlich vor, und er sagte sich, daß Umar gut über die Menschen sprach, weil man es ihn entweder so gelehrt oder weil er beschlossen hatte, das so zu tun, doch er änderte rasch seine Meinung. Umar hatte keinerlei Naivität, Blindheit oder Heuchelei an sich, sondern nur die gelassene, ruhige Sicht eines Menschen, der allein durch eine Welt geht, auf der Unglück und Plagen wüten, und der sich nach seinen eigenen Regeln verhält. Manchmal stellte Umar Fragen, in denen sich keine Spur von Gehirnwäsche fand, wie sonst bei den meisten Menschen, auf die Alek gestoßen war. Umar begriff die Welt von seinem eigenen geheimen Fokus aus. Er erzählte von der Unterweisung im Ringkampf, ohne Piramovitsch überhaupt zu erwähnen, was Aleks Vertrauen in ihn noch stärkte.

Aber warum war sein Gesicht heil und nicht verletzt, während Laschins Gesicht von geronnenem Blut befleckt gewesen war?

Während Alek schlief, wurde Tengizov zum Verhör abgeholt und beim Morgengrauen zurückgebracht.

»Hat man dich geschlagen?«

Tengizov versuchte, sich eine Zigarette anzuzünden, doch seine Hände zitterten derart, daß er nicht imstande war, das Streichholz festzuhalten.

»Das hat nichts zu sagen«, sagte er, »aber sie haben mir angedeutet, daß sie dich entlassen wollen. Was wirst du jetzt tun? Wirst du zu Piramovitsch fahren? Zieht er immer noch die usbekischen Kleider an?«

Alek erschrak ein bißchen, doch er nickte mit dem Kopf.

»Ich brauche deine Hilfe. In der kommenden Woche werden sie dich entlassen. Ich möchte, daß du nach Kagan fährst und dort José

Maria Esposito findest, einen Spanier, der im Palastgarten des Emirs wohnt. Richte ihm nur das aus: Zwanzigtausend Rubel sind nötig, um Gorelov zu bestechen. Sag ihm, wenn man mich von hier nach Taschkent schickt, ist alles verloren und wir werden uns nicht wiedersehen.«

»Zwanzigtausend Rubel?« flüsterte Alek staunend.

»Kagan ... der Palast des Emir, Esposito. Wirst du das tun? Es ist nicht weit.«

»Ich habe nichts getan, und ich möchte in nichts verwickelt werden.«

»Weshalb sagst du mir das? Ich weiß, daß du keinerlei Verbrechen begangen hast. Laschin kennen alle hier in Buchara. Er ist ein professioneller Denunziant. Seine Familie ist im Norden, an bitterkalten Orten, wo deine Freunde aus Jangijul waren.«

»Ich will gar nichts machen.«

Umar schenkte ihm einen langen, durchdringenden Blick. »Bist du sicher? Denn ohne deine Hilfe ist mein Schicksal besiegelt. In genau zehn Tagen fährt ein Zug von hier ab, und wenn ich in einem der Waggons sein werde, werde ich nie mehr zurückkehren und meine Mutter und meine Schwester und meine Herzallerliebste nie wieder sehen.«

»Ich glaube nicht, daß ich hier herauskommen werde. Und es ist mir egal.«

»Was heißt hier egal?« sagte Umar. »Du sagst das? Ein Freund von Piramovitsch? Du hast mir von Dascha erzählt, von dem Konzert im Park beim Registan.«

»Ich habe es gehaßt, in unsere Straße zurückzukehren, mit den streunenden, verrückten Hunden, dem Schlamm, dem Dreck, den elenden Mauern. Wie ich diesen Ort gehaßt habe!«

»Mein Liebste würde dir die Augen ausstechen, wenn sie diese traurigen Worte gehört hätte. Und wie eifersüchtig und wild sie ist! Wenn sie etwas von irgendeinem kleinen Abenteuer von mir erfährt, welch eine Zornesglut! Schläge! Sie ist sehr wild, bei all ihrer gebildeten Erziehung, und ich fürchte mich vor ihr.«

»Wie heißt sie?«

»Gulisa.«

»Ein seltsamer Name.«

»Aus den grusinischen Bergen. Wenn wir hier herauskommen, wirst du sie sehen.«

»Wenn wir herauskommen ...«

»Wirst du für mich tun, worum ich dich gebeten habe?«

»Ich kann nicht.«

»Weil du dir meiner nicht sicher bist?«

»Ich mißtraue dir nicht, aber ich bin mir keiner Sache sicher. Ich verstehe nichts.« Und als er das gesagt hatte, empfand Alek Leere und Schweigen.

Umar öffnete sein Hemd, und Alek sah, daß sein ganzer Körper zerschlagen, zerschrammt und voller Wunden war. Danach zog aus dem Hemd eine kleine Nadel und holte mit ihrer Hilfe aus seiner Schuhsohle eine halbe Rasierklinge heraus, mit der er sein Hemd in lange Streifen zertrennte und dann die Vene an seiner rechten Hand aufschnitt. Er ließ das Blut ein wenig herausströmen und umwickelte seine Hand lose mit einem der Stoffstreifen. Alek blickte ihn erstaunt an und sein Herz pochte schmerzhaft. Jetzt hielt Umar die Klinge in der verbundenen Hand und schnitt die Vene am anderen Handgelenk auf.

»Und jetzt«, sagte er, »werde ich diese Hand mit dem verbinden, was von meinem Hemd übrig ist, und das Blut fließen lassen, bis du deine Meinung geändert hast.«

Lähmung bemächtigte sich Aleks, seine Augen trübten sich, etwas ließ seine Wirbelsäule erstarren und quetschte seine Stimmbänder zusammen. Ein Blutfleck tauchte auf einem der Verbände auf und begann, sich ganz langsam auszubreiten. Umars Augenlider flatterten. Ungekanntes Erbarmen durchwallte Aleks Körper wie ein glühender Windstoß.

»Ich werde tun, was du willst!« sagte er.

»José Maria Esposito, Kagan, der Palast des Emirs?« sagte Tengizov.

»Ja, ich werde zu ihm gehen. Ich merke es mir.«

»Schwöre.«

»Ich schwöre es dir.«

»Jetzt schlag gegen die Tür«, sagte Umar mit befriedigtem Lächeln und schloß seine Augen.

Der Wächter öffnete die Tür.

»Schnell, schnell!« schrie Alek. Der Wächter sah das Blut und rief jemanden im Korridor herbei.

»Na, was bist du denn so erschrocken, Dummkopf!« sagte er.

Alek weinte noch lange Zeit danach. Egal wie, über welche Grenze, ich werde hier herauskommen. Er wunderte sich, wie er Umar auch nur für einen Moment hatte verdächtigen können. Als sie ihn aus der Zelle abgeholt hatten, war zusammen mit ihm die Freiheit verschwunden, so wie damals, als ihn die beiden Kasachen auf ihren Goldpferden in der Steppe zurückgelassen hatten. Durch das Fenster waren rote Flaggen zu sehen: der erste Mai.

In der Haftzelle wurden Lautsprecher in Betrieb gesetzt: Im zaristischen Rußland, dozierte jemand, versammelten sich die Arbeiter, um den ersten Mai heimlich zu feiern, in den Wäldern und dunklen Außenbezirken. Ihre Demonstrationen wurden von der Polizei zerstreut, und zuweilen auch durch einen Hagel von Schüssen der Gendarmen und Soldaten. Die Arbeiter konnten für das Feiern des Tages der internationalen Arbeiterschaft verhaftet, ins Gefängnis geworfen und zur Zwangsarbeit verurteilt werden, doch keine Unterdrückung vermochte die Revolutionsbewegung aufhalten. Unter der Parteiführung Lenin-Stalin kämpfte der Arbeiterstand Rußlands gegen die zaristische Tyrannei, gegen die Kapitalisten und die Gutsherren, bis sich im Oktober 1917 der Arbeiterstand erhob, einen ewigen Bund mit den Armen der Bauern schloß, die Herrschaft der Bourgeoisie zerschlug und die Diktatur des Proletariats errichtete ...

Laschin wurde in die Zelle gestoßen und fragte nach der Ursache des Blutes auf dem Handtuch in Tengizovs Ecke. Er lauschte der Geschichte mit gesenktem Blick.

»Alles Theater. Er ist ein Denunziant«, sagte er.

»Und wenn er der Teufel persönlich wäre. Für mich ist das etwas Schreckliches«, erwiderte Alek.

»Vielleicht hast du recht. Und trotzdem ist er ein Blutegel. Hat er etwas gesagt, bevor er sich die Adern aufgeschnitten hat?«

»Nein.«

»Und woher hatte er ein Messer?«

»Ich habe nichts gesehen«, sagte Alek, »und auf einmal so viel Blut.«

»Du brauchst dich nicht aufregen. Sie werden sich um ihn kümmern, wie es nötig ist. Er ist schließlich ihr Mann.«

»Ich hoffe, er hat nicht viel Blut verloren.«

Trüber Haß flackerte für eine Sekunde in Laschins Augen auf. »Und warum sorgst du dich derartig um einen Menschen, der dir eine Falle stellen wollte? Dir, mir und vielen anderen. Du bist ein gebildeter junger Mann, mit Bewußtsein, ein Student.«

»Es war schrecklich. Und ich war kein Student. Nur Gymnasiast.«

»Nu, das ist doch das gleiche. Eines Tages wird der Krieg zu Ende gehen und du wirst hier herauskommen, in dein Land zurückkehren.«

»Die Sowjetunion kämpft gegen die Nazis, die Feinde meiner Heimat und Henker meines Volkes. Und ich habe Rußland immer geliebt, du siehst selbst, daß ich Russisch kann. Weshalb habe ich es, deiner Meinung nach, als Junge gelernt? Niemand hat mich hier schlecht behandelt, und alle haben mir Zuflucht gewährt.«

»Na, du hast nicht gerade eine schlechte Zuflucht im Moment.«

»Das ist ein Mißverständnis. Der Ermittler hat mich umsonst verdächtigt.«

»Nu, du bist ein merkwürdiger Junge«, sagte Laschin. »Und du glaubst, sie werden dich gehen lassen?«
»Ich glaube an Gerechtigkeit.«
»Und was wirst du tun, wenn du herauskommst?«
»Ich werde eine Grusinierin heiraten.
»Eine Grusinierin? Wen?«
»Ich kenne noch gar keine. Ich weiß nur, daß sie Schönheiten sind.«
»Die Grusinierinnen? Hast du jemals Tscherkessinnen gesehen? Die Tscherkessinnen sind schöner, und früher, als man noch Sklavinnen verkauft hat, da kosteten die Tscherkessinnen das Dreifache der Grusinierinnen. Damals haben sie sehr viel von Frauen verstanden.«
»Und warum haben sie mehr verstanden?«
»Weil sie nicht ausgehungert waren und weil sie Vergleiche anstellen konnten. Was kannst du womit vergleichen?«
»Tscherkessinnen?«
»Wie Tiere. Es gibt nichts Wunderbareres als Tscherkessinnen!«
»Das werde ich mir merken.«
»Aber worüber reden wir? Warum kommen so törichte Dinge aus meinem Mund? Das liegt an dieser Zelle, an der Angst vor dem, was kommt, vor einer langen Verbannung, gottverlassenen Lagern.«

Alek gähnte geräuschvoll: »Ich gehe schlafen, bis sie mich wieder holen.«

Er schloß die Augen und verbarg sein Gesicht in den Händen, doch er spürte, daß Laschin kein Auge von ihm ließ und nahm sich in acht, daß seine Lider nicht zuckten und sein Finger sich nicht regten; sich nur nicht rühren. Ein scharfer Schmerz in seiner Brust weckte ihn immer wieder auf, und ein dumpfer Schmerz wühlte in seinem Zahnfleisch und seinen Lippen. Laschins Blicke bewegten sich über sein Gesicht wie muffig feuchte Erdbrocken. Oh, Tubibisch, Rose von Samarkand, würdig, zwischen Hafiz' Versen zu knospen. Wenn ich wieder in Freiheit komme, werde ich nie mehr in die Sklaverei zurückkehren, und bevor ich weggehe, werde ich Timofei Arkaditsch besuchen, ich werde mich nicht vor dem Anblick seiner Agonie fürchten, ich werde mit dem Genossen Y sprechen und mich bei Dr. Markova bedanken.

Als er am Morgen erwachte, war niemand in seiner Zelle. Er war glücklich. Die Schläge des Polizisten, die Begegnung mit Tengizov, seine Unterhaltung mit Laschin, in der er bewußt gelogen und sich verstellt hatte, jeder Schlag hatte ihn etwas nähergebracht, der Blutfleck auf dem Handtuch, Laschins trüber Blick, den er im Bruchteil einer Sekunde wahrgenommen hatte. Vielleicht war sein Glaube in den guten Willen jeder Autorität geschädigt, vielleicht war ihm auch die Sehnsucht nach den »Auserwählten« vergangen, die einander ungeachtet allem das goldene Zepter weiterreichen?

Wer mag sich wie ich fühlen? Ein Mensch, der zum Verbrecher gemacht wurde? Mit einer sonderbaren Lust wartete er regelrecht darauf, daß man ihn wieder zum Verhör riefe, ihn schlüge und sogar folterte, daß sie wieder Leute in die Zelle brächten, um ihm irgend etwas zu entlocken.

Am Nachmittag wurde er gerufen, um seine Sachen abzuholen. Der Geheimpolizist mit dem kurzgeschorenen Haar sah aus, als wäre er mittags nach einer wilden Zecherei erwacht. Das Radio spielte Tschastuschkimärsche, und plötzlich sagte der Sprecher, daß die Engländer Madagaskar erobert hätten. Der unerwartete exotische Name flößte ihm Hoffnung ein, als sei das Wort »Madagaskar« ein geheimer Kode.

Der Geheimpolizist stieß ihm einen Umschlag hin, in dem sich seine Papiere befanden, und sagte: »Du bist frei. Es war ein Irrtum.«

Alek streckte sein Hand aus, ließ sie jedoch in der Luft schweben. »Also?«

»Bitte, werden Sie nicht böse auf mich, aber könnte ich den Rasiermesserschärfer wieder haben, denn der Mann aus Jangijul hat mich gebeten, ihn Buchanov zu überbringen, und ich habe ihm versprochen, das zu tun.«

Der Geheimpolizist ließ einen Schwall lautstarker Flüche los, doch er holte aus seiner Schublade das *Allegro Modell L.* und warf die kleine Schachtel auf den Tisch.

»Nimm die Schachtel, und beim nächsten Mal paß auf, daß du uns nicht in die Hände fällst. Vielleicht hättest du weniger Glück, wer weiß?«

Der Wächter an der Tür beachtete ihn nicht. Es war eine kleine Örtlichkeit, nur wenige Räume. Alek ging zum Markt und setzte sich auf einen Korbschemel. Ein Junge ließ komplizierte Boote, deren Segel aus bunten Stoffstreifen angefertigt waren, in einer schmalen, schlammigen Wasserrinne fahren. Der Junge hatte ein kluges Gesicht. Alek bestellte grünen Tee.

»Wenn man dich fragt, worüber wir gesprochen haben, dann sag, ich hätte dich nach einer Arbeit gefragt. Verstehst du?« sagte er.

»Verstehe, klar.«

»Wie kommt man von hier nach Kagan?«

»Es gibt eine elektrische Bahn, es gibt Tankautos, die in der Früh leer dorthinfahren.«

»Wieviel werden sie von mir verlangen?«
»Vielleicht einen Rubel.«
Alek zog sein Hemd aus und behielt die zerrissene Jacke an.
»Gib es dem Wirt. Man kann es waschen, es ist ein sehr teures Hemd, aus dem besten Stoff, fast neu. Bring mir zehn Rubel dafür.«
Der Junge kehrte mit einem Dreirubelschein zurück.
»Ich sagte zehn.«
»Großvater hat gesagt, es sei schwierig, ein solches Hemd sauber zu kriegen. Aber du kannst noch ein Glas Tee haben, wenn du willst.«
»Bring mir noch ein Glas«, sagte Alek, doch im selben Augenblick sah er zwei Leute, die ihn verstohlen ansahen und über ihn zu reden schienen. Der Impuls, sich ihnen zu entziehen, drängte ihn, zu den kleinen Gassen hinüberzurennen, doch die weißgekalkten Lehmmauern würden ihn mehr entblößen als die Hauptstraßen. Obgleich alle abschätzig von der örtlichen Miliz sprachen, als seien die Milizionäre armselige Vogelscheuchen, die nur kleinen Spatzen, aber nicht den Raubvögeln Angst einzujagen vermochten, hatten diese beiden dort Nagans in großen, augenfälligen Lederhalftern.

Er trat auf die Straße. Die zwei trennten sich – der größere, ein gebeugter Mann mit hagerem, schwärzlichem Gesicht und schütterem Haar, stellte sich an einen Kiosk, und sein Gefährte, ein rotgesichtiger Kahlkopf, verschwand zwischen den Fußgängern.

Alek betrachtete die Leute, die die farbenfrohen Straßen füllten. Er kam nicht umhin, sich damit abzufinden, daß man ihm folgte, und mußte den richtigen Augenblick zur Flucht abpassen. Doch Umar war in Gefahr. Hinter einem Karren, voll beladen mit Wasserkrügen, sah er eine Bank an einer niedrigen Mauer, Pappelkronen, und ein bißchen weiter – eine Fahne an einem hohen Mast. Zwei Leute, die Säcke trugen, gingen an dem Polizisten vorüber. Alek begann, auf den Karren zuzurennen, sprang über die niedrige Mauer und lief durch einen Garten voller Wasser, Hühner und Hunde. Die gegenüberliegende Mauer war höher, Glasscherben glitzerten im Zement. Er kletterte hinauf und rannte auf dem Dach eines alten Gebäudes entlang zwischen kleinen rosa Kuppeln, gebleicht von der Sonne, und als er vom Dach herunterkam, sprang er in einen Lastwagen. Zwei verschleierte Frauen blickten ihn entsetzt an, schwiegen jedoch. Die Nachricht nach Kagan zu bringen, war das Allerwichtigste, was ihm jemals auferlegt worden war.

Der Lastwagen verlangsamte an einem Abhang, und Alek sprang hinaus, rollte bis zu einem Bach und kroch unter den Bauch eines umgestürzten Bootes.

Es war möglich, die elektrische Bahn nach Kagan zu nehmen, aber das wäre zu gefährlich. In einen Lastwagen springen? Man hörte kein Geräusch, außer den kleinen Wellen, die an das schlammige Ufer schlugen. Alek rauchte eine Zigarette und steckte seine blutenden Hände in seine zerrissene Jacke. Er fand ein Schild, das den Weg nach Kagan wies. Ein Lastwagen verlangsamte seine Fahrt, und er sprang hinein. Ein Wächter saß darin, über Kisten gekauert.

»Verboten!« sagte er und wollte Alek mit seinen Füßen über die hölzerne Seitenplanke stoßen, die mit kurzen Ketten befestigt war. Alek hob drohend eine der Kisten.

»Nur bis Kagan«, sagte er, »dort steige ich aus.«

Die Augen des Wächters weiteten sich beim Anblick seiner blutbefleckten Hände.

»Verrückter!« sagte der Wächter.

Alek sah, daß der Kistenhaufen das Fenster der Fahrerkabine verdeckte.

»Du bist verrückt!« wiederholte der Wächter zitternd.

Der Wagen bog in eine schmale Straße ein und hielt gleich darauf. Im Licht der Dämmerung sah die Stadt nicht so aus, wie er es erwartet hatte. Sie hatte weder die Atmosphäre der zerbröckelnden Auflösung Samarkands noch des Getöses von Buchara. Niemand hielt ihn am Eingang zum Palast auf, der wie ein großer Bahnhof wirkte. Überall lagen Menschen – auf Decken und Matratzen, auf Strohballen und großen, mit Blättern gefüllten Kissen. Der Palast glich einem seltsamen Zwitterwesen, ohne irgendeinen Stil. An den Wänden glänzten weiß die Ränder von Spiegeln, die von den neuen Bewohnern entfernt worden oder vielleicht schon zuvor verschwunden waren. Das Marmordekor der Fenster war zerschlagen. Er spähte durch eines der Fenster in den Park. Ein alter Springbrunnen, beinahe gänzlich zerborsten, von Unkraut überwuchert, und ein Wasserkanal, der vom Palast her darauf zuführte, eingelegt mit blauen Zickzackbahnen, die das fließende Wasser mit vorgespiegelten Wellen tänzeln ließen, war voll Schotter und verwitterter Blätter. Eine kleine Hütte war im Park zu sehen.

Alek kaufte sich ein mit Kartoffeln gefülltes, scharfes Gebäck bei einem Händler, der im Korridor vorüberkam. Der Palast des Emirs gefiel ihm. Die dicht bevölkerten Hallen ließen in seiner Phantasie das Bild von Rebellen aufsteigen, die auf den Fußböden der Paläste schliefen und mit Statuen gefüllte Bibliotheken in Brand steckten.

Unter einem riesigen, schwarz angelaufenen Spiegel, dessen oberer Teil mit einem Jäger in einer Felsenlandschaft, mit einer ganzen Palette intensiver Farben bemalt war, saß eine Familie, größtenteils Frauen. Eine Gruppe Männer spielte Karten. In dem Hut neben den Karten befanden sich Tabak und zurechtgeschnittene Zeitungsstreifen, und ab und zu drehte sich einer der Spieler eine Zigarette, und die anderen versuchten, ihre begehrlichen Blicke auf den dahinschwindenden Tabak zu verbergen. Die meisten Familien waren mit sich selbst beschäftigt, abgeschnitten von den anderen. Frauen standen vor einem Kohlebügeleisen in einer der Nischen des ausgedehnten Korridors Schlange. Ein junger, magerer Mann lag an der Wand, seine großen Augen aufgerissen in fiebrigem Fanatismus, wie ein Mönch auf alten Stichen; am Aufgang zum Dach lag auf einem Eisenbett eine große Frau, auf ihr ein Mann mit geschorenem Nacken. Sie betrieben ihren Akt in vollkommenem Schweigen, und daneben saß ein Mann, der geduldig darauf wartete, daß die Reihe an ihm sei, den Gürtel schon geöffnet, halb eingedöst. Die Frau sah Alek mit stumpfem Blick an, die Männer hoben nicht einmal die Köpfe. Überall hing Wäsche.

Alek wusch sich Hände und Gesicht an einem kleinen Marmorbecken. Eine riesige Zypresse, deren Wipfel dicht an die Dachfläche reichte, hüllte sich mit Einbruch der Dunkelheit in den Nimbus von Geheimnis. Von der Höhe des Daches aus waren einige Straßen zu sehen, die aus Kagan hinausführten, sich im Grau verloren. Und wo waren die Überreste der mächtigen Imperien, die einst an diesem Ort geherrscht hatten, wo waren die tragischen Wege? Nur Wege der Einsamkeit und Mühsal waren es, sie boten keinerlei Schutz oder Freigebigkeit, und wenn die Natur irgendeine Ruine, ein steinernes Gebäude oder eine alte Säule mit Gras, Gestrüpp und Dornen überwucherte, tat sie dies wie im Fieber – in schlaffen, klebrigen Hitzewellen. Nur die zerfallenden Friedhöfe, die geborstenen, in die Erde sinkenden Grabsteine, die bemoosten, deformierten Familiengräber mit dem von Aussatz befallenem Marmor – diese Friedhöfe, die zusammen mit allem verschwanden, was sie in sich bargen, vergänglich wie die Menschheit –, ihre Überreste waren die einzigen, die etwas tröstlich und beruhigend wirkten.

Die Zypresse wurde immer beängstigender, und ein kleiner Zweig, den der Baum in den Himmel reckte wie eine Wetterfahne, schwankte lustlos und schwerfällig im Abendwind, um dann mit übertriebener Plötzlichkeit zu wedeln, und wurde schwarz und schwärzer, voll dunkler Macht, abweisend und feindselig. Doch der Park selbst wurde durch den Einfall der Dunkelheit, die sanft alle Häßlichkeit und Vernachlässigung zudeckte, verschönt. Er wirkte wie eine Traumlandschaft, mit felsigen Hügeln dekoriert, und sogar die Hütte hinten schimmerte in verhaltenem Weiß, ein leichter Schein glomm noch an den Mauerrändern, und ein Taubenschlag, mit Kletterranken überzogen, sah wie ein Wachturm aus. Kein unvermittelter Windstoß hatte den Palast zerschmettert, sondern der sichere Zahn der langsam verrinnenden Zeit; dieses Licht jedoch goß etwas Feierliches in den Park, und auch die Zypresse schien nun wie eine schwarze Fackel, ein Wunderzapfen in der Hand der Götter. Es war eine Stunde vergangen, seit Licht im Fenster der Hütte aufgeflammt war.

Alek rutschte schnell an der Regenrinne hinunter, die ein kreischendes Quietschen von sich gab, doch das feuchte, kühle Zinnblech unter seiner Hand fühlte sich angenehm an. Er lief den Pfad zu der weißen Hütte entlang und duckte sich unter dem Fenster, sein Herz zog sich zusammen bei der schmerzlichen Erinnerung an vergnügte Versteckspiele. Ob das José Maria war? Der Mann hatte einen großen Schädel, glattes, sorgfältig gekämmtes Haar von spanischer Schwärze. Von einem hohen Baum herab über der Hütte erklang lautes Zirpen. Alek näherte sich der Tür, und das Zirpen verstummte mit einem Mal, als verharrten die Grillen, um zu sehen, was nun geschähe.

Er klopfte, und als er keine Reaktion vernahm, stieß er die Gitternetztüre auf. Der Mann mit dem spanischen Haar saß in einem sehr niedrigen Sessel, neben sich eine Flasche Wodka und eine Packung Zigaretten. Im Licht der Petroleumlampe sah er todkrank aus, sein Gesicht so erschöpft und elend wie das Dr. Markovas.

»José Maria?«

Der Kopf des Spaniers fuhr erschreckt in die Höhe.

»Was willst du hier? Wer bist du?« fragte er in schlechtem Russisch mit einem sonderbaren Akzent. Es war ihm deutlich anzusehen, daß er noch nie mit einer glühenden panslawistischen Neigung an den Debatten des historischen Klubs teilgenommen hatte.

Er erhob sich, stand einen Augenblick schwankend da, und sein Gesicht entfärbte sich noch mehr.

»Mich hat ein guter Freund zu dir geschickt. Ich habe dir etwas Wichtiges zu sagen. Bist du wach?«

»Wer hat dich geschickt?«

»Umar Tengizov.«

»Lügner! Wo hättest du Umar treffen können?«

»In einer Gefängniszelle in Buchara. Bist du wach?«

»Gesicht waschen ... Kaffee trinken ...«, murmelte der Spanier und rieb sich die Augenlider. Danach tauchte er seinen Kopf in einen Eimer Wasser und ächzte ein wenig.

»Und jetzt – Kaffee.«

»Du hast wirklich Kaffee?« fragte Alek neugierig. »Echten Kaffee?«
»Ich habe Kaffee und Zucker. Wo hast du Umar getroffen?«
»Im Untersuchungsgefängnis des regionalen N.K.W.D.«
»Sag mir die Nachricht.«
Er schüttete Kaffee und Zucker in einen kleinen Topf.
»Zwanzigtausend! Was fängt so ein Schwein mit zwanzigtausend Rubel an?«
»Könnt ihr eine derartige Summe auftreiben?«
»Drei Tage! Wir müssen nach Erne-Scharif aufbrechen! Drei Tage. Und wieso haben sie dich rausgelassen?«
»Vielleicht auf Grund eines Mißverständnisses.«
José Maria lächelte. »Ja. Man kann nie wissen, was und warum«, sagte er und schenkte den Kaffee ein. Er kam Alek wie einer dieser bösen und verfluchten Helden aus den Abenteuerfilmen vor, der seinen Rosenstrauch beschnitt, liebevoll seine tödlichen Pistolen polierte oder der Musik lauschte, die ihm die vermeintliche Süße seiner Kindheit zurückbrachte.
»Hast du in Spanien gekämpft? Als die entscheidenden Kämpfe waren, habe ich nächtelang nicht geschlafen ... meine Freunde und ich kannten alle eure Lieder ...«
»Ja, ja, all die Lieder«, murmelte José Maria, stand auf und legte seine Hand auf Aleks Schulter, als sei Alek der Schwache und Kranke. »Es ist alles völlig in Ordnung, alles ist in Ordnung. Nehmen wir uns einen Lastkarren und machen wir uns sofort auf den Weg nach Erne.« Und er packte seine Sachen in einen großen Sack.
»Hast du am Ebro gekämpft?«
»Teruel.«
»Hast du den Ebro bei Teruel passiert?«
»Ja.«
Alek beneidete ihn dafür, daß er gekämpft und geschossen hatte, unter Stacheldrähten hindurchgekrochen war, daß er mit Menschen gleich ihm zusammen gewesen war.
»Hast du Leute von der internationalen Brigade getroffen?«
»Ein andermal«, entgegnete José Maria.
Er weckte einen der Fuhrmänner, die an der Mauer des Emirpalastes schliefen. Der Mann war in eine Decke gehüllt, nur seine Augen und die Nasenspitze schauten heraus.
»Ich habe ein Geschenk für euch: einen Apparat zum Rasiermesserschärfen.«
»Apparat? Was heißt Apparat?«
»Ein kleines Gerät.«

»Zum Messerschärfen?«
»Rasiermesser.«
»Ich versteh nicht. Was macht es?«
»Du nimmst ein Rasiermesser, legst es in das Gerät, betätigst den Hebel und das Messer ist scharf.«
»Wie oft kann ich das tun?«
»Ich weiß nicht. Bis das Messer dünn wie Papier wird.«
»So etwas gibt es nicht.«
»Streck die Hand aus«, sagte Alek und legte die »Allegro«-Schachtel hinein.
José Maria öffnete vorsichtig den Deckel der Schachtel.
»Ich glaube es nicht ...«
»Ein Schweizer Erzeugnis.«
»Wenn es funktioniert«, sagte José Maria, in dem die Erwähnung der Schweiz einen schwachen Glaubensfunken entzündete, »wenn das funktioniert, ist dieses Gerät mehr wert als Gold und Juwelen.«
»Es funktioniert. Warum sollte es denn nicht?«
»Nimm es. Ich möchte nicht dafür verantwortlich sein, falls es mir abhanden käme«, sagte José Maria. »Nimm du es.«
»Das Gerät wird nicht davonlaufen.«
Doch José Maria blieb mit ausgestreckter Hand stehen, bis Alek die Schachtel wieder in seine Tasche steckte.
Der Fuhrmann weckte sie vor einer kleinen Brücke. Aus einem Unterstand zwischen den Bäumen stürzte ein Wächter heraus, beleuchtete ihre Gesichter mit einer Laterne und beugte sich, als er José Maria erblickte, zu ihm hinunter, sein Jagdgewehr über der Schulter baumelnd. José Maria flüsterte lange in sein Ohr, und der Wächter machte sich im Laufschritt in Richtung der dunklen Häuser auf. José Maria führte Alek zu einem kleinen Haus und machte Licht. Ein Tisch stand dort am Fenster, Holzscheite brannten im Ofen. Einige Zeit später kehrte der Wächter zurück und brachte einen dampfenden Kessel, randvoll mit schwarzem Kaffee mit, ein in dicke Scheiben geschnittenes Brot und tiefrote Marmelade. Ein Junge und ein Mädchen brachten zwei Decken, legten eine davon um Aleks Schultern. Der Decke entströmte ein Geruch nach Tabak und scharfen Gewürzen. Trotz des ganzen Aufruhrs hatten sie daran gedacht, ihn mit Decken und Essen zu versehen. Ein Lächeln auf einem fremden Gesicht – ein Geschenk von Ormuzd –, so lange schon hatte ihm kein Mensch mehr eine solche Wohltat erwiesen, und große Tränen tropften ihm aus den Augen. Eine Frau mittleren Alters betrat den Raum. Er erinnerte sich an sie von irgendeinem

komischen Film her, der er in Samarkand gesehen hatte: Schirin Tengizov, Umars Schwester?

»Komm, ich bring dich an einen Ort, wo es ein Bett gibt. Danke für alles. Das werden wir dir nie vergessen.«

Sie passierten ein erleuchtetes Fenster. Eine Greisin nähte dort Taschen auf eine Jacke, und neben ihr saß José Maria. Die Alte näherte sich dem Fenster, streichelte Aleks Arm und küßte ihn auf die Wange. Geldscheine lagen auf dem Tisch verstreut.

»Gehen wir?« sagte Schirin.

»Werdet ihr es schaffen?«

»Wir haben überallhin Leute ausgeschickt. Bis morgen abend werden wir die erforderliche Summe beisammen haben. Und dann bleibt nur noch, diese Jacke zu überbringen.«

In dem Zimmer, das sie betraten, war das Bett bereits gemacht, mit einem riesigen Federbett und einem straff gespannten, weißen Laken.

Alek blickte besorgt auf das strahlend saubere und hübsche Bett. »Wieviel Uhr ist es?«

»Halb drei.«

»Ich kann mich nicht, ohne mich zu waschen, in ein solches Bett legen. Ich habe mich auf dem Dach des Palastes gewaschen, aber das Wasser war trüb.«

»Wir haben Wasser für dich vorbereitet«, sagte Schirin und zog einen Vorhang beiseite. Eine große Wanne, ein Handtuch und ein vollständiges, neues Stück rosa Seife.

Es war Jahre her, daß Alek eine solche Seife gesehen hatte. Über dem Stuhl lag ein langes Nachthemd.

»Fehlt dir noch etwas?« fragte Schirin, als sie seine Bewegtheit sah.

»Kann ich bei euch bleiben, bis ich von der Armee Bescheid erhalte? Wenn euch das keine Umstände macht?«

»Du kannst bei uns bleiben, so lange du nur willst, mein Freund!« sagte Schirin. »Nie und nimmer werden wir vergessen, was du für Umar getan hast, niemals!«

Ihre Stimme war schön, ebenso wie Umars Stimme. Ein Zittern durchlief Alek beim Klang des Wortes »niemals«.

»Ich werde die Fensterläden schließen, damit du ganz nach Herzenslust schlafen kannst.«

Eingehüllt von einem sauberen Laken, entsann sich Alek seiner Mutter, wie sie zu ihm gesagt hatte: »Ich bin so stolz auf dich!«, wenn er das große Kreuzworträtsel zu Weihnachten in einer der Illustrierten gelöst hatte, und er erinnerte sich auch an das verletzte Pferd Abilchan Kaskirbeis, das sich scheute, sein Leiden vor ihm zu offenbaren, an das gigantische Pferd, das schwarzblau glänzte, über und über mit märchenhaften Juwelen geschmückt, und an seinen merkwürdigen Doppelgänger mit den runden, gleichmütigen Augen. In seinen Träumen entfloh er in einem fort dem Hüter des Baumes in der Steppe, rannte durch Hügel, zwischen Äpfeln, Gräbern und Grabsteinen, gekrönt von runden Felsen, durch Höhlen, in denen beängstigende Mächte hausten. Im Traum zeigte sich ihm auch der Kopf seines Vaters, als er aus der Schule zurückkehrte. Sein Vater polierte seine Schuhe stets mit Sorgfalt.

Am Mittag, als Alek aus seinem Schlaf erwachte, war die Jacke bereits mit Geldscheinen gefüllt, und Mazar, der Wächter, der in der Nacht den Kaffeekessel gebracht hatte, machte sich auf den Weg nach Buchara.

Ein junger Arzt, der zu seinem wöchentlichen Besuch kam, untersagte Alek, das Bett zu verlassen, gab ihm eine Glukosespritze und befahl ihm zu essen. Doch ausgerechnet jetzt fiel ihm das Schlucken äußerst schwer, und er schämte sich, daß er in einem Land, in dem Nahrung nur schwer erhältlich war, von einer solchen Hemmung erfaßt war.

Am Nachmittag betrat José Maria sein Zimmer mit zwei Flaschen Rotwein in der Hand, und mit ihm ein junges Mädchen ganz in Weiß, bis hin zu den Stoffschuhen. Sie brachte einen Strauß Blumen in einem feuchten Handtuch mit. Ihre Augen, tanzend und berauschend, waren von anregender, erheiternder Lebendigkeit.

»Gulisa?« sagte Alek.

»Ich sehe, daß Umar über mich geklatscht hat«, sagte sie und arrangierte die Blumen in eine Vase, »ich habe gehört, daß du nichts ißt. Gibt es vielleicht etwas, das du besonders gerne magst? Soll ich etwas für dich kochen?«

Alek wollte aufstehen.

»Nein, nein, blieb liegen«, sagte Gulisa. Sie legte ihre Hand auf seine Stirn und streifte sie dann mit ihren Lippen. »Wenigstens hast du kein Fieber.«

»Mit welcher Leichtigkeit du einen Menschen berührst, den du nicht kennst, Gulisa«, sagte José Maria.

»Was hast du denn gedacht, daß ich eines von euren Mädchen bin, die an der Balustrade sitzen und darauf warten, daß ihnen jemand eine Serenade singt?«

»Du bringst Alek in Verlegenheit.«

»Ich mache ihn nicht verlegen. Und du hast eine schwarze Seele, die Seele eines Mönches.«

»Die Seele eines Mönches?«

»Eine Seele, die fürchtet, von der Welt verunreinigt zu werden, ist eine Mönchsseele.«

»Schön und auch noch klug ...«, murmelte José Maria.

»Du hast sogar angefangen, wie ein Mönch zu reden. Weshalb sollten schöne Frauen dumm sein? Sag's mir. Gleich wirst du sagen, sie seien auch unglücklich.«

»Spiel ein wenig auf der Gitarre«, bat Alek José Maria.

»Nein, nein.«

»Ein oder zwei Stücke ...«

»Nein, nein, ich will nicht.«

»Die Gitarre kann nichts dafür«, sagte Gulisa.

José Maria stöhnte.

»Ich bitte dich darum, spiel etwas.«

»Ich spiele nur auf Festen«, erwiderte José Maria.

»Du hast eine schöne Gitarre.«

»Das ist nicht meine Gitarre. Jemand hat sie in Buchara gekauft, und es ist mir egal, ob sie schön oder häßlich ist.«

»Erzähle mir von den Kämpfen.«

»Da gibt es nichts zu erzählen.«

»Sing *Carmela*.«

»Ich will nicht singen.«

»Bist du jemals von hier aus in die Wüste in Richtung Persien aufgebrochen?« fragte Alek.

»Ich war einmal in Uba Kuduk.«

Gulisa streichelte Aleks Haar und fuhr mit dem Finger über seine Augenbrauen.

»Was soll ich dir also kochen?«

»Trink Wein. Vielleicht regt das deinen Appetit an«, schlug José Maria vor.

Gulisa betrachtete ihn, während er den Wein einschenkte.

»Ich werde dir Schaschlik zubereiten, in ganz kleinen Stückchen, mit Zwiebeln. Das wird dir zusagen. Und laß dir von Mönchen nicht das Leben versauern.«

José Maria lächelte traurig.

»Welch eine Schönheit!« sagte Alek, nachdem sie das Zimmer verlassen hatte.

»Ja, sie ist ziemlich schön«, erwiderte José Maria trübsinnig, »trink, und ich werde ein wenig Messerwerfen üben.«

Er ging hinaus, stellte sich vor einen Baum und warf ein Messer, und nach jedem Wurf rannte er hin, zog sein Messer heraus, kehrte zurück und warf es von neuem, wobei er bemüht war, es so tief wie möglich in den Stamm zu bohren. Er verfehlte sein Ziel so gut wie nie, und es war offensichtlich, daß er dies seit langem übte. Sein Gesicht war finster, ein sonderbares Gefühl zeichnete sich darauf ab, als sei er ein großer Musikant, in dem jeder Ton eine starke Empfindung auslöste, und mit jedem Wurf preßten sich seine Lippen fester aufeinander und verengten sich seine Augen – sein ganzer Anblick wurde furchterregend. Erst nach etwa einer halben Stunde wurden seine Würfe weniger zielgerichtet.

Danach kehrte er ins Zimmer zurück, um Wein zu trinken.

»War euer Wein besser?« fragte Alek.

»Unserer? Vielleicht. Ich habe nicht viel Wein dort getrunken.«

»Du spielst nicht gerne Gitarre?«

»Ich hasse Gitarren. Aber Schirin hat gesagt, ich müsse auf einem Fest spielen.«

»Zu Ehren Umars?«

»Nein. Das ist etwas anderes. Es kommen höchst wichtige Leute hierher, und wenn ihnen der Sowchos nicht gefällt, werden sie ihn in ein Militärlager verwandeln. Schon seit zwei Monaten bereiten sie diese Festlichkeit vor.«

»Und wo ist Uba Kuduk, nahe der Grenze?«

»Nein, das ist eine Oase in der Wüste, eine Quelle neben dem Grab von irgendeinem Heiligen.«

»Wo liegt es?«

»Weit, fernab von jedem Ort, wie Erne – fern von jedem Ort. Wie Usbekistan – fern von jedem Ort, weitab und verloren.« Und José Maria fuhr fort: »Einmal war ich in einem Sommerlager an einem Fluß. Alle saßen um ein Lagerfeuer herum, hoch wie eine Flammenwand, das ganze Areal war erleuchtet bis zu den Zelten. Ich hielt mich im Dunkel, hinter den Bäumen, allein. Überall, wo das Licht hinkam, bis zu nahen Ästen des Baumes, dem Mast, den Seilen – dort war die Welt, doch wenige Schritte vom Licht entfernt war es bereits beängstigend, dunkel, die Glühwürmchen wirkten wie Wolfsaugen, die Büsche – wie Fallen. Jenseits des Feuerkreises lag schreckliche Nacht. Ich konnte es nicht ertragen. Solange du im Lichtkreis bist – lebst du, außerhalb – bist du tot. Und ich will nicht sterben!«

Alek sah ihn verwundert und erschreckt an. »Ich dachte, ich würde nie mehr nach Spanien zurückkehren, nicht einmal mehr davon hören wollen. In Kagan hatte ich Zeit zum Nachdenken. Ich arbeitete in einer Ambulanz. Es gibt nichts Besseres als das. Wenn ich ein Dichter wäre, würde ich ein Ruhmeslied auf die Ambulanz schreiben! Ein wenig Valeriansäure mit trocken Brot – welchen Sprit du kriegst! Ein bißchen Chloralhydrat ist ebenso gut wie das Opium von Schanghai! Die Priester wissen alles über Läuterung und Entweihung. Wenn eine Kirche profanisiert wurde, können sie sie wieder heiligen: ein Gebet, eine Prozession, ein bißchen Weihrauch – und schon ist der Ort wieder rein wie zuvor, und alle Sünde, die ihm anhaftete, ist in die Ewigkeit eingegangen, sogar die Erinnerung daran verschwunden. Verstehst du mich? Doch wenn das so ist, wenn es derart leicht ist, reinzuwaschen und zu vergessen – wofür dann all die Anstrengung, das Blut und die Scham, wofür all das? Und nicht einmal Gebet, Prozession oder Weihrauch ist nötig – die Zeit selbst, ohne jede Hilfe, wird das ihre tun, wird alles läutern: Doch wenn das so ist – was ist der Sinn davon? Wozu? Was ist der Nutzen aller Kriege, jeder Revolution? Hier bricht der Weg ab, hier verschwindet er zwischen Sand und Schotter, in einem Wald oder einer Flußmündung. Doch natürlich – was kann der Ort dafür? Was können die Oliven dafür? Was kann der Fluß dafür? Dann muß ich also niederknien: Oh, Zeit, die du alles reinwäschst – bohre dein Messer in mich, ermorde mich, reinige auch mich, geh vorüber an mir in einer Prozession und mit Gesängen ... Von den Häftlingen lernte ich das mit der Valeriansäure und den Lagergetränken. Doch das kann so nicht weitergehen ... ich muß hier fort, und ich muß niederknien ...«

»Möchtest du nach Spanien zurückkehren?«

»Ob ich zurückkehren will? Ja, ich würde wollen. Ich bin vom Weg abgekommen, ich habe meine Gruppe verlassen, als sich mir Gelegenheit bot. Ich würde wollen, liebend gerne wollte ich. Aber ob es möglich ist?«

»Ich verstehe dich nicht, nicht wirklich.«

»Wenn ich hierbleibe, sozusagen frei, aber im Prinzip betrunken und elend, werde ich mir am Ende sagen: Alles ist verloren, du warst ein guter Kämpfer, und du hast das Kämpfen sogar genossen, und jetzt ist alles verloren, doch du bist nicht schuld, es ist die Schuld der Zeit, des Zufalls. Und was ist, wenn du alle deine Freunde verloren hast? Du hast neue Freunde! Und was macht es, wenn sie kleine Seelen wie eine geballte Faust haben, ohne Hoffnung, ohne morgen! Lebe, ströme! Aber ich will nicht für mein Leben Sorge tragen, ich will nicht. Ich halte meinen Hals hin. Gebe Gott, Umar käme endlich zurück ...«

ALLEGRO-ABENTEUER –
DAS RASIERMESSERSCHÄRFGERÄT
(Fortsetzung)

Doch ungeachtet seiner Worte wurde José Maria noch trauriger, als Umar kam. Umar sang etwas vor sich hin und lächelte, als er Alek auf der Erde liegen und auf große Bettlaken Raben und nackte Zweige malen sah. Mazar, der am linken Bein leicht humpelte, stand neben ihm, als erwarte er, Umar würde sich auf ihn stützen, doch Umar war bereits wieder voll fröhlicher Energie. Am Abend, als sie auf dem Dach seines Hauses saßen, interessierte er sich für den Rasiermesserschärfer und erzählte Gulisa, daß ein Engel in ihrer Gestalt – die gleichen Augen, dieselben Lippen, sogar die Beine – ihn in seiner Zelle besucht habe, seinen Kopf hochgehoben, eine Hand unter das Kissen gelegt und sich an der Nadel gestochen habe, die dort versteckt war, und dann auf grusinisch geflucht habe.

»Wenn wir hier ein solches Gerät zum Messerschärfen herstellen könnten, könnten wir leben wie die Kalifen in tausendundeiner Nacht«, sagte er.

»Dazu sind spezielle Maschinen nötig«, erwiderte Mazar.

»Vielleicht sollten wir ihnen das vorschlagen, wenn sie kommen? Was meint ihr? Sie würden Schlange stehen bei uns, wenn wir so etwas produzieren könnten.«

»Glaubst du, sie sind dumm, Umar?«

»Wir werden sehen, wir werden sehen. Und du, alle sagen mir, daß du hier zu sterben vorhast?«

»Ich werde nur noch die Raben für deine Schwester fertig malen, und der letzte Rabe wird mein Todesrabe sein«, sagte Alek.

»Das ist kein Thema zum Scherzen«, entgegnete Umar. »Wenn mir nicht wohl ist, tue ich alles, was mich aufmuntern könnte, um meine Lebendigkeit zu bewahren. Ich breche mit dem Wagen auf, reite, fahre Traktor. Meine Schwester näht sich Kleider, Gulisa bügelt und kocht. Du mußt dich bemühen.«

»Ich würde gerne im Kulturhaus schlafen. Es gibt dort ein Radio und eine große Landkarte. Am Morgen werde ich früh aufstehen, ich werde niemanden stören.«

»Schlaf im Kulturhaus«, sagte Umar.

»Ich habe gehört, daß die Engländer Madagaskar erobert hätten.«

»Du brauchst einen besseren Arzt, du mußt trinken, essen, dich amüsieren. Schirin hat gesagt, daß du sie auf dem Klavier begleiten wirst?«

»Nur zwei oder drei Lieder.«

»Aber du mußt an ... an die Dinge denken, die du liebst.« Umar betrachtete ihn mit besorgtem Blick.

Alek dachte an Dascha. Wie schön ein Sarafan für Dascha wäre mit ihren schmalen Schultern und ihren dünnen Gliedern. Er spürte die Berührung ihrer Schulter an seiner, ihrer Hände, sah ihr Haar, ihre so tiefblauen Augen, ihre traurigen Lippen, hörte das Rascheln ihres Rockes. In seiner Erinnerung war sie hochgewachsener und stiller, ihre mageren Schultern verschwindend neben den seinen. Schön wäre ein Sarafan für sie wie jener eine, den er einmal in einer Volkstanzgruppe gesehen hatte, der Streifen über der Brust höher angesetzt, die Bluse dunkler unter dem Weiß des Sarafan und der winzigen roten Stickerei. Jetzt machte er sich Vorwürfe für seine latente Gleichgültigkeit ihr gegenüber und schwor sich in seinem Herzen, wenn er die Raben gemalt hätte, würde er ihren Namen in den Baum einritzen, in den José Maria sein Messer bohrte.

»Wenn du willst, könnte ich dir Fähnchen von allen kämpfenden Armeen bringen, von den Nazis, den Italienern, den Rumänen, den unseren und von unseren Bündnisgenossen. Schöne Fähnchen aus hartem Karton. Ich habe eine ganze Schachtel, die ein Vortragsredner hier zurückgelassen hat. Einen Moment! Lisa, rufe Pirsanov. Ich will ihn wegen dem Messerschärfgerät fragen. Ihr werdet sehen, was ein echter Handwerker dazu sagen wird.« Und er legte das Gerät in die Mitte des Tisches und betrachtete es mit einem Lächeln. »Es ähnelt ein wenig einer Mausefalle«, sagte er.

Pirsanov, ein älterer Mann in einer blauen Arbeitsmontur mit vielen Bleistiften in den Taschen, einem mächtigen Schnurrbart und weißem, nach hinten gekämmtem Haar, betrat das Zimmer, nahm das Gerät und betastete es mit breiten, aber gelenkigen Fingern.

»Ist es möglich, so etwas bei uns zu machen, Pirsanov?« fragte Umar.

»Man braucht Maschinen. Sonst zahlt es sich nicht aus«, erwiderte der Handwerker und befingerte weiter behutsam die Teile des Geräts.

»Aber ist es möglich oder nicht?«

»Es gibt Teile, die sind möglich, aber dieses kleine Scharnier, und so ein Verschluß wie von einem Armband ... vielleicht könnte man das von irgendeinem Uhrmacher in Buchara anfordern.«

»Ah, so?« sagte Umar. »Schreib mir ein Memorandum, nein, zwei, ein ganz kurzes und ein zweites langes. Wir wollen einfache und billige Maschinen zur Produktion eines Rasiermesserschärfers entwerfen, und wir brauchen zwanzigtausend Rubel für die Forschung und Erprobung.«

»Das ist zuviel«, sagte Pirsanov.

»Schreib zwanzigtausend und fertige bis zum Festtag fünf solche Geräte an. Eines für jeden unserer Gäste. Kannst du solche Geräte machen? Ähnliche?«

»Zwei Arten von Stein ... Leder ... und man muß zu einem guten Uhrmacher fahren. Ich weiß nicht.«

»Pirsanov«, sagte Gulisa, »wenn diese Kommission nicht mit uns zufrieden sein wird, werden wir hier wie ein armer Ameisenhaufen zerstreut werden. Sie müssen glücklich hier weggehen.«

»Meine Drehbank ist nicht so exakt. Es wird grob werden.«

»Fünf, nur fünf«, sagte Gulisa, »und bastle irgendeine schöne Schachtel mit einem passendem Namen: Bogatir, Kara-Kum.«

»Schöne Schachteln kann ich dir versprechen, so viele du willst, Gulisa ... ich werde die Geräte anfertigen, und ihr werdet mich nicht verspotten, wenn ihr sie seht. Ich muß sofort mit der Arbeit anfangen. Aber sagt Schirin, sie soll mich davon befreien, in der Rolle des Kaisers aufzutreten, denn dazu werde ich keine Zeit haben.«

»Dich hat sie auch in ihrem Netz gefangen?« wunderte sich Umar.

»Um die Silhouette des Kaisers zu sein, wegen meines Schnurrbarts.«

»Wir werden dich von der Rolle des Kaisers befreien«, sagte Umar, »und der Fisch wird den Köder schlucken! Du, José, hörst für ein bis zwei Wochen zu trinken auf, und du, Alek, wirst mit Schirin gehen, damit sie dir neue, weite Kleider näht, denn in den kommenden Wochen werden wir dafür sorgen, daß du dicker wirst.«

Alek betrachtete entzückt den Noteneinband. *Bergerie. Die Schäferdame.* Das Klavier war nicht gestimmt. Einige Tasten gaben überhaupt keinen Ton von sich, ansonsten ließ das Klavier Klänge vernehmen, die an eine Bar in einer fernen Hafenstadt denken ließen. Die Begleitung für die Lieder hatte ein Mann sonderbaren Namens geschrieben. Wie gut er sein Handwerk verstanden hatte! Welche Mühe er sich gemacht hatte! Jede Note und jeder Akkord waren voller Erfindungsgeist, Geduld und Gefühlsbewegung. Der Notenband wimmelte von Nymphen, Satyren, Violinen und Flöten, Lorbeerkränzen. Es fiel Alek nicht leicht, die Begleitung ordentlich einzustudieren. Schon zu der Zeit, als er noch viel Klavier spielte, hatte er sich damit nicht leicht getan, und hier mußte er auch noch die fehlenden Saiten kaschieren. Viele Stunden lang saß er vor den Noten, bis Schirin zurückkehrte.

Ihr Zimmer war voller Plakatankündigungen ihrer Auftritte in Taschkent, Leningrad und Moskau. Einige große Fotos hingen an den Wänden, und auf einem davon war sie zu sehen, wie sie zwischen

Tscherkasov und Borisov stand, jung und schön, ein wenig gequält. Schirin hatte absolut nichts gemein mit der üblicherweise anerkannten Art von Schönheit der sowjetischen Schauspielerinnen.

Alek wollte sie fragen, weshalb sie das Theater verlassen hatte, denn ihr Zimmer war nicht traurig oder bedrückend, obgleich es ein Denkmal der Vergangenheit war. Doch vielleicht hatte Schirin noch nicht beschlossen, sich endgültig vom Theater zurückzuziehen.

Obwohl Alek noch jung genug war, um die Zuneigung der Menschen als etwas Selbstverständliches anzusehen, rührte ihn doch das innige Verhältnis zwischen Umar und Schirin. Es genügte, daß sie ihn ansah, und schon verspürte er Sicherheit und Glanz, und mit Bedauern betrachtete er ihr Doppelkinn und ihre dicken Arme. So verschieden war sie von der Schauspielerin, die zwischen dem großen Tscherkasov und dem großen Borisov stand, ganz aufgeregt, scheu, selbstironisch und liebenswürdig.

»Vielleicht sollten wir auf das Lied mit dem Trillala verzichten«, sagte er, »es könnte sich lächerlich anhören.«

»Verlaß dich auf mich. Wir werden ihre Herzen derart brechen, daß sie sich für immer danach verzehren werden, hierher zurückzukommen.«

»Aber das Trillala ...«

»Sei unbesorgt. Ein Künstler muß etwas riskieren, nur so wird sein Sieg ein wahrer Sieg sein. Wir brauchen künstliche Dinge, Masken! Da schau, du liebst diesen Noteneinband doch selber!«

Ihre Worte erinnerten ihn an die kleinen Fragen von Koldasch, dem Erzähler: »Und was meint ihr, hat der Emir Iskander etwa einen goldenen Helm getragen oder sollte sein Haar im Wind geflossen sein wie der Schwanz seines Pferdes?« Im Krankenhaus in Samarkand hatte er öfter gedacht, wie gut es wäre, wenn dort Nonnen mit gestärkten Hauben arbeiteten, wenn es irgendeine Zeremonie gäbe, ein christliches, ein muslimisches, ein jüdisches Gebet – welches Gebet auch immer anstatt des Verlesens der Nachrichten, der Radiostimme, der Wandinschriften, der häßlichen Symbole der Republiken.

Schirin hatte prachtvolle Lippen, wenn sie die Lieder der *Bergerie* sang. Alek war neugierig darauf, ob es ihr gelingen würde, das Herz des Publikums zu erobern. Dreimal hate er Gelegenheit gehabt, eine Kostprobe vom Geschmack der Eroberung zu erhalten, als er das Präludium von Bach in der Schule spielte, nach zwei anderen Stücken, und mit einem Mal geschah etwas im Publikum, eine kurze, leichte Schwingung lief hindurch, ein Horror vacui tat sich blitzschnell auf; und das zweite Mal, gegen Ende einer der Reden Iridions, als er die

Augen des gesamten Publikums auf sein Gesicht gerichtet fühlte; und ein drittes Mal schließlich, als er Fräulein Kolendas Blick sah, mit dem sie ihn am Eingang zur Garderobe betrachtete, während sie sich wahrscheinlich an den Brief erinnerte, den er ihr geschrieben hatte ... Die Realisierung der Überbrückung der Distanz. Nach der Aufführung des *Iridion* sagte der junge Bühnenregisseur zu ihm: Du erscheinst mir als einer von diesen Menschen, die das geringschätzen, was sie in ihrem Leben tun, die zentrale Sache, die sie machen. Das ist ein wahrer Fluch! – Ich sehe hierbei überhaupt keinen Fluch! – Du wirst es sehen, du wirst schon noch sehen, sagte der junge Regisseur.

Wenn er spät nachts in das Kulturhaus zurückkehrte und sein Feldbett hinter der kleinen Bühne herausholte, mußte er den Saal vom Abfall säubern, von den Flaschen und Zigarettenkippen, und während der Reinigungsaktion las er die Inschrift über Sverdlov, die etwa die Hälfte der riesigen Wand bedeckte: »Im Frühling 1918 setzten sich die trotzkistischen und die bucharinistischen Bösewichter gemeinsam mit den ›linksgerichteten‹ Mitgliedern der S. R.-Partei zum Ziel, Sverdlov, den unsterblichen Revolutionär, zu ermorden. Im März 1919, bei seiner Rückkehr von einem gesamtukrainischen Sowjetkongreß, nachdem er zahlreiche Reden an Bahnhöfen gehalten hatte, erkältete sich Sverdlov und starb einige Tage darauf ...«

Er wunderte sich über die herausragende Dummheit dieser Inschrift, die in ungelenken, groben Buchstaben aufgemalt war, und über Sverdlovs Gesicht, das ein Schnurrbart, ein Bärtchen und ein Kneifer zierten – der große Revolutionär, der aussah wie das Abbild eines jüdischen Aufklärers Anfang des Jahrhunderts, voller einfältiger, edelmütiger Ideen, deren Fahne er fanatisch hochielt. Auch die ekelhaften Plakate und Fotomontagen, die die Wände des Saales bedeckten, erregten Ungläubigkeit, Distanzierung, Lächerlichkeit, kein einziger Mensch war darunter, der schlicht und natürlich gewesen wäre, er konnte sie werde mit Sympathie noch mit Neugier betrachten, und es war schon äußerst merkwürdig, daß solchen Fischern Seelen ins Netz gehen sollten, dachte Alek. Das Kulturhaus hatte nichts Schönes an sich, doch wenn er der tiefen Stimme des Rundfunksprechers Levitan lauschte, wenn er hier und da in den wenigen Büchern, die es dort gab, die Lebensgeschichten der Helden der Revolution und Auserwählten der Gesellschaft las, wenn er die zahlreichen Tafeln sah, die verkündeten, daß der Bildungsgrad im ständigen Ansteigen begriffen sei, dann war Alek von Staunen erfüllt über dieses Schlammreich, in dem Prinz Plebs regierte, als einzige Quelle alles Guten, und in dieses heimliche Staunen mischte sich eine unbehagliche Sympathie, durchsetzt von demütigenden Erinnerungen an die Kinder, die dank ihrer Herkunft oder ihres Reichtums verhätschelt worden waren, aber trotzdem, alles war häßlich, einfältig. Das Einzige, das etwas Authentisches an sich hatte, waren die Schallplatten, vor allem die Lieder, die Sehnsucht nach der Vergangenheit ausdrückten, nach Revolution und Bürgerkrieg, Lieder von bitterem Schicksal, grausamen Opfern und Sieg, vom Traum der Gemeinschaft, vom glanzvollen Beginn. Die wahren Kommunisten im Versteck der Katakomben. Andere Lieder wollten weismachen, daß alles nur ein Anfang sei, doch im Herzen des Schlammreiches war Trauer und Verzweiflung.

Die Delegation traf mit Autos ein, auf denen sich eine dicke Staubschicht niedergelassen hatte.

Drei Herren entstiegen dem ersten Wagen: Der fette Parteisekretär aus Buchara, der Abteilungsleiter des Ministeriums aus Taschkent und ein nicht mehr junger General; aus dem zweiten stürzten der Adjudant des Generals und ein Mitarbeiter des Abteilungsleiters, der wie ein Geheimagent aussah. Sie betraten den Versammlungsraum. Hin und wieder strichen Jungen und Mädchen an den Türen und Fenstern des Saales vorbei, in der Hoffnung, einen Hauch von dem, was drinnen gesprochen wurde, zu erhaschen. Nach Beendigung der Besprechung brachen alle zu einem Rundgang im Ort auf. Die Gesichter der Gäste verrieten nichts. Als sie den großen Speisesaal betraten, hielt jeder von ihnen ein in gelben Stoff eingehülltes Päckchen in der Hand: der Rasiermesserschärfer *Allegro*.

Im Speisesaal standen die Tische nicht in langen Reihen mit Bänken, sondern einzeln, Stühle um sie herum gruppiert, wie im Kaffeehaus. An den Wänden hingen riesige Kürbisgewächse, blaue Fliesen mit verschnörkelten Inschriften. Die Bühne war beleuchtet, und Bucharas Türme ragten schwarz im Hintergrund auf. An einer weißen Kartonwand hingen ein langes Krummschwert und ein altes Gewehr. Auf den Tischen standen offene Wein- und Wodkaflaschen, Fruchtschnitze und Tellerchen mit Honig und Nüssen. Ins Zentrum jeden Gästetisches hatte man Glaskeramiken mit weißen und violetten Blumen darin gestellt. Zwischen den beiden hohen Türen hing ein großer Spiegel mit kleinen Tigern dekoriert, und Stoffen in Bucharas Farben: ein zartes Terracotta, fast hautfarben, ein Blau in vielerlei Schattierungen bis ins Indigo und zahlreiche Kerzen brannten in jedem Eck.

Kleine Mädchen erschienen im Saal, fertig zum Auftritt, mit schmalem Rücken, sehr dünnen Armen und wirrem, erschrecktem Blick. Die Musiker ließen sich im vorderen Teil der Bühne nieder – ein

Trommler, ein Gitarrenspieler und ein Geiger. Die Verführung der Gäste begann. Die kleinen Mädchen tanzten. Sie sahen ein wenig wie seltsame Bräute aus, überreichlich geschmückt mit langen Tüchern und Brautschleiern.

Die Musikanten eröffneten mit populärer Tschastuschkimusik, doch binnen kurzem wurden die Stücke anspruchsvoller. Der fette Parteimensch lächelte, krempelte sich unter einiger Anstrengung die Hemdsärmel hoch und rieb sich die Hände; der General war bereits hochrot, der Mann vom Ministerium warf jeder Frau einen flammenden Blick zu, der Adjutant wischte sich den Schweiß ab, und nur der »Agent« sah noch graugrüner aus denn zuvor, allerdings schaukelte auch er bereits leicht auf seinem Sitz. Die Gäste betranken sich zu schnell.

Die Bühne erklomm eine Tanzgruppe, die usbekische Tänze vorführte und sich nach einem kurzen Auftritt auf den Brettern niederließen.

Hinter einem weißen Laken erschienen die Silhoutten Kaiser Wilhelms und Hitlers, die kleine Bewegungen machten, und eine volle Stimme begann gemessen zu deklamieren:

»Niemand kann's mit mir aufnehmen im Streit!«
sprach Hitler mit Vehemenz.
»Oh, nein, Kamerad, dein Sturz ist nicht mehr weit!«
beruhigte der Kaiser selig.
»Für Rußland grab ich ein tiefes Loch!
Tod allen Sowjets!«
»Ah, im Jahre achtzehn noch
war ich von großer Hoffnung erfüllt.«
»Kein Fünkchen Hoffnung hat der Feind, gar keine Frage!«
sprach der Führer mit Glut.
»Und wer erlitt bei Moskau die Niederlage?«
fragte der Tote müde.
»Zertreten, zermalmen, vernichtend schlagen werd' ich alle noch!«
brüllte der Bösewicht mit Schaum vorm Mund.
»Komm, Kamerad, leg dich zu mir ins Loch!«
erwiderte der Tote traurig aus tiefem Grund.

Das Schattenprofil des schnurrbärtigen Kaisers mit seinem spitz aufragenden Helm zog Hitler zum Sarg. Anfangs wehrte sich Hitler mit wütenden Bewegungen, doch am Ende gab er auf, und sein Kopf verschwand im Sarg. In dem Moment, als das Licht erlosch und die Schattenrisse verschwanden, stimmte Schirin die Lieder der *Bergerie* an.

Er hatte sich umsonst gesorgt: Das »Trillala« und das »Deriririda« taten den kleinen Liedern keinen Abbruch mit ihrem bittersüßen Geschmack von stilisierter Liebe und unvermittelter Gefühlsaufwallung, kurz wie Sommerunwetter. Sie brachten es fertig, die Kehle zuzuschnüren, die Brust weit werden zu lassen. Und beim zweiten Lied: *Sag mir, Mama, was Liebe ist, ist sie Glück oder Qual?* hatte sie das Publikum schon vereinnahmt. Mit dem nächsten, *Jeune fillette*, gelang es Schirin, ihre Hörerschaft vollends in Bann zu schlagen. Das Lied appellierte an ein junges Mädchen, ihre Jugend für die Liebe zu nützen; in Melodie und Begleitung schwangen Trauer und ein Gefühl von Scheitern. Auch dieses Lied hatte eine kontinuierliche Folge von La-ri-ra-las, doch das Publikum war nun begeistert von diesen Koloraturen, ganz besonders, als Schirin ihre Hörer zum süßen Höhepunkt der Synkope mitzog. Man ließ Schirin nicht zum nächsten Lied übergehen, zu Aleks Freude, denn *Bergère legère* war für ihn schwieriger als der ganze Rest. *Jeune fillette* kam gut an. Aus der Lektüre von Romanen, ein oder zwei Filmen, von einem vereinzelten Besuch im Museum her oder aus irgendeiner Melodie, an die sie sich erinnerten, hatten sich diese Menschen eine phantastische und edle Vergangenheit erschaffen, eine Mischung aus Sinnlichkeit und Skepsis, Freude und Scheitern; sie waren imstande, für einen winzigen Augenblick ihr Leben von sich abzurücken und es wie einen Strauß Frühlingsblumen zu betrachten, der rasch verwelkt und dahinschwindet. Wieder und wieder wollten sie *Junges Mädchen* hören.

Danach verschwand Schirin von der Bühne. Alek sah, daß Gulisa ihr beim Umziehen half. Nun war Schirin bis zur Unkenntlichkeit verändert. Sie trug ein schwarzes Gewand mit einem riesigen Dekolleté, ihre Lippen waren knallrot angemalt. Wegen ihres länglich geformten Gesichts wirkte sie in der schwarzen Kleidung schlanker. Sie räusperte sich mit gezielter Grobheit; in ihren weit aufgerissenen Augen flackerte billige sexuelle Leidenschaft, und so kam sie in den Saal zurück, wobei die Weißhäutigkeit ihres Ausschnitts noch durch eine dicke Puderschicht hervorgehoben wurde.

Sie sang viele Volkslieder in russischer Übersetzung – spanische, portugiesische, schottische und südamerikanische Lieder, und alle mit ein und demselben Thema – Tod. Ihre sämtlichen Bewegungen waren durchtränkt von Sexualität und ließen ein Zittern durchs Publikum rieseln. Du möchtest sterben, du möchtest sterben, doch es ist nicht leicht, Erwählter meines Herzens, oh, nicht leicht ... Und es schien, daß die fünf Gäste, die gewiß nicht sterben wollten, ganz im Gegenteil alles, aber auch alles und jedes taten, was nichtig, niedrig, heuchlerisch und verbrecherisch war, nur um nicht zu sterben –, daß auch sie über diese einfache Wahrheit in Begeisterung gerieten, die Schirin ihnen vorsang. Ihre Stimme und der Klang ihrer Gitarre, eigenartig melancholisch, drückten den Stolz und das Leid des kurzen Lebens aus, und flößten allen Boten des Todes, die durch ihren Mund sprachen, Lebendigkeit ein.

Die Flaschen auf den Tischen leerten sich, die jungen Mädchen machten sich bereit zum Tanz, und noch immer war kein Applaus zu hören. Die Schauspielerin hatte ihr Publikum jetzt so vollkommen in der Hand, daß sie es überallhin hätte führen können. Plötzlich klang hier und dort ein Händeklatschen auf, wie ein unerwartetes Flügelknattern, doch im Saal herrschte noch immer Stille, bis mit einem Schlag donnernder Beifall durch den ganzen Raum toste. Schirin wies zwei Mädchen an, weitere Getränke an die Tische zu bringen, und setzte sich neben den Parteimenschen, der sich nicht enthalten konnte, ihren Arm zu berühren, ihre entblößte Schulter, ihr zum dicken Zopf geflochtenes Haar. Schirin trank mit ihm, und einige Mädchen setzten sich zu den übrigen Gästen. Danach führte eine ziemlich dicke Frau einen Tanz vor, der unter dem Titel *Die Braut* angekündigt wurde. Sie tanzte mit gespreizten Beinen, und als der Tanz an Hitzigkeit zunahm, gab sie ein schmerzliches Stöhnen von sich. Vor Ende des Tanzes verkrümmte sich ihr ganzer Körper. Danach stimmten die Musikanten beruhigende Weisen an. Alles begann zu tanzen, die Tänzerin widmete sich der Umarmung des fetten Parteimenschen, der inzwischen schon puterrot war.

Am nächsten Tag saßen sie mittags alle um das Telefon herum und warteten auf einen Anruf von einem der Untergebenen des Ministers. Die Gäste hatten das Fest gegen drei Uhr morgens verlassen. Schirin war mit dem Oberkörper über dem Tisch eingeschlafen. Mazar hatte seine Arme um den Telefonapparat geschlungen. Hin und wieder ertönte ein Klingeln und alles schreckte zitternd hoch, und so saßen sie dreieinhalb Stunden da.

»Ja, Genosse Korolik?« sagte Mazar mit verhaltener Stimme. Im Raum herrschte tödliche Stille. Mazar wurde abwechselnd rot und weiß. Danach wackelte er mit den Ohren und begann, ein Liebeslied in die Muschel zu singen, als setzte er das Gespräch fort, sprang dann mit einem grauenhaften Schrei auf den Tisch und spazierte auf Händen über die Platte, wobei ihm Münzen, Taschenmesser und Gewehrkugeln aus den Taschen fielen. Alles kam auf die Beine, und Mazar sprang vom Tisch.

»Alles, was wir wollten! Niemand wird uns anrühren! Aussicht auf zwanzigtausend. Einladung für Schirin, ins Theater nach Taschkent zu kommen!«

»Ich hab's gewußt!« sagte Schirin und brach in Tränen aus.

Alle waren glücklich und aufgewühlt, nur José Marias asketisches Gesicht drückte Kummer und Traurigkeit aus.

»Und jetzt«, sagte Umar zu Alek, »mußt du gesund werden, damit wir uns ein bißchen zu Abenteuern aufmachen können. Dir reicht es sicher schon davon, Fähnchen in die Landkarte zu stecken. Alles ist jetzt anders, wir können uns wieder amüsieren. In der Haft hast du gesagt, du möchtest viele Dinge machen, erinnerst du dich? Zuerst besorgen wir dir einen Lehrer für Tadschikisch. Du sagtest, du wollest Tadschikisch lernen?«

»Ja.«

»Und du wirst anfangen, beim Viehfutter zu arbeiten. Es gibt hier einen kleinen Traktor. Und auf Pferden reiten ... Du sagtest, du wollest reiten. Wir haben nur zwei Pferde, die leichtfüßiger als Arbeitspferde sind. Das Ruhigere der beiden heißt Ruschti. Er ist kein großer Weiser, aber es wird dir Spaß machen, auf ihm zu reiten.«

»Ja, das ist gut. Das ist alles gut ...«

»Du hast gesagt, du wollest reiten ...«

»Ja.«

»Und willst du?«

»Ja, ich will.«

»Und Tadschikisch lernen?«

»Ja.«

»In die Wüste aufbrechen, verlassene Städte sehen, vielleicht sogar Schätze suchen ...«

»Ich weiß nicht, ob ich diese Dinge werde tun können.«

»Vielleicht willst du ja auch fort von hier, woandershin reisen?«

»Nein, nein! Ich möchte hier bleiben! Nur hier, bei euch!«

»Keine Aufregung«, sagte Umar mit einem liebevollen Lächeln, »du mußt uns mehr vertrauen.«

»Ich will bei euch bleiben!«

»Beruhige dich«, sagte Umar, und sein Gesicht wurde ernst, »deine Nerven sind noch geschwächt. Sprich mit Gulisa, sage ihr, sie soll Bücher für dich bestellen. Es gibt hier einen Alten, der dich unterrichten wird. Er ist ein bißchen verrückt, und seine Hände zittern, aber er ist ein guter Lehrer, kann Persisch, ein Experte für Rosen.«

Alek bat Umar, Timofei Arkaditsch und den Genossen Y im Krankenhaus aufzusuchen, und der Ärztin in seinem Namen zu danken. Er begleitete ihn zur Bahnstation in Kagan. Trotz der frühen Morgenstunde war es bereits heiß, und die prächtigen Obstbäume und grün gestrichenen Zäune verliehen dem Bahnhof ein dörfliches Ambiente.

Alek suchte alte billige Bücher, doch er fand nur eines, ohne Einband, über einen Flugingenieur in einer Rakete zum Mars. Er warf einen Blick auf die letzte Seite – der Ingenieur, der wieder auf den Erdball zurückgekehrt war, hatte seinen Blick zu dem Stern erhoben und flüsterte: Wo bist du, wo bist du, Aelita? Sicher seine Liebste, ein Marsmädchen.

Als er den Bahnhof gerade verlassen wollte, fuhr ein Zug ein, und eine Menschenmenge quoll heraus. Ein junger Regimentskommandant, leicht hinkend, auf einen hübschen Gehstock gestützt, stieg als einer der letzten aus. Seine Brust war mit Auszeichnungen gepflastert, sein Hemd schmutzig und die Bartstoppeln in seinem Gesicht waren mehrere Tage alt. Er sah aus, als hätte er viele Tage lang in seinen Kleidern geschlafen, war sturzbetrunken und sein Blick nahezu gläsern, wie blind. Ein kleines Bündel hing an dem Stock in seiner Rechten, und mit der linken schleifte er einen Koffer hinter sich her. Er rief einen der Träger, der einige Augenblicke später mit einer kleinen Wodkaflasche in der Hand zurückkam. Der Offizier saugte an der Flasche und ermannte sich für einen Moment, doch seine Knie begannen zu zittern, und er setzte sich auf eine Bank zwischen zwei alte Frauen, die ihm erschrocken Platz machten. Sein blondes, kurzgeschorenes Haar war klatschnaß. Er senkte den Kopf und erbrach sich, beschmutzte seine Uniform und seine zahlreichen Auszeichnungen. Virtuti militaris? Eine edle Seele strebt nach Ehre? Alek wollte zu ihm hingehen, doch hielt ihn seine Verlegenheit davon ab, und er verfolgte ihn nur mit den Augen. Der Offizier trat langsam aus der Bahnhofsstation und bestieg eine Kutsche mit einem alten Pferd im Geschirr. Der Fuhrmann war sehr jung, fast ein Knabe, leicht bucklig oder stark verkrümmt durch irgendeine Krankheit. Er blickte den Offizier, seine Orden, staunend an, und danach schwang er die Peitsche im Bewußtsein der Bedeutung des Augenblicks, der ihm überraschend zuteil geworden war. Er versuchte sogar, seinen großen, sonderbaren Kopf aufzurichten. Der Offizier schloß die Augen, und der Stock entglitt seiner Hand.

»Das Ende der Auszeichnungen? Nein, nein. Aber man muß von hier weg«, sagte José Maria, als Alek ihm die Geschichte von dem Offizier erzählte.

»Ich möchte fliehen. Nach Afghanistan, nach Persien.«
»Unsinn, niemand passiert die Grenze«, sagte José Maria und verzog sein düsteres Gesicht.
»Du wirst es sehen! Bitte, sing mir *Carmela* vor.«
»Und du bist hartnäckig«, sagte José Maria. Er sang mit leiser Stimme das Lied, es war hübsch und traurig anzuhören. Er war von seinem eigenen Gesang bewegt und verbarg sein Gesicht in den Händen. Danach deutete er auf das alte Gebäude von Erne-Scharif, neben dem der Sowchos auf Sverdlovs erbaut worden war, zeigte auf die Schule mit ihren kleinen Kuppeln und auf den zerschmetterten Turm des Minaretts.
»Wie ich den Orient hasse!« sagte er plötzlich. »Allein der Anblick dieser Kuppeln genügt, um mir bis ans Ende des Tages Pein zu verursachen, auch wenn ich nur eine einzige Sekunde hinschaue. Das ist doch der Tod, der Tod selbst! Der Tod höchstpersönlich, sagte ich dir! Du glaubst vielleicht, daß sich irgendwann für alles eine Lösung findet. Aber nichts ist weniger wahr. Alles hat im Unglück geendet, nichts paßt, ich kann dir nicht einmal sagen, was ich fühle. Eines Tages wirst auch du den Geschmack des Entsetzens kennenlernen, nicht wenn du schwach bist, sondern gerade dann, wenn du stark sein wirst.«
»Du redest wie ein Seher oder Prophet.«
»Ich hasse diesen Ort! Gott, wie ich diesen erbärmlichen Ort hasse! Wenn mich doch jemand von diesem Ort erlösen würde!«
Früh am Morgen betrat Umar das Zimmer im Kulturhaus. Sein Gesicht war fröhlich. Er erzählte von den Reisenden im Zug, imitierte ihre Bewegungen und ihre Aussprache, und hin und wieder richtete er einen fragenden Blick auf Alek. Die Spuren seiner Haft waren vollständig verschwunden, und er war voll ungewöhnlicher Energie, sogar Stärke.
»Ich habe der Ärztin Blumen und Früchte, auch einen kleinen Lippenstift gebracht. Timofei Arkaditsch Bistri ist noch dort, aber er wollte nicht mit mir sprechen. Er macht den Mund nicht auf, rasiert sich nicht, liegt mit dem Gesicht zur Wand. Die Schwestern sagten, daß er auch nicht liest. Er wollte nicht einmal das Essen probieren, daß ich ihm mitbrachte. Er wird sterben, so scheint es. Genosse Y ist in der Nacht an einem Herzschlag gestorben, während Koldasch in seinen Kischlak zurückgekehrt ist, wie Frau Dr. Markova gesagt hat.«
»Und Timofei Arkaditsch hat dich nicht gebeten, mir etwas auszurichten?«
»Er hat mir Bücher für dich gegeben. Das ist alles.«

Alek öffnete das Paket. Es befanden sich zwei Bücher des Genossen Y darin – *Das Leben der Kalifen von Omar bis Al-Ma'mun* und eines mit kasachischen Liedern – und Bistaris Bücher: dünne Bändchen von Rozanov, getrocknete Blätter zwischen den vergilbten Seiten; *Hobson-Jobson*, das englisch-indische Scherz-Wörterbuch, und Roberts *Rules of Order* über parlamentarische Verfahrensweisen – beide Bücher vom Beginn des Jahrhunderts. *Hobson-Jobson* begann mit dem Eintrag »Abada – Nashorn«, und endete mit dem Eintrag »Zamburak – ein kleines Gewehr«. Schade, daß Albin so weit weg war.

»Und gesagt hat er nichts?«

»Nein. Bist du zufrieden mit dem Paket? Und ich habe auch etwas mitgebracht ... wenn es ein Fehler war, verzeih mir, ich hab's nur gut gemeint. Komm, zuerst räumen wir dieses Kulturhaus auf. Vielleicht würde es sich lohnen, daß du in ein menschlicheres Zimmer umziehst. Auf jeden Fall habe ich Blumen und eine Tischdecke mitgebracht. Wir müssen uns hübsch machen. Geh dich waschen. Danach zieh dieses Seidenhemd an, von meinem ältesten Bruder. Schlag es mir nicht ab.«

»Zu Ehren wessen?«

»Wasche dich, und kämme dich schön«, sagte Umar und blickte ihn an, wie seine Mutter es immer getan hatte, bevor er zu einer Prüfung oder zu einem Rendezvous mit einem Mädchen ging, das ihr zusagte, oder zumindest ihre Eltern.

»Dascha?« riet er.

»Geh dich waschen.«

Er hatte es geliebt, mit Dascha zusammenzusein, am Abend ihr Zimmer zu betreten, aus dem Elend und der Einsamkeit der schlammigen, mit erniedrigender Armut geschlagenen Straßen, und sie neben der Petroleumlampe vorzufinden. Sein Herz beschleunigte den Takt beim Anblick des Glücks, das sich auf ihrem Gesicht ausbreitete.

Als Dascha das Zimmer betrat, bemerkte er sofort ihr verschämtes Gesicht und das neue Kleid. Das geblümte Baumwollkleid, stark gefältelt, war an den Hüften eng zusammengerafft und betonte ihre Schmalheit. Sie trug glänzend neue Schuhe. Feine Kettchen hingen um ihren Hals und ihre Handgelenke. Alek umarmte ihre schmalen Schultern und küßte sie vorsichtig.

»Freust du dich, daß ich gekommen bin? Ich wußte, du würdest ihnen entkommen.«

»Kannst du hier bleiben?«

»Ich weiß nicht, wie Umar das gemacht hat. Ich habe noch nie davon gehört, daß es jemandem gelungen ist, Leute von unserem Ort wegzuholen. Außer an die Front.«

Ihre stille Art und ihre schöne Haut beruhigten ihn. Die Narbe auf ihrem Nacken und Rücken erschien länger im Morgenlicht, ihre Weißheit nicht gänzlich unangenehm, so wie die weißen Flecken auf ihren Knien. Doch in ihren Liebkosungen lag eine gewisse Zurückhaltung, sogar Traurigkeit, als hätte sie der Empfang enttäuscht. Zum erstenmal sah Alek sie mit lackierten Zehen- und Fingernägeln. Er spielte mit ihrem Haar, entdeckte wieder und wieder von neuem die Form ihres Kopfes, die ihn immer fasziniert hatte. Öfter schon hatte er ihr sagen wollen, wie schön er ihren Kopf fand, doch hatte er es sich versagt, aus der Befürchtung heraus, sie würde ihn nicht richtig verstehen und beleidigt sein.

»Und wie geht es Tubibisch?«

»Tubibisch schickt dir ein Lied: *Kapitän, Kapitän, lächle doch.*«

»Darf ich dich kämmen, Dascha?«

Dascha gab ihm einen langen Kamm, und nachdem sie ihr Haar, das von einem Band zusammengehalten wurde, gelöst hatte, vertiefte sich Alek in sein Werk. Der Kamm zog feine Furchen in das blasse Gold.

»Du weißt nicht, wie man kämmt. Das ist Streicheln, und nicht Kämmen«, sagte Dascha lachend. »Du siehst nicht allzu gut aus, Alek.«

»Ja, irgend etwas stimmt nicht mit mir.«

»Aber ich wußte, du würdest gerettet werden. Ich wußte es!« sagte Dascha. »Wirst du hier bleiben?«

»Wir befinden uns hier unter wahren Freunden.«

»Ja, das stimmt.«

»Was macht dir Sorgen, Dascha?«

»Sie verlassen sich zu sehr aufeinander, sie sind zu kühn. Sie fürchten sich nicht.«

»Und muß man sich fürchten?«

»Gleich wirst du wie deine junge Freundin Tubibisch reden. Natürlich muß man sich fürchten.«

»Sie sind keine naiven Menschen.«

»Sie haben überhaupt keine Angst an sich, und dafür werden sie bestraft werden. Das ist klar. Du bist ein Fremder, daher verstehst du das nicht. Die geringste Kleinigkeit wird sie zu Fall bringen. Und was ist mit der Armee?«

»Ich habe keinen Brief erhalten.«

Dascha umarmte ihn froh und brach in Tränen aus.

Alek sah Polen vor sich, mit der Küstenlinie, die Bergen im Süden, die Erde Ahrimans – die Schmach des Versagens? Wie konnte man Besiegten je verzeihen? Die Zeit ist der große Mörder, und seine Messer sind die Anführer der Menschen.

»Ich bin glücklich, daß du gekommen bist«, sagte er, »ich würde deine Ankunft gerne verkünden, doch ich weiß nicht wie.«
»Verkünden? Wem?«
»Ich weiß nicht. Der ganzen Welt!«
»Und wen kümmert das? Wie seltsam, daß du an die Welt denkst. Wenn wir in der Hungersteppe oder in irgendeinem Aul fernab der Menschheit wären, würde niemand weniger an uns denken als jetzt hier – höchstens vielleicht, um uns übel zu wollen. Hast du an mich gedacht?«
»Komm und schau es dir an«, sagte Alek. In den Baum, an dem José Maria sein Messerwerfen geübt hatte, war rund um den Stamm unzählige Male Daschas Name eingeritzt.
»Ich habe kein Herz hineingeschnitzt ...«
»Ich werde mich mit meinem Namen begnügen ...«, sagte Dascha.
»Ich werde noch eine Reihe von Herzen und Pfeilen hineinschnitzen«, erwiderte Alek und fügte hinzu, »vielleicht können wir in Schirins Zimmer wohnen, wenn sie nach Taschkent fährt.«
»Ich habe sie einmal in einem Film gesehen. Sie war sehr lustig. Als sie einen Augenblick weinte und von ganz nah gezeigt wurde, verstummten alle.«
»Ja, sie besitzt eine selten große Macht, wie ein Hypnotiseur. Und was ist mit den Leuten geschehen, die mit mir in der Kibitka wohnten?«
»Sie sind nicht zurückgekehrt. Niemand weiß etwas.«
In der Früh fuhr sie mit ihm, als er zur Arbeit aufbrach – den Kühen Futter bringen. Alek war wie berauscht von der Morgenluft und der Arbeit an Daschas Seite, deren Wangen eine zarte Röte überzog. Als er am Mittag zum Saal des Kulturhauses zurückkehrte, um seine Habseligkeiten zu packen, fand er dort José Maria und Mazar beim Damespiel vor. José Maria stellte das Radio lauter, und als der Sprecher von den Siegen der Roten Armee berichtete, stieß Mazar plötzlich hervor: »Du lügst, du Hund!«
José Maria erblaßte. »Entschuldigt mich«, sagte er und verließ hastig den Raum.
»Glaubst du nicht an den Sieg, Mazar? Nach Krasnograd hat sich alles geändert.«
Mazar sah ihn gleichgültig an. Seine immense Vitalität schien aus all seinen Poren zu dringen.
»Ich glaube nicht daran, und es ist mir egal«, sagte er. »Und wie ging die Arbeit heute?«
»Gut, aber nach zwei Stunden wurde ich müde.«

»Die Hauptsache ist, daß du gesund wirst, und der Teufel soll sie alle holen.«

Am Abend kam José Maria. Er war sehr blaß, glänzte vor gestriegelter Sauberkeit.

»Ich fahre«, sagte er.

»Nach Kagan?«

»Nach Kagan? Was soll ich in diesem Loch? Ich fahre nach Fergana. Zu meinen Freunden, Man braucht uns jetzt, wir werden trainiert, und danach schicken sie uns nach Europa.«

»Aber das ist gefährlich«, sagte Alek. »Sie werden dich fragen, wo du bis jetzt warst, sie werden dir tausend Fragen stellen. Es ist gefährlich.«

»Das macht mir nichts aus. Es ist mir nur unangenehm, daß Umar sich weigert, mit mir zu reden, er ist böse auf mich, nennt mich Verräter. Es gelingt mir nicht, ihm irgendetwas zu erklären ... ein Wilder ... ein rüder Barbar ...«

»Hast du mit Schirin gesprochen?«

»Ich habe mit Schirin gesprochen. Dir mag es scheinen, als sei Schirin anders, doch im Grunde ihres Herzens denkt sie wie er. Er wird mir niemals verzeihen. Doch ich will keine solche Treue, und ich habe nichts zu geben, ich bin leer, in mir ist nichts. Ich denke nicht an Freundschaft, wie Umar, und ich kann ihm nichts erklären. Ich habe nichts mit dir zu reden, weder heute noch morgen noch in hundert Jahren – so hat er gesagt. Und Gulisa sieht mich nicht einmal mehr, als sei ich durchsichtig.«

»Aber es kann sein, daß du in den Tod gehst, das mußt du doch verstehen«, wandte Alek ein.

»Das ist der wichtigste Krieg zu meinen Lebzeiten, und ich will nicht hier festsitzen, in diesem asiatischen Loch.«

»Aber sie liquidieren einen Menschen bereits für weniger als zwei Jahre Abwesenheit.«

»Wenn du willst, daß wir Freunde bleiben, sag nicht ›sie‹!« sagte José Maria. »Könntest du an einem Ort leben, an dem sich bestimmte Leute über die Siege der Nazis freuen?«

»Das ist ungerecht.«

»Vielleicht hatte Gulisa recht, was mich angeht ... ich weiß es nicht. Ich bin bei den Mönchen erzogen worden, und sie verstehen mehr von solchen Dingen als andere Menschen. Sie wissen, was die Beziehung zwischen dem Inneren und dem Äußeren ist. Du lebst vor dich hin in deiner Seele und meinst, daß es damit getan sei. Du hörst, wie ein Teil deines Kopfes mit dem anderen spricht, und alles, was du möchtest, ist, daß die beiden Hälften zu einer Einigung gelangen.

Allem Anschein nach hast du recht, daher kann ich dich nicht überzeugen.«

»Umar und Gulisa haben dich nicht getäuscht. Es gibt viele Dinge hier, die wir nicht verstehen.«

»Das ist keine Sache des Verstehens, sondern der Wahl, des Weges, den das Herz eines jeden einzelnen ihm weist.«

»Und wenn du dich irrst?«

»Nein, ich irre mich nicht. Ich will nicht, daß die Welt nach meinem Tode weiterhin so sein wird, wie sie zu meinen Lebzeiten war. Ich haßte die Wetterfahne auf meinem Haus mit dem kleinen Wimpel, dem 'Nord' und 'Süd' unten und dem Löwen aus schwarzem Eisen, und ich haßte die Pflanzen, die an der Mauer wuchsen, und die Steine, mit denen unsere Straße mit der Knausrigkeit des Mittelalters gepflastert war, ich haßte die groben Gitter unten in der Straße und noch viel mehr die schmiedeeisern verzierten Gitter an den oberen Fenstern, und mich überfiel der Brechreiz beim Anblick der Statuen in den Gärten der reicheren Familien, von denen man nie wissen konnte, woher sie stammten, aus Friedhöfen oder Freudenhäusern, und ich haßte die Schädel in der Kirche, die zu mir sagten: so wirst auch du sein, und die Alten, die dich richteten, und ich haßte die Uhren, die Tag und Nacht in den engen Gassen schlugen. Alles war voller Tod. In der Zeit treiben, ohne irgendetwas zu verändern, wie ein stummer Fisch, das bedeutet, ein Totenschädel zu sein und zu sagen: auch ich bin so. Am Ende siehst auch du den Erzengel Gabriel und wendest dich an die Jungfrau. Du vergießt eine Träne ... und stirbst. Und du sagst, man muß diese Welt nicht auskehren?«

»Nicht davon ist die Rede, José Maria.«

»Ich fange an, mich auch vor dir zu fürchten. Überall siehst du eine Falle, Verrat. Du mußt dich in acht nehmen.«

In seinem Mantel mit den zahlreichen Taschen sah er wie jemand aus, der zur Jagd aufbricht. Er war peinlich sauber, glatt rasiert, ordentlich gekämmt, und seine Lederstiefel glänzten. Sein asketisches Gesicht wirkte entschlossen und unbeugsam.

»Das ist ein Land des Todes, verstehst du, ein Land ohne Form, das allerschrecklichste überhaupt. Ich liebe weder die Krankheit Asiens noch das Heilmittel.«

»Ich weiß nicht, was du hier gesehen hast, was dich derart ängstigt.«

»Du weißt es.«

»Vielleicht wirst du sterben ...«

»Vielleicht. Übergib diesen Brief Schirin.«

Schirin las den Brief hastig, schüttelte in einem fort ihren Kopf, bis

Tränen in ihre Augen stiegen. Seit dem Fest betrachtete Alek sie mit Staunen und heimlicher Ehrfurcht.

»Das ist sein Ende! Geredet und geredet habe ich mit ihm ... Ich habe versucht, ihn zu überzeugen. Vielleicht schickt man sie wirklich nach Spanien oder Frankreich, ich weiß es nicht. Schließlich wollen wir alle die Nazis besiegen! Wer weiß?«

»Vielleicht sprichst du noch einmal mit ihm?«

»Ich habe es versucht. Einmal hat er bis zum Morgen geweint, mich angeschrien, wurde schrecklich wütend, drohte, mir schien, er war kurz davor, mich zu schlagen. Doch ich machte den Versuch, mich wieder mit ihm zu treffen. Er weigerte sich.«

»Fährst du nach Taschkent?«

»Die Bretter der Bühne, dort ist mein Platz. Nimm diese Perlen und das Armband für Dascha.«

»Ist das Bühnenschmuck, Schirin?«

»Natürlich, was sonst. Er stammt aus Lermontovs *Maskerade*.«

»Hat man ihn dir geschenkt?«

»Nicht wirklich. Ich habe ihn zum Andenken gestohlen.«

»Ein Andenken an die glücklichen Tage?«

»Ein Andenken an die Leiden.«

»War keine Liebe im Herzen deines Angebeteten?«

»Er liebte sich selbst mit ewiger Liebe. Eine abgedroschene Geschichte«, sagte Schirin. »Daher hat er sich in der Hauptrolle derart ausgezeichnet. Alle waren verrückt nach ihm, Mädchen warteten zu Hunderten am Bühneneingang. Und diese Briefe, Blumen, Geschenke, Bilder.«

»Und dich liebte er nicht?«

»Er war neugierig, denn ich schien ihm gefährlich auszusehen. Aus dem Kaukasus.«

»Und was macht er jetzt?«

»Er spielt, wie immer. Und hat sogar wieder seine Rolle. Sieht hervorragend aus. Nimm, wenn er dir gefällt.«

»Ich habe immer davon geträumt, eine Frau zu treffen, die solchen Schmuck hat, das heißt echten, und ein Haus voller schöner Dinge.«

»Aber es ist nie geschehen?«

»Nein.«

»Eine reiche Frau?«

»Reich? Eine Frau, umgeben von Dingen, über die sie herrscht wie eine Fee.«

»Das passiert nie, jedenfalls nicht in unseren Breiten. Doch diese Requisiten gebe ich dir aus ganzem Herzen für Dascha.«

»Könnte ich ein Bild des Schauspielers von der *Maskerade* sehen?«
»Der Göttliche, der sich zur wilden Weiblichkeit des Kaukasus herabläßt wie das himmlische Manna? Es lohnt sich nicht, daß du ihn anschaust. Nimm den Schmuck.«
»Er sieht echt aus«, sagte Alek zögernd.
»Nein. Ich habe echte Perlen gesehen. Nicht oft, aber ich sah welche.«

Alek nahm den Schmuck an sich: Die Perlen schimmerten mit kühler Distanz und spiegelten das diffuse Licht im Raum wieder, grau wie dünner Rauch, die mit blauen Steinen besetzten Armbänder mit den zarten Goldblättern funkelten zart.

In der Nacht, beim Schein der Petroleumlampe, betrachtete er die Schmuckstücke neben dem Bett. Dascha schlief, und im Schlaf lag ein schwebend leichter Schatten von Verlockung auf ihrem Gesicht.

Umar versuchte, Ruschti im Hindernisspringen zu trainieren, stellte Holzbalken in einiger Entfernung voneinander auf, ähnlich Eisenbahnschwellen, und Ruschti passierte sie behutsam und vorsichtig, sprang jedoch niemals über ein Hindernis, das höher als einen halben Meter war. Die Übungen griffen jedoch seine Gesundheit an – er krümmte sich vor Leibesschmerzen, schwitzte stark, stampfte wie verrückt mit den Beinen und wälzte sich, und sein Herz hämmerte beinah so schnell wie Aleks. Bis Umar die Dressurakte schließlich aufgab und dem Pferd Beruhigungsmittel verabreichte. Man muß es nicht trainieren, sagte er, es ist ein starkes und diszipliniertes Pferd.

Alek begann, auf Ruschti zu reiten, doch Dascha, obwohl sie ihm öfter half, das Pferd herumführte und mit ihm sprach, wollte unter keinen Umständen im Sattel sitzen. Und trotz Aleks intensiver Bemühungen, zwischen ihr und Gulisa eine Annäherung herzustellen, blieb Dascha distanziert.

»Wenn ich dich anschaue«, sagte Alek, »beginne ich zu verstehen, weshalb man für Grusinierinnen in den Harems so viel bezahlt hat.«
»Aber weniger als für die Tscherkessinnen«, erwiderte Gulisa.
»Ich weiß nicht, ob dieser Denunziant recht hatte – wer hat eine Haut wie die deine und solche Augen – eine flammende, tanzende Mandel?«
»Der Denunziant hatte recht. Die Tscherkessinnen waren teurer.«
»Du bist schöner als jede Tscherkessin. Aber sie haben schöne Beine.«
»Wo hast du Tscherkessinnen gesehen?« fragte Gulisa.
»Ich habe sie gesehen, als ich bei der Bahn arbeitete.«
»Du hast Prinzessinnen in Lumpen gekleidet gesehen, du bist noch

jung und kannst die Schönheiten der Prinzessinnen nicht unterscheiden, bevor sie ihre Ballkleider angezogen haben.«
»Ich scherze nicht. Sind sie wirklich so schön, die grusinischen Mädchen?«
»Bin ich in deinen Augen wirklich so schön?«
»Das weißt du doch.«
»Er denkt offenbar wirklich so«, sagte Gulisa zu Umar und Dascha, »der Art nach zu schließen, wie er um mich herumstreicht, wie ein brünstiger Kater ums Tischbein. Du würdest sicher in Ohmacht fallen, wenn du meine Schwester Maru sähest.«
»Gulisa! Maru! Welche Namen!«
»Was ist so herrlich an diesen Namen? Ich habe meinen Namen immer gehaßt. Dieses Pferd trägt einen schöneren Namen als ich«.
»Was meinst du, Dascha?« fragte Alek.
»Ich meine, Gulisa ist ein schöner Name«, erwiderte Dascha verlegen.
»Und Maru?«
»Auch Maru«, sagte Dascha.
»Also«, sagte Umar ganz beiläufig, »reiten wir aus? Es gibt einen Ort, Uba Kubuk, da muß ich hin, um einen Mann zu treffen.«
»Du bist einmal mit José Maria dorthin geritten.«
»Stimmt.«
»José, der Mönch«, sagte Gulisa. »Zu guter Letzt lieben sie ihren Gott mehr als alles andere, diese bleiche Marmorstatue.«
»Mit wem werden wir uns treffen?«
»Du kommst also mit mir?«
»Wenn er dieses Mal nicht das mitgebracht hat, worum ich ihn bat«, sagte Gulisa, »kannst du ihm sagen: Gulisa ist böse!«
»Das werde ich ihm sagen, doch ich bin sicher, er wird alles dabei haben. Wenn ihm nicht irgendein Unglück zugestoßen ist.«
»Welches Unglück kann dem alten Fuchs zustoßen? Nur Gehirnerweichung.«
»Wer ist der Meschhedi?« fragte Alek.
»Ich wollte dich überraschen, doch wenn Lisa nun schon ihren Mund aufgemacht hat, werde ich es dir sagen: Gafar-Ali, der Meschhedi, genannt der Karawan-Baschi. Ein persischer Grenzgänger, mit dem ich anfing, mich zu treffen, als ich fünfzehn war. Er ist meiner Familie noch vor der Revolution begegnet.«
»Er passiert die Grenze?« fragte Dascha in ruhigem, gleichmütigem Ton, und nur Alek wußte, wie viel Angst jede Handlung, und sei sie auch noch so geringfügig, gegen die Behörden in ihr hervorrief.

»Er passiert die Grenze, und auch nicht allein – immer mit seinem Gehilfen, und manchmal sogar mit einem Maultier oder einem Pferd, schwer beladen«, sagte Umar.

»Ich wußte nicht, daß es bei uns möglich ist, die Grenze zu passieren«, flüsterte Dascha.

»Wo?«

»In der Sowjetunion.«

»Es wird gemacht«, entgegnete Umar und blickte sie leicht befremdet an.

»Und du bist sicher, daß er nur ein Grenzschmuggler ist?«

»Er ist es seit Anfang des Jahrhunderts, glaub mir, Dascha.«

»Und ist das nicht gefährlich, wenn ihr euch mit ihm treffen wollt?«

»Wir reiten in der Nacht und schlafen untertags. Ich kenne den Weg, ich habe ihn sicher dutzendmal gemacht. Wir treffen uns an einem Ort, den keiner kennt, unweit von einem alten, verlassenen Steinbruch, und wir kehren auf die gleiche Art zurück: Wir reiten in der Nacht und schlafen untertags an sicheren Orten. Uns kann nichts geschehen. Und der Meschhedi ist listig wie keiner.«

Alek streichelte heimlich Daschas Hand, und sie sagte: »Es ist für mich schwer zu verstehen, wie der Perser einfach so die Grenze passieren kann.«

»Glaubst du, die sowjetische Grenze sei etwas Besonderes?«

Dascha errötete. Umar legte seinen Arm um ihren Rücken, doch sie schreckte mit einer fast unmerklichen Bewegung zurück.

»Wenn wir dir schöne Dinge mitbringen, wirst du sehen, daß es möglich ist, die Grenze zu überqueren. Gafar-Ali macht diesen Weg mit Leichtigkeit, und sein Vater tat es vor ihm, und vor seinem Vater sein Großvater.«

In der Nacht glühte Daschas Stirn, ihre Lippen schwollen an, und es war erkennbar, daß sie steigendes Fieber hatte. Sie umklammerte ihre Knie mit den Händen und weinte. Lange Zeit wollte es Alek nicht gelingen, sie zu beruhigen. Ich denke immer, daß die anderen älter sind als ich, aber sie doch erst ein Mädchen, wie Tubibisch. Ich beginne, wie diese empfindsamen Menschen zu sein, über die Albin immer spottete und sagte, ihre Empfindsamkeit sei nichts anderes als rabiate Eigensucht.

Als er Umars Stimme vernahm, zog er sich rasch an, küßte Dascha, die sich schlafend stellte, und ging. Draußen war die Luft warm und duftend, und der Himmel stand hoch. Der Schrei eines Esels erschreckte die Nacht wie plötzliches Drachengebrüll. Umar brach beim Ertönen dieses Abschiedsgrußes in Gelächter aus. Gulisa und

Mazar warteten mit den Pferden. Ein Nachtvogel ließ seine dunkle Stimme aus den Zypressen jenseits des Teiches ertönen.

»Wir bereiten eine Mahlzeit für euch vor!« sagte Mazar.

»Schlaf ein wenig vor dem Kampf, Umar!« sagte Gulisa, küßte Umar und kitzelte Alek am Nacken, der ihre Berührungen und Liebkosungen nicht mit der gleichen Scherzhaftigkeit und lächelnden Zuneigung entgegennehmen konnte und immer ganz erhitzt wurde; woraufhin Gulisa wiederum mit unterdrücktem Gelächter reagierte und sich bei Umar und Dascha über seine Infantilität und seinen unersättlichen erotischen Heißhunger beklagte.

Eine Reise in die Wüste Karakum ... auf den Pfaden des Schweigens ... von Samarkand bis Meschhed ... vom Registan zu Mirza Ali ... vom Tien Schan bis zu den sieben Schönheiten ... die schlaflosen Vagabundennächte seiner Jugend kehrten wieder zu ihm zurück ... gewaltige Nacht, verzauberter und ernster Freund der Jugend ...

Luna, dies et nox et noctis signa severa ...

Als sie etwas höher kamen, begann der trockene Wüstenwind zu blasen, und sogar Ruschti wachte ein bißchen auf. Vor Morgengrauen ritten sie im Bett eines Wadis mit sehr niedrigen Rändern. Umars Pferd wieherte wie die Pferde der Kasachen bei Samarkand. Abilchan Kaskirbei, du warst mir ein goldenes Zeichen! Jedes Jahr werde ich auf dich trinken, wie mein Klavierlehrer immer sein Glas zu Ehren von Mozarts Geburtstag erhob. Das Trockenbett verbreitete sich, hier und da ragten schwärzliche kleine Büsche. Einmal sahen sie in der Ferne schwache Lichter, die verschwanden und weiter weg wieder auftauchten.

Viermal stürzte Umar zu Boden, doch stets wurde der Riese schwächer und war näher daran zu straucheln. Gafar-Alis Gesicht verdüsterte sich zunehmend, sein hennagefärbter Bart zitterte immer stärker, und seine Lippen verzerrten sich. Plötzlich sprang Jadullah-Chan Umar an, dem es jedoch gelang, sich zu entziehen. Der Riese stolperte und überschlug sich wiederholt, und als er aufzustehen versuchte, warf ihn ein blitzschneller Ruck am Bein wieder um. Sofort stürzte sich Umar auf ihn und nagelte ihn auf dem Boden fest. Gafar-Ali spuckte erbittert aus, zog aus seiner Tasche ein Päckchen Geldscheine und begann, sie zu zählen, murrend und ächzend. Umar legte Jadullah-Chan eine Decke über den Rücken und klopfte ihm auf die Schulter, und jener senkte beschämt seinen Blick, als wäre er ein Pferd, das beim Rennen versagt hatte.

Auf ihrem Weg zurück, als sie wieder in dem Felsenrund schliefen, erwachte Alek in einer der Stunden vor dem Morgengrauen, der

Stunde von Furcht und Schrecken. Der Mond verbarg sich hinter hohen Wolken, die Kälte der Nacht ließ sein Gesicht erstarren, und das erstickende Gefühl, das auf seiner Brust lastete, war unerträglich. Die Angst der Einsamkeit, die er zuvor nicht gekannt hatte, senkte sich nun über ihn, die Furcht vor den fernen Orten, und in seiner Verlassenheit sah er vor seinem Gesicht, und danach direkt auf seiner Brust, eine Phantasiekarte Asiens, auf der er Uba Kuduk zu finden versuchte, und es tatsächlich geraume Zeit später am Ende der Karte, an einer unklaren Stelle fand. Vergeblich versuchte er sich selbst zu überzeugen, daß jetzt, wo er keinerlei Gefahr ins Auge blickte und sein kühner Freund neben ihm schlief, die Angst übertrieben und töricht sei, doch das Gefühl des Untergangs verstärkte sich nur. Schließlich konnte Alek nicht länger liegenbleiben. Er stand auf und trat an das kleine Lagerfeuer.

»Ist etwas los?« fragte Umar sofort.

»Ich hatte einen schlechten Traum.«

»Komm, laß uns ein bißchen Tee trinken. Es gibt quälende Nächte«, sagte Umar.

»Ich kann hier nicht bleiben. Nie habe ich an diese Orte gedacht, und wenn überhaupt, dann als an Orte, zu denen man für eine Weile reist. Alles zerquetscht mich hier – die Wüste, die Leere, die Menschen, alles.«

»Vertrau auf mich«, sagte Umar.

»Ich dachte, ich könnte an jedem Ort leben, aber es ist nicht so.«

»Du hast mir selbst erzählt, wie sie dich bei der Armee empfangen haben ...«

»Es tut mir leid, daß ich dich enttäuscht habe.«

»Du enttäuschst mich nicht.«

»Du bist zu fern«, sagte Alek.

Umar betrachtete ihn, wie man ein Kind ansieht, dessen Worte davon zeugen, daß es noch an Drachen und Zwerge glaubt. »War es eine gute Stadt, in der du gewohnt hast?« fragte er.

»Ich weiß nicht.«

»Aber was hattest du dort? Was hast du gemacht?«

»Die Stadt war nicht groß. Es gab Kinos, man lief auf dem Eis, es gab Bücherläden, Cafés, Restaurants, Fußball, Messen in der Kirche, Pingpong, ein Schwimmbad, der historische Klub arrangierte Ausflüge nach Wien und Italien, es gab Tangowettbewerbe, im Sommer fuhren wir an die Ostsee und im Winter in die Berge, es gab viele Zigaretten. Es war nicht schwierig, sich schön anzuziehen. Die Hemden waren schön. Es gab Jacken, Schuhe.«

Umar brach in Gelächter aus.

»Denkst du, ich lüge?«

»Nein. Natürlich glaube ich dir. Aber du mußt nicht befürchten, daß du verlorengehen wirst. Die Alten haben immer gesagt, daß Gott sich an jedem Ort befände. Du hast mir erzählt, daß du niemals solche Landschaften gesehen hast wie jene, die du durchquertest, als du auf dem Dach des Zuges nach Samarkand saßest, nie hat dich eine Frau so geliebt, wie dich Dascha liebt, nie hast du solche Musik gehört wie am Registan. Das hast du gesagt. Und du hast auch gesagt, daß das alte Samarkand trotz allem einen Zauber hat. Und all das soll nicht besser sein als Pingpong und Hemden und die billigen Schuhe?«

»Die ganze Welt ist nichts als ein einziges großes Gefängnis, Umar.«

»Mich kümmert nicht die ganze Welt. Nimm dich in acht, daß du nicht wie José zu reden anfängst. Meine Mutter hat gesagt, daß du manchmal wie er aussiehst. Überall auf der Welt wird mit Wasser gekocht.«

Zwei Tage, nachdem Umar und Alek fortgeritten waren, gelang es Mazar, Dascha zu überreden, ihn nach Buchara zu begleiten. Sie brachen am frühen Morgen auf. Dascha hatte ernsthaft Angst vor der Stadt. Entsetzen stand in ihren Augen, wenn jemand eine große Stadt erwähnte, Soldaten, Polizisten. Jetzt hatten die beiden eine lange Einkaufsliste, doch die Aussichten, die Dinge zu finden, waren dürftig. Mittags betraten sie ein Café, doch noch bevor ihnen das Getränk serviert wurde, kam ein kleiner Junge, der eine Zigarette rauchte, zu Mazar, und sagte zu ihm, er kenne einen Menschen, der ihm eine große Mundharmonika verkaufen könne. Mazar ließ Dascha Geld zurück und versprach ihr, in spätestens einer Stunde zurückzukehren. Sie ging in den schattigen Hof des Cafés. Es war ein hübscher, verwahrloster Hof voll staubiger Blumen, alter Blumentöpfe, mit einem zerbrochenen Holzpferd, Kelims hingen zum Trocknen dort, Vögel zwitscherten in einem Holzkäfig. Mazar kam nach etwa einer halben Stunde wieder. Von der Tür aus sah er Dascha, wie sie mit dem Kopf auf dem Tisch dasaß. Er rief sie, ging auf sie zu. Über ihren Nacken verlief ein merkwürdiger violetter Streifen; ihre Augen waren glasig, und ihr war Gesicht bläulich. Auf dem Fußboden ringelte sich ein Militärgürtel. Mazar wich zurück, näherte sich ihr jedoch sofort wieder und überprüfte ihre Tasche. Das Geld war da, ein zusammengebündeltes Päckchen. Mazar rührte es nicht an und ging wieder rückwärts, bis er die Tür erreicht hatte. Flammender Haß loderte in ihm auf. Keine Polizei! Er suchte nach einem Weg, um durch den Hof hinauszugehen, und hinter dem Käfig erblickte er ein altes Eisenbett, das eine Bresche im Zaun verdeckte. Mazar kroch hindurch. Über den Boden zogen sich kleine Rillen, als hätte jemand erst kürzlich das Bett verrückt. Jenseits des Zaunes befanden sich ein paar Hütten, eine wacklige Bank, ein verbrannter Baum und ein Garten voller Wäsche.

Major Schatten

In den Briefen des Brigadekommandeurs Semjon Michailovitsch Levita und der *Kurzen Geschichte über den langen Tod* von J. A.-S. Maor nimmt – ähnlich einer wunderbar schillernden Seifenblase – die Gestalt des Major Schatten, wie sie ihn im Gulag nannten, für eine Weile Form an; eine derart außergewöhnliche Gestalt, daß Semjon Michailovitsch Levita – ein gänzlich anachronistischer Irrtum – dachte, Major Schatten stamme aus einer alten Adelsfamilie, und dieser sich gezwungen sah, jenem immer wieder zu sagen, daß sein Vater ein nicht approbierter Arzt in einer Kleinstadt war, dessen Hauptaufgabe darin bestand, in Zeiten, in denen der einzige echte Arzt völlig der Flasche verfallen war, nüchtern zu bleiben. Major Schatten, wie man ihn vielleicht von Anfang an nennen sollte, auch wenn dies weder sein tatsächlicher Rang noch sein Name war – tauchte eines Tages bei Levitas Einheit auf, reichlich einen Monat, nachdem Levita den Befehl über sie erhalten hatte. Major Schatten war ein Mann von mittelgroßem Wuchs, genaugenommen relativ klein geraten, wie viele berühmte Feldherren: Titus, der große Condé, Prinz Eugen und Napoleon. Sein Gesicht wirkte sehr russisch, gelassen und männlich, mit seinen dunkelgrauen, fast schwarzen Augen und seinen hervorstehenden Backenknochen. Ein äußerst geschmeidiger Mann mit schönen Händen. Die Großzügigkeit und Liebenswürdigkeit, die er ausstrahlte, übten auf die Soldaten wie die Offiziere eine starke Anziehungskraft aus, später im Gulag sogar auf die kriminellen Lagerinsassen, die Mörder, die um das Leben irgendeines Häftlings in ihrer Baracke Karten zu spielen pflegten, wobei der Verlierer »seinen« Häftling mit dem Morgengrauen hinzurichten hatte. Auch sie unterhielten sich mit Major Schatten in stillem Vergnügen, als wäre er eine schöne Traumgestalt, die es unter sie verschlagen hatte. Wie Major Schatten zustande kam, entzieht sich dem Verständnis, und noch weniger klar ist der Kampf, den er später seinen Vorgesetzten ansagte. Früher pflegten die Jesuiten zu sagen: Gebt uns ein Kind unter fünf Jahren, und es wird in unseren Händen wie der Lehm in der Hand des

Schöpfers sein, doch auch ihrer – Söhne eines Ordens, bei vielen verhaßt, gefürchtet von vielen, von niemandem jedoch geringgeschätzt – harrten große Überraschungen, denn mehr als einer ihrer begabtesten und loyalsten Zöglinge verließ sie und entsagte sogar seiner Religion wegen eines scheinbar bedeutungslosen Vorkommnisses, einer Lüge, die er in den Worten eines der Ordenshäupter fand, oder wegen leichter Zweifel am Entstehungsdatum des Buches Daniel. Major Schatten, wie jeder reine, lautere Mensch, glaubte natürlich, was man ihm erzählte: Er glaubte, daß die Sowjetunion das Land der Sonne sei und daß überall, wo ihre Strahlen hinfielen, die Sehnsucht nach Freiheit und Gerechtigkeit erblühen werde; er verehrte den Genossen Stalin, war sicher, daß Klement Voroschilov ein militärisches Genie und die Rote Armee die größte aller Zeiten war, und manchmal wurde er sogar auf seine Frau böse, die er wegen ihrer weiblichen Skepsis sehr liebte. Er langweilte sich häufig bei den diversen Parteiversammlungen und politischen Instruktionsstunden, und es war ihm noch nie gelungen, auch nur ein einziges von Lenins Büchern bis zum Schluß zu lesen. Er machte sich viele Vorwürfe wegen all dessen. In seinen Mußestunden las er historische, altmodische deutsche und französische Bücher, die Literatur des neunzehnten Jahrhunderts lag ihm am Herzen, und besonders liebte er Puschkin und Tolstoi. Doch Major Schatten zeichnete sich zugleich durch einen exzellenten Sinn für alles Militärische aus, der auch durch seine blinde Verehrung der Roten Armee und ihrer offiziellen Helden nicht beeinträchtigt wurde. Manchmal spielte Major Schatten Klarinette.

Normalerweise diente er an abgelegenen Orten und kam nicht in den Genuß von Konzerten und Theateraufführungen, daher war es ein wahrer Festtag für ihn, als ihm mitgeteilt wurde, er werde nach Leningrad versetzt, in der Funktion eines Einsatzoffiziers der Brigade einer unabhängigen Panzerdivision der Siebten Armee. Und noch erfreuter war Major Schatten darüber, daß sein Vorgesetzter der Brigadekommissar Kombrig Semjon Michailovitsch Levita sein würde, vormals Stellvertreter des legendären Jermolajev, der Denikin und die Polen besiegte und danach unter mysteriösen Umständen Selbstmord beging, was Major Schatten als, wie erwähnt, begeistertem Leser der romantischen Literatur sehr zu Herzen gegangen war. Dazu kam noch, daß er nie zuvor mit einem Juden zusammengearbeitet hatte.

Kombrig Levita sah aus, wie ein General auszusehen hatte. Er war ein großer, korpulenter Mann, mit schwarzem, dickem Haar, eine Spur länger als bei der Armee üblich – vielleicht, weil er Jude war, dachte Major Schatten. Er hatte gehört, daß Levita Witwer war, daß sich seine einzige Tochter in einem Internat aufhielt, daß er ganz wild auf Frauen war, viel trank, Pferde liebte und viel von ihnen verstand.

Semjon Michailovitsch empfing Major Schatten mit freundlicher Indifferenz, doch nachdem der Major ihm seine Pläne für Nachschub und Ausbildung der Truppe vorgestellt hatte, änderte sich seine Haltung ihm gegenüber. Innerhalb einer Woche lud er sich selbst in die Wohnung des Majors ein, brachte Blumen und Spielzeug (ein geflügeltes Pferd auf Rädern) für dessen Sohn mit. Und drei Wochen später strickte Major Schattens Frau Irina bereits eine Jacke, Mütze und Fäustlinge für Levitas Tochter und wendete seine abgestoßenen Hemdkrägen. Nach einem Monat stand der Kombrig völlig im Bann von Major Schatten. Er brachte seine neue Geliebte, Inessa, eine verheiratete Frau, in dessen Haus mit, begab sich mit ihm auf einen fünftägigen Skiurlaub. Das war Major Schattens bevorzugter Sport, und er sprach über das Skilaufen, wie die minderen Poeten aus Puschkins Kreis von der Liebe schwärmten. Innerhalb kürzester Zeit wurden die beiden ein Herz und eine Seele und schenkten sich gegenseitig höchstes Vertrauen. Major Schatten schüttete Levita sein Herz aus, obgleich dieser nicht ganz so offenherzig mit ihm war, vielleicht aus der Überlegung heraus, daß eine bestimmte Unwissenheit des Majors bester Garant für sein Überleben oder bloß für seinen Erfolg wäre.

Die Säuberungsaktionen in der Armee hatten Levita unberührt gelassen, doch sie dauerten an, und bisweilen empfand er eine verstohlene Bewegung, einen vorüberhuschenden Schatten. Würde sich die würgende Schlinge auch um seinen Hals zuziehen? Und weshalb war er, nach so vielen Jahren des »Exils« in den gottverlassensten Löchern, in Gegenden, deren Städte, Flüsse und Seen namentlich zu lernen eines stundenlangen Aufwands bedurft hätte, nach Leningrad abkommandiert worden?

Als sich Semjon Michailovitsch Levita entschlossen hatte, nach dem Bürgerkrieg in der Armee zu bleiben, hatte er dies für seinen Vorgesetzen Jermolajev getan. Es gibt Menschen, denen man bereitwillig bis in den Abgrund folgt, allein weil es erfrischender, amüsanter und aufregender ist, mit ihnen in den Untergang zu marschieren, als mit anderen Ferien auf der Krim zu verbringen. Nach dem Krieg war er nur noch sechs Jahre mit Jermolajev zusammen. Während ihrer Mongoleiexpedition geschah etwas, das Levita kaum begreiflich war. Eine Frau? Ein Streit mit Voroschilov, der nach Frunses Tod zum Kommissar ernannt wurde? Jermolajev schoß sich mit einem Handtaschenrevolver für Damen in den Kopf. Das kleine Loch in seiner Schläfe überdeckte man mit seinem Haar. Zwei Jahre später erhielt

Levita eine Einladung zur Hochzeit seiner Witwe, die ihn jedoch erst einen Tag vor der Zeremonie erreichte, ob nun per Zufall oder Absicht. Vergeblich studierte er den verblaßten Poststempel, um das Absendedatum herauszufinden. Er schwor sich in seinem Herzen, daß er nie, niemals einen Menschen, den er liebte, im Stich ließe, so wie ihn Jermolajev unter den Mongolen zurückgelassen hatte.

Nach Jermolajevs Tod stieg Levita auf dem üblichen Weg die Rangleiter empor, verdiente sich seine Lorbeeren, blieb jedoch immer im Abseits. Mit Jermolajev zusammen hatte er den militärischen Unterbau in den fernen Republiken oder autonomen Gebieten, die danach zu Republiken wurden, installiert; nach seinem Tod blieb er aus irgendeinem Grund an den gleichen Orten, jedoch nicht mehr als Organisator. Das »Exil« war nicht glanzvoll, sondern nur ein Exil. Levitas Frau starb bei einer Typhusepidemie, während er fern von ihr auf Manöver weilte. Seine gesamte Familie war im Bürgerkrieg ermordet worden. Nur zwei Brüder waren am Leben geblieben: Einer war Neurologe in Deutschland, der andere Bauer in Palästina – Grischa, der kleine Bruder, der sich nun Gerschon nannte. Wie konnte sein kleiner Bruder, der sich stets mit dem Zubinden seiner Schnürsenkel schwergetan hatte, ein Landwirt werden? Grischa schrieb ihm lange Briefe in gestelztem Stil. Drei Brüder. Der Älteste – Arzt in Dresden, er als der Mittlere, und der kleine Grischa, der Dummkopf. Ob er wohl sein Glück finden würde, der kleine törichte Narr, wie in den Kinderbüchern?

Es geschah sehr plötzlich. Gerade war er noch in Kasachstan, und im nächsten Augenblick wurde er nach Leningrad befohlen, um dort im Rahmen der Panzerdivision kleine, schnell bewegliche Einheiten aufzuziehen, ähnlich denen, mit deren Hilfe Jermolajev seine Siege im Bürgerkrieg errungen hatte. Das Ganze kam derart unvermittelt, daß Levita von vager Furcht ergriffen wurde. Nach Jahren der Vergessenheit wollte ihn aus irgendeinem Grund die Elite der Armee wiederhaben. Und wem hatte er seinen Ruf nach Leningrad zu verdanken? Vielleicht Merezkov, dem Bezirkskommandeur, der sich an ihn von der Roten Garde her erinnerte? Doch Merezkov hatte Jermolajev immer beneidet, und auch ihn hatte er nicht gerade ins Herz geschlossen. Krieg? Aber gegen wen? Levita mochte Leningrad nicht und den Nevski Prospekt verabscheute er insgeheim sogar. Die Stadt war in seinen Augen zu deutsch, zu einförmig, mit der Strenge würdeheischender Bürokraten. Nur ein außergewöhnliches Gebäude hier und dort oder eine russische Kirche im alten Stil retteten die Stadt aus ihrer pedantischen Trostlosigkeit. Vielleicht war sie in vergangenen Zeiten eine farbenfrohe Stadt gewesen, belebt von Angehörigen aller Nationen, doch das Leningrad, das er kannte, war düster. Obschon auf den Sieg über die windgepeitschten Steppen gegründet, war der kalte Wind nicht vertrieben worden, sondern mit der Stadt verschmolzen, ebenso wie sich die Wüsten der Mongolei, Kasachstans und Usbekistans, auch sie scheinbar besiegt, durch die Hintertür wieder in die Städte schlichen – gleich einer dünnen Staubschicht auf dem Stuhl des Stadtoberhauptes von Samarkand.

Levita glaubte nicht, daß ihn Merezkov zurückgerufen hatte. Und die Befehlshaber der Siebten Armee kannte er nicht einmal mit Namen. Die meisten waren neu, und er hatte auch gehört, daß auf Grund der Säuberungen eins der Regimenter gar von einem Offizier im Rang eines Oberleutnants befehligt wurde! Zwei Sachen erfreuten ihn: seine Bekanntschaft mit Inessa und seine Begegnung mit Major Schatten. Und die Ankunft von Major Schatten war vielleicht sogar das Wichtigere, denn Semjon Michailovitsch hielt schon seit langer Zeit vor der ganzen Welt wie vor sich selbst verborgen, daß er keine Geduld mehr besaß – die Geduld, mit Menschen zu reden, zu arbeiten, Berichte zu lesen, in Besprechungen zu sitzen oder sich auch nur zu rasieren. Die Ankunft von Major Schatten änderte das alles: Er war ein überragender Militär mit einem außergewöhnlichen Sinn für Feldwesen, einem phantastischen Orientierungstalent vor Ort und ganz versessen auf Arbeit. Am einnehmendsten jedoch waren der leuchtende Blick in seinen Augen, seine Backenknochen, seine festen, sicheren Hände und die Atmosphäre von Scharfsinnigkeit und Schlichtheit, die ihn gleichermaßen umgab. Er ging mit ihm sogar ins Konzert und ins Theater – etwas, das Semjon Michailovitsch seit Jahren nicht mehr getan hatte – und er begann wieder zu reiten. Sein Glück wäre vollkommen gewesen, wäre da nicht Inessas Schwangerschaft gewesen, die ihren Ehemann mißtrauisch machte. Du hast kein Glück, sagte sich der Brigadekommissar im stillen, du solltest besser zu deinen Dirnen zurückkehren. Eines Tages tauchte in seinem Büro ein Mann aus Moskau auf. Sein Haar war schütter, wie auch sein kleiner weißer Schnurrbart, seine Haut rosig und gesättigt. Levita hätte schwören können, daß er den Mann schon irgendwo gesehen hatte. War es am Issyk-Kul in Kirgisien gewesen, dem See mit den warmen Strömungen? Doch was tat der Mann hier? Er versuchte vergeblich, sich zu erinnern.

Der Mann aus Moskau, dessen Name Andrejev war (aber hatte er diesen Namen auch am Ufer des Issyk-Kul getragen?) unterhielt sich mit ihm über die Sondereinheiten, interessierte sich für ihre Schnelligkeit und Feuerkraft. Er fragte ihn wie beiläufig nach Jermolajev, machte eine Bemerkung über dessen mysteriösen Tod, und danach forderte er ihn auf, die Leute seines Stabes zu schildern. Der Mann aus Moskau sprach mit ruhiger, sehr leiser Stimme, die beiden fehlenden Vorderzähne in seinem Mund hatten zur Folge, daß er beim Sprechen kaum die Lippen öffnete, und alle Augenblicke entfernte er mit dem rechten kleinen Finger irgendein Haar von seiner Zunge, weshalb es Levita schien, als fielen dem Mann ständig die weißen Haare seines Schnurrbärtchens aus. Vielleicht aus diesem Grund – und unter dem Vorwand, daß er neu in der Division war, ebenso wie seine Untergebenen – verlor er nahezu kein Wort über seine Leute, und Major Schatten erwähnte er gar nicht. Der Gast aus Moskau forschte ihn stundenlang über seine Brigade aus, die Fernmeldeausrüstung, Waffen, Geschütze, Vorbereitungsmaßnahmen für Bewegung in Schnee und Eis, die Fähigkeit zur Querung von Wasserlinien. Finnland? dachte Semjon Michailovitsch, doch er verdrängte den Gedanken umgehend als zu töricht. Er hatte zwar in Moskau etwas über einen Krieg gegen Finnland gehört, sich jedoch geweigert, an eine solch abwegige Möglichkeit zu glauben.

Eines Abends, als er nach Hause zurückkam, sah er, daß eine Durchsuchung stattgefunden hatte. Die Akteure hatten sich nicht die Mühe gemacht, ihre Tat zu verbergen. Am Anfang dachte Semjon Michailovitsch, daß nichts aus seiner Wohnung fehlte, bis er sich an das kleine geflochtene Kästchen erinnerte, das er aus der Mongolei mitgebracht hatte, in dessen doppeltem Boden er Dinge aufbewahrte, die er nicht in die Hände der Putzfrau, irgendeines zufälligen Gastes oder eines Amateurdiebes geraten lassen wollte. Natürlich hatte er nie vorgehabt, diese Sachen wirklich zu verstecken, sondern nur, sie neugierigen Augen zu entziehen. Nun öffnete er das Korbkästchen. Unter dem falschen Boden befand sich nichts. Er setzte sich vor das leere Kästchen, bemüht, sich zu erinnern, was darin gewesen war. Ein großes Bündel Briefe von seinem kleinen Bruder Grischa, dem Bauern, aus Palästina. Als Grischa Landwirtschaft studierte und ihnen gelegentlich zu Hause eine Kostprobe seines rhetorischen Talent vorsetzte, hatte ihr Vater einmal zu ihm gesagt: Eines Tages, Grischa, wird dein Stil einen unschuldigen Menschen das Leben kosten! Briefe aus dem britischen Palästina, mit den Kommentaren seines Bruders zu den verschiedensten Dingen, selbstverständlich rein philosophischer Natur ... Sechs oder sieben Briefe von Jermolajev, die er hätte verbrennen müssen, aber trotzdem aufgehoben hatte, und in einem von ihnen – wenn er sich recht erinnerte – hatte er etwas über Voroschilovs Spatzenhirn geschrieben ... Briefe von seinem Bruder, dem bedeutenden Neurologen aus Dresden, eine Seite aus einem alten hebräischen Buch ... Was genau hatte in Jermolajevs Briefen gestanden? Und was in den Briefen seiner Brüder?

Ihn beschlich die Angst. Es war nicht die vertraute Angst aus den Zeiten der Kämpfe, nicht die Angst, getötet oder verwundet zu werden, sondern eine dumpfe Angst, die Angst vor dem Nichts. Sein Körper wurde kalt, ein Zittern durchlief ihn, von dem er nicht gewußt hatte, daß er dergleichen empfinden konnte. Er schlief nicht in jener Nacht; von Zeit zu Zeit, wie eine bestimmte Melodie, in die man sich in der Jugend verliebt hat, ging ihm der Traum von Flucht im Kopf herum – Pferde züchten in Kasachstan, in Kirgisien, wo auch immer. In all seinen Dienstjahren war es ihm nicht vergönnt gewesen, Freunde an jenen fernen Orten zu gewinnen, nur hier und da erinnerte er sich an ein Gesicht und eine Stimme, denen er hatte vertrauen können. Doch Flucht war eine Sache der Unmöglichkeit. Das war die Welt des alten Roms: Cäsar befiehlt dir den Selbstmord? Dann tritt ein ins Bad, mein Freund, schneide dir die Pulsadern auf, und das war's. Wozu wäre es gut, nach Pannonia zu fliehen? Nur nicht den Fehler machen, den Jermolajev beging – er hatte sich um Major Schatten zu kümmern, mußte für Inessa sorgen, ohne das Mißtrauen ihres Mannes zu erregen, nur nicht überstürzt handeln. Vielleicht kämen sie morgen, vielleicht in zwei Monaten, vielleicht nach dem Krieg. Krieg mit Finnland? Konnte das sein? Mit dem Morgen begann seine Angst, ihn allmählich leicht zu belustigen – die Eingeweide tanzten unter seinen Rippen wie das Schlangengewimmel unter dem Korbdeckel eines Inders. Er mußte sich nur vorsehen. Von seiner Kampflust war der Wunsch geblieben, dem weißhaarigen Mann ins Gesicht zu treten, jene Zerstörungswut, die jedem Soldaten so wohlbekannt ist, die verblüffende Geschwindigkeit, mit der ein Gebäude, ein Wald, eine Anlage vernichtet werden kann. Zehn Jahre meines Lebens gäbe ich dafür, um für eine Woche ein General in irgendeiner Junta zu sein, sagte sich Levita. Jetzt mußte er nach Luban aufbrechen, zu einer Hochzeit. Doch er sollte sich zu einer langen Unterhaltung mit Major Schatten treffen, vielleicht bei dem Alten, der für ihn seine Briefe entgegennahm, ein Museumsangestellter, Experte für Fossilien. Dort, in dem Zimmerchen am Gribojedov-Kanal, eine hübsche, etwas phantastische Ecke, würde er sich mit Major Schatten treffen können. Alles mußte arrangiert werden, ohne Verdacht zu erregen, ohne jede Hast. Für eine Sekunde durchflutete ihn noch einmal, mit Hoffnung, Beklemmung und schlechtem Gewissen, der alte Glaube in die Herrschenden, in der Art, wie man ihn strengen, aber wohlmeinenden Eltern entgegenbringt. Doch er wies diese Eltern zurück. Nicht umsonst war Semjon Michailovitsch Levita der Protegé Jermolajevs, eines der zwei brillantesten Befehlshaber der Roten Armee. Er fühlte sich an Sherlock Holmes erinnert: Nachdem man das Unmögliche ausgeschlossen hat, sind sieben Gramm Blei alles, was übrigbleibt.

Ungleich seinem Kommandeur war Major Schatten glücklich darüber, in Leningrad zu sein. Er liebte die Stadt, und spazierte in jeder freien Minute begierig durch die Straßen und Parks. Marmor, Stuck, Lapislazuli, Granit ... Er besuchte mit seiner Frau Oper und Ballett und suchte nach Büchern. Wenn er gekonnt hätte, wäre er bis an sein Lebensende in dieser Stadt geblieben. Eine Woche Skifahren jedes Jahr, und er hätte bereitwilligst unterschrieben, diese märchenhafte Stadt nie mehr zu verlassen. Die Vorbereitungen der Division waren spannend, und er liebte seinen Vorgesetzten, obgleich dessen Exzentrizitäten bisweilen seine Verwunderung hervorriefen. Alles, was er tat, jede Unterweisungsstunde, jedes Manöver, hatte nur eine einzige Aussage: Levita traute keinem Menschen, weder seinen Vorgesetzten noch seinen Kollegen oder Untergebenen. Auf seinen Befehl hin wurden die einfachsten Übungen wieder und wieder durchgeführt. Dieser Vertrauensmangel überraschte Major Schatten, und er dachte, der Grund dafür sei sicher irgendein alter, latenter Groll. Wie Semjon Michailovitsch jemanden behandelte, auf dessen Anerkennung er Wert legte, hatte Major Schatten erlebt, als der Fernmeldespezialist finnisch-russischer Abstammung, Lauri Okun, zu ihnen kam. Wäre Seine Majestät der König von England in eigener Person im Lager eingetroffen, hätte er kaum mit größerer Ehrerbietung empfangen werden können als jener Experte. Dieser Okun wurde immer an die Stirnseite des Tisches gesetzt, erhielt die besten Karten für alle Aufführungen, zahlreiche Geschenke tauchten wie nebenbei in seinem Zimmer auf – Pralinen, Parfüm. Wenn er den Mund öffnete, verstummte alles. Man fuhr ihn mit den komfortabelsten Autos herum. Und als Gegenleistung für diese schmeichelhafte kleine Korrumpierung rüstete Okun die Schützenpanzer mit improvisierten Funkgeräten aus. Als sich Gerüchte verbreiteten, daß sich im Prinzip das komplette Leningrader Hauptquartier auf einen Krieg gegen Finnland vorbereitete, ein Angriff, in den viele imperialistische Armeen involviert sein würden, nahm die Sorge um Okuns Wohlergehen noch zu. Als man feststellte, daß der magere Mann, dessen linke Schulter höher als die rechte war, Zigarren zu rauchen pflegte, erstand die Division einen Zigarrenanschneider aus Gold für ihn! Schließlich begann sich Merezkovs Plan zur Verteidigung vor den Finnen – die blutrünstigen Hunde der Imperialisten – in den Stäben herumzusprechen. Diese Information war noch nicht offiziell und wurde für den Moment nur auf Lokalstabsebene behandelt.

Nach einer solchen Besprechung sagte Major Schatten zu seinem Kommandeur:

»Wenn ein Krieg ausbrechen sollte, müssen Sie beim Hauptquartier sagen, daß sie aufhören sollen, uns ständig neue Kräfte anzugliedern, da wir nicht in der Lage sind, sie zu absorbieren. Wenn man möchte, daß jemand mobil ist, lädt man ihm keinen Sack Steine auf den Rücken.«

»Ich weiß nicht, an wen ich mich wenden soll«, sagte Semjon Michailovitsch.

»Warum sprechen Sie nicht mit dem Divisionskommissar Grünberg und bitten ihn um Hilfe?«

»Grünberg?« sagte Levita. »Den würde ich nicht einmal um Hilfe bitten, wenn ich in der Wüste verdursten würde.«

»Haben Sie nicht gemeinsam gegen die Polen gekämpft?«

»Wollten Sie sagen, daß er ein Jude ist wie ich?« fragte Levita. Als Major Schatten errötete, fuhr Levita fort: »Bitte niemals einen Menschen um Hilfe.«

Und wieder dachte Major Schatten, daß irgendein seltsamer Grund, irgendein Fehlschlag, seinen Kommandeur bitter gemacht haben mußte, eine Eigenschaft, die sonst nicht seinem Charakter entsprach. Möglicherweise verstärkte die Tatsache, daß er ein so ausgezeichneter Offizier war, sein Ressentiment nur noch. Er stellte erstaunt fest, daß Levita ihn im vergangenen Monat fast zu meiden schien. Er weigerte sich, zu ihm zum Abendessen zu kommen, weigerte sich, an einer Schlittenfahrt teilzunehmen, nicht einmal seine Pferde erwärmten sein Herz. Als ein bekannter Pferdetrainer nach Leningrad kam, entzog sich der Kombrig einem gemeinsamem Besuch bei ihm. Danach reiste er für fünf Tage zu irgendeiner Hochzeit. Umso größer war daher Major Schattens Verblüffung, als er zur Reitschule kam und plötzlich Semjon Michailovitschs Rücken sich hastig aus der Halle stehlen sah! Eine neue Frau? fragte sich Major Schatten. Alte Geheimnisse? Eines Morgens, als Major Schatten dabei war, das Hauptquartier zu verlassen, begleitete ihn Levita in den Hof: »Heute abend, um neun. Kommen Sie allein zu dieser Adresse und lassen Sie sich von niemandem dabei sehen.« Und er drückte dem Major einen winzigen Zettel in die Hand.

Am Abend kam Major Schatten zum Gribojedovkanal. Ein Blitz fuhr im Zickzack über den Himmel, eine Kirchenkuppel leuchtete sekundenlang in grau metallischem Licht auf. Levita saß vor einem alten, krummbeinigen Samowar und einem kleinen elektrischen Heizofen, trug eine warme Strickjacke und einen langen Mantel.

»Trinken Sie ein Glas Tee, wärmen Sie sich auf«, sagte er zu Major Schatten. »Ich werde ein paar Worte zu Ihnen sprechen und mir Ihre Antwort dazu anhören. Erst danach werden wir uns über andere Dinge unterhalten.«

In dem Zimmerchen hing ein Geruch nach Mäusen und Naphthalin. Major Schatten trank erwartungsvoll den starken Tee und sah sich befremdet in dem Raum um, der mit zahlreichen Reinigungsutensilien vollgestopft war.

»Petersburg, mein Lieber, hat allerlei sonderbare Ecken«, sagte Levita, als er seinen Blick gewahrte. »Ich werde damit beginnen, daß Ihre Beförderung bestätigt worden ist. Meiner Meinung nach werden Sie von jetzt an schnell aufrücken, viel schneller als für gewöhnlich. Sie fangen als Einsatzoffizier an, nach diesem Krieg – einem europäischen Krieg – werden Sie innerhalb von vier oder fünf Jahren zum Divisionskommandeur aufsteigen.«

»Ein europäischer Krieg?« Major Schatten war bestürzt. »Ich dachte, die Rede ist nur von Finnland.«

»Nein, nicht nur von Finnland.«

»Um die Wahrheit zu sagen, ich verstehe diese Finnen nicht. Sie sind verrückt«, sagte Major Schatten. »Es ist doch klar, daß für uns der Gedanke an eine Grenze, die direkt durch Leningrads Vororte verläuft, schwer zu ertragen ist. Wir bieten ihnen für eine kleine Grenzverschiebung doppelt so große Flächen in Karelien an. Warum weigern sie sich? Das ist Wahnsinn.«

Levita lächelte, doch als Major Schatten fortfuhr: »Sie wissen nicht, wo ihre wahren Interessen liegen«, wurde Levita zum erstenmal, seit sie einander kennengelernt hatten, wütend und sagte: »Stimmt, sie wissen es nicht. Ihr wahres Interesse sollte es sein, uns die Stiefelabsätze zu lecken.«

Doch Major Schatten schenkte seinem Ärger keine Beachtung, sondern fragte: »Wir werden in einen europäischen Krieg eintreten?«

»Als großer Bücherleser erinnern Sie sich gewiß an den Namen des Mannes in *Krieg und Frieden*, der stets einen Calembour auf den Lippen trägt zu seinem Amüsement. Der Diplomat ...«

»Bilibin?«

»Bilibin ... ja, Bilibin ... welche Namen er seinen Helden zu geben

385

wußte! Ein leicht französischer, kindischer Name ... Wenn ich das Talent dieses Bilibin hätte, würde ich irgendeinen Geistesblitz haben oder ein Wortspiel erfinden, sagen, wenn Deutschland niest, schallt es über die ganze Welt, nur ist das nicht so elegant wie bei Bilibin. Aber das ist nicht die Hauptsache. Im Armeestab vertraut man Ihnen. Ihr Weg ist einfach. Sie werden in dieser Stadt wohnen können, die Sie so lieben. Ein roter Teppich, Ruhm. Und wer weiß, vielleicht wird man eines Tages zu Ihren Ehren noch ein Standbild in einem der Parks aufstellen! Teure Bronze auf schwarzem Marmor. Und Sie werden dort in einen Umhang gehüllt stehen, wie Kutuzov oder der dicke Barclay de Tolly ... Ich war auf einer Hochzeit in Luban, eine der Nichten meines Schwagers. Meinem Schwager wurde dort eine wichtige Aufgabe übertragen: Eine Kooperative zur Produktion von Schuhcreme zu organisieren. Innerhalb von zwei Tagen habe ich alles über Schuhcreme gelernt. Sie ist nicht schwer herzustellen. Die Rezepte und Produktionsverfahren sind einfach. Sie haben auch einen Ingenieur, aber im Grunde ist alles ziemlich simpel. Als ich zurückkam, habe ich mich mit einigen Büchern zu dem Thema ausgerüstet, sie sind zwar auf französisch und deutsch, doch für einen Menschen, der Puschkins Briefe auf französisch liest und an der Akademie Deutsch gelernt hat, dürfte es nicht schwierig sein, sie zu verstehen. Also, ich habe ihnen dort vorgeschlagen, Sie in die Gründermannschaft als Verantwortlichen für die Materialakquisition und Boilerinstallation aufzunehmen, kurz, als Organisationsverantwortlichen. Mein Schwager wird der Leiter sein und der Ingenieur der Verantwortliche für die Qualität der Schuhcreme, die sicherlich ausgezeichnet sein wird. Ich habe von Ihnen erzählt und gesagt, daß Sie gerade Ihren Abschied von der Armee nähmen, trotz der Ihnen bevorstehenden glänzenden Karriere, aus gesundheitlichen Gründen. Sie waren einverstanden. Sie haben sogar einen Platz zum Wohnen für Sie – nicht groß, aber absolut nicht übel. Es wird Ihnen gefallen, und auch Ihrer Frau und dem Jungen. Es ist wirklich schön dort.«

Major Schatten blickte ihn offenen Mundes an und suchte in seinen Augen, an seinen Lippen nach Anzeichen für einen Scherz.

Levita wartete, nagelte ihn mit seinem dunklen, leicht gewalttätigen Blick fest, bis sich Major Schatten gefaßt hatte.

»Das ist also die Alternative, die Sie mir anbieten, Semjon Michailovitsch – eine Bronzestatue oder Schuhcreme kochen?«

»Ich biete Ihnen nur die Schuhcreme an. Sie ist die einzig sichere Konstante in dieser Gleichung.«

»Jetzt, nach all den Jahren, vor einem finnischen Feldzug und vielleicht sogar vor einem richtigen Krieg, möchten Sie, daß ich die Armee verlasse?«

»Ich habe einmal gehört, daß der Bildungsstandard eines Landes nach der Qualität seiner Druckerzeugnisse und seines Porzellans bestimmt wird. Fügen Sie die Schuhcreme hinzu.«

»Verbergen Sie mir nichts, Semjon Michailovitsch. Sie können mir vertrauen«, sagte Major Schatten und bereute umgehend, daß er das Vetrauen zwischen ihnen erwähnt hatte.

Mit einem Pathos, das seinen Worten ansonsten nicht eigen war, sagte Levita: »Weder würde ich Ihnen je ein Geheimnis verbergen, noch Ihnen irgend etwas vorenthalten. Was ich Ihnen jedoch nicht offenbaren kann, sind die Dinge an der Oberfläche, über die ich absolut nichts weiß. Ich dachte, die Säuberungen in der Armee hätten ihr Ende gefunden, doch es hat sich herausgestellt, daß sie andauern. Unlängst wurde eine Hausdurchsuchung bei mir gemacht, einige Sachen wurden mitgenommen. Möglicherweise wird mir nichts geschehen, doch falls ich verhaftet werden sollte, wird sich Ihre Situation hier grundlegend verändern. So lange die Brigade noch in meiner Hand ist, kann ich Ihnen zwei Monate Urlaub geben; in dem Augenblick, in dem ich verhaftet werde, können Sie sich nämlich nicht mehr zurückziehen, ohne Verdacht zu erregen. Ich werde Ihnen meine Meinung dazu sagen: Diejenigen, die die Verhaftung einer Mehrheit aller Kommandoangehörigen veranlaßt haben, werden vor nichts zurückschrecken. Zwar wird man Sie, wie ich Ihnen bereits sagte, die Leiter hinaufbefördern, doch ich würde mich nicht darauf verlassen, ich würde einem solchen Urteil in absolut keiner Sache trauen. Solange alles in Ordnung ist – schön und gut, doch in dem Moment, in dem etwas, und sei es die geringste Kleinigkeit, zum Problem wird, entwickeln sich manche Leute zu ganz gemeinen Handlangern und werfen einen ohne jegliche Gewissensbisse auf die Müllhalde.«

»Waren all diejenigen, die von den Säuberungen betroffen waren, unschuldig?«

»Ich kannte Stepan Grigoritsch German gut. Stellen Sie sich einmal vor, man sagte mir über Sie, Sie seien ein japanischer Spion und bereits mit sechzehn Jahren in unsere Armee eingepflanzt worden. Stellen Sie sich vor, ich müßte das glauben und die daraus resultierenden Schritte gegen Sie und Ihre Familie einleiten. Ich kannte German von Jugend an. In dem Augenblick, als er verhaftet wurde, wußte ich, daß ich keinem Menschen mehr trauen würde und daß ich nicht verstehe, was um mich herum geschieht.«

»Aber was kann mir passieren, Semjon Michailovitsch?« fragte Major Schatten mit großen Augen.

»Was weiß ich? Alles, alles kann geschehen.«

»Und wenn Sie recht haben, dann wird es Krieg gegen Deutschland geben?«

»Vielleicht.«

»Und für mich wäre es besser, Schuhcreme herzustellen?«

»Das ist mein Rat, und meine Bitte«, sagte Semjon Michailovitsch.

»Und was hat man bei Ihnen gefunden?«

»Nichts von Belang. Doch wenn Sie möchten, werde ich es Ihnen sagen. Ich habe Jermolajevs Briefe aufbewahrt. In einem davon, wenn ich mich recht erinnere, stand eine Bemerkung über Voroschilovs Dummheit. Sie haben auch die Briefe meiner Brüder mitgenommen, von denen der eine ein zionistischer Bauer in Palästina, bei den Briten ist und der zweite ein Arzt in Dresden, von dem ich schon etliche Jahre nichts mehr gehört habe.«

»Das ist alles?«

»Eine Seite aus einem alten hebräischen Buch.«

»Und das ist alles?«

»Mir scheint, das ist alles. Was haben Sie erwartet?«

»Ich glaube nicht, daß man Sie verhaften wird.«

»Möglich. Doch ich muß damit rechnen, daß heute nacht, wenn ich zurückkomme, zwei oder drei auf mich warten ...«

»Was ich unter keinen Umständen glauben kann, Semjon Michailovitsch.«

»Ich hatte nie Gelegenheit, eine systematische Bildung zu erhalten«, sagte Levita, »und als ich zur Schule ging, gefiel mir nichts besonders, außer Geometrie. Euklid eroberte mein Herz. Jahrelang dachte ich bewundernd: Wie konnte dieser Mann etwas derart Phantastisches machen? Wie erfand er seine Geometrie? Denken Sie nur! Er mußte die Natur beobachten und in ihr all diese Linien und ihre Gesetzmäßigkeit entdecken. Denken Sie einmal daran, welcher Kraft es bedarf, um dies zu tun, welches Blicks! Sich nicht den tausenderlei Dingen zu unterwerfen, die das Auge wahrnimmt, sondern die Gesetzmäßigkeit herauszufiltern. Ich verehrte Euklid! Vom Labyrinth zu den Linien – und danach, mit Hilfe der Linien und Gesetze, zurück zum Labyrinth, unschätzbar klüger als zuvor. Welch eine Erfindungskraft, welch kühner Geist! ... Nun, was dieser Grieche getan hat, ganz allein, können wir, wir gemeinsam, das nicht tun, nicht hinsichtlich der Natur, sondern in Hinblick auf die Gesellschaft, in der wir leben, auf die Menschen, die wir so gut kennen? Wenn ich versuche, den euklidischen Akt zu vollziehen, kann ich Ihnen mit absoluter Gewißheit sagen: Ich werde den Schnee im kommenden Winter hier nicht erleben!«

»Wer hat German denunziert?« fragte Major Schatten.

»Der Divisionskommissar Grünberg. Er fragte mich ganz genau wie Sie: Wer hätte German denunzieren können? Worauf ich ihm die Antwort gab: Nur ein gemeiner Schuft!«

»Und war er es? Grünberg?«

»Ohne Zweifel.«

»Weshalb haben Sie ihm dann so geantwortet?«

»Weil er mich fragte!« erwiderte Levita, und für einen Augenblick wunderte sich Major Schatten über die gewaltbereite Aggressivität dieser älteren Generation, über ihren immensen, mörderischen Zorn, der sich im Nu mit funkensprühenden Augen entzündete. Sie werden alle sterben, so voller Zorn sind sie, ging ihm aus irgendeinem Grunde durch den Kopf, obwohl ihn dieser Gedanke völlig unvorbereitet traf.

»Und warum schrieb Jermolajev über Voroschilov, er sei dumm? Ist Voroschilov nicht ein großer militärischer Führer?«

»Er überragt uns alle wie ein Glockenturm, doch in einem Potemkinschen Dorf – da ist alles nur bemaltes Holz«, sagte Levita.

»Und wer sind eigentlich die Zionisten?«

»Lassen wir das«, erwiderte Levita.

Major Schatten schwieg lange Zeit.

»Semjon Michailovitsch«, sagte er schließlich, »noch nie in meinem ganzen Leben war ich so durcheinander wie jetzt. Ich vertraue Ihnen rückhaltlos. Doch was Sie gesagt haben und was aus Ihren Worten herauszuhören ist, erscheint mir als der blanke Wahnsinn, als lebten wir im Reich der Paranoia. Ich bin nicht imstande, die Armee zu verlassen, und ich glaube nicht, daß mich jemals jemand wird zwingen können, etwas zu tun, was ich nicht will – nicht mittels Drohung, nicht durch Folter. Beantworten Sie mir nur diese eine Frage: Wie soll ich scheitern? Ich bin nicht leicht zu beeinflussen. Ich bin kein Feigling. So etwas kann mir nicht passieren.«

Major Schatten hatte das peinliche Gefühl, daß er sich nach Selbstbeweihräucherung angehört haben könnte.

»Ich weiß es nicht. Sie sind gemeine Schurken. Es ist schwierig, einen Schurken zu verstehen. Er plant immer einige Züge im voraus, wie ein Schachspieler. In Odessa sah ich einmal einen Hypnotiseur. Sein Name war Professor Kalistrat. Er gab die üblichen Hypnosetricks zum besten, rief Leute auf die Bühne, sagte zu ihnen, sie befänden sich am Meeresstrand, und sie zogen sich aus, machten Schwimmbewegungen, trockneten sich ab. Am Schluß des Abends fragte irgendein Scherzbold im Saal Kalistrat, ob er Menschen dahingehend beeinflussen könnte, daß sie Selbstmord begingen. Kalistrat erwiderte, das könne er nicht, ein Mensch werde sich weder umbringen noch irgend etwas tun, das ihm seine Religion oder ein strenger Moralkodex untersage. Man könne jedoch, wie er sagte, immer betrügen. Er rief jemanden, hypnotisierte ihn und sagte zu ihm, er befände sich auf einem großen Jahrmarkt, fahre auf dem Todesrad, mit dem Geisterzug, schieße auf Zielscheiben. Und nun nimm diesen kleinen Revolver und schieße dir ins Gesicht, er ist mit Konfetti geladen. Und er gab dem Mann einen automatischen Revolver, nachdem er sich vergewissert hatte, daß keine Munition darin war. Und der Mann schoß sich ins Gesicht.«

»Ich war immer in der Armee«, sagte Major Schatten, »was sollte ich meiner Frau, dem Jungen sagen? Ich kann das nicht tun.«

»Dann sei es so«, sagte Levita und blickte ihn noch eine ganze Weile an, als erwartete er, Major Schatten würde seine Meinung ändern. »Vielleicht bin ich ein grauenhafter Euklid. Sicher gab es viele vor ihm, die die Geometrie für sich entdeckten, irgendwie jedoch in der großen weiten Welt in die Irre gingen.« Und er entschuldigte sich bei Major Schatten, daß er ihm in der Reitschule ausgewichen war, und danach fing er an, über die Pferde zu sprechen.

Major Schatten unterbrach ihn und sagte: »Es erweist sich also, daß unsere Armee nicht so grandios ist?«

»Nein, sie ist veraltet.«

»Keine große Armee?«

»Vielleicht. Doch wer ist der Feind dieser großen Armee? Wer sind unsere Feinde? Gegen wen werden wir in den Kampf ziehen, wenn wir Viipuri erobern? Glauben Sie, es ist möglich, eine Schlacht zu gewinnen, ohne sich den Feind vorzustellen? Sie müssen den Feind studieren, von ihm träumen, Tag und Nacht, Schlacht um Schlacht, um eines Tages das Werk vollenden zu können.«

»Ich verstehe Sie nicht.«

»Wer ist der Feind?«

Major Schatten stotterte ein bißchen. »Die Kapitalisten, die Deutschen, die Engländer... alle ...«

»Alle?«

»Aber wenn es stimmt, was Sie mir erzählt haben, weshalb verlassen Sie Leningrad nicht auf der Stelle, rasieren sich den Kopf, setzen eine dunkle Brille auf, wechseln die Kleidung und verschwinden?«

»Wenn der römische Kaiser jemandem den Selbstmord befahl, konnte derjenige fliehen? Man kann nirgendwohin fliehen.«
»Aber Sie haben nicht die Absicht, sich umzubringen, Semjon Michailovitsch?«
»Ich möchte wissen, wer die gemeinen Schurken sind, die diese Suppe ausgekocht haben.«
»Ich würde Cäsars Befehl niemals ausführen.«
»Schwören Sie!« sagte Levita unvermittelt.
»Ich schwöre.«
»Gut«, sagte Levita.
Er ging in den angrenzenden kleinen Raum, in dem sich ein Klosett, ein Waschbecken und Putzeimer befanden. An einem vergitterten Fenster stand ein weißer Tisch, auf dem ein Stückchen rosa Wachstuchs lag. Zum erstenmal in seinem Leben hatte Levita eine Halluzination: Seine Mutter lag in einer Blutpfütze unter dem Tisch, der Hals seines Vaters war aufgeschlitzt, seine kleine Schwester war zwischen Schrank und Wand eingeklemmt, mit einer riesigen Wunde im Rücken. Petlura-Soldaten. Er kam um acht Stunden zu spät. Levita kehrte zurück, sehr blaß, mit einer Flasche Wodka in der Hand, und erzählte Major Schatten von der Halluzination. Major Schatten blickte ihn staunend und mitleidig an. Danach zog Levita seinen schweren Mantel an.

Am nächsten Tag flüsterte man in der Kommandantur, der Kombrig sei verhaftet worden. Major Schatten glaubte es nicht, doch er fragte nicht nach, ging nicht zu seiner Wohnung, versuchte nicht, Inessa zu sehen. Es verstrichen einige Tage. Solange kein neuer Kommandeur geschickt wurde, hegte Major Schatten die Hoffnung, die Gerüchte seien falsch. Am Abend rief Ustin Ziarko an, Kommandant der Fallschirmspringerschule, die ihnen angegliedert worden war. Er fragte nicht nach Levita. Major Schatten fing an, es zu glauben, und er ging zu der Apotheke, in der Inessa arbeitete. Major Schatten, der seine Frau liebte und für den Liebe etwas Ewiges war, hatte seinem älteren Freund immer ernste Vorhaltungen gemacht, das heimliche Einverständnis jedoch, das zwischen Levita und diesen Frauen bestand, immer überraschend amüsant gefunden. Einmal hatte Levita zu ihm gesagt: Sie sind ein Lensky, doch Sie haben den breiten Horizont eines Onegin – Sie dürfen bei solchen Angelegenheiten nicht das Gesicht verziehen. Jetzt sagte er sich, daß sich der Mensch in schweren Zeiten nur auf seine Familie verlassen konnte, vielleicht noch auf Menschen, die ihn liebten oder einmal geliebt hatten. Und obwohl die Frauen – wie Major Schatten aus den Büchern, die er las, gelernt hatte – weniger sentimental vergangener Liebe gegenüber waren, was war, ist aus und vorbei, sagt das Herz dieser Verräterinnen), konnte man vielleicht doch auf solche vertrauen, die sich ihre Erinnerung bewahrt hatten.

»Irgend etwas Neues?« fragte er Inessa.

»Nein.«

»Gar nichts?«

»Nicht einmal, wo er sich befindet«, erwiderte Inessa. Die Schwangerschaft war ihr bereits deutlich anzusehen.

An jenem Abend suchte ihn Ziarko auf, ein rothaariger Riese, gut einen Meter neunzig groß und sicherlich um die hundert Kilo schwer. Er war der einzige, dem es Major Schatten verzieh, wenn er von sich in der dritten Person sprach: Ustin Ziarko sagt ... Und darauf antwortet dir Ustin Ziarko ... Er hatte die gleiche Meinung zum Finnlandplan wie Levita, nur erwartete er doppelt so viele Verluste, ungefähr zweihunderttausend Mann, vielleicht auch mehr. Er zeigte Major Schatten andere Landkarten als die, die jener bis dahin gesehen hatte. In diesem Areal von Sümpfen, Wasser und Eis, einer schmalen Landzunge, dem karelischen Flaschenhals, würden sie nicht mit Panzern angreifen, keine breit angelegte Attacke starten können; ihre Überlegenheit stand also zu bezweifeln.

»Alles hängt von einem ab: der Frage, ob sich die Finnen ergeben. Wenn sie sich unterwerfen, ist alles gut und schön.«

»Und falls nicht?«

»Falls nicht, werden wir schlicht eine Einheit nach der anderen verlieren, wie es in der Vergangenheit war, als alle mit lächerlichen Gewehren dem Feind entgegenmarschierten.«

Was Ziarko jedoch beschäftigte, war nicht das Schicksal des Finnlandkrieges, nicht einmal die vielen möglichen Opfer. Nach anfänglichem Zögern schüttete er Major Schatten sein Herz aus. Ihm war befohlen worden, seine Einheit für ein merkwürdiges Schaumanöver zu präparieren, seine Leute in finnische Uniformen zu stecken und sie zusammen mit einigen Geschützen über die Grenze zu schleusen.

»Pioniertrupp hinter den feindlichen Linien?« fragte Major Schatten mit gewissem Neid.

Der Riese schüttelte besorgt den Kopf.

»Nein, nein«, sagte er, »man hat mir gesagt, die Gewehre und die Revolver nur mit Platzpatronen zu bestücken, ebenso die Geschütze, aber auch noch ein paar hundert echte Granaten mitzunehmen.«

»Scheinmunition?«

»Ja, ich verstehe absolut nicht, wozu das gut sein soll.«

»Aber das ist doch klar. Es ist eine Finte: Du wirst auf uns schießen, und wir geben vor, daß die Finnen uns angegriffen haben.«
»Und wozu?«
»Damit wir uns den Tag aussuchen können, der uns genehm ist, um der Welt zu beweisen, daß die Finnen zuerst angegriffen haben.«
»Und wofür sind die echten Granaten?«
»Falls etwas passiert und sie euch plötzlich von hinten angreifen.«
»Nein, etwas stinkt hier. Hör zu, was Ustin Ziarko sagt: Etwas stinkt hier gewaltig.«

Eine Woche später wurde in Finnland die allgemeine Mobilmachung ausgerufen. Und Major Schatten wurde zur entscheidenden Lagebesprechung des Generalstabs gerufen.

Welcher begeisterte Leser von *Krieg und Frieden* hat nicht davon geträumt, einmal, und sei es nur ein einziges Mal, an einer solchen Besprechung teilzunehmen? Und nun war Major Schatten aufgefordert, daran teilzunehmen.

Das Haus, in dem die Sitzung abgehalten wurde, eines der Gebäude der Leningrader Bezirkskommandantur, war eine alte Kaserne, deren Fassade als Palast getarnt war, mit zwei klobigen Karyatiden und zwei Atlassen als Trägerfiguren, deren Muskeln von Regen und Vogelkot gebleicht waren. Aber es war die Halle, in der man zusammenkam, die Major Schatten in Trübsinn stürzte. Die großen Fenster waren verdreckt, der Stuck an der Decke schmutzig grau, der große Tisch stand kläglich inmitten des gewaltigen Raumes. Ein breiter und hoher offener Kamin – das einzig Schöne dort – war kalt, voller Abfall und zusammengeknitterter Papiere. Hunderte Möwen flatterten vor den Fenstern hin und her, äugten ins Innere und schossen kreischend zu den Simsen und Flaggen empor. Vielleicht betrachteten auch die Generäle und Befehlshaber des finnischen Feldzugs, so wie er die freien Möwen mit gewissem Neid, oder vielleicht waren sie einfach alle müde, denn viele von ihnen hatten die ganze Nacht nicht geschlafen, um zu der Besprechung zu gelangen. Er sah, wie sich Bitschkov die Augen rieb und ein Gähnen unterdrückte. Über diesen Mann, ein Mitglied der *Milchesser*, der Molokanensekte, hatte Levita seinerzeit zu ihm gesagt: »Da laufen ein Molokan und ein Jude mit großen Nagans und Generalsrängen herum. Vielleicht tun wir nur so, als ob, und eines Tages werden uns die echten Krieger in unsere Bethäuser zurückschicken.«

Schon nach einer Weile begann ihn die Sitzung zu enttäuschen. Ein Mann vom Nachrichtendienst aus Moskau behauptete, daß die Schätzungen der Siebten Armee fehlerhaft seien. Seiner Meinung nach hätten die Finnen zwei weitere Infanterieregimenter, noch ein Kavallerieregiment und die doppelte Anzahl von Flugzeugen ... Major Schatten dachte, daß solch erhebliche Differenzen jemanden dazu veranlassen würden, den Mund aufzumachen und gegen die Pläne Einspruch zu erheben, doch niemand sagte etwas. Die drei Giganten saßen ebenfalls da und schwiegen: Der Kommandant Merezkov sah die Sprecher nicht einmal an, der Parteimann, Kommissar Ludojedov, Mitglied des Militärrates, betrachtete alle neugierig, als sei er an nichts anderem als ihrem Erscheinungsbild und Gesichtsausdruck interessiert, und der Generalstabschef Smorodinov schneuzte sich ständig die Nase und zwinkerte mit den Augen. Er war mit einer schweren Grippe zu der Besprechung gekommen.

Schließlich fragte Merezkov den Kommandeur der Unabhängigen Panzerdivision, Sedog, um seine Meinung.

»Die Siebte Armee ist eine tödliche Waffe«, sagte der Divisionskommandeur, »ein Schwert, das der karelischen Armee das Haupt abschlagen wird.« Sedogs Gesicht war mit Kratern und zahllosen Schatten übersät.

Merezkov sah aus wie der schlaue Fuchs aus den Kinderbüchern. »Und wie lange«, fragte er einen Offizier im Rang eines Armeekorpskommandeurs, »wird die Siebte Armee Ihrer Meinung nach für den Durchbruch an der Meerenge brauchen?«

»Eine Woche, eventuell weniger, Genosse Merezkov«, erwiderte der Armeekorpskommandeur.

»Und werden wir Soldaten opfern müssen?«

»Sie werden rennen wie die Hasen«, erwiderte der Offizier im Rang eines Armeekorpskommandeurs merkwürdig zögernd, »unsere Verluste werden geringfügig sein.«

»Dann gürte dein Schwert, Tschogunov«, sagte Merezkov zu ihm, »du hast mehr Kräfte, als Suvorov an Rimnik hatte.« Alles brach in leicht gekünsteltes Lachen aus. »Infanteriedivisionen, ein Artilleriekorps, drei unabhängige Panzerbrigaden.«

»Wir werden ihren Sicherheitsgürtel wegfegen und die Mannerheim-Linie innerhalb einer Woche oder weniger durchbrechen. Sie werden rennen wie die Hasen«, sagte Tschogunov und wischte sich seine schweißnasse Stirn mit einem großen Taschentuch ab. »Wir werden sie kurz und klein schlagen, Genosse Merezkov. Der Plan ist gegen jeden Mißerfolg gefeit.«

Alles wußte, daß es Merezkovs Plan war.

»Dann nimm die Siebte Armee und bring es so schnell wie möglich hinter dich, bevor sich die Imperialisten einmischen«, sagte Merezkov.

Eigentlich, dachte Major Schatten, war dies keine wirkliche Generalstabsbesprechung, sondern eine Art Parteizellenversammlung, wo alles bereits im voraus bestimmt ist und niemand irgend etwas hören will. Ich würde gerne wissen, Lev Nikolajevitsch, ob du immer noch so über den Akademismus der deutschen Generäle und ihre neue Erfindung, die Strategie, spotten würdest, wenn du diese Sitzung miterlebtest.

Tschogunov trocknete sich wieder seine Stirn und sein Gesicht, und Major Schatten bemerkte, daß der Armeekorpskommandeur schon zu dieser frühen Stunde betrunken war. Das schräge Fenster an der Nordseite mit der Milchglasscheibe war noch schmutziger als die anderen und an einigen Stellen gesprungen. Die Möwen segelten daran vorbei, schossen plötzlich in die Höhe, glitten hinauf wie auf einer vereisten Böschung, paarweise, zu dritt und einzeln hintereinander. Eine Möwe, die sich höher emporschwang als ihre Gefährten, ließ ihren Kot auf die Fensterscheibe fallen, und das klatschende Geräusch war im gesamten Sitzungssaal zu hören. Die Feldherren achteten nicht darauf, oder sie gaben vor, sich durch eine solche Kleinigkeit nicht ablenken zu lassen. Nur Genosse Ludojedov, der Bücherliebhaber, lächelte leicht beim Anblick der Möwe. Major Schatten dachte an die antiken Astrologen und die römischen Auguren, die die Zukunft aus den Eingeweiden der Vögel lasen – bestand irgendein Zweifel, daß die Eingeweide der Möwe in enger Verbindung mit den Exkrementen auf der Scheibe des schrägen Fensters standen? Die Möwe schiß auf die Siebte Armee mitsamt ihren Kommandeuren und prophezeite ihnen dementsprechend ihre Zukunft.

Tschogunov skizzierte zwei fette rote Pfeile auf der großen Landkarte, und ihnen gegenüber ein paar Amöben – die armseligen Streitkräfte der Finnen. Major Schatten kam es vor, als sehe Merezkov Tschogunov verächtlich an, obwohl er sein Waffenträger und sein Sprachrohr war. Ebenso schien es ihm, als werfe Merezkov von Zeit zu Zeit auch auf die übrigen Anwesenden einen verachtungsvollen Blick, denn keiner von ihnen wagte es, den Mund aufzumachen. Ustin Ziarko war nicht da, und Major Schatten irritierte dessen Abwesenheit. Er empfand einen gewissen Widerwillen gegen den Kommandant und eine unerwartete Sympathie für Ludojedov, ein Bücherliebhaber wie er selbst, der dasaß und die Kommandeure mit Augen voll unschuldiger Nachdenklichkeit anstarrte. Vielleicht gab es ja auch gar keinen Anlaß zu Sorge, vielleicht war die mangelnde Professionalität nur Schein, da sie alle derart erfahren waren, daß ihnen die Worte nahezu überflüssig erschienen. Vielleicht waren Levitas und Ziarkos

Befürchtungen übertrieben? Levita war ein Mann der alten Schule, einer Schule, die auf Sturmangriff setzte, und Ziarko hatte die Finnen, die er einmal besucht hatte, schätzen gelernt, und war tief beeindruckt von ihrer Ausbildung und ihrem technischen Expertentum. Wie hatte Major Schatten immer davon geträumt, an einer solchen Sitzung teilzunehmen – eine Besprechung, in der der Plan für einen kompletten Krieg umrissen wurde! Wie er darauf gebrannt hatte zu erfahren, was die Größen der Armee sagen würden, welche Meinungsverschiedenheiten es zwischen ihnen gebe, die brillanten Begründungen, die ausgeklügelten Finten, mit denen sie den ursprünglichen Plan aufstocken würden, das wunderbare Gefühl von Zugehörigkeit! Und er, ein junger Mann, an den Tisch der Götter des Krieges geladen, würde Aufmerksamkeit erregen – diesen jungen Mann sollte man im Augen behalten, wir werden noch von ihm hören ... Statt dessen betrachtete er nun das schweißüberströmte Gesicht des Armeekorpskommandeurs und die versiegelten, stummen Gesichter aller übrigen.

Durch das Fenster gegenüber war der Fluß zu sehen, seine zinnfarbenen Wellen hier und da mit preußisch Blau gesprenkelt. Ein starker Wind blies, und die Wellen, blind und taub, klatschten gegeneinander, sprangen ein Mal zu diesem Ufer und ein Mal ans andere. Ein kleines, schwarz gestrichenes Motorboot hüpfte auf den Wellen, mit zögerlicher Bewegung inmitten der grauen Wüstenei. Major Schatten fühlte sich zu dem schwarzen, sturmgebeutelten Boot hingezogen, so wie er bisweilen von den Wunden seiner Mitmenschen angezogen war, neidisch auf Leiden, die nicht die seinen waren.

Als sie aufbrachen, rief ihn Smorodinov zu sich. Major Schatten war derart aufgeregt, daß er seine gesamte Reserviertheit vergaß und zum erstenmal seit Jahren errötete.

»Kommen Sie in drei Tagen zu mir, früh am Morgen, um halb sieben, sieben. Ich habe Ihnen etwas Wichtiges mitzuteilen.« Und der Stabschef drückte ihm fest die Hand. »Vergessen Sie nicht, in drei Tagen.«

Wegen Levita? Und der Händedruck? Er bemerkte einige vorsichtig fragende Blicke, die nach seiner kurzen Unterhaltung mit dem Generalstabschef auf ihn gerichtet waren. Er prägte sich das Datum in sein Gedächtnis ein: 28. Oktober um halb sieben, Smorodinov.

Tagtäglich dachte Major Schatten jetzt an Levita. Er erwog seine Worte über Voroschilov, über die Rote Armee, über den Feind, über die gemeinen Schurken, und es kam ihm seltsam vor, daß sich die Imperialisten, um die Sowjetunion zu zerstören, ausgerechnet Finnland ausgesucht haben sollten. Über die Finnen wußte er nichts, abgesehen von dem Epos *Kalevala*, und er kannte nur einen Finnen, das heißt jenen halbfinnischen Zauberkünstler der Fernmeldetechnik mit dem schönen Namen Lauri. Ustin besuchte ihn wieder, und Major Schatten erschrak beim Klang seiner brüchigen Stimme und den sichtlichen Anzeichen trüben Mißtrauens, was alles überhaupt nicht zu dem rötlichen Riesen paßte. Ustin zeigte ihm die niedrigen Hügel – jenseits der feindlichen Linien –, hinter denen er Stellung beziehen sollte, dicht an der Grenze.

»Merezkov ist ein großer Stratege. Das sagen alle«, murmelte Major Schatten.

Auch der rothaarige Fallschirmspringer hatte das gehört. Er schüttelte den Kopf und sagte: »Etwas stinkt hier ... nun, wie auch immer.«

»Sag mir, Ustin, warum bist du nicht zur Generalstabssitzung gekommen?«

»Weil ich nicht eingeladen war, mein Freund. Könnte es einen anderen Grund geben?«

»Nicht eingeladen?«

»Nein.«

Inzwischen wurde das Treffen mit Smorodinov ein ums andere Mal verschoben. Schließlich wurde Major Schatten zu Merezkov selbst gerufen. Der oberste Befehlshaber lauschte mit großer Konzentration und viel Verständnis Major Schattens Worten über die Vorbereitungsmaßnahmen seiner Brigade auf die Schlacht.

»Ich bedaure, mein Lieber«, sagte er zuletzt, »doch Sie werden Ihre Brigade verlassen müssen. Ich vertraue Ihren Händen zwei Gruppen von Leuten an, die in diesem Krieg von ultimativer Wichtigkeit sind. Sie werden einen kleinen Trupp Journalisten mitnehmen und sich mit ihnen den feindlichen Linien nähern, und wenn die Granaten zu fliegen anfangen, geben Sie ihnen einen kleine Kostprobe vom Krieg zu schmecken. Ihren Händen wird eine weitere Gruppe anvertraut werden, eine Gruppe von acht Leuten, deren Identität Sie niemandem preisgeben dürfen, wozu ich Ihnen jetzt nur so viel sagen kann: Es wäre möglich, daß Sie in Ihrem Panzerwagen das zukünftige Regierungsoberhaupt von Finnland transportieren. Seien Sie also vorsichtig, und geben Sie Ihr Bestes.

»Genosse Merezkov, ich flehe Sie an: Lassen Sie mich mit der Brigade kämpfen, die ich für die Schlacht zusammen mit ... anderen Genossen ausgebildet habe. Das ist die erste Gelegenheit, und vielleicht auch die letzte, die ich je haben werde, am Krieg teilzunehmen«, sagte Major Schatten.

»Genosse Stalin persönlich weiß von Ihnen, mein Freund«, sagte der Kommandant, »es ist zu spät. Er weiß, daß Sie für die Journalisten und die finnischen Genossen verantwortlich sind. Nehmen Sie sich so viele Leute, wie Sie benötigen, nehmen Sie sich eine Panzerabteilung, ein Infanteriebataillon, alles, was Sie wollen, aber hüten Sie mir diese beiden Gruppen.«

»Genosse Merezkov, werde ich danach an den Kämpfen teilnehmen können?«

»Sie werden es nicht schaffen. Wir werden denen eine Lektion erteilen: Wenn der König des Waldes das Eichhörnchen um eine Nuß bittet, verweigert es sie ihm nicht. Die Verbindungen zwischen Ihren Tanks und Schützenpanzern sind gut, richtig?«

Major Schatten wäre fast in Tränen ausgebrochen über sein widriges Schicksal.

»Und wenn irgendeine Gefahr auftaucht, dürfen Sie jeden Augenblick Luftunterstützung anfordern. Ich halte hier drei Flugzeuge mit den besten Piloten für Sie in Reserve, diese Akrobaten, die unter Brücken hindurchfliegen und Wild jagen vom Himmel aus, wie ich gehört habe. Ich habe keine Einheit mit Kampferfahrung in Schnee und Eis, doch ich geben Ihnen die Besten, die aufzutreiben waren. Bringen Sie ihnen das Schießen bei, und wenn Sie sie nicht mehr brauchen, schicken Sie sie zu Sedog.« Der Kommandant erhob sich, und das Lächeln auf seinem Gesicht war wie weggewischt, als er sagte: »Sie verstehen die Aufgabe, die Ihnen übertragen wurde, mein Lieber?«

»Ich verstehe, Genosse Merezkov.«

»Sie dürfen nicht scheitern!« sagte der Kommandant und wandte sich seinen Papieren zu.

Bereits am nächsten Tag wurden alle Einheiten in Alarmbereitschaft versetzt. Die Finnen konnten jeden Tag, jede Stunde angreifen. An einem Morgen, der noch kälter war als gewöhnlich, wurde Major Schatten in aller Frühe von einem Feldwebel geweckt, der völlig verdutzt wirkte.

»Die Neuen sind da!« sagte er. »Sie haben Skier und fantastische Kleidung! Ich habe ihnen ein Feuer angezündet und die großen Wasserkessel gegeben.«

»Wer sind sie?« fragte Major Schatten.

»Sie sehen aus, als kämen sie aus irgendeinem Film ...«, sagte der Feldwebel verwundert, »und diese Kleider!«

Major Schatten betrat hinter ihm die lange Baracke, die von großen, nackten Glühbirnen erhellt war. Draußen fiel kalter Regen. Drei Öfen brannten, ein großer Blechwasserkessel dampfte und zischte in höchsten Tönen. Als Major Schatten hereinkam, standen die Leute linkisch auf, und sie kamen ihm irgendwie bekannt vor, obgleich er sich nicht erinnern konnte, woher. Das Gefühl, sie zu kennen, war so stark, daß sich ein merkwürdiger Ausdruck auf seinem Gesicht abzeichnete. Die Leute blickten ihn an, verwundert über sein Erstaunen.

»Guten Morgen«, sagte Major Schatten, und alle antworteten ihm. Dann herrschte erwartungsvolles Schweigen. Und mit einem Mal erkannte Major Schatten einen von der Gruppe: Es war der Abfahrtsmeister Taschin, der im Slalom gewonnen hatte und in einer Wochenschau im Kino mit einem netten, etwas schüchternen Lächeln nach seinem Sieg zu sehen gewesen war. Major Schatten blickte sich um. Jetzt wußte er, weshalb ihm diese Gesichter bekannt vorkamen: Die Skielite der Sowjetunion war herbeigebracht worden, um die Division zu verstärken! In seinen Augen nahm sich diese »Verstärkung« etwa so aus, als hätte man ihm hundert der besten Schriftsteller geschickt, um an dem gefährlichen Angriff im karelischen Flaschenhals teilzunehmen. Lichterloher Zorn entbrannte in ihm, ließ ihn am ganzen Leibe zittern.

»Es fehlt nicht einer ...«, sagte er.

»Außer denen, die sich die Beine gebrochen haben«, sagte jemand.

Major Schatten trat zu Taschin: »Ihr Slalom war fantastisch«, sagte er. Um ihn herum klang Gelächter auf.

»Was ist das Generalziel, Kommandeur«, fragte Taschin.

»Viipuri.«

»Ich kenne Viipuri«, sagte der Skimeister, »ein schöner Ort, eine große Burg auf einer kleinen Insel. Paläste, gute Restaurants.«

Wieder lachten alle.

Natürlich hatte Levita recht, sagte sich Major Schatten, wie konnte ich je daran zweifeln. Er befahl, ihnen die besten Waffen zu geben, und schwor bei sich, daß sie, solange sie unter seinem Befehl stünden, nicht in die Nähe der Feuerlinie kommen würden. Natürlich hatte er recht gehabt. Gemeine Schurken.

Ein Mensch, der eine einfache Aufgabe vor sich hat, dem man Panzer und gut gedrillte Mannschaften gibt, mit den besten fernmeldetechnischen Geräten der Siebten Armee ausstattet, ein Mann, der mit einem einzigen Wort in eine Sprechmuschel innerhalb einer Minute drei Kampfflugzeuge in Betrieb setzen kann – ein solcher Mensch kann sich mit höchster Geschwindigkeit bewegen. Und diese Geschwindigkeit war es, die Major Schatten zu Fall brachte.

Früh am Morgen waren die Detonationen der finnischen Artillerie zu hören. Es war der 26. November, ein Tag, der noch dunkler und kälter war als die Tage zuvor. Obwohl er nicht mit Haß an den finnischen Feind und den alten Drachen Mannerheim denken konnte und den Finnen insgeheim eine Art stillen Respekt zollte, verspürte Major Schatten eine Gemütsaufwallung, das Blut floß schneller in seinen Adern, seine Aufmerksamkeit war erhöht, er sah viel mehr Dinge um sich herum, als hätten seine Augen in Wundertropfen gebadet. Noch ein paar Tage, ein paar Stunden, und der Krieg würde beginnen! Die Lunte war entzündet, und von jetzt an würden sich die Ereignisse in einem unaufhaltsamen Strom dahinwälzen. Major Schatten fuhr mit seinem Panzerwagen an die Frontlinie. Die Infanteristen stürmten los. Rannten voller Begeisterung. Die Panzer gaben ihnen Hilfestellung. Die Finnen traten in wohlformierten Reihen gegen sie an, rannten zehn, zwanzig Meter und wurden Reihe für Reihe niedergemäht. Major Schatten beobachtete durch sein Fernglas die finnische Position. Ein rötlicher Kopf zeigte sich über der Kuppe eines kleinen Hügels, irgendein Fetzen wurde fieberhaft geschwenkt.

»Ustin!« schrie Major Schatten. »Ustin?«

Er reichte dem Feldwebel das Fernglas, blickte ihn am ganzen Leibe zitternd an.

»Ziarko?« flüsterte der Feldwebel.

Major Schatten begann, in sein Feldtelefon zu brüllen, doch die Angriffsreihen bewegten sich nun auf die finnische Linie zu. Er stieg aus dem Gefährt und eilte auf den Hügel zu. Es war eine unsinnige Handlung, denn mit dem Panzerwagen wäre er schneller dort eingetroffen. Er sah den blutüberströmten Ustin, Dutzende Männer, die tot neben ihm lagen. Zahlreiche Verwundete schrien: »Brüder! Brüder! Nicht schießen! Wir sind von euch, Russen! Brüder!«

»Schlagt die finnischen Hunde!« brüllte der Kompaniekommandant neben ihm.

Major Schatten richtete Ziarkos Oberkörper auf, der von Kugeln durchsiebt war.

»Das sind unsere Leute! Das ist ein Manöver! Sie haben Platzpatronen!« schrie er.

Jemand stieß Major Schatten beiseite, und er verlor das Gleichgewicht. Wenige Sekunden später stand er wieder auf den Beinen und rannte zum Panzerwagen, um dem Brigadekommandeur zu informieren: »Platzpatronen ... wir schießen mit echter Munition auf sie, Ziarko ist tot ...« Doch bereits während er diese Worte in das Feldtelefon brüllte, wußte er, daß hier keinerlei Fehler oder Mißverständnis vorlag.

Der Divisionskommandeur kletterte persönlich aus seinem Fahrzeug und bellte: »Rücken Sie weiter auf das Ziel vor, oder ich verpasse Ihnen eine Kugel in den Kopf!«

An jenem Abend begann Major Schatten, Briefe an das Hauptquartier der Siebten Armee zu schreiben, an die Personen, die er in der Elften und in der Achten Armee kannte, an die *Pravda* und an den Genossen Stalin.

Er ging persönlich zum Fronthauptquartier, um seine Briefe als Eilsendung abzugeben. Ein Mann ohne erkennbaren Rang trat auf ihn zu.

»Ah, Sie sind es«, sagte er. »Sie haben mir einen Weg erspart.«
»Ich verlange Aufklärung!«
»Bravo!« sagte der Mann. »Ich werde Sie zur Aufklärung holen.«

Das Wort »bravo« versetzte Major Schatten einen Schock wie der Anblick von Ustins kugeldurchsiebtem Körper. Etwas Sarkastisches, Lächerliches lag nun in der Luft, wie der Dunst der Narretei, der die Pappköpfe im Karneval umwogte. Die Mörder trugen Maskeraden, sie waren lächerlich, verachtenswert.

Einige Tage später – oder Wochen – wurde er zum Verhör geholt. Sein Kopf fühlte sich leicht und hohl an, aus irgendeinem Grunde dachte er an die Taube, deren Herz mit hundertfünfunddreißig Schlägen pro Minute klopft, und an den Frosch, dessen Herz pro Minute nur zweiundzwanzig Mal schlägt – was konnten die Taube und der Frosch wohl gemeinsam haben? Er wurde von jemandem verhört, der von weither kam, Kommissar Grünberg, und einem Offizier des N.K.W.D. Und er entsann sich, was ihm Levita über Grünberg gesagt hatte.

»Wenn Sie recht haben, und alles, was ich erzähle, Erfindung und Verleumdung ist, um die Rote Armee mit Dreck zu bewerfen, dann sagen Sie mir, was ist mit Ustin Ziarko geschehen?« fragte er Grünberg schließlich.

»Wage es ja nicht, du Volksfeind, einen Helden zu verunglimpfen«, erwiderte ihm Grünberg. »Oberst Ziarko starb den Heldentod bei der Verteidigung unseres Landes gegen den finnischen Aggressor, und der Kommandant hat ihm die Heldenmedaille der Sowjetunion verliehen.«

»Ich hörte ihre Schreie ...«
»Und wie kommt es, daß bloß du diese Schreie gehört hast, diese russischen? Daß nur du unsere toten Leute gesehen hast?«
»Nicht nur ich habe sie gesehen. Viele sahen sie, viele hörten sie, Genosse Kommissar, alle wissen es.«
»Alle wissen es?«
»Alle wissen es, aber sie schweigen.«
»Dann schweig auch du!«

»Eher wäre ich ein wurmzerfressener Kadaver«, entgegnete ihm Major Schatten.

Während der Verhandlung betrachtete er seine drei Richter. Die Anklagepunkte waren kurz. Auch er faßte sich kurz.

»Nicht schießen, Brüder, wir sind von euch, Russen, nicht schießen!« Danach wurde das Urteil verlesen: »Tod durch Erschießen.«

Vergebens bat Major Schatten, als er in der Zelle der zum Tode Verurteilten saß, seine Frau, und sei es auch nur für wenige Sekunden, sehen zu dürfen.

Es verging eine Woche. Im Morgengrauen betraten ein Offizier, ein Gefängniswärter und ein Arzt seine Zelle. Der Arzt war ein Freund seines Vaters gewesen, und Major Schatten erinnerte sich, daß er ihm manchmal das Stethoskop zum Spielen gegeben hatte und ihm einmal sogar ein ausgedientes Gerät geschenkt hatte. Der Arzt gab vor, ihn einer strengen medizinischen Untersuchung zu unterziehen, prüfte lange Zeit seine Augen und sagte dann zu seinen beiden Begleitern: »Der Junge ist nicht bei Verstand.« Danach tätschelte er seinen Kopf und fuhr ihm mit der flachen Hand über den Nacken, als wäre Major Schatten noch ein kleiner Junge in seinem Städtchen. Am nächsten Tag wurde er davon in Kenntnis gesetzt, daß das Todesurteil in fünfundzwanzig Jahre Gefängnis umgewandelt worden war. Sollten die Karnevalspappköpfe tatsächlich so etwas wie Furcht vor Geistesgestörtheit empfinden?

Für Major Schatten begann eine Wanderschaft durch die Gefängnisse und Lager. Und überall weigerte er sich zu arbeiten, obwohl die Strafe auf Arbeitsverweigerung der sofortige Tod war.

»Ich werde nicht arbeiten. Ich ziehe es vor, meine sieben Gramm jetzt zu erhalten«, pflegte er zu den Wärtern und Wächtern zu sagen, die ihm drohten. »Erschießt mich gleich, für euch arbeiten werde ich nicht.«

Doch aus irgendeinem Grund wurde Major Schatten nicht exekutiert, und während jeder andere arbeitete, wanderte er wie ein Schatten durch die Lager (daher der Name, unter dem er überall im Gulag bekannt wurde). Man unternahm alles, um ihn zu beseitigen. Des öfteren saß er in Isolierhaft, bei dreihundert Gramm Brot und einem Glas Brackwasser, immer wieder brachte man ihn bei klirrender Kälte in die Taiga hinaus, auch wenn das Thermometer dreißig Grad unter Null anzeigte. Doch Major Schatten, der das Herz eines jeden Menschen gewann, konnte nicht krepieren wie ein elender Hund. Suppenausteiler, Brotrationenschneider und sogar Kriminelle, die Essensreste besaßen, teilten alles mit Major Schatten. In einem Lager bei Archangelsk traf der Häftling Maor auf ihn, Mitglied der zionistischen Beitarbewegung. Abgesehen von seiner Arbeitsverweigerung gehorchte Major Schatten allen Befehlen. Wenn es geschah, daß den von der Fronarbeit zurückkehrenden Brigaden bei bitterer neunundzwanzig Grad unter Null befohlen wurde, sich auszuziehen, unter dem Vorwand, den Wächtern sei zu Ohren gekommen, daß einer der Gefangenen eine goldene Uhr verstecke, dann zog sich auch Major Schatten aus. Wie die übrigen Häftlinge trug auch er einen Berg Lumpen übereinander und sah, gleich seinen Gefährten, wie ein mit Fetzen umwickelter Wasserhahn aus.

Eines Tages traf ein neuer, bedeutender Häftling aus Leningrad ein. Es war Sedog, Kommandeur der unabhängigen Panzerdivision, der seinerzeit versprochen hatte, der karelischen Armee blitzschnell den Kopf abzuschlagen. Seinem Empfinden nach wurde er von den Wächtern über Gebühr erniedrigt, und als er den Lagerkommandanten sah, rannte er zu ihm und schrie: »Genosse Kommandant, Genosse Kommandant!«

»Der Wolf im Wald ist dein Genosse«, erwiderte dieser dem altgedienten Armeeoffizier.

Er unterhielt sich mit Major Schatten. Sowohl Levita als auch Ziarko hatten sich geirrt: Nach Ansicht Sedogs hatte der finnische Krieg die Sowjetunion eine Million Gefallene gekostet. Die Siebte Armee war komplett aufgerieben, und das, was sich jetzt die Siebte Armee nannte, war nichts anderes als ein zusammengewürfelter Haufen aus allem, was gerade zur Hand war.

Seine Wanderschaft durch die Lager hatte Major Schatten nicht im mindesten verändert, auch nicht sein Verhalten der Obrigkeit gegenüber. Doch mit der Zeit fing er an, seinen Umgang zu wechseln. Zuerst saß er mit den politischen Häftlingen zusammen, die von den Kriminellen Muziks oder Muzitschoks genannt wurden, da sie in ihren Augen Einfaltspinsel waren. Major Schatten sprach zwar kaum etwas, hörte jedoch immer ihrer Unterhaltung zu. Im Lauf der Zeit entfernte er sich von ihnen. Nun verbrachte er zunehmend Zeit mit den Kriminellen. Ihre Sicht der Sowjetunion regte seine Phantasie an. In dem Lager bei Archangelsk kam er den Juden und christlichen Sektierern näher. Er hielt sich viele Stunden in der Gesellschaft von Gniadosch auf, einem verrückten Baptisten polnischer Abstammung, der ihm mit seinem zahnlosen Mund Kapitel aus den Psalmen, den Propheten und Abschnitte aus der Offenbarung interpretierte:

»Auch wenn er Flügel der Morgenröte nähme – das heißt, die Oktoberrevolution –, und bliebe am äußersten Meer – das ist Hitler –, so wird Gott ihn finden. Er wird ihn finden, liebster Herr Major!«

Immer wieder zitierte er dem Major Schatten den Abschnitt aus der *Ezra-Apokalypse*, den er ganz besonders liebte: »Du bist als vierter gekommen und hast über die Tiere obsieget, die dir vorangingen, und hast die Welt beherrschet, mit großem Schrecken, und den Erdkreis, mit schrecklicher Bedrängnis; wie lange hast du die Erde voller Arglist bewohnt und sie ohne jegliche Wahrheit gerichtet, denn du hast die Sanftmütigen geplaget und die Ruhesamen verletzt, und du hast die Lügner geliebt, und verstöret die Wohnungen derer, so da Nutz schaffeten, und geniedriget die Mauern derer, die dir nie Schaden getan. Darum ist deine Schmähung kommen, vor den Allerhöchsten, und deine Hoffart vor den Allmächtigen, und der Allerhöchste betrachtete seine Zeiten und siehe, sie waren am Ende, und ihre Äonen waren vollbracht.«

»Wem gilt diese Prophezeiung? Rom?« fragte ihn Major Schatten.

»Dem großen Zaren«, pflegte der verrückte Baptist zu antworten, »seine Zeiten sind am Ende und vollbracht.«

Major Schatten beneidete den verrückten Baptisten darum, daß er die heiligen Schriften auswendig kannte, während er sich nur an einige Gedichte von Puschkin, Lermontov und Tjutschev erinnerte sowie an zwei oder drei Übersetzungen von Zukovsky. Etwas in seinem Herzen sagte ihm, daß sich die Welt in den heiligen Schriften besser widerspiegele als in den Werken der Dichter, die er so liebte.

Danach verbrachte Major Schatten einige Zeit mit Maor, einem Mitglied der zionistischen Betarbewegung. Mit diesem Mann wurde er zum Baumfällen geschickt. Und wie zu erwarten, legte sich Major Schatten unter einen Baum und döste träumend vor sich hin. Im Verlauf einiger Tage wurde er gewahr, daß der Jude wirklich hart arbeitete und sich sehr anstrengte, das Soll überzuerfüllen, obwohl ihm das überhaupt nichts nutzte. Der Häftling erklärte ihm, er tue das, um beim Kampf gegen die Nazis mitzuhelfen, um das jüdische Volk zu retten und eine jüdische Heimat in Palästina aufzubauen.

»Bist du Zionist? Schon immer wollte ich wissen, was Zionismus ist«, sagte Major. »Die Errichtung eines jüdischen Staates? Bedeutet es das?«

Die Begeisterung des Zionisten eroberte sein Herz. Und er gab den verrückten Baptisten auf.

Maor war tief beeindruckt von Major Schattens Sanftheit und Zurückhaltung, und davon, daß diese Eigenschaften seine Umgebung in keinerlei Verlegenheit brachten. Im Gegenteil, es war angenehm entspannend, sich in seiner Gesellschaft aufzuhalten, ihm etwas zu erzählen, mit ihm zu singen. Wenn ihm etwas gefiel – zum Beispiel, als er sich daran erinnerte, gelesen zu haben, daß sich in Paris die Pärchen häufig auf der Straße küßten –, erhellte ein ganz spezielles Lächeln sein Gesicht. Aus vielen Unterhaltungen mit ihm wurde dem Zionisten klar, daß sich Major Schatten niemals seine eigene Blindheit würde verzeihen können. Aus Büchern der Armee, auch wenn sie veraltet waren, hatte sich Major Schatten viel Wissen angeeignet, und aus der romantischen Literatur, die er so liebte, hatte er Skepsis, Duldsamkeit und Stoizismus gelernt – doch noch nie im Leben war es ihm in den Sinn gekommen, diese Skepsis auch auf seinen unschuldigen Glauben an die Menschheit anzuwenden. Major Schatten dachte, daß ein solcher Zweifel fast Blasphemie sei, und daher ließ er sich durch einen erbärmlichen, sophistischen Kunstgriff seiner Mentoren blenden, die von Fehler, Nachlässigkeit oder Verbrechen wie von etwas Zufälligem sprachen, untypische Randerscheinungen. Und Major Schatten, der, gleich den großen Feldherren, eine geradezu phantastische Wahrnehmungsgabe besaß, glaubte den Worten jener dummen Menschen, die ihm eine verrückte Welt anpriesen.

»Und als ich bei der Generalstabssitzung der Siebten Armee saß und durch das Fenster das schwarze Boot in der hohen Wellengischt sah, wie ein in die Enge getriebenes Tier nach allen Seiten bockend, bildete ich mir einen Augenblick lang ein, ich sähe einen schwarzen Sarg in dem fahlgrauen Wasser, einen echten Sarg, ich sah sogar die Silbergravuren auf dem Deckel, die Scharniere, die Nägel. Ich wußte es – aber ich hielt mir die Wahrheit vom Leib.«

Und eines Tages sagte er:

»Im neunzehnten Jahrhundert halfen Menschen mit Herz bei der Gründung des griechischen Staates und der Befreiung vom türkischen Joch. Ich möchte dir helfen.«

»Und du wärst bereit, dorthin zu fahren und zu kämpfen?« fragte ihn Maor, der Zionist, und betrachtete Major Schattens bewunderungswürdiges Gesicht, seine Häftlingslumpen und seine mit Fetzen umwickelten Schuhe.

»Nein, ich bin nicht Byron, ich bin ein anderer«, zitierte Major Schatten mit einem Auflachen aus einem Gedicht Lermontovs, »Ich werde mit dir arbeiten«.

Und er begann, die Kiefern abzusägen, und hackte die Äste ab mit flinken, präzisen Bewegungen.

Major Schattens Entscheidung, plötzlich zu arbeiten, traf das Lager wie ein Schock. Die Kriminellen hegten den Verdacht, der Jude habe ihn verhext. Major Schatten erzählte Maor von seiner Vergangenheit: »Sie werden mich nie mehr aus den Lagern hinauslassen, wegen meines Geheimnisses. Ich bin wie der Mann mit der eisernen Maske, doch für den Sommer plane ich meine Flucht.«

»Noch keinem ist es gelungen, von hier zu entkommen«, sagte Maor.

»Es wird bald heiß werden, und eine Milliarde Flöhe werden die Wände der Baracken bevölkern, die Decke des Raumes wird sich in einen braunen Teppich verwandeln, und ein Teil davon wird hier und dort im Schlaf auf uns herunterstürzen. Sommer. Regenfälle. Dann werde ich fliehen!«

Major Schatten verriet ihm auch, daß er seine Flucht mit dem Anführer der kriminellen Sträflinge, Amburzian, einem Bankräuber aus Tiflis, plante. Es war ihm gelungen, Landkarten zu stehlen. Sie hatten nur auf einen Regentag zu warten, damit sich die Hunde verwirren ließen.

»Und falls du eines Tages Palästina erreichen solltest, finde Levitas Bruder und erzähle ihm von Semjon Michailovitschs Tod, sein Name ist Grischa. Und dann bitte ihn in meinem Namen um Vergebung, daß ich die Worte seines Bruders bezweifelte«, sagte Major Schatten.

Vergeblich versuchte der Zionist, Major Schatten davon zu überzeugen, daß es unmöglich sei, aus dem Lager zu entkommen, ohne gefaßt zu werden. In der ganzen bewaldeten Gegend ringsherum gab es keine Siedlungen, nur Lager, ähnlich dem ihren, sehr viele, deren Wächter allesamt bei der Suche nach Entflohenen zusammen halfen. Die schachbrettartig in der öden Tundra verteilten Lager waren eingezäunt. Wenn der Flüchtling gefunden wurde, brachte man ihn in das Lager zurück, aus dem er geflohen war, immer in das nämliche Lager. Und dann wurde er ans Eingangstor gebunden, an die »Paradiespforten«, wie sie die Gefangenen getauft hatten, eine kleine Kapelle spielte Volks- und Marschlieder, und um den Hals des Mannes hing eine Tafel mit der Aufschrift: »Entflohen«. Auch wenn der Flüchtling tot zurückgebracht wurde, legte man seine Leiche samt der Schrift an die Paradiespforten, und die Kapelle spielte. Es war schon schwierig, sich vom Lager nur zu entfernen.

»Ich möchte einigen Menschen draußen erzählen, was mich quält. Es gibt nichts Härteres für einen Menschen als die Unmöglichkeit, von seiner furchtbaren Pein und von dem Gefühl zu erzählen, daß seine Geschichte keinerlei Wert hat. Zu einer Zeit, als es noch einen Gott gab, hätte man diese Geschichte vielleicht ihm erzählen können, und er hätte sie in sein ewiges Gedächtnis aufgenommen.«

Schließlich regnete es.

»Heute«, sagte Major Schatten.

Fünfzig Meter freie Fläche, in der man die Bäume gefällt hatte, trennten Major Schatten und Amburzian vom Wald. Das Gelände hatte ein Wächter von der Höhe eines Wachturms aus unter Beobachtung. Jeder, der diese Fläche betrat, wurde auf der Stelle erschossen, ohne Warnung. Amburzian, der Anführer der Kriminellen, hatte eine abgestorbene Hand, und der ganze Ärmel baumelte wie leblos an ihm, wegen einer Verletzung an seiner linken Schulter. Er war bloß zu fünfundzwanzig Jahren verurteilt worden, da zu der Zeit, als er wegen Bankraubs vor Gericht stand, das Todesurteil in der Sowjetunion abgeschafft worden war. Die Karnevalspappköpfe bewegten ihre wulstigen Lippen. Und die beiden, der Offizier, designierter Erbe der großen Feldherren, und der Verbrecher, banden sich allerlei Bündel um die Hüften und schritten seelenruhig auf das verbotene Areal zu.

Amburzian schrie dem Turmwächter zu: »He, du, halt dich bereit! Wir fliehen gleich!«

Der Wächter erwiderte ihm zornig von der Spitze des Wachturms herab: »Amburzian! Zurück auf deinen Platz!«

»Halt dich bereit, Vögelchen!« schrie Amburzian. »Ich hab noch einen dabei!«

Schweigen breitete sich im Holzfällertrupp aus. Die Axtklingen fielen zu Boden. Die zwei begannen, über das Gelände zu rennen, das Maschinengewehr ratterte, und sie nahmen Zuflucht hinter einem größeren Baumstumpf. Danach stürzten sie wieder los, wieder das Rattern des Maschinengewehrs, und wieder tauchten die zwei ab. Rennen, Rattern ... »Genauer zielen! Du verfehlst das Ziel!« war nun die heitere Stimme Major Schattens zu vernehmen. Sie klang spottend, voller Lebensfreude. Am Ende verschluckte die beiden der Wald. Alarmschüsse waren aus verschiedenen Ecken des Lagers zu hören und das Hämmern der Eisenstange, das alle Gefangenen dazu aufrief, die Arbeit einzustellen und sich zu versammeln. Ein Offizier kam auf seinem Pferd angeritten, zwei große Spürhunde, Soldaten – ein ganzer Lastwagen voll.

Der Regen hörte erst am Mittag des zweiten Tages nach ihrer Flucht auf.

Fünf Tage später, als die Häftlinge von ihrer Arbeit zurückkehrten, hörten sie schon von weitem den Klang der Kapelle an den Paradiespforten. Die Wächter zählten die Arbeitsbrigaden durch, von rechts und von links. Unter dem Schild »Entflohen« wälzte sich ein blutüberströmter Mann im Schlamm, die Kleider in Fetzen und häßliche Wunden von Hundezähnen am ganzen Leib. Es war Amburzian.

Als Amburzian aus der Isolierhaft kam, grau im Gesicht und schmerzlich im Licht blinzelnd, erzählte er Maor, daß sie beide an einen großen See gelangt waren, und Major Schatten hatte gesagt, sie müßten in der Nacht im seichten Wasser marschieren, damit die Hunde ihre Spuren nicht erschnüffelten. Doch Amburzian wollte den Weg nicht länger fortsetzen. Er hatte Tabak, und er war sich sicher, daß die Menge, die er bei sich trug, ausreiche, um die Hunde zu narren. Er trennte sich also von Major Schatten. Doch der Tabak, den er ausstreute, hielt nur für zwei Nächte vor. »Wir hätten uns in Jerzevo treffen sollen, an der Bahnstation Archangelsk–Moskau. Vielleicht«, lächelte Amburzian, »ist er schon in Moskau.«

Es vergingen Tage und Wochen, Monate und Jahre. Entflohene wurden stets in das Lager zurückgebracht, aus dem sie geflüchtet waren, tot oder lebendig. Doch Major Schatten kam nicht zurück. Es war ihm gelungen zu entkommen.

Diese Flucht übertraf nicht nur alle spektakulären Fluchten in den zahlreichen Filmen über den Zweiten Weltkrieg, sie übertraf auch die Siege der großen Feldherren, Major Schattens geistiger Väter. Major Schatten hatte Cäsars Befehl nicht akzeptiert, sagte sich Maor, der Betar-Zionist, im stillen.

Maor suchte jahrelang nach Semjon Michailovitsch Levitas jüngerem Bruder und fand ihn schließlich per Zufall, als er an einem Schabbatabend hörte, daß der stellvertretende Landwirtschaftsminister Gerschon Levita am Begräbnis seines Bruders teilgenommen habe, eines verrückten Neurologen, der vom Dach einer Nervenklinik in Jaffa auf die Felsen hinuntergesprungen sei. Ein warmes Gefühl wallte in ihm auf, als er sich Major Schattens entsann.

Er rief den stellvertretenden Minister an.

Sekretär der revisionistischen Betarbewegung? Gerschon Levita zögerte, kam jedoch noch am selben Abend zu Maor und brachte sogar eine Fotografie seines Bruders Semjon zu Pferd mit.

»Ja, meine beiden Brüder haben unser Jahrhundert nicht verstanden«, sagte er.

Das dachte auch Maor, der Betar-Zionist, doch die Jahre im Lager bei Archangelsk und die Erinnerung an Major Schatten waren nicht umsonst gewesen.

»Stimmt, sie haben es nicht verstanden«, sagte er, doch der Ton, in dem er es sagte, klang eine Spur anders als der des stellvertretenden Ministers.

Das Haus In Zabrze

Am Ende einer sechswöchigen Suche nach seiner Mutter und Fräulein Kolenda gelangte Alek nach Katowice. Frau Strumpf, die beste Freundin seiner Mutter, war dorthin übersiedelt, die Frau, die er früher einmal, in seiner Jugend, begehrt hatte. Er fand sie nicht, doch in der Stadtverwaltung gab man ihm die Adresse des jüdischen Informationszentrums. Es handelte sich um einen nahezu leeren Raum, in dem ein Greis mit einer Kipa auf dem Kopf saß, einen großen Schuhkarton mit Karteikarten und Essensresten vor sich. Der Alte notierte die Namen der Familien, die in Katowice aus den Kleinstädten, Dörfern und Wäldern in der Umgebung eingetroffen waren. Er schrieb langsam, mit krummen, gichtgeschwollenen Fingern und beobachtete Aleks flinke Bewegungen beim Durchblättern der Kartei nicht ohne Neid. Eine junge Frau, mit übergroßen Augen in ihrem blassen Gesicht und krausem Haar, trat aus einem Hinterzimmer, beladen mit Paketen. Alek hätte sich stärker für sie interessiert, hätten ihre Gesichtszüge nicht zu semitisch auf ihn gewirkt – die Lippen und die Nase. Er bot ihr seine Hilfe beim Tragen der Pakete an, und sie streckte ihm mit knapper, sachlicher Bewegung ihre Hand entgegen:
»Rusza Liebes.«
»Wissen Sie vielleicht, wo ich ein paar Nächte schlafen könnte?«
»Haben Sie kein Geld?«
»Nicht wirklich«, erwiderte Alek, der einen Hundertdollarschein in seinem linken Hosenbein eingenäht hatte.
»Sie können bei uns schlafen. Ich bin ohnehin fast nie da.«
Sie blickte den Alten an, der vor seiner Kartei saß, ein hebräisches Buch aufgeschlagen vor sich. Brotkrümel, Eierschalen und Salzkörner lagen auf einem Blatt Papier. Der alte Mann nickte mit dem Kopf.
»Was lesen Sie, Herr Doktor?« fragte ihn Rusza höflich.
»Das Klagelied *Ich bin der Mann, der Elend sehen muß*. Das junge Fräulein kennt es?«
»Nein«, erwiderte Rusza.
»Und der junge Herr?«
»Auch ich nicht.«
»Werden Sie morgen in Zabrze sein, Fräulein Rusza?« fragte der alte Mann.
»Ich werde mit all den Paketen dort hinkommen, keine Sorge.«
»Sehen Sie sich vor auf den Straßen. Die Ungeheuer marodieren, blutrünstig wie eh und je«, sagte er und hob seinen langen, geschwollenen Finger.

Als er neben ihr auf die Straße trat, blickte ihn Rusza an und fragte: »Wo sind Ihre Sachen?«

»Alles, was ich brauche, habe ich bei mir. Mein Mantel hat viele Taschen. Wollen Sie eine Mentholzigarette?«

»Es gibt keine Mentholzigaretten mehr.«

»Natürlich gibt es welche«, widersprach Alek und zog aus einer Tasche ein kleines Reagenzglas mit feinen Minzefasern, von denen er eine in eine Zigarette steckte. »Rauchen Sie, und Sie werden sehen.«

Rusza sog den Rauch ein. »Phantastisch! Ich habe noch nie eine echte Mentholzigarette geraucht, aber mir scheint, sie kann nicht besser sein als diese hier«, sagte sie. »Jetzt verstehe ich, was Sie mit Ihren Manteltaschen meinten.«

Alek band die Pakete mit einer Schnur zusammen, die er neben einem alten Abfalleimer fand.

»Haben Sie keine Angst?«

»Vor gar nichts«, erwidert Alek heiter.

»Sie versuchen, mich zu beeindrucken. Das ist nett von Ihnen«, sagte Rusza.

Die Wohnung befand sich im dritten Stock eines großen grauen, schäbigen Hauses. Drei Zimmer waren voll mit Betten und Matratzen. Ein Bild des bärtigen Herzl hing in der Küche, eine Fotografie der Tempelmenora vom Titusbogen klebte an einer der Fensterscheiben und ein Foto von Tel Aviv an der Wohnzimmerwand. Auf einem schwarzen Klavier, das aussah, als ob es einem Amateurbogenschützen als Zielscheibe diente, stapelten sich Notenhefte.

»Ich dachte, es sei Ihre Wohnung.«

»Wir haben sie gemietet.«

»Wer?«

»Wir alle zusammen.«

»Sind Sie Zionisten?«

»Ja.«

»Und wer ist der alte Herr im Büro?«

»Das ist Rabbiner Dr. Weichert, wer er genau ist, weiß ich nicht.«

»Und Sie sind dabei, nach Israel zu gehen, wie alle Zionisten?«

»In drei Monaten. Ich habe Dr. Gellerova versprochen, noch drei Monate in dem Haus in Zabrze zu arbeiten.«

»Und was ist das für ein Haus?«

»Wir haben Kinder dorthin gebracht, die bei Bauern oder Mönchen versteckt waren. Gegen Auslösung.«

»Und wozu? Sollen sie doch Christen oder Türken bleiben, welchen Unterschied macht das?«

»Welchen Unterschied das macht?« sagte Rusza mit Hohn. »Gerade haben wir drei Mädchen bei einem Bauern entdeckt. Ein kompletter Wilder. Wenn wir Geld hätten, würden wir sie freikaufen.«
»Ein kompletter Wilder, aber er hat sie gerettet.«
»Es war nicht so schwierig, sie zu retten.«
»Waren auch Sie bei Bauern versteckt?«
»In einem Kloster«, erwiderte Rusza.
Alex wischte den Klavierdeckel ab.
»Können Sie spielen? Wir haben hier viele zionistische Lieder. Ich werde inzwischen Kartoffeln kochen. Es gibt Kartoffeln, Sauermilch, Salz, eine ganze Schachtel Würfelzucker und echten Kaffee, aber nicht viel.«
»Wird mein Spiel das Essen und die Unterkunft begleichen?« fragte Alek.
»Wer weiß«, antwortete Rusza.
Alek spielte ein Lied nach dem anderen, erinnerte sich sogar an einige Lieder, die sein Vater vor sich hinzusummen pflegte. Rusza begann, laut zu schluchzen.
»Setzen Sie sich neben mich, hier, auf die Bank«, sagte Alek und legte behutsam seinen Arm um ihre Schultern. Rusza fuhr fort zu weinen.
»Ich will hier weg«, sagte sie, »ich will weg von hier, jetzt gleich. Ich fürchte mich hier. Jeden Morgen, wenn ich aus dem Haus gehe, übergebe ich mich. Jeden Morgen.«
»Was haben Ihnen die Nonnen getan?«
»Die Nonnen? Gegen sie habe ich gar nichts. Ich habe sie geliebt. Kommen Sie mit mir nach Zabrze?«
»Wird das Essen und Unterkunft begleichen?«
Rusza gefiel der Ton seiner Worte nicht. Sie betrachtete ihn unwillig, beinahe feindselig. Praktische Frauen sahen ihn immer mit vorwurfsvollem Blick an, zerschmetterten seine Spiegelfassade.
»Fangen wir mit dem Kartoffelkochen an«, sagte sie.
Sie holte einen Korb aus einem leeren Schrank. Die Kartoffeln waren groß, dunkelbraun und sehr glatt. Alek war beeindruckt. Er konnte regelrecht spüren, wie weiß sie unter der Schale waren, ein märchenhaftes Weiß wie Zucker oder das Innere exotischer Früchte.
Nach dem Essen erwärmte Alek Wasser und füllte die Badewanne. Dann bat er Rusza, ihm die Haare zu schneiden. Er war sich sicher, daß sie es ablehnen würde, doch zu seiner großen Überraschung leuchtete ein erfreutes Lächeln in ihren Augen auf.
»Ich habe eine große Schere, sie ist allerdings nicht wirklich scharf«, sagte sie.

»Wird der Schmerz das Essen und die Unterkunft begleichen?«

»Wenn Sie nach Zabrze mitkommen«, antwortete Rusza.

Sie hüllte ihn in ein zerrissenes Laken, dem ein Geruch nach Seife und Wäschestärke entströmte.

»Heben Sie den Kopf, damit es eine Linie wird«, wies sie ihn an.

Mit heiterer Energie umkreiste sie ihn, überprüfte ihr Werk aus allen möglichen Blickwinkeln sowie im Spiegel, stellte sich auf die eine Seite, dann vor ihn, während sie zionistische Lieder summte. Sie rasierte auch seinen Nacken etwas aus. Alek bedankte sich aufrichtig bei ihr, und sie errötete vor Freude.

»Jetzt brauche ich nur noch ein neues Hemd, meines fällt bereits auseinander.«

»Hemden und Wäsche haben wir im Überfluß. Es fehlen nur Pullover, Mäntel und Hosen.«

Sie brachte ihm ein großes Hemd, einige Unterhosen und Wollsokken.

»Wenn ich nur daran denke, ich hätte genausogut ein paar Minuten später zu Herrn Weichert kommen können!« sagte er.

Hatte sie Angst vor ihm? Vielleicht hätte er ihr sagen sollen, daß sie nichts zu befürchten brauche: Ihre semitischen Gesichtszüge lösten nur Traurigkeit in ihm aus, ein Ton des Jammers über verbrannter Erde, Klage, Verse aus der polnischen Bibelübersetzung hingen in der Luft wie das Gemurmel alter Männer, traurige Köpfe wisperten vom Baum am Ende der Welt, Karawanen von Vorfahren, Geister allesamt. Rusza – die exotische Frucht im Land der Birke und Eiche.

»Sie sind schrecklich dünn«, sagte sie.

»Das hängt alles nur von der Kartoffelmenge ab. Ich werde beizeiten dicker werden.«

»Wir haben fünf Säcke im Keller, aber zwei fangen schon an auszutreiben.«

Vielleicht hatten die Leute recht, die gesagt hatten, seine Mutter sei zu einem Transitlager nach Deutschland aufgebrochen und werde von dort aus nach Israel oder an jeden anderen möglichen Ort fahren. Sie war sicher überzeugt davon, daß er nicht mehr am Leben war, denn sonst hätte sie Polen nie verlassen.

»Ich gehe jetzt schlafen, und Sie können, wenn Sie wollen, Briefe schreiben. Ich habe hier die Adressen der Einrichtungen, die nach Familienmitgliedern suchen. Morgen früh, vor der Abfahrt, werden wir sie zur Post bringen. Ich habe eine Menge Briefmarken. Kommen Sie mit mir nach Zabrze?«

»Ich werde mitkommen.«

»Ich habe keinen Lichtschalter bei meinem Bett. Wenn ich im Bett bin, sage ich Bescheid, und Sie kommen und schalten das Licht aus.«
Nach einigen Augenblicken hörte er ihre Stimme.
»Schalten Sie aus.«
Alek löschte das Licht und blieb stehen.
»Sie können gehen, im Bett habe ich keine Angst«, sagte Rusza.
Alek setzte sich an den Tisch und schrieb die Briefe, mit der Bitte, die Antworten an die Adresse der Familie Piramovitsch in Warschau zu senden. Jedesmal, wenn er die Buchstaben dieses Namens schrieb, versetzte es seinem Herzen einen Stich ... du hast dein Gesicht rasiert, mein Herr ... du folgerst wie der selige Pythagoras ... du beugst dich dem Geist der Erde ...
Die Umschläge stapelten sich auf dem Tisch, der Spalt in der Schreibfeder sah aus wie ein Schlüsselloch. Alek streichelte den Stiel und spülte die Federspitze aus, die leicht angerostet war. Jemand hatte den Halter mit einem Pflaster umwickelt, um den Druck auf den Finger zu mildern.
Am nächsten Tag standen sie beide zur Mittagszeit mit Paketen beladen auf der Steintreppe des Hauses in Zabrze. Frau Gellerova kam ihnen entgegen und half ihnen mit den Lasten. Das Haus war still, nur aus dem Inneren drangen singende Kinderstimmen. Frau Gellerova erinnerte ihn etwas an die Schwestern in jenem Hotel in Persien, doch sie war nervöser, angespannt, und ein leichtes Zucken verzerrte immer wieder für einen Augenblick ihre hübschen Lippen.
»Mit deinem Zimmer, Rusza«, sagte sie, »wird es immer schlimmer. Als alle auf einem Spaziergang waren, haben wir dort vier farbige Bilder gefunden: Die heilige Bronislava, Jesus mit einer roten Dornenkrone, noch einen Jesus mit seinem leuchtenden Herz in der Hand und die heilige Theresa, die Französin. Und auch noch andere Sachen: antisemitische Aufrufe polnischer Organisationen mit der Aufforderung, die Juden zu massakrieren. Die habe ich zur Polizei gebracht, doch sie sagten, die Gegend werde momentan überschwemmt mit solchen Aufrufen, und es sei unmöglich herauszufinden, wie sie in die Hände der Kinder geraten seien. Das ›heilige Jungfräulein‹ weigert sich, das Bett zu verlassen, außer um auf den Knien zu rutschen, und der dicke Alek hat einen Beschwerdebrief an Kardinal Hlond geschrieben, wir hielten ihn hier gegen seinen Willen fest, weiß Gott, zu welchen Zwecken (das nur als äußerst zarte Andeutung). Übrigens, das heilige Jungfräulein verweigert auch das Essen und sagt, wenn wir sie nicht ins Kloster zurückbrächten, werde sie sich selbst

zu Tode hungern. Und bei dir, Rusza? Und wie geht es den Kindern, die du nach Warschau gebracht hast?«

»Sie sind auf dem Weg nach Amerika und Palästina«, erwiderte Rusza, »aber sie bevorzugen Amerika, wegen der UNRRA.«

»Oh, die Amerikaner haben immer großen Eindruck auf die Kinder gemacht, sehr großen, speziell mit ihrer süßen Dosenmilch, während unsere Freunde, die Zionisten, nur Hora anzubieten haben.«

Sie sah Alek an.

»Vielleicht könnte Ihr Name uns Glück bringen. Sprechen Sie mit dem Jungen, Alek, und versuchen Sie, ihn davon zu überzeugen, daß der Krieg zu Ende ist.«

»Begreift er nicht, daß er vorbei ist?«

»Es ist nicht so, wie Sie denken, mein Herr. Er ist ein aufgeweckter, äußerst kluger Junge.«

»Ich habe Herrn Alek dazu überredet, einige Wochen hier bei uns zu bleiben. Er kann die Kinder in der Geschichte des Judentums unterrichten, aus Dubnovs Kurzversion, und in anderen Fächern.«

»Wir sind Ihnen sehr dankbar dafür, Herr Alek. Wenn der Offizier eintrifft, können wir Ihnen vielleicht auch etwas bezahlen, wenigstens in Zigaretten oder solchen Dingen.«

»Und was ist mit den entführten Kindern?« fragte Rusza.

»Denen geht es sogar besser. Kazik hat sich an ein paar jiddische Worte erinnert, und der andere Junge sang ›oi is dos a Chassene‹ ...«

»Werden wir die drei Schwestern entführen?«

»Der Offizier sagt, es sei zu gefährlich. Sie verfolgen unseren armen Offizier. Wir dürfen ihn momentan keiner Gefahr aussetzen.«

»Wann werden die Kinder aus Katowice zurückkommen?«

»Vor Mitternacht. Das ist für alle ihr erster Theaterbesuch.«

»Herr Alek kann Ihnen Mentholzigaretten geben, Frau Gellerova.«

»Es gibt keine Mentholzigaretten in Polen«, sagte die Leiterin des Hauses in Zabrze.

»Zeigen Sie ihr Ihren Trick«, bat Rusza.

Zwei riesige Kastanien ragten neben dem hinteren Balkon auf. Die großen Äste und das üppige Laub verliehen dem traurigen, von ungeübten Händen gekalkten Haus mit seinen öden Korridoren und zersprungenen Fensterscheiben eine Spur noblen Charmes. Die Rinde der Bäume sah einladend aus, verleitete die Hand dazu, sie zu streicheln, sich mit der ausladenden Herrschaftlichkeit zu vereinen. Alek ging durch die Korridore, die mit Zweigen, Fähnchen und den Wappenadlern geschmückt waren, die so gut zu zeichnen waren. Hinter einer der grünen Türen klangen Stimmen auf. Alek öffnete die Tür: Eine junge Erzieherin führte eine Schlange von Kindern hinter sich her, die auf Zehenspitzen trippelten und dazu auf jiddisch sangen: »Still wi di Ketzelech lomir alle geien, asoi wi gute Kinderlech, in di gleiche Reien, tralala, tralala, set doch wi mir geien!«

»Begrüßt den Gast!« sagte die Erzieherin, »sagt Schalom, Adam, Simon, Rivkale.«

»Schalom, Herr«, sagten die Kinder, auf Zehenspitzen.

Schließlich fand er das Zimmer des dicken Alek. Der Garten auf dieser Seite war stark verwahrlost, voll wucherndem Gestrüpp, wie zerzaustes Haar im Wind, und hohen wilden Beerensträuchern.

Der Junge war wirklich sehr dick – ein merkwürdiges Phänomen in einer Zeit, in der allen die Kleider um den Leib hingen wie an Kleiderständern. Es war kein krankhaftes Fett, sondern saftiger, kräftiger Speck, wie bei den Indianerhäuptlingen im Film. Auch sein Kopf wirkte indianisch, die schwarzen Augen, kohlrabenschwarzes, schimmerndes Haar, feuchtglatte Haut. Der Name war nicht das einzige, das sie gemeinsam hatten: Der Junge zeichnete auf dickem Packpapier einen Angriff geflügelter Husaren auf ein zaristisches Lager, und auch Alek hatte sich in seiner Kindheit für diese Husaren interessiert – sie hatten Flügel an ihrem Harnisch befestigt, wie Raubvögel oder Engel. Alek fragte ihn, weshalb er nicht mit den übrigen Kindern mitgefahren sei, um die Theatervorstellung in Katowice zu sehen.

»Zuerst werde ich mich vorstellen«, sagte der Junge, »Alexander Vislovsky ist mein Name.« Und statt auf seine Frage zu antworten, stellte er die Frage, ob sein Gast wisse, wie und in welcher Höhe die Flügel angebracht wurden, und Alek malte ihm klar und deutlich die beiden gebogenen Stangen mit den Federn auf und ihre Verbindungsstellen am Brustpanzer.

Der Junge dankte ihm überaus höflich.

»Ich habe denselben Namen«, sagte Alek.

»Gehören Sie zur Mannschaft hier?« fragte der Junge.

»Nein, ich bin als Gast da.«

»In dem Fall stört es Sie also nicht, wenn ich rauche?«

»Bitte. Willst du eine Mentholzigarette?«

Der Junge betrachtete neugierig die Minzefaser, zog sich dann einen Handschuh über die linke Hand.

»Ich muß die Hand vor den Schnüfflern schützen. Nikotin.«

»Hast du keine Zigarettenspitze?«

»Ich hatte eine, aber die Kinder haben sie mir stibitzt. Diese kleinen Ungeheuer. Ihre Hände stehlen völlig automatisch.«

Der Junge sog den Rauch ein.

»Minze ...«, sagte er, »der kühle Hauch der Flora. Ich werde Ihnen zu ewigem Dank verbunden sein, mein Herr.«

Nach wenigen Minuten hatte Alek erkannt, daß er, entgegen seinem ersten Eindruck, keinen der Knaben des Prinzen vor sich hatte, ehrgeizige kleine Sorels, die *Du Pape* auswendig konnten und heimlich das *Mémorial de Sainte-Hélène* hüteten. Seine Kenntnisse waren lückenhaft, eher verschwommen, reichten bei weitem nicht an die makellose Bildung der Knaben des Prinzen heran, doch in einem war er wie sie, übertraf sie vielleicht gar noch – in seiner glanzvollen, präzisen Sprache. Nur Albin, der ein Talent für Sprachen hatte, ließ sich in Brillanz und Ausdrucksreichtum mit dem dicken Alek vergleichen. Seine Art zu sprechen war auch nicht lächerlich, was man vielleicht Pater Mazanek als Verdienst anrechnen konnte, der sein Lehrer gewesen war. Der Pater hatte dem Jungen auch eine gewisse theologische Leidenschaft eingepflanzt. Auf die Eingangsseite eines Buches über Schiffsbau hatte er geschrieben: »Gedenke immer der zwei Städte, der zwei Fahnen.«

»Ich weiß nicht, ob es Ihnen bekannt ist, mein Herr, doch ich befinde mich hier auf Grund eines Mißverständnisses. Ich möchte die Leiterin oder Fräulein Rusza ungern dafür verantwortlich machen. Es ist nicht ihre Schuld. Doch das Mißverständnis ist äußerst schmerzlich für mich.«

»Weißt du, welches Jahr, welchen Monat wir jetzt haben?«

Ein rasches Lächeln huschte über das Gesicht des Jungen, als er Alek das Datum nannte.

Alek erzählte ihm von Hitlers Selbstmord im Bunker und der bedingungslosen Kapitulation der Nazis.

»Ich frage mich, worauf Sie hinauswollen mit all diesen Fakten, die in Abrede zu stellen ich mir nicht anmaße.«

»Deutschlands Niederlage im Krieg, Hitlers Tod – alles hat sich geändert. Ich verstehe sehr gut, was mit dir geschehen ist, was dir deine Eltern gesagt haben, doch jetzt hat das alles keinen Wert mehr – du kannst alles vergessen, worum sie dich gebeten haben, was du ihnen versprochen hast, auch wenn du den heiligsten Eid geschworen hast, kannst du ihn jetzt aufheben, denn alles hat sich geändert. Dir droht keinerlei Gefahr mehr, nichts von dem, auf Grund dessen deine Eltern dich damals baten, den Schwur zu leisten.«

»Mein Herr«, sagte der Junge, »ich begreife, was Ihnen Frau Gellerova und Fräulein Rusza erzählt haben müssen, und wenn ich ein Jude wäre, würde ich mein Judentum bekennen. Doch wie ich Ihnen zuvor bereits sagte, ist hier ein bedauerliches Mißverständnis unterlaufen, auf Grund der großen Konfusion während des Krieges. Ich selbst, mein Herr, bekenne Ihnen, daß ich positiv überrascht worden bin von der Behandlung, die mir hier von Angehörigen der mosaischen Religion zuteil wird, obgleich mir scheint, daß Fräulein Rusza ein wenig zu Voltaire neigt. Doch auch Sie werden zugeben müssen, daß es für mich, einen Katholiken von Geburt an, schrecklich wäre, würde ich irgendeinem alten Juden in den Vereinigten Staaten von Amerika zugesellt werden, nur weil ich verwaist bin und in den Dokumenten ein Irrtum unterlief.«

»Mein Lieber«, sagte Alek, »du redest derart verständig, daß ich nicht begreife, wie es sein kann, daß du nicht einsiehst, daß der Krieg endgültig vorbei ist. Er ist zu Ende! Die guten Deutschen werden weinen und sich schämen, die bösen Deutschen werden von nun an wie der Drache unter der Lanze des heiligen Georg sein. Es ist vorbei. Dein Eid ist aufgehoben. Du mußt wissen, daß es Zehntausende jüdische Soldaten in den Armeen gibt, die die Nazis geschlagen haben, Hunderttausende, du mußt verstehen ...«

»Ich sehe mit Bedauern, daß Sie in die Falle gegangen sind, die Frau Gellerova und Fräulein Rusza Ihnen auslegten.«

»Komm, ich werde dir eine Geschichte erzählen. Ein Junge war mit seinen Eltern in einer Burg gefangen, die ein schrecklicher, feuerspeiender Drache bewachte. Wer aus der Burg zu entkommen versuchte, wurde von dem entsetzlichen Drachen umgebracht. Und vor ihrem Tode nun ließen die Eltern den Jungen schwören, daß er niemals die Flucht wagen würde. Der Junge schwor es ihnen, und er hielt seinen Schwur, bis er eines Tages aus dem Fenster spähte und sah, daß der Drache tot am Tor lag. Soll er die Burg verlassen oder nicht? Denke einen Moment darüber nach.«

»Diese Geschichte ist nicht relevant«, erwiderte der dicke Junge mit leichtem Lächeln, »allerdings verstehe ich sehr wohl die Falle, die Sie mir stellen, mein Herr. Alle Bewohner dieses Hauses sind Waisen. Sie sind Waisen, und sie fühlen sich als Waisen. Doch ich fühle mich nicht als eine Waise.«

»Aber welche Falle? Wenn dir dein neuer amerikanischer Onkel nicht gefällt, dann verläßt du ihn. In ein paar Jahren bist du achtzehn.«

»Gestatten Sie mir, Ihnen etwas zu sagen, mein Herr. Aus den Vereinigten Staaten treffen diese Dosen mit der süßen Milch bei uns ein. Sie werden mir zustimmen, daß dies etwas Wunderbares ist. Und auch ihr Kakao ist exzellent. Sind Sie wirklich der Auffassung, ich würde auf eine Reise in ein Land verzichten, wo all dieses in Hülle und Fülle vorhanden ist? Stellen Sie sich vor, jeden Tag könnte man einen Löffel dieser Milch schlecken! Und im Vertrauen gesagt, ich liebe sogar den Jazz, obwohl Pater Mazanek meint, es sei eine Musik ohne innere Ordnung, eine Musik des Chaos, davon unbeeinträchtigt ist sie in meinen Augen faszinierend. Und nun frage ich Sie: Würde ich nicht in ein solch phantastisches Land reisen, wenn ich dächte, daß jener alte Herr, der jenseits der großen Brücke New Yorks ansässig ist, der Bruder meines Vaters sei? Doch er ist nicht mein Onkel. Mein Name ist Alexander Vilsovsky. Abgesehen davon, ich habe meine eigenen Gründe, nicht unter den Juden leben zu wollen.«

»Und weshalb hat Pater Mazanek eingewilligt, daß man dich in dieses Haus brachte? Er hätte nicht zugestimmt, wenn er sich deiner Herkunft nicht ganz sicher wäre.«

»Ich sagte Ihnen doch: Dies ist ein bedauerlicher Irrtum.«

»Das ist ganz und gar kein Irrtum. Frau Gellerova sagte, der Pater sei absolut sicher, daß er ihr Dokumente übergeben habe und gewiß nicht auf dich verzichtet hätte, wenn er nicht sicher gewesen wäre, denn er hatte dich sehr gern.«

Die Augen des dicken Jungen wurden feucht, doch er sagte lächelnd:

»Wenn sie nicht zustimmen, entführt der Offizier die Kinder und bringt sie zu Frau Gellerova. Sie müssen verstehen, mein Herr, daß wir, die Polen, anders als die Juden sind. Das müssen Sie begreifen. Ich selbst habe die Absicht, Schiffbauingenieur zu werden, und nachdem ich meine Schulpflicht hier erfüllt habe, werde ich nach Britannien reisen, denn dort gibt es, wie ich hörte, die besten Schulen für Schiffbau. Danach werde ich hierher zurückkehren, von der Jungfernfahrt des ersten Schiffes, das ich gebaut haben werde, und ich hege den Wunsch, in einem Haus fern jeder Stadt zu wohnen, an der Küste des Meeres, hinter einer hohen Mauer, fern den Menschen. Die Juden lieben es nicht, allein zu leben, sie sind immer beieinander, dicht zusammengedrängt, und sie bewegen sich auch auf eine lächerliche Art und Weise bei ihrem Gebet. Die Juden, mein Herr, fürchten sich vor allem.«

»Willst du sagen, sie seien Feiglinge?«

»Das weiß ich nicht. Aber sie fürchten sich, haben große Angst vor allem und jedem«, erwiderte der Junge zurückhaltend, während er eine große Öllithographie der Heiligen Jungfrau betrachtete, mit der Inschrift: »Königin der polnischen Krone, sprich ein Gebet für uns!« Dann fügte er hinzu: »Ich beabsichtigte damit zu sagen, daß sie sich vor allem fürchten, vor allem, was geschieht, vor jedem Gerücht. Ich dagegen fürchte mich vor gar nichts. Ich werde einige Schiffe für mich bauen, und ich bin bereit zu sterben. Das Leben hat keine allzugroße Bedeutung. Und zudem gibt es Bücher, Riten, Gebete. Gewiß kennen Sie unsere Gebete nicht. Ich zum Beispiel liebe speziell das Gebet zur Heiligen Jungfrau von Thomas a Kempis. Könnte ich davon meinem Onkel jenseits der Brücke erzählen? Daher möchte ich zu Vater Mazanek zurückkehren, dort werde ich mein externes Abitur machen. Dieses wäre für uns alle das Beste. Der Priester ist ein kranker alter Mann.«

»Aber mein Lieber, es ist alles überprüft, es gibt sogar einen Abdruck deiner Zähne, den deine Mutter in Pater Mazaneks Hände legte. Sie dachte an alles, und sie war sicher eine wunderbare Frau. Pater Mazanek sprach mit ihr, er hat dich aus ihren eigenen Händen in Empfang genommen. Sie dachte an alles. Nur auf die Idee, daß du sie eines Tages verleugnen würdest, ist sie nicht gekommen.«

Der dicke Junge erhob sich mit einem seltsamen Lächeln auf den Lippen. Er blickte Alek direkt in die Augen und sagte: »Mein Herr, was auch immer geschehen wird, ich schwöre Ihnen, daß diese drei Worte nie über meine Lippen dringen werden: »Ich bin Jude«. Niemals! Ich bedaure den Tod der Juden, den Tod Unschuldiger. Wenn ich könnte, würde ich Vergeltung üben an den Deutschen. Ich bedaure es, und auch Pater Mazanek bedauert es. Doch all ihre Bemühungen sind umsonst, vergebens! Da wird Ihnen nichts helfen – weder ein Abdruck meiner Zähne noch meiner Finger, als sei ich ein gemeiner Verbrecher. Sogar wenn man mich in Tiefenhypnose versetzte oder mir eine Wahrheitsdroge eingäbe. Ich bin kein Jude. Hier liegt ein Mißverständnis vor. Das ist alles, was ich weiß, und das werde ich bis ans Ende meiner Tage sagen. Glauben Sie mir?«

»Ich glaube dir«, sagte Alek. »Ein Irrtum ist ein Irrtum.«

Der Junge trat einen Schritt auf ihn zu, und auch Alek stand seinerseits auf und hielt ihm die Hand hin. Der Junge drückte sie, und plötzlich zeigte sich starke Angst in seinen Augen, und er zog seine Hand zurück. Die Hand war tropfnaß, als hätte er sie gerade aus dem Wasser gezogen. Seine schweißtriefende Hand war das einzige, was die Anstrengungen dieses glänzenden Schauspielers verriet.

»Auf Wiedersehen«, sagte Alek.

»Auf Wiedersehen. Und vielen Dank für die Hilfe bei den Husaren«, erwiderte der dicke Junge, beschämt, daß er die Kontrolle über sich verloren hatte, zog den Handschuh über seine rechte Hand und zündete sich einen Zigarettenstummel an.

Rusza erwartete ihn im Gang, und als sie seinen verqueren Blick sah, sagte sie: »Schwierig? Jetzt kommen Sie und sehen Sie sich Irka, das ›heilige Jungfräulein‹ an. Sie steht nur vom Bett auf, um sich jeden Tag zwei Stunden hinzuknien. Die Masseuse weigert sich, sie zu behandeln.«

»Eine kleine Fanatikerin ...«

»Eine kleine Romantikerin. Ich kenne sie. Daher kann man ihr vielleicht helfen. Sie liest Broschüren und Bücher über das Heilige Land. Man muß nur rasch vorgehen. Erschrecken Sie nicht beim Anblick ihres Zimmers. Nach einem Streit mit der Masseuse hat sie die Vorhänge angezündet.«

Hinter der Tür war eine hohe Stimme zu vernehmen, die etwas über Äpfel vom Toten Meer und Schwefelquellen verlas. Das »heilige Jungfräulein« lag im Bett, in ein Laken gehüllt, und zwei Freundinnen saßen an ihrer Seite. Die beiden flohen kichernd aus dem Zimmer. Ein leichter Geruch nach DDT, sonderbarem Weihrauch und Feldblumen hing in der Luft. Das »heilige Jungfräulein« war lang, dünn und weiß, ihr Haar extrem kurzgeschnitten, mit blaugrünen Katzenaugen und einem dicken Kreuz in ihrem spitzknochigen Ausschnitt.

»Was macht der Rücken, Irka?« sagte Rusza.

»Ich habe weniger Schmerzen, Gott sei's gepriesen«, erwiderte das »heilige Jungfräulein«.

»Ich hoffe, du hältst dein Versprechen und redest nicht mit den anderen Mädchen über die ... die Themen, die wir besprochen haben?«

»Ich habe ihnen nur vom Toten Meer vorgelesen, und gestern habe ich ihnen von der Flucht der Heiligen Jungfrau mit dem Kind, Josef und dem kleinen Esel nach Ägypten erzählt.«

»Damit hast du unser Abkommen gebrochen.«

»Das tut mir leid. Ich werde es nicht wieder tun. Ich weiß, daß nichts heiliger ist, als Versprechen zu halten.«

»Hast du über Dr. Gellerovas Vorschlag nachgedacht? Hast du gut darüber nachdacht, so wie ich dich gebeten habe?«

»Rusza!« sagte das Mädchen. »Ich würde alles tun, worum Sie mich bitten, und ich bin Ihnen auch dankbar für die Behandlung und Fürsorge. Aber mein inneres Gefühl kann ich nicht ändern, die Stimme des Herzens hat etwas Heiliges. Sogar wenn es stimmt, daß ich als Jüdin geboren wurde, was überhaupt nicht sicher ist, bin ich schon längst katholisch und möchte nicht zu dem Volk zurückkehren, das Gott ermordet hat.«

»Hast du einmal daran gedacht, was deine Mutter und dein Vater sagen würden, wenn sie dich jetzt hören würden?«

»Aber ich habe keine Eltern. Ich habe keine Mutter und keinen Vater. Mein Vater ist Jesus und meine Mutter Maria.«

Ungleich dem dicken Jungen, der im Schoße Pater Mazaneks erzogen worden war, war dieses Mädchen keine Expertin in Theologie.

»Stützen Sie einen Moment ihren Rücken. Ich möchte das Kissen erhöhen«, sagte Rusza.

Alek schob seine Hand unter ihren mageren Rücken. Ein lustvoller Schauer durchrieselte den Körper des Mädchens, so daß sie sich auf die rosa Lippen biß und mit einem überraschten Blick erst Alek, dann Rusza ins Gesicht sah.

»Ich möchte ins Kloster zurück«, sagte sie, »Ich warte ungeduldig auf den Augenblick, in dem Jesus meine Seele zu sich nehmen wird.«

»Darüber haben wir bereits gesprochen«, bemerkte Rusza, »du kannst nicht ins Kloster zurückkehren. Frau Gellerova hat dir schon gesagt, daß es eine Zeit für Klöster gibt und eine Zeit für Stahlindustrien. In Polen sind neue Zeiten angebrochen.«

»Vielleicht könnte ich in ein Kloster in Frankreich eintreten, in Lisieux, der Heimatstadt der heiligen Thérèse.«

Alek blätterte in den Heftchen des »heiligen Jungfräuleins«: »Der Jordan erstreckte sich dort in stolzer Pracht ... der Sonnenball neigte sich der See zu und versank in einem Flammenmeer ... durch Felder und Weinberge zogen sie des Weges ... der Donner rollt über die weite Erde, durchbricht die Himmel, und der grelle Blitz spaltet die düster dräuenden Wolken, das Meer tost und kocht bis in seine bodenlosen Tiefen, die Winde heulen, und Schrecken ergreift das Land ...«

»Und was würdest du sagen, wenn ich dir erzählte, daß wir dich, vielleicht, auf die Liste derer setzen können, die ins Heilige Land fahren?«

»Bisher wurde die Ausreise dorthin nur sechs Kindern genehmigt«, sagte das »heilige Jungfräulein«.

»Und wenn es uns gelänge?«

»Das Heilige Land ...«, murmelte das Mädchen.

»Aber was soll mit deinem Rücken werden? Solche langen, abenteuerlichen Reisen kann man unmöglich mit derartigen Rückenschmerzen unternehmen ...«

»Ja ...«, murmelte das Mädchen wieder.

»Der Schaden am Rücken kann sich auch auf deine Wirbelsäule auswirken. Und dann wirst du dein Leben lang ein Krüppel sein, ans Bett oder einen Rollstuhl gefesselt. Und du weigerst dich auch zu essen ...«

»Aber mein Rücken wird besser«, sagte das Mädchen, »diese Woche hatte ich fast keine Schmerzen.«

»Das ist gut«, erwiderte Rusza, »nimm die Medikamente, und höre auf die Masseuse.«

»Sie zieht mich immer auf, sie hat ›heiliges Jungfräulein‹ zu mir gesagt.«

»Möchtest du vielleicht neue Vorhänge mit den Mädchen nähen? Wir haben neue Aufhängerhäkchen, klein und sehr hüsch.«

»Ich liebe dich, Rusza«, sagte das Mädchen, umarmte und küßte sie und warf dabei einen Blick auf Alek.

Vor dem Abendessen fragte Alek Rusza:

»Könnte man für hundert Dollar die drei Mädchen freikaufen?«

»Für hundert echte Dollar können wir uns zehntausend Jungfrauen kaufen.«

»Ich habe hundert Dollar.«

»Hundert Dollar?« sagte Rusza und wurde blaß. »Hundert Dollar?! Kommen Sie mit zu Frau Gellerova.«

Die beiden Frauen sahen schweigend zu, als er seinen Hosensaum auftrennte.

»Ist das ein echter Schein?« flüsterte Frau Gellerova.

Alek nickte.

»Das ist wichtig. Man hat die Bauern schon so oft betrogen.«

»Ich verstehe.«

»Nicht wir.«

»Das ist eine echte Banknote.«

Rusza brach in Tränen aus.

»Wir müssen ein Zimmer mit drei Betten herrichten«, sagte Frau Gellerova.

RIETI UND DIE SYNAGOGE

Mit dem jungen Rechtsanwalt Amnon Kazis aus seiner Heimatstadt pflegte Rieti ein- oder zweimal im Monat am Schabbat in der Synagoge zu beten. Die Jeschurun-Synagoge war von jugoslawischen Immigranten gegründet worden. Rabbi Asriel stammte aus Zagreb, der Synagogenvorsteher aus einer Kleinstadt bei Split. An Werktagen trug Kazis keine Kipa, doch samstags setzte er ein ausnehmend schönes Exemplar auf seinen Haarschopf – bläulich, mit Silberfäden durchwirkt – und hüllte sich in einen weichen Gebetsschal, eine wahre Augenweide. Die Synagoge wurde von weniger als zwanzig

Personen besucht. Der Vorsteher, Jakob Graziani, besaß eine schöne Tenorstimme; Kazis, der gerne sang, hatte einen angenehmen, warmen Bariton. Eine Atmosphäre schläfriger Ruhe herrschte in der kleinen Synagoge, nur im Winter war es ein wenig kalt dort auf Grund der hohen Decke und der Fenster, die nicht genügend abgedichtet waren. Als eine benachbarte Synagoge geschlossen wurde, wuchs die Gemeinde von Jeschurun, und eine gewisse Gedrängtheit beeinträchtigte bisweilen die gemächliche Ruhe der Synagoge. Doch was Rieti mehr störte, waren die Einrichtung und die Kultgegenstände in der Synagoge, und obwohl Kazis darüber spottete und ihm vorwarf, er könne wohl nur an einem so eleganten Ort wie einer italienischen Synagoge beten (wenngleich Rieti in seiner Jugend überhaupt nicht zu beten pflegte), betrachtete auch er so manches Mal mit Abscheu die von der Deckenmitte herabbaumelnden Kronleuchter aus Plastik, den in dubiosem Schokoladebraun gestrichenen Sperrholzschrank mit den krummen Bänderdekorationen, die klobigen Tische, die Stühle mit den gedrechselten Eisenbeinen, den abgetretenen Teppich, der mit monströsen roten Rosen in Melonengröße verziert war. Auf die Fenster hatte jemand asymmetrische Davidsterne gemalt. Das einzig Hübsche an der Synagoge waren die zarten Vorhänge, die Rabbi Asriels Frau aufgehängt hatte. Die Einrichtung hatte der Synagogenvorsteher aus seinen eigenen Mitteln bestritten und sogar eine häßliche alte und defekte Standuhr in einer Ecke aufgestellt. Besonders abstoßend war das Becken zum Händewaschen – schwarz und verrostet, mit Sprüngen.

»Möchtest du vielleicht die Sammlung deiner Ballettgraphiken in die Synagoge mitbringen?« Kazis behauptete, daß er die Häßlichkeit der Tel Aviver Synagogen schön finde, daß die Häßlichkeit wie das Nesselhemd eines Sünders sei. Beten, so sagte er häufig, sei besser ohne das Diktat der Schönheit.

Im Dezember wurde Rieti in die italienische Botschaft bestellt, wo man ihm sagte, daß man eine Kiste auf seinen Namen erhalten habe, mit Möbeln und diversen Gegenständen. In einem langen, geschraubten Brief teilte ihm ein Beamter der Stadtverwaltung mit, daß es sich bei den Sachen um die Hinterlassenschaft von Daniel Sardi handle, der befohlen hatte, die Kiste an die »jüdische Stadt Tel Aviv« zu senden, zu addressieren an Rieti.

Sardi? Ein Rotschopf, mit dem er Jura studiert hatte? Einer der Bewohner des »Italienischen« Hauses in Paris? Auch Vjera entsann sich keines solchen Mannes, ebensowenig Kazis und zwei Bekannte aus seiner Geburtsstadt. Er und Kazis gingen die Kiste auslösen.

Weil es so überraschend kam, hatte Rieti märchenhafte Schätze erwartet, doch der Inhalt der Kiste war eher bescheiden. Nur ein Thoraschrein sah älter aus, nach achtzehntem Jahrhundert, mit oben aufgesetzten Tauben. Zwei extrem hohe, doppelstöckige Menoren waren holzgeschnitzt, vergoldet und mit Löwen und Traubendolden verziert, und zwischen den beiden Etagen befand sich eine Art Emaillevase, mit den geschwungenen Initialen des Spenders: D. S.

In der Kiste befanden sich ansonsten noch zwei Tische aus dunklem Holz, ein riesengroßer Teppich, der in etwa die Breite des Fußbodens der Synagoge hatte und in verschämtem Rosa und demütigem Blaugrün schimmerte, ein paar sehr bequeme Stühle, deren Polsterlehnen mit altrosafarbener Seide überzogen waren, eine schöne Standuhr und vier bemalte Fenster – auf einem der beiden großen war die Opferung dargestellt, Abraham im langen Umhang, ein magerer Isaak, ein gewaltiges Schlachtmesser, das eher einem arabischen Krummsäbel glich, Felskuppen; auf dem zweiten – an den Wassern Babylons, der Prophet, mit weißem Haarkranz, in der Hand eine Harfe, sitzt am Flußufer im Angesicht des zerstörten, in Wolken gehüllten Turms von Babel. Von den beiden kleineren Fenstern identifizierte Rieti nur eines: Abigails Geschenk an David – auf den Knien vor dem Wanderer, hinter ihr Diener mit Körben voll Brot und Korn und weiter im Hintergrund Bedienstete mit einer kleinen Schafherde. Das zweite kleine Fenster entschlüsselte Kazis, nachdem er es fotografiert und zu Hause darüber nachgegrübelt hatte. Das Bild stellte einen Mann mit einem großen Bogen auf dem Rücken dar. Er hielt einem prächtig gekleideten Mann im Gewand der Tempelpriester ein Taubenpaar entgegen. Neben den beiden beugte ein Mann mit einer Krone tief sein Haupt.

»König Agrippa, sein Armenopfer«, sagte Kazis.

Die Glasscheiben waren neu. Es war klar, daß sie für eine relativ große Synagoge angefertigt worden waren, und der Künstler, der sie gemacht hatte, kannte die traditionellen Themen: Isaaks Opferung, die babylonische Zerstörung ... Doch die zwei kleinen Fenstermotive, Abigails Geschenk und die Geste des Königs, tauchten in den Synagogen nicht auf, und der Künstler hatte sicher das Bedürfnis verspürt, diese Themen für die in der Tradition gefangenen, zitierenden und interpretierenden Vorväter hinzuzufügen – ein winziges neues Steinchen im unendlichen Mosaik. Vielleicht waren deshalb die Gemälde auf den kleinen Scheiben weit ausdrucksvoller, die Gestik leicht überzeichnet. Wer war dieser Künstler? Rieti dachte an Rabbiner Asriel, das ehemalige Jeschivaoberhaupt, und an den Synagogenvorsteher Graziani und beschloß, die kleinen Fenster von den restlichen Dingen zu trennen.

Sie saßen in der Cafeteria des Gerichtsgebäudes und unterhielten sich über die Kiste. Kazis, der ein begeisterter Leser von Detektivromanen war, ließ seine Neugier hinsichtlich der Identität des Stifters und des Künstlers aufkeimen

»Aber sie werden das Geschenk nicht annehmen. Der Synagogenvorsteher einer Kleinstadt? Die Brüder Kohen? Der senile Martenboim? Nein und nochmals nein«, sagte Kazis.

»Und der Rabbiner?«

»Auch er wird dagegen sein.«

»Asriel ist aus Zagreb, einer Stadt der Renaissance. Martenboim ist senil, doch er war fünfzig Jahre lang Pelzhändler, und er wird einen schönen Pelz, eine schöne Frau, ein rares Schmuckstück sicher zu schätzen wissen.«

»Das hat überhaupt nichts damit zu tun. Eine Synagoge ist etwas völlig anderes. Schöne Frauen – schämst du dich nicht, Mino?«

»Eine Synagoge ist ein Ort wie die übrigen Alltagsorte, wie eine Wohnung, ein Restaurant oder ein Arbeitsplatz. Du führst dich auf wie ein Goi«, entgegnete Rieti.

»Es hat keinen Sinn. Sie werden nicht damit einverstanden sein.«

»Vielleicht mit einem Teil der Dinge?«

»Nein«, beharrte Kazis.

»Denkst du denn, diese Leute würden es sich aussuchen, viele Stunden ihres Lebens an einem schäbigen statt an einem schönen Ort zu verbringen? Vielleicht sollte man die kleinen Fenster verkaufen, Rubin, der Antiquitätenhändler, wird das mit Freuden tun, und dann wäre es möglich, die Synagoge zu renovieren, zu weißeln, die Tür auszutauschen, vielleicht sogar eine schöne alte Tür im Bazar von Jaffa zu kaufen.«

»Niemals.«

»Du verstehst die Menschen nicht, unter denen du lebst«, sagte Rieti.

Danach fragten sie Vjera nach ihrer Meinung.

»Sie werden nicht damit einverstanden sein, soviel ist klar«, sagte sie.

»Wir werden ja sehen!« sagte Rieti.

Er bat Kazis, gemeinsam mit ihm Rabbi Asriel aufzusuchen. Sie fanden den Rabbiner auf einer Bank vor seinem Haus sitzen, bei einer Unterhaltung mit dem Schuster, von dem er in der Synagoge erzählt hatte, daß er der Psychologe der ganzen Straße sei, die Adresse für Beichten, Klatsch und sogar Ränke. Als er von der Kiste hörte, erschrak Rabbiner Asriel so, daß er wiederholt husten mußte, und während ihn der Husten beutelte, sah er schwach und alt aus. Sein schütterer Bart und seine verwaschenen hellblauen Augen wirkten mitleiderregend.

»Ich verstehe«, sagte er, »diverse Ziergegenstände.«
»Es gab immer Ziergegenstände in den Synagogen«, sagte Rieti.
»Natürlich, natürlich, hat es immer gegeben, wie wahr.«
»Vielleicht möchten Sie die Dinge sehen?« fragte Kazis.
»Sehen?« murmelte der Rabbiner. »Sehen? Die Sachen sehen? Eigentlich empfiehlt es sich, das zu tun, nicht wahr?«
»Die Kiste befindet sich in den Lagerräumen von Altschuler. Vielleicht morgen?« fragte Rieti.
»Morgen? So schnell?«
Kazis brach in Lachen aus, danach wurde er wieder ernst und räusperte sich.
»Ich könnte Sie mit meinem Wagen abholen«, sagte Rieti.
»Nein, nein. Vielen Dank. Ich werde dort hinkommen. Allein«, versicherte der Rabbiner, als stünde ihm große Gefahr bevor, wenn er Rietis Einladung annähme.
»Sind Sie sicher?«
»Ja, ich werde kommen.«
Kazis unternahm einige Anstrengungen, um bei dieser Szene anwesend sein zu können. Rieti kam eine halbe Stunde früher. Er bat darum, einige Stoffbahnen um die Gegenstände herum zu spannen, wie er es andere Händler im Lager von Altschuler hatte tun sehen, und hatte auch ein Fläschchen Politur mitgebracht, mit der er behutsam das Holz des Thoraschreins, der Tische und Stühle einrieb.
Rabbi Asriel traf Punkt zwölf Uhr ein, schob die Stoffbahnen beiseite und kam herein. Leicht verwirrt betrachtete er Rieti, der noch mit Polieren beschäftigt war, und Kazis, der rauchte und mit großer Konzentration Zeitung las. Danach ging er schweigend von einem Gegenstand zum nächsten.
»Die Opferung?«
»Ja.«
»An den Wassern von Babylon?«
»Genau«, bestätigte Rieti. »Die Fenster haben fast die gleiche Größe wie die in unserer Synagoge.«
»All diese Dinge sind sehr hübsch, sehr hübsch, wirklich sehr hübsch, Kostbarkeiten, wahre Schmuckstücke.«
»Dann gefallen sie Ihnen also?« fragte Rieti und blickte Kazis an.
»Sehr schön.«

»Ich denke, innerhalb einer Woche dürfte es möglich sein, die Synagoge zu weißeln und mit diesen Dingen auszustatten.«

»Aber woher sollen wir das Geld für die Renovierung nehmen?«

»Ich werde einen Weg finden. Es ist keine so furchtbar große Summe.«

»Das wird eine große Veränderung sein ...«

»Eine große Veränderung?« fragte Rieti.

»Eine große Veränderung ...«

»Alle Verzierungen entsprechend der Tradition: Tauben, Löwen, Weintrauben«, bemerkte Rieti.

»Ja, ja, wunderschön«, sagte der Rabbiner, »ganz prachtvoll. Narde, Myrrhe und Aloe.«

»Wann können wir also anfangen?« fragte Rieti. »Oder vielleicht haben Sie keine Zeit, sich dieser Dinge anzunehmen?«

»Zeit steht mir im Überfluß zur Verfügung, seit ich die Jeschiva verlassen habe«, sagte Rabbi Asriel, »jedoch sind alle an das gewöhnt, was da ist, und werden vielleicht über die Neuerungen nicht erfreut sein.«

»An gute Dinge gewöhnt man sich leicht«, erwiderte Rieti.

»Es ist sehr prächtig, sehr prunkvoll ...«

»Nicht übermäßig prunkvoll. Sowohl der Thoraschrein als auch die Standuhr sind eher bescheiden, die Farben der Fenster ganz zart.«

Rabbi Asriel blickte ihn verwundert an.

»Trotzdem sind die Leute nicht an solche Dinge gewöhnt.«

»Sie werden auf Ihre Stimme hören«, sagte Rieti und eine leise Besorgnis schlich sich in seine Stimme ein.

»Ich muß Ihnen sagen, Herr Rieti, daß ich Ihnen wirklich von ganzem Herzen danke, doch mein Gefühl ist, daß es besser wäre, es sein zu lassen. Wissen Sie, Männer lieben es nicht, ihren alten Hut auszutauschen, den Mantel, die Schuhe, man bessert sie hier und dort aus, flickt sie immer wieder da und dort, nur damit man sich nicht von den alten Freunden trennen muß.«

»Würden auch Sie sich nicht wohl fühlen?«

»Ich gestehe es, ohne mich dessen zu schämen, diese Dinge wirken in meinen Augen prunkvoll. Es fällt schwer, das Herz auf das Gebet zu richten, wenn man sie betrachtet.«

»Aber man gewöhnt sich doch daran, und dann beachtet man die Umgebung nicht mehr.«

»Das ist genau, was ich sage. Schenkt jemand den alten Möbeln in unserer Synagoge Beachtung? Sogar die Uhr steht da, ohne mit ihrem Ticken zu stören. Wir haben bescheidene Einnahmen, Spenden für

Immigration, Kaddisch, von der Ratsversammlung erhalten wir eine gewisse Summe. Es ist besser, es so zu belassen.«

»Ist die Braut zu schön?« fragte Kazis hinter seiner Zeitung hervor. Der Rabbiner lächelte unwillig. Nachdem er drei- oder viermal während seiner Lehrstunden in der Jeschiva ohnmächtig geworden war, hatte man ihn gebeten, seinen Abschied zu nehmen. Er weinte viele Tage lang und irrte um die Jeschiva herum. Schließlich hatte ihn sein Bruder zu sich ins Haus genommen.

»Es ist alles sehr italienisch.«

»Aber es gab doch nicht nur in Italien schöne Synagogen, sondern auch in Rußland, in Polen, überall wurde mit Liebe gemalt und gebildhauert, Marmor, Mosaik, Wandmalerei. Und weshalb sollten wir nicht wieder Schönheit an unseren Orten haben, bescheidene Schönheit?«

»Natürlich, ich weiß, natürlich«, sagte der Rabbiner. »Ich verschließe mich nicht der Welt.«

»Hätten Sie etwas dagegen, wenn wir die Synagogenbesucher fragen?« sagte Kazis, dem Rietis plötzliche Trübsinnigkeit Sorge zu bereiten anfing.

»Dagegenhaben? Ich? Weshalb? Wenn die Leute es wollen, werde ich mich ihnen gerne anschließen. Wenn sie Freude und Behagen daran finden.«

»Und wozu werden sie sich, Ihrer Meinung nach, entscheiden?« fragte Rieti.

Der Rabbiner zögerte. »Ihre Ansicht wird, wie mir scheint, wie die meine sein.«

»Dann ist also das Urteil über uns verhängt«, sagte Kazis, »daß wir nie eine fröhliche Hauseinweihung abhalten werden, nicht in die Hörner stoßen, nicht die Trompeten schmettern lassen und nicht die Trommeln schlagen werden?«

Rabbiner Asriel lächelte ihm zu. Er mochte Kazis mit seiner schönen Stimme.

»Könnten Sie mir ihre Adressen geben? Es wäre besser, wenn ich die Leute fragte.«

»Aber gerne«, sprach der Rabbiner, setzte sich auf einen der italienischen Stühle mit dem rosa Polsterbezug und schrieb ihm die Adressen und Telefonnummern auf.

Noch am selben Abend traf sich Kazis mit zwei der Synagogenbesucher und brachte sie zum Lager von Altschuler, und er ging auch zum Geschäft eines dritten Mannes, der in der Synagoge immer mit zahlreichen Fehlern gespickte Karten eines »Heilers« aus Jaffa mit goldenen Händen verteilte, von dem er während des Betens erzählte, wie er seinen Rücken gerettet, ihn vom Rheumatismus geheilt und ihm seine gute Sicht zurückgegeben habe.

Rieti bat Rubin, die beiden kleinen Fenster zu verkaufen, und wenige Tage später brachte der Antiquitätenhändler einen Architekten an, der eine Bibliothek in Bat-Jam baute, den Vorsteher einer neuen Synagoge, einen Mann aus der Öffentlichkeitsabteilung des Weizmann-Instituts und einen müden Museumsrepräsentanten. Schließlich sagte er zu Rieti, wenn Pater Jasni, der bisweilen nach Tel Aviv kam, um nach alten Büchern zu suchen, es jemandem in der apostolischen Gesandtschaft in Jerusalem empfehle, würden sie die Fenster wohl kaufen. Zwar seien sie im Vatikan ein wenig knauserig, und die Gesandtschaft verfüge über keine großen Gelder, aber es sollte dennoch möglich sein, eine annehmbare Summe zu erhalten.

»Die Fenster nach Italien zurückbringen?« fragte Rieti.

»Die katholische Kirche ist universal«, betonte Rubin, den Rietis und Kazis Anhänglichkeit der Synagoge gegenüber stark befremdete.

Unterdessen gelang es Kazis nicht, irgend jemanden zu überzeugen. Die Gebrüder Kohen lehnten den Plan an. »Es gehört sich nicht, eine Synagoge in eine Bonbonniere zu verwandeln«, sagte Kohen, der Ältere. Und ebenso Martenboim, obwohl er Rietis Ansicht nach ein alter Genießer war, den Hübsches durchaus hätten anziehen können.

Bei einem seiner Besuche im Lager entdeckte Rieti, daß das Fensterglas mit der »Opferung« gesprungen war, als hätte eine Kugel es getroffen. Lange Sprünge zogen sich strahlenförmig von einem zentralen Punkt nach außen, und das Glas wäre auseinandergebrochen, wäre nicht das starke Zinn gewesen. Der Lagerverwalter wußte nicht, wie die Sache passiert war, doch er machte Rieti Vorhaltungen, daß man die Gegenstände in Kisten aufzubewahren habe und daß Altschulers Lager nicht für Modeschauen geeignet sei. Rubin sagte, der Schaden sei nicht schwer zu beheben, und seine Frau, die sich mit Kirchenfenstern befasse, könne dies tun. Rieti bat ihn, die Sache schnell zu erledigen, und tatsächlich bestellte ihn Rubin zwei Tage später zu sich, um das Fenster zu begutachten. Das war der Augenblick, in dem sich Rietis Zorn auf den mysteriösen Stifter entzündete, auf Rabbi Asriel, die Gemeindeangehörigen aus Split und auf seine eigene Torheit. Anstatt des unteren Paneels, das Teil einer Hügelkuppe, ähnlich einem Kamelhöcker, gewesen war, darüber ein unklares Bauwerk und ein gebeugter Baum, hatte Rubins Frau etwas eingesetzt, was sie stolz als »Kathedralenglas« bezeichnete, etwas Stumpfes, das aussah wie senffarbenes Panzerglas.

»Könnten Sie auch das der apostolischen Gesandtschaft verkaufen?«

»Vielleicht«, erwiderte Rubin. »Pater Jasni würde sich freuen. Er liebt den Künstler. Doch, wie ich Ihnen sagte, viel Geld haben sie nicht.«

Zwei Wochen später hatte Kazis seine Befragungen abgeschlossen: Von fünfundzwanzig Personen, die regelmäßig zum Gebet kamen, waren drei dafür, einer rang mit sich, und der Rest war gegen jede Veränderung.

»Und was machen wir jetzt? Woanders anbieten?«

»Das ist nicht so einfach«, sagte Kazis, »die Tische können wir vielleicht an irgendeine arme Jeschiva abgeben. Den Thoraschrein an das Israel-Museum, es ist ja immerhin ein Objekt aus der Mitte des achtzehnten Jahrhunderts – dem Museum dürfte es nicht leichtfallen, es abzulehnen, aber du mußt wissen, daß das Museum keine Eile damit hat, Spenden anzunehmen. Sie haben Komitees, es gibt Verzögerungen, und das kann sich lange hinziehen. Meiner Ansicht nach wäre es besser, die Fenstergläser allesamt zu verkaufen und das Geld einer Wohltätigkeitskasse zu geben. Und am allerbesten wäre es vielleicht, du würdest sie mit nach Hause nehmen.«

»Ich glaube nicht, daß das alles wirklich passiert ...«, murmelte Rieti. »Das ist die Seuche des Ghettos, die Ablehnung von Schönheit und Weite, die Klaustrophobie, die ...«

»Du hast mir nicht zugehört«, unterbrach ihn Kazis. »Ich sag's dir noch einmal, es besteht überhaupt kein Grund, weshalb du die gleichen Kamelgrunzer und Eselsschreie, die du im Gericht hörst, nicht auch an jedem anderen Ort hören solltest. Und sogar wenn diese Dinge den strahlenden Glanz der Mittagssonne in den Schatten stellen würden, und du wirst zugeben, daß sie das nicht tun, dann wäre die Reaktion nur noch schlimmer. Aber ich habe mit dem Vorsteher der Synagoge in der Jona-Hanavi-Straße gesprochen. Er ist bereit, versuchsweise einen Kronleuchter zu nehmen. Er war zwar darüber erschrocken, daß es in den beiden Reifen insgesamt zwölf Lampen gibt, denn sie dachten daran, Neon zu installieren, was billiger ist, doch er ist bereit, es auszuprobieren.«

»Einen Kronleuchter?«

Am Schabbat, als sie die Synagoge verließen, ergriff Rabbi Asriel Rieti am Ärmel und hielt ihn auf.

»Werter Herr Rieti«, sagte er, mit hängender linker Schulter und leicht schiefem Mund von seinem Schlaganfall, und sein Gesicht wirkte eingefallen und elend. »Ich war nicht offen Ihnen gegenüber, und dies peinigt mich. Daher sagte ich mir, ich muß Ihnen mein Herz ausschütten. Ich werde Ihnen nun die ganze Wahrheit sagen: Eine Neugestaltung unserer Synagoge ist nicht nach meinem Sinn, und in meinen Augen hat die Sorge um einen schönen Thoraschrein, einen geschnitzten Tisch und Leuchter mit Löwen etwas Götzendienerisches. Was ist Großes an all dem? Was kümmert es denn, ob die Beine des Stuhles hübsch sind und ob das Polster mit alter Seide oder mit irgendeinem groben Stoff bezogen ist? Und was macht es, ob die Standuhr stehengeblieben ist oder die Stunden anzeigt, wenn es sich um einen Ort handelt, der zu Gebet und Studium bestimmt ist? Ist ein Davidstern, von einem einfachen Glaser aufgemalt, denn anders als einer, der von einem italienischen, mit Talent gesegneten Künstler gemalt wurde? Es stimmt, was Sie zu mir sagten, daß es früher in Erez-Israel Synagogen aus Marmor gab, im Stil der Griechen errichtet, doch wo ist das Erez-Israel von einst, und wo sind wir? Ich, Herr Rieti, wurde in der Bukowina geboren und habe in Split studiert, wohin mein Vater als Lehrer berufen wurde, und die Tage meiner Jugend verbrachte ich in Tschernowitz, meine Lehrerlaubnis erhielt ich in Zagreb, und von dort gelangte ich nach Weißrußland und dann nach Polen, danach war ich in einem Flüchtlingslager in Deutschland, und sogar nach Australien gelangte ich, meiner Sünden wegen, bevor ich nach Erez-Israel einwanderte. Und auf allen diesen Reisen hatte ich denn etwas anderes zur Hand als einen Siddur, die Bücher Moses', zwei Mischnabände, die mir während des Krieges abhanden gekommen sind, und eine Kurzfassung des Schulchan Aruch, die ebenfalls verschwand? Und in besseren Tagen hatte ich zwei Leuchter und eine kleine Gewürzturmbüchse und einen Silberbecher. Und als ich ein wenig Geld verdiente, da füllte ich doch zuallererst meinen Bücherschrank, obgleich es nicht wenige Bücher in der Jeschiva gab. Bisweilen kann man, in diesem oder jenem Laden, Bücher von Israels großen Geistern finden, von Weisen wie Maimonides und anderen. Wir leben immer auf den Koffern, Herr Rieti, und weshalb sollten wir uns selbst narren und denken, all dies habe sich geändert? Und wozu sollten wir uns der Illusion hingeben und denken, dies sei unser fester Ort für immer und ewig? Erez-Israel liebe ich seit meiner Kindheit, Erez-Israel war immer in meinem Herzen, und daher bin ich hier, und das Herz geht mir auf beim Anblick der Parade am Unabhängigkeitstag, wenn ich die schönen Tanks mit den jungen Helden sehe, umringt von Frauen und Kinderchen wie in einem Blumenstrauß, und droben – Flugzeuge, die die Himmel sprengen. Gut und schön ist das in meinen Augen. Doch wäre ich Rabbi Choni, der legendäre

Kreiszieher, wäre ich vor hundert Jahren hierhergekommen, was hätte ich gefunden? Sand, und auf dem Sand ein armseliges Städtchen. Und was wird man in weiteren hundert Jahren hier finden? Vielleicht wieder Sand und Sonne und Fliegen ... Sie werden zugeben müssen, Herr Rieti, es wäre die Möglichkeit. Was soll mir also Pracht und Schönheit? Der Name unseres Herrn sprach nicht aus gewaltigen Tempeln, sondern aus dem brennenden Dornbusch mit stiller Stimme. Und was frommt die Schönheit? Soll ich aufhören, meine Gemahlin zu lieben, weil ihre Schönheit vergangen ist, an der auch in ihren guten Zeiten nichts war, was das Herz eines Titus oder Ahasverus bestochen hätte? Ein Volk des Exils sind wir doch – mit einem Koffer, einem Bücherbündel und einem Kerzenleuchter. Und weshalb sollte man den Dingen überhaupt ein Quentchen Schönheit hinzufügen? Ich wurde zu Beginn dieses Jahrhunderts geboren, das zur Gänze aus Mord und trügerisch schönen Worten besteht – Worte und Mord. Anmutige Frauen tanzen auf den Bühnen, und in den Kellern, unten drunten, Foltergerät und menschliche Bestien; hier verschwand das Ebenbild des Menschen, und dort musizieren prächtig gekleidete Menschen und hängen schöne Bilder in Museen; Wundertürme stürmen die Himmel, und unweit von dort sterben Tausende und Abertausende, gemartert und zerschmettert, und noch viel mehr werden erniedrigt und beleidigt. Was ist Großartiges daran, an dieser Schönheit? Und halten Sie mich bitte nicht für einen engstirnigen und fanatischen Menschen, Herr Rieti. Ich verstehe durchaus nicht falsch, daß der Herr seiner anbefohlenen Herde das Leben schenkte und nicht, in ewiger Trauer zu leben. Und ich sage nicht, daß es die Menschen nach Häßlichkeit gelüstet, so wie jene, die es nach bittern Speisen verlangt, um mit Maimonides zu sprechen. Mich selbst stört das Schöne nicht. Wenn all diese Sachen, die man Ihnen aus Italien übersandt hat, in unserer Synagoge wären, dächte ich keinen Augenblick daran, sie durch die armseligen Dinge zu ersetzen, die wir jetzt haben. Doch verändern, vor dem Moloch des Schönen niederfallen – das kann ich nicht. Ich will es nicht, ich will nicht, daß in unserer Synagoge jemand den Teppich mit Vorsicht betreten müßte oder wie bei den Arabern, von denen ich sagen hörte, daß sie die schönen Teppiche mit groben Matten oder billigeren Teppichen für den Alltag bedecken, wie es einem Volke ansteht, das die Schönheit und die Verzierung liebt. Ich möchte nicht, daß während des Gebets jemand begeistert das Taubenpaar, die Löwen, die Trauben oder eine kniende Frau betrachtet. Etwa ein halbes Jahr, nachdem ich hierhergekommen war, wurde mir das Glück zuteil, in einem Kibbuz zu leben. Mir war wohl dabei, die

Kühe mit großen Rüben zu füttern, es war sogar gut, Kartoffeln zu klauben und mit krummem Rücken der Maschine nachzukriechen, die sie aus der Erde zog. Wir sind ein auserwähltes Vok, und in unser aller Herzen ist eine Wunde, eine Beule, ein frischer Schlag, und ich fürchte, diese Werke, die sie im Kibbuz verrichten, werden nicht zur Erlösung führen. Doch wir sind verpflichtet, etwas von ihnen zu lernen. Gilt nicht auch für uns die Pflicht der Einfachheit? Sollte unser Regierungsoberhaupt in einem Hemd ohne Krawatte, mit kurzen Ärmeln und sogar kurzen Hosen umherlaufen und manchmal auch auf dem Kopf stehen und seine Freunde, die Minister, am Tisch des Kibbuz essen, und wir hier sollten in Prunk und Herrlichkeit leben? Seinerzeit hatten wir einen Tempel und Priester, die stolz darin einhergingen, doch jetzt haben wir keinen Tempel mehr und werden nie wieder einen haben. Wir sind ein Volk des Exils, und all die schönen Tanks und Flugzeuge werden da nicht helfen. Und bitte, glauben Sie mir, Herr Rieti, auch ich würde gerne etwas für unsere Synagoge tun. Vielleicht ist Ihnen bekannt, wie erfolgreich mein Bruder mit seinen Unternehmungen bei der »Asrielkollekte« ist. Er hat zugestimmt, unserer Synagoge eine Thorarolle zu stiften, und ich habe sie bei Rabbi Munim Lisy bestellt, einem gelehrten Mann mit goldenen Händen.«

Eine Woche später sagte Kazis zu Rieti: »Im Museum ist man bereit, den Thoraschrein anzunehmen. Sie sagen, er sei vom Ende des achtzehnten Jahrhunderts, nicht Mitte, aber sie sind bereit dazu.«

»Wie schön!« spuckte Rieti erbost.

»Sie haben gebeten, daß wir ihnen den Schrein bringen. Das würde ihnen die Sache erleichtern.«

»Gut«, knurrte Rieti.

»Sie sind sich nicht sicher, ob es ihnen erlaubt ist, den Namen des Stifters auszuweisen, ohne daß man nähere Einzelheiten über ihn weiß.«

»Aha.«

»Sie schlagen vor, eventuell: von einem anonymen Spender.«

Da trampelte Rieti mit seinen Füßen, und seiner Kehle entrangen sich laut krächzende Geräusche und wiederholtes Gurgeln.

»Jetzt begreife ich erst, wie lustig es ist, einen wütenden Menschen zu sehen. Im echten Leben ist das noch viel lustiger als in komischen Filmen«, sagte Kazis.

S. S. LILLIPUT

In der *Sinai-Klinik*, einer Nervenheilanstalt, einer gepflegten, hübschen Anlage im holländischen Amersfoort, war viele Jahre lang Hermann Levita, der berühmte Neurologe aus Dresden, untergebracht, einer der wenigen Mitglieder seiner Zunft, der sich auf die Schule der Psychoanalyse stützte und auch mit ihren führenden Köpfen befreundet war. Nachdem er aus Auschwitz befreit worden war, hielt sich Levita zuerst nahe Karlsruhe in der französischen Zone auf und traf sich dort mit einigen seiner Kollegen und Schüler, doch etwas in seiner Artikulation und den Bewegungen, die er von Zeit zu Zeit machte, irritierte sie. Nach einer Weile gab es keine Ausflucht mehr vor dem Eingeständnis: Hermann Levita litt an merkwürdigen Delusionen. Vergeblich versuchten seine Bekannten, ihm Hilfe angedeihen zu lassen: der große Professor Jung höchstpersönlich, sein gefeierter Schüler aus Tel Aviv, Erich Neumann, Sir William Gibson, der mit der Zeit immer mehr an Reinkarnation glaubte und nicht mehr an das Geschwätz von den seelischen Komponenten. Doch Levita versank immer tiefer in seinen Depressionen, bis er nahezu gänzlich das Reden einstellte. Langsam und allmählich verließen ihn seine Bekannten. Zuerst weilte er in einem kleinen Krankenhaus, das von einem seiner Schüler geleitet wurde; danach wurde er in eine größere Klinik verlegt, deren dort übliche grausame Methoden ihm auch nicht mehr halfen, und nach einer gut zehnjährigen Wanderschaft durch fünf Krankenhäuser gelangte er in die *Sinai-Klinik*, ein verhältnismäßig offener, in Wiesen eingebetteter Ort. Dort stabilisierte sich sein Zustand. Es tauchten zwar immer wieder Ausschläge in seinem Gesicht und an seinem Körper auf, er erwachte noch immer in Tränen gebadet und litt unter unangenehmen Geruchshalluzinationen, doch er achtete auf die Sauberkeit seines Körpers und seiner Kleidung, ging freiwillig zum Haareschneiden und zum Zahnarzt, begann, Schach zu spielen, und gewann später sogar die Meisterschaft von Amersfoort. Levita fing auch wieder an, Bücher zu lesen, äußerst langsam zwar, aber mit Ausdauer, und besonders liebte er viktorianische Kinderbücher, die seiner Kehle gefühlvolle und mitleidige Laute entlockten. Etwa dreizehn Jahre nach seiner Befreiung aus Auschwitz verfaßte er sogar eine Geschichte für Kinder, das heißt, er erzählte sie detailliert einem der Psychiater, und jener schrieb sie wortgetreu nieder. Die Geschichte handelte von einem großen Alchimisten, Seto Kosmopolitanus aus Uppsala, der die Formel des Steins der Weisen fand, in der nur ein Element noch fehlte. Jeden Tag konnte es soweit sein, daß der große Alchimist diese letzte Entdeckung machte, und Abend für Abend versperrte er eigenhändig das Buch mit seinen Aufzeichnungen. Und da verbreitete sich unter den Geheimgelehrten das Gerücht, Seto Kosmopolitanus liege im Sterben. Ein junger Mann aus der Stadt der Kabbalisten, Zefat, faßte den Entschluß, den ganzen europäischen Kontinent zu durchqueren, um nach Uppsala zu gelangen, bevor der große Alchimist stürbe. Und der junge Mann widerstand in der Tat den Stürmen des Meeres, dem Schnee und Eis und erreichte Uppsala. Er fand das Haus Setos am Stadtrand – ein altes Haus, dem Einsturz nahe. Die schöne Tochter des Alchimisten saß an ihres Vaters Bett, zu dessen Häupten bereits dicke Kerzen brannten, und alle Spiegel im Haus waren mit schwarzen Stoffbahnen verhängt. Auf die Bitte des jungen Mannes hin öffnet die Tochter die Tür zum Arbeitszimmer ihres toten Vaters. Und tatsächlich sieht das Zimmer genau so aus, wie es sich der junge Mann ausgemalt hat – noble Pracht und Mysterium. Die Wunderöfen, die geschweiften Retorten, die zahlreichen Reagenzgläser ... die Pläne ... die Karten ... der riesige Holztisch ... Und dann sieht der junge Mann zu seiner großen Überraschung, daß alles von einer dicken Staubschicht überzogen ist. Die Tochter des Alchimisten gibt ihm den Schlüssel zu dem großen Buch, das, ebenfalls verstaubt, mit Abdrücken von Mäusepfoten und Insekten gezeichnet, auf dem Tisch liegt. Der junge Mann öffnet das Buch geheimnisbang – die Seiten sind leer! Entsetzt blättert er in dem Buch, blättert immer weiter in einem Buch, dessen Seiten allesamt leer sind! Die Tochter des großen Alchimisten gewahrt den Kummer des jungen Mannes und küßt ihn zum Trost. Und nach einiger Zeit reift in seinem Inneren der Gedanke, daß nicht die Wunderformel das Wichtige sei, sondern der schwere Buchband, das hohe Arbeitszimmer, das Haus mit seinen vielen Schornsteinen, die Straße, die sich entlang Uppsalas Stadtrand windet, der hoffnungsfreudige Weg dorthin und an seinem Ende – die Küsse von der Tochter Mund.

Dieser Geschichte war es zu verdanken, daß der Leiter der *Sinai-Klinik*, Dr. Sunie, beschloß, sich Hermann Levita über einen Monat lang selbst zu widmen. Mit eingehendem Interesse las er die dicken Akten. Levitas Diagnosen und Behandlungen waren Meilensteine auf dem Weg der Geschichte der Psychiatrie des zwanzigsten Jahrhunderts. Sunie entdeckte Ungereimtheiten in der Diagnose von Levitas Krankheit. Anfangs, wegen der vielen Delusionen, die schwierig auf einen Nenner zu bringen waren, lautete die Diagnose auf paranoide

Schizophrenie, jedoch fand einer der Ärzte die Krankengeschichte aus Levitas Studienzeit, aus der hervorging, daß er bereits in seiner Jugend wegen schwerer Depressionen eingeliefert worden war. Danach verschob sich die Diagnose zu hebephrenischer Schizophrenie, was hinlänglich zu den wenigen Worten, die Levita äußerte, paßte: Seelenwanderung, Wiedergeburt, kosmische Einheit. Diese Diagnose war dazu angetan, die wilden Erregungszustände zu erklären, die alle unter vielen Tränen und mit sonderbaren Trauerzeremonien endeten. Levitas Delusionen waren in der Tat merkwürdig, doch es gelang dem Leiter der *Sinai-Klinik*, sie zu einem einheitlichen schizophrenen Muster zu verknüpfen. Levitas hauptsächliche Sinnestäuschung jedoch, die seine eigenartigen Bewegungen verursachte, entdeckten weder die Doktoren noch Sunie, denn sobald die Ärzte auch nur in die leiseste Nähe dieser Delusion kamen, wurde Levita von großer körperlicher Schwäche befallen und weigerte sich, vom Bett aufzustehen und zu essen.

Nach seinem Schachsieg und nach der Geschichte über den Alchimisten hegte Sunie die Hoffnung, in Levitas Zustand würde eine Besserung eintreten – solche Fälle traten manchmal auf – und dann könnte man ihn bei einem der Bauern in der Umgebung unterbringen oder bei einem der Handwerker, die bereit waren, Zimmer an seine Patienten zu vermieten. Eines Tages erzählte ihm ein israelisches Mädchen, das in der Klinik Hebräisch unterrichtete (das war eine der Therapien, die Sunie anwandte, obgleich seine Kollegen über seinen Glauben an die heilmedizinischen Eigenschaften des Hebräischen stets ein wenig lachten), Levita habe ihr gesagt, er wolle nach Israel fahren, da er nur dort gesund werden könne. »Im Ephebeion ohne Epispasmus« habe der Kranke gesagt, um genau zu sein. Dr. Sunie schien, als sei ein Ephebeion eine Art griechisches Gymnastikinstitut, doch das Wort »Epispasmus« hatte er noch nie im Leben gehört, und nur unter vielen Mühen fand er bei einem Professor für Theologie an der Universität Leiden heraus, was es war – eine Art Operation, die die hellenisierten Juden vornahmen, um nackt turnen zu können, ohne daß ihre Beschneidung zu sehen war (Dr. Sunie, der kein Jude war, staunte immer wieder über die übertriebene Beschäftigung seiner jüdischen Patienten mit ihrem Geschlechtsteil).

Er sprach also mit Levita, und jener flehte ihn an, in seiner verstümmelten Sprache, er solle Erich Neumann um Hilfe bitten. Neumann antwortete tatsächlich umgehend auf Sunies Schreiben, rief sogar einige Male an. Doch Neumann kannte sich in den Winkelzügen der israelischen Bürokratie nicht aus, und statt in ein spezielles Erholungsheim eingeliefert zu werden, landete Levita in einem Krankenhaus am südlichen Stadtrand von Jaffa. Natürlich erfuhr der Knessetabgeordnete Gerschon Levita, ehemals stellvertretender Landwirtschaftsminister, gar nichts von der Ankunft seines Bruders. Die Transporte von Verrückten sind so anonym wie die von Tieren.

Die neue Leiterin des Krankenhauses, Dr. Niuta Becker, begann also auch, Levitas dickbauchige Akte zu lesen, und ein heftiger Ehrgeiz nahm von ihr Besitz, die erste zu sein, die seine geheime Delusion entdecken würde, nach dem eindeutigen Mißerfolg, den die besten Psychiater vor ihr erlitten hatten.

Dr. Becker hatte den vorangegangenen Leiter, Walter Moravsky, abgelöst, nachdem man ihn dabei ertappt hatte, daß er die falschen Autobusse nahm oder mit einem Taxi kam, auf der verzweifelten Suche nach seinem Krankenhaus.

Dr. Becker gehörte bereits der Generation an, die – ohne es zu wissen – in der Zeit des Ausklangs der Analyse lebte. Die großen Dogmen, die Sicherheit und gesegnete Aggressivität verliehen hatten, waren etwas erlahmt, ihr Glanz getrübt, und sie hatten keine Bestätigung durch exaktere wissenschaftliche Forschungen erfahren. Viele ihrer Kollegen hielten mit doppelt und dreifacher Anhänglichkeit an der Lehre fest, in deren Schoße sie erzogen worden waren, wie es sich für eine Periode der Unklarheit hört, nicht jedoch Dr. Becker. Sie war ihrer Arbeit sehr ergeben und las eingehend die Fachliteratur, doch sie wählte einen anderen Weg. Sie begann, philosophische Werke zu lesen, Studien der Kunstgeschichte, Bücher über Mystik, verkehrte in der Gesellschaft von Künstlern und veröffentlichte hie und da auch Artikel, die sich in den Augen ihrer Kollegen ein wenig merkwürdig ausnahmen, mit Zitaten gespickt, die hochstaplerisch anmuteten. Dr. Becker war mit einer bequemen, jedoch riskanten Eigenschaft ausgestattet: Sie wußte nicht, daß sie zuweilen nicht begriff, was sie las. Möglicherweise ließ sie die Unklarheit, die dem Wesen der Analyse eigen ist, sich an diesen Irrtum gewöhnen, und Niuta durchquerte, wie die Helden der Urzeit, munter Sümpfe und Urwälder, ohne die Ungeheuer zu bemerken, die sie bevölkerten. Sie saß immer im *Kasit*, dem Treff der Boheme, besuchte Ausstellungseröffnungen, schrieb zwei Artikel im *Ijun*, der vierteljährlichen Zeitschrift der psychologischen Fakultät der Hebräischen Universität. Daher wurde sie für eine äußerst kluge und tiefsinnige Frau gehalten, frei von Fachidiotie, und erwarb sich auch das Vertrauen der Führungsriege im Staat. Wenn deren Söhne oder Töchter irgendwelche Anzeichen unerwarteten Verhaltens zeigten (was die Journalisten als Folgeerscheinung der Diskrepanz zwischen Ideal und Wirklichkeit erklärten), beeilten sich diese Persönlichkeiten des öffentlichen Lebens, ihre Sprößlinge Dr. Beckers getreuen Händen zu übergeben.

Je mehr sie sich in Levitas Krankheitsbild vertiefte, in die Gutachten, die Listen der Medikamente und die Schilderungen seiner vielen fixen Ideen, desto stärker wurde Dr. Beckers Gewißheit, daß sie schon einmal auf einen ähnlichen Fall gestoßen war, ausgerechnet in der psychoanalytischen Literatur – jemand, der sich vor seiner Delusion fürchtete und äußerst ungern darüber sprach, sie versteckte, ihr jedoch Ausdruck verlieh. Die Involviertheit Erich Neumanns vergrößerte die Herausforderung. Zuerst setzte Dr. Becker die stärksten Medikamente ab, und Levita, der bisweilen jemandem glich, der viele Tage lang auf dem Grunde eines Flusses getrieben war, wirkte etwas wacher, seine Augen waren fast schön, und eine gewisse Neugier begleitete seine Kopfbewegungen. Er schwieg zwar weiterhin, gab nur wenige Worte von sich und zeigte keinerlei Neigung, sich anderen Patienten zu nähern, doch er ließ erkennen, daß ihm die Lage des Krankenhauses am Rande von Jaffa gefiel, wie es sich über die Landschaft erhob, der Anblick der Festung dort. Er saß viel an dem vergitterten Fenster und schaute aufs Meer. Wenn Niuta Becker sein Zimmer betrat und sich an sein Bett setzte, spürte sie, daß sie ihm gefiel, daß sie ihm anziehend erschien. Hin und wieder spähte er heimlich in ihre Augen oder musterte mit raschem Blick ihren Körper oder betrachtete erregt ihre Sandalen – etwas, das ihr seit ihrer Jugend in Pardes Hanna, als der Sohn des Briefträgers ihr nachstellte, nicht mehr widerfahren war.

Das Absetzen der starken Medikamente begann jedoch seine Spuren zu hinterlassen. Levita krümmte sich und schlug seine Stirn gegen die Wand oder den Boden, bald war sein Kopf voller Schrammen und Wunden. Seine Hand war verbunden und sein Gesicht gequält.

»Ich habe angewiesen, die schweren Medikamente abzusetzen, da ich dachte, Sie wollten vielleicht am Schachwettbewerb teilnehmen, doch Sie fühlen sich wieder schlecht. Wenn es Ihnen erlaubt ist, mir etwas davon zu offenbaren, was Sie verfolgt, dann tun Sie das doch bitte. Nur was Ihnen erlaubt ist. Und falls Sie es nicht beschreiben oder beim Namen nennen können, könnten Sie mir vielleicht irgendeinen Hinweis geben.«

Über Levitas Gesicht glitten nacheinander die merkwürdigsten Ausdrücke. Rätselhafte Süße erhellte sein Gesicht, die gemarterten Züge drückten schmerzliche Ruhe aus, stumme Sehnsucht, und er richtete sich sogar ein wenig auf, straffte seine Brust, blickte verlangend über

Dr. Beckers Kopf hinweg zum Himmel und Meer, und danach senkte er seinen Blick auf ihre Nimrod-Sandalen.

»Nur was Ihnen nicht verboten ist! Nur was Sie können! Geben Sie mir einen Hinweis. Sie haben einmal von Seelenwanderung gesprochen, Sie sagten, es gebe Geister im Kosmos, die unsere Welten beherrschen – beherrschen diese Geister Sie?«

Ein leichtes verneinendes Zucken glitt über Levitas Gesicht.

»Sind Sie Levita? Sind Sie Hermann Levita?« fragte Dr. Becker. Ein erfreutes Lächeln deutete sich an.

»Ich bin Levita«, sagte er mit gequetschter, leiser Stimme. Und sofort darauf ballte er seine rechte Hand ganz fest zur Faust, als umklammerte er etwas Rundes, vielleicht den Griff eines Messers, bis sich seine Fingerknöchel weiß färbten, seine linke Hand zitterte, und ein Finger rieb unaufhörlich die Daumenkuppe. Abgesehen von den Handbewegungen und einem leichten Vibrieren seiner großen Zehen, saß Levita unbeweglich da und atmete tief. Danach blickte er auf seine Hände und sagte angsterfüllt: »Die Muskeln! Die Muskeln!«

Levitas Handbewegungen waren in allen medizinischen Berichten verzeichnet. Vielleicht hatten sie mit seiner Befreiung aus dem Konzentrationslager ihren Anfang genommen. An Tagen, an denen ihn sein Dämon quälte, wand er sich heftig, marschierte schnurgerade auf einer Linie und machte mit einem Mal blitzschnell einen Sprung zur einen oder anderen Seite, so daß er bisweilen Tische und Stühle umwarf, sich oder andere verletzte. Alle Ärzte hatten ihr Augenmerk auf diese Handbewegungen gerichtet, und einer von ihnen hatte sogar vermerkt, daß ihn die gleitenden Bewegungen zwischen Daumen und Finger an einen Menschen erinnerten, der die Qualität eines Stoffes prüft.

Diese Unterhaltung zwischen ihnen endete jedenfalls mit seinem Flüstern: Muskeln ... Muskeln ...

Eines Tages ging Dr. Becker den Korridor entlang und sah einen der Patienten mit seinem Pfleger im Unterhaltungsraum sitzen. Dieser Kranke, der sicher war, er befinde sich in einem Hinterhalt (teils von Arabern, teils von Deutschen) und der Feind versuche, ihm Staatsgeheimnisse zu entlocken, verzerrte unablässig sein Gesicht. Mit Hilfe der seltsamen Zuckungen überwand er alle Schliche und Foltern. Eine der Grimassen bestand darin, daß er seinen Mund in voller Größe aufriß und den Kiefer nach rechts verschob. Und mit einem Schlag fiel Dr. Becker der Artikel von Ernst Kris über den verrückten österreichischen Bildhauer ein, dessen Name nach dem Zweiten Weltkrieg leicht zu merken war: Messerschmidt. Franz Xaver Messerschmidt. In ihren Augen war Ernst Kris, ein tätiger und verhältnismäßig berühmter Psychoanalytiker und gleichzeitig angesehener Kunsthistoriker, eine herausragende Autorität auf dem Gebiet der Psyche von Künstlern und Denkern. Sie las seinen Artikel noch einmal mit erhöhter Aufmerksamkeit.

Darf man über Ernst Kris sagen, daß er dumm war? In den vergangenen Jahrhunderten, vielleicht bis Ende des neunzehnten Jahrhunderts – das nach Ansicht von Kennern der Materie bis 1914 reichte – war es möglich, von jemandem zu sagen, er sei dumm, doch die Zeiten haben sich gändert. Früher einmal sagte man, in Italien sei die Komödie ein Ding der Unmöglichkeit, da die Dialekte dort in jeder Region so unterschiedlich seien, daß das, was an einem Ort zum Lachen bringe, am anderen nicht einmal ein leises Lächeln hervorrufe. Und so ist es auch um das Wesen der Dummheit in unseren Tagen bestellt. Was an einem Ort als dumm angesehen wird, wird am anderen nicht nur nicht als solches betrachtet, sondern kann dort sogar als aufschlußreich und scharfsinnig gelten. Und um sich von dieser verblüffenden Diskrepanz zu überzeugen, muß man nicht erst Tausende Kilometer weit reisen, muß keine verschneiten Berggipfel erklimmen und mit der Machete dicke Äste abschlagen oder gegen gigantische Moskitos kämpfen. Und wenn nun also der Fall eintritt, daß der Schriftsteller mit aller Macht darauf beharrt, Dummheit zu beschreiben – nun, auch der Schriftsteller ist schließlich und endlich nur ein Mensch aus Fleisch und Blut und des öfteren von dem brennenden Wunsch beseelt, sich zu rächen und zu verletzen, den Rachen des Löwen wie ein muskelstrotzender Herkules der wilhelminischen Bildhauer zu zerreißen, und nicht nur einmal vollführt seine Hand die Bewegung eines niedersausenden Schwertes oder eines zustoßenden Dolchs mitten ins schwarze Herz seiner Feinde, und wie oft denkt er sich, wie ein Janitschar, der die Federn auf seinem Hut betrachtet: So und so viele Ungläubige habe ich ins Reich der Unterwelt befördert – wenn der Schriftsteller also stur darauf beharrt, die Dummheit stark zu vergrößern, dann verkehrt sich die Lage ins Gegenteil, und sie erscheint nicht mehr als Dummheit, sondern als Mysterium. Wie die Göttin der Natur ragt die Dummheit vor uns auf, gewaltig wie ein Berg, ein mächtiger Gipfelkamm, der in majestätischer Herrlichkeit seine Schatten über uns wirft.

Jener Franz Xaver Messerschmidt lebte in völliger Abgeschiedenheit, nachdem er den Hof des Kaisers verlassen hatte. In seiner kleinen Hütte gab es nur ein Bett, eine Flöte, eine Pfeife, einen Wasserkrug, ein italienisches Buch über die Proportionen und neben dem Fenster – eine Skizze des »ägyptischen Hermes«. Der Bildhauer kämpfte Zeit seines Lebens nur mit einer Macht, die er den Geist der Proportion nannte. Er entdeckte viele Geheimnisse der Proportion, und der eifersüchtige Geist pflegte sich auf ihn zu stürzen und ihn zu mißhandeln, um sich an ihm zu rächen. Er fügte Messerschmidt Schmerzen zu und verletzte ihn an allen möglichen Körperstellen, doch Messerschmidt überlistete ihn. Nicht weniger gut als der Geist kannte er das Geheimnis der Relationen zwischen den diversen Körperteilen und den Gesichtsmuskeln, und mittels verschiedener Grimassen, die er vor dem Spiegel schnitt, hinderte er den Geist daran, ihn zu quälen. Um das System dieser Gesichtsverzerrungen für die kommenden Generationen zu verewigen, wie es sich für einen Künstler gebührt, verlieh Messerschmidt ihnen plastische Form – vierundsechzig an der Zahl. Zwei Köpfe lagen ihm speziell am Herzen: Köpfe, die anstelle von Nasen lange Schnäbel aufwiesen, über die Messerschmidt nicht sprechen wollte. Sie waren die heimlichen Abbildungen des Geistes der Proportion.

Levitas Handbewegungen (die erstmals ein englischer Arzt namens Kraelin beschrieben hatte) erinnerten Dr. Becker an Messerschmidt. Er war sich auch sicher, daß Levitas Dämon, gleich Messerschmidts Geist der Proportion, in der Kunst bereits irgendwo Gestalt angenommen hatte, in der Bildhauerei oder Malerei. Dr. Becker wußte zwar nicht, wie sie zu dieser Schlußfolgerung gelangt war, doch war sie von ihrer Richtigkeit überzeugt. Seit ihr Glaube an die Psychoanalyse nachgelassen hatte, verließ sie sich mehr auf ihr inneres Gefühl. Manchmal, wenn sie am Morgen ins Krankenhaus fahren mußte, empfand sie Widerwillen davor, durch das Tor zu treten, die Korridore entlang in das Büro zu gehen, das von alten Büchern und Akten überquoll, die sich in ihren Einbänden zu krümmen, in einem anderen Medium als Luft zu befinden schienen. Als sie zum erstenmal gespürt hatte, daß sich ihre Müdigkeit des Morgens zu echter Erschöpfung auswuchs, suchte sie Erich Neumann auf, um sich Rat zu holen, doch sie begriff sehr rasch, daß Menschen vom Format eines Neumann sich schwer taten, aus den Wolken ihrer akademischen Betrachtungen herabzusteigen. Es war, als wäre sie gekommen, um Buddha mit den Preisen für Fisch zu belästigen.

»Vielleicht sollten Sie in Betracht ziehen, Frau Niuta«, sagte Erich Neumann, »daß Ihr Empfinden nicht zwingenderweise mit dem zusammenhängen muß, was Sie als die generelle Situation der Psychoanalyse beschreiben, die, wie ich zugebe, nicht gerade glänzend ist. Solche Empfindungen einer Krise sind überall und in jeder Epoche bekannt, in der Menschen die Stärke einer bestimmten Idee erleben. Ich weiß nicht, ob Sie zuweilen die Schriften der Chassidim und ihre Geschichte studieren, in denen sich einiges finden läßt, das ein Licht auf viele der Gefühle der neuen Zeit wirft. Betrachten Sie zum Beispiel das Leben des Menachem Mendel von Kock – ein immens charismatischer Mann, der, wider seinen Willen, eine große Gemeinde anzog, ein Mann, der die Vulgarität, den naiven Wunderglauben verabscheute und Einfachheit und Aufrichtigkeit predigte. Es wurde auch über das unaufhörliche Geraschel von Mäusen in seinem Zimmer erzählt – das Wispern der Seelen, die ihre Besserung suchen. In seinem tiefsten Herzen glaubte er an seine wunderbare Erwähltheit, sagte von sich selbst, er sei der Siebte und Wesentliche, sechs Generationen von Chassidim seien ihm vorangegangen, und er sei die siebte, der Schabbat. Meine Seele, so sagte er, wurde vor der Zerstörung des Tempels erschaffen. Ich zähle nicht zu meinen Zeitgenossen, und der Grund für mein Kommen auf diese Welt ist, zwischen Heiligem und Profanem zu trennen. Hören Sie das, Frau Niuta, verstehen Sie, was seine Auffassung von seiner Sendung war? Sie verstehen, daß der Mann nicht alles über sich enthüllte ... Und da geschah die Sache, über die man in der chassidischen Welt nur hinter vorgehaltener Hand flüstert. Im Jahre 1840, am Schabbat des Thorakapitels *vajischlach*, reichte ihm der Gabai seiner Synagoge, Zvi Hirsch aus Tomaschov, den Kidduschbecher zum Segen, und er warf ihn von sich, blies die Schabbatkerzen aus und schrie: ›Es gibt kein Recht und keine Richter! Schert euch fort von hier, ihr Toren, ich bin kein Rabbi und nicht der Sohn eines Rabbis.‹ Und von diesem Tage an blieb er bis zur Stunde seines Todes in seinem Zimmer eingeschlossen und kam kein einziges Mal mehr heraus. Ein Gefangener aus freien Stücken in einem Gefängnis ohne Gitter. Sie, Frau Niuta, müssen Ihr Gefühl achten und nach dem Befehl Ihres Herzens leben.«

Sie wollte fragen: Und was wird aus meinem Leben? Doch wie hätte man so etwas Erich Neumann fragen können, der in eine kleine Wolke gehüllt auf dem Gipfel seines Berges saß, mit dreitausend Jahren hinter sich – ein deutscher Professor, der von Menachem Mendel erzählte, kein Jude. Niuta Becker fühlte sich äußerst unbehaglich bei diesem Gespräch. Noch einmal las sie Kris' Artikel und kehrte zu Levita zurück. Wie immer sah sie der Kranke mit heimlichem Verlangen an: Es war klar, daß er sich jenseits seines Wahns und seiner Schwäche, hinter der Wirkung der betäubenden Medikamente, von ihr angezogen fühlte, und sein Lächeln schien wie eine winterliche Sonne, die durch schwere Wolken späht – fahl und weiß.

»Bitte, bitte, Herr Levita, tun Sie es für mich. Geben Sie mir einen Hinweis, eine Andeutung, ein Zeichen. Nur was für Sie nicht gefährlich ist, nur was Sie dürfen. Eine winzige Kleinigkeit, die nichts ausmacht ...«

Der Kranke drückte schwach ihre Hand, und ein Lächeln, das sie noch nie gesehen hatte, breitete sich auf seinem leidenden Gesicht aus. Levita blinzelte ihr mit seinem linken Auge zu, ein armseliges Zwinkern, grauenhaft mechanisch, aber trotz allem ein Zwinkern. Plötzlich entfuhr seiner Kehle ein mächtiges Gebrüll: »U U U U U U U ...« Der Schrei wurde höher, heiserer, und dann wieder ruhiger und leiser: »u u u u« ... Seine Lippen verzerrten sich zu komischer Form, stülpten sich vor, schwollen an, sein Kopf fiel auf die Seite. Und schließlich zwinkerte er Niuta wieder zu und kehrte zu seinen gewöhnlichen Handbewegungen und seiner nachdenklichen Gleichgültigkeit zurück.

Niuta Becker wußte, daß ihr der Kranke sein Geheimnis verraten hatte, wenigstens das Ende des Fadens, der sie dorthin führen würde. Doch was bedeutete dieses laute Gebrüll? Der aufgerissene Mund? Der hängende Kopf? Das Auge, das wie von der Seite her beobachtete? Die Lippen? Vergeblich versuchte sie, das Gebrüll zu rekonstruieren. War es das Brüllen eines Tigers oder eines Löwens?

Dr. Becker hätte das Rätsel nie gelöst, wenn sie nicht von Brunner eine Einladung zur Eröffnung des »prophetischen Geheges« in seinem Tierpark erhalten hätte. Dr. Becker verabscheute Brunners poetisierende Seele, doch auf seinen Empfängen war immer die Crème de la crème des ganzen Landes versammelt, und sie blühte auf in der Gesellschaft namhafter Leute. Sie betrachtete den Wolf und das Lamm, hörte eine Rede und noch eine, lauschte den kurzen Worten Brunners über den Wolf, dem der Name »Latro« verliehen worden war, was »Räuber« im Lateinischen hieß. Sie musterte das Publikum, das vor dem Gehege stand, und ihr Blick wurde von Ben-Gurion angezogen – der Zwerg mit der weißen Haarmähne, der einem alten, energiegeladenen Pony glich, wirkte auf sie immer wie ein Mensch, der seine Absonderlichkeiten mit vorgefaßter Absicht übertrieb, um die scheinbar logischen Ansinnen seines Umkreises abzuschmettern und den Vorteil seiner Existenz unversehens auszubeuten. Seine Exzentrik war sicher von unschätzbarer Nützlichkeit in einer Politik, die ganz und gar aus dem aufrechten Sinn von Jugendbewegungen bestand. Das Pony war eine Sphinx. Doch vielleicht, sagte sich Niuta Becker insgeheim, vielleicht hatten auch seine Exzentrik und seine Skurrilitäten einen Preis. Mit seiner Schuhspitze bohrte Ben-Gurion in einem Erdhäufchen herum, und es schien so, als hätte er nicht die Geduld, die Reden anderer anzuhören. Neben ihm stand Mosche Dajan ... Sie liebte sein sonnenverbranntes Gesicht und seine gekräuselten Lippen. Doch war er wirklich ein anziehender Mann? Auch ein hochgewachsener Mann mit extrem weißem Gesicht stand dort, ein Mann, der seine Jugend schon weit hinter sich gelassen hatte, vielleicht fünfzig oder gar sechzig war, mit tintenbefleckten Händen. Der Mann gefiel ihr ausnehmend gut, und sie fragte, wer er sei. Pater Jasni, der Jesuit, erwiderte ihr Baruch, Brunners Assistent. Und im gleichen Augenblick vernahm Niuta, rechts vom Gehege, Levitas Gebrüll. Zuerst dachte sie, sie halluziniere, doch das Brüllen wiederholte sich, erklang immer wieder. Obwohl sie wußte, daß es den Anwesenden merkwürdig vorkommen mußte, drängte sie sich zur Quelle des Gebrülls durch. Ein großer Bär stand auf seinen Hinterläufen und brüllte, senkte seinen Kopf, riß seinen Rachen auf, haargenau wie Levita.

»Bär? Bär?«

Sie stand vor dem Bären und betrachtete seine mit weißen Haaren gesprenkelte Schnauze, seinen gewaltigen Wanst und die klauenbewehrten Pranken. Sie imitierte sein Gebrumm, und Baruch, der ihr auf einen Wink von Dr. Brunner hin nachgelaufen war, stellte sich neben sie und sagte: »Brummen wir alle wie Bären?«

Dr. Becker ließ ihren Blick von dem Bären zu Baruch schweifen und dann zum Schild am Käfig: Urs ... Urs? Ja, es gab einen Maler, dessen Name Urs war, Urs Graf, ein Deutscher, Schweizer oder Österreicher, vielleicht auch Flame. Niuta Becker entsann sich nur seines derben Humors, seiner anspruchslosen Männlichkeit und seiner Strichporträts – grobschlächtige Gesichter. Urs Graf? Sie rannte zum Ausgang, ohne ein Wort zu Baruch, und schon im Lauf dachte sie an den rühmenden Artikel, den Ernst Kris schreiben würde: Dr. Becker gelang es, einen besonders schweren und verwickelten Fall zu entschlüsseln ... den Fall Levita, der bekannte Neurologe aus Dresden. Jetzt wußte sie, daß sie in den Büchern des Malers des Rätsels Lösung finden würde.

In der Bibliothek gab es nur zwei Bücher von Graf. Dr. Becker durchblätterte sie mit zitternder Hand, doch ihre Befürchtungen waren hinfällig. Nahezu auf Anhieb fand sie, was sie suchte: den Kupferstich eines Eremiten, ein Mönch in einer Kutte mit Kapuze, barfuß, die Finger seiner Rechten umklammerten einen Stab, der in der Figur des Gekreuzigten endete, und in seiner linken Hand hielt er einen großen Rosenkranz. Das Gesicht des Eremiten war unter der Kapuze nicht zu sehen, und im Grunde waren keine Körperkonturen erkennbar, außer den Händen und den nackten Füßen. Hinter ihm, seine Hände auf die Schultern des Mönches gelegt, schritt ein Teufel, abscheulich anzusehen mit seinem Ziegenkopf, seinen Rachen mit den gewaltigen Raubtierfängen höhnisch aufgerissen, je ein Paar große und kleine Hörner auf seinem Schädel und stark behaart, ein Schwanz wie ein Stier, die Krallen lang und gebogen, sein ungemein langes Glied stieg von den Hoden bis über die Schultern auf. Ein Mönch mit einem Teufel auf den Fersen. Im Hintergrund waren eine kleine Stadt, ein Kloster und Wolken zu sehen. Der Stich war voll und ganz Jahrmarktshumor, doch Niuta Becker spürte sehr wohl, wie jemanden das Entsetzen überwältigen konnte, wenn er das Gefühl hatte, er sei derjenige in der Kutte – eine kleine Gestalt, den Kopf in der Kapuze und hinter ihm der grausige Teufel.

Linke Hand, rechte Hand.

Das war es also. Zusammengekauert in einer Kutte, einer Kapuze, schritt er mit nackten Füßen (vielleicht war Levitas Gang deshalb so vorsichtig, als träte er auf Steine und Dornen), und hinterdrein, die Hand auf seiner Schulter, sein Feind, der ihn mit höhnischem, bösem Gelächter überschüttete. Und da die Delusion im Konzentrationslager aufgetaucht war ...

Nun mußte sie von Levita die Geschichte der Delusion hören, doch wie war eine Beichte aus dem Munde eines Menschen zu bewerkstelligen, der seit vielen Jahren nur vereinzelte Sätze sagte? Wie sollte sie seine Zunge lösen? Sollte sie ihm den Stich von Urs Graf zeigen? Wenn sie darüber wenigstens mit Erich Neumann hätte sprechen können, doch er war bereits vor drei Jahren gestorben. Vielleicht mit Dr. Bergmann, dem Philosophen? Er würde sicherlich sagen: Krankheiten? Krankheiten haben keinerlei Bedeutung! Krankheiten sind in ihrer Art wie Geschichte, die die Größen der Philosophie immer geringgeschätzt haben: Maimonides, Descartes, Malebranche. Ernst Kris würde eines Tages noch über sie schreiben. Weshalb eigentlich Kris und nicht Leute von größerem Format: Erik Erikson – so hochgewachsen, hübsch, vornehm und elegant!

Vielleicht irgendein zungenlockerndes Medikament? Injektionen, wie sie Polizei oder Agenten benutzten ... Ein Fünftel der Bevölkerung ist verrückt, pflegte Moravsky zu sagen, mindestens ein Fünftel; und glauben Sie mir – auch die Araber werden mir meine Statistik nicht durcheinanderbringen. Menschen von allen möglichen Orten, die alle Arten von Sprachen sprechen und die unterschiedlichsten Gebräuche haben. Da soll einer wissen, wie man da jemals herauskommt. Die gleiche Krankheit, die das eine Mädchen dazu bringt, auf die Polizeiwache zu gehen und sich dort vor den Augen der Polizisten und Häftlinge auszuziehen, treibt das andere dazu, die Kipa ihres Vaters aufzusetzen, unters Bett zu kriechen und dort in bittere Tränen auszubrechen. Ein Fünftel der Bevölkerung! Er selber, Dr. Vinograd, Dr. Bachar, Dr. Chatuli, Dr. Amazihu. Dr. Amazihu? Dr. Amazihu, sagte Moravsky, ist komplett wahnsinnig, Leute, die weniger verrückt sind als er, sind bei mir in einer speziellen Abteilung eingesperrt. Und was ist mit Dr. Bachar mit seinen unvermittelten Zornausbrüchen wie ein Feuer im Dornbusch? Niuta Becker war in Pardes Hanna aufgewachsen, ein Ort, den sie sehr liebte: jemenitische Mädchen, Jungen aus Deutschland, Urenkel der Bauern von Zichron Jakov und Hadera. Als ihr Vater starb, heiratete ihre Stiefmutter einen der sportlichen Jeckes von Pardes Hanna, Mecki Bekker, der als Filmvorführer im Kino arbeitete. Anfangs weigerte sich ihr Stiefvater, sie Deutsch zu lehren, doch sie beharrte darauf, und er war so überrascht von ihrer Willensstärke, den vielen Stunden, die sie dem Lernen widmete, vor allem, nachdem das eigentlich die einzige Anstrengung war, die sie je beim Lernen unternahm, daß er schließlich nachgab. Als sie die höhere Schule abschloß, konnte Niuta Deutsch, und, wie ihr Stiefvater behauptete, sogar besser als er. Sie begann, die Bücher Freuds zu lesen, eines nach dem anderen. In ihrer Kindheit hatte sie einen Film gesehen, in dem man einem Freiheitskämpfer eine Droge injizierte, damit er seinen Folterern die Wahrheit sagte.

Sie beriet sich mit Dr. Chatuli, doch er sagte, das sei Unsinn – solche Sachen würde die Geheimpolizei erfinden, um damit ihren Gegnern Angst einzujagen. Und Dr. Bachar meinte, es handele sich um ein Narkosemittel, und riet ihr, es nicht zu verwenden.

Dr. Bachar war der einzige im Krankenhaus, der auf seine Kleidung achtete. Ein Tweedjackett, immer ein blütenweißes, gestärktes Hemd, eine gebügelte Krawatte, hochelegante Schuhe, modisch und solide in einem – das braune Leder und die Form bewirkten Leichtigkeit, während die dicken Sohlen und hervorspringenden abgesteppten Seiten den Eindruck bequemer Sportlichkeit vermittelten. Dr. Bachar war Pfeifenraucher und las den *New Statesman*. Ein Schnurrbärtchen zierte seine Oberlippe. Er hatte zwar nicht einen Funken Humor, doch seitdem in Niuta ketzerische Gedankengänge hinsichtlich ihres Berufes erwacht waren, widmete er dem Krankenhaus mehr Zeit und kümmerte sich besonders um die Papierarbeit, die Sitzungen und den Kontakt mit den Institutionen.

»Ich traue meinen Ohren nicht«, sagte er, als ihm Niuta erzählte, wofür sie das Mittel benötigte, »ich weiß wirklich nicht, wogegen ich heftiger opponieren soll: gegen die Leichtfertigkeit dieser Kriminalromanidee oder gegen die große Gefahr, die sie in sich birgt. Man muß alles so belassen, wie es bisher gehandhabt wurde – in ruhigem Fahrwasser.«

»Aber ist das nicht unser Beruf – die tiefen Fluten aufzurühren?«

»Nein. Das ist nicht unser Beruf«, antwortete Dr. Bachar und sog mit Nachdruck an seiner großen, schweren Petersonpfeife.

»Und Sie gehen nicht in Detektivfilme und lesen auch keine Kriminalromane?«

»Ganz entschieden nicht.«

»Und was tun Sie, um sich zu zerstreuen?«

»Ich mache Ausflüge mit den Naturfreunden«, erwiderte Dr. Bachar nach kurzem Überlegen.

»Sie lieben die Natur?«

»Das würde ich nicht sagen, aber ich bemühe mich.«

»Und Ihr Herz schlägt beim Anblick geschichtsträchtiger Landschaften?«

»Das ist mir noch nicht widerfahren. Nein. Aber ich finde es interessant, mich mit den Führern zu unterhalten. Man kann viel von ihnen lernen.«

»Es wäre besser, Sie würden Ihr Auto gegen ein schnelleres austauschen und ein wenig über die Straßen düsen.«

»Nicht jeder von uns ist mit einem Temperament wie dem Ihren und dem Mut von Zirkusakrobaten gesegnet«, entgegnete Dr. Bachar leicht gekränkt.

»Ich bin auch mit Führerscheinentzug für drei Monate gesegnet.«

Aber Dr. Bachar wollte sich nicht versöhnen lassen.

»Sie hätten dem Richter vorschlagen sollen, über die Straßen zu düsen. Vielleicht hätte er Ihnen etwas von der Strafe erlassen, und was die Droge angeht – es ist schlicht Sodium Pentotal. Man muß nur mit der Dosierung achtgeben. Wenn er zuviel erhält, schnarcht der Patient weg, bei zu wenig ermüdet er einfach bloß.«

»Und das ist alles?«

»Alles? Was haben Sie denn erwartet, Niuta?« sagte Dr. Bachar spöttisch.

Dr. Becker stellte sich die Dinge folgendermaßen vor: Als Levita in Auschwitz war, befiel ihn die Phantasie, einer seiner Peiniger sei der Teufel von Urs Grafs Kupferstich, der anscheinend in seiner Kindheit oder Jugend tiefen Eindruck auf ihn gemacht hatte – irgendein

Kapo oder SS-Offizier. Er sah sich selbst in der Gestalt des Eremiten, versteckt in der Kutte mit Kapuze, wie er sich durch den Griff um den Stab mit dem Gekreuzigten an der Spitze und den Rosenkranz schützte. Seine tollen Sprünge kamen daher, daß er die Nähe des schrecklichen Teufels spürte, Sodoms Grauen, das hinter ihm einherschritt, nah und immer näher. Wenn es ihr gelänge, ihm die Droge in der richtigen Dosierung zu injizieren, würde sie von ihm Einzelheiten über sein Wahnbild erfahren, und danach, in langsamen Gesprächen und bei kluger, kontrollierter Anwendung von Medikamenten, die in den letzten Jahren erst entwickelt worden waren, könnte sie, um mit Moravskys Worten zu sprechen, ein Pflaster für Levitas trauernde und schuldige Seele finden (der frühere Leiter des Krankenhauses glaubte im Grunde seines Herzens, daß jeder Wahnsinn seinen Ursprung in irgendeiner Schuld habe).

Sie gab den Stich zum Vergrößern und bereitete sich auf das Gespräch vor. Allerdings nagte ein schrecklicher Zweifel an ihrem Herzen und flatterte in ihrem Bauch, der Zweifel an der eigentlichen Existenz solch machtvoller Delusionen, obgleich sie sehr wohl wußte, daß sie existierten, aus der Fachliteratur, aus den Erzählungen von Patienten und aus Moravskys eigener Erfahrung, der Kanonier im kaiserlichen Heer gewesen war, von einem Granatensplitter verletzt wurde und viele Jahre lang unter Geruchs- und Sehtäuschungen litt. Im Krankenhaus waren auch Patienten – und vor allem Patientinnen – untergebracht, die wirklich ganz grauenhafte Halluzinationen hatten, abscheulich und entsetzlich. Ihre Zweifel bestürzten Niuta Becker selbst.

Sie erblickte Levita hinter der Glastür. Jetzt sah er wieder besser aus, seine Kleidung war sauberer, seine Hosen schlotterten nicht mehr und wiesen im Schritt keine Flecken mehr auf. Der Kranke schaute sie neugierig an, mit einem kaum merklichen Lächeln auf den Lippen, danach sah er aus dem Fenster und flüsterte: »Die Andromedanebel.«

»Herr Levita«, sagte Niuta Becker und ergriff seine Hand. »Ich möchte mich mit Ihnen unterhalten. Ich habe hier eine Injektion mit einem narkotisierenden Mittel, eine ganz kleine Menge, es ist Sodium Pentotal, ein gewöhnliches Schlafmittel. Ich hätte gerne, daß Sie damit einverstanden sind, es verabreicht zu bekommen. Danach werden wir uns unterhalten, Sie und ich. Ich danke Ihnen aus ganzem Herzen für das Bärengebrüll. Nun weiß ich, wovor Sie sich fürchten. Ich möchte Ihnen helfen. Wären Sie mit einer Injektion einverstanden?«

Levita betrachtete sie weiter mit dem leicht neugierigen, liebevollen

Ausdruck auf seinem Gesicht, sein Blick schweifte zu ihrem Körper, über ihre Hände, zu ihren Sandalen.

»Ich werde Ihnen einen Stich zeigen. Ich habe gebeten, ihn vergrößern zu lassen. Wenn Sie ihn nicht sehen wollen, schließen Sie die Augen, falls Sie das nicht tun, werde ich ihn vor Ihnen ausbreiten.«

Levita wandte kein Auge von ihr. Jetzt streichelte sein Blick ihr Haar, ihr Gesicht. Seine Reaktion darauf war heftig, voller Abscheu, als klebe etwas Trübes, Morastiges an ihr.

Ganz sachte und langsam breitete sie den Stich vor ihm aus, wobei sie ununterbrochen weiterredete: »Dieser Maler, der Schweizer Urs Graf, hat sich das Thema dieses Stichs genau wie andere Sujets ausgedacht. Er hatte eine blühende, derbe Phantasie. Schauen Sie, hier. Sie sehen das Datum? 1512. Vor Jahrhunderten. 1512. Das war vor ... vor vierhundertfünfzig Jahren. Es ist nur ein Bild. Ein Stich. Eine Skizze. Ein Blatt Papier mit der Phantasieausgeburt des Malers.«

Erst jetzt wandte Levita seinen Blick dem Papierbogen zu. Noch nie hatte Dr. Becker einem ihrer Patienten gegenüber so viel Mitleid empfunden, wie sie es in jenem Augenblick beim Anblick von Levitas Gesichtsausdruck verspürte. Er wurde zunehmend blasser. Er blickte nicht auf den Bogen selbst, sondern schien die Ecken zu suchen. Sein Mund öffnete sich, seine linke Hand, dicht neben dem Papierrand, fuhr zurück.

Dr. Becker legte ihre Hand über die seine, die zur Faust geballt war.

»Darf ich Ihnen eine Injektion geben?«

Levita sah sie an, Tränen glänzten in seinen Augenwinkeln, wie in den Augen eines Kindes, während er versuchte, seinen Hemdsärmel hochzukrempeln.

Dr. Becker gab ihm die Spritze. Und als sein Atem wieder stetig wurde, fragte sie ihn:

»Erscheint Ihnen so die Gestalt?«

Ein Stöhnen entrang sich seiner Kehle.

»Sieht so die Gestalt aus, ist das die Erscheinung?«

Ein schwaches Lächeln tauchte auf seinem Gesicht auf.

»Der Bär wußte es«, murmelte er.

»Das ist seine Erscheinung?«

»Erscheinung?« wiederholte Levita, als hörte er ihre Fragen von einem Echo begleitet und versuchte, Stimme und Echo in einem zu imitieren.

»Die Gestalt?«

»Der Bär wußte es!« sagte Levita mit einem Lächeln ungläubiger Verwunderung. »Der Bär hat es gewußt!«

Wenn sie jetzt nur irgendeine Hilfe gehabt hätte, wenn sie sich mit jemandem hätte beraten können. Seit ihren Studientagen hatte sie alle ihre Arbeiten immer Freunden gegeben, damit sie sie durchsähen und Verbesserungen vorschlügen. Ihre eigenen Worte erschienen ihr irgendwie schwach, ohne echte Autorität; auch wenn sie recht hatte, auch wenn ihre Meinungen richtiger waren als die anderer, so hatte dies keine Bedeutung.

»Der Bär hat es erraten? Der Maler hat geahnt, wie der Teufel sich zeigt?«

»Der Bär wußte es!« wiederholte Levita. »Gibson ist ein Mörder. Er hat meine Muskeln gelähmt, hier und hier und hier (und er zeigte auf seine Finger und Handflächen), und ohne diese Muskeln, ohne meine Muskeln bin ich für immer verloren, für immer und ewig.«

»Dr. Gibson ist bereits vor Jahren in Pension gegangen und kann Ihnen nichts mehr anhaben.«

»Gibson ist ein Schuft!« sagte Levita. »Ein Schuft! Ohne Scham. Muskeln lähmen! Andromedanebel!«

Nur wenige Male hatte Dr. Becker schizophrene Patienten behandelt – darunter ein junger Mann, ein Bankangestellter, der im Stil der Bibel zu ihr sprach: »Heben Sie, Dr., dieses Joch hinweg von meinem Hals!« Ein anderer, ebenfalls jung, der später an Herzstillstand starb, baute um eine Fingerpuppe eine Welt der Schrecken. Sie entsann sich, daß sie bei ihren Sitzungen mit ihnen auf Erfahrungen mit Jungen aus ihrer Schulzeit und vom Beginn ihrer Studienzeit zurückgegriffen hatte. Sie erinnerte sich an die Dinge, über die man nicht sprach, obwohl sie die wichtigsten waren, über die Furcht vor den unsichtbaren Dingen, widersprüchliche Ängste – vor der Willkür des Verehrers wie vor dem Wunsch, in seinen Armen zu liegen –, und ganz besonders gut hatte sie die Empfindung im Gedächtnis behalten, als wären zwei solche Gesprächspartner wie immaterielle Geister, die als Botschafter für tiefere und echtere Wesensexistenzen dienten, Botschafter, die mit Schutzschilden aus Worten, kleinen Bewegungen und Verstellungsmanövern gewappnet waren. Die Erfahrung der unglücklichen Werbungen diente ihr mehr als alles andere bei ihrer Arbeit mit den schizophrenen Patienten.

»Derart groß?«

Sein Glied? Der Schwanz? überlegte Dr. Becker.

»Aber er wußte es. Der Bär wußte es. Gibson, der Schuft.«

»Er arbeitet schon längst nicht mehr. Schon seit langem.«

»Schuft! Lähmt die Muskeln, und dann kommen sie ... und ich bin schutzlos ... und dann kommen sie ... ohne ... Schutz ...«

»Wer?«
»Sie!« sagte Levita.
»Die Wächter? Die Teufel? Sind es viele?«
»Der Bär wußte es!« wiederholte Levita.
»Es sind viele?«
»S. S. Lilliput.«
»Die Wächter? Die Wächter im Lager? Die Wächter im Konzentrationslager? Nicht ein Teufel – viele?«
»Der Bär wußte es – S. S. Lilliput«, murmelte Levita.
»Welche Anzahl? Wie viele sind es?«
»Und wie viele Nerven? Wie viele Sterne? Graben und graben. Jeder Stein, jeder Stein. Und ich werde hohl. Hohl. Da war ein Berg, ein Berg war da, und jetzt nur Höhlen.«
Große Tränen rollten Levita über die Wangen.
»Und was machen sie mit den Edelsteinen, die sie von Ihrem Körper, vom Berg geraubt haben?«
»S. S. Lilliput! Sterne!«
Ein Zittern überlief Levitas Gesicht.
»Dann gibt es daran etwas Gutes?«
»Eine große Höhle!« sagte Levita. »Andromedanebel!«
Dr. Becker beruhigte ihn, und er faßte nach ihrer Hand, küßte sie und sagte mit nahezu klarer Stimme: »Glücklich die Wahnsinnigen, die gute Träume haben.«
Wenn sie nur mit Dr. Neumann hätte sprechen können. Nur ein Mensch wie er hätte vielleicht die seltsamen Verstrickungen erfassen können, diese Obsessionen, die einem religiösen Zwang glichen. Sie selbst begriff Dr. Neumann nicht. Auf der Eingangsseite seines Buches über den Ursprung des Bewußtseins stand ein Gedicht, das besagte, wenn sie es denn richtig verstanden hatte, daß der Mensch verpflichtet sei, dreitausend Jahre Geschichte zu kennen, denn andernfalls würde er sich in Alltäglichkeit verlieren! Dreitausend Jahre Geschichte! Was denn, ein Mensch, der Experte darin wäre, in den kompletten dreitausend, der ist nicht verloren? Sogar Jung schrieb im Vorwort zu Neumanns Buch, daß der Leser, wie bei jedem originären und bahnbrechenden Werk, des öfteren den Faden der Ariadne verlöre, was in der Sprache europäischer Höflichkeitsfloskeln besagte, daß auch Professor Jung höchstpersönlich den Worten Erich Neumanns nicht bis ins Letzte zu folgen vermochte. Und wenn es ihr gelänge, das Schema von Levitas Delusion zu aufzuzeichnen – würde das etwas ändern? Würden die Nazis, die die grauenerregende Form der Teufel Urs Grafs angenommen hatten, aufhören, in seinem Körper zu schür-

fen und ihn auszuhöhlen? Der große Teufel, der hinter ihm herschritt, würde er für immer verschwinden und wieder in die Kunstbände zurückkehren?

Levitas Gesicht erweckte erneut ihr tiefes Mitleid. Niuta Becker blickte auf seine Füße. Er hatte die Schuhe verkehrtherum an, und es war ihm nicht gelungen, sie zuzubinden. Sie kniete nieder, streifte ihm seine Schuhe ab, zog ihm den linken Schuh links und den rechten rechts an und band die Schnürsenkel zu. Der Gedanke an Erich Neumann hatte sie wohl irritiert, denn für einen Augenblick schien ihr, daß das, was sie gerade tat, einem Judaskuß gleichkam. Und sie wußte, sie würde Levita niemals behandeln können.

In der folgenden Nacht gelang es Hermann Levita, das dicke Gitternetz vor seinem Fenster zu zerreißen, und er sprang aus einer Höhe von vierzehn Metern in die Tiefe. Hermann, der älteste Sohn des Hauses Levita, zerschmetterte auf den Küstenfelsen.

Als der ehemalige stellvertretende Landwirtschaftsminister Gerschon Levita vom Selbstmord seines Bruders in einer Irrenanstalt in Jaffa erfuhr, wurde er schrecklich wütend, daß man ihn nicht einmal von seiner Ankunft im Land in Kenntnis gesetzt hatte. Und wenige Tage später rief ihn jemand an, der ihm Informationen über seinen zweiten Bruder übermittelte! Gerschon Levita war kein sentimentaler Mensch, und die wenigen Frauen, mit denen er überhaupt je irgendwelche Beziehungen hatte, bezichtigten ihn der Selbstisolierung. Doch Hermanns Selbstmord und die Nachrichten von Semjon erschütterten ihn zutiefst. Er hatte Rußland schon längst vollkommen vergessen, seine Freunde dort, ihre Namen, ihr Aussehen, die Straßenbezeichnungen, sogar die Namen der Waldbeeren (etwas, was seine aus Ostpolen stammende Frau in Erstaunen versetzte), doch die Erinnerung an seine beiden Brüder war in seinem Herzen lebendig geblieben. Obwohl zu Hause in der Regel nur Kartoffeln auf den Tisch gekommen waren, und auch die zuweilen verdorben – schwarz und hier und dort angefault –, hatten sich die Brüder immer so benommen, als erwartete sie eine große Zukunft. Sie waren sich ihrer Bestimmung so sicher. Er selbst ging manchmal zu Hause auf und ab und sagte mit lauter Stimme: Grischa Levita, der größte Agronom der Welt! Grischa Levita, König der Agronomen! Gott der Agronomen! Nicht so seine Brüder. Er erinnerte sich an Semjons bezaubernde Schönheit, als er siebzehn war und in den Krieg zog, und an Hirsch-Hermanns kleine scharfe Augen, als er nach Deutschland aufbrach. Sogar in seiner Jugend war er bereits zum Fürchten intelligent. Einmal hatte Hermann einen der Artikel gesehen, die er für ein zionistisches Nachrichtenblatt schrieb, und gesagt: »Du mußt schreiben, Grischa, nach der uralten Regel der Leute von Welt: ohne etwas zu betonen. Du erhebst deine Stimme zu häufig.«

Eine Woche später fuhr Gerschon Levita mit Mitgliedern einer Spendenaktion aus Amerika in einen Wald des Jüdischen Nationalfonds und pflanzte dort zwei Bäume zur Erinnerung an seine Brüder. Zwei Bäume? Eine ganze Schonung, einen kompletten kleinen Wald hätte er zu ihrem Andenken pflanzen müssen, sagte er zu seiner Frau Rachel, als er in der Nacht nach Hause zurückkehrte, und blickte durch das Fenster hinunter auf die Lichter der Schiffe in der Bucht.

Der biblische Zoo

Kalman Oren (ehemals Kolja Schischkov, der Junge mit den weißen Mäusen auf der *Ruslan*) blickte in den Spiegel. Nach seiner Scheidung hatte sich sein Gesicht stark verändert, war teigiger, weicher geworden, ein wenig verschwommen. Der Blumenladen war in ein rötliches Licht getaucht, das den Blumen, nicht jedoch seinem Gesicht schmeichelte. Er wählte die Blumen aus und sagte dem Verkäufer, er solle ins Zentrum des Straußes eine schöne große Strelitzie setzen. Danach verpackte er die Blumen selbst. Der Verkäufer, Piperno, machte immer übertrieben Gebrauch von Silberpapier und bunten Bändern. Rimona Kohen ... ihre beiden Töchter ... Der bloße Gedanke an ihr Haus am Hang in Romema trieb Röte in seine Wangen. Das war seine letzte Chance. Wenn Rimona ihn wollen würde, könnte er vielleicht noch einmal ins Land der Lebenden zurückkehren, ins Reich der Küsse und Umarmungen; falls nicht, war alles verloren, für immer.

Nach seiner Scheidung war Kalman aus der Gemeinschaftspraxis der Klinik für Haustiere in der deutschen Kolonie ausgeschieden. Nachum Leizerovitsch, sein bisheriger Teilhaber, heiratete Kalmans geschiedene Frau. Hätte ihn Brunner damals nicht aufgefordert, im biblischen Zoo zu arbeiten, wer weiß, was aus ihm geworden wäre. Seine beiden Söhne lebten in Eilat – eine neue Spezies. Kalman war Dr. Brunner zu großem Dank verpflichtet und schätzte ihn selbstverständlich auch sehr. Dr. Brunner war der Verfasser eines der gefeiertsten Bücher der Welt: *Die Tiere der Bibel*, in dem jedes Kapitel, jeder Abschnitt vollgepackt mit Wissen war, das er aus Tausenden Quellen in zahlreichen Sprachen schöpfte; vom Standpunkt der Zoologie aus betrachtet war es ein brillantes Buch, eine wahre Fundgrube. Und der Idealismus in dem Buch! Sein hehrer Glaube! Dr. Brunner hatte vor, in seinem Zoo alle Tiere zu versammeln, die in der Bibel erwähnt wurden. Welch eine Entschlossenheit der Mann hatte, welch ein glühendes Feuer! Und wie er wie mit scharfer Klinge die Zweifel bezüglich der Identität vieler der genannten Tiere ausrottete!

In der Polemik um die Identifizierung der biblischen Tiere, die zuweilen nur eine Feststellung war, manchmal jedoch eine Korrektur der Bibelübersetzungen in den europäischen Sprachen erforderlich machte, war Dr. Brunner als Streiter ohne Furcht und Tadel bekannt. Er hatte sich nicht nur in der akademischen Gemeinde einen Namen gemacht, zwischen den Naturliebhabern und Rätselprofis, sondern auch in einer breiten Öffentlichkeit, auf Grund seiner Briefe an die Redaktion und seiner kleinen, aggressiven Artikel in den Zeitungen. Für Dr. Brunner – dessen angestrebtes Ideal dem des ersten Menschen genau entgegengesetzt stand, nämlich die Tiere zu den Namen zu finden – waren diese Auseinandersetzungen eine Quelle nie versiegenden Vergnügens, und zu sagen, er spielte mit seinen Kontrahenten wie die Katze mit der Maus, wäre nicht genug: Dr. Brunner ließ zwar seinem Gegner zunächst Raum zum Manövrieren und drückte ihn erst danach, langsam und allmählich, mit äußerster Durchtriebenheit an die Wand bis zum bitteren Ende, doch seine Kampfführung brillierte vor allem in den Ermattungsstadien seines Kontrahenten. Seine Artikel hatten starke Ähnlichkeit mit den Stationen eines Stierkampfes, in dem Dr. Brunner zahlreiche Rollen übernahm. Der Doktor war gleichzeitig derjenige, der den Stier in den Ring treibt, der die spitzen Banderillas in seinen Leib schießt, der reitende Pikador, der den Stier mit seiner langen Lanze sticht, und schließlich auch der Matador selbst, der den Stier elegant tötet, während das arme Tier vor ihm in die Knie bricht, verwundet, erschöpft und betäubt von all dem, was sich von dem Augenblick an ereignet hat, in dem es in die Arena gebracht wurde.

Daher fürchtete sich Kalman auch nicht wenig vor Dr. Brunner. Schließlich hatte dieser Mann in seinem Zoo bereits Ben-Gurion, die Stadtspitze und die höchsten Armeegeneräle empfangen. Die Pfade, auf denen er wandelte, waren zu glänzend, als daß sie Kalman Orens Augen nicht geblendet hätten – ein bescheidener Veterinär, der sogar die Operationen lieber seinem Partner Leizerovitsch überlassen hatte und nur widerwillig zum Skalpell griff, wenn sein Partner mit seinen Freundinnen in den Sommerurlaub nach Flims in der Schweiz fuhr, noch bevor er ihm seine Frau gestohlen hatte. Manchmal wurde Kalman Oren in Dr. Brunners Büro gerufen, das vollgestopft mit Tierstatuetten von Pompon und seinem Freund Rudi Lehmann war und zahlreichen Exemplaren seines Buches, das in siebenunddreißig Sprachen übersetzt worden war. Kalman setzte sich dann auf die äußerste Stuhlkante, und falls er einen Kaffee trank, erhob er sich danach umgehend und spülte die Tasse im Becken, unter Dr. Brunners gestrengem Blick. Und da wurde er nun heute, wo er gerade davorstand, sich Rimona Kohen zu erklären, die in seiner Phantasie wie ein reifer Granatapfel loderte, dringlich zum Zoodirektor gerufen, ausgerechnet an einem Tag, an dem er ein Gefühl von Stärke, Energie, Männlichkeit und vielleicht sogar etwas Wildheit nötig gehabt hätte. Und er hatte ihn aufzusuchen, bevor er zu Rimona ging. Wie sollte er dann die Blumen mitnehmen? Dr. Brunner würde natürlich denken, die Blumen seien für ihn. Vielleicht sollte er sie im Stromkasten neben Brunners Wohnung deponieren, wo er bereits einige Male für ihn Umschläge hinterlegt hatte, die nicht in seinen Briefkasten paßten.

Bei sich zu Hause erschien der Doktor noch mehr von majestätischem Glanz umhüllt als in seinem Büro.

»Setzen Sie sich doch, Oren«, sagte er, »setzen Sie sich und machen Sie es sich bequem. Trinken Sie ein Glas Cognac mit mir? Wir feiern heute!«

»Wir feiern?« sagte Oren halbherzig.

»Wir feiern, jawohl, wir feiern, mein Freund. Der große Plan setzt Fleisch an den Knochen an. Noch ein bis zwei Wochen, und wir werden die ganze Mannschaft des Zoos zusammenrufen und es an die Öffentlichkeit bringen.« Als er Orens fragenden Blick sah, wiederholte er: »Der große Plan!« Mit der Ungeduld, mit der starke Menschen andere behandeln, deren Gedächtnis und Charakter schwach sind, drückte er Dr. Oren eine in Packpapier gewickelte Platte in die Hand und befahl ihm: »Aufmachen!«

Oren begann, sehr behutsam, die Verschnürung zu lösen.

»Öffnen! Öffnen Sie es!« drängte ihn Dr. Brunner.

Zu guter Letzt gelang es Kalman Oren, unter dem spöttischen, leicht erbosten Blick des Zoodirektors, das Paket zu öffnen und eine helle Kupfertafel hervorzuholen, die im Licht der vielen Lampen in der Wohnung des Doktors glitzerte.

»Da werden die Wölfe bei den Lämmern wohnen, Jesaja 11,6«, stand auf der Tafel eingraviert und darunter, in kleineren Buchstaben, die Worte des Propheten auf englisch.

»Der Plan!« murmelte Kalman Oren.

»Der große Tag ist gekommen!« sagte Dr. Brunner, »auch wenn er auf sich warten ließ, nun ist er gewiß! Ich habe den Wolf aus Rumänien erhalten. Ein erstrangiger Wolf – gesund, stark, relativ jung. Hinter den Elefanten – das ist der perfekte Platz. Ein Lamm ist nicht da, aber das ist kein Problem. Der Kibbuz meiner Tochter wird es vielleicht stiften.«

Er zeigte Kalman Oren ein Foto des Wolfes und fuhr fort: »Herrlich, nicht wahr?«

Kalman war von den Augen des Wolfes auf dem Bild angetan.

»Wie heißt er?« fragte er.

»Woher wissen Sie, daß er einen Namen hat? Er hat allerdings tatsächlich einen. Sein Name ist Latro.«

»Ein rumänischer Name?«

»Nein, lateinisch: Räuber. Sagen Sie, Oren, Sie haben früher mit Schafen gearbeitet, bevor Sie nach Jerusalem kamen, nicht wahr? Ist es nicht besser, mit einem Schaf anzufangen und nicht mit einem Zicklein? Schafe sind viel stärker als Ziegen, richtig?«

»Ohne Zweifel«, erwiderte Kalman Oren, »ich habe einmal ein Schaf gesehen, dem zwei Beine abgehackt worden waren und das trotzdem mit halblauter Stimme um Futter bettelte. Eine verletzte Ziege würde mit ihrem Gemecker die ganze weite Welt füllen. Es gibt allerdings auch starke Ziegen, wenig Milch, viel Muskeln. Doch ohne Zweifel ist das Schaf ungleich gesünder.«

»Schön und gut«, sagte Dr. Brunner, »trinken Sie den Cognac. Gehe ich recht in der Annahme, daß der Trieb, das Schaf zu zerreißen, nicht erwachen wird, wenn der Wolf genügend Futter erhält?«

»Das würde ich annehmen, Dr. Brunner.«

»Annehmen?«

»Ich bin sicher. Weshalb würde er mit glücklich vollem Magen ein Schaf verschlingen wollen?«

»Genau das dachte ich mir auch. Aber lassen Sie uns alle Möglichkeiten ins Auge fassen. Sind Sie konzentriert?«

»Selbstverständlich«, erwiderte Kalman Oren.

»Dann gehen wir also die Einzelheiten durch, Schritt für Schritt. Wenn dem Wolf auch nur einen Tag kein Futter gegeben wird, wegen eines Fehlers oder Versehens, könnte das sein Verhalten ändern?«

»Ich weiß nicht viel über Wölfe, nur was ich einmal gelesen habe, doch ich würde keine solche Aggressivität nach so kurzer Zeit erwarten.«

»Und wenn das Schaf verletzt wäre?«

»Aber wie könnte es sich verletzen? Nein, ich sehe keine Möglichkeit dazu.«

»Aber nehmen wir an, nehmen wir einmal an, daß sich das Schaf irgendwie verletzt. Wir müssen auf alles gefaßt sein.«

»Auch dann denke ich nicht, daß er das Schaf angreifen würde. Ich werde dem natürlich nachgehen. Ich werde überall nachlesen. Doch ich glaube nicht, daß ein paar Tropfen Blut sein Verhalten ändern würden.«

»Gibt es irgendeinen Weg für uns, um den Eindruck entstehen zu lassen, daß zwischen ihnen nicht nur Frieden herrscht, sondern sogar eine nähere Beziehung? Eine gewisse Sympathie? Das würde einen guten Eindruck machen.«

»Wenn wir ein Lamm sofort ab der Geburt herbrächten, vielleicht würde es den Wolf, nach Konrad Lorenz, für seine Mutter halten. Doch mir erscheint es ein bißchen gefährlich, ein zartes Lamm in das Gehege zu setzen – der Wolf könnte es aus Versehen zerdrücken.«

»Oder denken, wir hätte ihm ein Ofenlamm zum Geburtstag geschenkt. Ein kleines Lämmchen regt den Appetit an, nicht wahr?«

»Ha, ha«, lachte Kalman Oren.

»Dann erwarten Sie also keine speziellen Schwierigkeiten?«

»Nein, Herr Doktor«

»Sagt Ihnen der Platz hinter den Elefanten zu?«

»Ja, das ist ein gutes Gelände. Aber dort steht der kleine Altar, mit der Rinne für das Blut. Ist das nicht störend?«

»Im Gegenteil, das verleiht unserer Vision einen zusätzlichen Schliff von Antike.«

»Dr. Brunner, ich würde gerne wissen ... wenn wir schon bei diesen Plänen sind ... Erinnern Sie sich an meinen Vorschlag?«

»Bitte, frischen Sie mein Gedächtnis auf.«

»Ein Taubenhaus zu bauen, wie jenes, das es in biblischen Zeiten bei Beit-Guvrin gab, ein Taubenschlag, in Fels gehauen, mit Tausenden ...«

»Das drängt nicht. Verstehen Sie, Wolf und Lamm, das bedeutet Presse aus aller Welt. Ein Taubenschlag ist sentimental ... Aber ein Wolf mit einem Schaf, ein Panther mit einem Zicklein – darüber werden sie auf der ganzen Welt sprechen!«

»Aber Tauben sind sehr biblisch. Wer kein Zicklein oder Lamm hatte, der opferte doch immer eine Taube.«

»Zuerst Wolf und Lamm, danach Panther und Zicklein. Und dann werden wir sehen. Wenn ich Ihnen auch sagen muß, Oren, daß das Thema der Tauben nicht so klar ist, wie es sein sollte. Die Tauben nehmen in der Bibel keinen herausragenden Platz ein, und andere Völker wissen nichts über sie, außer diese Kommunisten mit ihrer Taube von Picasso.«

»Die Niederlassungen der Taubenverkäufer ... das steht bei den Christen geschrieben. Wir könnten einen Taubenschlag mit tausenden Nestern bauen. Das wäre beeindruckend.«

»Alles zu seiner Zeit«, sagte Dr. Brunner, der Oren bereits mit eisgekühltem Blick musterte.

Kalman Oren schlug die Augen nieder.

»Alles zu seiner Zeit. Zuerst Latro und das Schaf. Danach Panther und Zicklein. Ich wollte Sie fragen, ob Sie die Pflege des prophetischen Geheges übernehmen möchten? Mögen Sie die Tiere?«

»Ich habe Wölfe immer geliebt – ihren scharfen Blick, ihre kleinen Ohren.«

»Keine Poesie, Oren. Lernen Sie ein bißchen etwas über die Wölfe – ihre Sprache, ihre Krankheiten. Ich möchte, daß Sie wissen, ob der Wolf kurz davor ist, dem Lamm die Kehle aufzureißen, und was die vorangehenden Anzeichen dafür sind – ob er seine Lefzen hochzieht, was er dann mit seinem Schwanz tut, welchen Laut er von sich gibt.«

»Es wird keinen Mord geben, Dr. Brunner. Der Wolf ist ein weises Tier.«

»Dieser Wolf ist vier Jahre alt, sein Gewicht beträgt vierzig Kilo. Ich möchte keinesfalls, daß er dicker wird, degeneriert und gelangweilt aussieht. Finden Sie eine Weg, ihn etwas zu trainieren, und was das Schaf angeht, vielleicht nehmen wir es besser nicht aus einem Kibbuz, sondern von Abu ... wie ist der Name dieses Arabers, der uns immer Kamele für die Feste bringt?«

»Abu Sahel?«

»Abu Sahel. Seine Schafe sind schön, schneeweiß, wie im Märchen.«

»Es wäre trotzdem besser, wir würden ein Schaf aus dem Kibbuz nehmen. Vielleicht weniger Krankheiten.«

»Ich erinnere mich an die Schafe von Abu Sahel. Es sind die schönsten Schafe, die ich je gesehen habe. Wie seine Kamele. Er kann mit Tieren umgehen.«

»Trotzdem ...«

»Sie machen es mir schwer heute ... Seine Schafe sind ein wenig fett, klein, aber ihre Wolle ist herrlich.«

Es war schwierig, dem Direktor zu widersprechen. Kalman Oren senkte ergeben den Kopf.

»Führen Sie alle Untersuchungen durch, die Sie wollen. Ich werde hier an nichts sparen. Sie haben lange Zeit mit Schafen gearbeitet, und ich verlasse mich auf Ihre Untersuchungen. Also?«

Kalman Oren senkte wieder den Kopf. »Ich übernehme das Gehege der Prophezeiung«, sagte er, »vielen Dank für das Vertrauen, das Sie in mich setzen, Dr. Brunner.«

Oren bedauerte es, daß Dr. Brunner ihn nicht lieber mochte – offenbar gab es etwas an ihm, das den großen Mann abstieß, oder vielleicht gefiel er ihm auch einfach nicht. Er holte den Blumenstrauß aus dem Stromkasten.

Rimonas Töchter hängten sich immer an ihn – die kleine war elf, die ältere dreizehn. Welches Haar die Jüngere hatte! Extrem lang, dick, wallend, und die Lippen der Älteren, ihre hübschen Zähnchen ... Nur der Sohn war gegen ihn, beobachtete ihn immer mißtrauisch, und einmal, als es niemand gesehen hatte, hatte er ihn angespuckt! Das konnte er nicht vergessen. Danach wußte er, daß er sich schwer ins Zeug würde legen müssen, um Rimona zu gewinnen. Und jetzt kehrte er vollkommen zerschlagen und erniedrigt von Brunner zurück, und seine Willenskraft war von dem großen Mann wie ausgelöscht worden.

Oren brach mit einem Lastwagen auf, um Latro vom Flughafen abzuholen. Er fuhr mit Baruch Mohadscher. Sie nahmen Futter für den Wolf mit.

»Nun denn? Dr. Brunner zieht in die Schlacht?«

»Dr. Brunner, der König von Bagdad und Chorasan«, erwiderte Kalman Oren mit einem Lächeln.

»Er wird starke Helden schwächen und Mächtige brechen«, sagte Baruch und verbeugte sich vor dem Filzlöwen, der am rechten Fensterrahmen hing, »Hind und Sind, China und Hedschas, Jemen und Sudan werden vor dir das Knie beugen. Was immer mein Herr befiehlt, ich höre und gehorche!«

Die Flughafenarbeiter sahen ihnen neugierig zu. Der Wolf hatte seinen Winterpelz bereits abgelegt. Er wirkte verstört. Es war ein braungrauer Steppenwolf, von weitem ähnelte er einem Hund; hier und dort war sein Fell etwas rötlich und gelblich. Doch aus der Nähe konnte niemand den leisesten Zweifel an seinem Wolfstum hegen. Der starke Hals, der eindrucksvoll gespaltene Rachen zeugten davon, daß es für kein Lamm ein Vergnügen wäre, ihm im Finstern zu begegnen.

Sie standen noch vor dem Käfig, als ein schriller Laut die Luft zerriß. Latro hatte sein mächtiges Haupt erhoben und seinen Rachen aufgerissen: Ein wölfisches Geheul erhob sich mit einem Mal, fremd und geheimnisvoll, durchdrang die dünnen Abschirmungen, kreiste zwischen Schildern und Lautsprechern, Wagen, Rolltreppen und hastenden Menschen, färbte die vage, abgestandene Luft gelb und rot, brachte Blätterraschlen, Blutgeruch, die Einsamkeit der Steppe, den Rauch von Lagerfeuern mit sich. Leute verharrten im Schritt, wandten ihre Köpfe der Quelle des Geheuls zu. Oren verspürte plötzlich ein erstickendes Gefühl, sein Herz flatterte. Wie seltsam es war, dieses urtümliche Heulen am Flughafen zu hören!

Nachdem der Wolf gefüttert und getränkt worden war, blickte er ihn mit seinen scharfen Augen an. Oren steckte seine Hand durch die Gitterstäbe des Käfigs. Der Wolf wich zurück, behielt ihn jedoch weiter direkt im Auge.

»Bereit, den kompletten Flughafen zu verschlingen«, bemerkte Baruch.

»Nein, nein«, sagte Kalman Oren.

»Schau dir seinen Hals an! Den Schwanz! Er ist ein Mörder, ein Herr und ein Mörder, sag ich dir.«

»Er ist ein netter Wolf«, entgegnete Oren.

»Was geschrieben steht, wurde über das Kommen des Messias geschrieben, nicht über Brunners Ankunft«, sagte Baruch Mohadscher.

Schon seit Jahren hatte Kalman Oren kein solches Gefühl des Erwachens mehr verspürt wie jenes, das seine Adern durchwogte, während er den Wagen langsam die Steigung nach Jerusalem hinauf steuerte. Eine heimliche Freude tanzte in seinem Herzen, jedesmal, wenn er an das Geheul dachte, und er war froh, daß ihn Dr. Brunner, als er ihn nach seiner Sympathie für diese Tiere der biblischen Prophezeiung gefragt hatte, nicht weiter zum Thema Schafe ausgeforscht hatte. Obwohl er viele Jahre lang mit Schafen gearbeitet hatte, zuerst als Schäfer und danach als Tierarzt im Galil, mochte er diese Tiere nicht sonderlich. Er versuchte, sich im Geiste die schöne, üppige Wolle vorzustellen, die sie der Menschheit schenkten, ohne dafür ihr Leben lassen zu müssen, doch seine Liebe galt nicht den Schafen und Ziegen. Vielleicht würde Dr. Brunner eines Tages noch das Heulen des Wolfes hören, schoß ihm der vergnügliche Gedanke durch den Kopf. Und er wandte sich nach hinten, um einen Blick auf das schöne Tier zu erhaschen. Der Wolf wirkte stolz und aufmerksam gespannt, sicher versuchte er zu verstehen, wohin man ihn brachte, was mit ihm geschah. Plötzlich reckte er den Kopf. Eines Tages, eines Nachts wird Dr. Brunner dein Heulen hören! Auf und hinauf nach Jerusalem, Lastwagen des biblischen Zoos, laß deine Räder über die Straße wispern, die sich zwischen den aufgereihten Wäldern, den nackten Felsen windet, und du, Latro, rumänischer Räuber, sträube dein Fell und laß dein Knurren ertönen. Fahr schneller, Gefährt des biblischen Zoos, flieg zu Rimona, zum prophetischen Gehege, beschleunige deinen Gleitflug, strenge deine mechanischen Lungen an und bringe Latro zur süßen schneeweißen Wolle des Lamms. Fahnen werden über dem Tierpark flattern, und auf den Fahnen wirst du, Latro, zum beispielhaften Symbol werden, wirst deine zottige Gestalt den Worten des Propheten Jesaja leihen. Du bist der anonyme Held des Wunders, das dabei ist, sich zu vollziehen, lächle, lächle mit deinem wölfisch schartigen Rachen!

Es kam der große Tag. Dr. Brunner war von der Größe seiner Tat derart bewegt, daß der Schatten einer unvertrauten Bescheidenheit in der Liste der Geladenen erkennbar wurde. Er hatte zur Eröffnung des neuen Geheges relativ wenige Personen eingeladen, nicht mehr als zweihundert: den Premierminister, den Bürgermeister von Jerusalem, einige Rabbiner, einen Bischof, Pater Jasni, der für ihn immer das Lateinische in seinen Büchern nachprüfte, einen Kadi, hohe Polizeioffiziere, den ehemaligen Generalstabschef, dessen Seeräuberklappe über dem linken Auge Dr. Brunners Ansicht nach zu dem Ereignis paßte, ein paar Damen der Gesellschaft, Leute aus den Geva-Filmstudios, die Botschafter der Vereinigten Staaten, Englands und Frankreichs. Reden, Hurrarufe, flaschenweise Schaumwein.

Abu Sahels Lamm war ein Ausbund an Schönheit, seine Wolle strahlte vor Weiß, sein Gesichtsausdruck war die reine Unschuld und Demut. Es war das ideale Opfer, so schön und zart. Das Lamm stand da, sein dralles Hinterteil Latro zugewandt, der den ganzen Aufruhr mit scharfen Augen beobachtete. Dr. Brunner hatte nicht zugestimmt, dem Wolf irgendein Beruhigungsmittel zu verabreichen, aus der Befürchtung heraus, jemand könnte diese peinliche Information an die Presse durchsickern lassen, doch er hatte befohlen, Latro eine Extraration seines Lieblingsfutters vorzusetzen. Im letzten Augenblick erwachte in ihm zwar ein Anflug von Bangigkeit, und er bat Oren, dem Wolf eine Valiumtablette zu geben, doch Oren wiederum befürchtete, die Pille könnte eine gegenteilige Auswirkung haben bei der ganzen Aufregung. Zu guter Letzt entschied er, das Risiko einzugehen. Und in der Tat verlief alles bestens. Die Gäste verließen befriedigt und mit einer gewissen Verblüffung das Gehege, in dem ein Wolf mit einem Lamm zusammen hauste, in etwas indifferenter Beziehung, doch nicht schlimmer als viele andere Freundschaften.

Dr. Brunner begleitete Mosche Dajan zum Ausgang. Er verehrte diesen Mann seit vielen Jahren, liebte sein schönes Gesicht, das merkwürdige Pathos, das er besaß, seine Einäugigkeit, seinen Stil – Dajan sprach wie die großen Männer aus den alten Büchern. Dr. Brunner war ein Feigling, und je älter er wurde, desto mehr ängstigte er sich um seinen Körper, weshalb er sich in der Gesellschaft von Menschen wie Dajan oder Jigael Jadin, Männer, die keine Angst kannten, entspannt und angeregt zugleich fühlte. Am allermeisten jedoch liebte er es, sich in Dajans Nähe zu befinden, denn in seiner Furchtlosigkeit lag etwas Dramatisches, das Sympathie und Faszination auslöste, während Jadins Furchtlosigkeit angeboren, ganz selbstverständlich schien. Dajans Gegenwart hatte etwas Magisches. Dr. Brunner wartete auf eine Äußerung von ihm, erwartete, daß sein verehrter Held etwas zu ihm sagen würde, das er in seinem Gedächtnis eingravieren könnte. Und da blieb Dajan unvermittelt stehen und betrachtete einen nackten Hügel, auf dem es nichts gab als einige weit auseinanderliegende Büsche, ein sonnenverbrannter Hügel, der wie ein riesige umgestürzte Keramikschüssel in der Sonne buk. Eine Wolke strich über den Hügel, ihr Schatten segelte von einer Seite auf die andere wie der Schatten einer Sonnenuhr. Die Gästegruppe lag weit hinter ihnen, und ihr fernes Stimmengewirr vertiefte die Mittagsstille nur noch.

»Nichts bewegt sich dort außer den Wolken«, sagte Dajan.

Sein »ch« und sein »r« wurden besonders pompös ausgesprochen.

In dieser Nacht versuchte Dr. Brunner, sich darüber schlüssig zu werden, ob Dajan mit dieser Bemerkung etwas zu sagen beabsichtigte, seiner Meinung über die Vision des Propheten, über das prophetische Gehege hatte Ausdruck verleihen wollen. Nichts bewegt sich dort außer den Wolken? Nichts bewegt sich? Dort? Außer den Wolken?

Als sich die Kunde von dem raren biblischen Spektakel in Jerusalem und im ganzen Land verbreitete, begannen sogleich Schulkinder mit ihren Lehrern und Eltern in den Tierpark zu strömen, um das Wunder zu besichtigen. Lange standen sie vor dem Gehege, länger sogar als vor den Elefanten (und zu der Zeit war gerade ein kleiner Elefant geboren worden!), und warfen dem Wolf Nüsse und Brotstücke zu. Die bunte Ansichtskarte mit Latro und Abu Sahels Lamm wurde in alle Welt verbreitet, in den Wochenschauen im Kino und den Nachrichten im Fernsehen flimmerte immer wieder das Bild von Wolf und Lamm.

Der Frühling kam, und mit ihm die Trockenheit und der Wüstenwind. Kalman Oren liebte dieses Wetter. Er bedauerte, daß der Zoo selbst, der Weg, der dorthin führte, der Blick, den man von dort aus hatte, nicht mehr Charme hatten. Jerusalem hieß seinen Zoo, seine biblischen Tiere nicht willkommen, und in der Bibel gab es kein Tier mit einem solchen Eigennamen wie ihr Wolf.

Langsam, aber sicher wurde der Wolf dicker, sein Blick verlor etwas von seinem Leuchten, und obwohl er durchaus noch aufgeweckte Klugheit zeigte, wurde er ein bißchen faul. Kalman Orens Herz krampfte sich zusammen beim Anblick des prachtvollen Tieres, das seine Vitalität einbüßte. Latro ließ auch das Geheul nicht ertönen, das er sich erhofft hatte. Vielleicht heulte er des Nachts, wenn einige der Tiere ruhelos wurden, brüllten und sich in ihren Käfigen beklagten. Das ersehnte Wolfsgeheul, von dem Kalman Oren so gern gehabt hätte, daß es Dr. Brunners Ohren zerrisse, blieb aus.

Es gelang Oren auch nicht, genügend Mut zu fassen, um Rimona Kohen um ihre Hand zu bitten. Sie war unschlüssig, und wie konnte er ihr einen Heiratsantrag machen, wenn sie zögerte? Er wartete besser, bis sie sicher wäre. Doch er verachtete sich dafür, und eines Nachts schluchzte er sogar so laut im Schlaf, daß er selbst davon wach wurde. Einmal nahm er Rimonas Sohn in den Tierpark mit und betrat mit ihm vor den Augen der anderen Kinder das Elefantengehege, was ihm eine verärgerte Rüge von Seiten Dr. Brunners eintrug. Die Lippen des Jungen ähnelten Rimonas Himbeermund, allerdings fand sich ihr aufreizendes Lächeln in seinem Gesicht als dreiste Herausforderung wieder. Oren beunruhigte auch der Gedanke, daß in seinem Alter (auch Rimona war bereits einundvierzig) das Gefühl vielleicht dazu neigte, schwächer zu werden, zu verebben und plötzlich zu verschwinden. Er fürchtete, daß er sich vor lauter Zögern eines Tages dabei ertappen würde, daß er Rimona wie eine Fremde anblickte, daß er mit einem Mal anfinge, vor ihren Worten, vor dieser oder jener ihrer Bewegungen, vor dem Anblick ihrer Wohnung zurückzuschrecken.

Schon seit drei Monaten kümmerte sich Oren nun hingebungsvoll um das prophetische Gehege. Tag für Tag legte er einen schriftlichen Bericht auf Dr. Brunners Tisch, den dieser jeden Morgen als erstes genau studierte. Nach den drei Monaten war keinerlei Änderung im Verhalten der Tiere zueinander erkennbar, weder in Richtung Feindseligkeit noch in Richtung Annäherung. Der September kam. Dr. Brunner zitierte Oren zu sich und wies ihn an, die Pflege des Geheges Baruch Mohadscher zu übertragen. Oren selbst, so verkündete ihm der Doktor, würde von nun an mit der Beschaffung eines geeigneten Panthers beschäftigt sein, die Sache mit der Ziege ließe sich ja mit Leichtigkeit lösen.

»Und was ist mit dem Taubenschlag?« fragte Oren ganz beiläufig, als sei es ihm nur zufällig gerade eingefallen.

»Auch die Zeit des Taubenschlags wird kommen«, erwiderte Dr. Brunner darauf, »ich vergesse nichts.« (Das heißt, dachte Oren bei sich, ich vergesse niemals meine getreuen Sklaven, und wenn ich zu gegebener Zeit nichts Besseres zu tun habe, und wenn es mich nicht stört und vielleicht sogar meinem Ansehen zuträglich sein sollte, dann werde ich mir die kleine Geste für das niedrige Volk leisten.)

Etwa zehn Tage, nachdem er die Pflege für das prophetische Gehege abgegeben hatte, weckte ihn Baruch Mohadscher im Morgengrauen. Die Luft war voller trügerischer Winde, die unvermittelt auffuhren, sich anschlichen, mit voller Kraft zuschlugen, lange Böen, die unerfindlichen Durst hervorriefen, Einsamkeit und ein unverständliches Verlangen.

Baruch war erschrocken und blaß, putzte immer wieder seine Brillengläser. Gleichzeitig jedoch vermeinte Oren den Anflug eines Lächelns in seinem gequälten Gesicht wahrzunehmen.

»Hat Latro angegriffen?«

»Der Wolf? O nein«, antwortete Baruch, der den Wolf ungern bei seinem seltsamen Namen nannte, »aber dem Schaf geht es nicht gut. Du mußt es dir anschauen. Es schnauft ganz hektisch, hu-hu, hu-hu. Hu-hu-hu! Kommt kaum hoch. Ich habe an ihm gezerrt und gezogen, aber es schleppte sich wie gelähmt hinter mir her.«

»Und was ist mit Latro?«

»Der Wolf schläft.«

Auf ihrem Weg passierten sie die Haustierklinik, die jetzt seinem Expartner allein gehörte, der ihm sowohl diese als auch seine Frau geraubt hatte. Aber weshalb sagte er »geraubt«? Was ist eine Frau – eine Perlenkette, ein Wertpapier, eine Münztruhe? Was hältst du von einem Menschen, Latro, der sagt, man habe ihm seine Frau geraubt? Sie wollte sicher gerne geraubt werden! Das war nicht das erstemal bei ihm, daß er insgeheim mit dem Wolf redete. Er versuchte, sich zu erinnern, ob es etwas Ungewöhnliches im Verhalten der Tiere gegeben hatte. Im Grunde war zu spüren, daß das Schaf Angst vor dem Wolf hatte. Obwohl bereits Wochen und Monate vergangen waren, war die Furcht in seinen Augen geblieben. Latro benahm sich ganz normal, doch jedesmal, wenn er auf seiner Wanderschaft in die Nähe des Schafes kam, erstarrte jenes für den Bruchteil einer Sekunde und das Kiefer fiel ihm vor Schreck herunter. Vielleicht lebte das Schaf die ganze Zeit in grauenhafter Angst, und sie hatten das nicht einkalkuliert. Es hatte, wie Oren jetzt entsetzt einfiel, Tage gegeben, an denen das Schaf ganz wenig und unendlich langsam gefressen hatte.

»Wie kommt es, daß dir sein Zustand nicht schon früher aufgefallen ist?«

Baruch seufzte.

»Der Direktor ist an den See Genezareth gefahren, und ich bin vorgestern und gestern nicht zur Arbeit gekommen.«

»Hast du ihn angerufen?«

»Ich habe Angst davor, ihn anzurufen.«

»Komm, wir holen ihn zu Hause ab und fahren gemeinsam in den Tierpark.«

»Ich habe trotzdem Angst vor ihm«, sagte Baruch.

Um neun Uhr morgens standen sie vor dem Gehege. Das Schaf war tot, seine blütenweiße Wolle war zerfranst, seine Beine ragten steif in die Höhe, und auf seinem Gesicht lag ein seltsam gefrorener Ausdruck. Der Wolf näherte sich, entfernte sich wieder, kam wieder, schnüffelte leicht und zog sich langsam in die entgegengesetzte Ecke zurück.

Die beiden erwarteten Dr. Brunners Zornausbruch, Geschrei, Drohungen, sogar Handgreiflichkeit. Doch der Schlag war allzu groß, lähmte sogar ihn. Wie immer, wenn er vor dem Gehege stand, zog Dr. Brunner ein Taschentuch heraus und rieb sanft über die Kupfertafel mit den Worten des Propheten. Danach schloß er sich in seinem Büro ein und ließ Oren rufen.

»Vielleicht hatten Sie recht,« sagte er, »vielleicht hätte man kein Schaf von Abu Sahel nehmen sollen. Der Anthrax-Bazillus ist schon öfter bei Schafen in der Gegend aufgetreten. Vielleicht hat er Abu Sahel verschont, vielleicht auch nicht. Holen Sie ein Schaf aus einem Kibbuz, und bringen Sie ein dünneres, kräftigeres, mit mehr Muskeln.«

»Dr. Brunner«, sagte Oren, »das Schaf hatte Angst vor Latro. Wäre es nicht besser, für eine Weile auf die Idee mit dem prophetischen Gehege zu verzichten?«

»Kein Wort mehr! Kein einziges Wort mehr!« schäumte Dr. Brunner. »Sie fahren zu dem Kibbuz und kehren noch heute mit einem Heldenschaf zurück!«

Das nächste Schaf war in Wirklichkeit ein Weibchen und hatte einen eigenen Namen: Dschilda. Es befand sich nicht bei der Herde, sondern in der Streichelzoo-Ecke des Kibbuz, und die Untersuchungen ergaben, daß es ein wahrer Ausbund an Gesundheit war. Schlank und kräftig, mit großem Kopf, Herz und Lungen stark wie bei einem olympischen Läufer. Das Schaf war so energiegeladen, daß sogar Latro selbst anfing, ein wenig im Gehege herumzutollen. Zwischen den Tieren herrschte nun etwas, das nicht mehr unbedingt als Indifferenz bezeichnet werden konnte: Der Wolf lebte tatsächlich mit dem Schaf zusammen, das heißt, mit Dschilda, die aussah, als habe sie absolut keine Angst vor ihm, und sogar versuchte, mit ihm zu spielen und ihn mit ihren mutwilligen Streichen zu verwirren. Nur eines beunruhigte Oren, der sich nun wieder um das Gehege kümmerte: Das Schaf verlor an Gewicht, zwar nur ganz langsam – zehn Gramm, fünf –, aber stetig.

Der Gewichtsverlust war ein seltsames Phänomen bei einem Schaf mit einem derart heiterem Gemüt, so sonnig und rustikal. Vielleicht war auch Dschilda mit ihrem Leben in Latros Gesellschaft nicht glücklich? Eines Nachts im Oktober war Oren noch sehr lange im Büro geblieben, um mit einem amerikanischen Zoo wegen des Panthers zu telefonieren. Gegen Mitternacht verließ er das Bürogebäude, um zum Gehege zu gehen. Es war das zweitemal in jener Nacht, daß er einen Rundgang zwischen den Käfigen unternahm. Der Zoo führte in der Nacht ein geheimnisvolles Leben. Er erinnerte sich an seine Kindheit und Jugend, als er von Dschungeln las, sich weiße Mäuse und Schildkröten hielt, auch eine Eidechse und zwei Schlangen besaß. Es blieb am Gehege stehen. Das Schaf schlief, Latro gewahrte ihn sofort und kam näher. Seiner Silhouette nach erschien Oren der Wolf doppelt so dick wie damals, als er ihn zuerst am Flughafen gesehen hatte. Seine Augen blitzten kurz auf. Oren schlängelte seine Hand durch das Gitter und streichelte seinen Kopf. Latro ließ es sich genießerisch gefallen, wie ein Hund, und kehrte danach in seine Ecke zurück. Vielleicht ist der Wolf das klügste und traurigste Tier, sagte sich Oren im stillen. Jerusalems nächtlicher Himmel neigte sich über ihn, stülpte sich über den Tierpark, das Gehege und ihn wie eine dunkle Glasglocke. Gerüche des Dschungels, Stimmen des Dschungels? Du hast verloren, Kolja, sagte er sich, verloren, und zu verlieren ist nicht angenehm. Er blieb beim Gehege, bis die ersten Arbeiter eintrafen. Zum erstenmal in all seinen Arbeitsjahren dort registrierte er die Vögel, die in den Bäumen im Park erwachten oder zwischen den Büschen aufflogen, die geflügelten freien Wesen zwischen den Gefangenen. Ein Schwarm Lerchen stieg zwischen Zellen und Käfigen empor, ihr »ui-ui-u« mit verschiedenen Trillern zwitschernd, als äfften sie die kleinen afrikanischen Vögel nach. Ein paar Lerchen flogen über ihn hinweg, orange Flecken auf ihren Bäuchen wie die Muttermale auf seinem Arm. Grassänger landeten beim Elefantengehege und schlüpften hinein, trippelten neben dem kleinen Elefanten einher und verschwanden dann hinter einem Heuballen. Zahlreiche Vögel, die er noch nie bemerkt hatte, schwirrten durch den Tierpark, spazierten über die Pfade und zwischen den Tieren herum.

Zwei Wochen nach jenem Morgen traf eine Delegation im Namen der holländischen Tierparks ein, darunter einige Zoologen aus Amsterdam. Dr. Brunner empfing die Delegation höchstpersönlich und sorgte auch für ihre Unterbringung im Hotel King David. Er befahl, das prophetische Gehege zu reinigen, und in der Nacht quartierten zwei Arbeiter Latro und Dschilda an zwei verschiedene Plätze aus –

den Wolf in einen Käfig, in dem bis zum Sommer eine Wüstenkatze gehaust hatte, und das Schaf in ein kleines Lager. In diesem Lager befanden sich zufällig zwei Säcke Weizenkörner, die für die Vögel bestimmt waren, und Dschilda, die wenig gefressen hatte, als sie mit Latro im Gehege war, wurde von einem Heißhungeranfall gepackt. Irgendwie gelang es ihr, die Säcke aufzureißen, und sie verschlang fast einen halben Kornsack. Vergeblich alarmierte man Tierärzte aus der Stadt sowie den Jungen aus dem Kibbuz, der sich dort zuvor um den Streichelzoo gekümmert hatte. Dschilda schwitzte stark, ihre Augen wurden immer glasiger, und sie hauchte klaglos ihre Seele aus.

Am nächsten Tag kam Dr. Brunner nicht ins Büro. Bei ihm zu Hause beantwortete niemand das Läuten des Telefons. Da die Holländer für den Nachmittag im Tierpark angemeldet waren, fuhr Oren nach Abu Tor und erstand ein Schaf, das um die achtzig Kilo wog, ein riesiges Schaf, das wie ein Ringer aussah. Das Schaf war gereizt und mürrisch. Oren vermeinte einen Anflug von Spott in Latros Blick zu erspähen. Der Anblick des Wolfes und des Schafes hatte etwas Lächerliches: Zwei überproportionierte, nicht sehr glückliche Tiere wandern in einem vor Sauberkeit strahlenden Gehege auf und ab. Doch die Holländer lachten nicht, sie zeigten sich von der Vorführung beeindruckt, mit der abgeklärten Bewunderung von Erwachsenen, die von den Streichen erhitzter, unschuldiger Kinder angetan sind. Ihre Reaktion gefiel dem erfahrenen Kalman Oren, war mit ihrer Indifferenz jedoch für Kolja Schischkov, den Jungen mit den weißen Mäusen auf der *Ruslan*, ein wenig verletzend. Die Angestellten des Tierparks luden die Holländer zu einem Essen im Büro des Direktors ein, dessen Erkrankung die Gäste zutiefst bedauerten.

Von dieser Stunde an ging eine große Veränderung mit Dr. Brunner vor. Er wurde schweigsam, und sein lautes Organ war kaum mehr in den Büros des Tierparks zu vernehmen. Die Parade der Würdenträger, die zu ihm zu Besuch kamen, dünnte stark aus. Eigentlich hätte Oren darüber froh sein müssen: Er führte zwar noch die Korrespondenz in Sachen Panther, doch es war klar, daß Dr. Brunner es nicht eilig hatte, das zweite prophetische Gehege mit Panther und Zicklein einzurichten. Oren wagte es allerdings nicht, die Idee von dem Taubenschlagfelsen mit den Tausenden Nestern wieder anzusprechen, da er wußte, daß es äußerst schmerzlich für den Direktor wäre, aber er hatte jetzt viel mehr freie Zeit. Er konnte Rimona weitaus öfter besuchen und sogar mit ihr ans Meer fahren, an den Strand bei Aschkelon, wo er viel mit ihrem Sohn spielte und auch die beiden Mädchen beim Volleyball beeindruckte. Doch das waren die letzten sonnigen und heißen Tage.

Der Winter nahte. Latro legte langsam seinen Winterpelz an, sein Fell wurde länger, und die wilde Nackenmähne, die einer Hexenkapuze ähnelte, verdichtete sich stark. Das Schaf wurde gereizter, ruhelos. Mit einem Mal begannen sich im Tierpark allerlei kleine Zwischenfälle zu ereignen. Zuerst biß die Wüstenkatze Baruch, als er zur Fütterung kam, in die Hand. Die Katze sprang ihn an und bohrte ihre Zähne in seinen Arm. Baruch lief mit einem großen Verband herum, der die Blicke der Besucher auf sich zog, da über den Vorfall natürlich in der Zeitung berichtet worden war – der Ruhm des »prophetischen Geheges« hatte den Tierpark zu einem Nachrichtenereignis gemacht. Und dann geschah wieder etwas: Einer der neuen Angestellten, der die Löwen versorgte und wegen Baruchs Verletzung ein bißchen Angst hatte, wurde plötzlich von irgendeiner undefinierbaren Bewegung einer der Löwinnen erschreckt, und er schlug sie mit dem Holzstiel der Heugabel, die er in der Hand hielt. Es war ein harter Schlag, und die Löwin entfloh mit einem kurzen klagenden Grollen. Doch mit dem ausholenden Schwung hatte sich der Arbeiter selbst getroffen, am linken Schienbein, wo sich wenig Nerven befinden. Zunächst spürte er nichts, doch nach wenigen Minuten begann er sich vor Schmerz zu krümmen. Das Maß an Selbstbeherrschung, das Dr. Brunner von seinen Angestellten verlangte, war ihm noch nicht geläufig. Seine Schreie waren im ganzen Tierpark zu hören, riefen Entsetzen und Panik bei den Besuchern hervor, und Unruhe bei den Tieren.

Im Februar sollte Oren eigentlich eine Gehaltserhöhung bekommen, doch Dr. Brunner befürwortete keine Erhöhungen. Finster traf er nun immer im Zoo ein und suchte nach Vorwänden für Streit. Er hatte seine Termine mit den Würdenträgern und Wohltätern völlig eingestellt und sprach nicht mehr von den neuen Übersetzungen seines exemplarischen Werkes *Die Tiere in der Bibel*, zog auch nicht mehr seine Angestellten zu Rate, wenn er Briefe von diversen Bibelgesellschaften erhielt, und er weigerte sich, den Japanern, die einen Prachtband über die Natur in der Bibel herausgeben wollten, beratend zur Seite zu stehen.

Dr. Brunner war wütend, und sein göttlicher Zorn versetzte die Angestellten wie die Tiere in Angst und Schrecken. Wenn er an dem Gehege vorbeiging, polierte er mit seinem Taschentuch nicht mehr die Kupfertafel mit der Inschrift.

Bis sich etwas noch Schrecklicheres ereignete. Im allgemeinen erfreute sich Dr. Brunner einer gewissen gedämpften Sympathie der Religiösen, auch der Ultraorthodoxen. Doch nachdem das dritte

Schaf in das Gehege gebracht wurde, verbreitete sich in Jerusalem das Gerücht, daß die führenden Rabbiner sein Unternehmen nicht wohlgefällig betrachteten. Einer der bekanntesten, der Rabbi von Przemysl, fragte, als man ihm vom biblischen Zoo berichtete: »Gottes Buch illustriert mit Tieren?«

Dieses Gerücht kam Dr. Brunner zu Ohren. Seine frühere Angriffslust flammte wieder auf, und er ließ gegenüber einem Journalisten, von der Zeitung *Ma'ariv* ein paar Worte fallen über die stolze Ignoranz des Rabbi von Przemysl und über seinen miserablen Sinn für Humor. Und als ein paar Jeschivastudenten Schmähsprüche ans Eingangstor des Tierparks schmierten, reagierte Dr. Brunner im Rundfunk mit den Worten darauf: »Über die Wellen des Äthers möchte ich Ihnen gerne sagen ...« Doch das Wiederaufleben seines früheren Temperaments brach rasch zusammen. Aus seinem Zimmer drang zuweilen ersticktes Stöhnen, seine Gesichtshaut verfärbte sich gelblich, und er wünschte Oren mitten unter der Woche einen schönen Schabbat.

Ende Februar tobte ein furchtbarer Sturm in Jerusalem, der Bäume in den Höfen der Häuser ausriß und Dächer in die Luft wirbelte. Während des Sturms mußte das Schaf, aus Furcht oder Verwirrung, anscheinend den Wolf von hinten gerammt haben, und was Latro dann tat, war schwer nachzuvollziehen, da es zu viele Spuren in der dünnen Schlammschicht gab. Vielleicht war das Schaf zu dem Altar gewirbelt worden und zwischen ihm und dem Geländer steckengeblieben, neben dem in jener Nacht ein Schubkarren mit rostigen Eisenteilen und Erde von einem der Hirschgehege stand.

Am nächsten Tag brach eine blasse Sonne durch die niedrige Wolkendecke. Das Schaf hörte nicht auf, sein Hinterteil zu wetzen, seine Flanken und seinen Kopf. Latro sah grauenhaft aus. Sein Kopf war mit Blutkrusten gesprenkelt, und sein Winterfell, der Pelz der Steppe, des Schnees und des blutgerinnenden, mondsüchtigen Geheuls, war ebenfalls mit Blut gerötet. Alle seine Wunden waren oberflächlich. Für das Schaf jedoch gab es kein Heilmittel mehr.

Anfangs dachte Oren, irgendein Tier hätte sich in das Gehege geschlichen, danach kam ihm langsam der Verdacht, daß es ein Mensch gewesen war. Es war schwer feststellbar, wie Latro verletzt worden war. Der Wolf war sehr wütend und aggressiv, doch als Oren das Gehege betrat, beruhigte er sich etwas, sein Rachen schloß sich, und sogar sein gesträubtes Fell legte sich wieder. Doch Orens innere Stimme prophezeite ihm Schlimmes: So ruhig und zahm sah Latro sehr krank aus, dem Tode nahe. Und tatsächlich fand man ihn am nächsten Morgen tot auf. Tetanus, stand als Todesursache im Bericht.

Doch im Tierpark bezweifelte man derart simple Ursachen für den Tod des Schafes und des Wolfes.

Als Dr. Brunner das hörte, hatte er einen schweren Nervenzusammenbruch, dessen Symptome einem Schlaganfall gleichkamen. Er wurde schnellstens ins Krankenhaus eingeliefert, und danach in einem Hotel untergebracht, um sich dort ein paar Wochen zu erholen. Nun leitete Oren den Zoo, und jeden Tag stattete er seinem Direktor einen Besuch ab. Der spöttische Artikel eines jungen Mannes in der *Ha'arez* erschütterte Dr. Brunner derart, daß er unbezahlten Urlaub beantragte von dem Zoo, den er aufgebaut hatte, ein Unterfangen, das als sein eigenes Monument gedacht war. Oren war Dr. Brunner bei der Rücküberziedlung nach Hause behilflich, und so saß er am Abend in dem großen Gästezimmer und betrachtete die berühmten Exlibris des Zoodirektors: ein schwarzer Totenschädel, umrahmt von der Inschrift: »Fluch dem, der raubt«. Fünfzehn Jahre! Wie sehr hatte sich die Stimme des Doktors in den letzten Monaten verändert. Seine Stimme hatte immer laut und etwas schrill getönt, doch hatte sie große Klarheit und den leisen Anklang von Humor eines starken, energischen Menschen besessen, der mehr für die Tiere als für die Narreteien der Menschheit übrig hatte. Jetzt war seine Stimme richtig heiser, fast grob und klanglos, der verwöhnte Zungenschlag war aus seinem »s« gewichen, und verschwunden war auch die bemessene Gewalttätigkeit, die sich immer in seinem »r« verborgen hatte, zwei Laute, mit denen Dr. Brunner vielleicht gedacht hatte, Mosche Dajan, den Wüstenwolf, nachzuahmen.

»Baruch erzählte mir, Sie hätten gesagt, daß ein Bund zwischen Lamm und Wolf niemals geschlossen werde, und wenn, überhaupt nichts bewirken könne. Es tut mir leid, Oren, daß auch Sie sich meinen Feinden angeschlossen haben. Der Tod des Wolfes und der Schafe war nichts als Zufall, reiner Zufall. Ich muß Sie wohl nicht daran erinnern, wie bei uns alle Affen starben, die wir aus Indien erhielten, und daß ihr Tod bei weitem nicht merkwürdiger war als in den vorliegenden Fällen. Vielleicht muß man in Betracht ziehen, daß es Gehege oder Käfige gibt, die irgendwie vom Pech verfolgt sind. Die Leute ziehen gegen den Kerngedanken zu Felde, die Sortierung und Klassifizierung an sich, gegen die prinzipielle Idee des biblischen Zoos, und halten sich dabei für ungemein aufgeklärt, begreifen jedoch überhaupt nicht, daß gerade die Erfassung und Klassifizierung Zeichen für die Aufklärung sind, wenn ich das so ausdrücken darf. Die alten Hebräer, die Griechen, die Araber haben schon immer sortiert und klassifiziert. Auch die Chinesen. Von Zeit zu Zeit revoltieren Menschen gegen solche Differenzierungen, gegen die Klassifizierungen, so wie sie sich gegen Linnaeus, den göttlichen Registrator, erhoben. Und was den Rabbi von Przemysl angeht, so gestatten Sie mir, Oren, Ihnen zu verraten, daß sich hinter seiner Väterlichkeit und Unschuld, in die sich seine Worte kleiden, ein Mensch von intoleranter Parteilichkeit verbirgt. Ich habe einen Brief, den mir seine rechte Hand am Tage der feierlichen Enthüllung der Tafel des prophetischen Geheges schickte, ein Brief voller Lob und Süßholzgeraspel. Und der junge Mann, der in der *Ha'arez* gegen meine Ideen schrieb, macht gerade seine B. A.-Prüfungen an der Tel Aviver Universität, während ich zwei Doktortitel von nicht weniger angesehenen Universitäten besitze, ha, ha! Auch ich weiß, was ein 'tableau vivant' ist, – nicht vivante, wie er schrieb –, und ebenso weiß ich, was Symbol und Allegorie sind. Unter all dem ist nichts, was plebejisch oder kleinbürgerlich wäre! Und wenn schon, dann erinnert es eher an Salonaufführungen. Glauben Sie mir, bei solchen Schauspielen ist die Allegorie um einiges treffender als die literarische: In der Literatur ist sie nichts als ein Zeichen des Exils, Exil von Israel, von der Welt. Und wieso verspottet der junge Mann die Kernidee eines biblischen Zoos? Wir sind ins Land der Bibel zurückgekehrt, das generationenlang für unser Volk nichts mehr als ein Gespinst aus Worten und Begriffen war, interpretiert von unseren seligen Schriftgelehrten, Raschi und Maimonides. Welche Ignoranz, welch ein Unverständnis, welch ein Mangel an Großzügigkeit! Niemals werde ich mich mit einem solch oberflächlichen, derart verletzenden Verhalten abfinden. Mir ist großes Unrecht geschehen, eine himmelschreiende Ungerechtigkeit ...«

Als interimistischer Direktor des Zoos wurde Magen Drori ernannt, der im Amsterdamer Zoo ausgebildet worden war. Er strich die Idee der besonderen Gehege und reagierte mit Verblüffung auf Orens Vorschlag, einen Felsentaubenschlag zu bauen. Oren bat darum, die Kupfertafel zu erhalten, und der neue Direktor erfüllte ihm seine Bitte.

Mit der Ankunft des neuen Direktors wendete sich das Blatt. Die Tiere beruhigten sich, und ebenso die Gemüter der Angestellten. Eines Tages, als Oren zu Dr. Brunner kam, fand er Pater Jasni bei ihm. Der Doktor sah besser aus, hatte das Kaffeetrinken und Rauchen wieder aufgenommen, und allmählich kehrte auch sein Appetit zurück. Doch seine Stimme hatte sich noch mehr verändert. Er sprach jetzt leise und mit erkennbarem Zögern. Zu Orens Verwunderung brachte Dr. Brunner irgendeine unklare Reue zum Ausdruck. Pater Jasni, der etwas von einem Inquisitor an sich hatte, befragte ihn lange, um seine Aufrichtigkeit zu prüfen. Der Jesuit, der das »prophetische

Gehege« immer für spirituellen Kitsch gehalten hatte, bekam schließlich seine Genugtuung, als Dr. Brunner Reue zu erkennen gab.

»Possessus a demone liberatus est«, sagte er, als sie das Haus des Doktors verließen.

»Das ist Latein, oder? Und was heißt das?« fragte Oren.

»Der vom Dämon Besessene hat seine Befreiung erlangt«, übersetzte Pater Jasni, der sich auch nach all den vielen Jahren, dreiunddreißig insgesamt, immer noch nicht an die Ignoranz der Israelis gewöhnt hatte.

Der März war kalt und regnerisch, der scharfe, grausame Jerusalemer Wind fuhr in alle Ritzen der Kleidung, Wände, Fenster und Rahmen. Die Abwesenheit Dr. Brunners machte Oren irgendwie betroffen. Nun konnte er nicht mehr mit Baruch über den despotischen Direktor scherzen: »König von Bagdad und Chorasan ... er wird starke Helden schwächen und Mächtige brechen ... Hind und Sind, China und Hedschas und Jemen und Sudan werden vor dir das Knie beugen!«

Vielleicht ließen die Kälte und der Wind Kalman Orens Begeisterung abgekühlen. Der große Ölofen bei Rimona Kohen erschien ihm nun als eine magere Wärmequelle – er hatte einen gewissen stummen Vorwurf an sich. Der Wärmeradius war zu klein, zu schwach. Und möglicherweise hatte Dr. Brunners Herrschsucht ihn während der entscheidenden Monate daran gehindert, sich zu erklären ... Jechiel Bechor, der offizielle Tierparkfotograf, der Mann mit den bunten Ansichtskarten und den Fotos der offiziellen Anlässe, war ständig in Rimonas Wohnung anzutreffen, wenn Kalman Oren dorthin kam. Der Junge mochte den Fotografen, der für ihn Papiervögel faltete und in sein Heft schrieb: »Ich kan schreibn un lesn, warum sagn ale zu mier das ich nicht schreibn un lesn kan?« Was dem Jungen ein lautes, glückliches Lachen entlockte. Nicht ihm, so beklagte Oren im stillen Herzen, nicht ihm galt Rimonas Lächeln, ihre leicht geöffneten, eine Spur provokanten Lippen, ihre herrlichen Zähne, glänzend wie weiße Eisperlen im nördlichen Morgenlicht.

Im April installierte Kalman Oren die Kupfertafel im schmalen Gang in seiner Wohnung, zwischen der Garderobe und einem Bild seiner zwei Eilater Söhne, mit zehn und neun Jahren, im Matrosenanzug. Ihr bescheidenes Schimmern war traurig und freundlich zugleich in den Stunden der Dämmerung.

Studio

DER STAMM DER KALBKÜSSER. Ein Prophet, der niemanden hatte, an den er sein Wort hätte richten können. Marinsky erinnerte sich an die Geschichten von Natkis über die Tanaiten und die Amoräer, Geschichten, die in plakativem Jiddisch erzählt wurden. Besonders gut erinnerte er sich an seine Geschichten über den großen Talmudgelehrten Abaje, der leicht in Erinnerung zu behalten war wegen seines komischen Namens, und an den Namen der babylonischen Stadt Pumbedita. Eines Morgens, als Ezra auf Salzkörnern in der Ecke des Cheders kniete, zur Strafe für irgendeinen frechen Streich, hörte er die bewegte Geschichte von Natkis über das Waisentum von Abaje, der nicht Mutter und nicht Vater kannte, wie Rabbi Jochanan. Und wer eine Waise ist, sagte Natkis, erfährt am eigenen Leib, was Leiden und Einsamkeit ist. Doch ungleich anderen Orten war das große Pumbedita eine Stadt, in der ein seelenvoller Junge nicht verloren war. Abajes Onkel liebte den Jungen und war ihm ein Lehrer, seine Njanja war eine hingebungsvolle Erzieherin, und Abaje vergalt es ihr sein ganzes Leben lang mit tiefer Liebe. Und eines Tages entdeckte man plötzlich seinen scharfen Verstand und sein herausragendes Gedächtnis. Groß war die Achtung, die Abaje seinem Lehrer entgegenbrachte, und noch größer die Ehre, die ihm zuteil wurde, als er zum Haupt der Jeschiva gemacht wurde, denn noch nie hatte jemand seine tiefschürfenden talmudischen Argumentationen widerlegt. Und wie jeder Mensch, der die anderen weit überragt, war er immer heiteren Herzens und spielte vor seinem Lehrer mit acht Eiern, ein Spiel, das laut Natkis' Worten so wunderbar wie die Kunststückchen im Zirkus war. Eines Tages eroberte Natkis das Herz seiner kleinen Schüler zur Gänze mit seiner Geschichte über Abajes Frau, Chuma, die schönste aller Frauen Pumbeditas, eine mörderische Frau, die zuvor zweimal mit hochgestellten Persönlichkeiten der Stadt verheiratet gewesen und zweimal zur Witwe geworden war, und auch Abaje selbst starb, bevor sie ins Jenseits einging. Und als diese nicht mehr junge Frau zu Rava, Abajes Nachfolger, kam, damit er ihr Speise und Wein beurteilte, schlug jener es ihr mit der Begründung ab, daß Abaje nicht getrunken habe, worauf Chuma jedoch sagte – tatsächlich zwar in aramäisch, doch in der jiddischen Übersetzung hörte sich dieses an, als wäre mit einem Mal die Schale der Kastanie abgefallen und die Frucht selbst, weiß und glatt, glänzte in der Sonne – »Meiner Seel, mein Herr, wenn ich ihn doch nur mit einem Becher Wein von dieser Länge getränkt hätte«, und dabei ihren entblößten Arm herzeigte, und Licht erstrahlte im Rabbinatsgericht, und Ravas Frau schlug die schöne Chuma aus Eifersucht.

Marinsky war viele Male damit bestraft worden, auf Salzkörnern zu knien, lange Zeit.
– Knie dich hin, Herr de Bonaparte, du wirst auf deinen Knien speisen!...
– Auf meinen Füßen werde ich speisen, mein Herr, nicht auf meinen Knien. In meiner Familie beugt man das Knie nur vor Gott!

Manchmal war er müde und nickte ein wenig ein, auf den Knien ...
– Hat nicht Rabbi Josua ben Levi erklärt: Es ist dem Menschen verboten, in voller Größe einherzugehen, sagte Natkis zu Marinsky und drohte ihm mit dem Finger.

Es geschah häufiger, daß Natkis bis zum Morgen in der kleinen Synagoge blieb, und manchmal fanden ihn jene, die zum ersten Morgengebet kamen, schlafend auf einer Bank oder auf dem Fußboden vor. Einmal, als der Chederlehrer auf Besuch zu Verwandten fuhr und etwa zwei Monat lang ausblieb, ersetzte ihn Natkis als ihr Melamed, und die Kinder verstanden den Großteil seiner Worte nicht. Schrecklicher Zorn packte ihn dann, und seine Stimme wurde schneidend und laut, seine Augen schleuderten Blitze, und er schmähte und beschimpfte die Kinder in einem Kauderwelsch aus Russisch und Jiddisch, und sagte sogar verbotene Dinge: »Gott teilte das Rote Meer, doch das Meer der Dummheit wird er nicht teilen können.« Er schlug den Kindern auf die Finger, nicht in der bemessenen und funktionalen Art und Weise eines Melamed im Cheder, sondern mit der ungezähmten Wut von Zigeunern oder Tataren; und manchmal landeten seine schmerzhaften Schläge gar auf Kopf oder Rücken. Natkis war der erste Mensch, an dem Marinsky Interesse fand. Er beobachtete ihn immer heimlich, um nicht seine Aufmerksamkeit zu erregen: ein Mann von kleiner Statur, nahezu ohne Kinn, mit schwimmenden, verwaschenen Augen, glich er auch in seiner Kleidung einem Zwerg, mit seinem runden Lederhut mit dem kleinen Schirm, seinem rot und schwarz karierten Strickschal um den Hals, diesem Gürtel, der die Hosen sehr hoch oben, weit über der Taille, zusammenfaßte, und ebenso den Schuhen, die dicke Sohlen und hohe Absätze aufwiesen, abgetreten mit den Jahren. Wenn Natkis wirklich schäumte, dann fügte er seinem Spruch über das Meer der Dummheit auch noch dieses hinzu: Elendigliche Abkömmlinge vom Stamm der Kalbküsser seid ihr! Einmal kam er mit einer Frage, und Marinsky stellte ihn mit einer kurzen, treffenden Antwort zufrieden. Plötzlich strahlte das Gesicht des kleinen Mannes auf, und seine verblaßten Augen füllten sich mit Wärme und Himmelblau. »Du hast den Kopf eines Chasaren, aber ein jüdisches Herz«, murmelte er.

Natkis war der einzige im Städtchen, der beständig zwei Paar Gebetsriemen anlegte. Über das zweite Paar, das von Rabbi Jakov, Raschis Enkel, flüsterten die Kinder untereinander, es enthalte einen Zaubergeist. Wie diese sonderbare Überzeugung entstanden war, wußte keines der Kinder. Man erzählte sich von Natkis, daß er des Mitternachts auf den Friedhof gehe, die Gebetsriemen von Rabbi Jakov ablege, und mit einem Mal werde er ein Riese, und wenn er seine Arme ausbreitete, könne er fliegen.

Eines Schabbats sagte Scholem Lemkin, Marinskys Banknachbar, das Fenster von Natkis' Hütte stehe offen, und durchs Fenster sei sein Gebetsriemenbeutel zu sehen. Man könne hineinschleichen, schlug Lemkin vor, den Beutel aufmachen, nachschauen, was in dem Kästchen sei, und es mit Mehlkleister wieder zukleben. Lemkins Eltern arbeiteten in einem großen Geschäft von Russen, und Scholem brachte Marinsky daher manchmal Papier und Bunstifte mit. Scholem Lemkin war sehr wagemutig (er wurde Jahre später unter mysteriösen Umständen bei Batumi erschossen), und Marinsky konnte der Versuchung nicht widerstehen.

Sie krochen also durch das kleine Fenster in die Hütte, die sehr heruntergekommen war – Wasserpfützen hatten sich am Boden angesammelt, und auf dem Herd standen Töpfe voll angebranntem Eintopf. Mit einem kleinen Taschenmesser öffnete Lemkin das Kästchen der Gebetsriemen, und Marinsky fand einen Pergamentstreifen darin, den er näher ans Fensterlicht bringen wollte, um ihn in dem dämmrigen Raum genauer betrachten zu können, doch das hauchdünne Pergament entglitt seinen Fingern und fiel in eine Pfütze. Marinsky bückte sich hastig, doch er behielt nur noch einen nassen Papierbrei in seiner Hand. Ihm wurde angst und bang, und zu seiner Überraschung packte auch seinen Freund die Furcht. Scholem nahm das Kästchen mit vor Angst schweißnassen Händen an sich, verschloß es, legte es in den Beutel zurück und sagte zu Marinsky, Natkis werde nichts bemerken. Anfangs protestierte Marinsky, denn er konnte sich nicht mit dem Gedanken abfinden, daß Natkis nun leere Gebetriemen anlegen werde, die rituell untauglich waren, doch nach einer kurzen Weile fügte er sich. Denn wie hätten sie je einem frommen und cholerischen Menschen wie Natkis beichten sollen, was sie getan hatten?

Einige Tage verstrichen, und Lemkin hatte die Tat schon vergessen, doch Marinskys bange Furcht legte sich nicht. Der Anblick des leeren Gebetsriemenkästchens verfolgte ihn. Und nach einem Monat kroch er wieder durch das kleine Fenster, allein, holte die Gebetriemen heraus und warf sie in ein Gebüsch, weit weg von der Hütte, auf einem Feld, auf dem die Zigeuner immer ihr Lager aufschlugen, wenn sie in die Gegend kamen. Und auch dann fand er noch keine Ruhe, bis er wieder zu dem Feld zurückkehrte und das leere Kästchen fand, verdreckt, feucht und durchlöchert, und es in ein Lagerfeuer warf, in dem es verbrannte. Zwei oder drei Monate waren vergangen, als man Natkis eines Nachts tot auf dem Boden der Synagoge liegen fand. Viele Jahre lang wurde Marinsky von Schuldgefühlen gepeinigt: An einem Schabbat hatte er die Gebetsriemen entweiht und den Pergamentstreifen herausgeholt, und an einem Schabbat hatte er das Kästchen verbrannt.

JEDER SIEBTE TEMPEL. Marinskys Augenlider flatterten. Sein Haß auf das Städtchen war unfaßbar und war nur von seiner Sehnsucht übertroffen worden, der Sehnsucht nach einer anderen Welt. Vergeblich summte er die Schabbatlieder vor sich hin: O Herr, jeder siebte Tempel, Ruhe und Freude. Wie sehr sich Stepanov daran ergötzt hatte, als er zu ihm sagte, daß man die Psalmen nicht lerne, sondern »sage«. Die Gemara lernt man, die Psalmen sagt man. Die erniedrigende Armut, die Kleinlichkeit, die tote Eidechse im Gebetsschal, die Bildkarte mit einer dicklichen Frau mit weißem Hinterteil – der Melamed wurde abwechselnd rot und blaß, sein Atem stockte, und er brach auf dem schmutzigen Fußboden des Cheders zusammen. Die Ermordung des Melamed durch eine tote Eidechse und ein weißes Hinterteil? O Herr, jeder siebte Tempel, Ruhe und Freude ... Totenstille .. doch nein, da stand er auf, der Melamed, rieb sich die Augen, streckte die Rechte nach seinem dünnen, elastischen Stock aus ... Unterricht von acht bis zwei, von drei bis zum Minchagebet am späten Nachmittag, und nach dem Abendgebet noch einmal bis neun. Sogar am Schabbat – Pirkei Avot. Kleine Kerzen, zerschlissene Schuhe, Armut, dünner Tee, Gespräche im mondsüchtigen Ghetto, in immensen Weiten. Die Schönheit – lächerlich, pfauenhaft, gojisch. Auf, mein Freund, der Braut entgegen, Königin Schabbat wollen wir empfangen ... auf .... geh, denn dafür wurdest du geschaffen ... der traurige Cheder. Ein langer Tisch, Hunderte Male ausgebessert, voller Flecken, alte Gebetbücher unter jedem Tischbein, je eine lange Bank zu beiden Seiten, der wurmstichige Stuhl des Melamed. Die Strafen – im Eck stehen mit einem Besen in der Hand, auf Salz knien. Als er zu dem schwindsüchtigen Studenten kam, um Zeichnen zu lernen – war er von der sozialistisch revolutionären Gerschunifraktion? –, sagte dieser: »Du hast gut daran getan, zu mir zu kommen, die Werkzeuge in deinem Cheder sind Stock und Riemen, während es bei mir ein gespitzter Bleistift tut. Und warum möchtest du Zeichnen lernen? Du kannst es mir erzählen. Siehst du, ich bin krank. Ein Weilchen noch, und puff! Und ich werd verwehen wie eine Windbrise, puff, und weg bin ich. Schwindsucht, weißt du? Meine Lungen weinen, beklagen sich, es behagt ihnen scheint's nicht in meiner Brust, und sie stöhnen, bluten. Brauchst keine Scheu haben.«

»Ich habe Statuen von Antokolsky gesehen.«

»Statuen von Antokolsky! Wo?«

»In einer Zeitung bei einem Goi, der ein Geschäft hat. In seinem Haus war eine Kuckucksuhr, ein Schrank mit Glasscheiben, und ein Sessel mit Löwenfüßen. Es gab einen Teppich. Auch ich wollte ... Seine Schwester hat über meine Hose gelacht ...«

»Die Poesie der Bourgeoisie ist also deine Muse ... das macht nichts. Öffne deinen Zeichenblock. Eine Familie der Zionsliebhaber seid ihr?«

»Ja, mein Herr.«

»Und bist auch du ein Chovev-Zion? Weshalb? Ohne Scheu. Man braucht sich vor einem kranken Menschen nicht schämen ...«

»Ein Hund hat seine Hundehütte, und unser Volk soll keine Heimat haben?«

»Eine Statue Antokolskys in der Zeitung«, sagte der Student, stieß einen fürchterlichen Husten aus und wischte sich den Mund mit einem großen Taschentuch ab. »Eine Statue von Antokolsky in der Zeitung? Die Statue Antokolskys in der Zeitung! Achilles, als er ein Junge war, eilte zu den Waffen. Die Statue Antokolsky in der Zeitung! Nun denn, willkommen in unserem Lager, Ezra. Wie die Fledermäuse und die Eulen sich vor dem Tageslicht verstecken, so verschließen sie sich den Strahlen der Haskala, der Aufklärung und des Fortschritts, die auf der ganzen Welt aufgehen. Doch wir werden siegen! Siegen!«

Und er hustete wieder.

Versteckte metaphern. »Der orientalische Stil ist Ihnen bekannt?«
»Ja, Herr Bialik.«
»Der Orient? Erez-Israel?«
»Aus den Büchern.«
»Schwierig?«
»Schwierig, Herr Bialik.«
»Der Stil?«
»Nein, wenn man Bauarbeiter und Handwerker hat.«
»Könnten Sie ein Haus im orientalischen Stil für mich bauen?«
»In welchem Stil auch immer, Herr Bialik.«
»Ich frage – im Erez-Israel-Stil?«
»Ich kann.«
»Aber im Inneren – westlicher Komfort.«
»Der neuste Komfort aus Amerika, Herr Bialik.«
»Wird er das machen können, Ravnitzky?«
»Erinnerst du dich nicht, Chaim Nachman? Das ist doch der junge Mann, der Ussischkin mit einem Tropenhut gezeichnet hat, auf einem Elefanten die Ugandisten über den Haufen reitend – Neger mit den Köpfen von Anhängern der Ugandafraktion, mit Federn und Strohröckchen. Du hast viel gelacht darüber.«
»Sie sind das?«
»Ich bin das, Herr Bialik.«
»Wenn Sie ein Maler sein könnten, weshalb sind Sie dann Architekt?«
»Schätzen Sie die Architektur nicht?«
»Nur außergewöhnliche Sachen. Ich habe gehört, es gebe in Venedig ein Gebäude, auf dem eine große Kugel und eine goldene Statue der Schicksalsgöttin ist, die als Wetterfahne dient. Und die Statue bewegt sich im Wind. Stimmt das?«
»Es gibt ein solches Gebäude, an der Einfahrt des Canale Grande.«
»Das ist die Architektur, die ich liebe, wie ein Gedicht.«
»Es gibt versteckterere Metaphern, Herr Bialik.«
»Versteckterere Metaphern ... Lassen Sie hören ... Doch zuvor sollten wir uns ein paar Gläser starken Tees bringen lassen.«
»Soll ich einen Jungen schicken?«
»Schick einen Jungen, Ravnitzky. Man sagt, Odessa sei an sich wie eine levantinische Stadt, denn in den Städten der Levante schickt alles Jungen herum, um Sachen wie Kaffee oder Tee zu bringen. Was ist Ihre Meinung, Ezra?«
»Ich war noch nie in einer levantinischen Stadt, Herr Bialik.«

»Außer Odessa ... Kennen Sie Dr. Jakobson, aus Ihrer Stadt, aus Simferopol?«

»Ich habe von diesem berühmten Sohn meiner Stadt nur gehört, Herr Bialik.«

»Der Mann ist in Istanbul, ich habe ein Schreiben von ihm erhalten. Ich habe erzählen hören, daß es dort nahebei Inseln gibt, wo die stillenden Mütter ihre Brüste jungen Hunden geben, um sich von der ersten unreinen Milch zu befreien.«

»Ah! Chaim Nachman, was ist das für ein Unsinn!« sagte Ravnitzky.

»Nun gut, Sie sagten, versteckte Metaphern.«

Marinsky errötete.

TRÄNENBÄCHE. Bäche von Tränen wurden an dem Tag vergossen, an dem die entsetzenserregende Nachricht bekannt wurde, wie ein Erdbeben aus heiterem Himmel erschütterte uns in Odessa die schlimme Botschaft, wie ein Pfeil vom Bogen schnellte die bittere Kunde von seinem Tod in die weite Welt hinaus. Wir versammelten uns alle in der Javne-Synagoge in einer Atmosphäre wie an Jom Kippur, streiften unsere Schuhe ab und saßen trauernd verhüllten Hauptes. Ein solches Klagelied, solch eine Totenklage hatte das hebräische Odessa noch nie vernommen. Wir schickten Dr. Safir nach Wien, als unseren Repräsentanten bei Dr. Herzls Begräbnis. Dr. Safir. Landsmann. Treibusch. Schwarzmann. Schimkin. Feitelson.

RAVNITZKY ET POLINKOVSKY. Odessa, Ecke Richelieu und Arnautsky. Das Barabasch-Haus, das *Karmel*-Büro. Herr Levinsky verkauft Wein und doziert. Vier Flaschen für den Herrn Poeten Bialik. Am Mittwochabend: der Bücherladen von Ravnitzky et Polinkovsky.

»Du wirst uns die Bestellungen für die Architektur- und Kunstbücher ausfüllen, Ezrale.«

»Ja, Herr Ravnitzky.«

»Das ist Ezra Marinsky, Chaim Nachman. Auch mit der linken Hand kann er dir im Nu eine Seitenansicht des Pantheons zeichnen.«

»Welches Pantheon?«

»Das Pantheon in Rom, Chaim Nachman. Das Hadrian erbaut hat.«

»Kaiser Hadrian, ein Schweinekopf auf den Toren Jerusalems, der Feind der Juden, befahl, einen Juden zu töten, weil er sich verbeugte, befahl, einen anderen Juden zu töten, weil er sich nicht verbeugte. Kennen Sie die Geschichte?«

»Ja, Herr Bialik.«

»Und Sie zeichnen ein solches Gebäude?«

In dem kleinen Büchergeschäft schwieg Marinsky immer, und wenn er einmal den Mund öffnete, verstanden ihn diese Hohepriester der Worte nie. Nur Bialik beachtete seine Worte, und einmal strich er ihm sogar mit beiden Händen über die Wangen. Das war, als Tontak, der Cembalist, von Rimski-Korsakov erzählte, der die jüdische Musik derart liebte, daß er sich auf jüdische Hochzeiten einschlich, um die Klezmer zu hören, und seine jüdischen Bekannten dann mit dem Spiel einer ihrer Weisen zu überraschen pflegte. Als er am Petersburger Konservatorium Komposition unterrichtete, waren einige seiner besten Schüler Juden. Mit Neugier blätterte Rimski-Korsakov in ihren Werken, in denen sich keine Spur von jüdischer Musik fand. Weshalb, so fragte sie Rimski-Korsakov immer, schreibt ihr Dinge, die euch fremd sind? Weshalb grast ihr auf fremden Weiden? Macht eure eigene Musik! Ihr seid doch wie reiche Erben – nehmt von eurem Erbe, und schreibt eine Musik mit Hilfe dessen, was ihr hier gelernt habt. Ich selbst habe immer davon geträumt, große Symphonien zu komponieren, die auf den wunderbaren jüdischen Liedern gründen sollten, doch ich bin kein Jude, und ich habe nicht das nötige Empfinden dazu. Erinnert euch an Glinka, wie er durch die Dörfer wanderte und alle Melodien aufzeichnete, die er hörte, jedes Lied. Und daraus machte er seine Musik – und nach ihm kamen alle übrigen. Tretet in seine Fußstapfen.

Und tatsächlich hörten sie auf ihn. Und hier, sagte Tontak, ist die erste Sammlung jüdischer Volkslieder, die seine Schüler herausgebracht haben.

Das Notenheft ging von Hand zu Hand. Anerkennung, Verwunderung, Begeisterung wurden laut.

Marinksy blätterte rasch das Heft durch und gab es an einen bebrillten Angestellten weiter, der gerade erst aus irgendeiner Kleinstadt eingetroffen war und die Bücher abstaubte.

»Unser Chasar ist nicht zufriedengestellt?« fragte Ravnitzky.

»Ich bin sehr zufrieden, Herr Ravnitzky, doch aus jenen guten Schülern Rimski-Korsakovs werden niemals herausragende Komponisten erwachsen.«

»Wünscht du ihnen denn nicht Erfolg?«

»Natürlich wünsche ich ihnen Erfolg. Aber sie werden nie die großen Symphonien schreiben, von denen Rimski-Korsakov träumte.«

»Und woher weiß unser Chasar das?«

»Solche Dinge weiß ich, Herr Ravnitzky.«

»Dann sei doch so gut und verrate uns dein Geheimnis!«

»Wir pflegen das Geheimnis dem zu verraten, der unsere Kleider trägt, Herr Ravnitzky.«

»Und welche Kleider sind dies, junger Mann?«

»Die Kleider des Königs der Kunst, Herr Ravnitzky.«

Die Anwesenden lachten, ein wenig verärgert, doch Bialik streichelte mit beiden Händen seine Wangen und sagte: »Unser Chasar hat recht, doch unwichtig, was sie machten, sie haben es schön gemacht. Man muß mit etwas anfangen: In meinem Nachbardorf zum Beispiel säugten die stillenden Mütter zuerst junge Hunde, um ihre schlechte Milch loszuwerden, und erst danach gaben sie ihre Brust ihren Säuglingen.«

»Was erzählst du da, Chaim Nachman. Das ist Unsinn!« murmelte Tontak.

»Unsinn? Das ist die reinste Wahrheit. Und sie haben es auch noch genossen, die Hexen. Ihr könnt es mir glauben, und wie sie es genossen haben.«

DIE KREUZZÜGLER. Mit liebvollem Spott pries er Marinskys zionistische Sehnsüchte: »In Artemidors *Traumbuch*«, sagte er, »wird erzählt – ein Mensch träumt, er habe sich in einen Gott verwandelt. Ein kranker Mensch, der träumt, ein Gott geworden zu sein – er wird sterben, die Toten sind unsterblich, sie werden nie wieder sterben. Doch ein elender Armer, der ein Sklavenleben führt, wird darin eine Befreiung von seiner Mühsal sehen. Und ich bin der Ansicht, daß es mit den Wachträumen ebenso ist wie mit dem Traum. Nun ist euer Volk nicht krank und wird an dem Traum nicht sterben. Es birgt große Kraft in sich. Das blaue Wunder der Kreuzritter wird sich wieder erheben und erneut irgendeine Einheit auf jenen Landstrichen keimen lassen, die von den tödlichen Strahlen der Sonnengötter und ihresgleichen verbrannt wurden, sterbenden Geistern des Orients, und vom Licht der blendenden Flamme des Islam.«

»Und welche Einheit wird das sein, Mjastislav Ivanovitsch?«

Der große Mann blickte ihn einen Moment an, befeuchtete seinen Finger, hielt ihn in die Höhe, wie um die Windrichtung zu prüfen, und sagte: »Die Einheit der Narodniki, wie auch anders. Und vielleicht der Glanz der jüdischen Frau. Die Jungfrau zertritt mit der Ferse den Kopf der Schlange.«

»Wir sind komplette Ignoranten, wir wissen nicht, wie man dort lebt, was soll man machen«, sagte Marinsky zu ihm.

»Unwissenheit ist keine Schwäche. Man hat mir von Mendele Moicher Sforims Geschichte von *Benjamin dem Dritten* erzählt, wie er Bauern bei seinem Dorf nach dem Weg nach Erez-Israel fragt. Doch die Herzöge der Normandie brachen zum Kreuzzug mit den Falken auf ihren Fäustlingen auf, da sie sicher waren, Jerusalem befände sich in Rittweite. Ihr müßt nur einen letzten und endgültigen Abschied nehmen, die Brücken hinter euch verbrennen, alle Brücken. Godfroy de Bouillon verkaufte die Stadt Metz, verkaufte all seine Besitzungen dem Bischof von Verdun, schenkte der Kirche eine Burg, verpfändete Bouillon selbst an den Bischof von Lüttich. Alle Brücken verbrennen! Und ohne Kunst, damit ihr nicht wie die Griechen endet!«

DIE GEHEIMNISSE VON PARIS. Mit Hilfe eines Wörterbuches las Marinsky *Les Mystères de Paris*, das gefeierte Werk, das auf französisch vom Edelsten der Schriftsteller, Eugène Sue, verfaßt und in alle Sprachen übertragen worden war, die im Lande im Umlauf waren, und nun auch in ein reines und klares Hebräisch.

DIONYSOS. »Ah, mein teurer Baron! Sie haben jene Begeisterung und Trunkenheit der Jugend an sich, die von Ihrem reinen Herzen zeugen, doch wo bleibt Ihre Verstandessicht? Mit solchen Erregungszuständen ist es doch wie mit den Wiederholungen eines Opiumessers. Die Erregung verfliegt rasch, und zurück bleibt nur der Durst nach der nächsten Dosis. Sie verstehen Ihre Zeit, Ihre Epoche nicht, teurer Baron. Sehen Sie sich nicht ihre Schleier an, sondern ihren Inhalt: Die Zeit des Marsyas ist angebrochen! Glauben Sie nicht, nur in der Geschichte gäbe es Rache! Nein und nochmals nein, mein teurer Baron, nicht nur dort. Es gibt sie auch in der Legende! Ist Ihnen auch nur eine einzige legendäre Tat bekannt, die nicht ihre Strafe fand? Ich kenne nicht eine! Kommunizierende Röhren, aus Gold und Edelsteinen der Legende gefertigt, fixiert im Herzen des Universums, und in ihnen wird die Sache entschieden – spät vielleicht, aber gewiß. Die Zeit des Marsyas ist angebrochen! Apollos Hand wird zerschmettert in tausende Splitter über die karge felsige Erde rollen, und Apollo selbst wird seine Haut abstreifen, und sie wird an einen Baum genagelt werden, während Marsyas und seine Satyrngesellschaft mit Lust der Stimme des Windes lauschen werden, der in den Falten der Haut des besiegten Gottes raschelnd erklingen wird, sie werden die Musen vergewaltigen und sie mit Syphilis anstecken. Die Zeit des Marsyas ist gekommen! Und darin liegt eine große Freude. Die großen glanzvollen und möderischen Herrscher werden Marsyas in ihren Zelten und Wagenburgen bewirten, mit ihm vom Met trinken, und er wird ihnen vorsingen: Willkommen, o Zerstörung, o Mord und Massaker! Ich sehe es deutlich vor mir: das Ende der Welt, wie auf einem Plan aufgezeichnet! Und alles wird sich berauschen am Anblick der Welt, die erbebt wie der Körper einer erregten Frau. Die Zeit des Marsyas ist angebrochen! Und keiner von uns ist frei von Sünde. Jahr für Jahr haben wir treu und ergeben Dionysos gedient, haben Apollo, unseren Herrn, beleidigt. Wir wollten nicht mehr die Taube der Städte sein, die ihr Nest heimlich im Dachsparren baut, denn wir erinnerten uns, daß sie einst an gewaltigen Felsklippen siedelte. Wir haben Dionysos gehuldigt und den sanften Apollo der Rache des Marsyas anheimgestellt. Hier kocht das Blut in den kommunizierenden Röhren aus Gold im Herzen der Erde. Die Zeit des Marsyas ist angebrochen, Baron! Und wehe, die Verbindung zwischen Dionysos und Marsyas ist auch mir entfallen! Doch was in der Legende geschrieben steht, besteht auf immerdar. Mit der Goldwaage wird alles bemessen, austariert und gewogen, und eines Tages wird es zum schrecklichen Ausgleich kommen.«

DER WIEGENSTERN, DER GRABESSTERN. »Sie zwitschern und pfeifen nur«, sagte Stepanov mit heiserer Stimme, »dieses brache Feld gab mir meine Tage, der Schweinestall nahm sie mir, diese Steppe der Wölfe spottet meines Staubs. Ich diente dem Gewehrkolben, der Fahne, den Läusen.«

»Und was ist mit der hoffnungsfrohen Jugendzeit unserer Welt, Mjastislav Ivanovitsch?« fragte der Baron.

»Nichts von alledem, mein Teuerster. Auf allem muß man eingravieren, was man einst auf die Grabsteine einzugravieren pflegte: An alle Götter der Unterwelt!«

»Sie gehen streng ins Gericht mit der Göttin der Geschichte, der schließlich eine kurze Turnübung gelang.«

»Die Göttin der Geschichte! Die verlebte Alte? Die ein wenig Rouge mit einem Lippenstiftrest auf ihre Wangen schmiert, sich mit einem halben Scheffel Puder bestäubt und loszieht, um sich in den Gefilden bluttriefender Begierde zu tummeln?!«

»Während Sie, o vates, die Stirn von Kummerfalten gefurcht, im knochengefrierenden Nordwind stehen und Klagelieder singen.«

»Glauben Sie mir, mein Freund«, sagte Stepanov nahezu flüsternd, »kein einziger von denen, die derzeit leben, wird seine Seele unter dem gleichen Stern aushauchen, der über seiner Wiege schien. Es steht alles schon im großen Buch geschrieben. Und wenn es wahrhaftig ein Buch ist, wurde es Kapitel für Kapitel geschrieben, und Sie sehen jetzt nur das erste Kapitel. Es wäre besser, Sie wären ein Eremit, ein Anachoret in Ihrer dunklen Laura, und nicht ein Bürger der Jugend der Welt. Noch nie hat der Titanismus so gewütet wie heute. Die Titanen erklimmen den Gipfel des Berges, um die Herrschaft zu stürzen und sich dem Menschen mit der Gabe des Feuers scheinbar zu Füßen zu werfen. Sie hätten in Ihrem malerischen Orient bleiben sollen, in der weiten Wüste, zwischen dem Kloster und der kleinen Sünde in den Städten.«

DIE KÖNIGSSÖHNE. »Sie bringen der Sache nicht das richtige Verständnis entgegen, Kuratov, mein Freund«, sagte Mjastislav Ivanovitsch Stepanov, »Legenden sind Legenden, und sie bergen große Wahrheit in sich, doch Sie müssen wissen, was man mit ihnen anfängt. Blumen sind wunderbar, doch nicht für den Salat bestimmt. Vor einigen Jahrzehnten verfaßte Gobineau den Roman *Die Plejaden*. Und fast zu Anfang findet sich eine kleine Rede über die Königssöhne, die so lautet: Wenn der arabische Erzähler seinem Helden die Redeerlaubnis erteilt und ihm die geheiligten Eröffnungsworte in den Mund legt: siehe, ich bin ein Königssohn, dann wird es nur im allerseltensten Fall, nicht öfter als ein unter hundert Malen, vorkommen, daß der dergestalt Eingeführte nichts anderes als ein elender Habenichts ist, mit dem das Schicksal grausam verfuhr, ein vorm Ertrinken Geretteter oder ein hungernder Armer oder ein Krüppel. Und weshalb, fragt der Schriftsteller – spitzen Sie Ihre Ohren, Kuratov –, muß man einen Königssohn aus ihm machen, steht ihm denn nicht, auf Grund dieses Ranges, das Erbe der Väter zu, Paläste, Rosengärten, Teppiche aus Chorasan, chinesische Vasen, Pferde mit goldenem und türkisfarbenem Zaumzeug, ein Harem mit den Töchtern Mingreliens? Es ist so, weil in dem Augenblick, in dem er die Zauberworte spricht: siehe, ich bin ein Königssohn, der Erzähler schon in seinen Eröffnungsworten festlegt, ohne den Gedanken näher erläutern zu müssen, daß er mit jener Auserwähltheit versehen ist, die ihn über die Masse erhebt. Siehe, ich bin ein Königssohn – will er nicht sagen: Mein Vater ist kein Händler, Soldat, Schuhmacher, Kesselflicker, denn wer würde aufstehen und ihn bitten, von seinem Vater, der ihn gezeugt, einer Zuhörerschaft zu erzählen, die allein an ihm selbst interessiert wäre? Siehe, ich bin ein Königssohn, das bedeutet: Seht, ich bin jemand von entschlossenem und großzügigem Temperament, von einer Wesensart, auf die die gewöhnlichen Sterblichen keinerlei Einfluß besitzen, meine Geschmäcker sind nicht die landläufigen des gemeinen Volkes, ich liebe und hasse nicht nach den Richtlinien der Zeitung. Die Unabhängigkeit meines Geistes, die absolute Freiheit meiner Meinungen, sie sind das unwiderrufliche Vorrecht, das mir der Himmel bereits in die Wiege gelegt hat, so wie die Träger der französischen Krone das blaue Band des heiligen Geistes erhalten, und solange noch Atem in mir ist, werde ich darüber wachen. Zwischen den Objekten der Begierde, die der Himmel dem Menschen gab, suche ich nach anderen Kostbarkeiten als jenen, an denen die Masse hängt.«

ENTLAUSUNG. Die Menschen, die auf das Auslaufen der *Ruslan* warteten, fürchteten nicht nur die Machtschwankungen in Odessa, die wechselnden Soldaten hinter den Bajonetten und Geschützen. Ein Teil von ihnen ermangelte der Ausweisdokumente, andere hielten fehlerhafte oder gefälschte Papiere in Händen. Spätere Ausweise wurden ihnen auf der Basis von Dokumenten ausgestellt, die sie aus allen Ecken des Imperiums, in verschiedenen Sprachen geschrieben, zusammengesammelt hatten. Zwei solcher Papiere bestimmten die Identität eines Menschen. Kastelanietz, der Ende des Ersten Weltkriegs in Wilna hängenblieb, besaß eine deutsche Bestätigung über eine Entlausung. Das Formular war von einer Inspektionsbehörde im Auftrag der zuständigen Kommission unterzeichnet (die Läuse waren längst schon zurückgekehrt, um sich in seinem Haarschopf zu tummeln). Zwar war in dem Papier sein Familienname vermerkt, von seinem Vornamen jedoch nur der erste Buchstabe. Zu seinem Glück war er noch im Besitz eines polnischen Dokuments, von der Universität Wilna, das er dort nach einem Jahr erhalten hatte: eine Karte für Essensmarken. Dieses Dokument war höchst eindrucksvoll, glich einer prächtigen, wertvollen Pergamenturkunde und war über die gesamte Länge und Breite mit Abbildungen des Königs Stephan Bathory verziert, der seinerzeit die Universität gegründet hatte, und mit den Porträts von Josef Pilsudski sowie der Honoratioren der Universität aus allen Generationen, Dozenten, Rektoren und Absolventen: Mickiewicz, Slowacki, Kraszewski, Poczobut der Astronom, der Mathematiker Snjadecki, der Historiker Lelewel. Die Identitätsnummer am unteren Rand der Karte war gefälscht, den Erfordernissen der Behörden in Odessa angepaßt. Wären die Roten gekommen, hätte er das polnische Dokument unbedingt verbrennen müssen, eventuell auch die deutsche Bestätigung über die Entlausung.

Ein kleiner dialog auf der Ruslan. »Ich sehe, daß Euer Ehren über mich spotten!«
»Aber was sagen Sie denn da, gnädige Frau?«
»Nun gut, lassen wir das.«
»Entschuldigen Sie mich bitte, gnädige Frau!«
»Möchten Sie angeln?«
»Es stellt sich heraus, daß unsere gnädige Frau die Natur nicht allzusehr liebt!«

Auf adlerschwingen werden wir ins heilige land gleiten. Und angesichts ihrer Furcht öffnete er seinen Mund und flüsterte halblaut, zum erstenmal seit die *Ruslan* ihren Anker gehoben hatte, der Rabbiner Samuel Chai Feibusch, Verfasser der *Weisheit des Salomon*, des *Buch Samuel*, *Wasser des Lebens* und einigem mehr, der nach Erez-Israel zu seinem Bruder reiste, dem Oberhaupt einer Jeschiva in Jerusalem, einem harten und herrschsüchtigen Mann:

»Was habt ihr, was ängstigt ihr euch so? Warum sind euer Geist und eurer Herzen Gedanken erschreckt und erregt? Trogen euch die Sinne und erschraken vor den Idealen eurer Seelen? War Furcht in ihnen vor dem gewaltigen Wind, dem stürmischen Meer? Auf Adlerschwingen werden wir ins Heilige Land gleiten. Wird der Herr die aufhalten, die sich nach ihrem Land sehnen? Es gibt keinen anderen Weg, nach Erez-Israel zu gelangen, als durch Leiden. Vergangen und verschwunden sind Generationen seit dem Tage von Israels Verbannung von seiner Erde, und die Söhne Jehudas wurden in allen Ecken und Enden des Erdballs zerstreut. Eine Generation geht, eine Generation kommt, doch die Liebe zum Heiligen Lande ist auf der Tafel des Herzens eines jeden israelitischen Mannes eingemeißelt. Der heiligen Liebe Begehr wird wie ein Feuer im Herzen eines Juden brennen, und seiner Seele Verlangen danach wird immerdar alle Kammern seines Herzens erfüllen, bis auch die Tausenden Jahre, die an ihm vorübergegangen seit seiner Verbannung aus dem Land, in seinen Augen sein werden wie wenige Tage und ihm durch die Macht seines

Gefühls erscheinen wird, daß er vorgestern erst aus seinem kostbaren Paradies vertrieben wurde. Unsere Väter schworen, als sie Jerusalem, die Hauptstadt des Königreiches zur Zeit der Chaldäer, verließen, mit ihrer Rechten, bis in alle Ewigkeit die Stadt ihrer Wonne nicht zu vergessen, und mit einem Becher voller Tränen Jerusalem, ihrer höchsten Freude, immerdar zu gedenken. Und die Stimme Gottes wird den Überbleibenden zurufen: Erwachet, ihr Schläfer, erwachet! Erwachet und wecket die Liebe im Herzen der Kinder Israels ...«

»Hu-hu-hu hu-hu!« erwiderte ihm der Wind.

»Und ihr, ihr jungen Leute, die ihr begonnen habt, eure Fußsohlen auf die Schwelle des Tempels der Weisheit zu stellen ...«

»Hu, hu, hu, hu« und »hischsch«, gab der Wind dem Rabbi Samuel Chai Feibusch, Verfasser der *Weisheit des Salomon*, zurück.

»Vom Morgen an bete ich zu dir«, murmelte der Rabbiner und wischte sich seine Tränen ab. Sein Bruder war ein harter und herrschsüchtiger Mann.

Sollte das Meer den Verfasser der *Weisheit des Salomon*, des *Wasser des Lebens* besiegen können, Herrn Ussischkin, den Löwen, der allein in seiner Kabine brüllt, überwältigen können?

EIN TAG VON DUNKELHEIT UND FINSTERNIS, EIN TAG VON WOLKE UND NEBEL. Er rollte sich fest zusammen, wärmte sich selbst mit seinen langen Armen. Existierte der Ort in Wahrheit oder nur in der Phantasie? Auf einem Foto? Gemälde? Oder hatte er ihn in irgendeinem Buch gesehen? In einer Publikation der Reisegesellschaften? Mit seinen grün überwucherten Wänden, zarten Farnen, der Fußboden aus Marmorsteinen, die vor Abnutzung glanzpoliert waren, großzügig im Zuschnitt und ihrer Helligkeit; kleine Ziegel in Mauern, römische Ziegel? Mittelalterlich? War das nur die Erinnerung an die Landschaft um Aluschta, ausgeschmückt mit seltsamer Architektur? Doch nein, die Wände waren nicht einfach Ziegelwände. Ein Palast? Eine Burg? Ein Kloster? Unterhalb des Bergpfades, ganz überflutet von Wasser. Quellen? Kleine künstliche Wasserfälle? Fontänen? Sein Herz zog sich zusammen. War es ein derart intensiver Traum, daß er schließlich Wirklichkeit wurde?

Die vier Engländer entluden ihr Boot. Es war ein Segelboot mit einem nicht allzu großen Motor. Sie trugen Kleider, wie er sie noch nie gesehen hatte – alt und ein wenig abgetragen, doch sehr schön, männlich angenehm. Sie waren froh, ihn zu sehen, ein Junge, der mit einem Buch in der Hand dasaß. Sie lachten und fragten ihn nach

Aluschta, und ob er den Zar liebe. In jenem Jahr versteckte sich Melnikov in Aluschta, einer von der radikalen Gerschunifraktion der S.-R. Partei, die einen Anschlag auf das Leben des Innenministers, des Jägermeister Sipiagin, verübt hatte und die Ermordung des Oberprokurors des Heiligen Synods, des Staatssekretärs Pobedonoszev, planten. Melnikov in Aluschta! Aluschta blieb in seiner Phantasie als geheimnisvoller, gefährlicher Ort eingegraben. Aluschta, die Höhle, die Engländer, die Brownings, die die Mannschaft um ihre Hüften gegürtet hatte. Auf Gerschunis Revolver war in dünnen Buchstaben eingraviert: So richtet man Volksfeinde hin!

In den Zeitungen stand geschrieben, daß ein Verschwörer an seinen Kameraden mit folgender Parole heranzutreten hatte: »Fjodor Petrovitsch verneigt sich«.

Dutzende Male träumte er: Fjodor Petrovitsch verneigt sich, und in seinem Traum sah er einen schwarzen Schlund, den Rachen einer Browning, ein leichtes Rascheln, der Abzug bewegte sich, und er erwachte mit einem Schrei, einen schwarzen Strudel vor Augen. Fjodor Petrovitsch verbeugt sich!

Wie sollte er bauen? An den Orten, an denen er aufgewachsen war, gab es eine Reihe ausnehmend schöner Häuser, die aus Versehen oder Zufall gebaut worden waren, wie Napoleon über seine Heimatinsel gesagt hatte. Werden unsere Zähne am Feuerstein zersplittern?

U̇RIM UND TUMIM, DAS ORAKEL IM VERBORGENEN SPIEGEL. Der Architekt Odessas, Gonsiorovsky, lebte mit seiner Schwester in einem Haus, das er selbst vor vielen Jahren gebaut hatte, ein Haus mit einem Schrägdach von gewaltigen Dimensionen, aus dessen Zentrum ein riesiger Kamin herauswuchs, schwarz und sonderbar. Seine Schwester sah aus wie die Hexe in den Kinderbüchern. Marinsky sah sie nach dem Tode ihres Bruders, schwarz gekleidet, einen Hut mit schwarzem Schleier über dem Gesicht, wie sie am Abend zu einem Spaziergang ausging. Sie wahrsagte aus Karten, Kaffeesatz und Zahnstochern. Ihre berühmteste Prophezeiung, die allen Bewohnern der Stadt bekannt war, stammte vom letzten Weihnachten des vergangenen Jahrhunderts. Beim Spiegelzauber, der seinen Ursprung in Litauen hatte, saß der Hexer vor einem Spiegel, eine Kerze vor sich und eine im Rücken, und er blickte in den Spiegel, um darin Erscheinungen zu sehen. Der Schwester des Architekten hatte aus den Tiefen des Spiegels Napoleon mit seinem malerischen Hut entgegengeblickt, in einer dunklen Kutsche sitzend, von Rußland auf der Flucht in die Ukraine und nach Polen; die Kutsche war umringt von Wölfen mit räudigem Pelz, die auf dem Schnee herumsprangen, ihre Augen gerötet von teuflischem Schein; zahlreiche Ringe schmückten des Kaisers Finger, dunkle Schatten untermalten seine Augen, als wäre er stark geschminkt. Er saß mit einem erhabenen und geheimnisvollen Ausdruck da, der sich in die Seele ergoß wie ein dickflüssiger Trank. Napoleon rieb mit seiner Hand über die Fensterscheibe der Kutsche und kratzte die Eisblumen ab. Sein Gesicht tauchte in dem kreisrunden Fleck auf – und sie las von seinen Lippen ab: Ich belege euch mit einem Fluch, ihr Menschen, die ihr im zwanzigsten Jahrhundert leben werdet. Hundert Jahre nach dem Tag, an dem ich in der letzten Schlacht geschlagen wurde, und bis hundert Jahre nach meinem Todestag werdet ihr in ständigem Feuer brennen, ihr, eure Tiere, eure Dörfer, eure Städte, eure Kunstschätze, eure Kirchen und alles, was euch lieb und teuer ist! Und jeder meiner Feinde wird jetzt wie diese Wölfe sein, mit scharfen Zähnen, und sie werden einer dem anderen die Gurgel zerfetzen! Die Schwester des Architekten wartete auf weitere Enthüllungen Napoleons, doch er vergrub seine Hand in der Jacke, zog seinen malerischen Hut in die Stirn und schloß die Augen. Sie wartete noch geraume Zeit darauf, daß er vielleicht erwachte, doch Napoleon verflüchtigte sich ganz langsam im Spiegel. Und nur am Wegesrand konnte sie gerade noch sehen, daß die schneebedeckten Bäume einer nach dem anderen wie Seifenblasen zerplatzten, als die Kutsche an ihnen vorüberzog.

DIE ECKE DER MUSEN. »Also?«

»Also«, sagte Levinson, der sich mit Zeichenlehrern, Schriftstellern und Lokalpolitikern unterhielt, »diese neue Stadt ist wie der Milchzahn eines Kindes, hübsch, aber schwach. Ein Potemkinsches Dorf. Sie sind der Ansicht, man müsse Pfeiler, Balustraden, korinthische Kapitelle, italienische Loggien hinzufügen, Türstürze, Fensterstöcke mit ein oder zwei Reliefs, Regenrinnen mit Davidstern, die Spione mit der Traubendolde, neoklassische Säulen hier und dort, und irgendeinen Turm – und das Ganze wird wie eine Provinzoper aussehen.«

»Für mich gibt es nur Jugendstil«, sagte Kastelanietz, »die Anmut und der Fluß der Pflanzen, der Stiel, alles Stiel und die zarten Pflanzenhärchen. Mit ein wenig Spanien, vielleicht noch Nordafrika. Vielleicht. Aber vor allem Jugendstil. Die Pfeiler, Balustraden, Kapitelle, die Türstürze der Lehrer und Politiker – das ist alles völlig veraltet. Nur Jugendstil.«

»Auch der Jugendstil ist doch nichts anderes als die Krinoline eines Dorfmädchens, der Batist einer Krämerstochter«, erwiderte Levinson.

»Genosse Levinson, deine Liebe zum einfachen Volk rührt zutiefst an mein Herz«, entgegnete Kastelanietz. »Im Jugendstil liegt ein Traum, ein Traum, der leicht zu träumen ist.«

»Wir müssen eine klare Linie beachten, eine gerade Linie träumen«, sagte Levinson.

»Besser, Schweinchen, du singst wie ein Stieglitz mit Talent, als daß man dich einen sang- und klanglosen Sänger nennt?« lächelte Marinsky.

»Es gibt keine gerade Linie in der Natur«, widersprach Kastelanietz.

»Tatsächlich? Und was ist mit Kristallen? Mit Honigwaben?«

»Du, Jascha, zweifelst an allem – das heißt, du bestätigst nur dich selbst«, sagte Marinsky.

Ein merkwürdiges Mal erschien über Levinsons Augen, über seinem Nasenrücken, ein tiefes »M«, wie der Buchstabe, den die rote Marusia, die Räuberin, ihren Opfern, die sie am Leben ließ, auf die Stirn einbrannte. Die rote Marusia, Mischa Japontschik ...

»Was ich sage, Ezra, ist nur, daß man dafür sorgen muß, daß diese Häuser nicht in zwanzig Jahren wie die aus Kartoffeln geschnitzten Tempelmodelle aussehen, die dein Ajdasch immer in seinen Mußestunden anfertigte.«

»Das ist doch das, was ich sage: Nur in den Grundelementen der Vegetation gibt es etwas, das für jeden Maßstab greift. Der Pfeiler wird lächerlich wirken, die große Säule grob, die Balustrade kindisch. Man muß für die Ewigkeit bauen.«

»Jugendstil für die Ewigkeit?« grinste Levinson.

»Für die Ewigkeit«, sagte Marinsky, »baut man nur Grabstätten, Pyramiden aus Granit. Wir müssen uns in acht nehmen vor exemplarischen Werken. Erinnert euch an die Peredvizniki. Wie haben sich diese armen russischen Künstler heldenhaft geplagt! Jesus, der Christ, Petrus, die Ankunft eines Schamanen bei der christlichen Hochzeit, symbolische Trojken. Ein beispielhaftes Werk ist von der Sorte, die in der Kunst am zufälligsten ist. Und wir müssen Jaffa vergessen. Da und dort etwas herauspicken und den Rest vergessen. Denn falls nicht, werden wir gemeinsam mit Jaffa in tiefem Schlaf versinken, in seinem Schlaf der Fliegen. Man muß sich vorsehen im Heiligen Land. Von Licht und Schatten träumen.«

»Damit bin ich einverstanden.«

»Auch ich. Doch ich sage: Jugendstil.«

»Keiner von uns hat etwas gegen den Charme von Gewächsen und Blumen, Mischa. Aber sehr rasch«, sagte Levinson, »wirst du nicht nur Pflanzen und Stiele brauchen, sondern auch Wellen, Wolken, Pfaue, Engel. Das taugt für ein Exlibris. Alles künstlich.«

»Aber das ist es, was ich liebe, daß es künstlich ist. Wenn die Dinge von vornherein künstlich sind, kann man in Ruhe arbeiten. Das Künstliche wird nicht unter den scheinbar natürlichen Dingen auftauchen. Und was die Wellen oder Wolken angeht – was stört mich das? Ich liebe das singende Legato des Stils, die wallenden Flechten der Trauer.«

»Flechten der Trauer? Du bist ein wahrer Don Juan. In meinen Augen gleichen all dies Verzierungen, die man auf Gegenständen, Kämmen, Spiegeln, Stühlen sieht, Musikinstrumenten, auf denen man nur seicht dumme Musik spielt. Wenn du das singendes Legato nennst, dann hören wir eine unterschiedliche Musik in unseren Köpfen. Und der Bogen des Jugendstils ist abstoßend.«

»Denkst auch du so, Ezra?« fragte Kastelanietz gekränkt.

»Ich liebe es nicht.«

»Siehst du? Und das sagt dir ein Mensch, der etwas von Musik versteht«, sagte Levinson.

»Und was ist mit der Kirche St. Leopold am Steinhof?«

»Wo ist das?« fragte Levinson.

»Du weißt, wo das ist – in Wien.«

»In Wien«, erwiderte Levonson verächtlich. »Aber du brauchst nicht glauben, Ezra sei viel anders als du. Er denkt, wenn man den Kopf einer Nymphe über dem Türstock einsetzt, werden die Mädchen Tel Avivs ihr ähneln.«

»Hast du bessere Vorschläge?«

»Zitrusfrüchte, Gymnastik, Tanz, sich neuen Moden unterwerfen«, war Levinsons Antwort.

»Auf alle Fälle«, sagte Marinksy (er war fünf Jahre älter als sie), »würde ich ein bißchen die Baukultur der Araber studieren. Vielleicht kann man ihre Türen verwenden, hier und dort, bemalte oder holzvergitterte Türen – der Eingang selbst wird wichtig, läßt verweilen. Und ihre Ornamentik, die endlosen, aber nüchternen Windungen – ein geometrisches Geheimnis. Vielleicht kann man die tiefen Böden nutzen, weißer und schwarzer Marmor, roter Ziegel. Holzvergitterungen für die Terrassen, die Gartenanlage. Die Hauptsache aber ist: mit Vorsicht. Licht und Schatten. Das Mittelmeer – das heißt, innere Monumentalität in jedem Maßstab und auf viele Bauten verstreut. Und wenn man nicht-arabische Verzierung möchte, kann man die alten Ägypter nehmen. Sie hatten eine eigene Art, Abstände zu beschreiben: ein Wasserbassin mit Palmenreihen oder Keramikfliesen zu beiden Seiten an der Vorderfornt des Hauses mit einem Streifen Garten, Weinberg, Gemüsebeeten.«

»So etwas ist mir nicht bekannt«, sagte Levinson.

Marinsky mochte vielleicht ein wenig verrückt sein, wie die beiden dachten, doch er war von dem Schlag der Architekten, über die sie in ihrer Kindheit gelesen hatten, Menschen, die die Paläste, die Kirchen und Villen erbaut hatten, die in den Kunstbüchern und den malerischen Romanen vorkamen. Zu seinem Amüsement las er neue Mathematikbücher und löste Schachprobleme. Nun zog er einen Bleistift und ein Skizzenbuch heraus und skizzierte ein Wasserbassin und fünf Palmen. Es herrschte Schweigen.

»Kann man das als Geschenk erhalten?« fragte Kastelanietz.

»Nimm es.«

»Signiere es«, sagte Kastelanietz.

»Ah, Mischa, sei kein Kindskopf«, murmelte Marinsky.

Im Gegensatz zu vielen Architekten liebte er es nicht, wenn man auf sein phantastisches zeichnerisches Talent aufmerksam wurde, er schämte sich dessen eher. Er unterschrieb also, lachend: »Marinsky, Arschitekt.«

»Jetzt zeichne den Garten.«

»Das würde zu lange dauern«, erwiderte Marinsky.

»Zeichne«, verlangte Kastelanietz.

»Zeichne, zeichne, Ezra«, sagte auch Levinson.

Marinsky teilte das Blatt Papier in Dutzende kleiner Quadrate ein, in die er andeutungsweise Bäume, Sträucher, Blumen, Weinstöcke und ein kleines Haus zu setzen begann.

»Mach weiter«, sagte Levinson weich.

Sie warteten schweigend etwa eine halbe Stunde, bis Marinsky die kleine Zeichnung fertiggestellt hatte.

»Unterschreibe«, bat Kastelanietz wieder.

»Du hast eine gewisse Unterschriftenobsession«, sagte Marinsky.

Er gab Kastelanietz das Blatt und sagte: »Und vielleicht würde es sich für uns auch lohnen, ein wenig das Innere der Synagogen zu betrachten, die Hüllen der Thorarollen, die Ornamente, die Vorhänge, die bestickten Tücher. Ich erinnere mich aus meiner Kindheit daran, als ich mit meinem Vater dorthin ging. Inschriften in Bogenform. Silber geprägt, graviert, gehämmert, birnenförmige Kapitelle, vielleicht ist es möglich, etwas per Andeutung aufzugreifen, Glocken und gedrehte Säulen ganz gewiß.«

»Das klingt interessant«, sagte Levinson. Die ägyptische Skizze hatte seine Bewunderung erregt, und gleich stimmte er Marinsky in allem zu.

»Ich meine, das ist Unsinn«, widersprach Kastelanietz. »Das sind sehr einfache Formen, es hat keinen Sinn, die Zeit mit Synagogenbesuchen zu vergeuden. Schwarz auf weiß – Erinnerung an die Zerstörung. In unserer Synagoge gab es ein Löwenpaar mit roten Zungen und roten Augen.«

»Du bist wirklich ein Goi«, sagte Levinson.

»Und du, Genosse Levinson?«

»Etwas einfaches, schlichtes, eine Andeutung, ein kleines Emblem. Keine exemplarischen Großtaten. Aber Phantasie, Freiheit, Anmut. Nicht die Peredvizniki.«

»Die erwähntest du bereits«, bemerkte Kastelanietz.

»Ich weiß«, murmelte Marinsky.

»Die Blume, die Pflanze, der Stiel sind stärker als alles. Ein starker Stiel aus der Wirbelsäule eines Dinosauriers. Das ist es, was ich denke«, beharrte Kastelanietz.

»Morgen, bei der Grundsteinlegung, möchte ich, daß du Goldberg anlächelst und liebenswürdig zu ihm bist«, sagte Marinsky zu Levinson.

»Ich möchte ihm den Schädel einschlagen«, erwiderte Levinson.

»Nicht nur skalpieren?« fragte Kastelanietz.

»Du wirst ihn anlächeln und dich nett mit ihm unterhalten. Und wenn du dich weigerst, können wir uns gleich heute voneinander verabschieden«, sagte Marinsky.

Eine Drohung aus Marinskys Mund war etwas höchst Überraschendes, und beide schwiegen.

»Er hat mich beleidigt.«

»Mich interessiert dein Dünkel nicht«, sagte Marinsky.

Jetzt blickte ihn Levinson mit echter Verblüffung an.

»Ich werde ihn anlächeln, ich werde lächeln«, sagte er dann. »Möchtest du, daß ich mich mit den Synagogenobjekten befasse?«

»Würdest du das tun?«

»Willst du das wirklich?«

»Ja, mach das«, antwortete Marinsky.

»Aber eines Tages werde ich ...«

»Nicht, bevor wir siebenundsiebzig Häuser erbaut haben werden«, warf Marinsky ein.

»Dein Dragoman hat Eindruck auf mich gemacht«, sagte Kastelanietz. »Hast du auch den zweiten Mann gefunden, den von Kuratov?«

»Nein, ich weiß nicht, warum – ich fürchte mich davor, ihn zu finden. Ich habe von weitem das Haus gesehen, in dem er wohnt.«

»Was macht dein Englisch?«

»Ich komme gut voran«, erwiderte Marinsky. »Und du, Mischa?«

»Auch ich mache ziemliche Fortschritte.«

»Und wie geht es Madame el-Chuli?«

»Du weißt von Madame el-Chuli? Du interessierst dich für Madame el-Chuli?!«

»Du wunderst dich zu Recht, Mischa«, sagte Marinsky, »was würde Ludmila dazu sagen?« (Mich wird der Raub Ludmilas nicht schrecken! Die erhabene Tat werde ich vollbringen! Doch wie unglücklich machte sie mich ...).

DER SCHMELZOFEN DES FEUERS. »Herr Wagner mochte Herrn Januarius. Welch ein Mann war Herr Wagner vom Walhallaviertel in Jaffa! In seiner Kindheit schenkte ihm sein Vater *Die drei Musketiere*. Ist Ihnen solch ein Buch bekannt? Ein Kinderbuch. Sein Vater erstand es billig in irgendeinem Geschäft, ein Buch voll netter Bilder zum Anschauen. Der kleine Junge war derart begeistert von den Taten der Helden, daß er das Lernen und das Beten vernachlässigte, worauf er den Entschluß faßte, sich der Versuchung des verführerischen Buches zu entledigen. Er legte das Buch weg, und nach innerem Ringen ging er in die Gießerei seines Vaters und warf das schöne Buch in den Schmelzofen. Als er das Buch in dem großen Feuer verbrennen sah, füllten sich seine Augen mit Tränen. Als sein Vater ihn fragte, wie denn das Buch in den Schmelzofen gefallen war, gab er keine Antwort. Sein Vater schlug ihn, doch er erachtete es für besser, Schläge, Hohn und Spott zu ertragen, Herr Marinsky, als sich für diese Tat zu entschuldigen, die in seinen Augen richtig war.«

»Und Herr Januarius?«

»Sogar von Herrn Januarius erwächst uns ein Nutzen in einer Stadt wie der unseren. Es herrscht hier ein florierender Handel mit alten Amuletten, auf denen Engelnamen eingraviert sind, schöne Gravuren in Kupfer, Silber und Gold, und Herr Januarius weiß alles über die Engel.«

»Was für ein Landsmann ist er?«

»Aus Flandern, meiner Ansicht nach.«

Der Hügel von Jaffa wirkte spitz zu dieser Stunde. Die Kirche glänzte honigfarben. Das Festland hatte Jaffa Hügel mit rhetorischer Geste ins große Meer hinausgewiesen, nicht die eines Feldherren, der seine Männer in die Schlacht schickt, sondern eher eines Redners, der überzeugen möchte, eine bescheidene Handbewegung, vielleicht passend zu einem kleinen Leuchtturm, einem seichten Hafen, Fischerbooten, Zitrushainen, geduckten Klöstern, vereinzelten Prozessionen mit Myrte, Miß Arnot's Mädchen.

Die zusammengebundenen Ohren des Esels. »Die Orgel ist erbärmlich, aber was werden Sie über die Bilder von Piet Gerrit, dem Holländer, sagen?« sagte Herr Angel. »An den Maler erinnere ich mich. Man erzählt sich, daß einmal ein Scheich die Kirche betrat und ein Gemälde von Piet Gerrit betrachtete, auf dem ein Esel mit zusammengebundenen Ohren gemalt war. Da sagte der Scheich: »Dieser Maler lebt unter den Beduinen, daher weiß er, daß wir die Ohren der Esel zusammenbinden, um sie in die von uns gewünschte Richtung zu lenken.« Und tatsächlich lebte Herr Gerrit vier Jahre unter den Beduinen, liebte es, sich um das Vieh zu kümmern, die Esel, die Kamele. Zwei Briefe erhielt ich von ihm, und einem von ihnen legte er eine Zeitung bei, in der er zeichnete, aus Holland, und der Name der Zeitung war *Der Schutzengel*. Und ich las in dieser Zeitung, Herr Marinsky, daß er für sein hingebungsvolles Werk in den Rang eines Ritters des Heiligen Grabes erhoben worden war.«

Der Architekt dient dem Volk. An der Klaue wirst du den Löwen erkennen. Die Leute wußten, daß Marinsky ein großer Architekt war. Manchmal erzählten sie ihm von ihren Träumen: Wie die Stadt, diese Straße oder jenes Haus aussehen sollten, auf welche Landschaft die Fenster hinausblicken müßten, die Balkone, die Dächer an den Rändern der Stadt. Die meisten jener Träume waren Illustrationen – Marinsky erkannte in ihnen Holzschnitte, Kupferstiche, Aquarelle, Ölgemälde, Rekonstruktionen zerstörter Städte in Enzyklopädien und Reiseführern oder ein Abbild der Häuser voll Prunk und Geheimnis der Romane des Jahrhunderts, in dem er geboren worden war. Seine zionistischen Freunde wußten nicht genau, was sie sich von ihrem Architekten wünschen sollten, doch er konnte ihre Neigungen erraten. Ihr Traum war bescheiden pastoral, keine glorreiche, militärisch geometrische, machtvolle Utopie, sondern eine, die nicht viel über die Baumkronen hinausreichte, die zwischen den schwarzen Flecken eines Wäldchens hätte schlummern oder leicht an eine steinige Küste hätte stoßen können, Granit oder Sand, das Ufer eines

Meeres oder Sees, mit der reizvollen Berührung zwischen dem Grün und dem Blau des Wassers. Dies waren die Reisen der *Futura* in Erez-Israel. Und das war auch Marinskys Traum während des Tages. Doch in den Stunden der Nacht, besonders jenen vor Anbruch der Morgendämmerung, diesen kleinen Stunden der Bangigkeit, beschwor seine Einwanderung nach Israel Ängste in ihm herauf. Wie baute man an den Wassern Erez-Israels? Er war im Cheder erzogen worden, und in der Jeschiva, aus der ihn sein Onkel heimlich herausgeholt hatte. Als Jude in Rußland, einem Land der visionären exemplarischen Werke, die zwischen schändlicher Armut und der Häßlichkeit eines brechreizerregenden Eklektizimus aufflackerten, mußte er wählen, zwischen der Gestalt des wunderschaffenden Architekten, des einsamen Giganten, der seine Vision diktiert, und einem der Dutzenden oder Hunderten Mitglieder des Systems, die dem erniedrigten und bedrückten Volk dienten. Damals las er historische Romane: »Die Sonne versank langsam. Es war dieses oder jenes Jahr, Ende des fünften Monats, als Messer Antonio da Sangallo Rom betrat, durch das Tor des ... Der wunderschaffende Riese errichtete goldene Gebäude, die Bauten des absoluten Amuletts, und jeder Mensch, der sie dereinst betrachten würde, wäre beeindruckt von ihrer Schönheit und ihrer Harmonie, jeder Mensch. Oh, Wanderer, mit dem staubigen Stock in deiner Hand und deinen Sandalen, abgetragen von ungezählten Wegen, du betrittst das Pantheon in Rom. Dein Atem stockt. Aus der Öffnung der gewaltigen Kuppel herab erfaßt die abstrakte Hand des perfekten Architekten dein Haar und zieht dich in die Höhe.«

In den Jahren, in denen er das Hotel *Mithridates* erbaute, während des Krieges und der Revolution, und während er darauf wartete, an Deck der *Ruslan* zu gehen, dachte Marinsky über Straße und Platz in Erez-Israel nach. Marinsky wußte die Fenster in seinen Gebäuden einzubauen – Fabrikfenster hatten den Zauber des Gleichgewichts, und man mußte sie nur für Wohnhäuser übersetzen. Und so ließ Marinsky, auf einer weißen oder gebrochen weißen Mauer, von rechts her immer große Ränder (wie eine Huldigung an das hebräische Auge), wirklich breite Ränder, in denen ein gewisser Schock für den Betrachter steckte, der an die traditionelle Harmonie gewöhnt war, kein allzu heftiger Schock jedoch, nur Reiz und Neugierde auslösend. Und dann setzte Marinsky zwei, drei Fenster hinein, ziemlich groß, relativ lang und hoch, mit der von ihm gewählten Einteilung, hübsch und teils provokant. Am Ende der Mauer verband sich ein letztes Fenster mit einem stehenden Fenster, auch das wie bei Fabriken, was den Wunsch erzeugte, um das gesamte Haus herumzugehen, wodurch er sich übertriebene Fassadenverzierungen ersparte. Die Front wies keinen Balkon, weder dekorative Elemente noch eine Inschrift auf, und kein Kamin ragte übers Dach hinaus. Doch damit war das Haus nicht zu Ende, sondern es dehnte und rundete sich nach innen. Einige Stufen oberhalb befand sich ein zweiter Eingang, und der andere Teil des Hauses, der mehr nach innen gewandte, war verschieden von dem, der zur Straße hin ausgerichtet war. Hübsch gerundete Balkone und Gitter mit geraden Stäben im Treppenhaus verliehen Leben und überraschende Farbe. Hinter der simplen, hübschen und ein wenig strengen Fassade, die geläutert und kindlich zugleich wirkte, verbarg sich eine amüsante Welt von unbeschwertem Abenteuer.

Ein Platz innerhalb der Stadt oder ein halbrunder Platz am Meer – für öffentliche Bauten, Theater, Banken, Hallen, Museen, Restaurants und Cafés, große Büchergeschäfte, gepflegte Warenhäuser, vielleicht hinter Kolonnaden. Marinsky dachte an mediterrane, kleinteilige Architektur. Er zeichnete leicht elyptische Kuppeln, weltliche, wie er sagte. Fast ein jedes seiner Häuser hatte einen zweiseitigen Aufgang. Zum ersten Mal wurde er darauf aufmerksam, als er die Artikel Major Darleys über das Bauhaus und den internationalen Stil in Tel Aviv las; Marinsky erfüllte damals eine dumpfe Furcht bei dem Gedanken, daß er von undefinierbaren Kräften dirigiert wurde, die er nicht kannte.

Doch all diese Ansichten waren ziemlich verschwommen in seiner Vorstellung: Die weißen Gebäude, wie auf einer griechischen Insel, etwas Schwarzes und Zapfenförmiges aus Spanien, die Details aus den zionistischen Vorträgen – ein goldener Weinstock stand ... die zwei Säulen vor dem Tempel, Jachin zur Rechten und Boas zur Linken ... und machte Ketten zum Gitterwerk ... Er dachte viel an die Palme. Etwas Einfaches, Unbefangenes. Marinsky sah eine Schule, eine Synagoge vor sich, sogar ein Theater oder Museum wie kleine Gebäudewürfel, Kästchen eines Kreuzworträtsels, die sich zwischen Bäumen und Felsen verstecken. Doch in Nächten des Zweifels kehrte der Durst nach dem großen Bauwerk zurück, dem goldenen Gebäude, das nicht am Ausdruck der Gesellschaft und am Empfinden ihrer Welt hing, ein Gebäude, das außerhalb der Zeit stand.

Nur ein Gebäude, von dem er träumte, hatte etwas von der Kraft einer Vision in sich, der Kapitänsbau. Marinsky plante eine Hafenkommandantur für Jaffa – ein Bau mit starken Mauern, weiten, stolzen Hallen: Die Stadt reichte dem Meer mit bescheidener, antiker Geste ihre Kirchen und Moscheen, ihren Leuchtturm, und in der immerwährend ausgesteckten Hand, geheimnisvoll und mächtig – die Kapitänskommandantur Ezra Marinskys, ein gewaltiger Bau, der nichts verschenkte und keinen Unternehmer erwartete, abgeschottet gegen Freundschaft, gleichgültig gegenüber Eroberungen; unverständliches Symbol, zwingende und verschlossene Existenz! Nie wieder würde Jaffa bankrott machen, nie mehr arm und verachtet sein. Die Kapitänskommandantur Ezra Marinskys würde ein Wahrzeichen des Erfolgs der zionistischen Meeresrepublik sein.

Napoleons Leben war eines der wenigen, die Marinsky Energie einflößten. Gian Lorenzo Bernini paßte vielleicht noch ein wenig, aber wie soll jemand, als ein Gian Lorenzo in einem kleinen Städtchen, einem Dorf fast, auf der Krim geboren werden, an einem Ort, an dem das größte Haus das des Sattlers ist und die größte Tür die Tür des Stalls, in dem das Pferd des Polizisten und die Kuh seiner Gattin Heu wiederkäuen. Doch Napoleon war herrlich. Alles an seinem Leben war perfekt. Seine Geburt im wilden stolzen Korsika, sein Ende – in der fernen Ödnis von St. Helena. Marinsky liebte Napoleons »Vierzig Jahrhunderte blicken auf euch«. Auch er empfand, daß man aus den Tiefen der Vergangenheit auf ihn blickte, die seltsamen Toten, Entdecker der verzauberten Formen, die man in Raum und Materie kleiden konnte. Er war ein Künstler, und die Liebe der Künstler galt der Sphinx Napoleons, nicht seinem Adler, doch in Tagträumen war der Adler nicht wenig mit der Sphinx vermischt, der Adler, der sich in hohem Flug über den Rauch erhob. Die Seele Napoleons – der größte romantische Künstler, visionär und leidend, ohne Ziel und ohne Glück, der nach Unendlichkeit dürstete – hatte die Bewegung in Erez-Israel vorausgesehen. Seine Phantasie wurde davongetragen. Brach er nach El-Arisch, Jaffa und Akko aus den pragmatischen und törichten Gründen auf, die er der Direktorialregierung in Paris schrieb? Nein, nein und nochmals nein! Er mußte zu Fuß zwischen den beiden Säulen in Rafa hindurchgehen: die Grenze zwischen Asien und Europa. Er machte sich auf den Spuren Alexanders des Großen nach Indien auf, zu den Toren des märchenhaftens Indien. Hatte er nicht an Tipu Sahib geschrieben: »Warte auf mich!«, nur zwei Wochen, bevor er nach Erez-Israel aufbrach. Und wie Marinsky, so dachte auch er nicht an Jerusalem, sein Blut schreckte vor Mekka zurück! Nur Neues, neu, um jeden Preis! Neue Seele, neue Einsicht. Neue Kraft! Nur seine Musik war zu alt, ohne Verständnis für das Bürgertum, für das neue einzelne, das gefesselt im Verbund kauerte. Du bist einem schrecklichen Irrtum erlegen, General Bonaparte! Der Marmor der Paläste, die lange Schleppe, der alte

Name – dein schlechter Geschmack in der Kunst führte dich in die Irre. Du hast nicht die richtige Aristokratie gewählt: Du hättest so wählen müssen, wie du zu Anfang deines Weges gewählt hättest – nach der Herkunftsdynastie der Seelen, die laut den Worten der Chassiden ihre eigene Fortpflanzung haben. Er täuschte sich, doch es waren die Künstler, die ihn in die Irre führten. Ihm selbst wäre es vielleicht gelungen, sich über den schlechten Geschmack hinwegzusetzen, möglicherweise hätte er die kalten Paläste, den sterilen Zeremonialismus vernachlässigt. Niemals, nie werde ich dich in die Irre leiten, Herr Ussischkin, leistete Marinsky seinen Schwur, nie werde ich lügen, werde auf eure Stimme hören und in eurem Maßstab bauen, eure Scheu soll auch die meine sein, euer Schweigen das meine, eure heimliche Vorliebe werde ich auch zu meiner machen. Aus freien Stücken werde ich mein Haupt beugen, Herr Ussischkin. Niemals werde ich so mit euch sprechen, wie Antonio Canova mit Napoleon sprach.
– Die Statuen der Nacktheit, Antonio?
– Die mächtige, kolossale Statue, heldenhafte Bauch- und Brustmuskeln, zweimal so hoch wie die Größe in Wirklichkeit, enthält Nike wie Zeus; Stab, Umhang, ein großes Blatt, seiner Männlichkeit schmeichelnd.
– Statuen der Nacktheit, Antonio?
– Hat nicht jede Kunst ihre eigene Sprache, Seine Exzellenz, und die Sprache der Bildhauerei ist Nacktheit und die Falten ihrer Bedeckungen.
– Und die zweite Statue – weshalb ist nicht auch sie nackt, Antonio?
– Die Sprache der Bildhauerei, Seine Exzellenz. Es ist nicht üblich, einen Mensch nackt sein Heer befehligend zu zeigen. Der Feldherr trägt immer Kleider des Heldentums.

Er legte einen Schwur ab: Ich werde zum Mittelmeer zurückkehren. Keine Lüge, kein Akademikertum. Schlag mich mit deinem Stock, Herr Ussischkin, und ich werde untertänig mein Haupt senken. Ich bin gekommen, um meinem Volk zu dienen. Schlichtheit, Anmut, und alles voller Sonne, Frühling.

Stellt mich auf die Probe, Seine Exzellenz, flüsterte Marinsky der Gestalt Ussischkins zu.

ER WOHNT. »Wohnst du in Tel Aviv?«
»Ja, ich wohne in Tel Aviv.«
»Und du?«
»Ich wohne auch in Tel Aviv.«

»Ist Tel Aviv in Palästina?«
»Ja, in Palästina.«
»Wohnt Ussischkin in Deutschland?«
»Nein, Ussischkin macht in Palästina.«

Das abwägen geheimnisvoller balancen. Anläßlich der Feiern zu Marinskys siebzigstem Geburtstag, im Jahre 1959, schrieb der junge Architekt Bar-Nachum (der erste, der begann, die Tel Aviver Gebäude höher als vier Stockwerke zu bauen), Marinsky habe bewußt das Bauhaus entstellt, bewußt den internationalen Stil verzerrt, sogar die malerisch-eklektische Verirrung der zwanziger Jahre bewußt deformiert, nur um den anderen nicht zu gleichen, um der Welt einen Scheidungsbrief auszustellen. Marinsky verabscheute Bar-Nachum – ein junger Mann, dessen Augen sich wie die Saugnäpfe eines Polypen auf das Gesicht seines Gesprächspartners hefteten, feucht und schmatzend. Als er die Worte las, war er bestürzt über die Phantasielosigkeit, die darin offenbar wurde. Bewußte Verzerrung? Als hätten nicht Scheu, fast krankhaftes Zögern, endloses Abwägen der geheimnisvollen Balancen ihm seit eh und je den Schlaf geraubt. Marinsky erfand seine Gebäude bis ins kleinste Detail. Immer hatte er Schwergewichtigkeit und Langweile für unmoralisch gehalten. Doch Bar-Nachums Gift, ebenso wie die liebevollen Komplimente Darleys, gärten noch monatelang in seinem Blut und seinem Geist weiter.

Er traf Bar-Nachum immer in der Buchhandlung *Ithaka*, in der die neusten Bücher und Zeitschriften über Architektur erhältlich waren. Der Besitzer des Ladens, Dr. Davidson, hatte am Eingang die Nationalflagge an einer hohen Staffelei festgemacht, auf der das verstaubte Porträt seines Vaters ruhte, ein bekannter Buchhändler aus Berlin. Die Fahne hatte Rubin, der sie auf dem Markt von Jaffa gefunden hatte, Davidson mitgebracht: aus Seide gefertigt, die Linien in leuchtendem Meer- und Himmelblau. Nie zuvor hatte Marinsky eine solch schöne Fahne gesehen, und vergeblich forschte er den Verkäufer nach dem Namen des Künstlers aus, der sie gemacht hatte. Doch da betrat Bar-Nachum den Laden, einen Tag nach dem Unabhängigkeitstag, und brach sofort in Gezeter aus, daß Dr. Davidson den Platz mit Fahnen schmückte wie ein ganz gewöhnlicher Sterblicher. Sein Gesicht lief rot an, seine Finger zuckten wie Tentakeln, seine Augen wurden ganz verkniffen.

»Gähen Sie, und schließen Sie die Tir hinter sich«, sprach Dr. Davidson beleidigt.

VERRAT ERRICHTET DIE STADT. Die schlank aufragenden Eisengitter im Park, schwarz mit goldenen Spitzen, zwischen dem Blätterwerk schimmernde Statuen, kleine Springbrunnen, das wispernde Wasser wie Rascheln von Seidenkleidern, die Wipfel der Bäume trösten mit ihrem Raunen. Das Gefühl der glühenden Scham in seinen Träumen quälte Marinsky, die Scham über das Verlassen, die Entwurzelung, den Verrat. Hatte er nicht Rußland verraten, wo er geboren worden, wo seine Vorväter, die länger als die steinalten Bäume hier gewesen waren, geboren worden und gestorben waren? Fremd und heimatlos? Es gibt Menschen, die stets heimatlose Fremde sind, Menschen, Gemeinschaften, ganze Bevölkerungsgruppen. Fremd und seltsam bin ich meinem Bruder geworden und unbekannt den Kindern meiner Mutter. Hatte er sich selbst denn nicht in den Reihen der russischen Generationen gesehen, trotz seines Glaubens an den Zionismus? Wollte er denn nicht teilhaben an dem Zeichen, das das russische Volk im Himmel des Universums setzte? Form verleihen mit einer Wolke, die sie mit ihren Atemzügen gestaltet hatten? Unterhielt er sich nicht mit den Architekten der Toten? Sprach er nicht Liebesworte in ihrer Sprache, der einzigen Sprache, die er liebte? Im Wachzustand empfand er keine Scham oder Bedauern darüber, daß er Odessa verlassen hatte. Denn was hätte er von der Stadt erwarten können? Keinen Menschen und kein Ding, kein Standbild, keine Reiterbronze – vielleicht Richelieu, halb Kardinal, halb Mylady. Doch in seinen Träumen sah er Gesichter, Hände, Gestalten, die ihn mit Beleidigungen bewarfen, ihm das Mal von Tod und Vernichtung einbrannten. Wenn er erwachte, war er wieder schweißbedeckt bei der Erinnerung an die derart präzise treffenden Beleidigungen (obgleich sie erfunden waren), die man ihm im Traum entgegenschleuderte. Der Genius seiner Träume verspottete ihn mit unerträglichem Hohn, mißhandelte ihn wie ein Wesen geringer als ein Wurm, minderer als eine Kröte, ein ekelerregendes Geschöpf. Fort mit dir, du Wurm, fort mit dir zu den jämmerlichen Wassern deines Mittelmeers, zur schäbigen Erde deines antiken Landes, mach dich fort und nage am Wasserkohl ...

Bisweilen kleidete sich sein Traumgenius in einen menschlichen Körper: Einmal in den Napoleons, dem Napoleon von Jacques-Louis David, mit ausgestreckter Hand und schäumendem Pferd den St. Bernhard überquerend, und einmal in den Napoleon von Paul Delaroche, Napoleon im März 1814 – ein Mensch, den es leidenschaftlich danach verlangte, auf dem Thron zu sitzen. Delaroches Napoleon flüsterte ihm einen Ortsnamen ins Ohr: Demir Chapu ...

Demir Chapu ... Chapu ... Chapu ... was? Wo? Was war das für ein Name? fragte sich Marinsky im Traum stets vergebens.

Auch nachdem er sich von Bettina in München getrennt hatte, sprachen die Stimmen seiner Träume mit Hohn und Verachtung zu ihm. Der Traumgenius war damals zwar um vieles umgänglicher, doch er fabrizierte einen äußerst erniedrigenden Vorfall. Marinsky hatte Bettina an einem Sommerabend am Hochufer der Isar getroffen. Während des Spaziergangs war ihm eine kleine Fliege ins Auge geraten, die er zunächst herauszuholen versuchte, doch das Insekt verkroch sich tief unter sein Augenlid. Sein Auge tränte heftig. Wenn ich eine Frau wäre, hätte ich einen kleinen Spiegel in meiner Tasche, dachte er, und im gleichen Augenblick bemerkte er eine junge Frau, die Vögel mit Brotkrümeln fütterte. Er trat zu ihr und bat sie höflich, in sein Auge zu sehen. Zuerst zögerte sie. Wie stark und voller Freude sie gewesen war. Marinsky stand ihr gegenüber, mit einem Auge, das unaufhörlich tränte und tränte, bis sie schließlich ein weißes Taschentuch herausholte und sein Augenlid anhob. Die Fliege hatte sich inzwischen nach unten geschmuggelt, und die Frau blickte ihn leicht mißtrauisch an, bis sie das Insekt fand. Vielleicht war sie ob ihres Mißtrauens verlegen, denn sie fragte:

»Ist der Herr fremd bei uns in der Stadt?«

»Fremd und verloren. Und sogar die Natur hier hetzt ihre Mordgesellen auf mich.«

»Und was führt Sie her?«

»Ich schließe meine Studien ab und arbeite in einem Architektenbüro, mein Fräulein«, erwiderte er und stellte sich vor.

»Architektur! Das ist eine herrliche Kunst!«

»Nur ein Sattel der Kunst auf dem Rücken des Ingenieurwesens, mein Fräulein.«

Diese erste Begegnung mit Bettina, die etwas Nettes hatte, liebenswürdig und unschuldig, verzerrte sein Traumgenius dergestalt, daß sie wie schreckliche Heuchelei wirkte: Peinlich beschämend waren die Krokodilstränen, die aus seinem Auge tropften, seine groben Stiefel, die fast ihre Füße zertraten (obgleich er in Wirklichkeit nie Stiefel trug), die hinterlistigen Blicke, die er auf ihre Brüste und auf den Amethystring an ihrem Finger warf, dessen Wert er aus irgendeinem Grunde auf eintausendfünfhundert Mark schätzte (auch wenn er im Wachzustand ganz und gar nichts vom Wert von Ringen verstand und auch nicht wirklich wußte, was ein Amethyst ist). In seinem Traum schielte er nach allen Seiten, um zu sehen, wer sich auf dem Weg befand, als sei er ein Dieb oder Vergewaltiger. Der Genius seiner Träume zeigte ihm sogar eine Kuh, die am schlammigen Ufer des Flusses Wasser ließ, ihn mit dummen Augen anglotzte und mit ihrem Hinterlauf austrat.

Nordias Erbauung. Marinsky hatte die Absicht, nach Jerusalem zurückkehren. Das Jahr 1922 war ein gutes Jahr dort zum Bauen, und das Büro Harland, King, Cameron und Legrange erhielt jede Woche neue Aufträge, um so mehr, da Harland Gouverneur Storrs gut kannte, über dessen Manieren er zwar spottete, den er jedoch zweimal oder öfter die Woche zu Hause besuchte.

Gerade als Marinsky jedoch sein Haus verließ, hielt ihn Veva Latovitsch auf, der zusammen mit Bograschov und Scheinkin die *Siedlungsgesellschaft für Wohnungslose* leitete, die zum Ziel hatte, jene Flüchtlinge, die sich beim Ausbruch der Unruhen im Mai 1921 gerettet hatten, in Jaffa mit einer Behausung zu versehen. Die Gesellschaft hatte ein Grundstück für ein neues Wohnquartier erworben, nicht allzu groß, für zirka einhundertfünfzig Häuser.

Unter Latovitschs Achsel klemmte eine Ledermappe, in der sich Dokumente, Pläne und Briefe befanden. Dies war eine klare Geste – Marinsky war nicht ins Büro geladen worden, falls eine Gesellschaft mit solch einem holprigen Namen denn tatsächlich eines besitzen sollte, sondern man kam zu ihm, zu seinem Haus. Veva Latovitsch war um die sechzig und auf dem linken Auge blind, die Folge eines Messerstichs in seiner Jugend. Ezra erinnerte sich an seinen Besuch im Hause seines Großvaters, denn Latovitsch hatte ihm damals das Lesebuch von Jehuda Grasovsky als Geschenk mitgebracht: *Die hebräische Schule*.

Latovitsch musterte anerkennend Marinskys Büro.

»Fünf ägyptische Lirot für die Registrierung«, sagte er.

»Und der Preis des Hauses?« fragte Marinsky.

»Zweihundert Lirot.«

Eine Siedlung mit kleinen Häusern, winzigen Gärten, Ziegeldächern. Sein ganzes Gefühl, jede innere Regung, das Pochen des Blutes in seinen Adern und sein sich zusammenziehender Magen sagten Marinsky, daß er es Latovitsch, Bograschov und Scheinkin abschlagen mußte, daß er sich nicht auf den Bau eines solchen Viertels – wie in einer ukrainischen Kleinstadt – einlassen durfte, daß er nein sagen mußte. Ein Künstler, ebenso wie ein Feldherr, durfte nicht in sumpfigen Morast geraten. Zu wissen, was man nicht machen sollte, war nicht weniger wichtig als zu wissen, was man tun mußte, vielleicht sogar noch wichtiger. Man durfte sich nicht in der Falle verfangen. Das war eine schreckliche Gefahr ... In Jerusalem dagegen hatte ihm Harland übertragen, für die Schotten zu bauen, plus eine große Gebetshalle für Pater Botti – ein Italiener, der seinerzeit Architektur studiert hatte und Marinsky von dem Ausflug entlang der Brenta erzählte, den er mit siebzehn unternommen hatte, um die Villen des Palladio zu sehen. Oh, Palladio, erwiderte Marinsky mit verlegenem Lächeln, doch es gefiel ihm, daß allein seine Anwesenheit Pater Botti dazu anregte, den großen Architekten zu rühmen. Man darf nicht steckenbleiben, begraben werden, auch erste Siege kann man nicht verewigen. Bonaparte in Montenotte, Millesimo, Mondovi.

»Nordia, hast du gesagt?«
»Das wird der Name sein. Wirst du es machen, Ezra?«
»Ja, sicher.«
»Wir können dir im Moment nichts zahlen, doch wenn auf dem Baugrund bereits etwas zu sehen ist, vereinbaren wir deinen Lohn.«
»Ja, ja.«
»Und du bist nicht böse?«
»Nein, sicher nicht.«
»Dann sage ich Bograschov, daß du einverstanden bist?«
»Sicher.«
»Ich hab's gewußt, Ezra, daß wir uns auf dich verlassen können.«

GEHEIME GESCHICHTE. Der alte Palast ähnelte einer Kaserne – sehr lang war er, mit einer monotonen Fensterfront, einem Teerdach, das im zentralen Bereich nur die insgesamte Strenge des Gebäudes unterstrich, breiten Treppenaufgängen und Mahagonigeländern, den Parkettböden entströmte ein betäubender Geruch nach Bohnerwachs, verrußte, schwarz angelaufene Bilder verdämmerten in schweren Goldrahmen, die noch schwärzer und aufgequollen vor Feuchtigkeit waren. Sein Vater, ein Notariatsgehilfe, pflegte jeden Morgen zu Fuß zur Arbeit zu gehen und rüstete sich unterwegs mit einer Zeitung, Zigaretten, Pfeifenreiniger und Pfefferminzbonbons aus. Er war stolz, als ihm Dr. Tischko vorschlug, bei ihm zu arbeiten. Dr. Tischko kannte sozusagen alle Familien in der Stadt und war ein Mann ihres Vertrauens. Sogar seine Bewegungen hatten etwas Feierliches. Wenn Dr. Tischko zu ihnen auf Besuch kam, dachte Alek jedesmal, daß der Winter die passendste Jahreszeit für den Doktor sei, denn dann war er in zahlreiche Kleidungsstücke verpackt, und die Art, wie er sich aus seinem Mantel schälte, Handschuhe, Hut und Schal ablegte, seine

Galoschen abstreifte und seine Pfeife, das Tabaksäckchen und Reinigungsgerät, Taschentuch und Brille in seine Jackentaschen umräumte, zeugte von behaglichem Genuß.

Tischko hatte eine spöttische Art zu reden, und Alek trafen seine Bemerkungen, denen es immer gelang, einen unsichtbaren Schleier zu durchstoßen. Ihm war ein hohes, durchdringendes Lachen zu eigen, das er, obgleich er wußte, daß es nicht angenehm klang, häufig ertönen ließ. Aleks Vater brachte Dr. Tischko Ehrfurcht entgegen, wie einem Lehrer, der seinen Schülern ein für allemal eine bewundernde Haltung eingeprägt hat, oder einem Vorgesetzten, der seine Untergebenen durch seine absolute Überlegenheit überzeugt hat. Dr. Tischko seinerseits behandelte seinen Vater mit Sympathie, als erweise er einem begabten, allzu ernsthaften und etwas verlegenen Schüler seine Gunst. Tischko war glücklich, er selbst zu sein, so erschien es Alek.

Die Menschen, in deren Gesellschaft er lebte, dachten immer, daß ihnen etwas fehlte und dies von den anderen bemerkt würde, und erst, wenn sie diesen Mangel ausgeglichen hätten, würden sie sich das Recht erwerben zu genießen; ganz gewiß hatten sie nicht diese strahlende Zufriedenheit, die Dr. Tischko besaß, in dessen stets wohlrasiertem Gesicht sich liebenswürdige Listigkeit und formvollendete Erziehung die Hand reichten. Er lebte getrennt von seiner Frau, von der er bei all seinen Besuchen mit Bitterkeit sprach, und Alek wunderte sich darüber, daß ein Mensch mit solcher Selbstbeherrschung sich nicht enthalten konnte, jedesmal einige mißbilligende Worte über seine Gattin fallenzulassen.

Tischko sprach mit Verachtung über Politiker, doch er liebte Pilsudski und half sogar seinen Anhängern, Gelder zu mobilisieren. Pilsudski war in seinen Augen ein Mensch, der nicht verriet, was in seinem Inneren vorging, und willens war, seine Absichten lange Zeit zu verheimlichen. Er war auch der Ansicht, daß sich Pilsudski echte Lasten und keine scheinbaren, wie es in der Politik der Brauch war, auf die Schultern geladen hatte, in der Art der starken Persönlichkeiten, die zu Lüge und Verstellung imstande sind, um am Ende etwas Gutes für ihre Landsleute zu bewirken. Pilsudkis Tod erschütterte ihn zutiefst. Er fuhr in dem Zug mit, der den Sarg von Warschau nach Krakau überführte, begann mit der Sammlung von Spenden für ein Bronzedenkmal zur Erinnerung an diesen großen Führer und erkundigte sich bei allen nach talentierten Bildhauern, die man mit diesem wichtigen Werk betrauen konnte.

Zuweilen lud Dr. Tischko seine Eltern – und als Alek fünfzehn Jahre alt geworden war, auch ihn – in die *Schwanenkrone* ein. Er hatte niemals Gäste bei sich zu Hause und vermied es auch, sich dort aufzuhalten. In der Regel traf man ihn, wenn man ihm ohne Vorankündigung einen Besuch abstatten wollte, nicht zu Hause an, und war er doch einmal da, war er ungeduldig oder außer Atem, als sei er im Aufbruch oder gerade erst hereingekommen. Tischko schien von den unterirdischen Hohlräumen der Stadt oder in ihren Vororten verschluckt zu werden, oder er fuhr mit Nachtzügen in große Städte, und manchmal verschwand er auch tagelang und rief aus weit enfernten Kurorten an. Ein Frauenheld, pflegte Aleks Vater über ihn zu sagen, wenn er solche Benachrichtigungen aus einer Entfernung von Hunderten Kilometern oder aus dem Ausland entgegennahm. Tischko teilte ihm stets den Namen des Hotels mit, ließ ihn jedoch schwören, nicht dort anzurufen, es sei denn, ein veritables Unglück würde sich in Sandomierz ereignen: ein Pestausbruch oder der Einfall der tatarischen Reiterhorden. Zu Weihnachten schickte Dr. Tischko Aleks Eltern langstielige Blumen und teure Geschenke, deren Wert bisweilen einem Monatsgehalt seines Vaters entsprechen konnte. Alek rätselte immer über die spöttisch liebevolle Beziehung Tischkos zu seinem Vater, und der Grund, der ihm am einleuchtendsten schien, war, daß der noble Doktor seinen Vater für einen naiven Menschen hielt und seine Gutherzigkeit als die Eigenschaft eines Schafes annahm, an dessen weichem, warmem Fell sich andere erquicken. Alek mochte auch den Ton nicht, in dem Tischko über die Juden sprach, das feine Lächeln, das seine Lippen umspielte, wenn er von den Chassiden erzählte, die zuhauf zu ihrem Rabbi unterwegs waren, wie ihre Köpfe aus den Zugfenstern spähten, wie aus irgendeinem naiven Gemälde einer überlang geratenen Arche Noah entsprungen. Mehr noch als das verabscheute Alek seine bewundernden Tiraden über die Ergebenheit und Treue der »jüdischen Bräute«. Doch dieser leichte Spott, der in seinen Worten anklang, breitete sich gleichermaßen über alles aus – ein Spötteln nur, das in Aleks Augen gerade deshalb um so beleidigender war.

Einmal erzählte er von seinem Bruder, einem Arzt in der Universitätsklinik in Krakau, den er hin und wieder besuchte, der ihm den furchtbaren Widerwillen gestand, den der tagtägliche nahe Kontakt mit der Menschheit in ihm auslöste, während das Herz – aus innerlichem Versagen – immer weniger des einzig möglichen Antidots produzierte: nämlich Mitleid. Zu Alek sagte er bisweilen: Du bist zu gescheit, zu glühend – Steaks grillt man über Kohlenglut, nicht über der Flamme; nur die Salamander leben im Feuer, ohne Schaden daran zu nehmen.

Zu Aleks großem Erstaunen kam Tischko häufig zu ihnen, vielleicht aus der Sehnsucht nach einer Familie heraus, doch wenn er ein weiteres Möbelstück sah, das in ihrer Wohnung dazugekommen war, oder sogar einen Gegenstand, den er selbst gelegentlich mitgebracht hatte, wunderte er sich immer über das Aufhebens, das die Menschen um Dinge und Besitz veranstalteten. Aleks Mutter gegenüber verhielt sich Tischko übertrieben sinnlich – blickte sie mit zärtlichen Augen an, sprach mit einer Schlafzimmerstimme zu ihr und brachte ihr alte Notenhefte mit Titeln wie *Für das schöne Geschlecht*. Es war klar, daß sich Tischko insgeheim auch darüber wunderte, daß es ihm beschieden war, unter ziemlich naiven Menschen zu leben.

Er las niemals schöne Literatur, sondern nur Memoiren oder geheime »Affären«; in der Malerei liebte er die Historienbilder, und wenn ihn der Geist beseelte, konnte er ausgedehnt über die Gesichtsausdrücke der Helden auf diesen Gemälden reden. Über die Poesie pflegte er zu spötteln und schmückte sich ohne einen Funken Verständnis mit ihr, zitierte manchmal aus dem Gedächtnis die bekanntesten Zeilen, die sich in seinem Munde besonders lächerlich ausnahmen.

Außergewöhnlich war nur seine Liebe zu Proust, mit der er auch Aleks Mutter ansteckte. Der weiblichste und japanischste unter den Schriftstellern, pflegte er über ihn zu sagen. Seine Schliche und Taktiken sind noch herrlicher als diejenigen, die Frauen und Japaner ersinnen können.

Oft reiste Tischko nach Frankreich, um dort seinen Urlaub zu verbringen, sprach mit französischem »r« und flocht viele französische Wörter und Wendungen ein. Doch er benutzte nicht die Ausdrücke, die die Lehrer in der Schule benutzten, Ausdrücke, die keine wirklichen Synonyme hatten wie »embarras de richesse« oder »entre chien et loup«, sondern solche, denen der Schatten von Lächerlichkeit, Bitterkeit und Spott anhaftete: »père de famille« (ironisch), »adoration de bergers« (wenn jemand schlichte Begeisterung ausdrückte), »petites friandises Meyerbeer« (über die Skandale, bei denen Juden involviert waren), »cuisine à graisse d'oie« (wenn jemand Bemerkungen machte, die in seinen Augen philisterhaft waren), »l'amant couronné« (wenn eine Frau mit übertriebener Bewunderung von ihrem Geliebten sprach).

Sein Französisch ließ eine Stadt erstehen, die Viertel für Viertel zerstört worden war, in frischen Trümmern lag, zwischen denen Politiker umherstrolchten, die »tombés en enfance« waren, fanatische Priester, pedantische Gelehrte und grauenhaft geizige Krämer.

»Seit das achtzehnte Jahrhundert mit einem Seidenrascheln verschwand, hat Frankreich seinen Zauber verloren«, sagte er einmal zu Alek.

Nicht weniger stark als Tischkos Begeisterung für Proust war seine Liebe für alle Arten von Memoiren, eine echte Liebe. Hin und wieder brachte er auch Alek wunderschön auf Seidenpapier gedruckte Bücher in kleinem Format mit. Aufrichtig war auch seine Liebe zu Polen, ganz erstaunlich und unerwartet bei einem solchen Mann, der keine Illusionen hatte und es nicht an Verachtung für emotionale Äußerungen fehlen ließ, stärker war seine Liebe zu seiner Geburtsstadt Wilna. Er liebte es, Pilsudskis Worte über Wilna zu zitieren: Eine nette Stadt, ihre Mauern streichelten mich, als ich ein Kind war ... Polen suchte nach einem Menschen, der der Ehre obersten Wert einräumte, und brachte mich an die Spitze, obwohl ich allein einherging, wie die Wildkatze Kiplings, auf meinen ganz eigenen Pfaden. Doch wer glich jenem sonderbaren Soldaten weniger als Tischko, der Notar?

Im Gegensatz zu Tischko suchte sich Aleks Vater unermüdlich Gesellschaft und lud häufig Gäste in ihre kleine Wohnung ein. Er verbrachte viel Zeit mit seinen Freunden und Bekannten. Zuerst mit jenen, mit denen er zur Schule gegangen war, und danach mit solchen aus seiner Heimatstadt, mit denen er in Zalmans Weinhaus zum Trinken ging. Jahrelang war er davor zurückgescheut, doch eines Tages, als er zufällig um die Mittagszeit das Weinhaus betrat, entdeckte er zwei Bekannte, derer er sich noch aus seiner Kindheit erinnerte. Er sah den Ausdruck ihrer Gesichter, ihre Handbewegungen, sah, wie sie aßen und sich an den Kellner wandten, und ihre lebhafte, schlichte Art rührte an sein Herz. Einer von ihnen blickte ihn mit zögernder Neugier an, er trat auf sie zu, und von da an begann er, sich zu bestimmten Zeiten mit ihnen zu treffen. Auf der Theke des Weinhauses, neben den Sammelbüchsen der Jeschiven und Krankenhäuser, stand an einem Ehrenplatz die Büchse des Jüdischen Nationalfonds.

Er bedauerte es, daß ihre Wohnung nicht groß genug war, um mehr Leute einzuladen, doch sein Lohn reichte nicht für eine geräumigere Wohnung an einem zentralen, aber ruhigen Ort, denn er wollte im Zentrum und nicht am Stadtrand wohnen, wo er sich traurig und einsam gefühlt hätte.

Auch die Hausangestellte, die er zunächst für ganz ausgezeichnet hielt, erwies sich mit der Zeit als weniger gut, und er hätte sie längst entlassen, wäre da nicht Tischko gewesen.

Doch auch diese bescheidene Gastlichkeit erledigte sich wie von selbst. Sein Vater behauptete, daß seine Mutter das Wesen der Gesellschaft überhaupt nicht begriff und die Positionen, das Prestige und den Dünkel der Leute nicht berücksichtigte; und auf ihre schüchternen Antworten, daß sie doch gar keine berühmten Leute kannten, sondern bloß Angestellte in Rechtsanwaltsbüros, einige Werkstattbesitzer, den Verfasser der Spalte »Vermischtes« in der Lokalzeitung *Der Sandomierzer Herold*, die Besitzerin eines Zigarettenladens und ihre Freundinnen, sagte er stets, diese Leute seien nicht weniger dünkelhaft als andere, und als sie versprach, ihr Benehmen zu ändern, wurde es derart künstlich, daß er schließlich in Gelächter ausbrach.

Plötzlich tauchte eine Gruppe Zionisten im Haus auf. Alles, worin irgendeine Demonstration seines Judentums lag, löste in Alek Widerstand oder Scham aus, mochte es auch noch so geringfügig sein. Vorwurfsvoll dachte er an die Mesusa, die sein Vater am Türeingang befestigt hatte (nachdem ihn eine seiner Tanten darauf hingewiesen hatte). Es war zwar nur eine ganz kleine Mesusa, kaum wahrnehmbar, doch die Nachgiebigkeit seines Vaters war für ihn demütigend. Als sein Vater begann, Zalmans Weinhaus aufzusuchen, stimmte ihn das traurig, ebenso wie die übertriebene Art, mit der sein Vater immer um seine Mutter herumtänzelte.

Doch die zionistische Leidenschaft schlug im Herzen seines Vaters zunehmend tiefere Wurzeln. Immer schon war er ein Anhänger Max Rosenfelds, des Herausgebers des *Jiddischer Arbeiter* und der *Nasze Slovo* gewesen, doch jetzt wurde er ein echter Aktivist, leitete den Klub der allgemeinen Zionisten in der Stadt und gründete dort sogar eine Jugendbewegung, für die er eine kleine Broschüre schrieb: *Moskau oder Jerusalem!* Er fürchtete nämlich den Einfluß der roten Fahnen auf die Phantasie und die Herzen der Sandomierzer Jugend.

Einmal bekam er einen furchtbaren Schreck: Als er in der Nacht auf dem Nachhauseweg am Bahnhof vorbeiging, um sich Zigaretten zu kaufen, sah er vor sich seinen Vater, der eine ausladende, geschminkte Blondine im Arm hielt. Die Befürchtung, seine Eltern würden sich trennen, ließ ihn die ganze Nacht kein Auge zutun, und nur das gar zu ordinäre Aussehen der Frau beruhigte ihn ein wenig. Danach versuchte er jede Nacht wieder, sich ihre Gestalt vorzustellen, mit viel Mühe, da er sie nur für einen wirklich kurzen Augenblick gesehen hatte. An ihr breitflächiges, angemaltes Gesicht erinnerte er sich jedoch, an ihre billige Tasche und an den Arm seines Vaters, der um ihre Hüften lag. Er war entsetzt, seinen Vater mit einer solchen Frau zu erblicken, hatte jedoch gleichzeitig durchaus zu sehen vermocht, daß sie ein verhältnismäßig nettes Gesicht hatte, und diese Tatsache, daß ihr Gesicht Sympathie in ihm hervorrief, vergrößerte Aleks Unbehagen. Die beiden waren neben einem Verkaufskarren mit belegten Broten und Getränken stehengeblieben, und die aus dem Bahnhof hinausströmende Menschenmenge hatte seinen Vater verdeckt. Nachdem Alek die Zigaretten gekauft hatte, ging er durch einen Seitenausgang hinaus und den Bahndamm entlang, an den Gleisanlagen, Brücken und Mauern, den traurigsten Örtlichkeiten der Stadt, die wie alle ewigen und zugleich verbrauchten Dinge Depression verbreiteten. Auf dem Heimweg betrat er eine kleine Weinstube. Herr Klemens, der Naturkundelehrer, stand dort an der Theke und trank Wodka, einen Tiegel Salzheringe in Rahm daneben. Er erblickte Alek und wandte die Augen ab. Wie sehr er Spengler ähnelte, dessen Foto er einmal in der Zeitung gesehen hatte – mit dem großen kahlen, preußischen Schädel, mit seiner Kurzsichtigkeit, seinem kranken Herzen. Spengler war der einzige unter seinen Zeitgenossen, den Alek wirklich liebte und um den er trauerte, als er starb, etwa ein Jahr, nachdem er sein Buch gelesen hatte. Wie herrlich wäre es gewesen, eine Nacht in München spazierenzugehen und irgendwo Spengler zu begegnen, mit ihm in einer Weinstube ein Glas zu trinken. Doch nicht einmal mit Herrn Klemens, Spenglers Doppelgänger in Sandomierz, war es ihm je gelungen, ins Gespräch zu kommen. Wenn man sich an ihn wandte, errötete Herr Klemens und wandte die Augen ab.

Eines Tages kam Alek in Zalmans Weinhaus, um seinen Vater zu rufen. Tischko hatte irgendeinen Unfall in den Bergen erlitten, eines jener peinlichen kleinen Mißgeschicke, die ihm in der letzten Zeit häufiger widerfuhren. In Zalmans Weinhaus drängten sich Menschenmengen um die vollbeladenen Tische. Alek fand seinen Vater an einem runden Tisch beim Kartenspiel. Er trat auf ihn zu, fürchtend, sein Vater könnte ihn mit irgendeiner Bemerkung in Verlegenheit bringen – über den Sohn, der seinen Vater verspottete, daß er sich an solch armseligen Orten die Zeit vertrieb –, doch sein Vater fragte nur, was passiert sei, und hörte sich seine Nachricht an. »Lauf und miete einen Wagen. Finde einen Fahrer. Inzwischen werde ich aus Tischkos Wohnung ein paar Kleider holen.« Einer der Kartenspieler gab ihnen die Adresse einer Garage, die Wagen an die großen Hotels und angesehenen Geschäfte vermietete, und Alek machte sich mit seinem Fahrrad dorthin auf.

Unterwegs zu dem Sommerferienort erfuhr Alek von seinem Vater eine Reihe von Dingen über Tischko, der zunehmend herunterkam, dessen Gesundheit zerrüttet war und der zum Sklaven seiner Gewohnheiten wurde. Mit ausnehmender Bewunderung sprach sein Vater von der ungeheuren Selbstbeherrschung dieses Mannes, der nun immer häufiger betrunken und auch nicht gesund war. Die Atmosphäre um ihn herum ist eine andere als die meine, sagte sein Vater, er ist gut im Lügen, doch vielleicht sind seine Lügen barmherziger als meine Offenherzigkeit. Aber das Wort »barmherzig« sprach er mit einem merkwürdigen Tonfall aus, als sei es hier fehl am Platz, und Alek wußte, daß sein Vater mit einer langen Kalkulation seines rätselhaften Judentums beschäftigt war, einer Aufrechnung, die er nun in einem fort betrieb. Die Worte seines Vaters ließen ihn lächeln: Offenherzigkeit und Natürlichkeit hatten Entspannendes, erinnerten jedoch zugleich an die Zeichen von Schwäche, die denen seines Vaters ähnelten, wegen derer Menschen verletzt wurden oder er selbst verletzt wurde. Trotz Aleks Unduldsamkeit gegenüber den Ansichten seines Vaters und seiner Arbeit im Büro des Notars (er war zwar versessen auf Geheimnisse, doch die, in die sein Vater involviert war, erschienen ihm ausnehmend armselig) spürte er, daß sein Vater, der es so genau damit nahm, zwischen Wahrheit und Lüge zu unterscheiden, im Grunde, wenn er Tischkos Überlegenheit eingestand, ohne es zu wissen seine eigene Überlegenheit offenbarte.

Im Sommer besuchte ihn sein Vater in einem der Sommerlager an der Küste des Meeres. Während die übrigen Eltern mit ihren Söhnen in dem kleinen Städtchen und Umgebung Ausflüge machten oder am Meer segeln gingen, blieb sein Vater mit ihm bei den hohen Dünen, ausgerüstet mit belegten Broten, Obst und Wein, mit einem Handtuch um den Kopf geschlungen auf dem Sand sitzen.

»Meinst du, daß deine Zukunft dank des *Sanguszkofonds* gesichert ist?«

»Ich glaube schon.«

»Hast du keine Angst vor dem Leben?«

»Nein.«

»Das ist gut, das ist gut«, lächelte sein Vater, »aber dieses Stipendium, du entschuldigst, wenn ich dich das frage, hast du das nicht per Zufall bekommen?«

»Ich weiß es nicht. Ich glaube, daß mich Dr. Tischko empfohlen hat.«

»Das habe ich nicht gemeint. Was ich wissen möchte, ist, ob du wirklich ein so gutes Gedächtnis hast und wahrhaftig begabt bist, ob das hier nicht ein Zufall bei irgendeiner Prüfung war oder eine unschuldige Schwindelei?«

Alek blickte seinen Vater erstaunt an.
»Nein, das war keine Täuschung.«
»Wirst du zurechtkommen? Könntest du ohne Hilfe, ohne deine Eltern, und, sagen wir mal, sogar ohne den Fonds zurechtkommen?«
»Ich verstehe nicht, weshalb du besorgt bist. Jona Schlanger, der Junge mit seiner Mathematik, ist zwar auf dem Gebiet viel besser als ich, Albin weiß sehr viel über Musik, er hat seit dem Alter von vier Jahren Musik gelernt, aber ich stehe ihnen kaum in etwas nach.«
»In Kürze, du bist so gut, wie man es von dir sagt?«
»Du hast doch nicht die Absicht, mir zu sagen, daß ich nach Palästina fahren muß?«
»Nein, nein. Ich wollte einfach sichergehen. Ich weiß, daß dir diese Unterhaltung ein wenig merkwürdig vorkommt, aber Hauptsache, du hast mich beruhigt. Gib deinem Vater zwei Küsse.«
Alek küßte ihn auf die Wangen.
»Quält dich etwas, Papa?«
»Nein, alles in Ordnung.«
»Dr. Tischko?«
»Könnte nicht besser sein«, erwiderte sein Vater.
Sein Vater war ein Mann mit großem Charme, war nicht sehr groß, hatte ein gutgeschnittenes Gesicht, eine leichte Umgangsart und ein gutherziges Lächeln auf den Lippen. Alek sah, daß die Menschen ihn immer sehr gerne berührten. Mutters Freundinnen dehnten die Begrüßungsküsse mit ihm manchmal ein bißchen in die Länge, besonders die schöne Frau Strumpf, und die Männer klopften ihm gerne auf die Schulter. Und wie sehr sich sein Vater immer anstrengte! Wie viel Mühe er sich mit jeder Sache gab – bei der Auswahl seiner kurzen Jacketts, seiner dünnen Westen, braun oder cremefarben, seiner schönen Wildlederschuhe. Alek war sich auch sicher, daß sein Vater seine Mutter niemals betrog, es sei denn, er stolperte fast wider Willen in irgendein Abenteuer, wenn die Göttin der Tugend allzusehr strapaziert war, und am nächsten Tag fiel es ihm sicher schwer, zu jener Circe zurückzukehren, vielleicht schickte er ihr sogar Blumen (Alek sah seinen Vater zögernd vor einem Blumengeschäft stehen, bevor er das Büro betrat), und vielleicht zog er es wirklich vor, sich mit der Frau mit den wasserstoffblonden Haaren vom Bahnhof zu amüsieren.
Wenn Alek des Nachts wachlag, in einer Phase, in der er ein wenig mondsüchtig war, oder weil ihn ein Traum geweckt hatte, fand er seinen Vater zuweilen im Gästezimmer neben dem Grammophon sitzen, bei einem Kognak, in eine energische Rauchwolke gehüllt.

Eines Tages verschwand sein Vater, gemeinsam mit Dr. Tischko. Südamerika? Palästina? Kein Mensch wußte es!

Ein verblüffendes Ereignis! Kein Sandomierzer war jemals so verschwunden, und ganz gewiß kein Mann von Dr. Tischkos Format, der zwar leicht exzentrisch sein mochte und eine kleine Obsession für das schwache Geschlecht hatte, jedoch ein Mann mit eisernem Anstand war, der mehr als einmal der Prüfung durch die Wechselfälle der Zeiten und Leidenschaften standgehalten hatte. Obwohl der Name seines Vaters in der Sandomierzer Presse nicht erwähnt wurde (er wurde dort nur als einer der Gehilfen Tischkos bezeichnet), hatte Alek das Gefühl, die ganze Stadt wisse von der verbrecherischen Tat der beiden, die sich mit dem Geld der Familien davongemacht hatten, die ihr Vertrauen in sie gesetzt hatten.

Seine Mutter weinte und weigerte sich, ihre Freundinnen zu sehen. Sie glaubte nicht, daß ihr Mann mit Tischko durchgebrannt war, und sagte zu Alek, er sei sicher nach Palästina gefahren in einer der Geheimaktionen dieser überheblichen und dummen Zionisten. Doch es verging kein halbes Jahr, bis in der Zeitung eine Nachricht aus dem Ausland auftauchte, daß Tischko in einem Hotel tot aufgefunden worden sei, daß es sich ohne Zweifel um Selbstmord handele und die Polizei einen Menschen namens Serniak suche. Alek hatte einen klaren Verdacht, was die Identität jenes mysteriösen Serniak anging.

Die Spur seines Vaters verlor sich. Die Scham und die Erniedrigung setzten sich so dauerhaft in Alek fest, daß er schließlich froh war, als die Deutschen Polen angriffen und sein Vater im Kriegsgetümmel in Vergessenheit geriet.

»Gib deinem Vater zwei Küsse. Quält dich etwas, Papa? ... Nein, nein ... Dr. Tischko? ... Könnte nicht besser sein ...«

Dr. Tischko hatte einmal zu ihm gesagt: »Du kennst deine Vorzüge und deine Mängel nicht. Du hast nur einen Vorzug, – nicht was du denkst –, und das ist die innere Freude. Halte dich an die Frauen, sie lieben das. Die Männer werden sie für ihre Zwecke ausbeuten, dich verspotten, auf dich herabschauen oder versuchen, diese Freude auszulöschen. Halte du dich an die Frauen.«

DER BESITZER DER MAGISCHEN WELT IST NICHT MEHR. Alek las einen Nachruf auf Oswald Spengler. Dieser wunderbare Mensch, mit seiner ehernen Logik und seinem in ungewöhnlichem Maße entwickelten wissenschaftlichen Denkvermögen verkündete uns, daß unsere historische Existenz, ebenso wie unsere Werke und unsere

Werte nur vorübergehend seien. Und nun ist er selbst in den fruchtbarsten Jahren seines Schaffens aus dem Leben geschieden. Es ist unangebracht, Kritik an dem mutigen Leben und dem großen, zum überwiegenden Teil neuartigen Gedankengut zu üben, wenngleich es ganz entschieden keines ist, das unumstritten wäre. Wir haben fast vergessen, wir, die wir auf neuem, festem Grund stehen, wie sich die Dinge nach dem großen Krieg darstellten. Politische Revolution, Verfall des Geldwerts, seelische Verwirrung, Entzündung des Intellekts, Entsetzen und Verzweiflung. Und da wurde gesagt, zuerst flüsternd und danach mit lauter Stimme: Ein Buch ist erschienen, kühn in seinen Thesen, betäubend in seinen Theorien, reich an Wissen, heroisch in seinen Gedankengängen – ein unparteiischer Spiegel wurde unserer siechen Hoffnung entgegengehalten. Dies war kein Buch, sondern Schicksal, ein Schicksal, vor dem es kein Entrinnen gab. Es war der erste Band: *Der Untergang des Abendlandes*.

Fortschrittsglaube, humanistische Ideale und all die Wahrheiten und Werte, die als absolut akzeptiert wurden, brachen auf einen Schlag im großen historischen Relativismus zusammen. Alles, was sprießt und gedeiht, alles, was lebt und blüht und reift, verwelkt am Ende. Daher bleibt uns nichts anderes, als standzuhalten und in Würde zu sterben.

Entsetzen griff allerorten um sich angesichts der finsteren Voraussagen. Und dann hagelte es mit einem Mal eine Flut von Schriften, einen Strom von Tinte, tonnenweise Druckerschwärze, Waggonladungen voll Papier – Berge von Essays, Kritiken, Kommentaren. Alles versuchte, in Spenglers Methodik igendeinen Mangel zu finden, irgendeine wissenschaftliche Lücke – keiner wollte an der Epoche einer untergehenden Kultur beteiligt sein. Und so taten sich, ganz langsam und allmählich, eine Reihe von Lücken auf, kleine Spalten, die in der Stunde der Notwendigkeit die Fortsetzung der abendländischen Kultur versprachen. Heute, aus sicherer Entfernung, vermögen wir zu sehen, daß Spengler unvergleichlich fruchtbar in seiner Verneinung des seichten Fortschrittsoptimismus war. Mitten ins innerste Herz der schwammigen Ideale wie Glück, Behagen, Liberalität im persönlichen und politischen Bereich rammte Spengler das Schwert seiner geschliffenen Thesen, das Schwert der Stärke und des Wirklichkeitssinnes ...

Zur stunde der schmach trug er eine maske. Vielleicht war es kein Zufall, daß Albin, nach der Flucht seines Vaters mit Tischko, auf ihn einwirkte, bei der Aufführung des *Iridion* mitzuspielen, eine Vorstellung, die ihm Popularität einbrachte – oder im Grunde keine Popularität, die er glücklich und dankbar angenommen hätte, sondern eine Art Neugier, die vielleicht sogar angenehmer als Popularität, allerdings auch schwieriger war, wegen der darin enthaltenen anspruchsvollen Erwartungen.

Seine Mutter half ihm dabei, seine Rolle zu lernen, staunte über sein gutes Gedächtnis und sagte nahezu das Gegenteil von dem zu ihm, was der junge Regisseur sagte, der sich um die Stimme seiner Schauspieler sorgte, die, seinen Worten nach, bis in die letzte Reihe und auch noch darüber hinaus, durch die Wand, auf die Straße, in die Häuser der Bürger von Sandomierz zu dringen hätte, in denen das Sauerkraut und das Bier niemals vom Tisch verschwanden.

Der Regisseur schlenderte mit seiner Freundin durch die Straßen, als wäre sie seine Schwester, beide waren nur mit sich selbst beschäftigt, einander sehr ähnlich, tuschelten miteinander. Alle zwei hatten kastanienbraunes Haar und weiße Haut, und sie trugen die gleichen Norwegerpullover mit Hirschmuster. Der Regisseur starrte stets vor sich hin, sah niemals seine Partnerin an, mit einem blinden, sinnierenden Blick, während sie ihm ihren Kopf mit einem traurigen Ausdruck zuneigte, als erbitte sie etwas von ihm.

Nach Ansicht seiner Mutter hatte ein hübscher Jungen wie ihr Sohn fast bewegungslos auf der Bühne zu stehen, mit der Stimme eines Knaben zu sprechen, dem die Rolle eines Mannes auferlegt worden war, leicht zu lächeln während eines Erfolges und auf die Welt zornig zu sein, wenn er scheiterte – und das war alles (seine Mutter fand auch das Stück langweilig und ohne Sinn). Und Alek spielte tatsächlich nach ihren Instruktionen, obwohl sie weder dem Stück noch der Darbietung der übrigen Schauspieler entsprachen. Der junge Regisseur war in esoterische Interpretationen des Theaterstücks vertieft und zu sehr mit anderen Dingen wie seiner Absicht beschäftigt, das Publikum von Krautfressern zu foltern, als daß er auf solche Nuancen im Auftritt seines jüngsten Schauspielers geachtet hätte.

Alek erinnerte sich nicht an die Zeiten, in denen seine Mutter als Sekretärin beim *Sandomierzer Herold* gearbeitet hatte. Danach, wegen Dr. Tischkos häufiger Abwesenheiten, brauchte sein Vater seine Mutter im Büro, damit sie die Dokumente tippte und vorbereitete, die er für vertraulich hielt. Zwar zog einige Jahre später Tischkos Schwester, die Witwe geworden war, nach Sandomierz, doch seine Mutter kehrte nicht mehr zu der Zeitung zurück. Auch die meisten ihrer Freundinnen arbeiteten nach ihrer Heirat nicht mehr. Zuweilen, im Streit, hielt seine Mutter seinem Vater vor, sie habe wegen ihm ihre Arbeit, die sie liebte, aufgegeben, um die armseligen Geheimnisse der Sandomierzer zu hüten. In den Gesprächen mit ihrem Sohn war sie immer wie eine Siebzehnjährige, zog gegen ein Leben der Routine ohne Charme und Inspiration zu Felde, aber da sie in ihrer Zeit auf der höheren Schule, wie die meisten Mädchen ihrer Generation, anstelle soliden Wissens Dinge gelernt hatte, die reine Fälschung, Augenwischerei und Dekoration waren – eine Erziehung, die diese höheren Töchter bar jeglichen Berufes entließ, die sie nur Französisch plappern und auf dem Klavier klimpern lehrte, ohne die geringste Fähigkeit, sich mit der harten, komplizierten und grausamen Welt zu messen –, fügte seine Mutter bisweilen halbherzig eine Art nebulöse Warnung hinzu. Das Bild jedoch, das sie von Alek im Laufe der Jahre immer wieder entwarf, in das sie ganz verliebt war, war die Figur einer Art von Dilettant, der in Ländern, Büchern, Gemälden und Partituren bewandert war. Wenn du ein Künstler bist, wird dich die Kunst verschlingen, der Dilettant aber verschlingt die Kunst und lebt glücklich damit; wer sich mit einer Sache beschäftigt, hat keine Zeit für Liebe, nur für vorübergehende, bruchstückhafte Lieben.

Immer wieder pflegte sie zu sagen, daß von dem Moment an, in dem ein junger Mensch ein schöpferisches Leben wählt, er sozusagen der menschlichen Gesellschaft entrissen wird: Er lebt nicht mehr, von nun an wird er ein ewiger Beobachter sein, jede Empfindung wird für ihn Grund zur Analyse werden, wider seinen Willen wird er sich verdoppeln und in Ermangelung eines anderen Subjekts in einen Spion verwandeln, der sich selbst beschattet – wenn ihm eine Leiche fehlen sollte, wird er sich selbst auf der schwarzen Marmorplatte ausstrecken und das Chirurgenskalpell ins eigene Herz bohren. Seine Nerven sind ständig überreizt, sein Hirn fiebert, seine Gefühle spitzen sich zu, und ganz schnell kommt die Neurose mit ihren seltsam aufgewühlten Zuständen, ihren halluzinierenden Schlafwandeleien, den undefinierbaren Qualen, krankhaften Launen und eingebildeten Mängeln, grundloser Liebe und Abscheu, mit irrsinnigen Energieausbrüchen und schmerzhafter Ohnmacht, Suche nach dem Stimulans und Widerwillen vor jeder gesunden Nahrung.

Der Traum der Freiheit ließ sie nicht los, und viele Male sprach sie zu ihm über die Schmach der Ehe. Sie selbst hatte mit siebzehn Jahren und zwei Monaten geheiratet, wenige Tage nach ihrer Abschlußprüfung, und dem Beamten am Standesamt eine gefälschte Geburtsurkunde vorgelegt. Ein Mensch, so sagte sie immer, darf sich keinem anderen Menschen verschreiben, keiner Gruppe, nicht Partei noch

Familie. Was kann einem freien, unbestechlichen Menschen, der die Freude und Leidenschaft eines echten Dilettanten im Herzen trägt, Schlimmes im Leben passieren? Seine Mutter pflegte zwischen den »Dilettanti« – italienisch von ihr ausgesprochen, um das Wort des negativen Beigeschmacks zu entheben – und dem »Connaisseur« zu unterscheiden, ein Wort, dem Kühle und nicht unbeträchtliche Heuchelei entströmten (sie stammte aus einer chassidischen Familie). Ihre unermüdlichen Bemühungen, ihn zum Klavierspielen zu ermutigen, sogar zu zwingen, – die tatsächlich am Ende von Erfolg gekrönt waren –, waren für sie von immenser Bedeutung, und Alek hörte sie vor Glück weinen, als er sich als Halbwüchsiger einmal freiwillig ans Klavier setzte und stundenlang, weit über die ihm aufgetragene Übungszeit hinaus spielte.

Als er sich mit Albin anfreundete, war sie so glücklich, daß er endlich einen Freund nach ihrem Geschmack gefunden hatte, daß sie sich jede erdenkliche Mühe gab, um Albin den Aufenthalt in ihrem Hause zu verschönen – buk ihm Küchlein, die er liebte, kaufte die Zigaretten, die er rauchte, und übersah die Unordnung, die er mit sich brachte. Zu jener Zeit war Albin nämlich ganz besonders schlampig, da er auf der Suche nach Natürlichkeit war und in seiner Nachlässigkeit Teppiche, Bettbezüge und Tischdecken verschmutzte oder das Badezimmer verunreinigte, nach ausuferndem Genuß von Weinmost, was bei ihm mit dem Anhören bestimmter Schallplatten einherging, oder wenn er mit Tais kam – einer alten Hündin, bösartig und schmutzig, der in ihrem hohen Alter sämtliche Hundemanieren abhanden gekommen waren – und die ganze Zeit ihren Kopf streichelte, um sie zu beruhigen und als Beweis seiner Liebe.

Wie es in Kleinstädten so manches Mal vorkommen sollte, so gab es auch in Sandomierz gute junge Lehrer, die voller Begeisterung für Polens Renaissance waren, der Phönix, der sich nach dem Ersten Weltkrieg aus seiner Asche erhob. Unter ihnen befand sich eine Lehrerin für Literatur, die im Sommer in die Wälder und zu den Seen hinausging, mit ihren auserwählten Schülerinnen, die sie auf eine Art anbeteten, in der man ein himmlisches Geschöpf verehrt, das sich zu den einfachen Sterblichen herabgelassen hat. Sie waren bei ihr zu Gast, auch noch Jahre nachdem sie das Gymnasium verlassen hatten, in ihrer winzigen Wohnung, in der sie allein, umgeben von Büchern und Schallplatten lebte. Sie war eine sehr kleine Frau, die wie ein den Kinderbuchillustrationen entsprungener Page aussah und stark rauchte.

Alek hatte sie einmal mit seiner Mutter besucht, und hin und wieder sah er sie im Kino sitzen, allein, mit einem Ausdruck leichter Verachtung für das Publikum ringsherum, erwartungsvoll auf die Leinwand blickend, schwarz oder braun gekleidet, immer einfarbig. In ihrem Zimmer hing ein Geruch nach Myrrhe und schwerem Parfüm.

Und es gab auch den Lehrer für Mathematik und Physik, der sich in Deutschland einen Namen gemacht hatte, und den Naturkundelehrer, Herr Klemens, Spenglers Doppelgänger. Doch als Alek zur Schule ging, herrschte am Gymnasium nicht mehr jene Atmosphäre der Begeisterung, und nur Herr Klemens war ihnen aus den goldenen Zeiten erhalten geblieben. In der Bibliothek aber war es ruhig und schön. Am Eingang war eine Tafel zum Gedenken an Janek Sanguszko angebracht, gefallen im Krieg, mit seinem Namen und seiner Silhouette und einem Spruch von Vergil: »Du wirst Marcellus sein ...«

Obwohl das Gymnasium viel von seinem anfänglichen Glanz verloren hatte, zog sein guter Ruf immer noch Aufmerksamkeit auf sich, und namhafte Persönlichkeiten, die eingeladen wurden, weigerten sich so gut wie nie zu kommen, vielleicht auch wegen der etwas schläfrigen Anziehungskraft, die Provinzstädte ausüben, nicht weniger als die Großstädte und gleichermaßen trügerisch; vielleicht aber auch wegen des Neides auf die Provinzstadt, wie ein Fachmann einen Amateur beneidet, der allem Anschein nach vor Unschuld und Zufriedenheit überströmt. Seine Mutter befand sich unter den Organisatorinnen der Veranstaltungen im Gymnasium, was ihr erlaubte, zu ihren glücklichsten Jahren zurückzukehren, zu dem nebulösen und kindischen Spiel und Flirt, die ihr so wichtig waren und die sie mit ihrer Heirat verloren hatte.

DAS KALTE UND DAS HEISSE AM KÖRPER EINER FRAU. »Und dennoch ist es unstatthaft, daß deine Nächte wie die eines Wüsteneremits seien. Auch ohne das Fräulein Kolenda sollst du die Süße des Paradieses erfahren. Ich habe gehört, daß die Frau goldene Augen, gleich einer Löwin, und eine flämische Haut hat und daß sie so unbedarfte Knaben wie dich, bar jeder Erfahrung, schätzt. Allerdings ist ihr Ehemann sehr eifersüchtig, man sagt sogar, er sei gefährlich, doch zwischen neun Uhr abends und Mitternacht füllt sich die Bahnstation, und dann läßt ihm diese Messalina Hörner sprießen, Millimeter für Millimeter – bis er den ganzen Saal einer Burg damit ausschmücken könnte«, sagte Albin.

»Frau Jadschja?«
»Du siehst, auch du hast von ihr gehört.«
»Aber vielleicht ist es derb und beängstigend?«

»Sie ist keine Hure, bring das in deinen Kopf hinein, sondern nur ...«
»Eine arme Frau?«
»Zieh dich schön an, rasiere dich. Eau de Cologne, ein Strauß Blumen. Indianerkinder hat man an Haken aufgehängt, und den Kindern in Neuguinea hat man Glieder abgehackt beim Eintritt in das Geheimnis der Welt. Was auch immer sein wird, du wirst es leichter haben.«
Doch Frau Jadschja hatte nicht die goldenen Augen einer Löwin, und ihre Haut war meilenweit entfernt davon, flämisch zu sein. Sie war sehr dünn, mit verrückten, etwas verängstigten Augen. Ihr Haus lang unweit der Bahnstation, und durch die Fenster waren das Pfeifen der Lokomotiven und der gedämpfte Lärm des Bahnhofs zu hören. Der junge Mann, der ihn zu ihr brachte, murmelte etwas und verschwand. Sie schloß die Fensterläden und die Tür zum zweiten Zimmer. Ein riesiges Kreuz hing über dem Bett, und an den Wänden – Jesus mit blutendem Herzen, eine verschneite Landschaft, weidende Rehe. Das einzige, das ihn abstieß, war die schnelle Bewegung, mit der sie ihn ergriff und zum Bett zog. Ihr Körper glühte von Kopf bis Fuß, und vergeblich versuchte er, sich an die Worte eines seiner Klassenkameraden zu erinnern, der ihm erklärt hatte, welche Teile am Körper einer Frau kalt und welche heiß zu sein hätten. Alek war überrascht von der leidenschaftlichen Lust der Frau, und ein paarmal schlief er in ihren Armen ein. Dann ertönten Schläge an der Tür, die Pfiffe der Wächter, und eine Laterne strahlte den Spalt zwischen den beiden Fensterläden an.
»Wurm!« sagte Frau Jadschja und schlug mit der geballten Faust auf das Kissen. »Wollte Gott, sie hätten dich nicht gerettet! Wollte Gott, du wärest tot!«
Sie half Alek, sich anzuziehen und aufs Dach zu steigen.
»Du bist ein goldiger Junge, und jetzt lauf!« flüsterte sie und gab ihm eine bestickte Börse.
Alek hängte sich an die Dachkante und sprang. Er spürte einen stechenden Schmerz in seinem linken Fuß. Die Pfiffe, Stimmen, Lichterflecken von Laternen rückten näher. Er durchquerte einen kleinen Gemüsegarten, hörte nahes Hundegebell und aggressive Menschenstimmen. Er rannte zwischen Haufen von Pfählen hindurch, stolperte öfter und versank in Wasserlöchern. Als er sich auf ebenem Gelände befand, sah er einige Leute mit Laternen in den Händen ihm hinterherrennen, hörte plötzlich einen Schuß und noch einen. Dann gelangte er an die Öffnung eines kurzen Tunnels, doch er fürchtete sich, ihn zu betreten, denn es war ziemlich finster dort, nur ein paar

matte Lichter brannten in der Tiefe. Er stieg auf ein Hügelchen, und es wurde ihm klar, daß er sich im Hinterhof des *Post-Hotels* befand. Er durchquerte den Garten, und die Pfiffe verstummten.

Er zitterte so stark, daß er die Tür nicht aufbrachte. Sein Vater öffnete sie ihm und sagte: »Du hast das Abendessen vergessen ... wie du ausschaust ... Ist das nicht blödsinnig, im Dunkeln Fußball zu spielen?«

RIETIS ITALIENISCHES HAUS IN PARIS. Etwa einen Monat nach ihrem Tod kam Rietis Vetter nach Paris, Valerio Venezia, ein schwindsüchtiger Kommunist, verschreckt und völlig mittellos. Er wartete auf der Straße auf Rieti, denn er hatte kein Geld, um das Café gegenüber zu betreten, und die Concierge ließ ihn nicht ins Haus hinein. Rieti brachte ihn in einem Haus in Alésia unter, das wegen baldigen Abbruchs geräumt worden war, gemäß dem Willen der Besitzer, die beabsichtigten, an seiner Stelle ein großes Hotel zu errichten. Das Büro, in dem Rieti arbeitete, hatte die Räumung nach sich jahrelang hinziehenden Verhandlungen erreicht. Zwei Wochen später trafen Valerios Freund mit seiner Frau und zwei Kindern und seinem Bruder in dem Haus ein – ein Anarchist, der Broschüren verfaßt und sie in diversen Druckereien hatte herstellen lassen, deren Besitzer ihn mit der Polizei verfolgen ließen. Mit viel Mühe gelang es Rieti, den Abbruch des Hauses um fünf Jahre hinauszuschieben, gegen eine erkleckliche Summe, die einem Haus in einem weitaus eleganteren Viertel wohl angestanden hätte. So wurde das »Italienische Haus« geboren, das Hunderte Menschen passierten, armselige, elende Exilanten, in Schwierigkeiten geratene Studenten, geheime Botschafter. Das Haus diente noch immer als Zufluchtsort, als Rieti wieder nach Paris kam, nachdem July geboren worden war, und ebenso während der Zeit des Zweiten Weltkrieges, als Rieti schon längst nicht mehr in Paris war.

Rieti unterhielt das Haus etwa eineinhalb Jahre – diente als Elektriker, Anstreicher, Maurer, Installateur und Buchhalter, in Situationen von Konflikten, Verleumdungen und Denunziationen bei der Polizei. Einmal wurde er für einen Monat in Haft genommen, ein andermal krankenhausreif geprügelt. Die Philantropie war nicht weniger gefährlich als der Anarchismus, und Rieti, ein verträumter, verzärtelter junger Mann, der Tanz und Tänzerinnen liebte, erlebte ein Erwachen. Dort in dem Haus lernte er Vjera Weissenhof kennen, die neun Jahr älter war als er, und als sie nach Palästina zurückkehren wollte, gelang es ihm, sich ihr anzuschließen. Sein Großvater und sein

Vater wären gewiß entsetzt gewesen, hätten sie die neuen Freunde des Sprosses ihrer Lenden gekannt. Sie waren Menschen mit ziemlich strikter Moral, vor allem Rietis Vater, doch beide waren sie von der heimlichen Ketzerei des zwanzigsten Jahrhunderts befallen – dem Glauben, daß der Mensch keine Schuld trage, daß die Schlange nicht wisse, daß sie eine Schlange sei.

Rieti änderte seine Ansicht über die Menschen, in deren Gesellschaft er leben wollte. Er liebte die Polizisten, die Bekannten von Emilio Pecchio, dem Journalisten, und bei der Leitung des »Italienischen Hauses«, bei der Verteilung von Bestechungsgeldern und der Sorge um die Verproviantierung wurde er von einem jungen Franzosen unterstützt, einem ehemaligen Dieb, der zu drei Jahren Haft verurteilt, da er jedoch zum Militär eingezogen werden sollte, zum Strafbataillon nach Algier verschickt worden war. Er freundete sich auch mit einem Beamten der Stadtverwaltung an, einem Snob voller heimlicher Selbstüberschätzung, der sich des armen Pechvogels erbarmte.

Auch in seinem Kunstgeschmack trat ein Wandel ein. Er sann vermehrt über Brancusi, Mondrian und von Webern nach – das Wesen des Seesterns. Früher hatte er sich gesagt, je merkwürdiger und phantastischer die Gestalten im Kopf des Malers seien, desto besser sei die »Sache im Geist«, würde sich in die Tiefen des Meeres und des Himmels verbreiten. Der Löwe von Venedig: das Zeichen des Apostel Markus, ein persischer geflügelter Löwe mit Menschengesicht, der Löwe Jehudas, ein Tier aus der Vision Ezechiels, Symbol reißender Stärke, Großzügigkeit der Sonne, Geheimnis des Goldes, der Löwe des Jüngsten Gerichts, der das Siegel und das Buch öffnet, der Löwe als Widersacher des reinen Lammes, Christus- oder Anti-Christus-Symbol, sein Haupt sagt dies, sein Hinterteil jenes ... All das hatte in der Luft liegen müssen, damit Venedigs Symbol gezeichnet würde. Talent und Fertigkeit waren nicht genug. Jetzt mochte Rieti von Webern, Mondrian und den rumänischen Bildhauer, der wie ein Bäcker in seiner weißen Kleidung aussah; auch die Ballettgraphiken waren nur Einzelheiten an Kleidung, Stoff, Kulisse, stückweiser Bewegung, abgerissener Glieder. An Deck des Schiffes *Kreuz des Südens* trat Rieti ins zwanzigste Jahrhundert ein.

DER MYSTISCHE LEIB DER POLEN. Wenn sie aus dem Kinosaal hinaustraten, sagte Albin immer: Nie wird uns eine dieser Schönheiten vergönnt sein. Als wären sie beide ein Gespann von Verrückten hinter Gittern, die sagten: »Wir, die wir in der größten Einsamkeit leben, sagen euch, o ihr, die ihr eurem Tagwerk in den Straßen jenseits unserer Anstaltsmauern nachgeht ...« In einer kleinen Stadt wie Sandomierz war es möglich, ganz deutlich jene hundert oder zweihundert Menschen zu sehen, die wie kleine Atlasse die unsichtbare Kugel auf ihren schmalen Schultern trugen, rot vor Anstrengung, blaß von einer zufälligen Ablehnung. Doch andere gab es auch, wenngleich sehr wenige, die Götter, die sich bisweilen in Sommernächten – geheimnisvoll und gleichgültig – zu Festen auf den alten Landsitzen stahlen, und unter ihnen Tischko. Die Atlasse und die Götter. Wie zu Zeiten des Mittelalters sorgten sich die kleinen Atlasse um die Erlösung der Allgemeinheit, um das Heil der auf der Kathedralenfront eingehauenen Cinocefali, die ebenfalls der Strahlen des Lichtes der Erlösung würdig waren. Und demgegenüber die Götter – sehr geheimnisvoll, dekadent und schön im Zwielicht, bevor sie die Tore der Häuser der billigen Sünde verschluckten, wo sie sich trunkenen Liebkosungen hingaben, diese städtischen Götter, die über nichts zu wachen hatten.

Es ist nicht angenehm, an einem Ort fremd zu sein, an dem ein mystischer Nationalkörper existiert. Der Fremde muß ständig lügen – und sei es auch nur ein wenig –, doch da jeder Mensch ein bißchen fremd ist als Gast auf dieser Erde, ist es im Endeffekt so, daß alle etwas lügen und dem mystischen Körper selbst die Lüge anhaftet.

Um vier Uhr morgens standen Alek und Piramovitsch am Meerauge-See in der Hohen Tatra und warteten auf den Sonnenaufgang. Alek trug einen Strickpullover, sein Freund war in einen weißen Schaffellmantel eingepackt. Die Dämmerung brach an.

»Leih mir dein Ohr, und hilf mir zu entscheiden«, sagte Albin Piramovitsch und blickte in das sich aufhellende Wasser. »Ich möchte die polnische Sprache erforschen, vielleicht irgendeinen unbekannten literarischen Ableger in ihr. Lohnt es sich deiner Ansicht nach für mich, den Ursprung der Sprache zu erforschen, nehmen wir einmal an, das dreizehnte oder vierzehnte Jahrhundert, oder vielleicht – du hörst ja nicht zu – die westrussische Literatur des siebzehnten Jahrhunderts?«

»Du sprichst nicht im Ernst, hoffe ich?«

»Ernster denn je zuvor.«

»Solltest du beginnen, den Ursprung der Sprache zu erforschen, dann wirst du nach fünf oder sechs Jahren bereits eine Glatze haben, eine Haut trocken wie Pergamentpapier, eine spitze Nase und graue Finger, Hämorrhoiden werden es dir schwer machen, durch die Straßen unserer Stadt zu spazieren, und auf die Berge der Tatra wirst du ganz bestimmt nicht mehr klettern. Der Geruch nach Schimmel und Klebstoff wird deinen Händen und Kleidern entströmen, und die einzigen Kreaturen, die noch Interesse daran haben werden, dein Gesicht zu sehen, werden die Bücherwürmer sein. Ich habe einmal einen solchen Wurm gesehen, wie er aus einem Löchlein im Einband herauspähte – es hat etwas Anziehendes, ich muß zugeben, in seiner Haltung lag ein gewisser Charme, eine Einladung zum Versteckspielen, wie bei der Maus, die einmal in meinem Zimmer hauste und mich aus den Ecken heraus anlinste. Dessenungeachtet unterliegt der Flirt mit Bücherwürmern jedoch gravierenden Beschränkungen. Und was die polnischen Worte selbst angeht, so wurden sie schließlich in jener Zeit in lateinischer Diktion und Version geschrieben. Niemand versteht das. Und was existiert da letztlich schon? Ein oder zwei Namen, Monatsnamen, einige Gebete.«

»Aber vor dem Sonnenaufgang sind alle Katzen grau«, sagte Albin nachdenklich. »Und alles wird sagen: Schau an, Piramovitsch – trotz seines russischen Blutes ist ihm die polnische Morgenröte teuer.«

»Möglich, daß du die Medaille der Morgenröte erhalten würdest, doch genausogut kann es sein, daß das Gegenteil eintritt und sie sagen werden: Das verderbte russische Blut dieses Piramovitsch ist es, das ihn dazu treibt, die polnische Sprache zu erforschen, als sie noch ein federloses Küken, blind und schwach, war.«

»Du bist argwöhnisch«, sagte Piramovitsch.

»Antworte mir mit Argumenten, nicht mit Anschuldigungen.«

»Und wie steht es mit dem siebzehnten Jahrhundert?«

»Ja, was geschah im siebzehnten Jahrhundert?«

»Es geschah, daß das, was Zolkievski und Chodkievitsch mit Waffengewalt nicht erreicht hatten, der polnischen Kultur gelang: in Moskau, bei den Bojaren in Moldavien, in Litauen. Sie erreichte jeden Ort. Alle kannten die Sprache, die Literatur. Die Russen kopierten das Polnische, und ein Teil ging sogar zur lateinischen Schrift über. All das währte nur kurz, eine sehr kurze Zeit. Danach kam der Niedergang. Auf der einen Seite tauchte Peter der Große auf und auf der anderen die degenerierten Sachsen. Ende. Denk nur, was gewesen wäre, wenn ich mich dem Studium dieser Dinge verschrieben hätte. Sie hätten gesagt: Albin Piramovitsch hat das verderbte Blut seiner Mutter überwunden und vor unseren staunenden Augen die Saga der kulturellen Eroberung aufgerollt, die glorreiche Spanne der polnischen Kultur im siebzehnten Jahrhundert. Was meinst du?«

»Das ist besser. Da die Eroberung kulturell war, kurzlebig und ein wenig dümmlich und sofort danach der Abstieg kam. Vielleicht würden sie dir das verzeihen – mit einem guten und leicht melancholischen Gefühl.«

»Du stimmst also für das siebzehnte Jahrhundert?« fragte Piramovitsch erfreut.

»Es ist allerdings auch möglich, daß sie sagen werden: Piramovitsch' russisches Blut drängt ihn dazu zu zeigen, daß die polnische Kultur, wenn ihr auch einmal ein gewisser Erfolg beschieden war, was ganz und gar nicht häufig ist, sogleich unterging und aus der Welt schwand, auf Grund der Energie und des visionären Geistes, der im Herzen des Fremden schlägt, und wegen der snobistischen und imitatorischen Torheit der Polen.«

»Das heißt, du bist dagegen?« fragte Piramovitsch.

»Würdest du mir einen Namen dieser westlich-russischen Literatur nennen?«

»Jetzt?«

»Ja, jetzt.«

»Jetzt gerade entsinne ich mich nicht ...«

»Verständlich, daß du dich nicht erinnerst«, sagte Alek, »kein Mensch erinnert sich, außer einigen Doktoren, die bescheiden ihr Gärtchen bestellen mit einer Kunigunde mit halbem Gesäß in ihrem Bett und noch einigen Schmuckstücken.«

DAS KRANKENHAUS IN SAMARKAND. Vor Aleks Bett standen drei Betten, dahinter noch eines, als stünden sie in der Schlange zum Hauptsaal. Er war seltsam, an einem solchen Ort zu liegen, nach der Steppe. Die Schwestern hatten Schwierigkeiten, den schmalen Korridor zu passieren, und wenn sie sich an seinem Bett vorbeidrängten, musterte er ihre Gestalten. Er lag tief eingesunken im Bett, als sei seine Rückseite eine weiße Wolke und seine Augen entleerte Schlote. Zwei von den Schwestern waren älter – eine hätte dem Alter nach sogar seine Großmutter sein können, mit ihrem zerfurchten, unbeweglichen Gesicht, und die andere war klein, ihr krauses schwarzes Haar lugte unter ihrer Haube hervor, und Dutzende Male am Tag riß ihre Geduld zwischen den Typhus- und den Dysenteriepatienten. Am Ende der zweiten Woche sagte sie zu ihm: »Du hast kein Fieber mehr. Jetzt werde ich dir Glukose spritzen, und du wirst dir Mühe geben, etwas zu essen. Morgen kommt ein Barbier, und falls wir es schaffen, werden wir dich bis zum Abend waschen. Du wirst ein neuer Mensch sein.«

»Werde ich am Leben bleiben?«

»Natürlich wirst du am Leben bleiben. Was für eine dumme Frage.«
»Und werde ich wie früher aussehen?«
»Dr. Markova hat gesagt, du wirst wieder ganz gesund.«
Sie brachte einige Ausgaben von *Lenins Weg* und ein abgegriffenes Buch, auf dessen Eingangsseite der Titel in Rot prangte: *Witze und Sprichwörter der Völker der Sowjetunion*. Eine der Zeitungen fiel in den Spalt zwischen dem Klappbett und der Wand. Alek drehte sich auf den Bauch, um sie heraufzuholen, und sah, daß die Wand mit Inschriften übersät war, wovon die deutlichste, in den planen Buchstaben eines Menschen, der Schönschrift gelernt hatte, verkündete: »Geduld! Du wirst nicht lange im Korridor bleiben, die Betten im Hauptsaal leeren sich täglich von ihren Kranken. Rate, welchen Weg sie nehmen!« Mach dir nichts vor, Alek, du bist an einen Ort gelangt, wo die Mäuse am Eisen nagen. Die ganze Wand, und nicht nur das Stück ihm gegenüber, war voll beschrieben, von seinem Bett bis ans Ende des Korridors. Zwischen unzüchtigen Zeichnungen und Kritzeleien, die wie die Schmierereien verrückter Kinder aussahen, standen Zeilen in zahlreichen Sprachen: Samarkand war eine Stadt, in die viele geschickt wurden, und zu der sich auch viele aus Gebieten aufmachten, die kurz davor standen, von den Nazis erobert zu werden. Zwischen Scherzgedichten und Obszönitäten verbargen sich hier und dort Skizzen, für die jeder einzelne der Künstler, der sich damit gemüht hatte, mit seinem Leben bezahlt hätte, wäre er dabei erwischt worden. Auf einer von ihnen, sicher von der Hand eines Juden, war in krummen, kindlichen Linien eine hohe Leiter gezeichnet, und von jeder einzelnen ihrer Sprossen baumelten, am Genick aufgehängt, winzige Menschen herab, bei denen sich der Künstler sehr angestrengt hatte, aus den Höhlen quellende Augen und heraushängende Zungen in ihren Gesichtern darzustellen; und neben den Erhängten, einer Horde von Hamans Söhnen, prangten Namen: Voroschilov, Tschukov, Molotov, Kaganovitsch, und ein Kopf, von einem gewaltigen Schnurrbart geziert, war mit dem Namen Budioni betitelt; an der obersten Sprosse baumelte ein Gehängter mit einem Kosenamen: Großväterchen Kalinin. Nahe der Leiter war ein russischer Bauer im Hemdkittel, mit einem Strick zusammengeschnürt, zu sehen, unter einer törichten Pelzmütze, die ihm bis über die Augen reichte, und zerschlissenen Stiefeln, und Menschen, auf deren Mützen sorgfältig rote Sterne gemalt waren, schlugen Nägel in ein Kreuz, das auf der Erde lag. Darunter stand: Genossen, Juden und Römer! Hände weg von unserem Herrn, dem Messias, und steckt sie euch, ihr wißt schon,

wohin! Jedesmal, wenn sein Bett vorwärts gerückt wurde, entdeckte Alek neue Wandschriften: ein erläuterter Plan von Samarkand, in dem die Bahnstation als von Läusen wimmelnd bezeichnet wurde, der Fluß Siab »besteht rein aus Pisse und Scheiße«, die alten Gebäude der Stadt – der Registanplatz, das Gur-Emir-Mausoleum, die Madrasa Bibi Chanum – »die chinesische Dirne«, das Grab Schachi-Sinda – »zwei Kirgisinnen neben jedem Grab«, und das Observatorium Ulug Beg, das der phantasievolle Topograph mit keinem einzigen Wort charakterisiert hatte. Und dazwischen waren die Restaurants bezeichnet, in denen Suppe ausgeteilt wurde, und die Stellen, an denen Prostituierte standen, das Gebäude der Geheimpolizei, das Kino, die Post, ein Haus in der Kokandstraße, in dem preisgünstig falsche Papiere hergestellt wurden, und eines in der Ravschan-Mamedov-, Ecke Schamsi-Ibragimov-Straße, wo sich das Teehaus der Diebe befand. Auch an der Wand des großen Saales, in dem er schließlich landete, gab es Schriften, allerdings weniger.

Ein bleicher, geschwächter Koreaner, der neben ihm lag, wischte von Zeit zu Zeit die Inschriften ab, und die größerem kratzte er mit dem abgebrochenen Stiel eines Teelöffels weg. Aleks Bett wurde in eine Ecke des Saales gestellt, zwischen dem Bett des Koreancrs und dem Bett eines kahlköpfigen Russen, der einen Hut mit zerfledderter Krempe aufhatte. Im Morgengrauen wirkte der Saal wie ein Schlachtfeld voller Leichen im Nebel.

Täglich am Nachmittag kam die Frau des Koreaners, wusch sein Gesicht und kämmte sein Haar. Der Koreaner, den die Schwestern »Genosse Y« nannten, lebte in Kasachstan in der Nähe der Stadt Dschambul, wo er Reis anbaute, und war nach Samarkand gekommen, um seinen Sohn zu suchen, der auf einem Gehöft bei der Zucht von Karakulschafen arbeitete. Alek tat sich etwas schwer, die Worte des Koreaners zu verstehen, der sich von dem Moment an, in dem er hereingebracht wurde, liebenswürdig mit ihm unterhielt und ihm in aller Ausführlichkeit von der Suche nach seinem Sohn erzählte. Genosse Y las die Zeitung *Lenins Pfad* mit Staunen, unter nicht enden wollendem Nicken. Mit leicht brüchiger Stimme sang er die Lieder des Bürgerkriegs: »Mit mut'gem Herzen ziehn wir in die Schlacht für das Unionsregime, opfern unser Leben, wenn das Zeichen erteilt ...«, und das antipolnische Lied von den »Atamani und Polskje Pani«, die den harten Arm der Roten Armee noch zu schmecken kriegen würden. Und wenn er sang, tanzten aufgeregte Fünkchen in seinen Augen. Der Russe, Timofei Arkaditsch Bistri, schwieg immer und rauchte den Tabak des Genossen Y. Ein weißer Bart, wild und dick, bedeckte sein Gesicht und gab außer seiner spitzen Nase und seinen durchbohrenden Augen nichts frei. Seine Frau und seine Kinder waren umgekommen, als der Zug, der sie nach Taschkent brachte, bombardiert wurde, während Timofei Arkaditsch gerade ausgestiegen und herumgelaufen war, um für sie Gemüse in irgendeinem umzäunten Garten zu organisieren. Er selbst wurde an der Wirbelsäule verletzt und war gelähmt. Der Typhus hatte ihn sehr geschwächt. Der Blick seiner schwarzen Augen war derart machtvoll, daß man ihn regelrecht als körperliche Berührung zu spüren vermeinte. Die Schwestern hatten unbesehen eine gute Tat vollbracht, als sie Aleks Bett zwischen diese beiden Menschen stellten. Genosse Y las in einem Buch, das noch die Zeichen der alten russischen Orthographie aufwies, und nickte bestätigend zu dem, was da geschrieben stand, ebenso wie zum Inhalt der Zeitungen. Zuweilen, wenn er irgendein Wort nicht verstand, gab er Alek das Buch, der es an Timofei Arkaditsch weiterreichte. Einmal fiel Alek auf, daß viele der Buchseiten die roten Stempel des städtischen Gefängnisses von Samarkand trugen. Es war *Das Leben der Kalifen von Omar bis Ma'mun*. Genosse Y sprach immer mit Begeisterung von diesen Geschichten; er trug eine Sehnsucht nach Wundern in sich, nach der märchenhaften Integrität und Großzügigkeit der Kalifen, nach des Schicksals verschlungenen Wegen. Immer erlag er dem Zauber jenes Augenblicks, der sich in jeder der Geschichten wiederholte, in dem der schuldlos Bedrückte die Gnade des allmächtigen Kalifen erfährt.

Etwa vierzig Personen lagen in dem Saal, und ganz abgesehen von dem entsetzlichen Gestank und der schändlichen Bedürftigkeit war die Örtlichkeit auch ungemein laut. Obwohl die Schwestern sich unablässig abrackerten, war der Saal verblüffend schmutzig. Genosse Y verteilte immer Tabak, und morgens, wenn er sich kräftiger fühlte, stand er auf und besuchte seine Freunde in den benachbarten Betten. Wenn der Barbier Gafurov kam, forschte Genosse Y ihn lange Zeit aus. Der Barbier, ein dürrer Usbeke mit einer neue Tiubetjejka auf dem Kopf und einem Chalat auf dem Leib, der alt, aber ordentlich gebügelt war, verbreitete ein bescheidenes Gefühl von Sauberkeit im Saal. Er saß auf einem Schemel, neben dem Bett des Genossen Y, und rührte Schaum in einer Zinnschüssel an, die an vielen Stellen ausgebessert war; auch seinem Pinsel fehlten zahlreiche Haare, und der einzige unversehrte Gegenstand in seinem Besitz war ein Spiegel, der in einem mit mohnähnlichen roten Blumen bestickten Stoffutteral steckte. Gafurov sah ein wenig sonderbar aus, denn in seinem stark verrunzelten Gesicht fehlte der Großteil der Zähne.

Jetzt erzählte er dem Genossen Y irgendeinen Witz, und dieser verschluckte ein schüchternes Lachen.

»Und du fürchtest dich gar nicht, hierherzukommen und Menschen im Krankenhaus zu rasieren? Vielleicht wirst du dich auch mit einer bösen Krankheit anstecken?«

»Und wie oft, Genosse Y, kann diese Krankheit den gleichen Menschen angreifen? Ich war schon zweimal an Typhus erkrankt.«

»Und trotzdem ist es gefährlich. Warum gehst du nicht in irgendeiner Kooperative arbeiten, Gafurov, mein Freund? Du bist kein junger Mann mehr, und es ist nicht richtig, die ganze Zeit in den Krankenhäusern von Samarkand umherzuziehen.«

»Man sagt bei uns, dem Schicksal entflieht keiner, Genosse Y.«

»Du glaubst wirklich an das Schicksal? Du betest noch?« fragte der Genosse Y verwundert.

Der Usbeke schielte zu Timofei Arkaditsch hinüber.

»Mein alter Vater ist noch am Leben, und da ich ihn am Morgen und am Abend treffe, bete ich mit ihm Namas-bumdat und Namas-scham, keine sehr langen Gebete.«

»Du tust nicht gut daran, mein Freund«, sagte der Genosse Y und schüttelte den Kopf. »Denn damit setzt du die Herrschaft der Finsternis fort.«

»Nur zwei ganz kurze Gebete für meinen alten Vater«, bemerkte Gafurov mit listigem Lächeln.

Obwohl der Genosse Y mit väterlicher Stimme sprach, als ob er in nettem Ton darauf hinweise, daß der Usbeke einen etwas kindischen Fehler begehe, wirkte Gafurov nicht wie ein kleiner, zurechtgewiesener Junge, sondern ganz im Gegenteil, trotz aller Höflichkeit und Sympathie, mit der er dem Genossen Y begegnete, lag eine Spur von überlegener Verachtung in seinem Verhalten. Nachdem er die Rasur des Genossen Y beendet und zwei Schrammen mit Alaun desinfiziert hatte, besprenkelte er ihn mit Eau de Cologne. Es bestand kein Zweifel, daß der Barbier den Genossen Y für einen unschuldigen, betrogenen und vielleicht gar ein wenig einfältigen Menschen hielt. Gafurov wandte sich Alek zu.

»Haare schneiden und rasieren?«

»Ich habe noch ein paar Rubel, wenn sie niemand genommen hat, in der Tasche meines Mantels. Aber wo der Mantel ist, weiß ich nicht.«

»Darum brauchst du dich nicht zu sorgen«, erwiderte der Barbier. »Ich kenne dieses Krankenhaus. Alle Kleider sind in Kisten, allerdings ist es möglich, daß sie deinen Mantel in die Wäsche gegeben haben. Alles hängt vom Glück ab. Ich werde nachschauen.«

»Du kannst dich auf ihn verlassen«, sagte der Genosse Y, »er ist ein anständiger Mann, auch wenn er teuer ist.«

»Sterben viele hier in dem Krankenhaus, Genosse Y?«

»Warum fragst du?«

»Ich befinde mich schon seit drei Wochen hier, und ich habe das Gefühl, daß viele von hier weggebracht wurden. Aber vielleicht täusche ich mich.«

»Der Leiter, die Ärzte und die Schwestern sind sehr aufopfernd«, betonte Genosse Y, »sehr, sehr aufopfernd. Aber es ist nicht gut, Kranke hierherzubringen, die davor keinerlei Behandlung erhalten haben.«

»Aus der Stadt?«

»Aus der Stadt, aus den Kolchosen, von überall her.«

»Und weshalb? Gibt es dort keine Ärzte?«

Genosse Y schenkte Alek sein nettes Lächeln: »Jetzt ist Krieg, Hunderttausende Menschen sind nach Usbekistan gekommen, es gibt keine Unterkünfte, keine Medikamente. Aber Ärzte! Du weißt das nicht, doch vor der Revolution gab es in Usbekistan nur einhundertachtundzwanzig Ärzte, und jetzt gibt es zweitausenddreihundert und einen! Warte, warte nur, wenn wir erst die Nazis besiegt haben, werden wir Millionen Tonnen von Chinin, Aspirin und Streptomycin herstellen. Niemand wird mehr an Typhus sterben.«

»Ich dachte einmal daran, in einem Kolchos zu arbeiten ...«, sagte Alek.

»Und das ist eine sehr gute Idee, eine ausgezeichnete Idee. Das ist der Ort für einen Menschen, der das Herz am rechten Fleck hat. Geh zum Arbeitsamt. Es gibt dort einen Schalter, wo sie Leute an Kolchosen vermitteln. Auch ich war in einem Kolchos mit dem Namen Lenin, in der Nähe von Dschambul. Kennst du den Dichter Rezakov? Er schrieb wunderbare Worte:

> Zu des Kolchos' schützender Ruh'
> hast das Volk gesammelt, o Stalin,
> hast Waisen mit Mut gerettet du,
> wie ein barmherziger Vater, o Stalin.
> Vom Kreml hoch, von des Turmes Höh',
> erstrahlt das Licht – Stalin,
> aus der Erde Schoß empor steigt jäh
> der Held unseres Volkes, Stalin.
> Gossest Kraft in meine Glieder,

sagtest mir: Jung wirst du sein!
Dir widme ich das beste meiner Lieder –
dir, o Stalin, du mächtiger, allein.

Wie schön dieser Rezakov schrieb ... eine große, poetische Seele ... Wollte Gott, mein Sohn wäre mit mir im Kolchos geblieben!«
»Du hast keine Spur von ihm gefunden?«
Der Genosse Y schwieg eine lange Weile und sagte schließlich:
»Ich habe meinen Jungen nicht gefunden. Stell dir vor, mein Freund, niemand weiß, wo er ist, als ob ihn das Meer verschlungen hätte. Ich verstehe das nicht, es sei denn, er hat sich mit schlechten Menschen eingelassen. Als ich hier ankam, fand ich sofort das Haus, in dem er zuvor wohnte, neben dem Kino *Schark Julduzi*, und dort sagte man mir, er sei eines Tages einfach nicht mehr von der Arbeit zurückgekehrt.«
»Hat er keinen Brief hinterlassen?«
»Einen Brief?«
»Zwischen den Kleidern?«
»Ich habe kein Kleidungsstück gefunden, Alek, mein Freund, und meine Frau – sie weint sich die Augen aus. Und jetzt, stell dir das vor, bin ich erkrankt und liege hier.«
»Und wohin sind seine Sachen verschwunden, Genosse Y?«
»Die Nacharn sagten, sie seien in derselben Nacht gestohlen worden, noch bevor sie das Zimmer betraten.«
»Mit wem hätte er sich einlassen können?«
Großer Schmerz zeichnete auf dem Gesicht des Genossen Y ab: »Wie soll ich das wissen? Er war ein guter Junge, mein Sohn. Viele Stunden widmete ich seiner Erziehung, und es gab wenige, die wie er unsere sowjetische Heimat liebten. Als er ein Kind war, lehrte ich ihn unsere koreanische Sprache und las ihm die Geschichten über Hong Kildong vor, der von den Reichen und Herrschenden Geld stahl und es an die Armen verteilte. Wie sein Blick glühte, wenn er die Heldentaten von Hong Kildong hörte! Oh, mein Lieber! Was gäbe ich nicht darum, wenn auch ich jetzt Götterbilder um meinen Knöchel binden könnte – woran man in den finsteren Feudalzeiten glaubte – und hundert Meilen mit einem Schritt überwinden, um meinen Sohn zu finden.«
Er rollte sich eine Zigarette und reichte die Streifen aus Zeitungspapier und den Tabak an Alek und Timofei Arkaditsch weiter. Der Russe rollte sich eine Zigarette, zündete sie an, nahm einen Zug, und pötzlich hustete er erstickt und schrie dann den Genossen Y an:

»Erwürgen könnte ich dich! Balvan! Balvan! Dir den Hals umdrehen wie einem Hühnchen! Elender Koreaner! Verflucht seien die Eltern, die dich geboren! Ich könnte dir die Visage noch flacher polieren, bis sie glatt wie eine Wand ist!«

»Fühlst du dich nicht gut, Timofei Arkaditsch?« fragte Genosse Y bestürzt und besorgt.

»Mein Gott! Mein Gott! Du begreifst nicht, daß ich dich mit Leib und Seele hasse. Du bist ein verachtenswerter Mann. Ich hasse dich.«

»Und ich bemitleide dich, Timofei Arkaditsch. Und wie sollte ich mich auch nicht eines Menschen erbarmen, der überall nur Betrug und Lüge sieht und allem und jedem gegenüber Zweifel und Mißtrauen hegt.«

»Jedes Wort, das du von dir gibst, dummer Koreaner, verrückter Hong Kildong, ist eine Lästerung des Namens deines Sohnes. Verstehst du das nicht?« Und plötzlich fing er an zu weinen und bedeckte seinen Kopf mit dem Laken.

»Bitte, hör auf zu weinen! Es geziemt sich nicht für einen erwachsenen Menschen, so zu weinen.«

Timofei Arkaditsch Bistri hob den Kopf, seine Gesichtsmuskeln zuckten. Schließlich überzog ein sonderbares Lächeln sein Gesicht.

»Du hast recht«, sagte er, »wir müssen unsere Würde bewahren. Und uns vielleicht zu guter Letzt rasieren. Wieviel würde Gafurov nur für eine Rasur nehmen? Ja, ich will mich rasieren lassen. Ich dachte, hier würden nur Leute rasiert, für die es die letzte Rasur ist, denn draußen kostet das Ganze ein Drittel des Preises.«

»Welch ein Unsinn«, murmelte Genosse Y.

»Es ist doch klar, wer in dieses Krankenhaus kommt, hat null Chancen, wieder herauszukommen.«

»Wie kannst du die sowjetische Medizin so niederträchtig verleumden?!« erregte sich Genosse Y entrüstet. Bistris scharfe Augen sprühten Funken, und Alek hatte ihn für einen Augenblick im Verdacht, irgendein Geheimagent zu sein, der versuchte, die Leute zum Reden zu verleiten, ihnen die Zunge zu lösen, um sie danach an seine Schergen auszuliefern.

»Siehst du denn nicht, daß die Menschen in diesem Krankenhaus sterben wie die Fliegen? Die Arzneischränke sind vollkommen leer. Was für eine Art Medizin ist das?«

»Eine großartige! Eine wahrhaft großartige Medizin ist die sowjetische Medizin!« verkündete Genosse Y.

»Wie kommt es dann, daß ihr nicht einmal ein Gramm Sodiumnitrat hattet, um es diesem Jungen zu spritzen, als sie ihn hergebracht haben? Wer weiß, wie viele Monate, wie viele Jahre er noch an Blindheit leiden wird.«

»Alles ist für die Front! Um die Nazibestien zu erledigen! Was du sagst, ist einfach Verleumdung, Verleumdung aus zufälliger Unwissenheit, denn ich sehe in dein Herz hinein, unter die Schale des Spotts. Was denn, du weißt nicht, wie fortgeschritten die Medizin der Sowjetunion ist? Tatsache ist, daß achtzig Prozent der Kriegsverletzten auf das Schlachtfeld zurückkehren! Achtzig Prozent! Und weißt du, wie viele, dem gegenüber, im Ersten Weltkrieg zurückkehrten? Nur dreiundzwanzig Prozent! Und auch jetzt, in diesem Krieg, bei den europäischen Heeren, liegt das Verhältnis der Verwundeten, die zurückkehren, zwischen vierzig und sechzig Prozent. Aber bei uns – achtzig!«

»Genosse Y! Wenn du so zu mir sprichst, habe ich das Gefühl, als wäre ich der Völkerkundler Miklucha-Maklai, der in den Dschungeln Guineas herumwandert, und einer der Wilden öffnet seinen stinkenden Mund und läßt seine Worte ertönen.«

»Und ich bin der Wilde? Omoni! Omoni!« sagte der Genosse Y gelassen, eine kleine Spur gekränkt vielleicht. »Ich sehe dein gutes Herz und deine edle Seele. Und ich fühle deinen Schmerz über das Unglück, das dich heimgesucht hat. Doch du solltest wissen, daß deine Ansichten irrig und schädlich sind.«

»Weißt du denn wirklich nicht, auch nicht ganz insgeheim in deinem Herzen, wo dein Sohn ist?«

»Was meinst du damit, Timofei Arkaditsch?« flüsterte Genosse Y mit Entsetzen, und in seinen dunklen Augen spiegelten sich sonderbares Unbehagen und Kummer.

»Du brauchst nicht zu versuchen, mich mit deiner süßen asiatischen Stimme einzulullen. Ihr Koreaner seid alle elende japanische Spione, Viehvergifter, Jagdhunde der faschistischen Samurais, fanatische Nationalisten, bucharinistische und trotzkistische Verräter.«

Genosse Y blickte ihn an, sein Mund öffnete sich leicht, und er erblaßte.

»Habe ich dich nicht Kai Schen Wei sagen hören anstatt Vladivostok?«

»Was? Was?«

»Kai Schen Wei!«

»Aber das ist doch der Name der Stadt auf chinesisch, und ich habe dir von einem Chinesen erzählt, der sagte ...«, murmelte Genosse Y.

»Und was kümmert mich das? Ihr seid doch alle gleich, Koreaner, Chinesen. Wer kann schon unterscheiden zwischen euch, dreckige

Hunde, eine bösartige Gangsterbande, wie sie das Land noch nie gekannt hat, menschlicher Unrat, Abschaum der Menschheit!«

Das Gesicht des Genossen Y hellte sich etwas auf.

»Das ist nicht schön, solche Scherze zu machen! Wirklich – gar nicht schön!«

»Du hast recht – es ist nicht schön«, sagte Timofei Arkaditsch, und Genosse Y wischte sich die schweißnasse Stirn.

Der Barbier kehrte zurück, mit Aleks langem Mantel in Händen.

»Alles war genau umgekehrt, als ich dachte«, sagte er, »die Sachen, die zum Ausräuchern gegeben wurden, sind gestohlen worden, aber deinen Mantel haben sie in der Kiste gelassen.«

Er deutete auf den hinkenden Verwalter, und jener begann leicht stotternd mit einer Geschichte von dem großen Diebstahl, der sich im Lager ereignet hatte.

»Was sagt er?« wurden Stimmen laut. Angst trat in den Blick des Verwalters. Einige der Kranken begannen, mit den Fersen auf den Fußboden zu stampfen, andere klopften mit Blechtellern und Krükken.

Zwei Ärzte und der Buchhalter kamen im Laufschritt herein und erzählten, daß der Diebstahl bereits der Polizei gemeldet worden war. Verächtliche Pfiffe und Flüche ertönten aus allen Ecken. Alek steckte seine Hand in die Tasche seines Mantels und entdeckte zu seiner Freude, daß er zwölf Rubel, ein kleines Taschenmesser und eine leere Blechschachtel *Players*-Zigaretten besaß, die er am Markt für seine Armbanduhr erhalten hatte.

»Schneide mir die Haare und rasiere mich und Timofei Arkaditsch.«

»Jawohl, ich bin bereit«, knurrte Bistri düster.

Der Barbier starrte das gesprenkelte Taschenmesser an. Nach der Rasur besprützte er beide mit stark riechendem Eau de Cologne.

»Ich habe einen Vorschlag«, sagte Gafurov dann. »Ich bringe den Mantel zur besten Reinigung in der ganzen Stadt, besorge dir Walenkis aus Filz und werde Galoschen in der passenden Größe der Walenkis für dich finden – und das alles gegen das Taschenmesser.«

»Gut«, willigte Alek ein.

»Ich denke, Gafurov«, sagte Timofei Arkaditsch, »daß du die Unbedarftheit des Jungen ausbeutest. Für solch ein herrliches Taschenmesser steht ihm mehr zu.«

»Timofei Arkaditsch! Du hast keine Ahnung, was die Sachen am Markt kosten! Weißt du, wieviel momentan Walenkis und wieviel Überschuhe kosten, sogar alte, wenn nur die Sohlen ganz sind?«

»Bei deinen Walenkis ist garantiert nur die Sohle ganz, und der Rest sind Flicken über Flicken. Alles ist alt und zerbröselt.«

»Natürlich sind sie alt. Selbstverständlich. Woher sollte man denn jetzt neue Sachen kriegen? Aber es werden gute Galoschen sein, in die kein Wasser eindringt, wenn er ein bißchen darauf aufpaßt.«

»Ah, Gafurov, Gafurov!«

»Gut, ich werde euch zwei englische Bücher bringen.«

»Fängst du jetzt auch noch zu lügen an? Woher solltest du englische Bücher haben?«

»Fremde haben sie zurückgelassen, vor vielen Jahre, im Laden meines Vaters.«

»Und was für Bücher sind das?«

»Dicke Bücher.«

»Bring die Bücher, Gafurov, und ich gebe dir meinen Löffel als Geschenk.«

»Danke, wirklich besten Dank.«

»Aber du wirst mir dafür einen gewöhnlichen Löffel bringen.«

»Sicher werde ich das.«

»Und vergiß die Bücher nicht.«

Bistris Düsterkeit ließ etwas nach. Genosse Y war noch immer gekränkt.

Timofei Arkaditsch wandte sich an Alek.

»Woher kommst du eigentlich?«

»Und woher kommst du?« fragte Alek.

Timofei Arkaditsch lächelte und war sichtlich zufrieden über die schnelle Reaktion.

»Ich bin aus Rostow, Gesteinsingenieur meiner Profession nach. Wenn ich nur erst ein bißchen stärker bin, werde ich den Genossen Y im Schlaf erwürgen, zum Wohle seiner unsterblichen Seele. Komm, setz dich auf mein Bett.«

»Aus welchem Marmor haben die Griechen ihre Statuen gemacht, und aus welchem – die Italiener?«

Auf dem gequälten Gesicht des Russen, das gelb und schrecklich eingefallen wirkte, nachdem er seinen dicken Vollbart hatte abnehmen lassen, stieg ein liebevolles, entzücktes Lächeln über Aleks Schläue auf:

»Du meinst sicher den pentelischen und den Carrara-Marmor? Stell denen, die dir verdächtig vorkommen, immer einfache Fragen. Unsere Sherlock Holmes' können mit Mühe lesen und schreiben. Nur in den hohen Etagen, bei den Wolken, gibt es scharfsinnige Menschen. Ich war einmal bei einem solchen wichtigen Mann zu Besuch. Wächter – einen Meter neunzig, wie bei Friedrich dem Großen –, persische Teppiche, Bilder von Surikov und Venezianov, Schiffslampen mit Schirmen aus grünem Glas.«

»Von wem sprichst du?« fragte der Genosse Y.

»Von Sammlern von Kunstgegenständen. Solltest du einmal einem von ihnen in die Hände fallen, schau dir seinen Kopf genau an, und du wirst feststellen, daß der Schädel aus lauter Schubfächern besteht, mit einem Etikett an jedem Fach, und es gibt nur zwei Sorten – die richtigen und die falschen. Verwechsle sie ja nicht.«

»Und dir ist so etwas passiert?«

»Ich habe einmal davon gekostet. Und man sagt, wer einmal gekostet hat, wird es wieder tun. Und wie bist du hierhergelangt?«

»Ich bin mit dem Zug gefahren, mit einer Gruppe. Es hieß, Samarkand sei für Fremde geschlossen. Wir sind auf der Strecke ausgestiegen, an einem Steinbruch, danach war ich in einer kleinen Siedlung, mit einem alten Mann und seiner Enkelin. Unterwegs wurde ich krank.«

»Und was hast du in deiner Stadt gemacht?«

»Ich ging aufs Gymnasium. Was hätte ich auch tun können? Jetzt will ich mich zur polnischen Armee melden, wenn sich meine Sehkraft gebessert hat. Und falls nicht – dann möchte ich in einen Kolchos gehen.«

»Wozu die Armee?«

»Um gegen die Deutschen zu kämpfen.«

»Ein Bruder und Gefährte bist du dem Genossen Y ... Wie soll das gehen, gegen die Deutschen kämpfen? Haben die Deutschen etwa Samarkand erreicht?«

Alek sah ihn verwundert an.

»Die Armee mobilisiert sich doch hier, und dann wird sie in den Krieg ziehen.«

»Ich sage nicht, daß dies nicht im Rahmen des Möglichen wäre!« erwiderte Timofei Arkaditsch, wobei er jede Silbe betonte. »Solche Dinge, und noch merkwürdigere, soll es schon gegeben haben im Lauf der Geschichte, und es soll auch vorgekommen sein, daß sich die Armee organisiert hat und sogar zu dem Ort marschierte, den sie erreichen sollte. Aber du bist doch Jude, und wie willst du in diese Armee aufgenommen werden? Man sagt, daß sie die Juden mehr hassen als die Deutschen und die Russen.«

»Einzelne vielleicht. Aber das ist Zufall.«

»Und der Zufall, mein Junge, der Zufall ist der mächtigste unter den Göttern. Sind wir nicht alle per Zufall geboren? Geh nicht dorthin. Denn wenn du gehst und ihnen deine Papiere präsentierst, dann ist stark anzunehmen, daß sie dich zu unseren Freunden schicken werden, von denen wir vorher gesprochen haben, den Sherlock Holmes', unter irgendeinem Vorwand, den man immer finden kann. Und was unsere uralte Liebe zu den Juden angeht, das weiß schließlich jeder: Taufen oder ersaufen! Es fällt mir selbst nicht schwer, die Judenhasser zu verstehen, auch wenn ich selber keiner bin. Aber wenn du willst, werde ich dir etwas sagen, das zu hören dir nicht angenehm sein wird. Willst du?«

»Ja.«

»Nun denn, obwohl die Juden arm, elend und niedergedrückt sind, wie alle übrigen, sind sie dennoch nicht wie die anderen. Stets verbergen sie etwas, als hätten sie irgendein teures Schmuckstück. Vielleicht ist es ein Geheimnis, vielleicht eine Wunde. Auch wenn sie mit den anderen sterben, halten sie immer, bis zum letzten Augenblick, an dieser Sache fest. Und diejenigen unter ihnen, die Macht in Händen halten, schwingen die Peitsche mit harter Hand, und auch ich, ohne ein Prediger wie der Apostel Paulus zu sein, habe mir von Juden fünf Mal vierzig Schläge abzüglich einem eingefangen ...«

»Und was ist dieses Schmuckstück?«

»Ich weiß es nicht. Vielleicht gar nichts, vielleicht leerer Raum.«

»Das verstehe ich nicht. Die Juden gleichen einander nicht.«

Timofei Arkaditsch sah ihn mitleidig an: »Und wie fühlst du dich jetzt?«

»Ich habe Angst, blind zu werden, ich sehe immer noch nichts in den Augenwinkeln, und in der Nacht – nur vernebelte Umrisse. Und wann wirst du von hier weggehen?«

»Weshalb sollte ich denn hier weggehen? Ich werde versuchen, hier den Winter zu verbringen. Vielleicht werde ich mich Anfang April davonmachen, wenn die ganze Stadt voller Karren mit der grünen Aprikose, die mit dem kleinen rosa Flecken, sein wird, denn es gibt keine Frucht auf der ganzen Welt, die ich mehr liebe. Aber vielleicht werde ich auch auf die Kirschen und Maulbeeren warten.«

»Und wird man damit einverstanden sein, dich hierzubehalten?«

»Dr. Markova will es. Gut, daß hier eine ist, die den Kopf auf den Schultern trägt. Sie hat dich gerettet.«

»Was hatte ich eigentlich, Typhus?«

»Typhus auch, hauptsächlich aber Chininvergiftung. Wenn du noch ein bißchen davon geschluckt hättest, wärst du bereits ein Geist. Doch die Ärztin hat am Basar Tabakblätter gefunden, hat dir den Magen ausgespült und das Blut gereinigt. Und da bist du unter die Lebenden zurückgekehrt. Wer hat dir das Chinin gegeben?«

»Ein Kasache, der mich unterwegs fand. Er sagte, er habe keine anderen Medikamente.«

»Ein Märchen ist im Nu erzählt, aber die Tat wird langsam getan. Vielleicht wärest du ohne das Chinin gestorben, wer weiß. Und hör auf mich: Geh nicht zur Armee. Wie sollen sie aus dir denn einen Soldaten machen, wenn du in den Augenwinkeln jetzt blind wie eine Fledermaus bist? Und was ist, wenn sich der Feind dir von der Seite des Ohres her nähert?«

»Welcher Feind? Hier, in Samarkand?«

Bistri lächelte: »Und weshalb nicht? Samarkand ist voll von deinen Feinden.«

»Ich muß mich zur Armee melden ... Wie könnte ich sonst leben?«

»Ohne Gott, ohne Ehre und ohne im Gedenken an die kommenden Generationen leben, die ›Nachwelt‹, wie die Deutschen das so seltsam ausdrücken?«

»Seit Ausbruch des Krieges und meiner Flucht vor den Nazis«, sagte Alek, »verstehe ich überhaupt nicht, was rings um mich geschieht.«

»Du vestehst es nicht«, erwiderte Timofei Arkaditsch in dem gleichen verletzend sarkastischen Ton, in dem er zuvor mit dem Genossen Y gesprochen hatte, »was heißt nicht verstehen? Im Gegensatz zu unserem russischem Helden Sviatigor suchst du nach Gelegenheiten, um deine Schwächen zu offenbaren? Du redest wie einer aus der Gemeinde der Narren ... Ich verstehe nicht! Ich verstehe nicht ... Die Gemeinde der Narren versteht niemals, wozu sie wie Kleinvieh zur Schlachtbank geführt werden, beklagen sich über die, die sie beherrschen, und warten nur auf das letzte Streicheln, das Schafstreicheln, bevor endgültig das Schlachtmesser fällt. Beklagen sich über den Tyrannen, der sie schlachtet, aber denke ja nicht, daß diese Armen, Bedrückten, Schuldlosen nur unschuldige Opfer seien, reine Lämmchen, die als Opfer dienen. Komm näher her zu mir ...«

Alek setzte sich auf Bistris Bett und neigte ihm seinen Kopf zu. Timofei Arkaditsch hatte die Haut eines Toten.

»Vor vierhundert Jahren erzählte ein Mann von Henkern und von den Arschkriechern der Henker, doch wer in unserer geheiligten Heimat hat je von diesem wunderbaren jungen Mann, Étienne de La Boétie, gehört? *Freiwillige Knechtschaft* lautet der Name seines Buches. Und er hat gefragt: Woher hat der Tyrann so viele Augen, um euch zu verfolgen, ihr reinen schuldlosen Lämmer, wo würde er all diese Augen finden, wenn nicht ihr selbst sie für ihn fändet? Woher hätte er so viele Hände, um euch zu schlagen, wenn ihr ihm nicht die euren gäbet? Und weißt du, was er antwortet? Immer gibt es fünf

539

oder sechs Menschen, die den Tyrannen unterstützen, und sie sind an den Greueln schuld, sie sind Teilhaber seiner Freuden und seiner Vergnügungen und sorgen für die Befriedigung seiner Triebe. Diese sechs unterwerfen sich sechshundert, und an den sechshundert hängen sechstausend ... Und jeder, der eines Tages kommt, um das Dikkicht zu entwirren, muß feststellen, daß nicht sechs, nicht sechshundert noch sechstausend, sondern Millionen mit starken Fäden an den Tyrannen gebunden sind. Und du sagst zu mir, als wärst du ein Kind: Ich verstehe nicht. Weißt du, wie alt Étienne de La Boétie war, als er sein Buch schrieb? Achtzehn. Er war in deinem Alter. Und er lebte in der Zeit Machiavellis, dessen Bücher man bis heute liest und daraus erfährt, wie man tötet und wie man gefällt. Und schon La Boétie schrieb, daß die Cäsaren Roms nicht vergaßen, sich mit dem Titel des Volkstribuns zu schmücken, weil diese Position als geheiligt galt, da sie geschaffen wurde, um das Volk zu schützen. Nie und nimmer tun die Herrscher einen Schritt, und sei es der allerentsetzlichste und mörderischste, ohne zuvor eine Rede über den Gewinn für die Allgemeinheit vor dem Volk zu halten. Und nicht nur die Herrschenden sind so beschaffen, sondern auch die Angehörigen des Volkes selbst: In dem Moment, in dem sie sich eine höhere Position als die anderen erworben haben, bringt sie ihr Dünkel aus der Fasson. Und weißt du, was er noch sagte? Entschließt euch, keine Sklaven zu sein, und ihr wäret freie Menschen! Ich lasse mich nicht dazu verleiten, an La Boéties Ideal zu glauben, aber eines sage ich dir: Dieser wunderbare junge Mann hatte mit jedem Wort, das er sagte, recht, doch die weise Eule schwingt sich nicht in die Lüfte, weder bei Tag noch bei Nacht.«

»Auch in Polen gab es einen solchen Mann, Jan Dlugosz mit Namen. Sein Haus steht noch immer in meiner Heimatstadt. Er sagte, die Agilität eines Machiavelli könne niemals die Zukunft prophezeien. Die wahre Tat rühre weder von Geschicklichkeit noch von List her, sondern von einer geheimnisvollen Kraft, verborgen in den Tiefen der Seele.«

»Er war sicher ein Priester.«

»Ein Bischof.«

»Ha, ha. Das ist nicht wie bei dem jungen de La Boétie. Doch von deinem Mann habe ich noch nie etwas gehört. Wir Slawen, wir denken uns in einem fort alle möglichen weisen Autoritäten aus, und am Ende stellt sich heraus, daß alle in irgendeinem gottverlassenen Nest im Westen studiert haben.«

»Er war sehr berühmt. Johannes Lunginus war sein Name im Lateinischen. Mein Freund Piramovitsch hat über ihn geschrieben.«

»Historiker?«

»Historiker, ja. Er wohnte neben dem alten Haus von Dlugosz.«

»Liebst du deine Stadt?«

»Sie ist die schönste Stadt, die ich je sah. Hügel über der Weichsel, schöne Bauten: romanische Kirchen, eine herrliche gotische Kathedrale, ein Rathaus aus der Renaissance. Und im Süden: Berge, Wälder.«

»Ich habe überhaupt noch nie von deiner Stadt gehört. Und was war die prinzipielle Botschaft deines Freundes, des Historikers?«

»Er liebte die Slawen, und am meisten die Russen. Er sagte, sie seien die echten Slawen.«

Bistri stieß einen langen Pfiff aus: »Erzähl, erzähl, ich möchte von mir und meinen Volksgenossen hören.«

»Er war das schwarze Schaf in der Stadt wegen seines Panslawismus. Entsetzlich böse Artikel schrieben sie über ihn. Aber Piramovitsch beugte sich nicht.«

»Was sagte er?«

»Daß die Russen ein glückliches, ausgeglichenes Volk seien, bereit, das Urteil anzunehmen, dem Guten treu ergeben, das wahre Christenvolk, und nur in ihm existiere noch der echte lebendige Glaube an den Nächsten. Doch die Historiker haßten seine Schlichtheit und seine angenehme Wesensart und überschütteten es mit häßlichen Verleumdungen. Das russische Volk gleicht den Bauern, die am Osterfest zu den Toren der Kirche hinaustreten, einander auf den Mund küssen und sagen: ›Jesus ist auferstanden‹, und antworten: ›Wahrlich, er ist auferstanden, wahrlich und wahrhaftig.‹ Wir sind zweihundert Kilometer zu den Ostergebeten der Russisch-Orthodoxen gereist, wo sie einen guten Chor hatten. Diese Melodie ›Jesus ist auferstanden‹, wenn sie mit einem Mal so voll erhabener Freude aufsteigt, ist immer wieder überraschend, fantastisch – eine solche Melodie gibt es ansonsten in der ganzen Musik nicht.«

»Und was noch?« murmelte Bistri.

»Und so waren früher auch die Polen, von angenehmer Wesensart, wie die alten Slawen, ein glückliches Volk waren sie, bis sie in die Hände der Kirche der Italiener fielen – das heidnische, verfälschte Volk.«

»Die verfluchten Italiener sind an allem schuld?«

»Alles bei ihnen ist Zeremonie, Künstlichkeit, Schau – und dies hat den Charakter der Polen entstellt. Während die mongolische Sklaverei, die zweite ägyptische Sklaverei, die süße Milde des russischen Volkes bitter machte. Daher ist das russische Volk verpflichtet, die Furcht, den Haß und die Grausamkeit aus seiner Mitte zu vertreiben, den schlauen und listigen Tataren in seiner Mitte zu töten, in dem kein Gefühl und keine religiöse Erhabenheit ist, es muß das Joch des verfälschten Zeremoniells abwerfen sowie seinen törichten Dünkel, muß den Staat von innen heraus entwurzeln, seiner Talare entkleiden, und zur früheren Unschuld zurückkehren, zu gegenseitiger Hilfe und Erbarmen.«

»Aber mein Junge, mein Junge, hast du nicht gemerkt, daß dein Freund mit den urältesten slawophilen Weisen spielt? Die glücklich schwebenden Slawen, abgefüllt mit Marmelade, Wurstringe baumeln von der Decke, die ihre langohrigen Hausgeister anbeten, und am Abend heiße Kartoffeln mit Salz und Butter bis zum Platzen verschlingen und sich wie die Schweine kugeln ... slawophile Marmeladen und Würste ...«

»Worüber habt ihr geredet?« fragte Genosse Y.

»Der Junge erzählt mir von den historischen Anschauungen in seiner Stadt.«

»Sicher alles Lügen?«

»Jedes Wort«, bestätigte Timofei Arkaditsch.

»Ein Land der Kapitalisten. Kein Wunder«, sagte Genosse Y.

»In meinem ganzen Leben habe ich noch keinen Russen getroffen, der ein wahrer Christ gewesen wäre, und mir scheint, daß unser Genosse Y, sollte er tatsächlich irgendeine Religion außer den Liedern des Bürgerkrieges und dem kasachischen Poeten haben, der einzige Christ ist, dem ich je begegnet bin, und sein Herz ist wirklich froh, sich seiner Schwächen zu rühmen, dafür möge die Kraft des Messias auf ihm ruhen. Schade, daß er nicht gesünder ist: Es sind noch zwei Knie und ein Ohrläppchen übriggeblieben.«

Gegen Abend las jemand aus der *Usbekistanskaja Pravda* Meldungen über Kämpfe vor, die mit der Niederlage geendet hatten, über verlorene Städte.

Dr. Markova betrat den Saal in Begleitung eines jungen Arztes. Die Lektüre wurde nicht unterbrochen, nach ihrer Beendigung herrschte Schweigen. Die Ärztin ging am Genossen Y vorbei und trat zu Alek.

»Kein Angst«, sagte sie, »nie, niemals werden die Nazis siegen. Alle werden sie hier den Tod finden, und diejenigen, die entkommen, werden wir bis ans Ende des Erdballs verfolgen!«

Sie war sehr müde, ihre Augen waren rot und entzündet. »Hast du *Till Eulenspiegel* gelesen? Einnerst du dich an den grausamen Mörder? Die Dorfleute sagen zu ihm: Schau uns nicht an mit deinen kalten Augen, du bist ein Mensch, kein Teufel. Wir haben überhaupt keine Angst vor dir, grausames Tier!. Du brauchst dich nicht zu beunruhigen«, sagte die Ärztin mit stiller, schwacher Stimme und musterte die geschorenen Schädel im Saal.

Der Abend war kälter als gewöhnlich, draußen tobte ein Sturm, und der Wind fuhr in den Saal hinein. Zur Ermunterung las Genosse Y mit lauter Stimme ein Gedicht von Dschambul, dem greisen Jahrhundertdichter, vor:

Wie eine strahlende Sonne wird leuchten Kasachstan,
dein Volk, geliebter Vater, dein Volk, Danischpan.
Aus den Gräbern erlöst hat das Volk Lenin,
doch das Feuer meiner Jugend hat erneuert Stalin.
Nach einem warmen Streicheln stand Dschambul der Sinn,
wie eine Blume in der Wildnis welkte Dschambul dahin.
Du, o beispielloser Stalin, hast dies geahnt,
und Dschambuls Lied den Weg zu dir in den Kreml fand.
Ein Geschenk sandtest du mir über tausend Meilen,
hast mich geehrt mit dem Leninorden für die Zeilen,
hast, o Stalin, mir lieb wie ein Vater, bekränzt
mein Land, meine Heimat, Kasachstan, das golden erglänzt.
Ich blick' in die Zukunft – und meine Seele wird strahlend erhellt:
Enkel werd' ich sehen stolzgeschwellt,
wie Dschigiten auf Ziegenledersätteln werden sie zieh'n
im Galopp durch die Heimat, schön und kühn.

»Stirb jetzt auf der Stelle!« sagte Bistri zu ihm. »Es ist schöner, niemals zu dichten!«

»Dschigiten, schön und kühn«, sprach ihm Alek flüsternd nach. Der Sattel, die Wunde, die Verbände der goldenen Pferde. An Genossen Ys hängendem Kopf ersah er, daß jener wieder an seinen Sohn dachte.

»In Korea, meinem früheren Land«, sagte Genosse Y, »betrachtet man ein Entenpaar und die Entenfamilie als Beispiel für die Liebe, für die gute Liebe. Und wenn man heiratet, stehen der Bräutigam und die Braut zu beiden Seiten des Tisches und wedeln mit den Händen (Genosse Y ließ seine Hände flattern) wie die Enten. Ein alter Brauch.«

»Als du geheiratet hast, hast du das auch mit deinen Händen gemacht?«

»Natürlich tat ich es«, sagte Genosse Y und wischte sich die Tränen ab.

»Was für Schurken!« sagte Alek zu Timofei Arkaditsch.

»Schurken? Unsere Freunde, die Sherlock Holmes', sind keine besonders großen Schurken, wenn es auch nicht wenige monströse Figuren unter ihnen gibt: Ein solcher Körper wird immer die mit den Krokodilsschuppen und dem Schlangengift anziehen. Doch die Hauptsache ist die Methode. Es gibt nichts Perfekteres als Methode. Wenn du dich in deinem historischen Klub in deinem schönen Städtchen ein bißchen weniger den romantischen Schnörkeln gewidmet und etwas über die Inquisition gelernt hättest, hättest du die Rädchen begriffen, die die Kulisse der Bühne des Mordes bewegen. Ich bin Ingenieur, aber ich habe es immer geliebt, Geschichte zu lesen. In dem Moment, in dem eine Art Verfassung der Inquisition formuliert wurde, bestand keine Notwendigkeit mehr an besonderen Bösewichtern, wenngleich ein oder zwei Schurken stets Würze und Glaubwürdigkeit zugeben. Es genügte, die Enteignung des Besitzes der Sünder zu beschließen, die Aufhebung ihrer Rechte auch nach ihrem Tode und die Entrechtung ihrer Familienangehörigen, es genügte die gänzliche Heimlichkeit des ganzen Vorgehens gegen sie, die Annullierung ihres Rechts, sich Verteidiger zu wählen, die Folter zu genehmigen, die Bischöfe von jeder Gerichtsbarkeit auszunehmen. Der unglückselige Angeklagte betrat einen ihm von vornherein feindlich gesinnten Saal, und nichts, was er sagte oder tat, konnte ihm hilfreich sein. Wenn er zum Verhör gerufen wurde, war er bereits von vornherein im Brennpunkt des Feuers, war schon in seinem Gefängnis, in seinem Grab. Und man brauchte nichts als ein paar Inquisitoren, die befugt waren, die Stadtoberhäupter und Polizisten auf ihre Assistenz einzuschwören – und schon zitterten gewaltige Städte, mächtige Landstriche vor ihnen.«

Wieder fiel Alek die graugelbliche Haut Timofei Arkaditschs auf, seine faltigen Lippen. Der Tod hielt ihn umklammert, seine leibliche Hülle schien erloschen, und allein seine Augen erstanden zum Leben, wenn er etwas hörte, das seine Neugier erregte. Doch sogar sein schneller, begeisterter Redefluß über La Boétie hatte seine Stimme nicht erwärmt, die nur an Tempo gewann wie der Antriebsmechanismus einer Schaukel. Seine Stimme wurde dann fließender und lauter, als müßte er einen Auftritt vor einem jungen Mann bestehen und aus den Tiefen der Vergessenheit Bilder zutage fördern, das Echo eines erzwungenen Echos. Mit Mitleid und heimlicher Furcht betrachtete Alek Bistris Fingernägel, grünlich schimmerten, und reichte ihm eine Tasse Wasser.

Timofei Arkaditsch fuhr mit seinem Finger über den Tassenrand und sagte:

»Der Wasserbecher ...«

»Was?«

»Der Wasserbecher Sauls«, sagte er, »erinnerst du dich nicht an Saul, wie er in der Wüste Sif auf dem Hügel schläft. So nimm nun den Spieß zu seinen Häupten und den Wasserbecher ... Das ist wunderschön. Erinnerst du dich nicht?«

»Und gut tut er daran«, sagte Genosse Y, »daß er diese betrügerischen Bücher nicht liest, voll von listigem Gift im Staub der Zeit.«

»Welch ein bezaubernder Ausdruck, Genosse Y«, erwiderte Timofei Arkaditsch, »schade, daß du kein Dichter bist. Wer weiß, welch erneuerte Blüte der koreanischen Poesie vergönnt wäre.«

»Omoni, omoni!« seufzte Genosse Y.«

»Timofei Arkaditsch«, sagte Alek, »ich weiß nicht, wie ich dir das sagen soll, aber irgendwie ist mir leichter geworden – allein weil du zu mir sprichst und ich dir zuhöre und dir etwas antworten kann, fühle ich mich weniger einsam und sogar gesünder.«

»Und da sind wir, zu allem Kummer, auf das Gespräch beschränkt. Stell dir vor, was Musik für uns tun würde.«

»Nein, ich scherze nicht. Ich weiß, daß man solche Dinge besser nicht sagt, aber ich bin voller Bewunderung für deine Leidenskraft.«

»Kein Mensch ist des Lobes würdig, jeder Mensch verdient nur Mitleid.«

UF, UF. Nach dem Besuch der Ärzte, gab es einen »Auftritt« (wie man im Saal zu sagen pflegte): Koldasch Sultani, der Geschichtenerzähler, ein Mann mit schweren Verbrennungen im Gesicht, dem ein Bein fehlte. Der Brand war in dem Stofflager ausgebrochen, in dem er als Wächter und Gehilfe arbeitete, und in der Stadt hatte sich das Gerücht verbreitet, daß eine Diebesbande, die daran verzweifelt war, das Lager auszurauben, das Feuer gelegt habe. Auf der Karte, die an seinem Bett hing, stand »Aschurbekov«, doch alles nannte ihn Koldasch. Er war aus einem kleinen Dorf, einem Kischlak, nach Samarkand gekommen, Kurban-Chan, nahe Buchara. Seine Ohren hatten einen eigenartigen Schnitt, und seine Handflächen waren voller Schwielen. Er hustete häufig, ein trockener Husten, den er vielleicht auch übertrieb, um von den anderen Kranken nette Worte und Zuckerwasser zu bekommen, das seinen Husten linderte, wie er behauptete.

Er trat an Aleks Bett, um die Blechbüchse der *Players Navy Cut* eingehender zu betrachten, auf deren Deckel ein bärtiger Matrose in einem Rettungsring abgebildet war, grüne Meereswellen, ein Leuchtturm und ein fernes Segel am Rande des Horizonts, wie ein chinesisches Schriftzeichen. Wenn jemand etwas Süßes kaute, pflegte Koldasch ihn anzuschauen, jedoch nicht mit einem Blick stummen Neides, sondern mit Sehnsuchtstränen in den Augen, wie jemand, der bereit ist, sich mit allen Privilegien seines Nächsten abzufinden, solange sie nur existierten. Und tatsächlich fiel immer ein bißchen Marmelade und Zuckerwasser für ihn ab, denn alle hatten das Verlangen, seine Geschichten zu hören. Koldasch war ein genialer Erzähler. Er konnte nahezu kein Russisch, auch nur wenig Usbekisch, und sprach in einem bucharischen Idiom, das zu verstehen sogar dem einzigen Mann im Krankenhaus, der Arabisch beherrschte, Chodscha Karimov, schwerfiel, denn seine Redeweise war mit sprachlichen Ausprägungen versetzt, die nur dem kleinem Gebiet rings um sein Dorf eigen waren. Seine Geschichten waren jedoch derart faszinierend, daß Karimov sich mit aller Macht ins Zeug legte, und nach unzähligen Erklärungen und Rätseleien war es denen, die im Saal lagen, am Ende vergönnt, die Geschichte zu hören.

Koldasch erzählte Geschichten von grausamer Liebe, Rache und Geistern, von Alexander dem Großen, den er Emir Iskander nannte, Geschichten, deren Ursprung sich nur mit Mühe identifizieren ließ, so sehr waren in ihnen Splitter aus der Bibel, dem Koran und der persischen Herrschergeschichte aufgegangen.

Die Geschichten begannen mit tausend Eröffnungen, doch enden taten sie immer mit einem Segensspruch, der seinem Herzen teuer war: »Und all ihr Streben und ihre Herzenswünsche mögen sie erreichen.«

»Und all seine Wünsche erreichte er!« pflegte Koldasch mit einem freudestrahlenden Lächeln zu sagen, als ob auch ihm, dem Erzähler, Lob dafür zustehe, daß er seine Helden an die sicheren Küsten geleitet hatte. Zuweilen, wenn die Geschichte in seinem Mund gelungen war, oder wie ein Preis für die schönen Worte, die ihm gegeben worden waren, fügte er am Ende hinzu: »Gebe Gott, daß all eure Wünsche sich erfüllen mögen!« Seine beängstigendste Geschichte handelte von drei Brüdern und ihrer Schwester, der Hexe, die mitten in der Nacht ihre Pferde zerfleischte und am Ende auch ihren Vater und zwei ihrer Brüder verschlang. Der dritte Bruder entkam und kehrte erst nach langen Jahren wieder zurück. Seine Schwester empfing ihn sehr freundlich, konnte sich jedoch nicht lange beherrschen und ging also für einen kleinen Moment hinaus und schlug ihre Reißzähne in das Bein seines Pferdes, und bei ihrer Rückkehr fragte sie ihren Bruder: Wie viele Beine hat dein Pferd, mein Bruder? Vier Beine oder drei? Drei, antwortete der Bruder.

Koldasch erzählte, ohne auf die Leute rings um ihn zu achten, auf ihre Ausrufe von Wut und Schmerz, auf die Schwestern, die hereinkamen, auf den Wind, der durchs Fenster fegte, auf den rußenden Kamin, stets setzte er seine wohlbemessene Rede fort. Er sagte mit Stolz, daß er mehr als dreihundert Lieder auswendig könne, und mit noch größerem Stolz, daß er einmal eine Geschichte aus einem Zeitungsartikel, den man ihm vorlas, verfaßt habe. Denn Koldasch konnte, zur allseitigen großen Verwunderung, weder lesen noch schreiben. Seine Geschichten nannte er Lieder, und je länger sie waren, wie zum Beispiel die Erzählungen von Emir Iskander oder die von Liebe und Rache – darunter eine verwickelte und unverständliche Geschichte namens *Gurogli*, die er auf Bitten aller immer wieder vortrug –, desto länger hielt Karimov bei jedem Abschnitt oder kurzem Kapitel der Handlung inne und begann erst dann zu übersetzen, nachdem er seine Worte im Kopf angeordnet und genau ausgewählt hatte. War die Geschichte dagegen kurz, übersetzte er sie Satz für Satz. Die Kurzgeschichte, die Genosse Y am meisten liebte, drehte sich um einen Mann namens Mustafa, einen Jungen und einen Engel, und Koldaschs Tonfall war zu entnehmen, daß er ihre Bedeutung nicht zur Gänze begriff.

Mustafa ging auf das Fest, hob Koldasch an, brach in einen anhaltenden Husten aus und blickte alle an, in der Hoffnung, einer würde ihm bereits zu Beginn der Geschichte ein bißchen Zuckerwasser anbieten. Mustafa ging auf das Fest, sprach ihm sein russischer Übersetzer nach, und vor ihm ist ein Junge. Sitzt an der Wand, der Kopf mit Staub bedeckt, weint. Mustafa näherte sich dem Jungen. Warum weinst du? fragte er ihn. Da antwortete der Junge: Ich habe keinen Vater und keine Mutter, Kinder, die Eltern haben, sind auf Kamele gestiegen und ausgezogen, um zu feiern! Mustafa barmte der Junge: Ich werde dein Kamel sein, sagte er, steig auf, setz dich auf meinen Nacken! Und er nahm den Jungen auf seine Schultern. Wieder weinte der Junge bitterlich. Warum weinst du wieder? fragte Mustafa. Da antwortete der Junge: Ich habe keinen Vater und keine Mutter. Kinder, die Eltern haben, haben ein Zaumzeug für ihre Kamele. Mustafa nahm seinen Hut ab, flocht seine Haare zu Zügeln und gab sie dem Jungen in die Hand. Wieder weinte der Junge: Ich habe keinen Vater und keine Mutter, die Kamele, auf denen die Kinder reiten, die Eltern haben, machen: Uf! Uf!, wenn sie den Hügel hinaufsteigen. Mustafa machte: Uf! Uf! – und es verschwand eine Hölle, er schnaubte noch einmal: Uf! Uf! – und noch eine Hölle verschwand, und noch einmal: Uf! Uf! – und wieder verschwand eine Hölle. Da rief Gott nach Gabriel: Geh und verschließe seinen Mund. Und Gabriel stieg hinunter und verschloß ihm den Mund. Genug mit deinem Uf! Uf!, Gottestrunkener, sagte er, für einen einzigen Jungen willst du uns alle Höllen tilgen? Mustafa brachte den Jungen auf das Fest. Steig ab, sagte er. Wieder weinte der Junge. Warum weinst du? Ich habe keinen Vater und keine Mutter, Kinder, die Eltern haben, denen kaufen sie Nüsse, und sie spielen. Da ging Mustafa und brachte sechs Nüsse und gab sie dem Jungen. Der Junge stieg hinunter. Sechs Nüsse sind mein Preis, sagte Mustafa und brach in Tränen aus.

»Sechs Nüsse, um noch eine Hölle zu bewahren!« sagte Genosse Y dann immer fassungslos. »Und wie viele Höllen gibt es bei euch überhaupt?«

»Viele Höllen, viele«, lautete Koldaschs Antwort stets.

Er hatte keine Ähnlichkeit mit den populären Geschichtenerzählern, die auf Märkten umherzogen, bei denen die Länge ihrer Geschichten die Frucht der Wiederholung über Jahre hinweg war; Koldasch verkürzte. Einer seiner Helden bat ein Mädchen um ein Glas Wasser, als Zeichen ihrer Verlobung, entführte sie auf der Stelle, und sofort danach wirbelten ganze Zeitalter vorbei, mit wenigen Sätzen und sparsamen Worten durchlebten Tahir und Zohra, Koldaschs liebstes Liebespaar, Schicksalsfügungen, die traditionelle Erzähler auf Stunden ausgedehnt hätten. Und dennoch, trotz dieser Verkürzung, herrschten in Koldaschs Welt der Schrecken und das Geheimnisvolle. Wenn er seine traurigen Geschichten erzählte, hing eine Träne an seinen Wimpern, doch sein Gesicht wurde zuweilen auch in Momenten tränenfeucht, die eigentlich gar nicht traurig waren, sondern in denen die Wechselfälle der Geschichte für einen Augenblick irgendeine versteckte Verbindung aufdeckten, einen ersehnten Zufall offenbarten oder irgendeine verborgene Prophezeiung.

»Jetzt ist die Prophezeiung nicht mehr so, Koldasch« sagte Genosse Y, »eine Prophezeiung über das Schicksal eines bestimmten Menschen, nicht der Geschichte.«

Koldasch mochte den Genossen Y und erzählte ihm immer kasachische Geschichten, die er kannte, von Tschara-Bas, ein Geist, der einen Pelz aus hundert Schaffellen trug, und von Dschirantai, den Vater der Dschinnen.

»So verhält es sich nicht«, sprach Koldasch durch den Mund seines Übersetzers, »es gibt eine Prophezeiung, doch nicht aus Menschenmund wird man sie hören.«

»Nicht aus Menschenmund? Sondern aus wessen Mund?«

»Ich werde euch also erzählen, daß es in der Wüstenwildernei, gar nicht weit von Buchara, eine geheimnisvolle Stadt gibt, die nur wenige Menschen kennen. Und diese Stadt ist eine vollkommene Ruine, ihre Wasserläufe sind zerstört und haben sich mit Morast gefüllt, ihre Brücken hängen zu Holzspänen zerschmettert in der Luft, und in ihren Toren ist Kies und Geröll. Der Name dieser Stadt ist Gulgula. Und sie ist keine Legende. Wenn ihr in alte Karten schaut, werdet ihr den Namen dieser Stadt, Gulgula, entdecken. Die Stadt ist voller gewaltig großer Höhlen, siebenhundertneunundachtzig an der Zahl. Und in den Höhlen wächst ein Kraut, das die Gebärmutter der Frauen zu verschließen vermag. Und so groß und zahlreich sind die Höhlen, daß sich eine Frau, die mit ihrer Tochter kam, um die Pflanzen zu sammeln – viele der Wüstenbewohner erhalten sich vom Handel damit –, zwischen den Ruinen und Höhlen zwölf Jahre lang verirrte. Und in einer der Höhlen stehen zwei große Statuen, ungeheure Statuen, neunzig Ellen hoch. In der Tat, dies ist die Wahrheit, Genosse Y, kein Märchen ist es; und der Name der männlichen Statue ist Silsal und der Name der weiblichen Schamana. Und in der Höhle, in der Silsal und Schamana stehen, darin mußt du schlafen und auf jedes Raunen lauschen, und wenn du ganz aufmerksam hinhörst, wirst du vielleicht eine Prophezeiung hören.«

»Gulgula?« fragte Genosse Y.

»Ich selbst erinnere mich, als ich ein Junge war, kam ein Mann auf einem Maultier geritten und verkaufte Säckchen, in denen diese kleinen Kräuter waren. Zwei Säckchen für ein Schaf! Teuer waren sie!« sagte Koldasch.

»Und wie viele Beine hatte sein Maultier, Koldasch?«

»Mehr Beine, als wir zwei zusammen haben, Arkaditsch«, antwortete Koldasch mit traurigem Lächeln in seltsamem Russisch.

»Existiert ein solcher Ort wirklich?« fragte Alek.

»Ich schwöre dir bei allem, was mir teuer ist«, erwiderte Koldasch. »Frag Gafurov oder jemanden aus Buchara. Wer in Buchara lebt, hat von diesem Ort gehört.«

Genosse Y forschte Koldasch immer über die geheimnisvolle Stadt aus, versuchte, in seinen Worten eine Diskrepanz zu finden, doch der Alte blieb dabei und wiederholte seine Erzählungen wortgetreu, nur die Anzahl der Höhlen wechselte.

»Wenn du von solchen guten Menschen umgeben bist, weißt du, daß du für immer verloren bist«, sagte Timofei Arkaditsch eines Abends, nach den Befragungen des Genossen Y, »ich würde gerne für ein, zwei Tage von hier wegggehen. In einem Garten gegenüber dem Registan verkaufen sie Brote mit Hasenfleisch. So hörte ich. Und manchmal gibt es dort Bier.«

»Bald wird der Winter nachlassen«, sagte Genosse Y.

»Nein, ich spreche nur von einem Ausgang für ein, zwei Tage. Ich weiß, daß ich hier nie herauskommen werde.«

»Aber die Ärzte ...«, sagte Alek.

Timofei Arkaditsch schnitt ein wütendes Gesicht. »Tröstende Worte haben keinen Zweck. Das stört meine Ruhe und Konzentration.«

Alek hätte diese Alten gerne auf das richtige Gleis gesetzt, alle schienen sie wie verirrt und gescheitert. Vielleicht war es möglich, sie aus dem Misthaufen zu retten, in dem sie versunken waren, durch einfache Dinge, kleine Tröstungen, Energiespenden, und sie wieder auf ihren Platz zu stellen wie kleine Wägelchen, die, vor lauter Geschwindigkeit und weil sie keine Ladung führten, von den schmalen Schienen abgekommen waren.

Er erblickte Gafurov, der auf dem Weg zu seinem Bett war. Der Barbier blieb nicht neben den Kartenspielern stehen, und als Alek die blauen Beulen auf seinem Gesicht erkannte, wußte er, daß sein Mantel auf Nimmerwiedersehen verschwunden war. Erregung ergriff ihn, und nur mit viel Mühe hörte er die Erklärungen des Barbiers von den Schlägern, die ihn am hellichten Tag auf dem Rustaveliboulevard beraubt hatten. Aleks Augen versuchten sich der Lüge im Gesicht des Barbiers zu verschließen. Genosse Y äußerte Worte der Teilnahme für Gafurovs Kummer und Mißbilligung über die Bösewichter. Gafurov hatte ihm ein Paar alter Walenkis und noch älterer Galoschen mitgebracht.

»Man kann niemandem trauen ...«, sagte Genosse Y, »da geht ein Mensch auf die Straße, und da kommen diese Räuber ...«

»Es tut mir leid«, sagte Gafurov, »ich weiß, wie wichtig dieser Mantel für dich war.«

»Gewiß tut es dir leid. Und wir alle glauben dir«, sagte Genosse Y.

»Ich war allein, und sie waren viele, diese Satansbraten.«

»Verschwinde von hier, Gafurov«, sagte Alek.

»Ich sehe, du mißtraust mir ... zu Unrecht ... das habe ich nicht verdient ... ein großes Unrecht begehst du ... ich schwöre dir beim Namen ...«

»Du hast gehört, was man zu dir gesagt hat«, sagte plötzlich Timofei Arkaditsch, »verschwinde hier! Und zwar schnell!«

Gafurov trat von einem Bein aufs andere und rannte dann zum Ausgang.

»Timofei Arkaditsch«, sagte Alek, »ich muß hier herauskommen.«
»Wart noch einen Monat, bis zum Frühling. Wohin sollst du denn jetzt gehen? Du wirst überall angegriffen werden, um so mehr, als du nicht gut siehst. Und weißt du, was dein Gewicht ist? Nicht über fünfundvierzig Kilo, mehr nicht. Draußen wirst du den Winter nicht überstehen, auf gar keinen Fall.«
Die Ärztin sah selbst sehr krank aus, ihre Gesichtshaut war straff gespannt, dünn und transparent, ihre Handgelenke waren sehr schmal und zerbrechlich. Sie hörte ihm geistesabwesend zu, und Alek betrachtete ihre Hände, die auf seiner Decke lagen – durchscheinend, die Fingernägel fast bis aufs Fleisch gestutzt, wie bei einem Kind. Der Muskel zwischen Daumen und Zeigefinger war länglich, glatt und derart weiß, daß ihn der starke Wunsch überfiel, diese Hände zu berühren. Er schloß die Augen und spürte plötzlich die Hände der Ärztin auf den seinen. Wegen ihrer Durchsichtigkeit und Weiße hatte Alek gedacht, ihre Hände müßten kühl sein, doch sie glühten in trockener Hitze, und im ersten Moment hatten sie etwas unangenehm Brennendes.
»Also geh«, sagte sie, »wenn du hier nicht sein kannst. Aber du darfst nicht in den Nächten marschieren.«
»Wie lange wird es dauern?«
»Ich hatte bisher noch keine solchen Fälle, doch in den Büchern steht, daß es vorbeigeht. Es gibt einen Augenarzt in der Chodzumstraße, in einer Klinik. Ich werde ihm ein paar Zeilen schreiben.«
Timofei Arkaditsch war böse über seine Entscheidung wegzugehen, weigerte sich, mit ihm zu sprechen, und summte nur vor sich hin. Doch am Ende wurde er ein bißchen milder gestimmt und gab ihm als Abschiedsgeschenk eine fast neue Mantelplane, die unter seinem Kissen zusammengefaltet lag, seine Bücher und Briefe schützte. Und dennoch blickte er ihn kummervoll und mißbilligend an.
»Du wirst zur Aprikosenzeit entlassen werden«, sagte Alek.
»Ja, die Aprikose ist mir die liebste Frucht«, erwiderte Timofei Arkaditsch.
Genosse Y vergoß eine Träne, gab ihm ein wenig Machorka, in ein Taschentuch gewickelt, begleitete ihn zur Tür und riet ihm, sich einem Kolchos anzuschließen.
Für einen Rubel fuhr ihn der Krankenhausverwalter zum Bahnhof.

Lazienki – warschaus Trianon. Derart französisch! sagte jemand und deutete auf das Modell eines seiner Paläste.

Doch Merlini war Italiener. Kein Italiener, der französischer als die Franzosen ist, sondern ein Italiener, der Stile wie zufällige Postgäule benutzte, um sein Ziel zu erreichen: Paläste, durchtränkt von einer Atmosphäre ruhigen Glücks, bebender Schlichtheit, stiller, herzgewinnender und sonniger Schönheit, betont durch den Schatten der heißen Länder. Merlini hatte nie studiert und wurde zum Architekten des Königs, als er dreißig Jahre alt war. Er war mit einer Frau verheiratet, deren Schönheit sogar in diesem Land der Schönheiten herausstach; er war von Malern, Bildhauern, Schreinern, Kunsthandwerkern, Steinmetzen und Stukkateuren umgeben. Seine Söhne besuchten die erstrangigsten Schulen des Adels, seine Töchter heirateten in den Adel des Landes ein. Er war ein reicher Mann: Häuser, Grund und Boden, Ziegelfabriken. Er besaß eine wertvolle Münzsammlung. Als Kind, in Castello am Luganer See, hatte er einmal bei einem Baron, der in einem Gasthaus logierte, ein Lederkästchen mit Goldbeschlägen gesehen, das Dutzende wunderbarer Münzen enthielt.

Der Architekt des Königs arbeitete ständig. Arbeitete auch, während seine Frau auf der Flöte und seine Tochter Cembalo spielte, während seine Freunde Karten spielten, während er in der Eisenbahn saß. Merlini arbeitete viel – er ließ das Blut des Barocks in die Adern einer neoklassischen Galatea strömen.

Einmal, während eines Kartenspiels, hörte er eine Geschichte, die ein verrückter irischer Bischof verfaßt hatte, über einen Reisenden, den es in ein Land der Zwerge und danach ins Land der Riesen verschlägt, und dann in ein Reich, wo die Pferde edler waren als die verabscheuungswürdigen Menschen. Dominik Merlini liebte die Erfindungen – er war ein Künstler. Aber der Haß des irischen Bischofs auf die menschlichen Wesen war in seinen Augen derart verwunderlich, daß er ihn nicht ernst nahm, sondern ihn für eine Art philosophischer Marivaudage hielt. Ja, ja, stimmten ihm die Spieler zu, so ist es wohl. Wie seltsam, dachte der Architekt des Königs, wie ein schönes, mörderisches Insekt ist dieser irische Bischof. Des Königs Architekt hatte seine Freude daran, Menschen zu beobachten – er liebte es, ihren Atem stocken zu sehen, wenn sie zum erstenmal einen seiner Paläste betraten, ihre Seidengewänder innerhalb der Wände schimmern zu sehen, unter den Kuppeln, in den Fenstergevierten. Ihren Blick zu sehen, wenn er sie für einen winzigen Augenblick mit der Musik seiner Luft berührte, prächtig und zart. Einmal brachte einer der Minister ein großes Bild von Mengs aus Rom mit. Anton Raphael Mengs.

Welch ein Name! Der größte Maler der Welt! Anton, der Raphael sein wollte, und da kam Mengs, um ihm den Kopf abzuschlagen! König Stanislaus August schickte nach Merlini.

Merlini vermutete, daß es der Hofmaler Bacciarelli war, der die Sache ersonnen hatte, und sein Herz sagte ihm, daß es um die Sammlung eines deutschen Händlers ging, an dessen Namen er sich nicht erinnerte, eine Sammlung, deren Perlen Mengs' Bilder waren. Bacciarelli hatte früher als Agent des Deutschen gedient. Merlini erbat sich von einem ortsansässigen Edelmann einen mit Häuten bespannten Wagen mit einem Bett und einem kleinen Tisch darin und brach auf. Welch ein Morast auf Polens Wegen! Und wie prachtvoll die Eichen! Wieviel Porphyr und Lapislazuli es dort gab, und wie wenige gut schließende Türen und Fenster! Polen – Spuren von Edelsteinen in endlosem Grau. Polen – pittura di tocco!

Bacciarelli war dabei, unter ihm zu graben. Aus verschiedenen Ecken drang das Scharren des Malers Fingernägel an Merlinis Ohr. Vielleicht, Domenico, vielleicht machst du dir übertriebene Vorstellungen von des Königs Liebe zu dir? Der König, der der Salonlöwe von Paris war, der herzlosen Stadt? Vielleicht wiegst du dich in Illusionen, Domenico? Vielleicht wäre es für dich von Vorteil, zu den Theaterleuten in Warschau, den heiteren Täuschern, zurückzukehren, zu den zweifelhaften Baronen, jetzt schon, um im Falle eines Falles vor verleumderischen Beschuldigungen geschützt zu sein. Und vielleicht lohnte es sich gar, Portaluppi aufzusuchen, den Lehrer des Königs, der ihm zugetan ist, den Übersetzer Metastasios ins Lateinische. Einst waren wir ein Volk von Künstlern, nun sind wir alle Antiquitätenhändler! Warte, Bacciarelli, warte nur, Heuchler, der du bist!

»Welch eine Schnelligkeit, Domenico, du bewegst dich wahrlich wie Alexander der Große höchstpersönlich.«

Merlini genoß es, den König zu sehen, sein delikates Gesicht, das zum Lächeln erwachte, seine Lippen – nun, nur die Franzosen wußten so etwas zu sagen: une bouche d'esprit, ein Mund der Inspiration! Und welch ein Körper! Diese Hände! Was für ein schöner Kopf! Nur wenige Frauen gab es, die davor zurückscheuten, ihre Bettstatt mit Stanislaus August teilen, sogar jetzt noch. Wie stark mußte sein Zauber ganz gewiß erst gewesen sein, als er der Geliebte Katharinas war, die Semiramis des Nordens, die Messalina des Nordens?

»Ränke oder Malerei, Eure Majestät?« fragte er.

»Ränke der Malerei«, erwiderte der König. »Eure Meinung, Signore Domenico. Man sagt, jener sei jetzt der größte Maler unter dem Himmelszelt.«

Der Architekt des Königs sah das Bild sofort, wartete jedoch drei oder vier Minuten, bevor der den Mund öffnete, versuchte währenddessen, sich an ein Concerto für Mandoline zu erinnern, das er etwa einen Monat zuvor gehört hatte. Schließlich äußerte er seine Meinung.

»Ich hätte nicht vermutet, daß Eure Ansichten so entschieden wären,« bemerkte der König.

»Seine Majestät könnte darüber sinnieren, während Er mir alte Mauern gibt und ich neue Paläste daraus mache«, erwiderte der Architekt.

»Ihr habt recht, Domenico«, sagte der König, »vielleicht nützen wir den Umfang Eurer Talente nicht gebührend.«

Und er gab Mengs' Gemälde zurück.

DIE WÜRZE DER TRAURIGKEIT AM RANDE DES IMPERIUMS. Ein steifer junger Mann, das kleine Gesicht in einem maskenhaften Ausdruck erstarrt, forderte ihn zum Eintreten auf, schloß hinter ihm die Tür und setzte sich dicht daneben, an einen Schreibtisch, der die Maße für ein Kinderzimmer hatte, und Alek stand vor einem langen Tisch, hinter dem ein Mann in grüner Uniform saß, ohne Rangabzeichen, mit großem Kopf und das Gesicht rot und vernarbt von Erfrierungen.

Der Uniformträger wartete nicht ab, bis sich Alek genähert hatte. »Name, Vorname?« fragte er in kühlem, abweisendem Ton.

Alek antwortete ihm mit matter Stimme. Die andauernde Feindseligkeit der Welt versengte seine Lippen und seine Augenwinkel. Welche Tücke würde Ahriman, der Finstere, noch aus seinem Ärmel schütteln? Er betrachtete den Major, sein häßliches Gesicht, die unschöne Verkniffenheit seiner Lippen, und nach einem Anflug von Bedauern landete sein Blick auf den riesigen Fingern.

»Papiere, bitte!« erreichte ihn die Stimme des Major Rumeiko, und Alek war überrascht, daß der große Mann die Unterlagen selbst studierte und diese Arbeit nicht an seinen Gehilfen delegierte, der wie zuvor neben der Tür saß, in regloser Erstarrung. Alek bildete sich ein, das Geräusch seines Atems zu vernehmen und seine Basiliskenaugen im Nacken zu spüren. Da er nicht ständig weiterhin auf die Hände des Majors starren konnte, ließ er seinen Blick zu dem roten, narbigen Gesicht hinaufgleiten. Vielleicht war der Major ein Invalide? Es war ihm einige Male schon passiert, daß er sehr streng mit Menschen gewesen war, und nachher hatte sich herausgestellt, daß sie lahm oder verkrüppelt waren. Mannigfaltig waren Ahrimans Finten! Doch der Anblick des Abiturzeugnisses voll hervorragender Zensuren, der Name des Prinzen auf einem der Dokumente und vielleicht auch seine guten Manieren überwanden des Majors Unwilligkeit, und er forderte Alek zum Sitzen auf.

»Wie lange sind Sie schon in Samarkand?«

»Fast drei Monate.«

»Und weshalb sind Sie nicht schon früher gekommen, um sich registrieren zu lassen?«

»Ich lag im Krankenhaus. Jetzt ist mein Gesundheitszustand ausgezeichnet.«

Der Major blickte ihn neugierig an und fragte sich wohl, weshalb es Alek derart eilig mit der Mitteilung hätte, daß er gesund sei.

»Welche Krankheit hatten sie genau?«

»Typhus mit Komplikationen«, antwortete Alek und bereute es umgehend – immerzu mußte er mit kindlicher Natürlichkeit freiwillig Auskunft erteilen!

»Besitzen Sie einen Entlassungsschein vom Krankenhaus?«

Alek gab ihm das Papier, wobei er einen verstohlenen Blick darauf warf, ob nicht vielleicht etwas von seiner Sehbehinderung vermerkt war. Doch das Schriftstück wies nur Daten auf. Der Major begutachtete das Dokument in aller Ruhe, stellte Alek dann eine Berechtigung zum Erhalt von Lebensmitteln aus und sagte, daß er ihm zu seinem Bedauern nur die Zuteilung des vergangenen Monats geben könne, und diese ohne Zucker, denn Zucker sei Mangelware, daß es jedoch möglich sei, statt dessen ein Paar warmer Socken zu erhalten. Alek lächelte dankbar, aber Major Rumeikos Gesicht wurde nicht milder, er bedachte Alek mit einem kühlen Blick.

»Und was beabsichtigen Sie jetzt zu tun?«

»Ich werde zwei, drei Monate warten, wie man es mir im Krankenhaus gesagt hat. Danach werde ich mich auf den Weg zur Armee machen, nach Jangijul.«

»Zur Armee? Und was wollen Sie dort machen?«

»Was man beim Militär macht – Manöver am Tag und Langweile und Besäufnis am Abend, falls es etwas zu trinken gibt«, versuchte Alek sein Glück.

»Langweile und Besäufnis?« murmelte der Major.

»Entschuldigen Sie bitte, mein Herr, ich hatte nicht die Absicht, leichtfertig zu sein.«

»Und welcher Truppe wollen Sie Ihre künftigen Dienste anbieten?«

»Ich war ein guter Schütze. Maschinengewehr oder Schützenpanzer.«

»Tatsächlich?« sagte der Major.

»Ich möchte um Ihre Erlaubnis bitten, gehen zu dürfen. Ich befürchte nämlich, daß sich jemand der Matratze bemächtigen könnte, die ich heute Morgen in der Kibitka erhielt.«

Der Major erhob sich und kam hinter seinem Tisch hervor. Er ist nicht invalid, sagte sich Alek im stillen.

Der Mann, der neben der Tür saß, stand von seinem Stuhl auf und sagte: »Ich würde mich freuen, Sie zu treffen, um ein wenig Polnisch zu sprechen.«

»Zum Ekel mir alle Sprachen waren, nur der unklaren Sprache der Musik werd' ich meine Liebe bewahren«, zitierte Alek die Zeile eines Gedichts.

Ein merkwürdiger Ausdruck glitt über des Majors Augen.

Der junge Mann drückte Alek ein Einladungsschreiben in die Hand: »Ein Kulturabend. Wenn Sie uns helfen können – wir würden uns freuen. Mein Name ist Jurek Schaved.«

»Ich habe früher einmal Klavier gespielt, doch ich bin zu schwach«, erwiderte Alek.

»Kommen Sie dennoch«, sagte der junge Mann. Die Erstarrung war aus seinem Gesicht gewichen, nun wirkte es leidend und bleich. Er zögerte einen Augenblick und sagte dann: »Treten Sie doch bitte einen Moment in das angrenzende Zimmer ein. Ich würde gerne mit Ihnen über diesen Abend sprechen.«

In dem Raum, in dem eine Munitionskiste und ein Feldbett, von einem alten Schaffell bedeckt, standen, lächelte der junge Mann fein.

»Setzen Sie sich doch bitte«, sagte er, »nur eine Minute, bitte.«

»So wichtig ist Ihnen dieser Abend?«

»Um Ihnen die Wahrheit zu sagen, mein Traum war, eine Oper hier aufzuführen. Musiker, Theaterdekorateure gibt es, so viele man will. Dazu einen außergewöhnlichen Dirigenten, wenn er auch die meiste Zeit betrunken ist. Nur die Sänger! Die Sänger sind nicht gut genug, und es gibt keine große Sängerin. Es gäbe zwar eine, Fräulein Berisch, wobei Sie sicher nicht wissen, wer das ist, doch wir Warschauer kennen die Firma *Traidel & Berisch*, glänzende Anwälte, äußerst findig. Fräulein Berisch hat eine herrliche Stimme, doch sie ist nicht imstande, sich an zwei Arien ohne Fehler zu erinnern. Ich hatte daran gedacht, *Halka* oder vielleicht sogar *König Roger* aufzuführen, doch es ist unmöglich. Dann dachte ich an ein Theaterstück. Genaugenommen dachte ich an *Iridion*.«

»*Iridion*? Ist dieses Stück denn passend für Samarkand?«
»Sie haben recht. Die Sowjets teilen alles in Fortschritt und Reaktion ein, und Krasinski ist am rechten Rand der äußersten Rechten. Vielleicht Mickiewicz? Er war zwar ein Mystiker, aber auch ein Freiheitskämpfer, zusammen mit Michelet, starb in der Türkei, zwar nicht wie Byron, aber trotz allem ein schöner Tod auf dem Balkan, und er war Puschkins Freund. Und noch wagen sie es nicht, Puschkin das Etikett eines Reaktionärs anzuheften. Obgleich sich Mickiewicz hier ziemlich verdächtig anhören könnte. Gott, du hast nicht nur einen Vater, sondern auch einen Zaren. Die Sowjets haben äußerst empfindliche Ohren. Gott-Vater-Zar! Nicht gut. Das könnte verdächtig klingen.«
»Vielleicht irgendeine Komödie? Von Fedro?«
»Ich habe an Fedro gedacht. Aber bei ihm gibt es nur Adelige, nicht als Adelige. Die Russen lieben das nicht so sehr.«
»Es gibt ein Stück über einen Maler, der in ein Dorf kommt ...«
»In ein Dorf ... was heißt Dorf? Er kommt auf einen adeligen Gutssitz. Allerdings führen auch die Russen das neunzehnte Jahrhundert auf, mit ganzen Händen voller Adeliger und sogar Prinzen wie Sand am Meer. Aber ich habe ohnehin keine Theaterstücke von Fedro hier.«
»Dann vielleicht etwas Patriotisches, Feuersprühendes?«
»Sie ermutigen zwar momentan den nationalen Stolz, gegen die Naziinvasoren, doch man kann schwerlich sagen, daß sie ausgerechnet den polnischen Nationalismus lieben würden.«
»Und was haben Sie nun am Ende beschlossen?«
»Ein Liederabend, Musik, kurze Stücke. Ein kurzes Stück kann man genau auswählen. Sie müssen kommen und bei uns mitmachen.«
»Hast du was gekriegt?« fragte Schumacher, der Schlammensch, draußen.
Alek hielt ihm den Zettel hin. Sogleich stürzte Schumacher im Laufschritt zum Ende des Korridors und schoß die Treppen hinunter, auf denen zuvor die Frau verschwunden war. Alek wartete auf ihn, und ein Weilchen später kehrte der Schlammensch zurück, aufgeregt und strahlend vor Glück. Er fing zu rennen an, überschäumend vor nervöser Energie, und Alek dachte, wenn man jetzt auf sie schösse, dann würde sein durchlöcherter, magerer Körper nicht weiter seltsam aussehen, während der Körper des Schlammenschen mit seinem Blut den roten Stoff mit dem Stalinporträt färben würde. Ein Tod wie die Helden im Film. Sie blieben neben einem Kino stehen.
Der Film war wenige Minuten vor seinem Ende, und Alek erinnerte sich, wie sein Herz zu schlagen pflegte, wenn er vor den Türen

des Kinos gestanden hatte, in ungeduldiger Erwartung, daß sie aufgingen und sich der Saal von Zuschauern entleerte; von drinnen klang laute Musik auf, die auf das feierliche Finale zustrebte, Wortfetzen, Seufzer des Schmerzes oder Staunens, Getöse von Autos, Zügen und Waffen, Lärm der Städte. Die Vorstellung wollte kein Ende nehmen. Dann tauchte Schumacher hinter der Projektorenkabine ab und kehrte nach einigen Augenblicken mit Geldscheinen in der Hand zurück, von denen er Alek welche gab.

»Du wirst eine wunderbare Matratze und ein Kissen bekommen, wie ich es dir versprochen habe«, sagte er, »und wenn ich dann anfangen werde, Pakete zu erhalten, werde ich dich nicht vergessen. Zur Post jetzt! Auf zur Post!«

»Ich weiß den Weg zur Kibitka nicht.«

»Komm mit mir. Ich werde mich nicht länger als eine halbe Stunde aufhalten. Und du kannst im Tschaichana auf mich warten. Wie kommt es, daß du dich nicht an den Weg erinnerst?«

»Ich sehe nicht gut«, sagte Alek. Die Stiche in seinen Augen und die dunklen Flecken beängstigten ihn.

Das Tschaichana war eine sonderbare Kreuzung aus einem vielkuppligen Gebäude und einer kleinen Fabrik. Drinnen drängten sich Dutzende Menschen, vielleicht Hunderte, standen in der Schlange, saßen an den niedrigen Tischen, drückten sich an die Wände. Der Raum war heiß, dunstgesättigt, voller Chalats, gestrickter Käppchen, Krüppel und alter Männer. Im Licht der Sonne, das die schweren Regenwolken durchbrach, wirkte das Publikum im Tschaichana wie die Bewohner einer sagenhaften Stadt. Hier und dort, zwischen den ungeschlachten, in ihre usbekischen Kittel gehüllten Körpern, die ihren Trägern das Aussehen müßiger Klatschweiber verliehen, waren schmale, scharfe Gesichter zu sehen, gespannte, funkelnde Augen. Die Nachfahren der Menschen, die die Pracht des legendären Samarkand errichtet hatten, standen inmitten des Volkes mit asketischen Gesichtern wie die schönen Bauten zwischen den Gräbern und unspektakulären Gebäuden der Stadt. Doch diese Menschen wollten nicht mehr an der Geschichte teilhaben, sondern sie kapselten sich in dem riesigen Tschaichana ab, überließen es der Welt, ihre Kriege auszufechten, und dem Leviathan, ihre Kinder zu verschlingen. Wunderbare Augen gab es da, scharf und feurig, erhellt von geheimnisvollem Licht!

Ein dürrer Usbeke mit einer runden Blechbrille auf der Nase rückte höflich beiseite, damit Alek bequem die Teekanne und das Glas erreichen konnte. Alek deutete eine Verbeugung an, nickte und murmelte seinen Dank. Die Umgangsformen des Usbeken sagten ihm zu, ebenso wie sein längliches Gesicht. Er nahm die Kanne in einen der Nebenräume mit und ließ sich auf einem Schemel nieder, den Kopf an die Wand gelehnt. Die langsamen Schlucke, die Wärme in seinem Körper verbreiteten, versetzten ihn in einen Zustand der Schläfrigkeit, aus dem er erst erwachte, als der Schlammensch seinen Arm berührte. Ein kleiner Junge blickte ihm aus dem schweren, behaarten Gesicht des Mannes entgegen, das strahlende Gesicht eines Kindes beim Anblick eines erhaltenen Geschenkes. Stolzgeschwellt zeigte er Alek die Quittung für das Telegramm, das er aufgegeben hatte.

In der Kibitka gab ihm Schumacher tatsächlich eine relativ gute Matratze. Jetzt hatte sich der Platz bereits mit Bewohnern gefüllt. In dem Raum, in dem Alek seine neue Matratze auf eine Art erhöhte Pritsche legte, saßen zwei russische Juden und ein polnischer, ein Riese aus Bialystok. Ein extrem dürrer Mann mit einer Uhr am Handgelenk warf ihm hin und wieder einen forschenden, aufdringlichen Blick zu, und Alek bildete sich ein, in seinen Augen trübe Bösartigkeit zu erkennen. Trotz der eingehenden Blicke, trotz der abgehackten Annäherungsversuche des Riesen, dem die Vorderzähne fehlten und der sehr krank wirkte, wollte Alek mit keinem von ihnen reden.

Er schloß seine Augen und versuchte einzuschlafen, doch es herrschte zuviel Lärm im Raum. Der Mann mit dem trüben Blick setzte sich an einen niedrigen Tisch und drehte sich eine Zigarette aus einigen Tabakbröseln, die er vorsichtig aus einem Taschentuch klaubte. Danach zog er aus seiner Tasche ein Päckchen alter Karten und legte eine Patience. Alek kannte diese Patience. Es war die Lieblingsvariante von Frau Strumpf, der brünetten Freundin seiner Mutter, die ihn einen ganzen Monat lang in dem Ferienstädtchen an der Küste des Meeres in ihren Bann geschlagen hatte.

Zwei Zimmergenossen näherten sich dem Tisch, auf dem sich die Patience immer weiter ausbreitete. Der Riese mit seinen fehlenden Zähnen löste eine unbestimmte Furcht in Alek aus. Hinter ihm ging ein jüngerer Mann, der in der Hand einen grünen Stoffgürtel und eine Nadel hielt. Dieser hob seine verquollenen Lider zu dem Mann auf, der sich mit der Patience vergnügte, und sagte:

»Spielen wir Oka, Ribin?«

Der mit dem trüben Blick unterbrach das Kartenlegen und blickte ihn an. Es war klar ersichtlich, daß Ribin nichts täte, um seinem Mitmenschen das Leben angenehmer zu gestalten.

»Oka?«

»Was immer du willst ...«, murmelte der Mann mit den fehlenden Zähnen und betrachtete angespannt Ribins Taschentuch, das nun nahezu keine Spuren von Tabak mehr aufwies. Welke Erloschenheit sprach aus seinem Gesicht, dem der Stempel des Todes aufgeprägt schien.

»Du willst doch nicht Oka, Sonnenklar«, sagte Ribin.

»Ich will spielen.«

»Und ich auch«, sagte der Mann, der den Gürtel nähte und hob wieder seine schweren Lider, die die hervorquellenden Froschaugen bedeckten. »Ich will auch. Es gibt nichts Besseres als Karten, um die Sorgen zu vergessen.«

»Ich weiß nicht ...«, sagte Ribin. »Sorgen, die man beim Kartenspielen vergessen kann, sind keine Sorgen. Aber wenn ihr wollt, bin ich bereit, auf meine Patience zu verzichten und zu spielen.«

»Du bist ein guter Kerl, Ribin«, sagte Sonnenklar.

»Zehn Kopeken kriege ich für die Benutzung der Karten. Daran müßt ihr denken«, sagte Ribin und schoß einen seiner trüben, mißtrauischen Blicke auf sie ab.

Von seinem Lager aus sah Alek durch ein kleines Fenster ein usbekisches Mädchen, dessen Haar zu lauter dünnen Zöpfchen geflochten war, das eine kleine Münzkette um seinen Hals und viele Kupferreifen an den mageren Handgelenken hängen hatte. Ihre Augen waren dunkel und mit Henna umrandet, ihre Schultern sehr schmal und zart. War sie fünfzehn, sechzehn? Seine Pritsche lag im Dunkeln und das Mädchen konnte ihn nicht sehen, doch sie machte Bewegungen, als wüßte sie, daß er sie beobachtete: zupfte ihre Frisur zurecht, strich ihre Brauen glatt, lächelte. Danach warf sie noch einen Blick in seine Richtung und verschwand.

Die Okaspieler setzten ihre Unterhaltung fort, und Ribin wandte sich an den Mann mit den dicken Lidern.

»Nun also, Schach, du bist zurückgekehrt. Du bist trotz allem zurückgekehrt, obwohl du gesagt hast, du würdest nie wieder in diese Kibitka zurückkommen.«

»Zurückgekehrt?« murmelte Schach. »Geflohen bin ich von dort. Es war grauenhaft.«

»Willst du sagen, daß der Kolchos derart grauenhaft ist?« sagte Ribin und durchbohrte ihn wieder mit seinem sonderbaren Blick.

»Es gibt nichts zu essen, gar nichts. Ich schwör's dir, absolut nichts. Und sie sind dermaßen hart. Furchtbar, wie Menschen so hartherzig sein können.«

»Aber wie kann es sein, daß es ausgerechnet auf dem Land nichts zu essen gibt?« fragte Ribin und schüttelte zweifelnd seinen Kopf. »Ich verstehe das nicht – auf dem Dorf soll es kein Essen geben?«

»So hartherzig!« sagte Schach und hob seine Karten an die Augen, als bräche er gleich in Tränen aus.

»Spiel!« sagte Ribin.

Schach legte eine Karte auf den Tisch.

»Ich habe gearbeitet und gearbeitet. Ich wollte arbeiten. Aber ich hatte nichts zu essen, und es war bitter kalt. Sie haben mir ein bißchen Mehl gegeben, ganz wenig. Ich fing an, es mit dem Pferdehafer zu vermischen. Und so habe ich auch die armen Pferde bestohlen und hatte schreckliches Bauchweh. Nicht einmal ein Bett gaben sie mir, nicht einmal einen Topf, damit ich hätte kochen können ... nicht einmal ...« Er beendete den Satz nicht, sondern brach in bitteres, geräuschvolles Schluchzen aus.

»Entweder wir spielen, oder wir betätigen die Zunge«, zischte Ribin durch seine zusammengebissenen Zähne.

»Sogar die Frauen dort haben kein Mitleid. Wie ist so etwas möglich? Ich dachte die ganze Zeit daran, als ich dort war, und bis heute vergeht keine Stunde, ohne daß ich dächte. Nur ein einziges Mal, als ich zur Arbeit kam, fand ich neben meiner Heugabel eine Scheibe Brot und eine Zwiebel in eine Zeitung eingewickelt. Ich wußte, daß es eine Frau war, aber sie tat es heimlich. Eine Woche später fand ich an der gleichen Stelle ein Kännchen Petroleum. Eines Abends nahm ich an einer Versammlung teil, und dann wußte ich schon, wer es war – die Leiterin des Gerätelagers. Ich schaute sie die ganze Zeit an, aber sie senkte den Blick, drehte mir nicht einmal für eine Sekunde den Kopf zu. Ich saß in dieser Versammlung, in einem eiskalten Saal, und dachte, wenn sie mich nur einmal anschauen würde, bliebe ich im Kolchos, ich schwör's euch, nur ein einziges Mal! Aber ich habe nur ihr Ohr gesehen, ihren Nacken, ihr Haar. Ich war mir sicher, verrückt zu werden. Und es gab dort einen Verrückten, einen armen Tataren, der immer vor sich hinbrüllte: Sairan! Sairan! Pausenlos: Sairan ... Sairan ... Schrie ununterbrochen seinen Namen, bis er auf die Erde fiel.«

»Was erzählst du da?« erboste sich Ribin. »Schreit seinen Namen, und wer soll das glauben?«

»Bestimmt hatte er Angst, daß er seinen Namen und sich selbst für immer vergessen würde«, sagte Sonnenklar beinahe flüsternd.

»Es gibt dort streunende Hunderudel, sehr bösartige Hunde, wilde Hunde, blutrünstig. In der Nacht hört man sie jaulen«, sagte Schach, »man hört das Heulen von allen Seiten, wie Wolfsgeheul. Ich war sicher, es wären Wölfe, aber in dieser Gegend hat es niemals Wölfe gegeben. Untertags sieht man sie nicht. Dreimal bin ich durch die

Gegend gefahren und habe nichts gesehen, keine Spur dieser verfluchten Hunde. Und vielleicht gibt es dort auch gar keine Hunde. Es hat etwas Bedrückendes, schrecklich Bedrückendes.«

Sonnenklar erschauerte, und nicht einmal Ribin machte eine Bemerkung.

»Mein Frau und meine Kinder ... wenn sie doch nur bei mir wären, es fiele mir leichter, das alles durchzustehen, viel leicher«, fuhr Schach fort.

»Dann fahr doch hier weg, fahr und gesell dich zu ihnen. Schon längst hab ich dir das gesagt, noch bevor du in den Kolchos gegangen bist. Aber weil ich ein Fremder bin, hast du nicht auf mich gehört«, sagte Sonnenklar. »Ihr russischen Juden, ihr seid so stolz, so sicher, daß ihr alles in eurer Heimat versteht.«

»Du hattest recht. Ich werde zu meiner Frau fahren. Ich habe hier gewartet, weil man mir sagte, ich solle warten, aber mich braucht ohnehin kein Mensch hier. Überall sagen sie: Wenn du willst, geh, geh ... Ich werde zu meiner Frau und den Kindern fahren.«

»Überleg dir das zweimal«, sagte Ribin.

»Du kannst das nicht verstehen«, erwiderte Schach, und große Tränen sammelten sich in seinen Augen, »du begreifst nicht, wie es dort war. Ohne Essen ... Typhus ... ein Winter, wie ihn der Satan nicht erschaffen kann. Von den Neuen sind fast alle gestorben ...«

»Spiel!« befahl Ribin. »Spiel, oder ich steh auf und geh!«

»Du glaubst mir nicht«, beklagte sich Schach. »Ich habe sie angefleht, daß sie mir ein bißchen warmes Essen geben, Feuerholz, eine oder zwei Decken. Aber sie haben gesagt: So ist das – wenn es dir nicht gefällt, kannst du gehen.«

»Das haben sie gesagt?« fragte Ribin zweifelnd.

»Gefällt es dir nicht – steh auf und geh, kein Mensch hält dich zurück ... Ich war sicher, ich würde dort sterben ... alle sind gestorben ...«

»Ich habe immer gesagt, daß man Samarkand verlassen muß«, sagte Sonnenklar. »Die Stadt ist zu klein, als daß es Arbeit gäbe, und zu groß, als daß die Leute dir helfen würden. Jeder kümmert sich nur um sich selbst, keine gute Stadt für einen Menschen ohne Heim.«

»Der Kolchos ist klein, aber nicht einer schaut dich auch nur mit Mitleid an, wie man ein Tier anschaut«, schluchzte Schach.

»Wie kommt man aus dieser Not heraus? Ich war in acht Büros, in acht! Und in allen die gleiche Antwort: Bring eine Bestätigung vom Arbeitsplatz, und wir geben dir eine Wohnerlaubnis, und an jedem Arbeitsort sagen sie, bring die Wohnbestätigung, falls nicht, wie sollen wir dir Arbeit geben? Wo wirst du wohnen, du bist schließlich kein Vogel oder eine Feldmaus, Genosse«, sagte Sonnenklar.

»So sind die Gesetze ...«, sagte Ribin. »Du redest zuviel, du redest mit lauter Stimme darüber, daß man Menschen nicht begräbt ... Ich habe gehört, wie du von erstarrten Leichen im öffentlichen Park erzählt hast: Frauen, Kinder. Dutzende Menschen haben dich gehört. Wenn sie gefroren waren, heißt das, daß keine Seuchengefahr bestand, und vielleicht sind sie zwei Minuten später, nachdem du sie gesehen hast, gekommen und haben sie fortgeschafft, um sie zu begraben.«

»Ich habe über eine Woche lang in diesem Park geschlafen, und die ganze Zeit waren dort Leichen«, sagte Sonnenklar beleidigt.

»Sonnenklar hat recht«, sagte Schach. »Wir Juden begraben unsere Toten, und die Christen begraben ihre Toten, und die Muslime begraben ihre Toten. Man darf keine Leichen im öffentlichen Park herumliegenlassen.«

Und da betrat ein junger Mann den Raum, sein Gesicht mit kleinen Pickeln übersät, das lange Haar gänzlich verfilzt.

»Kalman!« schrie er fröhlich und warf Sonnenklar ein Paket zu. Vor aller Augen offenbarte sich ein runder, dunkelbrauner Brotlaib in einer durchsichtigen Hülle mit weißen Mehl bepudert. Alle Blicke hefteten sich auf den Laib, als sei er ein märchenhaftes Kleinod, doch noch bevor sich das Staunen gelegt hatte, warf der Junge bereits eine kleine Wurst auf den Tisch, unter deren Pelle weißliche Fettbrocken und dunkle Pfefferpünktchen zu erspähen waren, und gleich darauf landete ein Päckchen, eingewickelt in Buchhaltungspapier, auf dem Tisch, und heraus purzelten winzige Zuckerstückchen, weiß wie Schnee.

»Siehst du das, Kalman?« sagte der junge Mann. »Wenn ich dir das nächste Mal sage, du sollst nach Buchara fahren, denk besser nicht erst tagelang darüber nach.«

Sonnenklar saß wie ein Träumender vor den Schätzen, die auf den Tisch gekugelt waren. Die Worte des Jungen drangen gar nicht an seine Ohren.

Plötzlich streckte er seine Hand aus und hielt sie über das Brot und die Wurst ausgebreitet, wie mit einer Art seltsamem Priestersegen, und flüsterte:

»Ich werde gehen, wohin du willst! Es tut mir leid, daß ich nicht an dich geglaubt habe! Es tut mir leid, beim nächsten Mal wird das nicht geschehen.«

»Genug, Schluß damit!« sagte der Junge, und ein kleines Lächeln umspielte seine Lippen.

Sonnenklar umarmte die Lebensmittel, als wären sie seine Babys. Die beiden Kartenspieler blickten ihn begehrlich, flehend an, Ribin wirkte ungeahnt demütig und extrem erregt.

»Du wirst am fünfzehnten des Monats aufbrechen, und diesmal nimmst du eine große Menge mit, so wie ich es dir gesagt habe. Es ist schade drum, für Bagatellen zu fahren«, sagte der Junge.

»Was immer du sagst, Ahrale, was immer du nur sagst!« erwiderte Sonnenklar mit der schrecklichen Loyalität ehrlich anständiger Männer.

Der Junge fuhr mit seiner Hand in die Tasche und holte einen kleinen Brotlaib heraus.

»Und das ist für euch beide, ihr Feiglinge und Denunzianten. Eßt und erstickt daran!« sagte er und warf den Laib auf den Tisch, auf die Karten. Erst dann sah sich der junge Mann um, und sein Blick stieß auf Alek. Ein leichtes Zögern wurde in seinen Augen erkennbar, doch sofort machte er ein wütendes Gesicht und verließ schnell den Raum, mit demonstrativer Überlegenheit. Die beiden Kartenspieler teilten das Brot mit fiebrigen Bewegungen unter sich auf, und Alek schloß die Augen und schlief ein.

Ihm kam vor, als ob er nur kurz geschlafen hätte, nicht länger als eine Stunde, als ihn ein grauenhaftes Geschrei aufweckte, das die ganze Kibitka erschreckte. Im ersten Moment dachte er, er selbst habe geschrien, doch im Licht der Petroleumlampe gewahrte er neben sich eine Bewegung und hörte schweres Ächzen von Sonnenklars Bett her. Der kranke Riese krümmte sich neben seinem Bett. Alek kroch von seinem Lager herunter und nahm die Lampe.

Sonnenklar zitterte am ganzen Leib. Sein zahnloser Mund, den er abwechselnd aufriß und schloß wie ein großer Fisch, sah grauenhaft aus.

»Es ist nichts, gar nichts! Nur ein böser Traum, ein Alptraum. Ich habe zuviel gegessen.«

»Beruhige dich, beruhige dich ...«, murmelte Alek.

»Es ist nur ein Alptraum, nur ein Alptraum. Ich wollte, diese Nacht wäre schon vorüber. Ein Traum, der immer wiederkehrt, das ist das Schlimme daran, daß er immer wiederkommt.«

Alek wischte sich die Stirn und den Hals.

»Derselbe Traum«, flüsterte Sonnenklar schwer atmend, »in den Keller ... zwei halten meine Hände ...«

»Was bedeutet das?«

»Hinrichtung. Zwei halten mich fest, der dritte schießt mich in den Nacken. Die Zelle der zum Tode Verurteilten. Ich habe gewartet und gewartet ... einen Tag, eine Nacht, Tag und Nacht.«

»Und wieso weißt du, daß man so hingerichtet wird?«
»Ein Mann hat es mir erzählt.«
»Wer?«
»Einer, der mit mir zusammen war. Er war einmal Ankläger.«
»Und woher weiß ein Ankläger, wie man hingerichtet wird?«
»Er und der Arzt und der Gefängnisdirektor gingen immer hinunter.«
»Eine offizielle Hinrichtung?«
»Offiziell?« flüsterte Sonnenklar. »Natürlich offiziell. Natürlich.«
»Und du warst unschuldig?«
Sonnenklar hustete lange: »Du mußt ein bißchen klüger werden. Sonst wirst du sterben wie eine Ameise, die man unter der Schuhsohle zertrampelt. Ich will dir etwas sagen, auch wenn es nicht guttut, solche Dinge auszusprechen, nicht einmal unter uns. Von allen Menschen, die dort waren, gab es nicht einen, nicht einen einzigen, der schuldig war, keinen einzigen, außer jenem Ankläger.«
»Beruhige dich, beruhige dich.«
»Hast du Machorka? Ich gebe dir ein Stück Wurst dafür.«
Mit Händen feucht vor Tränen drehte sich Sonnenklar eine Zigarette.
»Woher kommst du?«
»Aus Sandomierz.«
»Nein, woher du jetzt hierher gekommen bist.«
»Aus dem Krankenhaus.«
»Diese Kibitka ist gefährlich. Hier gibt es spionierende Augen.«
»Ich habe nichts zu verbergen.«
»Nichts zu verbergen? So habe auch ich geredet. Immer hat der Mensch etwas zu verbergen, solange er atmet. Nichts zu verbergen! Ich habe meinen Bruder im Lager getroffen, er war immer ein magerer Junge: ein fröhlicher Hüpfer wie ein Heuschreck, und dort platzte sein Körper aus allen Nähten, das Fleisch quoll heraus. Ich schnitt ihm die Schnürsenkel auf, um seine Füße zu befreien. Ihm die Hosen auszuziehen war schwierig. Ich habe mich gemüht und gemüht, und dann blätterten sie zusammen mit der Haut ab, mit Blut und Eiter. Kaum zu glauben ... Das sah nicht wie Beine aus, ein gelber Teig ... alles eine einzige schwärende Wunde, alles aufgebläht ...«
Das Grauen entströmte jedem einzelnen Wort Sonnenklars, und Alek ergriff mit einem Mal eine überwältigende Furcht, als sei er von dem kranken Mann mit einem Angstbazillus infiziert worden und auch er nun dem Untergang geweiht, in den Gefilden der Erniedrigung und der Qualen.

»Fahr nach Taschkent. Das ist eine große Stadt«, sagte Sonnenklar zu ihm.

»Ich dachte daran. Ich will nur ein wenig Geld zusammenkratzen mit einer Arbeit bei der Bahn.«

»Fahr nach Taschkent!« wiederholte Sonnenklar. »Und hier – sieh dich vor! Siehst du dieses Stroh?«, und er deutete auf einen kleinen Einlaß in der Decke. »Stoß es nach oben, und du bist auf dem Dach. Spring auf das Dach der benachbarten Kibitka. Wechsle auf die andere Seite hinüber. Dort ist ein Hof, ein kleiner Stall, und durch den Hinterausgang des Stalls flüchtest du, verstanden?«

»Ja«, sagte Alek zögernd.

»Das ist kein guter Ort«, die Augen des Riesen versanken tief in ihren Höhlen, seine Lippen waren violett gefärbt.

»Komm, ich will dir was zu essen geben. Komm.«

Er verrückte eine kleine Kiste und holte eine Scheibe Brot und ein Stück Butter hervor. Einen Augenblick zögerte er, und dann fügte er auch noch ein Stückchen Wurst und eine Sardinenbüchse hinzu, in der ein wenig Öl und die zarten silbrigen Fischschwänze übriggeblieben waren.

»Das gehört dir!« sagte er.

»Wirst du nach Buchara fahren?« fragte Alek.

»Ja.«

»Kann man heimlich die Grenze nach Persien oder Afghanistan passieren?«

»Man kann. Aber du wirst nie die Leute treffen, die dir helfen können. Der Bruder von Ahrale ist bei der Organisation *Haschomer hazair*, ein anständiger Junge, obwohl ich keine Zionisten mag, sie sind immer so hochnäsig. Er hat es versucht, doch er hat nicht die richtigen Leute gefunden.«

»Und was ist passiert?«

»Nu, was ist wohl passiert ... wer weiß?«

»Es muß irgendeinen Weg geben ...«

»Gar nichts muß es geben«, sagte Sonnenklar.

Er legte sich auf sein Bett, und auch Alek ging sofort wieder schlafen. Er mußte am Morgen in aller Früh aufstehen, wie die meisten Straßenbewohner, um eine Fahrgelegenheit zu ergattern.

Es war nicht angenehm, sich in der überfüllten Kibitka anzuziehen, und sich zu waschen war noch schwieriger. Sonnenklar erhob sich nicht von seiner Matratze, sondern blieb bleich und fiebrig liegen. Die Angst der Nacht war ein ein wenig abgeebbt.

Schließlich fühlte sich Alek wie einer der Auserwählten. Auch ihn würden die Sterne nicht vergessen. Doch die dumpfe Wahl erfüllte ihn nicht mit Freude. Es lag eine Art nicht zu verweigernder Ernennung darin, dachte Alek und betrachtete den Schlammenschen, der unter seinem Stoff ausgestreckt lag, wie das Auferlegen einer geheimen Mission. Wie viele junge Menschen, die imstande sind, die Welt der Älteren zu erahnen, noch bevor sie sie kennengelernt haben, wußte auch er um die Schwäche der Wahl, wie leer die darin enthaltenen Versprechungen waren. Doch es gab die »Wahl« und sie brachte trotz allem eine merkwürdige Sicherheit mit sich.

Am Morgen beim Anziehen, bevor er zur Arbeit aufbrach, sah er durch das Fenster eine junge Frau, die ebenfalls auf den überladenen Lastwagen kletterte. Sie trug sehr schwere Schuhe und hatte ein graues Tuch um den Kopf gebunden, unter dem flachsfarbenes Haar hervorlugte. Die Weiße ihrer Haut zog seinen Blick an – es war überraschend, in der armseligen Straße eine hübsche Frau zu sehen, zwischen den Häusern, die sich mißtrauisch hinter den weißen Mauern duckten, den schmalen Wasserrinnen, den Wegen und Pfaden mit dem verkrusteten Schlamm. Doch vielleicht waren es auch gerade ihre schäbige Kleidung und ihr etwas bedrückter Gang, die seine Neugier erregten, da sie ihm weder wehtaten noch ihn erschreckten.

Einmal sah er das usbekische Mädchen aus seiner Kibitka, Tubibisch, das sich mit ihr unterhielt, und die Russin warf ihm einen neugierigen Blick zu.

Wenn doch die Schädelpyramide Timurs vor ihm aufragte, wenn sich doch der Himmel für einen Augenblick öffnete und mächtig würde, wie es geschehen war, als er auf dem Dach des Zuges reiste! Es war ein Ort des Nirgendwo, dieses Samarkand, ein Ort des Nichts, schrecklicher als die wüste Steppe.

Eines Abends kehrte er nach der Arbeit an der Bahnstation nicht geradewegs zur Kibitka zurück, sondern ging, um sich die Nachrichten im Kulturhaus anzuhören. Er lauschte den Lautsprechern, und die tiefe, hallende Stimme des Sprechers Jury Levitan bemäntelte Verluste und Niederlagen. Frauen sangen und spielten Gitarre, und die russischen Lieder voll Traurigkeit und Sehnsucht klangen herzzerreißend.

Der Platz füllte sich mit Menschen, besonders die ersten Stuhlreihen. Alek mußte nicht einmal den Platz wechseln, um die niedrige Bühne zu sehen. Das kleine Orchester spielte in zufälliger Zusammensetzung, ohne Cellos und ohne Flöten, dafür allerdings mit fünf Oboen. Zuerst wurde fröhlich die Ouvertüre zu Rossinis *Die seidene Leiter* geschmettert, danach betrat ein blutjunger Geiger die Bühne und gab Corellis Variationen *La Folia* zum Besten. Obgleich Alek sich selbst so gut wie tot vorkam, ließ das Stück Tränen in seinen Augen aufsteigen. Er unterdrückte einen Seufzer und wischte sich übers Gesicht. Im gleichen Augenblick gewahrte er den Blick der jungen Russin. Schon öfter hatte er daran gedacht, sie an irgendeiner Ecke abzufangen, um ein Gespräch mit ihr anzuknüpfen. In geringer Entfernung von ihr entdeckte er Feldmann, etwas weiter weg den Sekretär Major Rumeikos, der mit geschlossenen Augen der Zugabe des Geigers lauschte, und daneben noch zwei Leute, die ihm vom Wartesaal des Bahnhofs her bekannt waren. Unterdessen war die junge Frau verschwunden, doch Alek erinnerte sich an den überraschten und bewegten Ausdruck auf ihrem Gesicht beim Anblick seiner Tränen.

Die Hoffnungen, die er an die Arbeit bei der Bahn geknüpft hatte, erwiesen sich sehr rasch als irrig. Noch hatte er keinen ersten Monatslohn erhalten, sondern nur Brotgeld. Doch eine bitterere Enttäuschung bereitete ihm etwas anderes: Er hatte gehofft, die Arbeit am Bahnhof würde ihn der Freiheit näherbringen – wer weiß, was an einer Bahnstation, aus der Züge in alle vier Himmelsrichtungen des Reiches ausliefen, alles passieren konnte, welche Geheimnisse er erfahren, welchen Leuten er begegnen würde? Was er alles über die Grenzen zu hören bekäme, die man heimlich passieren könnte? Wie sein Traum in Sandomierz: In der »ungarischen Bar« zu spielen – *Opiumrausch, Orientalischer Foxtrott, Morphium, Reminiszenzen aus Herkulesbad* –, in die Welt der Vergnügungen eingemeindet zu werden, unter den verbotenen Dingen heimisch zu werden, die nicht leicht zu erreichen waren, einem Fremden fern erschienen. Eines Morgens hatte er die Bar aufgesucht: Alles war noch schmutzig vom Getümmel der vorangegangenen Nacht, Flaschen, Gläser auf den Tischen; doch trotz der Traurigkeit der Örtlichkeit hatte ihm der Anblick ihrer ganzen Nacktheit, bar jeden Geheimnisses, gefallen.

Aber sein Trupp arbeitete nicht am Bahnhof direkt, sondern einige hundert Meter entfernt davon. Sie bauten Lager, die an die Schienen angeschlossen werden sollten. Der Verschaler, Kolzov, Vorarbeiter der Gruppe, in der nicht zwei Leute dieselbe Nationalität hatten, übertrug letzten Endes die ganze Arbeit Jarba, einem alten Burjaten, und Alek saß selbst immer länger unter dem riesigen Maulbeerbaum, und einer der beiden Jungen, die ihn mit allem bedienten, brachte ihm eine Flasche Wodka und Zitronenschnitze als Abrundung nach jedem Schluck. Trotzdem war seine Führerschaft wichtig für die Gruppe, denn obwohl er die meiste Zeit des Tages unter dem Baum saß, geschah nichts ohne seinen Befehl. In seiner Härte und Gewalttätigkeit lag etwas Naturgegebenes, Selbstverständliches. Die beiden Jungen gehorchten ihm aufs Wort, während Kolzov sie mit kompletter Verachtung behandelte und sie bei jeder Gelegenheit beleidigte. Anfänglich glaubte Alek nicht, daß das Kolzovs tatsächliche Einstellung zu ihnen sei, und suchte nach irgendeiner versteckten freundlichen Schattierung, nach dem Anzeichen einer Beziehung, das sie für ihre Bemühungen entschädigte. Doch allmählich mußte er zu seinem Erstaunen einsehen, daß auch nicht die geringste Spur davon vorhanden war, nur blanke Verachtung. Im Arbeitstrupp genoß Kolzov Autorität als Anführer einer Diebesbande. Seine Jungen standen auf Posten, wenn er mit Prostituierten in abgestellten Waggons schlief, denn das Rangieren der Waggons geschah meist unvermittelt, und Kolzov liebte keine Überraschungen.

Die Schwester eines alten Jakuten brachte diesem täglich das Mittagessen. Sie war ein sehr dünne Frau, in seltsame Lumpen gekleidet, die mit Sicherheitsnadeln zusammengeheftet waren, und ihr Gesicht war ausgezehrt wie die gedörrten Schädel bei den Amazonasindianern. Ihr Erscheinen gab stets Anlaß zu Witzen unter den Arbeitern. Eines Tages, als sie sich auf eine umgestürzte Schubkarre setzte, um ihrem Bruder das Essen zu servieren, ging eine ihrer Sicherheitsnadeln auf, und eine Brust wurde sichtbar. Die Arbeiter, die in der Nähe saßen, grinsten breit. Im gleichen Augenblick fing Kolzov Aleks Blick auf, in dem keinerlei Spott lag, sondern nur kindliches Staunen und ein Funken von Begehren, wie im Blick eines Knaben, dem man eine erotische Ansichtskarte gezeigt hat. Und er rief ihn, deutete auf die Frau und sagte ernsthaft: »Nicht gut!« Danach flüsterte er einem seiner Jungen etwas ins Ohr, und dieser kam zu Alek, zog ihn an der Hand und führte ihn zu den Schienen. Ein Güterwaggon stand vor ihnen, dahinter waren hier und da noch andere Waggons abgestellt. Der Junge hielt vor einem an, stieg schnell die Stufen hinauf, und als er wieder herunterkam, sagte er zu Alek: »Wenn er rauskommt, gehst du rein. Alles ist geregelt.«

Es war ein Personen- oder Postwaggon, düster, in dunklem Blau, auf der einen Hälfte gewöhnliche Fenster, auf der andern kleine Luken mit Gitternetzen, und über diesem Teil befanden sich kleine Ventilatoren, denen sanfter Wind entströmte. Erst jetzt sah Alek, daß neben dem Waggon der Bucklige von der Post saß, dessen feines Lächeln er bereits vor Tagen beobachtet hatte. Der Bucklige machte eine einladende, blumige Geste, wie ein Schauspieler bei einer Theateraufführung mit der Hand aus einem spitzengesäumten Ärmel. Er bat um eine Zigarette. Alek ließ sich neben ihm nieder. Der Bucklige stieß viel Rauch aus seinen Nasenlöchern aus, und die gekräuselte Rauchfahne wirkte, als stiege sie aus seinem Haar auf.

Zwei Männer kamen die Stufen des Waggons herunter. Der Bucklige erhob sich und sagte: »Geh rauf!« Alek zögerte, doch der Bucklige wiederholte freudig: »Geh rauf! Geh nur rauf!« Und zwirbelte mit seinen Fingern einen imaginären Schnurrbart, verweilte sogar noch ein bißchen über den unsichtbaren Schnurrbartenden. Drinnen, im Halbdunkel, sah Alek zwei Frauen auf Matratzen an den Wänden des Waggons sitzen. Der Bucklige stieß ihn sanft von hinten zu einer der Frauen hin, die sich mit einem kleinen Lappen das Gesicht, Arme und Schultern abtrocknete und währenddessen eine kurze, dicke Zigarette rauchte. Noch nie im Leben hatte Alek so schöne Beine gesehen, und er musterte sie eingehend, um herauszufinden, was das Besondere an ihnen war, doch auch nach einer durchaus geraumen Weile wußte er nicht, was ihn daran so zum Staunen brachte; in der Grenzlinie des schwachen Lichtes auf ihren Waden verbarg sich ein Geheimnis.

»Worauf wartest du?« sagte die Frau mit einem merkwürdigen Akzent. »Es ist noch früh, aber bald wird es hier Gedränge geben.«

»Was soll ich tun?«

Die Frau warf ihm einen schnellen Blick zu und berührte ihn an der Hüfte. »Zieh dich aus, wenn du möchtest, und leg dich neben mich.«

»Du hast sehr schöne Beine«, sagte Alek.

Die Frau sah ihn verunsichert an.

»Zittere nicht so, es gibt nichts, wovor man Angst haben müßte, ich freß dich schon nicht«, erwiderte sie, doch ihrer Stimme war anzuhören, daß sie diejenige war, die Angst vor ihm hatte, und in seinem zaudernden, unklaren Verhalten wohl eine Art Auftakt zu Gewalttätigkeit sah.

»Wie heißt du?« fragte Alek.

»Kural.«

»Korall?«

»Ja, Kural, ein tscherkessischer Name.«

Sie hatte ebenmäßige, sehr weiße Zähne. Ihr Haar war nicht schmutzig. Sie war mochte fünfundzwanzig, vielleicht dreißig sein. Immer Bahnhöfe, Fräulein Kolenda! Sein Herz klopfte heftig. Er legte seinen Kopf auf ihre Brust. An ihrem Halsansatz hatte sie ein rotes Mal. Wenn ich es nicht küsse, werde ich die ganze Zeit daran denken. Er küßte sie auf den Hals, auf die kleine entzündete Stelle, und schloß die Augen.

Eines Tages trat einer der Jungen auf Alek zu und forderte ihn auf, zu dem Baum zu kommen, unter dem Kolzovs Stuhl stand.

»Heute Abend gehen wir uns ein bißchen austoben. Ich lade dich ein, auf meine Rechnung. Warte um halb zehn am Eingang zum Kulturhaus auf uns«, sagte Kolzov.

In der Kibitka rasierte sich Alek und wusch sich in der einzigen Wanne, die dort zur allgemeinen Verfügung stand. Schach lieh ihm einen Strohhut.

Der Platz vor dem Registan war mit einem Netz von Leuchten und Lampions von einem Ende zum anderen überzogen. Aus den Lautsprechern dröhnte heisere Tanzmusik. Draußen vor dem Kulturhaus, im Garten, waren die Tische bereits naß von verschütteten Getränken. Ein Teil der Stühle und Bänke schien zerbrochen zu sein.

Auf diesem riesigen, traurigen Platz standen viele an Geländer, Wände und Mauern gelehnt – die Schüchternen, die Krüppel, denen es noch nicht gelungen war, sich zu betrinken, junge Frauen, die sich in kleinen Gruppen zusammendrängten. Der Lautsprecherton wurde zunehmend heiserer, und das Gedröhn mischte sich mit rohem Gelächter, das etwas Künstliches hatte, ähnlich dem Lachen Tauber, die sich selbst nicht hören können. Und als irgend jemand ein Lied anstimmte, hatte auch seine Stimme einen kreischenden, falschen Klang.

Nur die Frauen, die auf dem Platz mit anderen Frauen zusammen tanzten, ergaben sich mit geschlossenen Augen dem Tanz, glitten leicht im Tangotakt oder Foxtrott dahin. Zahlreiche Männer waren bereits betrunken und hingen mit der ganzen Schwere ihres Körpers an ihren Partnerinnen; bei anderen rief die Trunkenheit ihre Lust wach, und ihre Geduld zum Tanzen riß. Untertags waren wenige junge Männer auf den Straßen von Samarkand zu sehen, außer Soldaten und Arbeitern der Munitionsfabriken, doch auf dem Platz jetzt waren viele, wie aus einem heimlichen Versteck aufgetaucht, aus unzugänglichen unterirdischen Höhlen.

Sie traten an einen langen Imbißstand, an dem kalte Getränke verkauft wurden – Limonaden und etwas, das wie Wein aussah, jedoch fast den Geschmack von gefärbtem Essig hatte. Kolzov und seine beiden Jungen hatten keinen Bedarf an den Getränken der armseligen Theke des Kulturhauses. Sie lehnten an der kleinen Bühne, auf der zwei Akkordeonspieler und ein Zigeunergeiger warteten. Auch Alek trank mit ihnen, obwohl er sich der Warnung der Ärztin entsann und um seine Augen fürchtete, aber es war schwierig, sich zu weigern – das Gesetz des Platzes schrieb vor, daß sich alle zu betrinken hatten.

Der Alkohol wühlte ihn auf wie Musik. Kolzov legte den Arm um seine Schultern.

»Nun, was ist?« fragte er. »Willst du bleiben, oder möchtest du mit uns ein bißchen Krach schlagen?«

»Ich bleibe.«

Kolazov tippte dem Jungen, der die Flasche in Verwahrung hatte, auf den Arm, und dieser reichte sie Alek. Neben ihnen brach ein lautstarker Streit aus: Die Invaliden schlugen mit ihren Krücken zu, eine schwere und gefährliche Waffe, da sich viele Stahlspitzen angefertigt hatten.

Kolzov beobachtete sie verächtlich und saugte an einem Zitronenschnitz. »Wir zerschlugen, nahmen gefangen, unsere Hand bestählt, Tschapajev ist unser Heldenvater, Suvorov der Großvaterheld!« deklamierte er spottend die Zeile eines Heldencouplets.

Alek entfernte sich vom Schauplatz des Streits und drang tiefer in die tanzende Menge ein. Obwohl sich alle für das Fest hergerichtet hatten, sich gewaschen, gekämmt und die besten Kleider angezogen hatten, sah die Mehrheit abgerissen und verwahrlost aus, eine glasige Öde lag in ihren Augen, die nur der Alkohol für einen Augenblick aufflammen ließ. Um die Tische der Invaliden und Soldaten herum, die von der Front kamen, herrschte eine undefinierbare Furcht – die Leute hatten Angst vor ihnen. Vor dem Hintergrund der Tanzenden wirkten die Gäste in dieser Ecke wie Gespenster, die aus einer anderen Welt aufgetaucht waren, aus einer fahlen Unterwelt, von einem Ort unter anderem Himmel und anderen Sternen. Usbekische Mädchen, die ihr Haar immer noch zu dünnen Zöpfchen geflochten hatten, jedoch bereits westliche Kleidung trugen, sangen zusammen mit dem Lautsprechern. Unter ihnen entdeckte Alek Tubibisch, ihre Augen mit Henna noch stärker als sonst geschwärzt, unzählige Armreifen an ihren Handgelenken, eine große Papierrose im Haar. Arm in Arm mit der flachshaarigen Russin, an die sie sich mit schüchterner Verehrung drängte. Zu Ehren des Festes hatte die Russin hochhackige Schuhe angezogen, trug einen weißen, eng anliegenden Rock und rauchte mit unbeholfenen Bewegungen.

Alek zog schwungvoll seinen Strohhut vor dem Mädchen, und sie schrumpfte ein bißchen hinter die junge Frau zurück. Dann reichte er der Russin seine Hand, und sie gab ihm sofort die ihre und flüsterte: »Dascha ...« Sie sah sehr festlich aus; ein rotes Tuch im Haar, schmale Armreifen an den anmutigen Handgelenken wie die usbekischen Mädchen. Mit einer leichten Bewegung, einem angedeuteten Knicks, folgte sie der Aufforderung zum Tanz, und bevor ihr Kopf auf seine Brust sank, gelang es ihm noch, sich den Blick ihrer Augen ins Gedächtnis einzuprägen, in dem Schüchternheit und demütige Hingabe lagen. Sie tanzten Tango, die Melodie gefiel dem Publikum und war immer wieder zu hören. Daschas Haar entströmte der Duft nach Zitronen.

Alek fühlte sich verloren inmitten dieser verstreuten Menge, wie in einem riesigen Lager, zwischen den ruinösen Prachtbauten, die im Licht des Mondes und der Lampen, in dunklem Grün und Blau funkelnd, wie Kodes eines finsteren Spotts wirkten. Er hielt Dascha fest in seinen Armen und wollte sie zu den dunklen Bäumen führen, doch sie zog ihn zum Kulturhaus. Die Tatsache, daß sie viel kleiner war als er, verlieh ihm Sicherheit. Ohne jedes Zögern führte sie ihn in den ersten Stock, öffnete die Tür mit einem Schlüssel, der an ihrem Gürtel hing, und versperrte sie zweimal hinter sich. Der Raum war kahl, durch die Vorhänge waren der Platz und die riesige Kürbiskuppel zu sehen, die düsteren Türme, die roten Fahnen und Plakate. Sie legte ihre Arme um seinen Hals, und trotz der Kälte zog sich Alek vollständig aus, denn er dachte, sie wäre bestimmt beleidigt, wenn er seine Kleider anbehielte. Er war überrascht von der unvermittelten Vehemenz ihrer Lust. Er schlief ein und erwachte gleich darauf wieder.

Er wollte sich mit ihr unterhalten, ihre Lebensgeschichte erfahren, aber er hatte gewisse Befürchtungen – das Flachshaar, ihre hellen Augen ... die Falte an der Nasenwurzel – Zeichen einer brennenden Demütigung. Doch ihr Geruch war angenehm, und es konnte nicht sein, daß ein derart guter Duft nicht wichtiger als die kleine Falte gewesen wäre. Er umschlang ihre Beine, küßte ihre Knie, die leicht zerkratzt waren.

Draußen fiel eine Hunderschaft Raben auf dem Platz ein. Alek war glücklich und schläfrig.

»Gehen wir heute abend in einen Film?«

»Ich bin nicht gerne mit vielen Menschen zusammen. Komm zu mir. Ich öffne dir die Tür von der Gartenseite«, sagte Dascha.

»Fürchtest du dich vor etwas?«

»Ich werde es dir sagen, aber sei nicht böse: Ein Mann hat gesagt, er zerschneidet mir das Gesicht, wenn er mich mit jemandem ausgehen sieht.«

»Wer?«

»Er hat mich gerettet, nachdem mein Mann starb.«

Ihr Lächeln war ein bißchen traurig, und an den ersten Abenden benahm sie sich etwas verkrampft. Doch es dauerte nicht sehr lange, und Dascha begann, mit ihm zu spielen wie ein kleines Mädchen. Man konnte verstehen, weshalb ihr Tubibischs Gesellschaft angenehm war.

»Ich liebe dich nicht, mein fremder Herr«, sagte sie immer, während sie ihn küßte und umarmte.

»Und dennoch, mein wirst du sein, mein Fräulein.«

»Nein, mein Herr, nie wirst du meine Gunst gewinnen. Niemals!« erwiderte sie und kicherte.

Sie liebte es, die beiden Fotos von seiner Mutter und seinem Vater im Lunapark zu betrachten, und immer wieder fragte sie ihn nach dem Hut seiner Mutter, ein Hut mit Netzschleier, und nach dem Mantel mit den leicht erhöhten Schultern und dem riesigen Kragen. Sie wurde immer schöner und gewann ein würdevolles Auftreten, das Alek überraschte, als hätte ihre Liebe zueinander etwas in ihr geglättet. Morgens, wenn sie sich an der Bahnstation trafen, blickte sie ihn kaum an, lächelte nur leicht. Außer ein oder zwei Worte hörte er sie nie in Gegenwart anderer sprechen. Wenn sie zusammenwaren, mußte er ihr immer wieder von seiner Mutter erzählen, obgleich sie von sich selbst sehr wenig erzählte, und auch das nur widerwillig. Die Erbärmlichkeit des morastigen Samarkander Stadtrandes nahm in seinen Augen immer mehr zu. Wäre nicht Dascha gewesen, er wäre wieder in Krankheit und Depression versunken. Die sandigen Straßen erstreckten sich bis zum Horizont, die Lehmhäuser standen so dichtgedrängt, daß sie eine einzige eintönige Wand zu bilden schienen, wie eine lange Gefängnismauer.

Ein Monat verging. Eines Abends stieg Alek vom Lastwagen und setzte sich auf eine Bank, um sich einen Augenblick von der Fahrt zu erholen, von einem erstickenden Gefühl geplagt, das seinen Hals an geschlossenen Orten noch immer umklammerte. Er öffnete die Knöpfe seines Hemdes und bildete sich ein, sein Herz habe zu schlagen aufgehört. Plötzlich versank er in einen Dämmerzustand, der Ohnmacht nahe, und eine beänstigende finstere Glocke stülpte sich über den Park. Für einen Moment, den Bruchteil eines Alptraums, sah er die beiden gewaltigen steinernen Götterstatuen aus Koldaschs Geschichte die Türme von Samarkand mit ihren Fußsohlen zermalmen. Seine Zähne klapperten vor Entsetzen, seine Hand tastete zwischen den Rippen umher. Eine große Schmeißfliege landete auf seiner Hand. Stadt! Er sehnte sich nach der farbenfrohen Lärmkulisse der Abendzeitungen: die Rede des Ministers, der Klatsch über die Gattin des Botschafters, die Ermordung der Tänzerin, Selbstmord in der Badewanne, ein verwickelter Sexskandal in den Filmstudios, der Mann, der um Mitternacht zum Leben erwachte, Vorzüge und Nachteile einer Büstenhalterneuheit, der Knockout in der siebten Minute, die Tränen der Jungfrau in der halb zerstörten Kirche, die letzte Erfindung der schlauen Amerikaner. Samarkand war von der Sonne zerfressen, abgenagt bis auf die gebleichten Gebeine, die Sonne hatte aus der Stadt, der schönen Maid, eine schäbige, zahnlose Greisin gemacht, die sich zerlumpt im grellen Licht dahinschleppte; die verfluchte Sonne war es, die die Prachtbauten in zerbröckelnde Gräber verwandelt hatte, und den ganzen Rest in ein zufälliges Gewirr aus Lehm, Holz und Ziegeln. Was geblieben war, war der Sumpfgeruch Tausender Jahre, die Dornen der persischen Rose. Und von der Stunde an, in der die königliche Pracht verschwand, die selbst schon wie eine Blüte im Mist gewesen, war es nicht mehr möglich, irgend etwas zurückholen. Samarkand war eine vergessene Sprache, von der nur noch die Bedeutung weniger Worte bekannt war, und auch diese verloren bereits ihren einstigen Glanz. Samarkand. Stadt des verblichenen Kürbis, des gespaltenen Schildkrötenpanzers, tätowierte Inschrift auf einem Eidechsenschwanz!

»Schläfst du?« fragte die Stimme Tubibischs. Eine Schultasche hing über ihrer Schulter, in der Hand hielt sie einen Korb. »Geh nicht nach Hause zurück. Dort warten Leute mit Nagans, und auch zwei ohne Uniform. Dascha hat gesagt, du sollst nicht zurückkommen.« Und sie holte aus ihrer Tasche und dem Korb seine Sachen.

»Aber ich weiß nicht, wohin ich gehen soll...«

Tubibisch glaubte es kaum, daß ein erwachsener Mensch so reden konnte. Sie setzte sich neben ihn auf die Bank und sagte: »Aber sie warten! Sie haben alle mitgenommen, und der Mann ohne Zähne, ich weiß, wo er ist... dieser große Mann... der ist übers Dach geflüchtet, aber sie sagen, daß er sehr, sehr krank ist.«

»Wo ist er?«

»In einem der Gräber.«

»In einem Grab?«

»In dem Friedhof, wo Leute wohnen«, sagte Tubibisch und deutete auf die Nekropolis. »Keine Angst, es gibt dort sogar Menschen, die Reis verkaufen. Komm mit. Es ist gefährlich, wenn Leute ohne Uniform kommen, zusammen mit den Uniformierten.«

»Und warum haben sie alle verhaftet? Warum warten sie auf mich?«

»Ihr seid komisch, ihr Fremden. Sie haben diesen Jungen mit den Pickeln verhaftet, der Haare wie eine Frau hat, der eine, der Tabak schmuggelt, und man sagt, sein Bruder sei ein Dieb in der polnischen Bande ›Gaschomer gazair‹.«

»Du meinst ›Haschomer hazair‹? Die Zionisten? Was für ein Unsinn!«

»Du bist ein netter Junge, und du hast schöne Augen, finde ich, aber du bist furchtbar dumm.«

»Ich werde mit dir kommen.«

»Dascha hat mir gesagt, ich solle für dich ein paar von deinen Sachen mitnehmen, aber einer von ihnen hat sich neben deine Matratze gelegt, so ein Fetter, darum habe ich nicht alles mitgebracht. Am Abend werde ich dir eine Zahnbürste und Pulver bringen. Ich werde sagen, ich hätte meine verloren, und Mama wird mir eine neue kaufen. Und wegen dem Zahnpulver mach dir keine Sorgen, wir haben eine Menge davon. Papa hat einmal bei einer günstigen Gelegenheit drei Kilo davon gekauft.«

»Drei Kilo! Dein Vater ist ein reicher Mann!«

Tubibisch brach absichtlich in Gelächter aus, um ihn zu ermuntern. Sie war zufrieden, daß er sich wieder etwas gefaßt hatte.

»Sei nicht traurig. Lach und tob dich aus!« sagte sie und sang: »Kapitän, Kapitän, lächle doch! Das Lächeln – ist des Schiffes Flagge hoch! Kapitän, Kapitän, steh doch aufrecht deinen Mann! Wir beugen uns nur der Gewalt des Ozeans!«

»Des Ozeans ...«

»Und daß du es weißt, die Polizisten sind nicht die Allerschlauesten und nehmen auch Bestechungsgeld, wenn man weiß, wie man es macht. Die anderen trinken viel und toben sich gerne aus. Die Russen trinken ganz viel, haben Gewissensbisse und trinken noch mehr.«

»Wer sagt das?«

»Ich.«

»Das glaube ich nicht.«

»Du glaubst nicht, daß ich so etwas feststellen kann?«

»Nein.«

»Weil du dumm bist. Ihr Flüchtlinge habt Angst, aber man kann fliehen, sich verstecken, man muß keine Angst haben, und vor allem darf man ja nicht in die Hände dieser Hunde fallen!«

»Du mußt deine Zunge hüten, Tubibisch.«

»Ich weiß, wo ich sie zu hüten habe. Wir lieben sie nicht, keiner in unserer Familie. Sie sind nicht so stark. Man kann sie überlisten. Ich habe ein »sehr gut« in Staatskunde, und wenn ein Inspektor kommt, lese ich immer die Aufsätze vor. Man nennt uns ›Ischak‹, aber die echten Esel sind die Russen. So ein besoffenes Drecksschwein nennt meinen Großvater ›Esel‹, und mein Großvater ist ein großer Kori und ein Hafiz.«

»Du mußt dich vorsehen, Tubibisch.«

»Und Dascha hat mir gesagt, daß du krank bist«, sagte das Mädchen und verstärkte ihren Griff um seine Hand, »wenn du gesund wärest, würde ich dir offen sagen, was ich über dich denke, Kapitän ... Man sagt, die Religion verlange sechs Stunden Gebet am Tag, einhundertundachtzig Stunden im Monat, zweitausendundsechzig Stunden im Jahr, aber die russischen Schweine verschwenden mehr Stunden auf das Saufen!«

Der Wind brachte Staub und trockene Blätter mit sich.

»Schweine!« wiederholte Tubibisch.

Seine Lider schmerzten stark. Alek blickte zum ausgebleichten Himmel auf. Samarkand, in der großen Wüste zwischen Persien, China und Rußland. Könnte er doch nur einen Augenblick in der Stadt oder der Villa sein, neben den zerbrochenen Tritonen, dem kleinen Teich; auf den grauen, feuchten Kieselpfaden schreiten – und seien es nur wenige Schritte –, Zinn und roten Backstein betrachten, die hohen Bäume, die Bilder der pastoralen Landschaft, die Tauben und Pfauen an den Wänden sehen, die alles symbolisierten, wofür sie nur stehen konnten: Erlösung oder Luxus der Adeligen. Die Welt war zerbrochen, so sah die Wahrheit aus. Sie war auf der Bühne zerbrochen und auf der Bank im Park von Samarkand. Reparieren – oder zwischen den Splittern einhergehen? Die zerbrochene Welt flikken oder in ihr umherwandern und vermeiden, sich an ihren scharfen Kanten zu verletzen? Ein gezielt schales Leben, ein wenig Vergnügen, ein bißchen Närrischkeit – der Philosoph im Bordell? Zwecklose Handlungen begleitet von Worten über die Wunder der Welt, Luftschlösser steigen auf und verschwinden, ein illustrierter Fächer der Taten der Toten, bunte Blasen, die in der Dunkelheit der Nacht zerplatzen, in einem Funkeln der Deckenspiegel, im kühlen Wind auf dem Gesicht des Betrunkenen? Die erste Frau, mit der er geschlafen hatte, die Frau des Bahnhofsvorstehers, hatte ihm ein Beutelchen Tabak zum Geschenk gemacht, auf dem eine orangefarbene Anemone und ringsherum mit Fleiß die Worte eingestickt waren: »Meinem süßen Schmetterling in Dankbarkeit von der bewundernden Anemone.« Solche Beutelchen hatte sie für nahezu alle Jungen von Sandomierz bestickt. Philosoph im Bordell? War es schön, sich am angebrachten Ort närrisch zu benehmen? Eine persische Rose, vom Tal der Weinstube bis in des Himmels Höhen, brennt in endlosen Weiten, ihre Blütenblätter – die Konturen des gesamten Universums. Würden die Frauen siegen? Wie sollte man daran glauben? Wie viele Tubibischs gab es in dieser Stadt? Im ganzen Land? Nicht viele. Auch die Mädchen waren vielleicht wie die Jungen in die »Znatschki« verliebt, das ganze Dekor, die Pferdegeschirre, funkelnd in schwarzem und grünem Emaille, schöner als die kaiserlichen Adler und wunderbarer noch als die Ehrenabzeichen, die bescheidenen und unschuldigen »Znatschki« neuer Orden, prangend auf Pelzmützen, Hemd- und Mantelaufschlägen. Die Jungen, die Bewunderer der »Znatschki«, standen in hübschen Reihen, das oberflächliche Emaille, so schön, glänzte wie Schmuck, stärker als der Tod, der die erwartete, die zu »zehn Jahren ohne Korrespondenzrecht« verurteilt waren – Tod durch Erschießen am selben Tag.

DER KURIAK, DER TSCHUKTSCHE, DER NANAI. Zwei Postkarten wurden nach Erne-Scharif gebracht.
»José Maria ist in Archangelsk«, sagte Umar.
»Was macht er dort?«
»Was man im Lager eben macht«, murmelte Umar.
»Man muß ihm Kleidung, Essen schicken.«
»Schirin hat ihm ein Paket geschickt. Wer weiß, ob es ankommt.«
»Er wird nicht lebend dort herauskommen, Umar ...«
»Mein Vater hat immer gerne erzählt, daß es in der kommenden Welt einen gewaltigen Abgrund gebe, über den sich ein dünner Faden spannt. Die Seelen müssen auf die andere Seite hinübergelangen. Die gute Seele geht ins Paradies hinüber wie ein Zirkusakrobat, während die sündige Seele in die Unterwelt fällt. So ist es auch in dieser Welt.«
»Er wird es nicht überstehen.«
»Aber du wirst nicht in den Abgrund fallen. Dafür verbürge ich mich bei dir. Jetzt bist du schon kräftig, richtig stark. Du reitest gut. Der Kasache, der dich mit seinem Chinin vergiftet hat, wäre stolz, dich reiten zu sehen, sogar auf unseren elenden Mähren ... Auch deine Augen werden eines Tages heilen.«
»Immer bist du an den Kasachen interessiert, an primitiven Menschen«, sagte Gulisa.
»Ich?«
»Verstell dich nicht. Immer liest du und erkundigst dich nach allen möglichen Stämmen: Tschuktschen, Kuriaken, Nanai, Kamtschadalen, weiß der Teufel, wie sie noch alle heißen. Ich sehe doch, was du aus unserer Bibliothek nimmst.«
»Und wofür soll ich mich interessieren? Für russische Zahnärzte?«
»Gestehe! Du interessierst dich für alle möglichen Wilden. Das ist eine dumme Schwäche. Es ist nichts an diesen Tschuktschen oder

Nanai. Gar nichts. Alles Illusion, Phantasterei. Es gibt dort nichts zu suchen.«

»Lehre die ganze Welt zu leben, meine Königin«, sagte Umar.

»Sprich lieber nicht zu viel, Schwert Allahs, damit du nicht etwas sagst, das den Ohren deines roten Kamels nicht würdig ist.«

»Du bist eine jagende Löwin, Gulisa«, murmelte Alek.

»Und du wirst eines Tages aufwachen müssen!«

»Meine Königin! Du verletzt unseren Freund.«

»Schweig still, du Ritter des Kamelhaars!« sprach Gulisa.

DIE MÜNZE DES BAAL-SCHEM-TOV. Die Münze lag dick und angenehm in der Hand, das wunderbare Gold der herrschenden Herren von einst, zweckmäßig und kraftvoll. Die Gabe einer solchen Münze war ein erhabenes Geschenk, die Bestechung darin kindlich und magisch, das sich abhebende Profil darauf prägte einen Abdruck in die Haut des Fingers während der Berührung. Es war herrlich, solch ein Goldstück zu vergeben, und herrlich, es zu erhalten. Die Schwere der Münze in der Tasche hatte etwas Beruhigendes. Sie repräsentierte das Gold der seltsamen Wunder der Welt, das Gold der Kirchenkuppeln und das Gold der Götzenstatuen, sie war Repräsentantin der königlichen Autorität des Sonnenlichtes.

DIE RUHE AUF ANTIKEN GRÄBERN. Ein offenes Feld erstreckte sich vor ihnen, von hohem Gras überwuchert, stark und wild. Sie stiegen in eine kleine Senke hinab, kletterten zwischen Pappeln, die ihre Zweige schwenkten. Mit einem Mal war er auf allen Seiten von kleinen Gräbern und Grabparzellen umgeben. Überall sprossen verflochtenes Buschwerk und Farne mitten aus den Steinen heraus, in Spalten zwischen den Lehmziegeln, auf den zerbröckelnden, zusammenfallenden Mauern. Hier und dort fand sich eine bogenförmige Passage, bis unter die Wölbung mit verbackenem Staub angefüllt, und fleischige, dornige Sträucher ragten aus geborstenen Grabmalen.

»Setz dich hierher«, sagte Tubibisch.

»Fürchtest du dich nicht vor den Gräbern?«

»Nein.«

»Auch nicht in der Nacht?«

»Das ist kein wirklicher Friedhof. Diese Toten zählen nicht, sie sind viel zu alt ... Wenn alles in Ordnung ist, komme ich gleich wieder zurück, und wenn ich herauskomme und weggehe, versteck dich irgendwo und rühr dich nicht. Dann werde ich in der Nacht hierher zurückkommen und dich rufen.«

»Glaubst du, jemand lauert im Grab auf uns?«

»Warum sagst du die ganze Zeit »Grab« ... Grab ... das ist nur ein Ort wie jeder andere.«

Tubibisch näherte sich in Sprüngen einem großangelegten Grabbau. Ein Geruch nach Minze und ihrer kränklichen, blassen Kühle stieg neben den Gräbern auf, und grünlich durchscheinende Silhouetten überlappten den Steinhaufen, hinter dem Alek sich verbarg. Tubibisch verschwand aus seiner Sicht.

Nachdem er allein geblieben war, erkletterte er einen kleinen Hügel und sah gespaltene Turbane aus Marmor. Hunderte Gräber überzogen das Feld, bis zu den niedrigen Hügelkämmen und den dunstigen Baumgrüppchen am Horizont, bis hin zu der riesigen grünen Kuppel des Grabmals von Schachi-Sinda. Es verging eine lange Zeit, bis er Tubibisch wieder aus dem Grabbau kommen sah.

»Du kannst hineingehen.«

»Ist es leer?«

»Es sind zwei Vagabunden da. Der Mann ohne Zähne schläft.«

»Wer sind sie?«

»Ein Russe und ein Tatare. Ich habe ihnen gesagt, daß du kommst, und sie gaben nicht einmal eine Antwort – Grobiane! Geh hinein. Dascha sagt, man weiß überhaupt nichts von dir in Samarkand. Du kannst verschwinden.«

»Bist du sicher? Vielleicht sollte ich doch mit dir zurückkehren, was immer auch geschehen mag?«

»Du bist dumm und feig. Und nur weil Dascha gesagt hat, du seist krank, helfe ich dir. Das ist die Wahrheit.«

»Das ist die Wahrheit, aber nicht die ganze Wahrheit«, sagte Alek, dessen Stimmung sich durch Tubibischs Gesellschaft besserte. »Die Wahrheit ist, daß ich dich gern habe und du mich gern hast, und auch wenn mein Kopf mit Stroh gefüllt wäre und ich vor meinem eigenen Schatten fliehen würde, würdest du mir trotzdem helfen.«

»Das denkst du also?« sagte das Mädchen mit einem kleinen Lächeln. »Und was meinst du dazu – werden die Männer eines Tages meine Liebe suchen?«

»Daran zweifle ich nicht.«

»Werden sie mich anflehen?«

»Und wie sie dich anflehen werden. Ich selbst, wenn ich deine schwarz bemalten Augen sehe ...«

»Ich werde es Dascha sagen ... bist du sicher?«

»Ja, sie werden vor dir knien, auf allen vieren kriechen ...«
»Ich werde alles tun, was ich kann, um sie leiden zu lassen.«
»Oh, Tubibisch, meine süße Rose ...«
»Warum senkst du den Kopf und neigst ihn den Leuten zu, mit denen du redest, als wartetest du darauf, daß sie dich küssen?«
»Eines Tages wirst du wirklich eine gefährliche Frau sein.«
»Ich möchte eine bedeutende Frau sein. Weißt du, wie man das wird?«
»Jeder weiß, wie. Du verläßt die Schwachen und näherst dich den Stärkeren an, die du wiederum verläßt, um dich den noch Stärkeren anzuschließen.«
Das Mädchen blickte ihn erstaunt an und schwieg. Nach einer Weile sagte sie:
»Geh, geh jetzt hinein.«
»Bist du sicher, daß du ihnen mein Kommen angekündigt hast? Es ist mir unangenehm, das Haus von Menschen zu betreten ...«
»Jetzt sagst du ›Haus‹«, lächelte Tubibisch. »Vorher war es nur Grab, Grab und nochmals Grab.«
»Bist du sicher, daß es sich nicht nur um den Schmuggel handelte? Daß unter den Leuten, die gekommen sind, auch die Geheimpolizei war?«
»Was glaubst du denn? Samarkand ist nicht Moskau. Jeder kennt den Fetten, der im Café *Klein-Tabasum* sitzt. Also dann auf Wiedersehen.«
Ihr Gesicht hatte sich plötzlich verfinstert. Tubibisch wurde manchmal böse, wobei Alek nicht wußte, ob das von ihrer Jugend kam oder von ihrer Widerspenstigkeit.
Er stieß eine kleine Holztür auf.
Zwei Menschen lagen auf der Seite und rauchten selbstgedrehte Zigaretten, groß und dick, die stark qualmten. Vielleicht hatten die beiden irgendeinen Tabakschatz entdeckt, denn der Geruch war der echten, guten Tabaks.
Im Inneren sah das Grab wie ein leeres Zimmer in einem Steinhaus aus. An einer Wand befand sich eine kleine Öffnung, wie mit einem Hammer ausgehauen, versperrt mit einem alten Eisengitternetz. In der Ecke stand ein Mangalka voller Reisig und Dornengesträuch. Nur eine länglich schmale Erhebung, sehr flach, kaum wahrnehmbar, sah danach aus, als wäre hier einst ein Grabstein gewesen.
Alek grüßte die beiden Vagabunden und setzte sich in eine freie Ecke. Die beiden schwiegen. Einer von ihnen, ein bärtiger Mann, trug eine Pelzmütze, der zweite war einarmig. Beide wirkten ziemlich

entspannt, sogen den Rauch ein und stießen ihn in dichten Schwaden wieder aus. Der Bärtige legte Reisig auf dem Wärmebecken nach. Jetzt entdeckte Alek, daß in der Ecke auf einem Blätterlager, wie ein großes verpacktes Bündel, der Riese Sonnenklar lag, mit einer zerschlissenen Plane bedeckt. Er war kaum zu erkennen. Seine Augen waren geschlossen, und in seinem Gesicht brannten purpurrote Flecken. Alek rief seinen Namen, doch Sonnenklar hörte nicht oder erkannte seine Stimme nicht. Seine Lippen zitterten, und sein Atem ging rasselnd. Das erzürnte den einarmigen Vagabunden, und er warf unaufhörlich feindselige Blicke in Sonnenklars Richtung. Jener war der Tatare, und der Mann mit der »Malachai«, der Pelzmütze – das war der Russe.

Alek ertastete das kühle Blech der *Players*-Schachtel und entnahm ihr den Rest den Tabaks. Im flackernden Licht des Feuerbeckens betrachtete er den bärtigen Matrosen – die Schrift *Players Navy Cut*, eingeschlossen im Steuerrad, rechts der Leuchtturm, das Segelboot ... und darüber, in einem abgegrenzten Kreis, ein Schloß, wie eines der Schlösser in Lazienki: die Kriege der Prinzen, Cherubim alla vittoria, alla gloria militaria, die romantischen Verwundeten, die Hochzeit von Piramovitschs Schwester auf dem Dorf, das alte Landgut, der aromatische Duft im Ofen gebackener Kartoffeln, Geruch nach frischem Brot, Branntwein aus Kirschen und Pfirsichen, Dorfzäune, die dumpfe Wehmut hervorriefen, die kleine Brücke, die Wellen des Baches, die über blasse Kiesel hüpften, und an den Wänden – achtunggebietende Offiziere in schweren Rahmen, schwärzliche Profile von Paaren, gekrönt von Engeln, Vögeln und Zierbäumen. Und dort war Polen in seiner wundersamen Pracht, gegürtet mit dem gesamten Farbbogen der Ekstase ...

Am nächsten Tag wartete er vergeblich auf Tubibisch. Nur ein wichtiger Grund konnte sie davon abhalten zu kommen. Was also war in der Kibitka geschehen?

»Paß auf das Feuer auf!« sagte der Tatare. Alek murmelte etwas. Vielleicht würden sie ihn ausliefern?

»Ich würde gerne rauchen«, sagte er.

Der Vagabund mit der Pelzmütze beugte sich zu ihm hinüber und gab ihm eine echte Zigarette.

»Rauch nur«, sagte er, »und wenn du rausgehst, füll das Becken mit Holz auf.«

Sonnenklar war bewußtlos. Hin und wieder flößte Alek ihm Wasser ein. Die ganze Nacht wartete er auf Tubibisch, doch das Mädchen kam nicht.

Die schweigsamen Vagabunden hatten wenige und armselige Nahrungsmittel: verschrumpeltes Gemüse, einen winzigen alten Kischmisch, der ganz aus Kernen bestand; doch sie hatten einen riesigen Topf Zuckerrüben. Mit dem Morgengrauen ging Alek hinaus, um zwischen den Gräbern nach etwas Eßbarem zu suchen, doch er fand so gut wie nichts, nur ein süßes Kraut und Früchte, die fast wie Baumwollbällchen schmeckten. Rings um einige Gräber sah er Mausefallen, die die Vagabunden aufgestellt hatten, und ein Netz hing zwischen zwei Kirschbäumen, deren Äste sich wie dünne, scharfe Stahldornen abspreizten. Zwischen den Grabbauten sah er einige Gestalten: ein Greis mit einem Hund, zwei alte Frauen und eine Frau mit Kind.

Im Grab fand er die Vagabunden bei der Mahlzeit vor. Der Bärtige mit der Pelzmütze aß die Rübenstücke mit ausladenden Kaubewegungen, der Tatare zernagte sie mit seinen kleinen Zähnen, während er begehrliche Blicke auf die Mantelplane warf, die Alek von Timofei Arkaditsch Bistri als Geschenk erhalten hatte.

»Gib mir die Plane, und du kannst jeden Tag mit uns essen.«
»Und wie soll ich schlafen?«
Der einarmige Tatare zuckte mit den Schultern.

Sonnenklar stieß hin und wieder schwache Schreie aus, und Alek bespritzte seine Lippen mit ein wenig Wasser. Alek war ohne alles zurückgeblieben – er besaß nur noch sein gutes Hemd (er hatte sich feierlich geschworen, es für den großen Moment aufzubewahren) und seine Skihosen, die noch unversehrt, wenngleich an den Knien stark abgewetzt waren. Und die *Players*-Schachtel. Er warf einen Blick auf die Tabakschachtel des Tataren, die aus Preßspänen und Metall gefertigt war, eingelegt mit Splittern aus dem Perlmuttüberzug eines Füllfederhalters, und mit vor Kummer geschlossenen Augen reichte er dem Tataren seine *Players*-Schachtel. Der Vagabund umschloß sie behutsam mit den Fingern und betrachtete sie mit großer Neugier. Für einen Augenblick war jede Spur von Begehrlichkeit und Mißtrauen in seinem Gesicht wie weggewischt.

»Iß, so viel du willst!« sagte er und rückte den Rübentopf in Aleks Richtung, während er die Schachtel streichelte und sie unablässig mit kindlichem Staunen betrachtete, bis er sie schließlich zwischen den Lumpen auf seiner Brust versenkte. Der Vagabund mit der Pelzmütze unterzog ihn einer schnellen Musterung.

»Kann man dem kranken Mann ein bißchen Rüben geben?«
»Essen braucht er nicht.«
»Medizin?«
Der Bärtige schwieg.

»Darf ich es versuchen?«

»Versuch's«, erwiderte jener, »aber es ist schade um die Rüben und die Mühe.«

Sonnenklars Lider flatterten.

»Man muß einen Arzt holen ...«

»Da hilft kein Arzt. Du verstehst nichts davon«, sagte der Bärtige, »dieser Mann übersteht's nicht mehr bis morgen abend.«

»Und ich sage, daß er erst in drei, vier Tagen krepieren wird, Akischa«, entgegnete der einarmige Tatare.

»Morgen.«

»In drei Tagen, und keinen Tag früher!«

»Morgen!« beharrte der Bärtige.

Der Tatare sah ihn wütend an: »Worum wettest du, Akischa? Ich, von meiner Seite aus, um diese Schachtel! Und was willst du mir geben?«

»Was ich dir geben werde? Dummkopf! Du verstehst auch nichts von Toten.«

»Was wirst du mir geben?«

Der bärtige Vagabund grinste überheblich: »Meine Pfeife.«

Die Augen des Tataren weiteten sich, sogar sein Mund klappte auf.

»Mit der Lederhülle?«

»Mitsamt der Hülle.«

»Ich bin bereit! Aber kein Betrug!«

»Ah, Sakir, wofür hältst du mich, für ein Tier?« sagte der Bärtige verächtlich. »Du hast die Seele eines Mörders.«

»Nu, nu, keine Aufregung! Nur keine Aufregung, Akischa!« erwiderte der Tatare mit einem dünnen Lächeln.

Der bärtige Vagabund verschob seine Mütze und kratzte sich am Kopf. Danach rollte er sich in seiner Ecke ein. Sonnenklar gab ein paar Laute von sich und warf seine Zudecken ab.

»Junge«, flüsterte Sonnenklar mit einem Mal, »Junge, komm, komm her zu mir. Hörst du mich?«

»Möchtest du etwas trinken?« fragte Alek.

»In der Tasche habe ich einen Umschlag mit der Adresse meiner Mutter. Finde sie nach dem Krieg ... Sag ihr, ich wollte nicht zurückkehren, ich sei dort geblieben, daß ich hier in Samarkand bleibe. Samarkand gefalle mir besser als überall anderswo. Das wirst du ihr sagen. Daß ich hier geheiratet und eine Tochter habe, die nach ihr Sara heiße. Ich wisse, daß das nicht so ganz üblich sei, aber ich habe es ihr zu Ehren getan. Und ich werde ihr nicht schreiben, denn das sehe man hier nicht gern. Doch ich denke an sie und werde immer an sie denken. Du wirst die Adresse an dich nehmen, gut?«

»Aber wie soll ich sie nach dem Krieg finden?«

»Gefallen gegen Gefallen. Du erinnerst dich, daß ich dir ein Stück Butter und eine ganze Büchse Sardinen gegeben habe?«

»Ich verspreche es, aber ...«

»Und noch etwas ... Laß mich nicht in der Erde zurück. Ich habe Angst, hier unter der Erde zu liegen ... Verbrenne mich! Ich flehe dich an – verbrenne mich mit einem großen Feuer!«

»Was ist hier los?« schrie der Tatare, der etwas gehört hatte, und entzündete einen Holzspan am Mangalka, »ihr laßt einen nicht schlafen ... Was will er?«

»Er bittet, daß ich seinen Leichnam verbrenne und ihn nicht begrabe.«

»Klar, verbrennen ... Spinner. Er meint wohl, es sei ganz einfach, hier einen Menschen zu verbrennen. Alles ist feucht. Verrückter.«

Die Anstrengung hatte Sonnenklar erschöpft, er schloß die Augen, und der Tatare kroch wieder auf sein Lager zurück. Alek ging hinaus und ließ sich auf dem Dach eines Grabbaus nieder, auf Flechten und Moos. So saß er lange Zeit, beobachtete die tief hängenden Wolken, Regenwolken, die im Nebel verhüllten Gräber, die riesigen Bäume; als die Kälte zu grimmig wurde, kehrte er ins Innere zurück. Einen Moment, nachdem er eingeschlafen war, spürte er, wie jemand an seiner Plane zog. In der kleinen Maueröffnung graute bereits der Morgen. Er sah Sonnenklars Hand ausgestreckt auf der Erde und beugte sich über ihn. Die beiden Vagabunden beobachteten sie.

»Abgang?« fragte der Bärtige. Alek brach in Tränen aus.

»Was weinst du da, du blödes Vieh!« sagte der Tatar wütend, streckte die Hand zwischen seine Lumpen und holte bedauernd die Players-Schachtel heraus.

»Was soll ich jetzt tun?« murmelte Alek tränenüberströmt.

»Was du tun sollst? Ihn begraben«, erwiderte der Tatar.

»Aber man muß es Leuten mitteilen ... und er wollte ...«

»Begrab ihn jetzt, bevor es hell wird.«

»Ich weiß nicht, wie man Menschen begräbt.«

Über das Gesicht des Tataren huschte ein listiger Ausdruck.

»Wenn du mir alle seine Sachen gibst und auch noch deine Mantelplane, begrabe ich ihn. Uns stehen sowieso zwei Drittel von allem zu, was er hatte. Wenn du mir auch deinen Anteil und die Plane gibst – dann werde ich ihn für dich begraben.«

»Wo?«

»Was geht dich das an?«

»Aber man muß seinen Namen hinschreiben ... wie kann man ... Niemand wird doch sonst wissen, wo er begraben liegt.«

»Blödes Vieh!« sagte Tatar. »Weißt du, wer in diesem Friedhof überhaupt begraben ist?«

»Begrabe ihn an der runden Mauer«, schlug der Bärtige vor. »Du könntest ein paar Worte an die Wand schreiben. Der Stein ist dort weich, wenn du ein Wort einritzt, wird es Tausende Jahre überdauern.«

»Einverstanden?« fragte der Tatar. »Oder hast du vielleicht trotzdem Lust, ihn selber zu begraben?«

»Nein, nein! Ich kann nicht.«

»Die Plane!«

Alek gab ihm Bistris Mantelplane.

»Jetzt gehst du aufs Dach, und wenn du mich pfeifen hörst, kommst du zu der runden Mauer und schreibst seinen Namen hin. Weißt du, wie er geheißen hat?«

Alek durchwühlte Sonnenklars Taschen, doch er fand nichts.

»Weißt du's oder nicht?«

»Nur seinen Familiennamen und den seiner Mutter und woher er kam.«

»Nu, das ist doch schon mehr als genug«, erwiderte der Tatar. »Was meinst du, Akischa?«

»Such weiter. Vielleicht hat er Papiere«, sagte der Bärtige.

Doch es fand sich nichts.

Nach nicht allzulanger Zeit hörte Alek einen Pfiff, und der Tatar winkte ihm mit der Hand. Das Graben in der morastigen Erde war nicht schwierig. Alek mußte auf das Grab steigen, um die Inschrift einzuritzen. Als er von dem Hügelchen herunterkam, kratzte er die Erde mit den Fingern zusammen.

In der Nacht kletterte er wieder auf das Dach und lehnte sich an die Kuppel. Die Wolken hingen noch tiefer, trieben schnell, der Mond enthüllte sich, zwei Kuppeln von Schachi-Sinda blitzten einen Moment lang auf, die große Kuppel war ganz nah. Der Augenarzt wohnte in der Chodzumstraße. In Aleks Hemdtasche befand sich der schwere, starrige Umschlag mit dem Schreiben der Ärztin. Die Chodzumstraße war nicht sehr weit, und im Schutz der Dunkelheit könnte er sich ins Haus stehlen und sich dort verstecken, bis der Warteraum aufgemacht wurde. In Samarkand konnte man sich ohne jede Schwierigkeit bewegen, solange man sich nur vorsah, nicht in die engen Gassen des Basars und der Altstadt zu geraten.

Ein kalter Wind begann zu blasen. Tubibisch hatte recht: Es war dumm, sich vor einem so uralten Friedhof zu fürchten. Von dem dunklen Hügel, der sich bereits mit Tausenden winziger Blüten zu überziehen begann, stieg nur eine große Traurigkeit auf. Jenseits des Mauerrunds tanzten kleine Fledermäuse mit transparenten Flügeln umher. Bisweilen strichen einige an ihm vorbei und kehrten wieder in ihre Behausung in dem riesigen Baum zurück. Hoi, wie bitter ist mein Schicksal! Auf uralten Gräbern werde ich Ruhe finden, kummerzerschmettert wie Lot werde ich für immer blaß und matt einherwandern, Geisterwelten sind mein königliches Gut. Eine stumme Lyra werde ich halten vor einem Publikum von Tauben oder Toten ... Zum Ekel ist mir alles und meinem Geist zum Überdruß ... Aufs Pferd! Gib mir Sonne, bring mir Wind, und trab nach Persien ...

Gib mir ein Pferd! Der Friedhof in Samarkand – wie fernab verstoßen er ist! Aufs Pferd! Zu Albin, zur Armee ...

Die Wolken überzogen den Himmel. Jetzt, sagte er sich, glitt vom Dach hinunter und rannte die dunklen Wege entlang in Richtung der Kuppeln. Der Wind blies stärker, die Luft barg den Geruch nach Regen. Es war höchstwahrscheinlich schon zwei Uhr morgens. Er gelangte zu einer kurzen Straße, passierte einen kleinen Platz zwischen einem Lastwagen ohne Räder und einem Karren, überquerte ein braches Feld. In dem dürftigen Licht ragten hier und dort landwirtschaftliche Maschinen auf. Er beschleunigte seinen Lauf, trabte an irgendeinem Park vorbei und bog in die Chodzumstraße ein. Ein Blitz erhellte ihm die Tafel der Arztpraxis an einem der Tore.

Das Tor drehte sich leicht in den Angeln. Die Praxis war im ersten Stockwerk, und ihr gegenüber befand sich eine Tür zum Dach. Auch diese Tür gab bereitwillig nach. Und er ließ sich dahinter auf der Schwelle nieder, zog die Knie an die Brust und deckte seine Füße mit zwei Säcken zu, die dem Abdichten der Türe gegen den Wind dienten. Der Regen störte seinen Schlaf nicht, nur die scharfen Windstöße brachten seinen Körper zuweilen zum Erzittern.

Bei Morgenanbruch hörte er das Geräusch der sich öffnenden Tür und preßte seine Augen an das große Schlüsselloch: Die Tür gegenüber stand weit offen. Mit einem Sprung war er in der Praxis.

Ein Mann, dessen einer Arm noch im Mantelärmel steckte, sah ihn erschreckt an.

»Verzeihen Sie! Ich brauche Hilfe!« sagte Alek und streckte ihm das Schreiben von Dr. Markova entgegen.

Der Arzt nahm den Umschlag mit Vorsicht entgegen.

»Zuerst müssen Sie trocken werden«, sagte er dann.

»Bitte, bitte, Herr Doktor, achten Sie nicht darauf. Jagen Sie mich nicht fort von hier. Es ist nicht von Bedeutung, wie ich aussehe.«

»Gehen Sie in das zweite Zimmer, dort ist ein Ofen, das Feuer wird gleich brennen.«

»Ich bin beinahe trocken«, sagte Alek und machte sich auf der Kante des Stuhles klein, der in einer Ecke des Zimmers stand.

»Ziehen Sie die Schuhe aus«, sagte der Arzt und musterte mit zurückhaltender Verwunderung die seltsame Kombination aus Filzstiefeln, Galoschen, Zeitungen und Blech. »Vielleicht haben wir hier ein Paar Schuhe, das Ihnen passen würde, alte Schuhe, aber fast unversehrt, will mir scheinen.«

»Sind Sie bereit, mich zu untersuchen?«

»Kommen Sie«, sagte der Arzt, »lassen Sie Ihren Mantel hier, damit er ein wenig trocknet.«

Er untersuchte Alek geduldig: »Schmerzen in den Augen? Haben Sie keine anderen Sehschwierigkeiten?«

»Nein. Nein. Ich möchte Ihnen nur eine Frage stellen: Wenn ich zu Ihnen gekommen wäre und Sie hätten nichts von meiner Schädigung an den Augen gewußt, hätten Sie es bei einer normalen Untersuchung bemerkt?«

»Bei einer normalen Untersuchung kann es unbemerkt durchgehen, daß Ihr Sichtfeld so eingeengt ist, aber wenn der Raum etwas dämmrig sein sollte, würde man es sofort merken. Kommen Sie, wir machen einen Test. Setzen Sie sich hierher, der Tür gegenüber, und ich schließe den Vorhang. Lesen Sie jetzt.«

Alek fiel das Lesen schwer.

»Für die Armee?«

Alek nickte mit dem Kopf.

»Gibt es in Taschkent eine große Augenklinik?«

»Gewiß.«

»Könnten Sie mir eine Überweisung dorthin geben? Ich muß Taschkent erreichen. In Jangijul liegt die polnische Armee.«

»Ich werde Ihnen die Überweisung geben.« Der Arzt betrachtete sein Gesicht und seine Hände. »Und ich werde Ihnen auch eine Salbe geben. Streichen Sie sie auf die Wunden. Man wird sonst noch denken, Sie litten an einer ansteckenden Krankheit.«

»Ich danke Ihnen, Herr Doktor. Vielen Dank.«

»Danken Sie mir nicht. Ich schätze mutige Menschen. Wo wohnen Sie?«

»In einem Grab, mit einer Matratze und einem Mangalka.«

Der Arzt lächelte, als habe er einen Scherz gehört. Vielleicht belustigte ihn das Wort Mangalka in der fremdartigen Aussprache, mit Aleks polnischem »l«, das wie ein »w« klang.

Der Arzt legte ein Päckchen *Sjevjernaja Svjezda* auf den Tisch.

»Rauchen Sie ruhig, ich bin gleich zurück.«

Ein langer Spiegel hing Alek gegenüber. Er sah, wie sich seine Lippen mit Bitterkeit verzerrten, und die Muskeln hatten keine Eile lokkerzulassen. Neben dem Spiegel hing ein alter Stich von Petersburg und eine Graphik, die aus einer Zeitung oder einem Buch ausgeschnitten worden war: *Spaziergang in der Umgebung von London.* Wilhelm Liebknecht mit Zylinder, Karl Marx barhäuptig. Wie klug du warst, o Maler Zukov; Jenny Marx mit Eleanor, Laura und Lassalle, mit weicherem Hut, jedoch einem Gehstock, und Lenchen, Dienerin im Hause Marx, 1856. Neben der Familie Marx Reproduktionen von Borovikovsky, Frauen, überströmend vor einschmeichelnder Sinnlichkeit und der kitschigen Süße vorgeblicher Unschuld.

Der Arzt stellte ein Paar Schuhe vor ihn hin, die zu groß waren für ihn. Eine plötzliche Freude überfiel ihn.

»Darf ich noch eine Zigarette nehmen?«

»Die Schachtel gehört Ihnen«, erwiderte der Arzt.

Aleks Herzschlag beschleunigte sich, und er musterte den Arzt aufmerksam: Etwas an seiner Brüderlichkeit und Güte gefiel ihm nicht. Das Gesicht des Arztes war groß, voller Harmonie; es lag eine freundliche Skepsis darin, und nur die gewisse Überheblichkeit und Sinnlichkeit um die Lippen verwandelten sein Gesicht in ein irritierendes Fragezeichen.

»Gehen Sie zum Bahnhofsvorsteher, und Sie werden einen Platz in einem Waggon nach Taschkent erhalten sowie ein Bett in einer Herberge dort, bis sie in der Klinik beschlossen haben, was aus Ihnen werden soll.«

»Samarkand war sehr schlecht für mich«, sagte Alek, »jeder meiner Schritte hier stand unter einem glücklosen Stern. Ich muß schnell hier weg, bevor mir etwas Schreckliches zustößt.«

Der Arzt füllte zwei umfangreiche Formulare aus und gab sie Alek.

»Hier«, sagte er, »und jetzt, wären Sie bereit, eine Kleinigkeit für mich zu tun, wenn Sie nach Taschkent kommen?«

»Alles.«

Der Arzt bückte sich und holte aus dem untersten Fach eines Medikamentenschrankes ein großes, in Zeitungspapier eingewickeltes Paket heraus.

»Ich werde Ihnen eine Adresse in Taschkent sagen – behalten Sie sie im Gedächtnis. Es ist ein Optikergeschäft am Navoiboulevard. Geben Sie das dem Geschäftsführer. Nur zu seinen Händen. Ich habe hier aufgeschrieben, daß er Ihnen eine Brille geben soll. Er wird verstehen.«

»Was ist in diesem Paket?« murmelte Alek mißtrauisch.

»Es sind sehr teure Medikamente«, lächelte der Arzt und kniff Alek ins Kinn. »Würden Sie das tun?«

»Selbstverständlich«, erwiderte Alek und senkte den Blick.

»Nehmen Sie fünf Rubel, kaufen Sie sich Brot, Zwieback, Früchte. Kaufen Sie auch eine Packung Tee, wenn Sie können. Ein Päckchen Tee ist besser als bares Geld im Zug.«

Als er hinaustrat, blendete die Sonne seine Augen. Der Bahnhof war auf der anderen Seite der Stadt. Alek verfolgte den Lastwagenverkehr. Einer von ihnen hielt unweit von ihm an.

»Zum Bahnhof?«

»Zwei Rubel.«

Alek bezahlte sofort. Er zitterte heftig vor Aufregung, versuchte sich jedoch zu entspannen und zündete sich eine Zigarette an.

»Willst du rauchen?«

Der Fahrer nahm eine Zigarette. »Verreisen?« fragte er.

»Nach Taschkent«, sagte Alek, »um die Augen zu behandeln.«

Die Lautsprecher gegenüber dem Registan ließen den Schluß der fünften Symphonie von Beethoven erschallen, mit blechern heiseren Klängen. Alek bekam Gänsehaut. Er blickte auf die Straßen der Stadt, und die Kuppel von Gur-Emir ließ ein Lächeln in seinem Gesicht aufsteigen. »Samarkand ... Mondlicht in den Rundungen der Minarette ... eine verblichene Flamme bei Tageslicht ...«

Auf dem Platz vor dem Bahnhof hielt er den Fahrer an.

»Wir sind noch nicht da«, sagte der.

»Ich muß mir einige Sachen kaufen«, erwiderte Alek.

Der Platz war nahezu leer. Alek spürte den mißtrauischen Blick des Fahrers, schloß die Augen und fuhr sich mit der Hand über die Lider.

»Tut's weh?« fragte der Fahrer.

»Ich werde blind ...«

»Man darf nicht verzweifeln«, beruhigte ihn der Fahrer, »Taschkent ist eine große Stadt, und es gibt dort Ärzte aus dem ganzen Land.«

»Auch hier gibt es wunderbare Ärzte. Ohne ihre Hilfe hätte ich das Licht der Sonne nie mehr gesehen.«

Er stieg aus dem Lastwagen. »Sei niemals fröhlich in Gesellschaft von Fremden!« sagte er sich. »Nur Betrunkene und Fremde sind fröhlich.«

Der Platz war ein einziger Morast, und an seinen Rändern blühten gelbe Blumen in einem Durcheinander stürmischer Beete. Verlassene Hunde streunten neben Holztischen und verbogenen Ladenständen.

Kleine Vögel schossen in schnurgerader Reihe dahin, als wollten sie alles zerschmettern, was in ihrem Weg stand, und riesige Raben flatterten schwerfällig in die Kronen der niedrigen Bäume hinauf, mit schimmernden Flügeln, in denen jedes einzelne Detail von überdeutlicher Schärfe war. In einiger Entfernung, neben einem geschlossenen Kiosk, standen zwei Frauen, eine mit rotem Kopftuch.

»Samarkand ...« Alek wandte sich den zerstörten Gebäuden zu, wo sich bereits Dutzende Straßenhändler drängten. Er kaufte zehn harte Eier, eine Tüte Zwieback, eine Handvoll Tee, eine Flasche Sauermilch, Pistazien und ein bißchen Reis. In einer der Baracken verpackte er die Nahrungsmittel und alle Sachen in seinem Tornister, wickelte sich einen schmutzigen Verband um die Stirn, der nahezu seine Augen zudeckte, und trat an den Bahnhofsvorsteher heran, von dem er eine Sonderkarte für den Krankenwaggon erhielt.

Für einen Augenblick erschütterte die Angst vor der Reise sein Inneres – ein dummer Zufall, und du bist verloren, Reisender. Aus und vorbei dein armseliges kleines Epos.

Auf dem langen Bahnsteig standen Hunderte Menschen. In der Ferne sah Alek seine Bauarbeiterkameraden, die Zementsäcke von einem Schwerlaster abluden.

Der Zug traf erst vierzehn Stunden später ein. Alek lagerte zwischen den Kranken, beobachtete seine Umgebung, lauschte gespannt auf jeden Lärm. Die Lokomotive tauchte hinter einer Kurve auf, unzählige Waggons im Schlepptau. Polizisten sperrten das Gelände ab – Routine, oder traf mit dem Zug jemand Wichtiges ein? Alek wartete, in der steten Befürchtung, sein Glück würde ihn im letzten Augenblick im Stich lassen, doch der Platzanweiser rief seinen Namen auf. Und er zwängte hastig seine Arme durch die Gurte des Tornisters.

Wieder wurde die Liste verlesen. Im Waggon gab es Bänke und Pritschen. Alek setzte sich ans Fenster, um die Wüste zu sehen. Er mußte sich abkapseln, in Tiefschlaf versinken, starr und stumm wie ein Felsen werden. Er versuchte, sich selbst zu hypnotisieren und jedes Gefühl in sich auszurotten. Nach zwei Stunden setzte sich der Zug in Bewegung. Phantastische Hoffnungen beutelten ihn, und in seinem Gehirn spulten sich imaginäre Gepräche ab, in denen er die Beamten von seinem Wert als Kämpfer überzeugte oder mit seiner Scharfsinnigkeit ihr Gehör fand, so daß sie ihm heldenhafte Missionen übertrugen. Sein Körper pochte im Takt dieser Gepräche.

Als der Zug zu guter Letzt in Taschkent eintraf, schien ihm, als sei ein halbes Leben vergangen. Noch nie war er so schmutzig und erschöpft gewesen.

Der Bahnhof von Taschkent wirkte wie der einer Großstadt. Draußen vor den Toren war die Erde noch morastig, doch es war bereits warm, die Bäume trieben aus, der Duft nach Aprikosen lag in der Luft. Alek wandte sich sofort einer Badestube zu und erhielt ein Stück scharfe Seife. Es war zur Morgenstunde, daher gab es noch unbegrenzt heißes Wasser in dem Bad, doch an den Wasserhähnen standen sie bereits in langen Schlangen. Es gelang ihm, einen fast intakten Topf zu erhalten, den man mit Wasser füllen konnte, ein Kochtopf mit einer Schnur daran, in dem ein Loch mit Blei und das andere mit einem Lumpen abgedichtet war. Er seifte sich ein, spülte seinen Körper mit heißem Wasser ab und ergatterte für ein paar Augenblicke sogar einen Schlauch, bis er ihm gewaltsam aus den Händen gerissen wurde.

Er verließ das Badehaus nicht eher, bevor er wirklich sauber war. Erst nach drei Stunden zog er sein schönes Hemd, die Hosen und die Schuhe an, die ihm der Arzt gegeben hatte.

Alek machte sich auf, um einen Friseur zu suchen, und auf der Kitvaskajastraße entdeckte er einen, an dessen bedächtigen Handbewegungen und schlichter Geschäftsdekoration er Gefallen fand. Nach dem Haareschneiden würde ihm nur noch ein einziger Lenin übrigbleiben: fünf für die Reise, drei für Suppe und Brot, ein Rubel fürs Schuheputzen und einer für gute Zigaretten, um keine Selbstgedrehten zu rauchen.

Der Friseur besprenkelte das Gesicht seines Kunden leicht mit Parfüm, und Alek versank in dem bequemen Sessel.

»Ich begebe mich in Ihre Hände. Haareschneiden und Rasieren, und machen Sie mir die Fingernägel.«

»Oho!« sagte er Friseur. »Wenn Sie mir nur sagen, wie Sie aussehen möchten? Weich, streng? Beamter oder Soldat? Jünger oder reifer?«

»Wie ein Flieger.«

Der Friseur musterte seinen Kopf und nickte fachmännisch: »Ich habe Sie verstanden – ein Soldat, aber ein Herr.«

Das Haar kurz und glänzend von Pomade, der Nacken nach Eau de Cologne duftend und das Gesicht schimmernd mit Creme, saß Alek in dem Sessel, ein Junge nahm sich seiner Fingernägel an. Dann zog Alek einen Tabaksbeutel heraus und drehte sich eine Zigarette.

»Woher ist dieser Tabak?« fragte der Friseur.

»Aus Buchara.«

»Darf man sich bedienen?«

»Sie können den ganzen Beutel haben, wenn Sie mir diese blaue Serviette geben. Ich würde sie gerne um meinen Hals binden.«

»Sie gehört Ihnen«, erwiderte der Friseur, hochzufrieden über den aromatischen Tabak.

Der Junge polierte ausgiebig Aleks Schuhe. Zwanzig Kilometer nach Jangijul. Auch wenn die Wege dorthin nicht gut wären und der Wagen langsam, würde er in vier bis fünf Stunden dort eintreffen. Er lieferte das Paket mit den Medikamenten in dem Optikergeschäft ab und erhielt eine Brille vom Geschäftsführer, der ihn anschließend zu einem Platz begleitete, von dem aus die Wagen einer Kooperative namens Frunse zum Lager von Jangijul abfuhren, neben einem riesigen Park.

Über dem Tachometer im Wagen prangte ein altes, farbenprächtiges Bild: ein byzantinischer Engel. Wie seltsam der Anblick seiner doppelten Flügel war. Der Aufkleber rief eine unverständliche Verwirrung in ihm hervor, die Farbschattierungen der Flügel flimmerten ihm vor Augen, der Körper weder materiell noch vergeistigt genug, sein verbotenes Lächeln.

»Woher ist das?« fragte er den Fahrer.

»Keine Ahnung. Ich weiß nicht mal, was es ist.«

Traurigkeit durchflutete Alek. War es nicht ein eitler Glaube, daß dieses oder jenes Ereignis an seiner Traurigkeit etwas ändern, sie vertreiben oder wenigstens aussetzen lassen könnte? Alles zeugte davon, daß diese Möglichkeit zwar existierte, denn er änderte sich schließlich immer rasch gemäß dem Typ Mensch, in dessen Gesellschaft er sich befand, doch im Innersten seines Herzens zweifelte er daran.

DER LEHRER FÜR TADSCHIKISCH I. Der alte Mann, der ihn in Tadschikisch unterrichtete, war sehr verschlossen. Persische Bücher häuften sich in dem einzigen Regal in seinem ansonsten nahzu leeren Zimmer. Nur ein Chalat hing in einer Nische, und eine Weste und ein Mantel aus schwarzem Schafsleder schmückten dauerhaft die Wand. Er schenkte Tee in zwei angeschlagene Tassen ein und schnitt sorgfältig Dutzende Papierseiten aus Kriegsplakaten zurecht.

Der Lehrer war äußerst reinlich, seine Kleider waren alt, jedoch sorgsam geflickt, und nur sein Gesicht wirkte wegen der leichten Sommersprossen von weitem schmutzig. Er pflegte für sich selbst zu kochen, in zwei Töpfen, wobei er Lieder vor sich hinsummte. Wenn Alek ein Wort oder einen Satz angemessen wiederholte, lächelte er, deutete eine knappe Verbeugung mit dem Kopf an und äußerte seine Zufriedenheit wie eine Art von Dank. Obgleich er keine Zähne im Mund hatte, war seine Aussprache bewundernswert klar, und jeder seiner kurzen Sätze klang wie die Zeile eines Gedichts, besaß feierliches Gewicht. Bereits nach kurzer Zeit war Alek in der Lage, sich mit ihm zu unterhalten, doch der Alte lehnte es ab, außerhalb der Unterrichtsstunden mit ihm zu reden, und es war ersichtlich, daß er sich von Fremden fernhielt. Auf seine feine Art gab er Alek zu verstehen, er solle ihm keine Fragen stellen. Niemals bewirtete er ihn mit irgend etwas Eßbarem, nur mit Tee, und Alek spürte, daß dieser Brauch seinerseits nicht Armut oder Geiz entsprang. Wenn er die Papierblätter, die der Lehrer für ihn vorbereitet hatte, mit Grammatikübungen bedeckte, stand jener am Fenster und schwieg.

MIT HITZE UND SCHMERZ. Es war ein Irrtum zu glauben, daß die Siedlung Alek, abgesehen von seiner begrenzten Fertigkeit im Klavierspielen, nicht brauchen könne. Auf Schirins Bitte hin begann Alek, zwei Mädchen in Latein zu unterrichten, die demnächst an der Apothekerschule aufgenommen würden. Er mußte ihnen beibringen, Rezepte auf lateinisch zu lesen und zu schreiben, nach irgendeiner Broschüre, der ein Wörterverzeichnis von eintausendundzweihundert Einträgen angehängt war, überwiegend Namen von Medikamenten, Geräten und Maßeinheiten. Die Rezepte muteten wie bittere Verse oder Prophezeiungen eines Orakels an. Die Anzahl der Pillen und die Dosierungen hatten die Schülerinnen auf russisch aufzuschreiben. Anfangs dachte er, die zwei jungen Mädchen würden sich bestimmt langweilen, doch alle beide kamen sie mit überraschender Begeisterung zu den Unterrichtsstunden, liebten ganz besonders die lateinischen Sprichwörter, mit denen sich die Broschüre schmückte, und am allerliebsten waren ihnen ausgerechnet die in irgendeiner Form gereimten: »Notae inflamationis sunt quattuor, rubor et tumor; cum calore et dolore.« Nach einem Monat wußten die beiden Mädchen schon mehr als die Hälfte der Wörter und verbesserten sich ständig darin, Rezepte vom Lateinischen ins Russische zu übersetzen, wie auch umgekehrt.

DER LEHRER FÜR TADSCHIKISCH, DIE ROSEN II. Sein Lehrer ähnelte mit seinen dünnen Gliedmaßen und seinem großen Kopf einer Spinne. Er verhielt sich Alek gegenüber mit einem Gleichmut, der einem jungen Menschen wie Feindseligkeit erscheinen mußte. Sein Gesicht, das Gesicht eines Mathematikers oder antiken Astronomen, wirkte immer müde und grau, obwohl er viele Stunden draußen zubrachte, in seinem Rosengarten, mit in sich gekehrtem Blick und bitteren Lippen – darauf gefaßt, das Urteil des endgültiges Alters zu erhalten? Die Unterrichtsstunden fanden im Rosengarten statt, der sogar in einem Land der Gärtner durch die Schönheit, die intensiven Farben und die Frische der roten Rosen überraschte, mit seiner beispielhaften Anordnung und dem feinen Gespür für die Herrschaft über die wilde Pflanzenwelt. Sein Lehrer wußte, welche Blumen und Pflanzen seinen Rosen keinen Schaden zufügten und ließ ringsherum allerlei ungestört gedeihen, den Rosengarten bekränzend, der wie ein verblüffendes Schmuckstück, ein wahres Kleinod war.

Alek saß an einem kleinen Holztisch, auf dem Sitz eines alten Wagens lagen seine Hefte und das Lehrbuch. Sein Lehrer ging im Garten auf und ab, streute den Vögeln, die in zwei großen Nestern hausten, Samenkörner hin, grub in der Erde, stutzte etwas zurecht, studierte die Unterseite von Blättern unter einem Vergrößerungsglas, bespritzte die Pflanzen mit einer blauen Lösung, besserte die Stützpfosten aus, notierte in seinem Notizbuch Einzelheiten zu den Kreuzungen, die er vornahm, spannte das Schutzdach über die kleine Plantagenzucht, in der die Rosen in Kübeln großgezogen wurden, die alle einzeln und ausführlich auf persisch beschriftet waren.

RIESIGE VASEN WACHEN INMITTEN DER NACHT. Regen fiel, gemischt mit Hagel. Piramovitschs Haus war dunkel. Eine Laterne draußen, die nicht brannte, mit einem kleinen eisernen Adler an der Spitze. Zwei Büsche ragten schwärzlich zu beiden Seiten des Gartens, der mit dünnem, dichtgedrängtem Blattwerk überzogen war. Die Büsche standen wie Hüter an der Schwelle, riesige Vasentöpfe, ein wenig in der Erde begraben, zwei Lampen, ähnlich Kutscherlaternen, neben der Eingangstür. Eine Hecke auf der einen, eine steinerne Eingrenzung der anderen Seite. Drei Stufen führten zur Eingangstür, eine schöne Flügeltür; auch ihr standen große Blumentöpfe zu beiden Seiten. Ein Blatt taumelte in eine Pfütze im Garten, wie ein riesiger Schmetterling!

Er setzte seinen Weg fort, die Straße stieg an, wand sich. Als Alek das Ende erreicht hatte, kehrte er wieder um. Der steinernen Einfriedung entströmte Einsamkeit, doch der scharfe Wind störte ihn nun weniger als zuvor. Die Häuser wirkten freundlich, die Straße ruhig und angenehm, trotz des Eisregens, der Pfützen und der Kälte. Und vielleicht hatte der Wind ein bißchen nachgelassen, war der Regen etwas weicher geworden, die Straße, älter vielleicht, und die Laternen, stilvoller und verschleierter als zuvor, beschienen das dichte, geheimnisvolle Blattwerk und die Fäden des Regens.

AMALIA RODRIGUES. Der Fado, wie Schirin Tengizovs Abendkonzert für die Funktionäre, war durchwirkt von Lobeshymnen an den Tod, von einer Sehnsucht nach dem Tod, die so groß war, daß sie eine verlorene, zarte Liebe zum Leben gebar. Ein Thanatos der Nachtklubs, brennend im Wein, in schummrigem Licht, im Schleier der schwarz gekleideten Sängerin, in den Verzierungen der Gitarre des demütigen Begleiters ... Die Sängerin brachte einen sengenden Hauch von Grenze mit sich. Eine solche Nacht, Tod, war einst in Reichweite, zwischen gewollt und ungewollt; Jahre hatte er nichts mehr davon empfunden. Die Lieder des Fado brachten Alek die Nacht zurück.

Am nächsten Morgen mußte er zu seinem Wehrübungsdienst am Toten Meer zurückkehren. Lange Zeit verbrachte er bei der Auswahl der Blumen und überwachte das Arrangement des Straußes, und er bat den Pförtner am Künstlereingang, den Strauß in eine große Metallvase neben seinen Tisch zu stellen. Nachdem er die Eintrittskarte und den teuren Blumenstrauß gekauft hatte, blieb ihm bis zum Monatsende kein Geld mehr.

Alek fürchtete den Vergleich mit ihrer Platte ein wenig, doch Amalia Rodrigues war eine zu große Künstlerin, als daß sie in der fatalistischen Trauer des Fado und seinen dunklen Klageliedern versunken wäre. Ihre Stimme erhob sich über die seltsamen portugiesischen Gitarren, die überraschend reich verzierten Violen. Nach der kleinen Einleitung auf der Gitarre wandte sie sich an die Zuhörer und gewann damit sofort Aleks Herz. Die Stimme war ausdrucksreich und etwas dunkel; das Bekenntnis war von Ernst durchdrungen, bar jeglicher Effekthascherei. Die Lieder des Fado waren eine Art städtischer Volkslieder, wie die alten neapolitanischen Gesänge, die in Kaffeehäusern, Theatern und Opern geboren wurden.

Madonna! flüsterte jemand neben ihm. Madonna? Maria Magdalena von der anderen Küste? Ihre Finger zerknüllten die Säume ihres schwarzen Chiffonkleides. Der Schauspieler, der den Text ihrer Lieder übersetzte, erklärte die Bedeutung des schwarzen Schleiers der Fadosängerinnen, des Schals, der ihre Schultern verhüllte, zum Andenken an die erste von ihnen, die Zigeunerdirne, die vor hundert Jahren in den Weinstuben von Lissabon gesungen hatte. Der Schauspieler sah wie ein selbstzufriedener Hampelmann aus gegenüber der Sängerin, die ihre Stimme beben ließ, mit Augen voll verborgenem Licht, und die komplexen Facetten ihrer Stimme schieden zwischen ihr und ihm, zwischen einem sich bekennenden Menschen und einem Marktschreier beim öffentlichen Verkauf. Ihre Glut und Hingabe begrenzten die Trauer, die aus dem Zweifel an jedem Geschenk erwächst, aus der Notwendigkeit an unendlicher Vorsicht und den grausamen Verhaltensformen, die dieser Vorsicht entspringen, Selbstbeherrschung und Verzicht ohne Rebellion, ohne Rache, von Menschen, die viel Leid erfahren hatten.

Ob sie *Pedro Gaitairu* singen würde? Alek verstand den Text des Liedes nicht und stellte sich vor, daß von einem Geliebten namens Pedro die Rede war. Auf der Platte hörte sich das Lied sehr schlicht an: eine junge Liebe, ekstatisch und erhebend, gemischt mit sinnlicher Hingabe – wenn es wirklich ein Liebeslied war und der Name des Geliebten tatsächlich Pedro Gaitairu. Doch die Sängerin sang das Lied nicht. Vielleicht hielt sie es für zu kindisch und simpel? Am Ende des Konzertes, nach vielen Zugaben, schrien ihr die Leute die Titel der Lieder zu, die sie gerne hören wollten, und die Sängerin sang drei davon unter tosenden Beifallskundgebungen.

Alek rannte zum Künstlereingang. Der Pförtner saß nicht in seiner Kabine, und Alek schlängelte sich durchs Fenster und holte den Blumenstrauß aus der Vase. Im Gang befanden sich nur wenige Menschen. Er wandte sich an eine Frau, die ein Bündel Kleider trug.

»Die Garderobe von Frau Rodrigues?«

Ein kleingewachsener Mann mit einem charmanten, lebhaft bewegten Gesicht, das schwarze Haar mit einer ölig glänzenden Substanz eingeschmiert, öffnete ihm die Tür.

Amalia Rodrigues saß auf einem schmalen Stuhl, umringt von einigen Frauen und Männern. Der Mann, der ihm die Tür aufgemacht hatte, packte eine Gitarre in die Hülle. Aleks Auftritt mit dem riesigen Blumenstrauß in seiner Hand lenkte die Aufmerksamkeit der Sängerin auf ihn.

Die lange Zeit, die er der Auswahl der Blumen gewidmet hatte, war keine vergebliche Investition gewesen. Die Sängerin erhob sich, dankte ihm für die Blumen und äußerte auf französisch einige Worte über die Schönheit des Straußes, aufrichtig und liebenswürdig. Alek sagte, er sei ein Verehrer des Fado und ganz besonders, wenn sie die Lieder singe.

Die Sängerin betrachtet ihn interessiert. »Ein Verehrer des Fado? Sie sehen selbst wie ein Fadosänger aus, mein Herr.«

»So sehen sie aus?«

Die Sängerin wandte sich an den Mann, der in eleganter Abendkleidung neben ihr stand, und sagte etwas, das Alek nicht verstand. Die beiden lachten.

Als sie Aleks Verlegenheit sah, sagte sie: »Wirklich. Sie sehen wirklich wie ein Fadosänger aus.«

Zwei Männer, die neben der Sängerin saßen, waren ihrer Kleidung nach Israelis. Zwei Frauen unterhielten sich leise.

»Ich habe in einem fort darauf gewartet, daß Sie eines der Lieder von Ihrer Schallplatte singen würden, die vor zwei Jahren herauskam, doch Sie haben es nicht gesungen. *Pedro Gaitairu.*«

»Dieses Lied gefällt Ihnen?« fragte die Sängerin erstaunt.

Der elegant gekleidete Herr wechselte zwei Worte mit dem Gitarrenspieler.

Alek betrachtete die müde Sängerin bewundernd. Fiel plötzlich irgendein Schatten über ihre Großzügigkeit?

Er lächelte, murmelte etwas und wandte sich zum Gehen.

»*Pedro Gaitairu?*« sagte die Sängerin.

Alek hielt inne und sah die Sängerin scheu und erwartungsvoll an, und sie nahm die mit Perlmutt eingelegte Gitarre aus den Händen des Mannes mit dem glänzenden Haar und beugte sich darüber, wobei ihr schwarzes Haar ihr Gesicht verdeckte. Zunächst hatten die Leute Alek fast mit einem gewissen Vorwurf betrachtet, daß er sie belästigte, doch nun, während die Sängerin noch mit den Fingern auf die Gitarrensaiten trommelte, änderte sich ihre Stimmung.

Mit einem Mal klangen Töne auf zwischen dem rhythmischen Trommelgeräusch. Der Gesang frischer als auf der Platte: die glückliche Liebe, Leib und Seele, stilles Staunen, Gefesseltsein, und danach Ekstase. Als sie endete, umringten sie alle, und der Gitarrist lachte fröhlich. Alek beugte sich hinab, um ihre Hand zu küssen, und sah Tränen in ihren Augen. Für den Bruchteil eines Augenblicks berührte die Sängerin mit ihrer Schläfe den Rand seines Ohres. Alek besaß keine Fotos, weder von Fräulein Kolenda noch von Schirin, und dies war nicht der richtige Moment, um ein Bild von seiner dritten Muse zu erbitten.

Drei Tage später sah er sie in einem offenen Jeep, der aus Ein-Gedi abfuhr. Die Sängerin betrachtete durch ein Fernglas das Tote Meer, und danach reichte sie das Glas jemandem aus ihrer Begleiterschar, dem Mann mit dem öligen Haar. So fuhren sie an dem vollgepackten Laster vorüber, in dem er saß.

PARAVENT UND PFAD. »Nimm den Stenographieblock mit. Vielleicht gelingt es dir, von Herrn Gendelmann ein paar lehrreiche Worte zu notieren.«

»Gendelmann, der Innenarchitekt?« fragte Maddi.

»Innenarchitekt? Ich dachte immer, er sei eine Art seltsamer Philosoph. Man erzählt sich von ihm, er sei ein enger Freund des Wieners Wittgenstein gewesen, der als großer Philosoph gilt.«

»Hans Gendelmann? Er hat mit meinem Vater zusammengearbeitet. Er hat für König Abdullah gebaut, sogar den Thron.«

»Wenn das so ist, dann hat dieser Herr zumindest zwei Hüte, den eines Mönches und den eines Spaßmachers«, sagte Rieti.

»Und was soll ich notieren?«

»Im Oktober wird das ökumenische Konzil im Vatikan eröffnet. Notier dir Äußerungen von ihm und von Melmann, dem Herausgeber der Zeitschrift *Paravent und Pfad*.«

»Ich habe nie von einer solchen Zeitschrift gehört.«

»Sie ist neu. Religiöses Gedankengut. Eine Lira. Ich bin jederzeit bereit, Worte über das Erhabene zu kaufen, wenn man keinen übertriebenen Preis von mir verlangt.«

»Gendelmann schreibt dort?«

»So hörte ich. Aber unter fiktivem Namen. Er sagte, er könne über Gott nicht unter seinem Namen schreiben. Jedenfalls hat es Melmann so Bergmann erzählt. Und darauf sagte Melmann zu ihm: Er wird ohnehin wissen, wer sich hinter dem falschen Namen verbirgt. Wer wird es wissen? fragte Gendelmann. Ein merkwürdiger Typus. So ein langer Mensch, wie eine welke Gladiole.«

»Das ist er, Hans. Er hat uns oft zu Hause besucht.«

Ihr Vater war stets von Hans' schlichten Lösungen beeindruckt gewesen. Doch zu Maddi hatte er gesagt: »Wenn er redet, sehe ich vor meinen Augen einen tiefblauen Himmel, wolkenlos, ohne Schatten, Stunde um Stunde. Wie lange kann man sich so einen Himmel anschauen? Und ist das, was er sagt, das Dürftigste überhaupt, wie ich meine, oder etwas ungemein Tiefgründiges, wie er meint? Und das Allerschlimmste: daß er sich so gut wie nie wäscht. Vielleicht ist das der schlagende Beweis dafür, daß es nicht gut ist, daß der Mensch alleine sei. Wenn er mit einer Frau zusammenlebte, würde er sich zumindest manchmal waschen.«

»Er wäscht sich überhaupt nie?«

»So scheint es mir.«

»Er trägt eine Fliege ...«

»Eine Fliege?! Fliegen braucht man nicht waschen«, sagte ihr Vater.

»Sie möchten, daß ich im Namen ihrer Zeitschrift ein Schreiben an den Vatikan verfasse«, sagte Rieti, »an Papst Johannes XXIII. Ich glaube nicht an solche Dinge, Gesuche und Sendschreiben. Doch sie mögen den Papst und glauben an seine Macht. Speziell Melmann. Die Tatsache, daß er aus der allgemeinen Version des Karfreitagsgebets den Ausdruck ›verräterische Juden‹ gestrichen hat, hat Melmanns Herz völlig erobert. Erinnerst du dich noch an Stenographie?«

»Natürlich erinnere ich mich!« erwiderte Maddi. Sie hatte drei Monate Stenographie gelernt und den ganzen langen Weg zurückgelegt über die Silben: das tasa tas as sadad sad, bis zu: Gott zum Gruß sagt der Landmann, wenn er tritt hinaus, zu Pferd, Kuh und Sperling auch, der hoch fliegt überm Haus.

Das Treffen fand in Gendelmanns Haus in der Achad-Ha'am-Straße statt. Er fühlte sich schlecht, litt, nach eigener Aussage, Höllenqualen. Gendelmann lag auf einem Polstersofa hingestreckt, mit einem schwarzen Hausmantel bekleidet, unter dem eine grüne Hose und ein graues Hemd hervorlugten. An den Füßen hatte er Filzpantoffeln. Eine rote Fliege zierte seinen Hals. Tausende Bücher waren übers ganze Zimmer verstreut sowie auf der großen Terrasse. Ihm gegenüber saß Melmann, der Bewunderer Johannes XXIII., ein kleiner Mann mit Vogelgesicht und funkelnden Augen. Weiter weg, am Fenster, als wollte er größtmöglichen Abstand von Gendelmann halten, saß ein junger Mann, dessen Gesicht Maddi in der Zeitung gesehen hatte, Chanan Horovitz mit Namen, Übersetzer von Kierkegaard und ein Mann der Neuen Linken, und neben ihm noch ein dünner, weißgekleideter Mann.

Gendelmann erkannte sie nicht, doch sie erinnerte sich gut an ihn – das schön geschnittene Gesicht, nahezu farblos, die milden Augen und die kraftlosen Hände.

»Professor Bergmann hatte die Absicht zu kommen, steckt jedoch in einem Termin mit wichtigen Gästen aus dem Ausland. Ich habe seine Telefonnummer, und sollten wir bei irgendeiner Formulierung seine Hilfe benötigen, werde ich ihn sofort anrufen«, sagte Melmann.

Der Wortführer war Melmann, der offenbar versuchte, Gendelmann, Horovitz und den Mann im weißen Anzug zu überzeugen.

»Das erste, was er gemacht hat, war ein Besuch im *Regina Coeli*, Roms großem Gefängnis«, fuhr Melmann fort, »und bei diesem Besuch stach allen die schlichte und kluge Empfindung des Mannes ins Auge, daß die Menschen Gefangene sind.«

»Was kann banaler sein, als Häftlinge zu besuchen?« sagte Gendelmann.

»Nein, nein! Das war das erste, was er tat! Und danach fragte er, wie viele Fenster es im Vatikan gebe, und erhielt zur Antwort, etwa viertausend. Darauf sagte er: Man muß alle Fenster öffnen. Der Mensch sollte nur in einem Haus mit Fenstern beten. Vielleicht kennt der Papst das Talmudtraktat Brachot nicht, doch es erweist sich, daß er genau das gleiche versteht, was Rabbi Jochanan und Rabbi Chija Bar Abba verstanden. Das Konzil beginnt am 11. Oktober zu tagen. Ich möchte keine sentimentale Epistel, voll billigem Humanismus und verlogenem Universalismus. Ich möchte ein mutiges, neues Sendschreiben, das edlen Seelen hilft. Ich muß gestehen, daß ich Ihre Vorbehalte nicht verstehe.«

»Und ich habe gehört«, sagte Gendelmann, »daß die Römer die Buchstaben SCV, die für die Vatikanstadt stehen, auf den Nummernschildern der Vatikanfahrzeuge, dergestalt entziffern: Se Christo vedesse – wenn dies Jesus sähe! Ob ein Papst so denkt oder anders, macht nichts aus. Als dieser Papst gewählt wurde, sagte irgendein italienischer Journalist: Wehe uns, wir haben einen Papst, der an Gott glaubt. Ich hätte ihm gern gesagt: Du hast nichts zu befürchten. Die Erde wird nicht beben.«

»Ich dachte trotzdem, Sie seien von meinen Worten überzeugt, Sie haben doch zugestimmt, Richter Rieti einzuladen. Sie wollten nicht, daß wir den Brief in Lateinisch schrieben.«

»Ich war gegen Latein, da ich nicht sicher bin, daß sie dort so gute Lateiner sind«, erwiderte Gendelmann. »Zur Zeit des Weltkriegs haben rumänische Juden aus Chernauti ein Schreiben an den Papst geschickt mit der Bitte, er möge sie davor bewahren, ins Konzentrationslager geschickt zu werden, und damit ihre Bitte besser verstanden würde, verfaßten sie das Ganze auf Latein. Doch dem Ergebnis nach haben wir den Schluß zu ziehen, daß eine der Seiten eine besorgniserregende Schwäche im Lateinischen aufwies.«

»Das ist unangebracht!« sagte Melmann. »Es sind nicht die gleichen Zeiten, und es ist nicht derselbe Papst.«

»Ich stimme mit Melmann überein«, äußerte Horovitz, »es gibt ein neues Bewußtsein in der Vatikanstadt.«

»Vielleicht, vielleicht. Ich widerspreche Ihren Worten nicht«, sagte Gendelmann, »aber erlauben Sie mir, nur so viel anzumerken: Der Haß von ihrer Seite ist grauenhaft und schändlich. Ein furchtbarer Schandfleck. Doch die Schlichtung ist banal. Der Haß ist religiös, legendär, die Beilegung jedoch gesellschaftlich, eine allgemeine Aussöhnung, und sie werden das Judentum ohnehin immer als legalistisch sehen, ohne Gnade und Milde.«

»Jeder Spalt in der Mauer des Hasses muß gesegnet werden«, sagte Melmann.

»Ich bin kein so guter Bürger wie Sie«, erwiderte Gendelmann, »ich nehme den Segen an, aber das ist ein positivistischer Sieg, kein geistiger.«

»Wenn dem so ist«, sagte Melmann boshaft, »dann müßten Sie das Schreiben eigentlich befürworten. Je länger ich in den Schriften Ihres seligen Freundes Ludwig Wittgenstein lese, desto mehr sehe ich, daß der Mann, trotz aller Dementis, ein echter Positivist war, wenngleich etwas verschämt.«

»Niemals! Die Positivisten lehnten das Metaphysische ab! Ludwig lehnte allein das Reden darüber ab und vertrat die Ansicht, daß nur die Dinge einen Wert haben, die man seiner Meinung nach nicht wissen könnte. Die übrigen Dinge seien unwichtig.«

»Und daher befaßte er sich sein ganzes Leben damit, über die unwichtigen Dinge zu schreiben!« sagte Melmann mit bösartigem Triumph.

»Weil er kämpfte, um die Grenzen des Unwichtigen auszuloten, was er jedoch nicht tat, weil er die Grenzen der kleinen Insel festlegen wollte, auf der all die wichtigen Dinge, über die man sprechen kann, versammelt sind, gegenüber den Grenzen des großem Ozeans, über den man zu schweigen hat. Für einen Positivisten existiert nichts, worüber man zu schweigen hat. Schon Newton sagte seinerzeit: Ich habe das Meer gesehen, doch was ich mit mir nahm, war nichts als eine Muschel, die ich an seinem Strand aufhob. Während die Positivisten die Muschel herzeigen und trompeten: Da habt ihr den Beweis, daß das Meer überhaupt nicht existiert!«

»Entschuldigen Sie, haben Sie Newton gesagt?« fragte Maddi.

»Was? Sie notieren das Gespräch? Wir haben doch noch gar nicht angefangen, über das Sendschreiben zu sprechen!« sagte Melmann.

»Soll sie es mitschreiben«, sagte Gendelmann. »An unseren Worten ist zwar nichts besonderes, doch sind sie gewiß interessanter als unser Brief an die Römer. Vielleicht kann man das in unserer Zeitung veröffentlichen.«

»Ich bedaure es, daß Bergmann nicht hier ist. Und was ist Ihre Meinung, Herr Rieti?«

»Ich ziehe es vor, meine Meinung nicht zu äußern.«

»Trotzdem, trotzdem ... Sie sind in Italien geboren, haben Jahre dort gelebt ...«

»Ich habe den neuen Kurs nicht geliebt, und ich liebe den neuen Geschmack des Vatikans nicht.«

»Meinen Sie den Geschmack im Glauben?« fragte Chanan Horovitz verächtlich.

»Im Glauben, ja«, antwortete Rieti.

»Und ich denke, daß gerade die Modernität im Vatikan den Fortschritt bei den Konzilsgesprächen verspricht«, entgegnete Horovitz.

»Daran besteht kein Zweifel«, meinte Melmann.

Nur der Mann im weißen Anzug hatte seinen Mund bisher nicht aufgemacht. Er war sehr dünn, dünner noch als Gendelmann. Seine Kleider waren überlang, leichenhemdartig, schlampig genäht.

»Und was meinen denn Sie nun dazu, Herr Arnold? Sollten wir das Schreiben abschicken?« fragte ihn Melmann.

»Ich fürchte«, gab der Mann zur Antwort, »ich fürchte, daß das Problem hier im Wesen unserer Sprache steckt. Sie ist es, die unser Hauptproblem erzeugt, denn ein Wort ist keine Sache, wie unser antikes Hebräisch, – irreführend wie jede Sprache – mit der gemeinsamen Wurzel von ›Wort‹ und ›Sache‹ zu implizieren schien. Das Leben ist keine Angelegenheit von Worten, Definitionen, Begriffen. Im Inneren lebt jeder von uns sein tiefstes Ich, und wenn er auf die Welt trifft, tangiert er Licht und Schatten. Doch die Worte – diese abgedroschenen Wegweiser – hindern uns daran, die Lichter und den Schatten anzunehmen. Wir müssen von Asien lernen, ganz besonders von Indien, das Multi-Kosmische, die Unendlichkeit der Zeiten, Welten, Götter. Wir müssen sein wie die Wolken, die Sonne reflektieren, den Mond, die Gestirne, wir müssen uns den Strömungen des Windes überlassen, den Wellenschlägen des Kosmos; und wenn wir der Natur nahe gekommen sein werden, diesem Schweben, und damit Gott nahe sind, dann werden wir Gottes Stimme hören können. Die Worte sind eine Maske in mehr als einer Hinsicht, sie drücken nicht die wirkliche Bedeutung aus, ganz im Gegenteil, sie verbergen sie. Die Worte sind die Raubtiere des Mißverstehens, die jedes Schweigen, jedes wahre Gefühl restlos verschlingen. Die Worte sind die Meilensteine auf dem Weg des Mißverstehens. Und was heißt Mißverstehen? Es ist kein Nicht-Verstehen und auch nicht das Fehlen von Verständnis, sondern eine schädliche Mischung aus beidem, das gefährlichste Zwitterwesen überhaupt – dieses ist es, das die Brücken zerbricht, die der Wind errichtet, ungezählte Brücken über den Abgründen, dieses ist es, das dem Schicksal und dem Geheimnis den Kampf erklärt, bis keine einzige Brücke mehr geblieben sein wird, die ins Paradies führt. Vor lauter Worten und vorgeblichem Zartgefühl wird alles zerstört. Das Schweigen wird zerstört, die Winde und die Schatten, die von unserem tiefsten Ich aufsteigen und an die Schwelle unseres Bewußtseins klopfen, werden für immer gefesselt und verwundet bleiben, niemals wird unseren Augen die Rose erblühen, die Rose des Nichtwissens, die es uns ermöglicht, wieder wie kleine Kinder zu sein, die Feldblumen pflücken, das Wunder der Welt empfinden, den Geschmack des Verborgenen und Verschwundenen ...«

»Wahrlich und wahrhaftig ...«, sagte Melmann, »was ist also Ihre Schlußfolgerung? Sollen wir das Schreiben an den Rat schicken, Herr Arnold?«

»Im Zen nennt man die Meditation Fu Scho, etwas, das nicht zu erzeugen ist.«

»Wahrlich, wahrlich ... nun denn, schicken oder nicht?«

»Und es gibt im Zen noch einen Ausdruck für Meditation: Wu Schi, was bedeutet, nichts Besonderes, eine irrelevante Sache ...«

»Wahrlich, wahrlich«, wiederholte Melmann mit einer Stimme, die höher und leicht schrill wurde, »empfehlen Sie also, das Sendschreiben zu schicken oder es nicht zu schicken?«

»Ist mein Standpunkt nicht klar?«

»Nicht wirklich ...«, erwiderte Melmann.

»Nun, ich bin der Meinung, daß es keine große Bedeutung hat, ob das Schreiben versandt wird, und daher ...«

»Und daher?« zischte Melmann mit zusammengebissenen Zähnen.

»Daher würde ich es nicht von vornherein ablehnen, das Schreiben zu schicken.«

»Ich danke Ihnen«, stieß Melmann hervor.

»Sie hätten Einfluß nehmen können«, sagte Gendelmann, »wenn die intelligentesten Leute des Jahres 1962 unter ihnen gewesen wären. Doch vermögen Sie sich vorzustellen, daß eine solche Gruppe dort bestehen könnte und daß ausgerechnet dort die schärfsten Gespräche geführt und sich die reichsten Intuitionen des Jahres 1962 auftäten? Weder noch!«

»Dies ist mir ein Rätsel«, sagte Melmann, »was hat die Intelligenz damit zu tun? Ich bin ganz und gar nicht der Auffassung, daß die Leute dort nicht ausreichend intelligent wären. Ich habe hier einen Brief von Kardinal Chiara. Er erscheint mir keinesfalls dümmer als Ihre Professoren. Bea, Léger, Lienart, Suenens sind mit ihrer Intelligenz mitnichten jedem anderen Menschen unterlegen.«

Gendelmann streichelte mit den Fingerspitzen seine Augenlider und seine Nase.

»Professoren ... Sie sind zu begeistert, Melmann. Sie glauben, als Rabbi Akiva starb, wurde Rabbi Jehuda Hanassi geboren, und als jener starb, Rav Jehuda und so fort ... Doch wer verbürgt uns denn, daß es tatsächlich so geschieht? Was ist die Bedeutung dieser ökumenischen Synode? In meinen Augen, teurer Freund, ist es das gleiche wie jenes ›Vater unser im Himmel‹ in Dutzenden oder Hunderten Sprachen, das Johann Christoph Adelung in seinem Buch *Mithridates, oder allgemeine Sprachenkunde* zitiert. Eine solche Kommission ist ein Palimpsest aller Zeiten. Es gibt unter ihnen welche, die glauben, daß die Jungfrau diejenige war, die eine Epistel an Paulus schickte, um ihm beim Seelenfang in Messina zu helfen, und es gibt solche, die nicht einmal an höhere geistige Wesen glauben. Und wenn Sie wissen möchten, wer die intelligentesten Leute des Jahres 1962 sind, so werde ich Ihnen sagen: Jene sind die Menschen, die der Wahrheit dieses besonderen Jahres am nächsten sind, die kritischsten Menschen, die sich am meisten der Hartnäckigkeit von Zwang und Materie bewußt sind, die imstande sind, Meinungen zu akzeptieren, die ihre Positionen einreißen, sogar etwas zynische, auf jeden Fall aber äußerst sekptische Menschen, und die zugleich damit, trotz ihres Wissens, ihrer Skepsis und Kritikfähigkeit, zu geistigem und moralischem Schaffen befähigt sind.«

»Das ist eine historisierende Ansicht aus dem vergangenen Jahrhundert«, sagte Melmann, »in jeder Epoche gibt es einen Klub der Intelligentesten, weise Männer, mehr als hundert Jahre zuvor und noch mehr als vor zweihundert Jahren. Das ist großer Unsinn.«

Gendelmann streichelte wieder seine Augenlider und seine Nase.

»Das ist eine Reaktion, die Ihrer nicht angemessen ist, Melmann«, äußerte er dann. »Ich habe manchmal das Gefühl, daß Sie sich noch nicht von der Simplifikation der Klassifizierungen und Kategorien Ihrer gepriesenen Jeschiva befreit haben. Ich sagte nicht, wir wären intelligenter als die Toten. Hätte es Pascal zufällig auf das ökumenische Konzil verschlagen, er hätte sich den Kiefer ausgerenkt vor lauter Gähnen. Haben Sie jemals eine Seite seiner *Gedanken über die Religion* mit all den Streichungen und Verbesserungen gesehen? Diese gesamte ökumenische Synode wäre nicht in der Lage, eine solche Seite zu edieren.«

»Was möchten Sie damit sagen?«

»Ich sage, daß Sie zu sentimental sind. Sie haben die Tatsache, daß Ihr Kardinal ein wenig Hebräisch kann, ausgebeutet, um Ihren Brief an ihn mit den Worten zu eröffnen: ›Eine Stimme ruft zu mir aus der Tiefe des Herzens‹ ...«

»Er ist mein Freund ... Wenn ich Ihre Worte höre, habe ich das Gefühl, daß der Gott Terminus, der Götze der Grenzen, ein jüdischer Gott ist, der von den Römern gestohlen wurde.«

»All dies wird nicht das Geringste ändern!« erwiderte Gendelmann.

»Sie sind bar jeden Glaubens, jeden Traums, Herr Gendelmann«, sagte Chanan Horovitz.

»Aber bitte, mein junger Herr Horovitz, offenbaren Sie mir nicht alle geheimen Schätze Ihrer Empfindsamkeiten. Die Veränderung, die Sie sich herbeiwünschen, ist so wie die Feststellung, daß der Indianer ein edler Wilder mit gutem Herzen und ohne Schuld ist. Wenn Sie nur den Indianer in einen Unschuldigen verwandelt haben, versetzen Sie sofort einem ganzen Genre von Büchern und Filmen einen tödlichen Schlag. Die Tatsache, daß Sie vielleicht recht haben mögen, daß die Indianer zumeist nicht blutrünstiger als andere Menschen waren, ändert überhaupt nichts – das Genre würde tot sein.«

»Das klingt sehr traurig. Ihre Worte machen sehr traurig«, sagte Melmann.

»Keine Sorge. Die Menschen werden andere Ungeheuer für sich finden«, erwiderte Gendelmann.

»Das habe ich nicht gemeint. Mich macht traurig, daß Sie das Volk Israel mit Indianern aus den Filmen vergleichen können.«

»Ich habe Indianer immer geliebt.«

»Das ist die Falle, die Ihre Natur Ihnen gestellt hat«, sagte Melmann, »Ihre vermeintliche Überlegenheit. Als die Kirche jegliche Moral verletzte und alle Anständigkeit mit Füßen trat, da rief sie zumindest keine Verachtung hervor – der Jesuitenorden wurde von wenigen verehrt, erregte Furcht bei vielen, doch keiner wagte es, ihn zu verspotten, dagegen jetzt, wo die Kirche ihre vermeintlichen dogmatischen Feinde nicht mehr mit eiserner Wahrheit messen möchte, jetzt lassen Sie Worte der Verachtung ertönen? Gerade jetzt, wo die Kirche ihre bluttriefenden Fehler anzuprangern sucht? Wenn sie kommt, um die Brüderlichkeit zwischen ihnen und uns zu preisen und zu segnen, trotz schwerwiegender allegorischer und dogmatischer Schwierigkeiten? Ich kenne den Kardinal, ich weiß um die Bitterkräuter, die er gegessen, ich kenne das Feuer, das in seinen Knochen verborgen ist, und ich werde Ihnen nicht erlauben, Worte des Zweifels und der Kritik zu äußern. Ich lehne es mit allem Nachdruck ab, mich in den Elfenbeinturm zurückzuziehen so wie Sie, ausgerechnet in dem Moment, in dem sich die wunderbare Chance bietet. Wenn Maimonides jetzt bei uns, hier, in Ihrem Zimmer wäre, er würde seine Stimme für die Abfassung des Sendschreibens erheben. Jeder hat seinen Anteil am Auslaufen des Schiffes, und jeder segelt auf dem mächtigen Fluß. Gottes List und Umsicht steuern die Segler sicher.«

»Und ich, in meiner Unschuld, dachte, wir befänden uns im zwanzigsten Jahrhundert«, bemerkte Gendelmann giftig.

»Ich sehe in Ihrem Verhalten die natürliche Reaktion eines Protestanten, dem alles, was mit den Katholiken verbunden ist, verdächtig und künstlich erscheint, da sie, die Protestanten, der Existenz näher sind, während die Katholiken in Ideen befangen bleiben.«

»Ich wurde im achten Wiener Bezirk geboren«, sagte Gendelmann, »Schlagen Sie besser wieder einmal den Atlas auf, dann werden Sie sehen, wie es um die Verteilung der Religionen in Europa bestellt ist. Nur das sattsam Banale hat eine Chance. Die Konservativen werden für die alten Trennungen sein. Die Erneuerer für das Banale, es gibt keinen anderen Weg.«

All dies äußerte Gendelmann mit seiner gemessenen, farblosen Stimme, während er seine langen Handflächen gegeneinander rieb. Seine langen, schwarzen Fingernägel hätten jedem chinesischen Mandarin zur Ehre gereicht.

Seine Worte über das Banale riefen in Melmann großen Zorn hervor. Er erhob sich von seinem Platz, fast erstickte er vor Wut: »Ich hasse solche Reaktionen! Ich hasse Ihre endlosen Ausflüchte, diese Wiener Sophismen. Jahr um Jahr habe ich es still gelitten, doch Sie stellen sich weiterhin dagegen, immer stellen Sie sich gegen alles! Wenn ich auf Ihre Stimme gehört hätte, hätten wir den *Paravent*? Sie denken gewiß, Sie seien ewig! Aber ich bin nicht ewig. Ich möchte Dinge tun. Ich liebe diesen Papst. Ich vertraue auf ihn.«

»Beweihräuchern Sie keine Idole«, sagte Gendelmann, »Sie werden die Bibel ohnehin immer durch einen Schleier lesen, der niemals von Ihren Augen weichen wird, und die wohltätige Kirche wird mit süßer Zunge von den Geheimnissen Israels sprechen.«

»Ihre Worte verursachen mir Qualen«, sagte Melmann.

»Qualen? Wer wüßte besser denn Sie, als enger Freund von Max Brod, daß wir alle den Unterschied zwischen lauteren und unlauteren Qualen zu begreifen haben«, erwiderte Gendelmann.

Melmann drehte sich auf dem Absatz um, stürmte zur Tür hinaus und warf sie hinter sich zu.

Chanan Horovitz blickte die Verbliebenen an.

»Ich werde ihn suchen gehen«, sagte er.

»Das ist sinnlos. Er wird nicht zurückkommen. Jedenfalls nicht heute. Es wird einen oder zwei Tage in Anspruch nehmen, bis er sich beruhigt haben wird«, entgegnete Gendelmann. »Ich bedaure, Herr Rieti, daß wir Sie umsonst hierher bemüht haben. Die Wahrheit ist, daß ich ihm entgegenkommen wollte, doch das ist nicht geglückt.«

»Das macht nichts«, antwortete Rieti, »im allgemeinen pflege ich an Feiertagen den Müßiggang. Es war interessant, Ihnen zuzuhören.«

»Und auch Sie möchte ich um Verzeihung bitten«, sagte Gendelmann an Maddi gewandt, »helfen Sie doch bitte meinem Gedächtnis auf die Sprünge, wie war Ihr Name?«

»Maddi Marinsky.«

»Aber natürlich, Maddi Marinsky! Ich wußte, daß ich Sie kenne. Baut Ihr Vater noch?«

»Er ist krank«, erwiderte Maddi.

»Bestellen Sie ihm gute Besserung, und sagen Sie ihm, ich war bei seinem großartigen Vortrag im *Ohel Schem* und werde niemals seine Worte über die ersten Autos vergessen, die Kutschen ähnelten, und die ersten Flugzeuge, die Drachen glichen – der Mensch blickt immer zurück auf dem Weg des Fortschritts«, sagte Gendelmann. »Und sagen Sie ihm auch, daß das, was er über die zwei Türme der Kathedralen am Westende des Kirchenschiffes sagte, daß sie nämlich Adam und Eva symbolisierten, mir jahrelang ein Thema herrlicher Erquickungen des Geistes waren.«

DER SCHATZ DES HUNDES. Einmal begleitet Maddi Rieti zu einem Besuch bei Rubin, dem Antiquitätenhändler. Sie kannte ihn vom Sehen, wie er gebeugt auf der Straße vor sich hinging, eine Zigarette im Mund, mit den Händen seine Hosen festhaltend, damit sie nicht hinunterrutschten, eine monströse Tasche über seinem Arm. Rubin hatte Rieti angerufen, ein rares Ereignis bei ihm, wenn ihm etwas Besonderes in die Hände geraten war, das mit Tanz zu tun hatte. Es war in den ersten Tages eines Herbstes, der völlig unvermittelt angebrochen war: Heftige Winde bliesen, im Norden fiel der erste Regen, und auch in Tel Aviv, in der klebrigen, dunstgesättigten Luft, fielen am Nachmittag ein paar Tropfen. In den Nächten wehte der Wind mit noch längeren und hartnäckigeren Böen.

»Dieser Mann ist ein Ausbund an Kleinlichkeit, ein Choleriker und Fanatiker. Es ist schwer begreiflich, wie er zu einem derartigen Experten in Ballettgrafiken geworden ist«, sagte Rieti, der sich eines Gesprächs mit Rubin über »Bakst-Blau« entsann, dieses Blau mit der Tönung eines Beefsteaks nahe der Fäulnis. »Wie viele Menschen in Tel Aviv, außer Rubin, wären imstande, sich mehr als eine Minute über die Farben von Bakst zu unterhalten?«

In der Ecke von Rubins Laden, neben einem Eimer mit langen Angeln, stand ein großer Dobermann aus Porzellan. Seine Präsenz versetzte Rieti in Erstaunen. Was hatte ein Mensch mit einem strengen, säuerlichen Geschmack wie Rubin mit einem solchen Gegenstand zu tun? Einmal, als er die abstoßende Figur aus der Nähe musterte, entdeckte er einen Schlitz im Rücken: Der Dobermann war eine Sparbüchse!

»Schopenhauer vererbte seinem Hund 300 Gulden. Ich bin nicht so reich, aber ich werfe täglich ein paar Münzen für meinen Hund hinein.«

Sie betraten das Geschäft wenige Minuten vor Ladenschluß. Der Händler verbarg seinen Unwillen über ihr spätes Kommen nicht. Sein Hund lag in einem großen Korb, und über ihm hing ein großes, schönes Foto von ihm vor dem Hintergrund eines Zirkuszeltes.

»Also, werter Herr Richter, bereiten Sie sich auf die Überraschung Ihres Lebens vor. Sehen Sie diese beiden Schachteln? Öffnen Sie bitte behutsam den Deckel, und sagen Sie mir, was Sie sehen. Solche Dinge gelangen so gut wie nie hierher. Ich sage Ihnen ganz aufrichtig, daß dies wirklich ein Wunder ist.«

»Was ist es?« fragte Rieti zögernd.

»Öffnen Sie den Deckel, werter Herr Richter«, erwiderte Rubin, »es kann wohl kaum sein, daß Sie sich vor dem Fluch der ägyptischen Magier fürchten ...

»Etwas Ägyptisches?«

»Holen Sie es heraus, und entfernen Sie die Hülle«, sagte Rubin durchtrieben.

Als Rieti das Päckchen in die Hand nahm, flatterte der seidene Schal zu Boden, der es umhüllt hatte, und in seinen Händen blieben zwei goldene Schuhe zurück, Ballettschuhe, die aussahen, als seien sie gestern erst genäht worden, so heiter erstrahlte ihr Gold.

»Was ist das?«

»Ob Sie es glauben oder nicht, das sind die Originalschuhe, die D'Annunzio und zwei seiner französischen Freunde Anna Pavlova zum Geschenk machten, werter Herr Richter.«

»Sind Sie sicher?«

»Lesen Sie diesen Brief. Ich glaube nicht, daß sich jemand die Mühe machen würde, ein Paar solcher Schuhe und den Brief zu fälschen.«

Rieti entfaltete den Brief und studierte ihn lange Zeit.

»Also?«

»Er wirkt echt.«

»Daran besteht kein Zweifel, obgleich ich zu Frau Struck gesagt habe, daß man solche Dinge in London oder New York verkaufen müßte.«

»Und was befindet sich in der zweiten Schachtel?«
»Der Turban der Karsavina aus *Cimarosiana*.«
»Ich kann solche Dinge nicht kaufen!« sagte Rieti entsetzt.
»Sie haben den Preis noch nicht gehört«, entgegnete Rubin.
»Solch Dinge kann ich nicht kaufen ...«, murmelte Rieti, während er den seltsamen Turban aus der zweiten Schachtel holte.
»Möchten Sie den Preis denn nicht einmal hören, werter Herr Richter?«
»Nein«, sagte Rieti.
»Seit so vielen Jahren sammeln Sie Ballettreproduktionen, und nun, da Sie die Gelegenheit haben ... Ich verstehe. Sie wollen kein Objekt, nichts Wirkliches, Konkretes. Ist das der Grund? Kein Kleidungsstück, keine Materie – richtig? Nichts, das man berühren kann! Bei allem Respekt, mein Herr, Sie sind kein echter Italiener. Sie lehnen es ab, die Schuhe der Pavlova und den Turban der Karsavina zu erwerben. Gravüren – ja, das ist fast wie ein Wort, doch einen Gegenstand, nein. Ein Gegenstand ist eine Skulptur. Ha! Ha! Ha!« Und er blickte Rieti an, der mit einer Art Widerwillen beinahe seine Nase zu rümpfen schien. »Solche Dinge haben keinen Geruch! Nicht der Geruch stößt Sie ab, sondern der Kult. Sie sind kein Italiener, mein Herr. Schämen Sie sich!«

FRAU MAIBLUMS HERZ. Frau Schulamit Maiblum stand vor Gericht auf Grund der Tatsache, daß sie im Korridor des Justizgebäudes auf Rieti gewartet, ihn angesprungen und geküßt hatte, mit aller Kraft an sich gezogen und gesagt hatte: »Komm zu mir, mein Herzensgeliebter, ich kann der Glut deiner Liebe nicht mehr widerstehen!« Der Gerichtsdiener hatte versucht, Frau Maiblum Einhalt zu gebieten, doch sie hatte ihm mit ihrer Tasche, in der sich irgendein schwerer Gegenstand befand, eins übergezogen, woraufhin jener bewußtlos umfiel. Ein grauenhafter Tumult brach aus. Frau Maiblum wurde von einem der Polizisten gestellt, der nachher beim Prozeß als Zeuge aussagte.

Der schwere Gegenstand in ihrer Tasche war ein Schuhspanner gewesen – Frau Maiblum schämte sich ihrer großen Füße und kaufte immer Schuhe, die eine oder zwei Nummern zu klein waren, und weitete sie zu Hause. Sie war um die fünfzig, hatte ein sehr glattes Gesicht und weiße Haut. Auf der Polizeiwache erzählte sie, Richter Rieti liebe sie schon seit Jahren, auch als seine Gattin noch am Leben war, und habe ihr, obwohl sie ihn nie erhörte, durch fremde Menschen immer Liebesbotschaften in einer nur ihnen beiden bekannten Geheimschrift geschickt.

Regelmäßig klingelte ihr Telefon, und wenn sie den Hörer abhob, wußte sie, daß am anderen Ende der Leitung Rieti wartete, doch sein Zartgefühl, die Frucht der tiefen, glühenden Liebe, die er ihr entgegenbrachte, versiegelte ihm die Lippen, weshalb er nie ein Wort sagte. Manchmal, um ihn aufzumuntern, sang sie irgendein tröstliches Lied in den Hörer. Sie wußte, daß Rieti unglücklich und einsam war ohne sie, daß seine unerwiderte Liebe sogar seiner Arbeit schadete, wegen des extremen Hanges zur Romantik, der Italienern eigen ist. Doch sie zögerte und versagte sich eine Einwilligung; obwohl sie ganz genau wußte, daß seine Ehe illegal war, da er seine Frau nie offiziell geheiratet hatte. Doch mit der Zeit begann sie, schlaflose Nächte vor Gewissensqualen zu haben, und ihr Herz sagte ihr, daß sie seine Liebe erhören müsse, nicht nur weil seine Frau verschieden war, sondern auch weil sie ihm Dank schuldete. Mehr als einmal hatte sie eine unsichtbare Hand gefühlt, die sie aus allen Arten von Problemen errettete, und sie wußte, es war Rietis Hand gewesen, die sie vor den Belästigungen durch Menschen und Institutionen geschützt hatte. Einmal hatte sie von einem Rechtsanwalt eine beängstigende Aufforderung erhalten, eine Bürgschaft zu zahlen, die ihr verblichener Ehemann mit drei weiteren Bürgen gezeichnet hatte. Sie hatte von dieser Zumutung in dem Lebensmittelladen, in dem auch Richter Rieti einzukaufen pflegte, erzählt und seitdem nie wieder von diesem merkwürdigen, unverschämten Rechtsanwalt gehört; und ein andermal, als man eine Wohnung auf dem Dach gegenüber ihren Fenstern bauen wollte, hatte es genügt, daß sie in jenem Geschäft davon erzählte, damit die diesbezüglichen Bestrebungen gänzlich eingestellt wurden. Doch noch immer nagte der Zweifel an ihrem Herzen, ob nicht irgendein Unglück geschähe, wenn sie seiner hehren Liebe tatsächlich nachgäbe, und da traf sie ihn, wieder in besagtem Laden, nur wenige Minuten vor Geschäftsschluß, und der Hund einer Kundin, der draußen angebunden war, sprang sie an, und sie schrie, doch Richter Rieti lächelte sein bezauberndes Lächeln und sagte zu ihr: »Sie brauchen keine Angst haben.« Und sie wußte genau, daß seine Worte keineswegs auf den Hund der Nachbarn abzielten!

Am nächsten Tag rief sie ihn an und sagte: »Ich bin bereit, mein Benjamin.« Und da antwortete er ihr auf eine Weise, die sie sehr überraschte, wenngleich sie charakteristisch für die Kapriziösität seiner Liebe war: »Wer spricht da?«

»Du weißt es nicht?«

»Bedaure«, sagte er und unterbrach das Gespräch.

Bedaure. Das war typisch für ihn. Genau so war es auch zwei Monate davor geschehen, als sie auf der Straße an ihm vorüberging und sagte: »Du mußt am Telefon nicht schweigen, du kannst sagen, was du auf dem Herzen hast.« Es war ihm anzusehen gewesen, daß er erschrak, und er hatte gesagt: »Gnädige Frau, ich kenne Sie nicht.« Er war wankelmütig und erregbar wie alle Genies, deren Geist – wie die Wellen des großen Meeres – nicht einen Augenblick ruht.

Am Tage des großen Skandals, der nichts als ein trauriges Mißverständnis darstellt, war sie ins Gericht gekommen, wie sie es sich seit vier Jahren jede Woche zur Gewohnheit gemacht hatte, um die Verhandlungen des Richters Rieti zu genießen, seine geistige Überlegenheit, moralische Lauterkeit, seinen Sinn für Humor und sein großes Herz, um sich wieder an dem Empfinden für Gerechtigkeit zu begeistern, das in ihm steckte, und an der Stärke und Härte, derer ein Kämpfer gegen das Böse bedurfte. An jenem Tag war er derart bezaubernd, herzgewinnend und verführerisch, daß etwas in ihr zum Schmelzen gebracht wurde, und ausgerechnet da hielten es der dumme Gerichtsdiener und der grobe Polizist für angebracht, über sie herzufallen.

Am Schluß drückte sie ihr Bedauern aus über den Aufruhr, den sie verursacht hatte, und versprach, den Richter nie mehr zu belästigen, obwohl sie sicher sei, daß diese Enthaltung ihrerseits jeden Morgen ein weiteres Zweiglein ihres Glücks beschneiden werde.

Doch keine zwei Monate vergingen, bis Rieti in seinem von ungeübter Hand aufgebrochenen Briefkasten ein Paar gestrickte Socken fand und darin einen Zettel, den zwei Tauben und einige ungemein peinliche Zeilen zierten, die er viele Tage lang nicht aus seinem Gedächtnis zu verscheuchen vermochte.

TALA-SZENEN. Wie könnten wir die Gestalt der Zukunft erraten, ihre verborgene Melodie? Wie könnnte man mit eigenen Augen die Städte der Zukunft sehen? Türme, die sich zu einer Höhe von dreihundertfünfundsechzig Stockwerken emporschwingen, magische Glasfenster, gewundene Tunnel wie in Salzbergwerken und Goldminen, auch sie dreihundertfünfundsechzig Stockwerke tief, wie eine gigantische Spiegelung, umgeklappt wie die Könige und Königinnen auf den Spielkarten; gewaltige hängende Gärten aus allen sagenhaften Gärten ... Wie, dachte Marinsky, wie soll man die Zukunft erraten? Er träumte von all dem des Nachts und sah die Gebäude mit den dreihundertfünfundsechzig Stockwerken und den dreihundertfünfundsechzig unterirdischen Geschossen, erbaut nach einer Konkretisierung hoher mathematischer Funktionen, die an Elefantiasis litten, das Wort wie in einer alten russischen Chrestomathie geschrieben: »Elephantiasis« – ein Mann schiebt sein monströses Glied mit einer Holzschubkarre, und das Wort »Elephantiasis« steht mit der bräunlichgrünen Farbe des Kupfers geschrieben, das Napoleon auf Sankt Helena vergiftete. Vergeblich versuchte Marinsky, das Grauen seiner Träume zu zeichnen – auf dem Blatt Papier formte sich nur eine phantastische Architektur heraus, eine endlose Wiederholung auf gleicher Basis. An seinem Lebensabend vermochte Marinsky nicht mehr wirklich zu malen; seine Zeichnungen gerieten zu routinemäßigen Architekturskizzen. Der künstlerische Zauber, der so viele Jahre lang die Seiten durchglüht hatte, war verflogen.

An seinem Lebensabend, als er wußte, daß ihm nur noch wenige Tage verblieben, wünschte der Herrscher Aschoka in seiner Hauptstadt ein Heiligtum zu errichten, dem kein Tempel der Welt an Schönheit gleichkäme. Architekten, Steinmetze, Kupfer- und Goldschmiede wurden geladen und kamen aus allen Ecken des Königreiches, und als Aschoka, der Liebling der Götter, ihr Werk sah, schwoll sein Herz vor Glück, und nur eines trübte seine Freude: Sogar die exzellentesten Buddhastatuen, die in seinen Palast gebracht wurden (unter denen er die Hauptstatue für den Tempel auszuwählen hatte), waren in seinen Augen weitaus zu kraftvoll. Es war dies zwar eine Stärke des Geistes, doch auch in ihrer Metamorphose in Stein oder Kupfer unterschied sie sich nicht von der Stärke eines Tigers oder Elefanten. Die restlichen Statuen trugen entweder einen zu gestrengen Ausdruck, wie eine Art harter, böser Richter, oder sie hatten etwas zu Liebliches, Verführerisches und Weibliches an sich.

Eines Nachts sah der Liebling der Götter in seinem Traum eine Hand die seine berühren, und dem Ring am Finger entnahm er, daß es die Hand des großen Virasena war, unter dessen Führung er sich nach einer Sonnenfinsternis im neunzehnten Jahr seiner Herrschaft zu einer Pilgerreise zur Geburtsstätte Buddhas aufgemacht hatte. Am Morgen fragte der große Aschoka, wo Virasena jetzt lebe, und erhielt zur Antwort, daß der Alte schon seit vielen Jahre in einer Höhle hause, die ihm Aschoka selbst gegeben habe, wo er von zahlreichen Schülern umringt sei, und man erzählte sich von ihm, daß sein Ruhm trotz seiner wenigen Worte und Taten wie die Sonne und der Mond erstrahle, und jedesmal, wenn er seine Höhle verlasse, um einen seiner Schüler zu besuchen, entsprängen auf seinem Weg klare Wasserquellen, und Schätze, die vor vielen Generationen versteckt worden waren, träten zutage. Als er all dies vernahm, schrieb König Aschoka, der Liebling der Götter, einen langen Brief an Virasena, in dem er den großen Lehrer inständig bat, nach seinem Augenmaß die edelste Statue für den Tempel auszuwählen. Das Schreiben vertraute Aschoka den Händen des Befehlshabers der Elefantenwache an, ein Mann seines Vertrauens. Jener schirrte sogleich vier Pferdegespanne an und die geräumigen Kutschen, die im Stall des Königs standen, um es dem alten Virasena bequem zu machen, sollte er sich auf den Weg begeben wollen. (Obzwar der Befehlshaber der Elefantenwache in Wirklichkeit nicht daran glaubte, daß es möglich sei.) Virasena jedoch las das Schreiben des Königs und sagte mit schwacher Stimme, er könne jemandem, der für die Lehre des Meisters mehr als jeder andere Mensch auf Erden getan habe, die letzte Bitte nicht abschlagen. Und darauf nahm Virasena seinen Stock und seine Schale, stieg in die Kutsche und erreichte zwei Tage später mitten in der Nacht, als alles im Schlaf lag, den Palast. Der alte Lehrer suchte den König nicht auf, sondern wandte sich allein dem Garten zu und besah sich dort die Statuen und ihre Modelle; viele Stunden lang studierte er die Buddhafiguren, bis seine Augen auf eine nicht allzugroße Holztafel fielen, in deren unteren Teil eine goldorangene Dattelpalme gemalt war. Lange betrachtete Virasena die Konturen des Buddhas auf der Tafel. Danach weckte er den Obergärtner und fragte ihn nach dem Namen des Künstlers. Bewegt von der Schlichtheit des großen Lehrers, erwiderte der Gärtner, der die Tafel gefertigt habe, sei ein junger Mann namens Tala, der mit seiner Frau und seinen Kindern in einem kleinen Fischerdorf wohne.

Bei Tagesanbruch machte sich Virasena auf den Weg zu dem Fischerdorf, und nach zwei Wochen fand er den jungen Mann in einem kleinen Haus am Ende eines elenden Dorfes. Zu dieser Stunde war der unbekannte Künstler damit beschäftigt, Unkraut in den Blumenbeeten zu jäten, und seine Frau, die wie ein kleines Mädchen aussah, saß neben ihm, stickte und sang. Tala war ein schöner Jüngling. Trotz seiner buschigen Brauen, die nahezu seine Augen verbargen, sah der greise Virasena die Reinheit seines Herzens. Talas Traum war ein Traum ohne Makel, ganz und gar transparent und harmonisch, ein Wispern erhabener Geister schwang in seiner Stimme, und eine Flamme von Wundern tanzte in seinen Augen. Er war zutiefst erstaunt über den Besuch des heiligen Virasena. Auch der Befehlshaber der Elefantenwache gewahrte den Lichtkranz, der den Alten krönte, während er mit dem jungen Künstler sprach.

Einige Tage vergingen, und Virasena fragte Tala, wieviel Zeit er benötige, um die Statue des Meisters auszuformen, gemäß der Modellskizze, die er in den Königspalast geschickt hatte, und ob er einwillige, sie im Tempel des Königs aufzustellen, ohne mit dem Preis zu übertreiben, denn um die Schätze des Lieblings der Götter sei es wegen seiner Großzügigkeit gegenüber den buddhistischen Mönchen sehr mager bestellt. Darauf erwiderte der Künstler mit niedergeschlagenen Augen, Zeit benötige er keine, die Statue sei längst schon fertig, doch vermöge er sie nicht in die Hauptstadt zu bringen, wegen ihrer gewaltigen Ausmaße. Er wolle für sich auch keinerlei Bezahlung oder anderes Entgelt vom mächtigen König. Er habe nur eine Bitte an ihn, Virasena, sagte er, und er führte den Greis zu einem verlassenen Stall und zeigte ihm die Statue, die von solcher erhabener Schönheit war, daß in den Augen des Alten plötzlich Tränen glänzten; und beim Anblick der Tränen fiel der junge Tala dem Lehrer zu Füßen, auch er in Tränen, und bat ihn, auch wenn er ihn nicht erhörte, seinen Wunsch nicht als Sünde anzusehen und ihm nicht zu zürnen. Als Tala seine Worte beendet hatte, geschah etwas so Seltsames, wie es die Welt noch nicht erlebt hatte – Virasena betrachtete den jungen Mann mit seinem perfektem Arhat-Blick, der alles sieht, doch er konnte die Bitte, die er im nächsten Augenblick äußern würde, nicht erraten.

»Sprich«, sagte er.

Tala war totenbleich, seine Lippen bebten, und als er aufzustehen versuchte, gaben seine Knie nach. Schließlich gelang es ihm, den Mund zu öffnen.

»Mein allergnädigster Herr«, sagte er, »seit meinen frühen Jugendtagen träume ich nur von einem: den Beschützer der Welt und ihren Erlöser zu sehen, den Buddha Maitreya, der in dreitausend Jahren geboren werden wird, und seine Gestalt in Stein festzuhalten. Schlagt mir mein Flehen nicht ab, mein Herr. O bitte, schickt mich zum Wunder der himmlischen Welten, in den Himmel Tuschita, da dort unser Herr, der Buddha Maitreya schläft, damit ich ihn schauen kann und seine Gestalt in meinem Gedächtnis festhalten.«

Dieser Wunsch versetzte Virasena weniger in Zorn denn in Verblüffung.

»Den Buddha Maitreya in Stein hauen?« sprach er. »Oho, mein junger Tala unschuldigen Herzens, kein Mensch kennt doch die Gestalt des Meisters. Verstehst du das nicht? Furchtbares erbittest du. Und außerdem, weißt du denn nicht, daß kein Mensch die himmlischen Gefilde Tuschitas in seinem Leben je erreichen kann, und sogar wenn es mir gelänge, dich dorthin zu bringen, könntest du nur ganz kurze Zeit dort verweilen, kürzer als einen Lidschlag. Deine Reise in den Tuschitahimmel, mein Tala unschuldigen Herzens, dein Besuch dort und deine Rückkehr dürften nicht länger dauern als das allerkürzeste Gebet, denn wenn sie länger andauern, wirst du den Tod erleiden.«

»Ich bin zum Sterben bereit, sähe ich nur den Buddha Maitreya«, erwiderte Tala.

Virasena schüttelte seinen Kopf: »Bedenke auch dieses: Der Buddha Maitreya schläft ja, wie könntest du also seine Gesichtszüge und seinen Körper wahrnehmen?«

»Mein allergnädigster Herr«, sagte Tala, »ein einziger flüchtiger Blick genügt mir, um das, was meine Augen sahen, festhalten zu können. Ein Lidschlag ist mir mehr als genug, und was des Buddha Maitreyas Schlaf angeht, so bin ich es gewohnt, den schlafenden Buddha zu meißeln.«

»Aber Tala«, wandte der Alte ein, »der Schlaf des Buddha Maitreya – der noch nicht geboren ist – gleicht nicht dem unseres Meisters, der mit Vollendung seines Lebens auf Erden einschlief.«

Doch Tala flehte und bat so inständig, vergoß so viele und reine Tränen, bis der große Arhat Virasena sich erweichen ließ.

Der Befehlshaber der Elefantenwache befaßte sich mit dem Transport der Statue in die Hauptstadt, und der alte Virasena kehrte zu seiner Höhle zurück.

Viele Tage und lange Nächte wartete Tala sehnsüchtigen Herzens auf die Ankunft des wundersamen Gefährts, das ihn zu Tuschitas Himmel brächte, und nicht wenig sann er darüber nach, wie es wohl aussähe und welche Kreatur sich in seinem Geschirr befände. Doch als der Wagen endlich kam, in einer Vollmondnacht, sah Tala, daß es die Kutsche des Befehlshabers der Elefantenwache war. Kein geflügeltes Tier oder ein anderes märchenhaftes Wesen, das sie zog, erblickte er, sondern nur einen hellen Feuerschweif. Die Kutsche erhob sich, stieg auf, und Tuschitas Himmel öffneten sich vor ihr. Schau, schau, sieh gut hin! sagte sich Tala in seinem Herzen. Doch es fiel ihm schwer, zu begreifen, was er sah. Waren es wogende Wolken? Stürmische Meereswogen? Zierbäume, die sich im Wind wiegten? War es das Rauschen von Flüssen, das seine Ohren erfüllte? Und woher kam das Licht? Tala sah vor sich die Gestalt des Erlösers der Welt, den Buddha Maitreya, der in dreitausend Jahren geboren werden würde, und brannte in die Netzhaut seiner Augen die Konturen des Kopfes, den Schatten seines Kopfes ein, den Knochen des linken Schulterblatts, die Fußsohle ...

Und sogleich verglomm das Licht, und die Kutsche tauchte hinab und hinunter, zu seinem ärmlichen Dorf.

Tala begann, seinen Körper zu kasteien, und nach Dutzenden, vielleicht gar Hunderten Tagen des Fastens fing er damit an, die Gestalt des Buddha Maitreya auf kleine Holztäfelchen zu malen. Je länger und öfter er skizzierte und zeichnete, desto besser entsann er sich der Worte Virasenas über den Unterschied zwischen den Schlafenden. Und obwohl er auf seine Begabung sicher vertraute, mußte er sich eingestehen, daß er die Konturen von Gesicht und Körper des Buddha Maitreya nicht allein aus seinem Gedächtnis zeichnen konnte. Erinnerte er sich an seine goldene Haut, oder hatte er nur davon gehört? Hatte er seine Augen gesehen, glichen sie wirklich den Blütenblättern des Lotos? Ah, dachte er, könnte ich nur Virasena wieder sehen! Vergebens flehte seine Frau ihn an, sie und ihre kleine Tochter nicht zu verlassen. In ihren Träumen höre sie Stimmen, so erzählte sie ihm weinend, und sie flüsterten ihr zu, wenn er von ihr gehe, werde sie ihn nie mehr sehen. Doch um so schnell wie möglich zu Virasena zu gelangen, verkaufte Tala jeden Gegenstand von Wert im Haus und sogar einige der bescheidenen Schmuckstücke und Kleider seiner Frau und erstand sich damit einen Platz in einer Wagenkarawane, die zu einem Ort nahe Virasenas Höhle aufbrach, die »Höhle des Lichts« genannt wurde.

Lange Zeit stand seine Frau da und blickte, die kleine Tochter auf ihren Armen, der Wagenkolonne nach.

Doch die Reise ging für Talas Geschmack zu langsam voran: Lange Raststunden, häufige Aufenthalte und Verzögerungen wegen Krankheiten der Maultiere und Tod der Ochsen hielten den Wagenzug ständig auf. Und als Tala hörte, daß die Karawanenführer die Absicht hatten, das Geistertal zu umgehen, um keinen Zusammenstoß mit Nadna, dem »aussätzigen« Räuber zu riskieren, beschloß er, das Tal allein zu durchqueren. Mit großer Furcht durcheilte Tala das Tal, bis er mit letzter Kraft einen schmalen Paßweg erreichte, wo er zusammenbrach und einschlief.

Als er die Augen aufschlug, brannte die Sonne bereits mit voller Wucht. Er blieb ein Weilchen liegen, fuhr sich mit der Zunge über die Lippen, doch als er aufstehen wollte, wurde er gewahr, daß er mit Händen und Füßen an zwei Baumstämme und zwei Pflöcke angebunden war. Ein junger Mann mit wildem Haar, einem stinkenden Ziegenfell bekleidet und mit einem Kurzschwert gegürtet, saß neben ihm und kaute etwas. Zu Anfang reagierte er überhaupt nicht auf Talas Anrede, doch gegen Abend sagte er zu ihm, er sei einer der

Leibwächter des Kommandanten Nadna, und er müsse auf sein Eintreffen in einigen Tagen warten. Der wilde junge Mann weigerte sich, Tala zu füttern und gab ihm nicht einmal ein wenig Wasser, und als Tala zu schreien begann, steckte er ihm eine Handvoll Dreck und Blätter in den Mund. So lag Tala, bis die Sonne versank, und die ganze Zeit über lagerte der Räuber neben ihm, aß, trank, schlug sein Wasser ab und gähnte.

Die Nacht war stockfinster, und nur ein kleines Lagerfeuer, neben dem der Räuber schlief, verbreitete ein wenig Licht. Tala versuchte, seine Hände aus den Schlingen der Fesseln zu winden, wodurch es ihm am Ende gelang, die Pföcke zu lockern. Behutsam zog er darauf an einem Strick, um den Pflock herauszuziehen. Doch der Räuber hörte das Schleifen des Seils im Gras, stand auf und schlufte verschlafen auf ihn zu, während er sich den Weg mit einem Reisigspan erleuchtete, den er aus dem Feuer genommen hatte. Als er Tala nicht an der Stelle vorfand, an der er ihn angebunden hatte, reckte er sich, doch im selben Augenblick schlang Tala ihm von hinten die Stricke um den Hals und bohrte ihm seinen Stechbeitel ins Herz. Und als er ging, nahm er das Wasser und das Schwert des Räubers mit sich. Am Morgen spülte er den Beitel unter fließendem Quellwasser ab, ihn sowie seine roten Hände.

Als er zu guter Letzt die »Höhle des Lichts« erreichte, fand er dort nur ein Häufchen verwaister Schüler vor. Der große Virasena hatte sofort mit der Rückkehr von der Reise seine Augen geschlossen. Als Tala dies vernahm, brach er in Tränen aus. Die Schüler, die ihrem Lehrer große Achtung entgegengebracht hatten und wußten, daß er Talas Statue für den Tempel gewählt hatte, sagten dem untröstlichen jungen Künstler, daß sie auf Weisung ihre Lehrers die »Höhle des Lichts« zu verlassen und ein Kloster zu gründen hätten. Wenn es jedoch sein Wunsch sei, so sagten sie, sei er befugt, in der Höhle zu bleiben – die schönste aller Höhlen, die der Liebling der Götter jemals einem Eremiten geschenkt hatte –, um die herum sich viele Dörfer befänden, in denen gute Sippschaften, schön und freundlich, lebten, die ihm gewiß bei seinem Werk behilflich wären.

Tala blieb in der Höhle. Er gab nicht nur den Versuch auf, sich an den Anblick des Himmels Tuschita erinnern zu wollen, sondern es erwachten auch Zweifel in seinem Herzen, ob er den Buddha Maitreya denn überhaupt gesehen hatte, ob dies wirklich seine schlafende Gestalt gewesen war oder irgendein gewaltiges Tier, wie er es noch nie zuvor gesehen hatte, ein geheimnisvolles Ungeheuer; häufig fragte sich Tala nun, ob er wahrhaftig den Kopf des Erlösers der Welt und den Schatten seines Kopfes erblickt habe, oder ob der Kopf etwa gar kein Kopf und der Schatten kein Schatten gewesen sei, sondern vielleicht ein Flügel oder eine vielfingerige Hand, und auch das Bild der Fußsohle, an das er sich mit solcher Klarheit zu erinnern vermeinte, verschwamm zunehmend.

Es vergingen Monate und Jahre. Die mächtige Statue in der Höhle wuchs und wuchs, und ringsherum tauchten aus dem harten Fels wellenartige Reliefs auf, Zierbäume, Flüsse und Wolken. Hunderte Frauen und Männer kamen zur Höhle, damit Tala ihre Konturen studieren könnte und dem unnachgiebigen Stein Macht einflößen. In den Dörfern rings um die Höhle erzählte man sich flüsternd, daß Tala sich Liebe kaufe oder mit Gewalt nehme, und auch Gerüchte über einen Mord an einem Knaben oder Mädchen knüpften sich an seinen Namen. Doch trotz aller Plackerei blieb die Gestalt des Buddha Maitreya wie von Nebelgespinsten eingewoben, und alle Konturen zerrannen Tala unter den Händen.

Nun sündigte Tala ohne Unterlaß, und nach sieben Jahren Arbeit wurde er im Volksmund der Dörfler »Tala, der Bösewicht« genannt.

Die gewaltigen Ausmaße der Statue waren sein Verderben, und in den Armen einer Bauerstochter, die sich seiner erbarmte, hauchte Tala seine Seele aus, bevor er sein Werk vollendet hatte. In seiner letzten Stunde sann er schmerzlich über die Schöpfung seiner Hände nach: Was war das eigentlich für eine Gestalt, die er da im Bauch des Berges geschaffen hatte: ein Mensch, ein Elefant, eine Riesenschnecke?

Mit der Zeit umwucherten Farne die Statue, Pilze sprossen aus ihr, die Kanten bröckelten. Talas Name ward vergessen. Die Dörfler pflegten auf die Höhle zu deuten und zu sagen, dies sei die Behausung des bösen Mara, des größten Feindes des Buddha, des Herrschers der Teufel.

Dieser Name kam dem chinesischen Pilger Yüan Fong zu Ohren, der im Gefolge des großen Fa-hsien im zweiten Jahr der Herrschaft von Kao-dzu Wu-ti, dem Kaiser, über dem das Licht Buddhas leuchtete, nach Indien gelangte, um mit eigenen Augen die großen Höhlen zu sehen, die Aschoka den Getreuen des Buddha geschenkt hatte.

Die Dörfler weigerten sich, Yüan Fong bis zur Höhle selbst zu begleiten, doch der Pilger, der einen solch langen Weg hinter sich gebracht hatte, gab nicht auf. Ausgerüstet mit zahlreichen Fackeln, betrat er die Höhle, und unter einem hohen Gewölbe offenbarte sich seinen staunenden Augen eine Figur von derart immenser Stärke, wie er sie noch nie gesehen hatte; sein Herzschlag setzte aus, und große Erregung ergriff Yüan Fong, der ein begnadeter Maler war.

Was er vor sich sah oder zu sehen vermeinte, war eine im Schlaf befangene Gestalt, die an einen riesigen Fötus denken ließ, und ringsherum schienen Kreaturen zu schweben, die freudig ihres Erwachens harrten. Die Fußsohle und die Kopfwölbung der Figur waren von himmlischer Schönheit, wobei er jedoch – so schrieb Yüan Fong –, als er genauer hinblickte, erkannte, wie sehr er sich getäuscht hatte. Was er in Wirklichkeit sah, war eine gefesselte, unklare Gestalt, und ringsherum schlangenartige Gebilde. In der Tat, sagte sich Yüan Fong, dies ist ein Keller der Teufel, und in seiner Mitte Mara samt seiner obersten Dämonen, die sich vor ihm niederwerfen. Und dieses notierte er in der Schriftrolle seiner Reisen.

Jahrhunderte vergingen, das Reich der buddhistischen Herrscher war nahzu spurlos verschwunden. Die Tempel und Statuen hatten die Urwälder verschlungen, die Namen der Orte wurden vergessen, aus dem Gedächtnis der Menschheit gelöscht. Die Inder jedoch, die sich weigern, ihre Geschichte niederzuschreiben, und keine Dokumente aufbewahren, hüteten sehr wohl die Aufzeichnungen der chinesischen Reisenden und Pilger, darunter auch die Schilderung von Yüan Fong. Und viele Jahrhunderte später, als der Geograph des englischen Raj, John Froben Horn, die Karten des Gebiets skizzierte, bezeichnete er die Höhle mit dem Namen, den ihr der chinesische Reisende verliehen hatte: »Teufelshöhle«. Doch weil er ein aufrichtiger Mensch und ein großer Pedant war, machte er sich die Mühe, in einer der englischen Zeitungen Indiens, *Northern Star*, einen kurzen Artikel zu veröffentlichen, in dem er seiner Verwunderung darüber Ausdruck verlieh, was in einer der Chroniken Ceylons geschrieben stand, demnach der richtige Name der Teufelshöhle ausgerechnet »Höhle des Lichts« sei.

Das schwimmbecken neben dem schornstein. Rieti schiffte sich nach Venedig ein. In einem der leeren Salons des Schiffes traf er eine junge Frau namens Gila, die mit ihrer Fröhlichkeit und ihrer liebenswürdigen Phantasie sein Herz eroberte. Anfangs schrak er davor zurück, in das kleine Schwimmbecken neben dem Schornstein zu gehen; ringsherum herrschte ein ungeheurer Lärm, und es war voller Kinder, die die Seeluft offenbar um den Verstand brachte. Doch schließlich tauchte er in das Becken hinein, auf den Fersen der jungen Zauberin, sprang sogar vom hohen Geländer aus mitten ins Wasser. Er war ein wenig besorgt, wie er sich zwischen den Kinder und den jungen Leuten ausmachte, fragte sich, ob das weiße Haar auf seiner Brust nicht gar zu abstoßend aussehe, trank mit ihnen zusammen das neue Getränk, das sie an Deck des Schiffes entdeckt hatten, zuckersüßen Likör mit viel Eis, und er tanzte sogar mit Gila.

Am Vormittag, wenn er in einem der Säle saß und las, da er den Zwang verspürte, auch hier zu arbeiten, kam Gila ihn immer für einige Augenblicke besuchen. Am letzten Tag der Reise allerdings bekam er sie überhaupt nicht zu Gesicht, was ihn traurig stimmte. Beim Abendessen setzte sie sich neben ihn und sagte, er solle die Nacht mit Tanzen verbringen, denn kein Mensch schlafe in dieser Nacht, nur die Kranken und die Alten. Er tanzte mit ihr und mit ihren Freundinnen und fragte sie, obgleich es ihm schwerfiel, ob sie sich wiedersehen würden, vielleicht in Venedig selbst, an dessen Szenerien er sich noch sehr gut erinnerte, oder vielleicht woanders? Sie brach in anhaltendes Lachen aus und sagte mit beruhigender Stimme: »Sicher werden wir uns wiedersehen.« Sehr fröhlich war sie.

Nach Mitternacht wurde das Meer etwas unruhig, und er ging an Deck und setzte sich wie gewöhnlich in den Liegestuhl, in dem er immer gesessen hatte, unweit des Schwimmbeckens, und er war fast schon eingeschlafen, da hörte er jemanden, eine von Gilas Freundinnen, sagen: »Sie hat gewonnen. Der Richter hat sie gefragt, ob sie sich wiederträfen. Ich habe nicht geglaubt, daß es ihr gelingen würde.«

»Ich habe's euch von Anfang an gesagt«, war die Stimme von einem der jungen Männer zu vernehmen, die Gila umwarben, »daß es dumm ist, sich mit diesem alten Richter herumzutreiben.«

Der weise und der törichte König. Trotz des biblischen Zoos, der Vision des Propheten und den blumigen Liedern, die nichts als Verse aus den Psalmen oder dem Buch der Könige waren, dachte Pater Jasni, bilden sie doch bloß ein modernes Volk, das Soziologie liebt, sich der Politik hingibt und Ben-Gurion verehrt, der nicht weit von ihm entfernt stand, sein weißes Haar in alle Richtungen abstehend, weise und töricht, der gewiß ebenso wie die bösen Könige seine Lügenpropheten bezahlte; ein modernes Volk, das sogar die verbrecherischen Psychologen liebt, die sich aufmachen, um das bloßzulegen, was die Sintflut zudeckte, die versunkenen Kontinente der frühen Kindheit, die den Schlamm der Urzeit aufrühren und die Tore des verlorenen Paradieses mit seinen trügerischen Überresten aufreißen, um den Menschen zum Dürsten, zu Erleichterung und Sünde zu ziehen. Möglich, daß für die Christen Erez-Israel nichts als ein Grab ist, vielleicht habt ihr recht, doch auch ihr werdet hier den Geschmack des Wermuts kosten. Erez-Israel wird euch wunderschön bitter aufstoßen, meine jüdischen Freunde.

Bei Großmutter Oru in Ramle. »Im Ghetto«, hatte jemand gesagt.

Das Haus von Sontsche Graziano lag nicht weit vom Markt, und er gelangte über eine Hinterhofpassage dorthin, auf einem Pfad, der den Hof einer zerstörten Moschee durchquerte, das Minarett vermoost, das Geländer zerbrochen und vollkommen wurmstichig, zur Seite geneigt und von Pfosten gestützt, die nicht weniger antik waren, die Kuppel durchlöchert und eingebrochen, die Wände bröckelnd. Zum ersten Stockwerk führte ein Durchgang, der sich zwischen Balustraden aus Holz und Eisen wand. Im Gegensatz zu der Zerstörung und dem äußerlichen Verfall stach das Innere des Hauses durch seine Sauberkeit hervor. In einem geräumigen Zimmer saß am Fenster eine Greisin in einem geblümten Kleid. Auf dem Tisch befanden Teigblätter, alle möglichen Pasten, Nüsse, Sesam, und die alte Frau bestrich die Teigblätter, wobei sie ab und zu aus dem Fenster spähte. Neben ihr hing ein kleiner Käfig, in dem ein Kanarienvogel umherhüpfte.

»Großmutter Oru?« sagte Alek. »Die Tür war offen ...«

»Manfred?« fragte die Greisin.

»Nein, ein Freund Manfreds.«

»Manfred?« wiederholte die Greisin.

»Amigo di Manfred«, sagte Alek. »Wo ist Sontsche?«

»Sontsche ist auf der Gemeinde. Setz dich hierher.«

Sie wies auf den Platz neben sich, und Alek streckte geistesabwesend seine Hand nach den Nüssen auf dem Tisch aus, doch die Alte schlug ihm leicht auf die Finger und schenkte ihm und sich ein halbes Glas Arrak ein.

»Para vida y salud!« sagte sie.

Alek sprach es ihr nach. Durch das offene Fenster drang Lärm aus dem Hof, und von der Stadt, in weiter Ferne, war der Ruf eines Muezzins zu hören.

Großmutter Oru goß das Getränk in sich hinein, und eine leichte Verwirrung zeichnete sich auf ihrem Gesicht ab.

»Ist es gut, in Ramle zu wohnen?«

Die Greisin stellte das Glas auf dem Tisch ab, beugte sich leicht vor zu ihm und sagte: »Wie bei den Türken.«

Der Kanarienvogel ließ ein anhaltendes Zwitschern ertönen.

»Er hat eine schöne Stimme.«

»Militschko ist ein großer Sänger. Schöner als Lei Ivanova«, erwiderte Großmutter Oru.

»Und wie fühlt sich Sontsche? Ich habe ihr ihre Sachen gebracht.«

»Gesund, es gibt Arbeit«, sagte Großmutter Oru, »und Manfred?«

»In Rosch-Pina.«

Die Greisin nickte mit dem Kopf.

»Ich habe die Kleider mitgebracht, die Bücher. Theaterstücke.«

Großmutter Oru betrachtete das Paket. »Sontsche hat gesagt: ›Ich muß in Tel Aviv wohnen, mitten in Tel Aviv. Nur so werde ich eine Schauspielerin.‹ Ramle ist weit, sehr weit weg. Ihr Onkel hat ihr ein paar Groschen gegeben, ein Geizkragen wie alle Uhrmacher ... Ich weiß, wer du bist ... du bist Alek?« sagte sie unvermittelt, und ein Ausdruck von schüchterner Enttäuschung zeigte sich auf ihrem Gesicht, zusammen mit einem leicht spöttischen Lächeln, als sagte sie: Auch du hast meine Enkelin ausgenutzt!

»Der bin ich.«

»Jetzt kommt ein großer Direktor mit Geschenken.«

»Ein großer Direktor?«

»El bon figo se lo come la graza.«

»Die beste Feige frißt der ...«

»Kra, kra, kra.«

»Der Rabe.«

An der Autobushaltestelle saß ein alter Araber, neben sich eine kleine Decke und ein Fladenbrot. Sein Mantel und seine Kafija waren sehr staubig. Als er Alek mit der Tasche einer ausländischen Fluggesellschaft in der Hand erblickte, sagte er spitzbübisch, mit übertriebenem amerikanischem Akzent: »How are you?« Und gab sich selbst die Antwort: »Just fine!«

Das werden sie nicht tun. So wie Hochfeld war auch Rieti in Marinskys Augen zu konservativ. Er brachte ihren Anschauungen eine Mischung aus Sympathie und Widerwillen entgegen. Eines Tages kehrten sie zusammen von einer neuen Theateraufführung zurück und kamen an einem von Marinskys alten Gebäuden vorbei.

Marinsky bemerkte: »Als Architekt hätte ich so etwas auf gar keinen Fall gemacht, aber ich bin auch ein Mensch.«

»Wenn man Jura studiert, wird üblicherweise immer von einem berühmten Prozeß erzählt«, sagte Rieti, »gegen Tom Paine, den Revolutionär. Sein Verteidiger ließ sich stark mitreißen und sagte: Und jetzt werde ich meine Rolle als Rechtsanwalt beiseite lassen und will mich als Mensch an Euch wenden. – Das werden Sie nicht tun – unterbrach ihn der Richter, in diesem Gericht ist es Ihr einziges Recht, als Anwalt aufzutreten ... Und so ist es meiner Ansicht nach auch besser. Besser, du bleibst ein Architekt, der Dramaturg bleibt ein Dramaturg, und ich bleibe ein Anwalt.«

»Das ist alles richtig, doch es hat etwas Kaltes und Grausames«, erwiderte Marinsky unzufrieden.

ZEPHIRS FAHRTEN. Jeder Barbesuch in Zephirs Gesellschaft war in der Tat ein wenig riskant, wegen seiner törichten, exzessiven Gewalttätigkeit, wenn er betrunken war, oder wegen seiner langatmigen Haarspaltereien. Doch Alek war bereit, dies in Kauf zu nehmen, um die Geschichte der Reisen zu hören, die Zephir erzählte, bis er die Kontrolle über sich verlor. Zephir hatte auf vielen Schiffen gearbeitet, bei verschiedenen Schiffahrtsgesellschaften. In den Augen eines Matrosen, der mit gleichmütig gelangweilter Lethargie durch die Hafenstädte gondelte, hatte sich die Welt seit den Tagen der Antike kaum verändert. Die Städte offenbarten dem Matrosen ihr altes Gesicht; der Erdball war ein sonderbarer und gefährlicher Platz, die Leidenschaft und das Vergessen erlangte man mit Geld und Mut.

Nach der fünften Runde erzählte Zephir immer von Neuguinea. Auf der Straße lief alles in einem herum, nackte Wilde, Missionare, Händler aus Java, Mumien in ihrer europäischen Kleidung. Die Wilden betraten die Handelshäuser, Restaurants und Banken, besahen sich den Ort, wunderten sich ein Weilchen und gingen wieder hinaus. Ein norwegischer Matrose, mit dem er sich die Zeit zu vertreiben pflegte, nahm ihn in ein Dorf im Dschungel mit, um die Dorfmädchen anzuschauen, die seinen Worten nach die schönsten in dieser Ecke der Welt waren. Auf dem Rückweg trafen sie ein nacktes Pärchen, Wilde, einen Mann und eine Frau, die ihre Tornister bis zu dem Flughafen trugen, auf dem ihr Flugzeug ankommen sollte. Kurz vor dem Flughafen gab der Norweger der Frau einen kleinen Spiegel. Ihr Gesicht strahlte vor Glück, immer wieder hüpfte sie auf der Stelle hoch und stieß Freudenschreie aus, während der Mann sehr traurig wurde und herzzerreißende Seufzer von sich gab: Hatte nicht auch er getreulich einen schweren Tornister getragen, den ganzen langen Weg, die vielen Kilometer durch das Dschungeldickicht? Und der Norweger gab auch ihm einen Spiegel.

Nach der sechsten Runde erzählte Zephir von seiner Freundschaft mit dem Musiker einer Steel-Band von einer der grenadischen Inseln.

Sein Freund war ein echter Virtuose im Spiel auf einer Halbtonne und trat mit seinen Gefährten in einer langen Baracke auf, die davor irgendeine Art Stall gewesen war. Du hättest deine Freude daran gehabt, ihn über Mozart oder Schubert reden zu hören, sagte Zephir.

Und nach dem siebten Glas erzählte er von irgendeinem Abenteuer mit einer Schönheit aus Luang Prabang – Geruch nach Moschus, göttliche Hüften. Und was macht der Herr? fragte sie. Ich bin Matrose, antwortete er ihr. Und was macht die Dame? Ich bin Polizistin, erwiderte sie. Das glaube ich nicht. Das glaubst du nicht? fragte die Schönheit beleidigt und zog aus ihrer Tasche den Dienstausweis. Dann bin ich ja in sicheren Händen, sagte Zephir zu ihr. Und sie sah ihn erstaunt an.

Bevor er gewalttätig wurde, hatte Zephir seine besinnlichen Momente der Betrachtung. Dann erzählte er immer, wie er zu nächtlichen Abenteuern aufgebrochen war. Die Dunkelheit war in seinen Geschichten überall verschieden, der Geruch war jeweils anders, die kleinen Gefahren, das Sprachengewirr, die Gemeinheit und Armseligkeit. Und danach wurde Zephir gefährlich. Immer wenn Alek diese Geschichten hörte, war er wieder bereit, im Bauch des Schiffes zu leiden, des Phantasieschiffs seiner Kindheit, in Fesseln zu schmachten, in der großen weiten Welt verlorenzugehen, das Geheimnis des Endes zu spüren, das Rätsel der Grenzen, den Schrecken der Tiefen. Dann wuchs der Wunsch in ihm, zu seiner Kindheit zurückzukehren: zur Erwartung der Nachmittagsvorstellungen im Kino, zu einem schnellen Blick in die Kinderbücher, zu einer ganzen Nacht auf einer Bank im öffentlichen Park.

FREIE LIEBE. Daniel Rodin blieb an der Tür stehen.

»Ist das die Hölle?« sagte er und deutete auf eine Zeichnung von Koslovsky.

»Russische Badehäuser«, erwiderte Marinsky.

»Russische Badehäuser?« murmelte der große Pädagoge. Marinsky betrachtete seine rissige Haut, die armseligen kleinen Hände, die schützend zusammengezogenen Schultern. Dieser Mann konnte kaum ein Glas Traubensaft halten. Sein Interesse an der Liebe, ob frei oder verboten, konnte gewiß nur rein theoretisch sein.

Der Bezwinger der gordischen Knoten blickte wieder auf die Zeichnung: »Du wirst noch von mir hören, Ezra«, sagte er.

Disegno

– I –

Um einem Kanarienvogel das Singen beizubringen, muß man einen überragenden Lehrer für ihn aussuchen, keinesfalls einen Chaffer, sondern einen Roller. Ein Chaffer hat eine hohe, schrille und ordinäre Stimme, während die eines Rollers tiefer, ruhig und angenehm mild ist, und es nimmt nicht Wunder, daß die besten Roller aus Deutschland kommen, dem Land der hohen Musikkunst. Man bringt also den Herrn Professor Roller herbei, mit grünem Gefieder und gelbem Bauch, dessen Alter auf seinem Beinring eingraviert ist, isoliert den Kanarienvogel und läßt ihn jenseits einer Trennwand mit seinem Lehrer zurück, der sich unbedingt im Käfig befinden muß, wenn dem Schüler die Federn ausfallen. Einmal im Jahr mausern sich die Kanarienvögel – und wann hast du zum letzten Mal deine Federn gelassen, Maddi? –, und während dieser Zeit ist der Kanarienvogel besonders empfänglich gegenüber jedem Geräusch, jedem Klang, und wenn er schrille, häßliche Stimmen hört, bleibt ihm diese Tonlage bis ans Ende seiner Tage erhalten. Nur vollständige Abgeschiedenheit und die wohlklingende Stimme seines Lehrers können ihn in einen echten Sänger verwandeln: Der Käfig des Lehrers über dem Käfig des Schülers mit einer Kartonwand dazwischen, ohne Sichtkontakt, wie bei Dr. Freud. Es ist natürlich möglich, die Stimme aufzunehmen und sie dem Kanarienvogel vorzuspielen, so wie man sich früher Vogelgezwitscher aus einer Spieldose, der Serinette, anhörte, doch nichts geht über einen lebendigen Lehrer und eine glasklare Stimme.

Frau Wechters Roller hatte eine glockenreine Stimme mit hübschen Trillern, fein gedrechselt und harmonisch, speziell wenn er eine sprudelnde Quelle und kleine Glocken imitierte, doch war sein Gesang von irgendeinem beständig brummendem Unterton begleitet, wie dem eines fernen Schiffhorns, einer Lokomotive, eines Diesellastwagens mit hohem Schornstein oder des Winterwinds, der zwischen den Häusern der Stadt durchrauschte; die delikate Stimme dieses Rollers schien sich innerhalb der Luftsäule eines Wesens zu bewegen, das weitaus größere Lungen hatte als er selbst. Vielleicht erinnerte das

Begleitgeräusch auch an den Dampf, der aus dem Schnabel des elektrischen Wasserkessels entwich. Frau Wechters Roller war ein starker Esser und verschlang zahlreiche Eier, Mais und Kartoffeln. Doch wenn er dick wurde, verstummte seine Stimme, und dann mußte er fasten und darben.

Ein Lichtstrahl fiel auf Baruch Agadatis Ölbild der *Ruslan*. Der Schiffsgigant, in Gestalt eines rot-grünen Helden, das gewaltige Haupt von Goldflechten bekränzt, erhebt sich hoch über die Wellen. Dutzende Gesichter spähen aus den Luken des Schiffes. An Deck kniet ein Mensch, in seiner Hand das Modell eines Wasserturms (das ist dein Vater, hatte Agadati gesagt, als er Maddi das Bild zu ihrem vierzehnten Geburtstag schenkte), und dahinter hocken zwei alte Männer mit einer Ponyfrisur – die letzten russischen Hasen auf Pilgerreise; ein Troll mit wildem Haar steht auf der Brücke, Möwen sitzen auf dem Flechtwerk der Taue, eine halbnackte Frau mit großem Hut liegt neben dem Schornstein, und am Ende des Decks springt ein magerer Knabe in die Höhe – das bin ich, hatte Agadati gesagt. Frau Tschemerinsky hatte das Bild für ihr Archiv haben wollen, doch Maddi hatte sich geweigert, sich davon zu trennen. Es war das einzige Bild, das wirklich ihr gehörte. Frau Tschemerinsky war sehr böse auf sie gewesen. »Dann versprich mir wenigstens«, hatte sie gesagt, »daß du mir das Bild in sieben Jahren, zur Jubeljahrfeier der Überfahrt der *Ruslan*, geben wirst.«

In sieben Jahren ... Und im Februar war Frau Tschemerinsky gestorben.

An jenem Geburtstag hatte Maddi von ihrem Vater ein Geschenk erhalten: Einen Anhänger mit getrockneten Blüten, die entzückende Farben aufwiesen, ganz fein, aber dennoch stark und frisch, obwohl das Medaillon mehr als hundert Jahre alt war. Zu Anfang trug sie es, denn sie liebte die Farben der Blüten, doch mit der Zeit begann sie seine Form zu stören, und sie legte es in eine Schachtel zu ihren Ringen und Ohrklipsen.

Maddi wäre gerne anders gewesen. Eine Zauberin erscheint – und verwandelt sie im Nu in ein sublimes, wertvolles Geschöpf, um ihren Vater und Rieti für ihre Enttäuschung zu entschädigen. Jedoch – würde denn ... ein Tiger seine Streifen verkehren? Nur einmal hatte sie sich mit Rieti nach ihrer Scheidung getroffen, und auch diese Begegnung erfolgte unter peinlichen Umständen ... Sich nach zwei Monaten scheiden zu lassen! Das hat etwas Lächerliches, ist ein Zeichen von Minderwertigkeit und Schmach. Nach all den Vorbereitungen, das Kleid nähen lassen, das Gehetze und Gerenne, die Einkäufe das Problem der Wohnung, die endlosen Besuche, und danach – der Brautbaldachin, die Fotografin. Sich nach zwei Monaten scheiden zu lassen! Rieti kannte Tomar, und es war ihm vom Gesicht abzulesen gewesen, daß er von ihrer Wahl enttäuscht war. Bei einem seiner langen, verwickelten Prozesse sagte er zu ihr, es sei natürlich, daß eine Frau von männlichem Charme und der Kraft geblendet sei und nicht von inneren Eigenschaften – ein Ausspruch, der Maddi aus dem Mund eines älteren Menschen naiv erschien. Doch dem entnahm sie, daß Tomar Rieti auch in dieser Hinsicht nicht zusagte. Langweilig und unattraktiv! Es war klar, daß er ihr, wenn er es gewagt hätte, dazu geraten hätte, nicht zu heiraten. Wenn sie damals nur auf seine Intuitionen vertraut hätte! Und auch ihr Vater war verwundert gewesen, als sie ihm sagte, daß sie Tomar zu heiraten beabsichtigte. »Tomar?« sagte er, »Tomar? ... Was für schöne Enkel ich haben werde!« Sich nach zwei Monaten scheiden zu lassen – welch eine Geschmacklosigkeit, welch eine Verletzung der grundlegenden Ordnung ...

Als Kind hatte sie gehört, daß ihre Kusine aus Ramat-Gan, Sima Goren, ihrem Mann nach zwei Wochen davongelaufen war. Alle hatten unangenehm berührt und ungläubig gelacht. Welche mysteriöse Sache konnte sich ihr so ganz und gar plötzlich erschlossen haben, noch bevor der Honigkrug zur Neige gegangen war, hatte Tante Ditka gefragt. Von Sigal Zafadi (es gab zwei Mädchen namens Sigal in ihrem Kindergarten) hörte sie, daß die Blüten des Johannisbrotbaumes wie der Samen von Männern rochen. Sigal wußte nicht, was das war, Männersamen – oder Heldensamen? –, doch sie wußte, daß dieser Geruch Frauen verrückt machte, sie um den Verstand brachte. Seit jenem Tag interessierte sich Maddi für Johannisbrotbäume. Einmal hatte sie dann zufällig einen solchen Baum gesehen, und Pistazien, aber es war dort gar nichts zu riechen gewesen. Der Johannisbrotbaum war groß und breit wie Samson, der Held, und neben ihm standen die niedrigen Pistazien wie kleine Philistermädchen. Zwei Jahre später kam sie zur Blütezeit an einer Gruppe Johannisbrotbäume vorbei. Der Geruch war einfach grauenhaft, und mitleidig dachte sie an ihre Kusine Sima Goren und ihre Hochzeitsnacht ... Wie seltsam, daß die Johannisbrotbäume gerade im Sommer, mitten im heißesten Sommer rot blühten. Das überraschende Rot beherrschte alles: in den Kronen der Johannisbrotbäume, zwischen den Zweigen der Pistazien. Johannisbrot und Pistazien – ein hübsches Gespann, ganz ohne Frage, eine Bluthochzeit an den Hängen des Karmels!

Eine Scheidung nach zwei Monaten – so darf sich eine Frau nicht benehmen! Tomar hätte das keinesfalls getan! Wie er sich schämte!

Und sie hatte ihm diese Schande verursacht ... Was gab es Gemeineres, als jemandem eine derart große Schmach zu bereiten! Und alles war so traurig, verwirrend. Einmal hatten sie bei ihnen zu Hause über lebensverlängernde Medikamente gesprochen, und ihr Großvater, der in allen Dingen ein gemäßigter Mann war, außer beim Thema der internationalen Politik, hatte gesagt: »Ich würde ein solches Mittel nicht schlucken, ich würde überhaupt nichts machen, auf gar keinen Fall.« Und wie er das betonte: »üüberhaupt nichts, üüberhaupt« – welche Bitterkeit, welch ein Protest in dem langen »ü« mitschwang und welch unbegreifliche Entschlossenheit. Oder Frau Wechter, die ihr gegenüber in der Manestraße wohnte. Sie heiratete ein halbes Jahr, vielleicht nicht einmal ein halbes Jahr nach ihrer Verwitwung wieder und lebte mit ihrem neuen Ehemann nicht schlechter als mit dem alten, stritt sich sogar weniger mit ihm, als sie sich mit dem verflossenen Herrn Wechter gestritten hatte. Doch als ihr Hund starb, als der riesige, verwöhnte Rexi starb ... Zwei Monate lang wollte sie ihn nicht einschläfern lassen, auch als er schon völlig gelähmt war, ein gebrochenes Tier, das sogar das Interesse am Fressen verloren hatte, und Maddi wußte, wie viel Rexi verschlingen konnte, da sie ihn drei Wochen in Pflege gehabt hatte, als Frau Wechter im Krankenhaus lag. Und die Gewissensbisse danach, weil sie Rexi ermordet hatte! Und wie sie sich an ihrem neuen Hund rächte! Sie konnte ihm unter keinen Umständen verzeihen, daß er nicht Rexi war. Jedesmal, wenn er vom Weg abwich, zerrte sie so gewaltsam an seinem Halsband, daß er fast erstickte, der Arme. Es vergingen mindestens zwei Jahre, bevor sie sich an ihn gewöhnte, aber im Grunde verzieh sie ihm nie so ganz, und Maddi sah des öfteren, wie Frau Wechter den demütigen Hund mit kühlem, distanziertem Blick betrachtete. Doch ihrem neuen Ehemann machte sie zu jedem Fest eine Menge Geschenke, in schönes Papier verpackt und mit violetten und goldenen Schleifen geschmückt.

Und was man nicht alles über Ehepartner erzählte, die sich scheiden ließen – über den Haß, der zwischen ihnen herrschte, daß sie bereit waren, Jahre ihres Lebens zu opfern, nur um einander zu verletzen: der Onkel, der Tante Chassia immer quälte, und Frau Schirmann, die die Zimmertür absperrte, als ihr Mann einen Schlaganfall erlitt, und zu ihrer Freundin nach Jerusalem fuhr?

Der liebenswerte Herr Schirmann, der immer zu sagen pflegte: »Dumm – dümmer – Tenor, wie man in Deutschland sagt.« Oder: »Ein Esel ist nicht dumm, was ihm fehlt, sind die Beziehungen.« Wie merkwürdig, daß Rieti Herrn Schirmanns Schicksal gleichgültig gegenüberstehen konnte, nur weil er dessen Sprüche nicht leiden konnte. Und dabei kannte er Herrn Schirmann und wußte, daß er sterbend in einem abgesperrten Zimmer zurückgelassen worden war!

Doch was würde Rieti jetzt denken? Und was dachte ihr Vater über sie? Schließlich war es so, als erschiene sie mit nur einem Bein oder kahlgeschorenem Kopf bei Rieti. Würde er den Tisch decken, wie an jenem Abend, als sie die höhere Schule beendet hatte – wohlan, trinken wir auf den Auszug aus Ägypten! Damals hatte er sie zum Abendessen eingeladen, mit Kerzen und bestickten Servietten. Rieti war ihr einziger Freund. Von dem Tag an, da sie begonnen hatte, am Kunstinstitut Malerei zu studieren – nur du, Maddi, gibst nach eineinhalb Jahren das Studium auf –, war sie immer zu ihm nach Hause gekommen, um sich seine Bücher anzuschauen. Diese Florentiner und Venezianer waren einfach verführerisch, und wen ihr Zauber gefangennahm, der kam nie mehr los davon, als würden sie einem eine Art Durst einflößen, den nur sie stillen konnten. Rieti war naiv. Konnte ein Richter ein naiver Mensch sein? Aber in der Tat: Rieti war naiv. Einmal, als seine Frau Vjera noch lebte (die sie, Gott sei Dank, sehr gerne mochte), nahmen die beiden sie zu einem feierlichen Abend der »Vereinigung italienischer Immigranten« mit, zu Ehren der Publikation eines Buches über die Triester Gemeinde, in dem auch Rieti etwas von seinen Erinnerungen veröffentlicht hatte. Noch nie hatte sie sich in einer solchen Gesellschaft befunden. Es lag etwas Leises und Trauriges in der Luft, etwas Verhaltenes, das sie nicht zu erfassen vermochte. Jemand las Übersetzung und Gedicht eines italienisch-jüdischen Poeten vor, und auch das Gedicht war leise und ein wenig traurig. Der Dichter sagte darin, wenn sie es tatsächlich richtig verstanden hatte, er sei der Erbe König Davids und seiner Psalmen und Dantes mit seiner *Komödie*: Davidde e Dante .. Davidde e Dante ... Im Kreis dieser Menschen verspürte sie große Zuneigung zu Rieti. Sein Name war eigentlich Benjamin Samuel, aber dort nannten ihn alle Mino, scharten sich um ihn und klopften ihm auf die Schulter wie einem Menschen, der für seine Freunde Dinge getan hatte, die ihm die Gesellschaft niemals angemessen vergelten könnte.

Sie wagte es sogar, ihn zu fragen, was er für sie getan habe, doch Rieti lachte und sagte, sie müsse ihm glauben, daß er überhaupt kein Held sei, sondern nur ein Überlebensspezialist, und daher sei sein Haus noch voller Andenken von seinem Ururgroßvater, und er schreibe auf dem Schreibtisch seines Großvaters. Doch sie konnte die Atmosphäre um ihn herum nicht vergessen, die Nähe von Menschen, die zusammen in irgendeiner geheimen Gruppe gewesen und Freunde geblieben waren, das gegenseitige Vertrauen. An diesem Abend hatte sie sich gedacht, daß Vertrauen vielleicht noch erfreulicher sei als Liebe. Rietis Naivität erweckte ihr Mitleid, wie das Mitleid, das ihre Hündin bei ihr auslöste, wenn sie ihren traurigen Blick auf sie richtete, die Augen zusammenkniff und versuchte, eine Pfote auf ihren Arm zu legen, mit einer zittrigen, eckigen Bewegung, oder wenn sie ihren Kopf in Maddis Schoß steckte. Dante e Davidde ... Dante e Davidde, Propheten für Menschen nach meinem Herzen, die mir den Brandstempel der doppelten Wahl aufprägen ... Die italienischen Juden waren ein bißchen traurig in Tel Aviv.

Wie merkwürdig, daß ein so introvertierter Mensch wie Rieti irgendwann einmal eine solche tatkräftige Stärke besessen haben konnte, daß sie seine Bekannten zu einem derartigen Ausmaß an Kameradschaft und Dankbarkeit bewegte. Vielleicht war es aber auch keine Introversion, sondern ein Empfinden, das jener Verhaltensregel entsprang, von der er bei irgendeiner Gelegenheit einmal zu ihr gesagt hatte: Der Mensch darf nur Dinge sagen und tun, von denen er völlig sicher sein kann, daß sie die seinen sind, und niemals, auch nicht für einen Augenblick, aus keinem Anlaß und unter keinem Vorwand, darf er etwas anderes tun, und seien die Verführungen und Gefahren noch so groß. Aber wie ist es möglich, nach dieser Regel zu leben? Es ist möglich, antwortete Rieti mit einem Lachen, nach dieser Regel zu leben, und nicht einmal überaus schwer, wenn es auch nicht leicht ist, dies auszudrücken, aber wenn ich Japanisch könnte, würde ich es mit Leichtigkeit sagen können; ein solcher Satz auf Japanisch ist ein wahres Kinderspiel. Doch ein Mensch, der kein Japanisch kann, ist zu dem Glauben an eine göttliche Vorsehung verpflichtet, daß nichts in uns oder unserem Leben zufällig ist und weder unbestimmte Ereignisse noch Mißverständnisse darin vorkommen.

Es war schade, daß nach Vjeras Tod ihre Zusammenkünfte mit Rieti seltener geworden waren und sie ihn seit ihrer Scheidung nur ein einziges Mal gesehen hatte. Und was für eine Begegnung! Sie hatte im Institut nackt Modell gestanden, trotz ihrer Befürchtungen, daß ihre Brustwarzen zu groß seien und ihr Bauch nicht flach genug. Trotzdem hatte sie es sehr genossen, als sie zum ersten Mal vor den Schülern stand – Rache? Unklarer Stolz? Doch das Modellstehen fiel ihr nicht leicht, und bereits beim zweiten Mal wußte sie, daß sie sich nicht dafür eignete, daß sie etwas Gezwungenes, allzu Steifes in sich hatte, und sie mochte auch die Gesichter der Lehrer nicht. Es war garantiert einer von ihnen gewesen, der Rieti von ihren Auftritten erzählt hatte, denn beim dritten Mal wartete er beim Institut auf sie und beschwor sie, nicht noch einmal Modell zu stehen. Sie war damals sofort nach Hause gegangen, nachdem sie feierlich versprochen hatte, ihm seine Bitte zu erfüllen, und war nicht dazu gekommen, sich mit ihm zu unterhalten, doch sie war sicher, daß seine Verlegenheit und seine etwas merkwürdige Sprechweise nicht nur auf die Peinlichkeit der Scheidung zurückzuführen waren, sondern auch darauf, daß sie nackt vor den Schülern des Instituts gestanden hatte, in dem sie studiert hatte. Gut, daß sich ihr Vater damals, nach seinem ersten Herzinfarkt, im Ausland aufhielt. Er hätte sich sehr geschämt, wenn er von ihren Eskapaden gehört hätte. Und jetzt schlief er die meiste Zeit des Tages.

Maddi wusch ihr Gesicht und rauchte eine *Ascot* vor dem Spiegel. Die Ponyfrisur verlieh ihrem Gesicht einen Ausdruck von Energie und Vitalität, die sie nicht empfand. Vielleicht sollte sie das weiße Kleid anziehen, das ihre »sephardische Haut« zur Geltung brachte – »dunkle Tauben«, wie Rieti gesagt hatte, als sie aus der Vorstellung von *Anna Christie* kamen? Aber sie hätte natürlich seine Tochter sein können. Ihre Cousine Karen, die in den Vereinigten Staaten lebte, in Rochester (was dort »Ratschesta« ausgesprochen wurde), diese Cousine (Maddi besaß sieben Cousinen und vier Cousins) hatte von einer dummen Sache erzählt, die ihr Bruder angezettelt hatte. Er wollte unbedingt wissen, ob zwischen ihm und ihr etwas passieren könnte, dachte jahrelang darüber nach, und einmal, als sie in einem Hotel bei den Niagarafällen (was man »Najägra« aussprach) zu Gast waren, arrangierte er es so, daß sie zusammen in einem Zimmer waren, mit Doppelbett. Doch natürlich passierte nicht das, was in diesen nervenkitzelnden Filmen geschieht, und das Ganze endete in dummer Peinlichkeit. In Amerika erzählen sie alle ihre Geheimnisse. Ein Leben ohne Geheimnisse. Doch was bedeutet es, geheimnisvoll zu sein? Was wissen wir nicht von einem Menschen, der geheimnisvoll, was dürfen wir nicht über ihn wissen, damit er geheimnisvoll wirkt? Schade, daß sie nicht wie die Hollywoodschönheiten, die Italienerinnen in der Renaissance oder die Geliebten der französischen Könige sein konnte, um Rieti zu entschädigen. Eigentlich hatte sie nie etwas für ihn getan, auch nicht die winzigste Kleinigkeit. Vielleicht brachte ihn nur die Tatsache, daß er von italienischem Flair umgeben war, ihr nahe. Wie der Junge, der einmal an Chanukka bei Sally mit ihr gespielt hatte, ein Junge, der aus Kenia zu einem kurzen Besuch da war, und während sie mit ihm spielte, hörte sie Trommeln und sah riesige schwarze Jäger mit Lanzen in den Händen in geheimnisumwobenen Waldarealen voller Schädel einherschreiten, sah Löwen, die in der Nacht kamen, um am Salz zu lecken. Der Junge aber war einfach ein Junge gewesen, der einen großen Teller voll Krapfen, die für die Gäste bereitgestellt worden waren, leeraß, und sie hatte in den Laden rennen und Krapfen mit unangenehm bitter schmeckender Marmelade kaufen müssen.

Wenn ihr Kleid doch schöner wäre, oder wenn sie wenigstens elegantere Unterwäsche hätte. Wie klug Herr Zigfeld war, falls das tatsächlich sein Name war, der Amerikaner, der seinen Tänzerinnen die teuerste Unterwäsche zu kaufen befahl, und nach dem Grund gefragt, denn schließlich sah sie das Publikum ja überhaupt nicht, zur Antwort gab, daß die Tänzerinnen dann ein ganz wunderbar besseres Gefühl hätten, und das würden die Zuschauer im Publikum sehr wohl sehen. Maddi sann manchmal über Herrn Zigfeld nach.

Nach nur zwei Monaten!

Auf der Türschwelle umfallen und das Bewußtsein verlieren? Sie dachte öfter daran. Professor Wilk, in den die meisten Mädchen verliebt waren, hatte erzählt, es gebe eine solche Phobie: Eine Frau steht vor der Tür des Schlafzimmers und hat Angst hineinzugehen. Aber wieso sollte sie nicht? Das ist doch der Gipfel der Torheit – das Schlafzimmer nicht zu betreten! Sie macht einen winzigen Schritt, noch einen, danach einen weiteren Schritt, hebt ihren Fuß, um über die Schwelle zu treten – und bums! Sie bricht ohnmächtig auf dem Fußboden zusammen.

Was für eine merkwürdige Wissenschaft – Psychologie! Und wer so ohnmächtig wird, fällt auch fast immer, ohne sich die Hand oder den Fuß zu brechen. Früher wurden Frauen häufig ohnmächtig, bei jeder denkbaren Gelegenheit. Die Glücklichen! Jetzt waren nur noch die Tränen geblieben. Alle waren besorgt: Maddi Marinsky ist auf der Schwelle des Schlafzimmers in ihrer neuen Wohnung in Ohnmacht gefallen! Und man hätte sie zu Untersuchungen gebracht, und wenn man keinen physischen Grund gefunden hätte, dann wäre ein Psychologe aufgetaucht, ein Psychiater, ein Psychoanalytiker. Und ihm gegenüber hätte sie so tun müssen, als habe sie ebendiese Phobie, daß sie immer auf der Schlafzimmerschwelle zusammenbreche. Es wäre spannend zu wissen, wie man das wohl überprüfen würde. Vielleicht wie Richter, die den Ort des Verbrechens zum Zweck einer Rekonstruktion aufsuchten; der arme Verbrecher, nervös und unrasiert zwischen den Polizisten, auf irgendeinem morastigen Platz voller Müll, neben einem zerdrückten Busch. Und dann hatte sie in Ohnmacht zu fallen? Die Psychologen glaubten aus tiefstem Herzen, daß die Psychologie eine Wissenschaft sei. Müßte sie jedesmal, wenn sie auf der

Schlafzimmerschwelle stünde, zusammenbrechen? Doch sogar wenn sie wirklich in Ohnmacht gefallen wäre, sie wäre nicht zu einem Psychologen gegangen. Wenn der Mensch keine Macht über seine Seele besitzt, worüber hat er dann Macht? Eineinhalb Jahre Studium, um zu dieser Schlußfolgerung zu gelangen? Tatsache war, daß es viel Vernünftiges in der Seelenheilkunde gab, ebenso wie in der Heilkunde des Körpers, doch sie empfand Widerwillen dagegen. Rieti hatte einmal zu ihr gesagt, daß er einen italienischen Psychiater kenne, dessen Name schwer im Gedächtnis zu behalten war, ein langer italienischer Name mit Bindestrich, der behauptete, daß er jedem, der sich nicht an ihn wende und nicht bereit sei, sich in den Tiefen seiner Seele herumstochern zu lassen, Achtung entgegenbringe.

Doch auch Rieti selbst, mochte er auch Richter sein, war vielleicht nicht sonderlich gut darin, seine Umwelt zu verstehen. Er war zu naiv. Stimmt, seine Frau Vjera war nett, nicht wie die Frau von Professor Wilk. Nein, sie hatte vernünftig gehandelt, als sie beschloß, nicht in Ohnmacht zu fallen, aber es war alles schrecklich. Zwei ihrer Freundinnen, Hadas und Sally, sagten: Die Menschheit existiert trotzdem. Frauen fielen auf der Schwelle von Höhlen in Ohnmacht, ha, ha, ha! Doch am Ende stiegen sie dann auf den Öllithographien, die sie am zentralen Busbahnhof verkauften, die Stufen hinauf, in ägyptische und griechische Gewänder gekleidet, mit Krinolinen und Perükken, bis hin zu Chanel-Kostümen. Und Tomar – er enttäuschte sie nicht als Freund, er war ein guter Freund, schämte sich nur furchtbar, weinte und wand sich, doch er willigte in die Scheidung ein. Es wäre interessant gewesen zu erfahren, ob eine Psychologin einen Jungen wie Tomar gewählt hätte, der einerseits wirklich schrecklich war, sich andererseits aber anständig verhielt? Trotzdem, vielleicht hätte sie das mit dem Umfallen versuchen sollen, und dann hätte Tomar ihr nicht mit Forderungen kommen können: Ihr Unterbewußtsein war gegen ihn, nicht sie! Sie gelüstete es doch natürlich danach, die Schwelle des Schlafzimmers zu überschreiten, in einem glatten Seidennachthemd dazuliegen, das ihren bebenden Körper etwas kühlte, der vor Lust glühte, in Erwartung auf seine berauschende Berührung. Doch ihr verfluchtes Unterbewußtsein war es, das dieses unterband, und mit welcher Kraft – bis sie in Ohnmacht fiel und sich Hand oder Fuß dabei brechen konnte! Sie probierte es zweimal mit dem Fallen, und es gelang ihr recht gut, dank der Nähmaschine, die neben dem Schlafzimmer stand. Nicht umsonst hatte sie bei Gertrud Kraus Ballettunterricht gehabt, auch wenn sie sich darin nicht gerade ausgezeichnet hatte. Ausgleiten, eine leichte Berührung der Nähmaschine, und

schon lag sie flach am Boden. Gertrud war eine nette Frau. Leute, die sie nicht kannten, glaubten das nicht; doch wie abstoßend und furchterregend ihre Ballettfotos waren, die an den Wänden hingen: Danse macabre, der Tod und das Mädchen. Es gab viele Mädchen und viele Tote bei Gertrud. Vielleicht war es ja auch nicht besonders nett, diese tanzenden Toten zu betrachten. Ich tanze mit dem Tod, und der Tod tanzt mit mir ...
Allerdings hätte sie in Anwesenheit von Menschen umfallen müssen, und es war sehr schwierig, ganz natürlich zu fallen unter solchen Umständen. Es wäre besser für sie gewesen, sie hätte das Schlafzimmer betreten und wäre herausgekommen wie Judith, mit Tomars Kopf in ihrer Linken und einem vor Blut und Fett glänzenden Schwert in ihrer Rechten. Sie steht auf der Schwelle, Tomars Gesicht schwarz angelaufen, und alle stehen ihr erstarrt gegenüber, mit aufgerissenem Mund, gesträubtem Haar – ihr Vater, Tomars Eltern, Rieti, Hadas und ihr Mann, der Rechtsanwalt Kazis; Frau Wechter mit ihrer neuen Hündin, der Roller im Käfig, der wie eine Quelle sprudelt. Und sie wirft ihnen Tomars Kopf vor die Füße, so wie man den Kopf des Feindes im Puppentheater herunterpurzeln läßt, und alles seufzt: Ahh! Und jemand ergreift den abgeschlagenen Kopf. Judith und Holofernes – Judith, die jüdische Venus, wie Rechtsanwalt Berens sagte. Rechtsanwalt Berens, hatte Rieti gesagt, geht viel auf Beerdigungen, so wie diese alten Leute, die nicht nur zu den Begräbnissen ihrer Verwandten und Freunde gehen, sondern auch zu denen fremder Menschen, und das nicht nur, um das ihnen bevorstehende Schicksal zu beweinen, sondern um sich an den Tod zu gewöhnen, so wie sich früher Mönche in ihren Zellen in Särge legten und Nacht für Nacht darin schliefen, bis der Sarg seinen Schrecken für sie verloren hatte. Und mit der Zeit fing Rechtsanwalt Berens an, mit einem gewissen Genuß von Beerdigungen zu sprechen, und begann auch, die monströsen Grabsteine ins Herz zu schließen, die Blumen, die die Menschen dorthin brachten, die kleinen Kerzen, die leicht verwahrlosten Angestellten der Beerdigungsgesellschaft, sowie die Tatsache, daß sich die Beerdigungen nicht allzu lange hinzogen: ein schneller Marsch der Totenbahre hinterdrein, ein schönes Gebet, eine kurze Rede, Tränen, Rückweg zum Tor – in diesem Tempo lag etwas durchaus Gelungenes und Tröstliches. Levanon, der Maler, der an jenem Abend kam (Judith – die jüdische Venus, wie bösartig dieser Berens war!), um sich mit Rieti wegen einer Verhandlung mit seinem Hausbesitzer in Zefat zu beraten, erzählte, daß er einmal in Rom ein Theaterstück besucht habe, in dem alle Schauspieler nackt waren. Die

Vorstellung fand in einem Privathaus statt. Die Augen des Malers blitzten – wegen der Kühnheit der Schauspieler? In Erinnerung der Nacktheit? – und ein Lächeln des Erstaunens erhellte sein langes Gesicht. Doch der verbiesterte Rechtsanwalt, der sich an Beerdigungen erquickte, erzählte, daß einer seiner Freunde während eines Rombesuchs zu einer Orgie in irgendeinem Palast eingeladen wurde. Die Orgie und der Palast weckten eine fieberhafte Erwartung in ihm, die alle Hemmungen überwand. Er fuhr mit einem Taxi zu dem Palast und hielt trotz der Hitze die Fenster geschlossen, damit seine Frisur nicht in Unordnung geriete. Das Taxi brachte ihn zu irgendeinem Platz. In einem nahezu dunklen Restaurant saßen einige Paare, und an der Ecke des Platzes, über dem Lokal, glomm bläulich die Madonna in ihrem Glaskäfig. Nur zwei Straßenlaternen verbreiteten Licht in der Umgebung. Der Eingang zum Palast war besser beleuchtet, und er betrat eine große Halle und hörte von rechts, beim Treppenaufgang, Gelächter, Klänge von Musik, das Klappern von Geschirr, fröhlichen Lärm. Er wandte sich dorthin, und im angrenzenden Saal bat ihn ein Türsteher, sich auszuziehen. Berens' Freund entkleidete sich bis auf das letzte Stück, und auf ein Kopfnicken des Wächters hin erklomm er dunkle und extrem hohe Stufen, dem Lärm entgegen, glitt jedoch auf halbem Weg plötzlich aus, stolperte und kugelte hinunter – und lag fünf Wochen lang in Gips, mit einem gebrochenen Bein und einem ausgerenkten Arm.

Eineinhalb Jahre lang hatte sie Psychologie studiert, um zu erfahren, wer sie war, um mit Sicherheit zu wissen, daß sie keine Wolke war. Auch als sie das Malereistudium angefangen hatte, hatte sie gedacht, wie wunderbar es doch wäre, wenn es ihr eines schönen Tages gelänge, eine Ausstellung zu präsentieren. Man würde darüber in der Zeitung berichten, ihr Name würde vor aller Augen prangen – ein Zeichen ihrer wahrhaftigen Existenz, und was noch wichtiger war, man würde über sie schreiben – und wäre es auch Schlechtes: Maddi Marinskys Farbgebung und die Unsicherheit in ihrer Linienführung lösen Seekrankheit aus –, auch dann würde sie wenigstens sich selbst, die Seekrankheit, erfahren. Ihre Existenz. Doch das Psychologiestudium langweilte sie, und je länger sie Malerei studiert hatte, desto weiter entfernte sich der Traum einer Ausstellung von ihr. Ihr Vater hatte sie ab dem Alter von acht Jahren zeichnen gelehrt, und wenn er an ihr verzweifelt war, was hätten ihre Lehrer ausrichten können? Es war nur schade um das Haus im Obsthain. Das Haus war so schön, die Bäume, der Garten, die Tiere. Ihr Vater hatte sie so gerne besucht. Am Abhang wuchsen wilde Blumen, Anemonen und

Ranunkel leuchteten rot. Winzige Veilchen, süße Krokusse, Butterblumen, dottergelb wie der Bauch eines Kanarienvogels, riefen seine Begeisterung hervor. Blaue Disteln erinnerten ihn in ihrer entzückenden Bescheidenheit und demütigen Schönheit an die Tage seiner Kindheit. Zusammen mit den großen Kakteen, die wie ein Schutzwall auf dem Hügel wuchsen, zusammen mit den Eukalyptusbäumen und den Zypressen glich diese Landschaft, wie ihr Vater sagte, dem Gesang Schaljapins – Männlichkeit gemischt mit Zärtlichkeit und dem Flehen eines Knaben. »Einen Kuß gib mir!« Wie verzärtelt diese Weiblichkeit der russischen Männer war! Ihr Vater liebte es, dort über die Ränke und Bösartigkeit seiner Berufskollegen zu sinnieren, über die Schwäche und Nichtigkeit der öffentlichen Meinung. Der Architekt, so glaubte er, griff immer die befestigte Stadt an – da springt er über den Graben, dort koppelt er seine Kriegstürme an, klettert auf die Mauer, bricht ein! Nun ist er beinahe schon im Herzen der Stadt! Aber ha! Ganz langsam wird er zurückgeschlagen, er muß mit der Erstürmung der befestigten Stadt wieder von neuem beginnen. Im Garten ihres Hauses war es möglich, sich vom Angriff auf die Festung zu erholen. Der Nebel wallte auch an Maimorgen und blieb bis mittags hängen. Das chinesische Lied des Jarkon war zu hören: dzoi tschi-tschi-tschi-tschi-dzoi. Ihr Vater lauschte Schaljapin. Er war glücklich.

Doch trotz der Schönheiten des Hauses im Obsthain und den Worten ihres Vaters über den schönen Enkel, der ihm eines Tages geboren werden würde, änderte er sein Verhalten ihr gegenüber, als ob er das Vertrauen in sie verloren hätte, und machmal schien ihr sogar, daß er erst nach ihrer Hochzeit und nicht schon nach dem Tod ihrer Mutter zu altern begonnen hatte. Anfangs fand sie dieses schwindende Vertrauen merkwürdig, das sich gegen »die Frauen« schlechthin richtete, Geschöpfe, deren Leidenschaft ihre Vernunft erwachen ließ, die sich dann der verächtlichsten Kreatur hingaben, die sie erweckte, und, glücklich im Herzen, lächerlich ängstlich nach außen wurden. Danach, als sie sich scheiden ließ, und ihre zweimonatige »Hingabe« keine »Erklärung« mehr sein konnte, vertiefte sich seine Enttäuschung. Er hörte auf, sie um ihre Meinung zu fragen, nur einmal forderte er sie zu einem kurzen Ausflug auf, und wenn sie zusammen waren, hatte er einen gekränkten, wehen Blick. Maddi hätte ihn gerne beschützt, so zerbrechlich und verletzlich sah er aus. Aber wie konnte man ihn beschützen? Als er außer Lebensgefahr war, begann er sofort, eine Reise ins Ausland zu planen, und lehnte ihr Angebot, ihm zu helfen, ab. Als er zurückkehrte, hatte Maddi das Psychologiestudium bereits aufgegeben. Ihr Vater war sehr beunruhigt und stattete sogar Professor Wilk einen Besuch ab, den sein funkelnder Blick, die Narben im Gesicht und am Kopf und seine donnernde Stimme erschreckten. Dein Vater sieht wie ein Gangster aus, sagte er zu Maddi. Einen Monat später teilte Maddi ihrem Vater mit, daß sie sich an der Kunsthochschule einschreibe. Er war nicht glücklich damit, sagte, er habe sie seit ihrer Kindheit zeichnen gelehrt, und alles, war sie erreicht habe, sei die Fähigkeit, ein genaues Porträt und eine annehmbare Landschaft zu skizzieren, Dinge, die früher jedes Fräulein aus gutem Hause konnte, und nun werde die erbärmliche Kunsthochschule ihr nur modische Tricks beibringen. Doch als sie das Studieren überhaupt aufgab, beängstigte ihn das wahrhaftig. Er sagte zu Rieti: Ich habe die Beziehung zu meiner Tochter verloren, ich verstehe sie nicht mehr, bitte, paß du auf sie auf. Diese Worte machten Maddi traurig. Häufig kam sie zu ihm, räumte das Haus auf und kochte, trotz seiner lautstarken Proteste, kaufte ihm die Rasiercreme, die er liebte, oder neue Espadrilles, die er als Hausschuhe zu tragen pflegte, da er Filz- oder Lederpantoffeln verabscheute, die seiner Ansicht nach Zeichen der domestizierten Bourgeoisie waren. Und trotzdem weigerte er sich, mit ihr zu reden, und betrachtete sie nur ganz selten mit jenem gekränkten Blick voller Groll.

Hadas strengte sich immer sehr an, ließ sich ständig ihr Haar schneiden und färben, um wie Kim Novak auszusehen. Das ist die Macht der Liebe: Als Hadas sechseinhalb Jahre alt war, hatte sie sich in einen Jungen aus der Klasse ihrer Schwester verliebt, der in ihr Haus kam, um sich auf die Prüfungen vorzubereiten. Sie machte ihm immer die Tür auf, obwohl es ihr verboten war und sie sich dafür Tritte und Püffe von ihrer Schwester einhandelte. Hadas lungerte herum und ging nicht schlafen, damit sie in dem Augenblick, in dem er das Haus betreten würde, noch wach wäre, und dann rannte sie, um ihm die Tür aufzumachen, auch wenn sie mitten im Spiel mit ihrer besten Freundin war. Sie bastelte Geschenke für den Jungen, deren Herstellung stundenlang dauerte, und sagte immer zu ihrer Schwester: Wenn er kommt, gib ihm Erdbeereis, es ist gut und auch sehr gesund; sie brachte ihm auch ein Handtuch, wenn er sich die Hände wusch. Wäre Hadas so verliebt gewesen, wenn es nicht dieser, sondern ein anderer Junge gewesen wäre? Möglicherweise waren das die wichtigsten Dinge, die man lehren müßte. In der höheren Schule? In der Grundschule der Liebe. Einen äußerst vielfältigen Stab von Dozenten und Dozentinnen hätte man einstellen können: Ärzte, Prostituierte, Maler, Kosmetikerinnen, Philosophen, Dichter, jeder von ihnen würde über die Liebe unterrichten, und alle Schüler erhielten als Noten Herzen statt Punkte, acht Herzen und ein halbes für deine gute Arbeit, Maddi: Liebe im Kindergartenalter, Liebe unter Erstkläßlern. Und am Schluß – die Prüfungen, und alle erhielten sehr detaillierte Zeugnisse, den verschiedenen Fächern nach. Einmal träumte sie von der Zeremonie der Zeugnisverleihung: Maddi Marinsky, zehn Herzen in allen Fächern! Maddi Marinsky ... das hörte sich nicht schlecht an. Ein Name, wenn schon nicht der Schönheitskönigin von Israel, dann doch wenigstens der Wasserkönigin, oder einer jungen, langhaarigen Schauspielerin, die vom Habimatheater aufgefordert wurde, die Ophelia zu spielen. Maddi Marinsky! Und nach der Grundschule der Liebe die Hochschule der Liebe, eine spezielle Akademie – weit weg, in der Wüste, in den Wäldern des Karmel, in einem Wadi bei der Kreuzritterburg Montfort, es wäre auch gut, Unterricht in praktischer Liebe zu erhalten. Eineiige Zwillinge – die eine macht sich auf, um die Kunst der Liebe zu studieren, die andere heiratet: Küche, Schwangerschaft, Windeln. Die erste lernt gut, es stellt sich heraus, daß es leicht ist, Männer zufriedenzustellen, wenn man nicht schüchtern ist, nicht zurückschreckt und das bißchen Grundwissen zu Hilfe nimmt, das man mit den Jahren angesammelt hat, und wieso auch nicht, genau wie die Erfahrung beim Kochen? Die gebildete Zwillingsschwester kommt nach Hause zurück, ganz strahlend, leicht, charmant und stark – der Körper ist immer ohne Sünde und schuldlos jeden Verbrechens –, mit zehn Herzen in ihrem Zeugnis. Die zweite geht mit dem Baby spazieren, plappert mit kindisch törichter Stimme, die durch die ganze Straße hallt, versucht, den vorübergehenden Männern einen liebevollen Blick auf den Säugling zu entlocken, doch deren Blicke sind nur kühl verwundert.

Eines Tages kommt ihre Schwester sie besuchen. Sie gleichen sich wie ein Ei dem anderen, es besteht keinerlei Unterschied zwischen ihnen – der gleiche Kopf, die gleichen Augen, Haare, Hände, Füße und Brüste, beide haben dieselben unangenehm peinlichen Erinnerungen an ihre Pubertät: Erniedrigungen, erbärmliche Handlungen, doch die Absolventin der Liebesakademie ist bezaubernd, phantastisch. Wäre sie mit einem goldenen Kleid und einer Diamantenkrone auf der Manestraße aufgetaucht, hätte sie wohl kaum größeres Aufsehen erregen können! Zwei Zwillingsschwestern, eineiige Zwillinge, eine Hausfrau und eine Absolventin der Liebesakademie, die gleiche Frau ... und welch ein Unterschied!

Zwischen zwei prunkvollen Palästen steht eine Hütte mit verschlossenen Türen. Seine Frau führt ihn die Straße hinauf und schlägt an die

Tür. Er geht still und leicht in den inneren, abschüssigen Hof ... War das möglicherweise ein sexuelles Bild, wie es in der *Traumdeutung* stand, und ob es wohl stimmte, daß wir anstatt den ... zu streicheln ... mein Gott, mein Gott, den Teddybär, die Katze, den Hund, die Puppe streicheln? Und in Träumen ist ein Blumenstrauß in der Mitte des Tisches nichts als ... der weibliche Schatz selbst? Venus ergreift die Enden ihres im Wind wogenden Haares, und noch immer klebte an ihr die gelbliche Farbe der häßlichen Statuette im Schaufenster Ecke Jarkon- und Allenbystraße, unter den Arkaden – was war mit der kleinen Skulptur geschehen? Wie war das Ende des Traums gewesen? Kehrte Venus zurück, wieder aus häßlichem, abstoßendem Gips? Würde sie den goldenen Überzug von sich schütteln? Würde sie ihre zarten Glieder, eingehüllt in ihre Haarflechten, weiter bewegen, Maddi Marinsky? Und wenige Nächte vor der Hochzeit, was hatte dieser Traum wohl zu bedeuten, den sie damals hatte: Sie betrat ein Geschäft für Brautkleidung, *Alina*, ein wenig schüchtern, doch statt »Alina«, eine Frau mittleren Alters, näherte sich ihr ein dicker Mann, dessen Oberlippe ein hauchdünner Schnurrbart zierte. »Alina?« fragte sie. »Ja«, erwiderte der dicke Mann mit hoher Stimme. Er und zwei Verkäuferinnen brachten ihr ein gigantisches, äußerst kompliziertes Kleid, lächelten sie mit gezwungener Höflichkeit an, wie ein Opfer, über das das Urteil unwiderruflich gefällt wurde und dem es nur noch die letzten Augenblicke mit einer Zigarette oder Mahlzeit zu versüßen gilt. Im Gesicht einer der Verkäuferinnen zuckte ein mitleidiges Beben so stark, daß der Ladeninhaber, Alina, sie beiseite stieß und selbst das Band um ihre Hüften anlegte, als wollte er sie zweiteilen, und danach führte er sie in die Ankleidekabine und stellte sie vor einen Spiegel. Die Wände der Kabine, schwarz und voll modriger Flecken, schienen weit voneinander entfernt, auch die Decke war extrem hoch, eine schwarze Gitternetzlampe hing herunter. Sie musterte sich im Spiegel, das Brautkleid, den Blumenstrauß in ihrer Hand, die wie eine Klementine aussah, drehte sich in der Zelle um und verließ sie mit einem Gefühl der Erleichterung. Der Geschäftsinhaber, der sich ihr mit winzigen Schritten näherte, schien in der Zeit, während sie sich in der Kabine aufgehalten hatte, noch dicker und größer geworden zu sein. Er führte sie zu einem großen Spiegel mit schwarzem Holzrahmen, und sie sah sich selbst in zerrissener Lederkleidung, mit hohen Stiefeln, die fast bis in ihren Schritt hinauf reichten. Auf ihrer Brust – und ihrem Gefühl nach, auch auf ihrem Rücken – waren Eisenringe befestigt. Waren sie für irgendeine furchterregende Zeremonie bestimmt? War das ein Symbol für ihre Sklaverei?

Doch vielleicht war an allem die Vererbung schuld? Es war schwierig, sich zwei unterschiedlichere Familien vorzustellen als die ihres Vaters und ihrer Mutter. In der Familie ihres Vaters waren alle Sonderlinge, Einsiedler oder schlicht Verrückte. Ein Bruder arbeitete als Korrektor bei einer jiddischen Zeitung in New York und brachte es zustande, in diesem Land, das nicht gerade eines der ärmsten der Erde war, bitter arm zu bleiben. Er kam zum Begräbnis eines anderen Bruders nach Israel, der etwa fünfzehn Jahre lang bei einer tauben Frau in Bnei-Brak gelebt und sein Zimmer nie verlassen hatte, außer an Festtagen, um sich auf den Gräbern von chassidischen Rabbis niederzuwerfen, und der sein ganzes Leben damit beschäftigt gewesen war, Broschüren über den großen Rabbi Chafez Chaim zu verfassen, dem zu begegnen ihm in seiner Jugend vergönnt gewesen war, insbesondere über eines seiner Werke, *Die Reinheit der Familie*. Und Maddi wunderte sich immer darüber, wie dieser sonderbare Junggeselle etwas über Familienangelegenheiten wissen konnte. Der dritte Bruder, den sie nie gesehen hatte, war Chederlehrer und Kantor in Australien, ein Mann, dessen hervorquellende Augen und riesige Ohren einem aus den Fotografien entgegenblickten, die er ihnen einmal alle zehn Jahre schickte. Er sah überhaupt nicht wie jemand aus, der in Australien lebte, sondern eher, als wäre er in einer Kleinstadt an der polnisch-russischen Grenze geblieben (die Familie ihres Vaters war etwa fünf Jahre nach der Revolution nach Polen übersiedelt). Auch dieser Onkel lebte in einem Zimmer, in einer Art Heim, das von Gemeindegeldern erhalten wurde. Von den beiden Schwestern ihres Vaters saß eine seit ihrem zweiunddreißigsten Lebensjahr in der Irrenanstalt, obgleich ihre Verrücktheit leicht und harmlos war, und sie hatte ein feines, sogar schönes Gesicht, und die zweite Schwester war mit einem Eisverkäufer verheiratet. Diese Tante war ständig böse auf ihren Vater, weil er sie nicht besuchen kam und keine Sympathie für ihren Mann hegte, von dem sie jedoch selber stets nur mit größtem Zorn und Haß sprach. Und sogar ihr Vater, der ein sehr bekannter Architekt war und ohne Atempause arbeitete, schien Maddi des öfteren verloren und verwirrt, drohte, Posten aufzugeben, Verträge zu lösen, zu verschwinden. Bei jeder Gelegenheit verließ er das Haus, die Stadt, das Land, stellte sich krank, blieb ihm Bett liegen und fuhr darauf nach Jaffa, wo er von früh bis spät fischte, oder verbrachte ganze Tage im Tierpark. Er brach auch mit seinem Auto zu langen Fahrten in der Nacht auf, und oft bangte sie bei dem Gedanken, sie würde eines Tages die Zeitung aufschlagen und von irgendeinem Skandal lesen, in den er verwickelt war, wie dieses Mädchen aus der sechsten Klasse, die in der *Jediot* gelesen hatte, daß ihr Vater des Betrugs beschuldigt wurde. Und dazu hatte ihr Vater, obwohl er anders war als seine merkwürdigen Melamed- und Talmudistenbrüder, eine merkwürdige zionistische Seite an sich. Er unterstrich in den Enzyklopädien immer alles, was mit Juden zu tun hatte, und als einer ihrer Freunde, der Musikunterricht nahm, beeindruckt und begeistert erzählte, daß Bach seine Werke immer mit »S. D. G.« signierte, den Anfangsbuchstaben der Worte Solo Dei Gloria – »Nur zum Ruhme Gottes«-, bemerkte ihr Vater darauf, daß die hebräischen Verfasser früher mit »t-v-sch-l-b-'o« zu unterzeichnen pflegten, die hebräische Abkürzung für »Beendet und vollendet, gelobt sei der Herr, der Schöpfer der Welt«, eine weitaus passendere Version der lateinischen Worte, denn darin wäre bezeichnet, wer der wahre Schöpfer und wer der Untertänige sei. Und es schien, daß sich ihr Vater, hätte der Junge seiner Ansicht widersprochen, wie ein Talmudstudent in endlos spitzfindigen Argumentationen ergangen hätte, obwohl er selbst häufig Bach hörte, sie ihn jedoch noch nie mit einem religiösen Buch in der Hand gesehen hatte, das mit dieser hebräischen Formel gezeichnet gewesen war. Leiden kann man durch Leiden überwinden, sagte er, und fastete nach dem Tod ihrer Mutter fünf Tage lang.

Vom Fenster her erklang falscher Gesang mit übertriebenen orientalischen Koloraturen: Glücklich meinem Herrn ein Lied zu singen werd' ich sein, ein Glas Heil werd' ich trinken vom Schatz meines Weins. Das war höchstwahrscheinlich der »jemenitische Gentleman«, wie Frau Wechter ihn getauft hatte, der neue Hausbewohner, der mit einer blassen Frau verheiratet war, die manchmal wie ein Gespenst an ihr vorbeihuschte. Du brauchst nur zum Ruhme Gottes und beendet und vollendet zu denken, und schon antwortet dir die Welt, wie ein sonderbarer Engelschor: Glücklich meinem Herrn ein Lied zu singen werd' ich sein ...

Die Seite ihrer Mutter dagegen! Chanan Zimrot oder Zimri war einer der höchsten Angestellten der Alijainstitution, und er erzählte immer in der Art eines Helden von Gogol, wie er Seelen abzukaufen pflegte – das Ausreiserecht für Juden aus kommunistischen Ländern nach der Staatsgründung Israels –, von den Bulgaren für hundert Dollar pro Kopf, von den Ungarn für dreihundert, so oder so von den Rumänen, während er die heuchlerischen Kapitalisten mit Hilfe raffinierter Fallen überzeugte, die er ihnen über die öffentliche Meinung stellte. Die öffentliche Meinung gegen die Heuchler (unter Zugabe eines Körnchens Mammon) und das Geld für die Kommunisten (unter Zugabe eines Körnchens sentimentaler Erpressung). Wenn

645

du für die Einwanderungsorganisation arbeitest, betrachtest du das zwanzigste Jahrhundert aus dem speziellen Blickwinkel von Gogols rotbackigem Tschitschikov, schloß Onkel Zimrot-Zimri immer. Und nachdem er diese Institution verließ, wurde er Generaldirektor einer Exportgesellschaft, genau am Ende der Zeit der Mangelperiode, und dank ihm sah sie zum erstenmal einen elektrischen Kühlschrank und einen neuen Backofen aus nächster Nähe. Der zweite Bruder ihrer Mutter war zwar nicht so energiegeladen und vielseitig tatkräftig wie Zimri, war nur der Mitinhaber eines kleines Cafés, doch in seinem Café, gegenüber dem Bahnhof, gab es eine Espressomaschine, eine der ersten in Tel Aviv, die wie eine Dampflokomotive in den alten Filmen aussah, vollständig und ganz glänzend vernickelt, geheimnisvollen Lärm produzierend und dicke, weißliche Dampfwolken ausstoßend. Und dann war da natürlich Tante Ditka.

Doch Maddis Herz hing an der Verwandtschaft ihres Vaters, derer sie sich zugleich ein wenig schämte. Sie weigerte sich zwar, sie zu besuchen, wofür sie sich selbst Vorwürfe machte, aber sie dachte sehr oft über sie nach und fand, daß sie ihnen eigentlich ähnlich sah: Lippen wie die verrückte Tante, eine Nase wie die des australischen Kantors. Bisweilen, allerdings nur sehr selten, hatten ihre Eltern scharfe Worte über ihre Familien gewechselt. Ihr Vater sprach von der »Bemühung, etwas herzumachen«, von der seiner Ansicht nach alle Mitglieder der Familie auf ihrer Seite befallen waren, worauf ihre Mutter ihm immer antwortete: Man muß nichts »hermachen«, das höchste Streben des Menschen ist es, ein Mitglied der Familie Marinsky zu sein – ein asthmatischer Korrektor, der sich dreißig Jahre lang in den gleichen Anzug kleidet; ein Mönch, der bei einer Tauben lebt, ohne seine Fingernägel zu schneiden; deine unglücklichen Schwestern.

Welche Seite der Familie hatte den Ausschlag gegeben – als sie eineinhalb Jahre mit andauerndem Widerwillen studierte, oder als sie ihr Studium aufgab? Unter all den Studenten kannte sie keinen einzigen, der ihr gefallen hätte, und Dr. Wilk interessierte sie nur dank seiner Vorlesungen über Jung mit seinen nächtlichen Streifzügen. Am Morgen aufstehen, zur Haltestelle des Einser-Busses gehen, einsteigen, nach Abu-Kabir auf einer lauten Straße voller Garagen und Blechhütten fahren – das alles war sehr schwer, und es kam öfter vor, daß sie ausstieg und zu Fuß nach Hause zurückkehrte oder in den Garten der russischen Kirche ging, durch eine Öffnung im Hof der Universität. Eine der jungen Nonnen mochte sie und erlaubte einmal sogar ihr und Tomar, den etwas baufälligen Turm hinaufzusteigen. Diese

Kirche schien ein von Tel Aviv weit entfernter Ort zu sein, vielleicht wegen ihrer Helligkeit und Schlichtheit. Sie mochte eine Keimzelle sowjetischer Spione sein, doch ihre Leere war vollkommen geheimnislos. Manchmal wich sie auch im letzten Moment vom Weg ab und schlüpfte in den botanischen Garten der Universität, wo sie sich mit Hilfe von etwas Phantasie im Nu in Savannen und Dschungel tragen lassen konnte – so stark und suggestiv waren die Bäume mit den kleinen Beschriftungen. Wozu also? Wozu all die Qual und die Mühe? Nur der Familie wegen? Wegen der Familie ihrer Mutter oder gerade wegen der ihres Vaters? Sie trug sogar Kleider, die eigentlich nicht nach ihrem Geschmack waren, zu ernsthafte Kleider, und bei Unterhaltungen redete sie begeistert über das Studium und die Vorlesungen. Gab es etwas Irrsinnigeres? Und alle glaubten ihr und dachten sogar, sie würde eines der Glanzlichter der Fakultät werden. Und Dr. Wilk hatte mit ihr bereits über eine Übung gesprochen, die sie im nächsten Jahr durchlaufen sollte – und das alles wegen ihrer Lügen und Verstellung.

— 2 —

Ein Teil von Hadas Kazis' (geborene Schwarz) Schülern hatten das Bialikhaus bereits besucht, erinnerten sich jedoch nicht mehr an den Besuch. Als Schülerin der Oberstufe hatte Maddi dort selbst eine lange Arbeit geschrieben, und der Ort gefiel ihr, abgesehen von den spionierenden Blicken des Leiters, Herr Ungerfeld, Bialiks Sekretär, dessen heiliger Zorn sich jeden Augenblick entzünden konnte. An der Ecke Hesstraße erklang Trompetengeschmetter aus dem Schallplattengeschäft. Maddi ging zwischen zwei Mädchen an der Spitze der Klasse, von denen eine, Dafna, wegen des bevorstehenden Besuches ganz aufgeregt war, was bewirkte, daß auch Maddi begann, sich von dem Moment an, in dem sie in die stille Bialikstraße einbogen, aufmerksam umzusehen. Plötzlich bemerkten die Kinder eine weiße Katze mit braunen Ohren, die auf einer gesprungenen Marmortreppe eines der niedrigen Häuser saß, und einer der Jungen warf einen halb aufgegessenen Apfel nach ihr. Drei alte Männer standen gebückt vor einer Anzeige, die an der Betontafel im unteren Bereich eines Strommastes klebte – eine Todesanzeige. Der Alte, der der Tafel am nächsten war, richtete sich auf und legte die Hand auf sein Herz, sicher hatte ihn Schwindel erfaßt. Die gefütterten Hüte und die gebrechlichen Körper der alten Männer zogen die Blicke der Kinder auf sich, und als sie an dem Strommast vorbeigingen, verstummten sie. Jenseits eines großen Zaunes, in einem Hof, glitzerte ein gewaltiger Krug, wie aus den Geschichten von Ali Baba, und auf der Erde lag ein monströser Baumstamm, der gerade nach draußen geschleift wurde. Doch die Stille, die sich über die Kinder gesenkt hatte, währte nicht lange: Sie sahen einen bärtigen Mann, der dastand und seelenruhig an die Wand urinierte, und alle gaben ein lautes Ps-ps-ps von sich, so wie es ihre Mütter am Kochtopf machten. Und da tauchte das Bialikhaus vor ihnen auf – das gezahnte Dach, das Weiß, der Turm, der Fenstererker, wie in Jaffa oder Jerusalem, eine Palme. Am Eingang sagte Maddi ein paar Sätze über Bialiks Haus zu den Kindern und bat sie, eines der Lieder des Dichters zu singen, doch die Kinder begannen mit *Onkel Mosche hat 'ne Kuh*, kicherten und taten, als sei das eines von Bialiks Liedern.

Das Haus war hübsch und anmutig, wie die Häuser, die ihr Vater und seine Freunde in den zwanziger Jahren gebaut hatten. Jedes Objekt darin hatte Seltensheitswert und war mit Liebe ausgesucht. Es war ein Haus, das zum Zweck einer Unterhaltung unter Männern erbaut worden war, und es hatte etwas Naives. Herr Ungerfeld spähte aus einem der Räume.

»Der Prophet Bialiks!« sagte eines der Mädchen, das schon einmal dagewesen war, und drückte sich an Maddi. Diesmal eröffnete Herr Ungerfeld nicht, wie es sonst seine Art war, mit einer Rede über den Nationaldichter, sondern trottete ins Innere des Hauses und forderte sie mit einer knappen, ungeduldigen Handbewegung auf, ihm zu folgen. Die überraschten und leicht eingeschüchterten Kinder folgten ihm still, auf Zehenspitzen, bis sie in den Ausstellungsraum gelangten.

Herr Ungerfeld blieb abrupt stehen, stellte sich vor ihnen auf und musterte sie mit seinem herrischen Blick.

»Habt ihr die Bücher gesehen?« fragte er knapp und antwortete zusammen mit den Kindern: »Ja! Und wißt ihr, welches Buch Bialik am meisten liebte? Welches Buch? ... Das ... Buch ... der Thora! Wollt ihr es sehen? Wollt ihr das ... Thorabuch ... sehen? Ich werde es euch gleich bringen. Nur ich gehe – und alle Kinder bleiben stehen!«

Herr Ungerfeld entfernte sich, leicht schwankend und schwer atmend.

»Das ist der Prophet Bialiks!« wiederholte das Mädchen.

»Wird er sterben?« flüsterte Dafna.

»Warum fragst du das?«

»Weil er so blaß ist ...«

»Nein, nein. Er war immer schon blaß«, erwiderte Maddi.

Herr Ungerfeld kehrte mit langsamem, aber erstarkendem Schritt zurück, sogar etwas federnd, fast wie ein Knabe.

»Ich bringe euch das Buch der Thora, in dem Bialik jeden Tag zehnmal gelesen hat. Jedes Kind muß die Thora küssen!« Und die Kinder küßten das Buch mit leichtem Widerwillen. Währenddessen zog Herr Ungerfeld mit großer Behutsamkeit ein Buch mit vergoldetem Einband aus dem Schrank und hielt es vor sich ausgestreckt fest, als erwartete er, dem Buch würden Flügel wachsen und es würde wie ein goldener Falter zur Decke flattern. Die Kinder betrachteten staunend das Buch, das vor ihren Nasen zitterte.

»Und jetzt werde ich euch die Thora zeigen, in der Bialik jeden Schabbat las! Am Schabbat! Ein sehr schönes Buch! Eine Thora aus Gold! Sehen es alle?« Und wieder antwortete er gemeinsam mit den Kindern: »Ja, Ja! Wir sehen es! Wir sehen es! Auch dieses Mädchen sieht es, und der Junge. Und jetzt zeige ich euch das Buch der Thora, in dem Bialik gelesen hat, als er sehr krank war. Nur ich gehe – alle Kinder bleiben stehen.«

»Ich habe das Gefühl, daß er stirbt!« flüsterte Dafna.

Herr Ungerfeld kam mit einem anderen Buch in der linken Hand zurück. Die Rechte hielt er auf seiner Brust gespreizt. Ein blauer Pyjama lugte unter seinem Jackett hervor. Jetzt imitierte er anscheinend Bialiks Stimme: »Gebt ... mir ... dieses Buch ... das ich so... sehr liebe! Ich will darin nooooch ein Maaal lesen ... seht ihr, wie sehr er dieses Buch liebte? Und jetzt werde ich euch die goldene Feder zeigen, mit der Bialik die Gedichte schrieb. Sehen alle Kinder die goldene Feder? Eine goldene Feder! Jawohl, Gold! Wer will die Feder küssen?«

Die Kinder blickten ihn mit wachsendem Entsetzen an. Es war ihnen anzusehen, daß sie sich eine entschiedene Meinung über Herrn Ungerfeld zu bilden begannen. Der Junge, der zuvor den Apfel nach der Katze geworfen hatte, hob lächelnd die Hand.

»Aber nur ohne Hände!« sagte Herr Ungerfeld und näherte die Feder den Lippen des Jungen.

Eine große Traurigkeit entströmte den vielen Dingen, den nicht gerade erlesenen Bildern, den grauen Fenstern.

»Und jetzt werde ich euch Bialiks Taschenuhr zeigen, die in dem Augenblick stehenblieb, als der Dichter seine Seele aushauchte. Drei Minuten vor sieben Uhr abends.«

»Warum?« fragte der Junge, der die Feder geküßt hatte.

»Warum was?« schnappte Herr Ungerfeld.

»Warum ist die Uhr stehengeblieben?«

Herr Ungerfeld sog scharf die Luft ein und stieß sie durch seine behaarten Nasenlöcher wieder aus.

»Drei Minuten vor sieben, habe ich gesagt. Bitte herschauen!«

Die Kinder blickten die Uhr an.

»Ich sehe da sieben und eine Minute ...«, sagte Dafna.

»Still, herzloses Mädchen!« hielt ihr Herr Ungerfeld mit unvermitteltem Zorn entgegen.

»Wieviel Uhr? Sieben Uhr und eine Minute!« sagte der Junge, der die Feder geküßt hatte.

»Vielleicht hat jemand den Zeiger versehentlich verstellt«, murmelte Maddi.

»Still, habe ich gesagt!« donnerte Herr Ungerfeld. »Still!«

Es war ein Haus von Männern, und alles, was es enthielt – die Bilder an den Wänden, die Statuetten, die kleinen Ziergegenstände, die Uhren, die Fliesen, die Teppiche – war hübsch, aber beengt, klein, fast geizig. Die Schönheit entsprang nur der Beschränkung, was hier aus aller Welt gesammelt worden war, war zu minimal, stumm. Hätte es dort viele Pflanzen gegeben, hohe Fenster, die auf einen Rasen hinausgingen, ein atemberaubendes Bild, ungewöhnliche Porzellangefäße, besondere Teppiche (wenngleich die blassen, verblichenen Teppiche an sich schön waren), einige Statuen! Durch das Fenster sah man die zunehmend heller werdende Straße – die weißen Wolken zerstreuten sich, der Wind war stärker geworden, und Maddi verspürte Lust, auf die Straße hinauszugehen und zwischen den Häusern und Bäumen zu verschwinden. Chaim Nachman Bialik war relativ klein und dick gewesen, rothaarig, leicht schielend mit Pokkennarben im Gesicht. Er hatte selbst gesagt, er sehe aus wie ein Schlachter. Vielleicht litt er darunter, daß er in seinen eigenen Augen häßlich war, für einen Menschen, der das Schöne liebte, war das nicht angenehm, aber auf den Bildern aus seiner Jugend sah er nicht häßlich aus, im Gegenteil, er wirkte zufrieden und sogar ganz vergnügt, allerdings sehr steif, als hätte er einen Besenstiel verschluckt. Vielleicht war es ihm schwergefallen, oder vielleicht mußte damals der Fotografierte ganz starr stehen, um jene Fotoapparate nicht zu verwirren, die man zu Recht *Camera obscura* nannte. Es wäre interessant gewesen zu wissen, was für eine Stimme er hatte. Ihn ein Gedicht lesen oder sprechen zu hören. Vielleicht hatte er eine ausdrucksvolle Stimme, die Stimme eines Menschen, der viele Dinge in sich trägt und in Harmonie mit der Welt lebt, auch wenn diese Harmonie ein wenig wehtut. Doch die Stimme kann Männern als Maske dienen. Die Stimme eines Mannes, die man am Telefon hört, und die einer Frau – welch ein Unterschied! Eine Frau verbirgt nicht viel beim Reden, dafür dienen ihr Gesicht und Kleidung. Die Stimme ist die beste Tarnung des Mannes. Aber es wäre gut gewesen, wenn irgendeine Aufnahme geblieben wäre, auf der man ihn sprechen gehört hätte, das wäre viel interessanter als all diese kleinen Gegenstände gewesen. Als sie Tomar sah, hatte er ihr sofort gefallen, doch als er zum erstenmal den Mund aufmachte, klang etwas Unzugängliches in seiner Stimme an, als wäre sie tief in seinem Körper eingebettet und es fiele ihm schwer, sie heraufzuholen, und wenn sie schließlich herauskam, hatte sie etwas Brüchiges und Graues.

»Gleich werde ich euch zeigen, wie sehr sich Bialik freute, wenn ihn Kinder besuchen kamen. Alle Kinder müssen sehen, wie sehr sich Bialik freute«, sagte Ungerfeld und nahm ein Foto mit dem lächelnden Bialik von der Wand.

»In unserer Schule gibt es so ein Bild«, sagte jemand.

Herr Ungerfeld ignorierte das und fuhr fort: »Und jetzt werde ich euch Bialiks Frau zeigen, Miriam. Alle Kinder müssen Miriam sehen. Nur ich gehe ...«

»Alle Kinder bleiben stehen!« antwortete ihm der Chor der Kinder.

Herr Ungerfeld verharrte einen Augenblick in höchster Verblüffung.

»Alle Kinder bleiben stehen«, murmelte er schließlich. »Alle müssen Miriam sehen.«

»Sie heißt Mania. Warum nennen Sie sie Miriam, Herr Ungerfeld?« fragte jemand.

»Kommt auch ihr näher her«, sagte Herr Ungerfeld zu zwei Kindern, die sich hinter ihren Kameraden versteckten, »auch ihr müßt Miriam sehen, Bialiks Frau, die Kinder sehr liebte und ihnen dieses Haus gab.«

»Ich weiß, wo Mania wohnt«, sagte der Junge, der den Apfel geworfen und die Feder geküßt hatte. »Sie wohnt genau uns gegenüber, in der Meltchettstraße, und ich sehe sie jeden Tag zum Krämer gehen, und ich kenne die Frau, die bei ihr wohnt. Sie hat Rückenschmerzen, und sie ist immer gebückt. Und alle nennen sie Mania oder Manitschka.«

Die Kinder flüsterten: »Manitschka! Manitschka!« und brachen in Gelächter aus.

»Es ist verboten, in Bialiks Haus zu lachen!« brauste Herr Ungerfeld auf. »Es ist verboten, in diesem Haus zu lachen! Und ich lasse mir auch keine nichtigen Worte bieten.«

»Und trotzdem nennen sie sie Manitschka!« sagte der Junge.

Du lebtest in einer Kultur der Schuld, Chaim Nachman. Du hast die Regeln des guten Benehmens verinnerlicht, die du von deinem Vater erhieltest, und sie wurden tief in dein Herz eingeprägt. Das gepeinigte Gewissen brennt wie ein Funke zwischen zwei kleinen elektrischen Polen, versunken in geheimnisvollem Wasser. Nicht umsonst hast du den *Don Quichotte* und *Wilhelm Tell* übersetzt, während Tschernichovsky die Gedichte der Barbaren übersetzte, die blutrünstigen Serben, die irrsinnigen Finnen, Homer, von dessen Kriegern keiner ein ruhiges Gewissen erstrebte oder das Gefühl, er handele nach dem Befehl seines Herzens, sondern Ruhm und Beute suchte, und wenn einer von ihnen irgendeine List ersann, die gut gelang, war er stolz auf seinen Erfolg, machte sich keine Gedanken über das Maß seiner Anständigkeit, und nur die Verachtung seiner Gefährten vermochte ihn anzuspornen oder aufzuhalten. Und es ist nur gerecht, Chaim Nachman, daß dir dieses Haus gehört und dir die Liebe des Volkes gilt. Und jetzt hast du einen eigenen Propheten, während dein Kollege in einem armseligen Kämmerchen lebt und Schularzt war, den Kinderkrankheiten nahe.

Wie schön die beiden Jungen waren, die in der Klasse immer in der letzten Bank saßen, mit sorgfältigem Haarschnitt, in hübschen Kleidern, die ihre Mütter gemäß ihrem männlichen Ideal für sie ausgesucht hatten, verschlossene und ernsthafte Jungen, sich ihrer selbst nicht bewußt, vollständig, bedurften keines Menschen außer ihren Kameraden, und ihre Dummheiten waren rein körperlich – zum Beispiel weitspucken. Wo waren sie jetzt, diese beiden Jungen? Sie musterte die Kinder, die gequält vor Herrn Ungerfeld standen. Einer von diesen beiden Jungen blickte Ungerfeld mit einer gewissen Verwunderung an, und in seinen Augen erwachte für einen Moment Mitleid. Sein Freund wandte sich lächelnd an ihn, doch er reagierte nicht, nur seine braunen Augen veränderten ihren Ausdruck, zogen sich zurück. Herr Ungerfeld erhob von neuem seine Stimme und schritt zum anderen Ende des Raumes. Der Junge wurde wieder von der Gruppe verdeckt, oder vielleicht versteckte er sich dort auch auf seine stille Art.

Herr Ungerfeld zeigte die Geschenke, die Bialik von Kindern und Erwachsenen erhalten hatte, beschrieb jedes Geschenk bis ins kleinste Detail, als hätte er Blinde vor sich stehen. Unterdessen streichelten die Kinder den dicken kahlen Kopf Bialiks und tätschelten freundschaftlich seine Wangen. Der Gips der Büste fühlte sich kühl und angenehm unter den Fingern an.

»Und jetzt werde ich euch Bialiks Stock zeigen. Bialik wäre niemals aus dem Haus gegangen ohne seinen geliebten Stock, seinen Wanderstock. Wißt ihr, was ein Wanderstock ist?«

»Der Stock, den der Wanderer überallhin mitnimmt?« schlug eines der Kinder vor.

»Hier habt ihr den Stock der Wanderungen Bialiks vor euch«, sagte Herr Ungerfeld. »Alle Kinder können den Stock mit einem Finger berühren.«

»Jetzt gehe ich ...«

»Und alle Kinder bleiben stehen!« ergänzte der Chor.

»Alle Kinder bleiben still stehen!« sagte Herr Ungerfeld mit einem Funken des Triumphs in den Augen. »Alle Kinder, auch die Lehrerin! Seht ihr diese Uhr? Sie hat Glocken, und sie klingeln die *Hatikva*. Alles stillgestanden! Still! Wer sich rührt, den werfe ich hinaus ...«

»Das ist der Prophet Bialiks ...«, flüsterte das Mädchen wieder.

»Und jetzt singen wir eines von Bialiks Liedern. Kennt ihr *Ein Nest für den Vogel?*«

Alle hoben zu singen an, und Herr Ungerfeld dirigierte sie mit irren Bewegungen, und es schien, als würde er gleich seine Hand aufs Herz legen, wie Bialik, und das goldene Buch küssen wollen.

Warum sind die alten Leute so traurig, verwirrt und ungeduldig? In ihrer Kindheit sind sie ewig, in ihrer Jugend – unsterblich, und in ihrem Leben gehen sie langsam und allmählich von der Ewigkeit zum Staub. Von der Ewigkeit kommst du, und zum Staub gehst du. Nie werden wir der Zeit verzeihen, daß sie uns der Ewigkeit beraubte!

»Gibt es Fragen?« fragte Herr Ungerfeld nicht sehr ermutigend.

Ein Junge hob seine Hand.

»Bitte, ich ...«

»Sprich lauter, Junge! Du stehst nicht vor einem Grabmonument!«

Einige Kinder brachen in Lachen aus, vielleicht weil sie der Ausdruck erheiterte, vielleicht aber auch, um dem verbitterten Herrn Ungerfeld eine Freude zu machen. Doch Ungerfeld zog ein finsteres Gesicht: »Hier wird nicht gelacht, das ist kein Ort zum Lachen! Ist euch dieses verständlich?«

»Dieses ist uns verständlich«, erwiderte der Junge, der den Apfel geworfen hatte, mit lauter Stimme, und sogar der hübsche, nachdenkliche Junge lächelte und blinzelte mit den Augen.

»Vielleicht können Sie uns zeigen, in welchem Zimmer des Hauses Bialik seine Seele aushauchte.«

»Was willst du wissen?«

»Als er sagte: Gebt mir dieses Buch, das ich so sehr ...«, deklamierte der Junge und legte seine Hand auf die Brust.

»Habe ich gesagt, das sei zu der Stunde gewesen, als er seine Seele aushauchte?« zürnte Ungerfeld.

»Ich weiß nicht ...«, sagte der Junge und zog sich in die Gruppe zurück.

»Ich sagte, daß er sehr krank war ...«

»Aber wo ist er gestorben, an welchem Ort, in welchem Zimmer?« fragten einige Kinder. »In welchem Bett?«

»Was ist daran wichtig, wo er starb? Ich frage euch, Kinder: Ist das etwas Wichtiges? Denn der Geist Chaim Nachman Bialiks lebt für immer, bis in alle Ewigkeit. Oder meinst du das vielleicht nicht?«

»Doch, doch. Ich meine schon ... aber ...«

»Ich meine schon ...«, imitierte ihn Ungerfeld, »gibt es noch Fragen? Falls nicht, kann jeder von euch etwas in das Gästebuch schreiben. Aber nicht zu viel. Zehntausende kommen in Bialiks Haus.«

Die Kinder traten eines hinter dem anderen der Reihe nach an das Gästebuch.

Ungerfeld setzte sich an einen Tisch, der mit Büchern und alten Zeitungen überladen war, und wischte sich die Stirn mit einem Taschentuch, dessen einen Zipfel er in ein Glas Wasser eintauchte. Maddi stand zwischen den Kindern.

»Mir hat der Besuch sehr gefallen«, schrieb ein Junge in das Buch, »und besonders die Geschichten von dem Freund von Bialik.«

»Lieber Bialik, schalom! Mir hat es sehr gefallen, und ich war schrecklich beeindruckt von der Uhr, die die *Hatikva* gespielt hat.«

»Ich habe viele Bücher gelesen, die mir gefallen haben, aber am meisten haben mir deine Geschichten gefallen, und ich hatte das Gefühl, daß ich wirklich spüre, was ich gelesen habe. Und als ich gehört habe, daß du gestorben bist, war ich traurig und habe beschlossen, daß ich in meinem Herzen ein paar von deinen schönen Erinnerungen aufbewahre.«

»Es war ekelhaft«, schrieb der Freund des scheuen Jungen mit den braunen Augen hinein. Der scheue Junge schrieb gar nichts.

Ungerfeld fuhr fort, sein Gesicht mit dem Taschentuch zu befeuchten, und blickte hin und wieder in einen kleinen Spiegel, der an den Büchern lehnte.

Maddi trat zu ihm, und Ungerfeld empfing sie mit mißtrauischem Blick.

»Erinnern Sie sich an mich, Herr Ungerfeld? Ich habe einmal zwei Wochen lang hier gesessen. Ich habe eine Arbeit über das *Gastmahl* vorbereitet, und Sie haben für mich einen Stapel von Büchern und Artikeln gesammelt – Kaminka, Tschernichovsky, die Zeitschrift *Bizaron*, Nietzsche. Dank Ihrer habe ich angefangen nachzudenken. Aber vielleicht nicht für länger.«

»Kaminka?« sagte Ungerfeld und kämmte seine Brauen mit zwei Fingern der linken Hand. »Ich fand vier Briefe Kaminkas in einem Umschlag mit Strom- und Wasserrechnungen.«
»Erinnern Sie sich an mich!«
Ungerfeld sah sie zwar zornig an, doch ihre Stimme versöhnte ihn. Als sie damals zu ihm gekommen war, um die Arbeit zu schreiben, hatte man ihr gesagt, sie solle ruhig und höflich mit ihm sprechen, und dies, zusammen mit ihren schönen Zöpfen, hatten ihn milde gestimmt. Alle wußten, daß Ungerfeld Zöpfe liebte, wenn auch auf etwas sonderbare Art und Weise. Als sie am Katalog gestanden hatte, war er tatsächlich zu ihr getreten und hatte gesagt: »Darf man an deinen Zöpfen ziehen? Als ich ein Kind war, liebte ich es, an Zöpfen zu ziehen.« – »Fest ziehen?« hatte sie bang gefragt. »Nicht fest. Ich hatte Angst vor Mädchen«, hatte Herr Ungerfeld damals erwidert.
»Wann warst du hier?«
»Vor fünf Jahren.«
»Vor fünf Jahren! Fünf Jahre ... ich erinnere mich nicht ...« Seine trüben Augen glitzerten plötzlich listig, wie manchmal bei alten Frauen. »Aber ich erinnere mich an die Bücher ... Wie heißt du?«
»Smadar Marinsky.«
»Marinsky aus Odessa? Der Chasar?«
»Ja.«
»›Nimm mich unter deine Flügel‹ in Form von Engelsflügeln. Chaim Nachman hat gelacht. Marinsky aus Odessa. Ein Scherzbold, ha? Bialik hat ihn immer mit Wohlwollen betrachtet«, und er erhob sich, richtete sich auf und wischte sich mit dem feuchten Taschentuch über den Kopf. »Hat dir der Besuch gefallen?«
»Sehr.«
»Und was hat dir speziell gefallen?«
»Alles«, sagte Maddi. »Alles, Herr Ungerfeld.«
»Aber was hat dir am meisten gefallen?«
»Die Uhr, die *Hatikva* spielt.«
»Ja, ja«, sagte Herr Ungerfeld lächelnd. »Diese Uhr ist ein Kunstwerk, ein unvergleichliches Kunstwerk. Nie wird sie auch nur einen Ton auslassen und niemals die Melodie verfälschen. Ich kümmere mich selbst um diese Uhr und bringe sie zum Reinigen und Schmieren. Du interessierst dich also für Kaminka. Seine Briefe sind wundervoll, der Gipfel der Vollkommenheit und Schönheit, ohne Makel, das Papier ist unwahrscheinlich sauber und glatt, und die Tinte ist sicher aus Deutschland. Als wären sie heute geschrieben worden. Und hat den Kindern der Besuch gefallen?«

»Natürlich. Sehr sogar.«
»Und was hat ihnen speziell gefallen?«
»Alles, alles, Herr Ungerfeld.«
»Aber was hat ihnen am meisten gefallen?«
»Das Bild mit dem lächelnden Bialik.«
»Was?«
»Daß er lächelt, wenn ihn Kinder besuchen«, murmelte Maddi.
Ungerfeld sah sie mißtrauisch an, doch Maddis Gesicht war ernst.
»Ja, ja«, sagte Ungerfeld, »er liebte Kinder.«
»Er schrieb Lieder für sie ...«
»Ja, er liebte Kinder, er liebte Ravnitzky ...«
Und Maddi bildete sich ein, die Worte zu hören, die Ungerfeld nicht aussprach: Er liebte Kinder, er liebte Ravnitzky, nur mich liebte er nicht.

Einige Kinder standen um sie herum, und der Junge, der die einzige Frage gestellt hatte, legte seine Hand auf die Brust und sagte: »Gebt mir dieses Buch, das ich so sehr ...«

»Wie heißt du?« fragte ihn Maddi.

»Ofer.«

»Bialik starb in Wien«, sagte sie zu ihm. »In Wien, der Hauptstadt Österreichs, nach einer Operation. Seine Leiche wurde mit dem Schiff nach Israel gebracht.«

»Ich dachte, er sei hier gestorben, im Bialikhaus«, sagte Ofer.

»In Wien«, wiederholte Maddi.

»Meiner Meinung nach wäre es passender für ihn gewesen, wenn er hier, im Bialikhaus, gestorben wäre«, sagte Ofer.

»Warum?«

»Ich weiß nicht. Es paßt einfach besser.«

»Und jetzt bedankt euch bei Herrn Ungerfeld für seine Erklärungen«, sagte Maddi.

»Es hat mir sehr gefallen, es war interessant ...«

Leicht zerrupfte Zypressen, wie die meisten Zypressen in Tel Aviv, standen mit hängenden Wedeln da, sahen vernachlässigt und staubig aus. Doch die übrigen Bäume in der Straße waren hoch und prachtvoll, Poincianen glänzten im Sonnenlicht, rosafarbene Gardenien schwangen anmutig im leichten Wind, die Zweige einer riesigen Pappel raschelten. Eine alte Frau mit Kopftuch beugte sich schwerfällig über die Todesanzeige, aus dem zweiten Stockwerk des Hauses mit den geborstenen Marmorstufen erklang falsches Klavierspiel, *Für Elise*. Ein Mann von kleiner Statur schob einen Wagen mit einem Kessel Mais in Richtung Allenbystraße.

»Ist es nicht ein bißchen früh für Mais?«
»Sie verkaufen schon längst Mais«, antworteten die Kinder.

– 3 –

Jechiel Lemberger, der alte Bauleiter war es, der Marinsky bewußtlos auf einer Bank an der Autobushaltestelle liegen sah. Er erkannte ihn sofort. Eine Schwester eilte ihm zu Hilfe, keine richtige Schwester, sondern eine alte Frau, die Spritzen geben konnte. Ein junger Arzt stellte fest, daß Marinsky offenbar einen leichten Herzinfarkt erlitten hatte und sofort ins Krankenhaus gebracht werden mußte. Doch Marinsky, obwohl nahezu bewegungsunfähig, log den jungen Arzt an und sagte, das sei kein Herzanfall, sondern eine seiner häufigen Ohnmachten, die ihn in den letzten Jahren heimsuchten, und ihm genügten einige Tage Ruhe. Er bat sogar darum, daß man ihm erlaube, dort zu bleiben, weil jedes Verlegen gefährlich sein könnte, und danach zwinkerte er Jechiel zu und schloß die Augen. Der junge Arzt zögerte, doch Marinsky überzeugte ihn schließlich, und er fragte, ob es ein freies Bett für ihn gebe. Es stellte sich heraus, daß in der vorangegangenen Nacht einer der Alten gestorben war, und sie legten ihn in dessen Bett, in ein Zimmer, in dem noch drei weitere Betten standen. Als Marinsky gegen Abend die Augen wieder aufschlug, fragte ihn Jechiel, wen man informieren sollte. Marinsky bat ihn, bis zum Morgen zu warten und dann seinen persönlichen Arzt, Dr. Nachtigall, zu benachrichtigen.

Der Arzt wurde am Vormittag erreicht und versprach zu kommen, doch inzwischen hatte Marinsky begriffen, an welchem Ort er sich befand, und als er hinausspähte, erkannte er auch das Gebäude – es war eines der Häuser, das er zusammen mit Mischa Kastelanietz gebaut hatte, ein Luxushotel, das nach dem Bankrott in ein Altersheim umgewandelt worden war.

Dr. Nachtigall, seine elegante Mappe in der Hand, einen Duftschwall süßliches Eau de Cologne hinter sich herziehend, tauchte am Nachmittag auf. Er blickte sich entsetzt um. Sofort das Weite suchen – das wäre der erste Gedanke eines jeden Menschen gewesen, und gewiß erst recht der des heiklen Dr. Nachtigall.

Marinsky lief da bereits zwischen den Betten umher, Arm in Arm mit Jechiel Lemberger, der ihm die Männer und Frauen und das überwiegend ebenfalls bejahrte Pflegepersonal vorstellte. Einigen sagte Jechiel, das sei Herr Marinsky, der dieses Haus gebaut habe, in dem sie wohnten, doch es schien, als verstünden die Zuhörer seine Worte nicht. Lemberger erzählte Marinsky, daß er immer in der Zeitung lese, was jetzt gebaut werde, und wenn er sich gut fühle, zu einem Spaziergang in der Stadt aufbreche und sich die Gebäude ansehe, die er seinerzeit gebaut habe, aber in letzter Zeit sei er zu schwach zum Spazierengehen.

»Ich fühlte mich gut, und auf einmal ...«, sagte er, und winzige Tränen liefen aus seinen Augen. »Ich esse nichts, ich trinke nur ein paar Tropfen, wie ein Vogel.«

Da erblickte Marinsky Dr. Nachtigall, der seine große, fleischige Nase rümpfte.

»Willi«, sagte Marinsky zu ihm, »geh nach Hause. Ich werde noch ein bißchen hierbleiben.«

»Kommt nicht in Frage!« entgegnete Dr. Nachtigall.

»Ich habe hier einen oder zwei Bekannte gefunden. Ich werde ein bißchen mit ihnen plaudern, und dann gehe ich.«

Der Klang von Marinskys Stimme beunruhigte den geckenhaften Arzt. Denn ein starker und selbstsicherer Mensch wie der Architekt konnte doch unmöglich Unsinn machen, außer er hätte den Verstand verloren, und Marinsky war gewiß nicht verrückt.

»Du mußt zur Untersuchung kommen.«

»Natürlich, natürlich.«

»Untersuchungen im Krankenhaus.«

»Ich werde das sofort machen, wenn ich hier draußen bin«, versprach Marinsky.

»Aber was ist das für ein Ort?« fragte Dr. Nachtigall. »Ich habe noch nie davon gehört! Wie kannst du hier bleiben? Vom bloßen Geruch könnte man bereits in Ohnmacht fallen.«

»Du hast den Krankenhausgeruch schon vergessen, Willi.«

»Also wirklich!« erregte sich Dr. Nachtigall.

»Darf ich vorstellen, Jechiel Lemberger, mein Bauleiter in vergangenen Tagen.«

»Schau mal, Marinsky«, sagte Dr. Nachtigall, den kleinen Mann, der wie ein Gespenst aussah, ignorierend, »du weißt, daß ich immer die Fahne der Gleichheit hochgehalten habe. Ich habe das mehr als einmal bewiesen. Aber man muß differenzieren ... Ich bin nicht damit einverstanden, daß du hierbleibst, sofern du nicht unbedingt mußt.«

»Du hast natürlich recht. Ich weiß, daß du die Gleichheit liebst.«

Dr. Nachtigall murmelte etwas.

»Keine Sorge, Willi«, sagte Marinsky leise und schob den Arzt sachte in Richtung Tür.

Obwohl Marinsky sehr blaß war, schmutzig und mit weißen Bartstoppeln, beleidigte den Doktor der kleine Schubser. Er verließ das Zimmer, doch auf dem Gang blieb er stehen und blickte sich noch einmal nach Marinsky um, denn trotz allem, irgend etwas an seinem Aussehen und seinem fahlen Lächeln war seltsam. Jetzt setzte sich jener an Jechiels Bett.

Marinsky erinnerte sich gut daran, wie Jechiel Lemberger ausgesehen hatte, der Bauleiter von Kopelevitsch, wenn er auf die Baustelle kam – eine Pfeife im Mund, kurze Hosen, ein Hemd mit zahllosen Taschen, eine kleine Glatze und scharfe Augen – stand immer etwa zehn Meter von den Arbeitern entfernt und beobachtete sie mit prüfendem Auge. Sein extremer Geiz war legendär. Ungleich anderen Bauleitern freundete er sich weder mit den Arbeitern an, noch schmeichelte er den Hausbesitzern, Ingenieuren oder Architekten. Und doch war dieser Geizhals mit den Eidechsenaugen der beste Bauleiter gewesen, den Marinsky je hatte. Nicht nur einmal war es vorgekommen, daß er ihm einen Witz erzählen, ihm irgendeine Flasche schenken wollte und es nicht gewagt hatte. Lemberger ließ sich von seiner Frau nach zwanzig Ehejahren scheiden und schickte ihr und ihrem Sohn Monat für Monat die Hälfte seines Lohns, haargenau. Sein Sohn war bei Marinsky für die Aufnahmeprüfungen der Technischen Hochschule geprüft worden.

»Bist du Jechiels Sohn?«

»Ja, Herr Marinsky«, erwiderte der junge Mann.

Es war Marinskys letztes Studienjahr an der Technischen Hochschule gewesen, und seitdem hatte er nie mehr etwas von dem jungen Lemberger gehört.

»Und was hat Dr. Nachtigall gesagt?« fragte jetzt Jechiel.

»Er sagte, dies sei ein grauenhafter Ort.«

»Er hat recht. Es ist wirklich ein gräßlicher Ort. Aber das Haus selbst war einmal ein echter Augenschmaus. Die Leute sind stehengeblieben und haben sich die Balkone angeschaut«, sagte Jechiel lächelnd. »Herr Kastelanietz war stolz wie ein Pfau, und Flaschkes, erinnern Sie sich an Flaschkes? Der Eisen-Flaschkes?«

»Irgend etwas stieß ihm zu ...«

»Er freute sich dermaßen, als alles fertig war, daß er in die Luft sprang und sich die Hand brach. Es gibt Menschen, die sich nicht zu sehr freuen dürfen.«

»Und wie sind Sie eigentlich hierhergeraten, an diesen elenden Ort?«

»Sie haben versucht, mich hereinzulegen. Aber ich war schlauer als sie und bin ihnen zuvorgekommen.«

Marinsky fragte nicht, wer. Es war klar, daß Jechiel in ein oder zwei Tagen, höchstenfalls einer Woche sterben würde, und was seinen Sohn und Erben anging – hätte der nicht an der Seite seines Vaters sein müssen?

»Ich esse nichts. Ich kann nicht essen ...« sagte Lemberger wieder, als glaubte er es nicht. »Wer hätte das gedacht? Das Ganze ist so plötzlich.«

Marinsky war verblüfft, als er Jechiels Hand die seine ergreifen fühlte. Die seltsamen Geister im Zimmer betrachteten ihn ebenfalls verwundert – schmutzige und bleiche, hilflose Menschen, denen die Furcht vor dem Tod einen gespenstischen Ausdruck verlieh.

»Nichts essen, nichts rauchen, nicht einmal trinken ...«, murmelte Jechiel.

»Als ich fünfzehn Jahre alt war«, sagte Marinsky aus irgendeinem Grund, »sagte mir eine kleine Zigeunerin, ich würde nur bis zum Alter von dreiunddreißig leben, und ihr Vater prügelte sie, weil sie ihren Kunden Angst einjagte. Und siehe da, ich lebe immer noch. Kein Mensch kennt sich bei diesen Sachen aus ... Als meine Frau kurz vor der Niederkunft stand, sagte die Oberschwester zu ihr: Wieso sind Sie denn ins Krankenhaus gekommen, Sie haben noch mindestens zwei Wochen. Und wissen Sie, die Wehen begannen sofort, meine Frau entband Maddi in der gleichen Nacht.«

Jechiel nickte mit dem Kopf und berührte wieder Marinskys Arm.

Danach begannen Besucher einzutreffen, Verwandte, Nachbarn, wohlmeinende Leute; es kam sogar ein Rechtsanwalt, mit dem sich Marinsky einmal getroffen hatte. Jechiels Sohn kam nicht. Ob er im Ausland war? War er vielleicht krank? Vielleicht verschwunden oder tot? Würde auch Maddi in seinen letzten Augenblicken nicht bei ihm sein? Nein, Maddi würde nicht fernbleiben. Nichts würde Maddi davon abhalten, bei ihm zu sein. Er zündete eine Zigarette an und steckte sie Jechiel zwischen die Lippen.

»Sie haben eine sehr schöne Uhr, mein Herr«, sagte einer der Zimmernachbarn – ein ganz kleiner Mann, nahezu kinnlos, der mit leiser Stimme zirpte.

»Gefällt sie Ihnen wirklich?« fragte Marinsky und löste das Armband.

Die Hände des kleinen Mannes begannen zu zittern.

Vergeblich durchwanderte Marinsky das gesamte große Gebäude, auf der Suche nach Überbleibseln von Kastelanietz' heißgeliebter Art-Nouveau. Nirgendwo fand er die Spiegel in den verschlungenen Rahmen oder die Pfauen- und Rebenverzierungen. Er fand nicht einmal das violette Gästezimmer, dessen Fenstergläser mit Mädchen bemalt waren, deren lange Haarflechten bis zu den Knöcheln herabwallten, und auch nicht eine einzige von den blassen Narzissen, die Blume, die sich bei seinem Freund in jenen Tagen solcher Beliebtheit erfreute. Von all dem reichen Zierdekor waren nur ein paar Lampen im Treppenhaus übriggeblieben, die bescheiden eine Spur alten Ägyptens zitierten. Ganz unvermittelt erfaßte Marinsky eine schreckliche Wut über die Auslöschung der Gebäude: Eine kleine römische Münze überdauerte länger als das Kolosseum.

Am nächsten Tag rief Nachtigall einige Male bei Maddi an, doch sie war nicht zu Hause. In einem Anfall ungewöhnlichen Edelmuts bemühte sich der Arzt selbst dazu, ihr eine Nachricht im Briefkasten zu hinterlassen.

Maddi stand im Gang und las den Zettel: Dein Vater befindet sich an einem grauenhaften Ort, hatte Nachtigall geschrieben, bring ihn sofort ins Beilinsonkrankenhaus und benachrichtige Dr. Robert Kohen. Laß ihn keine überflüssige Minute länger dort! Wenn er Widerstand leistet, hole ihn mit Gewalt von dort weg!

Es war ein Uhr nachts. Wen sollte sie jetzt anrufen? Lange Zeit saß Maddi neben dem Telefon. Wenn könnte sie anrufen? Wenn sie nicht geschieden wäre, würde sie jetzt eine solche Leere um sich herum spüren? Hadas? Hadas würde aufstehen und ihr Baby im Stich lassen müssen. Und wann würde sie ankommen? Hadas brauchte für alles unendlich lange, um die Kleider anzuziehen, die Schuhe ... Und jetzt, wo sie einen eifersüchtigen Mann hatte ... Nein, sie konnte Hadas unmöglich anrufen. Und Sally war ein Angsthase. Sie war noch nie über einen Zaun gesprungen, noch nie durch eine Tür getreten, auf der stand »Eintritt verboten« oder »Zutritt nur für Angestellte«. Ihren Vater herausholen, sogar mit Gewalt, hatte der Doktor mit dem Pferdegebiß geschrieben. Nein, Sally war zu keiner Hilfe imstande. Der Junge, der mit ihr studierte, Maoz, der war zwar athletisch und schlau, doch Maoz redete nie von seinen Eltern, und wenn er einmal etwas über sie sagte, tat er es mit Verachtung, und er mochte es auch nicht, wenn andere von ihren Eltern erzählten. Vielleicht schämte er sich zuzugeben, daß auch er eines Tages genau wie jeder andere Mensch geboren worden war. Die beste Lösung war, sich an Rieti zu wenden. Ein armseliges Altenheim würde sich kaum weigern, einen Kranken zu entlassen, wenn dort, und auch noch mitten in der Nacht, ein Richter des Bezirksgerichts auftauchte und das verlangte. Doch sie war sich sicher, daß ihr Vater gerade Rieti dort am wenigsten sehen wollte. Manchmal hatte er ihn in seiner Wohnung besucht und war jedesmal ganz entsetzt vom Anblick seines Zimmers zurückgekommen, das voller Glaubensartikel und Teppiche war. Devotionalien! sagte er immer mit Verachtung. Doch die Sammlung Rietis zog ihn an, die Sammlung seiner Ballettreproduktionen, Muster von Bühnenbildern und Masken, Karikaturen, Figuren von Tänzern, Kritzeleien am Rande von Noten. Es gab Entwürfe darunter, die nicht für die Stücke, für die sie bestimmt waren, verwendet oder überhaupt nie benutzt worden waren, da die Aufführungen gestrichen oder geändert wurden. Oft schufen diese Skizzen – in Tinte, Wasserfarben oder Bleistift – Figuren voll Kraft und Wildheit, bösartige und raffinierte Gestalten, als wären sie Illustrationen zu phantastischen Geschichten, die auf pflanzliche und tierische Vitalität, geheimnisvolle Metamorphosen anspielten. Zwischen die Bögen mit Bühnenbildern, Kostümen, Kulissenwänden oder Masken hatte sich hier und dort irgendeine Postkarte, gezeichnet von flüchtiger Künstlerhand, verirrt. Ihr Vater liebte die Feierlichkeit und den Humor dieser Figuren, die nichts anderes als eine Art Gewand darstellten, das für einen Augenblick die Gestalt des Tänzers annahm, und er lachte beeindruckt beim Anblick einer der Perlen der Sammlung – ein Schwarzer, von Bakst, der sich schnellen Schritts im oberen Teil aus dem Notenblatt entfernt, bekleidet mit farbenprächtigen türkischen Hosen und einem lustigen Turban. Ihr Vater verehrte Bakst und hielt ihn auf seinem Gebiet für einen der größten Zeichner des Jahrhunderts, und die rühmenden Worte, die Rieti über ihn äußerte, gefielen ihm sehr – Bakst war seiner Ansicht nach freigebig und übersprudelnd wie eine Zauberquelle, eingefaßt von Papierbögen und Buntstiften zwischen nackten Frauen und Männern. Und trotz alledem vermochte ihr Vater sich nicht wirklich an Rieti zu gewöhnen, und mehr noch als alles andere störten ihn seine langen Schweigepausen und seine übrigen Umgangsformen, die stets davon zu zeugen schienen, daß er mit seinem Gesprächspartner nicht übereinstimmte. Rietis häufiges Schweigen erschien ihm überheblich; und auch Maddi fragte sich hin und wieder, ob darin nicht etwas allzu Betontes lag, denn sein Gesicht war dann eine vollkommen starre Maske.

Auch Rietis physische Zartheit enttäuschte ihren Vater, und es ärgerte ihn seine Schüchternheit, die besonders während des Essens augenfällig hervortrat, wenn Rietis Bewegungen derart fliehend wurden, daß es schien, als bemühte er sich, den Augenblick, in dem die Speise seine Lippen erreichte, zu verheimlichen. Ihr Vater verlieh oft seiner Verwunderung über Rietis übertrieben beherrschte Bewegungen Ausdruck und über seine Enthaltsamkeit bei zu fetten oder süßen

Speisen. Einmal, als ihr Vater genüßlich eine ziemlich fette Wurst verzehrte, sagte Rieti staunend zu ihm: »Du ißt solche Würste? Der Mensch wird doch zu dem, was er ißt.« Ihr Vater, dessen Streifzüge durch die Straßen der Stadt auch der Suche nach fetten, gepfefferten Würsten galten, war von dieser Bemerkung bis ins Mark getroffen. Vjera dagegen, die aus Charkov stammte und ebenfalls mit der *Ruslan* ins Land gekommen war, mochte er sehr gerne, obwohl er sich vom Schiff her nicht an sie erinnerte. Sie war zehn Jahre älter als Rieti, und auch das war in den Augen ihres Vaters höchst sonderbar.

Möglicherweise hätte er seine Meinung über Rieti geändert, wenn er ihn, wie sie, die Briefe seines Sohnes hätte lesen sehen, die in einem großen Karton aufbewahrt wurden. Eigentlich waren es alles Postkarten, und Maddi fiel auf, daß nie eine persönliche Anrede darauf stand – kein »liebe Eltern« oder »lieber Vater«. Sie begannen immer mit einer durchgängigen Zeile. Auch waren die Karten, die July aussuchte, ziemlich merkwürdig, hatten immer etwas Befremdliches oder Unangenehmes: Ein dummes Foto oder eine nicht weniger dumme Indianerzeichnung (in den Augen eines jeden Menschen, außer vielleicht eines Anthropologen oder Ethnologen), besonders grobe Karikaturen, nackte Frauen mit scheinbar neckischen Hüten auf dem Kopf oder vor einem absurdem Hintergrund fotografiert. Zweifellos gefiel July die Monstrosität der Ansichtskarten. Die wenigen Sätze, die er darauf schrieb, waren durchdrungen von witzelndem Pessimismus.

Doch noch mehr als an Rietis Devotionalien und seinem Schweigen nahm ihr Vater Anstoß an dem, was er als seinen Snobismus ansah. Einmal zeigte ihm Rieti das Buch des Azariah dei Rossi, aus dem Hause Min ha-Adummim, *Erleuchtung der Augen*, in einer Ausgabe des Jahres 1575, gedruckt in Mantua, mit dem Zusatz einiger Seiten, die in keinem anderen Exemplar enthalten waren. Liebevoll schlug er die Eingangsseite auf mit den gedrehten Tempelsäulen, die sie zierten, und las aus dem langen Vorwort die Schilderung der Erdbeben vor, die Padua heimgesucht hatten, und die feierlichen Anreden. Von Kindheit an hatte Rieti die Gestalt des Azariah geliebt, seit er gehört hatte, daß er einer seiner Vorväter gewesen war und seine Gegner sein Buch *Verblendung der Augen* tituliert hatten. Auch das Buch selbst hatte sein Herz erobert: der ungemein klare Druck, der Atem großzügigen Behagens, der seinen Seiten entströmte. Diese Liebe hatte er sich all die Jahre hindurch in seinem Herzen bewahrt, und sie war mit jener Liebe verschmolzen, die er seiner und anderen Familien des italienischen Judentums entgegenbrachte, mit denen seine Vorfahren trotz der Grenzen, die damals zwischen den Städten und Provinzen des Landes trennten, verbunden waren. Er ließ nie ab, sich für die Geschicke dieser Menschen zu begeistern – daß die Gelehrten unter ihnen sich die Mühe gemacht hatten, ihre Bücher für einen solch eingeschränkten Kreis drucken zu lassen, und sich benahmen, als sei dies das einzige Leserpublikum auf Erden; sie schrieben Bände über Bände für diese wenigen Menschen, Bewohner von Städten, in denen sie eingeschlossen wie eine Fliege in der Faust lebten, Städte aber, die Jeschiven und Synagogen errichteten, Gelder für das Schreiben von Thorarollen und den Erwerb von ansprechenden Gegenständen für ihre Synagogen sammelten. In ganz besonderem Maße spürte Rieti den legendären Familien – ein wenig geheimnisvollen Sippschaften – nach, die dem neuen Italien Soldaten, Seefahrer und stilbildende Künstler gegeben hatten. Er liebte es, von ihren Taten zu hören, liebte es, Anekdoten aus ihrem Leben zu hören, hatte seine Freude an jeder Abweichung vom üblichen gesunden Menschenverstand, die er bei ihnen fand.

Maddi tat alles, um Rieti ihrem Vater nahezubringen, denn Rieti hatte im Grunde keine engen Freunde, und der einzige Mann, der mit ihm bisweilen eine Tasse Kaffee tank, war der Antiquitätenhändler Rubin, mit dem er über seine Ballettskizzen, über römische Gemmen und Judaica reden konnte. Doch Rubin hatte eine Eigenschaft, die Rieti erzürnte: Einerseits beklagte er sich über die mangelnde Anständigkeit der Menschheit, über den Geiz der Sammler und Museen, erzählte andererseits jedoch in einem fort, um sein Expertentum im Sammeln von Raritäten und sein Geschäftstalent unter Beweis zu stellen, wie er mittels einer List zu einem kranken Sammler gelangt war, wie ihm ein Tourist, der sich über die Gepflogenheiten des Landes täuschte, ins Netz ging, und wie er, dank seiner visuellen Erfassungsgabe, dreißig- oder vierzigfache Gewinne machte. Seine Geschichten über die gesalzenen Erfolge, die er in den Häusern alter Witwen, cholerischer und megalomanischer Jeckes verbuchte, erregten bisweilen Rietis heftigen Zorn.

Aber Maddi gelang es nicht, ihren Vater Rieti nahezubringen, nicht wirklich. Sein Schweigen, seine Art zu essen, sein Stammbaum – all dieses stieß ihren Vater ab, und obwohl er es verbarg, kannte sie ihn einfach zu gut, als daß sie sich darüber hinwegtäuschen hätte lassen. In den Augen ihres Vater war das Recht eine abgedroschene Sache. Seit ihm in seiner Jugend *Josippon*, die hebräische Historienerzählung über die Zeit des zweiten Tempels, in die Hände gefallen war, las er viele historische Bücher, Memoiren, Tagebücher, Briefe und Urkunden. Ungerechtigkeit, Rechtverdrehung, Betrug, Verbrechen und Morde waren die echten Fundamente schöner Städte, prachtvoller Standbilder und traumhafter Gartenanlagen.

Sie blätterte in ihrem Telefonbüchlein. Die Namen und Nummern duckten sich zwischen den Zeilen wie Soldaten im Schützengraben. Auf der letzten Seite waren Tomars Name und die Telefonnummer des Hauses im Zitrushain notiert. Einen Moment lang betrachtete Maddi den Namen, der für gut zwei Monate auch ihr Familienname gewesen war, Golzmann, der jüdisch-russische Name eines levantinischen Obstbauern. Tomar Golzmann. Und sie wählte. Tomars Stimme hörte sich an wie in ein Summen eingebettet, vielleicht die Geräusche des Zitrushains.

»Ich bin in fünfundzwanzig Minuten bei dir«, sagte er, ohne irgend etwas zu fragen, und sie wußte, schon war er aus dem Haus und rannte den dunklen Pfad entlang. Er würde schnell fahren auf den verödeten Landstraßen, Tel Avivs leere Straßen erreichen. Fünfundzwanzig Minuten. Er würde in fünfundzwanzig Minuten ankommen. Maddi fürchtete sich ein wenig vor der Begegnung mit ihm, doch sie stellte sich auf die Straße, den Zettel mit der Adresse in der Hand, und wartete auf ihn.

Der Jeep näherte sich mit hohem Tempo und hielt mit kreischenden Bremsen. Tomar hatte eine Militärwindjacke an, und auf dem Sitz neben ihm lag ein Schnellfeuergewehr, das Patronenmagazin steckte im Lauf, wie vor einem Sturmangriff. Er sah sie kaum an, sein Blick ging schräg und ausweichend an ihr vorbei, und seine Schultern wirkten breiter. Danach warf er eine Decke über den Sitz, und während der schnellen Fahrt hörte er sich an, was sie ihm über Nachtigall und ihren Vater berichtete. Seine Haare waren naß, vielleicht hatte er sie mit Wasser besprengt, um wach zu werden, und Maddi spürte zu ihrem Erstaunen, daß sie gerne seinen Kopf gestreichelt hätte. Eine ihr unbekannte Traurigkeit lag in seinem Gesicht. Eine Orangenkiste, die auf dem hinteren Sitz stand, verströmte starken Duft, und die Eisendrähte der Kiste blinkten männlich stark im Licht der Straßenbeleuchtung. Häuser im Zitrushain waren immer schön, und nur in ihnen war es möglich, der Phantasie freien Lauf zu lassen.

»Du brauchst dir keine Sorgen machen.« Als sagte er: Danke, daß du mich in der Stunde der Not gerufen hast.

»Nachtigall hat geschrieben, es sei nicht wichtig, was ich zu sehen kriege und was Vater sagt – ich muß ihn dort herausholen.«

»Ich verstehe«, erwiderte Tomar. Er bog gegen die Fahrtrichtung in eine Einbahnstraße ein und fuhr schnell mit ausgeschalteten Scheinwerfern.

»Es ist trotz allem nett in Tel Aviv«, bemerkte er.

Das war das erste Mal, daß Tomar so etwas sagte. Immer hatte mit Verachtung von Tel Aviv gesprochen. Bei den Wahlen stimmte er für die Cherutpartei: Wir kennen die Araber, sie haben fünfzig Jahre bei uns gearbeitet. Der Sohn eines russisch-levantinischen Obstbauern.

»Dann wäre es vielleicht besser, ihr würdet sie nicht so gut kennen. Unkenntnis hat immer eine Chance«, hatte sie damals gesagt.

»Das ist ein Tel Aviver Satz«, war Tomars Antwort gewesen.

Das Haus Tomar Golzmanns. Tomars Haus in den Tiefen des Zitrushains. Stein zwischen Goldorangen, Grauen zwischen dem Blätterwerk ... der räuberische Bräutigam, der abgehackte Finger mit dem Ring. Es war ein Haus des Todes. Die Greisin in der Nische hatte sie gewarnt: Braut, oh, Braut, dreh um! Entferne dich von dem schwarzen Todeshaus!

Tomar lächelte ihr scheu zu und hielt den Jeep vor einem dunklen Gebäude an, das einen schönen Anblick bot, wie es im Mondlicht von raffinierten Balkonen umrahmt dalag. Die Holztür war nicht abgeschlossen, und sie gingen in das erste Stockwerk hinauf. Hier stand die Tür sogar sperrangelweit offen. In einer Glaskabine saß eine Frau, die beim Licht einer Schreibtischlampe Zeitung las.

»Wo liegt hier Ezra Marinsky?« fragte Maddi.

Die Frau schwieg erschrocken.

»Haben Sie einen Besen verschluckt, meine Dame?« sagte Tomar.

»Ich bin seine Tochter«, fügte Maddi hinzu.

Die Frau blickte auf das Gewehr über Tomars Schulter und sagte zögernd: »Er ist in Zimmer Nummer zehn, am Ende des Gangs.«

Maddi eilte Tomar voraus. Auf dem Gang standen schmale Betten. Einer der Patienten knipste eine Taschenlampe an und richtete ihren dünnen Lichtstrahl auf sie. Im letzten Zimmer brannte gedämpftes Licht. Mit einer sonderbaren Erleichterung, deren Intensität ihr beinahe die Sinne schwinden ließ, erblickte sie ihren Vater, der, seinen großen Kopf über ein dickes Heft gebeugt, las.

»Was machst du hier, Maddi?« fragte er mit weicher Stimme.

Er war blaß, und etwas Merkwürdiges war mit seinen Augenlidern passiert.

»Dr. Nachtigall hat mir eine Nachricht hinterlassen, daß du hier bist.«

»Und wie geht es dir, Tomar?«

»Gut, Ezra. Kannst du aufstehen, oder soll ich dich auf den Armen tragen?«

»Selbstverständlich kann ich aufstehen«, erwiderte Marinsky, doch er blieb liegen, und sein bleicher Kopf versank im Kissen.

»Komm, Papa«, sagte Maddi.

Ganz langsam erhob sich Marinsky vom Bett und ging mit behutsamen Schritten auf den Korridor zu, doch plötzlich setzte er sich auf einen großen Wäschekorb, der dort stand, und seufzte: »Ich muß hierbleiben.«

»Dr. Nachtigall hat gesagt, das darfst du nicht«, sagte Maddi.

»Die Tatsache, daß ich hierbleibe, mag Dr. Nachtigall ein wenig seltsam erscheinen, aber du mußt mir glauben, daß ich nicht den Verstand verloren habe. Ich muß einfach bei dem Mann bleiben, den ich hier getroffen habe. Es ist wichtig, daß ich bei ihm bin.«

»Für wie lange?«

Ringsherum begannen die alten Männer aufzuwachen, näherten sich ihnen schlaftrunken, brummelnd und hustend. Lampen wurden eingeschaltet.

Noch nie war Maddi an einem solchen Ort gewesen, das nackte Leid, das blanke hysterische Grauen, tränenlos ... Diese Menschen standen auf, um weit weg zu gehen, doch nach wenigen Schritten kehrten sie wieder an ihre Plätze, in den Kreis zurück, schlingernd, schwankend, trippelnd, und legten sich hilflos wieder hin.

»Komm mit uns, und wenn du dich besser fühlst, werden wir zu einem Besuch hierher zurückkommen.«

»Ich kann diesen Ort nicht verlassen«, sagte Marinsky.

»Wir nehmen auch den Mann mit, den du getroffen hast«, schlug Maddi vor.

»Jechiel? Nein, nein«, erwiderte Marinsky.

»Aber was ist passiert, Papa?«

»Komm morgen mittag her. Bring viele Zigaretten mit, Obst und Schokolade, und bestelle für mich einen Platz in der Kurklinik in Moze, und benachrichtige Dr. Kleinschmidt, daß ich morgen abend dort eintreffen werde.«

»Soll ich mit dir nach Jerusalem fahren?«

»Nein. Bring meine Bücher aus dem Büro mit und lege sie auf den Tisch neben das Bett und bitte Nachtigall, eine Schwester zu empfehlen, falls ich eine brauchen sollte, wenn ich aus Moze zurückkomme.«

Nach dem ersten Herzinfarkt war ihr Vater verstört. Er war sicher, dem Tode nahe zu sein, und sprach nur flüsternd. Er bat darum, nicht Nachtigall zu rufen, sondern seinen Jerusalemer Freund, Dr. Kleinschmidt, ein pensionierter Arzt, in dessen diagnostische Fähigkeiten er großes Vertrauen setzte. Auf seine Krücken gestützt, war Dr. Kleinschmidt damals ins Asutakrankenhaus gekommen, hatte die Ergebnisse der Untersuchungen studiert und war danach an Marinskys

Bett gehumpelt. Zunächst ignorierte er ihn, steckte sich eine Zigarre an und sagte: »Großer Gott, Maddi! Den Mann möchte ich sehen, bei dem dein Charme keine sündigen Gedanken erweckt. Du schaust noch viel besser aus als deine Mutter, und ich erinnere mich gut an sie: Ich tanzte mit ihr und fuhr ganz eng gedrängt im Auto mit ihr.«

»Danke«, erwiderte Maddi.

»Bring Dr. Kleinschmidt einen Stuhl«, sagte Marinsky.

»Warum das Flüstern? Hast wohl das Gras von unten beschnuppert und bist erschrocken ...«, sagte Dr. Kleinschmidt. Lange Zeit horchte er Marinskys Herz ab und maß seinen Blutdruck.

»Keine Sorge, die Angst wird vorbeigehen. Und nimm das nicht gar so ernst: Jeder Mensch ist ein tragischer Held – sein Ende ist der Tod. Aber in zwei, drei Wochen wirst du wieder Zeitungen lesen wollen, wenn du genau das tust, was ich dir sage. Oder hast du vielleicht die Absicht, jetzt so kindisch wie immer zu sein?«

Dr. Nachtigall liebte das Geld und war ein musikalischer Snob, Mitglied in den Leitungen von Orchestern und Chören, ein gefühlvoller und blumiger Redner an Konzertabenden in Privathäusern und ein Gastgeber internationaler Stars, obwohl er die Musik selbst weder mochte noch verstand. Er war der Arzt der unabhängigen liberalen Führungsriege. Ein Doktor unter Doktoren, sagte ihr Vater immer über ihn.

Aber Dr. Kleinschmidt! Wer von den Psychologen behauptet, daß sie nichts anderes erstreben, als die Menschheit zu beherrschen, der hätte Dr. Kleinschmidt kennenlernen müssen. Der alte Arzt war ein echter Diktator, ein orientalischer Despot (obwohl er aus einer galizischen Kleinstadt stammte), doch sein Besuch veränderte ihren Vater. Bevor sein Jerusalemer Arzt gekommen war, hatte er nicht auf die Straße gehen wollen, hatte behauptet, daß ihm nach dem Herzanfall kein Paar Schuhe mehr paßte; in dem Moment aber, als Dr. Kleinschmidt bei ihnen zu Hause auftauchte, änderte er seine Meinung und fügte sich all seinen Anweisungen.

»Schauen Sie sich diese wunderbaren Blumen an, Herr Marinsky«, näherte sich ihnen ein alte Frau, die einen gefütterten Regenmantel und Hausschuhe trug, »wie kommen solch wunderbare Blumen nur zustande, woher wissen sie, wie sie aus ihrem kleinen Samenkorn herauskommen? Das ist einfach nicht zu verstehen, Herr Marinsky. Und die Sterne – man sagt, es gebe mehr Sterne als Sandkörner an allen Meeresküsten der ganzen Welt. Wie kann das sein? Das ist einfach nicht zu verstehen, wir wissen gar nichts. Es gibt noch etwas, Herr Marinsky, noch etwas, das wir nicht wissen.«

Marinsky ergriff die runzelige Hand und nickte verlegen.
»Soll ich nicht vielleicht trotzdem mit dir nach Jerusalem fahren?« wiederholte Maddi.
»Die zweite Seite von *Zar Saltan* hat einen Sprung. Vielleicht könntest du die Platte noch einmal für mich finden?«
»Kein Mensch bringt solche Sachen mehr heraus.«
»Kein Mensch bring mehr den *Zar Saltan* heraus? Du machst Scherze.«
»Wenn ich für dich diese russischen Schallplatten suche, sagen die Verkäufer, daß sie nie davon gehört haben, und sogar wenn sie davon gehört haben, sagen sie spöttisch, daß sie solche Sachen wirklich nicht führen.«
Marinsky wurde plötzlich wacher und richtete sich auf dem Wäschekorb auf.
»Sie verachten *Zar Saltan*? Die ewige Finsternis möge sie verschlingen! In *Zar Saltan* ist mehr Musik als in sämtlichen Fabrikationen ihrer Hochstapler. Jeder ist in seiner Jugend ein Blender, aber jetzt sieht man auch schon siebzigjährige Blender. Und zwischen den Lügnern laufen viele gepflegte Damen mit guter Figur herum, den kulturellen Glorienkranz auf den Köpfen wie einen Heiligenschein. Sie haben nie von *Zar Saltan* gehört, und die davon gehört haben, verachten so etwas?! Oder vielleicht haben sie den Schlüssel zu diesen Tempeln verloren ... Aber das Eichhörnchen, anstatt Goldnüsse mit Smaragdkernen für sie zu knacken, pißt nur vom Baum auf sie herunter.«
Maddi sah ihn verblüfft an.
»Dann komme ich also morgen mittag«, sagte sie.
»Ja, mit Süßigkeiten und Zigaretten.«
»Wie lange wirst du in der Klinik in Moze bleiben?«
»Eine Woche.«
Draußen blieb Maddi verunsichert stehen.
»Was hätte ich tun sollen?« sagte sie.

— 4 —

Der Abend senkte sich herab. Viele meinen, daß eine Frau, die sich nicht gut schminkt, keinen Geschmack hat, oder daß sie das absichtlich tut (Männer sind bereit, alles zu glauben), aber nichts fällt dir schwerer als das Schminken, außer dem Überschreiten der Schlafzimmerschwelle – dem Jabbok der Jungfrauen. Häufig, als ihre Mascara um die Augen herum völlig verschmiert war und sie aussah wie ein Clown, der sich in seine weiten Hosen gemacht hat vor lauter Anstrengung, sein Publikum zu erheitern, hatte Tomar gesagt, sie sehe so herzerweichend aus, daß er gar nicht anders könne, als sie zu umarmen und zu trösten. Es gelang ihr auch unter keinen Umständen, einen Lippenstift zu finden, der dem entsprach, was ihrer Meinung nach die Farbe ihrer Lippen hätte sein sollen, ganz zu schweigen von anderen Präparaten, die nur mit Vorsicht zu genießen waren. Im Grunde waren wahrscheinlich die einzigen Frauen, die sich zu schminken verstanden, geizige und sehr berechnende Frauen oder die Unglücklichen, die im Laufe vieler Jahre bittere Erfahrungen gesammelt hatten. Ihre Mutter war einmal im Monat zur Kosmetikerin gegangen, die ihr die Wimpern färbte, denn sie schminkte ihre Augen nicht, doch die Kosmetikerin selbst, die im gleichen Lebensmittelladen wie sie einkaufte und in der Konditorei *Piccolo* – wie die geschminkt war!

Man konnte verstehen, was Rieti gemeint hatte, als er sagte, man müsse Japanisch können. Ein japanisches Fräulein hat einen Kimono, ein Teeset, ein Schächtelchen Parfüm und ein wenig Bettzeug. Sie wußte alles so gut und mit solcher Exaktheit zu tun, daß ihr ganzes Leben zum Zeremoniell wurde. Ein Glück, daß es in Tel Aviv nicht üblich war, sich stark zu schminken. Doch jetzt, zu Ehren des Abendessens mit Rieti, mußte sie es tun. Das Schminken war wie das Kleid zu wechseln, und die Unterwäsche – die seidene Unterwäsche, die der schlaue Herr Zigfeld seinen Schönheiten zu kaufen pflegte.

Nachdem sie ihre Wimpern getuscht hatte, trug sie blauen Lidschatten auf. Es war langweilig, sich so oft die Augen zu schminken, da war es besser, einmal im Monat zur Kosmetikerin zu gehen, wie ihre Mutter es gemacht hatte. Man mußte dann ziemlich lange mit geschlossenen Augen sitzenbleiben, denn das Färbemittel enthielt etwas Giftiges – Ironie des Schicksals: Eine Frau geht zum Wimpernfärben, um ihre Augen anziehender zu machen, und dabei wird sie blind! Leb wohl, Licht der Welt! Leb wohl, Sonne! Und groß ist die Sonne zu deinen Händen – bis zum Abend! Das Färben hielt etwa zwei Wochen vor, doch ihre Mutter ging nur einmal im Monat zu Emily, so daß ihre Wimpern in den verbleibenden beiden Wochen immer heller wurden. Ein halbes Leben mit perfekten Wimpern und ein halbes mit ausgebleichten.

Könnte sie das Leben doch nur ein paar Jahre zurückdrehen, zu der Zeit, in der sie Tomar noch nicht kannte. Nicht daß sie damals glücklich oder ihr Leben einfacher gewesen wäre, doch ihre Traurigkeit hatte damals keine Form, die Wolken verwandelten sich nicht in

Regentropfen, sondern trieben hoch am Himmel dahin, mit phantastischen, veränderlichen Formen. Ihr Vater war immer fröhlich, auch in schweren Tagen und Monaten war er voller Erfindungsgeist und Einfälle. Hat es einen Wert, Dinge zu rühmen, die niemals Wirklichkeit werden und immer in einer unklaren, halb erahnten Zukunft schweben? Oder ist es kindisch, daran zu denken? Beschämend? Träume wahrzumachen – ist das nicht das Bestreben echter Menschen, echter Gesellschaften? Und zeugte davon nicht die Tatsache, daß die Menschen beängstigend kindlich waren und daß Gesellschaften nicht reiften, wenn sie nichts in Wirklichkeit, sondern nur in Märchen, Liedern und Zeremonien, nur in den Köpfen der Wilden oder auf den Schauplätzen des Stammes umsetzten, während sie selbst gleichzeitig nur das Allernötigste zu verwirklichen bereit waren, um an den Ritualen teilzunehmen?

Manchmal, wenn sie bei Rieti saß und Pasta mit Öl und Knoblauch aß, konnte sie erleben, wie merkwürdig seine Ansichten waren. Er war der einzige Mensch, den sie kannte, der dachte, er sei nicht dazu berechtigt, irgend etwas von seinem Nächsten zu erhalten, sondern sei stets zum Geben verpflichtet (auch ihr Vater dachte nicht, »es steht mir zu«, und trotzdem brauchte er das freundliche Lächeln eines jeden, dem er sich präsentierte). Wie konnte man einem solchen Mann ein Geschenk machen? Es hätte ihn sicher in höchste Verlegenheit gestürzt oder erschüttert ... Und sein ausgesprochenes Lob auf die Schwierigkeit zu leben, eine Schwierigkeit, die ein besonderes Geschenk, eine Art Gnade für den Menschen wäre? Diese Aussage von Rieti überraschte sie jedesmal wieder, und amüsierte sie auch, als lobte sie jemand dafür, daß sie Teller zerbrochen hatte, sich nicht anständig zu schminken verstand oder daß sie eine Neigung zu Erkrankungen hatte.

Die Atmosphäre um Rieti herum war das Gegenteil von Schwäche: Sein hageres, sicheres Gesicht, sein langes, zurückgekämmtes Haar, sein kleiner Schnurrbart und seine breitgestreiften Hemden strahlten Energie aus. Seine äußerst klare Ausdrucksweise (sofern keine Bandwurmsätze enthalten waren, die seine Verlegenheit kaschieren sollten), mit leiser, melodischer Stimme gesprochen, riefen in ihr immer ein Gefühl innerer Sauberkeit und Entspanntheit hervor. Wie gut seine Pasta war, und diese Fleischwürfel mit den gekochten Oliven – ein Gericht, das er in einem der kleinen Lokale, in denen er nach Vjeras Tod immer aß, zuzubereiten gelernt hatte.

Wenn es ihr doch gelänge, ihm ein Geschenk mitzubringen, das in irgendeinem Zusammenhang mit Azariah Min ha-Adummim stünde.

Azariah dei Rossi war ein Mann aus Mantua und Ferrara, ebenso wie Rietis Vorfahren. Und wenn das tatsächlich stimmte, dann war seine Familie von sehr hoher Abstammung. Der Überlieferung zufolge brachte Titus die vier angesehensten Familien Jerusalems mit nach Rom: die Familien Min ha-Ne'arim, Min ha-Tappuchim, Min ha-Anavim und Min ha-Adummim. Rieti zitierte viel und gerne aus dem Werk *Erleuchtung der Augen*, wenn auch immer die gleichen Stellen. Seine Beschäftigung mit dieser Genealogie schien ihr etwas mit seinem Alter zu tun zu haben (und nicht mit Snobismus, wie ihr Vater meinte), und in vielen Dingen war sie auch konservativer als er: In der Kunst suchte er immer nach den neuesten Dingen – nur Philister und ihre Sippschaft lieben das Althergebrachte –, erstand Fotobände, las Neuerscheinungen und hörte sich allerlei lärmende Musik an, um herauszufinden, ob sie ihn ansprach.

Niemand kam zu ihr mit einem Blumenstrauß, trotz der Märchen über die junge Geschiedene. Wenn sie wenigstens ein oder zwei Jahre verheiratet gewesen wäre, alles wäre anders. Die schnelle Scheidung war es, die die potentiellen Freier verschreckte. Wer weiß, von welchen Ängsten sie geplagt wurden! Welche Blüten der Johannisbrotbäume ... Der böse Blick? Schandmal? Der schöne Junge am Strand in Achziv ... Sein Haar lang wie das einer Frau, er sonnenverbrannt und gertenschlank, seine Kleidung ähnelte dem Kostüm eines Seeungeheuers, aus grobem Stoff, die komischen Gummischuhe, die er hatte, mit den besonderen Noppen an den Sohlen, um über glatte Stellen zu gehen, und um seinen kräftigen Hals eine Kette. War er der Koch von irgendeinem Schiff? Einer Jacht? Ein Strandjunge? Tomar sah ihren Blick und war beleidigt, doch auch seine Augen streichelten das Haar des Jungen, als sie von der kurzen Bootsfahrt zurückkehrten. Tomar – war es die Möglichkeit? Nein, der Junge wirkte einfach so verführerisch wie das Meer selbst, auf Frauen, Männer, Kinder und Delphine. Der Junge aus Achziv konnte auf der Wasseroberfläche aus seiner Faust eine dünne Fontäne spritzen lassen. Ein Schmetterling umflatterte ihn minutenlang, und einmal, morgens, als sie ihren Badeanzug von der Leine nahm, entschwirrte dem Schwimmanzug des Jungen ein Schmetterling, ein weißer Schwimmanzug, der neben ihrem Handtuch hing. Nein, die frisch Geschiedene wurde nicht von Bewerbern überrannt. Gymnasiasten konnte man nicht wirklich zu den Kandidaten rechnen, doch außer ihnen hatte sie wenige Verehrer, und ziemlich merkwürdige. Zum Beispiel Kisilov, der so tat, als wäre er hinter Hadas her, um ihre Eifersucht herauszufordern. Er brachte ihr Blumen, tuschelte mit ihr in der Küche und machte ihr, in Maddis Gegenwart, Komplimente über ihre schönen Beine, während er gleichzeitig aus den Augenwinkeln nach ihr schielte. Beim Anblick seiner mit allen Wassern gewaschenen Manieren konnte man es den Vätern des Zionismus gut nachfühlen, daß sie in Europa erstickten und den Strohhut und die Hacke gewählt hatten. Borochov, wie recht du hattest! Und dabei war er erst sechsundzwanzig! Man redete immer von der »List der Frauen« – die Frau möchte ich kennenlernen, deren Listigkeit die Kisilovs, des jungen Pelzhändlers, übertrifft! Hadas war hypnotisiert wie die Maus vom Blick der Schlange ... Kisilov begann sogar, Tante Ditka zu umwerben, die für alle Kinder in der Familie die Purimkostüme nähte und sie anmalte. Wie dick sie inzwischen geworden war, und wo war ihr Blick geblieben, der eine komplette Stadt ins Verderben stürzen konnte? Doch außer dem Tanzen liebte die Tante nur ihre Familie, die immer mehr auseinanderfiel, und schöne Kleider. Tante Ditka hatte einmal zu ihr gesagt, sie würde es weitaus mehr genießen, bei einer Theaterpremiere in einem schönen neuen Kleid aufzutauchen und die neidischen Blicke auf sich geheftet zu sehen, als in Clark Gables Armen zu schwitzen. Und der junge Anwärter der Medizin: Dr. Simon Simon, dessen Werbung die Langsamkeit einer Schildkröte hatte, der in der Dunkelheit des Kinos zwei ihrer Finger ergriff, nach der Hälfte des Filmes noch einen nahm, und gegen Ende einen weiteren, und erst nach einer stattlichen Anzahl von Filmen beschleunigte er das Eroberungstempo der Finger ein wenig, erfaßte ihre ganze Hand, und später betastete er auch ihr Gesicht, wie ein Schlafkranker, den die Geräusche des Dschungels für einen Augenblick aufgeweckt haben, und seine Finger streiften langsam über ihr Gesicht wie die Flügel einer Fledermaus. Und dieser ältere Deutsche, ein Jecke mit Bügelfalten, Herr Schlaier, der ihr Gedichte schrieb, die alle eine Kehrreimzeile hatten, so wie: Ich tanz' mit dem Tod, und der Tod tanzt mit mir. Er schickte ihr redselige Briefe, aus denen die Weisheit nur so überquoll wie die Milch aus dem Topf, die Binsenweisheit einsamer Menschen. Einmal war sie bei ihm zu Hause gewesen, und als sie hereinkam, war Herr Schlaier an das Aquarium getreten und hatte mit seinem Finger gegen die Glaswand geklopft, um den einzigen Fisch zu begrüßen, der dort schlief, und der Fisch hatte sich tatsächlich Herrn Schlaiers Finger ein bißchen genähert, sich dann jedoch sofort wieder getrollt. Es zeigt sich, daß auch die Beziehung eines Menschen zu seinem einzigen Goldfisch keine einfache Angelegenheit ist. Und sein letzter Brief: »Wenn es Ihnen ernst ist, zögern Sie nicht länger, mich glücklich zu machen, doch wenn Sie zu scherzen beliebt haben, dann, meine Teuerste, ist die Zeit für einen Scherz längstens vorbei!«

Das waren alle Verehrer! Konnte es sein, daß eine Frau mit zweiundzwanzig Jahren keine Verehrer mehr brauchte? Vielleicht konnte man noch den Leiter der Jugendorganisation dazurechnen, aber der gehörte im Prinzip zu den Kandidaten vom Gymnasium. Vielleicht hatte sie gar kein Bedürfnis mehr nach Verehrern? Trotzdem, die verschwindend geringe Anzahl erzeugte ein Gefühl von Einsamkeit. An den Fingern einer Hand kann ich meine Freier abzählen! In der Grundschule hatte es nicht an Interessenten gefehlt, ab ihrem elften Lebensjahr erhielt sie immer Briefe. Dreieinhalb Jahre lang hatte sie heimlich mit einem Jungen Briefe gewechselt. Ihre Begegnungen fanden nur an öffentlichen Plätzen statt – einmal im Kino, einmal im Lunapark ... Gebe Gott, die Liebe käme wieder und beschiene sie mit ihren Strahlen wie damals, mit einer Zärtlichkeit, die entschwunden war. Zum letztenmal sah sie ihn auf einer Wiese jenseits des Jarkon, eine Wiese voll saftig grünem wucherndem Gras und gelben, in der Sonne lodernden Chrysanthemen. Eine Wolke, die über sie hinwegglitt, schien das Grün und das Gelb hinwegzuspülen. Blaue Schatten huschten über das Feld, flohen mit herzzerreißender Geschwindigkeit und brachten Kühle mit sich, und darunter wurde alles blau, still und ewig. »Und dann fiel die Tinte um, Ende der Erinnerung«, schrieb er an den Schluß ihres Poesiealbums.

Vielleicht hatte Jung recht, und es leben wirklich verzauberte Prinzen und alte Weise in unserer Mitte, der Weltenbaum und die Sphinx, und ganz schreckliche Dinge geschehen uns: Das Zerstückeln der Götter, nächtliche Streifzüge, Vertreibung aus dem Paradies? Von sich aus hatte sie nur einen Jungen je zu gewinnen versucht, den sie auf einem Fest traf. Seine Augen leuchteten auf wie zwei Laternen, als er sie bemerkte, und Nachdenklichkeit senkte sich schwer über seine Augenlider. Doch während sie tanzten, als sie begann, mit ihm zu reden, erlosch sein verträumter, verwunderter Blick. Er war der schönste Junge am Gymnasium – ein Faulpelz, der es liebte, im Bett zu liegen oder am Fenster zu sitzen. Nach jenem Abend hatte sie noch öfter versucht, ihm näherzukommen, doch er schwieg, lächelte manchmal sein schönes Lächeln vor sich hin – der geborene Schläfer. Danach ging er nach Jerusalem, um Geographie zu studieren. Merkwürdig, ausgerechnet Geographie! Vielleicht, um in ruhigen Zimmern voller Landkartenrollen und grünlicher Globen zu schlafen? Was hatte sie an jenem Abend zu ihm gesagt, das seinen Sternenblick zum Erlöschen brachte? Alle paar Monate einmal dachte sie wieder daran, doch sie konnte sich nicht erinnern, was sie gesagt hatte. Einmal träumte sie von ihm: Sie rannte einer Gestalt hinterher, die seiner glich, öffnete viele Türen in dunklen Korridoren, bis schließlich eine Tür von selbst aufging und sie eintrat, doch statt des Jungen waberte dort etwas Rötliches in der Luft unter einer extrem tiefhängenden Decke, eine Kreatur, die schwer zu bestimmen war, eine Riesenspinne oder ein Affe, und dieses Etwas kroch gleitend über den Fußboden, schwenkte seinen Arm und warf mit großer Kraft ein Messer nach ihr, doch sie, obwohl sie wie zu Stein erstarrt war, schaffte es, ein bißchen den Kopf zu drehen. Im Wachzustand schläfst du in einem fort, und im Traum wirfst du mit Messern nach mir, mein romantischer Geliebter! War das wirklich ihre einzige Liebe gewesen? Würde sie nie mehr zu ihr zurückkehren, da man nicht zweimal im gleichen Fluß eintauchen kann – dem Fluß der Liebe?

Tante Ditka las Liebesromane, und sie verließ das Haus nicht ohne einen oder zwei Romane in der Tasche. Alle ihre Freundinnen lasen Liebesromane – die Besitzerin der Konditorei *Vienna* auf der Ibn-Gvirol, Frau Wechter, Hadas' Mutter. Maddi kannte Tel Aviv – alle Frauen, angefangen von den jungen pubertierenden Mädchen bis hin zu achtzigjährigen Greisinnen, lasen Liebesromane. Und was hatte es mit dieser Lektüre auf sich? Ein Zeichen der Hoffnung – doch gab es etwas Merkwürdigeres als die Hoffnung?

Die Stadt war voller Leserinnen von Liebesromanen auf hebräisch, englisch, deutsch, polnisch, rumänisch, französisch, ungarisch. Die Straßen waren bevölkert von Heldinnen, die in hauchzarte Schleier gehüllt und mit langen Seidenhandschuhen vom Glorienschein geheimnisvoller Rätselhaftigkeit umgeben waren, vergoldet im Rampenlicht der Erwähltheit. Die wirklichen Frauen gingen auf der Straße und schenkten dem Vorübergehenden einen schnellen Blick – vielleicht ist er es? Und unter diesen Tausenden Frauen gab es Heldinnen romantischer Romane, die es bloß nicht wußten; wie Hadas' Schwägerin, die nach ihrer Hochzeit – und wie viel Zeit war seitdem vergangen, fünfzehn Jahre? – eine kurze Affäre mit einem Mann hatte. Die Jahre vergingen, ihr Mann starb, jener andere Mann ließ sich scheiden und sie heirateten, als wären sie von vornherein füreinander bestimmt gewesen, Sterne, die am Firmament umherirrten und trotz ihrer defekten Bahnen die große Ordnung nicht durcheinanderbrachten. Tante Ditka hatte allerdings schon vor zwei Jahren aufgehört, über Liebesromane zu reden. Davor hatte sie jede Gelegenheit freudig beim Schopf ergriffen, um sich darüber zu unterhalten, sprach ohne Scham die Namen der Heldinnen und Helden aus, führte die

Worte der Verfasserinnen als Beweise an, doch in den letzten zwei Jahren hatte sie nicht nur davon Abstand genommen, sondern sie hatte die Lektüre dieser Romane überhaupt eingestellt. Und wenn Maddi irgendeine Zeile von einer jener Autorinnen zitierte, um sie zum Sprechen zu bringen, antwortete die gutherzige Tante unwillig: Und wenn sie das gesagt hat, was dann? Sogar ein kleines Mädchen kennt diese klugen Sprüche ... Doch der Liebesroman war wie ein ungekrönter König. Eine seiner Untertaninnen hatte den Treueschwur gebrochen, womit die arme Seele ihr Glück gewiß nicht vergrößert hatte – doch die restlichen Tausendschaften seiner weiblichen Untertanen fuhren fort, seine Majestät, den König, anzubeten, wie Frau Maimon, die schon so gut wie nichts mehr sah, nur noch undeutliche Schatten, und einen Blindenausweis besaß, jedoch immer noch die Romane las, mit Hilfe eines riesigen Vergrößerungsglases und einer kleinen Lampe, und ständig in die Bücherei ging, um die Bücher auszutauschen, ohne Stock, ohne Hund, ganz langsam, mit engelhafter Geduld, und sie vergalt seiner königlichen Majestät den Preis von hundert Fahnenflüchtigen und Verräterinnen, schiffte sich mit dem Helden ein, jagte mit ihm auf Karussellpferden im Kreis herum, tara, tara, tätärä, glitt in heiterem Lauf den Hang des in roter Frühlingsblüte entflammten Hügels hinab.

Und Frau Janovsky, die Witwe des gelehrten Professors, dessen Übersetzungen der antiken griechischen Elegien sie seinerzeit zu lesen versucht hatte. Elegien? Diese alten Griechen sollten sich schämen, daß sie nicht einmal die Bedeutung ihrer eigenen Wörter kannten! Auch Frau Janovsky las immer Liebesromane, die sie am Bezalelmarkt kaufte, doch sie las sie heimlich. Nie waren diese Bücher im Gästezimmer, in der Küche oder auf dem Balkon bei ihr zu sehen, auch nicht, nachdem Professor Janovsky gestorben war – ein vernachlässigter, bitterer Mann, der ihren Vater vor Jahrzehnten kennengelernt hatte und manchmal bei ihm im Büro vorbeikam, Bleistifte oder Schreibfedern nahm und sie mit hungrigerem Blick als die jungen Zeichnerinnen anschaute. Vielleicht dachte Frau Janovsky, sie würde das Andenken ihres Mannes entweihen, wenn alle Welt sie mit einem Liebesroman in der Hand sähe? Doch seine königliche Majestät achtete solcherlei Bagatellen nicht – seine Paläste waren voll von heimlichen Getreuen.

Es gab natürlich Bereiche und Gegenden im Land, die seine Majestät noch nicht erreicht hatte – den Kibbuz, das Beduinenzelt –, doch wartet, wartet nur, du, Genossin Chava A., und Inschallah auch du, Nabila ja Schatra, eines Tages wird der König auf einen Eroberungsfeldzug aufbrechen, und irgendeine Schwäche in den Ländern, die bisher noch nicht in den Genuß seines Zepters gekommen sind, wird ihm eure Tore öffnen, und der König wird auf einem prächtig gesattelten Pferd dort einreiten, zusammen mit seinem ganzen Troß: Die Frauen mit den langen wehenden Schleiern, mit ihren verschatteten Augen, den Seidenhandschuhen an ihren zarten Händchen und der grünenden Feder am kühnen Hut, in ihrem Repertoire heimliche Andenken, die das Herz zu brechen vermögen und hundert Seiten später wieder zu heilen. Und eins, zwei, drei, seine Majestät ist wieder da von seinem Feldzug, kommt zurück in die schlafende Stadt und wandert inkognito durch die Straßen seiner Stadt wie Harun al-Raschid in den Gassen Bagdads. Niemals wäre seine Anwesenheit entdeckt worden, wären da nicht die Augen einer der Frauen gewesen, auf der Straße oder im Café, wartend und hoffend, verwundert darüber, daß sie von lärmenden, müden Menschen umgeben war, die stil- und phantasielose Kleidung trugen. Und eins, zwei, drei geht der König durch die Straßen wie ein unsichtbarer Geist, nur die Äste bewegen sich, das Blattwerk erzittert, die Sträucher geraten ins Schwanken, die Baumwipfel verbeugen sich.

Einmal machten Tomar und sie am Baselmarkt neben der Feuerwehr Einkäufe und schritten die Aschtori-Hafarchi-Straße mit zwei Körben entlang, strahlend wie himmlische Zwillinge. Alle blickten sie neugierig an, mußten sie einfach anschauen. Nur eine Viertelstunde, vielleicht auch weniger als eine Viertelstunde, ruhten aller Augen auf ihnen. Eine Viertelstunde. Nein, die Scheidung war ein kluger Akt, die Heirat ein dummes Zusammentreffen von Zufällen, Schwäche und Imitation gewesen. Sie war sicher gewesen, schwanger zu sein, hatte es Tomar erzählt und beschlossen, statt einer Untersuchung noch einen Monat abzuwarten, vielleicht würde sich noch was anderes ergeben. Sie sagte zu Tomar, daß sie sich scheue, zum Arzt zu gehen, und außerdem bestehe keine Notwendigkeit. Und sie behielt tatsächlich recht. Doch in Wahrheit hatte sie Angst, aus dem Munde des Arztes ihr Urteil zu vernehmen! Und auch der zweite Monat verging. Und Hadas' Heirat? Es fiel ihr schwer, es zuzugeben, aber Hadas' Hochzeit hatte ihr gefallen. Alles war schön und zart im Haus ihres Großvaters in Scharon, mit einem Blumengarten, der sich über den Abhang hinunterzog, alles war geschmackvoll, sogar der Brautbaldachin und die obligatorischen Gesänge. Vielleicht waren der Rabbiner und der Kantor von der Atmosphäre des Gartens angesteckt worden? Hadas hatte nicht einmal in die Mikwe zum rituellen Läuterungsbad untertauchen müssen, da es ihrer Tante gelang, jemanden im Rabbinat zu bestechen. A. D. Gordon, du Prediger der Rückkehr zur jüdischen Feldarbeit! Dein Schüler ist Landbesitzer geworden und besticht die Linke wie die Rechte. Ihr Vater wollte einmal einen Vertrag mit dem Wohnbauministerium auflösen, doch in der gleichen Nacht erschien ihm im Traum ein Greis mit hehrem Gesicht und langem Bart. Wer bist du? fragte ihr Vater im Traum, schöner Bezalel? Bezalel? – wiederholte der Alte mit grollendem Stolz, der Prophet Elias bin ich, herzloser Wicht, und ich untersage dir, den Vertrag mit dem Wohnbauministerium aufzulösen! Und ihr Vater erwachte baß erstaunt darüber, daß der Prophet Wörter wie »Vertrag« und »Wohnbauministerium« kannte.

Und da war natürlich die Angst, diese Angst, daß sie riesig dick und häßlich werden würde. Aber im tiefsten Inneren wollte sie gar nicht heiraten, und auch Tomar war mit der Angelegenheit nicht im reinen. Er fand keine entzückten Worte, die ein echter Liebender doch hätte hören lassen müssen, dachte sich mit Mühe einen persönlichen Kosenamen für sie aus, den er nur äußerst selten gebrauchte; auch war es eine ziemlich dumme Bezeichnung, was zwar die Regel bei solchen Namen war, aber diese war besonders blöde. Nur zweimal hatte er zu ihr gesagt, »ich liebe dich«, und auch da bloß schnell in sich hineingemurmelt. Auf Festen forderte er sie nur ein- oder zweimal zum Tanzen auf, als sei sie die Mutter der Gastgeberin. Es stimmte, Frauen waren ganz versessen auf diese Worte: Ich liebe dich! Wie oft hatte sie sie in den Erzählungen der weiblichen Verwandtschaft gehört, wie oft sogar aus dem Munde der Mütter ihrer Freundinnen: »Aber ich weiß, daß er mich liebt! ... Ich wußte, daß er mich liebt! ... Und dann sagte er: Du sollst wissen, daß ich dich trotz allem liebe!« Auch wenn aus den Geschichten der Ärmsten sonnenklar hervorging, daß ihr Auserwählter sie nie geliebt hatte. Und sogar wenn der Mann, der diese geheiligten Worte aussprach, noch tausend andere Dinge gesagt hatte, erinnerte sich die Heldin der Geschichte nur an diese, und wenn es die letzten Worte waren, die er sagte, bevor er sie verließ! Ja, die Frauen waren ganz versessen auf diese Worte. Hadas sagte, es sei zu grausam, dem Fötus etwas anzutun, und es bestehe die Befürchtung, daß sie ihr Leben lang geschädigt bliebe, daß Tomar ein guter und männlicher Junge sei, und in der Tat, jeder, der ihn in seinem Jeep fahren sah, in der staubigen Uniform mit dem Rangabzeichen eines Oberleutnants, mit seinem dicken Kraushaar, und wie er kurze, dünne Zigarren rauchte (die er nicht wirklich mochte, aber getreulich rauchte) –, der konnte schlecht sagen, er sei nicht männlich.

Die Flitterwochen waren peinlich. Schade, daß sie das türkische Schiff genommen hatten, das heruntergekommen und schmutzig war, das einzig Gute daran waren die Honigkuchen. Und die Langweile auf der Insel Ägina! Und die Grippe, und der verrenkte Knöchel! Und der Regen! Schlamm und Regen! Und Tomar fuhr an jenem Tag nach Athen. Was für ein Regen, Blitze, Donner. Der ganze Hotelgarten war überflutet, alles ertrank im Regen – Bänke, Rechen, triefnasse, unglückliche Hühner. Sie ging ins Gästezimmer hinunter, in dem es alte Taschenbücher gab, voll brauner Stockflecken, denen der Geruch nach Retsina, Bier und Zigarettenrauch entströmte. Ein alter Mann rauchte erstickende Zigaretten, und ein Engländer um die fünfunddreißig, der sich wie ein Vierzehnjähriger benahm, saß mit seiner Mutter da und machte zwei Stunden lang den Mund nicht auf! Ein schöner Mann, mit feinen Gesichtszügen und hinreißenden Lippen, die er mit merkwürdiger Duldsamkeit zusammenpreßte. Sie wäre besser mit ihrer Hündin in die Flitterwochen gefahren! Welch gähnende Langeweile! Auf Ägina war Tomar der langweiligste Mensch, den sie je kennengelernt hatte. Und der Sex? War seine Macht wirklich so immens, wie alle erzählten? Ich war die Hündin von Colonel Schulz ... Wie nett das alles von weitem aussah: Was anderes als die Begegnung von Körper und Neugierde konnte bei einem Mensch Zärtlichkeit und Lust auslösen? Die Überraschung, die sie allen bereitet hatte, als sie in der Kunstschule Modell stand und ihren schönsten Teil des Körpers hervorhob, den »Kelch« zwischen Brust und Bauch, der sie immer hochgewachsener scheinen ließ, als sie war! Auch Tomar war beeindruckt, als er sie zum erstenmal am Strand sah. Die Verehrer an einer Hand abzählbar und ein einziger Mann! War das nicht irgendwie eine Schande, Zeichen für eine gewisse Minderwertigkeit? Große Liebhaberinnen ...

Sie zählte die einundzwanzig Tage auf Ägina, Tag für Tag, und als sie zurückkehrten, stellte sich heraus, daß sie gar nicht schwanger war! Nach schlaflosen Nächten, nach tausend Empfindungen einer Schwangeren, von denen ihr Hadas berichtet und über die sie in einem Buch gelesen hatte, nach einundzwanzig langen Tagen von Honig und Johannisbrot, Flitter-Bitter-Wochen – war sie gar nicht schwanger! Alles umsonst – die Qual, die Anstrengungen, der Sex ... und dann? Wie sollte sie das ihrem Vater erzählen, der sich immer so bemühte, Tomar gastfreundlich aufzunehmen, und der das ganze letzte Jahr krank gewesen war? Und das Haus im Zitrushain war geweißelt, ausgerüstet mit einem Gasherd, einer Waschmaschine, einem kleinen, leistungsstarken Kühlschrank, ein Haus voller Geschenke! Wie konnte sie all diese Menschen enttäuschen, die sich so bemüht hatten, die Geschenke auszusuchen? Geldumschläge, Teller, Käsebretter, ein Ventilator, eine elektrische Kaffeemühle und eine für den Handbetrieb, verziert mit Mohnblüten, Bettbezüge und Tischdecken, vergoldetete Kuchengabeln und Gläser aus erlesenem Kristall.

Sich scheiden zu lassen bedeutete, all diese Menschen zu betrügen, als hätte sie ihnen ihre Geschenke durch eine Vortäuschung abgeluchst. Und die ganzen Verwandten, die sich die Mühe gemacht hatten und zur Hochzeit gekommen waren, sogar die ganz Alten? Die verrückten Onkel, die armen Tanten? Was würden sie über ihren Vater und dessen undankbare Tochter sagen? Und was war mit ihren zwei Lehrerinnen aus dem Gymnasium? Und Alona, die Geschichtslehrerin? Zu Ehren Alonas hatte sie sich immer schön angezogen, sorgfältig frisiert, ihr Haarband gebügelt, und ihre Geschichtshefte waren die einzigen, die sauber und ordentlich waren, nicht nur auf den ersten Seiten. Und das alles für Alona.

Und die Anzeigen in den Zeitungen? Und Tomar, der eigentlich fast überhaupt nichts dafürkonnte, und der Gedanke, daß sie eine von den Frauen wäre, über die man immer mitleidig sprach, die Frauen, die stets von Liebe träumten, die Liebe suchten, doch in dem Augenblick, in dem sie ihnen angeboten wurde, fiel es ihnen schwer, sie anzunehmen, und sie taten alles, um ihr zu entfliehen. Der Hingabe entfliehen? Gespenster vorziehen?

Sie versuchte, Tomar auszuweichen, ohne sein Mißtrauen zu wecken, doch er spürte es, lungerte im Haus herum, rauchte seine männlichen Zigarren und aß in einem fort Kartoffeln mit Sauerrahm, sein Leibgericht und das seiner Eltern. Und sie bekam auch noch zu hören, daß er ein bißchen dicker wurde von den Gerichten, die sie ihm so liebevoll zubereitete, wie es zu Beginn des Ehelebens üblich ist. Ein Paar süßer, gefräßiger Turteltauben. Und dann ereilte sie mit einem Mal das Glück: Tomar wurde für zwei Wochen zur Wehrübung einberufen, bei Chazerim, weit weg. Doch bevor Tomar abfuhr, packte er ohne ein Wort seine Sachen und parfümierte sich das Gesicht mit *Dunhill*-Aftershave, das er immer benutzte, wenn sie auf Partys gingen. Er wollte sie eifersüchtig machen, und tatsächlich, sie war es. Wie grausam und dumm diese Dinge in ihrer ganzen Schlichtheit doch waren. Sie war von Eifersucht erfüllt und dachte, was wäre, wenn Tomar im Militärcamp oder in einem der Lokale unterwegs eine andere Frau fände, was bei der Armee ja gang und gäbe war. Vergeblich versuchte sie sich zu überzeugen, daß sie über eine solche

Möglichkeit froh sein müßte. Sollte er doch eine Frau finden, oder gleich zwei, drei, einen ganzen Harem sogar! Aber nein! So groß war die Macht des *Dunhill*.

Und Tomar ging auf Wehrübung. Der Kommandant hatte an alle von der Einheit Briefe verschickt, worin er sie daran erinnerte, auf ihre körperliche Tauglichkeit zu achten, und sie immer zu einem Gespräch im Verbindungsbüro eingeladen, wenn er nach Tel Aviv kam. Tomar in einer Kultur der Scham – Scham vor der Meinung seiner Kameraden. Was in ihren Augen gut war, fand auch er gut, ein tiefgreifendes Schamempfinden. Doch was war in ihm selbst? Seine Seele war trocken wie eine Distel, ihr Klang wie das Rascheln ihrer Blätter, die am Beton der Terrasse schabten.

Paß auf, Maddi, mit dieser ganzen Mascara wirst du demnächst wie ein Prostituierte aussehen. Geh zur Kosmetikerin – es ist besser, blind zu werden, als so auszuschauen.

Oder vielleicht, dachte sie, würde Tomar die *Nagarija*, das Bordell in Be'er-Scheva, aufsuchen und sie, wenn er nach Tel Aviv zurückkäme, mit Syphilis oder einer noch schlimmeren Krankheit anstecken. Die Soldaten in seiner Einheit gingen bei jedem Freigang dorthin. Endlos lange Schlangen vor jeder Baracke, der Preis war nicht hoch, und sogar Jeanette (wie sie wohl aussah?), die gefragteste von allen, nahm nur dreißig Lirot. Ein Bett, ein Eimer Wasser, eine dicke Seife und ein Militärhandtuch. Einer der Soldaten war zu Tomar gekommen und hatte ihn gebeten, ihm etwas zu leihen, da er sein Geld an einem Automaten verspielt hatte, an dem man Zigaretten der Marke *Craven A* gewinnen konnte. Im Kino hatte er ein sechzehnjähriges Mädchen getroffen, neu im Gewerbe, aber als er von ihr auch einen Kuß wollte, verlangte sie dafür weitere sieben Lirot – drei und noch sieben, und keine Lira weniger. Der Soldat ließ sie schwören, daß sie auf ihn warten würde, fand Tomar in der Bar *Die letzte Gelegenheit* und flüsterte ihm seine Bitte ins Ohr. Tomar hatte das alles sehr hübsch erzählt. War auch er einmal in die *Nagarija* gegangen? Schwer zu glauben. Ein junger Mann mit einer Mutter wie der Tomars und einem Vater wie dem seinen und einem Großvater, wie er ihn hatte? Und unter seinen Freunden war es nicht üblich. Immer noch nicht? Die Juden waren nicht puritanischer als andere Völker, hatte Dr. Wilk in einer seiner Vorlesungen behauptet. Ich habe Neuigkeiten für dich, Doktor. Aber nur daran zu denken! Eine lange Schlange sandbedeckter Männer, die darauf warten, eine Baracke zu betreten, in der eine müde Frau auf einem schmalen Bett liegt, und ich bin sicher, sie genießen die Erwartung in der Gemeinschaft – Brüderlichkeit unter Kämpfern, Solidarität unter Männern, Samen der Johannisbrothelden.

Tante Ditka hatte eine ganz kurze Phase – drei oder vier Monate –, in der sie auf Abenteuer aus war. Sie tat sich nicht schwer damit, einen Partner zu finden, der ihr sogar Vergnügen bereitete. Es genügte, daß sie einen seitlich geschlitzten Rock anzog. Doch dann hatte sie es satt, diesen Rock anzuziehen. Jetzt spielst du schon drei Monate verrückt, sagte sich Tante Ditka, es wird Zeit, einen normalen Rock anzuziehen. Und in der Phase mit dem geschlitzten Rock, hatte Tante Ditka da keine Liebesromane verschlungen? Sie hatte in der Tat noch mehr gelesen, aber auf die Blicke der Jäger auf der Straße reagiert und mit bereitwilligem Lächeln ihren törichten Worten oder unanständigen, praktischen Vorschlägen gelauscht, während gleichzeitig andere Leserinnen Blicke aussandten und heimlich nach dem romantischen Helden Ausschau hielten, und wenn sie ihn dann auftauchen sahen, umgehend von Verachtung und Abscheu befallen wurden. Bei meiner Seele, Sigmund, ich beglückwünsche dich zu deiner gewitzten, als Zweifel getarnten Kritik, die du an der Möglichkeit, Frauen zu verstehen, aufgeworfen hast, denn was hat diese heimliche Suche und dann die Demonstration von Gleichgültigkeit und Verachtung zu bedeuten? Vergeblich werdet ihr sagen: »Erziehung«; die kleine Musterfrauenbibel für die Stämme, sonnengeschlagen in den Ländern der Äquatorlinie. Es genügt ein Kräuseln der Oberlippe, der Schatten eines Lächelns, die Bewegung eines Fingers. Jede Nuance, und sei es die hauchfeinste, kann dazu angetan sein, die Romanleserinnen in die Flucht zu schlagen, diese kleinen Zauberinnen ihrer Phantasien, die mit ihrem Sich-Vergeben spielen wie mit einem Baby: halten ihm ein Bonbon am Stecken hin, das Baby versucht, das Bonbon mit sicherer Hand zu ergreifen – Oho, nicht so hastig, mein Baby, schon hat sich die Hand zurückgezogen, und wieder hält sie das Bonbon hin, und wieder und wieder – bis du, mein kleiner Liebling, deine sicheren Bewegungen einstellst und endlich zu spüren anfängst, daß es gar nicht so einfach ist, ein Bonbon zu erhaschen. Das Glück, das im Geben und Entziehen liegt, o ihr Untertaninnen seiner Majestät, das berauschende Vergnügen, unerreichbar zu sein, nicht vorhersagbar, nicht zu erahnen, blitzartig die Enttäuschungen auszuteilen ... Und was, wenn wir der Sache auf den Grund gehen, wie die Lehrer zu sagen pflegen, hat dies zu bedeuten? Wenn wir uns auf den Grund der Sache begeben, heißt das, daß euer höchstes Streben, ihr kleinen Herzensräuberinnen, der Herrschaft gilt; mit eurer Verweigerung erhebt ihr euch auf den Thron der Könige und Adeligen, steigt zum Platz der Geliebten des Königs auf, und von dort aus, von der Höhe dieses Throns, richtet ihr das Volk, das in eure Paläste strömt mit Karren voll Spreu, in schmierige Lumpen gekleidet, sich brüstend mit seiner Infantilität und seinen animalisch männlichen Muskeln.

Und Tante Ditka – man konnte nicht behaupten, daß Tante Ditka eine frigide Frau sei, wenngleich nach Dr. Kinsey die Hälfte der weiblichen Welt wie die Eiswüste Alaskas ist. Doch sie sagte: Ein halbes Jahr, ein Jahr, zwei Jahre ohne Mann, und ich empfinde keinen Mangel, aber auch nicht den geringsten.

»Wie ein gezähmtes Tier, bis es Blut leckt, und dann fletscht es sein Raubtiergebiß?« sagte ihr Vater zu Tante Ditka.

»Du weißt nicht, wie recht du hast, Ezra. Von deinen wilden Tieren allerdings weiß ich natürlich überhaupt nichts.«

»Du hättest eine ganze Stadt verderben können, wenn du versucht gewesen wärest, das zu tun.«

»Afula vielleicht?«

»Warum nicht?« erwiderte ihr Vater, »warum nicht Afula? In diesem Weinberg besteht nicht viel Unterschied zwischen den Weinstöcken.«

»Welch ein Simpel du bist, Ezra.«

»Das kommt davon, weil du keine Romane über Afula gelesen hast, sondern nur über Paris, Rom oder Griechenland.«

»Blödsinn!« sagte Tante Ditka.

»Ich bin sicher, daß deine Schubladen voller Andenken sind, die dir deine zahlreichen Verehrer hinterlassen haben.«

»Nun denn, Ezra, wenn du es unbedingt wissen willst, Menschen, die solche Andenken brauchen, Menschen, die sich an die Vergangenheit hängen, solche Menschen erscheinen mir immer wie unglückliche Krüppel, deren Leben nicht vollständig ist, eine einzige große Lüge. Mein Leben bin ich. Ich brauche absolut nichts, um mir zu beweisen, daß ich gelebt habe. Und außerdem, je älter man wird, desto klarer wird auch, daß keinerlei Auswahlmöglichkeit besteht, die Dinge fangen an, sich in einem fort zu wiederholen.«

Doch trotz allem beharrte sie darauf. Es war grauenhaft, erniedrigend und häßlich, doch sie blieb dabei, und Tomar willigte schließlich ein. Danach, drei ununterbrochene Monate lang, lungerte er ständig in ihrer Nähe herum, mehr als je zuvor. Er verfolgte sie, stand in der Nacht hinter der Tür auf dem Dach (gut, daß nicht Winter war, Regen und Kälte), um zu sehen, wer sie besuchte. Sie war abgefüllt mit Beruhigungspillen, stand tagelang nicht vom Bett auf, ganz zu schweigen von den Abenden und Nächten. Und wenn sie daran dachte, bloß daran dachte, daß sie das erste Treffen mit Tomar bei Hadas angeregt hatte, und danach das Abendessen. Sie war früh von der Basis zurückgekehrt, hatte sich den Kopf gewaschen, ihr schönstes Kleid angezogen, Schuhe mit Absätzen, nicht zu hohen, die sie bisher erst dreimal getragen hatte, da sie nicht sehr bequem waren, aber nachdem sie dieses Treffen wollte, mußte sie für den Erfolg eben leiden. Ihre Fingernägel waren angeknabbert. Ein Blick auf ihre Fingernägel, und Tomar würde sich überlegen, ob er sich vielleicht lieber eine suchte, die erfolgreicher war, und nicht eine Soldatin mit irgendeiner Störung, die möglicherweise von infantilen Schwächen zeugte. Sie hatte von künstlichen Fingernägeln gehört, doch sie wußte nicht, ob das nicht nur einfach eine Erfindung eines der Mädchen war. Sie hätte die drei Finger ihrer rechten Hand, deren Nägel wirklich abgebissen waren, zwar verbinden können, was aber zu Fragen seitens Tomars führen und ihn vielleicht gar dazu einladen würde, ihre andere Hand genauer zu betrachten, die ebenfalls zwei abgekaute Nägel hatte ... Mit zwei eingebundenen Händen zum Abendessen gehen, wie in den Horrorfilmen von den ägyptischen Mumien, die wieder zum Leben erwachten und ihre Todesbandagen abschüttelten? Am Ende unternahm sie gar nichts, lackierte sich die Fingernägel nicht einmal.

Sie saßen in einem kleinen Innenhof im Jemenitenviertel, neben ihnen eine Leiter aufs Dach hinauf, Kisten voller leerer Flaschen. Nur eine Lampe brannte im ganzen Hof, und ihr Licht fiel ausgerechnet auf ihren Tisch. Tomar bemerkte ihr Fingernägel überhaupt nicht. Sie aßen Techina und Fleischspieße, tranken Tee mit Zimt, Nelken und Minze. Auf dem Nachhauseweg kamen sie an vielen selbstgebastelten Hütten vorbei, da es kurz vor dem Laubhüttenfest war, und spähten in eine von ihnen hinein (ihre Fröhlichkeit machte sie zu Touristen), die so gut wie fertiggestellt war. Ein alter Mann und zwei Kinder. Der Alte nähte auf ein Stück Sackleinen große Glanzpapierbögen mit den Bildern der Geistesgrößen des Judentums, von Mosche Rabbenu bis zum Gaon und Zadik Maran ... dessen Namen weder sie noch Tomar je gehört hatten. Maimonides' und Sa'adiah Gaons farbenprächtige Bilder hingen zu beiden Seiten des Papierbogens herab. Es war das letzte Laubhüttenfest, an dem sie noch Fingernägel biß. Einen Monat darauf, als sie der Transporter an der Pinskerstraße auslud, vor dem »Falafel-König« mit seiner roten Kochmütze und seinem weißen Kittel, sagte eines der Mädchen, das neben ihr stand: Du hast vielleicht schöne Fingernägel, Maddi!

Sie beendete das Schminken und musterte wieder aufmerksam ihr Gesicht. Nein, der Ponyhaarschnitt verlieh ihrem Gesicht keine Entschlossenheit und Energie. Es war ein leicht verzweifeltes Gesicht, zu rund. Wenn ihr jemand hätte schmeicheln wollen, hätte er sagen können, ihr Gesicht sei herzförmig. Doch wer schmeichelte einer Frau, die sich nach zwei Monaten scheiden ließ? Und ihre Nase war zu groß, das war die Nase des Kantors, und sollte sie nicht zu groß sein, so war sie uninteressant, und die Lippen – ganz sicher waren sie nicht mit jener märchenhaften Eigenschaft gesegnet, die in jedem, der sie sah, den unbezähmbaren Wunsch hervorriefen, sie zu küssen und zu küssen, nur noch zu küssen bis ans Ende seiner Tage. Obwohl ihre Lippen durchaus etwas Sinnliches hatten. Ihre Haut und ihre Augen hatten eher etwas Weiches. Nichts in ihren Augen deutete auf Dummheit oder Bösartigkeit hin, doch in ihrem Gesicht lag etwas Schwaches, Zögerliches. Freud, Jung und Adler saßen hinter dem Katheder, wie bei Gericht. Freud, Jung und Adler. Alle drei hatten kluge, leicht bedrohliche Köpfe. Freud hatte ein leidendes Gesicht wie die Riesen, die er liebte, Jung das Gesicht eines Menschen, der es riskiert, klug zu sein – und Adler? Adler hatte kein Gesicht, nur einen Kopf aus Papiermaché, und zwei Kinder schliefen zu seinen Seiten, eines völlig unter der Decke eingewickelt, und das andere, dessen Decke nur seinen Bauch verhüllte, hatte seine rechte Hand in eine Öffnung seiner Pyjamajacke gesteckt. Und Freud, der Seniorenrichter, sagte zu ihr: Du hast uns verlassen, Smadar Marinsky, nach eineinhalb Jahren. Du denkst dir sicher: Ich habe gut daran getan, und ich fürchte mich vor nichts. Aber du solltest wissen, Smadar Marinsky, niemand läßt unsere Vereinigung so einfach im Stich. Du wolltest nicht als Gleiche unter Gleichen zwischen uns sein, so wie du in der Armee keine Offizierin sein wolltest, daher wirst du eine unserer Patientinnen werden. Dein Gesicht ist schwach; um deine Lippen, bei denen niemand den Wunsch bezähmen muß, sie zu küssen, wird sich in einigen Jahren eine bittere Linie eingraben. Deine glatte Stirn wird von tiefen Falten gefurcht werden, in dem Moment, in dem du beginnen wirst, ein bißchen etwas von deiner Umgebung zu begreifen; dein herzförmiges Gesicht – als ob du nicht genau wüßtest, daß dein Leben nicht im Zeichen des Herzens steht – wird einfallen. Du wirst unsere Patientin sein. Solche Dinge sind mir äußerst wohlbekannt. Erinnerst du dich – was zog der junge Mann vor, zuerst zu essen: Brot oder Kuchen? Kuchen oder Brot?

Ihr Stimmung begann sich zu trüben. In ihren Träumen erschien sie sich selbst besser als in Wirklichkeit, freigebiger, weniger berechnend, schwieg nicht so oft, log nicht. Doch im Spiegel zeugte ihr Gesicht von etwas weniger Gutem, als sie empfand, weniger angenehm. Ein gezwungener Ausdruck umschattete ihre Augen, Schläfen, sogar ihre

Lippen, auf deren Anflug von Sinnlichkeit (wenn es denn wirklich Sinnlichkeit war) sie insgeheim stolz war. Kein Mensch liebt mich, und kein Mensch will mich! Auch gab es um die Lippen herum Anzeichen von Schüchternheit und Verschlossenheit. Papa hat vergeblich versucht, mich zeichnen zu lehren. Ich muß am Abend wieder mehr ausgehen, Leute treffen ... Manchmal war sie betroffen vom Anblick irgendeines jungen Mannes, dessen gutes Aussehen sie erschütterte, und dann konnte sie nicht aufhören, an ihn zu denken. Doch diese Stürme zogen schnell vorüber und hinterließen nur belustigte Verwunderung in ihr, und inzwischen tauchten sie nicht einmal mehr ansatzweise auf.

Draußen herrschte ihr Lieblingswetter: Die Straßen nach dem Regen, noch triefend vor Nässe; Bürgersteige und Wege funkelten, die graue Luft glänzte, barg eine untergründige Emotionalität in sich, wie starke Trauer; und die Manestraße war ganz besonders erregend bei solchem Wetter – breit und großzügig, und zwischen den Häusern Dutzende kleine, etwas verwilderte Gärten, durch die man hindurchspazieren konnte, als machte man eine Wanderung, die Straßenmündung in die Dubnovstraße und dahinter die Hügel, die von den Fenstern aus zu sehen waren. Der Verputz ihres Hauses war weißer gekalkt als der der anderen Gebäude. Bei einem solchen Wetter wäre es gut gewesen, auf den Pfaden, neben den Häusern, im Park, mitten auf der Straße zu tanzen. Die Luft forderte einen dazu auf, hohe, kräftige Sprünge zu machen, gefährlich im Kreis herumzuwirbeln, doch ein solcher Tanz wäre ihr peinlich gewesen, sogar wenn ihn nur Vögel und Schmetterlinge beobachtet hätten.

Frau Janovskys Kanarienvogel sang sein Vesperlied in dem Käfig, der am Fenster hing. Von unten wirkte er wie ein winziger zappeliger Fleck in der hinteren Ecke des Käfigs. Ein Roller – er sang, ohne den Schnabel zu öffnen. Möglich, daß seine Stimme nicht so perfekt war, wie Frau Janovsky gerne erzählte, vielleicht war er kein eifriger Schüler gewesen, vielleicht hatte man den Ruhm des Lehrers übertrieben, oder es war in der Manestraße nicht möglich, den kleinen Raum, in dem er seine entscheidenden Unterrichtsstunden erhielt, komplett schalldicht zu machen. Doch sein Gesang brachte ihr die gute Laune zurück, denn ihr fielen die Ausflüge ein, die sie als Kind mit ihrem Vater und ihrer Mutter unternommen hatte, die Stimmen der Hörspiele im Radio und die sonnenbeschienene Waldlichtung, bestrichen von einem leichten, stillen Wind, das Zwitschern der Vögel, das langsam und schläfrig aufklang – ein Bild, das sie stets begleitete, von unveränderlichem Glanz. Doch wenn sie das Bild noch einen Augenblick fortführen wollte, sich das Waldesinnere vorstellen, das Gras, die Schmetterlinge, die Äste der Bäume, den Wind, verschwand es sofort. Es war unmöglich, es auch nur für eine Sekunde länger festzuhalten, auszudehnen – wie in Filmen. Es war ein kleines Erinnerungsbild, einzigartig fragil und kurzfristig. Das Rascheln der Blätter ... Vielleicht würden böse Stunden aus ihrer Jugend wieder zurückkehren, jodbefleckte Stunden im Grellorange der Tinktur, mit der die Wunden eingepinselt wurden. Und dann würde es wieder in ihren Eingeweiden knurren, wie aus einer Puppe würde jemand aus ihr sprechen, mit ihrer Stimme, ich hasse euch ... hasse euch ... ihr habt mich erniedrigt ... wieder und wieder ... ihr habt meine Kraft gestohlen, meine Unversehrtheit ... ich hasse euch. Aber eines Tages werde ich mich rächen, der Tag wird kommen ... und wieder würden diese Worte von Stöhnen, Murmeln und einem sonderbaren Rasseln begleitet sein, das wie gegen ihren Willen aus ihr herausbräche. Etwas in ihr würde toben und brüllen ... Jemand würde aus ihr sprechen, ihr Mund würde Frösche speien, Kröten und kleine Schlangen, wie in den Märchenbüchern. Dutzende Schmetterlinge schwebten über ihren Köpfen, paarweise, wie in einem Feentanz, leicht, schillernd, hier und da von einem Lichtstrahl erfaßt wie im Scheinwerfer, und die Kinder auf der Wiese wirkten lächerlich und bewegend, wie der Mensch immer erscheint, wenn neben ihm ein Schmetterling tanzt. Das Traumgespann einer Nacht. Im ersten Traum hatte sie die Liebkosungen des tiefgebräunten Jungen am Strand genossen, die Zärtlichkeiten von July Rieti und sogar die ihres Lehrers für Bibelkunde, den sie im Wachzustand absolut nicht anziehend fand, und im zweiten Traum, der sich gleich daran anschloß, verfolgten sie gefährliche Tiere in Indiens Dschungeln, Nazis fingen sie im Schnee und schleppten sie zum Verhör, Wilde aus Äquatorialafrika trafen Vorbereitungen, sie ihren angenagelten Götzen zum Opfer zu bringen. Für die entzückenden Vergnüglichkeiten unter den Händen des Strandjungen oder den Blick der streichelnden, durchtriebenen Augen July Rietis bezahlte sie mit grauenhafter Angst vor Foltern und Zerstückelung.

Je stärker die Glut der Sonne wurde, desto falscher sang der Kanarienvogel. Er war ein erstklassiger Kanarienvogel, und es war kaum zu glauben, daß er irgendeinen Defekt in seinem Gehör oder seiner Kehle haben sollte. Nur schlechter Unterricht konnte solche Fehler verursachen, nur eine Mischung aus allerlei Gelärme, Zwitschern, Kreischen und plötzlichem Rascheln. Armer Kanarienvogel!

Auf der Straße ging Frau Wechter mit ihrem Hund spazieren – führte ihren Hund spazieren, wie Dr. Isaak Perez in den Stilkundestunden lehrte. Früher, noch zu Lebzeiten ihres geliebten Rexi, pflegte Frau Wechter Geschichten über Hunde zu erzählen, die sich märchenhaft anhörten: Ein Hund in der Jehuda-Halevi-Straße ging immer allein zum Schlachter, und der gab ihm Fleisch, das er für ihn aufhob, und der Besitzer des Hundes, Frau Wechters Zahnarzt, bezahlte ihn monatlich. Der Metzger zog jedesmal, wenn der Hund kam, einen Kreidestrich an der Schrankkante, und einmal sah der Hund, daß der Metzger zwei Striche machte, und sofort schnappte er sich noch ein Stück Fleisch, das auf der Theke lag, und gab es nicht mehr her – obwohl der Metzger versuchte, ihn zu schlagen – und machte sich mit den zwei Fleischstücken im Maul aus dem Staub. Doch nicht nur klug und gewitzt waren die Hunde, nicht nur ein phantastisches Wahrnehmungsvermögen hatten sie, sondern auch ein goldenes Herz. In der Kleinstadt, in der Frau Wechter geboren wurde, gab es einen Hund namens Othello, ein Hund schwarz wie Pech, ein Bastard, der lernte, die Eier aus dem kleinen Hühnerstall einzusammeln. Hingebungsvoll tat er sein Werk und brachte die Eier mit großer Behutsamkeit nach Hause. Eines Tages brachte er ein Ei, das größer war als gewöhnlich, doch er trug es nicht wie sonst in die Küche, sondern legte es auf einen Stuhl im Gästezimmer, und er selbst ließ sich neben dem Stuhl nieder und fing zu jaulen an. Als die Hausbewohner herbeikamen, sahen sie ein Küken, das aus dem Ei auszuschlüpfen versuchte, und Othello leckte an dem Ei und half ihm dabei. Und als das Küken ans Licht der Welt gekommen war, hob Othello es auf und legte es in einen kleinen Korb, und von jenem Tage an hütete er das Küken, und wenn sich ihm jemand näherte, bellte er wild und fletschte die Zähne. Nachdem Rexi gestorben war, hörte Frau Wechter auf, Hundemärchen zu erzählen – als er dahinschied, nahm er sie mit ins Grab. Nun erzählte Frau Wechter nur noch von gemeinen Hunden, die mit ihren schlechten Eigenschaften und ihrem schändlichen Benehmen kaum anders als die Menschen waren: heuchlerische Hunde, kriecherisch, eben menschlich in ihrer Niederträchtigkeit, und dazu zählte auch ihr neuer Hund, Rexis Erbe.

– 5 –

Richter Rieti liebte es, seine Urteile in gestochenem Hebräisch abzufassen, und noch mehr, seine Konzepte niederzuschreiben, Seiten um Seiten edlen Papiers mit dichtgedrängten geraden Zeilen unschuldiger Schrift zu füllen. Rieti war ganz versessen auf Schreibutensilien und

Papier jeder Art und Sorte, interessierte sich für Graphologie, wenngleich heimlich, und pflegte zu sagen, halb im Scherz, halb im Ernst, daß das Sprichwort »es ist nicht alles Gold, was glänzt« keine Gültigkeit besitze, was Gerichtsurteile und -dokumente generell betreffe, denn »hier spiegelt der Glanz der Form die Reinheit des Inhalts wider.«

Die Schubladen des ausladenden Schreibtisches in seinem Arbeitszimmer waren voller Karton- und Papierbögen, hauchdünne und beinahe transparente, sowie dicke und leicht angerauhte, auf denen man gerne mit dem Füllfederhalter verweilte, und darunter wiederum solche Bögen mit luftig bläulichem Ton, deren eingeprägte Wasserzeichen Rieti immer hingebungsvoll und ausgedehnt musterte, wobei er das Papier zwischen seinen beiden Händen, jeweils zwischen Daumen und Zeigefinger gefaßt, gegenüber dem Fenster spannte. Auf der Tischplatte stand in königlicher Pracht ein Tintenfaß, am rechten Eck war ein ovaler Bleistiftspitzer befestigt, der jedesmal, wenn Rieti einen Bleistift hineinsteckte und schnell und geübt an der kleinen Kurbel drehte, ein sanftes Mahlgeräusch ertönen ließ. Mit gespitzten Bleistiften, die wie ein riesiges Stachelschwein aus dem Kupferbecher ragten, der neben dem Tintenfaß stand, notierte Rieti in hauchfeiner Schrift seine Anmerkungen auf den Rändern der dichtgedrängten Seiten der Urteilssammlungen. Zwei Tintengefäße waren leer und ausgetrocknet, und in dem zylindrischen Kupfergestell steckte ein langstieliger Kugelschreiber, von der Sorte, wie sie in Hotels neben dem Gästebuch liegen. Rieti schrieb nie mit diesem Stift, er diente ihm als Taktstock, wenn er Musik hörte. Alle seine Freunde und Kollegen wußten um seine große Liebhaberei zu Schrift- und Schreibkultgegenständen (wie er seine Stifte und Papiere liebevoll bezeichnete). Die Stenotypistin erzählte jedem, der es hören wollte, daß einmal, auf dem Höhepunkt eines der schwierigsten und kompliziertesten Prozesse, bei denen er zu Gericht saß, seine Ehren, der Richter, die Aussage des Angeklagten für einige Augenblicke unterbrach und sie an sein Pult zitierte, um sich einen neuen Stift anzuschauen, den sie an jenem Morgen mitgebracht hatte.

Von der reichen Palette an Füllfederhaltern, die in dem flachen Geheimfach seines Schreibtisches lagen, teilweise in ihren Originalhüllen, schrieb Rieti nur mit dreien wirklich gerne. Die übrigen holte er immer heraus, probierte einen für ein paar Monate, prüfte den Tintenfluß und die Elastizität ihrer Federn, indem er einen einzigen tintennassen Strich auf einem Bogen glatten Papiers zog, und wenn er sah, daß sie Gefahr liefen einzutrocknen, schrieb er einen kurzen persönlichen Brief oder einen Vermerk für einen Beamten bei Gericht damit. Er wachte akribisch über die Unbefangenheit seiner Liebe zu seinen Schreibutensilien und erforschte niemals – auch wenn er manchmal versucht war, es zu tun – die Geschichte der verschiedenen Modelle seiner Schreibstifte und entwickelte keinerlei Interesse an den berühmten Produktionsstätten von Füllfederhaltern.

Doch über seine drei Lieblingsfüller wußte der Richter alles, als weigerte er sich, sie ohne Biographie zu lassen: Sein *Parker* war der bekannte ›51er‹, fast das gelungenste und berühmteste von allen Modellen dieser namhaften Firma; der *Mont-Blanc* war ein seltenes Fabrikat aus dem Jahre 1947; der *Waterman* war ein noch rareres Exemplar, ohne Jahresangabe, der ganz erstaunlicherweise hier, im Palästina der Mandatszeit produziert worden war, in einer kleinen Fabrik in Jerusalem. Die drei auserwählten Füllfederhalter Rietis hatten ihre jeweils besonderen Vorzüge, doch jeder hatte auch einen ärgerlichen Defekt, der irreparabel war. Der Plastikkörper des *Parker* war angenehm im Griff und verlieh der schreibenden Hand ein vornehmes Aussehen. Rieti liebte die hauchzarte kleine Feder, die auf raffinierte Weise verdeckt war, so daß beim Betrachten des Füllers nichts als ein winziger goldener Fortsatz herausragte, der eine einheitliche gerade Linie produzierte, die ungestört blieb, auch wenn Rieti schnell schrieb und die Buchstaben miteinander verband. Doch zu des Richters Leidwesen war die Tintenrinne abgenutzt, und manchmal ließ der Füller plötzlich einen schweren Tropfen fallen, der Finger und Papier befleckte. Der *Mont-Blanc* glänzte mit dem weißen Sternchen, seinem berühmten Markenzeichen, und den drei goldenen Ringen, die die Kappe zierten, zwei schmale und ein breiterer, auf dem mit stilisierten Buchstaben der Name eingraviert war. Der Körper des Füllers war aus schwerem Bakelit hergestellt, und Rieti hatte das Gefühl, daß er die Schrift mit einer Art mysteriösen Ernsthaftigkeit inspirierte, die Handschrift sogar leicht veränderte; schrieb er mit diesem Füllfederhalter, neigte er dazu, das ›a‹ schön zu runden und gewisse Buchstaben, die ansonsten in seiner Handschrift kaum zu unterscheiden waren, klar und ordnungsgemäß voneinander abgesetzt auszuformen. Die große Schwäche des *Mont-Blanc* lag in seiner eleganten goldenen Schreibfeder, die derart weich war, daß sie sich manchmal unter dem Druck spreizte und sich mit einem äußerst unschön knirschenden Geräusch bei jeder Unebenheit des Papiers wieder schloß, wobei kleine Tintenspritzer über den Bogen sprühten. Daher war Rieti gezwungen, wenn er den *Mont-Blanc* zum Schreiben auserwählt hatte, immer den Füller zu wechseln, da er mit selbigem nicht unterschreiben konnte. Der Jerusalemer *Waterman* besaß seine besondere Liebe, und er steckte normalerweise in der Innentasche seines Jacketts. Es war ein kleiner, schwarzer Füller mit flacher Kappe; die kleine Metallklemme mit dem Silberknöpfchen an der Spitze war stark und steif und ließ jedesmal, wenn er aus der Jakkentasche gezogen wurde, ein trockenes Schnappen hören. Mit diesem Füller pflegte der Richter zu unterschreiben, und im Vertrauen auf die Stärke der schlichten, grauen Stahlfeder zögerte er nicht, sie kräftig aufs Papier aufzusetzen.

Auch dieser spartanische Füller hatte jedoch einen Makel: Sein Kunststoffgehäuse war hitzeempfindlich, und manchmal, ausgerechnet dann, wenn der Richter unterschreiben oder in dringlicher Eile etwas notieren wollte, weigerte sich die Kappe, sich vom Gehäuse abziehen zu lassen, und aus dem Schwung der energischen Hand des Richters wurde die lächerliche Bemühung, seinen *Waterman* aufzuschrauben. Füllfederhalter! Vergeblich zählte er immer bis fünfzehn, bevor er sie beim Nachfüllen aus der Tinte zog, umsonst machte er sich die Mühe, sie häufig aufzufüllen, die Tinte sogar wieder in das Faß zu entleeren, um sie danach von neuem einzufüllen, vergebens kaufte er die *Pele-Kan*-Gläschen, das Tintenwunder, das angeblich dem Landesklima angepaßt war ...

Das Essen war fertig. Als das Klingeln ertönte, legte Rieti den *Waterman* aus der Hand und öffnete Maddi die Tür.

Das Gästezimmer erstrahlte in Festbeleuchtung, in jedem Eck ein Leuchter. Rieti hatte sich daran erinnert, daß Maddi einmal erwähnt hatte, die dunklen Ecken des großen Raumes hätten etwas Trauriges, Bedrückendes.

»Einen Augenblick noch«, sagte er.

Maddi trat in die Bibliothek und musterte die Neuerwerbungen religiöser Schriften und Fotobände, die monatlichen Tanzzeitschriften und das Regal mit der antisemitischen Literatur, das sich in der letzten Zeit stark gefüllt hatte. Auch ihr Vater hatte ein solches Regal, allerdings las er die Bücher nicht, und der bloße Anblick der Bände erfüllte ihn bereits mit Zorn.

Es war ein angenehmes Gefühl, sich an den gedeckten Tisch zu setzen, mit den Tellern mit Blumenmuster, der blütenweißen Tischdecke und den hohen, schlanken Glaskelchen. Maddi trank ihren Wein mit kleinen Schlucken, sie wollte sich mit Rieti unterhalten und dachte, auf diese Weise würde auch er langsam trinken, denn wenn er etwas getrunken hatte, wurden seine Antworten immer so schnell, daß sie sie nicht mehr verstehen konnte.

»Was gibt es Neues bei dir? ... Ich sehe dich gar nicht mehr in letzter Zeit.«
»Immer erzähle ich. Und du erzählst mir überhaupt nichts von dir.«
»Aber was würdest du denn gerne wissen?« fragte Rieti verwundert.
»Du vermeidest es, von dir selbst zu erzählen. Ich weiß.«
»Es gibt einfach nichts Interessantes bei mir.«
»Du vermeidest es absichtlich.«
Rieti zögerte einen Moment und schenkte sich noch Wein nach.
»Vielleicht. Aber der Grund ist ganz einfach. Es gibt Menschen, bei denen ich immer dazu neige, schlecht über mich selbst zu reden. Nachher bedaure ich das, und dann belastet mich das dem Menschen gegenüber, vor dem ich mich so dumm benommen habe.«
»Und bei welchen Menschen ist das?«
»Menschen, deren gute Meinung über mich mir wichtig ist, sowie Menschen, die ich aus tiefstem Herzen verachte.«
»Dann redest du also nie von dir selbst?«
»Nein.«
»Niemals?«
»Wenn ich mich beherrschen kann. Ich habe dir von der Reise nach Italien erzählt.«
»Von der jungen Zauberin ...«
»Von der jungen Zauberin. Und ich habe dir von den Nachstellungen Frau Maiblums erzählt.«
»Du vertraust mir nicht.«
»Wichtig ist, daß es mir gelungen ist, das Unbekannte auf nur zwei Generationen zu reduzieren. Dieser Mann, den ich gesucht habe, lebt tatsächlich in Triest, wie ich vermutet hatte. Das ist ein verblüffendes Zusammentreffen von Zufällen. Vor einem Monat stattete ich Rubins Geschäft einen Besuch ab, um nachzuschauen, ob er nicht etwas Neues in Sachen Ballett hätte, und er sagte mit einem geheimnisvollen Lächeln, er habe eine Mappe für mich. Er schlägt sie mit seinen rheumatischen Fingern auf, und was sehe ich? Zwei Entwürfe zu Stravinskys *Feuervogel*! Ich blättere mit gestellter Gleichgültigkeit herum, doch Rubin sagt: Sie müssen kein Pokerface aufsetzen, ich weiß ganz genau, welchen Wert diese Skizzen für einen Sammler wie Sie haben. Ich beschloß, offen mit ihm zu sein, und sagte, daß ich das Geld nicht hätte, um diese Blätter zu kaufen, und auch von den Büchern, die ich immer zu ihm brächte und die er zu öffentlichen Verkäufen in alle Welt verschicke, sei mir nur noch eines, bloß ein einziges geblieben, was ich ihm jedoch für die Skizzen zu geben bereit wäre. Es sei kein besonders altes Buch, allerdings eine Rarität – es

gebe nur noch zwei oder drei weitere Exemplare davon. Der Mann, der es drucken ließ, durchwanderte halb Europa, bis er die nötige Summe für die Veröffentlichung gesammelt hatte. Kommen Sie, wir machen ein Tauschgeschäft, schlug ich Rubin vor, und ich bin sicher, daß Sie auch diesmal keinen Verlust erleiden werden. Das ist das letzte der Bücher meines Großvaters, und ich wollte mich eigentlich nicht davon trennen, doch für diese Skizzen bin ich dazu bereit. Wie ich sehe, hat der *Feuervogel* Ihre Gewissensbisse in Rauch aufgehen lassen? hat Rubin zu mir gesagt, und was ist mit *Erleuchtung der Augen*, wann kommt dieses Buch bei mir an? Niemals, war meine Antwort. Und was ist, sagt Rubin, wenn ich Ihnen die beiden mittleren Seiten der Partitur Stravinskys mit Zeichnungen von Bakst besorge – fünf Skizzen auf diesen beiden Blättern und noch einige Kritzeleien auf den äußeren Seiten? Sie scherzen, sage ich, solche Seiten gibt es nicht. Ob es sie gibt oder nicht – antworten Sie mir! Bevor ich ihm das Buch im Austausch für den *Feuervogel* brachte, habe ich mir zum erstenmal die Anfangsseiten genauer angeschaut: Einer der Spender für die Drucklegung war ebenjener Meschulam Ottolenghi, nach dem ich so heftig gesucht hatte. Er war verheiratet und hatte zwei Söhne. Nun bleibt nur noch, die Spuren seines Sohnes und Enkels zu finden, und mein Stammbaum, mit allen seinen Zweigen, wird komplett sein. Nur zwei Generationen! Noch ein bißchen Herumstöbern in Gemeindebüchern, ein paar Tage in Jerusalem, ein oder zwei Briefe nach New York ...«

»Und das alles für July?«

»Ich bin überzeugt, wenn ich eines Tages bei ihm in New York auftauche und ihm seinen Stammbaum zeige, wird das Eindruck auf ihn machen: Ärzte, Navigatoren, Generäle, Spione, Philosophen und Revolutionäre. Und alle sind Glaubensgenossen geblieben!« sagte Rieti mit dem finsteren Eigensinn, mit dem er immer über dieses Thema sprach, ganz genau wie ihr Vater. »Ich habe keinem Menschen von diesen Nachforschungen erzählt.«

»Ich glaube nicht, daß dieser Stammbaum auf July Eindruck machen wird.«

»Es waren interessante Menschen, und man kann stolz auf sie sein. Und July hat es geliebt, die Bücher anzuschauen, die mein Großvater als Preis in seiner Schule erhielt.«

»Aber dieser Baum wirkt verdächtig. Du weißt von einem Rossi, der aus einer der kriegsgefangenen Familien Titus' kam. Du hast deine Familiengeschichte bis zu einem bestimmten Menschen erforscht ... Jetzt mußt du die Lücke füllen ...«

Daß ihm Snobismus und Schwindel unterstellt wurden, rief in Rieti leichten Zorn hervor. Die Geschlechterlinie zu den Rossi war ihm egal, er war der Ansicht, daß ihr Name eigentlich daher kam, daß sie Textilfärber waren, doch auf die Verbindung zu Azariah legte er großen Wert. Die Geschichten seines Großvaters hatten das bewirkt. Der Mann, der von einem finsteren Rabbiner aus Zefat, dem Verfasser des *Schulchan Aruch*, angegriffen worden war, der sein Buch zu verbrennen befahl – er war der Auslöser für Rietis Liebe, und das schreckliche Unrecht, das die fanatischen Religiösen einem seiner Vorväter angetan hatten, entzündete in ihm die Feindseligkeit gegenüber dem orthodoxen Judentum.

»Wenn ich meinen Nächsten oder mich betrügen wollte, wie du andeutest«, sagte Rieti, »bräuchte ich solche Schliche? Es gibt schließlich Bücher, bei denen der Verfasser, der Rabbiner, der die Zustimmung erteilte, der reiche Gönner, der das Geld für die Veröffentlichung gab, der Korrektor – alle aus der Familie Rieti oder Rieti-Formiggini waren. Ich hatte eine Fülle an Vorvätern. Das war eine Gesellschaft, die sich begeistert schriftstellerisch betätigte, diese italienischen Juden. Und das alles, ohne mich viel anzustrengen, einfach ein kurzes Blättern in Katalogen des neunzehnten Jahrhunderts, das hätte ausgereicht, um die Lücke innerhalb einer halben Stunde auszufüllen.«

Rieti breitete einen dicken Papierbogen vor ihr aus, auf dem ein gigantischer Baum gemalt war, in dessen Laubwerk zahlreiche Namen prangten, mit feiner Feder in unterschiedlichen Farben geschrieben. Wappen von ihr unbekannten Städten waren neben jeden Namen gemalt. Diese Namen, in grüner, blauer und roter Tinte, wirkten wie kleine Blüten im Dickicht der Äste und Zweige. Der Name am Fuße des Baumes stammte aus dem Jahre 1502, und an den Rändern des Bogens waren die Namen Julys, seiner Frau Sharon und ihrer Tochter Hanna verzeichnet.

Es hatte etwas Trauriges an sich, dieser große Bogen, die Art von Traurigkeit, die alte Rechnungsbücher verbreiteten, die manchmal in Tel Aviv neben den Zäunen und Mülltonnen herumlagen. So viel Sorgfalt und unschuldige Schrift, Augenmerk auf die Tinte, die Feder! Die Bücher, durchweicht vom Regen und Schlamm, verblichen von der Sonne, mit ihren schweren Umschlägen, Ledereinbände mit dünnen Metallecken, erschienen einem wie verraten.

»Und was sagst du dazu, Maddi?«

»Viele Tote«, erwiderte Maddi.

Der Richter fühlte sich wieder getroffen: »Alles, was wir hier sind, waren diese Menschen. Ich bin sicher, daß in mir keine einzige Eigenschaft ist, die nicht von ihnen stammt. Und wenn es mir manchmal scheint, daß es andere Eigenschaften in mir gibt, dann ist das nur aus Unwissenheit. Die Heiligen von früher hatten ein großes Talent: den Blick direkt ins Herz hinein, die doratische Eigenschaft. Wäre ich auch nur mit einer Spur davon gesegnet, wäre ich sehr böse auf dich, Maddi.«

»Es tut mir leid. Es ist wirklich ein schöner Baum.«

»Das ist nicht anständig!« sagte Rieti, immer noch verärgert. »Nie wäre mir eingefallen, daß ich von dir so etwas zu hören bekäme. Mein Großvater war es, der mir von unserer Abstammung erzählte, und das hat meine Phantasie entzündet. Mag sein, daß ich mich zu der Zeit, als er mir das erzählte, ein wenig nackt fühlte, und daß das, was er mir über Azariah erzählte, mein Herz eroberte. Doch mein Großvater hätte mir das nicht einfach so erzählt. Ich kannte ihn sehr gut.«

»Ich habe nur gesagt, daß July davon nicht beeindruckt sein wird.«

»Du hast ihn kaum gekannt. Du warst noch ein kleines Mädchen.«

»Ich war bereits kein kleines Mädchen mehr, und ich glaube, ich verstehe ihn ganz gut. Er ist glücklich in Amerika mit seiner Frau und seiner Tochter.«

»Vielleicht«, flüsterte Rieti.

»Trink nicht zu viel. Ich möchte mich heute abend mit dir unterhalten.«

»Ich trinke nicht viel.«

»Wir haben erst die Pasta gegessen, und du hast schon drei Viertel der Flasche geleert.«

»Nein, nein. Ich werde nicht betrunken von diesem Wein.«

»Ich weiß, daß du nicht betrunken bist. Du warst der einzige, der gegen meine Hochzeit mit Tomar war, und eigentlich hast du mich sogar davor gewarnt, ihn zu heiraten. Mein Vater war nicht begeistert, aber nur du hast es geahnt. Ich möchte wissen, was genau du gedacht hast.«

»Ein Gefühl mangelnder Stimmigkeit, wie bei Kleidern ... in den Farben ... was gibt es da zu erklären ...«

»Ein Nichtübereinstimmen von Kleidern kann man erklären ...«

»Ich fand ihn langweilig. Ich dachte, nach einer Weile würde er anfangen zu schweigen oder Vorträge zu halten, du könntest das Gähnen nicht verbergen und er wäre beleidigt. Ich dachte, es würde nicht sehr lange dauern, bis sich deine Überlegenheit bemerkbar machte, und das würde ihm nicht gefallen.«

»Du warst sicher, ich würde ihn verlassen?«

»Im Gegenteil, ich dachte, du bliebest für immer mit ihm zusammen, auch wenn du ihn nicht lieben, sogar hassen würdest. Ich glaubte, du würdest bei ihm bleiben, aus Eigensinn, wie die Frauen, die dem Geliebten treu bleiben, der sie verlassen hat, oder dem toten Ehemann.«

»Dann warst du also froh, als ich mich scheiden ließ?«

Rieti seufzte und wiegte seinen Kopf, was zweierlei bedeuten konnte.

»Was meinst du?«

»Ich werde das Kalbfleisch servieren.«

Einige Augenblicke aßen sie schweigend.

»Vielleicht kannst du mir etwas über deine Vergangenheit erzählen«, sagte Maddi schließlich.

»Ich erinnere mich nur an unsinnige und traurige Dinge«, erwiderte Rieti.

»Dann eben unsinnige und traurige.«

»Ich vermeide es, daran zu denken. Als ich jung war, war ich ein wenig verrückt.«

»Warum erzählen nur langweilige Menschen von ihrer Vergangenheit? Mein Vater weicht ständig aus. Bis jetzt habe ich es nicht fertiggebracht, ihm mehr als ein paar wenige Geschichten aus der Nase zu ziehen. Und jetzt du. Erzähle mir etwas Erbärmliches und Trübseliges.«

»Ich weiß nicht, was ...«

»Bitte, Rieti, bitte!«

»Ich werde dir etwas erzählen, das mir als junger Mann in Paris widerfahren ist. Genügt dir das?«

»Ja, das ist sehr passend«, sagte Maddi.

Rieti rollte den Stammbaum ein, band ihn mit einer braunen Schnur zusammen, und dann erzählte er:

»Zuerst mußt du wissen, daß ich dort einsam war. Ich hatte mein Jurastudium beendet und kam nach Paris, um mich zu qualifizieren. Ich war einsam, und die Einsamkeit und das Angewiesensein auf Hilfe bewegen den Menschen zu sonderbaren Dingen. Ich kannte dort nur einen Journalisten, ebenfalls italienischer Abstammung, der als Gerichtsreporter bei einer Zeitung arbeitete. Nie habe ich einen jener Menschen gesehen, über die man jetzt Bücher und Erinnerungen schreibt. Ich war allein: öffentliche Parks, Lokale, Ballett. Eines Tages kam ich zu meinem Bekannten, dem Journalisten, sein Name war Emilio Pecchio, ein Name, der die Franzosen aus irgendeinem Grunde belustigte, und ich fand eine ganz entzückende Frau bei ihm vor, mit dem, was die Amerikaner ›Sex-Appeal‹ nennen, was es allerdings nicht genau trifft, denn diese Bezeichnung hat etwas zu Körperliches und Zügelloses. Ein französischer Erzähler nannte ein solches Lächeln cythéreïque – ein geheimes, sinnliches Lächeln, ein Lächeln der Insel der Liebe. Ein relativ langes Gesicht, dunkles Haar, wunderbarer Teint, schöne Hände. Doch eigentlich war ihre Schönheit schlichter Natur, und nur wenn ich einen großen Maler mit hehren Schönheitsprinzipien gekannt hätte, einen Maler, der in seinen Bildern keinerlei Zweideutigkeit zuließ, dann hätte ich ihn gebeten, sie zu malen. Ihre Schönheit war schlicht – es ist wichtig, daß du dies begreifst. Mein Bekannter, Emilio, der sah, welch tiefen Eindruck diese Frau auf mich machte, versuchte mir dabei behilflich zu sein, mit ihr ins Gespräch zu kommen. Sie erzählte mir, sie sei eine Holländerin aus Maastricht, habe früher schon einige Zeit in Paris gelebt, mit ihren Eltern, und nun sei sie gekommen, um Vorlesungen zu hören. Ich hatte nie zuvor eine Holländerin getroffen, und sie sah auch nicht aus wie die Holländerinnen in meiner Vorstellung.

Plötzlich fragte sie mich: Haben Sie warme Hände? Und bevor es mir gelang, darauf zu antworten, legte sie ihre Hände in die meinen. Ihre Hände waren derartig kalt, daß ich nahezu hochfuhr. Ich hielt ihre Hände zwischen den meinen, bis sie warm geworden waren. Das war alles. Ich war benommen, und sie war sehr zartfühlend. Es vergingen zwei, zweieinhalb Wochen. Eines Tages weckte mich Emilio frühmorgens und sagte, er müsse für einige Zeit im Auftrag der Zeitung verreisen, denn es sei irgendein Mord geschehen, der hohe Wellen schlage. Er habe gesehen, so sagte er, daß ich an Anneke – ich erinnerte mich nicht einmal an ihren Namen, so betört war ich – Interesse gefunden hätte, und schlage mir vor, mich ein wenig ihrer anzunehmen, und falls meine Vermieterin zustimme, solle ich sie sogar dazu auffordern, bei mir zu wohnen, denn sie habe momentan keine Wohnung. Er selbst würde in ein Hotel ziehen, auf monatlicher Basis, und müsse die Schlüssel seiner Wohnung zurückgeben. Wie unterschiedlich der Wert der Geschöpfe in unseren Augen ist, dachte ich, aber seine Worte erschienen mir nicht seltsam, denn sie entsprachen seinem Charakter. Emilio pflegte sich der Frauen schnell, kaltblütig und geübt zu entledigen. Und dennoch, etwas an seinem Vorschlag erregte mein Mißtrauen. Es war ihm anzusehen, daß ihm selbst nicht wohl dabei war. Und Anneke war nicht gerade die Frau, auf die man mit solcher Leichtigkeit verzichtet ...

Ich bat ihn, mir von ihr zu erzählen, doch er wich aus und sagte, er habe sie vor etwa einem halben Jahr kennengelernt, habe Paris zweimal verlassen und sie bei seiner Rückkehr wiedergefunden, doch jetzt müsse er abreisen. Ich weiß nicht weshalb, doch ich war verwirrt. Und dann sagte Emilio, sie sei eine strenggläubige Katholikin, sie gehe einige Male in der Woche zur Beichte und bete jeden Tag. ›Da ist etwas, das du mir nicht erzählst‹, sagte ich zu ihm. Worauf er antwortete: ›Ich kann dir nichts sagen, ohne dir Unruhe und Kummer zu verursachen, und ich bin mir auch nicht sicher in dem, was ich dir sagen kann. Wenn ich könnte, wenn ich wüßte, wie ich es und was ich sagen sollte, würde ich dir alles erzählen, was du willst, aber es hat keinen Sinn. Ich muß verreisen, und du bist ein Mensch mit Herz, ein gründlicher Mensch, der Bücher von Anfang bis Ende liest, und sie gefällt dir. Wenn du ihr nicht helfen kannst, dann kann es keiner.‹

›Helfen?‹ fragte ich ihn. ›Ist sie krank?‹

›Du versuchst umsonst, meine Zunge zu lösen‹, sagte mein Freund Emilio, ›ich werde dir nichts sagen. Willst du sie aufnehmen oder nicht?‹

›Und will sie?‹

›Ich habe ihr von dir erzählt, und sie sagte, du seist stark wie ein Fels, und sie vertraue dir.‹

›Ich? Stark? Und sie vertraut mir?‹

›Genau das hat sie gesagt.‹

›Und wann wird sie kommen?‹

›Ich bringe sie am Nachmittag her.‹

›Aber man muß ein Zimmer für sie herrichten, die Vorhänge austauschen, saubermachen.‹

›Unsinn‹, sagte Emilio. ›Sie ist ein einfaches, nettes Mädchen. Wenn es nötig ist, wird sie sich um Vorhänge und solche Dinge kümmern. Hast du genug Geld?‹

›Wofür?‹ fragte ich erschrocken.

›Nur so, zum Leben.‹

›Ja, ich habe genug Geld zum Leben‹, sagte ich zu ihm. Doch es machte mir Angst, daß er mir Geld anbot.

Gegen Abend war Anneke bei mir in der Wohnung, in der Rue des Carmes, eine Straße, die vom Boulevard Saint-Germain zum Panthéon hinaufführt. Und damit du verstehst, was nachher geschah, mußt du bedenken, daß meine Liebe zu ihr erschütternd war. Nicht umsonst hatte sie ein Lächeln von der Insel der Liebe. Doch sie hatte auch einen kontinuierlich leidenden Zug an sich, als quälte sie ein einziger Gedanke. Zu Anfang, in meiner Begeisterung, störte mich das überhaupt nicht. Jene berühmten tausend Küsse waren unsere Küsse, und vielleicht war sogar ihr leidendes Wesen in gewisser Weise faszinierend. Ich vermochte kaum das Haus zu verlassen, um zur Arbeit in dem Rechtsanwaltsbüro zu gehen oder eine Zeitung zu kaufen. Anneke liebte es, in den Parks neben Springbrunnen zu sitzen, ins Kindertheater zu gehen und in hübschen Lokalen zu Abend zu essen. Untertags aß sie nichts. Allein ging sie nicht zu ihren Vorlesungen, nur wenn ich sie begleitete, und ich muß zugeben, daß ich mich darüber freute, denn ich war sehr eifersüchtig und fürchtete die ganze Zeit, daß sie mir eines Tages abhanden käme und nicht mehr zurückkehrte, daß sie mir jemand auf einer der Straßen von Paris wie ein Blume wegpflücken würde.

Zweimal lud ich ein paar meiner Bekannten zu einem Abendessen mit ihr ein, und alle fanden ihre Gesellschaft angenehm, ebenso wie sie es genoß. So vergingen drei Monate, vier und fünf. Eines Tages fuhren wir aus der Stadt hinaus. Ich fotografierte viel, und es lagen noch viele freie Stunden vor uns. Unterwegs stiegen wir in einem kleinem Hotel ab, und während des Abendessens sagte sie etwas, das mir sofort kalt und heiß zugleich werden ließ, ganz bang wurde mir – warum, weiß ich nicht. Sie sagte: »Kann ich dir eine Frage stellen?« Das waren ihre Worte, und ich wußte sofort, eigentlich ohne jeden Grund, daß etwas Furchterregendes im Anzug war.

›Ich bitte dich, mir in aller Aufrichtigkeit zu antworten, denn es ist mir sehr wichtig.‹

Meine Angst wuchs. Ich wartete auf die Frage.

›Hast du jemals Fotos von Geistern gesehen, und was hältst du davon?‹

Geister? Fotos? Ich atmete tief aus und begann, mich für die Unruhe zu schelten, die mich ergriffen hatte, die Kälte und das Zittern, als sei wirklich ein Geist an mir vorübergegangen. Ich sagte zu ihr, daß ich in der Tat solche Bilder in einem Buch gesehen hätte.

›Wie viele Bilder?‹

›Etwa sechs‹, sagte ich.

Sie fragte mich, was ich von den Bildern hielte, und ließ mich schwören, ihr die reine Wahrheit zu sagen.

›Nach dem, was ich gesehen habe‹, sagte ich zu ihr, ›kann man unmöglich ein Urteil fällen‹, (ich war vorsichtig – es gibt Menschen, die an Geister glauben), ›die Formen, die auf den Fotos zu sehen waren, könnten aus jeder Quelle stammen, von einem Lichtfleck, von der Filmbelichtung, einer zufälligen Spiegelung. Es war nichts Spezifisches an jenen weißen Formen.‹

Ich versuchte zu erraten, ob sie mit dem, was ich gesagt hatte, zufrieden war, doch ich konnte ihrer Reaktion nichts entnehmen. Ich fügte also mit noch größerer Behutsamkeit hinzu (denn ich dachte wirklich, sie sei eine Spiritistin oder habe angefangen, sich für den Kontakt mit Geistern zu interessieren), daß ich nicht so ganz verstände, wie man Geister fotografieren könne, da sie doch keine materiellen Wesen seien. Doch sie antwortete mir unkonzentriert, es sei möglich, daß sich die Geister materialisierten, oder sie hätten irgendeine physische Existenzform, wenn sie das wünschten, daher rühre das Klopfen auf den Tischen, die Gegenstände, die sich wie von selbst bewegten, oder die Erscheinung von Gestalten, und daß die Menschen, die an Geister glaubten, überhaupt nichts Merkwürdiges an diesen Fotos sähen. Ich fragte sie, wieder mit äußerster Vorsicht, ob sie jemals solche Leute getroffen habe. Doch sie sagte, sie habe nur von ihnen gehört.

So endete jenes Gespräch, doch ich konnte den Aufruhr der Gefühle nicht vergessen, den ich empfunden hatte, als sie dieses Thema anschnitt. Den ganzen Abend über hielt sie den Blick gesenkt und sah mir nicht in die Augen. Ich vermied es natürlich, mit ihr über irgend etwas zu sprechen, das Geister anbelangte, doch hin und wieder fragte sie mich über Fotoapparate und Bilder aus. Zu jener Zeit fotografierte ich viel und war stolz auf die Fertigkeit, die ich mir erworben hatte, und auf meine Stimmungsaufnahmen von leeren Bänken, nassen Bäumen, schlafenden, in Lumpen und Zeitungen eingewickelten Clochards, die Totenblässe der Straßen im Morgengrauen. Ich begleitete Anneke überallhin. Ich wartete, bis sie aus ihren Vorlesungen kam, und während der Zeit erledigte ich Einkäufe. Ich wartete auch auf sie an dem Platz vor der Kirche Saint-Sulpice, wo sie beichtete. Sie war immer sehr aufgewühlt nach der Beichte. Zweimal schlich ich mich hinein, um den Priester zu sehen, zu dem sie ging, da ich auch auf ihn eifersüchtig war, doch er glich überhaupt nicht dem Geistlichen in meiner ehemaligen Schule, der manchmal stehengeblieben war und mit mir und zwei meiner jüdischen Schulkameraden vor seinen Unterrichtsstunden gesprochen hatte, von denen wir befreit waren. Der Pfarrer von Saint-Sulpice sah kühl und klug aus, mit kleinen Bewegungen und nervösen, dünnen Fingern.

Eines Nachts konnte Anneke nicht mehr schlafen: Sie nickte ein und erwachte sofort wieder unter Schreien. Sie stellte auch das Reden nahezu gänzlich ein, und dieses Schweigen war grauenhaft für mich, obwohl ich sah, daß sie begann, mich wirklich zu lieben, es gab allerlei kleine Anzeichen dafür. Eines Abends, in einem Restaurant, als ich die Spannung nicht mehr ertragen konnte, bat ich sie, mir zu sagen, was sie quäle, und sagte zu ihr, wenn sie mir nicht alles offenbare und was mit ihr los sei, würde ich Hand an mich legen. Es ist schwer, das zu erzählen ...«

Rieti verstummte einen Augenblick, überwand dann offenbar sein Zögern und fuhr fort:

»Und dann sagte sie, sie werde mir alles sagen, was ich wolle, doch zuvor müßten wir ein Experiment machen: Ich sollte sie hundertmal fotografieren, den Film selbst herausnehmen und die Bilder entwickeln, oder zumindest dabei sein, während es gemacht würde. Ich akzeptierte das, ohne eine Erklärung zu verlangen. Ich bereitete meine Ausrüstung vor und fotografierte sie an drei aufeinanderfolgenden Tagen. Schließlich kam ich mit hundert Abzügen in den Händen nach Hause. Sie öffnete ganz langsam den Umschlag und studierte lange jedes Foto. Als sie damit fertig war, fing sie wieder von vorne an, musterte ein Bild nach dem anderen, und dann sagte sie: ›Nichts, gar nichts, überhaupt nichts. Es ist nichts an mir, man sieht gar nichts, stimmt's?‹

›Gar nichts‹, sagte ich zustimmend, um sie zu ermutigen.

›Ich wußte es‹, erwiderte sie und wurde ohnmächtig.

Das war für mich das erstemal, daß jemand neben mir in Ohnmacht fiel.

In jener Nacht löste ich eine Schlaftablette in dem Wasser auf, das ich ihr zu trinken gab, und am nächsten Tag führte ich sie am Abend in ihr Lieblingslokal aus. Dort sagte sie, wenn sie mir alles erzählte, würde ich sie zweifellos für verrückt halten und sie ebenso verlassen, wie ihre beste Freundin und ihre Freunde und Emilio sie verlassen hätten, und zu Recht, denn ihr sei sowieso nicht zu helfen.

Ich ergriff ihre Hand, doch sie fuhr fort:

›Du wirst mich verlassen, wie alle. Morgen früh werde ich dich nicht mehr neben mir finden.‹

›Aber du weißt doch, daß ich lieber sterben als dich verlassen würde‹, entgegnete ich ihr.

Nachdem ich sie mit zärtlichen Worten und Gesten ein wenig beruhigt hatte, sagte sie mit einem Seufzer: ›Vor einem Jahr hat mich mein Engel verlassen.‹

›Dein Engel?‹ sagte ich bestürzt. ›Welcher Engel?‹

›Mein Schutzengel.‹

›Der Schutz ... Und woher weißt du, daß er dich verlassen hat‹, sagte ich betreten.

›Natürlich weiß ich das. Jeder weiß es, wenn sein Schutzengel ihn verläßt. Dann hat man keine Lust mehr, irgend etwas zu tun. Man versinkt in einem schwarzen Strom, aus dem man nicht mehr herauskommt. Es ist schrecklich, ohne ihn zu sein.‹

›Und warum ist es so schwer, ohne ihn zu leben?‹

Sie begann zu weinen, und ihren abgehackten, verwirrten Worten entnahm ich, daß sie sich nach seinem Verschwinden nicht mehr sicher war, was sie dachte und fühlte, daß in ihren Träumen in einem fort abscheuliche, monströse Bilder auftauchten, daß teuflische Kreaturen versuchten, in sie einzudringen oder sie zu verhexen, daß der schwarze Strom sie in seine Tiefen hinunterziehen wollte. Ich fragte sie, ob sie sich an einen Arzt gewandt hätte, und sie sagte, sie sei bereits bei Spezialisten in Genf und Amsterdam gewesen, doch der vielgepriesene holländische Arzt habe angewiesen, sie umgehend in ein Sanatorium für psychisch Kranke einzuliefern, und da seien sie und ihre Freundin nach Paris geflohen, damit ihre Familie sie nicht finden könne. Dieser Spezialist habe ihr auch gesagt, es sei ein Wunder, daß sie ein normales Leben führen könne, denn er begreife, wie furchtbar es sein müsse, ohne Schutzengel zu leben.

›Und davor hast du ihn in Realität gespürt?‹ fragte ich. Sie bejahte.

›Und eines Tages verschwand er?‹

Sie schüttelte den Kopf, zögernd, und sagte: ›Ich erinnere mich, daß es morgens früh war, als er verschwand. Ich spürte, wie es um mich herum leer wurde, und fing an, von sonderbaren Tieren zu träumen, von Ungeheuern, von abscheulichen Kreaturen. Ich war sehr müde. In der Nacht umringten mich Haifische, Seepolypen und Riesenechsen, berührten mich mit ihren kalten, schleimigen Leibern. Die Menschen, die ich sah, hatten die Gesichter von Monstern. Auf der Straße gab es nirgendwo etwas Schönes, keine Liebe, meine Duldsamkeit war völlig erschöpft, ich glühte vor bösartigem Fieber. Ich wäre gerne wirklich krank gewesen, infiziert von irgendeiner schrecklichen Krankheit. Und der Strom wurde immer tiefer und finsterer. Seine Wellen stiegen und stiegen, voll schwarzgrünem Schlamm, und darüber herrschte Nacht, blanke Nacht, und am Ende stand der Tod.‹

›Und hast du das dem Priester erzählt?‹

›Ja.‹

›Und was sagte er?‹

›Er fragte mich, womit ich mich versündigt hätte, bevor mich der Schutzengel verließ, und ich sagte zu ihm, daß ich im Sommer mit einem jungen Mann gesündigt hatte.‹

›Und was sagte er dann?‹

›Daß ich beten müsse, aufhören, mit Emilio und dir zusammenzusein.‹

›Versprach er dir, daß der Engel zurückkäme, wenn du das tätest?‹
›Er kann solche Dinge nicht versprechen.‹
›Ist es schon vorgekommen, daß ein Engel verschwunden und wieder zurückgekehrt ist?‹
›Ich weiß es nicht.‹
›Und hat dieser Priester einen Schutzengel?‹
›Warum sagst du solche Dinge! Ich habe viel darüber nachgedacht, erschrick nicht: Ich habe beschlossen, meinem Leben ein Ende zu setzen. Als ich ein Kind war, las ich ein Buch über einen englischen Dichter, der ertrank. Ich fühlte die Wellen, die über ihm zusammenschlugen, das Wasser, das süße Ersticken. Auch ich möchte so sterben.‹
›Glaubst du mir, daß ich dich liebe?‹
›Ja, ich glaube dir. Und auch ich liebe dich und möchte immer mit dir leben, auch dann, wenn es mir nicht gut geht.‹
›Ich möchte, daß wir uns an jemanden um Hilfe wenden.‹
›An wen?‹
›Ich muß nachdenken.‹
›Aber du sollst wissen, daß ich auf keinen Fall in eine Einrichtung für Geisteskranke gehen werde, in kein Krankenhaus, keine Klinik, nicht für eine gewisse Zeit, nicht einmal für ein oder zwei Tage. Das mußt du mir versprechen!‹
Ich versprach es ihr.
›Schwöre! Das ist etwas, womit ich niemals einverstanden sein werde. Mein Großvater war an einem solchen Ort. Und ich habe ihn dort besucht. Schwöre!‹
Ich schwor es ihr.
›Ich würde lieber sterben, als dir Leid zu verursachen, Anneke‹, sagte ich.
Diese Frau erschütterte mich in meiner tiefsten Seele. Ich sagte mir im Inneren, daß, was auf Grund des Glaubens Schaden angerichtet habe, mit Glauben geheilt werden könne. Ich las in der Zeitung von einem Mann, über den gesagt wurde, daß ihn die Atheisten liebten, Père Roger. Ich suchte ihn auf – nicht ohne Schwierigkeiten – und fragte ihn, ob er etwas tun könne, um einer jungen Frau ihren Schutzengel zurückzubringen. Ich sagte ihm, daß ich befürchtete, sie werde Selbstmord begehen. Doch er erwiderte, hier helfe weder ein Engel noch jedes andere Wesen, sie müsse zum Arzt gehen. Und er sagte auch, er sei überhaupt nicht sicher, ob etwas, das durch Glauben geschädigt worden sei, mit Glauben geheilt werden könne, wie ich meinte, und daß er noch nie davon gehört oder gelesen habe, daß

ein Schutzengel jemanden verlasse und er nicht wisse (dies sagte er mit einer merkwürdigen Verlegenheit), ob es ein Gebet oder eine Beschwörung gäbe, die ihn zurückzubringen vermochte. Nicht umsonst war er ein Priester, den die Atheisten liebten. Auch ich begann zu weinen, wie meine Herzensgeliebte, und er versprach, sich zu erkundigen, wollte versuchen zu helfen. Doch ich war gebrochen und verzweifelt.

Père Roger traf sich zweimal mit Anneke. Und danach kehrte sie wieder zu ihrem Beichtvater zurück. Wir gingen zu Psychiatern, wir gingen zu einem berühmten Neurologen, wir gingen zu einer spiritistischen Klinik, wir gingen zum Astrologen. Doch es war klar, daß Père Roger recht gehabt hatte. Ihr Schutzengel war der Geist einer sehr frühen Kindheit, zu dürftig, als daß er sich den Augen solch bedeutender Persönlichkeiten erschlossen hätte. Wir kehrten also zu Père Roger zurück. Und er sagte zu Anneke in meiner Gegenwart, daß es ein schändlicher Frevel sei zu entscheiden, ob man lebe oder sterbe, denn dies sei ein Verstoß gegen das Gebot ›Du sollst nicht töten‹, und sie gleiche darin jemandem, der einen Schatz zerstöre, der ihm für eine gewisse Zeit anvertraut sei, ohne um dessen Bedeutung und Gewicht zu wissen, und daß Selbstmord gewiß noch viel unheilvoller als Krieg und Erdbeben sei. Doch mir wurde zunehmend klar, daß Anneke verloren war. Jetzt ging sie täglich zur Beichte. Ich war froh darüber, denn ich dachte, solange sie noch mit dem Priester spreche, würde sie nicht Hand an sich legen. Ich saß immer auf dem Platz mit Blick auf den großen Springbrunnen, auf die Schlösser. In den Nischen über der Fontäne standen stolz die Statuen der vier großen Prediger Frankreichs, von denen ich zwei aus meiner Schulzeit erkannte: Ich hatte Teile der *Abenteuer des Telemach* gelesen und konnte eine Rede von Bossuet, den unser Lehrer besonders liebte, auswendig, in der das Leben mit einem Marsch in den Abgrund des Todes verglichen wurde: marsch und marsch und marsch ... Alle Schüler in unserer Klasse kannten diese Rede auswendig, die zum Gegenstand von Scherzen wurde, und ich erinnerte mich auch noch daran, nachdem ich bereits alle möglichen gängigen Gedichte vergessen hatte.

Danach begannen sich häßliche und traurige Dinge zu ereignen. Ihre Stimme veränderte sich, ihr Tonfall wurde gleichgültig, distanziert und abstoßend, ihr Müdigkeit wuchs, sie ging mit mir nicht mehr in die Parks, wollte auch nicht mehr in Restaurants ausgehen, und sie hörte auch auf, sich zu waschen und ihre Kleider zu wechseln. Ganze Tage lag sie auf ihrem Bett und sah mich mit Spott und

Haß an, als wartete sie nur auf den Augenblick, in dem mich meine Kraft im Stich ließe und ich versuchen würde, sie einzuliefern. Sie tat auch viele Dinge, um das Eintreten jenes Augenblicks zu beschleunigen. Ich kannte sie sehr gut und durchschaute ihre Absichten. Doch es wurde immer schwieriger für mich, sie zu waschen und ihren Blick zu ignorieren, ein wirklich teuflischer Blick, voll provozierender Verachtung. An den wenigen Tagen, an denen ich ins Büro ging, verschwand sie aus dem Haus. Ich wußte, daß ihr das schwerfiel, daß sie es nur tat, um mich aufzubringen. Sie saß in den Parks, immer auf den gleichen Bänken, und sah wie eine Bettlerin aus. Ich kannte ein paar Polizisten aus unserem Viertel, und sie brachten sie einige Male nach Hause zurück. Dann hörte sie zu essen auf. Stundenlang saß ich neben ihr, wie neben einem kranken Kind, und versuchte, sie zu füttern. Ich schlug ihr vor, daß wir zu ihrem Beichtvater gingen, doch sie verzog das Gesicht und höhnte über den Priester und die Kirche. In ihren knappen, bösartigen Worten gab es keine Spur mehr von irgendeinem Schutzengel. Danach fing sie an, die Medikamente wegzuwerfen, meine Papiere zu zerreißen, Bücher und Kleider mit Mayonnaise und Schuhcreme zu beschmieren, und einmal zündete sie sogar ihr Bett an ... Was konnte ich tun? Ich vermochte sie bereits nicht mehr zu füttern, nicht einmal ein Löffelchen Marmelade. Am Ende fragte ich sie, ob sie bereit sei, in irgendein Krankenhaus zu gehen, damit man sie dort per Infusion ernähre, bis sie sich erholt habe, doch sie gab mir natürlich keine Antwort, nur ihre Augen blickten mich mit kaltem Haß an. Ich schrieb ihren Eltern und ihrer Freundin. Und als ihre Eltern kamen, brachten sie sie in eine Klinik, wo man anfing, sie zu behandeln. Zunächst schien es, als hätte sie eine Chance ... Doch nach einer Woche schnitt sie sich die Pulsadern auf. Und nicht genug damit, ihre Eltern kamen auch noch mit der Anschuldigung zu mir, man hätte sie vor sich selbst schützen können, wenn ich sie in eine Einrichtung für psychisch Kranke eingeliefert hätte ...

Es gibt Tage, da denke ich immer noch an sie, bei einer bestimmten Art von Wetter, in der Dämmerung, die Stunde, in der sie es liebte, in den Parks von Paris zu sitzen ...«

Die Geschichte war zu Ende, und Rieti verstummte.

»Und es war unmöglich, ihr zu helfen?« fragte Maddi.

»Offenbar nicht«, erwidert Rieti.

»Hast du ihre Fotos?«

»Sie sind alle verlorengegangen.«

»Was für ein schreckliche Geschichte.«

»Habe ich es dir nicht gesagt: eine traurige Geschichte. Und jetzt essen wir den letzten Gang. Ich möchte mich ein wenig beeilen, das Essen zu beenden, denn ich erwarte einen Gast. Er war ein Freund Vjeras.«

»Was für eine schreckliche Geschichte«, wiederholte Maddi.

»Ja«, antwortete Rieti. »Der Gast wird gleich kommen. Hilfst du mir, den Tisch abzuräumen? Er hat einmal mit Vjera zusammengearbeitet. Sie brachte ihn mit, um sich meine Sammlung anzusehen. Ich weiß nicht, was er jetzt macht. Ich erinnere mich nur, daß er mit übertriebener Sorgfalt gekleidet war, sehr zugeknöpft. Das sind wir hier nicht mehr gewöhnt, und ich muß gestehen: Ich mag keine Juden, die in Deutschland wohnen, und besonders keine Juden wie ihn, die in Lagern waren. Ich verstehe sie nicht. Zu viele Umgangsformen, zu blankpolierte Schuhe. Paul Kempf.«

»Ein schrecklich deutscher Name«, sagte Maddi, in Gedanken immer noch bei der unglücklichen Holländerin.

»Er kam für ein paar Vorträge hierher und stiftete der Musikbibliothek Bücher und Noten, auch Handschriften. Er und Vjera waren gute Freunde. Sie musizierten zusammen und nahmen Volkslieder diverser nationaler Gruppen auf, gesungen von zahnlosen alten Frauen und Männern mit den Stimmen alter Ziegenböcke. Seine Spende war sehr großzügig, und er machte es ganz schlicht, während einer Unterhaltung, hier in unserem Haus. Schön. Aber welch ein ernsthafter Mensch! Wollte Gott, ich hätte eine solche Gravität als Richter. Ein sehr hagerer Herr, sehr blaß, sehr gut rasiert, extrem gut angezogen. Einer der wenigen Menschen, neben denen ich mir selbst leichtfertig vorkomme.«

»Du? Leichtfertig?«

»Ich weiß nicht, weshalb, aber es hat Eindruck auf mich gemacht, daß er diesen ganzen Schatz der Musikbibliothek einfach so nebenbei im Gespräch stiftete.«

»Wie alt ist er?«

»Ich weiß nicht ... fünfunddreißig, vielleicht vierzig ...«

»Kann er Hebräisch?«

»Er hat viele Jahre Hebräisch gelernt. Ich weiß nicht, ob er es gut spricht, aber er kann die Sprache.«

»Und wo ist sie begraben?« fragte Maddi unvermittelt.

»Ihre Eltern haben sie nach Maastricht mitgenommen. Sie haben nie auf meine Briefe geantwortet.«

Maddi versuchte, in Rieti den jungen Mann aus seiner Geschichte zu sehen.

Und da ertönte ein langgezogenes Klingeln.

»Herr Kempf höchstpersönlich!« sagte Rieti, und zum erstenmal hörte Maddi, wie seinem Mund ein kurzer Laut der Verwunderung entfuhr. »Herein! Herein!«

Ein ziemlich dicker Mann in schmutziger Khakikleidung, mit wirrem Haar und schwarzen Bartstoppeln im Gesicht, dessen Zehen aus farblosen, salzverkrusteten Sandalen ragten, betrat das Gästezimmer. Er zog eine junge Frau hinter sich her, mit üppigem Busen und schönen Beinen, die eine große Schirmkappe auf dem Kopf hatte und verlegen lachte.

»Wir haben auf euch gewartet«, sagte Rieti, seinen Schock überspielend. »Darf ich vorstellen: Meine Bekannte Smadar Marinsky, Paul Kempf ...«

»Zahava«, ergänzte die Frau.

»Bitte, sprechen wir doch hebräisch. Fräulein Zahava mangelt es an Englisch, und ich erfreue mich jeder Gelegenheit, hebräisch zu reden«, sagte Kempf langsam. »Und für Ihre Einladung zum Essen schulde ich Ihnen großen Dank, denn das Trinken regt den Appetit an, und auch Zahava ist hungrig.«

»Macht euch keine Umstände wegen mir«, sagte Zahava und nahm die Kappe ab.

»Du bist sterbenshungrig, Zahava. Stunden waren wir unterwegs.«

Herr Kempf begann, an einem Stück Brot zu nagen und ein anderes mit Butter zu bestreichen, während er gleichzeitig sich und seiner Freundin ein Glas Wein einschenkte. Seine Fingernägel waren schwarz, und hin und wieder kratzte er sich sehr energisch am Schädel.

»Smadar. Ein merkwürdiger Name«, sagte er.

»Nein, ganz und gar nicht merkwürdig«, entgegnete Maddi und betrachtete diesen Mann, der ihr gerade als unvergleichlich zugeknöpfter Mensch geschildert worden war.

»Wir sind unter Freunden, Zahava«, sagte der Mann und legte seine Hand auf die ihre.

Rieti brachte einen Teller Pasta, und Kempf aß schnell und mit Appetit. Seine Gefährtin war langsamer als er, achtete mehr auf ihre Manieren, und ab und zu reichte sie ihm eine Serviette, die er ungeduldig zurückschob.

»Meiner Seel! Ein echter Fürstenkoch!« sagte er. »Eine solche Pasta wirst du in ganz Eilat nicht finden, auch wenn du Tag und Nacht suchst.«

»Sie kommen aus Eilat?« fragte Maddi.

»Eilat«, wiederholte der Gast begeistert. »Was für Nächte! Wüstenwinde, Meereswinde, Mondwinde! Das ist der Ort, wo man leben muß!« Und er fuhr auf englisch fort: »Ich wäre unter keinen Umständen weggefahren, aber ich erhielt einen Brief und muß für einige Zeit in meine Heimat reisen. Danach kehre ich sofort nach Eilat zurück, die Stadt der Korallen und des Nachtwinds.«

»Zeig doch dem Herrn Rieti das Schreiben«, wandte er sich wieder auf hebräisch an Zahava.

Sie zog aus ihrer Tasche einen Umschlag, in dunklem Silber gerahmt, trauernd und prunkend.

»Mein Apotropos«, sagte Kempf.

Rieti beugte sich leicht zu ihm, vielleicht aus Teilnahme an der Trauer über den Toten, oder um sich von der Veränderung, die mit ihm vorgegangen war, genauer zu überzeugen, doch Kempf wandte sich wieder dem Essen zu und setzte seine Lobeshymnen erneut auf englisch fort: »Das ist vollkommen, perfekt. Was sagst du dazu, Zahava?«

»Ausgezeichnet«, sagte Zahava.

»Nein, es ist perfekt.«

»Wie lange waren Sie in Eilat?« fragte Rieti.

»Sieben Monate. Ein halbes Jahr und noch zwei Monate. Ich bin ein Glückspilz, daß ich Zahava getroffen habe.« Und wieder legte er seine Hand auf die ihre. »Ein Glückspilz! Ich kam aus Afrika zurück. Ich hatte es eilig, nach Hause zu kommen, doch in Eilat lud man mich zu einer Party auf einem Schiff ein, das im Hafen ankerte. Gute Getränke, Fische. Nachher war ich zu müde, um noch in den Norden hinaufzufahren, und ich blieb bei meinem neuen Freund, und Zahava erbarmte sich eines unglücklichen Exilanten wie mir. Und Sie, Fräulein Smadar, lieben Sie Eilat?«

»Ich war nur einmal auf einem Ausflug dort«, antwortete Maddi.

»Und wann fahren Sie?« fragte Rieti.

»In drei Tagen. Mit dem Schiff.«

»Mit dem Schiff?«

»Das Begräbnis war bereits«, sagte Kempf. »Aber ich habe eine Bitte an Sie. Es ist mir etwas unangenehm, Sie zu bitten, aber ich weiß nicht, wie ich es sonst machen soll. In Tel Aviv habe ich einen Mann getroffen, auch Vjera kannte ihn. Er schrieb mir, und ich muß mich mit ihm treffen. Er hat mir vor einem Jahr geschrieben. Es ist alles peinlich ... idiotisch ...«

»Worum geht es?« fragte Rieti.

»Ich würde das Treffen mit ihm gerne bei Ihnen arrangieren«, sagte

Kempf und betrachtete unlustig das Klavier, das mit alten Noten überhäuft war.

»Das Klavier ist längst nicht mehr gestimmt«, sagte Rieti, »kein Mensch hat mehr darauf gespielt, seit sie starb.«

»Es hat mich sehr traurig gemacht, von ihrem Tod zu hören«, sagte Kempf.

»Du hättest ihm schreiben können«, sagte Zahava, »er hat dir fünfmal geschrieben!«

»Ich hätte vorsichtiger sein sollen«, erwiderte Kempf, »man muß sehr vorsichtig sein, sein Name ist Tscherniak. Hat Ihnen Vjera nicht von ihm erzählt?« Kempf errötete leicht. »Er hat mir Ergänzungen gebracht, die sein bester Freund gemacht hat, ein polnischer Junge, der während des Krieges in Italien getötet wurde, Ergänzungen zu Schuberts unvollendeten Werken. Ich dachte, er scherze ... Solche Ideen hatte ich manchmal im Gymnasium, und sie gerieten, Gott sei Dank, ganz schnell in Vergessenheit. Aber es stellte sich heraus, daß der Mann es ernst meinte. Anfangs sagte ich zu ihm, er solle sich solche Ideen aus dem Kopf schlagen, denn sie paßten nur zu Narren und Pedanten. Doch dieser Tscherniak war ein interessanter Mensch, faszinierend sogar, in allem, was nichts mit dieser törichten Angelegenheit zu tun hatte. Ich kam zu ihm, in seinen Keller, und sah ein paar von den Ergänzungen – sie waren amüsant und voller Erfindungsgeist. Er und zwei weitere Musiker haben sich im Laufe der Jahre um die Werke seines Freundes bemüht. Und dann beging ich einen Fehler. Ich dachte mir, so etwas könne nichts schaden, und auch wenn der Freund von Tscherniak ein bißchen verrückt gewesen sein sollte, so wäre das keine schädliche Verrücktheit. Noch nie habe ich solche Menschen getroffen, wild auf derartige Sachen, ich habe nur von ihnen gehört. Und ich versprach ihm, die Blätter seines Freundes herauszubringen ... Aber weil ich damals dabei war, nach Afrika zu fahren, wegen einer ethnographischen Forschungssache, schrieb ich ihm, daß ich keine Zeit finden würde, mich damit zu befassen. Ich erhielt einen wütenden Brief von ihm, und er schrieb mir weiter, bis ich ihm das meiste von dem Material zurückschickte. Komisch, aber das Gefühl, jemandem ein Unrecht angetan zu haben, und daß er mir böse ist, ist hart für mich.«

»Du hättest ihm schreiben sollen«, sagte Zahava wieder. »Er hat dir nette Briefe geschrieben, nicht wie die Briefe, die du von Leuten kriegst, von denen du sagst, daß sie deine Freunde sind.«

»Und diese Ergänzungen sind wirklich nicht schlecht?« fragte Rieti.

»Nein. Gute Arbeit. Ich habe zwei von den Seiten, die er mir gab, jemandem gezeigt, der sich damals bei uns spezialisierte, und es hat ihm sehr sehr gut gefallen, aber es zu veröffentlichen war schwierig.«

»Du hättest ihm schreiben sollen«, wiederholte Zahava.

Plötzlich wandte sich Kempf an Maddi: »Seien Sie mir nicht böse, junge Dame. Aber ich muß auch Sie um eine Kleinigkeit bitten. Könnten Sie Zahava als Gast aufnehmen, bis ich wiederkomme?«

Seine Kopfbewegung und sein Lächeln erinnerten sie an das, was Rieti über seine Verschlossenheit und seinen Ernst gesagt hatte, bis er Eilats Nächte entdeckt hatte, mit den Winden des Meeres, der Wüste und des Mondes. Sie lächelte, und Kempf wurde noch verlegener. Sein Gesicht drückte ein Art merkwürdiger Reue aus, Schmerz; möglicherweise bemerkte er zum erstenmal seine schwarzen Fingernägel und seine Kleidung. Er ist zerbrechlich und schwach mit dem ganzen Schmutz, den Bartstoppeln und dem wirren Haar, zerbrechlich wie die beladene Heuschrecke des Kohelet, zu zart, die Welt beschwert ihn, dachte Maddi.

»Danke, ich danke Ihnen!« Er neigte den Kopf mit einer merkwürdigen Bewegung und warf Zahava einen kurzen Blick zu.

– 6 –

Meschulam Zafiris, Zephir – ein Name, den er dem sprachlichen Geistesblitz irgendeines Angestellten der Jewish Agency zu verdanken hatte – schlief bescheiden, vollständig bekleidet auf dem Boden. Auf dem Bett lag ein riesiges Messer mit einer polierten Schneide, sein Schaft dick und bequem, und daneben auf dem Rücken die gesprungene Statuette eines blutdürstenden Gottes, den Mund in Grausamkeit aufgerissen. Mit einem einzigen Hieb des Messers köpfte Alek einen der vier Holzknäufe, die die Lehne und Armstützen des Sessels zierten. Geruch nach Rum stand im Raum.

Unter dem Kissen türmten sich Zigarettenschachteln aus aller Welt. Zephir plagte das Gewissen, daß Alek durch seine Schuld bei einer der Auseinandersetzungen, die er hin und wieder provozierte, verhaftet worden war und für drei Tage im Gefängnis gesessen hatte. Im Schlaf sah der Seemann magerer und schwärzer aus als am Tag seiner Abfahrt. Alek deckte den erschreckenden Götzen zu und zündetete sich eine mexikanische Zigarette an. Zephir trieb sich normalerweise gleich nach Beginn der Öffnungszeit in Bars und Kinos fern vom Zentrum herum. Wenn er trank, verengten sich seine Augen stark, und die Gier nach dem Vergessen zwang ihn dazu, immer weiter zu trinken, noch und noch, bis er wirklich gefährlich wurde, und dann wandte er sich mit künstlicher Heiterkeit an Passanten auf der Straße, versuchte, schwangere Frauen zu schlagen, mit der Behauptung, sie seien von fremden Männern schwanger, und erzählte viel von der Lebensart der salonikischen Juden, von ihrer Würde und ihrem einfachen, schönen Dasein, und am allermeisten war er auf seinen Großvater stolz, Senior Emanuel Zafiris, der Hafenlotse war, Mitglied des Consilio der Gemeinde, und auf seine Mutter, aus den Familien Colombo und Arditi, von denen er allerdings wenig wußte. Seine Gesellschaft war bequem, weil er keinerlei Streben nach Überlegenheit zeigte, wie es den Menschen eigen ist, die etwas schlicht Sinnliches und einen selbstverständlichen Stoizismus an sich haben.

Wenn er in Tel Aviv ankam, vertrieb er sich die Zeit mit Alek und besuchte den Keller, wo er die Dinge aufbewahrte, die er auf seinen Fahrten gesammelt hatte. Bevorzugt sammelte er Statuetten, Kissen und Messer. Von jeder Fahrt brachte er ein Messer oder Schwert mit und erzählte davon in aller Ausführlichkeit und Langsamkeit, wie jeder Matrose mit der Sicherheit, daß er nie langweilig war.

In den Bars der Hafenstädte kaufte Zephir auch Flaschenschiffe. Er baute selbst solche Schiffe, achtete streng auf die Exaktheit der Masten, Segel und Flaggen. Die Schiffe in den Flaschen, die er während seiner Passagen bastelte, waren sehr hübsch, segelten in einem stürmischen Meer mit weißblauen Wellen oder ankerten in einem Hafen mit Leuchtturm, Einfahrtstürmen und riesigen Lagerhallen. In seiner Kindheit hatte er ein Schiff in der Flasche bei seinem Großvater gesehen – eine bläuliche Flasche mit einem rosa Schiff darin –, und seine Phantasie hatte sich daran entzündet, doch die vielen Stunden, die er dem Bau der Schiffe opfern mußte, die Winzigkeit der Teilchen, die notwendige Sorgfalt im Umgang mit Nadel, Klebstoff und Messer begannen ihm lästig zu werden, und er fing an, die Flaschenschiffe zu kaufen, die sogar an gottverlassenen Orten relativ teuer waren.

Zephir las aus dem Kaffeesatz und definierte die Menschen über die Planeten: die Sonne, der Mond, Mars, Saturn, Jupiter, Venus, Stern und Land. Man sieht sofort, daß der ein Zuhälter ist, pflegte er bei seinem Eintritt in eine Bar zu sagen, Venus und Mond, kann gar nicht anders sein. Er erzählte auch häufig von Fischen – Salz- und Süßwasserfische, die er zu Vergleichen zwischen Menschen, Städten und Ländern heranzog: Salzwasser gibt interessantes Fleisch, hart und elastisch, aber langsam beim Kochen, Süßwasser dagegen – ein weiches Fleisch, dicklich und langweilig, schwillt schnell an. In seiner Jugend war er Kommunist gewesen, und sein großer Koffer barg immer noch ein verblichenes Stalinbild mit niedriger Stirn und Pfeife im Mund, doch der Bürgerkrieg in Griechenland hatte seine Begeisterung für die Sowjetunion abgekühlt. Im Grunde war er ein Fatalist, und jeder fatalistische Ausspruch ließ seine Augen in verständnisvoller Identifikation aufleuchten. Er lernte langsam, besaß jedoch ein hervorragendes Gedächtnis, und als er anfing, Hebräisch zu lesen, erinnerte er sich auswendig an viele Gedichte und Passagen aus dem *Buch der Aggada*, die ihm gefallen hatten.

Alek betrachtete Zephir und versuchte, seine Stimmung zu erraten: Müßte er mit ihm zum Internat der Schulschwestern im Krankenhaus gehen oder in die armseligen, rostzerfressenen, abblätternden, salz- und staubbedeckten Bars von Tel Aviv oder zu einer der Partys, die in den neuen Wohnsiedlungen abgehalten wurden, oder müßte er mit ihm in Jerusalem exotische Studentinnen aus Peru, Argentinien und Costa Rica suchen gehen, von denen Zephir manchmal sehnsuchtsvoll sprach. Von all diesen Möglichkeiten bevorzugte Alek die armseligen Bars, unter denen das *Monpetit* sein Lieblingsaufenthaltsort war. Das Ziel dort war klar, während die Besuche im Internat der Schwestern und in den kleinen Zimmern der exotischen Studentinnen, ganz zu schweigen von den neuen Wohnblocks, beträchtliche Anstrengung, Geduld und Verstellung kosteten. Die Unterhaltungen waren von kleinen, unbehaglichen Lachanfällen oder gelegentlichen Tränen begleitet.

Alek war froh über Zephirs Ankunft. Sein Erscheinen brachte eine Atmosphäre großer Festlichkeit mit sich, und die Stadt wurde – unfreiwillig – zur permanenten Ballbühne, begleitet von Zephirs Geschichten über seine Abenteuer in den Hafenstädten.

Alek sagte sich immer, daß er sich Zephirs jämmerlichen Vergnügungstouren in Tel Aviv nur anschloß, weil sein Freund so selten kam, doch auch in dessen Abwesenheit trieb sich Alek abends größtenteils in Nachtklubs, Bars und auf Partys herum, bei denen getanzt und viel getrunken wurde. Vom Zentrum der Stadt hielt er sich fern; sein Widerwillen richtete sich nicht nur gegen die Freitagabende, an denen sich alles grüppchenweise versammelte, um über Salatschüsseln Meinungen auszutauschen, sondern auch gegen das Erscheinungsbild der Tel Aviver Wohnungen, denn er konnte sich weder für den Anblick der Sonnenblumenreproduktionen erwärmen, die auf den Balkonen hingen, noch für die kleinen Vorgärten der Häuser und ebensowenig für das Geräusch des morgendlichen Teppichklopfens. In dem Klub in der Jona-Hanavi-Straße, wo er Poker oder Bridge mit

Charles Kohen oder Tiberio spielte, waren die Kartenspieler keine rühmlichen Vertreter der menschlichen Gattung, sondern gehörten überwiegend den weniger erfolgreichen Randexistenzen an, und sei es auch nur auf Grund ihrer Sucht nach Glücksspielen. Ihre Gesichter waren übel, Spuren vernachlässigter Krankheiten, unerträgliche Mühseligkeiten des täglichen Lebens, Schulden und alle Arten von Unglück sprachen aus ihnen. Es bestand kein Zweifel, daß diese Männer in Lüge mit ihren Frauen und nicht weniger mit ihren Kindern oder Eltern lebten – vielleicht noch um vieles mehr als die Leute im Herzen der Stadt; es befanden sich auch Kriminelle unter ihnen, die in ständigem Terror lebten mit dem Gefühl, daß sie jeden Augenblick in die Falle gehen konnten. Und hin und wieder verschwanden ein paar von ihnen im Gefängnis. Doch Alek fühlte sich wohl unter ihnen, war stolz auf die Sympathie, die sie ihm entgegenbrachten, und sagte bereitwillig zu, wenn sie ihn zu einer Beschneidung, Bar-Mizwa oder Hochzeit einluden – Ereignisse, denen auszuweichen er sich stets hartnäckig bemühte, wenn die Einladung von einem der Stammkunden des *Foto Universal* kam.

Sein Lohn war gut, doch er blieb häufig der Arbeit fern, und ungleich den Kartenspielern im Klub hatte er kein Geld aus mysteriösen Quellen. Die Stunden, die er in den Nachtklubs verbrachte, waren ihm sehr wichtig. In einem nicht allzu großen Zimmer in Cholon, beim Roulette, traf er sich mit Lusia; im *Monpetit* mit Zephir, in der *Atom-Bar* mit Manfred, und im *Adria* – mit Sontsche.

Zephir erwachte.

»Ich habe den Schlüssel vom Badfenster genommen«, sagte er.

»Gut.«

»Ich habe dir zum Geburtstag eine Figur aus Mexiko mitgebracht – original, was es sonst nur in Museen gibt, damit du siehst, wie ihre Götter wirklich ausschauen. Aber ausgerechnet sie ist zerbrochen. Ich habe eine Frau getroffen, an die ich die ganze Zeit denke (fast bei jeder Fahrt gab es eine solche Frau). Schlag mich tot, aber ich weiß nicht, warum ich sie verlassen habe, anstatt dort zu bleiben.« (Auch diesen Satz bekam man nach jeder Passage von ihm zu hören).

»Wo war das?«

»In Brasilien.«

»Brasilien. Ist Brasilien nicht ein natürlicher Ort für solche Wunder?«

»Ich wollte wirklich bleiben. Ich habe mich krank gestellt. Ich habe einen einheimischen Arzt geschmiert, und auch unser Arzt hat es geglaubt. Aber am Schluß habe ich den Schwanz eingekniffen und bin zum Schiff gerannt. In diesen zwei Wochen ist sie mir, wie man so schön sagt, unter die Haut gedrungen. Jetzt muß ich mein Herzeleid vor dir ausschütten.«

»Gehen wir aus?«

»Vorher will ich ein bißchen im Meer schwimmen gehen. Danach duschen, obwohl es schrecklich beengt in deiner kleinen Dusche ist. Dieses winzige Fenster bedrückt mich.«

»Ich komme mit ans Meer. Wo gehen wir am Abend hin? In eine Bar?«

Zephirs Gesicht verdüsterte sich.

»Die Schwestern? Sauber und hübsch nach der Mühsal der Fahrt. Nach Jerusalem – zu den Studentinnen aus Peru?«

»Nein, ich möchte etwas Häusliches. Das echte Leben. Wirkliches Leben.«

»Also die Siedlungen?«

»Es ist nicht hübsch, Freunde zu verspotten.«

»Ich habe bloß gefragt.«

»Stell dich nicht unschuldig. Das Leben auf dem Schiff macht einen Menschen empfänglich für solche Sachen. Ich möchte tanzen gehen bei Lada.«

»Dann werden wir das tun. Laß uns bei Lada tanzen.«

»Ihre Mutter mag mich.«

»Ist das ein Wunder?«

»Sie betrachtet mich als möglichen Ehemann für Lada. In unserem Alter fangen die Leute an, sich scheiden zu lassen. Und sie würde eine treue Frau sein.«

»Und das ist die Hauptsache«, sagte Alek, »denn du bist schließlich ein Venustyp, der einen Verrat niemals verzeiht.«

»Mars, nicht Venus. Ich liebe die Partys bei Lada. Alle trinken und besaufen sich. Und du hast das auch sehr gerne, vielleicht sogar noch mehr als ich.«

»Aber die Morgen nach den Partys?«

»Ja, die Morgen sind besser für Liebende als für arme Narren in den neuen Wohnsiedlungen.«

»Und wie geht es deinem Freund vom Schiff, dem Mann der Geheimlehren?«

»Muli? Er ist in Haifa geblieben. Du glaubst zwar nicht, was er erzählt, aber er hat mir ein Buch gezeigt, das ein französischer Konsul in Benares geschrieben hat. Dieser Konsul hat einen Fakir gesehen, der sich an seinen Stockknauf lehnte und zwanzig Minuten im Türkensitz in der Luft saß, einen Tisch hypnotisierte, den keiner

der Anwesenden hatte hochheben können, alle möglichen Musikinstrumente aus der Entfernung spielen konnte und einen Stock dazu brachte, daß er, ohne berührt zu werden, den Gedanken von einem der Anwesenden in den Sand schrieb, und er konnte auch den Samen einer Pflanze allein dadurch hypnotisieren, daß er seine Hände näherte, und schon wuchs sie bis zu einem Meter hoch. Und was sagst du jetzt?«
»Schön.«
»Was gibt's Neues, Alek?«
»Ich ziehe ins Studio von Luria zum Wohnen um.«
»Endlich! Wenn ich vom Schiff herunterkomme, habe ich es mir verdient, an einen Ort mit großem Bad und breitem Bett zu kommen. Bei dir ist es unbequemer für mich als auf dem Schiff. Endlich vertauschst du das harte Johannisbrot mit guten Äpfeln.«

Obwohl sie schon x-mal Male bei Lada gewesen waren, fiel es ihnen nicht leicht, das Haus in dem Neubaugebiet zu finden. Die Bürgersteige waren noch nicht gepflastert, und überall waren Eisenteile, Kalkfässer und Zementsäcke verstreut. Aus Holzkisten drang hier und da das Piepsen von Küken und Gegacker von Hühnern, die sich die Leute dort hielten. Unter einem beleuchteten Baum briet jemand Steaks, und um ihn herum saßen ein paar Männer, schwiegen und tranken langsam ihr Bier. Die Frauen akklimatisierten sich schnell in den neuen Wohnsiedlungen, doch die Männer empfanden es wie im Käfig, und der Lastwagen, der sie in der Früh zu ihrer Arbeit in der Militärindustrie, beim Straßenbau oder in der Landwirtschaft beförderte, war in vieler Augen ein Gefangenentransporter.

»Komm, wir essen ein Steak und trinken ein paar Bier, damit wir nicht hungrig dort ankommen«, sagte Zephir, »es ist schwierig, diese Salate zu essen und diese Aufstriche auf die dünnen Kekse zu schmieren.«

Sein blondes, von der Sonne gebleichtes Haar und seine Kleidung aus starkem Tuch riefen bei den trinkenden Männern Neugierde, ein Lächeln der Sympathie, Entspanntheit hervor. Die Bierflaschen waren eisverkrustet.

»Ich trinke auf euer Wohl«, sagte Zephir, »ihr, meine Freunde, kommt mir ein bißchen traurig vor. Ihr müßt aufpassen, es ist gefährlich, am Abend traurig zu sein.«

Er trank zwei Flaschen und aß ganz langsam das Steak, das in ein großes frisches Pitabrot gelegt war.

»Ich esse nur noch fertig, und dann singe ich euch ein Lied vor, das ich in Südamerika gelernt habe. Die Leute dort haben die besten

Melodien, denn sie haben unruhiges Blut. Aber ich kann nicht auf ihrer Flöte spielen, darum werde ich es euch auf der Harmonika vorspielen. Und ich bitte mir aus, daß ihr kein Urteil über ihre Musik fällt, bevor ich zu Ende gespielt habe. Und du, Herr Steakmann, ich fühle mich verpflichtet, dich zu fragen, ob du nicht weißt, daß das Fett um das Steak herum zart und schmackhaft sein muß, nicht hart und gelb? Du mußt lernen, welches Fleisch man kauft. Vielleicht willst du beim Fleisch sparen? Das wäre ein großer Fehler deinerseits. Es ist besser, bei allem anderen als beim Fleisch zu sparen.«

In der Gruppe der Männer klang Gelächter auf, und Zephirs Worte wurden in einige Sprachen übersetzt. Aus dem Lächeln der Leute konnte man schließen, wie beliebt Zephir bei den Schiffsbesatzungen sein mußte.

»Und wer bist du?« fragte einer von ihnen.

»Matrose. Seemann. Zephir ist mein Name.«

»Ah, Matrose, alle Achtung!«

Zephir wischte sich die Lippen ab und sang ein Lied voll Verlangen und Traurigkeit, in schleppendem Takt, und den Refrain begleitete er mit seiner Harmonika. Und als er geendet hatte, sagte einer der Männer: »Du singst gut, Matrose.«

»Aber die Sache mit dem Fett am Steak, da hast du nicht recht«, sagte derjenige, der sie briet.

»Ah, glaub mir, mein Freund, ich habe in meinem Leben mehr Steaks gegessen als du, und an sehr vielen Orten«, erwiderte Zephir in so freundschaftlichem Ton, daß der Mann lächelte und nichts mehr sagte, obwohl er weiterhin protestierend den Kopf schüttelte.

Jemand summte das südamerikanische Lied und pfiff den Refrain, und Zephir flüsterte Alek ins Ohr: »Ein jämmerliches Volk, aber musikalisch.«

In Ladas nicht besonders großer Wohnung waren bereits zahlreiche Leute versammelt, alte und neue Gäste. Lada, deren lange, rötliche Haare offen auf ihre Schultern fielen, umarmte Zephir und lächelte Alek vorsichtig zu, um ihn sich nicht zum Feind zu machen. Ihr Haar war das Schönste an ihrer Erscheinung, genaugenommen das einzige Attribut von Schönheit, lebendiges Haar voll Zärtlichkeit und Licht. Ihre Freundin Hannale tuschelte mit einem Gast, den Alek zum erstenmal sah – ein Kibbuznik, den es irgendwie zu diesen fanatischen Festefeierern verschlagen hatte. Der Kibbuznik begutachtete staunend und bewundernd Hannales schwere Schminke und ihre theatralisch gestikulierenden Hände. Neben ihnen aßen ein Buchprüfer und seine Frau Salate. Ladas Ansicht zufolge war der Buchprüfer ein gescheiter, äußerst scharfsinniger Mann, und da er nicht redete oder nur allgemeine Äußerungen fallenließ, konnte man ihre Worte schlecht anzweifeln.

Ihnen gegenüber befand sich Charles Kohen, der Kartenspieler, der jetzt als Kellner arbeitete. Hauptsache ist, sich nicht von Jackett und Krawatte zu trennen, hatte er zu Alek gesagt, als er einmal drei Wochen bei ihm geschlafen hatte, wenn du auf die Anzüge verzichtest, verzichtet die Welt auf dich. Und er hatte einen riesigen Koffer voller gutgeschnittener Anzüge der teuersten Qualität geöffnet. Kann ein Mensch verlorengehen, der solche Anzüge besitzt, was meinst du?

Charles Kohen hatte aufgeweckte Eichhörnchenaugen, die unablässig hin- und herhuschten und eine scheue Klugheit ausdrückten, bis man ihn am Ärmel zupfen, ihn aufhalten wollte, damit er nicht auf einmal verschwände. Er arbeitete in einem Kartenspielklub, und manchmal gab Alek ihm kleine Geldbeträge, damit er sie für ihn setze. Aber Charles hatte angefangen, im Klub zu streiten und die Frau geschlagen, die den Tee und die Sandwiches zubereitete.

Ein großer, massiger junger Mann mit sehr weichem Gesicht – der Sohn eines der größten Bauunternehmer von Tel Aviv, Arik Kupfer, tanzte mit der schönen Lusia. Alek entsann sich der berechnenden Kälte, die in ihren Augen aufschien, erinnerte sich an ihre Künstlichkeit und an die Stummheit, die in ihr war. All das zeugte vielleicht von ihrer wahren Berufung: Kurtisane. Es war seltsam, sie in Ladas Wohnung anzutreffen.

Ladas Mutter trat aus der Küche und sagte: »Ich habe alles vorbereitet, und jetzt gehe ich Kartenspielen.« Und dann entdeckte sie Zephir und winkte ihn mit einer Handbewegung zu sich.

»Ah, Meschulam, Meschulam!« sagte sie. »Kaum sehe ich dich, bist du schon wieder für Monate verschwunden. Du hast nie Zeit, ein Wort mit mir zu wechseln. Komm ins Schlafzimmer.«

Zephir lächelte sie an, hängte sich bei ihr ein, und mit der freien Hand zog er Alek hinter sich her.

»Und woher kommst du diesmal?«

»Südamerika, Frau Nadja.«

»Und Sie sieht man auch überhaupt nicht, Herr Tscherniak ... Das hier ist nicht interessant für Sie. Aber wir gehen nirgendwohin. Wir fühlen uns wohl hier, wie es scheint.«

»Es ist klar, daß es einer Frau wie Ihnen überall gut geht, Frau Nadja«, sagte Zephir.

»Deine Komplimente sind an die falsche Generation adressiert.«

Sie strich sich ihr kurzes Haar glatt und sog gierig den Rauch ihrer Zigarette ein, die sie zwischen Ring- und Mittelfinger hielt.

»Und Sie, wie fühlen Sie sich, Frau Nadja?« fragte Zephir.

»Du als Seemann, Meschulam, sammelst doch sicher viele Andenken aus der ganzen Welt – komm! Ich möchte dir etwas zeigen. Setz dich neben Alek aufs Bett und schau in diese Kiste. Es sind Sachen darin, die ich gesammelt habe, wie du, an verschiedenen und merkwürdigen Orten.«

Sie nahm die Kette von ihrem Hals ab, schloß die Kiste mit dem kleinen Schlüssel auf, der daran hing, und holte allerlei Gegenstände heraus, die sie auf dem Bett neben dem Fenster ausbreitete: Tischdecken aus alter Seide und Spitze, mit Initialen bestickte Leintücher und Bettbezüge, deren Ränder Nymphen und Delphine säumten, schöne Glaskelche, ein Set Meißner Porzellanfiguren, ein prachtvoller Samowar und eine persische Wasserpfeife mit Blütengravuren und Hirschkühen.

»Das wird alles Lada bekommen«, sagte sie.

»Eine schöne Mitgift«, bemerkte Zephir.

»Ich habe sie auf meinen sämtlichen Wanderschaften mitgeschleppt, durch alle Wechselfälle des Schicksals, aus denen ich nicht heil herauszukommen glaubte, und dann noch auf die Kiste aufzupassen ...«

»Das ist die schönste Mitgift, die ich meiner Lebtag gesehen habe. Alles ist hier mit Liebe gesammelt. Was sagst du dazu, Alek?«

»Ja, sehr schön.«

»Schön, sehr schön«, wiederholte Zephir und schielte nach der persischen Wasserpfeife.

»Man nennt sie Kalian«, sagte Alek.

»Kalian ... wie interessant! Wo haben Sie die gekauft, Frau Nadja?«

»Aral.«

»Eine wunderbare Nargila. Was sagst du, Alek?«

»Ja, ja.«

»Vielleicht sollten wir sie mit Wasser füllen und ein bißchen rauchen?« fragte Zephir.

Frau Nadjas Gesicht verfinsterte sich.

»Ich habe noch nie irgendeinen Gegenstand in dieser Kiste benutzt, und ich habe auch nicht die Absicht, dies jetzt zu tun, nur weil du Lust hast zu rauchen«, sagte sie giftig.

»Das Rauchen würde die Qualität der Wasserpfeife nur verbessern«, murmelte Zephir verlegen.

»Ich habe dich nicht um Rat gebeten, Meschulam, wie man eine Wasserpfeife besser macht.«

»Es tut mir leid, wenn ich Sie verletzt habe.«

In dem Zimmer, das so ganz und gar erbärmlich und häßlich war, erglänzten die Objekte aus der Kiste mit dem sehnsuchtsvollen Flair nach alter Noblesse, orientalischer Exotik, mediterranem Zauber.

»Besser, ich packe alles in die Kiste zurück.«

»Ich werde Ihnen helfen«, sagte Zephir.

»Nein. Ich weiß, wie man packt.«

»Es tut mir leid«, wiederholte Zephir.

»Geht, geht tanzen.«

Charles trat zu Alek und legte ihm seine Hand auf die Schulter:

»Ich habe Bienenfrucht gesehen. Er hat nach dir gefragt.«

»Ist er um meine Gesundheit besorgt?«

»Und was sollen wir machen, Alek?« Seine kleinen, klugen Augen drückten für den Bruchteil eines Augenblicks eine tiefe Verunsicherung aus.

»Und du, hast du ein bißchen Geld aufgetrieben?«

»Dreihundert Lirot.«

»Ich habe fünfhundert. Mein Stiefvater hat sie mir zum Geburtstag geschickt, um die neue Wohnung zu renovieren. Ich dachte, ich gebe dieses Geld Bienenfrucht. Einstweilen.«

»Er wird keinen solchen Betrag akzeptieren«, sagte Charles. »Und wenn, dann ändert das nichts. Du weißt, wie sie sind, die Menschen.«

»Und wie sind sie?«

»Du weißt, wie sie sind. Gib mir das Geld«. sagte Charles, und seine Finger zitterten leicht.

»Wir haben noch Zeit«, erwiderte Alek.

»Gib mir das Geld. Mit achthundert Lirot habe ich eine Chance. Ich werde auf eine Gelegenheit warten.«

»Wir werden beide krankenhausreif im *Asuta* oder *Beilinson* enden.«

»Damals hatte ich keine gute Nacht. Das wird nicht wieder vorkommen. Verlaß dich auf mich, Alek.«

»Auch damals hast du gesagt: Verlaß dich auf mich. Du hast gesagt, daß die beiden die Punkte mit den Lippen zählen, wie Leute, die nicht lesen können.«

»Es tut mir leid«, sagte Charles.

Alek atmete tief durch: »Du sagtest, daß man ihren Gesichtern ansehe, welch schwachen Charakter sie hätten.«

»Ich werde uns da rausholen. Gib mir das Geld. Du wirst sehen!« sagte Charles. »Du brauchst keine Angst haben.«

»Ich habe Angst vor Schlägen ins Gesicht«, bemerkte Alek, zog den zusammengefalteten Scheck aus seiner Tasche und gab ihn Charles.

»Du wirst es nicht bereuen«, sagte Charles und betrachtete prüfend den Scheck. »Ich kenne den Namen. Ein Knessetabgeordneter, alle Achtung. So hat das Staatscharakter. Ich werde die Heimat nicht enttäuschen. Du wirst sehen, Alek.«

»Denk daran, jetzt habe ich nichts mehr«, erwiderte Alek, »auch wenn ich mir von jemanden etwas leihen oder etwas verkaufen wollte, ich habe niemanden und nichts mehr.«

»Du kennst meine Garderobe«, seufzte Charles. »Es gibt nur ein Problem: Es ist unmöglich, Anzüge und Hemden zu verkaufen.«

»Du bist der Profi«, sagte Alek. »Ich verlasse mich auf dich.«

»Hat Zephir kein Geld?«

»Nein.«

»Macht nichts. Achthundert sind genug. Du wirst sehen.«

»Komm, wir begrüßen Lada«, trat Zephir zu ihnen. »Die Geheimnisse Alexandrias im Gesichterlesen, was, Charles?«

»Ja, die Geheimnisse Alexandrias, du Kartoffelschäler«, gab ihm Charles zurück, der beleidigt war, daß ein Mensch, der an die törichte Astrologie glaubte, die Weisheit der Physiognomik in Zweifel zog.

Frau Nadja hatte Lada nicht nur Kleider aus Modejournalen, sondern auch nach amerikanischen Filmen genäht, doch Ladas Gestalt, aufgedunsen und so überaus gewöhnlich, betonte nur die übertriebene Eleganz der Festgarderobe. Ihre stämmigen Schultern ragten aus den Kleidern, die für erotische Filmstars gedacht waren.

»Was wollte Mama von euch?« fragte sie.

»Sich bloß unterhalten. Wir haben uns lange Zeit nicht mehr gesehen«, antwortete Zephir.

»Sie hatte sicher Sehnsucht nach dir«, sagte Lada verlegen, »kommt mit in die Küche. Ich werde euch was zu essen geben.«

»Geht ihr«, wandte sich Alek an sie, »ich möchte mit Lusia tanzen.«

»Immer hinter Lusia her?« sagte Lada nachsichtig.

Alek näherte sich Lusia, die ihn unwillig ansah. Es war seltsam, eine solche Schönheit in der Neubausiedlung zu sehen – das blonde Haar, die rätselhaften blaugrauen Augen, der wunderbare Hals, der gertenschlanke Körper wie ein frischer Halm, das goldene Kleid, das Feuerkleid.

»Du hier?« sagte Alek.

»Warum?« entgegnete Lusia mit leicht schriller, rissiger Stimme. »Und wo sollte ich deiner Meinung nach sonst sein?«

»In den Palästen Venedigs, in den Villen am Brentakanal ...«

»Ich habe nie von einem solchen Kanal gehört. Aber ich bin sicher, daß es in den Palästen viel Schimmel gibt, und das hasse ich am allermeisten.«
»Tanzt du mit mir?«
»Es macht dir keine Freude, mit mir zu tanzen, nur das Anfassen.«
Alek blickte sie bewundernd an: »Das stimmt. Woher weißt du solche Dinge?«
»Du hättest nicht gedacht, daß ich solche Dinge weiß? Vielleicht gibt es ja noch andere Dinge, von denen du nicht gedacht hättest, daß ich sie weiß?«
»Soll ich dir etwas zu trinken bringen?«
»Du bist bereit, dir meinetwegen Umstände zu machen?«
»Ich würde zehn Kilometer laufen, um dir einen Drink zu holen.«
»Das lohnt sich nicht für dich«, erwiderte Lusia so schnell, daß Alek bezweifelte, ob sie es tatsächlich gesagt hatte.
»Soll ich dir etwas bringen?«
»Wenn ich trinke, werde ich krank.«
»Dann tanz mit mir.«
Ein merkwürdiges Lächeln erhellte für einen Moment Lusias Gesicht.
»Gut, bring mir etwas zu trinken, wenn du willst.«
»Ich bin gleich wieder da.«
»Ich lauf dir nicht weg«, sagte sie.
Auf dem Weg zum Getränketisch sah er den Sohn des Bauunternehmers Arik Kupfer. Nichts bei ihm stimmte – nicht die Naivität, nicht die ungeschlachte Technik. Er würde Lusia niemals kriegen. Wie lange würden die Reichen der Gesellschaft brauchen, einen ihrer Leute zu schicken, um sie zu entführen? Sie war schon zweiundzwanzig, wurde immer älter, aber sie waren langsam, oder hatten sie vielleicht kein Interesse an Schönheit? Vielleicht hatte ihre Schönheit auch bloß dekorativen Wert? Den armen Deppen war es egal, und die ganz Reichen – wer weiß, ob sie schöne Häuser, schöne Bilder, schöne Hunde hatten –, warum sollten sie so schöne Frauen haben? Es war phantastisch, sie am Fenster stehen zu sehen, ihre rätselhaften Augen ertranken nahezu in Geheimnis. Wenn man den Märchen Glauben schenkte, so könnte sie nur durch eine große und hingebungsvolle Liebe erlöst werden, doch es führte kein Weg zu ihr.
Er kam mit einem Glas Wodka in der Hand zurück. Wieder studierte er Lusias Anblick, doch außer einer gewissen Härte gab es keinen Makel in irgendeiner ihrer Konturen: eine unglaublich perfekte Schönheit.

»Warum starrst du mich so an, Alek?«
»Es ist schwer zu glauben, daß du wirklich hier bist. Das hat etwas Seltsames und Übernatürliches.«
»Du machst mir angst mit deinen Komplimenten.«
»Die Leuten müßten dich malen, dir verrückte Geschenke machen, dich in prachtvolle Gewänder kleiden, dir eine Krone aufsetzen und zu deinen Füßen niederfallen.«
»Und was würden sie dafür kriegen?«
»Das, was man für die Anbetung einer Göttin erhält – Glück.«
»Das klingt ja, als ob dich der Umgang der Leute mit mir wirklich beleidigt?«
»Du bist ein rares Geschöpf, Zeichen von etwas Unbegreiflichem. Sicher beleidigt und deprimiert mich das.«
»Zeichen für was?«
»Tanzen wir?«
»Bring mir noch einen Drink.«
»Ich bin gleich zurück.«
»Ich lauf dir nicht weg, habe ich gesagt.«
Die Überlegenheit, die sie empfand, und die leicht spielerische Nuance, die in ihrer Stimme mitschwang, machten Alek klar, wie auffällig seine Selbstverleugnung vor ihr war. Zephir, der nach dem ersten Erstaunen ihr gegenüber eine klare Antipathie verspürte, hatte einmal gesagt: Es genügt ein tränenreicher Film, um den Schnee zum Schmelzen zu bringen. Aber sie kann man nicht zum Schmelzen bringen.
Alek trank viel. Wenn er sich nur länger mit ihr hätte unterhalten können, ohne von dem jungen Kupfer gestört zu werden, hätte seine Erregung nicht weniger nützlich sein können als ein tränenschwimmender Film. Er nahm ihre Hand, doch von ihren wenigen Begegnung her erinnerte er sich daran, daß sie es nicht liebte, wenn man sie berührte.
»Gehen wir auf den Balkon?«
»Komm«, sagte sie.
Als sie durch die Tür traten, die sich nicht völlig öffnen ließ, legte Alek seinen Arm um ihre Schultern. Draußen sah man die Skelette der Häuser, die sich im Rohbau befanden, Sand, kleine Betonmischmaschinen und Lastwagen.
»Jetzt hast du einen guten Friseur!« sagte Lusia. »Es ist hübsch, auf deinen Kopf zu schauen. Vielleicht gehe ich auch zum Haareschneiden zu ihm.«
»Dieser Friseur ist nichts für dich. Das ist ein kleiner Verschlag auf der Straße.«

»Gibt es noch viele Dinge, die nichts für mich sind?«
»Wenn ich dich anschaue, spüre ich Schmerz und Traurigkeit, als hätte ich ein wunderschönes Bild gesehen. Sie ist herzzerreißend – diese Traurigkeit.«
»Und dazu brauchst du Schönheit, damit du Schmerz und Traurigkeit fühlst?«
Zum erstenmal, seitdem er sie kennengelernt hatte, sah Alek eine Spur von Schüchternheit in ihrem Gesicht.
»Küß mich«, sagte sie, und ihre Finger zerzausten sein Haar. »Du erstickst mich, Alek. Ich lauf dir schon nicht weg.«
Später hörte er Charles mit dem jungen Kupfer reden.
»Auf Lusia wartest du!« sagte Charles zu ihm. »Aber sie wird nicht zu dir kommen. Geh schlafen, mein Lieber.«
Lusia schlief neben ihm, vergoldet vom Licht einer Laterne, die jemand auf einem der schmalen Balkone des gegenüberliegenden Hauses hatte brennen lassen. Die hinreißende Zartheit ihres Körpers, diese fast überirdische Weißheit! Alles glänzte in stillem Milchglasschimmer, wie diese Angestellte in seiner Einheit beim Militär, die die Zukunft vorhersah, allerdings nur Unglücksfälle, Brände, Erdbeben, Morde, Flugzeugabstürze, Schlachten und versinkende Schiffe. Sie wollte davon geheilt werden, wollte, daß diese »Eigenheit«, wie sie es nannte, verschwände.
»Bring mich in ein richtiges Krankenhaus, Alek«, hatte sie gesagt, als man sie nach einem Selbstmordversuch in der Dusche gefunden hatte. »Hier verstehen sie nichts, überhaupt nichts.« Ihr Körper war überströmt von Blut und Wasser. »Bring mich hier weg an einen wirklichen Ort.«
Die Tür ging auf und Charles spähte herein, lächelte mit flüchtigem Spott und winkte ihm mit seiner kleinen Hand zu.
Am Morgen standen Lada und Hannale sehr früh auf, da sie zur Arbeit gehen mußten. Die beiden kochten schnell Kaffee und toasteten Brot. Alle verließen zusammen das Haus. Charles setzte seine Schritte vorsichtig, um seine Lacklederschuhe nicht zu beschmutzen, und strich ärgerlich immer wieder seinen schwarzen Anzug und sein weißes Hemd glatt, die ein bißchen verknittert waren. Der kurze Mantel, den Lusia trug, verbarg ihr rotgoldenes Kleid nicht. Der junge Kupfer marschierte mit gesenktem Kopf, voller Groll. Zephir hatte sich das rote Halstuch eines der Mädchen um den Kopf gewickelt. In der Siedlung begannen die Leute, sich auf den Weg zum Autobus zu machen, schlurften durch den Sand und betrachteten verblüfft die kleine Gruppe.

»Wir wirken hier wie eine Nuttenbande, die zur Polizei abgeführt wird«, flüsterte Charles Alek zu.

Alek selbst hätte überall durchgehen können, trotz seiner Größe und Magerkeit. Seine Kleidung wurde von jedem Hintergrund verschluckt, doch Charles in seiner Abendgarderobe, die schöne Lusia, in deren Gesicht sich noch die Spuren des gestörten Schlafes abzeichneten, und der Matrose mit dem roten Piratentuch stachen ins Auge.

Sie warteten lange auf den Autobus. Der Morgen dämmerte grau und trüb herauf. Immer mehr Leute versammelten sich an der Haltestelle, und alle betrachteten sie mit dem gleichen dumpfen Erstaunen oder stillen Vorwurf. Alek hakte Lusia unter, die sich geweigert hatte, mit Kupfer in seinem Auto mitzufahren. Vor einem Jahr, nachdem sie eine Nacht zusammen verbracht hatten, hatte er ihr Blumen geschickt und sie zwei Tage später gefragt, ob sie sie erhalten und weshalb sie nicht reagiert habe. Sie hatte zu ihm gesagt: Wir, die Fische, schwimmen nicht in einer Bahn. Einmal schwimmen wir in diese Richtung, einmal in jene. Man kann von Fischen keine Treue verlangen.

»Ißt du mit mir ein spätes Frühstück?« fragte Alek sie.

»Nein, ich muß mich mindestens eine Stunde in ein heißes Bad legen.«

»Und danach bringe ich dir Brötchen und Milch?«

»Nein.«

»Eßt ihr Fische kein Frühstück nach dem Morgenschwimmen?«

»Wie hast du das jetzt gewußt?«

»Laß mich mitkommen. Ich möchte bei dir sein.«

»Das lohnt sich nicht, Alek.«

»Gib mir eine kleine Chance. Du wirst es nicht bereuen. Ich kann dir von Nutzen sein, dir Französisch und Englisch beibringen, dich fotografieren. Erlaub mir nur, bei dir zu sein. Wärst du nicht damit einverstanden, dir einen großen Hund zu halten?«

»Ich kann es mir nicht erlauben, einen Hund wie dich zu halten.«

»Ich werde wissen, wie man dich liebt. Deine Schönheit läßt mich jedesmal von neuem auf die Knie fallen.«

Lusia lächelte.

»Wir fühlen uns wohl zusammen.«

»Ja und?«

»Du hast gesagt, du empfindest mir gegenüber keine Fremdheit.«

»Na und? Was beweist das?«

»Ich hasse es, wenn du so redest.«

»Eines Tages wirst du die ganze Welt hassen, weil du nicht das gekriegt hast, was dir deiner Meinung nach zusteht: die große Liebe.«

»Das stimmt nicht, nein, Lusia, wirklich nicht.«

»Red leiser«, sagte sie.

Sie stieg schnell vor dem Busbahnhof aus und winkte ihm zum Abschied mit müder Nachlässigkeit.

Zephir schob sich näher an ihn heran, während er sie mit seinem Blick verfolgte.

»Wieder mal hinter Lusia her«, murmelte er.

»Vielleicht.«

»Was meinst du, Alek, lohnt es sich, daß ich Lada heirate?«

»Natürlich. Du wirst dann die persische Wasserpfeife rauchen können, sooft du nur willst. Das wäre herrlich, oder nicht?«

»Ich hab's gewußt, daß du das sagst ... Vielleicht ist es wirklich beschränkt, die Tochter zu heiraten, nur um der Mutter eine Freude zu machen. Und außerdem, was habe ich mit dieser Luxuskiste zu tun? Für mich ist trocken Brot und spärliches Wasser und ein Stein unterm Kopf in der Nacht besser. Tu mir einen Gefallen, Alek. Geh heute nicht zur Arbeit. Komm mit mir zum Zeitvertreib.«

»Aber wir kommen doch gerade vom Feiern.«

»Das war nicht wirklich Feiern«, sagte Zephir, »ich habe gehört, wie du Lusia ein Frühstück vorgeschlagen hast.«

Am Nachmittag kam Alek ins Studio. Luria glitt in seinen Pantoffeln über die Fliesen. Ein Foto von Luria, aus den rauchenden Trümmern eines Flugzeugs geborgen, mit weit aufgerissenen Augen, aber energisch, völlig beladen mit alten Fotoapparaten, hing am Eingang. Der Fotograf schritt mit der gezielten aufrechten Haltung eines Betrunkenen, doch er gab auch vor, zerbrechlicher zu sein, als er in Wirklichkeit war, wie alte Leute, die auf diese Art Beschwerde und unterdrückten Protest zum Ausdruck bringen wollen. Nach ein paar Minuten vergaß er seine Zerbrechlichkeit regelmäßig, und dann lag in all seinen Bewegungen eine Zufriedenheit, die Alek immer überraschte, ein Andenken vergangener Tage. Er hatte in allen möglichen gottverlassenen Löchern fotografiert, in China, in Abessinien, in der Tschechoslowakei, in Äquatorialafrika, in Spanien. An den Wänden seines Studios hingen seine berühmten Bilder von der Frente Murata: die Mitglieder der Internationalen Brigade aus den Vereinigten Staaten, Kuba und den Philippinen. Nach dem Krieg hatte er in Brasilien, Uruguay und Korea fotografiert. Die Großen der Welt erinnerten sich an sein Gesicht, und einige nannten ihn bei seinem Spitznamen: Zaria; als er in die Sowjetunion kam, überhäufte man ihn mit Ehrenbezeigungen und teuren Geschenken. Und überall sah Luria die Ränke imperialistischer Agenten, die den nächsten Krieg gegen die Sowjetunion vorbereiteten, besonders nach dem Tod des großen Stalin.

Alek hatte er kennengelernt, als er eines Tages das *Foto Universal* betrat und um Hilfe beim Entwickeln von Fotos bat. Der Besitzer von *Foto Universal*, Elijahu Geller, und seine Frau befaßten sich hauptsächlich mit Paßbildern und Hochzeitsaufnahmen, mit dem Verkauf von Filmen und kleineren Reparaturen von Kameras. Nach dem Sueskrieg stellten sie zwar im Schaufenster Porträts von Offizieren und Soldatinnen aus und schmückten den Raum sogar mit zwei Fotografien von Franzosen, die sich neben einem Metroeingang küßten, doch Lazar Lurias Ruf war nicht an ihr Ohr vorgedrungen. Alek, ihr einziger Angestellter, hatte schon von Luria gehört, doch er war sicher gewesen, daß er Ende der vierziger Jahre in Afrika bei einem Flugzeugabsturz oder Schiffsunglück ums Leben gekommen war. Eine Woche, nachdem sie sich zum erstenmal getroffen hatten, bat Luria Alek wieder um Hilfe, da seine Hände vom Rheumatismus deformiert waren. Er gewöhnte sich an Alek und begann sich sogar mit ihm anzufreunden, als er entdeckte, daß Alek Briefe fehlerlos beantworten konnte: Der große Lazar Luria mühte sich stundenlang damit, in Wörterbüchern nachzuschlagen, um keine allzu groben Fehler zu machen, und er erhielt immer noch viele Briefe, über die er zwar spottete, die er jedoch gut sichtbar auf dem Tisch stapelte.

Er holte eine Flasche Wodka aus dem Kühlschrank sowie einen gigantischen Glastiegel mit Salzheringen, Gurken und einen großen Brotring, seine einzige Nahrung außer harten Eiern, und arrangierte alles neben dem Bild des aufgebahrten Stalin im Sarg, der das Gesicht eines Menschen hatte, der alle geheimen Wünsche seines Lebens verwirklicht hat, und schöne Hände.

»Die Russen sind wieder nett zu uns«, sagte er.

Und zu wem die Russen nett sind, der wird schließlich nicht verlorengehen ... Luria liebte Israel, noch aus den dreißiger Jahren, als er sich im Kibbuz herumtrieb, die Mitgliederversammlungen und Kinderhäuser fotografierte, bei seinen Arbeiten Unschuld, Hingabe und Gleichheit betonte. Nach der Staatsgründung war Luria in Israel geblieben und seitdem nur noch selten nach Europa gereist: Die meisten der führenden Politiker dort hatten gemeinsame Sache mit den Nazis gemacht; Paris war nicht mehr das, was es einmal war, die Frauen dort waren heruntergekommen und grau, die großen Restaurants miserabel; ein Mensch geht zu seinem Vergnügen in einen amüsanten Film und muß erfahren, daß die großen Schauspieler während der Besatzung für die Deutschen aufgetreten waren.

Sacha Guitry, und wer nicht noch alles? Wie kann man in einer solchen Stadt wohnen?!

»Du warst heute nacht auf einer Party. Das sieht man an deinem Gesicht. Paß auf, von der Nymphomanie zur Reaktion ist es nur ein kleiner Schritt«, sagte Luria und nahm sich noch ein Stück Salzhering.

Dergestalt sind die Mysterien der Loyalität – nichts hatte in Luria eine solche Scham hervorgerufen wie Frankreichs Versagen. Er zeigte Alek immer ein dickes Heft, in das er Zeitungsausschnitte aus der Besatzung eingeklebt hatte: Trotz seiner Darstellung als kompromißloser Bösewicht ist Göring ein weichherziger Mann; der geflügelte Ausspruch der Akademiemitglieder, die zu einem Besuch nach Deutschland eingeladen wurden. Diese Heuchelei war es, die Luria am allermeisten erschütterte. Frankreichs Schande trübte sein Leben wie ein erbitterter Streit mit einem Geschwisterteil. Es verging kein Tag, an dem er nicht mit merkwürdigem Kummer über seine verlorene Liebe nachgesonnen hätte. Etwas war zu Ende gegangen und würde nie mehr von neuem erstehen, irgendein Wind hatte aufgehört zu wehen, oder hatte er vielleicht gar nie geweht? Vielleicht war es nur eine Illusion gewesen? Alles kleine, trübe Rinnsale. Der Haß treibt die Linke auf die Barrikaden, der Haß ist das Lebensblut der Parteien. Der Hohn der Rechten, der Haß der Linken. Luria blieb in Israel. Er traf sich mit Leuten, deren Muttersprache Russisch war, seine geliebte Sprache, verkehrte freundschaftlich mit dem sowjetischen Botschafter. Auch mit Alek sprach er gerne über die Sowjetunion und die Revolution. Zwei Fotos hatten ihm bedeutende Preise eingebracht: die Garderobe der Folies-Bergère und das Bild von Professor Magnus Hirschfeld, der behauptete, daß der Ursprung aller Übel, die über den Mensch kämen, in geschlechtlichen Abweichungen lägen: Wenn jeder Mensch seinem Geschlecht absolut zugehörig wäre, wäre die Welt ein Paradies; Deutschland wäre im Ersten Weltkrieg nicht besiegt worden und hätte damit die Grundfesten der Welt erschüttert. Professor Magnus Hirschfeld, ein kleingewachsener, nervenaufreibender Mann, in dessen Augen der Irrsinn funkelte, der sich mit eiserner Willenskraft selbst beherrschte, war auf der Fotografie zu sehen, wie er wie Samson im Eingang seines Instituts zwischen zwei dorischen Säulen aus weißem Marmor stand, über denen in Latein die Inschrift eingraviert war: »Tempel der Liebe und Leiden«.

»Ich werde dir ein Zimmer im Hotel mieten. Wir werden die Wohnung renovieren, und danach ziehst du zu mir«, sagte Alek zu ihm.

»Ich ziehe ein Altersheim vor. Apropos Alter – ich bin eingeladen, in die französische Botschaft zu kommen, um das Abzeichen der Ehrenlegion zu erhalten. Soll ich hingehen?«

»Selbstverständlich.«

»Ich frage mich selber: Hingehen oder nicht? Du weißt, als ich ein junger Mann war, noch in Rußland, habe ich viel auf französisch gelesen. Ich träumte von den Franzosen und liebte sie. Ich habe sie geliebt, wie sie in der Literatur vorkamen, doch im wahren Leben liebte ich nur wenige von ihnen, an den Fingern einer Hand kann ich sie abzählen, an einer Hand. Und ich habe zwanzig Jahre in Paris gelebt. Was sagst du dazu?«

Alek sagte: »Rousseau schrieb, daß er sich in die Franzosen wegen ihrer Theaterstücke verliebte und von ihnen enttäuscht war, als er sie traf.«

»Das ist irgendwie ein Rätsel – denn diese Schriftsteller und Dramaturgen sind schließlich auch Franzosen.«

»Du mußte hingehen, Zaria. Mir scheint, daß die Rosette des Ehrenlegionsabzeichens rot ist. Das wird sicher nett aussehen auf Abendanzügen.«

»Du hättest meine zweite Frau kennen sollen. Sie wäre von deinen Ratschlägen begeistert gewesen.«

»Wo ist sie jetzt?«

»Nicht im Altersheim, soviel ist klar. Wenn sie noch lebt, und ich denke, daß sie lebt, wohnt sie sicher in der Schweiz, in einem dieser dunklen Häuser, in denen die alten Sängerinnen wohnen, die seinerzeit berühmt und geliebt waren.«

»Sie war eine Sängerin?«

»Nein, sie war sehr reich«, sagte Luria. »Aber hör mir zu, der Schlaf der Reichen wird jetzt nicht mehr von der Angst vor der Guillotine gestört, sondern vom Anblick des Fensterbretts, von dem sie 1929 bei der Krise gesprungen sind, nicht wegen irgendeinem Jakobiner, sondern wegen einem Börsenmakler mit dem Kopf voller Quatsch. Die Fenster von Wolkenkratzern werfen einen riesigen Schatten auf ihre zarten Seelen! Wir werden ihr Ende noch mitansehen! Ich habe einen Auftrag von der amerikanischen geographischen Gesellschaft erhalten, die Wüste Jehuda zu fotografieren: der Schwanengesang Lazar Lurias. Meine Hände mögen ja vom Alter verkrümmt sein, aber zwei linke Hände wie Esau habe ich nicht. Ich kenne diese geographischen Gesellschaften, diese archäologischen Delegationen, die in der Türkei nach der Arche Noah suchen, und ich weiß, von wem sie ihr geheimes Auftragsschreiben erhalten. Aber es wird uns noch vergönnt sein, ihr Todesröcheln zu hören. Und dann wird das Ende über die Bourgeoisie kommen, der Schaum wird abgeschöpft, und die klare Suppe wird bleiben.«

»Ich habe nie verstanden, Zaria, was du gegen die Bourgeoisie hast. Wenn wir selbst bürgerlich wären, wäre das etwas anderes, aber sie sind nützlich, ihre Töchter sind gepflegt. Sie finanzieren die Opernhäuser, sie haben dekorativen Wert.«

»Die Bourgeoisie hat Dekorationswert? Du bist ein Träumer, Alek.«

»Du bist auch einer, Zaria. Bist du dir wirklich sicher, daß du in ein Altersheim willst?«

»Es ist ein sehr gutes Altersheim, teuer, aber gut. Ich werde ausreichend Geld haben, und ich möchte, daß du weißt, daß ich mein Geld, sofern etwas übrigbleibt, der Freundschaftsliga mit der Sowjetunion vermacht habe. Ich schreibe an die sowjetische Botschaft, damit sie davon wissen und das Geld beanspruchen, wenn noch etwas da ist. Vielleicht sollten wir den Botschafter besuchen gehen? Ein bißchen Kaviar und Wodka kann nichts schaden, und sie haben ein hübsches Haus. Ich hätte gern, daß du einen Elektriker ins Altersheim mitbringst, ich brauche in meinem Zimmer spezielle Lampen. Kennst du einen guten Elektriker? Früher konnte ich solche Dinge selber machen, aber jetzt sind meine Hände völlig steif.«

»Wir finden einen Elektriker. Ich muß gehen, Zaria. Ich habe einem Freund versprochen, mich ein bißchen mit ihm zu amüsieren.«

»Also, dann amüsier dich. Aber denk daran, was ich dir über die Auswirkung der Vergnügungen gesagt habe«, sagte Luria und schenkte sich noch ein Gläschen ein.

Zephir wartete ungeduldig vor dem Haus.

»*Adria* oder *Chinga-Bar* oder *Monpetit*?« fragte er.

»Du sagtest doch, du wolltest häusliche Atmosphäre, mit netten Frauen zusammensein?«

»Ich will nicht mit netten Frauen zusammensein.«

»Und du bist also bereit, für das Geld, das du zwischen den Stürmen und den Wellen der See verdient hast, Liebe zu kaufen?«

»Genau das.«

»Obwohl du sagst, daß das Betreten einer Tel Aviver Bar eigentlich eine Strafe sei?«

»Du kennst deine Stadt nicht.«

Alek verkehrte regelmäßig im *Monpetit*. Er besuchte zwar auch andere Nachtlokale, doch das *Montpetit* war sein Klub, trotz der schrecklichen Häßlichkeit, der verdreckten Toiletten, in einen der

Hinterhöfe hinauszugehen war noch übler, denn dort war das Reich der elendsten Prostituierten, und auch die Junkies trieben sich zwischen Fässern und Mülltonnen, Unkraut und Überresten von Zäunen und Gitternetzen herum. Der Bruder des Klubbesitzers, Moschevitz, ein Mann mit einem tellerförmigen Gesicht, schrieb seine Zeche immer an, ohne ein Wort zu verlieren oder ihn daran zu erinnern, daß sie eines Tages beglichen werden müsse. Der Klavierspieler, Herr Imre Levi, war ein großer Bewunderer von ihm und sagte immer: Nur ich, Herr Tscherniak, ich und Herr Charles wissen um Ihre Klasse. Er liebte es, mit ihm über Opern zu sprechen, über Sänger, die er in Budapest und Wien gehört hatte, und ebenso über die Liebe und den Tod, zwei Konnotationen, in die er sich täglich vertiefte. Die Köchin, Frau Klara, machte ihm heimlich kleine Radieschenbrote, und sogar die zwei Bedienungen, die aggressive Betty und die verschlafene Debora, behandelten ihn mit langmütiger, zerstreuter Sympathie, dank der kleinen Dienste, die er ihnen erwies, und weil er sie manchmal nach Hause brachte, wenn sie in etwas riskante Situationen geraten waren. Manchmal spielte Alek mit Herrn Imre vierhändig Klavier, oder allein Walzer und Foxtrotts, an die er sich aus seiner Jugend erinnerte. An Alek knüpfte sich auch eine kleine lokale Legende: Eines Nachts zankte sich eine deutsche Schauspielerin mit ihrem Ehemann oder Liebhaber, und danach legte sie ihre Arme um Aleks Hals und sagte: »Küß mich!«

Das *Monpetit* war also ein Ort, wo man ihn mochte und er sich nicht einsam fühlte. Zumindest war seine Einsamkeit in dem Klub mit Musik, Alkohol und dem Geruch nach Fisch und Algen versetzt.

Die Theke im *Monpetit* war lang und verlor sich im Halbdunkel. Der magere Herr Imre, unter dessen Kartoffelnase sich ein schütteres Schnurrbärtchen wie ein dünner Bleistiftstrich zog, spielte auf dem Klavier die deprimierenden Melodien, die überall auf der Welt in Bars gespielt wurden. Er lächelte Alek zu, und Zephir drückte ihm einen Geldschein in die Hand.

»Was trinkst du?« fragte Zephir.

»Arrak, Pernod.«

»Nein, mein Herr. Wir fangen mit etwas Feinerem an, und nicht mit diesen rohen Getränken, die dir das Haar zu Berge stehen lassen, und hinterher schmeißen sie dich auf ein verlassenes Feld. Fangen wir mit einem Gin Lime an.«

»Von Gin wird mir übel«, sagte Alek.

»Nicht so schlimm«, erwiderte Zephir, »wenn du ein bißchen krank wirst. So können wir den Abend aufbauen, wie es sich gehört.«

»Also zwei Gin Lime Soda?« fragte Moschevitz. Hautsäcke hingen in seinem schlaffen Gesicht, große schwarze Spinozaaugen blickten sie fragend an. Er schien erschöpft vor Müdigkeit und Sorgen.
»Den besten Gin. Ich kann Gin mit geschlossenen Augen in jedem Coktail herausschmecken.«
Moschevitz, leicht verlegen, blickte Alek an und schenkte ihm fast ein halbes Glas Gin ein.
Herr Imre unterbrach sich für einen Moment, als er Zephirs lautes Organ hörte.
»Spiel, spiel. Wieso hörst du auf, Mensch?« sagte Zephir zu ihm.
Ein fast weißblonder Mann, der wirkte, als sei er gerade eben von Bord eines skandinavischen Schiffes gegangen, saß da und starrte mit schwimmenden Augen die Wand an. Ein anderer, mit militärischem Kurzhaarschnitt, legte seinen Kopf auf den Tisch, und die Bedienung streichelte mit schläfrigen Bewegungen über sein geschorenes Haar.
»Wach auf, wach auf, Debora, sag ein Gedicht auf!« rief ihr Zephir zu.
Die Bedienung reagierte mit einem langen, energischen Fluch. Zwei Vorderzähne in ihrem Mund fehlten.
»Hier ist nicht Brasilien, ha?«
»Und was weißt du schon von Brasilien?« sagte Zephir und trank den Gin mit genußvoller Wehmut. »Habe ich dir erzählt, wie ich Leguanfleisch verspeist habe?«
»Jetzt, auf der letzten Reise?«
»Ich werd's dir erzählen, damit du weißt, wie ein Mensch wegen Mangel an Mut alles versäumt, was ihm durch seinen Zauber und sein Bewandertsein in den Geheimnissen der griechischen Sprache gegönnt war. Das war so: Mir blieben nicht mehr viele Tage bis zur Rückfahrt des Schiffes. Ich befand mich in einer Stadt, die ziemlich weit weg vom Hafen war, und ich war auf der Suche nach einen Ort zum Saufen. Plötzlich sehe ich, daß vor mir ein Mensch mit einem Sack auf dem Rücken geht, und aus dem Sack lugt der Kopf einer großen Echse. Der Junge selber sah wie ein Ritterknappe aus, der zum Palast geht und den Kopf des Drachen trägt, den sein Herr in den Kinderbüchern immer abschlägt. ›He, amigo‹, sage ich zu ihm, ›wohin trägst du dieses Tier auf deinem Rücken?‹
›Ich gehe zum Markt, Señor‹, antwortet er mir höflich, ›um die zwei Leguane zu verkaufen.‹ Und zeigt mir den Sack in seiner Hand.
›Hör mal, mein Freund‹, sage ich zu ihm, ›ich bin ein nicht sehr reicher Seemann, der das, was er verdient, an die Liebe, das Trinken und die Bewirtung seiner teuren Freunde verschwendet. Würdest du

bereit sein, mir die Leguane für die Summe von fünfzehn amerikanischen Dollars zu verkaufen, siebeneinhalb für je ein Tierchen?‹

›Fünfzehn Dollar, mein Herr?‹

›Für beide.‹

›Für siebeneinhalb Dollar für einen Leguan bin ich bereit, dir jeden Tag eine ganze Wagenladung zu bringen.‹

›Dann sind wir also im Geschäft, mein Freund. Du bekommst fünfzehn Dollar und ich die Drachen.‹

Ich lud mir den Sack auf den Rücken und fuhr fort, nach einem Ort zum Trinken zu suchen. Ein Polizist beobachtete mich mit gewissem Mißtrauen, und ich dachte mir: Wozu habe ich eigentlich diese zwei Leguane gekauft? Ich habe noch nie Echsen gemocht, die an Drachen erinnern. Trotz all meiner Bemühungen gelang es mir jedenfalls absolut nicht, mich daran zu erinnern, weshalb ich sie einen Augenblick vorher gekauft hatte. Und da sehe ich ein paar Tische, Fässer, hängendes Grünzeug, viele Lampen. Das Ganze erinnert mich an Saloniki. Ich gehe hinein und sehe sofort, daß es ein guter Ort ist. Ich setze mich hin und lege die zwei Tierchen neben mir ab. Eine Frau kommt zu mir her – welcher Hals, was für eine Brust! Sie fragt, was ich trinken will, und ich sage, ich möchte das Beste, was sie haben, und viel davon, denn ich sei sehr durstig.

Sie lächelt und will gehen, aber ich bin aufgestanden, fast habe ich sie dabei umgeworfen (ich vergaß, dir zu sagen, daß ich vorher schon ein paar Gläschen getrunken hatte), und fragte: ›Wie heißt du‹, – ich habe Griechisch gesprochen, aus Verwirrung –, ›meine Schöne?‹

›Man nennt mich Frau Savidis.‹

›Frau? Ich entschuldige mich für mein Benehmen, Frau Savidis‹, sage ich sofort zu ihr, ›Ihre große Schönheit, die Tatsache, daß ich ein Seemann bin, das viele Trinken und die Einsamkeit in der mir unvertrauten Stadt sind es, die diesen peinlichen Ausrutscher verursacht haben. Bitte verzeihen Sie mir.‹

Und setzte mich wieder hin. Und was glaubst du? Diese ganze kurze Unterhaltung ging nicht ohne großen Eindruck zu machen an Herrn Savidis vorüber, der an der Theke saß, hinter einer Wand von Bändern, Grünzeug und Pfefferschoten. Er brachte mir einen Krug Rum, setzte sich neben mich, deutete auf den verschlossenen Sack und fragte: ›Leguan?‹

›Ja.‹

›Aus Saloniki?‹

›Saloniki‹, antwortete ich.

›Ein Festmahl?‹

Ich nickte.
Er klopfte mir auf die Schulter und sagte: Bin gleich wieder da!
Einige Augenblicke später kommt Herr Savidis zurück, und mit ihm zwei verdächtig aussehende Herren. Das waren seine Köche.
›Man braucht Geduld‹, sagt er, ›es erfordert viel Zeit, dieses Fleisch angemessen zuzubereiten. Wir sind nun mal hier, nicht in Saloniki, mein Freund. Aber für Sie werden wir alles tun, um Sie zufriedenzustellen. Wollen Sie jemanden zum Essen einladen?‹
›Ich bin hier allein. Bitte, laden Sie jemanden ein‹, sagte ich wie im Schlaf, ›und für ein Faß Rum zahle ich‹, fügte ich hinzu, denn ich verstand nicht, was er meinte.
›Sie werden Ihre Großzügigkeit nicht zu bereuen haben, mein Herr‹, sagte er. Und die beiden Köche drückten mir die Hand und nahmen den Sack. Und ich leerte weiter den Krug. Ich erinnere mich auch noch, daß nach einiger Zeit einer der Köche kam, um mir zu verkünden, daß meine Tiere ausgezeichnet seien.
Als ich meine Augen aufschlug, fand ich mich bei einem Barbier sitzen, der meine Kinnbacken zwickte und knetete. Ich sah, daß ich schon Rasur und Haarschnitt hinter mir hatte und daß der Friseurladen genaugenommen in meinem Hotel war. Ich wühlte in meiner Hosentasche, um ihn zu bezahlen, doch er wies meine Hand zurück und sagte: ›Ich danke Ihnen für die Einladung, mein Herr.‹
Der Friseurgehilfe brachte mich zu meinem Zimmer hinauf. Mit ziemlicher Mühe duschte ich mich und zog mich um. Danach gingen wir hinaus, um meine Schuhe putzen zu lassen und einen Hut für mich zu kaufen, denn mein Hut war während meines Ausflugs irgendwie verschwunden. Dann gingen wir weiter die Straße entlang.
›Wohin gehen wir?‹ fragte ich.
›Zum Festmahl.‹
›Zum Festmahl, ja natürlich.‹
Noch nie habe ich mir dermaßen Mühe gegeben, mein Gedächtnis anzukurbeln, wie in dem Moment. Alles war wie weggeblasen aus meinem Kopf.
›Bis wir ankommen, wird alles fertig sein‹, sagte der Mann, der mich ein bißchen stützte.
Was für eine Straße das war! Es war heiß vor Anbruch der Nacht, und die Lichter funkelten wie kleine Kristalle.
›Hier, da sind wir schon‹, sagte mein Begleiter.
›Vielen Dank für die Begleitung, wirklich vielen Dank.‹
Und er gab mir zur Antwort: ›Ich danke Ihnen vielmals für Ihre großmütigen Worte.‹

Drinnen standen die Tische im Zentrum des Saales, beladen mit Gemüse, Rumkrügen und Broten, und auf vier großen Tabletts türmten sich gebratene Leguanstücke. Draußen war alles erleuchtet, strahlende Helligkeit. Und was für Leute an dem Tisch saßen! Was für ein Fest! Der Hausherr fing an, die Anwesenden zu zählen.

›Der Herr, und noch zwölf, wie beim letzten Abendmahl. Aber das ist nicht das letzte Mahl, und kein Judas ist unter uns.‹

›Und auch ich bin bloß ein Matrose von einem Frachtschiff‹, sagte ich. Und alle lachten.

Schon immer wollte ich mich in einer fremden Stadt betrinken, aber aus irgendeinem Grund ist es mir nicht gelungen, nie. Das soll heißen, mich wirklich betrinken. Aber in dieser Stadt habe ich mich so wohl gefühlt, daß mir auf äußerst angenehme Weise die Sinne schwanden, und bei diesem Festmahl war mir noch wohler. Alles sang und spielte, danach löschten sie die Lichter und ließen nur eine Lampe vor einer weißen Wand brennen, und einer der Köche, ein Mann mit riesigen Händen, zeigte Schattenfiguren an der Wand: ein Fuchs, der einen Hasen verfolgt, Churchill und Eisenhower. Theater, wie es ein Schattenspieler macht, ist schwer zu finden: Der Fuchs ist echter als alle Füchse – schaut, wie er sich ein bißchen kratzt, mit seinem Schwanz am Hinterteil wie mit einem Fächer wedelt, wie er lauernd leise von einer Stelle zur anderen schleicht. Nachher tanzten alle, und mir scheint, daß ich am Ende mit einer jungen Frau tanzte. Ich habe mich in sie verliebt. Das ist die Frau, von der ich dir erzählt habe. Ich hätte sie geheiratet. Wirklich. Das war eine Liebe, die loderte wie ein Schmelzofen. Ich hätte sie auf meinen Rücken geladen wie die Leguane und wäre mit der süßen Last davongelaufen. Sie ist mir, wie man so schön sagt, unter die Haut gedrungen. Aber es ist nichts daraus geworden ... und was für ein Schmerz und welch ein Traum ...«

»Und was ist der Schmerz und der Traum?« fiel ihm Alek ins Wort.

»Ich habe beschlossen, ein Flaschenschiff für sie zu machen, ein besonderes Schiff, mit bemalten Segeln und Kanonen.«

»Das sagst du immer, wenn du eine kennengelernt hast.«

»Immer?!«

»Ja, immer«, bestätigte Alek.

»Und wenn schon. Und jetzt gehen wir zu einem ernsthafteren Drink über. Wir müssen in die tiefen Gewässer hinabtauchen!« sagte Zephir und nahm seine Uhr ab, rieb sich sein Handgelenk und seufzte.

»Schiffst du dich wieder ein?«

»Für fünf Monate«, erwiderte Zephir, »laß uns auf das neue Leben trinken!«
»Das neue Leben?«
»Dein neues Leben«, meinte Zephir.
»Wohin jetzt?«
»*Chinga Bar*.«
In der *Chinga Bar* war die Luft so verräuchert, daß es schlicht unmöglich war, irgend etwas zu sehen.
»Nach dir«, sagte Alek.

– 7 –

Als Maddi eintraf, saßen alle schon um den Tisch versammelt: Zahava mit eleganter neuer Bluse, Kempf in einem blauen Anzug und mit schwarzer Seidenkrawatte, allerdings noch immer mit seinem wilden Bart, den langen Haaren und den alten Sandalen. Ihnen gegenüber saß jemand, der den Kopf in seine Hand gestützt hatte.
»Da ist Maddi Marinsky! Darf ich vorstellen, Alek Tscherniak.«
Der Mann richtete sich etwas auf, und für einen Augenblick hing sein Blick fragend, mit merkwürdiger Weichheit an ihr.
Rieti ergriff Aleks Arm mit einer Liebenswürdigkeit, die Maddi vermuten ließ, daß dieser wohl viel über Ballettskizzen wußte. Und sie setzte sich neben ihn.
»Schenken Sie den Wein ein, Herr Alek!« sagte Rieti heiter. »Als ich jung war, war das Fotografieren mein liebstes Steckenpferd.«
Wie alt mochte dieser Mann sein? Er schenkte den Wein ein, anscheinend überrascht vom Anblick der Kelchgläser Rietis, denn er begutachtete neugierig jedes einzelne von ihnen während des Einschenkens, musterte angetan die Veränderung, die in dem hellen Grün des Glases vor sich ging, und besah sich prüfend die Lichttransparenz des langstieligen Kelches.
»Gefallen Ihnen die Gläser wirklich, oder scheint es mir nur so?« fragte Rieti in dem gleichen heiteren Ton, der dazu bestimmt war, wie Maddi vermutete, gute Stimmung zwischen Kempf und Tscherniak zu schaffen.
»Ja«, sagte Alek leise.
Rieti warf Maddi einen flehentlichen Blick zu. Die Atmosphäre war anders als bei dem vorangegangenen Abendessen und nicht nur wegen des blauen Anzugs des Eilater Nomaden; die Gegenwart Aleks, der mit sinnendem Blick auf das große Fenster dasaß, erzeugte

in allen Spannung – in Rieti, der ihn mit erwartungsvollem Lächeln betrachtete, in Kempf, der sich rechtfertigen wollte, in Zahava, die um Kempfs Wohlbefinden besorgt war.

Alek trug eine gebügelte blaue Arbeitsmontur und einen rechteckigen Onyxring am Finger. Sein großer Schnurrbart, ergraut an den Spitzen, und das lange Kinn verliehen seinem Gesicht einen gewisse Fragilität, der Schnurrbart war zu groß, wie angeklebt, das Kinn wirkte irgendwie asketisch, sein Haar war weich und wellig, und die Augen blickten Maddi an; doch wenn sie ihn anzuschauen versuchte, wandte er sofort den Blick ab. Hin und wieder drehte er mit kleinen Bewegungen an dem Onyxring an seinem Finger oder berührte die rechte Spitze seines Schnurrbarts mit seinem Handgelenk, zwei Gesten unbewußter Koketterie.

»Wohnen Sie in Tel Aviv?« fragte Maddi.

»Beim Hafen.«

»Ich habe Sie noch nie irgendwo gesehen.«

»Maddi? Ist das die Abkürzung von Madeleine?«

»Smadar.«

»Das hätte ich nicht vermutet. Aber ich erinnere mich schon an Sie. Sie haben immer im Keremviertel gegessen, mit einem Jungen, der kleine Zigarren rauchte. Sie hatten kürzeres Haar und einen bestickten südamerikanischen Schal, und Sie waren in Uniform. Stimmt's?«

»Und ich, Herr Tscherniak, erinnern Sie sich, was ich anhatte, als Sie mich zum erstenmal sahen?« fragte Kempf.

Ein Zögern glitt über Aleks Gesicht, doch er antwortete: »Sie trugen einen blauen Mantel in einem Stil, den man, wie mir scheint, Raglan nennt, eine schwarze Krawatte, ein weißes Seidenhemd, nicht ganz weiß, cremefarben vielleicht, denn das Tuch in ihrem Jackenaufschlag war noch weißer, und sie rauchten Zigaretten mit einer Zigarettenspitze aus Bernstein, die in der Mitte dunkler war. Sie hatten neue braune Schuhe an, die Senkel waren nach unten in gerader Linie und nach oben hin gekreuzt geschnürt, eine dicke Uhr mit goldenen Ziffern, und im Zifferblatt, von rechts, war ein kleineres rundes Blättchen – eine Schweizer Uhr. Und sie trugen einen anderen Ring als den, den sie jetzt tragen, breiter, aus Gold, wie die alten Eheringe. Genügt Ihnen das?«

»Daran ist nichts Großartiges bei einem Menschen mit Ihrem Gedächtnis«, entgegnete Kempf. Doch er war betroffen. Vielleicht dachte er, die detaillierte Beschreibung wäre eine Art Rüge und Beweis, wie wichtig Alek ihre erste Begegnung gewesen war.

»Paul sagte, die Arbeit Ihres Freundes sei wertvoll«, sagte Rieti.

»Wie der Zusatz von Schnurrbart und Brille bei einem Bild in der Zeitung?«

»Ich wollte helfen. Vielleicht war ich nicht ausdauernd genug. Die großen Verlage haben abgelehnt«, sagte Paul.

»Ich hatte nur Ihr mündliches Versprechen, Sie haben nichts unterschrieben.«

»Verzeihen Sie mir«, sagte Kempf auf englisch, »als Sie damals zu mir kamen, hatten auch Sie nicht geringe Zweifel. Nicht nur Sie erinnern sich an Einzelheiten von vor Jahren. Ich erinnnere mich zwar nicht daran, wie Sie gekleidet waren und welche Uhr Sie trugen, doch ich erinnere mich, daß Sie mit Skepsis von diesem Plan sprachen und daß ich noch zurückhaltender war als Sie. Am Ende haben Sie mir das Versprechen entlockt. Alles war anders damals, ich weiß nicht weshalb. Die *Winterreise* in der Museumshalle zu hören, die jungen Leute auf den Stufen, die hohen Fenster, die Gemälde, die schöne Sängerin, die Begleitung – es war wie ein Wunder. Ich war von Staunen erfüllt, daß man in dieser Stadt diesen Liedern so zuhört ... Ich gebe zu, es berührte mich, wühlte meine Gefühle auf. Ich dachte mir, bevor talentlose junge Leute mit dem Komponieren anfangen und sich am Ende nichts als irgendeine Kopie oder ein Zitat dabei abringen, sei es vielleicht besser, sich der Vervollständigung von Werken der Genies zu widmen, und mir fiel ein, daß meine Mutter oft gesagt hatte, wie schade es wäre, daß es unvollendete Werke gäbe. Doch ich, obwohl ich ein sehr überheblicher Knabe war, wußte, daß es keinen Sinn hat, Werke zu vollenden. Aber trotzdem erwachte in mir Neugier, wie Ihr Freund das gemacht hat, wieviel Erfindungsgeist und Unerwartetes sich darin fände. Und ich dachte weiter, daß dies eigentlich keine völlig neue Verrücktheit sei – Menschen taten es, die auch nicht verrückter waren als andere. Doch das Komponieren war damals in meinen Augen so abgedroschen, daß mir schien, jede andere Beschäftigung, selbst die Archäologie, sei vorzuziehen. Aber das Werk Ihres Freundes war wirklich nicht schlecht, im Gegenteil, soweit ich etwas davon verstehe, ganz ausgezeichnet, und es hatte sogar etwas Erfrischendes und Heiteres, das Rekonstruierungen normalerweise vermissen lassen. Doch dann tauchten Schwierigkeiten auf, und ich habe mich nicht weiter bemüht. Nun habe ich die restlichen Seiten mitgebracht, die ich Ihnen mit Bedauern zurückgeben möchte. Bitte, verzeihen Sie mir. Ich hätte die Schwierigkeiten einer Veröffentlichung nicht auf die leichte Schulter nehmen dürfen.«

Maddi erwartete, daß Alek auf derart überzeugende Argumente mit einem Murmeln der Zustimmung reagieren würde, doch sein

Gesicht verdüsterte sich noch mehr. Sie sah seine Schläfen, seine langen Finger, und sie riefen ihr Mitleid wach und den Wunsch, ihn zu trösten. Doch er erschien in seinem Kummer noch in sich gekehrter. Wenn sie ihn anblickte, kehrten Erinnerungen aus der Zeit wieder, als sie in der Nacht immer Bücher gelesen hatte. Sie blickte ihn an, wie sie damals einen jungen Schauspieler, der nach seinem Auftritt in irgendeinem Café saß, angesehen und versucht hatte, in seinen Gesichtszügen Spuren der Rolle zu erspähen, die er kurze Zeit zuvor gespielt hatte.

»Es herrschte ein Gefühl in dieser Stadt, daß man alles machen könnte, was man machen wollte, obwohl die Stadt klein und arm war. Sie hatte etwas Anziehendes, Ermutigendes.«

»Ich wußte gar nicht, daß dir Tel Aviv so gefällt«, sagte Zahava.

»Es war schön, als alle hier arm waren.«

»Und Sie sind der Ansicht, die Leute hier seien innerhalb von ein paar Jahren so reich geworden?«

»Gar keine Frage!«

»Vielleicht, Herr Kempf, sehen Sie das jetzt alles mit den Augen eines Eilater Nomaden«, lächelte Rieti.

»Die Armut ist wichtig.«

»Und was ist Ihre Meinung, Herr Tscherniak?« fragte Maddi.

Dieser blickte sie an und drehte an dem Onyxring, und sie legte ihre Hand auf seinen Arm. Die Bewegung kam wie von selbst, und unter ihren Augenlidern blieb für eine Sekunde das Erstaunen in seinem Gesicht zurück, das er sofort verbarg. Diese Sekunde gefiel Maddi. Es wäre nett gewesen, seinen Kopf zu streicheln! Der Eindruck, den ihre Bewegung auf ihn gemacht hatte, überraschte sie. Seine Reaktion rief Zärtlichkeit in ihr hervor, ein Gefühlskörnchen, das aus ihrer Kindheit wieder aufstieg, ein Summen im Halbsommer, an einem undeutlichen Mittag. Sie spürte, daß sie ihm vertraute, und dieses Vertrauen erschien ihr verdächtig, zu unvermittelt.

Alek legte seine Hand auf die in Packpapier eingeschlagenen Blätter und strich eine Falte an einem Eck glatt.

»Und Sie selbst, Herr Kempf, Sie haben die Musikologie im Stich gelassen?«

»Ja, ich habe sie aufgegeben. Es tut mir leid, daß ich nicht auf Ihre Briefe geantwortet habe.«

»Das gehört ohnehin alles der Kindheit an«, erwiderte Alek und berührte wieder das braune Päckchen. »Ich kann die Leute in den Musikverlagen verstehen. Das sind Ideen eines verträumten Jungen, der neue Amadis. Als Sie mir versprachen, die Seiten meines Freundes herauszubringen, war ich sehr glücklich. Sie haben die Noten studiert, sie gespielt, sie waren zufrieden und sagten: Ich werde den Druck empfehlen. Sie sagten das mit einer Sicherheit, die mich glücklich machte. Das ist alles.«

»Die Sicherheit?«

»Ja, die Sicherheit«, sagte Alek. »Ich muß gehen.«

»Arbeiten Sie immer noch im *Foto Universal*?« fragte Kempf.

Alek nickte zerstreut.

»Sie wollten meine Sammlung sehen«, sagte Rieti.

»Paul hat sich bemüht, aber er hat es nicht geschafft«, sagte Zahava.

»Schauen Sie«, sagte Rieti. »Die Markova. Ich habe sie nie tanzen sehen.«

Alek betrachtete die Blätter und setzte sich wieder: »Sie sieht herrlich aus, aber sie hat die Bewegungen einer professionellen Tänzerin.«

»Das ist schließlich ihr Beruf. Sie ist eine große Tänzerin«, erwiderte Rieti.

»Ja, das ist ihr Beruf. Ich weiß. Aber es enttäuscht mich.«

»Die Schultern, der Nacken, der Rücken, die Kopfbewegung – alles sehr graziös. Hoffen wir, daß der Zeichner nur ein bißchen gelogen hat.«

Maddi nahm eine der Studien, auf der ein phantastischer Hut in dunkelroter Farbe gezeichnet war, aus Aleks Hand entgegen, und für den Bruchteil einer Sekunde hielt er noch an der Ecke der Seite fest, gab sie jedoch sofort frei.

»Ich kannte einmal eine Ärztin, Dr. Valeria Markova.«

»Glich sie der Ballerina?«

»Sie war mager, durchsichtig, gelblich vor lauter Arbeit. Ich wäre blind geblieben ohne diese Dr. Markova. Sie war wie ein Licht im Tohuwabohu.«

»Im Krankenhaus?«

»Im Krankenhaus, in der Stadt, im ganzen Land. Ein Glühwürmchen im ungeheuren Urwald.«

Maddi wunderte sich ein bißchen über ihre Erregung. Bilder von Gefahr, Scheitern, unverständlicher Freude zogen an ihr vorüber. Der Liebesroman? Doch er war jenen Helden überhaupt nicht ähnlich – in dem blauen Arbeitsoverall und den Sandalen. Damit meint er wohl, sagte sie sich im Inneren, daß diese Dr. Markova ihren Patienten ergeben war, Tag und Nacht arbeitete, bis sie gelb wie ein Blatt wurde, während ich ihm die Seite mit roher Hand entreiße. Alek betrachtete noch ein paar Blätter, und danach, trotz Rietis drängender

Bitten, verabschiedete er sich von Kempf und Zahava und drückte Maddi die Hand. Bevor er hinausging, beugte er sich zu Rieti und flüsterte mit ihm.

Als er gegangen war, blickte Maddi in den Spiegel: Nichts an ihren Lippen war sinnlich, und ihre Stirn sah aus wie die eines Säuglings, übergroß und gewölbt, formlos und gedankenlos.

Am nächsten Abend kam Zahava vom Haifaer Hafen zurück, und Maddi fand sie neben dem Plattenspieler sitzen. Ihre Augen waren rot und geschwollen, zerknüllte Taschentücher lagen um sie herum, von Lippenstift rot gefärbte Zigarettenstummel häuften sich in den beiden Aschenbechern. Ihre Tasche lag neben ihr, ihre hochhackigen Schuhe standen vor ihr, wie zum Hineinschlüpfen bereit. Ihre großen, gutgeformten Knie, die unter dem kurzen Rock hervorschauten, trugen zu ihrem traurigen Anblick bei.

»Alles in Ordnung mit mir«, sagte Zahava und brach in lautes Heulen aus. Ihre Schultern bebten.

»Machst du dir Sorgen um Paul?«

Zahava schüttelte den Kopf.

»Ist etwas passiert?«

»Nein, nichts. Gar nichts.«

»Warum weinst du dann?«

»Ich habe Angst«, sagte Zahava. »Vielleicht kommt er nicht zurück. Einmal war er eifersüchtig: ›Ich bin auf jeden Menschen eifersüchtig, der deine goldene Schönheit berühren kann.‹ In der ersten Nacht hat er vor Freude geweint.«

»Aber was quält dich?«

»Sieht man, daß er mich liebt? Bist du sicher?«

»Andernfalls wäre er ein großer Schauspieler.«

»Er kann sich nicht verstellen, sogar wenn es nötig ist. Wenn er es könnte, hätte er Alek nicht beleidigt.«

»Ich sehe nicht so ganz, womit er ihn beleidigt hat. Er hat nur erklärt, was passiert ist. In meinen Augen trägt er überhaupt keine Schuld.«

»Du denkst, Alek hat unrecht? Aber du irrst dich«, sagte Zahava. »Er hat recht. Ich bin sicher, daß Paul das aus Gleichgültigkeit und Müdigkeit zu ihm gesagt hat, nur weil er ihn loswerden wollte. Ich kenne ihn. Er hat nicht viel Geduld. Aber lügen – nein. Er lügt nie.«

Zahava schneuzte ihre Nase, immer wieder. Es war klar, daß sie sich, während sie von Alek sprach, dabei Gedanken über ihr Schicksal machte. Und schließlich platzte sie heraus: »Warum hat er mich nicht mitgenommen? Vielleicht bin ich bloß für Eilat gut genug?«

Maddi betrachtete sie erstaunt.

»Aber er liebt Eilat, er liebt es, mit dir dort zu leben.«

»Er schämt sich für mich. Er schämt sich, mich seinen Freunden zu zeigen.«

»Warum sollte er sich schämen?«

Zahava lächelte bitter und nickte eigensinnig mit dem Kopf, wie um ihre Worte zu bestätigen.

»Ich habe die ganze Zeit Angst, seit wir Eilat verlassen haben. Wir haben in einer Hütte seines Bekannten gewohnt. Er war glücklich. Hat mich geküßt, mich auf Händen getragen, als ob ich ein kleines Mädchen wäre. Er war froh darüber, daß ich überhaupt nichts besitze, und hat zu angeln angefangen ... Früher einmal habe ich auch so wie du gewohnt, sogar nicht einmal weit von hier. Vielleicht ist das besser.«

»Besser als eine Hütte in Eilat, am Strand?«

»Ich meinte nicht die Hütte. Die Hütte selber stört mich nicht, auch wenn ständig irgend etwas fehlt. Wasser, Licht. Vielleicht kennst du eine Kosmetikerin, die Haare auf den Beinen entfernt?«

»Es gibt hier eine, aber es tut weh.«

»Soll es wehtun, das ist mir egal. Und ich will auch ein Sommerkleid kaufen und vielleicht zum Friseur gehen. Meine Haarspitzen schauen nicht gut aus.«

»Aber du bist doch so schön, Zahava.«

»Ich? Du irrst dich. Du müßtest meinen Körper von den Hüften abwärts sehen.«

»Warum? Deine Beine sind schön.«

»Die Beine vielleicht. Aber die Hüften, die fetten Waden. Eine schöne Frau – ich nicht. Ein Seeungeheuer im Bikini.«

Maddi ging mit ihr zu Frau Segalovitsch, ihrer Bekannten. Zahava blickte sich mit Staunen in dem Keller um. Sie hatte sich noch immer nicht in Tel Aviv eingewöhnt. Frau Segalovitsch saß auf einem Schemel und machte Pediküre bei einer Frau, die den beiden einen bösen Blick zuwarf. Wie gräßlich die Frauen waren! Die Männer müßten sie beim Friseur erleben, bei der Pediküre, in den Wäschegeschäften.

»Noch fünf Minuten«, sagte Frau Segalovitsch, und die Frau blickte sie wieder erbost an.

Durch die Kellerfenster waren hohes Unkraut, Büsche und ein großes, zerbrochenes Holzpferd zu sehen.

– 8 –

Alek trug den Tisch, das Bett und die beiden Stühle in den Garten hinaus. Die Kellerwohnung am Tel Aviver Hafen war nicht sehr bequem zu putzen, trotz ihrer Kleinheit. Das Haus war mit billigen Materialien schnell und schlampig gebaut worden. Seine Mutter stand im Begriff, ihm zu Ehren seines Geburtstags einen Besuch abzustatten und wollte ihn in eines der Restaurants ausführen, in denen ihr Mann, Gerschon Levita, zu essen pflegte, wenn er nach Tel Aviv kam.

Seine Mutter fand keinen Gefallen an seiner Lebensweise: Seine armselige Wohnung, die Arbeit bei dem Fotografen, die Menschen, mit denen er sich umgab, gescheiterte Existenzen, deren Leben unruhig und zerrissen war, unrasierte, ungepflegte Männer, die stundenlang im Café hockten, Matrosen, die sich zuviel Zeit mit Urlaub vertrieben, dünkelhafte Bohemiens, ein versoffener Probenpianist von Opernsängern – der an dem Abend, als er ihr vorgestellt wurde, mit heiser kreischender Stimme gekräht hatte: »Fliegen möcht' ich gerne!« –, nicht mehr junge Frauen, müßige Herumtreiber, die auf morgen warteten, darauf, daß etwas in ihrem Leben passierte, die erlösende Begegnung, das ersehnte Zeichen. In seiner armseligen Kellerwohnung wurde er in ihren Augen zu einem schlichten, ordinären Don Juan, und nur wenn er aus dem Fenster blickte oder die Dinge betrachtete, die er liebte, erkannte sie die Augen des Jungen wieder, den sie früher vergöttert hatte, dessen Blick sie so bewegt hatte. Sie fürchtete auch um sein Leben, denn inmitten dieser ganzen Jämmerlichkeit spürte sie eine dumpfe Gewalttätigkeit, etwas Gefährliches konnte sich jederzeit ereignen, während der Unterhaltung, beim Gehen oder Trinken in Gesellschaft.

Anfangs befürchtete sie, er würde ihr böse sein wegen ihrer Heirat, denn er hatte jetzt etwas an sich, das sie nicht mehr verstand – während sie praktischer und klüger in ihrem täglichen Leben wurde, vereinsamte er zunehmend. Doch zu ihrer Überraschung sprach er durchaus wohlwollend von ihrer Ehe, und obwohl er nicht sehr viel Geduld für Gerschon aufbrachte, spielte er auf seine Bitte hin zusammen mit ihr vierhändig auf dem Klavier und willigte auch ein, kleinere Geldbeträge von ihm anzunehmen, zum »Amüsement«. Nach seinem Vater fragte er sie nie. Hatte sie etwas von ihm gehört? Hatte sie versucht, seine Spuren zu finden? Er selbst suchte ihn nicht.

Wiederholte Male sprach sie mit ihm über das Leben, das er an den abgewetzten, ausgefransten Rändern der Gesellschaft führte. Sogar die Gegend, in der er wohnte, war ihrer Ansicht nach Niemandsland. Sein Briefkasten hing nicht bei den Briefkästen der restlichen Hausbewohner, und das einzige an seinem Leben, was sie erfreulich fand, waren seine Erzählungen von den Konzerten, die er hörte, und Alek hatte gelernt, dieses Thema auszuwalzen, um sie zu beschwichtigen. Nach einer solchen Unterhaltung bat sie ihn immer auf der Stelle, nach Haifa zu kommen und seine Bücher, Noten, Schallplatten und sein Klavier mitzunehmen, auf dem sie nur äußerst selten spielte. Darauf erwiderte er jedesmal, wenn er all diese Sachen in seinen Keller brächte, würde ihm kein Platz mehr für sich selbst bleiben, worauf seine Mutter sagte, er müsse die Wohnung und die Arbeit wechseln, seine Lebensweise und seine Umgebung von Kopf bis Fuß umkrempeln, und zwar schnell, bevor er völlig in der Versenkung verschwinde.

Wenn er ihrem Haus auf dem Karmel einen Besuch abstattete, beobachtete sie ihn heimlich und studierte den Gesichtsausdruck ihrer Gäste, doch sie fand nichts Seltsames an seiner Rede – weder in seiner Sprache noch in seinen Worten. Sie hatte Gerschon gebeten, Alek fünfhundert Schekel zu schicken, um den Umzug in Lazar Lurias Studio im ersten Stock eines Hauses in der Allenbystraße zu beschleunigen – eine große Eingangshalle, hohe Bogenfenster, grüne Fensterläden und hübsche Fliesen.

Nachdem er den Fußboden gewischt hatte, holte er die Leintücher, die Bettdecke und den roten Überzug aus der Wäscherei und kaufte einen Blumenstrauß. Seine Mutter strich ihm über den Kopf, und ihre Hand glitt in seinen Nacken, wie sie es in seiner Kindheit immer gemacht hatte, und sie setzte sich auf den stabileren der beiden Stühle.

»Creme Pfefferminz! Woher hast du denn solche Luxusartikel?«

»Freunde vom Hafen. Ich habe auch Schweizer Schokolade und englische Biskuits, die du magst.«

Seine Mutter sprach mit ruhiger Stimme, sie trug hübsche Kleidung in Grau und nur leichten, fast schwerelosen Schmuck. Alek fragte sich, ob Gerschon Levita den stillen Gehorsam seiner Frau zu schätzen wußte.

»Soll ich einen Schuß Cognac über die Creme gießen?«

»Kommt der Cognac auch von deinen Freunden? Du beherrschst es wirklich, bei jedem von ihnen die guten Seiten herauszufinden, aber sicher haben sie auch Eigenschaften, die du nicht siehst. Der Mensch erprobt sich in den feinsten Nuancen, und nur so weiß man, ob man sich wirklich auf ihn verlassen kann.«

»Meine Freunde und ich sind nicht so feinsinnig.«

»Man muß nicht feinsinnig sein, um zu leiden«, sagte seine Mutter.

»Bist du mit meiner Lebensweise nicht zufrieden?«

»Und wie meinst du, soll ich zufrieden sein, wenn du in einem erbärmlichen Kellerloch lebst und dich mit einer dummen Arbeit abgibst? Auch Gerschon ist besorgt. Er fragt des öfteren mit einem Seufzer nach dir: ›Was ist mit Alek?‹ Ist das nicht nett von ihm?«

»Selbstverständlich ist das nett.«

»Möchtest du nicht in der Gesellschaft leben?«

»Nein.«

»Aber weshalb?«

»Ich möchte mich nicht dabei ertappen, wie ich vertraulich mit einem Menschen rede, dessen kleinen, ungeduldigen Bewegungen ich einen Moment darauf entnehme, daß er mich haßt, und mich sofort daran erinnere, daß es bei unserer letzten Begegnung genauso war.«

»Du wirkst traurig.«

»Ich fühle mich nicht traurig.«

»Aber du siehst traurig aus. Wann ziehst du in das Studio des Fotografen um?«

»Das ist demnächst geplant, Mama.«

»Wir werden alle deine Sachen dorthin bringen. Du hast bestimmt Sehnsucht nach deinem Klavier und deinen Noten. Du kannst auch den Wandbehang mit den Amorini haben, die in der Kelter stampfen, oder den Herkules. Du kannst die Zeichnung von Wyspianski mitnehmen. Dr. Tischko schwor damals, sie sei original.«

»Wenn Dr. Tischko das gesagt hat, ist anzunehmen, daß es eine raffinierte Fälschung ist.«

»Tischko war ein anständiger Mensch«, entgegnete seine Mutter.

»Abgesehen davon, daß er sich eines Tages mit den Schätzen der ganzen Stadt Sandomierz auf und davon machte, und mit ihm sein getreuer Helfer, den er, weiß der Teufel wie, erfolgreich dazu verleitet hat.«

»Du kommst mir trotzdem traurig vor, Alek.«

»Hast du einmal von einem Hund namens Rolf gehört, ein Hund aus Mannheim? Dieser Hund lernte sprechen, und er hatte eine Welpin, Lola, die ebenfalls diese Begabung besaß. Einmal wurden sie gefragt, ob Hunde denn die Gesellschaft von Menschen liebten? Ja, antwortete Lola, weil sich in ihren Augen Sorgen widerspiegeln. Und was die Hunde, wenn sie diese Sorgen sähen, empfänden? Liebe, erwiderte Lola.«

»Du erfindest diese Geschichten ...«

»Nein, es ist wahr. Ich habe es in irgendeiner Zeitung gelesen.«
»Du liest doch keine Zeitungen.«
»Sicher lese ich Zeitung.«
»Und wie war der Name von Lolas Vater?«
»Ich sagte es dir doch. Rolf aus Mannheim. Er lernte zu zählen, als er hörte, wie die Hausfrau es ihren Kindern beibrachte.«
»Das erfindest du.«

Seine Mutter blickte ihn beunruhigt an. »Du müßtest andere Menschen kennen, und nicht einen ehemaligen Sänger mit Glasauge und Frauen reiferen Alters, die sich wie kleine Mädchen oder Dirnen kleiden. Es gibt hier eine Gesellschaft, und du mußt dich in sie einfügen, zu Premieren gehen, die schönen Frauen und die scharfsinnigen, originellen Männer sehen, auf Bälle gehen.«

Alek servierte seiner Mutter noch eine Creme Pfefferminz und legte eine Schallplatte von Amalia Rodrigues auf das Grammophon; mit Amalia im Hintergrund war die Unterhaltung leichter zu ertragen.

Er war ungeschützt in dieser Umgebung. Der Anblick seiner zerstörten Wohnung vor einem Jahr war wirklich furchtbar gewesen! Alek hatte sie von jemandem gemietet, dessen Bruder das Besitzrecht am ganzen Haus beanspruchte und Alek unter zahlreichen Drohungen aufgefordert hatte, die Wohnung zu verlassen. Alek setzte den Mann, der sie ihm vermietet hatte, davon in Kenntnis, doch der spottete über die Drohungen seines Bruders, bis Alek eines Tages, als er von der Arbeit zurückkam, ein Loch an Stelle der Tür gähnen sah, zerschmettertes Glas überall, Wasserpfützen; so gut wie nichts in der Wohnung war unversehrt geblieben: Die Holzbeine des Bettes waren zerbrochen, das Grammophon war durch einen schweren Hammerschlag zertrümmert worden, in einer Ecke des Zimmers lagen Bruchstücke von Schallplatten, die Bücher, die zu sammeln er sich so viel Mühe gemacht hatte, damit seine Einsamkeit nicht zu schwer auf ihm lastete, waren in einen alten Boilerkessel voller Wasser geworfen worden, der draußen vor dem Fenster stand, und zusammen damit auch seine Kleider und Wäsche. Die Rahmen und Gläser der Zeichnungen waren ebenfalls zerschmettert, das Radio war verschwunden, die Kamera. Allein der Wecker und der kleine Gaskocher waren unbeschadet geblieben.

»Im Traum gehe ich an vertrauten Orten umher«, sagte seine Mutter, »und auf einmal finde ich mich in einer zweifelhaften, heruntergekommenen, bedrohlichen Gegend wieder. So wie die Umgebung, in der du lebst ... Früher hast du von Ruhm geträumt, wolltest dich befreien, gerettet werden. Ich habe nichts gegen ein bescheidenes

Leben, doch wenn du hinuntersteigst, mußt du einen Abendanzug und Krawatte tragen, nicht die Lumpen der Kanalarbeiter.«

Alek lachte auf.

»Wieso lachst du?« sagte seine Mutter kummervoll. »Während des Kriegs haben die Menschen schweres Leid durchgemacht, aber sie sind ins normale Leben zurückgekehrt.«

»Das ist das Ergebnis einer einfachen Rechnung. Meine Schulausbildung wurde einige Male unterbrochen. Ich bin von Ort zu Ort gezogen.«

»Du lügst«, erwiderte seine Mutter, schlang ihre Finger ineinander. Ihre Nägel waren in glänzendem Rosa bemalt. Und plötzlich sagte sie. »Ich habe das Foto von Natalia Sanguszko in einer amerikanischen Zeitung gesehen. Ein Wohltätigkeitsball.«

»Wie sieht sie aus?«

»Ich glaube nicht, daß du sie wiedererkennen würdest, obwohl weniger als dreißig Jahre vergangen sind.«

Alek lächelte: »Weniger als dreißig Jahre?! Und wo lebt sie?«

»In irgendeinem Ort bei Boston.«

»Und wie schaut sie aus?«

»Hübsch, kurzes Haar, weißes Kleid.«

»Kurze Haare! Frau Natalia! Bist du sicher?«

»So sieht es auf dem Foto aus.«

»Ich habe sie verehrt wie im Märchen – die Verehrung eines Sohns aus dem armen Volk für die Prinzessin.«

Es war damals schwer gewesen, an die Existenz der Welt zu glauben: der Prinz war zu alt, mit etwas in sich selbst beschäftigt, Herr Hanusz, der große Reisende, nur ein Tourist auf der Welt; Frau Natalia las Spengler und wollte der Villa entfliehen, die der Architekt des Königs erbaut hatte; die schnurrbärtigen, rotgesichtigen Freunde des Prinzen wirkten, als wären sie den Illustrationen eines Buches über das alte Polen entsprungen; Trunk und Jagd, Schwert und Knödeldichtung; die Damen und die Herren – ganz Puder, Parfüm, Lippenstift, ein paar Schmuckstücke – warten auf den Geist; der Junge vor dem Bild mit den von Dunkelheit zerfressenen Gestalten ... pittura di tocco ... die Kerze in seiner Hand ... wie Mathematik ... Dominik Merlini, der Hexer ... »Kattessen« mit Jagdgemälden und das Leben von Heiligen aus der *Legenda aurea* ...

»Du mußt unter Leuten der Gesellschaft leben und mit einer Frau, die du liebst.«

»Frauen fühlen sich gerade in den letzten Jahren zu mir hingezogen.«

»Wenn sie sich wenigstens aus Leidenschaft oder Neugierde zu dir hingezogen fühlten und nicht aus Einsamkeit, wenn du verstehst, was ich meine. Du bist zu einem vulgären Don Juan geworden.«

Seine Mutter war sicher einer der wenigen Frauen auf dem Karmel – ganz zu schweigen von den anderen Stadtvierteln Haifas –, die *Auf der Suche nach der verlorenen Zeit* wenigstens dreimal von Anfang bis Ende gelesen hatte. Aber Proust, der weiblichste und japanischste unter allen Schriftstellern, wie Tischko zu sagen pflegte, führte Rachel mit seinen Versteckspielen in die Irre – die Hüte, die Handschuhe, die schönen oder etwas seltsamen Namen, verstellten ihr den Blick auf die verschrumpelten Seelen seiner Heldinnen und Helden, und obgleich sie ziemlich nüchtern war, eroberte der legendäre Zauber der hohen Gesellschaft ihr Herz; und wenn trotz allem einmal der Spott und die Bitterkeit des Schriftstellers durchschienen, schrieb sie das dem »Leben« und der »Welt« generell zu, und auf Grund ihrer Erziehung schien er ihr ohnehin ein interessanter Salonmisanthrop und nicht einer unter Schweinehirten zu sein. Zwar hatte Rachel Tscherniak in Wirklichkeit kaum mehr getan als die Damen und Herren, die die *Suche* auf Luxuskreuzfahrten mitnahmen, ein Seefahrtsmoratorium der Puritaner oder des Lebens in Freiheit im Schatten der Neurose, doch auch ihre Ehe mit Gerschon Levita war mit der Lektüre verknüpft. Er wurde in die Knesset gewählt, als sie ihn kennenlernte, und einige Zeit danach zum stellvertretenden Landwirtschaftsminister ernannt. Wie konnte Rachel eine Ausrede für die Enttäuschungen finden, die sie erwarteten? Sie sagte sich im stillen, Israel sei ein neuer Staat, ein Staat der Bauern, Arbeiter und Kioskbesitzer, daß Frauen, die herrschen, nicht in einen »echten« Salon paßten. Die Enttäuschung, die ihr ihre Reisen nach Frankreich, Italien, England und Holland bereiteten, rechtfertigte sie vor sich mit dem Durcheinander nach dem Zweiten Weltkrieg, der die Ordnung der Welt zerstört hatte. Rachel wußte nicht, was genau sie sich erwartete, welche Begegnungen ihre Phantasie sich ausgemalt hatte, welche Gespräche, welche Empfänge. Doch es sagte ihr nicht zu, daß die Menschen, die sie umgaben, über Politik sprachen – ihre Reden waren in ihren Augen ironischer, bösartiger Klatsch, ein Abfolge bedeutungsloser Witze, und die Etikettierungen, die sie ihren Kontrahenten anhefteten, waren keinen Deut besser als jene, die die Karikaturisten in den Zeitungen erfanden – simplifizierend und beleidigend. Sie kannte viele solcher Etikettierungen, wie ihr bewunderter Schriftsteller sie beschrieben hatte, doch die Ähnlichkeit zwischen ihnen sprang ihr nicht gleich ins Auge. Gerschon Levita war zwar ein Mitglied der

Knesset und Vizeminister (ein Amt, das so lange wie die Regierung bestand, etwa vierzehn Monate), doch in der Welt der Politik selbst, wie sie es sah, war das Verhalten der bedeutenden Persönlichkeiten Gerschon gegenüber nicht sonderlich schmeichelhaft und seine Aufnahme in ihre Dienste im Grunde nichts anderes als die Einlösung alter und neuer Schulden.

Es kam vor, daß sie von den Gattinnen der Minister oder Knessetabgeordneten von Einladungen zu Ereignissen hörte, zu denen ihr Mann nicht eingeladen wurde, und so erduldete sie, die treue Proustleserin, Hunderte kleiner Demütigungen, während sie sich gleichzeitig grauenhaft langweilte, wenn er auf Reisen ging oder sie Einladungen in die schwindelnden Höhen des gesellschaftlichen Everests folgte. Ihr gezwungenes Lächeln forderte heraus, daß man sie der Heuchelei bezichtigte und über Gerschon Levita spottete, der im reifen Alter eine Frau geehelicht hatte, die sich elegant kleidete und an unverständlichem Snobismus krankte. Als sie begann, Hebräisch zu lernen, um Gerschon keine Schande zu machen, erfuhr sie nach etwa einem halben Jahr strengsten Fleißes, daß sie jemand »die Grammatiklehrerin« getauft hatte, und ein anderer »die Zahnärztin«. Die einzigen Menschen, zu denen sie sich ein wenig hingezogen fühlte, waren die, von denen Gerschon sagte, sie seien »Marginalien«: ein arabischer Gentleman (»Erschrecken Sie nicht, Frau Levita, das ist nur politischer Zorn, kein echter.«), ein Liberaler mit dem Gebaren eines Exdozenten einer kleinen Universität (»Nach dem Zweiten Weltkrieg hätte die Atmosphäre gereinigt sein können wie nach einem vehementen Sturm, wären nicht die Sowjets, die Schurken, und die Amerikaner, die Paranoiker, gewesen.«), und ein Revisionist, ein junger Rechtsanwalt, dem der geölte Kragen seines Berufsstandes noch nicht anzusehen war (»So ist das eben, Rachel, rechts von mir nur Marie Antoinette und der Papst.«). Sie hatte keine Freuden an den Reisen ins Ausland, auch deshalb, weil Gerschon nur gebrochen Englisch sprach und sich mit einer Schlichtheit benahm, die sich in den Augen seiner Gastgeber gewiß sonderbar ausnahm. Manchmal, wenn sie einen der großen Säle betrat und die Leute in ihrer offiziellen Kleidung, strahlende Kronleuchter und blendende Scheinwerfer sah, erwachte für einen Augenblick herzklopfende Erwartung in ihr, doch eine oder zwei Minuten darauf befiel sie wieder die Enttäuschung. Als die Regierung stürzte, aus Gründen, die Rachel grotesk erschienen, zeigte sie Gerschon, der immer noch Abgeordneter in der Knesset blieb, ihre Freude darüber natürlich nicht. Sie fürchtete, Gerschon würde in der neuen Regierung, die Ben-Gurion bilden sollte, wieder zum stellvertretenden Minister, oder sogar, wie man flüsterte, zum Minister ernannt werden. Doch diesmal sollte sich Gerschon geirrt haben, als er auf Loyalität setzte. Er wurde nicht mehr in die Regierung berufen und war tief beleidigt über diesen Schlag, den ihm seine engsten Freunde versetzten. Er versuchte, seinen Kummer vor Rachel zu verbergen, und sie verheimlichte ihre Freude, doch erst, als er auch die Knesset verließ, empfand sie wirkliche Erleichterung.

Auch über den Donjuanismus ihres Sohnes dachte Rachel gleich ihren proustianischen Träumen: Bestrebungen, die sich in Form kleideten und wieder entkleideten, an deren Ende Verfall, Enttäuschung und Scheitern standen. Doch Alek schöpfte seine Freuden aus Sätzen, die seiner Erziehung widersprachen, wenn eine der Frauen zu ihm sagte: »Ich wollte dich von dem Moment an, in dem ich deine Schulterknochen gesehen habe«, oder »Ich wollte sehen, was du unter deinem dicken Pullover hast«, oder wenn er sich an Dr. Tischkos Worte über die Unterschiedlichkeit des Geruchs blonder, dunkel- und rothaariger Frauen entsann. Die Äußerungen seiner Mutter über den Donjuanismus überraschten ihn. Seinen Beziehungen zu Frauen haftete nicht der leiseste Hauch von Entscheidung und Willkür an, die Eroberung lag ihm fern, und alles, was ihm widerfuhr, passierte deshalb, weil er ein verwirrter Junggeselle war, der versuchte, seinen Nöten und seiner Einsamkeit zu entkommen. Jeder Mensch erzählt sich selbst seine Lebensgeschichte, die zunehmend stilisierter wird, und das war Aleks Geschichte: Er lernte Sari Neria kennen, die Fräulein Kolenda verblüffend ähnlich sah, jedoch weitaus provozierender und wilder war. Das Ganze ereignete sich, als er aus der Armee entlassen worden war und in einen Keller beim Karmelmarkt einzog. Es war gewiß, daß ihre Liebe für alle Ewigkeit andauern würde. Die stürmischen Gefühle, die er damals erlebte, waren herzzerreißend, und Sari, eine Frau, zu der die Männer hingezogen waren wie die Sonnenblumen zum Licht, verwickelte ihn mehr als einmal in peinliche Ereignisse. Als die Stürme abflauten, begann Sari, Geschichten über ihre Vergangenheit zu erzählen, Geschichten mit einer leicht pornographischen Note, in Richtung sexuellen Mißbrauchs in der Kindheit. Diese Geschichten erzählte Sari mit einer emotionalen Erregung und einem Talent, daß sogar der große Volkserzähler Koldasch, den zu hören Alek im Krankenhaus von Samarkand das Glück vergönnt war, von ihr noch etwas über das Geheimnis verborgener Begierde und verschlungener Andeutung hätte lernen können. Aus ein paar dürftigen Tatsachen und blassen Charakterstrichen spann sie eine Szenerie, die dazu bestimmt war, Alek zu erregen und ihn in die Begeisterung der ersten Wochen zurückzuversetzen, in denen er manchmal befürchtet hatte, sein Herz würde zerspringen. Ob die Geschichten der Wahrheit entsprachen? Ob sie sie aus irgendeiner Absicht heraus erzählte? Alek bezweifelte beides. Sie waren eine Waffe, wie ihr üppiges Haar, ihre schnellen, großzügigen Bewegungen, wenn sie sich auszog. Auf dem Regal stand stets ein Bild ihres ersten Liebhabers, von dem sie mit erschütternder Versessenheit erzählte, daß er sie wie eine Göttin angebetet hatte, in welche märchenhafte Kleider er sie gekleidet, welche Bilder er auf ihren nackten Körper gemalt, welche Blumen und Kerzen er um sie herum verstreut, mit welchen Zeremonien er ihren Körper gefeiert hatte. Auch dem Foto sah sein Haar lang und wellig aus, ähnlich Saris, seine Augen funkelten (›Vulkanaugen‹, sagte sie), und er biß sich auf die sinnlichen Lippen. Eines Tages tauchte der Mann in Saris Wohnung auf, während Alek im Bad war. Der seltsame Hohepriester ihrer Erzählungen wirkte aufgedunsen, seine Vulkanaugen erloschen; Kleinlichkeit und Ohnmacht sprachen aus seinem blassen Gesicht. Obwohl Sari leicht abgestoßen von ihm war und ihre Hand wegzog, als er sie berührte, lauschte sie ihm aufmerksam und spähte hin und wieder zu Alek hinüber. Der Besuch deprimierte ihn sehr und grub sich ihm tief ins Gedächtnis. Waren die Geschichten ein Zeichen für das Ende ihrer Liebe? Und er, verließ er sie damals? Ein Don Juan wie er ... Er wartete und wartete, bis sie ihn anflehte, unter Tränen, daß sie sich trennten. Und nach ihr kam Ela – eine stille Frau, praktisch und langweilig, mit einem erregenden Körper. Sie wurde ständig in der Öffentlichkeit ohnmächtig, speziell im Kino oder Café. Eines Tages fuhr sie zum Begräbnis ihres Bruders, blieb eine Weile bei ihrer Familie, und nach ihrer Rückkehr wuchsen ganz langsam und allmählich ihre Niedergeschlagenheit und Gleichgültigkeit, sie begann, sich vor sich selbst zu ekeln, und quälende wunde Stellen traten zwischen ihren Fingern auf. Und er, verließ er sie? Ein ganzes Jahr konnte sie nicht mit ihm schlafen. Doch er ging nicht zu anderen Frauen, und auch wenn er manchmal gereizt und bitter oder ungeduldig war, glaubte er an ihre Liebe, bis sie ihn eines Tages verließ und sofort den Besitzer einer Baumschule heiratete, und danach, nach Ela und einem Jahr Enthaltsamkeit, begann er sich herumzutreiben. Aber war nicht auch das völliger Zufall? Eines Morgens ging er zum Zahnarzt, dessen Praxis nur zwei Häuser entfernt von seinem Keller lag. Die Sprechstundenhilfe, die seinen Namen notierte, hatte überhaupt keine Ähnlichkeit mit den Arztfrauen oder den alten Schwestern, wie sie in solchen Praxen üblich waren, sondern war eine junge Frau mit verschleiertem Blick, großzügigem Ausschnitt, und der weiße Kittel stand ihr sehr gut. Als sie nach seiner Adresse fragte, beugte er sich leicht zu ihr hinunter. Ihre Präsenz war derart stark, daß sich seine Angst vor dem Bohrer verflüchtigte. Sie band ihm einen Schutz um, und als sie ein Stück Watte in seinen Mund steckte, berührte ihr Finger seine Lippen. Ein regelrechter Elektroschock durchzuckte seinen ganzen Körper! War es die Möglichkeit, daß ein einziger Finger eine solch vehemente erotische Intensität leitete? Danach traf er sich mit ihr, doch trotz ihrer starken Sexualität, der Schock der Fingerberührung kehrte nicht wieder. Sie wohnte in einem Haus voll brechreizerregender Bilder, grauenhafter Gobelins und riesiger Pflanzen, auf deren monströsen Blättern Fäulnis und Totenblässe wucherten. Und er, hatte er jemals eine Klage laut werden lassen, hatte er öfter als einmal versucht, das riesige Bild mit dem verwundeten Hirsch zur Wand zu drehen, der sterbend im Wald lag, am Ufer eines Teiches, in dem hoheitsvoll eine Schwanenfamilie schwamm? Später zog der Arzt in eine bessere Gegend im Norden der Stadt, und die Treffen versiegten. Nach ihr kam Zemira, sehr heißblütig, doch im Winter, als das Wasser den Keller überflutete und die Beduinenteppiche, Gewänder, Kissen, Knoblauchkränze und die riesigen Krüge beleckte, die die Vormieterin, eine Bohemeseele, dort zurückgelassen hatte, verließ ihn auch Zemira. Danach war es Siva, eine ziemlich behaarte Frau mit langen Beinen, die ihn verließ, weil er Gesprächen übers Heiraten auswich. Dann kam Warda, die gerne trank und es liebte, sich in Bars und Nachtklubs die Zeit zu vertreiben, in der Nacht zu leben. Sogar für sie vollbrachte er eine Geste: Er kündigte seine Arbeit im *Foto Universal* nach langen Streitdiskussionen mit Herrn Geller und unterrichtete ein halbes Jahr lang Französisch an der *Berlitz*-Schule, nahe seinem Keller. Der Unterricht fand am Nachmittag statt, und so konnte er ungestört nach den Nächten schlafen, die er in den Bars verbrachte. Das Lehrbuch der *Berlitz*-Schule, ein exemplarisches Werk an Banalität, das alle Versuche der Schriftsteller auf diesem Gebiet bei weitem übertraf, amüsierte ihn eine Weile, und in den Klubs traf er Leute nach seinem Geschmack: Zephir (»Also wer bist du? Ein Salzwasserfisch oder ein Süßwasserfisch?«), Manfred, der in seiner Stammecke in der *Atom Bar* saß, in theologische Bücher vertieft – die *Geistlichen Übungen* von Loyola, die *Gespräche der Seraphim mit den Heiligen*, das *Lotos-Sutra* –, und er stellte sanft der Bedienung nach, die aus sechs bis sieben Meter Entfernung wie Elizabeth Taylor aussah, Sontsche, mit einem Knochenbau wie die Kreation eines großen Architekten mit Phantasie und innerer Freiheit, und schließlich Lusia und Charles Kohen. Als er dann zum Hafen umzog, stieg aus irgendeinem Grund das Alter der Frauen, und seine Bekannten rauchten Haschisch. Der Zustand des Unglücklichseins, der seinem Leben nie sehr fremd gewesen war, nahm fortschreitend größere Ausmaße an. Er traf Avigail, die derart unterwürfig war, daß sie eine schreckliche Gewalttätigkeit in ihm hervorrief, die ihm selber Furcht einflößte, und er begann, sich Prostituierte zu suchen, die nicht beängstigend waren. Und so kam es, daß sich, je stärker seine Anziehungskraft wurde, seine Sehnsucht nach dem Wunder der Genesung umso mehr vergrößerte, nach dem ganz schlichten und bescheidensten Familienleben. Und als seine Mutter ihre Bemerkungen über seinen Donjuanismus machte, verging viel Zeit, bis er ihre Worte verstand.

»Komm mit mir in die Allenbystraße. Ich habe dort ein schönes Hemd gesehen«, sagte seine Mutter.

Sie begnügte sich nicht mit dem Hemd, sondern kaufte ihm auch neue Sandalen, ein neues Armband für seine Uhr und ein besticktes Etui für die Sonnenbrille. Die Einkäufe hoben ihre Stimmung, und sie begutachtete ihn mit prüfendem Blick, seine Frisur, seine Fingernägel, die Sauberkeit seiner Ohren, wie vor einem wichtigen Termin. Sogar auf seinen alten Gürtel warf sie einen kritischen Blick, doch Alek sagte, er sei aus einem speziellen Leder hergestellt, das man aus Indien nach Buchara zu bringen pflegte, und die Schnalle sei das Relief eines hellenistischen Pferdekopfs, den es zufällig in den Basar von Samarkand verschlagen hatte.

Im Restaurant hielt Gerschon Levita eine Rede, mit seiner dünnen, schrillen Stimme, die aus seiner Leibesfülle aufstieg: »Es mag sein, daß es an einem festlichen Geburtstagsabend nicht üblich ist, die Worte zu sagen, die ich jetzt äußern werde. Du bist vierzig, und man kann nicht sagen, daß dir das Schicksal sehr wohlgesinnt war. Du bist hier angekommen, und noch bevor du dich sozusagen umgeschaut hast, haben sie dich schon zur Armee geholt, vom Hafen weg. Geradewegs in den Krieg, und bis jetzt beschäftigst du dich mit einer undankbaren Arbeit ...«

Alek dankte ihm und küßte seine Mutter, die Gerschon einen Blick gerührter Dankbarkeit zuwarf.

»Du hast keine leichten Zeiten hinter dir«, gab Gerschon getreulich die Worte wieder, die ihm Rachel geraume Zeit vor ihrer Abfahrt aus Haifa gesagt hatte, »doch du darfst nicht zulassen, daß der trübe Strom dich in seine Strudel hinabreißt ...«

Seine Mutter hatte ihm öfter erzählt, wie sehr sich Levita über seine Leichtfertigkeit ärgerte. Gerschon hatte gelernt, ihren abwesenden Blick und ihre Traurigkeit zu erkennen, wenn sie an ihren Sohn dachte. Die Tatsache, daß sein Stiefsohn ein »Problem« war, erzürnte ihn: ein gesunder, gutaussehender, talentierter Mann – ein Problem? Aus irgendeinem Grund hatte er das Empfinden, daß sein eigenes Leben in Aleks Gesellschaft dürftig und gewichtslos wurde. Wenn er versuchte, sich mit ihm zu unterhalten, konnte er sehen, wie sich Aleks Blick verschleierte, verdunkelte, und er gewahrte die Geistesabwesenheit in seinen Augen, sein nervöses Fingernesteln. Mit der Zeit empfand er auch zunehmende Unwilligkeit. Aleks Benehmen und seine Art zu reden riefen in Gerschon Feindseligkeit hervor. Leute, die in Paradoxen sprechen, geben ihre mangelnde Bereitschaft zu erkennen, Verantwortung zu übernehmen, dachte er. Nur ganz selten einmal, wenn Alek auf Besuch kam und mit seiner Mutter vierhändig Klavier spielte, wurde Levita ihm gegenüber weicher gestimmt, wenn er die einander so ähnlichen Köpfe betrachtete.

»Ich erinnere mich an das Lager, in dem ich dich fand. Du sahst aus wie ein Bergrind – langes Haar, verdreckt, und die Schuhe schienen seit Monaten in der Erde begraben gewesen zu sein.«

»Nein, nein,« sagte Alek, »es war gut, nach Beit-Lid zu kommen. In der Nacht sahen wir fast nichts, hörten nur die Musik vom Klubhaus. Er war ein herrlicher Ort. Jungen und Mädchen aus der ganzen Welt! Und was für Leute es dort gab! Und die Mädchen! Und Weißbrot ... drei Sorten Marmelade ... Man warf Essen weg in die Tonnen. Und das Tanzen in der Nacht, die Begegnungen bei den Duschen. Ich fühlte mich wie im Karneval. Ich war berauscht vor Freude. Ich hatte nicht gedacht, daß es einen solchen Ort auf der Welt geben könnte. Als sie mich nach Kefar Jona brachten, war ich ganz unglücklich, ich wußte, nie wieder würde ich an einem solchem Ort sein. Ich dachte, wie wunderbar es sein müßte, in diesem Lager zu bleiben, ins Gefecht zu ziehen und wieder dorthin zurückzukommen. Aber es war Feuerpause, wir mußten Manöver machen, zu den Einheiten aufbrechen. Es war sehr schnell vorbei. Und dann kam der Winter, der Regen, der Schlamm, Gummistiefel. Dieses Lager war der fröhlichste Ort überhaupt. Kaum einer hat dort geschlafen oder war müde, es war wie in der Liebe. Und sie brachten uns aus Netanja Socken und Unterhemden und Strudel.«

Rusza, die zionistische Lieder liebte und sich gefürchtet hatte, im Dunkeln in ihr Bett zu steigen, kam ihn in Beit-Lid und Kefar Jona besuchen. Sie war schöner geworden, hörte ihm sehr aufmerksam zu, doch Alek dachte, daß ihre Besuche allgemein und zufällig seien, Besuche aus Erinnerung und Höflichkeit.

»Das Zelt war alt und geflickt«, sagte seine Mutter, »und der Ort sah aus wie ein Sommerlager, von dem aus die Kinder in den sicheren Tod geschickt werden. Ich erinnere mich an euren Kommandanten.«
»Ich habe sein Grab im Trumpeldorfriedhof gesehen.«
»Seit wann hast du angefangen, Friedhöfe zu besuchen?«
»Ich dachte, das sei gut gegen Depression«, sagte Alek, und Gerschons Gesicht verfinsterte sich, »ein langer, langsamer Spaziergang, Bäume, Blumen, Inschriften auf den Steinen ... aber es ist ein grauenhafter Friedhof: dicht gedrängt, häßliche Grabsteine, die fast aneinanderstoßen, wie in einer Lagerhalle. Man kann dort nicht spazierengehen, alles ist ganz eng und versperrt, es gibt keine Wege. Wie ein Ghetto. Ein solcher Friedhof nützt den Lebenden nichts.«
»Du mußt nach Jaffa gehen. Dort gibt es Friedhöfe, die sich besser für einen Spaziergang eignen, wenn sie auch klein sind. Aber du solltest nicht an Friedhöfe denken, nicht an Gräber, sondern ans Handeln. Große Dinge tun sich bei uns, neue Städte werden hochgezogen, neue Industrien. Die ganze Welt schaut auf uns mit Staunen und Bewunderung. Sorg dich nicht um Gräber. Jeder, der hier begraben liegt, ist, wie es geschrieben steht, unter einem Altar begraben. Vergiß die Gräber, Alek.«
Seine Mutter küßte den erhitzten Gerschon. Im Grunde hatte sie sich all die Jahre hindurch nicht verändert und ihre kleine Bühne innerhalb der großen bewahrt, wie im Theater – eine kleine Bühne auf der großen Bühne, was immer etwas Amüsantes und leicht Anrührendes hatte. Über ihre Bühne wachte sie eifersüchtig. Was hatte ihn eigentlich so erschreckt? Im Tschaichana waren die vornehmen Gäste machtlos gewesen, Geister ohne jedes Streben. Dort war nichts. Asien hatte nicht existiert, es gab überhaupt keine große Bühne, nichts war dort als Leere und Wind ... ein sehr schlechtes Zeichen, wenn ein Sanguszko ... Seine Mutter hatte mit Vergnügen gehört, was eine ihrer Bekannten über von Somer, den jüdischen General, erzählte. Die Nazis kamen, um ihn zum Straßenkehren in Wien zu holen. Von Somer bat um Erlaubnis, sich umziehen zu dürfen, ging ins angrenzende Zimmer und kam in seiner Generalsuniform heraus, dekoriert mit sämtlichen Orden. Die Nazis, so erzählte ihre Bekannte, schämten sich. Seine Mutter war stolz auf die Haltung des jüdisch-wienerischen Generals.
Alek lauschte den langweiligen Geschichten seines Stiefvaters. Einmal hatte ihm Levita ein Bündel Briefe gezeigt, die er vor vielen Jahren von seinem Bruder erhalten hatte, der Kommandant in der Roten Armee gewesen war und in einem Zwangslager oder sibiri-

schen Gefängnis verschwunden war. Alek liebte diese Briefe, und wenn er seine Mutter besuchte, bat er immer wieder darum, sie zu lesen. Die Handschrift des Kommandanten war sehr klein und klar, voller Freiheit. Er hatte einen Stil, der sich nur schwer mit dem Bild eines Offiziers der sowjetischen Armee in Verbindung bringen ließ, souverän, mit der Sicherheit eines scharfsichtigen Mannes nicht ohne Ironie, dürstend nach Freuden und voll anmutigen, bitteren Pathos. Gerschon Levita sprach abschätzig von seinem Bruder, wie über einen Menschen, der versagt hat, der sich ein ganzes Leben lang geirrt hat, und nur sehr selten erwähnte er, wie sehr er ihn in ihrer Kindheit bewunderte. Er erzählte Alek auch von den Briefen, die er seinem Bruder geschrieben hatte, und bedauerte es, keine Kopien davon aufbewahrt zu haben.

– 9 –

Rieti zürnte seinem *Mont-Blanc*. Wieder war die Tinte aus der schönen goldenen Feder gespritzt und hatte die halbe Seite, mit der er sich eine gute Stunde abgemüht hatte, mit einem schwarzen Sprühregen überzogen. Als er sich diesen Füllfederhalter gekauft hatte, war er sicher gewesen, daß sein Leidensweg nun ein Ende hätte, der erste Griff danach war, als hätte er einen alten Freund gefunden, er paßte perfekt in seine Hand, die Schwere, Dicke und das Aufsetzen der Feder entsprachen haargenau seinem Wunsch. In der ersten Phase enttäuschte ihn der Füller auch nicht, als würde die Feder gespeist durch seine Sicherheit. Doch nicht einmal ein Jahr war vergangen, als der Tintenregen auf die Seiten sprühte. Mißtrauisch nahm er den *Waterman* zur Hand, betrachtete seinen kleinen silbernen Knauf, spähte in das dunkle Grün der Tintenrinne des *Parker*. Er hatte sich mit äußerster Behutsamkeit zwischen seinen Füllern zu bewegen, zwischen ihnen spazierenzugehen war ebenso gefährlich wie ein Spaziergang zwischen großen Ideen. Zur gleichen Zeit, während die Sprache blühte und gedieh, durch Lehnwörter und das Ummünzen neuer Wortbedeutungen auf alte hebräische Worte, schwollen die Ideen von den Übersetzungen dieser Anleihen wie zum Platzen vollgesogene Blutegel auf. Ach, würde doch ein Apparat erfunden, der die Notwendigkeit zum Schreiben beseitigte! Rieti nahm seufzend ein frisches Blatt Papier und zog die Kappe des *Waterman* ab.
Maddis Eintreffen war wie eine Vertagung des Urteils.
»Nun, Maddi, was hältst du von Alek?«

»Er ist zu erregbar.«

»Und ist das schlecht?«

»Ich weiß nicht. Wenn er wirklich so traurig gewesen wäre, wie er angedeutet hat, hätte er dagesessen, ohne den Mund aufzumachen. Aber er schien mir ganz fröhlich.«

»Und das ist schlecht?«

»Für mich sucht er nur nach Gründen, um sich aufzuregen, so wie Sänger nach Worten suchen, um etwas auszudrücken: Leuchtturm, Pferde, Schiffe, Märchen – Menschen, die noch nie in ihrem Leben ein Schiff oder einen Leuchtturm gesehen haben.«

»So? Ich weiß nicht ... Er erscheint mir als ein Mensch, der in seiner Seele lebt, in echter Zurückgezogenheit. Ich gebe zu, daß mich das sehr beeindruckt hat. Mir gefällt seine Art zu reden. Wirklich, ich bin ein wenig verwundert über den Zorn, den er bei dir auslöst.«

»Ich finde, seine Art zu reden hat etwas Übertriebenes.«

»Ich weiß nicht, was du meinst.«

»Er lebt in seiner Seele, sagst du?«

»So scheint es mir ...«

»In seiner Seele? Ist das nicht irgendwie abstoßend?«

»Er weiß die Namen der Bronzepferde an der Westfassade von San Marco.«

»Sie haben Namen?«

»Wie sich herausgestellt hat: Eous, Ethon, Piroeis, und noch ein Name, der mir schon wieder entfallen ist.«

»Vielleicht hat er sie erfunden?«

Rieti lachte: »Seit meiner Schulzeit hat es mich immer zu klugen alten Männern hingezogen, aber noch nie habe ich einen derart gebildeten Menschen getroffen. Die Namen der Pferde von San Marco!«

»Dann triffst du dich also mit ihm?«

»Er kam hierher.«

»Aber wie seid ihr auf ein Gespräch über diese Pferde gekommen?«

»Er hat den Vierspänner auf einer der Ballettgraphiken gesehen.«

»Ist das so außergewöhnlich? Was ist so besonders daran, daß er diese Namen weiß?«

»Ich habe sie jedenfalls noch nie von jemandem erwähnt gehört und bin noch in keinem Buch auf ihre Namen gestoßen.«

»Mir erscheint das nicht merkwürdig. Wieso ist das von Bedeutung, wenn jemand diese Namen weiß, was ändert das? Warum ist das bedeutender, als die Namen der Kühe im Stall zu wissen?«

»Also wirklich, Maddi, du überraschst mich.«

»Ich verstehe einfach deine Begeisterung für diesen Mann nicht.«

»Denkst du, es sei so häufig in meinem Alter, einen Menschen zu finden, den ich amüsant finde? Braucht ein alter Mann nicht ein wenig Vergnügen bei der Unterhaltung?«

»Das ist unfair, Rieti. Wenn ich deiner Meinung widerspreche, kehrst du immer dein Alter hervor. Und all das, weil dieser Mensch die Namen der Holzpferde auf einem Kirchendach kennt.«

»Vergoldete Bronzepferde ...«, korrigierte Rieti.

»Sogar wenn es Pferde aus reinem Gold wären.«

»Und du, machst du das Ganze nicht ein bißchen kompliziert? Du beklagst dich, daß die Leute um dich herum langweilig seien, und wenn jemand Interessantes auftaucht, versuchst du dich selbst davon zu überzeugen, daß er dich mit jeder Bewegung und jedem Wort enerviert. Am Ende wirst du erst im Alter zur Liebe finden.«

»Zur Liebe? Zur Liebe? Du machst dich lustig über mich, Rieti. Wer denkt denn an Liebe ...«

»Aber ist das nicht etwas verdächtig, daß du dich plötzlich derart über diesen Mann erbost, der gar nichts verbrochen hat?«

»Du bist heute in einer komischen Stimmung.«

»Eine komische Stimmung?«

»Die Tatsache, daß jemand die Namen von vier historischen Pferden weiß, ist noch kein Grund, den Sinn für jedes Maß zu verlieren«, sagte Maddi. Doch sie erinnerte sich an den Blick, als sie seinen Arm berührt hatte. Wegen ihr hatte er seinen Streit mit Paul nicht fortgesetzt, sondern nur seine Enttäuschung begründet. Nur wegen ihr war er so verwirrt gewesen und hatte von der Ärztin erzählt, die sein Augenlicht gerettet hatte. Und vielleicht, wenngleich uns alle Menschen, die wir nicht kennen, etwas geheimnisvoll erscheinen, vielleicht war trotz allem etwas versteckt Geheimnisvolles an Alek. Vielleicht wußte Zahava seine Adresse, denn er hatte schließlich an Paul geschrieben. Doch obwohl Zahava sich ihr anvertraut, vor ihr geweint und sich gequält hatte, hinderte etwas Maddi daran, sie um Aleks Adresse zu bitten, und auch Rieti mochte sie nicht fragen. Und sogar wenn sie ihn im *Foto Universal* suchte, hätte sie keinerlei Garantie, daß ihm das gefiele, trotz des Aufblitzens, das seine Augen erhellt hatte, als sie seinen Arm berührte. Solche Menschen stellten im allgemeinen große Ansprüche an ihre Geliebten. Sie könnte solchen Anforderungen nicht gerecht werden, sogar wenn sie sie kennen würde. Obwohl du eine Absolventin der Liebesakademie bist, können wir dir nicht mehr als sechs Herzen für deinen Aufsatz über die Arten der Verführung von Männern, die die Namen der Bronzepferde wissen, verleihen. Doch wenn du eine höhere Note bei deiner praktischen Arbeit erzielen solltest, hegen wir keinen Zweifel, daß du eine unserer ausgezeichneten Schülerinnen sein und unserer Akademie in den Wäldern des Karmel Ehre machen wirst. Einmal hatte ihr Vater zu ihrer Mutter gesagt, im festen Glauben, daß sie schlafe: Schau, welche herrlichen Lippen Maddi hat, welche süßen Lippen! Von wem hat sie diese Lippen geerbt?

Und eine Woche später traf sie Alek zufällig gleich zweimal! Ihr Vater kehrte aus der Kurklinik zurück, und als er eingeschlafen war, ging sie mit Hadas und deren Mann Amnon in die Spätvorstellung im Kino und danach ins *Monpetit*. Amnon heftete seinen Blick voller Neugier auf einen bekannten Maler, der dort von Bewunderern umringt saß, seine Seele schien sich in seinen Pupillen zu bewegen, zwischen Unschuld und Durchtriebenheit. Der Maler, der nur wenig trank, jedoch stark betrunken aussah, fing an, die neben ihm Sitzenden zu umarmen. Amnon wollte seine Geschichten hören, für die er berüchtigt war, und zog Maddi und Hadas näher zu ihm hin. Der Maler erzählte von seiner Jugend in einem fernen Teil der Erde, von seinen Abenteuern als Trunkenbold – wie er nach einer durchzechten Nacht in einen Kanal rollte, bei der kleinen Brücke am Eingang zur Universität, und als er am Morgen erwachte, die Studenten über sich marschieren sah, die ihn verächtlich oder mitleidig anschauten, und wie ein Trinkkumpan, der Lenau genannt wurde wegen seiner Verehrung für den deutschen Dichter, vor seinem Tod bat, seine Asche in einen Krug zu füllen und ihn überallhin beim Trinken mitzunehmen, und wie der Krug manchmal auf der Theke oder einem der Tische stehenblieb und am nächsten Tag der Besitzer des Lokals anrief und sagte: Ihr habt Herrn Lenau vergessen!

Maddi liebte Geschichten über ferne Orte und ferne Menschen. Doch diese Geschichten hatten etwas Beunruhigendes. Die ferne Welt schrumpfte zur Anekdote, zu kleinen, in Einsamkeit und Kälte gehüllten Inseln.

Mit einem Mal erwachte der Pianist und setzte zum Spielen an, und sie sah Alek und einen Menschen, der ebenso hochgewachsen war wie er, nur dicker, mit blauer Matrosenjacke und Wollmütze, sowie zwei kichernde Frauen, sicher Prostituierte, die alle zusammen in einer der weniger erleuchteten Ecken der Bar saßen. Aleks Gesicht war totenblaß, nahezu gelähmt vor Betrunkenheit. Maddi schien es, als habe er nicht in seinem Bett geschlafen. Er war unrasiert und sein Hemd war zerschlissen.

Am nächsten Tag ging sie am Teppichgeschäft vorüber. Die Passanten blieben auf dem Bürgersteig neben den beiden Brüdern, den

Geschäftsinhabern, stehen, die über einem großen Teppich knieten, einer spritzte aus einer Kupferkanne Wasser darauf, und der andere fuhr mit der schwachen Flamme eines Brenners über den feuchten Teppich. Dieser Teppichladen summte immer vor Betriebsamkeit, Reinigung, Trocknen, Färben und Flicken – diese Zeremonie jedoch hatte sie bisher noch nie gesehen. Der Teppich zischte leise unter der Flamme des Brenners. Der jüngere der Brüder hob seinen Kopf: Guten Tag, Frau Maddi. Einer der Umstehenden wandte sich ihr zu und schenkte ihr ein schnelles Lächeln. Es war Alek. Sie ordnete ihr Haar und sah sofort, daß ihm ihre Bewegung gefiel. Weiße Flekken zeichneten sich unter seinen Augen ab, wie Spuren von Tränen. Er begleitete sie zum Lebensmittelladen, pries Rietis Sammlung und sagte ziemlich oft ihren Namen. Als sie den kleinen Laden betrat, wartete er draußen auf sie, und sie sah ihn nachlässig an einen Baumstamm im Hof gelehnt stehen.

»Ich gehe heim und koche meine Pilzsuppe«, sagte sie, »mein Vater ist krank.«

Alek nahm ihr den Korb aus der Hand. Es war ihr angenehm, so neben ihm zu gehen, und plötzlich verspürte sie den Wunsch, ihren Kopf an seine Brust zu legen.

»Ich bedaure es, daß ich Rieti nicht schon früher kannte. Es wäre mir leichter gefallen, mich an die Stadt zu gewöhnen«, sagte Alek, und wieder sah sie das verlegene Lächeln, mit dem er sie anblickte. Dieser Mann mag mich tatsächlich, sagte sie sich. Aber er ist sicher in irgendeine verliebt. Wie jeder. Und sie? Sie war in keinen verliebt.

Rieti wartete in der Haustür auf sie, mit zwei schweren Aktenmappen in den Händen; er war gerade vom Gericht zurückgekehrt. Unter seiner Achsel klemmte ein Blumenstrauß, und er trug noch sein amtliches Gesicht. Er war sehr müde. Wenn er Gäste bewirtete, sprach er nie über seine Arbeit und vermied es auch, auf Fragen in Zusammenhang mit Recht oder mit den Prozessen zu antworten, über die in der Presse geschrieben wurde.

»Die Blumen sind feucht«, sagte er, »aber sie riechen nicht nach feuchten Wiesenblumen. Wie fühlt sich der Mann, den wir Ihren Händen anvertraut haben, Schwester Henia?«

»Möchten Sie meine Meinung hören, Herr Richter, oder die der Ärzte?«

»Ihre Meinung, Henia, denn aus meiner Erfahrung weiß ich, daß ein erprobter Detektiv manches besser weiß als ein Richter.«

Ein befriedigtes Lächeln huschte über Henias Gesicht und verschwand sofort wieder.

»Nun, Herr Rieti, ich habe es schon zu Smadar gesagt; ich denke, Ezra wird langsam gesund. Er ist nicht deprimiert. Duscht sich selbst.«

»Und die Ärzte haben bereits angeordnet, ihm ein seidenes Leichenhemd zu nähen, was, Henia?«

Die Schwester gab keine Antwort darauf. Vielleicht war es ihr unangenehm zu hören, daß der Richter scherzte, oder vielleicht war eine solche Unterhaltung ihrer Ansicht nach zu nichtig und unprofessionell.

»Er fühlt sich viel besser«, sagte sie.

Marinskys Bewegungen waren sehr gemäßigt, doch sein Gesicht strahlte, wie in seinen guten Zeiten. Nur sein Blick verstörte Maddi, es war der Blick, den er ihr zugeworfen hatte, als sie ins Altersheim gekommen war, und davor, nach seinem ersten Herzanfall, als sie ihn in der Nacht dasitzen fand, bei der Zusammenstellung von Listen all seiner Ersparnisse, um seine Papiere geordnet zu hinterlassen. Ein Blick stummer Ergebenheit.

»Und was zeichnest du? Deine Kalligramme?« fragte Rieti, als er eintrat.

»Ein Technopägnion. Kalligramm ist ein späteres Wort.«

»Du hast es mir schon einmal gesagt. Ein schwieriges Wort. Und was ist das hier?«

Marinsky reichte ihm das Blatt.

In der Skizze, mit leicht zögerlichen Linien, waren die Blätter einer Blüte wie die Ohren einer seltsamen Katze oder ein Pharaonenhut gezeichnet. Der Duft einer Blume auf dem Grab ...

»Wie viele solcher Blätter hast du bei dir aufgehoben?«

»Einige hundert.«

»Wie viele? Dreihundert oder neunhundert?«

»So in etwa dazwischen. Sechshundert, denke ich, nicht schlecht erhalten. Du kannst sie haben, wenn du willst. Aber wo solltest du sie aufbewahren? Solche Blätter nehmen viel Platz weg. Heute morgen habe ich daran gedacht, daß ein Beruf symbolische Bedeutung hat. Ein Theaterregisseur, zum Beispiel, engagiert man den nicht, um Staatszeremonien zu arrangieren? Und ich? Habe ich nicht in Kommissionen gesessen, bei denen ich Meinungen zum Ausdruck hätte bringen müssen, die ich in meiner Eigenschaft als Architekt nicht zu äußern befugt war? Ein Beruf ist mehr als ein Beruf. Und ein Richter ist ein Richter. Du kannst dich nicht der Tatsache entziehen, daß du Taten abwägst. Wenn ich eine quälende Frage hätte und dringend Rat bräuchte, würde ich mich da nicht an dich wenden?«

»Würdest du?« fragte Rieti.

»Ja.«

»Ich würde mich nicht an einen Richter wenden, genausowenig wie an einen Schachspieler, doch wenn ich dir behilflich sein kann ...«

»Mir?!« sagte Marinsky. »Nein ...«

Sein Gesicht nahm einen Ausdruck schüchterner Verlegenheit an, und seine Hand zauste in Maddis Haar, die neben ihm auf dem Bett saß.

Rieti hatte das Gefühl, daß Marinsky seit seinem ersten Herzanfall mit irgendeinem Bedauern, einer gewissen Reue lebte. Aber was bereute er? Es war schwierig, ihn danach zu fragen. Vielleicht hatte er ihn zu spät kennengelernt? Und wenn er ihn fragte – wüßte Marinsky es denn selbst? Vielleicht war jeder Mensch einer zentralen Leidenschaft ausgeliefert: Liebe, Geld, Sex, Macht, Ruhm – etwas, woran er ständig denkt, das er jedoch niemals erlangt. Manchmal sagte Marinsky: »Das ist eine Melodie, die sie im Park immer spielten. Alles war weiß – die Kleider der Frauen, die Sonnenschirme, die Stühle, die Schmetterlinge.« Er hing sehr an seiner Kindheit, an seiner Jugendzeit. Ruhm? Marinsky liebte das leichte Lächeln gar nicht, mit dem man über die Reinheit und Anmut seiner Bauten sprach, die einer nach dem anderen abgerissen wurden und Platz machten für gesichtslose Wohnblocks. Doch er war ein nüchterner Mensch. Er war, wie auch andere – ein Gefangener mit Privilegien. Geld? Sex? Marinsky hatte etwas Schlichtes und Männliches an sich.

»Hast du etwas zu lesen, Ezra?« fragte Rieti.

»Ich habe meine russischen Bücher. Und ich habe Emerson. Ein weiser Mensch. »

»Emerson?« sagte Rieti skeptisch. »Ich habe versucht, ihn in meiner Jugend zu lesen, weil Nietzsche ihn bewunderte, doch es gelang mir nicht, mehr als drei Seiten zu bewältigen. In meiner Familie hatte ich mehr als genug Emersons.«

»Lies es ihm vor, Maddi, den Abschnitt, den ich dir gezeigt habe ...«

»Das wird Rieti nicht gefallen, Papa.«

»Laß hören«, lächelte Rieti, »laß nur hören.«

Maddi las also: »Wir müssen es aufgeben, uns allzusehr an die Tatsachen zu klammern, und die Emotion erforschen, so wie sie sich in der Hoffnung offenbart und nicht in der Geschichte. Denn hier sieht jeder Mensch sein Leben als formlos und verzerrt. Nicht so aber stellt sich das Leben in der Sicht seiner Phantasie dar. Jeder Mensch findet in seiner Erfahrung irgendeinen dunklen Fleck von Irrtum, wogegen die Erfahrung seines Mitmenschen ihm schön und ideal erscheint.

Der Mensch sollte also zu jenen verankerten Verhältnissen zurückkehren, die die Schönheit seines Lebens geformt haben, die ihm das kühnste Bewußtsein und seine geistige Nahrung schenkten. Doch so ist es nicht, sein Herz wird sich zusammenziehen, und er wird stöhnen: O weh! Ich weiß nicht, warum einem auch am Lebensabend endlose Qualen der Reue die Erinnerung an die blühende Freude vergällen und jeden geliebten Namen überziehen. Aus Sicht des Verstandes glänzt alles in Schönheit oder Wahrheit; als Erfahrung erscheint alles bitter. Die Einzelheiten sind niederdrückend. Der Entwurf ist großzügig und edel.«

Möglicherweise begann Marinsky zum erstenmal in seinem Leben den Verdacht zu hegen, daß er im Grunde in einer Märchenwelt lebte. Es gibt Menschen, die nur sehr wenig Zeit benötigen, um davon überzeugt zu sein, aber hatte Marinsky vielleicht über siebzig Jahre darauf verwandt? Bis jetzt hatte er nichts in seine Welt eindringen lassen. Doch könnte er zu jenen »verankerten Verhältnissen, die die Schönheit seines Lebens formten« dieses tippenden Schwätzers zurückkehren und sie betrachten? Das konnte er nicht tun. Er lebte auf seiner Märcheninsel, und hier und dort errichtete er sogar einige Gebäude, die er zwischen den Bäumen der Insel aufstellte; baute für andere Leute, stellte ihnen eine Bühne zusammen, damit sie sich ihre Leben mit »traurigen Einzelheiten« anfüllten. Er hatte Maddi erzogen und ein Lächeln in sie gegossen, das des Märchenlandes würdig war. Rieti sah, wie sich Maddi in der Küche die Tränen abwischte, doch er hatte nicht das Gefühl, daß Marinsky Neigung zum Sterben zeigte. Um ihn herum gab es keinerlei Anzeichen für Tod.

»Ich gehe in die Küche, um zu rauchen«, sagte er.

»Du kannst hier rauchen. Es stört mich nicht«, hielt Marinsky ihn zurück, in dessen Herzen sich ein Anflug von Feindseligkeit dem Richter gegenüber regte, weil er sich nicht zu Emerson äußerte, »ich sehe gerne Rauch und alle möglichen Dinge in der Luft schweben – Rauch, Wolken, Fahnen. Ich habe Fahnen immer geliebt. Kleine Fahnen, ein Streifen Stoff, auf dem etwas aufgemalt ist, ein kleines Dreieck ... ein Turm, und alles strömt wie Wasser, wie eine Welle, als hätte der Stoff plötzlich eine sonderbare Stärke. Aber die Menschen haben die Fahnen kaputtgemacht! Noch größere Verbrecher als diejenigen, die das Glas entweiht haben, das immer das Kleinod eines jeden Gebäudes war, wie das Auge für den Körper. Da mußt du lange suchen, bis du etwas findest, das dir das gibt, was ein bunter Stoffstreifen für dich tut, der im Wind flattert. Ein kleines Fähnchen im Wind ist besser als der Stein der Weisen. Es bringt alles zum Schweben. Als sagte es: Meine Damen und Herren, laßt eure Uhren sein, eure Kalender, eure Almanache ... strömt mit mir. Das ist das Beste, was ihr tun könnt.«

Marinksy schloß die Augen und sah die Höhle, die grünen gewundenen Farne, sog ihren Geruch nach Feuchtigkeit und Moder ein, den Geruch der Felsen und der Erde. Eine Frau mit grünem Tuch lag neben einem der Wasserbassins. Vergeblich suchte er ihr Gesicht zu sehen – das grüne Tuch auf ihrem Kopf verbarg es. Früher hatte er viel über die Zukunft nachgedacht, wollte erraten, welche Form sie haben würde, hätte gern mit eigenen Augen die Szenerie der Städte dann gesehen – dreihundertfünfundsechzig Stockwerke hohe Türme, und Schächte in die Tiefe wie in Bergwerken, auch sie dreihundertfünfundsechzig Etagen, wie spiegelverkehrt, sehr massiv, die tiefen Stockwerke taghell erleuchtet und die Luft drinnen frischer als die draußen. Diese Städte sah er immer von weitem – Türme mittelalterlicher Städte, hoch aufragend und kraftvoll, weiß schimmernde Türme am Horizont jenseits der verzauberten Felder und der süß duftenden Haine, ein Teil von ihnen noch von Gerüsten umgeben.

Doch im Laufe der Jahre befiel dieses Bild ein furchtbarer Wandel – es blähte sich auf wie die Leiche eines Hungertoten, Fäulnis verbreitend. Es war schier unmöglich, es nicht zuzugeben: Er hatte Angst vor den Städten der Zukunft. Die Stadt verwandelte sich in ein Ungeheuer, und seine Angst war echte Angst, nicht geringer als die, die er in seiner Kindheit empfunden hatte, ein heiliger Schrecken, das Grauen vor dem Unbekannten. Die Zeit des Sieges der Idee war gekommen, ohne Achtung vor dem Material, ohne Liebe zum Detail. Einmal war er zu Lutyens eingeladen worden, mit dem er sich über die Städte der Zukunft unterhalten wollte, doch ihr gemeinsamer englischer Freund sagte ihm, Lutyens habe eine »kalte Seele«, und daraufhin verzichtete er, um keine Enttäuschung zu erleben. Alte Künstler – die leere Muschel.

Vor vielen Jahren hatte Marinsky Broschüren über die Städte der Zukunft gesammelt. Die Stadt der Antike und ihre Zerstörung war auf Bildern belegt: Bauwerke, Statuen, Hügel, Denkmäler – Athen, Rom, Ostia, Istanbul; und über jedem Foto war auf Transparentpapier von Hand eines Malers, der nicht an flammenden und deftigen Farben gespart hatte, die Stadt gemalt, wie sie wohl zu ihrer Zeit gewesen war, und wenn auf dem Foto zufälligerweise zwischen den Ruinen ein Auto, Schornstein, Kreuz oder eine Hochspannungsleitung hervorstachen, hatte der Maler sie auf dem Transparentpapier mit irgendeiner undurchlässigen Materie gelöscht. Diese kleinen Broschüren waren so gebunden, daß zuerst die Folie mit der ganzen Schönheit der antiken Stadt kam und darunter dann das Foto, auf dem zuweilen alles, was noch darauf war, aus nicht mehr als einer zerbrochenen Mauer, dem zerschmetterten Viertel eines Bogens oder dem abgenagten Drittel einer Säule bestand. Mit den Jahren begannen diese Broschüren ihm Entsetzen einzuflößen. Jetzt schlug Marinsky die Augen auf und blickte die kleine Buddhafigur an. Der junge Buddha glänzte über und über, sein Leib produzierte goldene Liebe, verstrahlte Wellen von Glück wie Galias Körper vor langer, so langer Zeit.

– 10 –

Durch die Luke in der Dusche sah Alek Sontsche Graziano, deren Anblick ihn immer in gute Stimmung versetzte, dank ihres großzügig und anmutig gebauten Körpers. Jetzt wirkte ihr Gesicht müde.

»Kann ich hereinkommen?« fragte sie.

Alek küßte sie auf die Wange und spürte an dem leichten Anschmiegen, daß seine ehemalige Freundin immer noch auf seine Nähe reagierte.

»Du schaust müde aus, Sontsche. Sicher rauchst du zuviel. Du mußt dir die Zähne reinigen. Wie kann denn eine junge Schauspielerin so vernachlässigt aussehen? Du kennst doch die Männer. Überall suchen sie nach Zeichen des Niedergangs. Du gehst nicht zum Friseur, du benutzt kein Parfüm. Und wohin führt dieser Weg? In einen tiefen, tiefen Abgrund.«

»Ich kann nicht einmal daran denken, zum Friseur zu gehen, und Parfüm ... Komm mit mir zu Manfred. Ich habe Angst ... er will mich nicht sehen. Das mußt du dir mal vorstellen! Will mich nicht sehen und sagt, ich sei seine Feindin. Er antwortet nicht, wenn man an die Tür klopft. Will nicht aufmachen. Will das Zimmer nicht verlassen – er haßt mich. Alles ist verloren ... ich sag's dir. Nur du kannst noch helfen. Du verstehst ihn, und bei dir wird er es nicht wagen, dich davonzujagen.«

Ihre Liebe zu Manfred versetzte Alek immer in Erstaunen, zuweilen verspürte er sogar Eifersucht.

»Kommst du mit mir?« drängte Sontsche. »Er geht nicht einmal hinunter, um in seinen Briefkasten zu schauen, und wenn ich einen Zettel unter die Tür stecke, schiebt er ihn wieder nach draußen.«

»Er geht überhaupt nicht hinaus?«

»Ich glaube nicht.«

»Und was ist mit Tabak?«

»Er hat genug Tabak. Hat drei Doppelpackungen gekauft.«

Sie musterte ihn bang, um zu sehen, ob er sie vielleicht belächele, und Alek legte seine Hand auf ihre große.

»Geh du allein. Ich habe Angst hinzugehen, Angst davor, etwas kaputtzumachen.«

Ihre Augen verharrten auf einem kleinen Kästchen mit Schubfächern, das sie ihm einmal als Geschenk mitgebracht hatte, ein Kästchen mit Kupferhenkeln in Form winziger Muscheln. Es machte ihr immer Freude, daß sich das Kästchen in seinem Zimmer befand. Sie war zufrieden mit ihrem Geschenk, und einmal, als er aus seinem ersten Keller umgezogen und das Kästchen während ihres Besuches zufällig von einem Handtuch verdeckt gewesen war, sah man ihrem Gesicht die Enttäuschung an. Ihre stille Freude beim Anblick des Kästchens rührte Alek. Die Liebe zu Manfred zerstörte diese große, starke Frau.

Auf der Straße schlurfte sie traurig, mit gesenktem Blick, neben ihm her.

»Wenn du ihn dazu überreden könntest, das Geld anzunehmen. Wenn er einverstanden wäre!«

Sie wartete draußen auf ihn, auf einer leicht im Sand eingesunkenen Bank.

Manfred wohnte in einem Haus, das wie eine Ruine aussah, doch Alek liebte es, die baufälligen Stufen hinaufzusteigen und an die schiefe, dicke Holztür zu klopfen. Vom Hof aus sahen ihm zahlreiche Frauen und Kinder zu, als wäre er wieder in Usbekistan. Matratzen, Laken, Nähmaschinen befanden sich im Hof. Alek schlug geraume Zeit gegen Manfreds Tür.

»Wer ist da?«

»Mach auf, ich muß dich sehen.«

»Nicht heute«, kam Manfreds Stimme zurück, scheu und zögernd.

»Mach die Tür auf, oder ich schlag sie ein«, sagte Alek in der Hoffnung, er würde ihm öffnen, um die Nachbarn nicht zu alarmieren.

Jenseits der Tür herrschte Stille.

»Bist du allein?«

Und dann öffnete Manfred ganz langsam die Tür, wobei er sie mit beiden Händen festhielt, als fürchtete er, Alek würde sie aufstoßen. Er sah kleiner und magerer aus als sonst, mit hängenden Schultern, das Haar an die Stirn geklebt, weiße Borsten in seinem Bart, die Augen entzündet.

Alek setzte sich auf das schmale Feldbett und betrachtete die ringsherum verstreuten Bücher.

»Ich habe gehört, daß du das Zimmer nicht verläßt.«

Manfreds schwarze Augen streiften ihn kurz spöttisch.

»Gehst du wirklich nicht hinaus?«

»Und weißt du, was ein Bienenfresser ist?«

»Ein Vogel mit einer kleinen Maske?«

»Sie haben ein Nest in der Mauer gegenüber. Ich beobachte sie und höre ihrem Zwitschern zu. Es sind nette Vögel. Ich liebe ihr Gepfeife.«

»Schön.«

»Das ist es, was ich mache.«

»Gut, daß wenigstens etwas ein bißchen Farbe und Musik in das Gefangenenleben bringt.«

»Es gibt gute Seelen«, sagte Manfred, »die meinen, sie seien imstande, die Gitterstäbe des Käfigs niederzureißen und den Gefangenen ans Licht der Sonne zu holen. Doch der Gefangene heißt sie nicht willkommen, freut sich nicht über sie, berührt nicht ihre Hände, sagt ihnen nicht mit fieberhaften, bedeutungslosen Worten Dank, sondern blickt sie nur an wie eine Störung, die schnell vergeht, wie ein Streit von Nachbarn, das Weinen kleiner Kinder oder mit Schafen beladene Lastwagen, die hier in der Früh vorbeifahren, ohne daß ich wissen wollte, woher sie kommen und wohin sie gehen.«

Alek war froh zu sehen, daß Manfred trotz allem durch seine Ankunft ein wenig zum Leben erwacht war.

»Du bist der Herr der Worte, die du noch nicht gesagt hast, und ein Sklave derer, die du ausgesprochen hast, Manfred«, sagte Alek.

Seit seine Gruppe zerstört und aufgegeben worden war und das Salz wieder die Erde bedeckt hatte, waren bereits Jahre vergangen, doch Manfred erzählte immer noch davon, was er damals jeden Morgen empfunden hatte, als sie beteten und sofort an die Arbeit gingen, eingedenk der Tage und Nächte in einer Landschaft, die er liebte. Die Religiosität der Gruppe entsprach genau seiner Sehnsucht nach erhabenen, aber einfachen Symbolen, die ihm anfangs Furcht einflößten, Zeichen der lauteren Gemeinschaftlichkeit und des zarten Empfindens – alles vermischt mit dem Geruch nach Gras und Erde. Er lernte die Steine kennen, sammelte Minerale, erkundete die Bäume, Sträucher und Tiere. In seinen Augen war das Tote Meer großmütig und voller Zauber, und es fiel ihm schwer, den Jordaniern zu verzeihen, daß sie sein einziges Fleckchen Erde erobert hatten.

»Stimmt es, daß du schon seit über zwei Wochen nicht mehr aus dem Zimmer gehst?«

»Ich gehe manchmal in der Nacht hinaus«, murmelte Manfred, als sei er plötzlich vom schnellen Reden ermüdet.

»Du kannst in kein Kloster gehen, und deshalb hast du dein Heim zu einem Kloster gemacht?«

»Sontsche hat dich geschickt«, erwiderte Manfred.

»Meine Mutter ist aus Haifa gekommen und hat behauptet, ich lebte an den Rändern, ich würde es vermeiden, der Gesellschaft anzugehören, die trotz allem weise ist und uns trägt wie ein Schiff in stürmischer See; daß meine Seele verrohe und meine Beziehungen zu Frauen zu praktisch seien. Das hat meine Mutter behauptet.«

Manfreds Gesicht verdüsterte sich, und nach einem geraumem Zögern sagte er:

»Sie hat recht, von ihrem Blickwinkel aus.«

»Von welchem Blickwinkel aus?«

»Vom Blickwinkel des Lebens aus betrachtet.«

»Und was ist der andere Blickwinkel?«

»Wir sind zu verschieden«, erwiderte Manfred, »ich bin sicher, daß Sontsche dich geschickt hat.«

»Wenn es so ist, müßtest du stolz sein, daß du auserwählt worden bist.«

»Das verblüfft mich immer wieder von neuem. Man sagt, die Liebe sei etwas derart Seltenes, und ich wundere mich, weshalb eine solch große Ehre dieser Art ausgerechnet mich treffen mußte, der ich sie weder wollte noch will. Ich werde mich nicht unterwerfen!«

»Wenn du auf normale Art ›nein‹ gesagt hättest, wäre ich nicht zu dir gekommen, aber wenn du nicht aus diesem Zimmer herausgehst, dann werden dich bald zwei Pfleger auf einer Trage, in einer Zwangsjacke hier herausholen. Du machst einen Fehler.«

»Das ist eine grobe Frechheit, das einen ›Fehler‹ zu nennen, als sei von irgendeiner Rechnung die Rede.«

»Aber du bringst dich um. Du tust das, was sie dir antun wollten und wogegen du dich damals mit aller Kraft gewehrt hast.«

Manfreds Gesicht und Hals färbten sich rötlich: »Ich wußte nicht, daß du dermaßen rüde geworden bist. Frau Rachel hat recht«, sagte er, »du hast dich wirklich verändert, wenn du so etwas sagen kannst. Ich schäme mich, dich das sagen zu hören. Du wirst rasch zu einem vulgären Menschen. Auch wenn ich aus einem tiefen Loch spreche und du im Namen des Lichtes dozierst, scheint es, als hättest du jedes Gefühl verloren.«

»Das ist eine Sache von Leben und Tod.«

»Nie im Leben! Niemals! Wenn ich das Geld von ihnen angenommen hätte, hätte ich alles in mir ändern müssen, erklären, daß es viele Arten von Gerechtigkeit, viele Arten von Moral gäbe. Und was wäre mein Leben dann?«

»Einfach ein Leben.«

»Das Leben ist nur eine Idee. Nur ein Traum.«

»Während du schlafend sterben wirst. Nicht alles ändert sich wegen einer Veränderung, so extrem sie sein mag, wie die Annahme von Entschädigungsgeldern aus Deutschland. Ich weiß nicht, ob das gut oder schlecht ist, aber ich weiß, daß es nicht richtig ist. Eine Veränderung ist nur eine Veränderung. Die Wunde vernarbt, alles kommt wieder ins Gleichgewicht. Es ist kindisch zu glauben, wegen einer Veränderung bräche alles zusammen.«

»Jetzt redest du wirklich wie der Satan«, sagte Manfred.

»Aber welche Bedeutung hat das Ganze? Daß du nicht daran denkst, hier herauszugehen, daß du hier festsitzen wirst, bis du krepierst. Kümmern dich andere Menschen nicht? Menschen, die du geliebt hast, als du ein Kind warst? Willst du nicht, daß sie siegen?«

»Ich will niemanden sehen, weder die Menschen, von denen du sprichst, noch Sontsche. Ich kann nicht raus hier. Du verstehst das nicht, denn wenn du an meiner Stelle wärst, würdest du niemals dermaßen tief versinken. Das kommt daher, weil du ein Held bist, wirklich – sei nicht beleidigt, ich sage das ganz ohne Spott –, du bist ein Held wie in der Geschichte, die mir mein Vater aus einem alten Lesebuch vorlas, als ich ein kleiner Junge war: Die Sonne auf seiner leuchtenden Stirn, auf seinem Nacken glänzt der Mond und auf seinen Lenden die Sterne des Himmels. Du bist ein Held: Du liebst Musik. Du hast einmal zu mir gesagt: ›Was ich gebaut habe, zerstöre ich und was ich gepflanzt habe, verlasse ich, daher fordere ich Großes für mich.‹ Du bist ein Held.«

»Das sind nur Worte. Ich mache gar nichts ... Erlaube ihr, für ein paar Tage zu dir zu kommen, damit du nicht allein bist. Sie wird dir bulgarisches Essen kochen, die Blumentöpfe gießen. Schade um diese ganzen Klettergewächse, es braucht viel Zeit, bis sie ranken, und sie werden schon gelb bei dir. Laß sie für ein paar Tage kommen. Ich an deiner Stelle würde mir denken, daß es wunderbar wäre, aus schrecklichen Gefahren errettet zu werden, schlimmer noch als die Gefahren im Dschungel und in der Wüste oder in sadistischen Gefängnissen, zu entkommen und sich zu retten. Du nimmst das Geld und fährst los, um dir die sieben Weltwunder anzuschauen. Die ganze Welt auf die eine und deine Seele auf die andere Seite der Waagschale legen, nur um dich davon zu überzeugen, daß deine Seele den Ausschlag gibt? Und um den schrecklichen Stolz nicht zu offenbaren, der in einer solchen Wägung liegt, bestrafst du dich selbst mit dem Tod? Geld, das man überraschend erhält, hat etwas Poetisches.«

»Nein ... du ...«

»Sag mir nicht, daß ich wie der Satan spreche ...«

»Ich kann nicht, Alek«, sagte Manfred mit gebrochener Stimme. »Du bist in die Grube gefallen und willst mich auch zum Stolpern bringen, aber es wird dir nicht gelingen. Ich sehe die Falle.«

»Welche Falle?«

»Kein Beweis, keine Begründung wird dir helfen, keine Tricks, keine logischen Täuschungen. Nie wirst du aus meinem Mund diese drei Worte hören: ›Ich möchte Wiedergutmachung‹, niemals! Auch wenn du mich in tiefste Hypnose versetzt, auch wenn du mich mit Wahrheitsdrogen mästest oder mich mit Injektionen durchlöcherst, damit ich ein Zeichen von Unterwerfung erkennen lasse. Ich schwöre dir: Niemals werden aus meinem Mund diese drei Worte kommen ...!«

»Wehe Assur, der meines Zornes Rute und meines Grimmes Stekken ... Vielleicht ist es die Strafe für eine geheimnisvolle Sünde?«

»Du sagst, was dir als erstes in den Sinn kommt, wie dein ehemaliger Freund, Tiberio, der Kartenspieler. So redet er. Ein unmoralischer Mensch wird ungemein listig. Ich möchte weit weg von den Menschen sein, Alek.«

»Wie weit?«

»Die Wunde wird erst vernarben, wenn alles zu einem Phantasietraum geworden ist«, sagte Manfred.

»Das ist noch etwas. Du hättest auch mir helfen können. Ich schulde einem unnachsichtigen Menschen eine nicht unerhebliche Summe.«

»Du hast dir etwas von Bienenfrucht geliehen. Tiberio hat mir so etwas gesagt.«

»Ja, das heißt, Charles hat für uns beide etwas geliehen.«

»Wieviel?«

»Die Summe schwillt immer mehr an. Mein Anteil steht momentan bei viertausend Lirot.«

»Viertausend Lirot! Ein Mensch kann von einem solchen Betrag ein Jahr lang leben.«

»Besonders wenn er Heuschrecken und Wurzeln ißt.«

»Wie ist es zu den viertausend Lirot gekommen?«

»Verloren beim Kartenspielen, ein teures Armband.«

»Aber du spielst doch nicht um hohe Summen, und Charles ist ein Profi.«

»Ich war unkonzentriert, und Charles ist erschrocken und hat bei den Einsätzen übertrieben und mich gezwungen, mitzubluffen. Aber unsere Kontrahenten waren gut, ein gutes Gespann, sie sagten langsam an und spielten schnell. Charles hat das Geld geliehen. Und ich habe auch ein Armband für die neue Teeausschenkerin im Klub gekauft, eine nette Frau, die sich aber wertlos und nicht genug geliebt fühlt.«

»Und dann?«

»Dann schlug Charles mir vor, aus der Stadt zu verschwinden.«

»Und wann ist der Wechsel fällig?«

»Am ersten August.«

»Und dann gebrochene Rippen, Messer ...«

»Ich werde das Geld auftreiben. Aber natürlich, wenn du mir helfen könntest ...«

»Wie konntest du dich auf eine solche Sache einlassen? Wie lebst du ...«

»Ich hätte es dir nicht erzählen sollen. Vergiß, was ich gesagt habe.«

»Ich kann es nicht tun, Alek.«

»Ich weiß, verzeih mir.«

»Ich kann es nicht tun, Alek, ich kann nicht.«

»Macht nichts, ich werde zurechtkommen. Alles kommt in Ordnung. Du gehst jetzt einfach aus diesem Zimmer hinaus, geh mit Sontsche.«

»Ich wäre glücklich, wenn ich nachgeben und dir das Geld geben könnte. Aber ich kann nicht.«

»Ich verstehe, pack den Koffer, und laß uns gehen. Oder laß sie wenigstens zu dir kommen. Stirb nicht allein in diesem Zimmer.«

»Du an meiner Stelle würdest das Geld nehmen? Ehrlich?«

»Ich denke viel an den Tod. Das ist meine Vogelscheuche. Ich würde das Geld nehmen. Deine Weigerung sieht mir zu sehr nach einem Privatzwist aus.«

Manfred blickte ihn erstaunt an, sein Körper in unbequem angespannter Haltung, ganz krumm und steif wie Herr Klemens, dessen Kopf Spenglers so ähnlich gewesen war.

»Privatzwist!« wiederholte Manfred mit wachsendem Erstaunen.

»Erlaube ihr nur, zu dir zu kommen, dich ein bißchen zu betreuen. Geh für zwei, drei Tage aus dem Zimmer raus.«

»Ich werde dir nie verzeihen, was du gesagt hast ... Aber vielleicht hast du keine Schuld. Du bist vom Stamme Abels und ich vom Stamme Kains.«

Alek zündete sich eine Zigarette an, spreizte die Hände auf seinen Knien und saß reglos da, und ließ den Rauch von der Zigarette in seinem Mund aufsteigen.

»Dann erlaubst du ihr also, für ein paar Tage zu kommen?«

»Geh sie rufen«, sagte Manfred mit gebrochener Stimme.

Das Zimmer war völlig verwahrlost. Eine zerrissene Plastiktüte klebte in dem zerbrochenen Fenster. Scharen von Ameisen sammelten geduldig Brösel und standen reihenweise Schlange vor einem alten Marmeladenglas. Militär- und Flanellhandtücher waren überall verstreut. Ein mit Schimmel und Grünspan überzogenes Sieb lag auf einem der Handtücher. Mit einem solchen Sieb hatte Sontsche seinerzeit gewahrsagt, wer ihr Ehemann sein würde. Sie hatte Zettel mit Namen der potentiellen Bräutigame hineingelegt, zu Röllchen geformt wie dünne Zigaretten und gewartet, bis die Dämpfe die kleinen Rollen aufgehen ließen. Sie vergaß auch nicht, einen Zettel ohne Namen mit hineinzulegen – vielleicht würde sich überhaupt kein Bräutigam für sie finden –, und gerade dieser Zettel öffnete sich als erster, wie eine japanische Blüte. Wie hatte Sontsche damals geweint! Konnte eine so sentimentale und tränenreiche Frau eine gute Schauspielerin sein?

Als Manfred aus der Dusche kam, war sein Haar gewaschen, er hatte ein weiches Hemd und eine gebügelte Hose an, nur seine Schuhe sahen eine Spur schmutzig aus. Eigentlich besaß Manfred die Sorte von Zauber, die das Herz der Frauen mit Leichtigkeit eroberte. Die Falten in seinem Gesicht, der kleine Mund – dank dessen konnte er etwas kindlich erscheinen, schutzlos, sich auf liebenswerte Art beklagend.

Er setzte sich Alek gegenüber, schnaufend vor Anstrengung. Und Alek reichte ihm eine Nagelschere.

Manfred schnitt sich schweigend seine langen Nägel, dicht bis an das Fleisch.

»Ich muß hier raus«, sagte er, »ein paar Jahre in einem Keller wohnen.«

»Wieso, wohnst du hier in einem Palast?«

»Es gibt hier zuviel Sonne, zuviel Lärm, zuviel ...«

»Leben.«

»Ja, genau. Zuviel Leben«, bestätigte Manfred.

»Pack deine Sachen. Der Platz hier muß saubergemacht werden. Vielleicht geweißelt.«

»Ich hasse den Kalkgeruch.«

»Dann geh für eine Woche weg, mach alle Fenster auf.«

»Ich kann so nicht leben. Jemand muß mich retten, mich befreien. Meine Seele fühlt sich wie der Funken in der Grube: Holt mich raus, rettet mich, befreit mich, läutert mich, erhebt mich in die Gefilde der Freiheit!«

»Du liest nicht die richtigen Bücher«, sagte Alek.

Manfred packte seine Sachen zusammen, ging in die Dusche, um seine Waschutensilien zu holen, und verstaute auch sie in seinem grünen Militärtornister. Der Reservistendienst war seine einzige Verbindung mit der Welt draußen. Und dann, mit seinem Koffer in der Hand, sah er wie ein Mensch aus, der auf Erholung geht. Vielleicht empfand er eine gewisse Freude, als er so an der Tür stand. Im Treppenhaus blätterte der Verputz ab, die Fensterscheiben waren zersplittert, die Geländer abgewetzt und das runde Dachfenster an einigen Stellen gesprungen. Eine vielfältige Mischung von Gerüchen kitzelte die Nasenlöcher: der Geruch nach Sonne, nach Pfefferminz von einem der Balkone, nach Hühnersuppe mit Fenchel. Eine unschuldige, hübsche Melodie erklang im Radio. Kinder kamen die Treppe heraufgerannt, streiften unterwegs ihre Pullover und Hemden ab.

Auf dem Weg zu Lusia lastete Manfreds Unglücklichsein auf Aleks Seele. Manfred paßte nicht in ein Zeitalter der Ketzereien, sagte er sich. Nur der große Strom der Orthodoxie und nicht seine kleinen Nebenarme würden ihm guttun, und wenn er in den Fluß hätte eintauchen können, der ungesehen von Jabne nach Volozhyn und von Volozhyn nach Bnei-Brak strömte, hätte er das ruhige Glück wiedergefunden, das er in seinem Kibbuz erlebte, wo sie mit der Morgendämmerung am Ufer des Toten Meeres Psalmen sangen. Nein, das waren müßige Gedanken, törichte Befürchtungen. Sontsches Liebe würde das alles ändern. Sie war beim Friseur gewesen, bevor sie zu ihm kam, und an ihrem Arm hing eine neue Handtasche und nicht der graue, schäbige Sack, den sie sonst immer mit sich herumschleppte ... Und Alek stand vor Lusias Haustür, einer Holztür mit einem kleinen Netz und grünen Glasscheiben.

Hannale polierte einen grünlichen Kupferleuchter mit Zitronensäure. Lusia trug ein gelbes Kleid, hauchdünn, wie das goldene Vlies, war barfuß, und es schien, als hätte sie nichts als das Kleid auf ihrem Körper. Ihr Parfüm war schwer, jedoch durchaus nicht unangenehm. Mit einem kleinen Wink bedeutete sie ihm, sich neben sie zu setzen. Ein gekränkter Blick tauchte in Hannales Augen auf. Lusia schien zufrieden, daß sie beide neben sich hatte.

»Hast du eine Zigarette?« sie beugte sich leicht zu Alek.

Hannale zog auf der Stelle ein Päckchen Zigaretten aus ihrer Tasche,

reichte Lusia eine und entzündete ein Streichholz. In Lusias Augen flackerte kurz Feindseligkeit auf.
»Willst du mit mir zum Einkaufen mitkommen?« fragte Lusia.
»Klar, sicher«, antwortete Hannale, wenngleich mit offensichtlichem Zögern. Würden sie hinausgehen und Alek im Zimmer zurücklassen? Alek gab vor, ihre feindseligen Blicke nicht zu bemerken. Lusias Schönheit bezeugte gar nichts, war eine Kombination des Zufalls, eine Form, die im Strudel der gigantischen Lotterie zustande gekommen war, doch der Duft ihres Parfüms und ihre Art, mit übereinandergeschlagenen Beinen auf dem Sofa zu sitzen, veränderten den Raum, füllten ihn mit Konturen und ließen die Luft vibrieren. Plötzlich kehrten die Räume der Kindheit zurück, mit den Kerzen, den Leuchtern und den geheimnisvollen Fenstern, in denen sich die Märchenwelt entspann, die phantastischen Möglichkeiten, die Drehtür eines Hotels, eine im Regen und Aufflammen der Blitze glänzende Straßenbahn, eine Laterne in einer steingepflasterten Straße, die bleichen Lichter eines großen Platzes. Er blickte sich eingehend in dem Zimmer um, das nicht mehr wie ein Ort wirkte, den sie zu ihrer Sicherheit benötigte, ganz ausgepolstert wie ein schützendes Nest mit Zubehör, sondern eher wie eine Kulisse, die demnächst abgebaut würde. Das war Lusias letztes Zimmer.
Wieder betrachtete er Hannale, mitleidig, doch diesmal gelang es ihm nicht, seinen Blick zu verbergen, und sie sah ihn verwundert an, Tränen erschienen in ihren Augen. Vielleicht verstand er Lusia nicht, und gerade Hannale, aus ihrer hingebungsvollen Verehrung heraus, kannte ihren Kode, ihren geheimen Schlüssel. Aber Lusia verbarg ihre Verachtung für Hannale nicht, ihre geheimnisvolle und schmerzliche Überlegenheit, nicht einmal ihre Ungeduld. Nein, Hannale war es, die sich irrte. Das war Lusias letztes Zimmer, ihre letzte Kulisse – zu gewagt, zu rosa, zu feminin. Der letzte Frühling. Ihre stolzen Konturen erschienen sehr klar. Doch worin bestand dieser Stolz? Sie würde einen steinreichen Mann heiraten und die Tränen der Demütigung hinunterschlucken, wie die großen Eroberer, vielleicht würde auch sie auf Rache sinnen wegen ihres Elends in der Vergangenheit, und das wäre ihr Ende.
»Komm nachher«, sagte Lusia zu Alek, »in letzter Zeit bin ich abends nicht gern allein.«
»Ich kann heute abend kommen«, sagte Hannale.
»Nein, nein«, winkte Lusia ab, »Alek soll kommen.«
»Um zehn?« fragte Alek und wunderte sich, wie seine Stimme im Raum erklang, warm und tief. Wieder erschien das kleine Lächeln auf

Lusias Lippen, doch ihre Augen blieben auf der Hut, und gleichzeitig ließ sie eine momentane Verlegenheit erkennen, das einzige Zeichen der Zuneigung, die sie für ihn empfand.

»Schade, daß ich nicht zusammen mit ihm herkommen kann«, sagte Hannale.

»Schade ist es um alles«, bemerkte Lusia.

– 11 –

Noch nie zuvor war Rieti überraschend zu Besuch gekommen, weshalb Maddi sehr verwundert war, als sie ihn vor sich in der Tür stehen sah, in der Hand eine Karte seines Sohnes.

»Er trifft übermorgen ein!« sagte er. »Ein Glück, daß ich die Karte erhielt.«

Maddi wollte sagen, daß July ein Telegramm hätte schicken können, doch sie sah, wie sehr er sich freute, und sagte nichts, nahm nur die Karte entgegen, auf der zwei Sätze standen und auf deren Vorderseite das Motiv einer indianischen Legende abgebildet war: Gesichter mit runden, aufgerissenen Mündern, in denen sich eine riesige, wie ein Feuerwehrschlauch gerollte Zunge befand.

»Wenn er in der Ferne ist, denkt er nicht an mich, das ist seine Natur«, sagte Rieti immer. »Es gibt Menschen, denen es schwerfällt, aus der Entfernung zu lieben.«

Hin und wieder dachte Maddi an July, wenn sie an dem Kiosk vorbeikam, in dem er ihr oft Eis gekauft hatte. Er liebte es, mit ihr spazierenzugehen, und sie liebte es, seine Hand zu halten, die immer viel wärmer als die ihre war, und sein kaltes Gesicht zu berühren, wenn er im Winter zu ihnen auf Besuch kam. Sie liebte auch den Geruch der Zigarette, deren Rauch ihr Tränen in die Augen trieb. Sie erinnerte sich daran, wie seine Finger ihr Haar gestrichelt hatten, und hatte seinen Nacken vor Augen, wenn er sich bückte, um seine Schnürsenkel zuzubinden. Sie war damals zehn, und July – achtzehn. Er war der einzige Mensch, der sich wirklich angeregt mit ihr unterhielt, in seiner Gesellschaft war ihr nicht langweilig wie ansonsten unter anderen Erwachsenen, und ihr schien immer, als erheiterten ihre Worte und Handlungen ihn tatsächlich, so wie ihr Vater Spaß daran hatte. Einmal hatte er sie auf dem Nachhauseweg von der Schule getroffen, schmutzig vom Spielen im Hof, und hatte gesagt: »Jetzt weiß ich, warum man dich Maddi nennt, du bist ganz schlammfarben, wie eine Wilde.« Damals hatte sie nicht verstanden, was er meinte, und erst Jahre später war ihr das simple Wortspiel aufgegangen, und sie summte einen ganzen Tag lang vor sich hin: muddy, Maddi ... Danach ging July weg – zuerst, um in Haifa zu studieren, dann nach London und New York. Er war immer überrascht von dem, was sie zu ihm sagte, und Maddi konnte schwer beurteilen, ob er nur vorgab, daß ihre Worte so merkwürdig seien, oder ob sie wirklich etwas Überraschendes an sich hatten. Sie erinnerte sich auch an seine Armeejacke und dachte, daß sie die schönste Farbe der Welt habe. Manchmal ertappte sie sich dabei, daß sie dachte, wie angenehm es wäre, wenn July sie umarmen würde, so wie er es immer getan hatte, wenn er auf Urlaub vom Militär kam, während sie sich gleichzeitig über diese Sehnsucht nach ihm, nach seinem Anblick und der Berührung seiner Hände wunderte. Er liebte es, seine Finger über ihre Wirbelsäule gleiten zu lassen, Wirbel für Wirbel, als zählte er nach, um sich zu überzeugen, daß alle noch an ihrem Platz wären, und einmal, im Tierpark, sagte er zu ihr: »Du hast die hübschesten Wirbel von allen, die ich kenne.« Wie oft hatten sie zusammen einen Ausflug gemacht? Fünf- oder sechsmal, öfter nicht. Doch in ihrer Erinnerung erschienen ihr diese Ausflüge sehr zahlreich und lang gewesen zu sein. Seit damals hatte sie ihn nur zwei oder dreimal getroffen. Einmal, als er im Sommer kam, war sie im Ferienlager, ein zweites Mal kam er nur zu einem Kurzbesuch für wenige Tage. Als sie ihn zuletzt gesehen hatte, hatte sie ihn gefragt, ob er ihr Foto in der Zeitung *Für die Frau* gesehen hätte.

»Hast du was gestohlen?« fragte July.

»Ich tanze.«

»*Für die Frau*«, sagte July, »jetzt schon? Und was ist, wenn du wirklich eine Frau geworden bist? Werden sie dein Foto dann im Wochenblatt *Für die Großmutter* veröffentlichen?«

Ein anderes Mal, bevor sie mit July wegging, hatte ihre Mutter zu ihr gesagt: »Zieh den Mantel an, es ist kalt draußen.« Sie weigerte sich, und ihre Mutter sagte: »July hat dein schönes Kleid schon gesehen, du kannst ruhig im Mantel hinausgehen.« Sie errötete, und July warf ihrer Mutter einen rügenden Blick zu, nahm den Mantel, legte ihn über ihre Schultern und sagte: »Komm!«

Am Flughafen blickte July sie überrascht an.

»Maddi?« sagte er und umarmte sie. Danach faßte er sie mit beiden Händen an den Schultern, streckte seine Arme aus und hielt sie von sich weg, als wollte er sie besser betrachten. Seine Finger berührten ihren Rücken, und Maddi hoffte, seine Hand würde, wie in ihrer Kindheit, über ihre Wirbelsäule gleiten. Doch July schlang seinen

Arm um sie und stellte sie seiner Frau Sharon vor – rothaarig, groß und hübsch, sehr gesund, wie die amerikanischen Fotomodelle in den Illustrierten. Sharons Ton war kühl und ziemlich zurückhaltend, und ihr Hebräisch klang ein wenig kindlich. July bewegte sich sprunghaft, als wollte er die Atmosphäre aufwärmen, blickte seinen Vater an und trappte auf der Stelle wie ein Enterich. Trotz aller Kühle besaß Sharon eine schöne, melodiöse Stimme, der eine Maddi unvertraute Höflichkeit zu eigen war.

»Kommt, wir setzen uns und trinken etwas«, sagte July.

»Aber die Koffer, die Pakete«, äußerte Rieti besorgt.

»Das macht nichts, macht nicht«, erwiderte July, »Hauptsache, wir setzen uns irgendwo hin.«

Er ging schwankend wie ein Matrose und kam Maddi verstört vor, als fürchtete er sich, den Flughafen zu verlassen und in die Stadt zu fahren. Seine Kleidung war geschmackvoll und sehr großzügig geschnitten. Er war ein bißchen dick geworden, doch seine Augen waren klug und nett geblieben, wie früher. Sharon war mit sorgfältiger Eleganz gekleidet, und auch der lange Flug hatte keinerlei Spuren an ihr hinterlassen.

Rieti sprach mit leiser Stimme, und July klopfte Maddi wieder auf den Rücken, doch sie hatte erwartet, daß er dies heimlich, im Dunkeln, tun würde und nicht so vollkommen selbstverständlich und einfach. Sein Lächeln und seine Leichtigkeit beruhigten sie, enttäuschten sie aber auch ein wenig, und sie war froh, als er seine Aufmerksamkeit seinem Vater zuwandte.

»Und wo ist eure Tochter?« fragte Maddi Sharon.

»Bei meiner Mutter«, antwortete Sharon. »Ich habe mich gefreut, ohne sie zu verreisen, aber jetzt tut es mir leid. Was für eine Sonne!«

Julys gebeugtem Rücken entnahm Maddi, daß er versuchte, seinen Vater zu versöhnen. Hin und wieder, im Eifer des Redens, drehte er ihm seinen Kopf zu und hielt im Gehen inne, um ihm etwas zu erklären, halb aus einem Impuls, halb, um zu betonen, wie wichtig ihm die Worte seines Vaters waren. Mindestens fünfmal blieb er so auf dem kurzen Weg zum Auto stehen.

»Laßt mich fahren. Ich liebe es, an Orten zu fahren, die ich nicht kenne«, sagte Sharon. Ein kleiner Funke von Ungeduld sprang in Julys Augen auf, doch er sagte sofort: »Ihr könnt Sharon vertrauen. Sie ist eine professionelle Fahrerin.«

Sharons Hebräisch war gut; nur ihre Wortwahl und der ausländische Akzent zeugten davon, daß sie das Land in der Kindheit verlassen hatte. Rieti war beunruhigt, seine Hände flatterten leicht, er räusperte sich immer wieder und versuchte, es zu unterdrücken, hustete und trommelte mit den Fingern auf den Sitz. Vielleicht hatte Julys Ankunft ihm die Verwirrung und den Kummer zurückgebracht, den er bei seinem Verlassen empfunden hatte, dieses überwältigende Gefühl des Versagens. July war von Geburt an ein Faulpelz, doch mit viel List und Tücke hatte Rieti es geschafft, ihn an drei Stunden angestrengter, konzentrierter Arbeit pro Tag zu gewöhnen. Rieti erzählte immer wieder die Geschichte von seinem Freund Rubin, dem Antiquitätenhändler, der zwei Dinge über alles liebte: Antiquitäten und Angeln. Er wollte seinem Sohn die Liebe zu den Antiquitäten vererben und schickte ihn zu diesem Zweck zum Lernen und zur Weiterbildung an die besten Plätze in England und Frankreich. Doch der Sohn liebte nur das Angeln, dem er den Großteil seiner Zeit widmete, und suchte sich sogar eine höchst unangenehme, schlechtbezahlte Arbeit aus, nur um genügend Muße zu haben, sich seinem Steckenpferd zu widmen. Diese Geschichte erzählte Rieti in allen möglichen Variationen; manchmal ohne jeden Kommentar, zuweilen mit einer gewissen Bitterkeit, und ein andermal mit dem Zusatz: Wenigstens hat er eine seiner Lieblingsbeschäftigungen gewählt; stets aber mit Nachsicht gegenüber dem Jungen und einem merkwürdigen Erstaunen über Rubin.

Ab und an wandte sich July mit einem Lächeln an seinen Vater, erkundigte sich nach Bekannten. Maddi schien es, als sei July befriedigt von den knappen, präzisen Antworten. Vielleicht hatte er befürchtet, sein Vater wäre alt und wirr geworden, sein Denken hätte den zündenden Funken verloren, und nun freute er sich über das Gegenteil.

»Gut, daß du gekommen bist, July«, sagte Maddi. Und gleichzeitig sah sie den großen Blumenstrauß vor sich, den ihr Alek geschickt hatte, und was für ein schöner Strauß! Sie kannte den Blumenhändler auf der Ibn-Gvirol-Straße – er hatte diesen Strauß nicht arrangiert, sondern Alek selber. Und der Mann, der die Blumen ausgesucht und ihre Zusammenstellung überwacht hatte, löste eine gedämpfte, angenehme Spannung in ihr aus. In der Nacht hatte sie geträumt, daß er ihr Komplimente machte, und obwohl sie darauf mit vorgeschobener Gleichgültigkeit reagierte, breitete sich ganz langsam ein strahlendes Lächeln über ihr Gesicht aus, das ihre Zähne freigab. Danach träumte sie, sie ginge mit ihm Einkäufe erledigen – Einkaufen mit einem Mann! Und die Komplimente wiederholten sich, ebenso wie ihr Lächeln. Was war so besonders an dem Blumenstrauß? Sie mußte ihn sich noch einmal ansehen, wenn sie nach Hause kam.

Seitdem hatte sie darauf gewartet, daß er käme, doch die Tage verstrichen, und Alek kam nicht, vielleicht war er selbst darüber erschrocken, daß er den Strauß geschickt hatte? Vielleicht fürchtete er sich vor ihr? Vielleicht beunruhigte ihn sein Alter? Oder vielleicht trug er irgendein Geheimnis in seinem Herzen, wie die Helden der Liebesromane? Jedenfalls kam er nicht, und er schickte auch keinen weiteren Blumenstrauß.

Wollte Gott, das Studienjahr ginge endlich zu Ende und ihr Vater würde sich besser fühlen. Vielleicht würde sie nach Zefat fahren, wo Kleinschmidt ein teilweise marodes Haus in der Straße unterhalb der alten Synagogen besaß. Die Aussicht, die man von dem Sitzplatz auf dem Balkon aus hatte, der wie eine kleine Schublade vom Haus wegstand, war wirklich faszinierend gewesen: die Äderung der Wege auf dem Berg und die wechselnde Farbe der Bäume. Von dort aus konnte man in den alten Friedhof hinuntergehen und, nach einer leichten Überwindung, in die Zettelchen spähen, die die Pilger an den Gräbern der Heiligen zurückließen: »Jisrael Mosche ben Malka – für die Heilung von Körper und Seele ... Malka-Jochavat bat Ita für einen dauerhaften schnellen Sproß ... für die Heilung von Zuckerkrankheit und Beinen. Avraham ben Sara Lea – die passende und richtige Paarung ...« Oder vielleicht würde sie im August zu dem Kloster in Tabgha fahren, um Rieti zu besuchen, der jedes Jahr zwei Wochen dort verbrachte, um ein bißchen zu sinnieren – was in Maddi immer belustigtes Staunen auslöste. Die vollkommene Stille, die in diesem Kloster in den Abendstunden herrschte, war bestürzend und lähmend. Sie hätte ganz gewiß nicht in einer solchen Stille nachdenken können. Rieti fuhr auch in ein Kloster in Ein Kerem und logierte dort, oder zu den Schotten in Tiberias. Genaugenommen verbrachte er jeden Urlaub in irgendeinem Kloster. Die gemeinsamen Mahlzeiten und die anderen Gäste liebte er nicht, aber die Mauern und die Fenster, die Gärten und das Schweigen, die Restspuren der Strenge und Askese sprachen ihn an.

Mit welchem Blick Rieti Sharon ansah, welch eine verborgene Feindseligkeit! Und wie lang seine Sätze waren, wenn er zu ihr sprach! Rieti war sich sicher, daß Sharon die Schuld an Julys Emigration trug, und insbesondere ihre Eltern, in die sich July eigentlich verliebt hatte. Sie waren es, die ihn gestohlen hatten, ihn mit Annehmlichkeiten verwöhnten, an die er nicht gewöhnt war, und es ihm erleichterten, in eine Gesellschaft von Rang und Namen aufgenommen zu werden. Hätte July solchen Versuchungen etwa widerstehen können? Er zählte zu denjenigen, die erst spät lernten, das Leben zu

genießen, und vielleicht liebte er auch New York, denn die Endogamie der kleinen Tel Aviver Gesellschaft war ihn immer hart angekommen, es fehlte ihm der Abstand und vielleicht auch die Maske. Doch Maddi spürte den schweren Groll in Julys Herzen, und Rietis Worte, daß die Entfernung zwischen seinem Sohn und denen, die er liebte, mehr trenne, als das bei anderen Menschen der Fall sei, erschienen ihr naiv. Doch, Rieti ist naiv, obwohl er Richter ist, sagte sich Maddi im stillen.
Am Masarykplatz spielten Jungen mit einem Ball, schossen ihn zwischen zwei Zweigen hindurch, die sie zu einer Art Korb drapiert hatten. Maddi sah July auf einer Bank sitzen, eine Stofftasche und eine Stange Zigaretten neben sich. Sie zögerte, auf ihn zuzugehen. Er sah jetzt sehr schlampig aus, nicht wie am Flughafen. Als er sie erblickte, lächelte er.
»Wie frisch du aussiehst, Maddi«, sagte er mit einem Seufzer. »Du warst immer ein erfrischendes Kind. Du warst ein nettes Kind.«
»Soll ich mich zu dir setzen, oder möchtest du nachdenken?«
»Das kann man schwer nachdenken nennen«, erwiderte July, »Warum kommst du nicht zu uns?«
»Ich wollte nicht stören. Er hat so lange auf dich gewartet.«
July antwortete nicht. Er antwortete niemals auf gefühlsbetonte Dinge.
»Vor einem Augenblick schienst du mir ...«
»Unglücklich ...«, sagte July.
»Ist etwas nicht in Ordnung?«
»Was könnte denn nicht in Ordnung sein?« sagte July in scharfem, etwas possenhaftem Ton.
Der unterdrückte Zorn, der aus Julys Stimme herauszuhören war, erleichterte Maddi. Sie schloß für einen Moment die Augen. Über dem kleinen Platz hingen Gerüche in der Luft, die den nahenden Sommer ankündigten, wie in den Gärten der Bücher, die sie in ihrer Kindheit gelesen hatte – träge Vögel, Bienen, ein neugieriger Wiedehopf.
»Wohin bist du eigentlich gerade unterwegs?« fragt Maddi.
»Zum Falafelessen am Bezalelmarkt.«
»Dann komm, gehen wir dorthin.«
July stand auf und ging in Richtung Hamelech-George-Straße, wobei er absichtlich über die Kiesfläche des Platzes stapfte, um das Knirschen der Steine zu hören.
»Du warst wirklich ein süßes Kind, Maddi«, sagte er, »ich lade dich zu einer Portion Falafel und Limonade ein.« Seine Finger glitten über

die Wirbel auf ihrem Rücken, und er hielt kurz inne, als erinnerte er sich.

»Ich fange an, Leute zu treffen, die ich gekannt habe.«

»Frauen?«

»Auch Frauen«, sagte July.

»Und ist es interessant?«

Ein spitzbübisches Lächeln erschien auf seinen Lippen, und es schien, als wollte er etwas zu ihr sagen, überlegte es sich jedoch anders, und sein Lächeln besagte: Ich würde euch ganz offen meine Meinung sagen, aber ihr steckt voller Vorurteile, und da ich eure zarten Seelen ungern verletzten möchte, ist es besser, ich schweige.

»Ja, es ist interessant«, sagte er schließlich.

»Hast du eine besonders interessante Person getroffen?«

»Ich habe meine ehemalige Freundin getroffen, Alona.«

»Die jetzt schon ungefähr hundert ist und reich gesegnet mit Enkeln und Urenkeln.«

»So ungefähr«, sagte July, blickte Maddi an und verzog dann sein Gesicht. Maddi hegte keinen Zweifel, daß seine ehemalige Freundin ihm wieder gefallen hatte. Er sah nachdenklich und vorsichtig aus, doch seine Augen glänzten vor Freude, wie damals, wenn ihre Mutter ihm seine Lieblingsnachspeise machte, halb Kuchen, halb Eis, was sie »Vollmond« getauft hatte. Wie nett July war! Sicher war er klug und flexibel genug, mit Sharon zu einer geheimen Übereinkunft zu gelangen. Jahre lebte er nun in einer der größten Städte der Welt, und je größer die Stadt war, desto weniger fürchteten die Menschen sich davor, etwas zu riskieren und zu leben.

Am Bezalelmarkt kaufte July zwei Portionen Falafel, stopfte hauptsächlich fritierte Kartoffeln in sein Pitabrot und erstand vier Flaschen Limonade. Er genoß das Geplärr der zahlreichen Radiogeräte, das Geschrei der Standbesitzer, die miteinander wetteiferten, das laute Reden, das Zischen des Fetts, das Dröhnen der Autos, die vor den Ständen hielten. Danach gingen sie die Allenbystraße hinunter und spazierten langsam am Meeresufer entlang. Schließlich setzten sie sich auf eine Bank.

»Vater hat gesagt, er möchte ein paar Leute zum Abendessen einladen. Kommst du?«

»Natürlich komme ich.«

»Vielleicht wird es nicht mal langweilig, wer weiß?«

»Rieti und langweilig?« fragte Maddi.

»Du nennst ihn Rieti?«

»Ja.«

»Sharon sagt, daß die Küche sehr eng sei, aber es gibt eine Menge Gewürze. Komisch, daß Vater angefangen hat zu kochen. Ich dachte, eines Tages würde er es satt haben, so zu leben, und anfangen, sich ein wenig auszutoben.«

»Wie?«

»Wie man sich austobt? Indem man Dummköpfe beleidigt.«

»Aber woran genau hast du gedacht? An Presse? Politik?«

»Ja, so in etwa.«

»Er ist Mitglied in allen möglichen Vereinen, berät sie und hält Vorträge.«

»Das ist gut«, sagte Juky. »Vielleicht schauen wir kurz in irgendeinen Film? Was hältst du davon?«

»Nicht heute.«

»Allein habe ich keine Lust, ins Kino zu gehen.«

»Nimm Sharon mit.«

»Sharon? Nein, ich glaube nicht. Bloß zwei Stunden, ich brauche einen Film, um mein seelisches Gleichgewicht zu finden.«

»Ich kann nicht, July.«

»So vergiltst du es einem Menschen, der dir kiloweise Bonbons mit Schokoladenüberzug gekauft hat?« sagte er und nahm ihre Hand. »Was für eine schöne Hand du hast. Was warst du für ein nettes kleines Mädchen, Maddi.«

Maddi empfand die Berührung seiner Finger als angenehm, nicht jedoch seinen Blick, der zu sehr funkelte, die Pupillen geweitet in Erwartung eines kommenden Vergnügens. Mit einer unvermittelten Bewegung legte er seinen Kopf auf ihre Oberschenkel, und Maddi streichelte sein Haar, und dabei fiel ihr ein: Die Mädchen saßen auf zwei großen Ästen und lachten über die Jungen drunten, unter dem Baum, hinter vorgehaltener Hand – Sara liebt Uzi ... Nira liebt Arik ... Einmal fesselten zwei Jungen sie an den Baum ... Uzi oder Arik ... jedenfalls war Arik einer von ihnen. Sie traf ihn auf einem Ausflug am Ramonkrater, und er sagte: Dich an den Baum zu fesseln, Maddi, hat wirklich den größten Spaß gemacht, viel mehr als bei jedem anderen Mädchen.

»Komm mit mir ins Kino«, sagte July wieder.

»Ich kann nicht, glaub mir. Ich bin nicht in Stimmung.«

»Es wird dir guttun«, sagte July, küßte ihre Jeans und rieb seine Stirn daran.

»Mein Vater ist sehr krank.«

»Ich kenne deinen Vater kaum«, entgegnete July. »Ich brauche dich jetzt. Ich mache gerade sehr schlimme Tage durch.«

»Es tut mir leid, July.«

»Dann komm, wir sperren uns in deiner Wohnung ein, für eine halbe Stunde.«

»Du kennst mich nicht, July ... sei nicht beleidigt ... ich kann nicht ...«

»Ohne dich wird es noch schrecklicher für mich. Ich kann nicht hier bleiben. Ich werde in den Negev, in die Wüste auswandern. Es sind schlimme Tage, Maddi.«

»Aber was ist passiert? Du hast so fröhlich ausgesehen am Flughafen in Lod.«

»Die Tatsache, daß du dich weigerst, mit mir in einen Film zu gehen, wird schicksalhafte Folgen nach sich ziehen, die du nicht einmal erahnen kannst.«

»Du scherzt, July, oder?«

»Vielleicht. Ich vergaß für einen Moment, daß du noch ein junges Mädchen bist, obwohl du mit diesem Obstbauern verheiratet warst«, sagte July trübsinnig.

»Was meintest du mit schicksalhaften Folgen?«

»Achte nicht darauf, Maddi. Du bist groß geworden und einfach eine scharfe Frau.«

Nachdem sie sich verabschiedet hatten, versteckte sie sich hinter einem Baum und beobachtete ihn. July stand einen Augenblick zögernd da, und dann wandte er sich nach links, in Richtung eines großen Eisladens, dann sofort nach rechts. Seine Unschlüssigkeit hatte gleichzeitig etwas Komisches und Trauriges. Sie sah ihn so dastehen – dicklich, seine Lippen verbreiterten sich zu seltsamer Form, während er den Rauch der Zigarette einsog, eine Art Humpty-Dumpty, und seine Augen wurden zu zwei schmalen Schlitzen, wie bei einem Raubtier, eine Wüstenkatze oder ein Marder. Am Ende wandte er sich trotz allem dem Eisladen zu.

Am nächsten Tag rief Rieti an und teilte mit, daß July verschwunden sei, nichts mitgenommen habe, nicht einmal die Zahnbürste. Er sei einfach in der Nacht nicht zurückgekommen, und Sharon sei stark beunruhigt.

»July hat zu mir gesagt, er denke daran, in den Süden zu fahren«, sagte Maddi. »Vielleicht kommt er heute abend wieder zurück.«

Aber July kam nicht zurück. Nach einer Woche, als Maddi am Kiosk vorbeiging, sah sie flüchtig die Titelseite von *Dieser Welt*, die ein großes Foto von einer überraschten oder erschreckten Alona mit der Schlagzeile brachte: Skandal in der Bar *Letzte Gelegenheit*. Maddi kaufte die Zeitung sofort und fand den Bericht: ›Ich leugne nicht, daß ich meinen Exfreund getroffen habe.‹ Die Druckerschwärze beschmutzte ihre Finger. Unter den Fotos befand sich auch eines von July und von diesem Matrosen, Aleks Freund.

Die Lektüre des Artikels war so peinlich, daß sie ihn anfangs gar nicht richtig verstand. July war mit Alona im Arm in den Klub gekommen, sie betätschelten und küßten sich in aller Öffentlichkeit, und als ein Matrose im Scherz eine lose Bemerkung machte, gab Alona ihm eine Ohrfeige und erhielt von ihm eine zurück. Die Schlacht hatte sich zwischen Alona und dem Matrosen abgespielt. Vielleicht würde Sharon die Zeitung ja gar nicht sehen? Vielleicht würde man ihr nichts von dem Bericht erzählen?

Zu Beginn war Maddi sicher, das Ganze sei im *Monpetit* passiert, doch in der Zeitung stand ausdrücklich *Die letzte Gelegenheit* in Be'er-Scheva.

Es war eine neue Bar, geführt von einer Frau, die ein märchenhafter Glanz umgab, allerdings nicht die Art von Märchen, die Maddi wichtig waren – das Märchen der großen Liebenden –, sondern diese Frau, Blutsverwandte eines sonderbaren Komponisten und eines schreckenerregenden sowjetischen Politikers, nämlich Skrjabin und Molotov, die in den Reihen des französischen Untergrunds gekämpft hatte, war Militärkorrespondentin der Zeitung *Combat* und Terroristin gewesen, die britischen Ministern mit der Post Sprengstoffpäckchen schickte – Betty Knut. Es gab solche Frauen im Land, Maddi wußte das. Einmal hatte ihr Vater sie einer Frau vorgestellt, die in einem vegetarischen Restaurant aß, und diese reizende Frau war, wie sich herausstellte, Mussolinis offizielle Fotografin gewesen.

Betty Knut war klein und noch ziemlich jung. Umschläge mit Sprengstoff sind keine Liebesbriefe oder parfümierte Zettelchen, doch die kleine Absenderin der Briefe war schwerlich gering einzuschätzen. Maddi las die Reportage immer wieder, bis sie schließlich einschlief. Ihr schien, als hätte sie nur wenige Minuten geschlafen, als sie von Klingeln und Klopfen geweckt wurde.

»Wer ist da?«

»Ein unglücklicher Nomade«, erklang Julys Stimme, »mach mir die Tür auf.«

Er stand auf der Schwelle, eine erloschene Zigarette im Mund.

»Sehe ich diese Zeitung wirklich überall, oder kommt es mir nur so vor, daß ganz Tel Aviv sie liest?« sagte er. »Vor drei Tagen war ich nur ein Tourist, der mit seiner hübschen Frau zu Besuch kam.«

»Was ist passiert? Wie ist der Streit entstanden?«

»Es gab keinen Streit. Alona biß an ihrem Finger herum, wie immer, und da sagt dieser Matrose plötzlich zu ihr: ›Es wäre doch besser für uns beide, du würdest in meinen Finger beißen. Mir wäre das sehr angenehm, und du würdest dir deinen hübschen Finger behalten.‹ Sie hat ihm irgendeine wütende Antwort gegeben, worauf ihr der Matrose eine Ohrfeige gab, und ich habe versucht, sie von ihm wegzuziehen. Dann habe ich zwei, drei Blitzlichter gesehen. Der Matrose hat auch dem Fotografen eins verpaßt, nur schade, daß er das nicht früher gemacht hat. Ich habe versucht, Alona rauszubringen, und da haben sie mich auch gleich rausgeworfen. Inzwischen hatte der Matrose ein paar Tische umgekippt. Und dann tauchten zwei Polizisten auf. Alona, die sich schon aus dem Staub machen wollte, ist einem von ihnen in die Hände gefallen. Und der dämliche Polizist sagt überrascht: Frau Slovin! Und so hat der Reporter erfahren, daß sie die Frau von Roni Slovin, einem Helden des Sinai-Feldzugs ist.«

»Und wie ist das Lokal selber? *Die letzte Gelegenheit*?« erkundigte sich Maddi aus einer unbestimmten Regung.

»Was weiß ich? Aber was stimmt, das stimmt. Für mich ist es wirklich die last chance.«

July wirkte sehr unglücklich.

»Und was jetzt?«

»Ja, was nun?«

»Wird das Sharon nichts ausmachen?«

»Wovon redest du, Maddi?«

July rollte müde seinen Kopf und rieb sich die Augen: »Ich kann nicht zu Vater zurück. Jemand wird garantiert schon dafür gesorgt haben, Sharon die Zeitung zu zeigen. Man muß abwarten und schauen! Hast du einen Schlafplatz für mich?«

»Du kannst auf dem Sofa schlafen. Komm, ich zeig dir, wo das Bad ist.«

»Nein. Kein Bad. Morgen. Ich muß dringend schlafen.«

Er fiel aufs Sofa.

»Fürchtest du, daß Sharon ...«

»Tu mir einen Gefallen, Maddi, mach das Licht aus.«

»Gute Nacht«, sagte Maddi, doch July schlief bereits.

Maddi war sicher, daß Tel Aviv eine anständige Stadt war, trotz allem, was ihre Tante darüber gesagt hatte (wenn die Leute bloß wüßten, wie leicht es ist, hier zu sündigen!), und trotz der verwickelten Geschichten der Frauen, mit denen sie sich traf. Intrigen waren ihrer Ansicht nach untypisch für Tel Aviv, etwas, das Frauen aus Ungarn oder Polen importierten, die aus den kosmopolitischeren Schichten dieser Länder stammten. Sie erinnerte sich auch gut daran, ebenso wie ihre Freundinnen, wie sehr ihre Eltern darauf beharrt hatten, sie frühestmöglich zu verheiraten. Gleich danach, so hatten ihre Freundinnen ihr erzählt, fingen sie an, von einem Enkel zu reden, und nach dem ersten – vom zweiten Enkel. Die Gesellschaft insgesamt schien nicht besonders reich und barg keinerlei Geheimnisse. Die flachen Dächer, der klare Bauhausstil, der sachliche Internationale Stil oder die Wohngebäude schlechthin mit ihrer Rechtwinkligkeit waren einfach und praktisch. Und wenn manchmal außergewöhnliche Dinge ans Licht kamen, unzüchtige oder betrügerische Affären, waren diese so selten, daß ihnen beinahe schon ein poetischer Wert zukam. Über Jahre war Maddi fasziniert Beobachterin einer älteren Frau mit strengem Gesicht gewesen, mit deren Namen sich eine solche Geschichte verband. In Maddis Augen war sie eine Figur aus einem Roman oder einer Oper. Manchmal gab es schillernde, fast phantastische Skandale, die die Seiten von *Diese Welt* belebten. Maddi dachte, was dort beschrieben wurde, existiere zwar in Wirklichkeit, doch völlig fern und aller Augen entzogen, wie die Existenz von Dieben, Vergewaltigern und Erpressern. In Maddis Umgebung kam es nicht vor, daß jemand das Gesetz übertrat oder wirklich in Schwierigkeiten geriet. Es waren Menschen, die viel arbeiteten, Konzertabonnements besaßen, sich gegenseitig zum Abendessen einluden, viel Zeit ihren Kindern widmeten, ihnen Bücher kauften, sie zum Tennis- und Judounterricht schickten, ihnen Musik und Tanz beibrachten. Sogar die leichtfertige Tante und der Cafébesitzer ... Einmal, als er ins Ausland fuhr, hatte ihr Vater ihn gebeten, ihm Ausstellungskataloge mitzubringen, und der Onkel hatte gesagt: Du bist verrückt, Ezra, wenn du denkst, ich fahre ins Ausland, um an solchen Orten Zeit zu vergeuden ... Wo verbringst du dann deine Zeit? Nicht an Orten, über die Kataloge gedruckt werden, lachte der Onkel, beugte sich zu ihrem Vater, und beide brachen sie in Gelächter aus, obgleich ihr Vater ein wenig überrascht und vielleicht nicht ganz zufrieden war. Sogar dieser Onkel hatte seinen Kindern viel Zeit gewidmet, sich um sein Haus gekümmert, und er war der einzige, der seine Frau in der Öffentlichkeit küßte. Einmal, als Maddi ihn mitten im Sommer unter großer Anstrengung einen Kleiderständer schleppen sah, sagte er ihr, man müsse neue Dinge für das Haus kaufen, damit es sich nicht mit dem Staub der Routine überzöge, damit es immer etwas glänzend Neues darin gäbe. Das liebenswerte Lächeln, das Vjera immer zeigte, wenn sie von allen möglichen Hochstaplern und Betrügern hörte, zeugte von ihrer harmlosen Unschuld, die nicht geringer war als ihre Begeisterung für die jemenitischen Gesänge, die sie erforschte, um die Ursprünge des gregorianischen Gesangs herauszufinden.

Die letzte Gelegenheit. Es gab nichts, was Maddi mehr beeindruckte als die Liebe zu einer Frau oder zu einem Mann. Die Schwester von Frau Fania Mer aus der Dubnovstraße hatte einen echten Schotten geheiratet und war mit ihm in sein Land gereist, um unter seinen merkwürdigen Clanmitgliedern zu leben. Und fünf Jahre später kam sie so plötzlich zurück, wie sie weggegangen war. Frau Fania selbst war nicht hübsch wie ihre Schwester, die »Schottin«, jedoch viel besser gekleidet, wenn auch in konservativerem Stil. Sie schneiderte Kleider bei Genia und Lola Ber. Gerüchten zufolge hatte sie ihr erster Liebhaber, der steinreich war, auf eine lange Reise nach Südamerika eingeladen, danach war sie zu einem langen Italienaufenthalt mit ihrem zweiten Liebhaber aufgebrochen, dann zu einem ziemlich ausgedehntem Ausflug mit dem dritten, wobei sie in den letzten Jahren allerdings nur einmal nach Zypern gereist war, mit dem katzenhaften, gutaussehenden Dr. Salomonov, der seinen annehmbaren Patientinnen immer mit ausgesuchter Höflichkeit kurze Abenteuer vorschlug.

Obwohl Fania Mers schottische Schwester in den Augen der Klatschmäuler eine arme, lächerliche Figur abgab, hegte Maddi Bewunderung für sie, weil sie es gewagt hatte, mit ihrem Schotten zwischen Burgen, Seen und Plaids zu verschwinden.

Nein, Rieti irrte sich. Sein Einfluß auf July war geringer, als er dachte. Nicht die Entfernung spielte eine Rolle, und nicht Sharons Eltern, die Annehmlichkeiten, die Arbeit, das Haus waren hier ausschlaggebend, sondern es war Julys Groll. Sie verstand diesen Groll nicht, doch sie wußte, daß er vorhanden war, konnte seine Schattierungen identifizieren und seinen hartnäckigen wiederkehrenden Reim.

Maddi kochte Suppe in einem großen Topf, froh, daß es ihr gelungen war, noch ein Kilo Pilze zu kaufen, bevor die Geschäfte geschlossen hatten. Der Geruch von Pilzsuppe war beruhigend. Es war eine der wenigen Suppen, die ihr immer gut gelang. Fania Mers jüngere Schwester! Wie herrlich waren die Geschichten, die Schauspiele und Opern, voll süßer Heimlichkeit, gefährlichem Einsatz, ein Spiel, das das Blut in Wallung versetzte, faszinierende Masken ... Doch wenn sie und Hadas irgendeine »zufällige« Begegnung arrangierten, war das nichts als ein geringfügiger Trick, und die Begegnungen hatten immer etwas Lächerliches, vermochten nichts zu verändern oder entstehen zu lassen, sondern nur festzuhalten, was ohnehin bestand, und zu verändern, was sich auch ohne ihre Initiative verändert hätte. Nur mit Tomar war es gelungen, eine hübsche List, da konnte man nichts sagen.

Sie trat auf den kleinen Küchenbalkon. Wie schön die Bäume waren! Was konnte sich mit ihrer Schönheit messen? Ein Schatten von Geheimnis lag in dem dichten Blattwerk. Die Bäume waren Gefäße des Geheimnisvollen. Und sie? Hätte sie, wenn sie es vermocht hätte, ein Gefäß des Geheimnisvollen sein wollen? Mußte man sich tatsächlich die wahre Liebe erhoffen? War es nicht besser, sein Leben angenehm und einfach zu verbringen, ohne sich zu verpflichten? Die Leute, die sagten, daß die Liebe eine Krankheit sei, hatten sich schließlich doch nicht getäuscht! Wenn die Liebe zur Hauptsache im Leben wurde, schrumpften alle Dinge auf der Welt ihr gegenüber auf zwergenhaftes Maß, und im Mittelpunkt der Welt stand der Geliebte, wie ein gewaltiger Riese, und alles übrige schien in weiter Ferne, sogar die höchsten Berge wirkten neben ihm wie Sandhügelchen. Alles wurde anders, man mußte ihm alles opfern. Ein Riese, der im Nabel der Welt steht! Wäre es ihr angenehm, wenn July sie wollte? Er hatte einen speziellen Zauber, und vielleicht war es auch ein bißchen beängstigend, diese Genußfreude an Getränken und Speisen – dann schlossen sich seine Augen, und danach wurden sie ganz groß und weit! Es wäre spannend in seiner Gesellschaft, wie zu der Zeit, als sie ein Kind war ... Wie er es ihr vorgeschlagen hatte! Wie merkwürdig ...

Raben hüpften um sie herum, als sie auf der anderen Seite des Jarkons spazierengingen, ihre Hand in seiner. Möglich, daß sie öfter mit July spazierengegangen war, als sie sich erinnerte. Ein Paar hatte sich damals geküßt, jemand ritt auf einem Pferd. Ein Bronzepferd – wie gerne sie Alek umarmt hätte! Und wie grauenhaft sein Anblick im *Monpetit* gewesen war. July hatte etwas Erheiterndes, es gab nichts Gefährliches an ihm, nur Leichtfertigkeit und Leichtsinn, fröhlich und sonnig. Vor Alek, doch, vor Alek empfand sie eine gewisse Furcht. Der bloße Gedanke an ihn löste eine dunkle Angst aus, eine Angst vor dem Mondlicht, vor vereinzelten Autos, die leise vorüberglitten, vor salzzerfressenen Straßen, vor einem auf der Allenbystraße vorbeidonnernden Autobus. Wenn sie an Alek dachte, stockte ihr fast der Atem. Ihr Kopf schwindelte. Sie lehnte sich an das Balkongeländer, ließ sich auf einem Schemel nieder. Unsinn, Unsinn, Unsinn, Maddi! sagte sie sich und wischte sich die winzigen Schweißtropfen ab, die auf ihre Stirn getreten waren. Das ist alles Unsinn!

Die endgültige Versklavung Maddis? Als Julys Sklavin, hypnotisiert, in einem weißen Nachthemd mit wirrem Haar? Die Sklavin Aleks, des Mannes der Bronzepferde? Und weshalb nicht zwei Liebhaber? Eine Frau braucht zwei Liebhaber.

Am nächsten Morgen, als sich July im Badezimmer rasierte und dem Gesang der Vögel lauschte, sah er Maddi in der Tür stehen und ihn schweigend betrachten. Wer kennt schon die Frauenseele! Der sinnende Blick der Frauen, der Blick der häuslichen Sphinx, in seinen Rücken gebohrt, war eine der Plagen seines Lebens. Anfangs schnitt er sich dann immer beim Rasieren, mit der Zeit lernte er, seine Gesichtsmuskeln locker zu lassen und durch die Nase zu atmen. Inzwischen wußte er, wenn er sich jetzt mit einem Wort an Maddi wenden würde, würde sie nicht mehr von der Schwelle des Badezimmers weichen, bis er seine Rasur beendet hätte, doch wenn er den Mund nicht aufmachte, bestand die Chance, daß sie sich ihren Beschäftigungen zuwandte, vielleicht würde ja das Telefon klingeln? Er fuhr also fort, sich zu rasieren, doch Maddi blieb an ihrem Platz.

»Du hast Blut neben dem Ohr. Du mußt besser aufpassen.«

»Macht nichts. Hast du vielleicht Kaffeewasser aufgesetzt?«

»July, ich möchte dir etwas sagen.«

»Stell den Wasserkessel hin, Maddi. Ich bin gleich mit dem Rasieren fertig, und dann höre ich mir alles an, was du mir zu sagen hast.«

Als er sich an den Tisch setzte, in ihren Bademantel gewickelt, schenkte ihm Maddi Kaffee ein und sagte schnell:

»July ... mir ist nicht wohl dabei, wenn du hier wohnst ...«

»Wohnen?« fragte July.

»Es ist mir unangenehm«, wiederholte Maddi.

»Ist das bloß so ein komisches Gefühl, das ich habe, oder fange ich wirklich an, auch hier unerwünscht zu sein?«

»Ich bitte dich!«

»Okay. Ich werde in ein Hotel gehen, bis meine hingebungsvolle Gattin mir mitzuteilen geruht, was sie beschlossen hat.«

»Du wirst nicht zu ihr gehen, sie um Verzeihung bitten und dich mit ihr versöhnen?«

»Nein. Bestell mir ein Zimmer in einem nahen Hotel. Und nicht zu teuer.«

»Ich kenne ein Hotel in der Ben-Jehuda-Straße, wo Schüler vom Institut wohnen, im großen und ganzen kein schlechter Platz, allerdings ein bißchen heruntergekommen.«

»Bestell mir ein Zimmer und gib mir zwei von deinen Laken. Kauf mir auch eine kleine Flasche Whisky und *Camels*.«

»Gut.«

»Das ist es, was ich an dir liebe: Du stellst keine überflüssigen Fragen wie die meisten Frauen«, sagte July. »Hier ist mein Paß. Melde mich dort an und sage ihnen, daß ich heute abend komme.«

»Verzeih mir, July ...«
»Wofür denn. Wir sind doch Freunde«, erwiderte July mit einem netten Lächeln.

— 12 —

Am Abend blieb July im Hotel, in dem kleinen Zimmer, das ein schmales Bett und einen alten Schrank besaß, der sich nur mit Mühe schließen ließ, zwei Blumentöpfe, einer ganz leer und der andere voll trockener Wurzeln, und gegenüber graue Häuser. Anfangs fürchtete July, er werde dort ein erstickendes Gefühl haben und müsse ausgehen, jemanden besuchen, oder vielleicht einfach so durch die Straßen wandern, um seine Traurigkeit und Einsamkeit von den Passanten aufnehmen zu lassen. Doch mit fortschreitendem Abend, je tiefer die Dunkelheit und sporadischer der Autoverkehr wurde, schwoll in seinem Inneren ein Glück, wie er es seit Jahren nicht mehr gekannt hatte: Das Glück, für sich allein zu sein in dem erbärmlichen Zimmer, ohne die Notwendigkeit, am nächsten Morgen aufzustehen, ohne den Zwang, irgendwohin zu müssen. Plötzlich erwachte in ihm eine Sehnsucht, die ihn nur ganz selten heimsuchte: durch die Wüste zu ziehen, wieder im Camp von Be'er-Ora zu sein, zu Fuß durch den Galil zu wandern, zu Orten, an die er mit den Exkursionen der Jugendbewegung und der Armee gelangt war. Er war voller Sehnsucht nach all dem, obwohl diese Orte in ihm überhaupt keine glücklichen, ja nicht einmal angenehme Erinnerungen hervorriefen. Sehnsucht nach einem der Hügel im Negev zu früher Morgenstunde, in grimmiger Kälte, ein kleines Zelt auf der flachen Kuppe, genannt »Siegeshügel«? Sehnsucht nach Schlaf unter einer verkrüppelten Akazie, einer kleinen Eiche? Wie sehr ihn diese Sehnsucht in New York überrascht hatte! Etwas mehr als eine Woche am Toten Meer, mitten im August, nach der aufreibenden Wanderung, und plötzlich offenbart sich der Wasserfall in seiner ganzen Pracht. Zu den Wadis zurückkehren, zu den Felsenquellen, zu den arabischen Lokalen unter den Weinlauben, neben dem sprudelnden Wasser.

In New York traf er Frauen, von denen er sich nie vorgestellt hatte, sie je zu treffen; wache Augen, vielfältige Versprechungen. Den größten Preis hast du verfehlt, obwohl du der Sohn von Benjamin und Vjera Rieti née Weissenhof bist, weil du keine Selbstbeherrschung hast. Du hättest den großen Preis gewinnen können, aber du hast ihn verloren, wegen deiner Frisur, wegen deinem überheblichen Geraune, wegen deinem zu sprühenden Blick, dessen Funkeln du noch verstärkt hast, wegen einer übereilten Bewegung, einer zu langen, zu eindeutigen, verfrühten Berührung. Und was für einen Preis! Was für einer! Aber trotzdem, es hatte eigentlich kein bedeutendes Mißverständnis gegeben, sie war an ihm interessiert, es war nicht steril zwischen ihnen, sie schickte ihm ein Geschenk zu Weihnachten, ein Geschenk, wie er noch nie im Leben eines von einer Frau oder einem Mann erhalten hatte – eine sehr alte Standuhr, ein antikes Objekt, ein häusliches, familiäres Geschenk, eine Reihe Gewürze auf dem gemalten Regal. Mit einer solchen Frau das ganze Leben zusammensein, ihre Stimme hören und ihre luftigen Körperbewegungen beobachten. Aber vielleicht hätte auch das geendet wie seine Beziehung mit Sharon ... Licht und Hitze zogen sich jetzt zurück, Ende des Liedes, aus der Tanz: Ein grauer Tag verkriecht sich ermüdet, nach ihm verwaiste Nächte. Schade, daß Mama tot ist.

Selbstliebe umhüllte mit einem Mal sein ganzes Wesen. Er betrachtete seine Zehennägel, die im Licht der Dämmerung glänzten wie Glimmer im Fels. Wie schön seine Nägel waren! Der rechte große Zehennagel schimmerte in geradezu edlem Licht.

Ein Wecker rasselte in einem der Zimmer. Mitternacht im Zimmer eines kleinen Hotels. Wieder ein freier Mensch. Den Weg nach Tabor ging ich allein ... Alles wegen eines kleinen Nagels ... im rechten Huf eines galoppierenden Schlachtrosses ... July wiederholte in seiner Erinnerung die kleinen deutschen Lieder, die seine Mutter mit russischem Akzent gesungen hatte: Abendstille überall ... Es waren zwei Königskinder ... Eine gewaltige Kraft entströmte der Mitte der Nacht, eine Frequenz der Trennung. Daß man sich in einem erbärmlichen Hotel so wohl fühlen konnte ...

Der Garten, ein einfaches, behagliches Leben, der saubere, angenehme Rhythmus, das Bibliothekszimmer, die Nußbaumholzdecke, das große, bequeme Auto ... aber wie lächerlich die Menschen waren, von denen er abhängig war ... was für Gespräche! Die Verhandlungen mit den Beleuchtungs- und Klimaanlagenleuten, Gebiete, in denen er sich besser auskannte als andere, hatten sie ihm genommen, weil man über ihn sagte, er habe keine Geduld und gebe vorschnell seine Vorlieben und Abneigungen zu erkennen.

Das kleine Zimmer mit dem Bett und der Matratze mit zweifelhafter Vergangenheit, das Fenster, dessen Rahmen vom Regenwasser verzogen war, und die schmutzigen Scheiben – der Aufenthalt in dem Hotelzimmer erfüllte ihn mit Glück. Wenn er nur längere Zeit in diesem Gefühl verweilen könnte, ein, zwei Monate! Alleinsein, die ganze

Welt in all ihrer Einsamkeit spüren! Die Welle der Selbstliebe war so berauschend, daß July überhaupt nicht einschlief, und um halb fünf Uhr morgens ging er an den Strand zum Gordonbad, ein Platz voller morgendlicher Betriebsamkeit, der etwas grauen Geschäftigkeit der fleißigen Tel Aviver, Firmendirektoren, Rechtsanwälte, Ärzte und Geschäftsleute, die früh aufstanden, um in einer dämmrigen Gesellschaft, erleuchtet von der einsamen Lampe des Kiosks und dem Sonnenaufgang, ihre Runden zu schwimmen.

July zog sich seine Badehose an und musterte kummervoll seine füllige Brust. Danach öffnete er den Schrank und stellte sich vor den matten Spiegel, versuchte, den Bauch einzuziehen, und ließ mit einem Stoßseufzer wieder locker. Das graue Licht dämpfte seine Selbstliebe ein wenig, und er betrat den Schwimmbeckenbereich. Das Ordnungspersonal hatte sich nicht verändert. Jemand wischte den Eingang und die Duschen. Im Becken waren nur wenige Leute. Der erleuchtete Kiosk zog Gäste an, sie standen dort und blätterten in Zeitungen. Ein paar Männer schwammen im Wasser, das noch einen nächtlichen Anstrich hatte. July sprang hinein. Das Wasser schoß ihm in die Nasenlöcher, die Berührung, der Geruch ... die Erinnerung ... Wie hatte er sich nur von diesem Schwimmbecken entfernen können, dachte er. Er schwamm langsam, bemüht, die Brust oben zu halten. Der Druck des Wassers an seiner Brust war ihm angenehm. Neben ihm schwamm eine Frau vorbei, deren Bademütze einen seltsamen Anblick bot, wie ein Ungeheuer, dem Algen und Korallen am Kopf klebten. Ihre Beine waren verblüffend dünn. Ein Mensch mit aufgeblähtem, glänzendem Bauch tauchte für einen Moment neben ihm auf, und an den Zähnen erkannte July Dr. Nachtigall. Dann zogen zwei an ihm vorbei, die rhythmisch und sauber nebeneinanderherstrebten, fast ohne eine Kielspur im Wasser zu hinterlassen. July beschleunigte sein Schwimmtempo, doch die beiden entfernten sich immer weiter von ihm, mit gleichmäßiger, flüssiger Bewegung, als hätten sie ihn gar nicht wahrgenommen, mit der künstlichen Unbefangenheit von Sozialdemokraten.

Die Frau mit dem Badmützenmonster passierte ihn ein zweites Mal, schwamm in einem sonderbaren Kraulstil auf ihrer linken Seite. July drehte sich auf den Rücken, wie Dr. Nachtigall, wenn er es wirklich gewesen war. Ganz langsam erhellte sich der Himmel, das Grau schmolz, auch das Wasser wurde durchsichtiger, glänzender. Die Wolken über dem Meer färbten sich weiß.

July stieg aus dem Wasser, trocknete sich mit dem fadenscheinigen Hotelhandtuch ab, zog ein Hemd an und näherte sich mit schnellen

Schritten dem Kiosk. Fröhlicher Dampf zischte aus der Kaffeemaschine.

Der Besitzer der großen Zähne – jetzt war sich July ganz sicher, daß es sich um Dr. Nachtigall handelte –, dessen dicker Birnenbauch über einer schwarzen Badehose mit großem Goldmonogramm vibrierte, ein schwarzer Samtbademantel über seinen massigen, hängenden Schultern, studierte die Wirtschaftsbeilage der *Ha'arez*.

»Es ist ein Skandal«, sagte er.

Ein junger Mann mit hübschem Gesicht blickte ihn lächelnd an und fragte: »Ist was passiert, Doktor?«

Inzwischen wurden dem Arzt ein riesiges Stück Kuchen und eine große Tasse Kaffee dazu serviert. Er zerbröselte ein Eck des Kuchens ein wenig und leckte die Krümel auf, danach verschlang er den Kuchen mit ein paar schnellen Happen und blickte mit dumpfem Staunen den Teller, den Kioskbesitzer, die Zeitung und den hübschen jungen Mann an.

July kannte auch den Jungen: Rafi Brainin, der einmal bei ihnen zu Hause zu Gast gewesen war und bei ihm in seinem Zimmer geschlafen hatte.

»Es ist eine Schande!« sagte Dr. Nachtigall.

Rafi Brainin, der Pilot! Der Literaturlehrer hatte in seinen Unterrichtsstunden immer ein russisches Poem erwähnt: »Für wen ist es in Rußland gut zu leben?« Und für wen war es gut, in Israel zu leben, wenn nicht für diesen jungen Mann, den Piloten, der mit einer Mirage zwischen die Antennen der Panzer tauchte, Frauen mochte und Besitzer einer kleinen, aber gut durchorganisierten Fabrik für perfektionierte Plastikerzeugnisse oder etwas ähnlichem war?

»Dr. Nachtigall, erinnern Sie sich an mich? Rafi Brainin. Sie haben mich behandelt, als ich ein Kind war.«

»Rafi Brainin?« sagte der Arzt. »Rafi Brainin? Du warst der, der sich immer die Taschen mit meinen Bonbons vollgestopft hat, wenn ich dir erlaubt habe, eines zu nehmen.«

»Ich? Nie im Leben? Bonbons stehlen?! Nicht ich!«

»Das warst du! Ich erinnere mich an dich!« beharrte Dr. Nachtigall mit ernstem Gesicht.

»Nein, aber nein, Doktor!«

»Vielleicht...«, sagte der Arzt schließlich und betrachtete das zweite Stück Kuchen, das ihm serviert worden war, und nachdem er ein paar Krümel vom Teller geleckt hatte, schlang er auch dieses ebenso hinunter wie den vorangegangenen. »Und was treibst du jetzt? Warte, warte mal, du bist Rafi, der Pilot. Du siehst gut aus, sehr gut. Auch dein Vater sah immer gut aus, und dennoch: Er war nicht salonfähig! Ha, ha! Das war sein Kummer. Nicht salonfähig. Immer zwischen Fauxpas und Rückzug in die Zimmerecken. Und was sagst du zu diesen Journalisten?«

»Zu denen von *Ha'arez*?«

»Mir kocht das Blut, wenn ich die Wirtschaftsbeilage sehe! Es ist ein Skandal!« sagte Dr. Nachtigall, wickelte sich in sein luxuriöses Handtuch und begann, mit ein wenig lächerlichen Schritten zu den Duschen zu laufen. Die Kinder erzählten sich über Dr. Nachtigall, daß er die Katzen in seinem Hof mit Gift besprühte.

»Er war auch mein Arzt«, sagte July zu Rafi Brainin.

»Hast du die Bonbons geklaut?« fragte Rafi.

»Nein. Ich auch nicht.«

»Ich habe neben ihm in der Mapustraße gewohnt, und du?«

»In der Lord Byron.«

»Du bist July, der Sohn von dem italienischen Rechtsanwalt. Deine Mutter hat den Chor dirigiert. Ich habe einmal bei euch fast zwei Wochen lang geschlafen. Du bist nach Amerika ausgewandert.«

»Ich bin ein bißchen weggefahren, um frische Luft zu schnappen.«

»Frische Luft?« Rafi grinste. »In Las Vegas, am Flughafen, gibt es ein Atemgerät. Du steckst eine Münze hinein und kannst dir Sauerstoff holen. Meinst du das? Ich war dort. Im *Desert Inn*. Was für ein Hotel! Ich kam in der Nacht mit dem Flugzeug an. Man durchquert die Sierra, und plötzlich ein Strom von Gold mitten in der schwarzen Wüste, ein ganzer Strom von Gold! Das Blut nimmt diesen Strom auf, stärker als Sauerstoff. Ein gewaltiger Ort, nicht war?«

»Ja«, sagte July.

»Sterne wie in der Wüste und ungeheure Lichter«, fuhr Rafi Brainin fort. »So einen Ort hat es noch nie gegeben. Berggipfel ringsherum. Im *Coppa Rum* hast du gegessen?«

»Ich war dort nur eine Nacht.«

»Was für ein herrliches Essen! Ich war die ganze Zeit hungrig. Die Atmosphäre einer permanenten Party. Das Mädchen, das ich dabei hatte, hat gesagt, das sei eine Stadt aus dem Märchen, und sie hatte recht. Was meinst du? Die Amerikaner haben ein Paradies erfunden.«

»Und damit es einem nicht langweilig wird, haben sie die Spielautomaten, die Rouletts und den ganzen Rest dort installiert?«

»Hör zu«, sagte Rafi, »ich habe mir in meinem Hotel einen Hut gekauft, von dem ich immer geträumt habe, aus weißem Filz, ein herrlicher Hut. Ich habe ein paar riesige Mahlzeiten verdrückt, und am Ende, nachdem ich gezahlt hatte, kam ich noch mit einem Gewinn von vierundsiebzig Dollar raus. Was sagst du dazu?«

»Wie viele Tage warst du dort?«

»Drei.«

»Drei Tage in den besten Restaurants und siebzig Dollar Gewinn, das ist nicht übel«, sagte July.

»Vierundsiebzig!«

Eine Frau um die fünfunddreißig näherte sich ihnen und begrüßte Rafi.

»Ich muß etwas trinken, bevor ich ins Wasser gehe«, sagte sie.

»Darf ich vorstellen, Frau Goldenberg. Wenn du einmal in Straftaten verwickelt sein solltest, wirst du es nicht bereuen, sie kennengelernt zu haben.«

»Rechtsanwältin?«

Frau Goldenberg war keine anziehende Frau im Badeanzug, doch July sah sofort, daß sie in einem hübschen Kleid seine Neugier hätte erregen können – Spannung, Entschlossenheit, schöne Wangenknochen, zimtene Handgelenke.

Die Frau musterte ihn mit einem schnellen Blick und sagte, als sie seinen Namen hörte:

»Ich kenne Ihren Vater. Wir haben zusammengearbeitet. Er hat eine wunderbare Handschrift. Ich habe nie einen Menschen getroffen, der eine derart schöne Handschrift hat. Ich muß weiter. Ich sehe Dr. Nachtigall, der sich darauf vorbereitet, seine vergifteten Pfeile auf die Wirtschaftsbeilage der *Ha'arez* abzuschießen.«

»Frau Goldenberg!« rief ihr Dr. Nachtigall hoffnungsfroh hinterher.

»Ich gehe schwimmen, Doktor. Heute habe ich es eilig!«

Dr. Nachtigall entblößte seine langen Pferdezähne und murmelte etwas, das nicht bis an Julys Ohren drang. Danach grüßte er mit einem Kopfnicken die Algenkönigin, die dem Wasser entstieg und einen Joghurt mit Soda bestellte, und der Kioskbesitzer goß den Joghurt in ein hohes Glas, fügte ein wenig Sodawasser hinzu und rührte mit einem langstieligen Löffel um.

Rafi Brainin lächelte July zu. Für wen ist es gut zu leben? Jaffas Hügel lag im Dunst, die Kirche des heiligen Petrus spähte mit Mühe heraus, in schwacher Zitronenfarbe, Dr. Nachtigall kuschelte sich in seinen königlichen Mantel und ließ sich auf einem Stuhl neben dem Kiosk nieder. Die Lux-Leuchte erlosch.

Die Kioskbevölkerung veränderte sich nun mit jedem Augenblick. Ein Mann mit nicht sehr großem, sauber gestutztem Schnurrbart näherte sich Dr. Nachtigall. Die Lautsprecher waren an das Radio angeschlossen worden, und die etwas veralteten Melodien – die Besitzer des Schwimmbads waren bekannt für ihre Knausrigkeit – *Kisses Sweeter than Wine* und *Dina Brasili* hallten über das Becken, das sich mit den Badegästen des Tages zu füllen begann.

Dr. Nachtigall unterhielt sich mit dem Mann über Kenia und Afrika im allgemeinen. Sein Gesprächspartner redete über die Ungehörigkeit der Israelis in Afrika, beklagte sich, daß sie sich mit den Einheimischen befreundeten, freundschaftliche Beziehungen mit ihnen anknüpften, als seien sie Genossen im Kibbuz oder Kameraden aus der Einheit, und danach seien sie tief enttäuscht und verletzt, nur weil sie die Natur des Menschen nicht kannten.

»Aber die Afrikaner lieben unsere Jungen. Sie sind wenigstens nicht überheblich zu ihnen«, sagte Dr. Nachtigall.

»Sie wollen wissen, wo sie stehen. Und bei unseren Leuten kann man das unmöglich wissen. Sie fangen mit dir an, als ob du ihr bester Freund wärest, und nach ein paar Wochen oder Monaten schauen sie dich an wie einen Fremden.«

»Das ist unsere egalitäre Seite. Und ohne Gleichheit keine Moral. Verstehen Sie nicht?«

»Bei uns haben sie in der Schule keine Einführung in die Moralkunde unterrichtet wie bei euch. Daher sind wir anscheinend weniger moralisch.«

»Das ist eine Bemerkung, von der ich nicht weiß, wie ich sie definieren soll: grob oder böswillig«, erwiderte Dr. Nachtigall. »Sie sind so voller Vorurteile wie ein Granatapfel.«

»Nur wie ein Granatapfel?«

Ihre Stimmen wurden lauter: Die Stimme Dr. Nachtigalls – ein heroischer Baßbariton, voll Sicherheit, die Stimme des schnurrbärtigen Mannes, der das ›t‹ am Ende mit einem gewaltigen Luftschwall ausspuckte, und dazwischen die gemessene, ein wenig hohe Stimme der Rechtsanwältin, die einen klaren Hinweis auf ihren Puritanismus enthielt – sauber wie eine große, schlichte Seife. Rafi Brainins belustigte Stimme lud ihn zu einer Party bei sich zu Hause ein, um sich für die Gastfreundschaft in seiner Kindheit zu revanchieren.

Das Publikum im Bad hatte sich inzwischen vollkommen verändert. Junge Frauen, die davor ihre Kinder in den Kindergarten und die Schule gebracht hatten, vereinzelte Männer, Touristen. Der Geruch nach Sonnenöl und Limonade stand in der Luft. Ab und zu gingen Frauen an July vorbei, deren Sonnenöl eine Spur subtiler roch. Nach halb zehn begannen die athletischen Herren einzutreffen, gleichzeitig mit denen, die einmal athletisch waren, nun etwas füllig und tief gebräunt. Nach zehn erschienen die Badenixen – so stolz und empfindlich, daß es sich bereits schwierig gestaltete, auch nur ein Auge zu riskieren, ohne mit einem verachtungsvollen Blick abgeschmettert zu werden. Mit ihrem Auftauchen holte July die Angst wieder ein, die im Laufe der Nacht außer Kraft gesetzt gewesen war, sprang ihn aus seiner Seele an, und er wurde der warmen Ummantelung der Selbstliebe entkleidet, war wieder einsam und verlassen.

Am Mittag hatte das Schwimmbad July bereits sein Brandzeichen aufgeprägt. Seine Haut brannte von Salz und Sonne, der Schlafmangel lastete schwer auf seinen Augenlidern. Er war krebsrot und konnte auf dem glühenden Beton nicht gehen. Die Begegnung mit Dr. Nachtigall, Rafi und der Rechtsanwältin, die ihm zuvor entspannte Sicherheit eingeflößt hatten, begann ihn nun zu verbrennen, wie das Salz und die Sonne. Mit stolpernden Schritten näherte er sich dem Kiosk, doch der Schaum des Bieres und der säuerliche Geschmack widerten ihn an.

Er ging in die Dusche und stand lange Zeit unter dem Wasserstrom, und danach an den kleinen Fensterluken, spähte auf das weiße, lichtüberflutete Schwimmbecken hinaus. Von weitem waren die Ränder der beiden Becken zu sehen, das der Erwachsenen und das der Kinder, ein Stapel Liegestühle, Frauen, die aus ihren Umkleidekabinen traten, ihre Badeanzüge spannten, zwei alte Männer, die mit den langsamen Bewegungen einer Kulthandlung Medizinball spielten, eine Reklamewalze drehte sich auf ihrer Säule, und ein Rabe hockte auf der Spitze und musterte hinterhältig die Schwimmer. Jemand unter der Dusche sah ihn neidisch an. Gestern noch hätte July einen solchen neidischen Blick genossen, doch inzwischen war die Welt hoch wie ein Berg geworden. Ich muß hier raus, zu Vater, zu Maddi gehen. Die Zweige des Baumes, die durch die dicken Fensterscheiben in Maddis Treppenhaus zu sehen waren, waren erfrischend, heiter und belebend, das Sofa in dem großen Zimmer seines Vaters, der Bücherschrank am Kopfende, damit man blindlings ein Buch herausziehen konnte.

Nach Jerusalem ... mit der Bahn nach Jerusalem fahren, die Strecke zwischen den Bergen und Tälern, die spitzen Felsen, die kargen Terrassen, trockenen Bäche, die Durchlässe, die sich blitzschnell auftaten und vorüberrauschten, die Felsspalten, die hier und dort schwarz gähnten, die Fleckchen von Weiß, wie mit zitternder Hand gekalkt, die alten Trampelpfade, festgestampft wie in der Seele, mit viel Mühe, Leid und Schönheit. Und danach zu Fuß auf der gleichen Spur zurückkehren, in der Einsamkeit des hellen Sonnenlichts, im Geruch der Minze, dem trockenen Rascheln der Olivenbaumblätter, dem Silbertanz der Pappeln. Doch, es war schon möglich, mit dem Zug nach Jerusalem zu fahren, allerdings nicht, in die Luftblase der Kindheit zurückzukehren, das vollkommene Melodrama, unmögliches Böses, noch unmöglichere Lauterkeit, das Reich der Kindheit – die bunten Fetzen antiker Theaterstücke, wieder und wieder aufgeführt von Schauspielern in Lumpen, die tausendundeinmal geflickt waren und nur in der Illumination der Kindheitsphantasie sauber und frisch erschienen. Die Handlung war uralt: Die Bösen gehen vom Glück ins Unglück, und die Guten vom Unglück ins Glück, mit einer selbstverständlichen Symmetrie, die dem Auge jedoch verborgen bleibt.

Der Duft knochentrockener Minze, ein kaum spürbarer Hauch, gemischt mit Pilzgeruch. Schade, daß er nicht wie sein Vater die Namen aller möglichen psychischen Krankheiten kannte. Dies war zweifellos eine ganz vehemente Geruchstäuschung. Der Minzeduft intensivierte sich für eine Sekunde, begleitet von Gezirpe. July schloß die Augen. Summen, Zirpen, ein weißer Schmetterling flatterte an ihm vorbei, noch einer, und danach ein brauner Schmetterling mit schwarzem Linienmuster. Ein Vogel hüpfte neben seinem Fuß, dick und groß, eine Feldmaus huschte davon, verschwand. Nach ihr ein Hase und eine ziemlich große Eidechse.

Mit welcher Hoffnung alles zu ihnen gesprochen hatte! Der Führer der Jugendbewegung, des *Haschomer haza'ir*, mit dem Album voller Briefmarken aus aller Welt, Herr Gendelmann mit der Nickelbrille und seinen milden, wäßrigen Augen, der Hebräisch nur sehr rudimentär beherrschte: Sie sangen Schubert (»wer kennt uns nicht, die Tulpen ...« – zur Melodie der *Forelle*), eine Hacke in der Hand, frei und mutig, ihr wißt nicht, wie schön ihr seid, und wenn ihr es wissen werdet, werdet ihr vielleicht nicht mehr schön sein. Schubert singen, die Erde mit der Hacke bearbeiten, Sonne, Freiheit. Und jener Junge von den Fallschirmspringern, der auf die jordanische Seite, nach Petra, gelangte und der es fertigbrachte, gesund und heil zurückzukommen: Es gibt nichts auf Erden, mein Lieber, vor dem man den Schwanz einziehen muß ... Ihr, die ihr die beiden Eigenschaften unserer Rasse geerbt habt: die messianische Begeisterung und die Nüchternheit des Herzens – das war die Frau, die zu ihnen ins Gymnasium kam, die Frau, deren Hand Rudolf Steiner vier Stunden am Stück gehalten hatte, Frau Steffa Heller; und Ernst Neumann, der mit einem Dolmetscher kam, seine phantastischen, unverständlichen Worte, und der Biologe, der ihnen versprach, daß es ihnen bei richtiger Bearbeitung gelänge, Erträge zu produzieren, die die kalifornischen Ernten übertreffen würden, und der ihnen an die Tafel Carolus Linnaeus' Lieblingspflanze malte: Linnaea borealis, wobei er sich vor Anspannung die Lippen leckte. Und der Verantwortliche für die Bananenplantage im Kibbuz, einsam und stark, ein breiter Rücken, beförderte eine große, schwere Bananenstaude auf dem Rücken wie einen Freund, der dicke Stamm, die Wurzel mit harter Erde bedeckt, ein Totem in sackleinerne Leichentücher gehüllt. Arbeit bis fünf, sechs, und danach ans Ende des Zitrushains, zu Maja. Sechzehn war sie, wie im Gedicht. Das Blau vor der Dunkelheit, intensiv und warm, ganz messianische Begeisterung und Nüchternheit des Herzens. Er wartete auf sie, sprach ihren Namen aus, verstummte, und sprach wieder ihren Namen aus, immer wieder. Das Blau leuchtete. Es gab dort einen zerbrochenen Wagen, halb in der Erde begraben. Sie saßen auf dem Boden, an den Karren gelehnt, dessen Eisenbeschlag in den vielen Jahren, die er seinen Dienst getan hatte, glattpoliert worden war. July spürte ihren Nacken und Rücken unter seiner Hand, fühlte ihre gemeinsame Angst, Spannung, Sehnsucht. Die Durchgänge im Zitrushain schimmerten durch die Blätter und Früchte hindurch, die die niedrigen Zweige sich biegen ließen, breite, klare Pfade. Ein berauschender Duft, unvermittelter Flügelschlag, ein schaukelnder Ast, eine kleine Sturzflut von Blättern, ein entfernter Sprinkler, der in seiner Bewegung einhielt, sprühte ständig Wasser auf den gleichen Strauch.

Der Zitrushain füllt sich mit Schattenrissen. Das Haar glänzt, die Augen sehen kaum noch etwas, ihr ganzer Körper ein Geheimnis, Hände strecken sich aus, ziehen sich zurück, tasten sich wieder vor. Der Zitrushain wird dunkel, verändert sich mit einem Mal, Licht geht im Fenster eines entfernten Hauses an, die Bäume wachsen, werden mächtig, ihre Kronen wispern mit neuer Stimme. Er schloß die Augen, sein Kopf in Majas Schoß. Schlief er ein? Nie mehr in seinem Leben, weder im Traum noch im Wachen, hatte er je wieder ein solch zartes Glück empfunden, eine friedliche Ruhe, die ganz und gar wie Musik war, aus allem, was seine Mutter jemals gespielt hatte, märchenhaftes Glück hüllte ihn ein. Der Augenblick der Entdeckung des Glücks begleitete ihn noch viele Jahre lang. Gebt mir euren Segen, meine Herrschaften und Kameraden! – Frau Heller, deren Hand Rudolf Steiner gehalten hatte, vier Stunden lang in der Nacht, und nicht von ihr lassen wollte, Ernst Neumann, der derart gescheit war, daß man ihn nicht mehr zu verstehen vermochte, der Biologe, der ihnen die Blüte der Linnaea borealis aufgezeichnet hatte, der Junge, der aus Petra zurückkehrte, der Führer des *Haschomer haza'ir* mit dem Briefmarkenalbum, der ihnen alle Länder zeigte, woher die Briefmarken kamen, und sagte, daß die Menschen dort überall unter Hungersnot litten, entsetzlichen Krankheiten, Besetzung, Unterdrückung, unerträglichen Diktaturen, Grausamkeiten durch Polizei und Militär, schrecklichen Foltern, und wenn ihr die Tukane, die Papageien, die Tiere, die nackten Frauen, die Segelschiffe, die Lagunen und die antiken Statuen seht – dann müßt ihr wissen, daß all das nichts anderes als armselige Maske, böswillige Augenwischerei ist.

Doch all diese Menschen, die starken Seelen und standhaften Geister, hatten sie nicht geschützt. Nach dem Glück, das er am Ende des Zitrushains erfuhr, kamen Tage des Leidens und der Scham. Im Gymnasium fürchteten sich die Mädchen vor der Wüste, vor dem Tod, der in ihr lauerte. Seine Freunde sprachen mit Sehnsucht von der Wüste. In der märchenhaften Welt der Jugend gähnte schwarz die Höhle: eine harte, trockene Gebärmutter, du bist der Junge, du bist der, der eintritt und hinausgeht, der zeugt, du bist das Kind, das durch deine Kraft erschaffen wurde in den Höhlen der Zurückgezogenheit und auf den Pfaden der Prüfung. Bei einem der Ausflüge trafen sie in den Bergen über Nazareth Leute, die mit lauter Stimme sangen und beteten – die Erde wird ihre Frucht geben. Sie wußten, daß dieser Boden, die karg bewachsenen Hügel und Berge, jenen Menschen, den Christen, die von weither kamen, keine Frucht geben würde; nichts würde die Erde ihnen geben, weder die Erde noch der Wind noch die Wolken über den Bergen, auch wenn sie noch so lange die Psalmen in der schönen englischen Übersetzung sängen. Sie selber sangen natürlich keine Psalmen, doch wenn sie es getan hätten, hätten denn die Berge gelauscht, die Berge, der Wind, die kleinen Bäume? Hätte Gott tatsächlich ihre Seele genommen, so wie er Moses' Seele nahm, mit einem Kuß auf seinen Mund? Doch keiner von ihnen konnte Lieder in den Bergen über Nazareth singen. Die Erde war zu stark ausgebeutet und konnte ihnen keine Liebe schenken, höchstens eine vorsichtige Bewegung vielleicht, ein Zeichen, daß sie willens wäre, ein kurzes mütterliches Streicheln. Archäologische Erde, trockene Knochen, und daneben Scherben von Toilettengerät, Bruchstücke von Schriftrollen, durchlöcherte Götzenbilder, ein Haufen Steine, den sie Weinkelter, Badehaus, Stall, Altar nannten. Im arabischen Dorf: ein Mann der Militärbesatzung, die Armut, die lecke Kanalisation, der beißende Rauch. Er weinte damals in der Nacht, aber ob es nur aus Mitleid mit dem elenden Leben und der Armut war, mit den Menschen, die von der Gnade des Vertreters des Militärregimes abhingen? Das Briefmarkenalbum: die Tukane, die nackten Frauen, die Pyramiden, die Lagunen ... Der Junge mit dem Esel, seine abgebrochenen Zähne, er peitschte den Esel, riß lachend seinen Mund auf, stieß dem Esel den Stock ins Hinterteil ... zwischen Wasserquellen, matten Eukalyptusbäumen, deren medizinischer Geruch von einem anderen Kontinent stammte ... Als sie am Morgen zurückkehrten, glitzerten die Spinnenfäden wie Bäche, ihre Vernetzungen glichen Teichen, die Zitrushaine schliefen noch.

Sein einziger Freund, Schalom, der verrückt wurde, nachdem er im Jardin du Luxembourg französische Vögel hebräisch zu ihm sprechen hörte, und keinesfalls Dinge, die er zu hören wünschte, gab ihm ein Bild in Wasserfarben: Moschavhäuser mit roten Dächern und über die ganze Länge der Siedlung ausgestreckt eine riesige nackte Frau, mit unter dem Nacken verschränkten Armen, ihre Schamhaar wie schwarzer Rauch. Damit sie es dort fröhlicher haben, im Moschav, sagte er. Verstehst du mich, July? Immer dachte ich an diese Menschen. Sie schlafen, sie und ihre Frauen und ihre Kinder, auch die Kühe schlafen, die Schafe und die Hühner. Und die Pferde, die Streichelecke, die haben sie zwar im Kibbuz, aber das kommt auf dasselbe raus, auch der Streichelzoo schläft. Ich stehe da, Dunkelheit, die Sterne wie Glühwürmchen, zu viele Sterne, Zypressen, Eukalyptusbäume, die machen großen Lärm im Schlaf. Sterne – aber was kann ein Maler mit Sternen machen ... Nu, Sterne ... Ich stand da und habe zu ihnen gesagt: Schlaft, schlaft, Kameraden. Und ich werde euch etwas malen, das euer Herz erfreut. Auch die Christen, weißt du, July. Nazareth bei Nacht, Regen. Alles schläft, die Frauen sind müde vom Wasserschleppen, Schreiner, Fahrer schlafen, Kommunisten, die die ganze Zeit schreien, furchtbar wütend und dann müde werden, schlafen, die Polizisten schlafen. Alles strömt, trommelt angriffslustig, und der Regen fällt die ganze Zeit auf Jesus, auf die Hände, die Füße, seine Haare, die Spitze des Kreuzes. Alles ist schwarz. Was kann eine Statue schon dafür? Und der Regen ist kalt, weißt du, July, eiskalt im Winter, Wind, Kälte, nicht besser als in Jerusalem. Ich stehe und stehe, bis irgendwo eine Menge Leute herauskommt, eine Masse, das heißt, für Nazareth, vielleicht aus einem Kino, oder von irgendeiner Versammlung, alle tragen Masken, aber unter den Masken sind ihre Gesichter traurig. Und keiner hat den armen Jesus angeschaut, dem das Wasser aus seinen Nasenlöchern, aus seinen Ohren tropft und Strudel unter seinen Augen bildet, und das Wasser fließt und strömt aus seinen Haaren wie aus den Kronen der Bäume und auf dem ganzen Gesicht sind die Spuren dieses Regens, der Regenfälle von Jahren, Rost, Schwärze, so seltsame Punkte. Da habe ich zum Regen gesagt: »Falle, falle, wohl bekomm's, wir können nichts dagegen machen.« Ich legte Jesus meinen Mantel um die Schultern. In der Früh fanden sie ihn. Kam ein Polizist zu mir, den ich kannte, ein kräftiger Kerl, und sagt zu mir: »Herr Schalom, in dieser Jahreszeit trinken, da können Sie sich erkälten oder sogar eine Lungenentzündung holen.« »Getränke zu mischen, das ist am allerschlimmsten«, sagte ich zu ihm. Ich weiß mit Polizisten zu reden – man muß ihnen immer sagen, was sie hören wollen. Da nahm er mich mit zum Moschav, denn er hatte dort ein Zimmer. Und dann malte ich die Frau, den Kopf auf den Armen. Wenn ich will, kann ich sehr klug sein, was July?

Anschließend der Offizierslehrgang. Zwei Tage in Netanja, Tanzen, ein Mädchen, das ihn im Arm hielt, während er auf der Mundharmonika spielte. Die Streifen, die zwei Tage davor auf die Schultern genäht worden waren, waren taufrisch, stark. Welch eine außergewöhnliche Tauglichkeit, sein kraftvoller, glänzender Körper, die deutlich sichtbaren Muskeln, sein kurzes Haar voller Leben. Noch nie hatte er eine solche Kraft in seinem Körper gespürt.

Die Mutmaßung über die Liebe, die ihn erwartete. Es genügte ihm, den Maulbeerbaum zu betrachten, der seine Früchte auf den Gehsteig gegenüber seinem Haus warf, die Fikusbäume in der Gordonstraße mit ihren modellierten Stämmen, am Meer entlangzuwandern vor dem Sonnenuntergang. Die Reinheit, das Rätsel, Liebesahnen. Einmal fand Alona ein Buch über heilige Geometrie, voller Geheimnisse, Pyramiden, magischer Quadrate, vieldeutiger Dreiecke, Pentagramme. Doch was waren all diese Geheimnisse gegenüber dem Maulbeerbaum am Abend, der vibrierenden Luft, der Grenzen von Wasser und Sand in Perlmuttfarbe. Seine Kameraden sahen stark und sicher aus, hatten ihr Leben und ihre Zukunft im Griff. Danach begannen ihre Schwächen durchzuschimmern. Bleibt, wie ihr wart, als ich euch noch nicht kannte. Bitte, öffnet euch nicht vor mir, enthüllt mir nicht die Geheimnisse eures Herzens. Das Mitleid, das er früher empfand, ein so starkes, mächtiges Mitleid, daß es ihn auf der Stelle erstarren ließ, so wie sexuelle Eifersucht, verwandelte sich mit der Zeit in eine Hinnahme von Elend. Anfangs unter leichter Traurigkeit, später mit Gleichgültigkeit. So würde er vielleicht noch bei Unwillen, Ablehnung, Ungeduld landen – und wer weiß, ob nicht gar bei Feindseligkeit!

Bei Morgengrauen musizierte seine Mutter immer. Alles war bleich, sauber, verschneit, reglos, glänzend. Kleine, leichte Brösel fielen auf den reinen Schnee, und jeder einzelne war deutlich zu sehen, ein monotoner Schnee wie die Seele selbst, bescheiden und verborgen, furchtsam, sich zu zeigen, exponiert zu werden.

Nur Maddi konnte ihn retten – ihre Augen, ihre Hände, ihre Frische, ihre Tendenz, eine fast vegetative Neigung, sich an ihn zu lehnen, auf seine Kraft zu vertrauen, die Verbindung und der Kontakt zwischen ihnen, federleicht, mühelos erzeugt. Vielleicht hatte die heilige Geometrie ja recht? Vielleicht kam die Seele wirklich in eine reine, erhabene Welt und danach wurde sie in ihrer Kerkerzelle, dem Körper, eingesperrt. Und vergeblich, July Rieti, denkst du dir in deiner Einfalt, daß sich die Seele an dich gewöhnen und vielleicht mit den Jahren, wie in einer langen Ehe, sogar beginnen würde, dich zu mögen, aus Gewohnheit und Mitleid heraus. Denn wie wäre es möglich, daß ein solch teurer Gast, eine Touristin aus anderen Welten, dich liebgewinnen könnte? Wie solltest du sie für dich einnehmen? Wie könnte die Gefangene ihrem Kerker Liebe entgegenbringen, den Wänden der Wachhütte, den Gittern, der fauligen Matratze, dem Eimer für die Bedürfnisse. Heilige Geometrie!

Maddis Geburtstag fiel auf den vierzehnten Juli, wie der Nationalfeiertag der Franzosen. Dein Körper, deine Figur, dein Gang, Maddi. Wie er mit ihr auf der Straße gegangen war, als sie neun oder zehn war. Sie hielt immer seine Hand, ihre Finger umschlossen seinen Daumen, den Kopf zu ihm erhoben, manchmal rannte sie ein bißchen voraus, kam aber sofort zurück, erinnerte sich daran, daß man sich so nicht benahm. Um der Welt der Erwachsenen näherzukommen, machte sie hin und wieder eine Bemerkung über die Kleidung von Frauen oder über Menschen, die an ihnen vorbeigingen. Der Charme, mit dem sie etwas über die Kleider sagte, war überraschend. Und jetzt wollte sie mit ihm nicht einmal in die Nachmittagsvorstellung gehen.

Steffa Heller, die ansprechende Knie besaß, brachte ihnen bei, wie man sich an Träume erinnerte. Sie war damals psychologische Beraterin. Zweimal während des Schuljahres lud sie sie zu sich nach Hause ein. Am Anfang erzählte sie von Steiner. Und so sprach Rudolf: »Vor der Evolution unseres Erdballs spielte sich eine andere Evolution ab; alles befindet sich innerhalb einer kosmischen Evolution. Dies ist nicht nur die Evolution der Menschen, Tiere, Pflanzen, Minerale, sondern auch eine Evolution höherstufiger Wesen. Diese Wesen kamen auf der Leiter der Evolution vor uns: Wir haben das Stadium des Saturns, der Sonne und des Mondes durchlaufen und sind bei der Erde angelangt, beim vierten Stadium. Wer befindet sich gleich über uns, über unserer menschlichen Stufe? Die Engel. Sie weilen im Stadium des Jupiter, doch über ihnen befinden sich die höheren Engel – ihre Stufe der Evolution ist die Venus. Und wenn wir uns den Geistern der Zeit zuwenden, welche besonders auf unsere Evolution auf der Erde eingewirkt haben – die Archäer –, so befinden sich diese im Zirkel des Feuersterns, und es stellt sich die Frage: Wo sind die Wesen, deren Rang noch höher ist als jener? Wo die Geister der Formen? Darauf sind wir zu erwidern gezwungen, daß es nicht in unserer Macht steht, diese Stadien zu beschreiben, und wenn wir unsere Evolution als aus sieben Stufen zusammengesetzt ansehen, so haben sie, die Geister der Formen, bereits das achte Stadium erreicht.«

Frau Heller.

Ihr Mann empfing sie kühl und stotterte eine Begrüßung. Sein schwarzes, in merkwürdiger Fasson gestutztes Haar wirkte naß, als wäre Herr Heller aus den Meeresfluten emporgetaucht. Ein schwerer Geruch hing in der Luft, aus den Bildern im Gästezimmer blickten androgyne Gesichter auf sie herab, seltsame Leiber mit Konfettischwänzen. Frau Heller, die in einem fort versuchte, ihren Rock hinunterzuziehen, um ihre wohlgestalteten Knie zu verbergen, sagte zu ihnen, es lohne sich, sich an Träume zu erinnern, man solle alles, was einem in den Sinn komme, sofort am Morgen, direkt beim Erwachen, aufschreiben, auch wenn man sich an nichts erinnere, einfach den ersten Satz schreiben, der im Kopf auftauche. Nach einigen Tagen würde sich die Erinnerung vervollständigen. Ihr Körper war derart weiß, daß er in ihm die verwunderte Überlegung über die darin wohl enthaltene Blutmenge auslöste. Er notierte: »Die Archäer befinden sich im Stadium ...« Ob etwas bei diesem Schreiben herauskäme, gerade bei ihm, der nie Aufsätze schreiben konnte?

Die weißhäutige Frau Heller hatte recht: Man konnte sich an seine Träume erinnern, wenn man sie jeden Morgen aufschrieb. Etwas Schweres zertrat eine Narzisse, versenkte sie im Morast, jenseits des Jarkons. Vergeblich wehrte sich die Blume, das schwere Etwas drückte sie immer tiefer hinab. July hatte Mitleid mit der Narzisse, der Königin des Sumpfes. Er hatte den Geruch von Narzissen immer gehaßt, er würgte ihn mit seiner metallischen Note, ein Geruch, der von Fäule aufstieg. Seine Freunde schwärzten Frau Heller an. July widersetzte sich. Mit dem gleichen Pathos, mit dem der Jugendgruppenleiter über das Briefmarkenalbum klagte, das unter dem Deckmantel der Exotik Leid und Tod verbarg, zog er gegen ihn zu Felde, doch July war nicht bereit, seine Meinung zu ändern. Rudolf Steiners Anhänger waren in seiner Sicht amüsant und harmlos. Frau Heller besaß etwas, das seine Sympathie fand, etwas Unvorhersehbares, Unaufdringliches. Mit Frau Heller konnte July lange Gespräche führen, trotz ihrer steinerianischen Verrücktheit. Er blieb stur, der Leiter übte Druck auf ihn aus.

»Die Gelegenheit ist Gold wert!«, sagte er zu July. »Durch den Angriff auf die Heller ziehen wir nicht nur gegen die ekelhaften Steinerianer zu Felde, sondern lassen auch noch einige Köpfe der Hydra der Reaktion in der Schule rollen. Wenn wir sie angreifen, werden die ganzen Schurken zu ihrer Verteidigung ausrücken. Und wann werden wir je eine bessere Gelegenheit haben zu siegen? Auf der einen Seite – wir, die Rationalisten, und uns gegenüber – wer, wenn nicht die, die den Worten eines Verrückten glauben, der ständig von Engeln und Wesen faselt. Nie werden wir eine bessere Gelegenheit geboten kriegen.«

»Sie hat uns zu sich nach Hause eingeladen und hat gesagt, was sie denkt.«

»Dann bist du also gegen uns?«

July stand auf, um zu gehen, damit er nicht in Tränen ausbräche.

»Wenn du hier rausgehst, brauchst du nicht zu uns zurückkommen«, sagte der Führer.

July öffnete die Tür.

»Du wirst auf allen vieren zu uns zurückkriechen und um Verzeihung bitten!«

July kehrte nach etwa einem halben Jahr zurück.

Uzi (zu einem der illegalen Palästina-Einwanderer): »Mach deine Taschenlampe aus ... weißt du nicht, daß sie uns nachspionieren und uns auf Schritt und Tritt belauern.« Junger illegaler Einwanderer (löscht seine Lampe): »Sechs Wochen in der stinkenden Kiste ... dreihundert Mann in einem Boot ... und jetzt, wo es uns vergönnt wurde, die Küste zu erreichen, spionieren sie uns nach ...« Alter A. (kniet nieder, fällt auf sein Gesicht und küßt die Erde): »Daß wir das noch erleben und diese Zeit erreichen durften.« Uzi: »Geht leise und steigt aufs Auto ... einer nach dem anderen.«

Er erzählte Maja seine Träume. Nachdem er in einem populären Philosophiebuch einen Abschnitt über die Möglichkeit gelesen hatte, die Welt aus verschiedener Sicht zu sehen, wie sie Kreaturen wahrnehmen, die mit andersartigen Sehwerkzeugen ausgestattet sind, litt er unter Alpträumen, die mit dem Unvermögen begannen, am Morgen die Augen zu öffnen – in seiner Kindheit waren seine Augen nach dem Schlaf immer verklebt, und seine Mutter spülte sie ihm mit einem milchgetränkten Wattebausch –, doch nach einer Weile gelang es ihm, seine Augenlider zu verbreitern: Die Menschen, die Gegenstände, die Luft selbst erschienen wie die Wassertropfen unter dem armseligen Mikroskop in seiner Schule, Linien, Amöben und Blasen zuckten mit winzigem Pulsieren, doch im Traum bewahrten sie verschwommen die Formen eines Menschen, Hundes, Stuhles, Insekts – alles mikroskopische Zellen oder atomare Funken. Diese Alpträume jagten ihm Angst ein, denn er versuchte in seinem Traum zu erraten, wer er, wer der Träumende war, und manchmal, wenn er »seine Augen öffnete« und schwarze Silhoutten oder eine Unendlichkeit an Fühlern sah, wußte er, daß er ein blinder Fisch war, der in den Meerestiefen lebte, oder ein ekelerregendes Insekt mit rotierenden Augen. Nie hatte er eine solche Einsamkeit empfunden wie in diesen Träumen, die kosmischen Einsamkeiten, die die Nächte seiner Kindheit überschatteten, waren null und nichtig gegenüber den Alpträumen, die ein kurzer Abschnitt in einem populären Philosophiebuch auslöste.

Maja weinte am Ende des Zitrushains. An den Abenden war es schon kalt. Sie war aufgerufen worden, ihr Verhältnis zueinander zu erklären. Sie war häßlich, angespannt. Wütend auf ihn. Ihre Hände waren kalt und feucht, ein sonderbarer Ausschlag kroch ihre Lippen hoch. Der Held von Petra, der Überwinder der kalifornischen Landwirtschaft, Freund Hacke, die Priesterin der Archäer, der Führer, der die Farben des Betrugs von den Briefmarken schälte, sie alle konnten Maja nicht schützen, die aus dem Schulsystem des Kibbuz geworfen wurde.

Je stärker die Sonne wurde, desto mehr verschwanden die transparenten Kettenglieder, die die Besucher des Gordonbades verknüpft hatten; jetzt trennten die stechende Sonne und der glühende Beton zwischen ihnen. Sogar das blaue Wasser konnte ihre Anonymität nicht mehr verbinden. Das Quietschen der Reklamewalze, wie das hartnäckige Schlagen einer Uhr, der verrostete Zaun, die verwaschenen Wände – eine Schale für Gelegenheitsbadegäste.

July warf einen letzten Blick auf das Becken, befeuchtete sein Haar vor dem Spiegel und ging hinaus in den gleißenden Sand.

Sein Vater war nicht zu Hause, doch July telefonierte herum und fand ihn in der Cafeteria des Gerichts.

»Endlich rufst du an«, sagte sein Vater.

»Was gibt's Neues, Vater?«

»Alles nichts Gutes«, sagte Rieti, »Sharon hat dir einen Brief hinterlassen und ist nach New York abgeflogen. Sie sagte, ein Brief vom Rechtsanwalt würde innerhalb einer Woche folgen.«

»Wann ist sie weg?«

»Gestern.«
»Hat sie seitdem nicht angerufen?«
»Nein. Nicht sie. Wer angerufen hat, das war der Offizier.«
»Welcher Offizier?«
»Der Offizier, Oberstleutnant Slovin, Alonas Mann.«
»Was wollte er?«
»Was Offiziere eben wollen – siegen.«
»Wer hat den Journalisten dorthin geschickt?«
»Was macht das schon aus, July, wozu ist das wichtig, wer ihn geschickt hat? Der frühere Geliebte deiner Alona? Ein Feind des Oberstleutnants? Sein Freund? Der Zufall selbst?«
»Du hast recht.«
»Kommst du heute abend?«
»Ja, Vater«, sagte July.

– 13 –

Die Stadt war wie ein riesiger Baum, die Häuser wie Nester im Geäst ihrer Straßen, der Sand ihr Stamm.
»Komm, gehen wir!« sagte Alek.
»Es hätte eine Überraschung werden sollen«, sagte Zephir, »ich warte auf einen Mann, einen Navigator von den Inseln.«
»Na-vi-ga-tor?«
»Ein schwarzer Navigator von den Inseln, Ben Wolton-Nobis.«
»Von den Inseln?« fragte Alek mit milderer Stimme. Die Stadt – ein riesiger Baum, ihre Häuser merkwürdige Zweige, ihr Stamm – ein Sandhügelchen.
»Von den schönsten Inseln, den westindischen, von Grenada.«
»Ich weiß nicht, wo das ist ...«
»Am Ende des Bogens, nicht weit von Trinidad.«
»Und was macht er hier?«
»Vielleicht ist er gekommen, um das Heilige Land zu sehen? Vielleicht seine Liebste? Wer weiß ...«
Sie warteten noch lange, bis eine knabenhafte, aber ansatzweise dunkle Stimme leise hinter ihrem Rücken sagte: »Gibt es hier Rum? Ich habe mich verlaufen und bin in Bars gegangen, um nach der Richtung zu fragen.«
»Endlich«, sagte Zephir, »du bist der erste Mensch, den ich kenne, dem es gelungen ist, in Tel Aviv verlorenzugehen. Wie haben sie dich in unseren Bars aufgenommen?«

Ben Wolton-Nobis war hochgewachsen und grazil, mit Augen wie Milchschokolade. Sein Lächeln wirkte irgendwie schief, als ließen der Bau seines Gesichts und die Form seiner Lippen nicht zu, daß es sich zur vollen Breite ausdehnte, unterbrächen es vorsätzlich.

»Tadellos«, sagte der Navigator.

»Schau mal geradeaus«, sagte Zephir, »da sind vier Sorten Rum.«

»Ah, Trinidad«, sagte Ben Wolton-Nobis, »gib mir den, mit Cola.«

»Kannst du Calypso spielen?« fragte Zephir Herrn Imre.

»Harry Belafonte«, gab Herr Imre zur Antwort und leckte sich die dünnen Lippen, »das war Liebe, Liebe, Liebe allein ...«

»Nein! Nein! Mein guter Mann«, protestierte Ben Wolton-Nobis.

»Wir dachten daran, dich morgen zum Abendessen einzuladen, mit ein paar Mädchen.«

»Was ist damit gemeint, mein Freund, wenn du das Wort Mädchen aussprichst?« fragte Ben laut auf englisch.

»Junge Frauen.«

»Ich bin morgen abend in der Botschaft meines Mutterlandes eingeladen, zum Empfang des polyychromen Löwen und weißen Einhorns.«

»Und du pflegst zu solchen Ereignissen hinzugehen? Du wirst am Ende noch von den Zähnen des Löwen und dem spitzen Horn verletzt werden«, sagte Alek.

»Wir, die Inselsöhne, haben eine barbarische und weibliche Seite in uns, und wir sind versessen auf Zeremonien. Natürlich werde ich gehen, wenn sie schon die Güte besessen haben, mich einzuladen. Ich muß ein Seidenhemd kaufen. Es ist wichtig, daß sich ein Sohn des Sykorax nicht unter den Herzögen Mailands schämen muß ...«

Alek lauschte mit Vergnügen dem Englisch des Insulaners, seiner farbenfrohen, warmblütigen Sprache, die ein wenig anachronistisch anmutete, einen Geschmack von Kraft und Phantasie besaß. Bisher hatte er erst einen Engländer getroffen. Er spielte manchmal nach Mitternacht Trompete in einem Jaffaer Nachtklub, ein netter, trauriger Mensch, dessen Englisch farblos und langweilig war gegenüber der märchenhaften Sprache dieses Kalibans, der ein wahrer Zungenkünstler war.

»Du bist kein Seemann?« wandte er sich an Alek.

»Sehe ich nicht stark genug aus?«

»Man muß nicht stark sein, nur ruhig erdulden können. Du siehst einfach nicht wie ein Mensch aus, der zur See fährt.«

»Ich arbeite bei einem Fotografen.«

»Zahlen sie gut?«

»Mir genügt es.«

»Ich habe fünf Monate Englisch in der *Berlitz* in Marseille unterrichtet. Diese Halunken, die Syphilis möge sie zerfressen! Berlitz – ein Witz für nix!«

»Ich habe an der hiesigen *Berlitz* unterrichtet. Auch hier ist die Bezahlung jämmerlich«, sagte Alek.

»Vielleicht werde ich im kommenden Jahr in Trinidad lehren. Eine brandneue Universität, ziemlich gräßlich. Aber dort sind die Leute reicher, nicht wie auf meiner kleinen Insel. Und bald werden sie unabhängig sein, und dann wird es noch mehr Reiche geben. Welcher Stolz! Wir von unseren kleinen Inseln, wir sind bloß ländliche Kürbisse.«

»Wie kannst du nur das entzückende Grenada mit dem rohen Trinidad vergleichen?« sagte Zephir.

»Sie haben das ganze Amüsement und wir die idyllischen Freuden, wie auf dem Sand zu schlafen«, erwiderte Ben Wolton-Nobis. »Du, mein Freund, warst dort nach dem Karneval. Du hast dich ein bißchen verspätet. Wärest du rechtzeitig gekommen, hättest du deine Meinung geändert. Sie haben einen besseren Karneval als der in Rio. Ein Irrwitz nach dem anderen, und du schwebst. Sie verschwenden wirklich all das, was sie mit harter Arbeit in langer Zeit verdient haben, so wie es die Anthropologen von allen möglichen malerischen Wilden behaupten. Eine junge Frau wird sich mit den Ersparnissen eines ganzen Jahres ein luxuriöses Kleid kaufen, anstatt ein Auto zu erwerben oder nach Miami zu fahren, nur um es in den paar Stunden des Karnevals zu tragen und es nach seinem Ende wegzuwerfen. Sie haben Stil! Sie sind stolz wie die Teufel. Ein herrliches Leben – wenn du dich durchzulavieren weißt und kein anspruchsvoller Feinschmecker bist. Mein Lehrer ist dorthin gezogen. Die meiste Zeit verbrachte er mit Pferden, Rennen. Er hatte sogar ein eigenes Pferd, in Gemeinschaft mit drei weiteren Lehrern. Sie nannten es Kain. Ihre Frauen sind schön dort, Hexen. Vielleicht werde ich eines Tages hinfahren, dorthin oder nach Jamaika.«

»Aber du bist doch sicher reich, wenn du einen Collegeabschluß in England machen konntest.«

Ben Wolton-Nobis blickte ihn zögernd an.

»Der Mann, der meine Schwester heiratete, hat meine Studiengebühren bezahlt.«

»Es war also Liebe?«

»Es war Liebe und Liebe und nochmals Liebe«, antwortete Ben.

Herr Imre begann, Harry Belafontes Lied über König Edward

zu spielen, der zugunsten der Liebe auf sein Königreich verzichtete. Diesmal lauschten ihm alle schweigend. Alek musterte den Gesichtsausdruck des Navigators, und er bestand die Prüfung: Als jener das gute Gesicht von Herrn Imre betrachtete, ein Gesicht, das Liebe zur Welt, Schüchternheit und Zufriedenheit nicht weit entfernt vom Unglücklichsein ausdrückte, zwinkerte er verständnisvoll und mitleidig mit den Augen.

»Zigarre?« fragte er.

»Nein, nein. Ich rauche keine Zigarren, ganz allerherzlichsten Dank«, erwiderte Herr Imre.

»Vielleicht ist es genug für den Abend«, sagte Ben zu ihm, »gönnen Sie den Händen und Stimmbändern Ruhe, und gestatten Sie mir, Sie zu einem doppelten Rum einzuladen.«

»Laß uns in dein Hotel gehen und den Koffer holen. Du kommst zu mir zum Wohnen«, sagte Alek.

Ein überraschtes Lächeln erschien auf dem Gesicht des Navigators.

»Danke«, sagte er, »es ist angenehm und warm bei euch. Als ich England verließ, waren die Bäume noch kahl, kleine Bäume rötlich und nackt.«

»Und du bestehst darauf, auf das Fest in der Botschaft zu gehen?« fragte Zephir.

»Ich habe dort eine junge Dame zu treffen, die ein *Liberty*-Kleid trägt.«

Er betrachtete die Flugzeugmodelle: eine Reihe hübscher Exemplare, die an hauchdünnen, transparenten Nylonfäden hinter Herrn Moschevitz' Kopf aufgehängt waren.

»Eine schöne Arbeit«, bemerkte er, »der Herr fliegt?«

»Ich?!« sagte Herr Moschevitz, sein Gesicht ging noch mehr in die Breite, und seine Spinozaaugen wurden tellergroß, als hätte man ihn eines schändlichen Vergehens bezichtigt.

»Die Modelle sind so ausnehmend schön, daher dachte ich ...«

»Nein, nein ... Flugzeuge ... nein ...«

»Lieben Sie Flugzeuge nicht?«

»Flugzeuge lieben? Nein, ich kann nicht sagen, daß ich sie liebe. Ich habe nie darüber nachgedacht.«

In Aleks Wohnung stand Wolton-Nobis lange Zeit am Fenster.

»Man hört das Meer von weitem«, sagte er.

»Zephir sagte, deine Insel sei die schönste von der Welt.«

»Mir sagte Zephir, daß du alle Bücher gelesen hast«, erwiderte Wolton-Nobis, »daher kann ich dir sagen, wenn Goethe dort gewesen wäre, hätte er noch einige Worte mehr über Farben zu sagen gefunden. Und was den Schatten angeht, wenn das Wunderbarste, was er je sah, die grünen Schattenkonturen im Erzgebirge waren, dann hätte er einen echten Schock erlitten, wäre er nach Grenada gekommen. Ich weiß nicht, ob es in Deutschland viele Worte für Farbschattierungen gibt, doch der englischen Übersetzung nach hätte er es nicht leicht gehabt bei uns.«

Er kam nach Mitternacht zurück und sah aus wie ein eleganter Lebemann in seinem schwarzen Anzug, seinem weißen Seidenhemd mit dem breiten Kragen, das er erfolgreich erstanden hatte, und der abgerundeten Fliege. Sein hübsches Gesicht war voller Leben, und seine schiefen Lippen drückten feinen Spott für die Vergnügungen der Nacht aus. Nur ein wohlgeformter Stock und seidene Handschuhe fehlten ihm noch. So wirkte der Navigator auf den ersten Blick im schwachen Licht des Zimmers. Doch als er sich auf den Stuhl niederließ, sah Alek, daß ihm etwas Schreckliches bei den Engländern widerfahren sein mußte, als hätte sich Ben aus einer großen Gefahr gerettet, die noch nicht vorüber war und auch jetzt auf ihn lauerte, während er auf dem Stuhl saß, völlig gebeugt, seine langen Hände auf den Knien. Die Luft um ihn herum verkrümmte sich wie seine Lippen. Er hob den Kopf und sah die großen Fotos von Luria an, die die lange Wand bedeckten, und schneuzte sich die Nase in das blütenweiße Taschentuch, wieder und wieder. Etwas sehr Ernstes war dem Navigator zugestoßen, doch die Bitterkeit und der Zorn, die seine Lippen ausdrückten, beeindruckten Alek bei weitem nicht so wie die tiefe Traurigkeit und Ermattung seines Körpers.

Zephir war nicht weniger erschrocken als Alek, als er Ben so sah, doch er gab ein beruhigendes Gebrummel von sich, zündete das Gas an und schaltete das Radio aus.

»Irgend etwas nicht in Ordnung bei dem Löwen und dem Einhorn?« fragte Alek.

Wolton-Nobis wandte ihm seine feuchten Augen zu, doch seine Lippen blieben starr, in einer krummen Linie festgeschrieben.

Alek schenkte ihm Kaffee aus der Thermoskanne ein, und als er in die Küche ging, um eine weitere Tasse zu holen, hörte er das Geräusch, wie Ben in seiner Tasse umrührte, ein verwirrter, unsicherer Klang.

»Ich möchte dir etwas zeigen«, sagte der Navigator und holte aus seinem Koffer eine große Lederbrieftasche voller Fotos, die er auf dem Boden auslegte wie Karten einer Patience. »Das ist mein College, der Tag des Abschlußfestes. Und das ist das Zeugnis. Du kannst mir glauben, es gab nicht sehr viele solcher Zeugnisse im College.«

Backsteingebäude, eine hübsche Kirche, Zäune. In der Gruppe stand auch Ben, mit einer Robe und einem viereckigen Hut und einem etwas merkwürdigem Blick, voll Trauer und Stolz zugleich. Drei Lehrer standen neben ihm, mit milden Gesichtern, in ihre Talare gehüllt wie auf einem Maskenball. Sie lächelten verlegen.

»Wundervolle Menschen!« sagte Ben Wolton-Nobis. »Dieser Mann hier. Welcher Ernst, welche Askese! Und wenn man etwas in Latein abfassen muß, dann ist er der Mann. Einmal hat ein Verlag sein Latein zu einem ihrer Experten geschickt, und der sagte zu einigen seiner Bekannten: Jetzt, meine Herrschaften, ihr werdet es sehen und erleben! Der Experte biß sich die Zähne daran aus, er war sicher, Fehler zu finden, suchte und suchte, Satz für Satz! Welch ein Witz! Niemand wirft einem der unseren den Fehdehandschuh hin, ohne sich eine schallende Ohrfeige einzuhandeln! Er fand nur einen Fehler, bloß einen einzigen, und auch bezüglich dieses Fehlers waren die Meinungen geteilt. Einmal sagte er zu mir: Ben, ich kann nicht anders, als über deine Begabungen, deine Sprache, dein Wissen zu staunen. Wirklich, er sagte das mit haargenau diesen Worten. Sie liebten mich im College. Sie schätzten mich. Und ein Jahr später, im Sommer, lernte ich fliegen. Hier ist mein Zeugnis.«

Er holte ein Zeugnis heraus, das in einer dicken, jedoch gänzlich transparenten Zellophanhülle verpackt war.

»Ich bestand die erste Flugprüfung gemeinsam mit allen Kursschülern, obwohl ich später als die anderen Meteorologie und Motor zu lernen angefangen hatte. Und als ich in die Prüfung ging, hatte ich fünf Flugstunden. Ich habe jetzt zweiundachtzig Stunden, und bin sieben Stunden über dem Meer geflogen«, sagte Ben, worauf er in Tränen ausbrach und geraume Zeit schluchzte.

»Was ist auf dem Fest passiert?« fragte Alek.

Ben schüttelte immer wieder den Kopf und bewegte seine Lippen, doch er konnte nicht sprechen.

»Das ist das Schlimmste, was mir passieren konnte«, gelang es ihm schließlich hervorzustoßen.

»Die Frau im *Liberty*-Kleid?«

»Im *Liberty*-Kleid«, sagte Ben erbittert, geradezu haßerfüllt.

»Was ist passiert?«

»Sie weigerte sich, mit mir zu tanzen ... lehnte mich ab ...«, sagte Ben, »ich würde gerne in die Bar gehen, in der wir gestern waren.« Und blickte auf die am Boden verstreuten Bilder der Abschlußfeier.

»Was hat sie gesagt?« fragte Zephir.

»Ich kann nicht mit dir tanzen, so hat sie gesagt. Kommt, gehen wir in die Bar, in der wir gestern waren. Hast du ein bißchen Rum hier?«

»Ich habe keinen Alkohol im Haus«, sagte Alek.

»Einmal traf ich in Trinidad einen russischen Matrosen, der sagte, daß die Juden nicht tränken und keine Freunde hätten.«

»Aber was hat sie denn zu dir gesagt?« Zephir ließ nicht locker.

»Sie sagte, sie sei glücklich. Geh deines Weges, denn du wirst hier nicht das bekommen, was du möchtest ... Ich möchte mit dir tanzen ... ich möchte dich zum Tanzen auffordern ...« Er zog aus seiner Hemdentasche die Visitenkarte eines Restaurants und legte sie in Aleks Hand. Es war der linke Teil der Karte, mit einer Namenshälfte des Restaurants »*Löwen*...«

Zephir seufzte. Jede Ungerechtigkeit berührte ihn immer sehr, und er liebte Ben. Die großen Finger des Navigators faßten nach der zerrissenen Karte wie nach einem zarten Schmetterling, der noch einen Augenblick zuvor auf einer Blume verweilt hatte.

»Den zweiten Teil gibt es nicht mehr und wird es nie mehr geben«, sagte er, »ich traf sie in diesem Restaurant. Über eine Woche lang machte sie das Bett nicht, um nichts zu verändern. Wir haben die Karte in zwei Teile zerrissen.«

»Und jetzt hat sie sich geweigert, mit dir zu tanzen?« fragte Alek.

»Es gibt hier sicher Frauen, die beglückt sein werden, mit dir zu tanzen. Das sagte sie. Ich will weg aus dieser Stadt!«

»Warte wenigstens bis zum Morgen«, sagte Zephir mit merkwürdig unvermittelter Resignation, »es lohnt sich nicht, jetzt zum Flughafen zu fahren.«

»Ich will aber zum Flughafen!« erklärte Ben, sammelte seine Fotos ein und warf sie wutentbrannt in den Koffer.

»Komm mit in die Bar, in der wir gestern waren, das wolltest du doch. Wir trinken den Rum, und Herr Imre wird uns Harry Belafonte vorspielen«, sagte Alek.

»Nein, ich mochte die Bar nicht. Es ist eine traurige Bar«, erwiderte Ben.

»Dann laß uns in eine andere Bar gehen. Bleib noch ein bißchen bei uns. Vielleicht gewöhnst du dich an die Stadt. Bald werden wir anfangen, Geld zu sammeln, um zu einer Segeltour um die griechischen Inseln aufzubrechen, und für einen Navigator wie dich würde das Steuern zwischen diesen Inseln ein wahres Kinderspiel sein. Es gibt hier schöne Frauen, du wirst sehen, Frauen, die nicht so reden wie deine Freundin von der Botschaft. Vielleicht wird dir die Stadt ja gefallen? Du könntest Englisch bei *Berlitz* unterrichten. Ich kenne die Sekretärin.« Doch Alek wußte, daß ihm der Navigator nicht vertraute und ihm kein Wort glaubte.

»Ich werde am Flughafen warten«, sagte Ben.

Alek sah Zephir an, doch der schwieg.

»Ich würde gerne einmal auf deine Insel kommen«, sagte Alek.

»Das lohnt sich nicht für dich. Meine Insel hat die Größe von einundzwanzig auf elf Meilen.«

»Ich bringe dich zum Flughafen«, sagte Zephir.

Alek sah ihnen durch das offene Fenster nach. Ben schritt gebückt, trug jedoch den großen Koffer, als wäre er eine leere Schachtel. Zephir stapfte zögernd hinterdrein. Europa hatte gesiegt und sogar den Navigator von den glücklichen Inseln gezwungen, Latein zu lernen und Flugzeuge zu fliegen, doch sie hatte sich geweigert, mit ihm in einer ihrer Botschaften zu tanzen, um die Erinnerung des einwöchigen Sinnenrausches in einem französischen Hotel auszulöschen. Und vielleicht jetzt, gerade in diesem Augenblick, in dem Bruchteil zwischen zwei Sekundenschlägen einer Uhr, würde der Navigator beschließen, seine Insel, deren Größe einundzwanzig auf elf Meilen betrug, nicht mehr zu verlassen.

Die Nacht brachte den intensiven Duft von Zitrusfrüchten gemischt mit dem Geruch nach Algen. Die Allenbystraße war menschenleer, keine Autos. Ein Taxi fuhr mitten auf der Straße. Zephir gelang es, es anzuhalten. Ben Wolton-Nobis stieg als erster ein. Zephir wandte den Kopf nach hinten, und als er Alek sah, winkte er ihm mit der Hand zu.

– 14 –

Rieti blätterte in Briefen, die ein Teil seiner historischen Sammlung waren. Der Vater seines Großvaters, »der junge Übersetzer und Arzt Saul Formiggini aus Triest«, der vielgerühmte Übersetzer von Dantes *Göttlicher Komödie* (1.Teil: *Die Hölle* – ewige Verdammnis; 2. Teil: *Der Läuterungsberg* – Sündenbuße; 3. Teil: *Das Paradies* – die Erwählten Gottes) machte sich viel Mühe mit seinem Dante. Briefe an Gelehrte, Aquins Seiten strotzend vor Anmerkungen, kleine Kritzeleien aus Spezialgebieten wie das Militäringenieurwesen ... und Briefe, Briefe, dreihundert, vierhundert Jahre an Briefen mit feuerflammenden Artigkeiten von Gelehrten und Rabbinern, die sich miteinander an Weisheit und Wissenschaft verlustierten: Wie ein Mann, der vom Schlafe erwacht, erhielt ich Ihre nicht mit Gold aufzuwiegenden Lettern, die meine Augen heller, mein Herz besser und meine Nieren, die Wohnstatt des Gewissens, froher machen mögen ... beladen mit neuer wie alter Mühsal ... ein Sklave an den Pforten Ihrer Zuneigung, gefesselt mit den Banden Ihrer Liebe ...

Rieti bereitete sich auf das Gespräch vor und berührte den Umschlag mit der Daguerreotypie von Saul Formiggini. Bestünde die Möglichkeit, daß July von diesem Anblick nicht verblüfft und bewegt würde? Vjera hatte immer gesagt, den dummen Spruch, daß nicht alles Gold ist, was glänzt, müsse man July auf die Hand tätowieren, damit er ihn ständig vor Augen habe. Und jetzt? War in seinen Augen immer noch das Fieber der Neugier? Er blätterte weiter in den dicken, spröden Seiten: »Dein Sohn ruht in Frieden in Abrahams Schoße und erfreut sich des Glanzes der göttlichen Gegenwart – weshalb sitzest du also bestürzt, gürte doch wie ein Mann deine Lenden!« Die Hölle – ewige Verdammnis. Vielleicht verstand Formiggini, sein Urgroßvater aus Triest, seinen Dante tatsächlich. So wie jener kannte auch er Menschen, die zu ewiger Schande verurteilt waren, der sinnbildliche Ausdruck der Sünde und Verdammnis in ihren Gesichtszügen trat für jeden offen zutage, und sie hörten das Grollen des Fluchs in ihrem Schlaf und rochen im Wachen den Schwefelgestank der Hölle.

Rieti war den ganzen Tag beschäftigt und aß nur ein Bagel mit Käse in der Cafeteria des Gerichts. Immer hatte er die Enttäuschung und die Bitterkeit belächelt, die Väter beim Anblick ihrer Söhne empfanden, die nicht in ihre Fußstapfen traten, da sie das Gebot der Vererbung und vielleicht sogar eine generelle geistige Neigung vom erwünschten Weg abweichen ließ. Aber er war sich Julys Bindung an ihn sicher, wenn er nur aufnahmebereiter wäre und von vornherein auf Dinge verzichtete, die nicht mehr zu ändern und ungeschehen zu machen waren. Doch seine bange Unruhe wuchs. Julys Kindheit, ein Chanukkafest im Kindergarten, Schwimmunterricht, endlose Soldatenspiele (er liebte speziell die Soldaten des amerikanischen Bürgerkriegs, die Indianer, die Viehzüchter und die Forts aus den dicken Holzpfählen), ein Ausflug nach Akko ... Angesichts der Stadt und des mit riesigen Wolken verhangenen Himmels hatte July gesagt: »Wenn ich ein Eroberer wäre, würde ich mir diese Stadt erobern!« Der erste Satz, im Alter von zwölf, der davon zeugte, daß er anfing, sich für die Beschäftigung seines Vaters zu interessieren, war: »Es gibt einen Unterschied zwischen Recht und Gerechtigkeit, nicht wahr, Papa?« Nach der Technischen Hochschule fuhr er nach London und war erschüttert beim Anblick der Häuser dort, ein jedes Haus mit seinen Säulchen und seinem armseligen Gärtchen.

Als sich July ihm gegenübersetzte, legte sich seine Besorgnis. Weshalb war er so beunruhigt gewesen, wieso hatte er das Gefühl gehabt zu scheitern? July war unkompliziert und praktisch veranlagt. Sollte July ihm seine einzige Bitte etwa nicht erfüllen?
»Also?« sagte Rieti.
»Also?« sagte auch July und lächelte hilflos. »Also, was kann ich dir sagen, Vater? Ich bin aus Dummheit in Schwierigkeiten geraten.«
Eine Woge von Wärme überflutete Rieti, sein Herz flatterte kurz und schnell
»Wirf mal einen Blick darauf«, sagte er und reichte July den Umschlag mit der Daguerreotypie.
July zog es heraus. »Was ist das denn?!« sagte er. »Wer ist dieser Mann? Das kann nicht ...«
»Was denkst du?«
July starrte wie vom Donner gerührt auf das alte Foto.
»Das kann nicht ich sein. Nie bin ich mit solchen Schläfenlocken und mit einer derart alten Kamera fotografiert worden.«
»Rate?«
»Wer ist das?«
»Formiggini. Eine Daguerreotypie von Formiggini. Der Mann ist mein Urgroßvater Saul Formiggini. Hat die *Komödie* übersetzt.«
»Welche Komödie?«
»Die *Göttliche Komödie.*«
»Ich erinnere mich an das Buch. Ich habe manchmal hineingeschaut, als ich ein Kind war.«
»Und was sagst du dazu? Die Daguerreotypie wurde gemacht, als er ein junger Mann war, Jahre, bevor er die *Komödie* übersetzte.«
»Ich würde sagen, ich sehe haargenau so aus wie er, wenn er auch selbstzufriedener wirkt als ich. Woher stammt das?«
»Ich habe ein wenig Detektivarbeit geleistet. Ich habe den Stammbaum unserer Familie zusammengestellt. Möchtest du ihn sehen?«
»Natürlich«, erwiderte July, mit lebhaftem Blick und seinem netten Lächeln.
Rieti brachte ihm den Bogen.
»Eine schöne Arbeit! Und für jeden Namen gibt es Unterlagen?«
»Selbstverständlich«, erwiderte Rieti.
»Was für schöne Namen sie hatten! Dann stimmt es also, daß wir aus dem Geschlecht des Azariah Min ha-Adummim sind?«
»Sicher.«
»Was für eine Arbeit!« sagte July.
»Hättest du gerne, daß ich dir von irgendeinem etwas erzähle?«

»Natürlich. Sehr gerne, aber vielleicht ein andermal.« Und wieder betrachtete er die Daguerreotypie und lachte kurz auf. »Je älter der Mensch wird, desto wichtiger erscheint ihm sein Erbe, was, Vater?«

»Das ist nicht so traurig, wie du damit andeutest. Es waren außergewöhnliche Menschen«, sagte Rieti und ärgerte sich über sich selbst wegen des Stils und Tons seiner Worte.

»Formiggini – wie ein Ei dem anderen! Wo ist das Buch?«

Rieti reichte ihm das Buch.

»*Die Hölle* – ewige Verdammnis. Ich erinnere mich daran, an die Verdammnis. Denn seit gestern ist die Hölle ausgebrochen ...«

Wieder geriet Rietis Seele ins Flattern, und wieder verbarg er das Zittern seiner Lippen – preßte den Tassenrand an seine Unterlippe und atmete heimlich tief durch.

»Du erinnerst dich an das Buch?« rang er sich mühsam ab.

»Mir hat seine Anrede gefallen ... lieber Leser ... wo ist es? Hier: ... Als ich sah, daß es keinen Goi im Lande gibt, dem weiser Geist und guter Geschmack innewohnt, der nicht das Buch der *Komödie* in seine Sprache übersetzt hätte, sagte ich mir in meinem Herzen: Wollte Gott, dieses liebenswerte Buch würde auch in unsere heilige Sprache übersetzt und alles Volk im Land sähe, daß es in der Macht der Sprache unserer Väter steht, jedes ihrer Art fremde Werk herauszubringen, zu vermitteln und hervorzuheben; und daß das Werk zu Nutzen und Erbauung für die Mehrheit unserer Brüder, der Söhne Israels, in Rußland, Polen und den Ländern des Ostens sei, welche die Sprachen des Westens weder kennen noch verstehen und nicht den süßen Met zu kosten vermögen, der der Poesie des erhabenen Dichters eigen ist ... Zur Stunde der Versöhnung ist es vielleicht möglich, die unschuldige Dummheit unserer Väter zu verzeihen.«

»Für alles hast du eine spezielle Waagschale ...«, setzte Rieti an und bereute seine Worte sofort, denn er erfaßte, daß die Fortsetzung dieses Gesprächs mit July ihn zu einer Predigt oder zum Streiten verleiten würde.

»Ich habe nicht begriffen...«, sagte July.

»Bevor du kamst, dachte ich an die Briefe, die du aus England geschrieben hast. Und jetzt – bist du zufrieden?«

»Es gibt nichts in England, und auch nicht in Amerika. Vielleicht gibt es an ärmeren und dunkleren Orten mehr Sehnsucht und Wärme. Dort ist nichts, gar nichts. Nur an entlegenen Orten. Keine Schönheit, keine Begeisterung. Alles erbärmlich.«

»Ich muß zugeben, daß es wenig Dinge gibt, die faszinierender sind als das Rechtssystem in Amerika, Gesetz und Praxis.«

»Das Gesetz und das Recht sind für mich wie das Wetter. An diese Dinge denke ich nicht.«
»Aber was bedeutet das: Es gibt nichts.«
»Sie sind unglücklich dort, nicht fähig zu lieben.«
»Wegen des Stolzes? Man muß demütig sein, um zu lieben.«
»Nein. Wenn du liebst, wirst du demütig«, entgegnete July, »wegen des Unglücklichseins, der Leere.«
»Und Sharon liebst du nicht mehr?« fragte Rieti plötzlich.
»Nein.«
»Aber was du eigentlich sagst, ist: In mir ist nichts, in mir ist alles erbärmlich, in mir ist alles absolut leer ...«
»Du hast recht«, antwortete July, »in der Schule lehren sie, daß die Menschen in der Vergangenheit dachten, die Welt sei flach. Sie irrten sich. Zu ihrer Zeit war die Welt rund, und sie wußten es nicht, aber sie haben es richtig prophezeit: Jetzt ist sie flach.«
»Der Wind weht immer«, sagte Rieti, und seine Lippen verzogen sich leicht.
»Der Wind erzählt nichts. Er wird dir weder die Geschichte der Welt erzählen noch die Zukunft vorhersagen.«
Rieti war froh, daß July wieder in Vergleichsbildern sprach. Wo eine Metapher ist, besteht Hoffnung. Noch nie hatte er seinen Sohn mit einer solchen Spannung angeblickt, mit solcher Erwartung, bemüht, in seinen Gesichtszügen zu lesen, seinen Tonfall zu entschlüsseln. Möglich, daß diese Vergleiche schon vor Jahren seine Gewohnheit waren und jetzt nur aus der Erinnerung aus Julys Mund kamen, die verblaßten, bedeutungslosen Kopien von Worten, die früher einmal Gewicht besessen hatten. Und angesichts dieser gespannten Erwartung fing July zu reden an. Rieti hörte die Geschichte der flachen Welt, mit wachsender Müdigkeit, zunehmendem Trübsinn und am Ende einem spöttischem Lächeln. July hatte nicht gewußt, daß die Welt flach war, von ihrem Erschaffungstag an; denn es gab keinen Menschen mit Herz, der nicht in seinem Leben auf die Bestie Welt, das sagenhafte Riesentier, stieß und nicht vom Dunsthauch seines Maules erstickt wurde, der nicht wußte, daß der Krieg der Söhne des Lichts gegen die Söhne der Finsternis ein Krieg zwischen den Gläubigen und den Zweiflern war.
»Was du sagst, ist vollkommen abgedroschen.«
Zum erstenmal nahm Julys Gesicht jetzt einen echten Ausdruck an, an den Rieti sich aus seiner Kindheit und Jugend erinnerte: Überraschung und nach Prüfung der Worte seines Vaters Ungläubigkeit und dann Scham, und Rieti hätte gute Lust gehabt, ihn an den Ohren

zu ziehen und so zu tun, als würde er ihn gleich hochheben, wie das Kaninchen auf den Bildern.

»Wenn ich hiergeblieben wäre, wäre ich vielleicht nicht so weit gekommen, solche Banalitäten abzulassen.«

Rieti wußte, daß July ohne jede spezielle Gefühlsbewegung an Israel dachte, mit Langeweile – in seinen Augen fehlte dem Land die Atmosphäre, wie eine Relieflandkarte, ohne Wolke, ohne Wind, ohne Luft.

»Ich gehe Kaffee kochen«, sagte er.

July betrachtete die strenge Daguerreotypie und den schönen Stammbaum. Er sollte sich mit seinem Vater unterhalten, ihm einiges sagen, keine herbstlichen Besinnlichkeiten von sich geben, sondern ihn nach diesen Menschen fragen, die hinter den abgebildeten Namen standen, sich nach seiner Arbeit erkundigen, doch er konnte nicht. Er hatte Maddi zu der Party bei Rafi Brainin eingeladen, und wenn er jetzt nicht aufbräche, würde Maddi müde von ihrem Vater nach Hause kommen, sich hinlegen und nicht mehr aufstehen, sich anziehen und mitgehen wollen. Und er brauchte Maddi.

»Ich muß gehen. Setzen wir die Unterhaltung ein andermal fort, wenn du willst. Ich habe mich mit Maddi verabredet, und sie wartet auf mich. Ich werde mit ihr tanzen gehen. Sie sitzt tagelang bei ihrem Vater.«

»Ja, sie stand ihm immer sehr nah«, sagte Rieti.

Wieder fiel Julys Gesicht für einen kurzen Augenblick in seine Kindheit und Pubertät zurück, wenn er damals kurz davor war, in Tränen auszubrechen, weil Rieti nicht auf seine Ehre geachtet hatte, sei es aus Zerstreutheit oder Fürsorge. Die Liebe kleidet sich in viele Gesichter, wie der Satan.

»Wir sprechen uns natürlich noch«, sagte July.

»Also, dann geh jetzt, und bei Gelegenheit erzählst du mir, was du zu tun beabsichtigst.«

»Ja, ich muß los«, erwiderte July.

Maddi trocknete ihr Haar. July setzte sich neben sie auf einen Schemel und legte seinen Kopf mit schmeichlerischer Bewegung auf ihre Knie. Diese Geste, wie die einer Katze, die ein ausgiebiges Streicheln erwartet, hatte etwas Lächerliches, Abstoßendes. In seinen Augen glomm jenes eigenartige Licht von Genießertum, von dem Maddi nicht wußte, ob es ihr gefiel oder Angst einflößte, und sie legte zögernd ihre Hand auf seinen Kopf. July umschlang sie leicht, und sofort trafen seine Finger auf ihren Rücken und zählten die Wirbel entlang. Maddi schloß die Augen und sah Aleks lange Finger mit dem Onyxring, ganz deutlich sah sie den großen, rechteckigen Ring.

Seit ihrer Scheidung war Maddi nicht mehr auf einer Party gewesen. Rafi Brainin wohnte am Sderot-Nordau in der obersten Etage eines großen Hauses, in dessen Hinterhof hohe Palmen standen. Nicht ohne Grund waren Rafi Brainins Feste berüchtigt. Gedämpftes Licht, wenige Möbelstücke, Vorhänge aus braunem oder schwarzem Sackleinen, eine Fülle an alkoholischen Getränken und vor allem eine Musik, zu deren Klängen man leicht tanzen konnte: *Spokes of Afrika*, ein hypnotisierender Rhythmus mit einer zarten, anregenden Flötenstimme. Vor zwei Tagen hatte sie einen Soldaten und eine Soldatin gesehen – sie mit hohen Absätzen –, die mit sich selbst beschäftigt vor ihr die Straße entlanggingen; mit gleitenden Bewegungen passierten sie einen mit Paketen beladenen Mann und ließen eine kleine alte Frau unter ihren erhobenen Händen wie unter einem Torbogen hindurchgehen. Julys Hände streichelten ihren Nacken. Maddi blickte sich unter den Tanzenden um. Unter gewagten Tanzbewegungen begutachteten Rafi Brainins Gäste sich gegenseitig. Das war nicht nach ihrem Geschmack, aber das Tanzen erregte sie. Sie gingen über den Balkon in ein anderes Zimmer, in dessen einer Ecke sich ein Pärchen abzeichnete, und danach in einen dritten Raum. Julys Körper strahlte große Wärme aus. Er sah sich im Halbdunkel um. Als er einen großen Schrank erblickte, dessen Tür offenstand, zog er Maddi hinein und schloß die Tür.

Als Maddi wieder auf den Balkon hinaustrat, brachte sie die duftgeschwängerte Luft zum Niesen. Ein leichter Wind bewegte die Kronen der Bäume in dem großen Hof. Der Himmel über den Solarboilern war ein wenig bewölkt. Nachtlampen brannten in den Kinderzimmern des Hauses gegenüber. Eine stärkere Brise zauste ihr Haar und ihr Kleid.

Sie blieben über Nacht bei Rafi.

»Der Sauerstoff von Las Vegas, was, July?« sagte Rafi.

»Zum Preis von Bonbons mit Schokoladenüberzug«, erwiderte ihm July, zu seiner Verwunderung.

Rafi Brainin hatte sogar in Zellophan verpackte Zahnbürsten für sie. Am Mittag nahmen sie ein großes Frühstück zu sich. Danach wollte Maddi zu ihrem Vater. July wartete am Ufer des Jarkon auf sie und mietete ein Boot. Genießerisch betrachtete er ihre Bewegungen, ihre hübschen Beine. Totes Astholz, Teile von Kesseln und alten Kränen ragten aus dem rosafarbenen Wasser. Der Jarkon siechte dahin, seine Uferbänke waren mit öligem Schlamm bedeckt, das Gras mit kahlen Flecken durchsetzt. Maddi hatte ein kindliches Vergnügen an der Ruderfahrt. Der Abend, der sich herabzusenken begann, zeichnete die Konturen der Ufer, Wiesen und hohen Strommasten weich. Hauchzarte Röte berührte die kleinen Wellen. Der Abendwind erhob sich über dem modrigen Wasser und dem morastigen Ufer. Kein Mädchen oder Junge, die July jemals gekannt hatte, besaßen diesen Charme und Lebenszauber, der Maddi in ihrer Kindheit eigen war; als spielte irgendein machtvoller, lächelnder Wind mit ihrem kleinen Körper.

Als sie sich zum erstenmal begegnet waren, hatte July zu ihr gesagt: »Komm her, Maddi, ich möchte deine Haare anschauen.«

»Ich habe keine Läuse. Die Lehrerin hat die ganze Klasse untersucht«, antwortete sie.

Wie sie kurz sein Haar berührt hatte, als sie im Schrank waren! Wie viel Zartheit in ihren Bewegungen lag, und wie subtil ihr Verlangen war. Auch in der Hingabe bewahrte sie ihre Manierlichkeit.

»Du warst so ein wunderbares Kind, Maddi.«

»Und jetzt, wie ist meine Benotung jetzt?«

»Zehn Herzen«, erwiderte July, »sag mal, wenn es wirklich eines solche Akademie gäbe, würdest du dich einschreiben?«

»Du spinnst, July.«

Doch trotz seines Lächelns, seines Gelächters, seiner munteren großen Gesten und des ganzen Ruderns war July deprimiert, wegen des Zeitungsberichts, wegen einer leichten Distanziertheit, die er um sich herum empfand. Alek war einsamer, ihm wäre es egal gewesen, was in der Zeitung geschrieben oder auf einer Party gesagt wurde, dachte Maddi. Sie erinnerte sich an Alona, an ihre kühlen Porzellanaugen, ihre Freudenschreie, wenn ihr jemand unaufgefordert Eiscreme brachte.

— 15 —

Der Eingangsbereich war hoch und großzügig angelegt, an die Wand war ein Blumenstrauß gemalt, ein großer Spiegel, ein paar Blumentöpfe mit Kakteen. Oberstleutnant Roni Slovin fand keine Türglocke, und erst nachdem er mit aller Kraft gegen die Tür gehämmert hatte, bis er Schritte hörte, sah er die Klingel, schwarz wie die Tür selbst. Ein Mann, dessen schmaler Schnurrbart ihn an seinen Onkel erinnerte, Onkel Witja, Besitzer eines Tabakladens, der mit englischem Akzent sprach, obwohl er seiner Lebtag nie in England gewesen war, öffnete ihm die Tür.

»Richter Rieti? Ich wollte Ihren Sohn sehen.«

»Bitte, kommen Sie herein«, sagte Rieti etwas zögernd zu dem Gast, der von einer langen Reise ermüdet wirkte, und bot ihm einen Stuhl an.
»Kommen Sie von der Feldbasis? Soll ich Ihnen vielleicht einen Kaffee machen?«
»Wo ist Ihr Sohn?«
»Ich habe ihn bereits seit fünf Tagen nicht mehr gesehen. Darf ich erfahren, weshalb Sie ihn zu einer solchen Stunde suchen?«
Oberstleutnant Slovin nahm sich eine Zigarette.
»Privatsache«, sagte er aggressiv.
»Ich habe keine Ahnung, wo er ist.«
»Und das ist die Wahrheit?«
»Auch wenn ich es wüßte, bin ich mir nicht sicher, ob ich es Ihnen sagen würde«, erwiderte Rieti.
Oberstleutnant Slovin stieß einen kurzen Pfiff aus und streute die Zigarettenasche auf den ausgeblichenen Perserteppich.
Ein junger Offizier, massig und sehr kräftig, wie es schien, mit wohlgeformtem Kopf und schweren Augenlidern vor Schlafmangel, die roten Fallschirmspringerstiefel völlig eingestaubt, seine Uniform ... sein Gesicht war verzerrt vor Wut und Gewalttätigkeit. Er warf die Zigarette weg und zermalmte sie unter seiner dicken Sohle auf dem Teppich. Rieti besaß auf Grund seiner Erfahrung, die er sich in seinen langen Richterjahren erworben hatte, die Klugheit, seine Gefühle zurückzustellen und zu beobachten. Die Luft der Freiheit umgab den Offizier, sein rotes Barett steckte sorgfältig zusammengefaltet in der Schulterklappe wie ein flaches Brötchen. Auf seiner Brust prangte das schöne Fallschirmabzeichen, Kraft und Vitalität entströmten seinem Körper, trotz seiner Müdigkeit. Sogar die Art, wie er nach einer neuen Zigarette griff und sie entzündete, gefiel Rieti. Freiheit, ein Gefühl von Weite, ein Geruch nach trockener Vegetation und Staub, nur seine Hände wirkten unangenehm, irgendwie aufgequollen, abstoßend deformiert. Als Rieti den Offizier betrachtete, erinnerte er sich daran, wie er in seiner Kindheit nach Hause gekommen war, den Rucksack voller Heuschrecken, Frösche, merkwürdiger Würmer und kleiner Schildkröten.
»Sie lügen«, sagte Oberstleutnant Roni mit schläfriger Grobheit, »ich kenne euch. Ihr sagt, daß in allem Guten etwas Schlechtes steckt, und in allem Schlechten etwas Gutes. Deshalb wird eure Welt eines Tages zerstört werden. Aber ich werde nicht zulassen, daß ihr mir auch meine Welt zerstört. Vor einem Monat habe ich einen Soldaten zusammengeschlagen. Ich habe dem Schuft gegenüber beim Appell

vor aller Augen die Beherrschung verloren. Ich habe gehört, wie sie das vor dem Militärgericht verhandelt haben. Ich habe gehört, was die Richter sagten. Ich habe das scheinheilige Urteil gehört.«

»Es ist besser, Sie gehen jetzt«, sagte Rieti.

»Schalten Sie das Radio aus. Diese Musik geht mir auf die Nerven.«

Rieti schaltete mit gezielter Langsamkeit das Radio aus.

»Das finden Sie sicher komisch, daß Ihre Musik jemanden nervös machen kann.«

»Musik ist keine Droge. Wenn sie Sie nervös macht, dann macht sie Sie eben nervös.«

»Sie müssen nicht so überheblich lächeln.«

»Sie müssen auch nicht den Teppich als Aschenbecher benutzen.«

»Ich bin es gewohnt, in der Wüste zu leben.«

»Wenn dem so ist, ist es vielleicht besser, Sie kehren zu Ihrer Wüste zurück«, sagte Rieti.

Zu seiner Rechten, auf einem kleinen Tisch, erblickte Oberstleutnant Roni einen Papierbogen mit einem stark verzweigten Baum darauf, Blättern und Namen. Zuerst begriff er nicht, was er da sah, doch plötzlich begann er mit lauter Stimme die Namen und Daten zu lesen: Sardi, Lucera, Bonaiuto, Zacuto, Formiggini, Reggio ...

»Ein Stammbaum!« sagte er. »So was habe ich noch nie gesehen. Nur in Geschichtsbüchern ... die Habsburger Dynastie, die Bourbonen ... ein Stammbaum ... das sind sicher die Hauptzweige und hier unten sind die Bastarde der Familie eingetragen. Oder vielleicht registriert man die Bastarde überhaupt nicht. Nur in den großen Familien sind sie von Bedeutung, nicht unter so gemeinem Volk wie ich und Sie.«

Mit schwerer Bewegung legte Oberstleutnant Roni seinen Arm auf den Tisch, und mit der anderen Hand zog er an dem Papierbogen. Vielleicht hatte er nicht vermutet, daß das Blatt reißen würde, denn eine Sekunde lang starrte er es entsetzt an.

»Ein gespaltener Stammbaum«, sagte er, »ich habe mein Bein an Ihrem Baum erhoben.«

»Gehen Sie?«

Oberstleutnant Roni schloß die Augen.

Rieti wählte und sagte: »Schicken Sie einen Polizisten ... nein, einer wird genügen. Schicken Sie ihn schnell, nein, kein Häftling oder Verbrecher. Schicken Sie mir einfach einen Polizisten her.«

»Danke, daß Sie gesagt haben, ich sei kein Verbrecher«, sagte Oberstleutnant Roni und gähnte.

»Sie haben jetzt drei Minuten, um von hier zu verschwinden, wenn Sie die Nacht nicht in einer Zelle verbringen wollen.«

»Was kümmert es mich, wo ich die Nacht verbringe?«

Weshalb war July mit Alona in eine bekannte Bar in Be'er-Scheva gegangen, die von zahlreichen Tel Avivern und Jerusalemern besucht wurde? Er erinnerte sich an Alona, die immer zu ihnen kam, als sie sechzehn oder siebzehn war, und sich für Theosophie interessierte. Wollte July durch sie zu seiner Jugend zurückkehren? Aber weshalb ausgerechnet *Die letzte Gelegenheit*? Vielleicht handelte es sich hier nicht um Nostalgie, sondern um Julys Bedürfnis nach Skandalen – das wahre Vergnügen für einen Mann der Leidenschaften? Ich kenne July nicht, sagte er sich im stillen. Ein imaginärer Geruch drang in seine Nasenlöcher: Der Geruch des Speichers, in dem ihn in seiner Kindheit ein Anfall von Klaustrophobie überfallen hatte.

Eine Folge schneller Klingelzeichen ertönte. Rieti öffnete die Tür. Der Polizist, den er vom Gericht her kannte, sagte: »Guten Abend, Herr Richter. Wo ist er?«

Rieti deutete auf den ungebetenen Gast.

Oberstleutnant Roni schlief im Sessel.

»Das ist der Knabe?« sagte der Polizist, leicht verwundert, einen Oberstleutnant von den Fallschirmspringern in einen Sessel gelümmelt vorzufinden.

Er zerrte an Ronis Hemdkragen und befahl: »Aufstehen! Aufstehen!«

Oberstleutnant Roni rieb sich die Augen.

»Heb mich doch hoch!«

»Mach keinen Wirbel, Soldat«, sagte der Polizist, »oder soll ich dir Handschellen anlegen?«

Oberstleutnant Roni streckte ihm seine Hände entgegen.

Der Polizist fesselte seine Hände und zog ihn aus dem Sessel hoch. Er erwartete, daß sich der Offizier widersetzen würde, doch jener kam ruhig auf die Beine, trunken von dem Tiefschlaf, in dem er versunken war.

»Vorwärts!« sagte der Polizist zu ihm.

Am Morgen weckte der wachhabende Polizist Oberstleutnant Roni: »Du bist frei. Geh nach Hause, mein Lieber, und schlaf dich aus. Du siehst ganz grün aus.«

»Hast du eine Zigarette?«

»Nimm zwei«, sagte der Polizist, »und geh schlafen.«

Oberstleutnant Roni verließ das Polizeigebäude durch den Hinterausgang. Er setzte sich auf eine Bank neben der Polizeiwache.

Ihm gegenüber schlief ein Bettler unter einer Decke von Zeitungen. Oberstleutnant Roni zündete sich eine Zigarette an und lauschte dem Rauschen der hohen Bäume und dem Säuseln eines feinblättrigen Strauches.

Die Luft war kühl.

Doron? Aber wie wird der mich anschauen? Und die Fragen, die er stellen wird! Doron hatte die Armee vor drei Jahren verlassen und ein Detektivbüro mit dem idiotischen Namen *Das dritte Auge* aufgemacht. Er sei, so sagte er, auf Gläubiger und Ehebruch spezialisiert, »FF« – Finanzen und Fremdgehen, wie er es nannte. Aber wie konnte Doron überhaupt ein Detektiv sein? Wie konnte er ihm von Alona und July Rieti erzählen und ihn bitten, ihnen hinterherzuspionieren? Doch Oberstleutnant Roni kehrte nicht zur Basis zurück, und um neun Uhr morgens war er bei Doron. Er zögerte, zog seine Stoppuhr heraus, drückte auf den Knopf. Tck, tck, tck, tck, tcktck – eine Minute, und er stoppte die Uhr. Die Zeit erstand wieder zum Leben.

Doron freute sich, ihn zu sehen. Er strahlte und klopfte ihm einige Male auf die Schulter.

»Meine Sekretärin ist was im Grundbuchamt überprüfen gefahren. Ich habe Traubensaft und Soda hier«, bot er an.

»Du hast eine Sekretärin!« sagte Oberstleutnant Roni und setzte sich ihm gegenüber. Der Raum sah ganz und gar nicht wie eine Detektei aus, sondern wie ein normales Tel Aviver Büro. Eine Luftbildaufnahme der Stadt, wie er sie noch nie gesehen hatte, war das einzige, das das Auge zwischen den Akten und dem Schubladenschrank anzog.

»Ja und? Meinst du, ich könnte allein zurechtkommen?«

»Eine scharfe Frau?«

»Bist du wahnsinnig?!« wehrte Doron ab. »Im Büro? Du spinnst, Roni!«

»Und wie ist das Leben?«

»Ich weiß nicht«, sagte Doron.

»FF?«

»FF, und so weiter, zum Teufel! Es ist wirklich zum Verzweifeln. Aber ich habe hier einen Jungen, einen Fotografen, der mir ein bißchen hilft.«

»Und welchen Teil der Arbeit magst du?«

»Darüber habe ich nie nachgedacht«, erwiderte Doron leicht entschuldigend.

»Langweilig?«

»Langweilig, aber ich will keinen Ärger. Meine Parole ist: Ohne Ärger. Einmal, nur ein einziges Mal, gab es etwas Interessanteres, und sofort begann der Ärger, und was für einer! Ich mußte Boaz um Hilfe bitten. Erinnerst du dich an Boaz?«

»Boaz vom Mossad?«

»Ja.«

»Worum ging es?«

»Was für ein Morast! Diese ehrenwerten Herrschaften, die ihre Töchter und Söhne in den Kibbuz schicken, für eine Weile – zwei Monate, ein halbes Jahr, weißt du?«

»Erzähl.«

»Komm, wir gehen ins andere Zimmer. Ich kann den Lärm der Straße nicht ertragen«, sagte Doron.

Der zweite Raum war angenehmer, halb dunkel. Ein alter Ledersessel. Ein rotes Radio ließ leise Volkslieder erklingen. Trotz der zahlreichen Akten, Zeitungsausschnitte und Briefe, die sich auf dem Schreibtisch türmten, war das Zimmer geordnet und sauber. Sogar die Vorhänge waren sauber und nicht verwaschen. Auf einer der Stellagen schimmerten rötliche Kaktusblüten. Einige Bücher über Fotografie, Medizin und Recht sowie ein paar Lexika standen ordentlich im Schrank. Auch sie wirkten staubfrei. Vielleicht konnte man Doron doch vertrauen. Er war ein guter Offizier gewesen. Er hatte Roni von seiner Schwester erzählt, die mit einem Mann verheiratet war, der sie grausam behandelte und schlug. Doron riet ihr, sich von ihm scheiden zu lassen, aber sie zögerte lange Zeit. Er schlug ihr auch vor, auf seine Kosten das Fahren zu lernen, und wenn sie den Führerschein erhalten hätte, ein kleines Auto für sie zu kaufen, damit sie sich aus dem Haus bewegen könnte und unabhängiger wäre. Er nahm Geld auf und gab ihr den Betrag, den sie für den Fahrkurs zu zahlen hatte, sowie eine Art erste Rate für das Auto, doch seine Schwester kaufte am Ende eine sündhaft teure Uhr für ihren Mann, als Geburtstagsgeschenk, die zu tragen er sich zu Hause nicht einmal die Mühe machte. Doron sorgte sich um seine Schwester, rief sie von überall aus an, brachte ihr Blumen und Süßigkeiten und leistete ihrem Mann sogar kleine Dienste.

»Es gab hier in einem Kibbuz im Norden, im Emek, die Tochter eines Engländers, die eines Tages verschwand«, erzählte Doron, »ich war mal in diesem Kibbuz, und sie wandten sich an mich. Ich sah mich in der Gegend um, aber überall, wohin ich auch kam, war irgend etwas faul – jemand war vor mir dort gewesen, hatte Fragen gestellt, nachgeforscht. Ich dachte, vielleicht seien die Russen oder die Ost-

deutschen involviert. Ich ging zu Boaz. Am Anfang war er sauer, daß ich zu ihm gekommen war. Danach war er regelrecht zufrieden.«
»Also hatte es nichts mit Politik zu tun?«
»Die Mysterien des Sex«, sagte Doron.
»Liest du immer noch Groschenromane?«
»Was willst du denn? Ein Heftchen kostet eine Lira vierzig, Kino eineinhalb Lira, und wenn eine große Schlange ansteht, muß man einem Spekulanten zwei Lirot zahlen. Da setze ich mich doch hier in den Sessel, lese ein Heftchen, trinke Tee – ich habe eine große Thermoskanne – rauche eine *Craven A* vor mich hin, und das ist weitaus angenehmer, als mich im Kino zu drängeln, und auch noch billiger. Wenn man in einen Film geht, kauft man immer etwas, ein Eis, Falafel, Kaffee – und alles in allem ist bei diesem Geschäft nicht viel Geld drin. Ich zahle der Sekretärin einen halben Lohn, ich bezahle die Miete für die Räume hier, das Telefon, Filme entwickeln, Benzin, die Autoreparaturen, Putzfrau einmal die Woche ...«
»Und was war mit diesem Mädchen am Schluß passiert?«
»Du kannst mir glauben, das war ziemlich verwirrend. Überall sind sie mir zuvorgekommen – die Polizei, der Sicherheitsdienst, der Mossad. Stell dir vor, überall war jemand vor mir da. Nie im Leben habe ich mich derart wie ein Vollidiot gefühlt. Einige von ihnen spielten mit mir auch Katz und Maus. Eines Tages haben sie mir sogar die Luft aus den Reifen gelassen! Diese Leute wären vor nichts zurückgeschreckt. Da ging ich also zu Boaz, um mich mit ihm zu beraten, ob ich die ganze Affäre sein lassen sollte, denn ich wollte nicht zwischen ihnen herumrennen wie ein Pfadfinder in kurzen Hosen.«
»Und was sagte er?«
»Am Anfang war er sauer, aber dann hat er zu mir gesagt, ich solle weitermachen. Und eines Tages fingen diese ganze Typen an zu verschwinden. Ich sah keine parkenden Autos mehr gegenüber jenem Haus, in das ich hineinging, die Leute sagten nicht mehr zu mir: Gestern war jemand da, der die gleichen Fragen gestellt hat. Am Schluß logierte nur ein Polizist im Zimmer neben mir in dem Hotel in Tiberias. Und drei Tage später fand ich das Mädchen.«
»Mit ihrer Hilfe?«
»Ich denke ja. Sie haben mich wirklich für blöd verkauft. Ich fand die Adresse mit allzu großer Leichtigkeit. Das Mädchen war vielleicht was. Die Engländer, wenn sie schöne Frauen haben ... da kann man nichts sagen! Der Kibbuzsekretär kam, und auch ihr Vater, Seine Ehren höchstpersönlich, Lord oder nicht Lord, zitterte ein bißchen. Drei Wochen lang war sie verschwunden gewesen.«

»Sex?«

»Sex ... Liebe ...«

»Liebe ...«, sagte Oberstleutnant Roni finster.

»Was für ein Mädel! Aber das war das einzige, das irgendwie ein bißchen merkwürdig war. Wirklich das einzige Mal, Gott sei Dank. Ich möchte meine Ruhe, das ist alles. Ich will keine Probleme. Am Anfang habe ich an alles mögliche gedacht: an scharfe Weiber und an gute Taten. Aber so ist das nicht. Einmal habe ich einen Knaben gerettet, der unter Drogen stand, und schau her«, Doron entblößte seine linke Schulter, »da haben sie mir reingestochen. Der Junge war kein schlechter Lügner, und ein Denunziant, irgendwie mit der Polizei liiert. Wenn du einmal in solche Sachen hineintrittst, kommt die Lawine schon ins Rollen. Damals bin ich auch mit der Polizei aneinandergeraten. Das Ganze ging mir auf die Nerven.«

»Und wie stehst du jetzt mit der Polizei?«

»Jetzt haben sie sich an mich gewöhnt. Ich esse mit ihnen. Sie haben sich daran gewöhnt.«

»Komm zurück zur Armee, Doron.«

»Nein. Du erinnerst dich an die Ernennung. Sie haben nicht mich gewählt. Ich habe gesagt, daß ich ausscheiden würde. Und es gefällt mir. Basketball zweimal in der Woche, auf die Jagd gehen. Ich kann mich nicht beklagen.«

»Dann bist du also zufrieden?«

»Zufrieden? So so. Wenn ich ehrlich bin, es hat mich etwas überrascht, daß die Menschen so ... ich weiß nicht ... ein bißchen ...«

»Was meinst du?«

»Nu, ich habe gedacht, wir wären mehr in Ordnung.«

»Wer?«

»Wir.«

»Was für ein wir?«

»Wir, die Juden.«

»Du meinst das FF?«

»Das ist nicht lustig«, sagte Doron. »Manchmal kriege ich regelrecht eine Depression deswegen. Ich verstehe nicht, wie sich Menschen so benehmen können. Wenn ich ein Arzt wäre, hätte ich vielleicht Mitleid mit ihnen. Aber ich fühle kein Mitleid.«

»Ist es so schlimm?«

»Ich sag's dir. Nie hätte ich mir vorgestellt, daß die Welt so ist.«

Plötzlich hustete Doron, räusperte sich, und sagte dann in einem anderen Ton: »Wenn ich dir mit irgend etwas behilflich sein kann, Roni, brauchst du's nur zu sagen.«

»Ich bin einfach bloß so auf einen Sprung vorbeigekommen, um zu sehen, wie's dir geht«, sagte Oberstleutnant Roni.

Danach trieb er sich in der Stadt herum, und nach Mitternacht betrat er ein Lokal, das die ganze Nacht offen hatte: *24 Stunden*. Um Viertel nach sechs sollte ihn sein Fahrer Chezi Elbaz dort abholen. Es war das erstemal für ihn, daß er dieses Lokal so spät in der Nacht betrat. Er setzte sich an einen Tisch, der etwas sauberer als die anderen wirkte. Grauenhaft gekleidete Prostituierte, häßliche, abstoßende Frauen, saßen in der Ecke, hielten sich ein bißchen umarmt, um umeinander die Einsamkeit zu versüßen. Müde, elende Männer, einer entsetzlich bleich, ein anderer schlief, den Kopf auf den Tisch gelegt, ein knabenhafter Kellner mit dem Gesicht eines beleidigten, den Tränen nahen Clowns, mit furchtbarer Sorgfalt gekleidet ...

Oberstleutnant Roni trank einen Kaffee, doch seine Lider schlossen sich. Er rief den Kellner.

»Gibt es hier ein freies Bett für ein paar Stunden?«

»Es gibt das Bett von einem der Köche, wenn du willst.«

»Weck mich um sechs«, sagte Roni und gab ihm zehn Lirot.

»Es sind keine frischen Bettücher da, aber ich kann dir ein großes Handtuch geben«, sagte der Kellner.

Das Bett stand zwischen Gemüsekisten und Bierkästen. Roni schlief auf der Stelle ein.

Um sechs Uhr weckte ihn der Kellner, und Oberstleutnant Roni schüttete sich Wasser ins Gesicht und über den Nacken, trank einen starken Kaffee, und um Viertel nach sechs kam Chezi Elbaz herein und schenkte ihm einen gründlichen Blick.

»Amüsieren wir uns, Kommandant?«

»Wie hast du das gewußt? Du wirst es weit bringen, Elbaz«, erwiderte er und musterte den hübschen Kopf und die glänzenden Augen.

»Ich bin soweit«, sagte der Fahrer.

»Elbaz«, sagte Oberstleutnant Roni.

»Ja, Kommandant«, antwortete Chezi mit einem tiefen Gähnen. Er hob zwar seine Hand, als wollte er es verbergen, doch die Bewegung geriet zu ausholend.

»Willst du ein Omelett?«

»Wir werden zu spät kommen ...«, sagte Elbaz.

»Ein Omelett?«

»Mit viel Zwiebel und Wurst. Aus fünf Eiern«, sagte Chezi zum Kellner.

»Was würdest du sagen, wenn ich dich für eine Woche beurlaube. Wärst du bereit, für mich etwas in Tel Aviv zu erledigen?«

»Warum nicht?«

»Liest du Detektivgeschichten?«

»Groschenheftchen. Aber ich habe auch ein paar Krimis gelesen.«

»Ich will, daß du einen Mann für mich findest. Ich werde dir sein Bild und die Adresse geben, wo er auftauchen wird. Verfolge ihn, finde heraus, wo er wohnt, und benachrichtige mich.«

»Das ist alles?«

»Das ist alles.«

Oberstleutnant Roni schrieb die Adresse des Richters auf und gab Chezi Julys Foto, das er aus der Zeitung ausgeschnitten hatte.

»Laß es vergrößern«, sagte er.

»Bist du sicher, daß du das willst?« fragte Chezi zögernd.

Ein kurzes Zucken lief über Oberstleutnant Ronis Gesicht: »Willst du, oder nicht?«

»Keine Aufregung, Kommandant«, sagte Chezi, »ich mache, was du willst.«

»Ich werde dir den Schlüssel zur Wohnung meiner Großmutter geben. Niemand wohnt mehr dort, schon seit drei Monaten, seit sie gestorben ist. Kann sein, daß sie ganz eingestaubt ist. In der Familie haben sie noch nicht entschieden, was sie damit machen sollen. Du wirst dort wohnen. Schau nach, ob sie nicht das Telefon und den Strom abgestellt haben. Nimm hundert Lirot.«

Chezi wirkte betreten.

»Irgendwas nicht in Ordnung?« murmelte Oberstleutnant Roni. »Wenn du mir was sagen möchtest, dann sag's!«

»Was soll ich dir denn sagen?«

Oberstleutnant Ronis Augen verengten sich. »Es ist doch ganz einfach, oder nicht?«

»Nein«, erwiderte Chezi Elbaz, »was soll daran einfach sein? Es ist nicht einfach.«

»Also was wolltest du mir sagen?«

Röte stieg in Chezi Elbaz' hübsche Wangen. »Ist egal.«

»Sag's.«

»Ich weiß nicht ... Warum willst ausgerechnet ihm nachspionieren?«

Oberstleutnant Roni wurde blaß.

»Ich verstehe nicht, was du meinst, Elbaz«, sagte er.

»Ich meine gar nichts. Überhaupt nichts. Erklär mir den Wohnungsschlüssel.«

»Du bist bereit dazu?«

»Ich hab's dir schon am Anfang gesagt, daß ich bereit bin.«

»Alle haben es gelesen?«

»Du weißt, wie das ist ... die Zeitung kugelt herum. Scharfe Weiber. Skandale. Aber man vergißt es sofort wieder. Dreht den Hahn auf und spült es runter.«

»Und was sagen sie?«

»Was willst du denn, daß sie sagen. Passiert ist passiert. Was soll man da machen?«

»Passiert ist passiert ...«, sagte Oberstleutnant Roni.

»Du nimmst dir das zu sehr zu Herzen.«

»Das Leben ist nur etwas wert, wenn du Vertrauen haben kannst, andernfalls ist das wie ein Hindernislauf, und zwar ein schlechter – du schaust zurück, und alle Hindernisse liegen auf dem Platz wie Kadaver.«

»Du nimmst es dir zu sehr zu Herzen.«

»Garantiert lachen sie über mich. Sag die Wahrheit.«

»Niemand lacht. Ich werde dir was sagen, damit du mir glaubst. Dieser Junge ist sogar in die Logistik gekommen, als wir Poker gespielt haben. Wir haben über dich zu reden angefangen, und er hat gesagt, er sei bereit, die Klage zurückzunehmen und zu lügen, daß er dich ein paarmal in der Basis verflucht hat, vorher, verstehst du, und du nicht reagiert hast und erst beim Appell sehr wütend geworden bist. Er sagte, es sei ihm egal, wie teuer ihn das zu stehen komme, er sei bereit, das zu beeiden. Und dann würden sie dich nicht degradieren.«

»Unsinn.«

»Nein. Da war so ein Wehrübungsheini, ein Rechtsanwalt, der sagte, es könnte gelingen.«

»Und du willst, daß ich mit so einem Schuft Geschäfte mache?«

»Hier geht es nicht um Geschäfte. Er hat nichts für die Aussage verlangt. Er will bloß helfen.«

»Weiß du, Elbaz, du hast überhaupt keine Moral.«

»Wir wollen doch nicht übertreiben, Kommandant«, erwiderte Chezi Elbaz.

»Du kannst dem Jungen sagen, er soll sich ins Gefängnis setzen, und ich, wenn sie mich degradieren wollen, dann sollen sie eben. Ich handle nicht mit solchen Dingen.«

»Ich hab's dir bloß erzählt.«

»Komm, ich bring dich zur Wohnung.«

Im Auto überfiel ihn der Schüttelfrost. Bevor er den Motor anließ, holte er wieder die Stoppuhr heraus und löste sie aus. Der Zeiger bewegte sich mit federleichtem Ticken. Tck-tck-tck-tck-tck-tck. Eine

Minute. Oberstleutnant Roni stoppte die Uhr. Die Zeit erstand wieder zum Leben. Aus dem Wolkenmeer löste sich eine Wolke. Er ließ den Motor an.

Noch nie hatte Chezi Oberstleutnant Roni derartig unglücklich gesehen. Er war seit zehn Monaten sein Fahrer und hatte schon vorher von ihm gehört: Auszeichnung, ein Foto mit Dajan in den Zeitungen. In den ersten Tagen war Chezi in Ronis Gegenwart wie berauscht. Es war ein Gefühl, das er bis dahin nicht gekannt hatte, wenngleich es ihn an den beglückenden Moment in seiner Kindheit erinnerte, als er den Revolver von Mas'ud in seiner Hand hielt, der beim Drogenhandel erwischt und für viele Jahre eingesperrt worden war. Noch nie hatte er einen Menschen mit solchem Mut getroffen wie Roni, einem derart atemberaubenden Mut, und einem so ausdauerndem Aktivismus und Verantwortungsstreben. Doch es gab auch etwas Verschlossenes und Trauriges an Roni.

Im Regimentsstab diente ein Mädchen aus Lod als Bürokraft, Tali, nett und sexy. Es gab wohl kaum einen im Camp, der nicht hinter ihr her gewesen wäre. Und was für teure Schlitten immer am Tor auf sie warteten – Sänger, Schauspieler, doch sie verliebte sich in Oberstleutnant Roni. Das passierte etwa einen Monat, nachdem Chezi sein Fahrer geworden war. Anfangs beachtete Roni sie nicht, danach war er beschäftigt, dann fuhr er im Auftrag der Armee nach Deutschland, anschließend nach Schottland. Einmal ging er mit ihr in einen Film in Be'er-Scheva. Rührte sie aber nicht an. Talis Stimme wurde leiser und elend, wenn sie telefonierte. Eines Nachts kehrte Roni aus Jerusalem zurück. Es war Ende Februar, in einer regnerischen Nacht, stark bewölkt, aber nicht besonders kalt. Er hatte den ganzen Tag nichts gegessen und kam deprimiert aus Jerusalem an. Chezi ging zur Küche, um ihm etwas zu essen zu machen, und als er zurückkam, fand er seinen Kommandanten rauchend neben Tali sitzen. Chezi stand hinter einem Baum und sah, wie Roni den Arm um sie legte und sie hineinführte, mit sanfter Geste. Chezi blieb auf seinem Platz, aber drinnen ging kein Licht an, und die offenen Fenster wurden nicht geschlossen. Am nächsten Tag betrat Chezi das Büro. Tali saß verschlafen da. Unwillig hörte sie sich seine Fragen an, obwohl sie sich zuvor nie gescheut hatte, mit ihm zu reden. Aber als Chezi es gerade aufgeben wollte, lächelte sie und sagte zu ihm:

»Es war, als ob er mich liebt. Verstehst du, Chezi?«

Nun erinnerte sich Chezi daran, daß er öfter gesehen hatte, wie Roni einen Blick nach ihr warf und für eine oder zwei Minuten ohne Grund in ihr Büro gegangen war. Trotz ihrer Müdigkeit sah Tali sehr fröhlich aus, als würde gleich etwas in ihr zerbersten. Am nächsten Tag kam Roni nicht zu ihr und verließ sogar die Basis, obwohl er im frühen Morgengrauen wieder zurückzusein hatte. Gewissensbisse, dachte Chezi. Nur ein einziges Mal. Er hatte Mitleid mit Roni.

– 16 –

Chezi stieg die drei Stufen des kleinen Hauses in der Sirkinstraße hinauf und rümpfte die Nase über die Gerüche, die aus dem benachbarten Gebäude drangen: Hühnersuppe, Kohl, Naphthalin. Er schloß die Tür auf mit dem weißen Emailleschild und dem schwarz glänzenden Schriftzug: »Tschemerinsky«. In der Wohnung herrschte Dunkelheit. Der Strom war nicht abgestellt. Chezi öffnete die Fensterläden im Wohnzimmer, ging ins Schlafzimmer, in die Küche und spähte ins Klo und ins Bad. Danach schaltete er den Kühlschrank ein, stellte zwei Flaschen *Nescher*-Bier hinein und setzte sich auf das Sofa im Wohnzimmer, das zu weich war, mit völlig abgewetztem Samtbezug. Vom Sofa aus glich der Raum einem Bilderdschungel. Noch nie hatte Chezi so viele Fotos in einem Zimmer gesehen: lachende Kinder, ernste junge Männer, alle möglichen Gruppen – mit Fahne, mit Körben, mit Hacken, Chöre, Leute, die mit Ben-Zvi, Ben-Gurion, Scharett aufgenommen worden waren. Bilder überall – an den Wänden, auf dem Klavierflügel, auf den Schränken und Kommoden.

Chezi öffnete das Fenster. Gegenüber tauchte ein Kopf auf und verschwand sofort wieder. Er machte alle Fenster in der Wohnung auf, überprüfte das Gas, das Telefon, und betrachtete die Adresse des Richters, bei dessen Haus er seine Detektivarbeit zu beginnen hatte. Seine Hebräischlehrerin liebte zu sagen: »mit niedergedrücktem Sinn«. Mit niedergedrücktem Sinn ... es war schwierig zu verstehen, was genau diese Worte bedeuteten. Wie niedergedrückt der Sinn damals auch gewesen sein mochte, jetzt jedenfalls empfand er, daß sein Sinn stark niedergedrückt war in Großmutter Tschemerinskys Wohnung. Er ließ Wasser in die Badewanne einlaufen, fand ein Schaumbad und roch daran: Kiefernaroma. Inzwischen würde sich das Wasser ein wenig erwärmt haben und das Bier kalt geworden sein. Vielleicht wäre es ja trotzdem möglich, Madam Tschemerinskys Wohnung zu genießen – einen Groschenroman oder zwei ... ein paar Steaks. Ob er Dorin anrufen sollte? Ihre rosa Haut. Die Beine ... unmöglich, sie nicht anzufassen, und das Gefühl, daß es leicht wäre, anders zu sein ... nur eine kleine Anstrengung. Nein! In Tel Aviv gab es genug

Frauen. Ein Film im *Matmid*-Kino. »Wo bist du aufgetreten?« fragte der Impresario, das fette Schwein. – »In den besten Nachtklubs der Welt, in New York, in Hamburg, Paris, Tel Aviv«, antwortete das nackte Mädchen. In den besten Nachtklubs! Im Café sitzen auf der Diezengoff am Freitagnachmittag, die Flanierparade anschauen. Nicht Dorin! Was war, das war. Das Wasser füllte die Badewanne mit einem heiteren, energischen Strahl. Chezi holte sich ein *Nescher* aus dem Kühlschrank, griff nach der Zeitung und legte sich ins Wasser. Der weiße Schaum stieg hoch und Geruch nach Kiefern breitete sich aus. Chezi begann, heftig in den Schaum zu pusten, wirbelte ihn auf. Das Bier war immer noch nicht kalt genug, doch man konnte es trinken. Zwischen den Schaumgebirgen schloß Chezi die Augen. Der Schaum des Bieres und der Schaum der Kiefern. Ein langgezogenes Klingeln ertönte. Chezi wartete, daß es aufhörte, doch es hielt an, eine ganze Weile, und als es endlich verstummte, war hektisches Klopfen an der Tür zu hören.

Chezi wickelte sich in eines der Handtücher und öffnete die Tür. Eine Frau im Morgenmantel, mit Lockenwicklern im Haar und schlaffem Mund betrachtete mit äußerstem Mißtrauen seinen nassen Oberkörper und seine mit weißem Schaum bedeckten Beine.

»Wer bist du?«

»Und wer sind Sie, meine Dame?«

»Ich bin die Nachbarin von gegenüber.«

»Die Nachbarin von gegenüber ... Ich bin hier für eine Woche Mieter. Ich habe den Schlüssel von Oberstleutnant Slovin bekommen, dem Enkel der seligen Frau Tschemerinsky. Mein Name ist Chezi Elbaz. Ich bin zwanzig. Im Militärdienst. Ich bin der Fahrer von Oberstleutnant Slovin, und ich habe wirklich größte Lust, in meine Badewanne zurückzukehren. Und jetzt sind Sie an der Reihe, Frau Nachbarin.«

Die Frau schwieg und starrte ihn erschrocken an, und schließlich sagte sie: »Du bist unverschämt!«

Chezi wartete höflich. Wie stolz seine Hebräischlehrerin, Frau Wechsler, jetzt auf ihn gewesen wäre! Doch als er sah, daß die Frau nicht die Absicht hatte, sich vorzustellen, entschuldigte er sich und schloß die Tür. Er räkelte sich wieder in der Badewanne, drehte den Heißwasserhahn auf. Der Schaum erwachte zum Leben, die Zeitung wurde feucht und wellte sich. Die Lockenwickler der Gegenübernachbarin waren von der Sorte, die seine Mutter benutzt hatte. Ihr blasses Gesicht, sie hatte ihn kaum angesehen vor lauter Scham, nur wieder und wieder gesagt – wirst du mich hier rausholen? Holst du mich hier raus, Chezi? Ich hole dich hier raus, hundertprozentig. Wann? In zwei, drei Monaten. Nicht länger? Nicht länger, Mama. Drei Monate kann ich durchhalten, aber mehr nicht. Sonst platzt mein Kopf. Ich verspreche es, Mama. Denk daran. Ich habe auch immer gehalten, was ich versprochen habe, stimmt's? Stimmt, Mama. Also mußt du es auch halten. Ich hole dich hier raus, Mama.

Als er das Haus verließ, lauerte ihm die Nachbarin auf.

»Die Musik – sie ist zu laut, die Musik. Du störst mein ganzes Haus«, sagte sie.

»Welche Musik?« fragte Chezi. »Wie heißen Sie?«

»Frau Slonim. Du machst großen Lärm.«

»Ich habe keine Musik gehört.«

»Du machst Lärm mit arabischer Musik«, sagte die Frau.

»Gute Frau«, erwidert Chezi, »ich sage Ihnen, daß ich weder das Radio noch den Plattenspieler eingeschaltet habe, und wenn Sie Musik gehört haben, dann kam sie nicht aus meiner Wohnung.«

»Woher kam sie dann?« sagte die Frau mit einem höhnischen Lächeln, ihre runden Augen weit aufgerissen, und das Weiße darin schimmerte gelblich, als hätte sie gleich einen Ohnmachtsanfall.

»Woher soll ich das wissen?«

»Das war bei dir«, beharrte die Frau.

Chezi versuchte vorbeizugehen, doch die Frau stellte sich ihm in den Weg.

»Das war bei dir!«

»Gehen Sie zur Seite«, sagte Chezi.

»Das bist du. Du machst Lärm!« sagte sie.

Chezi würde wütend: »Gehen Sie schon zur Seite!«

»Ich habe keine Angst vor dir!« sagte die Frau, auf deren Arm die blaue Nummer eines Konzentrationslagers eintätowiert war.

Sie hatte in etwa die Größe seiner Mutter, doch das Gesicht seiner Mutter war kindlich, voll neugieriger Erwartung, bis diese Geschichte eben passierte, während das Gesicht der Nachbarin unzugänglich und stolz war und ihr die spitze Nase, der schwache Mund und sogar die runden Augen und kleinen gelben Zähne das Aussehen eines kranken Raubvogels verliehen. Ihre Hände waren stark geädert. Ihr Morgenmantel war mit großen, traurigen Blumen in der Farbe von altem Rost bedruckt. Verbrannte Bäume neben dem Militärlager im Negev.

Chezi blickte in ihr Gesicht und auf ihren Hals, und seine Hände zitterten. Dann drängte er sie beiseite und stürzte auf die Straße. Die wenigen Passanten drehten fragend oder mitleidig ihre Köpfe nach ihm.

»Wenn man einen Menschen tötet, tötet man ihn«, hörte er die Stimme seiner Mutter. »Das sind nicht die Hühner von Rabbi Pinto.« Chezi erinnerte sich, daß seine Mutter das sagte, obgleich er nicht wußte, wer Rabbi Pinto war.

Die plötzliche Veränderung, die seine Mutter befallen hatte, ihr Haar, das auf einmal hexenhaft wirkte; das Zittern ihrer Lippen, das merkwürdige Pulsieren im Kinn, ihre häufigen, schweren Seufzer. Dinge, auf die er nie im Leben geachtet hatte, trieben ihm nun Tränen in die Augen: Als sie aus dem Café gegenüber dem Krankenhaus traten, küßte sie die Mesusa, aber vielleicht war es auch gar kein Mesusa, sondern bloß irgendein Buckel am Türstock? Hatte sie das immer schon gemacht? Als sie die Fahrbahn überquerten, umklammerte sie seinen Arm, ging gebückt, als zöge sie etwas zu Boden.

Nie hatte er sich in ihrer Gesellschaft gelangweilt. Immer war sie neugierig, niemals trübsinnig oder verschlossen. Sie hatte etwas Erfrischendes, sogar – wenn der Gedanke auch seltsam war – irgendwie Abenteuerlustiges, obwohl sie weit entfernt von jedem Abenteuer war und abgesehen von dem, was sie beim Kochen und Putzen im Radio hörte, nicht wußte, was im Land oder in der Welt passierte. Wenn er zu seinen Freunden kam, sah er, daß sie keine Geduld für ihre Mütter aufbrachten, als gehörten diese einer anderen Welt an, und man mußte sich ihnen höflich entziehen, mit kleinen Gesten, oder sie ignorieren. Doch er hatte nie so empfunden. Mit seiner Mutter Karten zu spielen war für ihn interessanter, als in der Quartiermeisterei um zwanzig Lirot zu pokern. Und auf einmal ... Schweigen, Seufzer, andauerndes Beklagen ... Wie war es möglich, sie jetzt aus dem Irrenhaus zu holen, nach all den Anstrengungen, sie dorthin anstatt ins Gefängnis zu bringen? Als er zu den Anstaltsschwestern trat, um mit ihnen zu reden, schlug sie nach ihm, stand in einer Ecke, ohne sich zu rühren, ihr weißes Haar schlampig und strohig. Und ihre Stimme! Ihre Stimme, die immer so angenehm gewesen war, wie die einer jungen Frau, war jetzt klanglos, stumpf und matt – alle Farben waren daraus verschwunden, und sogar die Klage, die aus ihr sprach, war gedämpft und kraftlos. Aber wann hatte das alles angefangen? Vor einem halben Jahr? Vor der Brandstiftung? Alle waren sicher, daß man sie nicht ins Gefängnis schicken würde. Als der Staatsanwalt sagte, daß solche Vergehen unverzeihlich wären und als Rechtfertigung kein Impuls zu akzeptieren sei, den eine kluge Frau, die keine Trinkerin sei und niemals eines Nervenarztes bedurft habe, nicht beherrschen könnte, brach seine Mutter in Tränen aus und schluchzte: »Und Sie glauben, mein Herr, daß ich meine Wohnung, das Heim meines geliebten Sohnes, mit Absicht anzünden würde? Und daß ich die Wohnung meiner Nachbarin, zu der ich seit Jahren komme und sie zu mir, gefährden würde? Sie haben kein Herz, mein Herr, wenn Sie solche Dinge von den Menschen denken können! Daß ich die Kleider und Schuhe meines Sohnes verbrennen würde? Die Kleider meiner Tochter? Und Sie glauben, daß mir der arme Feuerwehrmann nicht leid tun würde? Er hat mit gebrochenem Rückgrat dagelegen, der Ärmste, wie ein Kind, drei Wochen lag er da ... Ich habe ihm Kuchen gebracht ... Ich dachte, er würde verlangen, daß man mich aus dem Krankenhaus hinauswerfe, doch er hat gesagt, er habe noch nie einen derart guten Kuchen gegessen. Glauben Sie denn, ich sei ein Ungeheuer?«

Aber ... was für seltsame Antworten sie gab, als man sie verhörte: »Mein Vater liebte das Feuer, und einmal hat er zu mir gesagt: Simul – so nannte er mich –, ich liebe das Feuer, ich bin am glücklichsten, wenn ich Feuer sehe. Er machte immer kleine Lagerfeuer im Garten. Einmal verbrannte er eine alte Hundehütte, einen Schuppen, ein Lager, und die Leute waren wütend auf ihn. Ich war gerne mit ihm unterwegs, es war nett mit ihm, bis er sich veränderte, so wie mein Mann. Ich habe viel gelitten, und auch meine Mutter seligen Andenkens hatte viel zu leiden. Sie war ein harte Frau, aber sie hat viel gelitten. Ich bin schuld – schrie seine Mutter dann plötzlich – ich habe meinen Mann aus dem Haus geworfen. Er hätte alles verkauft, also habe ich das Haus angezündet – komm du mir ja nicht mehr einmal im Monat daher, um etwas zum Verkaufen mitzunehmen, Staub und Asche kannst du haben! Das gleiche Geschrei hatte er, genau wie mein Vater! Ich sage nicht, daß ich nicht schuld bin! Ich habe etwas Schreckliches getan, aber er war nicht so, wie Sie sagen.« »Wie war es dann?« »Ich weiß nicht«, sagte seine Mutter. »Und Sie behaupten, Sie erinnern sich nicht daran, daß Sie dort mit den Schaulustigen beim Brand gestanden, daß Sie geholfen haben, den verwundeten Feuerwehrmann zur Ambulanz zu tragen? Das ist doch gelogen! Ich weiß, daß es eine Lüge ist, Sie wissen, daß es eine Lüge ist, um am Ende des Prozesses wird auch der Richter wissen, daß es eine Lüge ist!«

Nach dem Prozeß befiel sie wieder die Müdigkeit. Ihre Hände hingen schwach herunter. Sie sprach mit monotoner Stimme.

Chezi betrachtete den Zettel, auf dem ihm Roni die Namen der Leute aufgeschrieben hatte, die July Rieti aufsuchen könnte. Der Zettel sah wie eine Namensliste aus, die die Detektive in den Geschichten für sich selbst notieren, vier oder fünf Namen, die sie schwere Grübeleien und komplizierte Vermutungen gekostet hatten. Auch in den Filmen war es so: Der Detektiv schrieb die Namen auf und versank in Nachdenken, kritzelte etwas neben einen von ihnen, strich einen zweiten aus, trank langsam sein Bier oder seinen Whisky. Vielleicht benötigte man im Film eine solche Liste, damit die Zuschauer in den dunklen Kinos die Namen sehen und sie sich in ihre verdämmernden Hirne einprägen konnten, aber in den Detektivromanen war das wirklich zu komisch. Chezi hatte sich immer sehr gewundert, als er abends in der Autowerkstatt seines Schwagers gearbeitet hatte, daß dieser sich manchmal fünf oder sechs Sachen aufschrieb, um sie nicht zu vergessen. Wie kann man denn sechs Sachen vergessen?! Diese ganzen Geschäfte der Detektive und ihresgleichen waren abstoßend und ekelhaft. Jemandem hinterherspionieren, einen Bericht darüber schreiben, was er macht. Er stellte sich vor, was sie über seine Mutter in allen möglichen Gutachten und Berichten geschrieben hatten. Einmal hatte er bei Tali Anträge auf Unterstützung und Gutachten von Ärzten, Sozialarbeitern und Bewährungshelfern gesehen. Das Ganze war abscheulich und erbärmlich, obwohl es die Wahrheit war. Es mochte vielleicht die Wahrheit sein, aber ekelhaft war es trotzdem.

Mitternacht? Alles war dunkel, nur im Bad brannte Licht. Chezi öffnete das Fenster. Von weitem waren Autos auf leeren Straßen zu hören. Mitternacht. Chezi, der Detektiv! Durch die offenen Fenster strich ein kühler Wind und brachte intensiven Blütenduft mit sich. Er ging in Richtung *Kasit*. Manchmal, wenn du sehr spät in das Bohemecafé kamst und still, wie ein braver Junge, gewartet hast, hast du ein Los gezogen. Eine Frau, die einer Nachteule ähnelte, die in Kürze allein nach Hause gehen müßte, schenkte dir einen schärferen Blick, als sie es noch eine Stunde vorher getan hätte. Das *Kasit* war hell erleuchtet, doch es befanden sich nur wenige Leute darin. Geruch nach Bier, Salaten, Rauch und Kognak. Eine Frau saß allein da, und zwei Frauen saßen an zusammenhängenden Tischen. Er schaute die Frau an, die allein war, doch bevor es ihm gelungen war, sie genauer zu mustern, warf sie ihm schon einen haßerfüllten Blick zu. Chezi verstand, wie es einsamen Menschen zumute war: Ihr Haß war bereit, jeden Moment entfesselt zu werden, aus Furcht vor Ablehnung und Demütigung, doch der feindselige Blick war dennoch seltsam. Sie sah ihn weiterhin an, als sei seine bloße Anwesenheit dort ein Skandal. Ob die Frau verrückt war? Vielleicht sollte er schon jetzt zum Haus des Richters gehen, mit den Nachforschungen anfangen und dann die erste Adresse von der Liste streichen, wie in den Filmen? Wieder erwachte in ihm das Mitleid mit Roni. Wie konnte er sich so täuschen lassen? Wenn Chezi ihm nur hätte erzählen können, was sie im Camp über Alona sagten! Aber wie konnte er? Und als er doch fast etwas gesagt hätte in dem Lokal, was für einen eigenartigen Blick er ihm zugeworfen hatte! Als wüßte er etwas, das er aber nicht einmal vor sich selbst zugeben konnte. Und er selbst, Chezi, war er denn nicht blind? Da war seine Mutter im Irrenhaus eingesperrt, und er ließ sie dort, weil er dachte, es gäbe Leute, die besser wüßten als er, was zu tun sei, wie man seine Mutter behandeln könne. »Frau Elbaz ist gefährlich«, hatte Dr. Bachar zu ihm gesagt, »sie kann die Tat wiederholen.« Was für ein Idiot! Welche Tat könnte sie wiederholen? Was würde sie denn jetzt anzünden? Dein kleines Büro vielleicht mit den Büchern und Akten? Seine Mutter, die so rücksichtsvoll jedem Menschen gegenüber war, sollte das Haus eines anderen Menschen anzünden? Jemanden verletzen? Aber warum hatte sie so viel von ihrem Vater erzählt, der das Feuer liebte? Das Wasser lebt dem Anschein nach, hatte er ihr gesagt, aber es ist von innen her tot, das Feuer dagegen lebt wirklich ... Warum hatte sie erzählt, daß er, als er den Brand in dem kleinen Lager sah, murmelte: die Feuersäule ... Zeichen und Wunder ... Und war es möglich, daß sie sich an nichts erinnerte? Hin und wieder pendelten die Menschen in dem Café wie Marionetten, wenn sie auf der Bühne nicht reden, sondern nur mit ihren Gliedern wakkeln, Bewegungen, die in keinerlei Zusammenhang mit dem Geschehen stehen.

Als er das *Kasit* verließ, erhob sich auch eines der Pärchen. Sie gingen in Richtung Zina-Diezengoff-Platz, und Chezi folgte ihnen. Beim Gehen vermieden sie es, einander zu berühren, nur manchmal, wie per Zufall, kam irgendein Kontakt zwischen ihnen zustande. Die Pinskerstraße war menschenleer, und bis sie die Trumpeldorstraße erreicht hatten, waren nur zwei Autos an ihnen vorbeigefahren. Auf dem Bürgersteig, zwischen Mülltonnen, lag eine alte Kloschüssel. Das Paar blieb daneben stehen, lachte aufgeregt, hob sie auf und legte sie mitten auf die Fahrbahn, stand noch einen Moment daneben und machten sich dann aus dem Staub. In der Mitte der Straße, im Licht der schwachen Laternen und des Mondes, nahm sich das Klosettbekken sehr sonderbar aus, wie eine riesige Narzisse oder das Herz in der Sanitärwarenhandlung in der Allenbystraße, nur um ein vielfaches vergrößert. Die Form sah geheimnisvoll aus, das Blau der Seitenwände, das überraschende Weiß, bis die Wolken den Mond verbargen, das milchige Licht erlosch und die Schüssel wieder zu dem wurde, was sie war. Chezi setzte seinen Weg fort und sah ein entgegenkommendes Polizeiauto. O Gott, sagte er sich und hechtete behende über eine Myrtenstrauchhecke in einen Hausvorgarten. Der

Streifenwagen hielt an, einer der Polizisten stieg aus und blickte sich um, zog die Kloschüssel weg, brachte sie wieder zu dem Müllhaufen. Als das Polizeiauto verschwunden war, kam auch das Pärchen zurück, hüpfte und tanzte mitten auf der Straße. Von weitem sah er, wie sie das arme Becken wieder auf die Fahrbahn schleiften.

Als er das Haus des Richters erreichte, was es bereits zwei Uhr morgens. Die Straße war verödet, dunkel, nur hier und dort ein schwaches Licht zu sehen. Chezi betrat den Garten. Von dieser Seite aus zeigte sich ein erleuchtetes Fenster im zweiten Stockwerk: Der Richter hatte sich noch nicht schlafen gelegt. Chezi lauschte. Gedämpfte Musik war von dort zu hören. Die Balkone standen voll mit alten Petroleumöfen, kaputten Möbelstücken, zerfetzten Markisen. Ich werde um sechs zurückkommen, sagte er sich. Vielleicht wegen der Kloschüssel fiel ihm etwas ein, das er zuvor nicht einmal bewußt wahrgenommen hatte – das kleine Waschbecken in der Toilette bei Großmutter Tschemerinsky, ein extrem kleines Waschbecken, in dem irgendwie Kleinlichkeit und böswilliger Geiz steckten, ein Schlangenkopf. Chezi wunderte sich darüber, daß ihm das Waschbecken wie eine Schlange erschien, vielleicht wegen der beiden inneren Ausbuchtungen – wie die Form des Kopfes ...

Um sechs Uhr morgens fand sich Chezi wieder vor dem Haus des Richters ein. Er bedauerte es, daß es in dieser Straße keine Cafés, Restaurants oder großen Kioske gab. Eine alte Frau im Trainingsanzug passierte ihn, hüpfte ein bißchen, schwenkte ihre Arme, als betriebe sie Gymnastik. Sie hatte stark geäderte Füße und Hände, ihr breiter Nacken schien geschwollen. Eine Seniorensportlerin! Und seine Mutter stand in der Ecke. Ihr Aschkenasen – Experten für das Hinausschieben des Lebens –, springt nur herum auf euren Krampfaderbeinen! Plötzlich fühlte Chezi, daß er die Frau haßte, diese Greisensportlerin, daß er die gesamte Straße haßte, die Fetzen fremder Musik, den Mann mit Glatze und Strohhut, der aus seinem Haus trat, ehrfurchtgebietend daherschritt und sich eins pfiff. Chezi war überrascht von der Heftigkeit seines Hasses. Er hatte es immer abstoßend gefunden und mit Ungläubigkeit reagiert, wenn seine Freunde aus der Nachbarschaft feindselig von den Aschkenasen sprachen. Das Handwaschbecken Großmutter Tschemerinskys – ein Schlangenkopf! Das kann nicht sein, sagte er sich schamerfüllt in seinem Inneren, doch es war die Wahrheit: Er haßte diese aschkenasische Straße, die nach irgendeinem Lord namens Meltchett hieß. Um sieben traf eine junge Frau ein, fast wie ein Mädchen, mit hochaufgeschossenem Körper und schönen Brüsten, die in das Haus hineinging und nach einer kleinen Weile mit dem Richter herauskam, der scharfe Augen hatte, schwarz und klein wie Kaffeebohnen, und ein Schnurrbärtchen. Das Gericht. Danach hielt die junge Frau ein Taxi auf und fuhr zur Schule in der Adam-Hakohen-Straße. Auch dort gab es kein Café. Ein Schuster ... ein Lebensmittelladen ... ein Kiosk auf der Keren-Kajemet-Allee. Chezi aß ein Würstchen und trank frischgepreßten Orangensaft.

»Wann ist Schulpause?« fragte er den Kioskbesitzer.

»Um Viertel vor neun«, erwiderte dieser und betrachtete ihn leicht mißtrauisch.

Chezi aß noch ein Würstchen und kaufte sich eine Tafel Milchschokolade mit Nuß. »Sag deiner Mutter, sie soll die Handtücher nicht als Putzlumpen verwenden; wegen ihr mußten wir bereits zehn Handtücher und drei Bettlaken wegwerfen. Es gibt nichts zu verheimlichen, man braucht sich nicht zu schämen! Du mußt das deiner Mutter sagen. Verstehst du, wovon ich rede?« hatte Dr. Bachar zu ihm gesagt.

Auf den Bänken saßen alte Leute – das Rentnerparlament der Keren-Kajemet-Allee. Vier von ihnen, die auf einer Bank saßen, redeten mit großer Begeisterung. Ein einzelner Greis saß auf der Bank gegenüber und las die Zeitung von gestern. Neben ihm lag eine Schachtel mit Gemüsekonserven: junge Erbsen und Karotten. Er bemerkte, daß Chezi ihn anblickte, und bedeutete ihm mit der Hand, er solle herkommen und sich neben ihn setzen.

»Also was sagst du?« fragte er.

»Was kann ich schon sagen? Ich sage gar nichts«, gab Chezi zur Antwort.

»Du weißt es nicht?«

»Weiß nicht.«

»Von Schneur hast du gehört?«

»Schneur? Der Name kommt mir bekannt vor.«

»Zalman Schneur ...«

»Zalman Schneur! Gedichte für die Kinder Israels.«

»Ich dachte nicht, daß du von ihm gehört hättest. Ich kannte ihn sehr gut. Er gab mir ein Buch als Geschenk, mit einer Widmung. Mein Name ist Jechiel Weinberg. Eine Widmung auf jiddisch. Kannst du ein bißchen Jiddisch?«

»Nicht unbedingt.«

»Da steht: herzliche Glückwünsche, auf jiddisch. Ich hab ihm einen Hut verkauft in Paris. Den besten, den ich hatte. Er geizte nicht. Das war mein Geschäft – Hutverkäufer, Hutmacher. Wie alt bist du?«

»Zwanzig.«

»Zwanzig? Als ich zwanzig war, war ich noch im Städtchen. Eine berühmte Kleinstadt, Ladi. Vielleicht schon mal gehört?«

»Nein.«

»In Paris sagte Schneur zu mir: ›Wenn du nach Erez-Israel reist, fahr nach Tel Aviv. Das ist ein guter Platz für Hüte.‹«

»Und war es wirklich ein guter Platz?«

»Es war ein guter Platz. Aber anderen Leuten hat er gesagt, sie sollen nicht nach Erez-Israel fahren. Verstehst du? Hast du von Hazaz gehört? Ich hab ihm einmal einen grünen Hut verkauft. Zu Hazaz hat er gesagt, er soll in Paris bleiben und nicht nach Erez-Israel fahren, und er sagte zu ihm: Oder ihr wet dort a Paskudniak oder ihr wet kafn an Afofleksie. Verstehst ein bißchen?«

»Nein.«

»Das heißt: Entweder du wirst ein Schurke oder du kriegst einen Schlaganfall.«

»Und was ist passiert?«

»Mit Hazaz?«

»Nein. Mit den Hüten?«

»Ich war einmal reich. Fünf Jahre. Aber es kam spät. Kennst du die Schwestern Englander? Es kam zu spät. Ich nahm meine Frau und ging ihr ein teures Kleid bei den Englander-Schwestern kaufen. Und weißt du, was sie dort zu ihr gesagt haben? Sie haben zu ihr gesagt, sie hätte nicht den richtigen Körper für ihre Kleider! Nicht den richtigen Körper! Es war zu spät. Verstehst du das?«

»Dann sind Sie jetzt also in Rente?«

»In Rente, was sonst? Rate, wie alt ich bin.«

»Siebzig? Neunundsechzig?«

»Ha, ha, ha! Ich bin achtundsiebzig. Und was machst du hier? Beobachten?«

»Beobachten?« fragte Chezi in völliger Panik.

»Die scharfen Bienen aus dem Haus der Pionierinnen beobachten. Aber glaub mir, sie sind zu klein, die Phantasie ist groß, der Genuß sehr klein.«

»Ich kann's mir vorstellen.«

»Auch wenn es unter ihnen ganz schöne Miststücke gibt.«

Chezi hörte Lärm im Schulhof und brach hastig auf, nicht daß die junge Frau herauskommen und er sie aus den Augen verlieren würde. Die Kinder spielten Ball und rannten auf dem Platz herum. Sie wirkten gepflegt, mit ziemlich hübschen Kleidern, teuren Schuhen. Die beiden Lehrerinnen, die am Rande des Platzes standen, sahen hochnäsig aus, vielleicht sogar ein wenig bösartig, die kleinere eher hysterisch, ein Typ Frau, den Chezi fürchtete – umarme sie, und sie dreht dich wie einen aufgezogenen Kreisel an Chanukka. Aber gerade wegen der Arroganz, der leichten Bösartigkeit, sogar Häßlichkeit, sagte er sich: Garantiert sind sie wunderbare Lehrerinnen! Häßliche Hüterinnen über die hübsch angezogenen Kinder. Eine Glocke läutete, die Kinder kehrten in das Gebäude zurück, der Hof leerte sich. Und was jetzt? Zurück zu dem Hutmacher-Rentner? Entweder Schurke oder Schlaganfall? Ein toter Mensch ist tot, nicht wie die Hühner von Rabbi Pinto.

Er setzte sich auf eine Bank weiter weg. Der Hutmacher schoß einen beleidigten Blick auf ihn ab. Ein Mann von kleiner Statur, mit stark verrunzeltem Gesicht und in ihrer Klarheit verblüffend blauen Augen, in einem sauberen, gut gebügelten Streifenhemd, der am Bankende saß und seine Fingernägel feilte, wandte sich an ihn: »Hast du den Jungen gesehen, der hier vorbeiging? Bereitet sich auf die Bar-Mizwa vor. Ah, ah! Bar-Mizwa! Welche Worte: Bar-Mizwa! Honigmet ... Bar-Mizwa ... Und wenn ich an meine Bar-Mizwa denke ...« Und hier beugte er sich ein wenig zu Chezi hinüber, legte ihm seine kleine Hand auf die Schulter, blickte ihn mit seinen klaren, himmelblauen Augen an und fügte hinzu: »Wenn ich an meine Bar-Mizwa denke, weine ich ... ich weine. Wir sind einundzwanzig ins Land gekommen. Mein Vater war schon vorher in Erez-Israel, aber als er uns holen wollte, brach der große Krieg aus und wir kamen erst einundzwanzig. Im Dezember. Zwei Tage später war meine Bar-Mizwa, und mein Vater nahm mich mit zur Klagemauer. Im Jahre einundzwanzig, hörst du? Und neben der Klagemauer sehe ich Araber wohnen. Araber, nichts als Araber überall. Araber an der Klagemauer?! Ich weine und weine, und da kommt ein Rabbiner zu mir, der dort war, und fragt mich: Wie heißt du, Junge? Eliezer, sage ich. Und warum weinst du wie ein kleines Kind? fragt er mich. Ich dachte, daß ich Juden an der Klagemauer finde, aber ich finde bloß Araber, sage ich zu ihm. Und er fragt mich wieder: Und deswegen weinst du? Ja, Rabbi, antworte ich ihm, denn heute ist der Tag meiner Bar-Mizwa. Da zieht er ein Taschentuch aus seiner Tasche, gibt es mir und sagt: ›Putz dir die Nase und trockne dir die Augen ab und sag nur die Brachot, nicht die Haftara.‹ ›Nur die Segen? Auf dem Schiff habe ich die Haftara auswendig gelernt‹, sage ich zu ihm. Aber ich dachte mir: Ich werde auf ihn hören ... und mein Vater war sehr böse ... sehr ...«

Der kleine Mann drückte Chezis Schulter: »Bar-Mizwa ... mein Vater starb am Abend vor Pessach, und gleich danach starb meine

Mutter ... Eines Morgens sage ich zu ihr: ›Mama, warum hast du keinen Kaffee gekocht?‹ Und sie sagt: ›Eliezer, ich fühle mich nicht gut, mir ist nicht gut ...‹ Ich renne zum Arzt, der gegenüber wohnt, und als ich zurückkomme, war bereits kein Lebensgeist mehr in meiner Mutter.«

Chezi wandte seinen Kopf ab, um seine Bewegung zu verbergen, verabschiedete sich hastig von dem Mann, der noch einmal sanft seine Schulter drückte, und steuerte auf den Kiosk zu. Wieder aß er eine Wurst und trank ein Glas Saft. Auf der nächsten Bank lag ein Säugling in seinem Korb, dessen Großvater lauthals mit einem Alten debattierte, der auf einer zweiten Bank saß. Fliegen spazierten über das Gesicht des Babys und über seine schmutzigen Hände. Hin und wieder spuckte es einen roten Plastikschlüssel aus seinem Mund und versuchte mit zögernder Bewegung, die Fliegen zu verscheuchen. Das Baby gab keinen Ton von sich, bis sich eine Fliege in seinem Augenwinkel niederließ, und auch dann kam nur ein schwacher Protest, mehr Verwunderung als Klage. Chezi warf dem Großvater einen Blick zu, und trat zu dem Kind, um mit einem Handwedeln die Fliege zu verjagen. Das Baby verfolgte seine Hand, und ein Lächeln huschte über sein Gesicht. Ich will dich Weisheit lehren. Wieder vertrieb er die hartnäckige Fliege und setzte sich neben das Kind auf die Bank. Es griff nach seinem Finger, lutschte daran und lächelte ihn wieder an. Chezi war eingenickt und erwachte mit einem Mal, weil ihn etwas in der Nase kitzelte. Sein Kopf war auf den Korb gesunken, und das Baby steckte gerade den roten Schlüssel in sein Nasenloch.

Chezi beschloß, wieder am Schulhof vorbeizugehen, und als er zurückkam, waren Kind und Großvater verschwunden. Es ist nicht gut für mich, hier zu sitzen, und es ist nicht gut zu spionieren. Das wird ein schlimmes Ende nehmen, dachte er. Zuerst wollte der Kioskbesitzer Chezi nicht erlauben, ein Ferngespräch zu führen, da er keinen Zähler hatte, und als er seinem Drängen schließlich nachgab, gelang es Chezi nicht, Oberstleutnant Roni zu erreichen.

Ein Greis, der auf das Telefon gewartet hatte, ein Mann mit Strichlippen, weißem Haar und wäßrigen, bettelnden Augen, sagte zu ihm: »Hast du gesehen? Hast du den Mann mit dem Bart gesehen? Er lebt mit dieser Frau zusammen, die die Anführerin der Bande war. Postfächer, erinnerst du dich? Alle Schecks, die ich bekommen habe, alle Briefe, die in Postfächer gelegt wurden, haben sie genommen, diese Schufte, haben alle Fächer leergeräumt, aber schlau, ganz gemütlich. Sie hat ja in dieser Post gearbeitet, die Hexe, stellvertretende Filialleiterin! Und sie hat gewußt, daß ich es weiß. Sie brauchte mich bloß zu sehen, dann hat sie schon auf mich gedeutet und den Leuten was ins Ohr geflüstert. Einmal bin ich an ihr vorbeigegangen und habe gehört, was sie geflüstert hat: Diesen Mann muß man aus Tel Aviv hinausjagen! Mich! Mich! Schurkin! Und die Krankenhäuser? Meinst du, die sind besser?« Und hier wandte er sich auch an den Kioskbesitzer: »Sind die etwa besser? Der Arzt sagt zu mir: ›Steh auf!‹ Er wackelt an meinem Bett, und ich höre, was er zu allen Studenten um ihn herum sagt, er sagt: ›Dieser Mann hat nicht mehr länger als einen Monat zu leben‹, und zu mir sagt er: ›Steh auf!‹ Ich habe zu ihm gesagt: ›Gib mir Kraft in den Beinen, dann steh ich auf, Doktor.‹ Ah, Schurken, was für Schurken, das ist ein Volk von lauter Schurken! Neun Monate habe ich mit der Prostata gewartet. Alles war untersucht! Ich bin mit einem Lumpen herumgelaufen, nach siebenundzwanzig Stunden mit dem Katheter ... und immer wieder und wieder ... Schurken!«

»Wann war das, als der Arzt zu dir sagte, du hättest nicht mehr als einen Monat zu leben?«

»Was?« fragte der Greis und winzige Tränen glitzerten in seinen Augen.

Chezi konnte das Gerede der alten Leute nicht mehr mitanhören, und er ging zu dem Lebensmittelladen, vor dem leere Gemüse- und Obstkisten und Getränkekästen standen.

»Macht es was aus, wenn ich mich kurz hier hinsetze?« fragte er den Verkäufer.

»Setz dich, setz dich nur, Soldat, ruh dich aus.«

Als er ein Kind war, hatte seine Mutter da nicht den ganzen Tag im Bett gelegen und ihnen nicht einmal etwas zu essen gemacht, und sein Vater hatte deswegen immer mit ihr gestritten? Und sie zog sich die Decke und das Laken über den Kopf. War das zu der Zeit, als sie schwanger war? Nein, Josette war damals schon fünf oder sechs gewesen. ›Mama, kann ich dir helfen?‹ fragte er sie einmal. ›Niemand kann mir helfen, mein Kind.‹

Nach dem Läuten der Schulglocke kam die große junge Frau mit den schönen Brüsten heraus und stieg auf ein Fahrrad. Ein paar Minuten später hielt sie neben einem Haus in der Manestraße an. Chezi parkte den Jeep und blieb darin sitzen, stellte sich schlafend. Ein kleines Flugzeug mit grünem Streifen flog über die Dubnov-Grünanlage in Richtung Sede Dov. Das Brummen klang für Chezi wie das Knattern eines Mopeds, zwei Wiedehopfe näherten sich ihm, einer von ihnen warf einen spähenden Blick auf ihn, spionierte dem Spion nach. Seine Mutter hatte ihm von einem Wiedehopf erzählt, der Liebe des

Fürsten des Meeres ... Auch zwei Hunde rannten auf ihrem Weg in ihn hinein, Boten der Manestraße, sehr gepflegte, schöne Hunde, sauber. Und die schönen Hunde pinkelten an die Reifen seines Jeeps, wandten sich wieder den Häusern zu und kamen zurück, um diesmal von der Straßenseite her an die Reifen zu pinkeln.

Viele Male hatte sie ihm die Geschichte von dem Mädchen aus Meknès erzählt, die einzige Tochter ihrer Eltern mit Namen Simul, die häßlich wie die Nacht war. Sie hatte das Gesicht eines Viehs und war in einem dunklen Raum eingesperrt, aus dem sie nicht herauskam. Niemand sah ihr Gesicht, und das Essen wurde ihr durch einen kleinen Schlitz gereicht. Doch das Mädchen war weise, und im ganzen Reich gab es niemanden, der klüger war als sie, und zu jener Zeit lebte weit entfernt von dort ein junger Mann, ein Gelehrtenschüler, der von Ort zu Ort wanderte, um die Lehre aus dem Munde der großen Rabbiner zu vernehmen, und auf seiner Wanderschaft gelangte er nach Meknès. Einmal stellte der Rabbiner eine Frage und erbat sich von seinen Schülern bis zum Mittag eine Antwort. Die Frage war schwer, und keiner der Schüler, auch nicht der hochgelehrte junge Mann, wußte sie zu beantworten, doch bei seiner Rückkehr zur Studienstätte fand der Junge auf seinem Tisch ein zusammengefaltetes Blatt Papier, auf dem die Lösung der Frage stand. Er fragte, wer das geschrieben habe, und man sagte ihm: ›Dies ist das Mädchen Simul, die in ihrem Zimmer eingesperrt ist.‹ ›Ich werde sie zur Frau nehmen!‹ sagte das junge Wunder an Gelehrsamkeit. Doch seine Gefährten sagten zu ihm, ihre Eltern würden sie ihm nicht zur Frau geben, da sie eine Mißgeburt sei. Unverdrossen wandte sich der junge Mann an ihre Eltern, die es ihm tatsächlich abschlugen, doch er bat und flehte so beharrlich, bis schließlich die Hochzeit ausgerichtet wurde. Danach aber, als der Bräutigam die Braut gesehen hatte, blieb er nur bis Tagesanbruch bei ihr. Die ganze Nacht beweinte die Braut ihr bitteres Schicksal, und am Morgen entfloh der junge Gelehrte und ließ nur seinen Ring und seinen Gebetsschal zurück. Neun Monate später gebar Simul einen Sohn, der im Hause seiner Großeltern aufwuchs. Im Laufe der Zeit begannen die Kinder, ihn wegen seiner eingesperrten Mutter und seines entflohenen Vaters zu hänseln. Zu Anfang erzählten ihm die alten Leute nicht, was passiert war, doch als er ein wenig größer wurde, enthüllten sie ihm, wer sein Vater war, und übergaben ihm den Ring und den Gebetsschal. Und der Knabe machte sich auf den Weg, um ihn zu suchen. Er wanderte viel umher, reiste von Stadt zu Stadt, bis er nach Ifrane kam, wo er seinen Vater fand, doch dieser wollte nicht mit ihm nach Meknès zurückkehren.

Der Knabe flehte und flehte, doch vergebens, bis er am Ende zu ihm sagte: Aber meine Mutter ist doch nicht nur weise, sondern auch die Schönste aller Frauen, weshalb willst du also nicht zu ihr zurückkehren? Da verstand der Gelehrte, daß ein Wunder geschehen war, und er sagte zu ihm: ›Brich auf, und ich werde nachkommen.‹ Und auf seinem Weg zurück traf der Knabe einen alten Mann in einer schwarzen Robe, der zu ihm sagte: ›Ich weiß um die Größe deiner Liebe zu deiner Mutter und zu deinem Vater. Nimm diese Flasche mit zu deiner Mutter, sie soll sich mit dem Wasser darin das Gesicht waschen, und sie wird mit großer Schönheit gesegnet sein.‹ Und so war es. Seine Mutter wusch sich das Gesicht, und es war voll strahlender Schönheit. Mutter und Sohn begriffen, daß der Alte niemand anders als der Prophet Elias, gesegnet sei sein Andenken, gewesen war. Und wie groß war die Freude des Sohnes, als er sah, wie sein Vater voll Bewunderung seine Mutter anblickte und sie immer wieder küßte. Und von Stund an lebten sie alle glücklich, dank des kleinen Sohnes, der seinen Vater und seine Mutter so sehr liebte. ›Dein Großvater, der Vater deines Vaters‹, sagte seine Mutter, ›trug zum Schatz der Thora bei und half jüdischen Kindern. Du brauchst dich unserer Familie nicht zu schämen. Dein Großvater hatte ein Dokument, daß die Familie an einem Schiff oder einem Lager im Hafen Teilhaberschaft besaß, ich erinnere mich nicht genau, an was, eine große Urkunde mit einem riesigen roten Stempel. Ich habe sie nie gesehen, aber mein Vater hat mir davon erzählt. Und es gab in der Familie eine Wiege, die von Generation zu Generation weitergereicht wurde. Die habe ich noch gesehen, als ich ein kleines Mädchen war. Sie verbrannte bei einem großen Feuer im Mellah, im Judenviertel. Eine wunderschöne Wiege, aus einem Holz, das nur in England wächst.‹

Oberstleutnant Roni – Chezi verstand ihn. Er war ein armer Mensch, eine Art trauriger Held, ein sehr guter Offizier. Ständig wollte man ihn als Ausbilder in alle möglichen Länder einladen – nach Singapur, nach Äthiopien –, doch er lehnte ab. Er war immer anständig. Sein Leben war unglücklich wegen seiner Frau. Aber so war das Leben nicht in den Straßen der Stadt, in dem Haus, in dem Großmutter Tschemerinsky gewohnt hatte. Einer der Hunde, der wieder zurückgekommen war, um den Jeep ringsherum zu beschnüffeln, ärgerte Chezi, und er wartete, bis er an seiner Seite der Tür stehenblieb, und öffnete sie dann mit vollem Schwung – ein lautes Jaulen erschreckte die Manestraße.

»Hundesohn!« sagte Chezi zu dem Hund, der mit eingezogenem Schwanz in ein Haus rannte.

Chezi strich durch die Zimmer von Großmutter Tschemerinskys Wohnung, wie er zuvor durch die Straßen gestreift war. Eine der Türen im hinteren Bereich der Küche war abgesperrt, und Chezi öffnete sie mit einem Schlüssel, der rechts davon, unter dem Stromschalter hing. Der Raum hatte etwa die gleiche Länge wie die Küche, doch war er viel breiter. An der langen Wand stand ein riesiger Schrank, der bis an die Decke reichte, ein Schrank, der ganz und gar aus kleinen Schubfächern bestand, die wie Postfächer oder Urnengräber aussahen. Jedes Fach war mit einem Namen beschriftet, in schwarzer Tinte. Das Zimmer war voller Kisten und Schachteln, Berge vergilbter Zeitungen, zahlreiche Bilder. Auf einem Regal stand das Modell eines Frachtschiffes, dessen Schornstein sich nach hinten neigte. Chezi öffnete eine stählerne Militärkiste. Sie war vollgestopft mit Filmrollen. Danach zog er eines der Schubfächer auf. In großer, gestochen klarer Schrift, mit leicht verblaßter Tinte, stand da: ›In Wolken gehüllt, wandte ich mich hierhin und dorthin, ohne etwas von dem zu haben, was ich mir erwünschte, auch keinen Traum, als ich im Gasthof meiner Eltern von Theodor Herzl hörte und sein Porträt in einem Journal sah, das mein Herz eroberte mit seinen schönen Augen und seinem prachtvollem Bart ...‹ Ein altes, verschwommenes Foto eines Menschen mit Pelzmütze fiel aus den Blättern. Chezi öffnete ein anderes Fach: ›Auf dem Schiff *Ruslan* war ich die ganze Zeit krank, nahezu blind vor Seekrankheit, so daß ich den kommenden Generationen nur wenig über die Passage zu erzählen vermag ...‹ In einer Schachtel, deren Etikett die Beschriftung ›Geschichten aus den Zeitungen‹ trug, fand er eine Seite mit einer Geschichte, die mit ›N. Choter‹ unterzeichnet war. Dieser Satz, sagte sich Chezi, hätte Frau Lehrerin Wechsler garantiert gefallen: ›Bist du verloren, *Ruslan*? Aus grausam weißer Gischt brach das Brüllen der Bestien, ein Donner aus den Tiefen des großen Leviathans, und darüber gefroren die Schreie des Vogel Greif ...‹ Auf einer blauen Schale war ein großer Fisch abgebildet, das Maul lachend aufgerissen, als kitzelte man ihn.

Der Name *Ruslan* stand überall, auch auf dem Schiffsmodell und dem Bild dieses Schiffes, oder es war ein ähnliches Schiff, das ebenfalls einen schiefen Schornstein hatte. Chezi machte immer noch weitere Schubladen auf, und in einer Schachtel fand er in eingefettetes Papier eingewickelt zwei Revolver mit langen Läufen, vollkommen verrostet unter der eingetrockneten Fettschicht, und in der Ecke zwischen Schrank und Tür stand eine alte Harfe, deren Saiten fast alle gerissen waren. Chezi zog an einer der Saiten, und sie ließ einen schwachen Mißton erklingen.

In einem großen Band befand sich eine Geschichte der *Ruslan*, und unter der Überschrift stand: »Jeder, der sich auf diese Reise begibt, muß tausend Herzen besitzen, um jeden Augenblick auf seinem Wege ein Herz opfern zu können. (Farid ud-din Attar: *Die Vogelgespräche*) ... Der Anblick der Türme Istanbuls machte mich zu einem Orientalisten. Ich war damals etwa acht Jahre alt ...«

Chezi vernahm ein Klingeln an der Tür und lief, um zu öffnen. Es war die Nachbarin von gegenüber. Sie sagte etwas, doch vor lauter Erregung waren ihre Worte nicht zu verstehen. Chezi warf ihr die Tür vor der Nase zu und reagierte nicht mehr auf ihr Klingeln und Klopfen.

– 17 –

Alek betrat die Scha'arei-Nikanor-Straße von der Seite des Meeres her. Charles wohnte im zweiten Stock des Hauses, über einem großzügigen Innenhof, in dessen einem Eck ein altes Pferd angebunden war und Hühner zwischen müden Hunden und schläfrigen Katzen herumtrippelten. Die Türen waren nicht abgeschlossen. In Charles' Zimmer, das voll merkwürdiger Möbel war, stand ein alter Schrank, in dem sich seine Anzüge und Hemden befanden. Auf dem Bett bewegte sich etwas. Charles' Freundin Miri, eine Frau mit schwarzen Haaren und derart weißem Gesicht, daß die Haut bereits ins Bläuliche spielte, hob ihren Kopf. Danach murmelte sie etwas, kämmte ihr Haar und zog mit grellem Lippenstift ihre bleichen Lippen nach.

Alek schaute auf den Hof hinaus, das Pferd, das seinen Kopf unter ein Vordach steckte, die schlafenden Hunde. Eine Frau wusch Wäsche zu Radiomelodien. Ein traurigschöner Baum breitete seinen Schatten über sie.

»Wo ist Charles?«
»Du weißt es nicht? Er ist in Haifa. Spielt.«
»Weißt du, welches Datum wir haben? Heute ist der einunddreißigste im Juli.«
»Er hat mir nichts erzählt.«
»Wo in Haifa?«
»Er war im Hotel *Karmel-Rose*, aber er hat heute nacht nicht dort geschlafen, ich habe vor zwei Stunden angerufen. Er ist noch nicht da.«
»Würdest du es noch einmal versuchen, Miri? Es ist wichtig.«
»Unten gibt es ein Telefon. Ich bin gleich zurück.«

Als sie die Tür öffnete, gingen auch das Fenster und die Schranktür auf, und die Anzüge erzitterten in ihrem dunklen Versteck. Das Pferd zog seinen Kopf unter der Überdachung hervor. Es war nicht gestriegelt wie Ruschti damals, vielleicht sah es auch vernachlässigt aus, weil es so alt war.

»Er ist noch nicht im Hotel eingetroffen«, sagte Miri bei ihrer Rückkehr. »Ist was passiert?«

»Wenn er zurückkommt, sag ihm, er soll mich anrufen und es zehnmal klingeln lassen. Ich werde zwei Tage lang nicht aus dem Haus gehen, erst am dritten in der Früh. Bis dahin, falls er kommt – entweder er ruft mich an, oder er kommt zu mir und nimmt den Weg durchs Lager. Merkst du dir das?«

»Was ist los, Alek?«

»An deiner Stelle würde ich Charles' Anzüge und Hemden zusammenpacken, den Koffer bei Nachbarn unterstellen und zu deinen Eltern oder einer Freundin fahren, falls er nicht bis morgen früh zurückgekommen ist. Weiß er, wo deine Eltern wohnen?«

»Ja.«

»Dann tu, was ich dir gesagt habe.«

»Aber was ist denn los, Alek? Ich habe so gut geschlafen. Jetzt habe ich Angst«, sagte Miri.

»Zehn Klingelzeichen, Eingang durchs Lager, merk's dir.«

Auf der Jefetstraße zwischen Schuhverkäufern und Ständen mit frischem Pitabrot mit Sesam und Gewürz, in den Rauchschwaden von gebratenem Fleisch, dem Geruch nach Öl und Fischen, empfand Alek abgesehen von der würgenden Angst auch Scham darüber, daß er von Schlägern Prügel beziehen würde. Doch es gab keinen anderen Weg. Er kannte niemanden, von dem er sich Geld leihen konnte, hätte Bienenfrucht bloß um eine Fristverlängerung nach der anderen bitten können. Im Manschijaviertel sah er von weitem ein Riesenrad und ein Gleis mit kleinen Rollwaggons, hörte dröhnende Musik aus heiseren Lautsprechern. Zwischen den Zelten und Buden des »italienischen« Lunaparks fischten Kinder nach Flaschen, schossen ins Herz brummender Bären, stiegen zaudernd die Stufen zu dem Zelt hinauf, in dem die Spinnenfrau logierte. Der Weltmeister im Motorradfahren vollführte akrobatische Kunststücke an der Todeswand eines grauen Pavillons, die einem das Blut in den Adern erstarren ließen. Alek kaufte sich Zuckerwatte und schlenderte im Lunapark umher, bis er schließlich bei einer Wahrsagerin eintrat. Sie prophezeite ihm Reisen und Liebe zu einer Witwe oder Geschiedenen mit tiefgrünen Augen. Lange Zeit hielt sie seine Hand fest und untersuchte überrascht ihre

Linien. Zigeunerinnen und Wahrsagerinnen betrachteten sie immer mit einem Ausdruck des Erstaunens. Die Leute des Lunaparks waren schlampig und verlebt, wie das Publikum in den Nachtklubs und Bars von Tel Aviv, obwohl sie überwiegend Ausländer waren – Italiener und Schweizer. Die Stadt liebte ihre Ränder nicht, ihre Lichter drangen nicht bis in die Peripherie vor. Über einer der Hütten war ein Schild mit dem kindlichen Gemälde einer Sirene angebracht, die ein Blatt Papier in der Hand hielt, auf dem verschwommen etwas in Rosa geschrieben stand, ringsherum Meeresungeheuer, Wellen und ein Floß. Die symbolisierende Landschaft aus der Villa des Architekten des Königs! Auch hier, auf der linken Seite, tauchte aus einem Teich oder Fluß eine Meerjungfrau empor, die eine kleine Schriftrolle trug. Er erinnerte sich jetzt häufiger an die Villa, an Samarkand und an seinen Ritt auf Ruschti, mit Umar. Der neue Amadis reitet auf einem Holzpferd und hört die Hufe des Pferdes, auf dem er eines Tages zu einer Abenteuerexpedition aufbrechen wird. Die Rückkehr der Erinnerungen überraschte Alek, und er entdeckte verblüfft, daß er nun die Gesichtsausdrücke Dr. Tischkos verstand, die ihm seinerzeit lächerlich erschienen waren: Murmeln, hastige Bestätigungen, vages Kopfschütteln, eine unbeholfene Handbewegung – die Zukkungen eines Menschen, der nur versucht, nach seinem besten Können mit den Menschen umzugehen, und mit Mühe seinen Kurs durch das Meer der Bezichtigungen steuert.

Seine Angst vor den Schlägern und der Anblick der »orientalischen« Ruinen riefen offenbar diese Erinnerungen wach.

Die Steine der Ruinen glichen Felsen ... Sie näherten sich dem Kreis der Felsen gerade vor Anbruch des Morgengrauens. Der Ort sah, noch mehr als beim letztenmal, wie ein Geheimkode aus. Der Felsen, der einem Dinosaurier glich, glänzte mit seinem weißen Rükken. Zwischen diesem und dem Leoparden, der auf den Hinterbeinen stand, auf einem Pferd in den Kreis zu reiten schien wie eine ruchlose Tat. Nachdem sie zwischen den Felsen abgestiegen waren, entfachte Umar ein kleines Feuer.

»Hier hat mir José gesagt, daß ich ein Sklave bin. Ich bin der Sklave und nicht er, der bei der leisesten Andeutung seines Herrn mit dem Schwanz wedelt und ihm hinterherrennt. Wovor fürchtet er sich so? Und du? Sei mir nicht böse, aber ich verstehe das nicht.«

»Ich fürchte, daß ich, wenn ich hierbleibe, für immer verlorengehe. In dem Moment, in dem ich mein Zentrum aufgäbe, würde ich in tausend Stücke zerfallen und von mir würde nichts mehr übrigbleiben.«

Umar lächelte skeptisch.

»Und was ist dieses Zentrum?«

»Ich weiß es nicht.«

»Du erinnerst mich an meine Mutter, die sagte, ihr schiene, als wäre sie nackt, als sie zum erstenmal den Münzschmuck von ihrer Stirn abnahm.«

»Du mußt viel schlafen. Wer weiß, welcher Riese jetzt mit Gafar-Ali kommen wird.«

»Ich werde die Helden seines Zurchanes bezwingen.«

Am Abend, als sie wieder aufbrachen, empfand er die gehobene Stimmung des Abschieds. Hin und wieder betrachtete er Umar, der in sich gekehrter war als sonst, jedoch nicht traurig oder düster, und es war ersichtlich, daß er, nachdem er sich mit Aleks Verlassen abgefunden hatte, seinen Kummer nicht offen zeigen würde. Nur ein dumpfer Schmerz über Daschas Tod blieb in ihm zurück und eine plötzlich Angst vor dem Meschhedi, der ihm vorkam, als versteckte er sich die ganze Zeit hinter einer Maske von Gesicht, Stimme, Augenblitzen. Er empfand die Ermattung, die sich in ihm selbst ausbreitete, in einer Jugend, die noch nicht vorbei war. Wenn er nur Umar darum hätte bitten können, hinter Uba Kuduk nicht umzukehren, sondern ihn bis zur Grenze zu begleiten. Der Karawan-Baschi würde ihn in irgendein Loch in der Wüste werfen, ihn an Polizisten verkaufen oder sich einfach aus dem Staub machen.

Als sie an einem Abhang anhielten, der in ein Trockenflußbett mit extrem steilen Ufern hinunterführte, sagte Umar:

»Ich habe beschlossen, wenn der Karawan-Baschi einverstanden ist, dich mitzunehmen, mit euch bis zur Grenze zu reiten. Als ich jung war, habe ich zu einer Frau gesagt: Wenn du mich wirklich liebst, laß mich gehen! Und sie – wie hat sie geweint, welche Flüche hat sie ausgestoßen! Du mußt gehen, und denke nicht, daß du mir oder uns etwas schuldest. Du hast mein Leben gerettet und mir mit ziemlicher Sicherheit harte und andauernde Foltern bis zum Tod erspart. Ich werde immer in deiner Schuld stehen.«

»Manchmal spüre ich, daß ich Kraft in mir habe, und manchmal habe ich das Gefühl, daß ich elend und schwach bin.«

»Fang nicht jetzt schon an, dich selbst zu beweinen. Wir sind beide hilflos. Wer weiß, vielleicht hätten wir Erfolg gehabt, wenn es das Schicksal gewollt hätte und wir als Söhne von Emiren geboren wären.«

»Das ist ein Satz, der zu mir paßt, nicht zu dir.«

»Und du hast ihn schon einmal zu Schirin gesagt.«

»Ich fürchte, daß du mich in der Tiefe deines Herzens verachtest, Umar ...«

»Du bist mein Freund, wie könnte ich dich verachten? Besser, du denkst nicht die ganze Zeit daran, wie du dich fühlst, sondern fängst an, um dich zu blicken. Die Grenze mit dem Karawan-Baschi zu überqueren wird nicht so einfach sein, auch wenn der Alte einwilligt.«

»Vielleicht wird er diesmal gar nicht kommen?«

»Er würde nur dann nicht kommen, wenn er in seinem Grab ruht. Was würden seine Freunde über ihn denken? Was dächten wir von ihm? Was würde er selbst von seinen Taten denken, wenn er jetzt zu kommen aufhörte? Sein Name ist dem Meschhedi wichtiger als sein Leben.«

»Und deshalb riskiert er Jahr für Jahr sein Leben?«

»Anfangs dachte ich, er tue es nur wegen des Profits. Doch ein Mann wie der Karawan-Baschi kann sein Geld auf bequemerem Weg verdienen, ohne sich in Gefahr zu begeben.«

Auch dieses Mal trafen sie vor dem Meschhedi ein. Die Höhle war leer. Die Nacht war still und sanft, der Himmel riesig – fast fiel es schwer zu glauben, daß der Raum wahrhaftig so weit war. Ein leichter Wind wehte in kurzen Brisen. Doch Alek, obwohl er ganz heiter einschlief, träumte von einer Geschichte, die früher in der Volksschule gelesen wurde: Er befand sich in einer Höhle mit Tausenden brennenden Kerzen – die Seelen; einige waren gerade erst entzündet worden, andere verloschen bereits, und er suchte seine Seele unter den Kerzen, nahm sich in acht, sie nicht mit seinem Atem auszulöschen.

Am Morgen während des Kaffeetrinkens blickte Umar durch das Fernglas und lächelte: Er sah Gafar-Ali auf einem kleinen Pferd, und neben ihm stapfte schwerfällig ein Hüne von einem Mann.

»Ein neuer Leibwächter und ein Pony! Der Karawan-Baschi ist ein großer Mann! Wie findest du den Leibwächter?«

»Größer und weniger breit als der, der vor zwei Jahren hier war.«

»Du hast recht. Komm, wir gehen zu ihnen hinunter. Wenn er es ablehnt, dich mitzunehmen, dann bleib beharrlich, mach viele Worte; die Hauptsache ist – rede, rede, rede ohne Unterlaß. Dieser Alte hat etwas Bewundernswertes!«

Der Meschhedi sah sie von weitem und winkte ihnen mit einer kurzen Handbewegung. Der Leibwächterdiener breitete einen Teppich unter dem Baum an der Quelle aus und entfachte ein Lagerfeuer. Der Meschhedi ergriff Umars Hand und zog ihn hinter sich her, und sie verschwanden hinter der weißen Mauer des Grabbaus jenseits der Quelle.

Alek wandte kein Auge von dem Grab, bis der Meschhedi und Umar wieder auftauchten und sich ihm näherten. Der Meschhedi war erregt und schüttelte verwundert oder zögernd seinen Kopf.

»Geehrter Herr! Ich hoffe, mein Freund Umar hat Ihnen meine große Bitte, mich Ihnen anzuschließen, unterbreitet, bitte, weisen Sie mich nicht zurück ... Jetzt bin ich ohne alles, doch das wird nicht immer so sein, und wenn mir das Glück wohlgesinnt sein sollte und ich den Krieg heil überstehe, dann schwöre ich, daß ich Ihnen Ihre Mühe großzügig vergelten werde. Doch für die großmütige Tat selbst werde ich Ihnen nie im Leben genug danken können.«

»Die Grenze ist abgeriegelt«, sagte der Meschhedi, »es gibt hier mehr Soldaten in den Kasernen als in Isfahan und Meschhed zusammen. Noch nie habe ich eine solche Grenze gesehen.«

»Aber Sie haben sie passiert, mein Herr, und noch dazu auf dem Rücken eines Pferdes.«

»Das Jabu? Ich ritt nicht auf seinem Rücken. Ich habe das Pony diesseits der Grenze gekauft.«

»Aber Sie sind mit dem Leibwächter hinübergekommen.«

»Und was wirst du in Meschhed machen? Du sagst doch, du seist ohne alles?«

»Es erwartet mich dort Hilfe und vielleicht auch Geld, an zwei Orten in der Stadt, mein Herr.«

»Wo?«

»Im armenischen Restaurant *Dschulfa* und im Gebäude des Roten Kreuzes. Bitte, mein Herr, ich flehe Sie an.«

Gafar-Ali trat zu dem Teppich, und Umar überreichte ihm Gulisas Geschenke. Gafar-Ali zog die Weste an, band sich den Schal um den Hals, setzte die Kappe auf und musterte sich befriedigt in einem Spiegel.

»Und jetzt Frühstück? Vielleicht fangen wir mit dem geräucherten Fisch an. Seit langem habe ich keine solchen Fische mehr gekostet«, sagte Gafar-Ali.

»Möchtest du, daß ich mit dir esse, Karawan-Baschi? Denn wenn ich kämpfen soll, kann ich nur ein wenig Tee trinken, mit einem Stückchen Kuchen dazu.«

»Diesmal habe ich dir eine harte Nuß mitgebracht, eine sehr harte Nuß, mein Bruder.«

»Der Meister des Zurchane, der Mächtigste aller Mächtigen?«

»Nein, komm her, Babai.«

»Aha! Babai? Ein Usbeke?«

»Genau. Dieb gegen Dieb. Was, Umar?«

»Wie schön von dir, Karawan-Baschi.«
»Was würde ich nicht alles für dich tun?«
»Alsdann, bist du bereit, Babai?«

Babai blickte ihn mit ernstem Gesicht an und begann sofort, seine Kleider abzulegen. Seine Hände waren sehr lang. Das Gefühl von Überlegenheit und geballter Kraft glänzte in seinen Augen. Er bewegte sich gleitend auf dem Sand vorwärts, um Umars Rechte zu packen. Wenn nur Umar nicht besiegt daraus hervorginge, verletzt und blutüberströmt, so schwach, daß man ihn nach Erne-Scharif auf den Sattel seines Pferdes gebunden zurückbringen müßte, bleich und gemartert von jedem Loch auf dem Weg!

»Du mußt mehr üben, Aka!« hörte er Umars Stimme.

Danach waren ein schmerzliches Stöhnen und zornige Worte zu vernehmen. War Umar verletzt? Er wandte sich ihnen zu und sah Umar über Babai gebeugt.

»Ich hab's dir gesagt, Kaptar, mein Täubchen, du bist dir deiner selbst zu sicher!« flüsterte Umar.

Kleine Tränen der Demütigung traten in Gafar-Alis Augen.

»Deine Stunde wird noch kommen, Umar!«

»Jede Prophezeiung bewahrheitet sich eines Tages, Karawan-Baschi, so wie jede Seele am Ende den Tod zu schmecken kriegt, wie mein Vater zu sagen pflegte. Doch wann? Wann? Ho, großer Karawan-Baschi? Wann wird dieser Tag kommen?«

»Ich werde bessere Leute mitbringen! Viel bessere!«

»Ich weiß, daß du das tun wirst!«

Babai wandte sich beschämten Blicks dem Wasserbecken zu, um seinen Körper abzuwaschen.

»Ich habe deinen Vater und deinen Großvater gekannt, Umar.«

»Ich weiß, Karawan-Baschi.«

»Du wirst noch besiegt hier liegen!«

»Wir werden sehen, wir werden sehen!«

»Und du, junger Mann, weißt du zu kämpfen?«

»Nein, überhaupt nicht.«

»Einmal kam ich bis nach Buchara, denn ich verspürte einfach Lust nachzuschauen, ob es sich in den dreißig Jahren, in denen ich es nicht gesehen hatte, verändert hatte. Ich ging in ein Kaffeehaus, an das ich mich erinnerte, *Maskaran*, und der Hof war so, wie er früher war, voller Säulenteile, Krüge und Fliesen. Buchara hat sich nur wenig verändert.«

»Taschkent würdest du nicht wiedererkennen, Gafar-Ali«, erwiderte Umar.

»Gieß uns Tee ein, Babai«, sagte Gafar-Ali.
»Erlauben Sie mir, den Tee einzuschenken, mein Herr.«
»Du kommst mit mir nach Meschhed!« sagte Gafar-Ali.
»Danke! Danke! Aus ganzem Herzen Dank! Umar, Herr Gafar-Ali stimmt zu!«
»Kannst du dreihundert Meter schnell kriechen?« fragte Gafar-Ali.
»Sogar mehr!«
»Das ist sehr wichtig. Es gibt dort Hunde. Wenn man zu kriechen beginnt, muß man blitzschnell kriechen.«
»Werden sie auf uns schießen?«
»Wir werden den Übergang schaffen. Aber möglicherweise müssen wir uns gar nicht anstrengen. Was sagst du, Babai?«
»Wir werden mit dem Auto hinüberfahren«, antwortete der Riese, »du hast nichts zu befürchten.«
»Ich habe keine Angst zu sterben!«
»Du wirst nicht sterben, du wirst in deinem *Dschulfa* ein großes armenisches Mahl einnehmen«, sagte Gafar-Ali. »Wirst du deinem Freund das Pferd lassen, Umar?«
»Ich werde bis nahe an die Grenze mit euch reiten.«
»Nicht nötig«, sagte Gafar-Ali, »wir nehmen uns deines Freundes an. Laß ihm nur das Pferd. Wir können bis zum Kischlak reiten, und dort verkaufen wir die Tiere.«
»Gut«, erwiderte Umar.
»Mach dir keine Sorgen«, sagte Gafar-Ali, »eine Wagenkarawane überquert in der Nacht die Grenze, irgendeine Delegation, und in einem von den Fahrzeugen haben wir gut Platz.«
»Das hat dich sicher ein Vermögen gekostet, Karawan-Baschi«, lächelte Umar.
»Was bedeutet das schon? Ich bin nicht arm. Wir müssen nur zum Kischlak kommen, dann ist alles in Ordnung. Ich würde mich nicht wundern, wenn sie eine Ziege oder ein Schaf schlachten zu unseren Ehren.«

Mit dem Morgengrauen verließen sie das kleine Lager. Babai ließ ihn auf Ruschti reiten, und Gafar-Ali ritt auf dem Pony, rauchte eine Pfeife und gönnte sich hin und wieder eine Süßigkeit. Früh erreichten sie auf weiß verstaubten Pfaden eine Zypressengruppe, hielten jedoch nicht an. Als er mit Umar geritten war, war es wie eine Reise des Tobias mit dem Engel Raphael gewesen, anregend, voll angenehmer Sicherheit, während dieser Ritt nun viel langsamer war und sich unter ermüdender Vorsicht hinzog. Gafar-Ali lenkte sie durch kleine

Wadis und Wäldchen, und während der ganzen Zeit ihres Rittes (hier und dort schien die Erde umgegraben und wüst, als sei ein riesiger Pflug darüber gefahren) trafen sie keine Menschenseele. Der Meschhedi, der in Uba Kuduk wie ein Schwätzer gewirkt hatte, machte kaum den Mund auf. Manchmal hielt er inne, blickte sich um und schien zu schnüffeln. Um Mitternacht erreichten sie eine Hütte am Eingang irgendeines Dorfes. Ein alter Mann mit einem zerfransten Fes näherte sich ihnen.

»Kleines Pferd Jabu, Karawan-Baschi?« lächelte der Alte.

»Ist alles arrangiert, Bulat?«

»Alles, alles! Keine Sorge. Um drei steigen du und deine Freunde in den Wagen. Wir haben alles vorbereitet, aber für zwei. Daher mußt du mir verzeihen, daß es nicht allzu bequem sein wird.«

»Nun also, mein junger Freund, es droht uns keinerlei Gefahr, und du kannst deine Schritte in Meschhed überdenken.«

»Niemals werde ich Ihnen Ihre Güte vergessen, mein Herr.«

»Wenn ihr nur zu zweit gewesen wäret, hättet ihr Karten spielen können zwischen der Kiste und der Kabine«, bemerkte Bulat.

»Und wenn etwas schiefgeht?«

»Nein, nein. Aber falls sich dennoch irgendein Mißgeschick ereignet, kann man auch mit dem Zug hinüber. In Aschchabad haben wir gute Freunde und einen Obermaschinisten in Baidschirian. Und jetzt, werdet ihr schlafen gehen oder probiert ihr vom Ziegenfleisch?«

»Essen wir«, erwiderte der Karawan-Baschi.

Alek hörte Schellengeklingel und Musik, dicker Rauch stieg vom Kebabstand auf, ein Junge verjagte die Fliegen von den goldgelben Kuchen. Das ist doch Manschija hier, fiel Alek ein, und er kaufte sich ein Pitabrot mit Sesam und ein dunkelbraunes Ei.

– 18 –

Paul kehrte nicht zurück. Zahava schickte ihm ein Telegramm an seine Adresse in Deutschland, doch sie erhielt keine Antwort. Er hatte ihr noch die Adresse einer alten Frau in München hinterlassen (wenn es denn wirklich eine alte Frau war, in Pauls Geschichten kamen viele alte Frauen vor), und von dort wurde geantwortet, daß sich Paul in Madrid befinde und die Briefe, die man an das Hotel *Carlos V.* schicke, an ihn weitergeleitet würden. Zahava hörte auf, vor dem großen Aschenbecher zu sitzen und die vielen Zigarettenstummel mit ihren Tränen zu durchweichen. Sie fuhr zu ihren Eltern im

Moschav und kaufte sich schließlich billige Schiffskarten über Genua nach Barcelona, obwohl vom Hotel *Carlos V.* keine Reaktion gekommen war. Irgendwann gelang es Zahava, das Hotel telefonisch zu erreichen, und man sagte ihr dort, daß die Briefe an Paul postlagernd nach Carmona geschickt würden. Mit Maddis Hilfe fand Zahava die Stadt auf der Landkarte – ein nicht sonderlich großer Ort in der Nähe von Sevilla.

Am nächsten Tag traf plötzlich ein Brief von Paul ein: »Hier habe ich wieder das Glück gefunden, an das ich mich aus den Tagen meiner Kindheit erinnerte. Ich schlafe viel und sitze lange Stunden im Garten, in duftendem Schatten. Es gibt hier Blumen in Töpfen, Jasmin an der Mauer, einen ausgetrockneten, zerborstenen Springbrunnen, den ich vielleicht eines Tages Wasser wieder in Gang bringen kein Mensch ist bei mir. Ich habe eingravierte hebräische Buchstaben gefunden. Du weißt, daß du mich den Geschmack des Lebens hast kosten lassen, doch ich habe kein Talent für das Leben und nicht den Appetit, den du hast, und daher ist es besser, ich bleibe hier allein. Es ist besser so. Ich wünsche dir viel Glück.«

Zahava wurde sehr wütend. Hier habe ich gefunden ... ich wünsche dir Glück ... Man darf die Menschen nicht lieben, man darf ihnen nicht vertrauen, man darf sich nicht auf sie verlassen. Die Hoffnung auf Liebe ist der allergrößte Fluch. Wie die Sprungfeder in einem trommelnden Spielzeugbären – du wirst geboren, und sofort zieht man die Feder der Liebeshoffnung auf! Immer wieder las sie den Brief.

»Ich fahre nach Carmona und finde ihn, auch wenn ich dort im Postamt wohne!«

Maddi hatte Mitleid mit ihr und sorgte sich, wie es ihr ergehen würde, doch gleichzeitig erkannte sie Zahavas Entschlossenheit an, ihr Glück zu finden. War das nicht der richtige Weg? Der einzige Mann, den sie jemals geliebt hatte – mußte sie nicht alles tun, um mit ihm zusammen zu sein?

Zahava war noch nie ihm Ausland gewesen, und Maddi bat ihren Vater, ihr einen Brief an einen seiner Freunde in Sevilla mitzugeben – ein bekannter und reicher Architekt. Dieser Mann, mit Namen Fernando Lastra, hatte in den dreißiger Jahren ein Büro in Lausanne gehabt und zusammen mit einem armenischen Franzosen und ihrem Vater an einem Planungswettbewerb für den Sowjetpalast teilgenommen. Sie gewannen den Wettbewerb nicht, was für Lastra ein großer Einschnitt war. Sehr schnell wurde bekannt, daß sich die ganz großen Architekten daran beteiligt hatten – Le Corbusier, Perret, Mendelsohn, der einige Jahre zuvor in Leningrad gebaut hatte –, und aus all den Entwürfen wurde ausgerechnet der eines gewissen Boris Jofan auserkoren, ein Mann mit verknöcherter Seele und soviel Phantasie wie derjenige, der die herzförmige Lichtöffnung in den Holzklohäuschen erfunden hatte (so beschrieb Marinsky Maddi jenen Wettbewerb). Alle begriffen, daß das Abenteuer der Architektur in der Sowjetunion beendet war (auch davor war dort nahezu nichts mehr gebaut worden – es war eine Architektur der vielen Worte und vollen Schubladen), aber niemand schien davon so getroffen wie Lastra. Für ihren Vater war Rußland wie eine heimlich im Herzen gehegte Wunde, und er fuhr auch nicht dorthin, als ihn die proletarische Architektenvereinigung, die *Wopra*, einlud. Lastra ging nach Spanien zurück, was Marinsky sehr erzürnte, nicht weil er zum Francoregime zurückkehrte, sondern vielmehr weil die Verletzung seiner Eitelkeit seinen Lebensweg veränderte. Doch jetzt, angesichts Zahavas Tränen, ließ er sich erweichen, Lastra einen langen Brief zu schreiben, und sie beeilte sich, ihre letzten Reisevorbereitungen zu treffen: bleichte sich gründlich ihr Haar, damit kein einziges braunes darin zurückbliebe, und kaufte eine Unmenge Pillen gegen Seekrankheit.

Maddi begleitete sie zum Haifaer Hafen. Das italienische Schiff war so weiß und groß, daß es Zahava Angst einjagte, und die neugierigen Blicke der Besatzungsmitglieder ärgerten sie. »Was kann denn ich dafür, daß ich so schön bin!« sang sie Maddi vor, umarmte sie und benetzte ihren Blusenkragen mit ihren Tränen.

Es war ein heißer, diesiger Tag, als Zahava in Lastras Büro in Sevilla eintraf. Der Architekt, der im Rollstuhl saß, bat sie näher zu treten, denn er war etwas schwerhörig. Er nahm von ihr einen großen Umschlag entgegen, in dem sich die Skizze befand, auf der ihn Marinsky seinerzeit, vor Jahrzehnten, mit einer Schauspielerin festgehalten hatte, deren Namen er vergessen hatte, beide dabei, ihre langen Käsefonduegabeln in einen Topf zu tauchen, der auf einer Flamme stand, ihre Köpfe einander berührend. Auf der Zeichnung hatte Marinsky boshaft den schmeichelnd spöttischen Strich Picassos nachgeahmt: Lastra sah aus wie ein junger Messerstecher, nackt und glatt, ein gefährlicher Ränkeschmied. Der alte Architekt schickte sofort einen der Bürozeichner, um für Zahava Kaffee bringen zu lassen und Manuel Serra zu holen, einen Wohnungsmakler, der aus Carmona stammte. Ein dicker junger Mann, der sich schnell auf seinen dünnen Beinen bewegte, betrat leicht hinkend das Büro. Er hatte ein störend unschlüssiges Auftreten, setzte hart und viel die Fersen auf und schnaufte unablässig. Beim Hereinkommen bedachte er Lastra, den berühmten Mann, die bedeutende Persönlichkeit der Gemeinde, mit einem vogelartigen, bangen Blick, doch als er hörte, worum man ihn bat, atmete er erleichtert auf. Er wußte, daß er den Fremden, der ein Haus in Carmona gmietet hatte, schnell aufspüren, daß er den entflohenen Geliebten finden würde. Er trug Zahavas Koffer und brachte sie zu einem kleinen Hotel, wo er seine liebe Not hatte, sie in gebrochenem Englisch davon zu überzeugen, daß dies kein luxuriöses und teures Hotel sei, denn sie erschrak beim Anblick der Ritterrüstung, des bemalten Holzengels und der großen Blumentöpfe im Foyer.

Während er dort auf sie wartete, liefen Zuckungen über sein schönes, leidendes Gesicht. Was für eine Welt – der entflohene Liebhaber! Und da sah er durchs Fenster seinen Freund Diego, der gut Englisch konnte, und rief ihn mit einer Handbewegung zu sich. Diego war Bankangestellter. Im Moment hatte er von rotem Saft verschmierte Lippen – sicher kam er aus einer Bar.

»Eine Jüdin!« sagte Diego mit merkwürdiger Neugier. »Ein entflohener Liebhaber! Arme Frau!«

»Komm und iß mit uns, Herr Lastra hat mir Geld gegeben, um sie zu einem wirklich guten Essen einzuladen. Du kannst dich ein bißchen mit ihr unterhalten.«

»Ich würde mich gerne duschen«, sagte Zahava, als sie die Treppe herunterkam.

Sie hatte ein angenehmes Parfüm. Manuel stellte ihr seinen englischsprechenden Freund vor und ging anschließend mit ihr in eine Bar. An der Theke zeichnete er ihr einen Stadtplan von Carmona auf eine Serviette.

»Dann sind Sie aus Jerusalem, Fräulein Zahava?«

»Nicht genau. Aus Israel«, erwiderte Zahava.

»Aber aus Jerusalem?«

»Ja, Manuel, aus Jerusalem«, gab sie nach.

»Und welche Nationalität? Jüdin?«

»Ja, Jüdin.«

»Jüdin aus Jerusalem?«

»Ja, Jüdin aus Jerusalem.«

»Bitte, sprechen Sie leiser. Man sagt solche Dinge nicht mit lauter Stimme«, flüsterte Manuel.

»Dinge?«

»Über Juden.«

»Und warum sagt man sie nicht?«

»Man sagt sie nicht. Es ist nicht üblich.«

»Du redest Unsinn, Manuel.«

»Ich bitte Sie, nennen Sie mich ›Señor Serra‹, wenn wir unter Leuten sind.«

»Du redest Unsinn, Señor Serra«, sagte Zahava.

Lastra, der Zutritt zu den Größen der Nation hatte – Ministern, Generälen, Botschaftern, dem Generalissimo selbst –, fiel es leicht, sich zu unterhalten, er wandte sich an Zahava wie ein König, der mit einem Sträfling oder Bettler spricht, doch für Manuel war es äußerst schwierig, es brachte ihn regelrecht zum Zittern.

»Du brauchst dich nicht vor dem Wort ›Jude‹ zu fürchten, das Wort wird dir nicht schaden«, sagte Zahava und blickte mit gewisser Angriffslust in sein nervöses Gesicht.

»Möchten Sie, daß ich Ihnen Sevilla zeige? Ich bin ein erfahrener Touristenführer.«

»Ich habe keine Zeit für solche Sachen«, entgegnete Zahava.

»Aber das ist Sevilla! Sevilla! Haben Sie denn nie von Sevilla gehört?«

»Ihr habt bestimmt gute Barbiere«, erwiderte Zahava, »aber unsere Orangen sind besser als eure.«

»Orangen?!« sagte Manuel perplex. Er fing an, sich ein bißchen vor der jungen Frau, die mit so lauter Stimme sprach, zu fürchten.

»Orangen, Señor Manuel! Wenn man einen Eskimo nehmen würde, ihm die Augen verbinden und ihm eine Orange aus Sevilla und eine von uns zum Probieren geben würde, würde er ohne zu zögern die unsere wählen.«

Ihre weißen Zähne glänzten, ihre Lippen waren feucht und rot, und Manuel geriet ein wenig in Erregung, begann auf seinem Stuhl zu schaukeln und aus Verlegenheit mit den Füßen zu scharren.

Zahava kannte Menschen wie Manuel. In ihrem Moschav gab es einen Jungen mit pockennarbigem Gesicht, der immer in den Waschraum gelinst hatte, während sich die Mädchen nach der Gymnastik duschten, und der etwas Trauriges und Anziehendes besaß, wie Manuel und sämtliche Verrückte von seiner Sorte.

»Können wir nicht jetzt gleich nach Carmona fahren?«

»Das hat keinen Sinn. Morgen vormittag. Und ich verspreche Ihnen, daß wir ihn sehr schnell finden werden, wenn er dort ist. Kommen Sie jetzt, wir gehen zum Abendessen. Mein Freund wird mit seiner Verlobten kommen.«

Das teure Restaurant war schön, kühl und luxuriös.

»Dann sind Sie aus Jerusalem?« fragte das junge Mädchen Zahava.

»Ja, eine Jüdin aus Jerusalem.«

»Müssen Sie so laut sprechen?« fragte Manuel.

»Ehrlich gesagt, Manuel ... Señor Serra«, sagte Zahava und berührte seinen Handrücken, »ich weiß, daß ich laut rede. Meine Mutter hat mich immer darauf hingewiesen. Aber du und deine Freunde, ihr flüstert auch nicht gerade.«

»Aber es ist unmöglich, so über Juden zu sprechen, wie im Theater.«

»Aber warum denn?«

»Wenn Sie das nicht selbst verstehen, dann kann ich es Ihnen nicht erklären.«

»Sind Sie zum erstenmal in Sevilla?« fragte Diego.

»Zum erstenmal«, antwortete Zahava. Sie war überrascht von seiner Neugier.

»Und wie finden Sie das Hotel und das Viertel?«

»Sehr nett«, erwiderte Zahava.

»Kein Wunder, es ist ja auch das Judenviertel ...«

»Wohnen dort Juden?«

»Jetzt nicht mehr. Vor fünfhundert Jahren.«

»Ach so! Vor der Vertreibung ...«

»Ich habe einmal einen amerikanischen Juden getroffen, der behauptete, daß Spanien wegen der ›Vertreibung‹ so tief gesunken sei. Ich habe ihm darauf geantwortet, daß erst danach unser Goldenes Zeitalter begann.«

»Soso!« sagte Zahava verärgert.

»Mir scheint, das ist ein Irrtum, an dem viele Juden festhalten«, meinte Diego.

»Aha«, murmelte Zahava.

»Und Sie, was ist Ihre Meinung?« fragte Diego.

»Ich werde dir sagen, was meine Meinung ist«, erwiderte Zahava. »Goldenes Zeitalter hin oder her – das sind Dinge, die mich in etwa so viel interessieren wie der Schnee vom vergangenen Jahr. Wichtig ist, was heute ist.«

»Ich dachte, daß ihr Juden ...«

»Wieviel Uhr ist es jetzt, Señor Serra?« versuchte Zahava, das Thema zu wechseln.

»Es ist noch früh. Die Leute in Sevilla schicken sich gerade erst an, zum Essen zu gehen«, erwiderte Manuel, »gehen Sie bitte noch nicht.«

Und dann fragte ihn Zahava, was auf spanisch »Lippenstift« und »Nagellack« heiße. Es fiel ihr nicht leicht, sich die Worte zu merken. Als sie einen Seitenblick auf Diego warf, sah sie, wie verletzt er über das abgebrochene Gespräch war, wie ein kleiner Junge, dem man sein liebstes, aber gefährliches Spielzeug weggenommen hatte. Mit welchem Blick er sie ansah, ihr Gesicht, ihre Fingernägel, ihr weißes Kleid, die feine Goldkette, an der ein kleiner Davidstern hing, ihre blauen Augen. Wenn er über goldene Zeitalter, Vertreibungen und Volkseigenschaften reden wollte, konnte er sich doch mit Professoren an der Hebräischen Universität unterhalten, und wenn er mit einem Messer käme, dann sollten sich die Fallschirmspringer um ihn kümmern!

Vor Mitternacht begleitete Manuel sie ins Hotel zurück und bat sie, am nächsten Morgen um halb elf am Haupteingang der Kathedrale auf ihn zu warten. Ein junges, hübsches Zimmermädchen mit klugen Augen und katzenhaft geschmeidigen Bewegungen weckte sie in der Früh und brachte ein Frühstückstablett an ihr Bett. »Señor Serra hat es so bestellt«, sagte sie. Zahava öffnete das Fenster. Auf den Sprossen einer kleinen Holzleiter gegenüber saßen Katzen und Vögel – die Katzen unten, die Tauben oben. Blumen in frischer Farbenpracht füllten die Beete des Gartens, in dessen Mitte sich ein Springbrunnen aus gelbem Marmor befand, der umgeben von einem bläulichen Mosaik Wasserfontänen sprudelte.

Auf dem Weg kaufte Zahava ein Päckchen Zigaretten und eine Schachtel Streichhölzer und studierte die Keramikgeschäfte, eines nach dem anderen. Sie waren voll mit Tellern, Schalen und Vasen, die hübsche Formen hatten und mit zarten, friedlichen Motiven bemalt waren. Weshalb mußte immer sie Paul hinterherrennen? Zuerst war sie dazu gezwungen gewesen, weil er extrem schüchtern und wankelmütig in seinen Gefühlen war – unvermittelt verschloß sich sein Geschicht mit Widerwillen und Schmerz, und sie sprach sich selbst Mut zu, sagte sich: Das geht vorbei, das kommt nicht wieder. Doch es änderte sich nichts, immer wieder entzog er sich ihr. Wie eine schreckhafte Gazelle. Daher hatte sie sich damit abzufinden versucht, daß sie ihm nachlaufen mußte. Eines Tages kam Ami Landes zu ihnen, ein Archäologe, der ein Stück Schriftrolle in einer Höhle gefunden hatte, und schlug ihr vor, tanzen zu gehen und anschließend in der Nacht mit einem Kajak in die Bucht von Eilat hinauszufahren. In der Ferne sahen sie die verstreuten Lichter Akabas, wie Weintrauben oder Insektenaugen (sagte Ami). Paul war sehr erschrocken. Er wartete auf sie. Aber als er seinen Kopf auf ihre Knie legte und sie seinen unregelmäßigen Atem hörte, küßte sie ihn aufs Ohr und sagte: »Es ist alles in Ordnung ... nichts ist passiert ...« Vielleicht hätte sie schweigen sollen und dann hätten seine Fluchten aufgehört ...

Zwei Frauen traten durch ein großes Tor, und Zahava warf einen Blick auf die Uhr und folgte ihnen. Grünliches Dämmerlicht, wie um die Felsen im Meer herum, erhellte den Rücken einer gebeugten Figur, die ein großes Kreuz auf der Schulter trug und einen Dornenkranz auf dem Kopf – bestimmt Jesus oder einer ihrer sonstigen Gekreuzigten. Ein Lichtstrahl, der aus den Höhen der gewaltigen Höhle herabfiel, wies auf eine ausgestreckte Hand, auf ein schwarzes Marmordenkmal, und verlor sich hinter einem eisernen Gitter und einer blauen Stoffbahn. Schöne, trauernde Frauen in langen, fließenden Kleidern klagten, und bärtige Männer mit weit aufgerissenen Augen standen betäubt und geblendet angesichts der grausamen Geschehnisse. Weiße Kerzen schüttelten vorwurfsvoll ihre flammenden Köpfe. Zwei Nonnen beteten vor einem von hohen Kerzen erleuchteten Altar. Zahava bestaunte ihre schwanenartigen Hauben, die fantastischsten Kopfbedeckungen, die sie je gesehen hatte – groß, weiß, geflügelt. Wer diese Nonnenhüte gestaltet hatte, war ein echter Künstler gewesen.

Wie eine Flamme von Rot und Gold sprang sie ein vernehmliches Zischen an, die Statuen standen nicht wie in einem Museum, sondern in anderer Haltung, stark, fordernd, streng, Bilder glitzerten in der Finsternis. Das Licht zitterte in farbigem Glas wie in einem Korallenriff, und über dem Ganzen lagerte etwas Dunkles wie sie es noch nie gesehen hatte. Etwas vibrierte. Zahava hörte eine schwache Melodie, die in der feuchten Luft schwang, doch es war kein Instrument, sondern weiche Stimmen kamen aus der Ferne – das gesamte Bauwerk ließ eine geheimnisvolle und rätselhafte Weise erklingen, und Teile der Finsternis öffneten sich hintereinander wie im Traum, und alles, auch sie selbst, war in jene Atmosphäre getaucht. Was war das für ein Ort? Sie setzte sich auf eine Bank, doch sie konnte nicht lange ausharren. In der Tiefe der Dunkelheit ertönte das Klingeln einer Glocke, ein feiner gläserner Klang, und Zahava ging in seine Richtung. Hinter schwarzen Leuchtern und getrockneten Blumen knieten Menschen mit gesenkten Köpfen. Etwas Weißes blitzte für einen Moment auf, und wieder erklang das Klingeln der kleinen Glocke. Wind brachte die silbernen Kronleuchter zum Pendeln, und sie rüttelten an ihren Ketten, die ein mäuseartiges Quietschen von sich gaben. Der Paravent wurde entfernt: Etwas erstrahlte wie ein Juwelenschatz. Am besten von allem gefiel Zahava der Fußboden – große Steinquader, reich an Inschriften und Reliefs, Mulden und Buckeln ... Unter den Marmorblöcken ruhten die Gebeine der Toten – oder waren es vielleicht nur Denkmäler? Der Teppich aus Marmor und Stein war märchenhaft in seiner Schönheit. Es war bestimmt angenehm, hier den Fußboden zu wischen, ihn mit Händen zu berühren, mit den nackten Fußsohlen, die Erhebungen und Vertiefungen zu spüren, die Steinbilder und die spiegelglatten Flächen. Ob sie die Sandalen ausziehen sollte? Streif deine Schuhe ab, denn an einem heiligen Ort ... nahmen nicht die Christen ihre Hüte ab, wenn sie eine Kirche betraten ... vielleicht war es bei ihnen verboten, hier barfuß zu gehen? Doch ihr Verlangen, den Fußboden zu spüren, war übermächtig. Zahava zog also ihre Sandalen aus, steckte sie in ihre Tasche und betastete vorsichtig mit ihren nackten Füßen den Boden. Ihre Zehen trafen auf die Kälte des Steines. Ihre Sohle wölbte sich über einem zarten Schädel, der im Laufe von Jahrhunderten abgeschliffen und glattpoliert worden war, berührte eine Blume, Holz, und der große Zeh verfolgte die Rillen eines Labyrinths, Buchstabenpfade. Zahava wandte ihren Blick von der Jesusstatue ab, von seinem mager geblähten Bauch, seinen brechenden Augen, den Bluttröpfchen auf seiner Stirn, die in Todesblässe glänzte.

Als sie wieder in die Sonne hinaus trat, schmerzte das Licht in ihren Augen. Manuel stand vor ihr.

»Was ist das für ein Ort?« fragte Zahava.

»Wir hatten doch vereinbart, uns hier zu treffen«, sagte Manuel.

»Aber was ist das für ein Ort?«

»Das ist die Kathedrale von Sevilla. Früher war es eine Moschee ...« erwiderte er und blickte auf ihre nackten Füße, »vor Jahrhunderten.«

»Meine Sandalen sind unbequem«, murmelte Zahava. »Also, fahren wir nach Carmona?«

»Wir fahren nach Carmona. Ihr Koffer ist im Wagen. Wir können aufbrechen.«

Die gemächliche Fahrt machte Zahava schläfrig.

»Carmona!« verkündete Manuel plötzlich. Die Straßen waren verlassen, die Häuser wirkten wie Zitronen und Granatäpfel, die in der Sonne gedörrt worden waren.

»Eine Barockstadt«, fügte Manuel hinzu.

»Aha!« sagte Zahava, und ihr Puls beschleunigte sich.

Manuel hielt neben einem Café, das ebenfalls verödet schien, jedoch standen Türen und Fenster sperrangelweit offen. Carmona wirkte wie eine Geisterstadt. Neben einem der Gebäude hob sich eine Gestalt ab, ein Esel, der hierhin und dorthin trat, mit seinen dunklen Ohren wedelte, an einem alten Lastwagen festgebunden. Manuel betrat das Café, und ganz allmählich, nachdem sich ihre Augen an den Anblick des Platzes gewöhnt hatten, nahm Zahava zwei Invaliden wahr, ein

Einarmiger und ein Einbeiniger, die zusammen auf einer Bank saßen. Der Einarmige hielt einen langen Stecken, an dem Lose befestigt waren. In dem Café gegenüber stand ein Mensch hinter der Theke, der ebenfalls verkrüppelt schien, vielleicht ein Buckliger. Genau wie in Jerusalem: Angestellte, Studenten, Orthodoxe und ein Haufen Krüppel, bloß daß es hier nur Krüppel gab – der Adel der Stadt Carmona zeichnet sich dunkel neben den Zitronen und Granatäpfeln ab, saß auf dem Platz, verbarg sich hinter Theken. Vielleicht war Paul etwas zugestoßen, vielleicht war er verletzt? Er war schließlich nie vorsichtig und neigte zu häufigen Verletzungen. Manuel kam mit seinem hüpfenden Gang aus dem Café, und sein Bauch tänzelte vor Genugtuung.

»Es gibt hier nur drei oder vier Fremde. Es ist ganz einfach. Möchten Sie etwas trinken?«

»Nein, komm, wir suchen ihn.«

Manuel ließ seinen Wagen an: »Das ist die San-Pedro-Kirche. Sie wurde im fünfzehnten Jahrhundert erbaut. Ihr Glockenturm erinnert an ...«

»Drei oder vier, hast du gesagt?« brachte ihn Zahava auf die Angelegenheit zurück, deretwegen sie gekommen war.

»Er ist kein dicker Herr in einem weißen Anzug?«

»Nein«, sagte Zahava.

Nun fuhren sie eine Straße entlang, die auf beiden Seiten extrem staubige Bäume säumten, in denen nicht sichtbare Vögel aus vollem Halse zwitscherten, und es duftete berauschend stark nach wilden Blüten. Die Luft war sehr trocken, und jenseits der Baumallee hörte man Glockengeläut.

»Von hier aus können Sie das Kloster Santa Clara sehen, ein Kloster aus dem fünfzehnten Jahrhundert, in dem sich, obwohl viele es leugnen ...«

»Paß auf!« unterbrach ihn Zahava.

Der Wagen rollte wie von selbst auf ein kleines Haus zu, umgeben von einem Garten. Manuel trat an die Tür, zog an der Schelle und sprach mit einer Frau, die erschrocken wirkte.

»Ich glaube, ich weiß es«, sagte Manuel.

Sie kehrten zu dem Platz zurück, der nun bereits etwas voller geworden war. Ein paar schwarz gekleidete Frauen gingen mit Körben in den Händen vorbei. Alte Männer saßen auf den Bänken und schauten den bedächtigen Raben und den flinken Grassängern zu. Auch jetzt waren weder Kinder noch Hunde oder Katzen auf der Straße zu sehen. Der Wagen bog in eine Straße ein, die sich zwischen zwei weißen Mauern wand. Hier und dort, durch ein offenes Tor oder eine Bresche in der Mauer, sah man Rasenstücke mit Gartenfiguren: Zwerge und Esel. Die Straße, auf der sie fuhren, wirkte, als befände sie sich am Rande der Stadt. Ein alter, relativ kleiner Mann trat aus der Öffnung seines Hauses, und Manuel hielt an. Der Alte hatte eine starke Ähnlichkeit mit Jehoschua Chankin auf dem Bild, das in der Schule im Moschav hing: eine hohe Stirn, von Furchen durchzogen, Faltenwülste über den Augenbrauen, ein wilder Bart, aus dem eine dickere Borste unter den Lippen hervorstach, und sein Blick war auf die Klasse geheftet, forderte, »hebräische Erde auszulösen«. Manuel sprach kurz mit Chankin und kehrte im Eilschritt zum Auto zurück.

»Wir haben ihn gefunden!« sagte er. »Der deutsche Herr!«

Hinter einer hohen steinernen Einfassung, überlagert von violettem Jasmin, stand ein mäßig großer Steinturm mit geborstenen, baufälligen Mauern, an dem ein Steinhäuschen mit schrägem Dach klebte. Vögel zwitscherten matt in dem kleinen Garten. Links von dem Häuschen befand sich ein sehr niedriger Zaun, dahinter ein kleines Wasserreservoir und ein gelbes Feld. Etwas glänzte in dem Wasserbecken.

»Was ist das für ein Ort, Manuel?«

»Das war ein Gefängnis. In dem Turm kerkerte die heilige Inquisition ihre Gefangenen ein. Gewöhnliche Gefangene, Mörder oder Diebe, bestachen die Wächter, um nicht in den Turm geworfen zu werden.«

»Die Inquisition? Hier hat man die Gefangenen gefoltert?«

Zahava betrachtete das Wasserreservoir, ländliches, grünliches Wasser, und sie fürchtete sich, in den Hof hineinzugehen. Neben dem Becken stand reglos, wie ausgestopft, ein weißer Vogel.

»Ein großer Vogel«, sagte Manuel.

Es war ein Fischreiher. Zahava erkannte ihn an dem schwarzen Schopf und dem weißen Hals. Plötzlich gab der Vogel ein heiseres Krächzen von sich und eine Folge trockener Klappergeräusche, wie von Kastagnetten.

»Ein spanischer Vogel«, sagte Manuel.

»Du verstehst nichts von Vögeln, Manuel«, bemerkte Zahava.

»Wir haben in der Touristikschule die Vögel Spaniens gelernt, aber ich war damals krank«, entgegnete Manuel.

Manuel klopfte an die Tür, mit hallenden Schlägen: Die heilige Inquisition. Im Inneren des Hauses war nur ein leichtes Rascheln zu hören, jedoch vernehmlich genug, um zu bemerken, daß sich jemand darin befand. Sie warteten, Manuel klopfte wieder. Schließlich öffnete sich die Tür, und Paul stand augenreibend, in ein Laken gewickelt, vor ihnen.

»Zahava!« rief er aus, zog sie sofort an sich, schlang seine Arme um sie und küßte sie auf ihren Kopf. »Zahava ...«

Mit ausgesuchter Höflichkeit lud er Manuel zum Eintreten ein. Der Turm war nahezu leer, es schien, als schliefe Paul auf dem breiten, tiefen Fensterbrett – eine Decke und zwei Leintücher lagen dort säuberlich auf einem Kissen zusammengefaltet. Das zweite Fensterbrett, das schmaler war, diente ihm als Tisch. Ein Teller mit Früchten, Zwieback und eine irdene Teekanne standen dort.

»Sei mir nicht böse, Zahava, nur hier, dank diesem Ort, finde ich Frieden und Seelenruhe. Für Bösewichter, deren Geist der stürmischen See gleicht, ist dies der Platz. Ein wunderbarer Platz.«

»Und du bist einer von diesen Bösewichtern?«

»Verzeih mir«, sagte er, »ich bin glücklich, daß du gekommen bist.«

»Und wenn ich nicht gekommen wäre?«

»Du bist wirklich böse auf mich ...«

»Weißt du, was dieser Turm ist?«

»Eine alte Windmühle?«

»Er sieht nicht wie eine Windmühle aus«, sagte Zahava vorsichtig.

»Du hast recht. Er sieht nicht wie ein Windmühle aus. Aber wozu ist das wichtig, Hauptsache, du bist hier, ich habe es nicht verdient, aber du bist hier. Dieser Turm ist heilender Balsam für mich.«

»Er sieht so hart und grausam aus. Alles ist hier Stein mit Kanten, die verletzen können.«

Paul blickte verwundert um sich.

»Der Stein? Du hast recht. Ich habe nicht darauf geachtet.«

Er schenkte drei Gläser Wein ein, und Manuels Blick entnahm Zahava, daß der Wein erlesen war. Sogar wenn er im Schutze der heiligen Inquisition ein Mönchsleben führte, konnte er keinen schlechten Wein trinken!

»Ich gehe deinen Koffer holen«, sagte Paul.

»Können wir nicht irgendwo anders wohnen?«

Pauls Gesicht nahm einen beunruhigten Ausdruck an. »Ich brauche diesen Ort noch. Aber nicht mehr lange, wirklich. Ich schwöre es. Und jetzt hole ich deinen Koffer?«

Zahava zögerte eine Sekunde. Und dann sagte sie: »Hol ihn.«

Manuel blickte ihm respektvoll nach – der entflohene Geliebte, der sich gefunden hatte.

»Wir haben ihn also gefunden?« fragte er.
»Wir haben ihn gefunden. Ich danke dir, Manuel.«
»Werden Sie Herrn Lastra schreiben und ihn wissen lassen, daß alles in Ordnung ist?«
»Wird er dir nicht glauben?«
»Selbstverständlich wird er das, aber so sähe es besser aus.«
»Ich schreibe Englisch mit Fehlern.«
»Das macht nichts. Schreiben Sie ihm bitte trotzdem«, sagte Manuel.

Zahava wollte sofort zu Einkäufen ins Stadtzentrum aufbrechen, um die bedrückende Leere des Turmes ein wenig aufzufüllen, doch die Vorsicht hielt sie davon ab.

Paul kam mit dem Koffer in der Hand zurück.

»Mit deinem Parfüm, Nagellack, der Sonnencreme und dem Shampoo wird sich dieser Ort ein wenig verändern«, sagte er.

»Ich danke dir, Manuel«, sagte Zahava.

»Es war mir ein Vergnügen, die Rolle des Cupido für Sie zu übernehmen, Señorita«, sagte Manuel, »leben Sie wohl, mein Herr.«

»Leben Sie wohl, Señor Serra, und vielen Dank für Ihre Hilfe«, sagte Paul.

Sie begleiteten Manuel zum Tor.

»Weißt du, Paul«, sagte Zahava und hob einen Erdklumpen auf, »ich weiß nicht genau, wie das Klima hier ist, aber der Boden ähnelt dem in unserem Moschav. Auf dem Grund hinter dem Wasser kann man Aprikosen pflanzen. Wir hatten fünfunddreißig Bäume, tausend Kilo pro Saison! Wenn es hier nur im Sommer nicht zu heiß wird. Ich habe es im Gefühl, das ist eine gute Erde für Aprikosen.«

Paul sah sie verblüfft an.

»Man kann hier pflanzen, wenn du möchtest.«

»Aber der Aprikosenbaum fängt erst nach fünf Jahren an, Früchte zu tragen. Aprikosen wachsen auf Bäumen, weißt du?«

»Bäume? Ich dachte ... ist egal ... fünf Jahre ist eine zu lange Zeit.«

»Ich habe nur Spaß gemacht«, sagte Zahava.

Sie erzählte Paul, daß sie in der Kathedrale barfuß gegangen sei, und fragte:

»Was meinst du, habe ich die christlichen Toten damit verletzt?«

»Nein, der Fuß ist ein Sinnbild der Seele«, erwiderte er.

Er umarmte sie und führte sie zum Fensterbrett.

»Der Fuß ist ein Sinnbild der Seele?« fragte Zahava verwundert und zog ihre Sandalen aus.

— 19 —

Die *Chinga Bar* war nicht so voll wie Freitag abends, auch um Mitternacht waren nur wenige Leute da. Chezi setzte sich an einen Tisch nahe einem versiegelten Fenster, auf dem das Gemälde einer Frau zu sehen war, die vor einer aufrecht Stehenden kniete, und die Stehende hatte ihre Hand mit dominanter Geste auf das Haar der Knienden gelegt. Beide trugen Musselinkleider, die Stehende allerdings dazu noch ein Männerjackett.

»Erinnerst du dich an mich?« sagte Lana und blieb vor ihm stehen.

»Wieso sollte ich denn nicht? Ich wundere mich, daß du dich an mich erinnerst, Lana.«

Die Frau lächelte ihn an. »Ich erinnere mich an dich vom Gärtchen draußen.«

»Ich kann für alles zusammen bloß fünfzig Lirot ausgeben«, sagte er.

»Keine Sorge, du bist in guten Händen«, erwiderte Lana und strich ihm übers Knie.

Auf dem Weg drückte sie sich an ihn, schrak jedoch etwas zurück, als sie die Wohnung betraten.

»Hier wohnst du?«

»Gefällt es dir nicht?«

»Es ist so leer, gar nichts, außer den Fotos.«

Sie setzte sich auf Großmutter Tschemerinskys Bett, hob das Kissen und zog ein langes, verwaschenes Nachthemd darunter hervor, mit winzigen Knöpfen am Kragen und ausgefranstem Batistbesatz an den Ärmeln.

»Deine Frau?«

»Vielleicht«, erwiderte Chezi.

Lana zog sich aus – ihr Kleid, das sie sicher in einem Geschäft für Kinderbekleidung gekauft hatte, ihre weißen Schuhe, das Höschen – und sah wie ein Kind aus mit ihren kleinen Brüsten, mageren Knien und langen Beinen.

»Ziehst du dich nicht aus?«

»Gleich«, sagte Chezi.

»Ist es dir unangenehm auf dem Familienbett?«

»Gleich.«

»Kommst du nicht zu mir?«

Chezi trat ans Bett, kniete sich hin und legte seinen Kopf auf ihren Bauch.

»Küß meinen Bauch«, sagte Lana, »du bist wirklich ein hübscher Junge, Chezi.«

Chezi hatte sich immer von langen Beinen angezogen gefühlt, doch Lanas Beine waren einfach nur lange Beine, ihre Weißheit war still und beruhigend, einschläfernd. Ihre Hüften waren sehr schmal, und Chezi küßte ihren kühlen Bauch.

»Nimmst du kein Parfüm?«
»Warum fragst du?«
»Hast du kein Parfüm?«
»Nein.«
»Überhaupt kein Parfüm?«
»Vielleicht willst du, daß ich das Nachthemd deiner Frau anziehe?« sagte Lana und zog Großmutter Tschemerinskys Nachthemd zu sich heran.
»Ich frage bloß, ob du kein Parfüm hast.«
»Was willst du eigentlich?«
»Warum liegst du auf diesem Bett wie in einem Sarg?«
»Was hättest du denn gern?«
»Lana ...«
»Gut, ich leg mich auf den Bauch«, seufzte Lana.

Sie verschwand beinahe in Großmutter Tschemerinskys Bett, versank in der weichen Matratze. So lag sie da, wartend.

»Vielleicht soll ich dir ein Glas Wasser bringen, Chezi?«

Chezi gab keine Antwort, sondern fuhr fort, die verstaubte Lampe, den traurigen Wandschrank und den merkwürdigen Toilettentisch zu betrachten, der noch mit Fläschchen und Parfümschachteln überhäuft war.

»Rede, Chezi. Sag was!«

Sie wandte ihm ihr Gesicht zu, und ihre Augen blickten ihn besorgt, aber auch entschuldigend an. Mit ihren Fingerspitzen berührte sie seine Lippen und Lider.

Auf einmal brach Chezi in Tränen aus.

»Was weinst du denn, Dummerchen«, sagte Lana.

Chezi weinte und weinte und wischte sich die Augen mit dem Bettuch ab.

»Ich habe gedacht, du seist ein umgänglicher Mensch.«

Das Haus, das bereits in nächtlichem Schlaf befangen war, schien zu erwachen – Klopfen war zu hören, das Geräusch von Möbelrükken, Brummen, das Pfeifen eines Wasserkessels.

»Jetzt beruhig dich und sag was zu mir ...«, sagte Lana.

Sie nahm die rote Tasche vom Boden auf, um darin nach einem Parfüm zu suchen, doch sie fand nur Nagellack.

»Ich habe gedacht, du würdest ... du würdest mehr ...«

Lana öffnete das Nagellackfläschchen, schnupperte daran, und begann sofort, sich die Zehennägel zu lackieren. Sie saß auf dem Bett, die Knie angezogen und gespreizt, und ihre Nägel überzogen sich mit roten Flecken.

»Jetzt!« sagte Chezi.

»Du meine Güte, Chezi«, seufzte Lana, »du solltest es hinter der *Chinga Bar* machen. Du hast wirklich zu viele Komplexe.«

»Bitte ...«

»Laß mich meine Nägel anmalen, ich hätte das schon längst wieder machen sollen.«

»Lana ...«

»Du bist echt völlig verklemmt. Du bist noch ein Kind. Im Gärtchen hinter der *Chinga Bar* hast du dich wie ein Bulle aufgeführt, und jetzt ...«

»Hör auf, deine Nägel anzumalen!«

»Das sind meine Nägel, meine Zehen und mein Nagellack – und ich mache, was ich will. Oder vielleicht möchtest du mir die Nägel anmalen?«

»Ich gehe was trinken«, erwiderte Chezi.

»Ja, geh was trinken, vielleicht beruhigt dich das ein bißchen.«

Chezi begann, Großmutter Tschemerinskys Schränke aufzumachen – Gläser, Teller, Teekannen, Vasen. Vielleicht in dem abgeschlossenen Zimmer? Er sperrte das Zimmer auf, öffnete die Schachteln und Taschen. Eine Flasche Cherry-Brandy stand auf einem der Schränkchen. Chezi trank ein paar Schlucke und schaute sich um. Aus einem hauchdünnen Silberrahmen blickte ihm dunkel das Foto eines Schiffes im Regen entgegen, an Deck einige Gestalten. Schimmelgeruch hing im Schrank, eine ganze Familie kleiner toter Fliegen kugelte zwischen den Akten umher und unten – Mäusekot. Auf einer Stellage lag ein dreidimensionaler Sichtkasten und daneben ein Stapel der dazugehörigen Fotografien. Ein buntes Kästchen: darin ein Clown und eine Ballerina, darunter eine kleine Schublade. Chezi zog am Griff der Schublade. Eine wehmütige Musik erklang, die Tänzerin machte kreiselnde Bewegungen, der Clown wippte auf und ab, und Chezi schloß die Schublade wieder. Er nahm die Flasche gezuckerten Cherry-Brandy und kehrte ins Schlafzimmer zurück. Lana schlief am Bettrand, fast an die Wand gepreßt, neben sich die Nagellackflasche. Chezi deckte sie mit dem Laken zu und löschte das Licht. Zuerst wollte er sie wecken, um mit ihr zu schlafen, doch ihm fielen ihre spöttischen Blicke ein, und er entfernte sich sofort und setzte sich ans offene Fenster. Der Brandy machte ihn schläfrig. Die Ballerina und der Clown. Mach dir keine Sorgen, gefangenes Mädchen, Simul Elbaz, ich werde dich aus deinem Gefängnis der Verrückten herausholen. Ich hab's mir geschworen, Frau Wechsler, denn wer könnte das Herz haben, einer so liebenden Mutter Gram zu bereiten, Frau Wechsler, und was würde er nicht alles tun, was täte der gute, seine Eltern liebende und sich um sie sorgende Sohn nicht alles, und welche Gefahren könnten ihn abschrecken, Simul Elbaz, die Tochter Meknès', aus dem grausamen Gefängnis zu erretten. Seine Lider wurden schwer, und er schloß die Tür zum Schlafzimmer, machte im Wohnzimmer Licht und sammelte das Geisterheer ein, schaufelte die Heerscharen der Fotografien ins Klavier hinein. Danach kehrte er ins Schlafzimmer zurück und legte sich mit offenen Augen neben Lana.

Großmutter Tschemerinskys Wohnung war voller Wispern, leichter Klopfgeräusche. Die ganze Nacht. Ein Todesuhrkäfer, ein klitzekleines Kriechtierchen, das ins Holz eindrang und dort Tunnel bohrte? Der Todesengel, der durch die Gegend wanderte auf der Suche nach Opfern?

Das Telefon klingelte.

»Chezi, schläfst du?«

»Nein.«

»Wie steht's?«

»Ich komme voran.«

»Du kommst voran? Was heißt das, du kommst voran?«

»Geh schlafen«, sagte Chezi, »ich werde den Kerl finden.«

»Und wie ist die Wohnung?« fragte Roni.

»Ich hasse sie«, erwiderte Chezi.

»Ich habe Großmutter Tschemerinsky ohne Perücke, ohne Gebiß, nackt, allerdings nicht wie am Tag ihrer Geburt gesehen, und damals habe ich auch etwas gesehen, das nicht weniger erschütternd war: Ihre Haushaltshilfe, ebenfalls splitternackt, die sich ausgezogen hatte, weil Großmutter Tschemerinsky sie beschuldigte, Andenken aus ihrem Archiv zu stehlen. Vielleicht ist es ihr Geist, der dir Angst einjagt.«

»Willst du dich nicht an irgendeinen Detektiv wenden, und ich komme in die Basis zurück?«

»Ist was passiert?«

»Nein.«

»Dann mach weiter.«

Wir beide sind wach und bedauernswert heute nacht, sagte sich Chezi im stillen.

Lana war vom Klingeln des Telefons geweckt, und Chezi nahm sie in die Arme.

»Ich fange an, meinen Helden vom Gärtchen der *Chinga Bar* wiederzuerkennen«, sagte sie.

»Ich will dich Weisheit lehren ...« Er erinnerte sich an die Worte im Buch Hiob, die ihn überrascht hatten, bevor er der beste Schüler Frau Wechslers, der Hebräischlehrerin, geworden war.

Am Morgen brach diesmal Lana in Tränen aus. Nur wenn sie gleichgültig war, konnte sie praktisch sein. Immer wenn sie sich ruhig und friedlich fühlte, mußte sie weinen. Ihr Weinen am Morgen war laut und monoton, und sie sah aus wie ein geprügeltes kleines Mädchen. Nach der Glut die Tränen ... Ich will dich Weisheit lehren ...

»Wie ist eigentlich dein echter Name, Lana?« versuchte Chezi, ihren Tränenfluß zu unterbrechen.

»Du stirbst vor Neugier!«

»Ist das verboten?«

»Was willst du damit?«

»Und was macht es dir aus, ihn mir zu sagen?«

»Du wirst zweimal sterben, bevor ich dir sage, wie ich wirklich heiße.«

»Ich kann einen Detektiv engagieren, um es herauszufinden.«

»Was, du würdest dir einen Detektiv nehmen, nur um meinen Namen herauszukriegen?«

»Ich würde sogar zwei beauftragen.«

»Angenommen, ich hieße Rivkale. Was hättest du davon, wenn du es weißt?«

»Ist das dein Name – Rivkale?«

»Ich habe gesagt, angenommen. Nehmen wir an, das wäre mein Name.«

»Was soll das ... nehmen wir an? Dann kann man auch annehmen, daß dein Name Lana ist. Sag mir deinen richtigen Namen.«

»Du mußt mich erst anbetteln wie ein Hund.«

»Wie?«

»Auf den zwei Hinterbeinen stehen und die Vorderpfoten heben.«

»Wie viele Vorderpfoten?«

»Wie viele Vorderbeine hat ein Hund? Du bist wirklich ein Depp.«

»Und wenn ich bettle – sagst du ihn mir?«

»Nein, ich will nicht«, erwiderte Lana und stand auf, stellte sich hinter ihn, kitzelte ihn leicht an den Ohren und ging.

Chezi kaufte sich im Lebensmittelladen eine Flasche *Nescher* und zwei mit Käse und Wurst belegte Sandwiches.

Die junge Frau küßte einen Mann, der die Zigarette nicht aus dem Mund nahm. Das ist der Mann, sagte sich Chezi. Er parkte den Jeep nahe dem Bootsankerplatz und ging den grasüberwucherten Pfad entlang zu den Wiesen am Wasser. Ihr Boot entfernte sich vom Steg. In dem schönen, merkwürdigen Bach schwammen wenige Boote. Noch drei Monate in der Armee. Wie gut bin ich, Frau Wechsler? Die Wahrheit ist (die Aschkenasim sagen immer »die Wahrheit ist«, sie wissen nämlich immer, was die Wahrheit ist), die Wahrheit ist, Chezi, du sprichst wie ein Dichter, wie ein wahrer Künstler; dein Hebräisch ist wundervoll! Doch du solltest dich nicht dessen schämen, jederzeit und überall eine schöne Sprache zu führen; du redest absichtlich wie die Neger und Indianer in den Abenteuerbüchern. Ein Mensch, der die Sprache nicht ehrt und auch sich selbst nicht achtet, achtet auch seinen Gesprächspartner nicht. Hör mir zu, Chezi, ich bin in dieses Viertel gekommen und habe hier, vielleicht als Lohn für meine Mühe, einen Knaben gefunden, der hochtalentiert ist, und da erhebt sich sein Charakter dagegen, um die Chance, die ihm die Begabung gibt, zu korrumpieren und zunichte zu machen. Wenn du in der Sprache der Neger und Indianer redest, ist das ein Zeichen für deine Kapitulation.

»Fluß? Fluß?« hatte Elijahu zu ihm gesagt, als sie am Jarkon spazierengingen. »Du müßtest den Tigris sehen! Da würdest du mal sehen, was ein echter Fluß ist! Sie machen uns was vor, Chezi!«

»Wer?«

»Du bist einfach beschränkt ...«, sagte Elijahu. »Wer? Ich bin zu Edna gekommen, zu ihr nach Hause. Beim erstenmal hatte ich solche Angst, daß ich mich nicht mal getraut habe zu fragen, wo das Klo ist. Ich hab fast in die Hose gemacht! Verstehst du? Die schauen mich an, und ich antworte kaum.«

»Du konntest nicht fragen, wo das Klo ist?«

»Du schaust zwar nicht so aus, aber du bist einfach blöd, Chezi. Die ganze Zeit lernst du bloß die Sprache. Wozu?«

»Sie gefällt mir.«

»Das ist Blödheit! Was heißt, gefallen? Diese Sprache haßt alles Fremde. Auf arabisch sagst du ›nerwez‹, ›nerves‹ wie im Englischen. Jeder versteht, was das heißt. Aber die hier brauchen ein eigenes Wort dafür. Hinterher hab ich an einen Baum gepinkelt, so fünf Minuten lang, wenn nicht länger; und danach habe ich zwei Stunden gebraucht, um zu Fuß nach Hause zu gehen, denn ich habe meine Brieftasche mit dem Geld vergessen, und ich konnte nicht, und das kannst du mir glauben, ich konnte wirklich nicht dorthin zurückgehen.«

»Aber du bist wieder hingegangen?«

»Ich sage dir doch – nein!«

»Aber überhaupt?«
»Ich bin wieder gekommen.«
»Und hast Edna geheiratet?«
»Ja und?«
»Wo ist da die Logik? Ich bin ein einfacher Junge aus Meknès, ohne große Philosophie, aber du bist ein Bagdader Intellektueller, hast an der Universität studiert, kennst die arabischen Gedichte über Schlachtrösser, Schwerter und Schönheiten auswendig, und die dicken Religions- und Rechtsbücher – ich frage dich: Wo ist die Logik?«

Einmal hatte er ihn zu Hause besucht. Elijahu herrschte über Edna wie ein Sultan. Er war ein zarter, nicht sonderlich starker Mensch, andernfalls hätte er sie vielleicht geschlagen, dachte Chezi. Er hatte alle erforderlichen Prüfungen bestanden und arbeitete in einem großen Anwaltsbüro. Elijahu listete jeden Blick, jede kleinste Verletzung auf. Aber er hatte recht! Chezi liebte reine Menschen wie seine Mutter, Menschen, die immer nur an ihren Nächsten denken. Doch Elijahus Egozentrik, seine Eigenliebe und kindische Verletzlichkeit erweckten seine Neugier. Er sprach die Wahrheit, alles, was er sagte – es war die Wahrheit.

Elijahu war sieben Monate in der Armee und wurde wegen eines Herzfehlers freigestellt. In der Grundausbildung machte er sich einen Offizier zum Feind. Bei den Übungen im Handgranatenwerfen jagte dieser den Rekruten mehr Angst als nötig ein, um ihnen eine Lektion zu erteilen. Ich will dich Weisheit lehren. Einmal befehligte er Elijahus Abteilung bei einem Manöver mit scharfer Munition. Alles stürmte vorwärts, in ein verlassenes arabisches Dorf hinein, rannte zwischen Felsen, eingestürzten Steinmauern, hohen, dürren Stacheldornen. Trotz ihrer Aufteilung waren die Soldaten einander zu nah. Es war zehn oder elf Uhr vormittag, und die Sonne blendete heiß und grell. Über einem niedrigen Mäuerchen sah Elijahu den Rücken des Offiziers vor sich und schoß auf ihn. Er verfehlte ihn. »Ich hab's nicht einmal geschafft, auf sieben Meter zu treffen«, sagte er zu Chezi. Doch als sie sich wieder trafen, erzählte er ihm, daß er danach zwei Wochen lang krank war, daß seine Hände zitterten, grauenhafte Stiche seine Brust spalteten. Elijahu – der rundliche, ein wenig weibliche Elijahu mit seiner Intellektuellenbrille und seinem Gesäß, das dazu bestimmt war, in einem Polstersessel unter einer Stehlampe zu sitzen, schießt auf einen Offizier?

»Du bist ein hübscher Junge, Chezi, also denkst du: Mir wird nichts passieren, die Welt wartet auf mich. Ein Kerl schön wie ein Vollblut findet immer einen bequemen Stall für sich. Und auch ich denke mir das: Ich bin ein begabter Mensch, ein guter, vielleicht sehr guter Rechtsanwalt, arbeite sogar gerne, wenn man mich nur in Ruhe gegen Abend Milchkaffee trinken, Käsekuchen essen und ein paar Dutzend Seiten eines Buches lesen läßt, ein Städter – was kann mir passieren? Aber du irrst dich mit deiner ganzen männlichen Schönheit, und ich täusche mich mit der ganzen Arroganz desjenigen, was du einen Bagdader Intellektuellen nennst.«

Ein paar Wochen nach dieser Unterhaltung ging er Elijahu besuchen. Ein anderer Name stand auf dem Schildchen unter dem Klingelknopf. Er klingelte. Ein Junge in blauer Unterwäsche öffnete die Türe.

»Wo ist der Hausherr?« fragte Chezi.
»Der Hausherr? Er ist in Wellington.«
»Wellington? Wo ist das?«
»Wo kann das schon sein? In Neuseeland.«
»Neuseeland?!«
»Schuldet er dir Geld?«
»Nein. Neuseeland ... Ich hoffe, daß es dort einen großen Fluß gibt.«
Der junge Mann in blauer Unterwäsche betrachtete ihn mißtrauisch.
Es war halb sechs Uhr nachmittags. July Rieti näherte sich mit eiligen Schritten dem Hauseingang. Er sah aus wie auf dem Foto, nur hatte er auf dem Bild ein etwas härteres Gesicht ... das war der Mann! Er warf einen flüchtigen Blick auf Chezi. Meine berühmte männliche Schönheit ist ihm nicht entgangen, sagte sich Chezi im stillen. Das ist er! Er wußte nicht, was er erwartet hatte, nach Ronis Worten. Skeptische, vernünftige Augen, ein wenig belustigt, aber müde, vielleicht auch ein bißchen erschreckt. Er wartete, bis July und Maddi hineingegangen waren, dann rief er Roni an.

»Ich hab ihn gefunden«, sagte er.
Roni dankte ihm ein paarmal auf eine übertriebene Weise, die untypisch für ihn war, und fügte hinzu: »Hör mir einen Moment zu, Chezi. Hier ist eine Nachricht vom Krankenhaus.«
»Was ist passiert?«
»Ich glaube, sie hat sich umgebracht.«
»Meine Mutter?«
»Hör mir zu.«
»Und wie?«
»Sie hat Pillen geschluckt. Und jetzt hör zu ...«
Chezi legte den Hörer auf. Ich werde dich Weisheit lehren ...
Er rannte zum Jeep. Dr. Bachar! »Deine Mutter könnte eine Gefahr für ihre Nächsten sein!« Am Eingang zum Krankenhaus sah er das

jämmerliche Gesicht des Pförtners, seine Zahnlücken, sein schütteres Haar, das betretene Lächeln in seinem Gesicht, die alte, abgewetzte, verwaschene Hose. Die Welt war für andere Menschen gedacht, nicht für seine Mutter, nicht für ihn, nicht für den armen Wachmann.

Eine der Schwestern brachte ihn in ein Zimmer, in dem die Freundin seiner Mutter, Frau Dahan, wartete. Chezi setzte sich neben sie. Sie küßte ihn auf die Stirn, als sei er ein Kleinkind.

»Wir haben dich seit heute früh gesucht. Deine Schwester Josette ist hier.«

»Wann ist es passiert?«

»In der Nacht.«

»Wann?«

»Um Mitternacht.«

Seine Schwester kam herein, mit dickem Bauch. Unmittelbar bevor sie schwanger geworden war, hatte sie angefangen zu rauchen und sich die Haare kurz schneiden lassen. In der Grundausbildung hatte sie sich mit einem Gewehr in der Hand fotografieren lassen, das riesig neben ihr aussah. Ihre Augen waren schwarz und groß.

Er fuhr sie nach Jaffa, doch auf der Weiterfahrt zu Großmutter Tschemerinskys Wohnung sah er ein paar Leute neben dem *Monpetit* stehen und ging hinein. Die Bar war leer. Der Klavierspieler hob seinen Blick zu ihm, und der Wirt trat aus irgendeiner versteckten Nische hervor.

»Einen doppelten Arrak mit etwas kaltem Wasser«, sagte Chezi. Daß bloß Lana jetzt nicht kam. Lana wollte gerne Bedienung im *Montpetit* werden. Die gemalten Stars der Bar zwinkerten mit ihren langen Wimpern.

»Noch einen«, sagte Chezi, und dann kehrte er in Großmutter Tschemerinskys Wohnung zurück.

»Ich hab's nicht geschafft, Simul«, sagte Chezi laut.

Die Tränen rollten ihm über die Nase. Wenn er wenigstens bei seiner Mutter sein, ihre Hand halten könnte. Eine steigende Wut entzündete sich in ihm, zog ihn vom Fensterbrett weg, vom Stuhl. Stundenlang saß er in der Küche, den Kopf in den Händen, bis die Dunkelheit fiel. Im Schlafzimmer war das Bett ungemacht, zerwühlte Laken, zwischen denen das Fläschchen Nagellack herauslugte. Chezi öffnete es, malte seinen kleinen Finger tiefrot an und trat hinaus in den Durchgang zwischen den beiden Häusern, zur Tür der verhaßten Nachbarin. Rechts war eine Mesusa angebracht, eines dieser Dinger aus Olivenholz, auf dem groß und schwarz das »Schin« für das Glaubensbekenntnis gedruckt steht – doch hier war die Mesusa ebenso grau gestrichen wie die Tür. Aschkenazis! Sie wagen es nicht, keine Mesusa anzubringen, daher übertünchen sie sie mit Farbe, lassen sie verschwinden, und die Mesusa ist zwar noch da, aber so gut wie nicht vorhanden. Chezi schüttelte das Fläschchen, tauchte den kleinen Pinsel kurz in den Lack ein und malte ein Hakenkreuz über das graue »Schin« der Mesusa. Als er zurückkam, stellte er den Wasserkessel auf den Herd und ging in die Badewanne. Jetzt kannst du klingeln bis zum Jüngsten Tag. Das Hakenkreuz war interessant, gefährlich, ein bißchen verrückt. Zufi hatte eine komplette Sammlung von Uniformen, Dolchen und Nazimützen gehabt. Nicht alles ist so einfach, wie du denkst, Herr Ben-Gurion, mit deiner hysterisch kreischenden Kastratenstimme. Schrei, schrei nur, du Hund. Es wird nichts helfen, deine Zeit ist um, so wie die Zeit meiner wahnsinnigen Nachbarin abgelaufen ist.

Chezi legte sich aufs Bett und schaltete das Radio ein. Eine leise Stimme flüsterte etwas neben seinem Ohr. Er holte die Bierflaschen ans Bett. Eine Gefahr für ihre Mitmenschen. Ich werde dir schreiben, Dr. Bachar, einen Brief, den du nicht aufheben wirst, den du in den Mülleimer werfen, verbrennen, den du nie wieder sehen wollen willst. Frau Wechsler, du kannst stolz auf deinen Schüler sein! Chezi zündete sich eine Zigarette an und dachte darüber nach, wie er den Brief an Dr. Bachar beginnen sollte, und er sah das Gesicht seiner Mutter vor sich. Das Mädchen Simul wusch sich das Gesicht mit dem Wasser aus der Flasche, die ihr der Prophet geschickt hatte. Ich will dich Weisheit lehren. Er trank einen Schluck Bier aus der Flasche und schloß die Augen. Es hatte einen Jungen in ihrem Viertel gegeben, eine Art Genie, wie der Junge in der Geschichte seiner Mutter, doch er verschwand in einer Jeschiva in Jerusalem. Einmal sah er im Traum Rabbi Akiva mit einem riesigen Hut mit Davidstern, und ihm gegenüber stand Simon Bar Jochai, auf seinem Hut die Sphären (die Zahlen, mit denen Gott das Universum berechnet), von denen er Chezi lang und breit erzählte. Jener Junge war flink wie eine Katze gewesen, sehr nett und sanft. Plötzlich entzündeten sich dicke, große Kerzen auf dem Davidstern von Rabbi Akiva und auf der Sphärenleiter von Simon Bar Jochai, zwei Feuerschwerter befanden sich in ihren Händen, und da, als sie einander so gegenüberstanden, wie für einen Zweikampf gerüstet, wandten sie sich mit einem Mal ihm zu, kamen näher und näher, mit ausgestreckten Schwertern, bis die kühlen Spitzen seine Brust berührten und die Flammen seinen Körper durchschlugen, als bestünde er ganz und gar aus Butter. Chezi spürte die Hitze der Flammen, und die Strahlung der Schwerter versengte sein

Gesicht und verbrannte seinen rechten Handrücken. Aus den Augen der beiden sprühten Ströme von Licht, Ströme glänzenden Wassers. Und plötzlich landete ein mächtiger Schlag auf seiner Brust. Er öffnete entsetzt die Augen, und da war Rauch, Feuer. Chezi drehte sich um und wollte wieder einschlafen, doch bevor er die Augen geschlossen hatte, sah er Großmutter Tschemerinskys Nachthemd auf dem Stuhl vor sich in Flammen stehen, und rechts davon brannte die durchsichtige Batistgardine. Rauch kroch auf das Bett zu, und das Laken, das auf den Boden herabhing, wurde schwärzlich und verkohlte. Und dann explodierte neben dem Fenster etwas mit einem grauenhaften Knall. Chezi sprang vom Bett hoch. Das Gas! Wie viele Stunden hatte er geschlafen? Er rannte zur Küche, sah dort jedoch nur eine einzige Feuerwoge, das Wohnzimmer brannte ebenfalls. Hohe Flammen schlugen aus dem Archivraum, Geruch nach verbrannten Filmen erfüllte die Wohnung, das Donnern fallender Kisten und Schachteln. Auf der Straße klangen Stimmen auf, Sirenen ... ein Feuerwehrauto mit blinkenden roten Lichtern. Eine Minute später befand sich Chezi bereits im Jeep, der vor der Schule nebenan geparkt war. Rauch entströmte seinem Haar, und ein sengender Brandgeruch den Härchen auf seinen Händen.

– 20 –

Würden sie ihn bei seiner Schwester suchen? Sollte er nach Kirjat-Schaul fahren, am Friedhof schlafen und dort auf das Begräbnis warten? Chezi stellte den Jeep ab und ging zu Fuß weiter. Als er Kirjat-Schaul erreicht und die Straße überquert hatte, setzte er sich einen Moment zum Ausruhen neben das Schild, das den Weg zum Friedhof wies. Es war ein improvisierter Wegweiser – handgeschrieben auf einer Holzlatte. Dann wandte er sich einer Sandstraße zu und marschierte im Dunkeln, inmitten raschelnder Eukalyptusbäume. Chezi hatte Angst vor der Dunkelheit. Sucht mich, sucht mich nur, ihr Söhne einer pervertierten Revolution, Frau Wechsler und ich ... ein Hakenkreuz ... bei Zufi Morgenstern waren im Schrank schwarze Nazikleider mit glänzenden Abzeichen, Mützen und roten Armbinden. Zufi Morgenstern hielt immer Partys bei sich zu Hause ab, auf dem Dach. Er lümmelte auf dem Sofa, wie an den Pessachfeiertagen, und redete und redete ... Du bist dermaßen gutaussehend, Chezi, du bist zu schön für die Frauen. Sie verstehen doch überhaupt nichts von männlicher Schönheit. Einmal bestellten sie eine Stripteasetänzerin für einen Auftritt. Sie zitterte vor Nervosität. Nimm die Gestapo-Uniform von Zufi Morgenstern, stiehl ein großes Motorrad, und vorwärts – jagt mir nach auf dem Weg nach Jerusalem! Auf dem Motorrad! Ich möchte euch sehen, Großmutter Tschemerinskys Kohorten, wie ihr Chezi Elbaz, auf Motorrädern, mit Streifenwagen verfolgt. Und am ersten Polizeiauto, an der Antenne des ersten Wagens, flattert das verbrannte Nachthemd von Großmutter Tschemerinsky.

Chezi sah einen großen Schuppen vor sich, ein Lager oder ein Gewächshaus, beleuchtet von einer großen Lampe. Ein Gesicht tauchte vor ihm auf. Ein Kopf schimmerte fahl in der Dunkelheit, mit riesigen Augen, die im schwachen Mondlicht glitzerten. Chezi fuhr zusammen, das Herz zersprang ihm beinahe in der Brust, und da bewegte sich der Kopf, und Chezi erkannte, daß ein Esel vor ihm stand, ein magerer, räudiger und schmutziger Esel, dessen Fell gesträubt in die Höhe stand, als hätte er einen Stromstoß erhalten. Chezi berührte den Kopf des Esels so wie den eines Hundes, über den man überraschend stolpert. Die Stirn des Esels war naß. Wasser, Schweiß, Blut? Der Sandweg glänzte im Mondlicht. Chezi zog den Esel sanft in Richtung der Eukalyptusbäume, zu der Lampe, die den Schuppen erhellte. Am seinem Ende war eine erhöhte Holzterrasse, auf der sich ein zerbrochenes Bett, eine Bank und ein großer alter Wasserkessel befanden. Chezi ließ sich auf der Bank nieder, und im Licht seines Feuerzeugs sah er, daß es nicht Blut, sondern Bäche von Schweiß waren. Er fand einen Wasserhahn und spülte den Kessel aus, füllte ihn mit Wasser, und der Esel senkte seinen Kopf und trank. Auf einer gespannten Leine entdeckte Chezi ein Militärhandtuch, nicht mit Wäscheklammern, sondern mit kleinen Nadeln befestigt, wie seine Mutter die Wäsche aufzuhängen pflegte. Er nahm das Handtuch ab und wischte dem Esel damit über Kopf und Rücken. Ein gedämpftes Rattern war von weitem zu hören, vielleicht vom Friedhof her. Ich werde hier schlafen, was macht das schon, sagte sich Chezi und hörte, wie der Esel zum Wasserhahn trabte. Das Rattern wurde deutlicher. Die Toten sind ungezogen, sie schlafen nicht wie brave Kinder, wie man sie ins Grab gebettet hat, sondern bewegen sich Tag und Nacht – lösen sich auf, werfen eine Haut nach der anderen ab, wie die Schlangen.

Die Sonnenstrahlen, die durch die schmalen Schlitze des Schuppens einfielen, weckten Chezi. Erschrocken warf er einen Blick auf seine Uhr. Es war sieben. Er blickte um sich und sah, daß der Esel verschwunden war – oder war vielleicht nie einer dagewesen? Das

Armeehandtuch hing an der Leine, aber Chezi erinnerte sich nicht daran, es wieder aufgehängt zu haben. In dem Schuppen gab es ein Waschbecken mit einem zersprungenen Spiegel. »Du siehst schon wie ein Sträfling aus, Chezi«, sagte er. Seine Kleider und Schuhe waren schmutzig. Du siehst wirklich wie ein Häftling oder wie einer von Dr. Bachars Patienten aus! Und wo war der Esel? Chezi stieg aufs Dach des Schuppens, doch in dieser Umgebung, zwischen den Obstbäumen und hohen Holzzäunen, war es nicht leicht, einen kleinen Esel ausfindig zu machen. Er stieg hinunter vom Dach und wandte sich dem Friedhof zu. Ein mit Blumen beladener Karren passierte ihn.

Von weitem sah er seine Schwester und seinen Schwager und ging ihnen entgegen.

»Ein Polizist ist hier«, flüsterte ihm seine Schwester zu, während sie sich umarmten. Seine Schwester hatte Angst vor Polizisten. Auch Frau Dahan trat zu ihm, wie um ihn zu schützen. Erst jetzt sah Chezi Oberstleutnant Roni, der dastand und mit einem Polizisten sprach, der auf einer umgestürzten Schubkarre saß. Es war ein fetter Polizist, dessen Hemd offenstand. Er aß eine Wurst und ein Pita mit Humus und trank etwas aus einer hohen Thermosflasche. Roni redete, und der Polizist nickte dazu, stieß hin und wieder einen kurzen Seufzer aus und gähnte.

»Siehst du ihn?« fragte seine Schwester.

»Er sieht aus, als ob er gleich mit dem Essen im Mund einschlafen würde.«

»Läufst du davon?«

»Wohin denn? Wir sind auf einer Insel – auf der einen Seite Fische und Quallen, auf allen übrigen Seiten Araber. Und außerdem ist es mir egal.«

»Wie redest du denn, Chezi! Du darfst nicht so reden!«

Roni kam und stellte sich neben Josette.

»Es tut mir leid wegen deiner Mutter, Chezi. Ich weiß, wie sehr du sie geliebt hast und sie dich geliebt hat!«

Chezi antwortete mit einer Frage: »Sind auch andere Häuser betroffen?«

»Nein«, sagte Roni.

»Also habe ich nur euer Erbe verbrannt?«

»Das Haus war versichert.«

Chezi hätte gewollt, daß Roni ihn anschreien und sagen würde: »Warum hast du das getan? Wie konntest du nur?« Jetzt packte ihn die Angst. Sollte er sich nach Haifa auf irgendein Schiff stehlen? Oder nach Eilat? Sich auf einem Fischerboot nach Griechenland oder in die Türkei einschiffen? Aber wie? Der Wind fuhr durch die Sträucher; von fern war ein Kran zu sehen, der sich langsam durch das Blau des dunstigen Morgens bewegte.

»Du hast den Polizisten gesehen. Können wir zwei Minuten miteinander reden? Ich weiß nicht, ob wir nach dem Begräbnis noch Gelegenheit dazu haben werden.«

Tränen stiegen plötzlich in Chezis Augen auf. Er nickte mit dem Kopf, und Roni hakte ihn unter.

»Hast du das Hakenkreuz auf die Mesusa gemalt?«

»Welches Hakenkreuz?« fragte Chezi.

»Hör zu, Chezi. Lüg nur, wenn du mußt, und sei vorsichtig ... hast du es hingemalt oder nicht?«

»Nein.«

»Hast du das Hakenkreuz gemalt?«

»Ich habe überhaupt kein Kreuz gemalt.«

»Hast du das Hakenkreuz gemalt, Chezi?«

»Ja, ich hab's getan. Es war ein Witz.«

»Keine Erklärungen ... Sag einfach: Ja, ich habe das Hakenkreuz gemalt. Und ich weiß nicht, warum ich es getan habe, und es tut mir leid.«

»Es ist alles umsonst, Roni.«

»Sprich es mir nach!«

»Ich habe das Hakenkreuz gemalt. Ich weiß nicht warum. Es tut mir leid, daß ich es getan habe.«

»Hast du das Feuer gelegt?«

»Nein!«

»Ich frage dich noch einmal, Chezi: Hast du das Feuer gelegt?«

»Nein! Nein! Ich bin aufgewacht und hab überall Flammen gesehen. Bei Gott, ich schwör's dir!«

»Bestimmt?«

Chezi nickte. »Ich hab das Gas nicht abgedreht.«

»Wir holen dich da raus«, sagte Roni. »Niemand ist verletzt. Nur eine Sache ist dort verbrannt, und es gibt Leute, die bereit sind, dich dafür auf kleiner Flamme rösten zu lassen.«

»Was denn?«

»Das Archiv. Die Dokumente und Fotos, die sie jahrzehntelang gesammelt hat.«

»Und das ist so wichtig?«

»Vor vielen Jahren kam ein Schiff namens *Ruslan* hier an, ein sehr berühmtes Schiff, das Menschen aus Rußland brachte, nach der Revo-

lution. Großmutter Tschemerinsky hat jeden einzelnen Passagier auf diesem Schiff über Jahre hinweg verfolgt.«
»Ja, ich habe das Zimmer gesehen mit den ganzen Papieren.«
»Das war das Tschemerinskyarchiv.«
»Und warum ist das so wichtig?«
»Wie soll ich dir das erklären? Das ist, als hättest du eine Bibliothek mit Büchern verbrannt, von denen es auf der ganzen Welt nur ein einziges Exemplar gegeben hatte.«
»Und wann ist dieses Schiff angekommen?«
»Nach der russischen Revolution ... im Jahre 1919.«
»Und dir tut es nicht leid darum?«
»Mir? Ich bin nicht von der Sorte, die sich ihre Stammbäume zeichnen. Verbrannt ist verbrannt. Ich werde dem keine Träne nachweinen.«
Seine Schwester schluckte eine Valiumtablette. Sie brach die Tabletten immer in zwei Hälften. Durfte sie während der Schwangerschaft Valium nehmen?
Dr. Bachar legte ihm vorsichtig seine Hand auf den Arm. Wedelt mit dem Schwanz, sagte sich Chezi im stillen und kehrte dem Arzt den Rücken zu.
Während des Begräbnisses und der Gebete stand Chezi regungslos da, sagte keinen Kaddisch, half nicht, die Erde zusammenzurechen, legte keinen Stein auf das Grab. Er sah seine Mutter daliegen – das häßliche Mädchen aus der Stadt Meknès, der man das Essen durch eine schmale Luke reichte. Sie lag da, die Luke genau über ihrem Gesicht, diesem Hexengesicht. Eine Hand hielt eine Flasche, auf der geschrieben stand: Tränen ... Die Schrift war verlaufen, Tränen ... Die Hand schüttete das Wasser aus der Flasche, und sofort erstrahlte das Gesicht seiner Mutter in erhabener Schönheit, und ihre Lippen sprachen: Natürlich war ich glücklich! Einen Tag? Ich war viele Tage glücklich, Wochen, Monate, vielleicht Jahre. Jawohl, Jahre! Wie kann ein Sohn seiner Mutter solche Fragen stellen?
Am Tor küßte er seine Schwester.
»Wir sehen uns heute abend«, sagte Roni zu ihm.
Chezi zündete sich eine Zigarette an und trat zu dem Polizisten.
»Hast du einen Wagen?«
Der Polizist nickte.
Nichts sagen, niemandem etwas erklären, nicht entschuldigen, nicht lügen. Als er das dachte, blähten sich seine Lippen, und sein Atem wurde glühend wie der eines feuerspeienden Drachens. Ihr könnt zu mir sprechen, Reden halten, Fragen stellen, Moral predigen, ein Urteil fällen ... Ich werde nichts sagen, auch wenn ihr fleht und bettelt, ein

einziges Wort aus meinem Mund zu hören. Wenn er schwiege, würde er das Gefühl bewahren, das er in sich verspürte, als er zum Friedhof ging, zwischen Bäumen, den zwitschernden Vögeln. Die Furcht, er könnte seinen Verstand verlieren, verursachte ihm Gänsehaut wie in seiner Kindheit. Er blickte den fetten Polizisten an. Wenn er schwiege – würde er nicht verrückt. Der Bettler gab keinen Ton von sich, erhob kaum den Blick zu den Passanten auf der Straße. Er sah sehr müde aus, krank, doch seine Augen blitzten, funkelten. Oh, Frau Wechsler! Die Augen des Bettlers sprühen Zorn, sein Schweigen – sein Bollwerk und seine Zuflucht, Frau Wechsler. Und was ist mit Heirat? Kindern? Der Geographielehrer, dieser schnurrbärtige Dummkopf: Die Ehe ist ein langweiliges Buch, doch die Einleitung ist sehr hübsch. Und was bedeutete es schon, was anderen Menschen Glück verursachte? Was anderen Menschen Kummer bereitete? Dr. Bachar. Würde dieser Mann ihm zu entkommen helfen? Der Mann, der seine Mutter mit seiner grausamen Dummheit gefoltert hatte, würde er ihn vor dem Gefängnis retten, in sein Irrenhaus einsperren und ihn von den übrigen Patienten absondern, da auch er als gefährlich angesehen würde? Und er müßte auch mit ihm sprechen, ihm schmeicheln, ihn anflehen, wo doch das bloße Gespräch mit ihm bereits wie ein Entschuldigen all dessen wäre, was jener seiner Mutter angetan hatte. Nie im Leben! Niemals!

Der Polizist betrachtete ihn verwundert, und auch als sie im Polizeiwagen saßen, warf er ihm immer wieder einen Blick zu. Gleich wird er mir in den Ausschnitt schielen. Männer – eine degenerierte Rasse! Der schönste Junge von Meknès. In den kriminellen Jahren nach der Pubertät, als er und seine Freunde aus der Nachbarschaft manchmal loszogen, um etwas aus Läden oder Kiosken zu stehlen, wobei auch Sex irgendwie mit diesem Verbrechen verknüpft war, versuchten einige seiner Kameraden, aus den einzelnen Herren, die im Park spazierengingen, während sie mit dem Blick eines fliehendes Wildes oder stößigen Ebers nach rechts und links spähten, Geld herauszuschlagen. Nachher erzählten sie immer von ihren erbärmlichen Abenteuern. Der Polizist hielt ihm ein Päckchen Zigaretten hin. Chezi lehnte mit einer Kopfbewegung ab.

»Nimm, nimm nur!« sagte der Polizist.

Chezi erwiderte nichts.

»Nimm die ganze Schachtel!« sagte der Polizist in weichem Ton.

Chezi nahm die Schachtel und warf sie aus dem Fenster. Ein Ausdruck von bestürzter Furcht und Aggressivität erschien auf dem Gesicht des Polizisten.

»Warum hast du das gemacht? Bist du verrückt, oder was?« schrie er.

Chezi gab keine Antwort und schloß die Augen.

Der Polizist knurrte, sein Atem wurde vernehmlich lauter.

»Die Hände her!« sagte er.

Chezi schlug ihm mit beiden Händen ins Gesicht, traf ihn am Ohr, ritzte die Haut, so daß es blutete. Der wutentbrannte Polizist legte seine Hände in Handschellen. Ich will dich Weisheit lehren, Frau Wechsler.

Die Polizeiwache war ihm bekannt. Eines Abends war er auf einer Party gewesen, die auf einem Dach in der Motzkinallee stattfand, und in den Tanzpausen hatte er den Hintereingang des von zwei großen Lampen erleuchteten Polizeigebäudes beobachtet, hin und wieder irgendeine Bewegung auf den Stufen, irgendeine unvermittelte Zusammenrottung gesehen. Einer saß dort auf der Treppe und rauchte eine Zigarette, ein Polizist stieg von einer Vespa ab und drückte ihm etwas in die Hand. Jetzt, am Morgen, schaute er sich neugierig den Eingang auf der Seite der Diezengoffstraße an: junge Leute in Zivilkleidung, vielleicht Polizisten; zwei Frauen, deren Schminke über ihre bleichen Gesichter verschmiert war; und drinnen: ein Polizist an der Theke und ein paar Aufrufe, die er noch nie gesehen hatte. Sogar das Haus neben der Polizeistation hatte etwas ganz eigenes, wie eine Art Imbißstube neben einem Krankenhaus. Du bist einer von uns – was hast du zu befürchten, Junge? Auch die Telefonzelle hatte dieses gewisse Etwas, besondere Schatten schwebten in ihrem Raum, ein Halstuch, ein Blutfleck auf dem Telefonbuch. Die Mauer auf der Seite schien aus den Bäumen zu wachsen, ganz weiß und still.

In der Haftzelle sah er jemanden, der früher in ihrem Viertel gewohnt hatte. Chezi erinnerte sich, daß er einen merkwürdigen Spitznamen aus Tausendundeiner Nacht hatte. Sein Gesicht war schwerlich zu vergessen: Er sah aus wie der prähistorische Mensch auf den Bildern – ein vergrößerter Affenmensch, gebückt, mit hängenden runden Schultern und niedriger Stirn, Büschel von dickem, schwarzem Haar auf seinen Fingern. Der Mann saß da, die Knöchel seiner geballten Hände in die Schläfen gebohrt, die Augen zusammengekniffen, seine Haut rosaviolett, als hätte man sie mit einem Reibeisen bearbeitet. Im Viertel erzählte man sich von ihm, er habe drei Jahre im Gefängnis gesessen, nur um nicht gegen seine Freunde auszusagen. Doch diese hatten seinen alten Eltern nicht geholfen, und am Tag seiner Entlassung prügelte er zwei von ihnen fast zu Tode, und der dritte floh seinetwegen sogar ins Ausland. Er war kaltblütig, geriet nicht leicht in Zorn, sagte man, aber wenn er einmal wütend wurde, konnte er töten. Das hatte man sich in Meknès auch über einen Berber erzählt, der aus einer fernen Wüstenoase eines Tages in ihre Stadt gelangte und dort Schuhputzer wurde. Er war anders als die Städter, deren Blut sich gleichermaßen schnell erhitzte wie es sich wieder abkühlte. Es gab dort einen Schlägertypen, der immer seine bösen Scherze mit dem Schuhputzer trieb – hetzte ihm die Kinder auf den Hals, ließ sich die Schuhe putzen und behauptete danach, daß sie noch schmutzig seien. Und dieser Berber saß in einer Passage, eine Art Gasse mit kleinen Läden und Ständen, und schlief in einem Lumpenlager. In seiner Schuhputzschachtel hatte er kleine Steine oder winzige Knochen, und die Kinder sagten, er betreibe Zauberei damit. Jeden Morgen holte er diese Steine heraus, die in ein rosa Tuch gebündelt waren, und eines Tages kam der Schläger gerade vorbei, als er das Tuch ausbreitete, und trat nach dem kleinen Bündel. Der Berber, so erzählte man sich, saß da wie vom Donner gerührt, stand schließlich auf, betrachtete das rosarote Bündel, und sprang auf einmal los. Im Nu lag der Schläger auf den Pflastersteinen, mit einem kurzen, dicken Messer im Hals, und der Berber verschwand. Jahrelang dachte Chezi mit Staunen daran, daß ein solcher Mann, arm und demütig, wie er war, töten konnte. Chatschem. Das war der Name des Affenmenschen.

Der Kerl, der neben ihm schlief, erwachte.

»Zigarette?«

Chezi hielt ihm eine Packung hin.

»Wie heißt du?«

Chezi räusperte sich ein paarmal im Hals und schrieb auf den Boden in den Staub: Chezi.

»Stumm?«

Chezi nickte.

»Schau her, Chatschem«, sagte der Mann, »sie haben angefangen, Stumme in Haft zu nehmen.«

»Ja und?« murmelte Chatschem und hob leicht die Augen.

»Was ja und? Er ist stumm, oder?«

»Es gibt viele Vergewaltiger unter den Stummen«, murmelte Chatschem.

»Was für Vergewaltiger? Schau dir diesen Jungen an! Er hat das Gesicht einer Puppe, solche brauchen nicht zu vergewaltigen, stumm oder nicht stumm.«

»Bist du ein Frauenexperte?« sagte Chatschem. »Halt die Klappe und laß mich nachdenken.«

»Ich habe geschlafen. Du hast mich mit deinem Husten aufgeweckt.«

Haß flackerte in Chatschems grobem, unglücklichem Gesicht auf. Und der andere, der wie der Laufbursche eines Filmgangsters aussah, wandte sich wieder an Chezi.

»Zigarette?«

Chezi hielt ihm wieder die Packung hin.

»Hast du überhaupt eine Zunge?«

Chezi nickte.

»Zeig her.«

Chezi streckte seine Zunge heraus und sagte: »Aaaa!«

»Das ist also nicht das Problem? Ich verstehe. Was im Hals?«

Chezi nickte wieder.

»Halt die Klappe, oder ich bring dich um«, sagte Chatschem. »Ich muß nachdenken.«

Chezi hatte Elijahu darum beneidet, daß er wußte, wie man sprach, doch alles, was Elijahu sagte, schien ihm übertrieben, die Klagelitanei von Verlierern, die die ganze Welt bezichtigen und, wenn ihnen zufällig das Glück lacht, schlimmer als ihre Feinde werden, da das ständige Jammern alle Großzügigkeit in ihnen ausgelöscht hat. Chezi hörte Elijahu nicht gerne reden. Er hatte zwar recht mit dem, was er sagte, doch er dachte den ganzen Tag an die Verletzung, die man ihm zugefügt hatte, an die Wunde. Immer und überall, so sagte er einmal zu ihm, sogar wenn ich Kaffee trinke oder lese oder im Bett liege! Die ganze Zeit! Er sah nur sein Leiden. Aber er hatte recht, er sprach die Wahrheit. Er hatte eine Zunge, auch wenn es die Zunge der Anklage und des Hasses war. Während Chezi dagegen keine Zunge hatte, obwohl Frau Wechsler immer voll der Bewunderung seiner Talente war, und ein anderer Lehrer, der für kurze Zeit an die Schule kam, sagte: Das ist das Hebräisch eines Jeschivastudenten, der vom rechten Weg abgekommen ist, kein Mensch spricht so Hebräisch, nur Verrückte aus religiösem Hause, Jerusalemer in der fünften oder sechsten Generation! Dieser Lehrer war leichenblaß, mit toten Augen, ein Geruch nach Eau de Cologne umwehte ihn, und er war in fast krankhaftem Maße ungeduldig. Auch du wirst eines Tages so sein, Chezi, das wird dein Ende sein!

Elijahu wußte, wie man die Dinge sagt, trotz seines Ulpankurs-Hebräisch, mit einer kleinen Zugabe von Juristensprache, während ich keine Zunge habe, trotz Ihrer Loblieder, Frau Wechsler. Ich wußte nicht zu sprechen ... ich will dich Weisheit lehren!

— 21 —

Der extrem große Angestellte vom Reisebüro schob sein Teeglas beiseite und betrachtete ihn mit forschendem Blick. July fiel sein Bibellehrer in dem ersten Gymnasium ein, in das er gegangen war, und er wußte, bis ans Ende seiner Tage würde er sich an diesen Namen erinnern: Josef-Pinchas Halpern. Aber weshalb hatte sich der volle Name dieses Lehrers so in sein Gedächtnis eingegraben? Halpern hatte amüsante Eigentümlichkeiten: Im Unterschied zu den restlichen Lehrern (deren Namen und Gesichter Julys Gedächtnis tatsächlich entfallen waren) liebte er es ungemein, »das Blut der Schüler anzuheizen«, wie er sagte, mit allerlei Proben, kleinen Prüfungen und überraschenden Fragen; all dies lief bei ihm nach einem veritablen System ab, sehr verwickelt und kompliziert, und am Anfang eines jeden Trimesters, jedesmal von neuem, erklärte er es der Klasse mit seiner klingenden Stimme, schalt alle, daß sie »solche Kadaver, zum Gotterbarmen« seien, und verteilte Blätter mit langen Listen von Bibelversen, »die sich vortrefflich zum Auswendiglernen eignen, vergleichbar mit Reichtum, der dem Besitzer zu seinem Wohle erhalten bleibt«. Diese Seiten brachte er jeden Freitag in den Unterricht mit, und die Schüler, die laut seinen Worten einen »entschiedenen Mißerfolg« erlitten hatten, rief er an die Tafel und forderte sie auf, »irgendeinen Vers von der Liste« vorzutragen, und um die Gemüter der »Verurteilten«, wie er sie nannte, ein wenig zu erfreuen, sprach er das Wort »Liste« langgezogen und blökend wie ein Schaf aus: »Löö-stä-ä-äh«, mit Betonung auf der zweiten Silbe. Die Prüfungsblätter waren immer mit einer Unmenge von Anmerkungen und Sprachkorrekturen in perliger, hüpfender Handschrift geziert, doch unten auf der Seite stand keine Note, sondern nur eine Bemerkung: entweder das Wort »schön«, mit grüner Tinte geschrieben und vokalisiert – »jafe« –, und genau darunter, mit blauer Tinte, die Initialen seines Namens, »J-P-H«, was dem Anschein nach das gleiche hebräische Wort ergab; oder umgedreht, mit einem Fragezeichen, »P-H-J«? – die Abkürzung der Standardausflucht »pessach hajom – heute ist Pessach« – und darunter wiederum die Anfangsbuchstaben seines Namens; und nie wurde er es müde zu erklären, daß es mit seinen Faulpelzen allesamt ähnlich bestellt sei wie mit »heute-ist-Schabbat-und-heute-ist-Pessach – ständig nur Ausreden«.

Winters wie sommers kam Halpern um Viertel vor acht fast im Laufschritt am Schultor an, auch wenn er erst um elf Uhr unterrichten mußte, und kein Mensch, nicht einmal der allwissende Schuldiener Berko, konnte ihn in seinen freien Stunden finden. Manche behaupteten, er schlösse sich selbst in allerlei mysteriösen Angelegenheiten im Geräteschuppen neben der Turnhalle ein, doch hinter der grauen Stahltür war nie ein Geräusch zu hören, das von einer Betätigung Halperns zeugte, und das kleine vergitterte Fenster wurde nie geöffnet.

Jedesmal, wenn July der merkwürdige Halpern in den Sinn kam, war die Erinnerung von einer schnellen Überschlagsrechnung begleitet, ob er noch am Leben sein konnte, doch er wurde sich in dieser Angelegenheit nie schlüssig, denn obwohl das schüttere Haar des Lehrers bereits damals von Grau durchzogen war, war sein Alter schwierig einzuschätzen gewesen, und in all den Jahren, in denen er vor der Tafel hin- und hergeflitzt war, hatte er mit keinem einzigen Wort irgendeine Familie erwähnt, Verwandte oder ein Zuhause, und niemals tauchte in seinem Redefluß irgend etwas über seine Vergangenheit oder sein Privatleben auf. Für July selbst gehörte das Andenken des Lehrers Halpern dem Kristall der Erinnerungen an, die einander darin ähnelten, daß es ihm nicht gelang, einen Namen für sie zu finden, so daß er ihnen am Ende die Verlegenheitsbezeichnung »Erinnerungen der Unschuld« gegeben hatte – Worte, die ihm in einer Unterhaltung mit Sharon unabsichtlich entschlüpft waren und die seitdem der Gestalt des Bibelkundelehrers und anderen Figuren anhafteten. Aus diesem bunten Strauß bruchstückhafter Bilder, Gedichtzeilen, deren Verfasser er nicht kannte, Handlungen von Büchern und Filmen, die er von anderen erzählt bekommen hatte, Lebensläufe herausragender Persönlichkeiten, die er in seinen rot eingebundenen Kinderbüchern gelesen hatte, aus diesem ganzen Sammelsurium, das Jahr um Jahr im hinteren Bereich seines Gehirns zusammengekommen war, stammten all die Dinge, die sich, beinahe immer per Zufall, als Halbwahrheiten oder Verfälschungen oder merkwürdige Erfindungen herausstellten. Und jedesmal brachte die Enthüllung ein gewisses dumpfes Bedauern, als ob sich das Gedächtnis weigerte, von seinem Lieblingsspielzeug Abschied zu nehmen. Er erinnerte sich, wie er geschlagene zwei Tage lang enttäuscht herumgelaufen war, als er in einem Buch aus der Bibliothek der Technischen Hochschule gelesen hatte, daß der wundersame Bronzekopf, den Roger Bacon auf seinem Tisch installiert hatte, niemals auch nur eine Silbe äußerte, weder Schach spielte noch sich in astrologischen Berechnungen erging, wie ihm sein Vater an seinem zwölften Geburtstag erzählt hatte; er erinnerte sich in aller Deutlichkeit, wie sehr es ihn geschmerzt hatte, als er die Fußnote auf jener Seite las, in der der Gelehrte trocken anmerkte, daß all die Homunkuli, die jemals geschaffen wurden, bestenfalls mechanische, wenngleich bisweilen höchst perfektionierte Puppen waren.

In bezug auf Lehrer Halpern erinnerte er sich ganz besonders an die letzte Unterrichtsstunde zum Buch Hiob. Halpern war in der ganzen Schule für seine Liebe zum Buch Hiob bekannt, seit in ihrer Schulzeitung ein Aufruf des Direktors erschienen war, schwarz umrandet wie eine Todesanzeige, in der die Schüler aufgefordert wurden, die letzte Ausgabe der Zeitschrift *Bibelvers* zu studieren, wo Lehrer Halpern einen langen Artikel über »das Buch Hiob nach alten Schriftinterpretationen« veröffentlicht hatte. Infolge dieser Anzeige, die insgeheim die Röte des Stolzes in die gelblichen Wangen des hochgewachsenen Lehrers trieb, wurde die Zeit, die dem Buch Hiob gewidmet war, noch mehr ausgedehnt, bis Halpern schließlich zum Direktor gerufen wurde, um für diese Abweichung vom Lehrplan eine Erklärung zu liefern. Am nächsten Tag betrat Halpern verdrießlich und übellaunig, wie es sonst nicht seine Art war, die Klasse, befahl, die Bücher aufzuschlagen, und verkündete, er werde heute das Buch abschließen und anders als gewisse Lehrer, die zahlreiche Kapitel und gar ganze Bücher in die Hirne ihrer Schüler hineinzustopfen versuchten »wie Stroh in Lastesel«, habe er die Absicht, die ganze Stunde einem halben Vers im letzten Kapitel des Buches Hiob zu widmen. Am Anfang sprach er viel über den erzieherischen Wert dieses Buchs für die Menschheit allgemein und die Juden insbesondere, bevor er zur Hauptsache kam: »Und er bekam«, las Halpern mit lautstarker Stimme, wobei er jede einzelne Silbe betont dehnte, »sie-ben Söh-ne und drei Töch-ter.« Und dann sagte er langsam, »und hier stellt sich die Frage«, während er sich ins Kinn kniff wie jedesmal, wenn er kurz davor stand, zu einer langen Rede über ein wichtiges Thema anzusetzen, und nach einer kurzen Schweigepause erging er sich tatsächlich in einer ausführlichen Kommentierung der speziellen Bedeutung der Zahlen in diesem Vers. Zuerst fragte er die Klasse, weshalb Hiob ausgerechnet mit sieben Söhnen und drei Töchtern gesegnet wurde und nicht, nehmen wir einmal an, mit acht Töchtern und fünf Söhnen; und nachdem er mit einer Handbewegung alle Antworten, die er erhielt, beiseite gefegt hatte, wurde er plötzlich wütend und verstummte, erblaßte, und sagte dann ganz, ganz leise, als verschluckte er die Worte – wenn sie sich die Mühe gemacht hätten, seinen Artikel zu lesen, würden sie es begreifen, denn in das Stückchen dieses kleinen Verses »ist die gesamte Bedeutung des Buches Hiob hineingepackt, denn jedes einzelne Kind wurde ihm für das gegeben, was er getan oder erlitten hat«. Mit diesen Worten zog Halpern, immer noch zornig, zwei große Bände aus seiner abgewetzten Aktentasche und klaubte mit seinen langen Fingern ein Lesezeichen aus den Büchern heraus, schlug auf und las mit klingender Stimme wie ganz zu Beginn: »Das erste, was zum Vergehen führt – Sinnen des Herzens; das zweite – Spott; das dritte – Grobheit; das vierte – Grausamkeit; das fünfte – Müßiggang; das sechste – grundloser Haß und das siebte – Mißgunst.« Und Halpern klappte den großen Band mit einem trockenen Knall zu, öffnete den anderen und fuhr fort: »Es sind ihrer drei, deren Leben kein Leben ist: Der sich auf den Tisch seines Freundes stützt, der sich von seiner Frau beherrschen läßt, der an seinem Körper erkrankt.« Und dann legte er die Bände ab, streckte einen Finger in die Luft und setzte seinen Vortrag fort, während der Finger wie ein Metronom nach rechts und nach links pendelte: »Jetzt werden euch wohl die tiefen Überlegungen dieser Zahlen klar: Hiob gelangte letzten Endes nicht zum Vergehen ... er strauchelte nicht mit Sinnen des Herzen, nicht mit Grobheit, noch mit Haß. Und gleichsam wie für jedes Bestehen einer Probe segnete ihn der Heilige, gelobt sei er, mit einem Sohn ... wogegen«, fuhr Halpern mit einem bitteren Lächeln fort, »es schon der Fall war, daß er sich auf den Tisch anderer gestützt hat, denn wir haben ja gelesen, daß er alles verlor, und wie ihn seine Frau die ganze Zeit aufhetzte zu sündigen und woran sein Körper erkrankte, davon braucht man gar nicht zu reden. Und damit er sich nicht nur seiner bestandenen Prüfungen erinnerte, die immer auch stolze Gedanken erwecken können, wurden ihm ebenso drei Töchter geschenkt, zum Andenken an alles, was er erlitten hatte.«

Die Mädchen in der Klasse brachen in lautstarken Protest aus, und Alona, die July damals gerade zu mögen begann, wegen ihrer Energie und ihrer wippenden Locken, stand auf und verließ mit forschen Schritten das Klassenzimmer.

Und nun, als er den lang aufgeschossenen Angestellten des Reisebüros anblickte, erinnerte sich July an jenes leicht schmerzliche Wehmutsgefühl, das sich immer im Anschluß an seine »Erinnerungen der Unschuld« einstellte, und auch an einen Vortrag, den er lange Zeit danach an der Technischen Hochschule gehört hatte (bereichernde Begleitvorlesungen für die ignoranten Ingenieure). Er saß in einer der letzten erhöhten Reihen im Saal und warf aus Langweile einen Blick auf die Zeitung, die in der Mappe zu seinen Füßen lag, als er plötzlich beim Klang des vertrauten Verses aus dem Buch Hiob die Ohren spitzte. »Sie-ben Söh-ne«, sagte der Dozent, jedes einzelne Wort genau wie Halpern betonend, »diese Form, die sich nirgendwo anders in der Heiligen Schrift findet, entschlüsselt sich auf der Tafel 52 der ugaritischen Schriftarchive, auf der das Epos eingraviert ist, und das im allgemeinen als *Die liebenswürdigen Götter* bezeichnet wird. In Zeile vierundsechzig dieser Tafel taucht dises Wort auf, entsprechend der Einzelform von ›sieben‹ in dem Vers, den ich angeführt habe. Die spezielle Endung ist der Dual in der ersten Person, woraus sich ergibt, meine Herrschaften, daß es sich auf Tafel 52, ebenso wie bei Hiob, nicht um ›sieben‹, sondern um zweimal sieben, also vierzehn handelt.« Und July erinnerte sich an sein Bedauern, daß er in diese Vorlesung geraten war, an den Anflug nostalgischer Sehnsucht nach der emotionsgeladenen Auslegung von Josef-Pinchas Halpern, so wie nach Bacons Bronzekopf, die in seiner Phantasie tänzelnd miteinander einhergingen.

Uzi: »Mach deine Taschenlampe aus ... weißt du nicht, daß sie uns nachspionieren und uns auf Schritt und Tritt belauern.« Junger illegaler Einwanderer: »Sechs Wochen in der stinkenden Kiste ... dreihundert Mann in einem Boot ... und jetzt, wo es uns vergönnt wurde, die Küste zu erreichen, spionieren sie uns nach ...« Alter A. (kniet nieder, fällt auf sein Gesicht und küßt die Erde): »Daß wir das noch erleben und diese Zeit erreichen durften.« Uzi (July Rieti mit grüner Schirmmütze): »Geht leise und steigt ins Auto ...«

»Ja?« fragte der Angestellte des Reisebüros.

»Wann geht der nächste Flug nach New York?« fragte July und ließ sich ihm gegenüber nieder.

»Nach New York? Das werden wir gleich sehen ...«, erwiderte der Angestellte.

Der Siegeshügel – der ganze Erdhaufen von den Panzerraupen umgepflügt. Die graue Dämmerung des Wintermorgens in der Wüste verwandelte das Zelt auf der Spitze des kleinen Hügels, den Jeep mit der langen Antenne, die Feldküche, den Anhänger mit den Wassertanks und die Ecke mit den Benzinfässern in eine Szenerie, die weder im Traum noch im Wachen, weder im Film noch auf einem Foto je existent war – eine ungekannte Traurigkeit hüllte alles ein. Ein Tor der Stille öffnete sich, und dahinter waren der schwache Rauch der Feldküche zu sehen, der vom Wasser, das aus dem Hahn des Anhängers tröpfelte, dunkel verfärbte Sand, die schräg geneigte Antenne, die leicht in den rhythmischen Windböen schwankte. Jemand ging vorbei, eingewickelt in eine dicke Windjacke, die Zeltplane schlug im Wind. Kekse mit weißen Maden, Schlafmangel, Urlaubssperre wegen irgendeines Vergehens – er sollte auf den kleinen Hügel steigen, in das Zelt gehen, die Waffe ablegen, die Strickmütze abnehmen, sich waschen, Unterhemd, Unterhosen und Socken wechseln, Kaffee trinken, rauchen und zum Manöver zurückkehren. Er brauchte bloß zu sagen: Ja. Jenseits des Tors der Stille war etwas Einnehmendes, etwas Anziehendes an dem elenden Erdhäufchen. Er hätte sagen können: Ja. Der Hügel wartete. Ein bißchen Sand – in ein oder zwei Tagen würden sie von ihm nichts mehr übriggelassen haben als Kettenspuren, Ölflecken, Handgranatenhülsen oder nicht mehr lokalisierbare Kugeln, ein Blatt mit einem Kreuzworträtsel oder das Bild einer Filmschauspielerin, eine Konservenbüchse. Der Siegeshügel wartete. Ja? Nein? Welche Gründe hatte Leutnant Rieti denn, nein zu sagen? Er hatte keine Gründe. Die Erbärmlichkeit des Hügels, die Zufälligkeit und bescheidene Symbolik erheischten Bestätigung, doch in seinem Herzen, an einem verborgenen Fleck, winzig klein, aber hart wie ein Felsbrocken, sagte er: Nein! Man konnte sich mit Traurigkeit, Zerrissenheit und Verletzung abfinden, sogar eine gewisse unklare Zärtlichkeit aus ihnen schöpfen, doch auch jetzt lehnte er in seinem Inneren den in das skelettöse Dämmerlicht eines Wintermorgens in der Wüste gehüllten Siegeshügel ab.

»Sie haben Glück«, sagte der Angestellte, »Sie können in drei Stunden fliegen.«

– 22 –

Marinsky weigerte sich, seine Freunde und Bekannten zu treffen, außer Rieti. Eines Tages, als sie vor einer Tierhandlung standen, sah er im Schaufenster einen ziemlich großen Papagei, der nach leichtem Zögern ganz exakt die kurzen Sätze wiederholte, die er hörte. Kinder hatten sich um ihn geschart, und der Geschäftsinhaber bat sie immer wieder, doch nicht den Eingang zu blockieren. Marinsky behauptete, der Papagei zeige Interesse und kam noch etwa dreimal in den Laden, bis er den Vogel schließlich für eine zweiwöchige Probezeit mit nach Hause nahm. Zu Hause benahm sich der große Papagei nicht weniger gut als im Laden, wiederholte das, was Marinsky ihm vorsagte, wobei seine Aussprache des Russischen nicht schlimmer als die des Hebräischen war. Nachts schlief er, ohne einen Laut von sich zu geben, abgesehen von einem zufälligen Krächzer, vielleicht wenn er einen Traum hatte. Obwohl der Papagei nicht stubenrein war, war er nicht schwierig zu pflegen, und im allgemeinen war er heiter gestimmt und neugierig. Doch nach den zwei Wochen sagte Marinsky zu Maddi, das Herumgeturne des Papageis gehe ihm auf die Nerven und er bitte sie, zu kommen und den Vogel in den Laden zurückzubringen. Und als Maddi bereits mit dem Käfig in der Hand im Gang stand, fragte er sie, ob sie July Rieti in den letzten Tagen gesehen habe.

»Ich habe ihn gestern gesehen«, antwortete Maddi.

»Er ist abgereist und hat dem armen Rieti einen Brief hinterlassen. Und was für einen! Manchmal bedaure ich es, daß ich kein gläubiger Mensch bin und niemanden habe, dem ich dafür danken kann, daß mir eine Tochter wie du geschenkt wurde«, sagte er, und seine Augen wurden feucht, was in letzter Zeit häufiger geschah, auch wenn ihm jemand eine Kiste Feigen vom Dorf schickte oder er eine unverhoffte Postkarte erhielt.

Als Maddi nach Hause kam, fand sie einen Brief von July vor, auf einen Umschlag geschrieben. Auch an sie, wie auf den Karten an seinen Vater, wandte er sich nicht mit ihrem Namen. Es war ein hastiges Gekritzel, nur vier Sätze: Wie einsam er vor seiner Ankunft gewesen war, wie wichtig es ihm war, sie zu treffen, und jetzt, dank dieser Begegnung, würde alles bei ihm in Ordnung kommen, er würde sich immer freuen, sie in New York zu sehen, die Stadt, die gut zu ihren Liebenden war. Seine Handschrift war unsauber, und es schien Maddi, als hätten ihn sogar diese paar kurzen Sätze Mühe gekostet. Sie war sicher, daß genauso auch der Brief an seinen Vater aussah; die gleichen vier Sätze, ohne Anrede. Sie suchte in der Wohnung, ob er vielleicht noch etwas hinterlassen hätte, doch sie fand nur ein altes Hemd und ein Paar Sandalen. Als ihr Vater erzählt hatte, daß er abgereist war, hatte sie Erschütterung und Traurigkeit empfunden, während sie jetzt nur noch gekränkt war.

Ihr Vater war genesen, doch er beklagte sich über mangelnden Gleichgewichtssinn. Eines Tages, als er auf den Boulevard ging, zu dem Kiosk, wo er immer Kefir trank und auf Rieti wartete, verweilte er einen Augenblick neben einer Myrtenhecke. Jemand berührte seine Hand. Marinsky sah einen von weißem Haar gekrönten Kopf, graue Augen, faltenzerfurchte Lippen ... Es war Sara Kastelanietz.

»Wie immer in Gedanken versunken, Ezra.«

Marinsky lächelte sie an.

»Und wie geht es dir, Ezra? Du siehst gut aus.«

»Noch keine beängstigenden Todessicheln in meinen Augen?«

»Das ist schwer zu sehen wegen der Sonnenbrille«, erwiderte Sara mit leichtem Zögern, nachdem sie den sonderbaren Ausdruck ›Todessicheln‹ entschlüsselt hatte. »Ich freue mich, dich zu sehen, Ezra, wirklich.«

»Ich mich auch, Sara. Und wie geht es dir?«

»Nicht schlecht.«

Ein großer Lastwagen, auf dessen Seitenplanke eine Kutsche und schwarze Pferde auf goldenem Hintergrund abgebildet waren, das Markenzeichen von *Ascot*, fuhr am Platz vorbei. Die Glut der Sonne nahm zu.

»Und wie geht es Mischa?«

»Wie bitte?« sagte Sara und ihr Gesicht zeigte blankes Erstaunen. »Was hast du gesagt, Ezra?«

»Nein, nein!« wehrte Marinsky ab und wurde blaß.

»Du hast mich nach Mischa gefragt?«

»Ich ... ich meinte in übertragenem Sinne, im Sinne von ... wie er in der Phantasie ...«

»Ezra, Ezra«, murmelte Sara.

»Achte nicht darauf«, sagte Marinsky, »komm, wir stellen uns hier in den Schatten. Ich dachte einfach an etwas anderes, an eine andere Form von ...«

»Ezra!«

»Das war nur eine vorüberziehende Wolke. Die Sonne scheint wieder in meinem Kopf.«

»Da bin ich aber froh«, sagte Sara.

»Trinkst du eine Flasche Kefir mit mir?«

»Nein, danke dir«, erwiderte Sara, während sie ihn besorgt betrachtete.

»Dann auf Wiedersehen, Sara.«

»Auf Wiedersehen«, sagte sie.

Um Rieti aufzuheitern, nahm Marinsky ihn nach Jerusalem zur Einweihung des prophetischen Geheges im biblischen Zoo mit.

»Er ist ein alter Dummkopf, dieser Brunner«, sagte Rieti, »ist das nicht die törichtste Idee, die man haben kann?«

»Ein solcher Grad von Verrücktheit hat etwas Gewinnendes«, entgegnete Marinsky.

Marinsky fuhr liebend gerne. Sie erreichten das Tor des Tierparks eine Weile vor Beginn des Festaktes. Der Zoo war an den versengten Rändern Jerusalems erbaut – Ölflecken auf der Straße, sparsame Gehsteige, Autowerkstätten. Der Weg zum prophetischen Gehege war mit blau-weißen Fähnchen angezeigt, der Vers »Und der Wolf wird beim Lamm wohnen« war auf Schilder entlang des Hauptpfades durch den Zoo aufgemalt. Noch nie hatte Marinsky einen schlechter angelegten Tierpark gesehen. Brunner war ganz gerötet vor lauter Glück, und sein Assistent lächelte Marinsky zu, als würde er ihn kennen. Der Wolf sah gesund und kräftig aus, mit einem schönen Pelz und neugierigen, etwas ängstlichen Augen; das Fell des Schafes war blütenweiß, sein Blick sanft und besinnlich.

Die beiden Kameras der *Geva-Studios* richteten ihre Objektive auf die beiden allegorischen Tiere und die Gäste. Ben-Gurion mit seiner hohen, hektischen Stimme strickte eine profane Exegese zusammen, die ein Lächeln auf manchen Gesichtern erscheinen ließ, wie dem des Oberrabbiners, des klugen Jesuitenpaters Jasni und des französischen Botschafters, der einen blauen Anzug trug und ein Abzeichen der Ehrenlegion an seinem Jackettaufschlag. Auch Napoleon war im biblischen Zoo bei der Vision des Wolfes und des Lammes vertreten. Konnte es sein, daß alle drei aus dem gleichen Grund lächelten?

Marinsky betrachtete die Tiere: Das Schaf gefiel ihm, es hatte ein hübsches Gesicht. Jaulen und Knurren erklang aus den benachbarten Käfigen, das Trompeten eines Elefanten und das Gebrüll eines Bären zerrissen die Luft. Das feierliche Ereignis versetzte die Tiere in Erregung. Die Kupfertafel glänzte in der Sonne: Und der Wolf wird beim Lamm wohnen. Jesaja 11,6. Ben-Gurion sagte etwas zu Dajan, und jener drückte Dr. Brunner die Hand.

»Der Mann in dem schwarzen Mantel ist Pater Jasni, der deine bemalten Glasfenster gekauft hat«, sagte Marinsky zu Rieti und winkte dem Jesuiten kurz zu; und jener gab ihm ein skeptisches Zwinkern zurück.

Rieti war müde bei ihrer Rückkehr und hatte es eigentlich eilig, nach Hause zu kommen, um noch ein wenig zu arbeiten, doch Marinsky nahm ihn in den Bücherladen einer Libyerin mit, wo es auch italienische Bücher gab, und zu den Tennisplätzen der *Makkabi*, da ihm bekannt war, daß sich Rieti seinerzeit in diesem Sport ausgezeichnet hatte. Danach führte er ihn durch die benachbarten Straßen zum Levinskymarkt, alte Straßen, die noch nicht durch Reklametafeln und ausgeklügelte Gestaltung der Schaufenster verunstaltet waren, sondern von Haufen an Gegenständen überquollen, Hunderten Fahrrädern, Hunderten Taschen und Tornistern. Ganz langsam verlor sich das lächerliche Jerusalemer Ereignis in den Straßen voller Kraft und Lebendigkeit. Diese Stadt schenkte einem nichts, doch sie war weder bösartig noch selbstverleugnend.

Rieti trennte sich von Marinsky vor seinem Haus. Er sehnte sich nach July, und ihm fiel ein, daß er Alek versprochen hatte, ihn zu besuchen. Er hatte sich an ihn gewöhnt und traf sich zuweilen mit ihm, doch aus irgendeinem Grund entzog sich ihm Alek in letzter Zeit. Mit seinem Lebensweg erinnerte Alek ihn an seinen Großvater, nur war sein Großvater bis zu seinem Tode ein glücklicher Mensch gewesen, während Alek Mitleid in ihm hervorrief. Sein Großvater hatte in seinem Leben den vollkommensten aller Wege genommen: Er wurde arm und ärmer, ohne in erniedrigende Bedürftigkeit abzugleiten. Zuerst besaß er eine Fabrik für Uhrgehäuse, ein sehr erfolgreiches Unternehmen, das seine Waren ins Habsburger Reich und nach England exportierte. Danach schrumpfte es auf eine kleinere Fabrik zusammen, die nur drei Sorten Gehäuse exportierte. Später verkaufte der Großvater die Fabrik und machte eine Reparaturwerkstatt für Uhren auf, in der zwei Arbeiter beschäftigt waren, danach hatte er einen Laden mit einem Gehilfen in der Hauptstraße von Triest, anschließend war er allein und zog in eine Straße mit billigeren Mieten um, und zuletzt hatte er einen Verschlag mit einem Tischchen mit ein paar Schubladen in einem Außenbezirk, neben der Schlachterei des Viertels. Als er der Besitzer einer großen Fabrik für Uhrgehäuse gewesen war, hatte er sich immer mit blumenreichen Titulierungen an seine Gesprächspartner gewandt: Teurer Herr, mein Verehrtester, mein gnädigster Herr, doch mit fortschreitendem Dahinschwinden seines Reichtums reduzierten sich auch diese Anreden, bis sie zuletzt völlig verschwunden waren. Rieti hatte Alek schon öfter fragen wollen: Was willst du eigentlich? Doch es war schwierig, mit Alek über persönliche Dinge zu sprechen – solche Gespräche galten in seinen Augen als eine Kapitulation vor der Psychologie, die unsinnigste Erfindung des zwanzigsten Jahrhunderts. Als Rieti einmal versucht hatte, behutsam anzudeuten, daß er wohl ein wenig übertreibe mit seinem Widerwillen dagegen, hatte Alek erwidert: »Jeder Mensch wäre daran interessiert zu erfahren, was scharfsinnige, geistvolle Menschen über den Ort denken, an dem er wohnt, denn die Routine, die Zwänge und die Sympathien der Jahre trüben den Blick – nicht wahr, Herr Rieti? Also, denken Sie einmal darüber nach, wen Sie nach Tel Aviv einladen wollten, um seine Meinung zu hören: Freud, Jung und Adler oder Byron, Stendhal und Heine?«

– 23 –

Durch das Fenster des Cafés sah Maddi Amnon Kazis, der ihr mit der Hand zuwinkte. Rieti sagte von ihm, er sei ein wenig bitter geworden, seitdem er mit ihm zusammen in einem Büro arbeitete, und Sallys Mutter nannte ihn auf spaniolisch »Amatador de Candelas«, den Kerzenauslöscher, wegen seiner spöttischen Bemerkungen. Sie zögerte, ob sie hineingehen sollte, doch da sah sie Alek herauskommen, mit

zerschlagenem Gesicht, das linke Auge fast völlig geschlossen, auf seiner Lippe eine violette Wunde, und unter seinem Hemd schaute ein Verband hervor.
»Was ist denn mit dir passiert?« fragte Maddi.
»Ein Verkehrsunfall«, antwortete er. »Gehst du hinein? Kann ich mich anschließen? Mir scheint, ich brauche noch einen Kaffee.«
»Ein Verkehrsunfall?«
»Ich habe mit dem Fahrer gestritten. Er war stärker. Ziemlich dumm, sich mit einem Menschen anzulegen, der stärker ist als du.«
»Ich habe die Fadoplatten gesucht, von denen du gesprochen hast, aber ich habe sie in keinem Laden gefunden. Es gab nur eine einzige Schallplatte von Amalia Rodrigues.«
»Ich stand einmal zwei Stunden lang an, um eine Karte zu ergattern, als sie aufgetreten ist, Amalia.«
»Zwei Stunden? Ich habe eine geschlagene Nacht lang in der Schlange gestanden, um eine Karte für den Auftritt von Schaljapin zu erstehen«, lächelte Maddi.
»Und wie fühlt sich dein Vater?«
»Er ist auf einer Reise im Ausland.«
»Dann hast du jetzt also mehr Zeit?«
»Ja, ich habe mehr Zeit.«
»Ich kann eine oder zwei Platten für dich suchen, wenn du willst.«
Alek setzte sich ihr gegenüber im Café. Es bestand kein Zweifel, daß ihn jemand brutal zusammengeschlagen hatte – die Beule unter seinem Auge, die verletzten Lippen. Nur mit Mühe aß er den Kuchen und lächelte verlegen, als sie der Bewegung seiner Lippen aufmerksam folgte. Leichte Bangigkeit regte sich in Maddis Herzen. Sein zerschlagenes Gesicht rief ihr die Nacht in Erinnerung, als sie ihn im dunklen *Montpetit* gesehen hatte mit seinem Freund, dem Matrosen, und den Bedienungen; die *Nagarija*, Tomars Bordell in Be'er-Scheva – die Schlange der Soldaten, die sich vor der Baracke von Jeanette mit dem Wasserkrug und dem Militärhandtuch wand, wie sie dastanden, ihre männlichen Zigarren rauchten und der Wüstenstaub sich langsam auf die Köpfe senkte, in denen das Glühwürmchen der Lust flakkerte, weltumspannend; das *Foto Universal* – dauergewellte Mädchen im Schaufenster, Bräutigam und Braut. Alek arbeitete bei erbärmlichen Fotografen, und er war zerschlagen und schutzlos ... Sein Blick wurde ganz sanft und heiter. Er hätte nicht wegen eines Zeitungsartikels oder wegen des Lächelns der Gäste auf Rafi Brainins Party gelitten.
»Ich habe durch Rieti von den Kalligrammen gehört, die dein Vater macht.«

»In den letzten Jahren ist ihm die Begeisterung vergangen. Man müßte irgendein neues Steckenpferd finden«, sagte Maddi.
»Ich kann ihm etwas neues vorschlagen. Hebräische Dichter in Italien haben Gedichte verfaßt, die klangidentisch in beiden Sprachen waren. Das ist ein sehr hübsches Spiel.«
»Davon habe ich noch nie gehört.«
»Die Elegie *Die Wüste Jehuda* – Kina schemor?«
Er nahm eine Serviette und notierte die Worte auf italienisch: »Chi na-sce – mour. Ohi-mè che pass' a-cer-bo! Und dann auf Hebräisch: Ki-na sche-mor! O ma ki pas o-zer bo!«
»Und das klingt gleich?«
»Sie haben Hebräisch nicht wie wir ausgesprochen. Ich weiß nicht genau wie, aber es war ähnlich. Sonst macht das Spiel keinen Sinn.«
»Und die Bedeutung?«
»Ist ähnlich hinsichtlich der Stimmung, der Färbung – Klage, Vergänglichkeit, Tod. Vielleicht würde es deinem Vater Spaß machen, solche Gedichte zu verfassen, auf hebräisch und russisch.«
»Das wird ihm gefallen. Dann kommst du einmal zu ihm, wenn er aus dem Ausland zurück ist?«
»Wann kommt er wieder?«
»In zwei Wochen.«
»Bis dahin ist mein Gesicht ...«
»Nicht wichtig.«
»Ich möchte deinem Vater keinen Schreck einjagen«, sagte Alek besorgt, »das Monster aus der Allenbystraße.«
Er näherte seine Hand ihrem Arm, und zarter Schwindel durchrieselte ihren Körper.
»Gehst du nicht mehr zu Rieti?«
»Ich war einige Male bei ihm. Mir scheint, ich wurde nicht für würdig befunden.«
»Und ich dachte das Gegenteil.«
»Vielleicht ist es eine Sache des Altersunterschieds.«
»Altersunterschied? Was stören Altersunterschiede?«
»Das war so mein Gefühl.«
»Ich glaube, du täuschst dich, Alek. Das stört nicht bei einer Freundschaft, nicht einmal bei der Liebe.«
»Mir kam vor, als sei ich jetzt nicht so sehr erwünscht dort. Er ist mit seinem Sohn beschäftigt, wie alle.«
»Ich sehe, du hast dich mit Rieti über alle möglichen Dinge unterhalten.«
»Ja«, sagte Alek und wurde rot.

»Ich glaube, Rieti wartet darauf, daß du zu ihm kommst.«
»Vielleicht gehe ich wirklich einmal vorbei.«
»Und ich hätte auch gerne, daß du zu ihm kommst«, sagte Maddi.
In Aleks zerschlagenem Gesicht leuchtete plötzlich ein Glück, von dem Maddi niemals gedacht hatte, daß sie es zu schenken vermochte. Er betrachtete ihre Hände, und sie dankte Gott, daß sie sehr saubere Hände und vollständige Fingernägel hatte, wenn auch die Halbmonde hier und dort überwachsen waren. Unter seinem Blick spürte sie ihr Unterhemd auf den Brüsten, die kühle Berührung des kurzen Seidenhemdchens, das sie bei den Englander-Schwestern gekauft hatte.
»Rieti sagt, daß Herr Kempf in Spanien in einem alten Turm lebt. Ich beneide ihn.«
»Sie werden bald zurückkehren, Paul und Zahava.«
»Was für ein Glück er hat, daß sie ihn so liebt. Wenn du eine Heiratsvermittlerin wärst, hättest du die beiden verkuppelt?«
»Nein«, sagte Maddi und lachte.
»Er fuhr immer mit Frau Rieti umher, um Aufnahmen von Neueinwanderern zu machen, aber er schwieg immer, hatte Angst vor Menschen.«
»Du hast Paul gern ...«
»Ich weiß nicht, ob ich ihn gerne mag, aber ich verstehe ihn«, entgegnete Alek.
»Ich habe mich nicht bei dir für die Blumen bedankt, die du mir geschickt hast. Das war der schönste Strauß, den ich je bekommen habe.«
»Ich dachte, du seist böse auf mich.« Alek verzog seine geschwollenen Lippen zu einem Lächeln.
»Wo ist dein schöner Ring?«
»Ich habe ihn verloren.«
»War es ein Geschenk?«
»Ja, in meiner Jugend bekam ich immer Geschenke. Inzwischen ist das Schicksal weniger großzügig, Maddi.«
»Kann ich meinem Vater von ›Kina schemor‹ erzählen?«
»Ja ... natürlich ...«
Als sie das Café verließen, hielt er inne. »Warte noch einen Augenblick. Ich möchte den ersten Satz hören, den jemand neben uns sagt.«
Maddi war verwundert, gleich darauf jedoch stand sie aufgeregt neben ihm – gespannt wie er.
Einige Pärchen gingen vorbei, ohne ein Wort zu sagen. Ein Zeitungsverkäufer, der seinen Mund nicht aufmachte, zwei Mädchen betrachteten schweigend das Schaufenster eines Schuhgeschäftes.

»Nichts geht über eine frische Semmel in der Früh«, sagte ein dikker Mensch, der eine bemehlte Schürze umgebunden hatte.
Ein Lächeln trat in Aleks Gesicht. Er wiederholte sich den Satz langsam und sagte dann:
»Ein gutes Zeichen.«
Maddi lachte verlegen.
Doch auch zwei Wochen später konnte Alek nicht zu Maddi kommen. Die Spuren der Schläge waren zwar nahezu aus seinem Gesicht verschwunden, doch seine Ängste waren nicht gewichen. Er hatte keinerlei Möglichkeit, die erforderliche Summe bis Ende des Jahres aufzutreiben. Und was geschähe, wenn eines Tages die Schuldeneintreiber wieder auftauchten und ihn mit Maddi vorfänden? Vielleicht würden sie auch sie verletzen? Vielleicht müßte sie mitansehen, wie sie ihn mißhandelten? Seitdem er zusammengeschlagen worden war, befand er sich in einem Zustand der Angst und Einsamkeit, und damit einher ging ein Hunger, der ihn Tag und Nacht überfiel, ein Hunger, den zu stillen ein Glas Wasser oder eine Tablette gegen Kopfschmerzen ausreichte. Charles war nicht in die Stadt zurückgekehrt, und Alek wußte nicht, wo er war. Manchmal dachte er sogar daran, Rieti darum zu bitten, ihm Geld zu leihen, doch dann malte er sich aus, wie erschüttert der Richter sein würde, wenn er seine Bitte und den Grund dafür vernähme, denn Rieti liebte es zwar, von seiner wilden Jugendzeit zu erzählen, seinen von Politik und Liebe gebeutelten Jahren, aber er war ein vorsichtiger Mensch. Auch seiner Mutter konnte er nicht von seinen Schulden erzählen, denn sie würde sich insgeheim auf der Stelle sagen, daß er den Fluch geerbt hatte, der über seinem Vater lag, und es stand ohnehin nicht in ihrer Macht, ihm zu helfen, denn sie selbst hatte kein Geld, und Gerschon Levita würde der bloße Gedanke an eine solche Schuld in Zorn versetzen. Der einzige Ausweg bestand darin, aus Tel Aviv zu verschwinden. Wenn er all seine armselige Habe verkaufte, könnte er sich eine Deckkarte nach Zypern leisten und sich ein oder zwei Monate in einem billigen Hotel einquartieren. Er hatte ohnehin die griechischen Inseln bereisen wollen, das war keine schlechte Gelegenheit dazu. Doch Flucht bedeutete Verzicht auf Maddi. *Foto Universal*? Sie bitten, ihm die Summe zu leihen, und sie in Raten vom Lohn abzahlen? Doch er wußte, daß Herr Geller nicht damit einverstanden wäre, obgleich er schon seit bald sieben Jahren ohne Unterbrechung bei ihm arbeitete. Und selbst wenn er einwilligte, seine Frau würde sich dem widersetzen.
Manchmal ging Alek an Maddis Haus vorbei. Einmal sah sie ihn auf dem Bürgersteig gegenüber stehenbleiben, als hätte er die Absicht

hineinzugehen. So stand er fast eine Minute lang, doch dann besann er sich und setzte seinen Weg fort. Und Maddi betrachtete die schönen Bäume in der Manestraße und lauschte dem Gesang des neuen Kanarienvogels von Frau Wechter: Er hatte eine zarte, reine Stimme, bar jeglichen Säuselns, Pfeifens oder überlangen Trillierens, und das Goldgelb seines Bauches war überraschend, zog den Blick an. Auch sein Käfig war viel prächtiger, mit mehreren Etagen, einer stilisierten Schaukel, inneren Kämmerchen und Fenstern. Das alles für einen einzelnen kleinen Vogel! Und doch, nach der Abendkoloratur war so etwas wie eine klitzekleine Disharmonie zu hören, ein kurzes unglückliches Krächzen. Vielleicht lag irgendein Fluch über Frau Wechters Kanarienvögeln?

– 24 –

Oberstleutnant Roni Slovin brachte den Jeep vor Frau Slonims Haus zum Stehen, neben Großmutter Tschemerinskys Haus. Er warf einen Blick auf die Liste, die ihm die Rechtsanwältin mitgegeben hatte, und zog seine Stoppuhr heraus: tck-tck-tck-tck – fünfunddreißig – vierzig – fünfzig – eine Minute! Oberstleutnant Roni stoppte die Uhr und betrachtete das kleine abgebrannte Gebäude. Zwischen den beiden vierstöckigen Nachbarhäusern wirkte es bereits wie eine Ruine, und nur die seltsame Wand auf der Seite, wo die Gastanks explodiert waren, der Staub und der Rauchgeruch, die noch über der Straße hingen, zeugten davon, daß das Haus nicht schon vor langer Zeit in Flammen aufgegangen war. Er atmete ein paar Mal tief durch und steckte die Uhr in seine Tasche zurück. Das Hakenkreuz prangte immer noch auf der großen Mesusa. Oberstleutnant Roni zog eine Schachtel Marzipan mit Schokoladenglasur, versehen mit einer rosa Schleife, aus der Manteltasche und drückte auf den Klingelknopf.

Frau Slonim, in einem Morgenmantel, den zwei traurige Blumen zierten, öffnete vorsichtig die Tür und wich in den dunklen Gang zurück. Nur die Diele, in der sie standen, war ein wenig erleuchtet. Oberstleutnant Roni reichte ihr die Marzipanschachtel und stellte sich vor. Frau Slonim blieb am Eingang zu dem dunklen Zimmer stehen, wie eine Schildwache auf Posten. Das Marzipan entfachte allerdings einen Funken Neugier in ihren Augen.

»Sollte ein Verehrer dasein, möchte ich nicht stören«, sagte Oberstleutnant Roni schließlich mit breitem Grinsen und schämte sich auf der Stelle für seinen deplazierten Scherz.

Die traurige Frau, die einem gerupften Huhn glich, blickte ihn an und murmelte: »Ich habe dem Andenken meines Mannes die Treue bewahrt.«
»Dann darf ich eintreten?«
»Warten Sie hier.«
Oberstleutnant Roni wartete, bis sie das Bett gemacht, den Vorhang und den Fensterladen geöffnet hatte und ihn zum Eintreten aufforderte.
Oberstleutnant Roni pries seinen Soldaten, den Korporal Elbaz Jechezkel, erzählte von seinem beispielhaften Verhalten gegenüber den syrischen Stellungen am Dan-Fluß, sprach von seinem Mut und von seinem zerstörten Elternhaus: der Vater, der die Familie vernachlässigte, die Mutter, die jahrelang in der Irrenanstalt war und dort Selbstmord beging, seine schwangere Schwester und daß noch eine weitere Erschütterung, nachdem die Mutter Hand an sich gelegt hatte, das Leben des Embryos und ihres gefährden könnte ... Jede Klage vermeiden, hatte die Rechtsanwältin gesagt.
Frau Slonim erzählte ihm lang und breit von Elbaz' grausamem und schändlichem Verhalten, von der lautstarken orientalischen Musik, die Tag und Nacht zu hören gewesen war, von den Drohungen, die er gegen sie ausgestoßen hatte, von seiner Gewalttätigkeit, von dem Hakenkreuz, das er mit einer Farbe aufgemalt hatte, die nicht zu entfernen war. Sie weinte und betrachtete lange Zeit seine Augen, seine breite Brust, den Fallschirm, die bunten Orden, die Rangabzeichen und die roten Springerstiefel. Es bestand kein Zweifel, daß Frau Slonim, so mißtrauisch sie auch sein mochte, ihm aufs Wort glaubte, gerade so, wie er Alona glaubte. Nur seine Familie distanzierte sich von ihr. An Großmutter Tschemerinskys letztem Geburtstag hatte sich die gesamte Familie in ihrem Haus versammelt. Onkel und Tanten, Neffen und Nichten, die mehrheitlich die gleiche fleischige Nase und großen grünen Augen hatten, dieselben ein wenig groben Hände, als hätte ein rheumatischer Ahne ihre Form den nachfolgenden Generationen vererbt. Die ganze lächerliche, lärmende Familie, die sich in einem fort voller Selbstbeweihräucherung umarmte, mochte Alona nicht. Ihn liebten sie, obwohl sie ihn für naiv hielten, weil er bei der Armee geblieben war. Die klebrige Atmosphäre erregte seinen Abscheu. Die Vortänzer, Vorsinger, Vorträger von Stegreifversen zu Großmutter Tschemerinskys Ehren hielten sich alle von der hübschen Alona fern, obwohl sie sich mit jedem einzelnen interessiert unterhalten hatte, die Schleifen auf den Köpfen der Mädchen richtete und ein bißchen mit den Jungen koket-

tierte, die sich geschmeichelt fühlten. Die Familie liebte Großmutter Tschemerinskys Haus, das vor Sauberkeit glänzte, womit sie und ihre Haushilfe, eine Frau mit großen Händen und einem Blick voll sonderbarer Ängste, sich täglich stundenlang abmühten, das wenige Silberbesteck polierten, den unsichtbaren Staub von den Vasen und unzähligen Bilderrahmen samt Gläsern entfernten, von den braunen Möbeln und den grünen Fensterläden. Nur das Archivzimmer blieb den Gästen verschlossen. In dieses Allerheiligste ließ Großmutter Tschemerinksy nur wenige Besucher, mit denen sie erbarmungslos tyrannisch umsprang. Roni Slovin mochte seine Großmutter, wenngleich seine Versuche, sich mir ihr zu unterhalten, immer ins Leere liefen. Obwohl sie viele Menschen kannte, über die er gerne etwas hätte hören wollen, wurde in ihren Geschichten immer sie selbst die Heldin, und alle anderen waren nur blasse Schemen. Auch seine Großmutter distanzierte sich von Alona, und er hörte, wie sie zu Onkel Baruch etwas auf russisch sagte, das ziemlich giftig klang, während sie Alona anblickte und ihre Lippen verzog. Baruch war das populärste Familienmitglied – ein Mensch, der erfolgreiche Geschäfte betrieb und seine Reden mit zahlreichen Bibelversen und harmlosen Witzen zu würzen verstand, und sogar er, Roni, empfand eine dümmliche, aber angenehme Herzlichkeit, wenn Onkel Baruch zu ihm trat und ihm seine schwere Hand auf die Schulter legte. Jetzt sah Roni Slovin für den Bruchteil einer Sekunde Alonas Wangen vor sich, ihren Rücken und ihre Hüften, die auch nach zwei Geburten gut erhalten geblieben waren, und zu Frau Slonims Befremden barg er sein Gesicht in den Händen.

Vor lauter Schreck hörte Frau Slonim zu weinen auf, schneuzte sich geräuschvoll und aß ein paar Marzipanstücke mit Schokoladenglasur. Und dann zog Roni ein Fläschchen Aceton aus seiner Tasche und rieb das Hakenkreuz von der Mesusa ab.

Ein kühler, frischer Wind blies draußen. Ein paar Frauen kamen ihm mit Einkaufskörben in der Hand entgegen. Oberstleutnant Roni holte den Zettel aus seiner Hosentasche: Krankenhaus. Die Welt des Gesetzes hat ihre eigenen Regeln, wie die Armee. Jetzt mußte er Dr. Bachar aus der Affäre heraushalten und die Krankenhausleiterin, Dr. Niuta Becker, darum bitten, sich des Falles anzunehmen, sofern es nötig werden sollte. Roni Slovin hatte Niuta Beckers Namen ein- oder zweimal von Großmutter Tschemerinsky gehört und wußte auch, daß sie mit dem Schiff gekommen war, über das seine Großmutter das Archiv angelegt hatte, das nun in Flammen aufgegangen war, ohne eine Spur zu hinterlassen.

Roni Slonim blickte auf seine gebügelte Uniform und auf eine weitere Marzipanschachtel. Das Haus auf dem Hügel gefiel ihm. Besonders schön fand er den breiten Bogengang, an dessen Ende das Meer zu sehen war, gleißend mit seinen kleinen Wellen und seinem glitzernden Grün. Dieser Gang ähnelte dem Saal eines Restaurants in Deutschland, geschmückt mit Hirschgeweihen und bemalten Tellern, wo er Wild mit Preiselbeeren gegessen hatte.

Erneut überfiel ihn die Beklemmung, und wieder zog er die Stoppuhr heraus: tck-tck-tck-tck – dreißig – fünfunddreißig, vierzig – fünfzig – neunundfünfzig, eine Minute! Diese Uhr hatte Roni zu seiner Bar-Mizwa geschenkt bekommen – ein großes, hübsches Ding, das mit seinen schwarzen Linien der Anzeigetafel, die entschlossen und stark wirkten, und seinen klaren, gerundeten Zahlen etwas von der Herrschaftlichkeit eines alten Chronometers und von Erfinderstolz an sich hatte, und das Ticken der Uhr klang spannungsgeladen und bedeutungsvoll wie das einer Zeitbombe oder der Schlag eines Herzens. Folgte er der Bewegung des Zeigers eine Minute lang, konnte Oberstleutnant Roni jeden Entschluß in die Tat umsetzen.

Er klopfte an die Tür.

»Herein«, erwiderte eine weibliche Stimme.

Zwei Stunden später, als Niuta in die zweite Etage des Cafés *Rose* hinaufging, sah sie Dr. Bachar mit mustergültig gebügeltem Tweedjackett, die riesige Petersonpfeife lag im Aschenbecher und sandte eine aromatische Rauchwolke zu den Bäumen des Keren-Kajemet-Boulevard aus, zu den Seniorenbänken, den Stromleitungen und einem grauen Ziegeldach. Dr. Bachar blickte ganz unverhohlen auf die Uhr: Niuta hatte sich drei Minuten verspätet. Seine freundliche Glatze glänzte in der Sonne. Eine Bedienung kam die schmale Treppe heraufgeschlurft.

»*J&B* mit Soda für mich«, sagte Niuta. »Und was trinkst du?«

»Ein Glas Tee«, sagte Dr. Bachar.

»Trinkst du keinen *Jota-Ve* mit mir?«

Dr. Bachar blickte sie erstaunt an.

»*J&B* auf spanisch«, erklärte Niuta.

»Es ist noch zu früh.«

»Vier Uhr nachmittags.«

»Zu früh«, sagte Dr. Bachar.

»Dann also Tee für den Doktor und Whisky für mich, Sabina.«

»Du kennst dieses Café?«

»Ja«, erwiderte Niuta, »und wie steht es mit den Auflügen der Naturfreunde? Wie ist die Saison?«

»Wir haben hauptsächlich archäologische Stätten besucht«, sagte Dr. Bachar, »Höhlen, diverse Wadis.«
»Und wie war es?«
»So und so. Es gibt saubere Höhlen voller Luft. Aber aus einer Höhle bin ich herausgekommen und hatte die Augen und den Mund voller Sand vom Anbeginn der Welt.«
»Aber du hast weiter an den Exkursionen teilgenommen?«
»Ja.«
»Das ist schön. Das zeigt, daß du versuchst, ein Mittel gegen die Anästhesie von Routine und Genuß zu finden.«
»In meinem ganzen Leben habe ich noch nie einen solch unverständlichen Satz gehört. Ich weiß nicht, was die Anästhesie von Genuß sein soll, und ich vermeide es, über solche Dinge nachzudenken.«
»Wo ist diese Bedienung? Ich gehe hinunter«, sagte Niuta, und einen Augenblick später kehrte sie mit einem Tablett zurück und leerte etwa die Hälfte ihres Whiskys.
»Womit kann ich dienen?« fragte Dr. Bachar, den das Schweigen ein wenig bedrückte.
»Dieser junge Araber, Abu Schach. Du hast guten Erfolg erzielt, wirklich sehr guten«, sagte Niuta, »du hast den Jungen gerettet.«
»Ja ... ja ...?«
»Ich habe dich nie gefragt – leben deine Eltern noch?«
Dr. Bachar hob seinen Blick.
»Nein, sie sind gestorben, als ich an der Universität studierte. Ich bin zweimal aus dem Ausland zum Begräbnis zurückgekommen.«
»Mein Vater starb, als ich fünfzehn war. Er war ein zutiefst unglücklicher Mensch, immer ein Pedant, und später wurde er sogar grausam. Ein Menschenhasser. Es sagte schreckliche Dinge im Schlaf, eine oder eineinhalb Stunden, nachdem er eingeschlafen war. Ganz laut. Entsetzliche Dinge.«
»Wie schrecklich können denn die Worte eines schlafenden Menschen schon sein?«
»Einmal sagte er zu mir, ich sollte mir seine Seele wie ein riesiges Gefängnis vorstellen, und er würde mir erzählen, was alles darin sei, welche Gegenstände, Möbel, Kreaturen. Es war beängstigend.«
»Du hörst dich heute an, als hättest du irgendein schlechtes Geschäft gemacht, Niuta.«
»Ich dachte an den Tod von Levita. Ich habe ihm ein Rettungsseil hingehalten, und es wurde zu einem Würgestrick.«
»Worum geht es, Niuta?«

»Also ... seit Anfang des Jahres ist bei uns etwas passiert, das bis dahin noch nie passiert ist: zwei Selbstmordfälle. Die beiden Fälle beunruhigen mich. Ich bin verantwortlich für den Tod Levitas. Jahrelang hat er mit seinem Wahn gelebt, und ich hätte auf deine Meinung hören und ihn damit leben lassen sollen. Und jetzt der Tod von Frau Elbaz ...«

Ein Schatten glitt über Dr. Bachars Gesicht. Er nahm die Pfeife aus dem Aschenbecher und steckte sie zwischen seine Zähne. Niuta betrachtete ihn aufmerksam. Es schien, der Arzt war beleidigt, daß sie den Namen erwähnt hatte.

»Und du gibst dir auch an ihrem Tod die Schuld?«

»Nein ...«, sagte Niuta zögernd, »nein ...«

»Vielleicht hat sie Levita imitiert. Ein Selbstmordakt kann so ansteckend wie ein Lachanfall sein, wie du weißt.«

»Vielleicht.«

Tränen stürzten mit einem Mal aus Niutas Augen, und durch die Tränen hindurch sah sie Autobusse in südliche Richtung fahren, Zeitungen und flatternde Wimpel am Kiosk, Alte, die auf Bänken saßen, ein Kinderpaar mit winzigen Plastikwindmühlen in allen Regenbogenfarben und rotem Eis am Stiel in ihren Händen.

»Worum geht es, Niuta?«

»Erlaube mir, an deiner Stelle bei Gericht aufzutreten und in Sachen Frau Elbaz beim Prozeß ihres Sohnes auszusagen, falls es nötig sein sollte.«

Dr. Bachar klopfte mit seiner Pfeife an das Balkongeländer und studierte Niuta: ihre mit schwarzem Stift nachgemalten, an den Enden dünn auslaufenden Augenbrauen, ihre zitternden Lippen, ihr hinter die Ohren zurückgestrichenes Haar, schwarz und glänzend mit ein paar grauweißen Strähnen.

»Ja, gut«, sagte er verwundert.

Sie dachte mit Scham daran, was sie früher gegenüber Ernst Neumann und Hugo Bergmann empfunden hatte. Vor Jahren war sie immer am Schabbatmittag zu Bergmann gekommen, um ein kabbalistisches Buch zu lesen, den *Sohar*. Um die zwanzig Personen saßen in seinem nicht sehr großen Arbeitszimmer mit den aus grobem Holz gezimmerten Regalen und dem Bett, über dessen Matratze eine dicke Decke lag. Weshalb hatte er keinen schöneren Bücherschrank? Warum sah man die graue Matratze auf dem schmalen Bett? Erst jetzt kam Niuta Becker der Gedanke, daß es für einen Menschen, der von seiner Arbeit abschalten und sich entspannen möchte, besser war, sein Bett nicht mit Laken und Bezügen zu versehen, denn so konnte er sich sofort hinlegen, mitsamt seinen Schuhen, und seinen Rücken ausstrecken. Und die einfachen, rohen Regale, es genügte doch, daß sie die Last der Bücher und Handschriften trugen, oder?

»Wirst du es auch tun, wenn du deshalb ein oder zwei Ausreden erfinden müßtest?«

Dr. Bachar nickte mit wachsender Verwunderung.

Ein breites Lächeln erhellte Niutas Gesicht. »Ich danke dir, Avrum«, sagte sie, und nannte ihn zum erstenmal, seitdem sie begonnen hatten, sich informell anzureden, bei seinem Vornamen.

»Nichts zu danken.«

»Nun erzähl mir von den Ausflügen der Naturfreunde. Vielleicht trinkst du jetzt etwas?«

»Nein. Es ist zu früh.«

»Erzähle.«

»Hast du gewußt, daß der Arugot-Fluß nicht nach dem hebräischen Wort benannt ist, sondern nach dem arabischen Aridscha, was Aufstieg bedeutet, da er in die Hochebene der Wüste führt?«

»Die Wüste ...«

»Die Wüste Jehuda.«

»Natürlich, die Wüste Jehuda«, sagte Niuta.

– 25 –

War es ein glücklicher Traum? Alek erwachte mit einer tiefen Freude in allen Fasern seines Körpers, ganz und gar in Erwartung eines wunderbaren Ereignisses, das in der nächsten Minute, in der kommenden Stunde, im Laufe des Tages eintreten würde. Er hatte nicht die leiseste Erinnerung an den Traum, doch anstatt sich zum »Foto Universal« aufzumachen, stieg er in einen Autobus, und erst nach einer Weile wußte er, wohin er fuhr: Zu dem Kämmerchen, das Charles in der Hütte neben dem Ruderklub hatte. Der Ankerplatz war menschenleer, das Wasser still, der Kassierer rauchte neben dem Kassenhäuschen. Der Pfad entlang des Jarkonufers war wie immer von hohem Gras überwuchert; das verfaulte Holz der umgestürzten, zerlöcherten Boote grau wie Erde selbst; große Büsche und kümmerliche Blumen, die sich zum Wasser hinabneigten, trennten zwischen dem Weg und dem schlammigen Ufer. Die Stufen ins obere Stockwerk knarzten und wackelten unter seinen Sohlen. Vielleicht hatte er von Charles' Kammer geträumt. In wachem Zustand hatte er schon lange nicht mehr daran gedacht und war nur ein- oder zweimal abends dort gewesen. Der Gang, den er entlangging, war eigentlich ein länglicher Speicher, hoch und verrostet. An einer Stelle war die Wand eingebrochen, und das breite Blechdach senkte sich zu saftigen, rotblühenden Oleanderzweigen hinab. Ein Liegestuhl stand dort unten daneben.

An der Tür hing ein dickes Schloß. Sah es aus, als hätte es seit drei Monaten kein Mensch mehr angerührt? Alek versuchte, es mit Hilfe eines kleinen Taschenmessers und eines Eisendrahtes zu öffnen, den er auf dem Boden fand, aber es gelang ihm nicht. Seine nicht nachlassende Erregung jedoch und die seltsame Freude, die immer noch in ihm vibrierte, so lange Zeit nach dem Traum, hielt ihn neben der Kammertür zurück. Im Staub auf dem Boden gewahrte er die Abdrücke von Schuhsohlen.

»Charles!« sagte er sich, stieg rasch, mit weitausholenden Schritten die Stufen hinunter und ging im rosa Licht der Ben-Jehuda-Straße zum Studio. Neben der Tür, auf dem Boden, sah er Erdklümpchen: Der Schlüssel war aus dem Blumentopf herausgeholt worden. Jemand befand sich in der Wohnung. Zephir? Charles? Lusia? Manfred? Er öffnete die Tür, und der scharfe Geruch von Gitanes stach ihm in die Nase.

Charles saß da und aß Sardinen aus der Büchse.

»Warum ist bei dir immer der Kühlschrank leer?« fragte er erbost.

Alek blickte ihn an, und auf Charles' Gesicht breitete sich ein großes Lächeln aus. Er trug einen seiner schönen Anzüge, und aus der Tasche des Jacketts lugten ein blütenweißes Taschentuch und ein Kammfutteral. Alek vermochte vor Aufregung keinen Ton herauszubringen.

»Charles?« sagte er schließlich.

»Beruhig dich, ich hab eine gute Nachricht.«

»Charles!« sagte Alek wieder.

»Beruhig dich, hab ich gesagt. Ich habe Bienenfrucht ausbezahlt, und das ist der Anteil, der dir noch zusteht«, sagte Charles und reichte ihm ein Bündel Scheine. Nun musterte er ihn eingehender.

»Sie haben dir also nicht die Nase gebrochen, wie sie mir gesagt haben. Verzeih mir, Alek, verzeih mir, wenn du kannst. Ich mußte aus der Stadt verschwinden.«

»Verzeihen? Ich bin bereit, deine Statue zu bestellen und mich Tag und Nacht zu ihren Füßen zu werfen«, erwiderte Alek.

»Ich mußte wirklich abhauen. Weißt du noch, wer das ist, Geisinovitsch? Ich hab dir von ihm erzählt. Ich fuhr zum Spielen zu ihm nach Haifa. Ich war sicher, daß ich gleich zurückkomme, aber es lief nicht. Ich verlor. Ich habe das ganze Geld verloren, die ganzen achthundert Lirot.«

»Und was hast du gemacht?«

»Was konnte ich machen? Ich habe mir von Geisinovitsch hundert Lirot geliehen und ging zum Pokerspielen mit Matrosen. Danach habe ich einem Zimmer über der Bar geschlafen, und so bin ich dort geblieben.«

»Drei Monate!«

»Sind schon drei Monate vergangen?! Karten ... Ich hab mich wirklich gewundert, daß ich Miri nicht bei mir in der Scha'arei-Nikanor gefunden habe. Sie hat meine Anzüge in zwei kleine Koffer gepackt. Wer steckt solche Anzüge in Zwergenkoffer? Und warum hat sie das überhaupt gemacht?«

»Ich habe es ihr gesagt.«

»Du?« sagte Charles. »Wann sind sie zu dir gekommen?«

»Am fünfzehnten.«

»Bloß Prügel, oder hatten sie irgendeine Waffe?«

»Schläge ins Gesicht, Fäuste in die Lenden und in den Bauch und Tritte etwas tiefer.«

»Bist du flachgelegen?«

»Nein. Ich war nur eine Nacht in der Ambulanz vom Roten Davidstern. Sie haben dort leere Betten im Gang.«

»Warst du böse auf mich?«

»Nein.«

»Aber wie war es genau?«

»Warum müssen wir darüber reden?« sagte Alek. »Was vorbei ist, ist vorbei.«

Charles sah ihn gekränkt an. Sein glattes Haar, das er häufig befeuchtete, war so straff nach hinten gekämmt, daß es an seinen Lidern zu zerren schien; seine Hände agierten mit den abgezirkelten, klaren Bewegungen eines Zauberkünstlers, der es gewohnt ist, Bälle, Eier, Bänder aus dem Ärmel zu ziehen und wieder verschwinden zu lassen. Es war faszinierend, ihm zuzuschauen, wie er eine Zigarette aus der Packung nahm, ein Streichholz anzündete und es mit einem tänzerisch geschwungenem Bogen an die Zigarette führte. Die vollkommen sichere und exakte Langsamkeit, mit der er seine Bewegungen zu voller Pracht entfaltete, verfestigten das Gefühl, daß Charles ein Virtuose und nicht ein professioneller Kartenspieler in einem Klub war.

»Was soll das heißen, was vorbei ist, ist vorbei? Du bist ein komischer Mensch, Alek.«

»Aber wozu soll ich es erzählen?«

Alek spielte mit dem Päckchen Geldscheinen und schüttelte den Kopf, bis Charles ihn am Ärmel zog.

»Die Tür war nicht abgeschlossen. Ich habe den einen, der die ganze Zeit redete, ihren Wortführer, zu Fall gebracht. Er ist gestürzt, aber ich habe es nicht bis zur Tür geschafft. Die übrigen haben mich getreten, als ich hinfiel, und als es mir gelang aufzustehen, schlug mich der Dicke mit einem Schlagring, und ihr Sprecher machte mit den Tritten weiter. Er war der einzige, der ein bißchen etwas getrunken hatte, um sich Mut zu machen, vielleicht war er auch der Spezialist im Treten. Der Dritte schwitzte furchtbar. Am Schluß sagte der Sprecher: Wir kommen wieder. Er hob die riesige Kamera von Lazar mit dem Stativ hoch, zerschlug damit alles, was man im Zimmer zerschlagen konnte, und warf sie ins Küchenfenster. Der mit dem Schlagring nahm mir den Ring vom Finger ab. Ich hatte einen schönen Ring. Ich kam bis zu Dusche, und nach einer halben Stunde hatte ich mich so weit erholt, daß ich in die Ambulanz gehen konnte.«

»Waren sie wütend?«

»Der Kerl mit dem Schlagring war eine Art Mörder. Die anderen waren einfach arme Hunde.«

»Erinnerst du dich an sie?«

»Aber sicher.«

»Wolltest du etwas unternehmen?«

»Der Kerl mit dem Schlagring – bei ihm dachte ich daran. Ich dachte daran, mir eine Waffe zu besorgen.«

»Aber du hast es bleibenlassen, richtig?«

»Ja«, sagte Alek unwillig.

»Und das war auch gut so. Sogar als Ringer war er zu blöd. Das sind die Hunde von Bienenfrucht, sie verdienen wie Hunde, erhalten ein Streicheln oder einen Tritt wie Hunde. Du hast es bleibenlassen, richtig?«

»Er erschien mir nicht dümmer als die anderen«, erwiderte Alek.

»Aber du läßt es bleiben, ja?«

»Ja.«

»Ich hab gedacht, du würdest böse auf mich sein. Und jetzt komm, wir gehen in irgendein gutes Restaurant. Willst du dein Geld nicht zählen?«

»Erst gehe ich mich waschen.«

Als Alek schließlich herauskam, in dem gebügelten Blaumann, sah Charles ihn vorwurfsvoll und kopfschüttelnd an. Um ihn zu beschwichtigen, zählte Alek das Geld. Fünfhundert Lirot.

»Du bist der größte Kartenspieler der Welt«, sagte Alek.

»Warte, eines Tages werde ich noch die Flügel ausbreiten«, erwiderte Charles und bedachte Aleks Aufzug weiterhin mit strengem Blick.

Auf der Straße versuchte Charles, ein Taxi aufzuhalten, und sagte: »Eigentlich lohnt es sich nicht, so weit zu fahren. Komm, wir feiern hier in irgendeinem nahe gelegenen Restaurant.«

»In Ordnung«, stimmte Alek zu.

»Nur, daß es noch so früh ist. In einem guten Restaurant werden erst ein oder zwei Leute sein. Das ist deprimierend. Komm, wir essen was Leichtes.«

»Wie du willst.«

»Eigentlich ist es ein bißchen schade um die Zeit. Ich bin beschäftigt. Ich habe heute abend ein wichtiges Spiel im Klub. Wenn wir in einem Restaurant essen, werde ich betrunken und schwerfällig.«

»Was machen wir dann?«

»Komm, wir essen Falafel«, sagte Charles ungeduldig.

Am Falafelstand benahm er sich wie ein großer Feinschmecker, probierte erst das Beilagengemüse und den Humus.

»Du mußt dir gute Kleider kaufen, Alek.«

»Ich liebe Arbeitsanzüge. Sie sind schön. Die blaue Farbe, der Stoff, sogar der Schnitt.«

»Schön ... was hat das damit zu tun«, sagte Charles verächtlich.

»Na gut. Ich renn mal los. Ich möchte noch ein bißchen im Klub sein, vor dem Spiel.«

»Du hast gesagt, sie seien Betrüger und Schurken.«

»Ich hab gesagt, ich hab gesagt«, seufzte Charles, »sie sind nicht schlimmer als andere. Weißt du, wie die Menschen sind?«

»Wie sind sie?«

»Du weißt, wie sie sind«, sagte Charles, »und darüber brauchst du nicht mit dem Schläger zu reden. Du bist angezogen wie er, und daher meinst du, daß er dich erniedrigen kann. Du brauchst einen guten Schneider.«

Alek blickte dem Taxi nach, in dem Charles davonfuhr. Oh, wenn mich Albin jetzt sähe: vierzig, und das Herz voller Dankbarkeit, daß mir Prügel erspart geblieben sind und ich einen Blumenstrauß schikken kann! Er rannte nach Hause und bat die Reinigungsfrau, die die Näherei im zweiten Stock saubermachte, seine Wohnung zu putzen, sie wunderschön aufzuräumen, auch wenn es zwei Tage dauern sollte, und brach dann wieder auf, um Maddi einen Blumenstrauß zu schikken. Der Sohn eines Menschen wie Rieti, wenn er noch bei Maddi sein sollte, konnte wohl kaum beleidigt sein, wenn ihr jemand Blumen schickte. Er schaute in den Spiegel des Blumengeschäfts: Er sah aus wie ein geprügelter Hund, dem jemand unversehens einen Knochen hingeworfen hat. »Von Alek, der die ganze Zeit an dich denkt.« – »Von Alek Tscherniak, mit Gruß.«

»Wenn dir ein Mann aufmacht, gib ihm den normalen Umschlag. Wenn es eine Frau ist, gib ihr den, auf den ich ein Blatt neben die Blume gezeichnet habe«, sagte er zu dem Boten.

– 26 –

Maddi zog Anfang des Winters bei Alek ein, und vielleicht wegen der Jahreszeit erschien ihr alles anders. Das Studio war nicht wie ihre Wohnung oder die ihres Vaters mit Öl oder Strom beheizt. Ein großer gußeiserner Ofen, der Lazar Luria gehörte, stand mitten im Raum; ein riesiger Blechkessel ließ hohe Dämpfe aufsteigen; Holzscheite und große Eimer waren ringsherum angeordnet; neben den elektrischen Lampen brannten dicke Kerzen, die sich schachtelweise im Schrank türmten. Der große Radioempfänger war ständig eingeschaltet, und sein magisches Auge blinzelte in der Nacht wie ihre erste Uhr damals – phosphornes Licht, lunar und beängstigend.

Maddi war überrascht und erschüttert von der Intensität ihrer Gefühle, als wäre sie für ihr früheres Leben gestorben und wiederauferstanden, um ihren Traum von der Liebe zu verwirklichen. Anfangs gab Maddi eine weitaus größere sinnliche Kühnheit vor, als sie wirklich besaß, während Alek die Brücke zwischen Anbetung und sexuellem Verlangen finden mußte. Maddis Weg war kurz, nicht so der seine – die Harmonisierung zwischen Anbetung und Verlangen war ein langer Prozeß, doch Maddi heilte ihn mit ihrer Schlichtheit und ihren intensiven Gefühlen erfolgreich von der Gewalttätigkeit und den Neurosen seiner Jahre als Eroberer, wobei ihr ihre hübschen Kleider, die einfachen Segelschuhe, die weißen, glatten Unterhosen und Socken halfen, ebenso wie die Abwesenheit jeglichen Schmucks und jeder Schminke, ihre kurzen Fingernägel, ihr Geruch, ihre etwas kindliche Stimme und ihre Lustgefühle, die wie erfrischende Stürme waren.

Sie beobachtete ihn, wie er leicht über den Teller gebeugt dasaß, und war von süßem Erbarmen erfüllt. Er barg viel Freude in sich, und es war immer angenehm, in seiner Gesellschaft zu sein. Sie fand heraus, daß er sich an alle möglichen Abenteuer-, Geister- und Detektivgeschichten nahezu Wort für Wort erinnerte, und sie liebte es, auf dem Sofakissen vor dem Ofen zu sitzen und seiner Stimme zu lauschen: »Der erste König von Ceylon war der Enkel eines Löwen. Und eines Tages ...« Manchmal sagte Alek Dinge, die absolut nicht den Bemerkungen ihres Vaters oder Rietis ähnelten, die aus Stolz niemals etwas sagten, das sich wie ein Urteil über die Gesellschaft hätte anhören können. Einmal, als sie das Fest verließen, das Hadas zum Geburtstag ihres Sohnes veranstaltet hatte, sagte er nachdenklich zu ihr, wobei er seine Worte mit einer Drehung des neuen Rings an seinem Finger unterstrich: »Nichts hat gestimmt. Ihr Bruder hat beim Musizieren falsch gespielt, und die Frau, die ihn begleitete, war ziemlich grob; die Bilder an den Wänden waren häßlich; die Kleider der Frauen waren geschmacklos, und die Männer betonten durch ihre Kleidung ihr Übergewicht, und sie beherrschten ihre Blicke nicht; alle redeten über Politik, als übersetzten sie Zeitungen in Kindersprache. Die Tischdecken ... die Stühle ... die Vorhänge ... der Ton der Stimmen ... die Parfüms – alles nicht gut. Ich bin kein kultivierter Mensch, ich denke zuviel an den Tod und an die Zeit, aber diese Leute haben eine falsche Wendung eingeschlagen.«

Trotz seiner pittoresken Geschichten über jeden einzelnen von ihnen mochte Maddi seine Freunde und Freundinnen nicht, die zu allen möglichen seltsamen Tages- und Nachtzeiten bei ihnen auftauchten. Doch in Aleks Besuchen bei ihrem Vater erblickte sie eine angemessene Entschädigung für dieses Ärgernis. Alek ging jeden Tag bei ihm vorbei und unterhielt sich stundenlang mit ihm. Bisher hatte ihr Vater noch nie im Krankenhaus gelegen und war fast nie krank gewesen – die beiden Herzinfarkte waren also ein Zeichen dafür, daß er die Schwelle des Alters überschritten hatte. Der Arzt hatte ihm befohlen, langsam und nicht zu lange auf der Straße herumzugehen, die Füße nicht allzu hoch zu heben, hatte ihm seine Lieblingsgerichte, den Alkohol und das Rauchen verboten; und Marinsky hatte eine nie gekannte Ungeduld in sich entdeckt, einen leichten Zorn und sogar Neid, eine Feststellung, die ihn früher bis in die tiefste Seele erschüttert hätte. Er hatte zwar auch zuvor seine Kollegen beneidet – wenngleich äußerst selten –, aber nur wegen ihrer schönen Autos, um die Häuser, die sie für sich selbst bauten, und wegen der Erfolge ihrer Söhne. Aber nun wurde er, zum erstenmal in seinem Leben, wütend darüber, daß man ihn die Synagoge nicht bauen ließ, beneidete diejenigen, die diesen oder jenen Architekturwettbewerb gewonnen hatten, und versank ganze Tage lang in lähmender Müdigkeit, als saugte ihm etwas das Blut aus und machte ihn zu einer Lumpenpuppe, die auf ein Bett oder einen Sessel geworfen worden war. Alek jedoch, der mit ihm die hebräisch-russischen Gedichte verfaßte, heiterte ihn auf. Diese amüsanten Spielchen waren auch eine Gelegenheit für ihn, zur russischen Sprache zurückzukehren. Zahlreiche russische Bücher tauchten unter seinem Bett auf, und Maddi hörte ihn sogar am Telefon russisch sprechen, etwas, das zuvor nur ganz selten der Fall gewesen war. Maddi konnte nur die kyrillische Schrift lesen, die Wortschöpfungen und Anspielungen verstand sie nicht. Aber die hebräischen Zeilen zeugten davon, daß diese Reimspiele nicht gerade fröhlich waren: Tod, Schatten, Gott und Nacht häuften sich in den Zeilen. Sie nahm eines der Blätter und las die kyrillischen Buchstaben:

Kraja, Kraja (Länder, Länder)
Mjetjel, Mjetjel (Sturm, Sturm)
Djen gas ... (der Tag erlosch).
Und auf hebräisch stand dort:
Kra: Jah! Kra: Jah! (Ruf: Gott! Ruf: Gott!)
Met el! Met el! (Gott ist tot! Gott ist tot!)
Din! Has! (Gericht! Still!)

Alek war auch der einzige, dem Marinsky sein Leid klagen konnte. Er konnte sich nicht bei Rieti beklagen, der all seine Klagen mit einem Kopfnicken bestätigte, als sei dies der Zwang der Realität, was Marinskys Klage ja gerade war. Bei Alek dagegen konnte er sich über alles beschweren – darüber, daß man ihn die Synagoge nicht bauen ließ, daß er nicht für die Planung einer ganzen Straße oder eines Platzes angefragt worden war, daß nie ein Emissär zu ihm kam und verlangte: »Bau mir ein Märchen!« Einmal hatte man ihm angekündigt, ein Vertreter der *Hagana* werde zu ihm kommen, um sich mit ihm zu unterhalten. Es erschien ein junger Mann mit dem Kopf voll sonnengebleichter Locken, der Sandalen trug, die sogar noch größer als die Marinskys waren, und er fragte ihn sofort: »Verstehst du etwas von militärischer Architektur, Ezra?« Diese Worte versetzten Marinsky unvermittelt in seine Jugendzeit zurück, zu den Tagen, in denen er begeistert Romane über das Leben großer Architekten gelesen hatte: »Es war an einem Sommerabend im Jahre ... Die Sonne versank. Messer Antonio da Sangallo ...«

»Militärische Architektur?« wiederholte Marinsky, und ihm gingen Skizzen venezianischer und französischer Festungen durch den Kopf, wie die Bilderfolgen im Zeitraffer in avantgardistischen Filmen. »Ich werde bauen, was du befiehlst.«

Der Mann von der *Hagana* warf ihm einen schnellen skeptischen Blick zu und das kurze Pausieren, bevor er den Mund wieder öffnete, war dazu bestimmt, seine wohlerwogene Meinung, seine Gewichtigkeit und Großherzigkeit zu verdeutlichen.

»Es gibt neben uns eine Eisfabrik. Die Mauern sind sehr dick, auch die inneren. Könntest du sie als Stellung für zwanzig bis dreißig Leute befestigen?«

»Eine Eisfabrik?!« sagte Marinsky. Sein Gesichtsausdruck mußte sich dabei offensichtlich sehr merkwürdig ausgenommen haben, denn der junge Mann von der *Hagana* erschrak ein wenig.

»Eine Eisfabrik, in der sie Eisblöcke produzieren, weißt du, Ezra?«

»Ja, ja, eine Eisfabrik.«

»Könntest du das machen?« Jetzt war der junge Lockenschopf zutiefst verlegen. »Es ist wichtig.«

»Ja«, sagte Marinsky.

»Aber du mußt beachten, daß wir nicht viel Geld haben.«

»Keine Sorge«, erwiderte Marinsky.

Der zweite Fall, der sich Jahre davor ereignet hatte, war noch seltsamer gewesen, und der Mann, der in dieser Sache zu ihm kam, war ein ehemaliger Bekannter von ihm, Daniel Rodin, ein Mann, dessen Worte, Schweigen und Blicke viel Gewicht in Erez-Israel hatten. Marinsky baute Häuser im Kibbuz, Häuser für Freunde und öffentliche Gebäude von schlichtem Charme. Obwohl ihm die gemeinschaftliche Lebensform überhaupt nicht entsprach, lebte auch in seinem Herzen der Traum vom Kollektiv, von mystischem Gemeinschaftsgefühls und der Hingabe an die Allgemeinheit. Marinsky las nicht viele philosophische Bücher, doch ein guter Architekt kann zuhören, und er hatte von Utopia, Ikaria, Phalangen, Oneida gehört; Diskussionen über freie Liebe waren zu seiner Studienzeit sehr verbreitet gewesen, und das Leben der Jungen und Mädchen im Kibbuz waren ein weites Gesprächsfeld in Tel Aviv. Rodin hielt die Fahne der freien Liebe im Kibbuz hoch, und obgleich er und seine Gefährten danach von der Idee Abstand nahmen, fanden sie sich im Grunde ihres Herzens nicht damit ab. Wie könnten sie denn den Dämon des Individualismus in die Knie zwingen, wenn nicht mit freier Liebe? Rodin kam zu Marinsky, als dieser gerade aus Lausanne vom Planungswettbewerb des Sowjetpalastes zurückgekehrt war. Rodin hatte sehr schmale Lippen, ein spitzes, narbiges Gesicht und nahezu wimpernlose Augen; auf seiner Nase saß eine Brille mit Blechgestell, seine Finger und Lippen waren vollkommen gelb, wie gefärbt, vom Rauchen, er trug ein weißes, bis zum Hals zugeknöpftes Hemd; ein anständiger Mensch, gefährlich seinen Feinden, Freunden und auch sich selbst.

»Hör mir zu, Marinsky«, sagte er und blickte mit einer Mischung aus Neugier und Abscheu auf die riesige Zeichnung des *Michelangelo* von Koslovsky, die Adjasch einmal mit einem Pantographen übertragen hatte, »du hast natürlich Fourier gelesen?«

»Natürlich«, erwiderte Marinsky. Sich als kultivierten Menschen auszugeben war Pflicht und Profession eines jedes Architekten.

»Und was hältst du davon?«

»Wovon?«

»Deine Meinung über Fourier ...«

Marinsky räusperte sich. Sollte er es riskieren? Im allgemeinen gelang es ihm nur allzu leicht.

»Gerechtigkeit und Glück sind meiner Ansicht nach ein perfektes Gespann«, sagte er also.

Es war Rodin anzusehen, daß er nicht wirklich zufriedengestellt war, Marinsky seine Leichtfertigkeit für diesmal jedoch durchgehen lassen konnte.

»Und was würdest du sagen, wenn ich dir vorschlüge, ein Gebäude zu erbauen, das diesem Gespann huldigte?« fragte er.

»Was ich sagen würde? Ich würde zu tanzen anfangen, Daniel!«

»Du wirst einen Brief von mir erhalten«, sagte Rodin und betrachtete wieder mit verblüfftem Abscheu Koslovskys russische Badehäuser. »In nicht allzu langer Zeit wirst du einen Brief von mir erhalten.«

»Ich werde ihn mit Ungeduld erwarten, Daniel.«

»Gut«, bemerkte Rodin gravitätisch.

Doch auf den Brief wartete er – bis der große Pädagoge tot war.

Marinsky schilderte auch, wie enttäuscht er von den Begegnungen im Hause Bialiks gewesen war, von der Kleingeisterei der Gespräche, die von Feindseligkeit und Verleumdung durchdrungen waren. Napoleon, so erzählte er Alek, sagte am Ende seiner Tage, er würde sich in der kommenden Welt mit seinen Marschällen und Generälen treffen, und alle würden sie die Trunkenheit des Anbeginns der Menschheit spüren. Die Trunkenheit des Anbeginns der Menschheit, und keine trüben, armseligen Gespräche.

Maddi lauschte den Unterhaltungen der beiden mit Sorge. Ihr Vater klang ein wenig enttäuscht von ihrem Leben mit Alek – vielleicht weil sie nicht heirateten, oder vielleicht dachte er, seine Tochter habe etwas anderes verdient.

Wenn im Geschlechtsleben wirklich alles symbolisch ist, wie Dr. Wilk in seinen Vorlesungen behauptet hatte, dann stellte ihr Einzug in

Aleks Wohnung das Betreten eines heidnischen Tempels dar, in dem sie angebetete Göttin war. In keinem Liebesroman hätte der wahnsinnigste und leidenschaftlichste Held es gewagt, Komplimente von der Art auszusprechen, wie Alek sie über ihren Körper verteilte, über ihren Hals und ihren Nacken, ihre Schultern, Lippen und Brüste, ihr Gesäß und ihre Scham, Knie und Hüften. Ihr neuer Geliebter brachte Stunden mit Liebkosungen zu, die sie wie eine gefährliche Droge in einem phantastischen, mondsüchtigen Abenteuer versinken ließen.

Winter und der Frühling vergingen in dieser Trunkenheit. War ich die Hündin von Colonel Schulz? Die weibliche sexuelle Hörigkeit, von der in den Groschenromanen der Jungen in der Armee stets die Rede war, wurde ihr nun verständlich.

Alek amüsierte sie mit zahlreichen Vorstellungen, mit Imitationen bekannter Sänger. Sich selbst nachlässig begleitend, da er nicht mehr präzise spielen konnte, sang Alek komplette Opern, alle Arien und Ensembles, eingehüllt in Bettlaken und Handtücher, angetan mit Hüten oder Lampenschirmen, um die verschiedenen Figuren zu verkörpern. Er spielte alte Tänze und sagte ihre Namen an: *Opiumrausch, Orientalischer Foxtrott, Morphium, Reminiszenzen aus Herkulesbad.* Er kaufte ihr schöne, preiswerte Beduinenringe, und wenn sie nicht zu Hause war, kochte er alle möglichen Gerichte. Er wollte niemanden treffen, und nur einmal widmete er eine Woche seinem Freund, dem Matrosen, der auf Urlaub kam. Er unterhielt sich nun kaum mehr mit seinen zahlreichen Bekannten, die auf einen Sprung vorbeikamen, das Bad benutzten, auf dem Küchenbalkon schliefen oder sich große Omelettes brieten.

Maddi spürte eine gewisse Erwartungshaltung bei Alek, eine Erwartung, die sie nicht begriff. Ihre Worte erheiterten ihn, je freier sie wurde, desto mehr Vergnügen fand er daran. Doch zuweilen tauchte eine unverständliche Anspannung in seinen Augen auf, ein leichtes Zögern, ein Fragezeichen. Aber worin wurzelte diese Spannung? Maddi fragte sich des öfteren, fast wider Willen: Wer ist er denn? Ein Angestellter in einem Fotogeschäft. Und obwohl sie nicht gewollt hätte, daß er eine bedeutende gesellschaftliche Persönlichkeit wäre, dachte sie zuweilen, daß er eigentlich kein Recht auf ein derart großartiges, ihr unverständliches Drama habe. Alek schien sich der Richtigkeit seines Lebens und des seiner Gefährten sicher zu sein. Ihr Vater und Rieti sprachen zwar mit viel Bewunderung von ihm, doch war Alek nicht im Grunde wie eine schöne Frau, die nur von ihrer Schönheit lebt, so wie er von dieser geheimnisvollen Sensibilität und seinem unbegreiflichen Drama lebte? Und noch während sie in jener

Sinnlichkeit versank, begann Maddi schon, ihren Abschied von ihm zu erfühlen, ebenso wie sie das Nahen des Herbstes spürte, dem Wehen des Windes und der Form der Wolken nach, am Rascheln der Blätter in der Nacht und an der neuen Klangfärbung im Zwitschern der Vögel am Morgen.

Seine Bekannten begannen sie mehr und mehr zu stören. Sie waren ganz und gar nicht die malerischen und faszinierenden Typen wie in seinen Geschichten, sondern egoistische und höchst unangenehme Leute, die um zwei Uhr nachts an die Tür hämmerten oder Steinchen ans Fenster warfen und sich weigerten, die Wohnung zu verlassen. Einmal, als sie spätabends zurückkehrte, traf sie einen bärtigen Herrn auf dem Küchenboden schlafend an, und eine fledermausartige Frau saß am Fenster und starrte auf den Fikusbaum und die Solarboiler, und ein andermal traf sie einen spindeldürren Schwarzen an, ein Student der Landwirtschaft, der in der Badewanne schlief.

Ende Dezember fuhr Maddi mit ihrem Vater nach Jerusalem zu Dr. Kleinschmidt. Sie vermochte ihren Vater unter keinen Umständen davon zu überzeugen, sich an einen anderen Arzt zu wenden. In Jerusalem war es bitter kalt, und so kehrten sie trotz der späten Stunde anschließend wieder nach Tel Aviv zurück. Bis sie ihren Vater nach Hause gebracht hatte und von dort wieder wegging, war es bereits mitten in der Nacht.

Als sie die Diele betrat und das Licht einschaltete, erstarrte sie innerlich: Am Haken hing ein weißgoldfarbener Pelzmantel. Der Pelz hätte einer von Aleks Bekannten gehören können, doch er sah zu sehr nach Luxus, Reichtum und Theatralik aus. Aus dem Zimmer waren ein krachendes Geräusch, schnelle Schritte zu hören. Sie öffnete die Tür, und eine Frau in einem roten Pullover und hohen Stiefeln, deren blondes Haar nachlässig von einem breiten Band zusammengehalten wurde, stand auf. Alek saß im Sessel, ein Fuß beschuht, der andere nackt, und versuchte vergeblich, sich eine Zigarette anzuzünden, mit Händen, die stärker zitterten als die des alten Jerusalemer Arztes.

»Das ist meine Bekannte Lusia«, sagte Alek. Er war erschreckend bleich, und seine Unterlippe zuckte.

Die Blondine lachte freudlos.

»Ich muß gehen«, sagte sie und fügte mit einem Blick auf Aleks nackten Fuß hinzu: »Du brauchst mich nicht zu begleiten.«

Maddi hätte gern ihre Augen gesehen, doch die Frau blickte sie nicht an.

»Maddi ...«, sagte Alek, »Maddi ... ich ...« Und er lief im Zimmer auf und ab wie vom Irrsinn gepackt. »Nie ... es ist nur ... kein einziges Mal ... nein, niemals ... das wird nicht passieren. Das wird nicht einmal ...«

Zum erstenmal nun richtete Maddi ihr Augenmerk auf sein Alter: Sein längliches Gesicht und seine großen Hände täuschten nicht über die Falten an seinem Hals hinweg; etwas Zauderndes lag in seinem Kiefer; und so dünn war er, vielleicht weil sie ihm gesagt hatte, daß sie bei Menschen mittleren Alters Magerkeit immer erregend fand.

»Zieh den Mantel aus, Maddi«, bat er.

Maddi wich zur Tür zurück, und Alek begann zu schreien. Er schlug mit den Fäusten auf den Kleiderschrank und die Glasvitrine ein. Ein dumpf splitterndes Geräusch war zu hören, Blut tropfte von seinen Händen, und im Nu war das ganze Bett blutbefleckt, das Bett mitsamt der gestreiften Galabija, die er von einem seiner afrikanischen Freunde erhalten hatte.

»Geh nicht, Maddi, zieh den Mantel aus. Verlaß mich nicht!« Er wischte seine verletzten Hände an der afrikanischen Galabija ab.

»Es ist nichts ... ich brauche keinen Menschen außer dir, nur dich brauche ich, nur dich liebe ich. Das ist alles in meinem dummen Kopf. Verlaß mich nicht!«

Das Blut rann und rann, und eine Glasscherbe schien in seinem Arm zu stecken. Um ihn zu beruhigen, zog sie ihren Mantel aus, ging Verbandszeug holen. Der Duft des Parfüms der schönen Blondine entströmte Alek, dem Kissen und den Laken. Was für ein scharfes Parfüm! sagte sich Maddi. Und sofort riß Alek die Laken vom Bett, entfernte den Bezug vom Kissen und bündelte alles zusammen.

Als sie seine Hand und seinen Arm verbunden hatte, küßte er sie auf die Schulter.

»Kannst du mir verzeihen?« flüsterte er.

Sie betrachtete den geröteten Verband, die Lampe, das Radio gegenüber dem Bett, und streichelte seine Stirn und seine dünnhäutigen, bleichen Lider. Ihr Herz schlug wild und krampfte sich vor Furcht zusammen. Nachher, als er eingeschlafen war, dachte Maddi kummervoll: Ich bin nicht für die Liebe geschaffen, ich weiß nicht zu lieben. Man sagt, es gebe viele Frauen, die nur ihre Väter, einen ihrer Söhne oder gar einen Enkel zu lieben imstande sind, bloß nicht ihren Mann oder Geliebten.

Sie betrachtete die Lampe, deren Licht ihr zu kalt erschien, und dachte: Noch vor zwei Monaten fiel es ihr schwer, ihn nicht jeden Tag zu sehen, und sie war immer ins *Foto Universal* gekommen. Alek, der bei seinen Freunden in der Armee und in den Bars beliebt war, weil er immer über dem zu stehen schien, was im Moment passierte, und dadurch in ihren Augen die Gewalttätigkeit des Augenblicks oder seine Einsamkeit entschärfte, wurde von Maddis Freunden, gerade wegen dieser Eigenschaft, als ein befremdlicher und sonderbarer Mensch angesehen. Sie sagten zwar nichts zu seinen Ungunsten, denn sie sahen seinen Blick voller Zärtlichkeit, immer auf Maddi gerichtet, doch sie waren sicher, daß ihre Trennung nicht lange auf sich warten ließe.

Zum erstenmal wurde er böse auf sie, als sie wieder anfing, Psychologie zu studieren. »Ich habe noch keinen Psychoanalytiker getroffen, der die Menschen verstanden hätte. Ich bin bereit, mit dir zu wetten, daß eine Dame des achtzehnten Jahrhunderts mehr von Menschen verstand, ihren Gesichtern, Bewegungen und dem Ton ihrer Stimme mehr zu entnehmen wußte als hundert Psychoanalytiker.« Und tatsächlich, der einzige Psychologe, den sie kannte, Dr. Wilk, hatte eine wirklich bösartige und schrecklich häßliche Frau.

Normalerweise wartete Maddi in dem Café neben dem *Foto Universal* auf Alek, doch eines Tages betrat sie das Studio ein paar Minuten vor Ladenschluß. Sie bemerkte Alek nicht, der Paßbilder im Nebenraum fotografierte. Frau Geller deutete unwillig auf einen Stuhl. Im allgemeinen war sie sehr höflich und umschmeichelte ihre Kunden, doch nach ein oder zwei Sätzen befiel sie bittere Müdigkeit, und ein weiteres Lächeln von ihrem erschöpften Gesicht rang sie sich erst ab, wenn der Kunde zahlte und sich anschickte zu gehen. Spuren einstiger Schönheit, die Maddi bei anderen Menschen so spannend fand, trugen bei Frau Geller nur zu ihrer dummen, kleinlichen Überheblichkeit bei.

»Sind Sie eine Verwandte von Herrn Tscherniak?« fragte sie, obwohl sie ganz genau wußte, wer sie war.

Wenige Augenblicke später trat Alek aus dem angrenzenden Raum, und mit ihm ein Mann, der einen Hornkamm in die Tasche seines Jacketts zurücksteckte.

»Keine Luft bei euch«, sagte er und wischte sich die Stirn ab.

Frau Geller gab ihm eine Quittung, und Alek küßte Maddi.

»Vergiß nicht, die Kameras aus dem Labor zu holen, bevor du in der Früh kommst. Am Abend ist eine Hochzeit«, sagte Frau Geller zu ihm.

Sie passierten eng umschlungen die Synagoge, die ihr Vater und Mischa Kastelanietz vor vielen Jahren gebaut hatten. Auf der Treppe saßen zwei Bettler. Ein Maler packte seine Eimer und Pinsel zusammen.

Maddis Besuche im *Foto Universal* wurden häufiger, und eines Abends sagte sie:

»Ich verstehe nicht, Alek, wie du an diesem Ort arbeiten kannst. Diese Gellers sind grauenhaft. Du hast viel zu tun, und nach der Arbeit mußt du noch auf Hochzeiten fotografieren. Es ist ein miserabler Ort.«

»Aber das Gehalt ist gut, und die Hochzeiten sind amüsant. Es ist nett, Bräute zu fotografieren, jedesmal eine andere Braut.«

»Aber fühlst du dich nicht ... unangenehm? Wie die Kunden mit dir reden, und Herr Geller, und diese grauenhafte Frau ...«

Alek ergriff ihre Hand: »Möchtest du, daß ich eine andere Arbeit finde?«

»Könntest du?«

Ein winziger Schatten des Zögerns glitt über Aleks Gesicht, sein großer Schnurrbart glich in diesem Augenblick einer Schwalbe, die unter seiner schmalen Nase davonzufliegen suchte.

»Einmal habe ich in der *Berlitz* unterrichtet, in der Sprachenschule. Meine Klassen waren voll. Ich kann dort wieder Französisch unterrichten, Italienisch, es gibt junge Leute, die nach Italien fahren, um Medizin zu studieren. Sogar Deutsch, wenn ich auch eine gräßliche Aussprache habe. Möchtest du, daß ich das mache?«

Maddi küßte ihn warm.

»Warte hier auf mich. Ich werde Geller sagen, daß ich nur noch bis Monatsende bei ihm arbeiten werde.«

»Möchtest du nicht lieber vorher bei *Berlitz* fragen?«

»Ich hatte Erfolg dort. Sie werden mich wollen. Warte.«

Maddi war stolz auf den Entschluß, doch die Leichtigkeit, mit der er getroffen worden war, beängstigte sie.

Eine Viertelstunde später kehrte Alek zurück. »Gehabt euch wohl, Bräute, Hühnerviertel und ›Otschi tschiornje‹ in den Festsälen des *Gil*«, sagte er.

»Ich möchte mit dir zur *Berlitz* gehen«, sagte Maddi.

Die Sprachenschule befand sich in einem Eckhaus, das an den Karmelmarkt grenzte, auf ihrem Dach erhob sich ein Halbrund aus Gips, wie die Kränzchen der Zimmermädchen vergangener Generationen, und darauf stand: Gerschon Levin 1929. Der Name war mit einem Schnörkel geziert, als hätte Gerschon Levin einen Wechsel oder einen Brief unterschrieben. Die Wände im Treppenhaus waren mit Ölfarbe gestrichen, die überfrachteten schmiedeeisernen Geländer häßlich, zwei sehr lange, schmale Fenster in jedem Stockwerk, und sämtliche Innentüren oder Fenster waren mit Glas- und Holzquadraten eingelegt, eiserne Türen mit rostigen Riegeln in jeder Etage. Der Korridor war breit, leere Zimmer, überall waren Zettel mit Namen von Lehrern angebracht. Maddi sah, daß Alek die Luft einsog, seine Hand auf die Brust legte und stehenblieb.

»Fühlst du dich nicht gut, Alek?«

»Dieser Sprachentempel versetzt mich in eine mir unbegreifliche Depression«, erwiderte er, wischte sich über die Stirn und atmete hastig. Die Klassenzimmer waren nahezu leer – einige Bänke, wenige Stühle, die Fußböden nur oberflächlich sauber, hier und dort waren Bilder von Schlössern und Kirchen aufgehängt. Blumentöpfe, ohne entsprechenden Inhalt, waren mit Zigarettenstummeln gefüllt, und auf den Ablagen der schwarzen Tafeln türmten sich Kreidereste. Die Tür zum Sekretariat stand offen, und eine Frau, deren Gesicht mit einer großzügigen Lage Puder eingedeckt war, stand auf und rief: »Alek! Du bist zu uns zurückgekehrt! Du bist wieder da! Herr Schulz! Schloime! Frau Blumental! Alek ist zurück! Ich wußte es ... ich wußte, daß du zurückkommst.«

Sofort tauchte ein Kopf an einem kleinen Fenster auf, und danach erschienen zwei Herren und ein große Frau im Sekretariatszimmer.

»Kommen Sie wirklich zu uns zurück, Herr Tscherniak?«

»Wenn Sie mich wollen, Herr Schulz.«

»Wenn ich Sie will?! Sie, Herr Tscherniak, sind für *Berlitz* erschaffen worden und *Berlitz* für Sie. Sie wissen, daß die Schüler von Ihnen angezogen sind wie die Fliegen vom Honig. Wenn Sie wieder in unsere Reihen zurückkehren, werden wir alle Konkurrenten schlagen, die Privatlehrer, die Schnellkurse, die Botschaften.«

Die gepuderte Sekretärin sagte: »Sag bloß, wie viele Stunden du geben möchtest und ob du die neue italienische Gruppe übernehmen willst und auch Französisch und Deutsch unterrichten könntest.«

»Meine deutsche Aussprache ist grauenhaft«, entgegnete Alek.

Seine Bewunderer lachten. »Das ist Unsinn, Herr Tscherniak. Ich erinnere mich – Sie haben Ihren Schülern ›L-lieder‹ bei-g-gebracht«, sagte Schloime mit leichtem Stottern und blickte Frau Blumental an.

»Das stimmt«, bekräftigte die große Frau mit der langen, energischen Nase. »Irre Aussprache ist serr guttt.«

»Und wie geht es Ihnen, Frau Blumental?«

»Heute oder all-g-gemein?« mischte sich Schloime ein. »All-g-gemein ist ihre Stimmung be-d-drückt, eine unerträ-g-gliche schwere seelische D-depression.«

»Frrechdaks«, sagte Frau Blumental.

»Und wo ist Herr Arad?«

»Herr Arad ... Herr Arad hat geheiratet, eine Erbin aus Rischon-Lezion geehlicht, eine seiner Schülerinnen. Zitrushaine ... Grundstücke ...«, erwiderte Herr Schulz schließlich und steckte seine erloschene Pfeife in den Mund.

»Ein korrupter Teufel, d-der Arad«, sagte Schloime, »ein G-glückspilz. Sie verehrt ihn.«

»Vielleicht ist Spanisch die Sprache der Liebe?« warf Alek ein.

»Err hat uns nicht einmal zurr Hochzeit eingeladen«, sagte Frau Blumental, »aber err hat Anzeigen an derr Tafel aufgehängt.«

»Und Batja?«

»Batja arbeitet jetzt bei der *ZIM*-Schiffahrtsgesellschaft, sie hatte genug vom Unterrichten«, erwiderte Herr Schulz, »man muß sich das vorstellen: Sie hat *Berlitz* für die *ZIM* verlassen.«

Durch die Glastür des Sekretariats war eine Gruppe junger Leute zu sehen. Ein paar Soldaten, Mittelschüler, und auch einige Alte, die jenen glichen, mit denen sich jeder angesehene Chor schmückt. Alek rang wieder nach Luft.

»Keine Angst, wir zahlen jetzt mehr. Du wirst es nicht bereuen, daß du zu uns zurückgekommen bist«, sagte die gepuderte Sekretärin, die etwas Hexenhaftes an sich hatte, dürr, wie sie war, mit ihren skelettartigen Fingern und ihren Beinen, die in halb transparenten, mattweißen Strümpfen verpackt waren.

Maddi schaute aus dem Fenster. Der Vorplatz des Marktes war voller Menschen, die mit Paketen beladen waren. Die Straße begann sich zu leeren. Von der Höhe der Räume der *Berlitz*-Schule aus machte der Markt sie traurig. Tomar. Die gemeinsamen Essen im Keremviertel.

Alek übertrug seinen Stundenplan auf ein Blatt Papier.

Maddi führte ihn zum Ende des Marktes, wo Herr Kristallis und seine Frau Käse und griechische Oliven verkauften. Aleks heitere Stimmung kehrte zurück. Er scherzte mit Frau Kristallis und erzählte ihrem Mann von seinem Plan, zwischen den griechischen Inseln herumzusegeln, und der Händler mit dem guten Käse und den Oliven betrachtete ihn mit liebenswürdiger Skepsis.

Es verging kein Monat, und Alek fing an, immer später und später vom Unterricht heimzukommen. Bei seiner Rückkehr war er schweigsam.

Eines Abens stieg Maddi zwischen den Ölfarbenwänden der *Berlitz*-Schule die Stufen hinauf. Im Korridor, im Licht einer nackten Glühbirne, sah sie Alek mit dem Rücken zu ihr stehen, umarmt von einem kleingewachsnen, molligen Mädchen. Als sich die beiden ihr zuwandten, sah Maddi die schlauen Augen des Mädchens, das lange Haar und die reizend rundlichen Schultern. In ein oder zwei Jahren wird dir der kindliche Speck immer weniger gefallen, mein romantischer Geliebter, dachte Maddi, als wäre sie Tante Ditka. Alek trennte sich von dem Mädchen, dessen Lippen ein siegreiches Lächeln umspielte. Alek war erstaunt, daß Maddi nicht böse auf ihn war, und auch Maddi selbst wunderte sich über ihre Gelassenheit.

»Sie hat ihre Telefonnummer auf jede Arbeit geschrieben«, sagte Alek.

»Ich verstehe – systematische Verführung«, sagte Maddi, »hast du sie in Spanisch unterrichtet?«

»Spanisch? Nein, weshalb?«

Maddi wollte ihn beruhigen. Er war derart betreten, hatte so große Angst, sie verletzt zu haben. Mit niedergeschlagenem Blick und eng an den Körper gepreßten Händen ging er neben ihr.

»Komm, wir gehen essen. Wegen der Prüfungen habe ich seit heute früh nichts gegessen.«

Sie ergriff seine Hand, eine kleine Geste, auf die er immer reagierte, und er hob ein wenig den Kopf.

Im Restaurant *Das große Herz* herrschte noch Leere, alle Tische waren mit weißen Papiertischtüchern eingedeckt. Ein leichter Kanalisationsgeruch drang von der Straße herein.

»Ich wollte dir von Sigalit erzählen, aber ich schämte mich, nach dem Versprechen, das ich dir im Winter gegeben habe. Als ich dich damals bei Rieti sah, sagte ich mir, wenn du mich jemals lieben solltest, würde ich nie mehr an eine andere Frau denken. Ich wollte immer treu sein. Haß mich nicht.«

Maddi empfand nur Traurigkeit, wie jene, die sie gespürt hatte, als sie von der *Berlitz*-Schule aus auf den verstummenden Markt hinuntergeblickt hatte. Langsam füllten sich die kleinen Tische mit Essensgästen, Tellerchen mit scharf gewürztem Tomatensalat tauchten auf jedem Tisch auf wie Mohnblüten. Die letzten Läden schlossen, und der Markt leerte sich, große Kisten wurden auf einen Lastwagen verladen, der am Ende der Straße stand. Zwei kleine Lokale waren von stärkeren Lampen erhellt, Radiogeräusche drangen heraus.

»Was würde ich nicht alles tun, um diese beiden Vorfälle ungeschehen zu machen. Ich wollte immer treu sein. Glaubst du mir?«

»Liebst du mich, Alek?«

»Wenn ich dich anschaue, erfüllt mich Zärtlichkeit, und ich bin eifersüchtig, wenn du dich für andere interessierst, egal, für wen.«

»Und jetzt möchtest du mit Sigalit leben, die dich in aller Öffentlichkeit in der *Berlitz* streichelt?«

»Ich möchte nicht mit ihr leben.«

»Sie hat dich einfach verführt?«

»Ich blieb mit ihr in der Klasse zurück, um ihre Fragen zu beantworten, und plötzlich wurde sie schrecklich emotional, kühn und hemmungslos. Wenn du mir diesmal verzeihst, werde ich sie nicht mehr sehen. Ich schwöre es. Glaubst du mir, Maddi?«

»Ja, ich glaube dir.«

Tränen rollten aus ihren Augen, doch sie gab keinen Laut von sich. Danach zitterten ihre Lippen unablässig.

Alek streichelte ihr Haar und trocknete ihre Augen.

»Sollen wir gehen?« fragte er.

»Wir sind zum Essen hergekommen, und wir werden essen«, antwortete Maddi.

Eines Abends, als er wieder spät nach Hause kam, sagte Maddi: »Gehen wir in irgendeine Bar, Alek?«

»In eine Bar?«

»Vielleicht ins *Montpetit*?«

Er schrak ein wenig zurück, sagte jedoch: »Gut, gehen wir.«

»Oder magst du vielleicht nicht?«

»Natürlich möchte ich.«

»Ich dachte, daß du an diese Orte vielleicht lieber allein gehst.«

»Eigentlich nicht.«

»Oder mit deinen Freunden.«

Normalerweise sprach Maddi nicht so mit ihm, weil er dazu neigte, auch von harmloseren Worten beleidigt zu sein, doch diesmal konnte sie sich nicht beherrschen.

Zu ihrer Überraschung sagte Alek: »Ja, ich gehe allein. Aber ich trinke dort nur ein Bier an der Theke. Das ist alles, Maddi.«

»Ich weiß«, erwiderte sie.

Dialoge wie dieser wurden nun immer häufiger, abrupt und ein wenig bitter. Alek begann, Seekarten und Lehrbücher für Navigation heimzubringen: Er bereitete sich auf die Segeltour um die griechischen Inseln mit Zephir vor und wollte eine internationale Zulassung zum Steuern eines Bootes erhalten, obwohl ihn schon die Seekrankheit packte, wenn er nur mit einem kleinen Boot zu dem Öltanker hinausfuhr, der das Benzin für die Autobusse brachte. Wenn er spät nachts heimkam, gab er acht, sie nicht zu wecken, schlüpfte leise zu seiner Seite des Bettes. Wenn sie ihn nun fragte, wie dieses Kleid an ihr aussah, das sie eventuell anziehen wollte, schenkte er ihr einen flüchtigen Blick, musterte ihre Erscheinung nicht mehr ausgiebig, drehte sie nicht hierhin und dorthin und glättete den Kragen der Bluse oder den Mantelaufschlag, wie er es früher getan hatte. Er legte nicht mehr den Arm um sie, während sie im Kino einen Film sahen, hielt nicht mehr ihre Hand und schien ganz versessen darauf, das Haus zu verlassen. Sie wußte, daß er niemals als erster von einer Trennung sprechen würde, und sie fürchtete, sich eines Tages gezwungen zu sehen, zu ihm zu sagen: Vielleicht ist es an der Zeit, daß wir uns trennen?

Nach einer der Prüfungen ging Maddi mit zwei neuen Freundinnen aus der psychologischen Fakultät am alten Hafen von Tel Aviv spazieren, und als sie gerade zum Meer hinuntergehen wollten, sah sie an einem Kiosk, vor dem kleine Holztische aufgestellt waren, Alek, der allein dasaß, sein weißes Hemd offen, das Haar fiel ihm in die Stirn, und seine lange Hand spielte geistesabwesend mit dem großen Bierglas.

Ihre beiden Gefährtinnen musterten ihn mit staunendem Blick: Eine Blase grüblerischer Einsamkeit schien ihn, sein weißes Hemd, das große Glas einzuhüllen.

»Wer das wohl ist?« sagte eine der beiden.

Doch Maddi lächelte nicht einmal.

Eines Nachts wachte sie schweißüberströmt auf. Alek war noch nicht zurück. Die grünen Leuchtzeiger standen auf drei Minuten nach Mitternacht. Maddi zog sich an und trank eine Flasche kalte Milch, packte hastig ihre Sachen, und eine halbe Stunde später war sie in der Wohnung ihres Vaters. Er war noch wach. Im letzten Jahr hatte er vermehrt Regenschirmmodelle gezeichnet und, vielleicht unter dem Einfluß von Rietis Worten über die Japaner, kleine japanische Öfen, japanische Steinlaternen, denen er seltsame hellenistische Formen verlieh, sowie japanische Tore, um darin eine Landschaft einzurahmen – Formen, die sein Herz vereinnahmt hatten.

– 27 –

Der Sechs-Tage-Krieg rüttelte Marinsky aus seinem Dämmerzustand wach. Der überraschende Sieg nach der drohenden Vernichtung (wohin wollt ihr fliehen, ihr Zionisten?) – brachte dem Bewunderer Napoleons, der Sphinx und des Adlers den Puls der Zeit zurück. Er ging wieder in sein Büro, stellte einen Zeichner und eine Sekretärin ein, nicht um Häuser zu planen, sondern um Straßen zu möblieren: Laternen, Kioske, Anzeigentafeln, Bänke und Ampeln. Das alte Empfinden, daß er baute, um Menschen zu erfreuen und für einen Augenblick den Atem derer stocken zu lassen, die seine Gebäude betraten, lebte wieder in ihm auf. Zwar langweilte ihn das Entwerfen von Häusern, doch eine Straßenlaterne, schöner als eine Skulptur, dekorativer als ein Baum, prächtiger als ein Schaufenster – das bezauberte ihn, und Hunderte von Entwürfen wurden den Ingenieuren überstellt, mit denen er einmal zusammengearbeitet hatte, den Gebrüdern Maschiach. Jetzt fürchtete Marinsky nicht mehr, daß ihn die Metaphern stören würden, er hatte keine Angst vor der Vergangenheit, und die Ermüdung der Formen bedrängte ihn nicht. Nun konnte er Laternen, Kioske und Anzeigentafeln konzipieren, deren Schlichtheit voller Nuancen war. Früher hatte er eine Sprache bar jeder biblischen oder talmudischen Phrasenzier – wie »voll sehnender Erwartung«, »der Seele zum Ekel gereichen« oder »verlustig gehen« – unterstützt, doch die Blumigkeit lauerte im Eck wie ein Löwe mit goldgelber Mähne, und ebenso die alten latenten Formen, und sie kehrten zurück zu ihm, sinnlich und geheimnisvoll. Nach einigen Monaten flaute diese Aufregung ab, die die Leute von der Stadtverwaltung dazu bewogen hatte, sich an Marinsky zu wenden, und die großen Mappen der Straßenmöblierung türmten sich eine auf die andere.

Doch Marinsky kümmerte das nicht weiter, denn inzwischen hatte er die Wüste Sinai entdeckt. Zu Anfang beängstigte ihn dieses Schlachtfeld, Tausende Fahrzeuge, Panzer, Schützenpanzer und Lastwagen, die überall verstreut waren, doch sein erster Besuch im Katharinenkloster und der Landrover, in dem er fuhr, begleitet von einem Panzerwagen aus Furcht vor Heckenschützen oder Überfällen, änderte alles. Den größten Teil der Frühlings- und Sommermonate verbrachte er in der Wüste und wanderte die Bergpfade entlang, zeichnete ein Menge Felsen oder saß in der Klosterbibliothek und betrachtete die Ikonen. Er versuchte sogar, Rieti zu überreden, sich an die arabische Liga zu wenden, um einen Tausch vorzuschlagen: Erez-Israel gegen den Sinai. Der Sinai, so sagte er, ist das wahre Erez-Israel – nicht eine Nekropolis wie Jerusalem und kein Jahrmarkt der Prostitution und Keramik wie der Küstenstreifen.

Das Jahr 1969 begann mit einem schlechten Zeichen. Mit seiner Gesundheit ging es bergab, und seine Erinnerungen, die bisher angenehme Dinge zutage gefördert hatten, nahmen nun eine andere Form an. Jetzt tauchten aus der Vergangenheit nur exakte Details empor: Die Kiste aus Odessa, die durch einen Angestellten von Jakobus Kahn über Rotterdam nach Jaffa geschickt worden war. Plötzlich erinnerte er sich an einen Satz, den der Dolmetscher auf der ersten Droschkenfahrt in Jaffa gesagt hatte: Die Stadt ist völlig eingeräuchert vom Aroma gebratenen Fleisches – den Namen des Mannes jedoch hatte er vergessen. Er ließ zwar Interesse am ersten Flug auf den Mond erkennen, erkundigte sich immer nach Armstrong und war sehr beeindruckt von der Tatsache, daß dieser Astronaut schon mit sechzehn Jahren, noch vor dem Führerschein, seinen Flugschein erhalten hatte, doch danach hörte er von immer mehr Leuten, daß die Astronauten vom Mond ohne irgend etwas zurückgekehrt waren, abgesehen von ein bißchen Staub und ein paar Felsbröckchen. Was hatte er denn eigentlich erwartet, das man auf dem Mond fände? Seltsame Kreaturen, die zwischen riesigen Lotosblüten hausten? Ein eierlegendes Mondmädchen? Metalle, die sich kein Chemiker hätte träumen lassen? Er betrachtete seine Buddhastatue – das Gold war nahezu gänzlich von Grün überzogen, und nur auf der Stirn, auf der glatten Brust und in den langen Ohrläppchen war noch so etwas wie Sonnenflekken auf einem vermoosten Felsen sichtbar: Der Schleier über dem Gesicht meiner Geliebten, ist er der Staub meines Leichnams?

Was jedoch wirklich sein Gemüt verdüsterte, war etwas anderes: Michael Dennis Rohan, ein junger Australier, zündete die El-Aksa-Moschee an. Der kräftige junge Mann in dem Streifenhemd war wahnsinnig, soviel war klar, doch auf dem Tempelberg war etwas entweiht, eine Ordnung gebrochen worden, etwas Unbekanntes grollte unter dem Berg. Den jungen Australier hatte diese Profanierung angezogen, und wie jeder Wahnsinnige hatte er etwas gespürt, das er nicht in Worte fassen konnte und das in seinen Augen die Form einer Mission annahm. Die Brandstiftung war für ihn höherer Befehl. War am Tempelberg etwas auf dem Wege, ans Licht zu kommen? Irgendein fürchterliches Geheimnis? Seiner Stimmung wegen weigerte sich Marinsky, an den Sechzig-Jahr-Feiern Tel Avivs teilzunehmen, obwohl er sich früher solche Feste unter keinen Umständen hatte entgehen lassen, denn er liebte den nahezu mythischen Anbeginn der Stadt, die aus dem Sand erstanden war, und in seinem Büro hing das berühmte Foto, in dessen oberen Teil er zwei Zephire mit dicken, rosa Pustebacken gezeichnet hatte, die über dem Meer und dem ausgebleichten Himmel ins Ruhmeshorn stießen. Würde etwas in den Tiefen der Erde zutage treten, im Reich der Anfänge und Enden, der Wurzeln und der Fäulnis? War es das, was den Wahnsinnigen im Streifenhemd aufgerufen hatte, den Petroleumeimer und die Streichhölzer zu holen? Und welche Dinge konnten sich dort wohl verbergen? Vielleicht waren jene aber auch nichts anderes als die Vögel des Verrückten aus Jaffa mit der Visitenkarte, Fliegenschwärme, Raben, deren Zahl wie die Zahl der Sünden war, kreisend und krächzend im Himmel über dem Tempelberg? Würden monströse Zauberwerkzeuge in der bröckeligen, ausgelaugten und armseligen Erde, die die leeren

Augenschächte der Schädel füllte, ans Licht kommen? Auf dem Tempelberg hatte man Opfer dargebracht, dort war das letzte Brüllen erklungen, und darunter sickerten die Gifte der Erde – die wahren Dämonen, die vom Himmel verbannt worden waren. Dennis Rohan wollte ein Feuer entfachen – wie es sich für einen Wahnsinnigen gehört, dachte er, der Brand wäre reinigend. Marinsky bedauerte es, daß er sich nach dem Tod seines Hundes trotz seines Kummers keinen anderen mehr angeschafft hatte und daß er den sprechenden Papagei nicht im Haus behalten hatte. Es hat etwas Wunderbares, die jeweilig unterschiedliche Lebensspanne, die den diversen Geschöpfen gegeben ist, dem Hund, dem Elefanten, dem Hirsch, der Fliege und dem Schmetterling. Konnte man sagen, daß unheilverkündende Visionen nur Schall und Rauch sind? Was ist persönlicher als ein Traum? Wie sonderbar waren die Vorgänge, die in seinem Inneren brodelten, und wie unkontrollierbar! Ein Mensch für sich allein, ohne Feind, ohne Gegner, und er gebiert aus sich selbst heraus Scheusale und Bilder des Grauens: In der großen Welt gibt es Ungeheuer ohne Zahl, umhüllt von dunklen Höhlen, vom phosphoreszierenden Schein des Bösen. Jerusalem! Immer hatte er sich nach dem Neuen gesehnt, und nun ... Der Tempelberg, antike Geschichte, das antike Totenreich ... Wollte Gott, der Tempelberg wäre verödet, wie zu römischer und byzantinischer Zeit, ein riesiger Abfallhaufen, wie es der Liebe der Urzeitmenschen zu visuellen Metaphern angemessen ist.

– 28 –

Anfang September kam David, der Sohn von Darley und Eva, zu Besuch nach Israel. Er war siebenundzwanzig und sah seinem Vater sehr ähnlich, nur die Lippen und den Teint hatte er von seiner schönen Mutter geerbt. Er erzählte von seiner Arbeit in den Armenvierteln, von der Sanierung von Häusern, Gärten und Straßen. Seine Erzählungen langweilten Marinsky, der an Armut und Philanthropie kein Interesse hatte, ebensowenig wie an Geld und Geschäften. Der junge Mann saß viel im Haus herum, und Marinsky versuchte vergeblich, ihn auf sehenswerte Stätten hinzuweisen, auf Kreuzritterburgen, römische Antike. David ging so gut wie nie allein aus dem Haus, und obgleich er Marinsky begleitete, wenn dieser ins Büro ging, begann er langsam und allmählich, sich immer mehr in Maddis Zimmer aufzuhalten. Nach einem Monat wurde Marinsky klar, daß sich sein Gast in Maddi verliebt hatte, und seiner stillen Art entsprechend bebten seine Lippen, die denen seiner schönen Mutter glichen, ganz leicht, wenn Maddi den Raum betrat, in dem er saß und Zeitung las, die Fenster- und Türrahmen strich oder die Dachpflanzen goß. Es war Marinsky unangenehm, ihn zu fragen, wann er abzureisen beabsichtige, denn David bemühte sich sehr, nicht zu stören – er war im Grunde ein mustergültiger Gast, ruhig, fast unsichtbar. Er ging auch in den Lebensmittelladen zum Einkaufen und hängte Wäsche auf, und wenn er sich nicht bei Marinsky oder bei Maddi befand, saß er am Strand, trank ein Bier und verfütterte Brotkrümel an die Vögel. Manchmal ging er Wellenreiten. Zuweilen klagte er bei Maddi über seine Erziehung, die seinen Worten nach zu konkurrenzbetont gewesen sei.

Einmal, als er mit der englischen Sonntagszeitung zurückkehrte, zeigte er Maddi die Annonce eines großen Hauses vom Ende des neunzehnten Jahrhunderts, ein Haus mit zahlreichen Räumen, dreißig Metern Bach inklusive Forellen und einem kleinen Wäldchen.

»Es ist sehr billig«, sagte er, »was hältst du davon, Maddi, wolltest du in einem solchen Haus leben? Ich weiß, daß du Städte liebst, aber das Haus ist nicht weit weg von London. Fünfzig Minuten mit dem Zug von Charing Cross.«

»Was meinst du damit, David?«

»Ich dachte, daß du mich vielleicht würdest heiraten wollen«, sagte David.

»Heiraten? Liebst du mich denn?«

»Ob ich dich liebe ... Ich habe mich in dem Augenblick in dich verliebt, als ich dich sah. Ich dachte, du wüßtest es.«

»Und ich dachte, du findest mich einfach nett. Das ist alles.«

»Die ganze Zeit denke ich nur an dich. Man hat mir Arbeit bei Sanierungen im Keremviertel versprochen, und ich werde Tel Aviv nicht eher verlassen, bis du einwilligst, meine Frau zu werden.«

»Sag mal, David«, erwiderte Maddi in spitzem Ton, »meinst du, ich hätte nicht genug Probleme und alles, was mir fehlt, sei ein viktorianisches Haus mit Forellen, eine Stunde Fahrzeit von London entfernt?«

»Dieses Haus ist eine echte Gelegenheit. Deshalb habe ich dir die Anzeige gezeigt. Ich bestehe auf gar nichts, aber ich habe meinem Vater versprochen, seinen Anteil am Büro zu übernehmen.«

»Du weißt nicht einmal, ob ich dich gern habe.«

»Du küßt mich immer ganz zart und nahe den Lippen, du liebst es, mich zu berühren, und als ich einmal auf dem Balkon über dem Schachbrett eingeschlafen bin, hast du mich gekitzelt.«

»Du bist ziemlich eingebildet, David.«

»Ich glaube nicht. Aber ich habe noch nie vorher geliebt.«

»Mein Vater sagt, daß du der typische Engländer bist, den Nietzsche haßte. Ich muß ihm sagen, daß du verrückt bist.«

»Ja, sag ihm, daß ich verrückt bin. Vielleicht mag er mich dann lieber.«

»Meinst du wirklich ernst, was du gesagt hast?«

»Ich liebe dich, und ohne deine Augen und dein Lächeln möchte ich nicht leben.«

Maddi wußte, wenn sie sagen würde: Du kennst mich nicht, würde er mit der Standardantwort aufwarten, die sie immer in Filmen darauf parat hatten, und sie beschloß, mit ihrem Vater über David zu sprechen. Wenn sie ihn manchmal nach der schönen Eva fragte und nach Major Darley, der mitten im Krieg nach Tel Aviv gekommen war, machte ihr Vater ein zorniges Gesicht, und in seinen Augen schimmerte ein Gefühl auf, das Maddi an ihm fremd war – leichte Angst und eine Spur Bangigkeit, und obwohl er mit Sympathie von Eva sprach, sagte er: »Es gibt nichts Abgedrosscheneres, als einen Fremden zu lieben. Und wenn wir bereits dabei sind, dann muß ich dir sagen, daß ich dich nie verstanden habe. Wo ist dein Ohr, wo ist dein geheimes weibliches Verständnis? Wenn ich dich so betrachte, scheint mir manchmal, daß all diese Dinge von der emotionellen Überlegenheit der Frauen bloß ein weiteres Märchen sind, das wegen der Faulheit der Männer erfunden wurde.«

Eines Nachts saß Maddi am Bett ihres Vaters. Er war sehr dünn jetzt, noch nie hatte sie ihn so mager gesehen. Vor sieben Jahren, als er schwer krank war, war sie sicher gewesen, daß er genesen würde, während er nun irgendeine Angst ausstrahlte, und diese merkwürdige Angst ließ ihr Herz sich zusammenkrampfen. Vielleicht waren seine langen Expeditionen im Sinai zu zehrend und aufregend.

»Hast du ein bißchen Zeit für mich, Papa?«

Marinsky lächelte und küßte ihren Scheitel.

»Ich habe daran gedacht, nach England zu fahren.«

»Zu einem Besuch?«

»Besuch ... nein, eigentlich nicht zu einem Besuch. Ich habe mit David geredet.«

»Du meinst doch nicht wohl ...«

»Doch, Papa.«

»Du willst das Land verlassen?«

»Ja.«

»Du willst das Land verlassen?... Dich in England niederlassen?

Das Land der Klassengesellschaft, der schrecklichen Langeweile? Es gibt dort mehr Judenhasser im Außenministerium, als es in Hebron gibt, und mehr bei der BBC als bei der PLO.«

»Meine Aussichten, einem Menschen vom Außenministerium zu begegnen, sind ohnehin gleich Null, und im Radio höre ich mir nur Kriminalhörspiele an.«

»Aber auswandern ... das Land verlassen ...«

»Ich werde israelische Staatsbürgerin bleiben, Papa.«

»Das ist furchtbar schwer, Maddi ... ich ...«

»Ich werde meinen Kindern, wenn ich welche habe, Hebräisch beibringen.«

»Eva hat es David nicht gelehrt.«

»Aber ich werde es tun.«

»Dort gibt es nichts. Wer hat nicht alles die Grabrede über England gehalten? Wer hat nicht alles sein Verschwinden in der Versenkung betrauert? Wer hat nicht alles gedacht, man könnte vielleicht Gold aus dem Blei der Tradition gewinnen? Aber das war nur eine naive Illusion.«

»Alles? Nur Illusion?«

»Alles, und was keine Illusion ist, wird dich erbarmungslos verletzen. David ... David heiraten? Gestern habe ich ihm unsere Bücher gezeigt, mit den Signaturen der Autoren, und was hat er, deiner Meinung nach, zu der *Ilias*-Übersetzung von Tschernichovsky gesagt? *Ilias?* Es wird Zeit, daß man aufhört, barbarische Bücher zu lesen. Die *Ilias* ein barbarisches Buch! Möchtest du mit einem Menschen leben, der die *Ilias* für ein barbarisches Buch hält? Und hast du gesehen, wie langsam er ißt? Und ist dir aufgefallen, wie er am frühen Abend losrennt, um ein Bier oder einen Whisky zu trinken? Und sich nicht aus Tel Aviv wegrührt? Denk doch nur – er ist hierhergekommen, und es interessiert ihn nicht, die Wüste zu sehen, Jerusalem, auf den Hermon zu steigen, in der Bucht von Eilat zu baden, im See Genezareth! Nicht einmal in Jaffa war er. Ein Leben der Langeweile, Monotonie, leichte Heuchelei, säuerlicher Alkoholismus – das wählst du?«

»Du weißt, daß ich nur ein Glas Wein zum Abendessen trinke, und auch das sehr selten.«

»Das wird sich ändern. Das wird sich ändern unter dem Einfluß des grauen Kalksteins. Sie haben eine Kalkseuche. Herzls Sohn, Hans, wurde nach England zu einem Dr. Jacobs geschickt, vom *Ascot House*. Jeden Morgen beten, nach dem Mittagessen stets Cricket, Schwimmen, spezielle Lunchs. Man hat ihm dort den Verhaltenskodex beigebracht. Danach, natürlich, Dr. Jung und Dr. Freud, das verrückte Dichtergespann. Und das war das Ende von Hans – Methodismus, Katholizismus und ein Kopfschuß mit dem Revolver in einem gottverlassenen Hotel.«

»Ich weiß nicht einmal, was Methodismus ist, Papa.«

»Auch als es schwierig für mich war, habe ich dich zum Tanzunterricht angemeldet, Schwimmen, Basketball, Oboe spielen, ich habe dir Zeichnen und Mathematik beigebracht, habe dir am Abend Geschichten vorgelesen, bis ins Musterungsalter, wir haben jede Woche einen Ausflug gemacht. Du weißt, daß ich dich liebe und dich immer geliebt habe?«

»Was ist das für eine Frage, Papa?«

»Ich habe von deiner Geburt geträumt. Es war der einzige prophetische Traum, den ich je im Leben geträumt habe. Und jetzt willst du das Land verlassen ... und wie alles ... welche Bedeutung ...«

Nach diesem Gespräch begann Marinsky, ihr ein wenig auszuweichen. Trotz seiner Schwäche und Magerkeit fühlte er sich dem äußeren Anschein nach nicht schlecht, doch Maddi hörte ihn Fragen stellen, die ihr angst machten. Wie viele Male pro Tag fragte er, welcher Tag heute sei? Oder er beschwerte sich, daß sie im Zimmer einen neuen Spiegel aufgehängt habe, den er nicht gewohnt sei, und Maddi erinnerte sich, daß sich in ihrer Kindheit tatsächlich ein anderer Spiegel im Schlafzimmer befunden hatte. Er sprach zu ihr sogar über die Notwendigkeit einer »neuen Natur«, »anderen Natürlichkeit« – Worte, die sie nicht begriff; und manchmal erwähnte er Napoleon ohne jeden Zusammenhang. Eines Tages fragte er David:

»Warum unternimmst du eigentlich keine Ausflüge?«

»Ich liebe dieses Dach. Man sieht das Meer, Jaffa. Ich streiche und weißele gerne. Deine Bücher und Schallplatten sind sehr fesselnd. Ich habe daran gedacht, vielleicht Russisch zu lernen. Ich hatte einen Freund, der immer ins Puschkininstitut in London ging. Er sagte, es sei nicht schwer, Russisch zu lernen.«

»Du würdest wirklich Russisch lernen?« fragte Marinsky. »Maddi hat mir erzählt, daß sich ein bedeutender Musikkritiker in England über Rimski-Korsakov mokiert habe ... ein Speichellecker Wagners! Kaiser Wilhelm besaß ein Signalhorn, das das Leitmotiv von Wotan ertönen ließ, und Hitler ist garantiert auf einem Besen herumgesprungen und hat die Prozession der Walküren geträllert. Wer Rimski-Korsakov schlechtmacht, schmeichelt sich im Grunde beim Kaiser und bei Hitler ein. Wer *Zar Saltan* nicht liebt, muß zum Ohrenarzt gehen.«

»*Zar Saltan*. Natürlich«, sagte David.
»Kennst du das?«
»Ja ... das heißt ... ich habe es einmal gehört.«
»Eine herrliche Oper!«
»Ja! Welche Arien! Chöre! Orchester!«
»Und du liebst es nicht, Ausflüge zu machen, auf die Gipfel der Berge zu steigen, Städte zu entdecken, die im Dschungel begraben sind?«
»Nein, ich würde sagen, nein.«
»Und Altertümer, Statuen anzuschauen?«
»Ein Mensch muß die Schönheit in der Natur sehen, in den Wolken, den Bäumen, im Horizont, in den Feldblumen, im fließenden Bach.«
Marinsky schüttelte den Kopf und betrachtete ihn nachdenklich.
»Manchmal denke ich, der Mensch versteht alles, außer dem Einfachsten«, sagte David.
Marinsky schüttelte wieder den Kopf.
»Ein Mensch, der Kunst liebt, kann trotzdem ein Schurke sein, aber ein Mensch, der die Natur liebt, kann unter keinen Umständen ein Bösewicht sein. Ich habe deine Zeichnungen mit den speziellen Farben gesehen. Vermute ich richtig – sind das tatsächlich alles Farben aus der Natur – Maulbeere, Kirschen, Himbeere, Gemüse, Staub, verbrannte Streichhölzer, Kaffee, Tee, hier und dort sogar ein bißchen Öl?«
»Ja, das stimmt. Aber kein Öl, denn sonst reißt das Papier. Manchmal habe ich etwas Schweiß von der Stirn mit dem Finger aufs Blatt geschmiert.«
»Das ist faszinierend! Tee, Kirsche und Kaffee sind meiner Ansicht nach die wunderbarsten Farben.«
»Ich wußte gar nicht, daß du das Natürliche so liebst.«
»Ich wäre bereit, die Zeit nur danach zu erfahren, wie der Schatten der Bäume steht, Mr. Marinsky«, sagte David.
Maddi wußte, daß David entsetzlich übertrieb, und ihr Vater betrachtete ihn unter seinen dicken Augenbrauen hervor und sagte: »Der Schatten der Bäume? Aha, ich verstehe.«
Vor Jahren hätte Marinsky ihm vielleicht verziehen und ihn sogar dafür gemocht, daß er versuchte, auf solch naive Weise seine Meinung über ihn zu steuern, doch jetzt hatte er Angst. Die Vorstellung, wie Maddi mit hohen Stiefeln im englischen Dorfschlamm herumwatete und sich der Konversation mit der örtlichen Gesellschaft befleißigte, trieb ihm Tränen der Wut in die Augen. Das Land verlassen! War es

vielleicht seine Schuld? Ihre Augen – als er ihr von den vier Engländern in Aluschta erzählte!

Maddi pflegte an seinem Bett zu sitzen, doch er wandte sich ihr nicht einmal zu, lag stundenlang mit dem Gesicht zur Wand da. Aber es war nicht leicht, auf Maddi böse zu sein. Sie schwieg, glättete seine Laken, wusch sein Gesicht und seine Hände, brachte ihm etwas zu trinken und weinte im stillen.

Marinsky versuchte, mit Rieti zu reden.

»Setz dich, setz dich«, sagte er zu ihm mit seiner geschwächten Stimme.

Hochfeld hatte sich früher Marinsky gegenüber so verhalten, wie es in seiner Familie üblich war, Frauen zu behandeln: Man überschüttete sie mit Liebe und Achtung, und sie vergalten es einem tausendfach mit dem Fleiß und der Treue einer Magd. Allerdings fiel es Hochfeld schwer, zu verstehen, welcher Art Liebe Marinsky bedurfte; er selbst war ein Junggeselle und fand Geschmack am Alleinsein. Er unterschied nur zwischen privat und öffentlich, mehr nicht. Die Tatsache, daß jemand außerhalb des Privaten und des Öffentlichen leben konnte, erschien ihm eine kindliche Vorstellung. Alle Knaben an seinem Nürnberger Gymnasium, außer einem, einem kräftigen und besonders dummen Jungen, hatten Gedichte geschrieben, doch kein einziger machte damit weiter. Seiner Ansicht nach war Marinsky in seltsamem Maße gleichgültig gegenüber Geld, gesellschaftlicher Anerkennung, Publicity, und es gab nichts, auf das er nicht zu verzichten bereit gewesen wäre, um seine Tochter und seine Freunde zufriedenzustellen. Marinsky lebte in einem Zwischenbereich. Und was war ihm so wichtig an dieser Zwischenwelt, dieser Lauterkeitsnische? Nichts anderes war es, als daß er ein religiöser Mensch sei, sagte Hochfeld immer wieder, wenngleich man schwerlich sagen könne, wer sein Gott sei, vielleicht der Gott der Kinderbücher, eine Kombination aus Überwachung und märchenhaft generösen Gesten, oder vielleicht jener Gott, von dem der Prinz de Ligne in einem seiner Aphorismen sagte: »Die Atheisten leben im Schatten Gottes.« Die Historie, die Marinsky fesselte wie eine farbenschillernde Stoffbahn, deren Mittelpunkt Szenen von Heldentum und Liebe bildeten, mit Pflanzen, Blumen und symbolischen Tieren in den Ecken, langweilte Hochfeld. Er spürte Marinskys Schlichtheit.

Rieti dagegen kam nicht hinter diese Einfachheit. Daher war er überrascht, als Marinsky eines Abends mit starker Gemütsbewegung über etwas zu sprechen begann, das Rieti überhaupt nicht verstand, denn Marinsky pflegte, wenn er etwas Wichtiges zu sagen hatte, dies anfänglich aus der Distanz zu beschreiben, mit obskurer Komplexität. Und erst nach einer Weile begriff Rieti, daß das, was ihm bevorstand, ein intimes Gespräch war.

Zuerst hörte er von Marinsky, das Entscheidende sei die geistige Familie, der der Mensch angehöre. Es gebe Mathematiker und Nichtmathematiker, es gebe Geometriker und Algebraiker, Romantiker und Klassizisten in der Mathematik; und vielleicht auch in der Jurisprudenz, vielleicht gar bei der Buchhaltung (auch wenn man das eventuell anders benennt). Und möglicherweise sei dies alles nicht von Bedeutung, was jedoch ganz schrecklich wäre, sei die Tatsache, daß man einen Fehler begangen habe, einen leichten Fehler nur, der vielleicht zwangsläufig gemacht werden mußte und vielleicht auch schön und gut war, aber unbestreitbar ein schrecklicher, schmachvoller Fehler war.

»Ja ... ja?« murmelte Rieti.

»Wir haben einen Fehler begangen, was das Allerwichtigste betrifft: die Natürlichkeit. Das Natürliche ist etwas äußerst Kompliziertes. Es ist keine pure Sache ohne jeden Zusatz. »Thé nature«, wie die Franzosen sagen – Tee ohne irgend etwas, ohne Zitrone oder Milch. Ein abgeworfener Schwanz ist nicht mehr zurückholbar. Geh und laß dir einen neuen Schwanz wachsen! Ich wollte keinen Rasen im Zentrum der Kibbuzim, ich wollte eine Art großen Patio, doch die Sache ist viel ernster. Dieses Haus an der Ecke der Allee – alle sagen, es sei das schönste Haus, das ich je gebaut hätte. So sagte mein Kollege, ein italienischer Experte, ein renommierter Gast aus Amerika. Doch wer hat dieses Haus gebaut? Wer? frage ich. Ich, mein wahres Ich, oder dieser Golem, dieser Automat, der in den letzten Jahren an meiner statt lebt? Dieser Golem, der statt meiner alle Handlungen ausführte: Er hat gedacht, er hat gefühlt, wenn man das Gefühl nennen kann. Der Automat hat keine Inspiration, keine sprudelnde Quelle, keine Sonneneinstrahlung. Er steht im Zeichen des Mondes, ein lunarer Automat, gelenkt von Mondstrahlen. Dieser Automat hat mein bestes Haus gebaut.«

»Ja ... ja ...?« murmelte Rieti.

»Mein Golem hat dieses Haus gebaut und das Haus an der Zadok-Hakohenstraße und die geologische Fakultät ...«

»Ja.«

»Was sagst du dazu?«

»Ich sage, daß du ein Glückspilz bist, daß dein Golem mit so viel Talent gesegnet ist.«

Marinsky sah ihn entsetzt an.

»Wir dachten nicht, daß es so geschehen würde. Ich habe geglaubt, es werde anders, doch jetzt bringt mir die Vergangenheit nur törichte Erinnerungen, und was viel schlimmer ist – jede Einzelheit taucht verzerrt auf, wie eine Karikatur. Das ist nicht gerecht. Manchmal habe ich gewisse Dinge hingenommen oder habe geschwiegen, aber ich habe nicht gelogen und nicht betrogen. Eine solche Strafe habe ich nicht verdient. Das ist nicht gerecht. Ich habe es mir sogar versagt zu zeichnen, und ich konnte besser zeichnen als Berwald Cello spielen oder Hochfeld Scherenschnitte anfertigen. Ich ließ mich nicht von der Exotik einfangen. Als ich zum erstenmal die indischen Soldaten mit ihren Turbanen in den Früchten- und Gemüsefarben in der deutschen Siedlung sah, sagte ich mir: Paß auf, Ezra! Und alles in allem habe ich nicht viele Fehler gemacht. Vielleicht nur bei der Empfehlung der Bepflanzung in Tel Aviv – Himbeersträucher, die ihre Früchte im Frühjahr auf die Bürgersteige fallenlassen und abscheuliche Verschmutzung verursachen. Das war ein Fehler von mir, aber ich war auch für Fikusbäume, Orangen, Pepperoni, Palmen. Erinnerungen mit spöttischem Beigeschmack ... es ist nicht gerecht! Und manchmal frage ich mich ... Angenommen, alles, was wir machen, wäre eine Anamorphose, und an irgendeinem Ort auf der Welt gäbe es einen ausgleichenden Spiegel. Was würde sich in diesem Spiegel zeigen?«

Rieti bewahrte sein typisches hartnäckiges Schweigen.

»Funkstille?« sagte Marinsky mit Groll.

»Du brauchst einen Teppich ... «, gab Rieti nach.

»Einen fliegenden Zauberteppich?«

»Einen Gebetsteppich«, erwiderte Rieti.

»Und worauf bist du so stolz? Es gibt nichts, worauf man stolz sein könnte«, murmelte Marinsky, »unser Leben und Sterben ändert nichts, während die Nachricht vom Tod des verbannten Napoleon den Kurs aller Börsenaktien um ein halbes Prozent in die Höhe schnellen ließ.«

Später in der gleichen Nacht fuhr Marinsky in die Höhe, von einem inneren Aufruhr ergriffen. Maddi kam aus dem angrenzenden Zimmer zu ihm gelaufen, und als sie ihn sah, stockte ihr der Atem.

Er sprach in schnellem Russisch zu ihr.

»Hebräisch, Papa«, flehte sie.

Aber er fuhr auf russisch fort, und von all den Worten verstand Maddi nur ein einziges, ein Wort, das er mit geschwächter Stimme ständig wiederholte: »Kulitsch.«

»Sprich hebräisch, Papa, ich verstehe dich nicht.«

»Kulitsch, Kulitsch, Kulitsch ...«
Maddi ergriff seine Hand. »Hebräisch, Papa. Was ist Kulitsch?«
»Kulitsch? Warum fragst du?« sagte er plötzlich. »Das ist ein Kuchen. Habe ich wieder von Monsieur Tremeaux gesprochen?«
»Heute nicht«, erwiderte Maddi.
»Von der Höhle in Aluschta?«
»Nein.«
»Von Napoleon?«
»Von seinen Marschällen: Kléber, Duroc und den übrigen. Und von Geologie.«
»Früher habe ich viel von Napoleon geredet. Als du ein kleines Mädchen warst, hast du mich gefragt, ob ich ihn persönlich gekannt hätte.«
»Ich erinnere mich.«
»Meine Mutter starb bei meiner Geburt.«
»Das hast du mir nie erzählt.«
»Geh nicht fort, Maddi ...«
»Ich verlasse dich nicht, Papa.«
»Geh nicht!«
»Ich rufe nur den Arzt an und komme gleich zu dir zurück«, sagte Maddi.
»Ich werde dir nie verzeihen!« sagte Marinsky. »Nie, hörst du mich, nie! Niemals werde ich dir das verzeihen.«
»Nur einen Augenblick, Papa ...«
Marinsky ergriff ihre Hand.
»Du setzt alles, dem wir unser Leben gewidmet haben, Hohn und Gespött aus. Du verhöhnst uns mit der Auswanderung – mich und das Andenken deiner Mutter ... Du wartest ... bis ich den letzten Atemzug tue, um dich mit deinem Geliebten aus dem Staub zu machen, und so werde ich nur ein paar Tröpfchen des Hohns zu schmecken bekommen. Doch wer verschwindet, ist nicht gänzlich verschwunden, und du wirst eines Tages noch spüren, was ein Schatten ist, und am Ausmaß des Schattens wirst du die Maße deines Gefängnisses erkennen ... Und bald, wenn die Nacht fällt, wirst du spüren, welche Geheimnisse sich zwischen den Wänden verbergen, den Möbeln, den Säulen. Du wirst das Ungeheuer nicht vertreiben können. Kein Mensch kann ... den schwarzen Schatten bannen, nicht im wasserklarsten Marmor, nicht in Holz, weder in schönen Gegenständen noch in tröstlichen Stoffen. Bevor du geboren wurdest ... Ich hatte einen Traum von Samsons Eltern, und ich erwartete, daß mir ein Sohn geboren würde und ich ihn zeichnen lehren und ihm von

den Formen erzählen würde, die ich im Kopf hatte, und ich dachte sogar, er würde die gleiche Schuhgröße tragen, damit ich ihm meine Stiefel geben könnte, die ich überall hütete, jeden Sommer einfettete und zum Reparieren brachte ... Ich hatte wunderbare Stiefel ... Und ich dachte, vielleicht wäre er gebaut wie ich, und ich würde zu ihm sagen, daß er Gewichtheben trainieren sollte, denn ich hatte keine freie Zeit, um mich mit Sport abzugeben... und daß er die gleiche Sehkraft hätte wie ich. Denn sogar jetzt sehe ich wie ein junger Mensch ... Aber als du geboren wurdest, habe ich mich sofort in dich verliebt ... in dem Moment, in dem man dich aus dem Kreißsaal brachte, hast du mich verständig angeschaut, obwohl man sagt, daß Frühgeburten blind seien. Mein Herz flog dir auf der Stelle zu. Als ich deine Ohren und deine Füße sah. Aber von deiner Seite her ist es mir unmöglich, in irgend etwas sicher zu sein, eine verräterische Tat wirft ihre Schatten rückwärts, verdunkelt, verfinstert alles ... nichts ... nichts bleibt mehr stehen...«

Und eine Minute später, als sie ins Zimmer zurückkam, atmete er nicht mehr.

– 29 –

Rieti versuchte, sie davon zu überzeugen, die Wohnung ihres Vaters noch etwa ein Jahr lang abzuschließen und zu behalten, für den Fall, daß »das Klima dort nicht nach ihrem Geschmack« wäre, doch Maddi weigerte sich. Sie bat ihn, Alek nicht zum Abschiedsessen einzuladen. Und was für ein Mahl: Rieti saß düster da, wechselte die Gabel von einer Hand in die andere und äußerte hin und wieder einen langen, gewundenen Satz. Aus irgendeinem Grund jedoch konnte sie Israel nicht verlassen, ohne Alek gesehen zu haben, und am ersten Abend von Chanukka ging sie zu ihm. Die Vergangenheit lebte noch immer um ihn herum, wie ein Traum gleich nach dem Aufwachen, bevor er sich gänzlich verflüchtigt.

Niemand reagierte auf ihr Klingeln. Aus dem Inneren des Hauses drangen Aleks geliebte dunkle Klänge des *Fado*. Maddi öffnete die Tür – schwerer Marihuanarauch empfing sie. Sie sah Zephir zu Füßen des Sofas sitzen und die Hand eines sehr dünnen jungen Mädchens mit hingebungsvoll geschlossenen Augen halten, deren Kopf eine Fülle winziger afrikanischer Zöpfchen krönte und die einen viel zu großen blauen Overall trug. Alek sog an einer verzierten Pfeife und las in einem großen Buch. Er hatte sich einen Bart wachsen lassen, der weiß gesprenkelt und borstig wie sein kurzgeschorenes Haar war.

»Ich habe von Rieti gehört, daß du wegfährst. Ich wußte nicht, ob du mich sehen willst.«

»Rieti ist schrecklich böse auf mich«, sagte Maddi, »auch meine Freundinnen und Freunde, Frau Wechter, Hadas, alle.«

»Ich werde gar nichts dazu sagen, damit aus meiner Kehle nicht das Mariuhana spricht – die Muse des zweifelhaften Ausspruchs«, erwiderte Alek.

Dank Training und Gewichtheben sah Alek kräftiger aus denn je – sein Brust war breit, sein Bauch immer noch flach –, doch das Schielen am rechten Auge zeugte davon, daß er auf dieser Seite nichts sah, um seine Lippen war eine zuvor nicht dagewesene Linie aufgetreten, aber vielleicht kam das auch nur von dem dickbauchigen Buch, das er sofort vor ihr verbarg, so wie er die Bücher, die er las, immer fremden Blicken entzogen hatte. Das große Zimmer wirkte verwahrlost, eine Reihe von Dingen, die früher darin gewesen waren, fehlten. Trotz der Kälte trug Alek eines seiner blauen Hemden und darüber eine leichte Weste. Seine Füße waren nackt.

Ein Junge mit einem großen griechischen Pullover saß in einer Ecke und schrieb einen Brief. Der Matrose, mit dem Alek und Zephir die Inseln umsegelt hatten?

Alek legte die Pfeife beiseite und rief den Matrosen, der sich sofort erhob und sich schüchtern vorstellte: »John.« Danach schenkte er ihr einen langen Blick, voller Bewunderung, und sagte:

»Ich kann dir einen Tee machen, das Wasser kocht schon und wir haben Schokoladenkekse.«

Zephir löste sich von dem Mädchen in dem übergroßen Overall und kam zu ihr herüber. Im Gegensatz zu Alek hatte er sich das Haar wachsen lassen, benutzte allem Anschein nach einen elektrischen Haartrockner und sah ein wenig wie eine gepflegte Großmutter aus. Alek schlüpfte ins Bad.

»Also seid ihr endlich in See gestochen?«

»Viereinhalb Monate«, erwiderte Zephir.

»Und war es ein Erfolg?«

»Ich hab's überlebt«, sagte Zephir.

»Hat es dir nicht so gefallen?«

»Alek war total dösig von dem Dramamin. Ich habe noch nie einen Menschen getroffen, der so anfällig für Seekrankheit ist. Aber wir haben es bewältigt. Ich habe ihm Sodatabletten gegeben und ihm gesagt, das sei ein uraltes Heilmittel der Seeleute. Allerdings ist jedes Mißgeschick, das nur passieren konnte, auch passiert – in der Nacht hauten uns die Taue ab, wir haben einen Sturm ohne Pumpe überstanden, bei einer brach der Griff ab, die andere ist verschwunden; unsere Kabine wurde überschwemmt, und danach kam Aleks Krankheit. Und schau dir meine Hände an – bis heute habe ich noch Schrammen. Seit fünfzehn Jahren arbeite ich auf Schiffen, und immer hatte ich Pianistenhände.«

»Er hat mit Todesverachtung Navigation gelernt«, sagte Maddi.

»Das war das Problem. Er hat sich nur um die Navigation gesorgt, als ob wir in den Weiten des Ozeans umherirrten. Hat als Kind zu viele Abenteuerbücher gelesen.«

»Dann war es also keine gelungene Tour?«

Zephir zögerte. »Es war gelungen dank John, wie er sich nennt. Ein guter Seemann und ein guter Junge. Und es lohnt sich immer, etwas zu machen, von dem man lange Zeit geträumt hat, egal, was passiert«, sagte er und legte einige Holzscheite in dem alten gußeisernen Ofen des Fotografen nach.

Der Matrose brachte ihr ein großes Glas Tee und einen Teller mit Keksen und Krapfen, und sein staunender Blick erinnerte Maddi an die Bewunderung, mit der Alek sie früher angesehen hatte. Die *Fado*-Platte verstummte, und das Mädchen im Overall erwachte aus seinem Dämmerzustand.

Alek blieb lange Zeit im Bad, und Zephir sagte, daß sie Daphna versprochen hätten, in ein Restaurant zu gehen, da sie heute nichts als Gurken und Brot mit Erdnußbutter gegessen hätten.

Sie gingen zur Tür, und im letzten Moment umarmte das Mädchen Alek, der endlich zurückkam, mit ihren dünnen Armen.

»Es tut mir leid, daß ich nicht beim Begräbnis deines Vaters war«, sagte Alek. »Ich lag auf Rhodos im Krankenhaus. So habe ich für den Ausflug bezahlt. Dreieinhalb Monate Segeltour gegen einen Monat Krankenhaus – ein annehmbares Verhältnis nach Ansicht aller.«

Nachdem er sich geduscht hatte, war sein Blick ausgeglichener und etwas heller, und sein Gesicht kam zur Ruhe. Er nahm eine Zigarette aus der Schale, keine der exotischen, die er früher geraucht hatte.

»Komm, ich zeige dir die Seekarten. Ich habe einen ganzen Korb voll.« Er breitete zwei Karten aus und betrachtete sie betrübt. »Einmal habe ich von dir geträumt auf dem Schiff. Ich saß neben dir, und du hast den Möwen Brotkrumen zugeworfen, und sie kamen, immer mehr wurden es, bis sie dich ganz zudeckten.«

Hinterher begleitete er sie nach Hause, wobei er ab und an Ausschau hielt, ob ein Taxi die Straße herunterkäme.

»Bereust du es, daß du die Segeltour gemacht hast?«

»Nein, es gab Tage vollkommener Stille, Sonne und feuchten Windes, herrliche Tage. Sich einer Insel zu nähern, ihren Gerüchen, den dunstigen Felsen ... und in den Hafen einzufahren ...«

Danach verstummte er, trat in jede Pfütze, die sich auf dem Weg gesammelt hatte, und hielt den Regenschirm über sie. Die Allenbystraße war nahezu menschenleer, die Schaufenster glänzten in kühlem, ödem Licht. Die Vielzahl der Beschriftungen auf den Fenstern und die Fülle an großen und kleinen, alten und neuen Schildern durchtränkten Maddi mit Traurigkeit. Die Straße wirkte wie ein Lunapark in den späten Nachtstunden. Maddi erschauerte. Am Café *Lilly* hörte der Regen auf. Maddi stieg die Stufen hinauf.

»Gib mir eine Zigarette«, sagte sie.

Stille hatte sich über die Stadt gesenkt.

»Hab keine Angst«, sagte Alek.

Nachdem er Maddi nach Hause gebracht hatte, wanderte er durch die Straßen und die geöffneten Cafés, und mit dem Morgengrauen gelangte er zu den Vagabunden, die um ein Lagerfeuer nahe am Meer saßen, dem Wind durch die einzelne Wand einer Hüttenruine entzogen. Alek rauchte ein paar Zigaretten mit ihnen und trank Kaffee. Danach hellte sich der Himmel auf, und für eine kleine Weile wirkte er wie ein tiefer Kristallspiegel mit abgeschliffenen Kanten, der die Sonne widerspiegelte und scharfe, gleißende Strahlen aussandte. Nach dem Regen war der Geruch des Sandes berauschend. Jedes einzelne Körnchen trocknete langsam in der Morgensonne, und sein Duft stieg auf wie zarter Dampf. Neben den Hügeln wucherte dichter Farn mit überwiegend grünen Wedeln, doch einige waren bereits gelblich verfärbt, rosa und violett an den Enden, andere welk, braun und schlaff wie die Blätter alter Trauersträuße.

— 30 —

Maddi suchte nach einem Armband, das zu ihrem Kleid paßte. Der Anhänger, den sie früher zu tragen pflegte, glänzte in seiner Blechbüchse. Die Blumen Erez-Israels, längst schon vertrocknet, schienen mit kleinen Stimmen zu wispern, ihre Blütenblätter halb transparent wie Schmetterlingsflügel. Einmal hatte sie mit ihrem Vater einen Ausflug ins Tal der Schmetterlinge auf Rhodos gemacht. In der Nacht schliefen sie an Deck, und am Morgen wanderten sie in einen dunklen Wald hinein, mit hohen, braunen Bäumen, in dem sich kein Windhauch regte. Ihr Führer klatschte in die Hände, und Abertausende

Schmetterlinge schwirrten mit einem Mal ringsherum auf, färbten die braunen Baumstämme orange. Die dünne Silberkette war hübsch und angenehm im Kontakt mit der Haut. Maddi hängte sich das Medaillon um ihren Hals.

»Kalt und naß, aber dort ist es noch kälter und noch nässer«, hatte Schimkin, der Taxifahrer, den Maddi von Kindheit an kannte, gesagt – ein Mann mit hervorquellenden Augen, ohne Hals, durchscheinenden Ohren. Als sie noch in den Kindergarten ging, fuhr Schimkin sie alle zusammen immer ins Krankenhaus, wenn sie in der Nacht von Atemnot überfallen wurde. Er fuhr sie zum Friedhof, als ihre Mutter starb, und zur Militärbasis, wenn sie zu spät aufgestanden war. Schimkin war ein großer Bewunderer Menachem Begins, und die Tatsache, daß sein Abgott zum Minister in der Regierung ernannt worden war, war eine Quelle permanenten Stolzes für ihn.

»Das war er, ich sag's dir, Maddi, er war es, der beschlossen hat, die Schiffe bei Cherbourg zu entführen. Wer denn sonst? Er ist zwar nur ein Minister ohne Geschäftsbereich, aber Begin ist Begin. Auch wenn er bloß Teeausschenker in der Regierung wäre, auch dann würde man auf ihn hören. Es ist unmöglich, nicht auf das zu hören, was Begin sagt. Eine Explosion im Keren Kajemet? Sie bombardieren den Suezkanal? Die Jordanier und die Iraker schießen von Osten? Also hat Begin es beschlossen. Er wird ihnen eine Lektion erteilen! Er ist Minister in der Regierung!«

»Hast du ihn jemals getroffen?«

»Nicht nur einmal. Ich wollte kein Geld von ihm nehmen, aber er hat immer darauf bestanden. Ein echter Gentleman. Und du, Maddi? Fährst zu den Weihnachtsfesten, zu den Partys?«

»Ja.«

»Ich habe das geliebt, als ich ein junger Mann war. Fliegst du mit El-Al?«

»Ja.«

»Wir haben die besten Piloten der Welt.«

Maddis Herz zog sich zusammen beim Anblick der Felder, Schilder und entblößten Bäume, des Straßengeästs, das den bittersüßen Geschmack von Touren und nächtlichen Fahrten mit Tomer aufsteigen ließen.

Im Radio sprachen sie wieder über die Schiffe von Cherbourg.

Am Flughafen half ihr Schimkin, die beiden Koffer zum Schalter der El-Al zu tragen.

»Laß es dir gutgehen, und bring einen Haufen Geschenke mit«, sagte er.

Maddi umarmte ihn und küßte ihn auf die Wange. Schimkins durchscheinende Ohren röteten sich.
»Also, laß es dir gutgehen«, wiederholte er.
Jetzt nur keine Bekannten treffen, sagte sich Maddi im stillen, und schon sah sie Dr. Becker, deren Vorlesungen sie an der psychologischen Fakultät gehört hatte. Sie winkte ihr freundlich zu, und Maddi setzte die Koffer ab und ging zu ihr. Dr. Becker sagte ein paar Beileidsworte zum Tod ihres Vaters. Langsam tauchte Maddi in das Getümmel des großen Flughafens ein. Sie dachte an Davids farbenfrohen Pullover, an die Stoffe im *Liberty*-Laden, an Vivian Lee, die auf der Waterloobrücke stand. Danach kaufte sie zahlreiche Zeitungen, Wochenmagazine und eine neue Platte von Arik Einstein mit einem merkwürdigen Titel.
Russische Volkslieder und orientalische Koloraturen erklangen aus den Lautsprechern, und Maddi setzte eine schwarze Sonnenbrille auf, so wie ihr Vater es immer getan hatte, und Tränen flossen ihr aus den Augen. Unterzeichne meine Absolution mit meinem Blut ... Maddi konnte jetzt keine hebräischen Lieder mehr hören, ohne zu weinen. Danach setzte sie sich Kopfhörer auf und hörte sich die Kassette mit den irischen und walisischen Liedern an, die Rieti ihr gegeben hatte. Es waren schöne Lieder, nicht weniger traurig als die hebräischen, doch ihre Traurigkeit traf sie nicht so mitten ins Herz. Wie alle Geschenke Rietis, so war auch dieses nützlich. Bevor sie zu David führe, würde sie einen ausgedehnten Tag in London verbringen: Fish & Chips mit Piccalilli essen, Dart spielen im Pub, über die Brücke zur *Concert Hall* am anderen Ufer gehen, die Keramikabteilung im *Victoria-and-Albert-Museum* besichtigen. Am Nachmittag würde sie zu dem großen Geschäft mit Bändern, Spitzen und Strickwolle fahren, danach eines dieser schwarzen Londoner Taxis zu *Westaway and Westaway* nehmen, das voller schottischer Decken, Pullover, Kaschmirjacken war, und auch zum *Irish Shop* würde sie noch gehen, um ein handgewebtes, rustikales Kleid und einen dicken, großen Schal zu erstehen ... Das Gesicht einer der Stewardessen war ihr von irgendeiner Party her bekannt. Die Stewardeß bemerkte ihren Blick und sagte: »Maddi? Chanukkaferien in London?« Maddi lächelte nur. Das Flugzeug glitt über die Feldergevierte, und ihre Augen wurden wieder naß. Es war ein Vorhang, ein Tränenvorhang.
Am Sonntag standen vor dem Pub des Hauses, neben dem sie wohnte, Männer und Frauen mit Hunden, und was für Hunde: ein dreifarbiger Basset, ein Bullterrier mit bösartigen, mordlustigen Augen, ein Bedlington Terrier, der einem Schaf ähnelte. Die Leute

standen mit Biergläsern in der Hand da, unterhielten sich angeregt mit geröteten Gesichtern oder schwiegen entspannt. Trotz ihrer Energie wirkte die plaudernde Gesellschaft, als seien alle gerade aufgewacht und aus dem Bett aufgestanden. Noch nie hatte sie eine solche Nähe zu einer Gruppe von Menschen empfunden wie zu diesen zwanzig oder dreißig Leuten, die da vor dem Pub standen, an einem Sonntagvormittag, und redeten, in dem Bemühen, die Einsamkeit zu lindern. Das gleiche Gefühl von Nähe erweckte auch Kensington Garden in ihr, an einem leicht regnerischen Tag, als sie die Wege entlangspazierte, zwischen schönen Bäumen, am Teich vorbei mit seinen Enten. Der Blick wurde in die Ferne gezogen und traf überall auf etwas Schönes und Anrührendes. Es wäre gut gewesen, wenn die Menschen am Morgen hätten aufstehen können, ohne zu wissen, was gestern war, was vor tausend Jahren oder vor zwei Tagen war, und jeder Mensch gemäß dem lebte, was ihm sein Herz am gleichen Morgen eingab, ohne schlummernde Hoffnungen und alte Kränkungen. Als sie ein Kind war, hatte ihr Vater sie auf ihre erste Reise ins Ausland mitgenommen. Er mußte an einem Kongreß in London teilnehmen. Es war Ende Mai, und sie trafen einen Tag vor der Krönung der Königin in London ein, ein grauer, regnerischer Tag, und in diesem Grau, im Regen, marschierte die ungeheure Parade vorbei, unter den Klängen der Musik und dem Klappern der Pferdehufe. Vor ihnen zogen Reiter vorüber, Wachsoldaten in ihren Paradeuniformen, und die graue Luft umhüllte sie mit der gleichen süßen Milde, die die Menschen vor dem Pub einspann, die das Weihnachtsfest in Filmen einhüllte – alles war geschäftig, kaufte Tannenbäume, Dekorationsschmuck, Geschenke, und überall war es festlich, nur die Helden waren traurig, doch vielleicht würden am Schluß des Filmes auch sie von der Festlichkeit mitgetragen werden. Wie machtvoll die Häuser wirkten! Gotische Schliche verwandelten ein fast banales Gebäude in der Straßenmitte in eine alte Burg, ein Schloß, ein Kloster. Welch eine Liebe zu phantasievollen Formen sie enthielten, zu alten Lettern, die hingebungsvoll eingraviert, eingeschnitzt und aufgemalt worden waren. In all dem lag ein Streben nach verschiedenen Atmosphären, nach Freude am Betrachten.

Ihr Vater war auch nicht damit einverstanden gewesen, daß ein junger Architekt ein Buch über ihn schriebe – alles steht erst am Anfang, sagte er. Mit siebzig Jahren. In der Untergrundbahn – eine überhaupt nicht beängstigende Höhle – würde sie *After Eight* essen, die niemand besser herstellen konnte als die Engländer, oder sie würde Muscheln unter einem tiefhängenden, wechselhaften Himmel verspeisen. Und Tel Aviv ... nur die Straßenecken: die Spielplatzecke voller bunt bemalter Reifen, rot und grün gestrichener Tonnen, die kurzen Rutschbahnen, wie für Katzen bestimmt, ein Sandkasten mit überall verstreuten kleinen Schaufeln und Eimerchen; eine Straßenecke, abgegrenzt mit einem bröckelnden Eisengeländer oder einer Hecke, hinter der ein Restaurant oder Café lag; die groteske Tafel eines Schönheitsinstituts. Und es kam vor, daß ihr ein »Eintritt verboten«-Schild einfiel oder ein leerer, mit Schrott und Zeitungen übersäter Platz, ein Haus mit verdörrten Kakteen oder ein Hund, der von einem unbestimmbaren Balkon herunterbellte, der riesige afrikanische Bastrock einer Palme, ein Baum, der in voller roter Blütenpracht stand, oder das vornehme Kupferschild eines Arztes. Manchmal war das Straßeneck unerwartet, tat sich mit einem Mal in der Häuserreihe auf, und nur ein Strommast zeugte davon, daß es sich dort befand, ein Strommast wie von vor hundert Jahren, dessen Drähte sich lose über die altertümlichen Porzellanknöpfe schlangen – die Ecken, die einen lehrten, wie fragil Straßen sind.

Wenn ihr Vater sein antisemitisches Bücherregal betrachtet hatte, flammte in seinem Gesicht glühender Fanatismus auf, und auch die leidvolle Empfindung, daß die Juden etwas Weises, Praktisches und Einfaches hatten. Maddi mochte dieses Regal nicht, weder im Bücherschrank ihres Vater noch bei Rieti, obwohl laut seinen Worten einige der Autoren »auf ihre Art kluge und anständige Menschen« waren. Der Anblick dieser Bücher verursachte ihr ähnliches Bauchweh wie andere Bücher, die in jedem Haus zu finden waren – Alben jeder Art, alle möglichen Festschriften, Broschüren über Archäologie und Landesinformation, furchtbare *Sämtliche Schriften*, deren unglückliche Verfasser in den Grabmälern ihrer grauen Bände eingekerkert waren, und vergilbte englische Bücher über den Beitrag der Juden zur Weltkultur. All dies löste eine regelrecht körperliche Aversion in ihr aus, eine Art dumpfen Brechreiz.

Es war schrecklich gewesen, das Leiden, die Enttäuschung und die zermürbende Trübsinnigkeit mitanzusehen, die ihren Vater befiel, als sie ihm zum erstenmal von ihren Reiseplänen erzählte, und nicht weniger furchtbar waren die Bitterkeit und leise Verachtung, die in Rietis Augen und Lippen zum Ausdruck kamen. Zahava, die Paul verlassen, einen Regierungsbeamten in Jerusalem geheiratet hatte und nur noch von ihren zwei Kindern redete, zwang sie geradezu, sich in einer Schilderung ihrer irrsinnigen Liebe zu David zu ergehen, da sie sich in ihren Augen nur so für ihre Emigration rechtfertigen konnte. Hadas meinte spöttisch, immerhin würde die feuchte Luft in England ihre Haut konservieren. Sogar Alek hatte sie besorgt angesehen, ein Schatten war über sein Gesicht gehuscht, auch er beteiligte sich am unausgesprochenen Boykott, ein gewisses heimliches Zurückschrekken, genau wie ihr Vater und Rieti. Der Schleier war gelüftet, der Vorhang hatte sich gehoben: Wie bei Gertrud Kraus' Tänzen, wenn der Tod seine tiefschwarze Robe ablegt, auf der kein einziger Stern glänzt, und ein Mädchen entblößt, das nur aus Knochen, Brustknospen und hervorstechenden Schulterblättern besteht – so fiel von ihr der Zauberbann Israels ab, der merkwürdige, kraftvolle Klebstoff trocknete und zersprang. Sie war frei! Frei für immer! Leb wohl, Heiliges Land. Darleys viktorianisches Haus: ein kleiner vereister Teich, der Glanz einer vereinsamten Pfütze, nackte Bäume, ferner Rauch, der weiche Umriß eines Wäldchens, niedrige Hügel, zinnfarbene Steine, so schöne Mauern, schöner als die der umliegenden Häuser, ein einzelnes Tor, das Rauschen des Regens, der auf das herabströmte, was da eben war: ein reicher und vielfältiger Klang, Drosselgesang. Die Küche mit den cremefarbenen Möbeln und dem weißen Geschirr, der achteckige Salon, aus dessen Fenster man in die Weite sah. Wer hat England nicht betrauert, hatte ihr Vater gesagt, wer hat nicht alles seine Grabrede gehalten?

Das Meer sah runzlig und dunkel aus, hier und dort schäumten die Wellen hoch, ein Schaumstrahl spritzte übers Wasser; danach schien das Meer still, ein riesiger Eisbrocken, ein grünlicher Salzklumpen, schreckenerregend in seiner Totenschwere. Das Flugzeug stieg über die Wolken auf, und die Worte des Piloten über die Flugroute klangen weit weg und gedämpft wie in der Geographiestunde. In der Ferne glänzten Wolken in der Sonne, wie gigantische gefrorene Schneeflokken. Berge, steile Klippen, Höhlen und Schluchten, Wasserfälle – eine komplette Gebirgsarchitektur am Himmel rekonstruiert, eine schwerelose Vision. Dünne aalartige Wolken schlängelten sich an der Fensterluke vorbei, dahinter Terrassenstädte mit immensen Toren. Eine riesenhafte Wolke, die etwa die halbe Himmelskuppel bedeckte, war klar bis an ihre Umrisse zu sehen, voll bedrohlicher Intensität. Danach stiegen und stiegen sie immer weiter hinauf über einem weißen, hypnotisierenden Vlies. An einer kleinen Bahnstation ohne Aufenthalt vorbeizugleiten war traurig – die zurückbleibenden, ihren Plätzen wie Zaun und Turm, Bäume und Uhr verhafteten Menschen –, über den Wolken zu gleiten war weder traurig noch fröhlich, die verkehrte Welt mit den Wolken unten, weder traurig noch fröhlich war es in dem eintönigen Blau. Die Mutter und das Kind neben ihr waren eingeschlafen, das Kind bewegte seine Lippen. Maddi beendete das Kreuzworträtsel, und der Stift rutschte ihr aus den Fingern. Und dann fiel die Tinte um, Ende der Erinnerung ... Maddi zog die kleine Blende über dem violetten Fenster hinunter und schloß ihre Augen. Der Vorhang fällt.

Israelische Autoren im dtv

Chaim Be'er
Federn
Roman
Übers. v. Anne Birkenhauer
dtv premium
ISBN 3-423-24306-6

Stricke
Roman
Übers. v. Anne Birkenhauer
dtv premium
ISBN 3-423-24219-1

Marina Groslerner
Lalya
Roman
Übers. v. Ulrike Harnisch und Thoralf Seiffert
dtv premium
ISBN 3-423-24397-X

David Grossman
Der Kindheitserfinder
Roman
Übers. v. Judith Brüll
ISBN 3-423-12293-5
und AutorenBibliothek
ISBN 3-423-19106-6

Savyon Liebrecht
Die fremden Frauen
Drei Novellen
Übers. v. Vera Loos und Naomi Ni-Bleimling
dtv premium
ISBN 3-423-24285-X

Ein guter Platz für die Nacht
Sieben Erzählungen
Übers. v. Vera Loos und Naomi Ni-Bleimling
dtv premium
ISBN 3-423-24424-0

Ein Mann und eine Frau und ein Mann
Roman
Übers. v. Stefan Siebers
ISBN 3-423-12987-5

Mira Magén
Als ihre Engel schliefen
Roman
Übers. v. Mirjam Pressler
dtv premium
ISBN 3-423-24532-8

Klopf nicht an diese Wand
Roman
Übers. v. Mirjam Pressler
ISBN 3-423-12967-0

Schließlich, Liebe
Roman
Übers. v. Mirjam Pressler
ISBN 3-423-13201-9

Eshkol Nevo
Vier Häuser und eine Sehnsucht
Roman
Übers. v. Anne Birkenhauer
dtv premium
ISBN 3-423-24564-6

Bitte besuchen Sie uns im Internet: www.dtv.de

Angelika Schrobsdorff im dtv

»Die Schrobsdorff hat ihr Leben lang nur
wahre Sätze geschrieben.«
Johannes Mario Simmel

Die Reise nach Sofia
ISBN 3-423-10539-9

Sofia und Paris – ein Bild zweier Welten: Beobachtungen über Konsum und Liebe, Freiheit und Glück in Ost und West.

Die Herren
Roman
ISBN 3-423-10894-0

Ein psychologisch-erotischer Roman, dessen Erstveröffentlichung 1961 als skandalös empfunden wurde.

Jerusalem war immer eine schwere Adresse
ISBN 3-423-11442-8

Ein Bericht über den Aufstand der Palästinenser, ein sehr persönliches, menschliches Zeugnis für Versöhnung und Toleranz.

Der Geliebte
Roman
ISBN 3-423-11546-7

Stationen einer Liebe: Berlin, München, New York.

Der schöne Mann und andere Erzählungen
ISBN 3-423-11637-4

Die kurze Stunde zwischen Tag und Nacht
Roman
ISBN 3-423-11697-8

»Du bist nicht so wie andre Mütter«
Die Geschichte einer leidenschaftlichen Frau
ISBN 3-423-11916-0

Spuren
Roman
ISBN 3-423-11951-9

Eine junge Frau und ihr achtjähriger Sohn.

Jericho
Eine Liebesgeschichte
ISBN 3-423-12317-6
und dtv großdruck
ISBN 3-423-25156-5

Grandhotel Bulgaria
Heimkehr in die Vergangenheit
ISBN 3-423-12852-6

Wenn ich dich je vergesse, oh Jerusalem ...
ISBN 3-423-13239-6

Von der Erinnerung geweckt
ISBN 3-423-24153-5

Bitte besuchen Sie uns im Internet: www.dtv.de

Anna Mitgutsch im dtv

»Hier ist eine Autorin am Werk, die in puncto psychologischer Kompetenz nicht so leicht ihresgleichen hat.«
Dietmar Grieser in der ›Welt‹

Die Züchtigung
Roman
ISBN 3-423-10798-7

Eine Mutter, die als Kind geschlagen wurde, kann ihre eigene Tochter nur durch Schläge zu dem erziehen, was sie für ein »besseres Leben« hält. Ein literarisches Debüt, das fassungslos macht. »Dieses Buch muß gelesen werden ..., weil es eines der wenigen Bücher ist, die in ihren Leser/innen etwas bewirken, vielleicht auch etwas verändern.«
(Ingrid Strobl in ›Emma‹)

Ausgrenzung
Roman
ISBN 3-423-12435-0

Die Geschichte einer Mutter und ihres autistischen Sohnes. Eine starke Frau und ein zartes Kind erschaffen sich selbst eine Welt, weil sie in der der anderen nicht zugelassen werden.

In fremden Städten
Roman
ISBN 3-423-12588-8

Eine Amerikanerin in Europa – zwischen zwei Welten und keiner ganz zugehörig. Sie verläßt ihre Familie in Österreich und kehrt zurück nach Massachusetts. Doch ihre Erwartungen wollen sich nicht erfüllen ...

Haus der Kindheit
Roman
ISBN 3-423-12952-2

Heimat, die es nur in der Erinnerung gibt: eine eindringliche Geschichte vom Fremdsein.

Abschied von Jerusalem
Roman
ISBN 3-423-13388-0

Eine gefährliche Liebe in Jerusalem, Stadt der vielen Wirklichkeiten, Schmelztiegel der Kulturen und Religionen.

Bitte besuchen Sie uns im Internet: www.dtv.de

Edgar Hilsenrath im dtv

»Ein starkes Stück deutscher Gegenwartsliteratur.«
Berliner Zeitung

Das Märchen vom letzten Gedanken
Roman
ISBN 3-423-13485-2

»Edgar Hilsenrath ist ein humaner, einfühlsamer, zärtlicher Märchenerzähler, ohne die Greueltaten, von denen er berichtet, zu bagatellisieren. Gleich Bildern von Hieronymus Bosch breitet er sie vor uns aus in einer sinnlich-konkreten Aura, deren poetische Kraft im Wechselspiel von Grausamkeit, Sanftmütigkeit und Menschlichkeit entsteht.« (Cornelia Staudacher im ›Tagesspiegel‹)

Der Nazi & der Friseur
Roman
ISBN 3-423-13441-0

»Dem Romancier Edgar Hilsenrath gelingt in ›Der Nazi & der Friseur‹ scheinbar Unmögliches – eine Satire über Juden und SS ... Ein blutiger Schelmenroman, grotesk, bizarr und zuweilen von grausamer Lakonik, berichtet von dunkler Zeit mit schwarzem Witz.« (Der Spiegel)

Fuck America
Bronskys Geständnis
Roman
ISBN 3-423-13298-1

Die berühmte, halbfiktive Autobiographie eines jüdischen Emigranten in New York. In der Emigrantencafeteria Ecke Broadway/86. Straße in New York sitzt Nacht für Nacht der deutschstämmige Jude Jakob Bronsky und schreibt an seinem autobiographischen Roman ›Der Wichser‹. Eine böse Satire auf die falschen Versprechungen einer verlogenen Gesellschaft und ein bitteres Resümee des jüdischen Schicksals.

Jossel Wassermanns Heimkehr
Roman
ISBN 3-423-13368-6

»Ein schönes, kluges, berührendes Buch über eine gestorbene Welt ... Manche Menschen werden weinen, wenn sie das Buch lesen. Und das ist gut so, denn unsere Zeit braucht Tränen, um nicht zu vergessen.« (Andrzej Szczypiorski im ›Spiegel‹)

Bitte besuchen Sie uns im Internet: www.dtv.de

Barbara Honigmann im dtv

»Sinnlich, lebendig, lebensklug.«
Jürgen Verdofsky in ›Literaturen‹

Alles, alles Liebe!
Roman
ISBN 3-423-13135-7

Mitte der 70er Jahre. Anna, eine junge jüdische Frau in Ost-Berlin, verläßt zum ersten Mal ihre Stadt und geht als Regisseurin an ein Provinztheater. Zurück bleiben ihre Freunde, ihre Mutter, ihre ganze Existenz. Und nicht zuletzt Leon, ihr Geliebter.
»Ein kleines, lebenskluges Kompendium, das davon erzählt, wie man Widersprüche aushält und seinen Widerspruchsgeist nicht verliert.« (Claus-Ulrich Bielefeld in der ›Süddeutschen Zeitung‹)

Damals, dann und danach
ISBN 3-423-13008-3

Ein überaus persönliches Buch, das von vier Generationen erzählt und davon, wie eng Gestern und Heute verknüpft sind.
»So spricht diese Autorin von einer Existenz zwischen den Zeiten: mutig, direkt, schonungslos klar und da, wo sie die Kreise der Vergangenheit in ihrer heutigen Umgebung zusammenzieht, mit einer einzigartigen, berührenden Wärme.« (Hanns-Josef Ortheil in der ›Neuen Zürcher Zeitung‹)

Ein Kapitel aus meinem Leben
ISBN 3-423-13478-X

Das unglaubliche Leben einer außergewöhnlichen Frau im Europa der Kriege und Diktaturen. Eine Tochter erzählt von ihrer Mutter: geboren 1910 in Wien, aufgewachsen im Grenzgebiet zwischen Ungarn und Kroatien, schließlich vor den Nazis über Wien, Paris und Spanien nach London geflohen.
»Dieses Buch ist ein kleines Wunderding.« (Uwe Wittstock in ›Die Welt‹)

Roman von einem Kinde
ISBN 3-423-12893-3

Sechs literarische Erzählungen, die einen direkten Eindruck vom Leben einer im Nachkriegsdeutschland geborenen Jüdin geben.
Als »naiv, schmucklos, dabei anschaulich und bildhaft« wurde der Ton gerühmt, der »seinen Reiz daraus zieht, wie Barbara Honigmann scheinbar nebensächlich den Niederschlag der Geschichte im Persönlichen beschreibt.« (Süddeutsche Zeitung)

Bitte besuchen Sie uns im Internet: www.dtv.de

Inge Deutschkron im dtv

Das Lebensschicksal einer engagierten Journalistin – ihre Kindheit als jüdisches Mädchen in der Nazizeit und ihr Leben nach dem Überleben.

Ich trug den gelben Stern
ISBN 3-423-30000-0

Ein unprätentiöser Bericht über das verzweifelte Leben und Überlebenwollen eines jüdischen Mädchens in Berlin. Entrechtet und verfolgt, befürchtet die Familie jeden Moment Deportation und Tod. Ein Leben in der Illegalität beginnt, unter fremder Identität, lebensbedrohend auch für die Freunde, die ihnen Beistand gewähren. Nach Jahren quälender Angst vor der Entdeckung haben Inge Deutschkron und ihre Mutter den bürokratisierten Sadismus des nationalsozialistischen Systems überlebt: zwei unter den 1200 Juden in Berlin, die dem tödlichen Automatismus entronnen sind.

Mein Leben nach dem Überleben
Die Fortsetzung von ›Ich trug den gelben Stern‹
ISBN 3-423-30789-7

Wie richtet sich Inge Deutschkron ihr Leben nach 1945 ein? Wie geht ihre Geschichte weiter? „Ich malte mir ein Idealbild vom neuen Deutschland aus – ein Deutschland, in dem es einen neuen Geist geben würde. Erfahrung hatte ich zwar im Kampf ums Überleben, aber, wie sich bald zeigen sollte, war ich sehr naiv, was des Lebens Wirklichkeit betraf." Die streitbare Journalistin gibt in diesen Aufzeichnungen ein spannendes Zeitzeugnis der fünf Jahrzehnte vom Kriegsende bis in die Gegenwart, die gerade auch in ihren persönlichen Erlebnissen und durch ihre unbestechliche, ungewöhnliche Sichtweise begreifbar werden.

Bitte besuchen Sie uns im Internet: www.dtv.de

Stella Müller-Madej
Das Mädchen von der Schindler-Liste
Aufzeichnungen einer KZ-Überlebenden
Übers. v. B. Thorn
ISBN 3-423-30664-5

Stella ist zehn Jahre alt, als sie mit ihrer Familie ins Krakauer Ghetto ziehen muß. Zwei Jahre später werden sie ins KZ Plaszow bei Krakau gebracht. Dort erlebt und überlebt Stella ein furchtbares Grauen. Doch es gibt einen Hoffnungsschimmer: Die Familie wird zusammen mit etwa tausend anderen jüdischen Häftlingen von Oskar Schindler für seine Fabrik in Böhmen angefordert. Die Männer erreichen dieses Ziel, die Frauen werden jedoch nach Auschwitz deportiert. Mit beherzter Hartnäckigkeit sorgt Schindler dafür, daß sie doch noch nach Böhmen kommen. Stella, ihre Familie und viele andere sind gerettet. Nach dem Krieg beginnt sie, ihre Erlebnisse aufzuschreiben. Das Buch ist einer der ergreifendsten Augenzeugenberichte und ein Dokument von ähnlicher Bedeutung wie die Aufzeichnungen von Anne Frank.

»Ich kenne nur wenige Augenzeugenberichte, die den entsetzlichen Alltag der Vernichtungslager so eindringlich beschreiben. Ein ganz wichtiges Buch für eine Generation, die lernen muß, daß Spielbergs Film von wirklichen Menschen handelt.«
Martin Pollack

»Das Buch sollte seinen Platz finden neben den Aufzeichnungen der Anne Frank.«
Frankfurter Allgemeine Zeitung

Bitte besuchen Sie uns im Internet: www.dtv.de

Bücher gegen das Vergessen

Ayelet Bargur
Ahawah heißt Liebe
Die Geschichte des jüdischen Kinderheims in der Berliner Auguststraße
Übers. v. U. Harnisch u. T. Seiffert
ISBN 3-423-24521-2

Martin Broszat (Hg.)
Kommandant in Auschwitz
Autobiographische Aufzeichnungen des Rudolf Höß
ISBN 3-423-30127-9

Patricia Clough
In langer Reihe über das Haff
Die Flucht der Trakehner aus Ostpreußen
Übers. v. Maja Ueberle-Pfaff
ISBN 3-423-34349-4

Inge Deutschkron
Ich trug den gelben Stern
ISBN 3-423-30000-0

Martin Doerry
»Mein verwundetes Herz«
Das Leben der Lilly Jahn 1900–1944
ISBN 3-423-34146-7

Feldpostbriefe aus Stalingrad
November 1942 bis Januar 1943
Hg. v. J. Ebert
ISNB 3-423-34269-2

Ulrich Frodien
»Bleib übrig«
Eine Kriegsjugend in Deutschland
ISBN 3-423-30849-4
Um Kopf und Kragen
Eine Nachkriegsjugend
ISBN 3-423-34171-8

Eric Fiedler, Barbara Siebert, Andreas Kilian
Zeugen aus der Todeszone
Das jüdische Sonderkommando in Auschwitz
ISBN 3-423-34158-0

Lina Haag
Eine Hand voll Staub
Widerstand einer Frau 1933 bis 1945
ISBN 3-423-34258-7

Beatrice Heiber und Helmut Heiber (Hg.)
Die Rückseite des Hakenkreuzes
Absonderliches aus den Akten des »Dritten Reiches«
ISBN 3-423-30201-1

Vivien J. Kaplan
Von Wien nach Shanghai
Die Flucht einer jüdischen Familie
Übers. v. S. Hunzinger u. K. Neff
ISBN 3-423-24550-6

Bitte besuchen Sie uns im Internet: www.dtv.de

Bücher gegen das Vergessen

Ruth Klüger
weiter leben
Eine Jugend
ISBN 3-423-11950-0

Christian Graf v. Krockow
Die Stunde der Frauen
Bericht aus Pommern
1944 bis 1947
ISBN 3-423-30014-0

Jacques Lusseyran
Das wiedergefundene Licht
Die Lebensgeschichte eines
Blinden im französischen
Widerstand
Übers. v. U. Schmalz-Medt
ISBN 3-423-30009-4

Stella Müller-Madej
**Das Mädchen von der
Schindler-Liste**
Aufzeichnungen einer
KZ-Überlebenden
Übers. v. B. Thorn
ISBN 3-423-30664-5

Thilo Thielke
Eine Liebe in Auschwitz
ISBN 3-423-30853-2

Tivadar Soros
Maskerade
Die Memoiren eines Über-
lebenskünstlers
Übers. v. H. Fliessbach
ISBN 3-423-34168-8

Nathan Stoltzfus
Widerstand des Herzens
Der Aufstand der Berliner
Frauen in der Rosenstraße –
1943
Mit einem Vorwort von
Joschka Fischer
Übers. v. M. Müller
ISBN 3-423-30845-1

Überleben im Dritten Reich
Juden im Untergrund und
ihre Helfer
Hg. v. Wolfgang Benz
ISBN 3-423-34336-2

**Ein Weggefährte der
Geschwister Scholl**
Die Briefe des Josef Furtmeier
1938–1947
Hg. v. Sönke Zankel und
Christine Hikel
ISBN 3-423-24520-4

Bitte besuchen Sie uns im Internet: www.dtv.de